師大國文系文學叢書之二

王熙元　黃麗貞　賴橋本合編

曲海韻珠

台灣學生書局印行

序

過去國文系學生學習作曲，只能依據元人周德淸所編的「中原音韻」一書，作爲押韻、選字的依據，而「中原音韻」只將韻同之字歸納爲一韻，再依聲調的不同分陰陽上去，復將聲同之字類聚排列，不同音之字以圓圈分隔，各字旣無反切注音，亦未附例詞例句，一如「詞林正韻」之純爲韻書而已，對初學作曲的學生來說，自然深感不便，這一缺陷，未嘗不是學生習作不能進步的原因之一。

本書是繼「詞林韻藻」之後，由師大國文系師生合作編成的第二部文學工具書，用意在使學生於學習「曲選及習作」的課程時，能有一部實用的、方便的參考書，供他們作押韻、選詞的憑藉，並從元曲名作的佳詞美句中，獲得沉浸涵泳的機會，兼以啓發創作的靈感。昔人有「詩山曲海」之喻，淸黃文煬有「曲海」之作，而本書所採錄之名家詞句，莫不精美如珠玉，因題曰「曲海韻珠」。

我們利用前次編「詞林韻藻」剩餘的卡片及稿紙，從去年暑期開始，一如「詞林韻藻」的編錄過程，由八位剛學過作曲的學生忙了好幾個月。由於前次嘗試中所得的經驗，這次編輯本書時，在步驟及方法上都有些省略與改進，故所費時間減少，而工作效率更高，可見人類經驗之可貴。

參與本書編錄工作的師大國文系同學，有陳美倫、洪桂津、沈雲玲、陳燕貞、林瓊綺、呂榮華、劉秋瀅、賴素鑾等八位，由黃麗貞、賴橋本二教授和我共同指導，經過半年來的排版、校對，終於又看到一本理想的文學工具書出現，這是大家一年來辛勞的代價。

本書所錄的元曲十七名家的散曲作品，計小令二三一七首，套曲九六六套，其他選集中選錄者尙未計算在內，加以每一例句均詳擧作者、宮調、曲牌及題目，而曲中用韻及對偶之句，又較詞爲頻繁，故本書篇幅多達七百八十餘頁，實爲始料所不及。

書成之後，承本系系主任李鍌先生題署，特此誌謝。學生書局爲出版本書，不辭煩瑣、不惜工本的精神，令人感佩！另編有檢字索引，係由胡秀美、涂惠貞兩位同學編成，當有助於本書的實用與方便。

民國六十八年歲次己未初秋湘鄉王熙元序

例言

一、本書分韻次第、所採韻目韻字，悉依元人周德清「中原音韻」；復自元曲名家作品中，就其用韻之詞，擇其佳美者，截爲例句，一一依韻分繫於各字之下。

二、本書所採詞句，以元曲重要作家關漢卿、馬致遠、鄭光祖、白樸、王實甫、喬吉、張可久、貫雲石、徐再思、張養浩、盧摯、馬九皐、姚燧、劉時中、曾瑞、汪元亨、湯式等十七家散曲作品爲主。

三、十七家散曲作品，以隋樹森編「全元散曲」所收爲準，另增採選集如楊朝英「陽春白雪集」、任中敏「元曲三百首」、汪師薇史「曲學例釋」中所收諸家之作，故亦有十七家之外如薛昂夫、阿魯威、王德信、景元啓等各家詞句。

四、各韻中之字，依常用字、罕用字之次序排列。常用字各有例詞，並附例句；例句各詳其作者、宮調、曲牌及題目。罕用字則既無例詞，亦無例句，僅列舉韻字，附於各韻之後。

五、各韻中之常用字及罕用字，其前後排列之次序，悉依周氏「中原音韻」。常用字中音同之字，則於第一字右上側標以⊙符號，以資識別，餘不標注；罕用字則仍用原例，不同音之字以○隔開。

六、藝文印書館影印本「中原音韻」，各韻中韻字，頗有脫誤，如東鍾韻陰平通下脫蓪字、眞文韻陰平婚上脫昏字之類，爲數不少，玆依學海出版社印行、李殿魁教授修訂本一一加入。

七、各韻中之常用字，每字列於行首，易字則易行排列，以醒眉目。字下列舉以該字爲韻之例詞、例句；例詞依二字，三字、四字等先後排列，各依首字筆畫少多爲序；詞下各列例句。

八、各韻中之罕用字，列於常用字之後，因僅有韻字，而無詞句，故逐字連續排列，以省篇幅。周氏「中原音韻」中，此類罕用字甚多，有極冷僻無用者，已略加删除。

九、曲中對偶之句甚多，因於罕用字之後，另立「對偶」一欄，凡三字對以至長偶對、扇面對等，其在該韻韻脚者，依原字序，悉附於此，以供作曲者屬對之參考。

十、元大都音已無入聲，而曲中有以入作平、入作上、入作去聲者，均依「中原音韻」原序，各自取例附入。

十一、另編「檢字索引」，依部首、筆畫次序編排，每字之下註明韻目及頁數，以便翻檢應用，以本文篇幅過多，故未附於書末，另本單行。

曲海韻珠目錄

第三部　支思

第四部　齊微

第五部　魚模

第六部　皆來

第七部　眞文

第八部　寒山

第九部　桓歡

第十部　先天

第十一部　蕭豪

第十五部　庚青

第十六部　尤侯

第十七部　侵尋

第十八部　監咸

第十九部　廉纖

第一部

（東鍾）

陰平

東⊙【西東】張可久、中呂普天樂、西湖即事：漁火西東。徐再思、中呂紅綉鞋、吳江八景：江漢西東。姚燧、雙調新水令套、冬怨、折桂令：途路西東。貫雲石、正宮小梁州：爭忍西東。【江東】張可久、雙調折桂令、徽州路譙樓落成：雄視江東。阿魯威、雙調蟾宮曲：一分江東。阿魯威、雙調蟾宮曲：日暮江東。【海東】湯式、南呂一枝花套、贈素雲、尾聲：向瀛洲海東。【鄰東】喬吉、越調小桃紅、孫氏壁間畫竹：月分雲影過鄰東。【橋東】張可久、雙調折桂令、西湖懷古：合澗橋東。盧摯、雙調蟾宮曲、詠別：離人易水橋東。王和卿、仙呂醉中天、大蝴蝶：把賣花人扇過橋東。【牆東】楊淡齋、雙調湘妃怨：杜鵑聲又過牆東 。【一片東】湯式、中呂謁金門、落花二令：一片西、一片東。【古城東】無名氏、正宮醉太平：小柴門畫戟古城東。【玉丁東】張可久、越調寨兒令、感舊：鸞鳳玉丁東。【冷泉東】呂止庵、仙呂後庭花、冷泉亭：冷泉東。【渭水東】姚燧、雙調新水令套、冬怨、得勝令：秋風渭水東。【散西東】張可久、越調寨兒令、西湖秋夜：笑語散西東。【兩字西東】湯式、南呂一枝花套、客中奇遇寄情、梁州：賦驪駒兩字西東。【金水橋東】湯式、雙調風入松、題貨郎擔兒：琅琅過橋、金水橋東。【洛水流東】盧摯、雙調蟾宮曲、綠珠：過了繁華、洛水流東。【環佩丁東】張可久、越調柳營曲、歌者玉卿：風清環佩丁東。

冬⊙【殘冬】湯式、正宮脫布衫帶小梁州、四景爲儲公子賦—冬：明日送殘冬。湯式、雙調湘妃遊月宮、冬閨情：燈花兒報道殘冬。

鍾⊙【千鍾】喬吉、中呂滿庭芳、漁父詞：祿不求皇閣千鍾。庚吉甫、雙調蟾宮曲：酒飲千鍾。【玉鍾】張養浩、中呂醉高歌兼喜春來、詠玉簪：翠袖殷勤捧玉鍾。湯式、南呂一枝花套、贈美人、尾聲：喜孜孜捧著玉鍾。【金鍾】姚燧、雙調蟾宮曲：翠袖殷勤捧金鍾。【酒鍾】無名氏、雙調、折桂令、梅友元帥席間：歌夜月琉璃酒鍾。【萬鍾】張鳴善、雙調水仙子、譏時：裸袖揎拳享萬鍾。【龍鍾】湯式、雙調風入松、題貨郎擔兒：矍然一叟半龍鍾。【白玉鍾】姚燧、雙調新水令套、冬怨、沽美酒：龍濤白玉鍾。【羊脂玉鍾】湯式、雙調湘妃遊月宮、冬閨情：綠酒乾羊脂玉鍾。【酒冷金鍾】盧摯、雙調蟾宮曲、綠珠：鳳樓空酒冷金鍾。

鐘

【疎鐘】張可久、商調梧葉兒、湖山夜景：蕭寺罷疎鐘。張可久、越調天淨沙、憶西湖：山空曉霧疎鐘。【曉鐘】張可久、雙調折桂令、徽州路譙樓落成：催古寺一百八曉鐘。【聞鐘】關漢卿、中呂普天樂、崔張十六事：清夜聞鐘。【暮鐘】姚燧、雙調新水令套、冬怨、水仙子：敲鬱悶聽絕暮鐘。【何處鐘】張可久、商調梧葉兒、山陰道上：山深何處鐘。【賈寺鐘】呂止庵、仙呂後庭花、冷泉亭：風傳賈寺鐘。

中

【山中】徐再思、雙調殿前歡、觀音山眠松：避乖高臥此山中。【其中】湯式、南呂一枝花套、題崇明顧彥昇洲上居、梁州：樂在其中。庚吉甫、雙調蟾宮曲：瀉出其中。【洞中】湯式、南呂一枝花套、贈素雲、尾聲：入蓬萊洞中。【院中】白樸、越調天淨沙、春：楊柳秋千院中。【香中】張可久、中呂普天樂、西湖即事：紅藕香中。【道中】盧摯、雙調蟾宮曲、敬亭贈別丁太初憲使：且莫說邯鄲道中。阿魯威、雙調蟾宮曲：依舊向邯鄲道中。阿魯威、雙調蟾宮曲、河伯：詩同首兮崑崙道中。【夢中】薛昂夫、中呂陽春曲：一夢中。【場中】喬吉、雙調折桂令、賈侯席上贈李楚儀：桃李場中。【畫中】喬吉、中呂滿庭芳、漁父詞：瀟湘畫中。【轂中】薛昂夫、中呂朝天子：無人出轂中。【聲中】姚燧、雙調新水令套、冬怨：去鳳聲中。阿魯威、雙調蟾宮曲：鷓鴣聲中。【樽中】湯式、雙調天香引、贈友人崇彥名：陶然醺酥樽中。【霧中】喬吉、雙調水仙子、丁朝卿西齋半間雲：非烟非霧中。【小院中】貫雲石、南呂金字經：涼月溶溶小院中。【不言中】湯式、越調柳營曲、春恩：盡在不言中。【夕陽中】張可久、越調寨兒令、紅葉：片片夕陽中。張可久、黃鍾人月圓、春晚次韻：愁在夕陽中。【幻化中】馬致遠、南呂金字經：一場幻化中。【月明中】張可久、越調小桃紅、寄春谷王千戶：半醉月明中。張可久、越調小桃紅、遊仙夢：花影月明中。盍西村、越調小桃紅、戍樓晚霞：回首月明中。【未濟中】馬致遠、南呂金字經：男兒未濟中。【冷笑中】湯式、雙調湘妃引、和陸進之韻：嘻嘻冷笑中。【雨聲中】倪瓚、雙調殿前歡：杏花消息雨聲中。喬吉、雙調水仙子、雨窗卽事：客懷寥落雨聲中。【東市中】張養浩、雙調慶東原：和衣東市中。【香座中】張可久、南呂金字經、湖上書事：藕花香座中。【春夢中】張可久、南呂金字經、偕葉雲中山行：一場春夢中。【笑語中】盧摯、雙調殿前歡：歌喉邊笑語中。【彩雲中】盧摯、越調小桃紅：彩雲中。【紙帳中】張可久、雙調殿前歡 、苕溪遇雪：梅花紙帳中。【烟樹中】呂止庵、 仙呂後庭花、 冷泉亭：樓台烟樹中。阿魯威、雙調落梅風：儘蜀鵑啼血烟樹中。【悵望中】姚燧、 雙調新水令套、 冬怨、得勝令：天涯悵望中。【畫卷中】張可久、商調梧葉兒、湖山夜景：人行畫卷中。【畫圖中】湯式、正宮脫布衫帶小梁州、四景爲儲公子賦——冬：人在畫圖中。【畫堂中】張可久、越調寨兒令、春思：簾卷畫堂中。【落鏡中】喬吉、雙調水仙子、吳江垂虹橋：看星低落鏡中。【輕霧中】李致遠、中呂迎仙客、暮春：深院垂楊輕霧中。【塵土中】張養浩、雙調慶東原：山般高塵土中。【塵世中】張可久、越調柳營曲、歌者玉卿：蕊珠仙暫來塵世中。【圖畫中】張可久、南呂金字經、金華洞中：好景神仙圖畫中。【樹陰中】張可久、中呂紅綉鞋、洞庭道中：釣艇樹陰中。【八陣圖中】阿魯威、 雙蟾宮曲：便名成八陣圖中。【東風座中】盧摯、雙調蟾宮曲、太初次韻見寄復私以答：算今日東風座中。【鴛鴦帳中】盧摯、雙調蟾宮曲、詠別：但合眼鴛鴦帳中。

衷

【情衷】關漢卿、中呂普天樂、崔張十六事：自訴情衷。

終

【卷終】湯式、南呂一枝花套、客中奇遇寄情、尾聲：少不的淒涼卷終。【將終】姚燧、雙調蟾宮曲：夜宴將終。【曲未終】喬吉、 中呂朝天子、小娃琵琶：和相思曲未終。【樂事難終】盧摯、雙調蟾宮曲、綠珠：想人生樂事難終。

通⊙【命通】湯式、南呂一枝花套、客中奇遇寄情、尾聲：風流命通。【運通】汪元亨、中呂朝天子、歸隱：假石崇運通。【難通】姚燧、雙調新水令套、冬怨、折桂令：夢也難通。姚燧、雙調新水令套、冬怨、折桂令：魂也難通。【百事通】無名氏、雙調壽陽曲：一個百事通。【路可通】湯式、南呂一枝花套、贈美人：方信道仙凡路可通。【路難通】貫雲石、正宮小梁州、冬：雪壓路難通。【萬里通】湯式、南呂一枝花套、題崇明顧彥昇洲上居：梯航萬里通。

松⊙【孤松】盧摯、雙調蟾宮曲、敬亭贈別丁太初憲使：映蒼崖磊砢孤松。【寒松】貫雲石、正宮小梁州、冬：粉粧成九里寒松。【萬松】張可久、商調梧葉兒、湖山夜景：清風響萬松。

淞【吳淞】盧摯、雙調蟾宮曲、太初次韵見寄復和以答：論詩家剪取吳淞。

冲⊙【心冲】無名氏、正宮醉太平：林泉下心冲。【蘭氣冲冲】湯式、南呂一枝花套、贈美人、梁州：口脂薰蘭氣冲冲。

忡【忡忡】張可久、越調小桃紅、春思：恨忡忡。

空⊙【半空】張可久、中呂朝天子、開玄道院賞芙蓉：錦宮，半空。張可久、南呂金字經、惠山寺：翠濤翻半空。張可久、南呂金字經、湖上書事：鶴鳴來半空。【成空】盧摯、雙調蟾宮曲、綠珠：金谷成空。查德卿、雙調折桂令、懷古：霸業成空。【江空】盧摯、雙調蟾宮曲、敬亭贈別丁太初憲使：歲晚江空。阿魯威、雙調蟾宮曲：水落江空。【如空】倪瓚、雙調殿前歡：春水如空。【長空】張可久、中呂紅綉鞋、洞庭道中：黃雲遠水長空。劉時中、雙調水仙操、為平章南谷公壽福樓賦：宋樓迢遞接長空。張可久、雙調折桂令、徽州路譙樓落成：小闌干高倚長空。【抱空】白樸、雙調得勝樂：睡覺來懷兒裏抱空。【春空】盧摯、雙調蟾宮曲、太初次韵見寄復和以答：思滿春空。【衾空】盧摯、雙調蟾宮曲、詠別：夜半衾空。【瑤空】湯式、南呂一枝花套、贈素雲、梁州：舞霓裳隊隊瑤空。【一旦空】阿魯威、雙調落梅風：千年調、一旦空。【一場空】劉秉忠、南呂乾荷葉、弔宋：宋高宗、一場空。【玉樓空】喬吉、雙調水仙子、客樓即事石氏所居：石崇已去玉樓空。【立晴空】喬吉、越調酒旗兒、陪雅齋萬戶遊仙洞天：一柱

立晴空。【彩雲空】張可久、越調小桃紅、寄春谷王千戶：紫簫聲冷彩雲空。盧摯、雙調殿前歡：殢韶光肯放彩雲空。【採個空】王和卿、仙呂醉中天、大蝴蝶：三百座名園一採個空。【酒樽空】貫雲石、雙調殿前歡：怕相逢歌罷酒樽空。【衾枕空】貫雲石、南呂金字經：別來衾枕空。【掃地空】汪元亨、雙調沉醉東風、歸田：翠蓋朱軿掃地空。【畫樓空】貫雲石、正宮小梁州：我則怕畫樓空。【萬法空】張可久、南呂金字經、客西峯：一點圓明萬法空。【綉幃空】白樸、中呂陽春曲、題情：傷情經歲綉幃空。【撲個空】楊淡齋、雙調湘妃怨：覺來時又撲箇空。【錦袋空】喬吉、雙調水仙子、雨窗即事：詩慳錦袋空。【總是空】姚燧、雙調新水令套、冬怨、水仙子：冷丁丁總是空。【寶鼎空】盧摯、雙調殿前歡：篆烟消寶鼎空。【灑長空】貫雲石、正宮小梁州、冬：銀河片片灑長空。【月滿長空】張可久、中呂普天樂、西湖即事：紫簫寒月滿長空。【秋房怨空】喬吉、越調小桃紅、贈郭蓮兒：鴛鴦不識凌波夢、秋房怨空。

宗⊙

【高宗】劉秉中、南呂乾荷葉、弔宋：宋高宗。

風⊙

【天風】徐再思、中呂普天樂、吳江八景：倚闌干滿面天風。張可久、中呂滿庭芳、望仙子詩卷：紫簫聲鶴背天風。【西風】徐再思、中呂普天樂、吳江八景：一線西風。喬吉、越調小桃紅、贈郭蓮兒：粉瘦怯西風。無名氏、雙調折桂令、疎齋學士自長沙歸：雁來紅葉西風。張可久、雙調折桂令、西湖懷古：客重來柳樹西風。喬吉、越調小桃紅、桂花：一枝丹桂倚西風。【多風】湯式、越調柳營曲、春思：恨東君多雨多風。【東風】張可久、黃鍾人月圓、春晚次韻：一陣東風。張可久、中呂上小樓、春思：笛怨東風。湯式、雙調湘妃引、和陸進之韵：愁對東風。王和卿、仙呂醉中天、大蝴蝶：兩翅駕東風。張可久、越調小桃紅、春思：倚闌花影背東風。阿魯威、雙調蟾宮曲：赤壁東風。【和風】白樸、越調天淨沙、春：春山暖日和風。【花風】李致遠、中呂迎仙客、暮春：揀花風。【松風】張可久、越調小桃紅、遊仙夢：白雲堆裏聽松風。【春風】喬吉、雙調水仙子、客樓即事石氏所居：寂寞春風。盧摯、雙調蟾宮曲、綠珠：留住春風。湯式、南呂一枝花套、贈美人、梁州：別樣春風。張可久、中呂滿庭芳、湖上：無樹著春風。喬吉、雙調水仙子、贈姑蘇朱阿嬌：笑堆著滿面春風。盧摯、雙調殿前歡：嬌滴滴一捻春風。【秋風】喬吉、雙調折桂令、賈侯席上贈李楚儀：玉立秋風。張可久、黃鍾人月圓、客垂虹：白髮秋風。查德卿、雙調折桂令、懷古：渭水秋風。張可久、越調天淨沙、桃源洞：劉郎不信秋風。盧摯、雙調蟾宮曲、詠別：滴溜溜葉落秋風。阿魯威、雙調蟾宮曲：動高吟楚客秋風。【屏風】白樸、中呂陽春曲、題情：悶倚翠屏風。湯式、雙調湘妃遊月宮、冬閨情：青燈暗龜甲屏風。【香風】張可久、越調寨兒令、西湖秋夜：丹桂吐香風。姚燧、雙調蟾宮曲：博山銅細裊香風。【風風】湯式、中呂謁金門、落花二令：雨雨、風風。【家風】湯式、雙調風入松、題貨郎擔兒：知是甚家風。【乘風】盧摯、雙調殿前歡：列子乘風。【起風】阿魯威、雙調蟾宮曲：看五陵無樹起風。【旋風】姚燧、雙調新水令套、冬怨、折桂令：雁唳殘羊角轉旋風。【馭風】張可久、中呂朝天子、開玄道院賞芙蓉：醉翁馭風。【清風】徐再思、雙調殿前歡、觀音山眠松：一枕清風。汪元亨、雙調折桂令、歸隱：儘受用明月清風。【晚風】張可久、中呂普天

樂、西湖即事：闌干晚風。喬吉、越調酒旗兒、陪雅齋萬戶遊仙都洞天：綠樹溪邊晚風。張可久、越調凭闌人、春思：鶯羽金衣舒晚風。【無風】盧摯、雙調殿前歡：簾幕無風。【寒風】貫雲石、正宮小梁州、冬：凜冽寒風。【一簾風】湯式、越調小桃紅、瓊花燈：吹滅一簾風。【五更風】湯式、南呂一枝花套、客中奇遇寄情：落花空恨五更風。【不因風】湯式、中呂謁金門、落花二令：不因啼鳥不因風。【天外風】張可久、南呂金字經、客西峯：塔鈴天外風。【玉屏風】張可久、雙調殿前歡、苕溪遇雪：四圍添上玉屏風。【耳過風】楊淡齋、雙調湘妃怨：鵲報佳音耳過風。【何處風】張可久、越調寨兒令、紅葉：夜來何處風。【杏花風】張可久、正宮醉太平、春情：一簾紅雨杏花風。【花信風】喬吉、雙調水仙子、雨窗即事：春事商量花信風。【兩腋風】李德載、中呂喜春來、贈茶肆：兩腋風。【柳絮風】曾瑞、中呂喜春來、春閨思：鶯燕飛迎柳絮風。【扇底風】貫雲石、雙調殿前歡：樓心月、扇底風。張可久、雙調水仙子、紅指甲：接桃花扇底風。【酒旗風】劉秉忠、南呂乾荷葉、弔宋：吳山依舊酒旗風。【海棠風】張

養浩、中呂醉高歌兼喜春來、詠玉簪：臥一枕海棠風。【梅雪風】貫雲石、南呂金字經：一簾梅雪風。【荷葉風】馬致遠、南呂金字經：鮓香荷葉風。【雪花風】姚燧、雙調新水令套、冬怨、沽美酒：聽門外雪花風。【解慍風】喬吉、商調梧葉兒、出金陵：西南解慍風。【窗外風】張可久、雙調落梅風、蠟梅花：夜來窗外風。【楊柳風】張可久、南呂金字經、湖上書事：兩湖楊柳風。【裊花風】張可久、中呂快活三過朝天子、偕程令尹遊烟羅洞：梅邊醉袖裊花風。

豐

【新豐】阿魯威、雙調蟾宮曲：逆旅新豐。

封

【封封】姚燧、雙調新水令套、冬怨、得勝令：書信寄封封。【誰封】阿魯威、雙調蟾宮曲：問居胥今有誰封。【血痕封】張可久、雙調水仙子、紅指甲：玉纖彈泪血痕封。【舊日封】徐再思、雙調殿前歡、觀音山眠松：秦王舊日封。

葑

【老葑】張可久、中呂紅綉鞋、洞庭道中：白鷺荒隄老葑。

峯

【山峯】汪元亨、雙調雁兒落過得勝令、歸隱：足躡亂山峯。【奇峯】徐再思、中呂普天樂、吳江八景：東嶽奇峯。張可久、雙調折桂令、西湖懷古：飛來何處奇峯。張可久、越調天淨沙、桃源洞：蒼雲朶朶奇峯。【高峯】張可久、中呂滿庭芳、湖上：夕陽塔影高峯。【晴峯】喬吉、中呂滿庭芳、漁父詞：玉削晴峯。張可久、越調寨兒令、感舊：眉尖誰畫晴峯。張可久、雙調折桂令、徽州路譙樓落成：動晨光三十六晴峯。【幾峯】張養浩、雙調慶東原：白雲幾峯。【翠峯】喬吉、中呂朝天子、小娃琵琶：玉葱、翠峯。【諸峯】庾吉甫、雙調蟾宮曲：環滁秀列諸峯。【蓮峯】張可久、中呂滿庭芳、望仙子詩卷：隱隱蓮峯。【十二峯】湯式、南呂一枝花套、贈素雲、梁州：多在巫山十二峯。張可久、越調寨兒令、春思：雲收楚臺十二峯。馬致遠、南呂四塊玉、巫山廟：怎捱十二峯。【千萬峯】張可久、中呂快活三過朝天子、偕令尹遊烟羅洞：晴山千萬峯。【太華峯】湯式、南呂一枝花套、題崇明顧彥昇洲上居、尾聲：高臥何須太華峯。喬吉、越調酒旗兒、陪雅齋萬戶遊仙都洞天：石筍參差似太華峯。【天柱峯】張可久、商調梧葉兒、山陰道上：雲門路、天柱峯。【何處峯】呂上庵、仙呂後庭花、冷泉亭：飛來何處峯。【神女峯】

姚燧、雙調新水令套、冬怨、水仙子：凍雨埋藏神女峯。【鎖高峯】貫雲石、正宮小梁州、冬：彤雲密布鎖高峯。

蜂

【蜜蜂】王和卿、仙呂醉中天、大蝴蝶：唬煞尋芳的蜜蜂。

鬆◉

【蓬鬆】湯式、雙調湘妃遊月宮、冬閨情：鬢從別後甚蓬鬆。【髻鬆】張可久、正宮醉太平、春情：烏雲髻鬆。【釧兒鬆】白樸、雙調得勝令：玉腕上釧兒鬆。【楚雲鬆】喬吉、雙調水仙子、贈姑蘇朱阿嬌：合歡髻子楚雲鬆。【鴉髻鬆】湯式、越調柳營曲、春思：鴉髻鬆。【曉雲鬆】張可久、越調柳營曲、歌者玉卿：釵墜曉雲鬆。【羅帶鬆】喬吉、雙調水仙子、客樓卽事石氏所居：柳腰細羅帶鬆。

匆◉

【匆匆】姚燧、雙調新水令套、冬怨、駐馬聽：心事匆匆。張可久、越調寨兒令、感舊：春去匆匆。阿魯威、雙調蟾宮曲：理征衣鞍馬匆匆。【苦匆匆】汪元亨、中呂朝天子、歸隱：百年事苦匆匆。【恨匆匆】張可久、越調寨兒令、春思：別意恨匆匆。【嘆匆匆】張可久、越調寨兒令、紅葉：暮景嘆匆匆。【歸興匆匆】張可久、越調寨兒令、西湖秋夜：賞心歸興匆匆。

蔥

【春蔥】姚燧、雙調蟾宮曲：半露春蔥。姚燧、雙調新水令套、冬怨、水仙子：數歸期曲損春蔥。

驄

【玉驄】張可久、越調小桃紅、寄春谷王千戶：鞭催玉驄。【花驄】張可久、越調寨兒令、春思：載離愁騕褭花驄。【嘶驄】張可久、越調寨兒令、西湖秋夜：花外嘶驄。【驕驄】張可久、黃鍾人月圓、春晚次韻：垂柳驕驄。

踪◉

（同蹤）【去踪】倪瓚、雙調殿前歡：寫去踪。【行踪】張可久、越調寨兒令、感舊：記行踪。姚燧、雙調新水令套、冬怨、折桂令：何處行踪。【形踪】張養浩、雙調慶東原：不見了形踪。【去無踪】馬致遠、南呂四塊玉、巫山廟：暮雨朝雲去無踪。【雲雨無踪】盧摯、雙調蟾宮曲、詠別：急溫存雲雨無踪。【無影無踪】湯式、越調柳營曲、春思：盼王孫無踪。

工◉

【天】張可久、越調寨兒令、紅葉：錦模糊費盡天工。【春工】盧摯、雙調蟾宮曲、敬亭贈別丁太初憲使：分付春工。喬吉、雙調折桂令、西宮所見：誤却春工。姚燧、雙調新水令套、冬怨：梅花一夜漏春工。【誰工】盧摯、雙調蟾宮曲、太初次韻見寄復和以答：琢句誰工。【繡工】李致遠、中呂迎仙客、暮春：停繡工。

功

【成功】査德卿、雙調折桂令、懷古：一擧成功。庚吉甫、雙調蟾宮曲：締構成功。【事功】張養浩、雙調慶東原：付能刓刻成些事功。【神功】張可久、雙調折桂令、徽州路譙樓落成：太守神功。【無功】楊澹齋、雙調湘妃怨：燈花占信又無功。【百戰功】張可久、雙調落梅風、嘆世和劉時中：金瘡百戰功。【未耜功】張可久、中呂快活三過朝天子、偕程令尹遊烟蘿洞：農成未耜功。【蓋世功】湯式、雙調湘妃引、和陸進之韻：休談蓋世功。

公

【三公】張鳴善、雙調水仙子、譏時：鋪眉苫眼早三公。【巨公】姚燧、雙調蟾宮曲：文章巨公。【爲公】盧摯、雙調蟾宮曲、敬亭贈別丁太初憲使：未害爲公。【曹公】阿魯威、雙調蟾宮曲：橫槊曹公。【正在公】劉時中、雙調水仙子、爲平章南谷公壽福樓賦：嗣聲華正在公。【誰更如公】盧摯、雙調蟾宮曲、太初次韻見寄復和以答：喚起江聲、誰更如公。

蚣

【蜈蚣】喬吉、雙調水仙子、吳江垂虹橋：飛來千丈玉蜈蚣。

弓

【良弓】薛昂夫、中呂朝天曲：邵敎猛士嘆良工。【鞬半弓】喬吉、雙調水仙子、贈姑蘇阿嬌：玉亭亭鞬半弓。【底樣弓弓】湯式、南呂一枝花套、客中奇遇寄情：羅襪翹底樣弓弓。

恭

【謙恭】湯式、南呂一枝花套、題崇明顧彥昇洲上居、梁州：禮節謙恭。

宮

【天宮】張可久、雙調折桂令、徽州路譙樓落成：仿佛天宮。【月宮】張可久、商調梧葉兒、湖山夜景：身在秋香月宮。張可久、中呂滿庭芳、望仙子詩卷：羽衣曲蟾華月宮。【玉宮】喬吉、商調梧葉兒、出金陵：雲寒樹玉宮。【仙宮】張可久、越調天淨沙、桃源洞：翠蓬隱隱仙宮。【故宮】張可久、中呂滿庭芳、湖上：暮靄鐘聲故宮。【皇宮】張可久、越調寨兒令、紅葉：字殷勤流出皇宮。【珠宮】阿魯威、雙調蟾宮曲、河伯：貝闕珠宮。【琳宮】雙調折桂令、疎齋學士自長沙歸：掛劍琳宮。【六代宮】馬致遠、雙調撥不斷：禾黍高低六代宮。【水晶宮】

貫雲石、上宮小梁州、冬：人在水晶宮。湯式、上宮脫布衫帶小梁州、四景爲儲公子賦——冬：樓臺上下水晶宮。喬吉、越調小桃紅、贈郭蓮兒：錦幢羅蓋水晶宮。【帝王宮】張養浩、中呂醉高歌兼喜春來、詠玉簪：再誰想丞相府帝王宮。【兜率宮】張可久、南呂金字經、惠山寺：桂香兜率宮。【楚王宮】姚燧、雙調新水令套、冬怨、水仙子：朔風掀倒楚王宮。【廣寒宮】張可久、越調寨兒令、西湖秋夜：人在廣寒宮。貫雲石、雙調殿前歡：晚來吹上廣寒宮。

凶⊙　胸　洶　翁⊙

【禍凶】張養浩、雙調慶東原：却又早遭逢着禍凶。

【酥胸】商左山、雙調潘妃曲：緊把纖腰貼酥胸。

【風波洶洶】湯式、雙調湘妃遊月宮、冬閨情：平安信、阻藍橋、風波洶洶。

【山翁】貫雲石、雙調殿前歡：我醉山翁。盧摯、雙調殿前歡：一葫蘆春色醉山翁。【仙翁】喬吉、雙調水仙子、雨窗卽事：催老仙翁。喬吉、商調梧葉兒、出金陵：歸去也老仙翁。【老翁】張可久、南呂金字經、湖上書事：茶竈詩瓢隨老翁。【吟翁】無名氏、雙調折桂令、梅友元帥席間：殢殺吟翁。張可久、越調天淨沙、憶西湖：景題留與吟翁。【信翁】張可久、商調梧葉兒、山陰道上：與不盡吟詩信翁。【衰翁】張可久、越調寨兒令、紅葉：笑我衰翁。張可久、中呂滿庭芳、湖上：坡老衰翁。【疎翁】張可久、雙調折桂令、疎齋學士自長沙歸：相伴疎翁。【釣翁】馬致遠、南呂金字經：且向江頭作釣翁。【皓翁】汪元亨、雙調折桂令、歸隱：閒談笑黃童皓翁。【漁翁】張可久、雙調殿前歡、苕溪遇雪：畫出漁翁。徐再思、中呂普天樂、吳江八景：古溪邊老了漁翁。【歐翁】庚吉甫、雙調蟾宮曲：太守歐翁。【醉翁】關漢卿、中呂普天樂、崔張十六事：又不是黃鶴醉翁。【桑苧翁】張可久、南呂金字經、惠山寺：試尋桑苧翁。【採藥翁】張可久、南呂金字經、偕葉雲中山行：南山採藥翁。

【自烹】喬吉、中呂滿庭芳、漁父詞：活魚自烹。

烹⊙

忠○蓪○嵩○充衝舂
摏艟穜翀种○邕噰雍

○悾○樓驄○楓鋒烽
丰○憁○聰囪○縱樅
○穹芎傾○攻躬龔供
肱觥○烘叿轟薨○兇
兄○癰廱壅泓○崩繃

【對偶】

張可久、中呂普天樂、西湖卽事：菱歌上下，漁火西東。　張可久、越調寨兒令、感舊：狻猊金落索，鸞鳳玉丁東。　湯式、南呂一枝花套、題崇明顧彥昇洲上居：水天涵上下，浦溆控西東。　湯式、南呂一枝花套、客中奇遇寄情、梁州：實承望、效鴛鴦、百歲和同；不提防、賦驪駒、兩字西東。　徐再思、中呂普天樂、吳江八景：樓臺遠近、乾坤表裡，江漢西東。　湯式、雙調湘妃遊月宮、秋閨情：卦錢兒許待新春，燈花兒報道殘冬。　張可久、商調梧葉兒、山陰道上：雪冷誰家店，山深何處鐘。　喬吉、中呂滿庭芳、漁父詞：夢不到青雲九重、祿不求皇閣千鍾。　湯式、南呂一枝花套、客中奇遇寄情、尾聲：紫騮蹀躞催絲鞚，翠袖殷勤捧玉鍾。　盧摯、雙調蟾宮曲、綠珠：寶鑑破香消玉容，鳳樓空酒冷金鍾。　張鳴善、雙調水仙子、譏時：鋪眉苫眼早三公，裸袖揎拳享萬鍾。　呂止庵、仙呂後庭花、冷泉亭：人醉蘇隄月，風傳賈寺鐘。　張可久、越調寨兒令、紅葉：蕭蕭秋雨後、片片夕陽中。　張可久、南呂金字經、偕葉雲中山行：萬里封侯貴、一場春夢中。　喬吉、雙調水仙子、丁朝卿西齋半間雲：無垢無塵處，非烟非霧中。　湯式、南呂一枝花套、贈素雲、尾聲：向瀛洲海東，入蓬萊洞中。　呂止庵、仙呂後庭花、冷泉亭：湖山曲水重，樓臺烟樹中。　張養浩、雙調慶東原：海來闊風波內，山般高塵土中。　張可久、雙調折桂令、疎齋學士自長沙歸：夜醉長沙，曉過吳松。　無名氏、正宮醉太平：利名場事冗，林泉下心冲。阿魯威、雙調落梅風：千年調，一旦空。　喬吉、越調酒旗兒、陪雅齋萬戶遊仙都洞天：千古藏眞洞，一柱立晴空。　喬吉、雙調水仙子、雨窗卽事：酒醒紗窗靜，詩慳錦袋空。　湯式、南呂一枝花套、贈素雲、梁州：謳淸歌依依金屋，舞霓裳隊隊瑤空。

張可久、黃鍾人月圓、客垂虹：青燈夜雨，白髮秋風。　查德卿、雙調折桂令、懷古：蜀道寒雲，渭水秋風。　徐再思、雙調殿前歡、觀音山眠松：半溪明月，一枕清風。　張可久、越調寨兒令、西湖秋夜：青山銜好月，丹桂吐香風。　張可久、南呂金字經、客西峯：海印波心月，塔鈴天外風。　喬吉、商調梧葉兒、出金陵：東北朝宗水，西南解慍風。　張可久、雙調折桂令、西湖懷古：人巳去梅花舊塜，客重來柳樹西風。　張可久、雙調水仙子、紅指甲：拂海棠梢頭露，接桃花扇底風。　張可久、中呂滿庭芳、望仙子詩卷：羽衣曲蟾華月宮，紫簫聲鶴背天風。　張可久、雙調折桂令、疎齋學士自長沙歸：鶴唳黃雲半空，雁來紅葉西風。　曾瑞、中呂喜春來、春閨思：蜂蝶困歇梨花夢，鶯燕飛迎柳絮風。　張可久、黃鍾人月圓、春晚次韵：一聲啼鳥，一番夜雨，一陣東風。　張可久中呂上小樓、春思：春到南枝，人在西樓，笛怨東風。　張養浩、中呂醉高歌兼喜春來、詠玉簪：對一縷綠楊烟，看一彎梨花月，臥一枕海棠風。　張可久、正宮醉太平、春情：碧溶溶、滿溪綠水桃源洞，淡濛濛、半窗白月梨雲夢，恨匆匆、一簾紅雨杏花風。　湯式、南呂一枝花套、客中奇遇寄情：風月長存一寸心，雨雲又作三春夢，青鳥不傳千里信，落花空恨五更風。　喬吉、中呂朝天子、小娃琵琶：玉葱，翠峯。　張可久、越調寨兒令、西湖秋夜：九里松，二高峯。　張可久、商調梧葉兒、山陰道上：雲門路，天柱峯。　劉秉忠、南呂乾荷葉、弔宋：南高峯，北高峯。　徐再思、中呂普天樂、吳江八景：西山暮色，東嶽奇峯。　喬吉、中呂滿庭芳、漁父詞：雲翻秋浪，玉削晴峯。　張養浩、雙調慶東原：黃花數叢，白雲幾峯。　張可久、中呂滿庭芳、望仙子詩卷：翩翩桂旗，隱隱連峯。　汪元亨、雙調雁兒落過得勝令、歸隱：手拽短藤笻，足躡亂山峯。　張可久、中呂滿庭芳、湖上：暮靄鐘聲故宮，夕陽塔影高峯。　湯式、南呂一枝花套、題崇明顧彥昇洲上居、尾聲：幽尋不索桃源洞，高臥何須太華峯。　張可久、雙調折桂令、徽州路譙樓落成：催古寺一百八曉鐘，動晨光三十六晴峯。　張可久、越調柳營曲、歌者玉卿：琴橫秋水冷，釵墜曉雲鬆。　喬吉、雙調水仙子：客樓卽事石氏所居：花鈿小金毛裩，柳腰細羅帶鬆。　湯式、雙調天香引、贈友人崇彥名：會也匆匆、別也匆匆。　張可久、越調寨兒令、感舊：門閉重重、春去匆匆。　張可久、越調寨兒令、西湖秋夜：舉頭夜色濛濛，賞心歸興匆匆。　姚燧、雙調新水令套、冬怨、水仙子：敲鬱悶聽絕暮鐘、數歸期曲損春葱。　張可久、黃鍾人月圓、春晚次韻：短亭別酒，平湖畫舫，垂柳驕驄。　湯式、越調柳營曲、春思：恨東君多雨多風，盼王孫無影無踪。　湯式、南呂一枝花套、贈美人、尾聲：賦佳人的宋玉堪題詩，圖仕女的崔徽枉費工。　張可久、雙調折桂令、徽州路譙樓落成：萬井春風，太守神功。　張可久、雙調落梅風、嘆世和劉時中：土庫千年調，金瘡百戰功。　湯式、雙調湘妃引、和陸進之韻：莫聽傷時話，休談蓋世功。　張可久、雙調折桂令、徽州路譙樓落成：壯觀山城，仿佛天宮。　張可久、雙調折桂令、疎齋學士自長沙歸：題詩玉井，掛劍琳宮。　張可久、南呂金字經、惠山寺：石刻維摩像，桂香兜率宮。　喬吉、商調梧葉兒、出金陵：塵暗埋金地，雲寒樹玉宮。　張可久、越調天淨沙、桃源洞：蒼雲朶朶奇峯，翠蓬隱隱仙宮。　姚燧、雙調新水令套、冬怨、沽美酒：龍濤傾白玉鍾，羊羔泛紫金觥。　查德卿、雙調折桂令、懷古：一個濃夫，一個漁翁。

陽平

同⊙

【不同】庾吉甫、雙調蟾宮曲：四時朝暮不同。【意同】白樸、越調天淨沙、秋：解與詩人意同。【誰同】張可久、黃鍾人月圓、客垂虹：心事誰同。張可久、雙調折桂令、疎齋學士自長沙歸：秋興誰同。湯式、雙調湘妃遊月宮、冬閨情：封梅花歡笑誰同。【造物同】貫雲石、雙調殿前歡：此時心造物同。【野人同】張可久、中呂快活三過朝天子、偕程令尹遊烟羅洞：一樽還許野人同。【瑚璉同】汪元亨、雙調雁兒落過得勝令、歸隱：恐非瑚璉同。【百歲和同】湯式、南呂一枝花套、客中奇遇寄情、梁州：效鴛鴦百歲和同。

銅

【青銅】貫雲石、雙調殿前歡：羞對青銅。

桐

【孤桐】張可久、商調梧葉兒、湖山夜景：寒玉奏孤桐。【梧桐】姚燧、雙調蟾宮曲：月轉梧桐。白樸、越調天淨沙、秋：庭前落盡梧桐。【絲桐】關漢卿、中呂普天樂、崔張十六事：他每也曾理結絲桐。【吳爨桐】姚燧、雙調新水令套、冬怨、雁兒落：琴閑吳爨桐。

崆峒

【崆峒】湯式、南呂一枝花套、客中奇遇寄情、梁州：設盟山高似崆峒。

童

【山童】湯式、正宮脫布衫帶小梁州、四景爲儲公子賦——冬：覓來囑咐山童。【仙童】張可久、中呂朝天子、開玄道院賞芙蓉：采藥仙童。【兒童】湯式、雙調風入松、題貨郞擔兒：街衢忙殺兒童。湯式、雙調湘妃引、和陸進之韵：嘆紛紛眼底兒童。【奚童】盧摯、雙調殿前歡：隨我奚童。

瞳

【點星瞳】湯式、南呂一枝花套、贈美人、梁州：眼涵秋水點星瞳。

⊙絨

【香絨】喬吉、雙調折桂令、西岩所見：金縷香絨。張可久、越調寨兒令、感舊：唾痕猶點香絨。【素剪絨】湯式、南呂一枝花套、贈素雲、尾聲：半霎兒滿地幾鋪素剪絨。

茸

【養茸】張可久、南呂金字經、金華道中：樹香鹿養茸。【五彩蒙茸】湯式、正宮布衫帶小梁州、四景爲儲公子賦——冬：千金裘五彩蒙茸。【離緒蒙茸】湯式、越調柳營曲、春思：離緒蒙茸。

⊙龍

【九龍】張可久、南呂金字經、惠山寺：一線甘泉飮九龍。【小龍】張可久、中呂滿庭芳、望仙子詩卷：滄浪小龍。【囚龍】喬吉、雙調水仙子、吳江垂虹橋：鐵鎖囚龍。【玉龍】張可久、中呂上小樓、春思：寒潭玉龍。湯式正宮脫布衫帶小梁州、四景爲儲公子賦——冬：攪碎銀河戰玉龍。【臥龍】查德卿、雙調折桂令、懷古：八陣圖名成臥龍。阿魯威、雙調蟾宮曲：更驚起南陽臥龍。張鳴善、雙調水仙子、譏時：兩頭蛇南陽臥龍。【乘龍】姚燧、雙調新水令套、冬怨、太平令：有心教夫婿乘龍。湯式、雙調湘妃遊月宮、冬閨情、落誰家攀桂乘龍。【從龍】徐再思、中呂普天樂、吳江八景：慶風雷際會從龍。【飛龍】喬吉、商調梧葉兒、出金陵：船急似飛龍。【魚龍】汪元亨、雙調折桂令、歸隱：人海魚龍。湯式、南呂一枝花套、題崇明顧彥昇洲上居、梁州：何年不化魚龍。【蛟龍】阿魯威、雙調蟾宮曲、河伯：後馭蛟龍。【登龍】張可久、中呂快活三過朝天子、偕程令尹遊烟羅洞：踞虎登龍。【游龍】湯式、南呂一枝花套、贈素雲、梁州：相趁游龍 。【銅龍】張可久、雙調折桂令、徽州路譙樓落成：漏盡銅龍。喬吉、雙調水仙子、雨窗即事：和更籌滴損銅龍。【蒼龍】徐再思、雙調殿前歡、觀音山眠松：老蒼龍。徐再思、中呂普天樂、 吳江八景：水面蒼龍。【蟠龍】姚燧、雙調新水令套、冬怨：簾捲綉蟠龍。【藏龍】張可久、雙調折桂令、西湖懷古：廢井藏龍。【擇壻龍】劉時中、雙調水仙子、爲平章南谷公壽福樓賦：女欣逢擇壻龍。【天上從龍】喬吉、雙調水仙子、丁朝卿西齋半間雲：等當着天上從龍。

隆

【豐隆】阿魯威、雙調蟾宮曲、河伯：喚起豐隆。【誰比隆】劉時中、雙調水仙子、爲平章南谷公壽福樓賦：家世于今誰比隆。

窮⊙

【不窮】盧摯、雙調殿前歡：葫蘆乾興不窮。【命窮】汪元亨、中呂朝天子、歸隱：使范丹命窮。湯式、南呂一枝花套、客中奇遇寄情、梁州：嘆韋臯命窮。【無窮】湯式、南呂一枝花套、題崇明顧彥昇洲上居：四望無窮。查德卿、雙調折桂令、懷古：遺恨無窮。劉時中、雙調水仙子、爲平章南谷公壽福樓賦：壽福無窮。庚吉甫、雙調蟾宮曲：宴酣之樂無窮。薛昂夫、中呂陽春曲：山林朝市兩無窮。【金谷窮】喬吉、雙調水仙子、 客樓即事石氏所居： 玉愷重來金谷窮。

筇

【瘦筇】張可久、越調天淨沙、憶西湖：花暖春風瘦筇。【藤筇】 汪元亨、 雙調雁兒落過得勝令、歸隱：手拽短藤筇。【策短筇】張可久。南呂金字經、偕葉雲中山行：破帽青鞋策短筇。

籠⊙

【包籠】汪元亨、正宮醉太平、警世：且達時知務暗包籠。【金籠】馬致遠、越調小桃紅、春：鸚鵡在金籠。張可久、越調寨兒令、春思：話相思鸚鵡金籠 。【紗籠】姚燧、雙調蟾宮曲：兩行紗籠。

朧

【朦朧】喬吉、雙調折桂令、西嵓所見：星眼朦朧。湯式、越調柳營曲、春思：倦眼朦朧。張可久、商調梧葉兒、山陰道上： 花暗月朦朧。湯式、 雙調湘妃遊月宮、 冬閨情：問歸期兩下朦朧。姚燧、雙調蟾宮曲：綺羅叢醉眼朦朧。【月朦朧】盧摯、雙調殿前歡：隔紗窗斜照月朦朧。

櫳

【簾櫳】徐再思、雙調蟾宮曲、名姬玉蓮：人在簾櫳。姚燧、雙調蟾宮曲：十二簾櫳。喬吉、雙調折桂令、西嵓所見：小小簾櫳。湯式、中呂謁金門、落花二令：低揲簾櫳。湯式、雙調風入松、題貨郎擔兒：香霧藹簾櫳。白樸、越調天淨沙、春：闌干樓閣簾櫳。曾瑞、中呂喜春來、春閨思：强移蓮步出簾櫳。【小簾櫳】張可久、越調小桃紅、春思：殘月小簾櫳。喬吉、中呂朝天子、小娃琵琶：雛鶯聲在小簾櫳。【綉簾櫳】張可久、越調寨兒令、感舊：塵滿綉簾櫳。【楊柳簾櫳】湯式、南呂一枝花套、贈素雲、梁州：弄春陰楊柳簾櫳。【翡翠簾櫳】張可久、雙調折桂令、梅友元帥席間：隔香風翡翠簾櫳。

瓏

【玲瓏】徐再思、雙調蟾宮曲、名姬玉蓮：荆山一片玲瓏。喬吉、雙調水仙子、吳江垂虹橋：月華明秋影玲瓏。湯式、雙調天香引、贈友人崇彥名：有千般剔透玲瓏。張養浩、中呂醉高歌兼喜春來、詠玉簪：詩磨的剔透玲瓏。喬吉、雙調水仙子、贈姑蘇朱阿嬌：聽驪珠一串玲瓏。【玉玲瓏】喬吉、雙調水仙子、丁朝卿西齋半間雲：碧窗秋窄玉玲瓏。

聾

【做聾】汪元亨、正宮醉太平、警世：耳聞時做聾。

⊙農

【務農】湯式、南呂一枝花套、題崇明顧彥昇洲上居、尾聲：買犂鋤務農。

儂

【吾儂】汪元亨、雙調折桂令、歸隱：休怪吾儂。

⊙濃

【花濃】張可久、雙調折桂令、梅友元帥席間：柳暗花濃。【情濃】湯式、南呂一枝花套、客中奇遇寄情、梁州：知韓壽情濃。曾瑞、中呂迎仙客、風情：正情濃。貫雲石、雙調殿前歡：正要情濃。商左山、雙調潘妃曲：正是兩情濃。貫雲石正宮小梁州：相偎相抱正情濃。【愁濃】阿魯威、雙調蟾宮曲：有似愁濃。【睡濃】無名氏、正宮醉太平：老先生睡濃。【吟興濃】汪元亨、中呂朝天子、歸隱：新詩吟興濃。【香正濃】貫雲石、南呂金字經：玉爐香正濃。【春睡濃】張可久、越調凭闌人、春思：玉人春睡濃。【酒杯濃】盧摯、雙調殿前歡：酒杯濃。【翠黛濃】喬吉、雙調水仙子、贈姑蘇朱阿嬌：門巧眉兒翠黛濃。【鶴頂濃】張可久、雙調水仙子、紅指甲：

丹髓調酥鶴頂濃。

穠

【春穠】湯式、南呂一枝花套、贈美人、梁州：荳蔻梢歎褥春穠。【纖穠】張可久、越調柳營曲、歌者玉卿：筍指纖穠。

⊙重

雲九重。【九重】喬吉、中呂滿庭芳、漁父詞、夢不到青雲九重。【千重】姚燧、雙調新水令套、冬怨、駐馬聽：半歌鴛枕恨千重。【重重】張可久、越調寨兒令、感舊：門閉重重。李致遠、中呂迎仙客、暮春：簾幕重重。姚燧、雙調新水令套、冬怨、得勝令：烟水隔重重。劉時中、雙調水仙子、爲平章南谷公壽福樓賦：更門闌喜色重重。姚燧、雙調新水令套、冬怨、水仙子：簌湘簾翠靄重重。【幾重】張可久、越調天淨沙、桃源洞：醉眼簾花幾重。【萬重】張可久、中呂滿庭芳、望仙子詩卷：靑山萬重。【數重】無名氏、正宮醉太平：隔風波數重。【千萬重】張可久、南呂金字經、偕葉雲中山行：白雲千萬重。張可久、中呂紅綉鞋、洞庭道中：好山千萬重。楊澹齋、雙調湘妃怨：隔雲山千萬重。【曲水重】呂正庵、仙呂後庭花、冷泉亭：湖山曲水重。【花影重】張可久、越調凭闌人、春思：翠簾花影重。【眉山重】張可久、越調小桃紅、春思：春愁壓眉山重。【梅影重】張可久、南呂金字經、客西峯：小窗梅影重。【無數重】張可久、南呂金字經、金華道中：好山無數重。【幾萬重】湯式、南呂一枝花套、客中奇遇寄情、梁州：回首關河幾萬重。【雲錦重】張可久、中呂普天樂、西湖即事：千機雲錦重。【暮山重】張可久、越調寨兒令、春思：落日暮山重。【雲雨重重】湯式、雙調湘妃遊月宮、冬閨情：隔巫山、雲雨重重。【翠錦重重】盧摯、雙調蟾宮曲、綠珠：後堂深翠錦重重。【嬌暈重重】張可久、雙調水仙子、紅指甲：捻胭脂嬌暈重重。

蟲

【玉蟲】張可久、南呂金字經、客西峯：燭花垂玉蟲。張可久、越調小桃紅：燈花玉蟲。

崇

【金谷石崇】汪元亨、雙調沈醉東風、歸田：易消磨金谷石崇。

⊙逢

【相逢】貫雲石、雙調殿前歡：怕相逢。張可久、雙調折桂令、西湖懷古：一笑相逢。張可久、中呂滿庭芳、望仙子詩卷：此夜相逢。盧摯、雙調殿前歡：何日相逢。盧摯、雙調蟾宮曲、詠別：夢裏相逢。湯式、南呂一枝花套、贈美人：驀地相逢。張可久、越調寨兒令、感舊：何日再相逢。湯式、南呂一枝花套、贈素雲、梁州：青山畫裏相逢。貫雲石、正宮小梁州：相逢爭似不相逢。湯式、南呂一枝花套、客中奇遇寄情：想當日旅館相逢。

叢⊙

【芳叢】張可久、雙調折桂令、梅友元帥席間：占斷芳叢。湯式、越調小桃紅、瓊花燈：誰將香雲製芳叢。【數叢】張養浩、雙調慶東原：被黃花數叢。【叢叢】湯式、南呂一枝花套、題崇明顧彥昇洲上居、梁州：碧葦叢叢。【花數叢】張養浩、雙調清江引、詠秋日海棠：亭下拒霜花數叢。【萬花叢】盧摯、雙調殿前歡：萬花叢。【錦綉叢】湯式、南呂一枝花套、梁州：烟月排場錦綉叢。【簿書叢】張可久、中呂快活三過朝天子、偕程令尹遊烟羅洞：吏散簿書叢。【簇簇叢】湯式、雙調風入松、題貨郎擔兒：希奇樣簇簇叢叢。

琮

【琮琮】湯式、正宮脫布衫帶小梁州、四景爲儲公子賦—秋：鱗甲琮琮。

熊⊙

【飛熊】張鳴善、雙調水仙子、譏時：三脚貓渭水飛熊。查德卿、雙調折桂令、懷古：六韜書功在飛熊。

雄

【英雄】汪元亨、雙調折桂令、歸隱：傲殺英雄。馬致遠、雙調撥不斷：問英雄。阿魯威、雙調蟾宮曲：笑長安却誤英雄。阿魯威、雙調蟾宮曲：問人間誰是英雄。張鳴善、雙調水仙子、譏時：說英雄是英雄。【石柱雄】喬吉、雙調水仙子、吳江垂虹橋：狻猊石柱雄。

容⊙

【山容】盧摯、雙調蟾宮曲、太初次韻見寄復和以答：驚動山容。【月容】盧摯、無名氏、雙調壽陽曲：閑月容。【玉容】張可久、雙調落梅風、蠟梅花：改玉容。【形容】湯式、雙調風入松、題貨郎擔兒：可憐多少形容。【妙容】張可久、中呂快活三過朝天子、偕程令尹遊烟羅洞：招邀妙容。【春容】張可久、越調寨兒令、紅葉：酒借春容。盧摯、雙調蟾宮曲、敬亭贈別丁太初憲使：歸棹春容。【香容】湯式、越調柳營曲、春思：清泪滴香容。【相容】貫雲石、正宮小梁州：天意肯相容。汪元亨、雙調折桂令、歸隱：結茅廬膝可相容。【笑容】湯式、南呂一枝花套、贈美人、尾聲：嬌滴滴擎着笑容。【從容】薛昂夫、中呂陽春曲：樽有酒且從容。喬吉、雙調水仙子、丁朝卿西齋半間雲：浩然氣於此從容。湯式、正宮脫布衫帶小梁州、四景爲儲公子賦—冬：問冬來何處從容。湯式、南呂一枝花套、題崇明顧彥昇洲上居、梁州：閙人烟生意從容。【儀容】喬吉、雙調折桂令、賈侯席上贈李楚儀：楚楚儀容。【醉容】喬吉、中呂朝天子、小娃琵琶：暖烘，醉容。【鏡容】湯式、南呂一枝花套、贈美人、梁州：一朶兒花生鏡容。【減玉容】白樸、中呂陽春曲、題情：烟粉慵施減玉容。【香消玉容】盧摯、雙調蟾宮曲、綠珠：寶鑑破香消玉容。

溶

【溶溶】湯式、南呂一枝花套、贈素雲：颭颭溶溶。【香汗溶溶】湯式、南呂一枝花套、贈美人、梁州：胸酥漬香汗溶溶。【流水溶溶】喬吉、雙調折桂令、西嵓所見：又夕陽流水溶溶。

蓉

【芙蓉】張可久、越調柳營曲、歌者玉卿：月明仙掌芙蓉。徐再思、雙調蟾宮曲、名姬玉蓮：月對芙蓉。張可久、越調寨兒令、紅葉：留得綉芙蓉。白樸、越調天淨沙、秋：水邊開徹芙蓉。喬吉、越調酒旗兒、陪雅齋萬戶遊仙都洞天：粉香吹下芙蓉。湯式、南呂一枝花套、贈美人、梁州：一泓兒水浸芙蓉。喬吉、雙調折桂令、賈侯席上贈李楚儀：洗粧明雪色芙蓉。阿魯威、雙調蟾宮曲、河伯：問江皐兮誰集芙蓉。【玉芙蓉】張可久、中呂滿庭芳、望仙子詩卷：雲冷玉芙蓉。張可久、中呂朝天子、開玄道院賞芙蓉：繡屏香冷玉芙蓉。【錦芙蓉】張可久、雙調殿前歡、秋日湖上：障西風十里錦芙蓉。

融

【冰融】徐再思、雙調蟾宮曲、名姬玉蓮：粉面冰融。【香融】張可久、雙調折桂令梅友元帥席間：玉暖香融。【日融融】湯式、雙調風入松、題貨郎擔兒：杏花天氣日融融。

⊙蒙

【訓蒙】湯式、南呂一枝花套、題崇明顧彥昇洲上居、尾聲：硏硃墨訓蒙。【龜蒙】張可久、黃鍾人月圓、客垂虹：茶竈龜蒙。

濛

【溟濛】姚燧、雙調新水令套、冬怨、折桂令：烟霧溟濛。【濛濛】阿魯威、雙調蟾宮曲：雲樹濛濛。喬吉、雙調折桂令、賈侯席上贈李楚儀：笑落花飛絮濛濛。【浸空濛】張可久、黃鍾人月圓、客垂虹：山色浸空濛。【夜色濛濛】張可久、越調寨兒令、西湖秋夜：擧頭夜色濛濛。【

烟靄冥濛】湯式、南呂一枝花套、題崇明顧彥昇洲上居、梁州：蓬萊山、烟靄冥濛。

盲

【推盲】汪元亨、正宮醉太平、警世：眼見處推盲。

萌

【逢萌】汪元亨、雙調折桂令歸隱：冠掛退逢萌。

⊙紅

【初紅】李德載、中呂喜春來、贈茶肆：竹鑪湯沸火初紅。【依紅】張可久、雙調殿前歡、秋日湖上：泛綠依紅。【春紅】張可久、越調柳營曲、歌者玉卿：花貌春紅。張可久、雙調折桂令、梅友元帥席間：臉暈春紅。張可久、雙調殿前歡、苕溪遇雪：挽盡春紅。【酒紅】汪元亨、雙調雁兒落過得勝令、歸隱：衰顏藉酒紅。【飛紅】白樸、越調天淨沙、春：小橋流水飛紅。【殘紅】張可久、黃鍾人月圓、春晚次韻：門掩殘紅。張可久、雙調水仙子、紅指甲：托香腮數點殘紅。【啼紅】倪瓚、雙調殿前歡：搵啼紅。【亂紅】張可久、中呂滿庭芳、湖上：花開亂紅。張可久、越調凭闌人、春思：燕嘴香泥沾亂紅。【猶紅】姚燧、雙調新水令套、冬怨、折桂令：守宮砂點臂猶紅。【落紅】張可久、南呂金字經、金華洞中：綠波隨落紅。李致遠、中呂迎仙客、暮春：吹落紅。【搖紅】姚燧、雙調蟾宮曲：燭影搖紅。【嫩紅】湯式、南呂一枝花套、客中奇遇寄情：數點芳香嫩紅。【嬌紅】徐再思、雙調蟾宮曲、名姬玉蓮：爲風流洗盡嬌紅。【篘紅】喬吉、中呂滿庭芳、漁父詞：濁酒旋篘紅。【題紅】白樸、越調天淨沙、秋：飛來就我題紅。【人面紅】張可久、越調寨兒令、感舊：桃花去年人面紅。【小桃紅】盧摯、越調小桃紅：壽筵添上小桃紅。【小樓紅】盧摯、雙調殿前歡：小樓紅。【日巳紅】湯式、南呂一枝花套、題崇明顧彥昇洲上居、梁州：睡徹東窗日巳紅。【日影紅】薛昂夫、中呂陽春曲：睡起東窗日影紅。【火正紅】姚燧、雙調新水令套、冬怨、沽美酒：獸炭添煤火正紅。【狀元紅】喬吉、越調小桃紅、桂花：不似狀元紅。【海霞紅】湯式、南呂一枝花套、贈素雲：衝破海霞紅。【落花紅】曾瑞、中呂喜春來、春閨思：羞見落花紅。【曉猶紅】姚燧、雙調新水令套、冬怨、駐馬聽：金釵翦燭曉猶紅。【臉暈紅】喬吉、雙調水仙子、贈姑蘇朱阿嬌：酒潮的臉暈紅。【雙泪紅】喬吉、雙調水仙子、雨窗即事：才心灰雙泪紅。【舊時紅】湯式、越調柳營曲、春思：花減舊時紅。【斷霞紅】盍西村、越調小桃紅、戍樓晚霞：戍樓殘照斷霞紅。【怨玉啼紅】張可久、越調寨兒令、春思：怨玉啼紅。【腮暈輕紅】湯式、南呂一枝花套、贈美人、梁州：酒顏酡腮暈輕紅。【慘綠愁紅】楊淡齋、雙調湘妃怨：因此上慘綠愁紅。【織錦啼紅】湯式、雙調湘妃遊月宮、冬閨情：揫着泪織錦題紅。

虹

【彩虹】張可久、越調小桃紅、遊仙夢：長橋彩虹。

洪

【量洪】汪元亨、中呂朝天子、歸隱：香醪量洪。

鴻

【征鴻】盧摯、雙調蟾宮曲、詠別：幾度征鴻。湯式、南呂一枝花套、贈素雲、梁州：常背征鴻。【孤鴻】阿魯威、雙調蟾宮曲：杳杳孤鴻。【歸鴻】盍西村、越調小桃紅、戍樓晚霞：望歸鴻。盧摯、雙調殿前歡：江上歸鴻。【鱗鴻】盧摯、雙調蟾宮曲、太初次韵見寄復和以答：寄新詞兩度鱗鴻。【目送飛鴻】盧摯、雙調蟾宮曲、敬亭贈別丁太初憲使：聽吾詩目送飛鴻。

橫

【釵橫】張可久、正宮醉太平、春情：金鳳釵橫。

嶸

【峥嶸】湯式、雙調湘妃引、和陸進之韵：得峥嶸、我怎不峥嶸。

⊙蓬

【轉蓬】湯式、南呂一枝花套、贈素雲：飄零似轉蓬。汪元亨、雙調雁兒落過得勝令、歸隱：人生類轉蓬。

篷

【吟篷】張可久、越調寨兒令、西湖秋夜：柳下吟篷。【孤篷】張可久、商調梧葉兒、山陰道上：棹孤篷。徐再思、中呂普天樂、吳江八景：醉倚孤篷。湯式、雙調天香引、贈友人崇彥名：明朝烟水孤篷。張可久、越調天淨沙、憶西湖：燈寒夜雪孤篷。【風篷】喬吉、中呂滿庭芳、漁父詞：掛起風篷。【落篷】喬吉、商調梧葉兒、出金陵：到鐵甕城邊喜落篷。

芃

【芃芃】湯式、南呂一枝花套、題崇明顧彥昇洲上居、梁州：秀麥芃芃。

鬔

【雅髻鬔鬔】湯式、南呂一枝花套、客中奇遇寄情、梁州：寶釵橫、雅髻鬔鬔。

⊙從

【相從】湯式、南呂一枝花套、客中奇遇寄情、梁州：無計相從。徐再思、雙調殿前歡、觀音山眠松：翠蜿蜒俯仰相從。

筒僮瞳朣潼鼕○戎茙
駥毧○癃隆○藭蛩邛
○矓礱嚨○膿儂○醲
○慵鱅○馮縫○瑢鎔
庸傭鄘鏞墉榮○朦矇
甍瞢○宏弘○彭棚鵬

【對偶】

張可久、中呂快活三過朝天子、偕程令尹遊烟羅洞：農成耒耜功，吏散簿書叢。　湯式、南呂一枝花套、客中奇遇寄情、梁州：磣可可、言誓海深如渤澥；熱刺刺、設盟山高似崆峒。　湯式、雙調風入松、題貨郎擔兒：閨閣喚回幽夢，街衢忙殺兒童。　湯式、南呂一枝花套、贈素雲、尾聲：一任他漫天巧結銀河凍，半霎兒滿地平鋪素剪絨。　張可久、南呂金字經、金華洞中：竹暖鶴梳翅，樹香鹿養茸。　徐再思、中呂普天樂、吳江八景：雲間玉兎，水面蒼龍。　劉時中、雙調水仙子、爲平章南谷公壽福樓賦：男巳兆承家鳳，女欣逢擇壻龍。　喬吉、雙調水仙子、客棲卽事石氏所居：石崇巳去玉樓空，王愷重來金谷窮。　喬吉、雙調折桂令、西嵓所見：曲曲闌干，小小簾櫳。　湯式、中呂謁金門、落花二令：亂撒樓臺，低撲簾櫳。　湯式、南呂一枝花套、贈素雲、梁州：籠夜月梨花庭院，弄春陰楊柳簾櫳。　張可久、雙調折桂令、梅友元帥席間：歌夜月琉璃酒鍾，隔香風翡翠簾櫳。　湯式、雙調天香引、贈友人崇彥名：韜其光、遁其跡、學半世懵懂；得於心、應於手、有千般剔透玲瓏。　湯式、南呂一枝花套、題崇明顧彥昇洲上居、尾聲：研硃墨訓蒙，買犂鋤務農。　張可久、越調寨兒令、春思：曲未終，酒方濃。　貫雲石、南呂金字經：紫簫聲初散，玉爐香正濃。　湯式、南呂一枝花套、贈美人、梁州：蝤蛴頸淨匀粉膩，荳蔻梢軟耨春穠。　湯式、雙調湘妃遊月宮、冬閨情：平安信、阻藍橋、風波洶洶，團圓夢、隔巫山、雲雨重重。　姚燧、雙調新水令套、冬怨、駐馬聽：心事匆匆、斜倚雲屏愁萬種，襟懷冗冗、半欹鴛枕恨千重。　姚燧、雙調新水令套、冬怨、得勝令：書信寄封封，烟水隔重重。　汪元亨、雙調沈醉東風、歸田：快結東錢山鄧通，易消磨金谷石崇。　湯式、南呂一枝花套、贈素雲、梁州：可怎麼黃鶴樓頭不遇，常則是靑山畫裏相逢。　湯式、南呂一枝花套、題崇明顧彥昇洲上居、梁州：柔桑藹藹，秀麥芃芃，丹椒簇簇，碧葦叢叢。　張鳴善、雙調水仙子、譏時：五眼鷄岐山鳴鳳，兩頭蛇南陽臥龍，三脚猫渭水飛熊。　湯式、南呂一枝花套、贈美人、尾聲：喜孜孜捧着玉鍾，嬌滴滴擎着笑容。　無名氏、雙調壽陽曲：羞花貌，閉月容。　喬吉、雙調折桂令、賈侯席上贈李楚儀：默默情懷，楚楚儀容。　喬吉、雙調折桂令、西宮所見：正落絮飛花冗冗，又夕陽流水溶溶。　湯式、南呂一枝花套、贈美人、梁州：口脂薰蘭氣沖沖，胸酥漬香汗溶溶。　白樸、越調天淨沙、秋：庭前落盡梧桐，水邊開徹芙蓉。　張可久、越調柳營曲、歌者玉卿：風清環佩丁東，月明仙掌芙蓉。　張可久、雙調折桂令、梅友元帥席間：柳暗花濃，玉暖香融。　徐再思、雙調蟾宮曲、名姬玉蓮：白羽香寒，瓊衣露重，粉面冰融。　張可久、黃鍾人月圓、客垂虹：蓴羹張翰，漁舟范蠡，茶竈龜蒙。　喬吉、雙調折桂令、賈侯席上贈李楚儀：儘劣燕嬌鶯冗冗，笑落花飛絮濛濛。　湯式、南呂一枝花套、題崇明顧彥昇洲上居、梁州：近暗着、扶桑野、陽烏閃爍，遙認着、蓬萊山、烟靄冥濛。　汪元亨、雙調折桂令、歸隱：袖拂去張良，船撐開范蠡，冠樹退逢萌。　喬吉、雙調水仙子、贈姑蘇朱阿嬌：歌觸的心情動，酒潮的臉暈紅。　薛昂夫、中呂陽春曲：坐聽西掖鐘聲動，睡起東窗日影紅。　湯式、南呂一枝花套、贈素雲：分開山霧紫，衝破海霞紅。　湯式、越調柳營曲、春思：柳添新樣綠，花減舊時紅。　湯式、雙調湘妃遊月宮、冬閨情：癡着心拜月瞻星，擎着泪織錦題紅。　湯式、南呂一枝花套、贈素雲、梁州：又不肯、化甘霖、相趁游龍，常則待、帶斜陽、常背征鴻。　張可久、正宮醉太平、春情：烏雲髻鬆，金鳳釵橫。　汪元亨、雙調雁兒落過得勝令、歸隱：空空，世事如春夢；匆匆，人生類轉蓬。　湯式、南呂一枝花套、贈素雲：聚散如春夢，飄零似轉蓬。　張可久、越調寨兒令、西湖秋夜：花外噺驄，柳下吟篷。　湯式雙調天香引、贈友人崇彥名：今宵燈火連牀，明朝烟水孤篷。　李德載、中呂喜春來、贈茶肆：一甌佳味侵詩夢，七椀淸香勝碧箒。

上聲

懂⊙【自懂】湯式、南呂一枝花套、贈美人、梁州：權自懂。【懵懂】汪元亨、正宮醉太平、警世：權粧茵懵懂。湯式、雙調湘妃遊月宮、冬閨情：心自愁添越懵懂。張養浩、中呂醉高歌兼喜春來、詠玉簪：酒灌的癡呆懵懂。

腫⊙【臉兒腫】姚燧、雙調新水令套、冬怨、尾聲：直摑的他腮頰臉兒腫。

種【情種】湯式、南呂一枝花套、贈美人、尾聲：端的是歷盡人間麗情種。【萬種】張可久、正宮醉太平、春情：惱離愁萬種。關漢卿、中呂普天樂、崔張十六事：閑愁萬種。姚燧、雙調新水令套、冬怨、駐馬聽：斜倚雲屏愁萬種。【孽種】王和卿、仙呂醉中天、大蝴蝶：難道是風流孽種。【千萬種】張可久、雙調水仙子、紅指甲：風流千萬種。【可意種】商左山、雙調潘妃曲：多情可意種。【風韻種】無名氏、雙調壽陽曲：嬌的的可人風韻種。

塚【舊塚】張可久、中呂滿庭芳、湖上：逋仙舊塚。張可久、雙調折桂令、西湖懷古：人已去梅花舊塚。【千官塚】馬致遠、雙調撥不斷：楸梧遠近千官塚。【山下塚】張可久、雙調落梅風、嘆世和劉時中：臥白雲北邙山下塚。

孔⊙【周孔】湯式、南呂一枝花套、題崇明顧彥昇洲上居、尾聲：但得茵留心誦周孔。

恐⊙【擔怕恐】湯式、南呂一枝花套、客中奇遇寄情、實心兒擔怕恐。

汞⊙【硃砂汞】喬吉、越調小桃紅、桂花：紫金粟鍊硃砂汞。

攏⊙【輕攏】張可久、雙調折桂令、梅友元帥席間：拂冰絃慢撚輕攏。

擁⊙【自擁】姚燧、雙調新水令套、冬怨、沽美酒：業身軀自擁。【亂擁】湯式、南呂一枝花套、贈素雲：風流地一遭兒亂擁。【驟擁】姚燧、雙調新水令套、冬怨、折桂令：時間驟擁。【心頭氣擁】姚燧、雙調新水令套、冬怨、尾聲：見時節心頭氣擁。【前遮後擁】汪元亨、雙調沈醉東風、歸田：何處也前遮後擁。【重衾密擁】湯式、正宮脫布衫帶小梁州、四景爲儲公子賦：魚遊錦重衾密擁。

湧

【泪湧】姚燧、雙調新水令套、冬怨、喬牌兒：悶懷雙泪湧。

永

【夜永】湯式、越調小桃紅、瓊花燈：堂深夜永。【天地永】姚燧、雙調新水令套、冬怨、喬牌兒：離愁天地永。【春晝永】湯式、越調柳營曲、春思：碧窗夢回春晝永。張養浩、雙調清江引、秋日海棠：幾時盼得日遲遲、春晝永。貫雲石、雙調清江引、知足：野花滿園春晝永。【寒夜永。湯式、雙調湘妃遊月宮、冬閨情：更難捱寒夜永。

寵⊙

【恩寵】湯式、南呂一枝花套、贈素雲、尾聲：太岳祠中受恩寵。【密寵】曾瑞、中呂迎仙客、風情：成密寵。徐再思、雙調蟾宮曲、名姬玉蓮：知造化私加密寵。【愛寵】湯式、南呂一枝花套、贈美人：却做了青樓愛寵。【慢慢的寵】湯式、南呂一枝花套、客中奇遇寄情、尾聲：花燭蘭房、慢慢的寵。

宂⊙

【宂宂】姚燧、雙調新水令套、冬怨、駐馬聽：襟懷宂宂。喬吉、雙調折桂令、賈侯席上贈李楚儀：儘劣然嬌鶯宂宂。【事宂】無名氏、正宮醉太平：利名場事宂。【心緒宂】白樸、中呂陽春曲、題情：心緒宂。【花宂宂】喬吉、雙調折桂令、西嵓所見：正落絮飛花宂宂。【俗事宂】汪元亨、中呂朝天子、歸隱：遠紅塵俗事宂。

噥⊙

【冷句兒噥】曾瑞、中呂迎仙客、風情：休聽外人冷句兒噥。

董○踵冢○桶統○嗊
○隴壠○簣○詾○聳
竦○拱鞏珙○勇涌踊
悀俑○蠓懵猛艋蜢○
總○捧○唪

【對偶】
湯式、南呂一枝花套、贈美人、梁州：自疑，自懂。湯式、南呂一枝花套、贈素雲：離恨天幾弄兒昏迷，風流地一遭兒亂擁。馬致遠、禾黍高低文代宮，楸梧遠近千官塚。湯式、南呂一枝花套、贈美人：內家粧、都猜是金屋嬋娟，前生業、却做了青樓愛寵。

⊙洞　去聲

【溪洞】張可久、越調天淨沙、桃源洞：小桃源溪洞。【銀洞】貫雲石、正宮小梁州、冬：六橋頃刻如銀洞。【玉華洞】張可久、越調小桃紅、遊仙夢：相伴瓊姬玉華洞。【桃花洞】張可久、南呂金字經、偕葉雲中山行：桃花洞。【桃源洞】張可久、中呂朝天子、開玄道院賞芙蓉：同入桃源洞。姚燧、雙調新水令套、冬怨：水仙子：雪雹打碎桃源洞。湯式、南呂一枝花套、題崇明顧彥昇洲上居、尾聲：幽尋不索桃源洞。曾瑞、中呂迎仙客、風情：可休別鑿透桃源洞。湯式、南呂一枝花套、贈美人：是誰人、賺出桃源洞。張可久、雙調殿前歡、秋月湖上：似入桃源洞。無名氏、正宮醉太平：不接桃源洞。張可久、正宮醉太平、春情：滿溪綠水桃源洞。湯式、南呂一枝花套、客中奇遇寄情、梁州：信流鶯喚出桃源洞。【烟蘿洞】張可久、中呂快活三過朝天子、偕程令尹遊烟蘿洞：同入烟蘿洞。【黑洞洞】無名氏、雙調壽陽曲：鼓三更燭滅黑洞洞。【黃雲洞】喬吉、雙調水仙子、吳江垂虹橋：鑿開萬竅黃雲洞。【煙霞洞】劉秉忠、南呂乾荷葉、弔宋：慘淡煙霞洞。【錦胡洞】湯式、南呂一枝花套、贈素雲、梁州：不落錦胡洞。【蓬萊洞】張可久、中呂滿庭芳、望仙子卷：歌塵隔斷蓬萊洞。【藏眞洞】喬吉、越調酒旗兒、陪雅齋萬戶遊仙都洞天：千古藏眞洞。

動

【不動】喬吉、越調酒旗兒、陪雅齋萬戶侯遊仙都洞天：碧雲不動。【心動】無名氏、雙調壽陽曲：恰相逢使人心動。【吹動】貫雲石、正宮小梁州：則願休吹動。【枝動】湯式、越調小桃紅、瓊花燈：影搖枝動。【浮動】張可久、雙調殿前歡、苕溪遇雪：香浮動。張可久、中呂上小樓、春思：月黃昏暗香浮動。【飛動】王和卿、仙呂醉中天、大蝴蝶：輕輕飛動。【心情動】喬吉、雙調水仙子、贈姑蘇朱阿嬌：歌觸的心情動。【天香動】喬吉、越調小桃紅、桂花：扇影天香動。【半浮動】盧摯、越調小桃紅：茜蕊冰痕半浮動。【西風動】喬吉、中呂滿庭芳、漁父詞：蓴鱸高興西風動。【金鰲洞】湯式、南呂一枝花套、題崇明顧彥昇州上居：沙湧金鰲洞。【芳心動】盧摯、雙調殿前歡：依約見芳心動。喬吉、中呂朝天子、小娃琵琶：逼迎功芳心動。關漢卿、中呂普天樂、崔張十六事：聽得他芳心動。【香雲動】張可久、雙調水仙子、紅指甲：金爐撥火香雲動。【香微動】馬致遠、越調小桃紅、春：寶篆香微動。【秋聲動】喬吉、越調小桃紅、孫氏壁間畫竹：丰壁秋聲動。【菱歌動】喬吉、越調小桃紅、贈郭蓮兒：一曲菱歌動。【魂飛動】湯式、南呂一枝花套、贈美人：眼眩亂魂飛動。【瑤華動】湯式、南呂一枝花套、贈素雲：縹渺瑤華動。【鐘聲動】薛昂夫、中呂陽春曲：坐聽西掖鐘聲動。

棟

【梁棟】徐再思、雙調殿前歡、觀音山眠松：睡寒心不肯爲梁棟。

凍

【吹凍】張可久、雙調落梅風、蠟梅花：蜜蜂兒帶香吹凍。【春寒凍】盧摯、雙調殿前歡：綉衾薄不耐春寒凍。【梅梢凍】貫雲石、正宮小梁州、冬：銀河片片洒長空、梅梢凍。【寒偏凍】姚燧、雙調新水令套、冬怨、駐馬聽：膽瓶盛水寒偏凍。【銀河凍】張可久、中呂普天樂、西湖即事：一片銀河凍。張可久、雙調殿前歡、苕溪遇雪：姮娥碎翦銀河凍。湯式、南呂一枝花套、贈素雲、尾聲：漫天巧結銀河凍。【天寒凍】姚燧、雙調新水套、冬怨、太平令：見如今天寒地凍。

蝀

【螮蝀】喬吉、雙調水仙子、吳江垂虹橋：橫駕三天白螮蝀。

⊙ 鳳

【幺鳳】張可久、中呂上小樓、春思：仙山幺鳳。【丹鳳】張可久、越調小桃紅、遊仙夢：空臺丹鳳。張可久、中呂朝天子、開玄道院賞芙蓉：穿花丹鳳。【玉鳳】張可久、雙調折桂令、徽州路譙樓落成：斷殘玉鳳。【金鳳】張可久、越調小桃紅、春思：羅屏金鳳。張可久、越調小桃紅、寄春谷王千戶：酒携金鳳。張可久、雙調殿前歡、秋日湖上：羅袖擎金鳳。【棲鳳】喬吉、越調小桃紅、孫氏壁間畫竹：露粟枝柔怯棲鳳。【飛鳳】張可久、中呂快活三過朝天子、偕程令尹遊烟蘿洞：翔鸞飛鳳。【鳴鳳】張鳴善、雙調水仙子、譏時：五眼鷄岐山鳴鳳。【鱗鳳】

湯式、南呂一枝花套、題崇明顧彥昇洲上居：居是洲何代不生麟鳳。【鸞鳳】徐再思、中呂普天樂、吳江八景：乘鸞鳳。商左山、雙調潘妃曲：効鸞鳳。湯式、南呂一枝花套、客中奇遇寄情：取次間諧鸞鳳。【孤栖鳳】湯式、中呂謁金門、落花二令：怎發付孤栖鳳。【秦臺鳳】姚燧、雙調新水令套、冬怨、雁兒落：簫歇秦臺鳳。【釵頭鳳】貫雲石、雙調殿前歡：恨不似釵頭鳳。【雙飛鳳】張可久、中呂普天樂、西湖卽事：縹渺佳人雙飛鳳。【鬆金鳳】白樸、中呂陽春曲、題情：鬢雲懶理鬆金鳳。【鸞和鳳】盧摯、雙調殿前歡：孤負了鸞和鳳。【泣麟悲鳳】關漢卿、中呂普天樂、崔張十六事：又不是泣麟悲鳳。

奉

【供奉】喬吉、越調小桃紅、桂花：黃廝供奉。【陪奉】貫雲石、雙調清江引、知足：客來相陪奉。姚燧、雙調新水令套、冬怨、太平令：知他共何人陪奉。湯式、南呂一枝花套、贈美人、尾聲：常記席上樽前、那些陪奉。

諷

【譏諷】汪元亨、正宮醉太平、警世：由人著死句相譏諷。湯式、南呂一枝花套、客中奇遇寄情、尾聲：寄與那閑打牙的相知、莫譏諷。

俸

【淵明俸】張可久、中呂快活三過朝天子、偕程令尹遊烟蘿洞：破五日淵明俸。

⊙共

【誰共】張可久、越調小桃紅、春思：舞扇歌衫與誰共。楊淡齋、雙調湘妃怨：繡衾溫暖和誰共。姚燧、雙調新水令套、冬怨、駐馬聽：掩流蘇帳暖和誰共。【時人共】貫雲石、雙調清江引、不與時人共。【誰人共】盧摯、雙調殿前歡：誰人共。

供

【壺天供】盧摯、越調小桃紅：粧點壺天供。

⊙宋

【窺宋】姚燧、雙調新水令套、冬怨、太平令：悔當日東牆窺宋。

送

【吹送】阿魯威、雙調落梅風：晚風吹送。【迎送】湯式、南呂一枝花套、題崇明顧彥昇洲上居、梁州：知用舍、厭迎送。馬致遠、越調小桃紅、春：尋常迎送。【時送】姚燧、雙調新水令套、冬怨：隔紗窗暗香時送。【過送】汪元亨、正宮醉太平、警世：任人著假意廝過送。【斷送】張可久、正宮醉太平、春情：把青春斷送。張養浩、中呂醉高歌兼喜春來、詠玉簪：一部笙歌斷迗。【人相迗】貫雲石、正宮小梁州：垂楊渡口人相迗。【丁香迗】商左山、雙調潘妃曲：笑吟吟舌吐丁香迗。【行雲迗】倪瓚、雙調殿前歡：南浦行雲迗。【河梁迗】姚燧、雙調新水令套、冬怨、喬牌兒：自從執手河梁迗。【青山迗】盧摯、雙調殿前歡：一帶青山迗。盍西村、越調小桃紅、紅樓晚霞：只有青山迗。【秋波迗】盧摯、雙調殿前歡：歌喉邊笑語中、秋波迗。【相迎迗】湯式、南呂一枝花套、贈素雲、梁州：繞天涯幾度相迎迗。【笙歌迗】貫雲石、正宮小梁州、冬：酒滿斟、笙歌迗。【黃鶴迗】貫雲石、雙調殿前歡：酒後黃鶴迗。

弄⊙

【三弄】張可久、南呂金字經、湖上即事：笛三弄。關漢卿、中呂普天樂、崔張十六事：琴三弄。貫雲石、雙調清江引、知足：月下琴三弄。【般弄】張養浩、雙調慶東原：利和名愛把人般弄。【搬弄】湯式、中呂謁金門、落花二令：自是春搬弄。姚燧、雙調新水令套、冬怨、太平令：巧舌頭將人搬弄。【圍弄】無名氏、雙調壽陽曲：也消得俺惜花人圍弄。【調弄】汪元亨、正宮醉太平、警世：聽人著冷話來調弄。【西風弄】盍西村、越調小桃紅、紅樓晚霞：歸鴻也被西風弄。【江南弄】姚燧、雙調新水令套、冬怨、雁兒落：曲罷江南弄。【恣搏弄】湯式、南呂一枝花套、贈素雲、尾聲：則落得高臥先生恣搏弄。【瑤琴弄】貫雲石、雙調清江引、惜別：一曲瑤琴弄。【嬌團弄】湯式、南呂一枝花套、客中奇遇寄情、梁州：柳驚花顫嬌團弄。【霓裳弄】貫雲石、雙調殿前歡：聽甚霓裳弄。

控⊙

【軟簾低控】湯式、正宮脫布衫帶小梁州、四景爲儲公子賦—冬：駝絨毡軟簾低控。

鞚⊙

【絲鞚】湯式、南呂一枝花套、客中奇遇寄情、尾聲：紫騮蹀躞催絲鞚。【飛鞚】張可久、中呂快活三過朝天子、偕程令尹遊烟蘿洞：郊外聯飛鞚。

甕⊙

【銀甕】張可久、雙調殿前歡、秋日湖上：玉液浮銀甕。張養浩、中呂醉高歌兼喜春來、詠玉簪：金波瀲灩浮銀甕。【浮蛆甕】喬吉、中呂滿庭芳、漁父詞：祿不朮皇閣千鐘、浮蛆甕。【醯雞甕】汪元亨、雙調雁兒落過得勝令、歸隱：冷笑醯雞甕。張養浩、雙調慶東原：跳出醯雞甕。

痛⊙

【疼痛】湯式、南呂一枝花套、客中奇遇寄情、梁州：越懊惱越疼痛。湯式、雙調湘妃遊月宮、冬閨情：腸於斷處偏疼痛。

⊙衆

【萬人衆】湯式、南呂一枝花套、贈美人、梁州：梨園內萬人衆。

重

【知重】湯式、雙調湘妃引、和陸進之韵：要知重人越不知重。湯式、南呂一枝花套、贈素雲、梁州：淡丰姿、消得箇人知重。【情重】喬吉、越調小桃紅、贈郭蓮兒：藕絲情重。無名氏、雙調壽陽曲：小書生玉人情重。張可久、雙調落梅風、蠟梅花：列金釵主人情重。【露重】徐再思、雙調蟾宮曲、名姬玉蓮：瓊衣露重。【千鈞重】姚燧、雙調新水令套、冬怨、尾聲：這冤讎懷恨千鈞重。【丹心重】湯式、越調小桃紅、瓊花燈：粉溶酥暖丹重。【冷衣重】張可久、越調小桃紅、遊仙夢：覺來香露冷衣重。【金杯重】喬吉、雙調水仙子、贈姑蘇朱阿嬌：柔荑指怯金杯重。【金環重】喬吉、雙調水仙子、吳江垂虹橋：贔屭金環重。【花梢重】盧摯、雙調殿前歡：一葫蘆酒壓花梢重。【春權重】張可久、越調小桃紅、寄春谷王千戶：嬌花寵柳春權重。【烏紗重】汪元亨、中呂朝天子、歸隱：好花插烏紗重。【帶霜重】盍西村、越調小桃紅、戎樓晚霞：梨葉新來帶霜重。【胭脂重】湯式、中呂謁金門、落花二令：點點胭脂重。湯式、南呂一枝花套、贈美人、梁州：更說甚、海棠浥露胭脂重。【琵琶重】喬吉、中呂朝天子、小娃琵琶：嬌怯煞琵琶重。【情偏重】關漢卿、中呂普天樂、崔張十六事：司馬文君情偏重。【愁添重】貫雲石、正宮小梁州：相逢爭似不相逢、愁添重。【綉幃重】馬致遠、越調小桃紅、春：畫堂春暖綉幃重。【霓裳重】張可久、中呂朝天子、開玄道院賞芙蓉：露濕霓裳重。【霜華重】張養浩、雙調清江引、詠秋日海棠：瘦怯霜華重。【離愁重】倪瓚、雙調殿前歡：離愁重。【關情重】喬吉、越調小桃紅、孫氏壁間畫竹：不堪歲暮關情重。

種

【春種】湯式、南呂一枝花套、題崇明顧彥昇洲上居、梁州：年年布穀催春種。【何年種】徐再思、雙調殿前歡、觀音山眠松：靖節何年種。【前王種】劉時中、雙調水仙子、爲平章南谷公壽福賦樓：陰功雖是前王種。【把白雲種】張養浩、雙調慶東原：因此上、向鵲華山把白雲種。

⊙縱

【眉縱】姚燧、雙調新水令套、冬怨、喬牌兒：恨鎖兩眉縱。【能縱】薛昂夫、中呂朝天曲：能擒能縱。【輕縱】喬吉、中呂朝天子、小娃琵琶：眉兒輕縱。【把眉頭縱】汪元亨、中呂朝天子、歸隱：莫把眉頭縱。

夢⊙

【仙夢】張可久、中呂上小樓、春思：羅浮夢夢。【成夢】盧摯、雙調殿前歡：難成夢。【同夢】張養浩、雙調清江引、詠秋日海棠：不與渠同夢。【香夢】張可久、越調天淨沙、憶西湖：六橋香夢。【春夢】汪元亨、雙調雁兒落過得勝令、歸隱：世事如春夢。湯式南呂一枝花套、贈素雲：聚散如春夢。阿魯威、雙調落梅風：喚不回一場春夢。張可久、雙調落梅風、嘆世和劉時中：嘆興亡一場春夢。【幽夢】湯式、雙調風入松、題貨郎擔兒：閨閣喚回幽夢。【衾夢】姚燧、雙調新水令套、冬怨：又題覺半衾夢。【雲夢】薛昂夫、中呂朝天曲：多了遊雲夢。【無夢】喬吉、越調小桃紅、孫氏壁間畫竹：美人無夢。【詩夢】李德載、中呂喜春來、贈茶肆：一甌佳味侵詩夢。【說夢】無名氏、雙調壽陽曲：你道是不曾時說夢。【熊夢】徐再思、中呂普天樂、吳江八景：待遇當年非熊夢。【十年夢】張養浩、雙調慶東原：整做了三箇十年夢。【三生夢】汪元亨、雙調沈醉東風、歸田：石上三生夢。盧摯、雙調殿前歡：癡騃騃未解三生夢。【三春夢】湯式、南呂一枝花套、客中奇遇寄情：雨雲又作三春夢。【天臺夢】喬吉、越調酒旗兒、陪雅齋萬戶侯遊仙都洞天：醉入天臺夢。【仙人夢】徐再思、中呂普天樂、吳江八景：喚起凌波仙人夢。【江南夢】劉秉忠、南呂乾荷葉、弔宋：兩度江南夢。喬吉、雙調水仙子、雨窗即事：燭光搖蕩江南夢。【周公夢】張養浩、雙調慶東原：驚覺周公夢。【花前夢】喬吉、中呂朝天子、小娃琵琶：喚醒花前夢。【相思夢】李致遠、中呂迎仙客、暮春：不鎖相思夢。【香奩夢】貫雲石、雙調殿前歡：玉臺不放香奩夢。【南柯夢】汪元亨、中呂朝天子、歸隱：總一枕南柯夢。【凌波夢】喬吉、越調小桃紅、贈郭蓮兒：鴛鴦不似凌波夢。【梅花夢】湯式、正宮脫布衫帶小梁州、四景爲儲公子賦—冬：昏昏一枕梅花夢。【莊周夢】王和卿、仙呂醉中天、大蝴蝶：彈破莊周夢。【淸宵夢】張可久、越調小桃紅、春思：暗解淸宵夢。【梨花夢】馬致遠、越調小桃紅、春：東風喚醒梨花夢。喬吉、雙調水仙子、丁朝卿西齋半間雲：矮屏分得梨花夢。曾瑞、中呂喜春來、春閨思：蜂蝶困歇梨花夢。【梨雲夢】張可久、雙調殿前歡、苕溪遇雪：一片梨雲夢。張可久、正宮醉太平、春情：半窗白月梨雲夢。【揚州夢】張可久、越調小桃紅、寄春谷王千戶：十載揚州夢。倪瓚、雙調殿前歡：十年一覺揚州夢。【陽臺夢】無名氏、正宮醉太平：華山雲不到陽臺夢。貫雲石、雙調殿前歡、醉歸來縱有陽臺夢。馬致遠、南呂四塊玉、巫山廟：襄王謾說陽臺夢。湯式、南呂一枝花套、贈美人、梁州：沾雲殢雨陽臺夢。【朝雲夢】喬吉、雙調水仙子、客樓卽事石氏所居：綠珠不作朝雲夢。【當時夢】徐再思、雙調殿前歡、觀音山眠松：丁固當時夢。【遊仙夢】張可久、越調小桃紅、遊仙夢：一枕遊仙夢。張可久、中呂朝天子、閈玄道院賞芙蓉：身世遊仙夢。貫雲石：別來衾枕空、遊仙夢。【廣寒夢】喬吉、越調小桃紅、桂花：醉裡清虛廣寒夢。【團圓夢】楊淡齋、雙調湘妃怨：摶得個團圓夢。【繁華夢】張可久、中呂滿庭芳、湖上：香雲一枕繁華夢。【舊時夢】湯式、越調小桃紅、瓊花燈：照破揚州舊時夢。【難成夢】白樸、雙調得勝令：獨自寢、難成夢。【羅浮夢】盧摯、越調小桃紅：生香喚醒羅浮夢。【歡娛夢】姚燧、雙調新水令套、冬怨、得勝令：枕上歡娛夢。

⊙用

【何用】張養浩、中呂醉高歌兼喜春來、詠玉簪：高車大纛成何用。【受用】張養浩、中呂醉高歌兼喜春來、詠玉簪：似這般閒受用。【時用】張鳴善、雙調水仙子、譏時：胡言亂語成時用。【無用】張可久、雙調落梅風、嘆世和劉時中：信虛名得來無用【文章用】薛昂夫、中呂朝天曲：也得文章用。【成何用】馬致遠、雙調撥不斷：王圖霸業成何用。【爲時用】徐再思、中呂普天樂、吳江八景：舒卷無心爲時用。【栝棬用】汪元亨、雙調雁兒落過得勝令、歸隱：才豈栝棬用。【閑受用】貫雲石、雙調清江引、知足：子落得這些兒閑受用。

詠

【題詠】湯式、南呂一枝花套、題崇明顧彥昇洲上居、梁州：天然幽勝堪題詠。南呂一枝花套、贈美人、尾聲：賦佳人的宋玉堪題詠。

瑩

【清輝瑩】湯式、越調小桃紅、瓊花燈：表裡清輝瑩。【玻璃瑩】湯式、南呂一枝花套、題崇明顧彥昇洲上居：一片玻璃瑩。

縫〇貢〇哢〇碧〇空〇
訟誦頌〇慟〇中仲〇〇
從粽〇孟〇哄鬨橫〇
綜〇迸〇銃

【對偶】張可久、中呂普天樂、西湖即事：蕊珠宮、蓬萊洞。 姚燧、雙調新水令套、冬怨、水仙子：朔風掀倒楚王宅，凍雨埋藏神女峯，雪雹打碎桃源洞。 湯式、越調小桃紅、瓊花燈：堂深夜永，影搖枝動。 湯式、南呂一枝花套、題崇明顧彥昇洲上居：湖生玉馬來，沙湧金鰲洞。 徐再思、中呂普天樂、吳江八景：玉華寒，冰壺凍。 張可久、中呂普天樂、西湖即事：千機雲錦重，一片銀河凍。 姚燧、雙調新水令套、冬怨、駐馬聽：金釵翦燭曉猶紅，膽瓶盛水寒偏凍。 喬吉、雙調水仙子、吳江垂虹橋：飛來千丈玉蜈蚣，橫駕三天白螮蝀。 張可久、中呂快活三過朝天子、偕程令尹遊烟蘿洞：踞虎登龍，翔鸞飛鳳。 張可久、越調小桃紅、寄春谷王千戶：鞭催玉驄，酒攜金鳳。 張可久、中呂朝天子：采藥仙童，穿花丹鳳。 張可久、越調小桃紅、遊仙夢：長橋彩虹，空臺丹鳳。 張可久、中呂上小樓、春思：寒潭玉龍，仙山幺鳳。 姚燧、雙調新水令套、冬怨、雁兒落：琴閑吳爨桐，簫歇秦臺鳳。 喬吉、越調小桃紅、桂花：綠衣襯榜，黃廡供奉。 馬致遠、南呂四塊玉、巫山廟：暮雨迎，朝雲送。 徐再思、中呂普天樂、吳江八景：酒一樽，琴三弄。 貫雲石、雙調清江引、知足：草堂書千卷，月下琴三弄。 湯式、正宮脫布衫帶小梁州、四景爲儲公子賦—冬：魚遊錦重衾密擁，陀絨毡軟簾低控。 湯式、正宮脫布衫帶小梁州、四景爲儲公子賦—冬：柏葉杯，椒花頌。 張養浩、雙調慶東原：辭却鳳凰池，跳出醯雞甕。 湯式、雙調湘妃遊月宮、冬閨情：鬢縱別後甚蓬鬆，心自愁添越懵懂，腸於斷處偏疼痛。 徐再思、中呂普天樂、吳江八景：箬帽偏，冰蓑重。 張養浩、雙調清江引、秋日海棠：嬌倚秋陰薄，瘦怯霜華重。 湯式、雙調湘妃引、和陸進之韵：得崢嶸我怎不崢嶸，佯懵懂咱非眞懵懂，要知重人越不知重。

喬吉、雙調水仙子、贈姑蘇朱阿嬌：合歡髻子楚雲動，鬬巧眉兒翠黛濃，柔荑指怯金杯重。喬吉、中呂朝天子、小娃琵琶：指甲纖柔，眉兒輕縱。喬吉、雙調水仙子、雨窗卽事：客懷寥落雨聲中，春事商量花信風，燭光搖蕩江南夢。

第二部

（江陽）

陰平

江⊙

【長江】楊西庵、仙呂賞花時套、勝葫蘆：搖曳掛長江。劉時中、正宮端正好套、上高監司：乳哺兒、沒人要，撇入長江。【秋江】張可久、雙調水仙子、青衣洞天：月滿秋江。貫雲石、雙調蟾宮曲：目外秋江。【桐江】張可久、中呂滿庭芳、過釣臺：千古占桐江。張可久、越調寨兒令、過釣臺：月浸桐江。【烏江】馬謙齋、越調寨兒令、楚漢遺事：一個命將衰，自刎烏江。【湘江】張可久、雙調折桂令、次酸齋韻：八景湘江。【寒江】鮮于伯機、仙呂八聲甘州套、江天暮雪：綸竿簑笠、落梅風裏釣寒江。【漢江】喬吉、中呂滿庭芳漁父詞：湘江漢江。【羅江】湯式、正宮脫布衫帶小梁州：嘆獨醒誰弔羅江。【汨羅江】貫雲石、雙調殿前歡：忠臣跳入汨羅江。【揚子江】張可久、雙調水仙子、歸興：浪淘淘揚子江。【一滾長江】貫雲石、正宮小梁州：見錢塘一滾長江。【浮海吞江】盧摯、雙調蟾宮曲、京口懷古：北溟魚浮海吞江。

杠

【長杠】鮮于伯機、仙呂八聲甘州套、江天暮雪：最可愛青帘、搖曳長杠。

釭

【停釭】鮮于伯機、仙呂八聲甘州、江天暮雪：畫向小屏間，夜夜停釭。【銀釭】貫雲石、雙調醉春風套、高過金盞兒：滅了銀釭。無名氏、中呂普天樂：低歡會共你著銀釭。

疆

【無疆】劉時中、雙調水仙操：壽福無疆。

韁

【名韁】張可久、中呂滿庭芳、山中雜興：頓解名韁。【垂韁】劉時中、正宮端正好套、上高監司：恨不得展草垂韁。

邦⊙

【魚邦】張可久、越調寨兒令、過釣魚臺：清風占七里魚邦。鮮于伯機、仙呂八聲甘州套、江天暮雪：生涯閒散、占斷水國魚邦。【興邦】劉時中、正宮端正好套上高監司：論道興邦。【蠻陌之邦】湯式、南呂一枝花套、贈人：笑談中、定邊垂、蠻陌之邦。

桑◉

【扶桑】阿魯威、雙調蟾宮曲、雲中君：後屬飛廉，總轡扶桑。【林桑】徐再思雙調蟾宮曲、送沙宰：岐麥林桑。【空桑】阿魯威、雙調蟾宮曲、東君：直上空桑。【柴桑】張可久、雙調折桂令、蓮華道中：舊日柴桑。【樓桑】盧摯、雙調蟾宮曲、京口懷古：道南宅豈識樓桑。【大葉桑】劉時中、正宮端正好套、上高監司：盜斫了些大葉桑。

雙◉

【成雙】張可久、越調小桃紅、秋感：雁成雙。雙調水仙子、春晚：怎生人不成雙。越調寨兒令、閨思：鶯來燕去成雙。【無雙】喬吉、中呂滿庭芳、漁父詞：景物無雙。【雙雙】張可久、雙調折桂令、次酸齋韻：白鶴雙雙。【劍一雙】張可久、雙調水仙子、青衣洞天：飛空劍一雙。

霜◉

【玄霜】張可久、中呂朝天子、過劉阮洞：玉杵玄霜。【吳霜】張可久、雙調折桂令、春晚有感：幾點吳霜。【靴霜】張可久、中呂朝天子、山中雜書秋夜懷客：東華聽漏滿靴霜。【一天霜】周德清、中呂朝天子：砧聲催動一天霜。【雨履霜】喬吉、雙調水仙子、尋梅：溪北溪南兩履霜。【洞庭霜】喬吉、中呂朝天子、歌者簪山橘：何須一夜洞庭霜。【昨夜霜】商左山、雙調潘妃曲：紅葉皆由昨夜霜。【禁街霜】汪元亨、中呂朝天子、歸隱：馬啼踏碎禁街霜。【鬢毛霜】張可久、中呂滿庭芳、客中九日：吹老鬢毛霜。【鬢似霜】楊西庵、仙呂賞花時套：見個黑足呂的漁翁、鬢似霜。

章◉

【三章】徐再思、雙調蟾宮曲、送沙宰：循吏心恪守三章。【文章】張可久、越調寨兒令、收心：驅風駕月文章。汪元亨、雙調折桂令、歸隱：這肚皮萬卷文章。湯式、中呂醉高歌帶紅綉鞋、琴意軒：敷揚就叔度文章。【周章】阿魯威、雙調蟾宮曲、雲中君：快龍駕翩翩，遠擧周章。【朝章】張可久、越調寨兒令、過釣臺：不戀朝章。【樂】張可久、中呂朝天子、席上有贈：錦囊，樂章。雙調殿前歡夜宴：新聲收樂章。貫雲石、雙調蟾宮曲：準備了今宵樂章。湯式、雙調夜行船套、贈鳳臺春王姬：也消得李白吟成樂章。【鸞章】阿魯威、雙調蟾宮曲：雲中君：先戒鸞章。【古文章】張可久、中呂紅綉鞋：集慶方丈：貝葉古文章。【星斗文章】湯式、南呂一枝花套、贈人：壯懷吞星斗文章。

樟

【株樟】劉時中、正宮端正好套、上高監司：留下杞柳株樟。

張

【主張】湯式、雙調夜行船套、贈鳳臺春王姬：多管是東君主張。劉時中、正宮端正好套、上高監司：感謝這監司主張。【半張】無名氏、商調梧葉兒：綉被兒空閒了半張。【筵張】張養浩、越調寨兒令：日日大筵張。【紙半張】湯式、雙調湘妃引、和陸進之韻：誤功名紙半張。馬謙齋、中呂快活三帶過朝天子四邊靜：豈羨功名紙半張。張可久、雙調湘妃怨、春曉：帶草連眞紙半張。

商⊙

【宮商】貫雲石、雙調蟾宮曲：錦瑟朱絃、亂錯宮商。【流商】張可久、越調寨兒令、秋日宮詞：泛羽流商。【參與商】劉時中、正宮端正好套、上高監司：等閒參與商。【嚼徵含商】張可久、雙調折桂令、太眞病齒圖：沉香亭嚼徵含商。

傷

【口傷】張可久、雙調桂折令：貶李白因他口傷。【心傷】張可久、雙調水仙子、春深：鵑啼芳樹自心傷。【災傷】劉時中、正宮端正套、上高監司：旱魃生四野災傷。【俱傷】彭壽之、仙呂八聲甘州套、混江龍：悔則俱傷。【情傷】張可久、雙調折桂令、夜景：對景情傷。【悲傷】劉時中、正宮端正好套、上高監司：哽咽悲傷。【感傷】張可久、中呂朝天子過劉阮洞：阮郎感傷。湯式、正宮小梁州、九日渡江：自感傷。曾瑞、南呂罵玉郎過感皇恩採茶歌、四時閨怨、冬：情感傷。【著傷】曾瑞、南呂四塊玉、警世：急走沿身痛著傷。【魂傷】張可久、雙調水仙子、歸興：想途中夢感魂傷。【百倍傷】貫雲石、雙調春風套：早是愁懷百倍傷。【事可傷】馬致遠、南呂四塊玉、鳳凰坡：想當初事可傷。

觴

【玉觴】徐再思、南呂閱金經、水亭開宴：紫霞白玉觴。【金觴】盧摯、雙調蟾宮曲、橙杯：樣團圞雅稱金觴。【荷觴】張可久、中呂上小樓、春思：酒捲荷觴。【清觴】喬吉、雙調折桂令：愁近清觴。【飛觴】張可久、越調兒寨令、秋日宮詞：走單飛觴。【壺觴】張養浩、雙調折桂令：夜月壺觴。張可久、雙調折桂令、湖上飲別：更引壺觴。張養浩、越調寨兒令：華不住倒

湯

壺觴。【離觴】湯式、正宮小梁州、別情代人作：晚粧樓上醉離觴。

【湯湯】徐再思、雙調蟾宮曲、送沙宰：江水湯湯。

⊙漿

【玉漿】盧摯、雙調蟾宮曲、橙杯：波瀲灩宜斟玉漿。【豆漿】劉時中、正宮端正好套、上高監司：捶麻柘稠調豆漿。【桂漿】阿魯威、雙調蟾宮曲、東君：布瑤席兮聊斟桂漿。【涼漿】張可久、雙調折桂令、太眞病齒圖：飲怯涼漿。【蔗漿】徐再思、南呂閱金經、水亭開宴：象盤冰蔗漿。【瓊漿】張可久、中呂朝天子、過劉阮洞：仙掌瓊漿。貫雲石、正宮小梁州：醉醺醺笑飲瓊漿。【白玉漿】張可久、雙調落梅風：蜜多心白玉漿，【甘露漿】張可久、南呂金字經、佛會：寶瓶甘露漿。【荔子漿】喬吉、雙調水仙子、吳姬：紅冰荔子漿。曾瑞、中呂喜春來、遣興：玉筍冰調荔子漿。

將

【相將】張養浩、越調兒寨令：朋友相將。

⊙莊

【山莊】汪元亨、雙調折桂令、歸隱：苗稼山莊【仙莊】張可久、雙調折桂令、春曉有感：繫馬仙莊。【田莊】劉時中、正宮端正好套、上高監司、賤賣了些家業田莊。【村莊】喬吉、雙調水仙子、尋梅：冬前冬後幾村莊。【雲莊】張養浩、雙調水仙子、詠遂閒堂：委實會受用也雲莊。【五柳莊】湯式、雙調湘妃引、山中樂四贈友人：勝閑家五柳莊。【楊柳莊】張可久、雙調水仙子、山莊卽事：暖霧晴絲楊柳莊。

粧

【明粧】張可久、正宮小梁州、郊行卽事：當壚艷粉倚明粧。【宜粧】喬吉、雙調折桂令：宜歌宜舞宜粧。【紅粧】張可久、正宮小梁州、避暑卽事：紈扇掩紅粧。貫雲石、雙調蟾宮曲、贈曹綉蓮：掩映紅粧。【宮粧】商道、越調天淨沙：玉容偏稱宮粧。【梳粧】白樸、越調小桃紅：雲鬢風鬟淺梳粧。【淡粧】鄭光祖、雙調蟾宮曲、夢中作：縹緲見梨花淡粧。【啼粧】劉時中、雙調折桂令、疎齋同賦木犀：淡盡啼粧。【晚粧】張可久、越調寨兒令、秋日宮詞：添晚粧。【新粧】張可久、中呂朝天子：可憐新燕妒新粧。張可久、雙調折桂令、夜景：小紅樓獨倚新粧。喬吉、雙調水仙子、贈孫梅哥：壽陽宮額試新粧。湯式、雙調夜行船套贈鳳臺春王姬：開奩顧影試新粧。【嫁粧】白嫁、中呂陽春曲、題情：止不過趕嫁粧。【髻粧】喬吉、雙調水仙子、吳姬：茉莉堆雲懶髻粧。【濃粧】曾瑞、中呂喜春來、遣興：洛神西子鬭濃粧。奧敦周卿、雙調蟾宮曲：宜雨宜晴、宜西施、淡抹濃粧。貫雲石、正宮小梁州、春：比西施淡抹濃粧。【艷粧】曾瑞、南呂四塊玉、警世：花艷粧。馬謙齋、中呂快活三帶朝天子四邊靜：醉鄉、艷粧。姚燧、雙調凭闌人：我文章你艷粧。【靚粧】湯式、雙調沈醉東風、折枝梨花：淺淡粉勻施靚粧。【宮樣粧】貫雲石、雙調醉春風套：不忺宮樣粧。吳仁卿、越調梅花引套：蝶粉蜂黃宮樣粧。【壽陽粧】盧摯、雙調殿前歡：壽陽粧，更何須蘭被借溫芳。【紅錦粧】阿魯威、雙調湘妃：苦難尋紅錦粧。

裝

【金裝】劉時中、雙調折桂令、疎齋同賦木犀：掩胸訶子金裝。【一處裝】喬吉、雙調水仙子：和清愁一處裝。

椿

【拗椿】楊西庵、仙呂賞花時套：靠著那駝腰拗椿。【虛椿】劉時中、正宮端正好套、上高監司：無實惠盡是虛椿。【幾椿】湯式、雙調夜行船套、贈鳳臺春王姬：最關情是幾椿。【橋椿】鮮于伯機、仙呂八聲甘州套、江天暮景：小舟斜攬壞橋椿。【船初椿】喬吉、中呂滿庭芳、漁父詞：和伊吾歌不成腔，船初椿。

岡⊙

【短岡】楊西庵、仙呂賞花時套：蕭索疎籬偎短岡。【高岡】湯式、雙調夜行船套、贈鳳臺春王姬：全勝篆竹高岡。

缸

【空缸】鮮于伯機、仙呂八聲甘州套、江天暮雪：悶携村酒飲空缸。【盈缸】喬吉、中呂滿庭芳、漁父詞：有酒盈缸。

康⊙

【平康】張可久、中呂滿庭芳、湖上酸齋索賦：誤入平康。張可久、越調寨兒令：喧滿平康。【時康】奧敦周卿、雙調蟾宮曲：歲稔時康。【樂而康】阿魯威、雙調蟾宮曲、東皇太乙：繁令祁祁，既樂而康。

糠

【粗糠】劉時中、正宮端正好套、上高監司：米內插粗糠。【細糠】劉時中、正宮端正好套、上高監司：煮麥麩稀和細糠。

◉光

【月光】周德清、中呂朝天子、秋夜懷客：月光，桂香。【同光】貫雲石、雙調殿前歡：日月同光。【年光】汪元亨、雙調折桂令、歸隱：水流年光。【容光】白樸、越調小桃紅：減容光。【炎光】馬謙齋、中呂快活過朝天子四邊靜：當空畏日熾炎光。【波光】。張可久、正宮小梁州、避暑即事：兩峯晴翠插波光。貫雲石、雙調蟾宮曲、贈曹綉蓮：一滾波光。【春光】湯式、中呂滿庭芳、武林感舊：送盡春光。張可久、越調寨兒令、閨思：獨自的誤春光。【秋光】張養浩、越調寨兒令：遊翫秋光。貫雲石、正宮小梁州：滿目秋光。雙調醉春風套、減字木蘭花：那更值秋光。【風光】湯式、南呂一枝花套、贈王氏：一片風光。湯式、雙調蟾宮曲：意外風光。湯式、雙調夜行船套、贈鳳臺王姬：歷東園舊日風光。湯式、正宮醉太平、閨情：好春光翻做了惡風光。張可久、越調寨兒令、閨怨：畫堂別是風光。【流光】湯式、雙調湘妃引、閑遙：斷送流光。【湖光】薛昂夫、中呂山坡年、西湖雜詠：映湖光。徐再思、雙調蟾宮曲、西湖夏宴：十里湖光。【晴光】張可久、雙調折桂令、湖上飲別：萬頃晴光。【漢光】張可久、中呂滿庭芳、過釣臺：魂夢遠不知漢光。【韶光】張可久、雙調折桂令、春曉有感：十分愁三月韶光。雙調水仙子、山莊即事：將息他九十韶光。雙調折桂令、湖上：不吟詩辜負韶光。【輝光】湯式、南呂一枝花套、贈人：萬代輝光。【暮光】馬致遠、雙調壽陽曲、漁村夕照：鳴榔罷、閃暮光。【曙光】張可久、越調霜角、花屏春曉：海霞搖曙光。【太陽光】劉時中、正宮端正好套、上高監司：同受太陽光。【延寸光】喬吉、越調凭韻人、香柈：猶存延寸光。【銀蠟光】湯式、雙調對玉環過清江引、閨怨：半遮銀蠟光。【水色山光】汪元亨、雙調沈醉東風、歸田：近村居水色山光。【琥珀無光】湯式、雙調湘妃月宮、閨情：枕空也琥珀無光。【燈月交光】張可久、雙調水仙子、元夜小集：綵雲深燈月交光。

◉當

【丁當】張可久、中呂朝天子、夜宴即事：方響丁當。劉時中、正宮端正好套、上高監司：珂珮丁當。【抵當】曾瑞、南呂罵玉郎過感皇恩採茶歌、四時閨怨：難抵當。【停當】無名氏、中呂普天樂：不能得今朝恰停當。【當當】張可久、雙調殿前歡、夜宴：玉馬當當。【好覷當】吳仁卿、越調梅花引套：但得伊家好覷當。

襠

【袴襠】無名氏、中呂普天樂：却原來紙條兒封了袴襠。

噹

【玎噹】湯式、正宮醉太平、閨情：上牙牀、正恓惶、鐵馬兒越玎噹。

⊙荒

【荒荒】景元啓、雙調得勝令：荒荒，荒得來不待荒。【飢荒】劉時中、正宮端正好套、上高監司：正值著時歲飢荒。【端的荒】湯式、雙調沈醉東風、客懷：我爲甚、收拾琴書端的荒。【腹熱腸荒】曾端、南呂罵玉郎過感皇恩採茶歌、四時閨怨：空腹熱腸荒。

⊙香

【生香】張可久、越調寨兒令、收心：談笑玉生香。越調寨兒令、閨思：花明柳暗生香。【吹香】湯式、中呂滿庭芳、武林感舊：粉黛吹香。【花香】奧敦周卿、雙調蟾宮曲：春暖花香。【夜香】張可久、越調凭闌人、秋思和吳克齋：玉人燒夜香。張可久、商調梧葉兒、春日感懷：月冷粧樓夜香。【茶香】張可久、雙調水仙子、青衣洞天：兎毫浮雪煮茶香。【荷香】奧敦周卿、雙調蟾宮曲：十里荷香。張可久、雙調折桂令、夜景：月蕩荷香。越調小桃紅、湖上和劉時中：畫舫宿荷香。【桂香】張可久、中朝呂天子、夜景卽事：晚涼，桂香。周德清、中呂朝天子、秋夜懷客：桂香，趁著風飄蕩。【留香】張可久、中呂滿庭芳、送別：粉腕留香。【幽香】湯式、中呂醉高歌帶紅綉鞋、琴意軒：蘭雪紛紛散幽香。【流香】徐再思、中呂普天樂、龍廟甘泉：浸一泓碧玉流香。【素香】湯式、雙調湘妃引：九畹猗蘭靄素香。【詞香】張可久、雙調折桂令、次酸齋韻：弔古詞香。【梅香】無名氏。中呂普天樂、去筵席留下梅香。劉時中、雙調折桂令、疎齋同賦木犀：滿地清香。張可久、正宮小梁州、避暑卽事：拂天風兩袖清香。張養浩、雙調折桂令：儘一生何限清香。【新香】貫雲石、雙調蟾宮曲：竹風過雨新香。【暗香】張可久、中呂滿庭芳、山中雜興：東風暗香。【異香】張養浩、雙調水仙子、詠遂閒堂：水和山有異香。【酒香】張可久、中呂滿庭芳、客中九日：九日明朝酒香。中呂賣花聲：青杏園林煮酒香。【噴香】湯式、南呂一枝花套、贈王氏：蓮姿噴香。【猶香】張可久、中呂紅綉鞋：懷古：雙井水猶香。【餘香】鄭光祖、雙調蟾宮曲、夢中作：依稀聞蘭麝餘香。【遺香】張可久、雙調折桂令、秋思：綉枕遺香。【龍香】張可久、雙調折桂令春晚有感：墨染龍香。喬吉、越調寨兒令、秋日宮詞：博山爐薰透龍香。喬吉、雙調水仙子：夢繞龍香。【藕香】徐再思、南呂閱金經、水亭開宴：池閣南風紅藕香。【藏香】張可久、中呂滿庭芳、湖上酸齋索賦：翠袖藏香。【飄香】商衢、越調天淨沙：一枝弄影飄香。【籠香】喬吉、雙調折桂令：翠袖籠香。【一瓣香】劉時中、雙調水仙操：啓丹誠一瓣香。【入夢香】馬致遠、雙調撥不斷：便縱有些梅花入夢香。【三味香】喬吉、越調凭闌人、香杵：鼻觀薰修三味香。【小殿香】張可久、南呂金字經、佛會：紫檀小殿香。【月有香】彭壽之、仙呂八聲甘州套：花有幽情月有香。【仙袂香】吳仁卿、越調梅花引套：蘭蕊檀心仙袂香。【去年香】張可久、正宮小梁州：空作去年香。【玉液香】湯式、雙調湘妃遊月宮、閨情：石髓和茶玉液香。【玉蓮香】湯式、正宮脫布衫帶小梁州、四景為儲公子賦：金河流水玉蓮香。【白雪香】湯式、雙調沈醉東風、折枝梨花：為愛吹來白雪香。【肉屏香】張可久、雙調殿前歡、夜宴：雪鬟扶醉肉屏香。【冷篆香】白樸、中呂陽春曲、題情：寂寞羅幃冷篆香。【何處香】喬吉、雙調水仙子：冷風來何處香。【姓字香】湯式、南呂一枝花套、贈人：鐵卷丹書姓字香。劉時中、正宮端正好套、上高監司：佇看金甌姓字香。【芰荷香】貫雲石、正宮小梁州、夏：十里芰荷香。曾瑞、中呂喜春來：來趁芰荷香。【風露香】喬吉、雙調水仙子、吳姬：染一天風露香。【茉莉香】貫雲石、雙調壽陽曲：松杉翠，茉莉香。【春水香】張可久、南呂金字經、開玄道院：煮茶春水香。【秋水香】張可久、南呂金字經、佛會：白蓮秋水香。【茯苓香】張可久、雙調水仙子、山莊卽事：清泉翠椀茯苓香。【桂子香】汪元亨、雙調雁兒落過得勝令、歸隱：秋風桂子香。【桂枝香】貫雲石、正宮小梁州、秋：飄動桂枝香。【粉團香】湯式、越調小桃紅、春情：嬌嬌一捻粉團香。【荔芰香】張可久、雙調水仙子：寶箏珠殿荔芰香。【馬蹄香】楊西庵、仙呂賞花套：粧點馬蹄香。【流水香】張可久、越調凭闌人春思：橋下殘紅流水香。【雲錦香】張養浩、越調寨兒令：正荷花爛開雲錦香。【紫丁香】喬吉、雙調水仙子、釘鞵兒：底兒鑽針紫丁香。【賈充香】白樸、越調小桃紅：軟金羅袖、

鄉

猶帶買充香。【落紅香】張可久、正宮小梁州、郊行卽事：小橋流水落紅香。【翠蓮香】張可久、越調小桃紅、秋江晚興：錦鴛涼羽翠蓮香。【滿地香】阿魯威、雙調湘妃怨：斷送西園滿地香。【滿溪香】張可久、中呂朝天子、過劉阮洞：碧桃溪水滿溪香。【滿園香】貫雲石、正宮小梁州：春風花草滿園香。【醉夢香】薛昂夫、中呂陽春曲：紙帳梅花醉夢香。【燒夜香】喬吉、越調凭闌人、春思：爲他燒夜香。【襟袖香】喬吉、雙調水仙子、贈孫梅哥：粉留痕襟袖香。【寶篆香】湯式、雙調對玉環帶淸江引、閨怨：多薰寶篆香。【蠟梅香】商左山、雙調潘妃曲、宜醉賞蠟梅香。【羅綺香】張可久、雙調水仙子、元夜小景：水晶宮羅綺香。【兩袖天香】湯式、南呂一枝花套、贈人：拂御爐兩袖天香。【兩袖餘香】湯式、正宮小梁州、別情代人作：空贏得兩袖餘香。【翠袖生香】徐再思、雙調蟾宮曲、西湖夏宴：捲荷筩翠袖生香。【齒頰猶香】盧摯、雙調蟾宮曲、橙杯：醉夢醒來，齒頰猶香。

【江鄉】劉時中、正宮端正好套、上高監司：勸糴到江鄉。【他鄉】張可久、中呂滿庭芳、客中九日：又是他鄉。【故鄉】張可久、雙調折桂令、湖上：有倦客思量故鄉。【帝鄉】湯式、南呂一枝花套、贈人：保山河壯帝鄉。【愁鄉】曾瑞、南呂罵玉郎過感皇恩採茶歌、四時閨怨：心情懷恨入愁鄉。【異鄉】張可久、雙調折桂令、湖上飲別：難兄難弟俱白髮，相逢異鄉。中呂滿庭芳、過釣臺：窮通異鄉。周德淸、中呂朝天子、秋夜懷客：夢家山身異鄉。【醉鄉】湯式、中呂滿庭芳、武林感舊：笙歌醉鄉。張可久、中呂朝天子、夜宴卽事：留連醉鄉。張可久、雙調水仙子、元夜小集：招邀入醉鄉。張可久、南呂金字經、壽彥遠盧使君：浩歌來醉鄉。張可久、中呂滿庭芳、湖上酸齋索賦：到處鶯花醉鄉。張可久、雙調折桂令、春晚有感：千鍾酒百年醉鄉。徐再思、雙調蟾宮曲、西湖夏宴：只此是人間醉鄉。盧摯、雙調蟾宮曲、咸陽懷古：快尋趁王家醉鄉。【思故鄉】張可久、雙調水仙子、歸興：老來也思故鄉。馬致遠、南呂四塊玉、紫芸路：他只是思故鄉。【烟月鄉】湯式、南呂一枝花套、贈王氏：名高烟月鄉。【旖旎鄉】彭壽之、仙呂八聲甘州：局斷經營旖旎鄉。【雲水鄉】張可久、雙調水仙子、青衣洞天：蓬萊雲水鄉。【羅綺鄉】張可久、雙調湘妃怨、湖上感舊：十年前羅綺鄉。

⊙滂 【滂滂】鮮于伯機、仙呂八聲甘州套、江天暮雪：浪滂滂。

⊙腔 【成腔】喬吉、中呂滿庭芳、漁父詞：和伊吾歌不成腔。【舊腔】張可久、越調小桃紅、秋江晚興：紅衫舊腔。喬吉、雙調水仙子、贈孫梅哥：蕁綠仙音整舊腔。【論腔】鮮于伯機、仙呂八聲甘州套、江天暮雪：恣情拍手掉魚歌、高低不論腔。【採蓮腔】貫雲石、高宮小梁州、夏：採蓮人和採蓮腔。

⊙鴦 【鴛鴦】張可久、越調寨兒令、收心：妒鴛鴦。張可久、雙調水仙子、春晚：梅子鴛鴦。張可久、雙調折桂令、夜景：翠蓬邊一隻鴛鴦。張可久、中呂朝天子、夜景即事：仙杯雙捧玉鴛鴦。張可久、中呂滿庭芳、送別：翠被夢鴛鴦。張可久、雙調折桂令、秋思：曉霜寒翠被鴛鴦。貫雲石、正宮小梁州、春沙暖睡鴛鴦。貫雲石、正宮小梁州、夏：驚起宿鴛鴦。徐再思、商調梧葉兒、春思：被面綉鴛鴦。湯式、南呂一枝花套、贈王氏：綉裀舒並宿鴛鴦。湯式、正宮小梁州、別情代人作：無計鎖鴦鴛。喬吉、雙調水仙子、釘鞵兒：羞煞戲水鴛鴦。【錦鴛鴦】張可久、越調寨兒令、秋日宮詞：翠荷葉錦鴛鴦。張可久、越調小桃紅、湖上和劉時中：棹歌驚起錦鴛鴦。劉時中、中呂朝天子：三生夢繞錦鴛鴦。

央 【未央】張可久、雙調水仙、天寶補遺：夜如何樂未央。汪元亨、中呂朝天子、歸隱：嘆韓彭未央。阿魯威、雙調蟾宮曲、雲中君：靈連蜷兮昭昭未央。【小姐央】關漢卿、中呂普天樂、崔張十六事：便將小姐央。

秧 【插秧】劉時中、正宮端正好套、上高監司：去年時值正插秧。

⊙方 【四方】盧摯、雙調蟾宮曲、京口懷古：昭代車書四方。劉時中、雙調水仙操：更烟塵淨四方。徐再思、雙調蟾宮曲、送沙宰：男子志周流四方。【東方】阿魯威、雙調蟾宮曲、東君：望朝暾將出東方。

芳 【奇芳】湯式、雙調湘妃引：千章喬木播奇芳。【芬芳】商左山、雙調潘妃曲：萱草榴花競芬芳。貫雲石、正宮小梁州：儘教他花柳自芬芳。【幽芳】劉時中、雙調折桂令、外齋同賦木犀：高潔幽芳。【華芳】阿魯威、雙調蟾宮曲、雲中君：衣采華芳。【溫芳】盧摯、雙調殿前歡：更何須蘭被借溫芳。【群芳】商衟、越調天淨沙：剡溪媚壓群芳。【齊芳】劉時中、雙調水仙操：靈椿丹桂齊芳。

妨

【何妨】白樸、中呂陽春曲、題情：誤了又何妨。貫雲石、正宮小梁州：西家再醉何妨。湯式、越調小桃紅、春情：睡早些又何妨。

坊

【茶坊】彭壽之、仙呂八聲甘州套、混江龍：酒肆茶坊。

⊙昌

【武昌】阿魯威、雙調湘妃怨：倩東風過武昌。【後代昌】劉時中、正宮端正好套、上高監司：官上加官後代昌。

⊙湯

【探湯】南呂四塊玉、警世：狗探湯。【蘭湯】盧摯、雙調蟾宮曲、楊妃：玉環乍出蘭湯。阿魯威、雙調蟾宮曲、雲中君：降壽宮兮沐浴蘭湯。【把地皮兒湯】無名氏、中呂普天樂：脚不敢把地皮兒湯。

⊙湘

【瀟湘】徐再思、商調梧葉兒、春思：流水恨瀟湘。

廂

【西廂】張可久、越調寨兒令、閨思：月淡西廂。湯式、雙調蟾宮曲：冷清清人在西廂。【那廂】湯式、正宮醉太平、閨情：惜花人那廂。

⊙鏘

【金璧鏘鏘】湯式、南呂一枝花套、贈人：珮環搖金璧鏘鏘。【珂珮鏘鏘】湯式、中呂普天樂、送人遷居金陵：聽五更珂珮鏘鏘。

鎗

【唇鎗】彭壽之、仙呂八聲甘州：又恐舌劍唇鎗。

⊙汪

【汪汪】張可久、越調寨兒令、閨怨：泪眼汪汪。鮮于伯機、仙呂八聲甘州套、江天暮雪：時復竹籬旁，犬吠汪汪。

⊙倉

【開倉】劉時中、正宮端正好套：汲黯開倉。

蒼

【上蒼】劉時中、正宮端正好套、上高監司：合掌擊拳謝上蒼。【穹蒼】劉時中、雙調水仙操：

朱簾畫棟倚穹蒼。【蒼蒼】張養浩、中呂山坡年、洛陽懷古：樹蒼蒼。徐再思、雙調蟾宮曲、送沙宰：山色蒼蒼。姚燧、中呂醉高歌、感懷：岸邊烟柳蒼蒼。【古岸蒼】楊西庵、仙呂賞花時套：秋水粼粼古岸蒼。【古樹蒼】張可久、南呂金字經、佛會：講下飛花古樹蒼　。【白髮蒼蒼】貫雲石、正宮小梁州：都變做白髮蒼蒼。【寒烟樹蒼】張可久、中呂滿庭芳、送別：人去去寒烟樹蒼。【暮色蒼蒼】張可久、雙調折桂令、蓮華道中：暮色蒼蒼。

窗⊙

【上窗】湯式、雙調玉環帶淸江引、閨怨：梅花影兒才上窗。【小窗】鮮于伯機、仙呂八聲甘州套、江天暮雪：近小窗。【松窗】盧摯、雙調蟾宮曲、咸陽懷古：茅宇松窗。【紗窗】鄭光祖、雙調蟾宮曲、夢中作：月照紗窗。喬吉、雙調水仙子、贈孫梅哥：淡月紗窗。景元啓、雙調得勝令：花影上紗窗。【綉窗】張可久、越調小桃紅、秋感：月明綉窗。湯式、雙調湘妃遊月宮、閨情：楊柳月微籠綉窗。【寒窗】盧摯、雙調蟾宮曲、京口懷古：吟斷寒窗。【軒窗】汪元亨、雙調折桂令、歸隱：樽俎軒窗。【敲窗】曾瑞、南呂罵玉郎過感皇恩採茶歌：風竹敲窗。【雲窗】盧摯、雙調殿前歡：月戶雲窗。【書窗】湯式、正宮脫布衫過小梁州：香滿看書窗。湯式、雙調湘妃引、和陸進之龍：守書窗、何日離書窗。【篷窗】喬吉、中呂滿庭芳、漁父詞：和月倚篷窗。【山對窗】鮮于伯機、仙呂八聲甘州套、江天暮雪：水遶柴扉山對窗。【碧紗窗】張可久、商調梧葉兒、春日感懷：塵滿碧紗窗。

姜薑殭僵○梆幫○喪

○孀○漳獐璋彰○殤

○螿○剛鋼綱扛玒亢

○胱○璫簹膛○穅肓

○鎊○羌○殃泱○枋

肪○猖娼菖閶○鏜○

相箱襄驤○搶蹡○匡

筐眶○恇○瘡○贓臧

【對偶】

馬謙齋、越調寨兒令、楚漢遺事：一個福相催先到咸陽，一個命將衰自刎烏江。　張可久、中呂滿庭芳山中雜興：急疎利鎖，頓解名韁。　張可久、越調寨兒令、過釣台：客星犯牛夜龍床，清風占七里魚邦。　喬吉、中呂滿庭芳、漁父詞：山川第一，景物無雙。　張可久、雙調水仙子、青衣洞天：卽景詩十韻，飛空劍一雙。　張可久、越調寨兒令、閨思：花明柳暗生香，鶯來燕去成雙。　張可久中呂朝天子、過劉阮洞：仙掌瓊漿，玉杵玄霜。　吳仁卿、越調梅花引套：笑裏藏刀，雪上加霜。　喬吉、雙調水仙子、尋梅：冬前冬後幾村莊，溪北溪南兩履霜。　張可久、中呂紅綉鞋、集慶方丈：蓮花香世界，貝葉古文章。　張可久、越調寨兒令、收心：尤花殢雪情腸，驅風駕月文章。　徐再思、雙調蟾宮曲、送沙宰：男子志周流四方，循吏心恪守三章。　湯式、中呂醉高歌過紅綉鞋、琴意軒：醞釀出淵明情況，敷揚就叔度文章。　湯式南呂一枝花套、贈人：奇略飽陰陽經訣，壯懷吞星斗文章。　汪元亨、中呂朝天子歸隱：榮華夢一場，功名紙半張。　湯式、雙調湘妃引、和陸進之韵：怨花柳春三月，誤功名紙半張。　張可久、雙調湘妃怨、春曉：愁紅慘綠泪千行，帶草連眞紙半張。　張可久、越調寨兒令、秋日宮詞：泛羽流商，走斝飛觴。　張可久、中呂上小樓、春思：人過蓮船，橘橫柳浪，酒捲荷觴。　張可久、雙調折桂令、太眞病齒圖：粉褪殘粧，腮擊膩玉，飲怯涼漿。　張可久、雙調落梅風：生獰面黃金獸，蜜多心白玉漿。　曾瑞、中呂喜春來、遣興：金杯冷酌瓊花釀，玉筍冰調荔子漿。　喬吉、雙調水仙子、吳姬：白雪鷄頭肉，紅冰荔子漿。　馬謙齋、中呂快活三過朝天子四邊靜、四季：醉鄉艷妝。　曾瑞、南呂四塊玉、警世：柳弄嬌，花艷粧。　薛昂夫、中呂山坡羊、西湖雜詠：映湖光，送新粧。　張可久、雙調折桂令、湖上：南浦離情，西子穠粧。　貫雲石、雙調醉春風套、吳姬：羞畫遠山眉，不忺宮樣粧。　喬吉、雙調水仙子：罣罳分月小藤牀，茉莉堆雲懶髻粧。　奧敦周卿、雙調蟾宮曲：春暖花香，歲稔時康。　貫雲石、雙調蟾宮曲：目外秋江，意外風光。　張可久、雙調折桂令、湖上：有倦客思量故鄉，不吟詩辜負韶光。　汪元亨、雙調沈醉東風、歸田：遠城市人稠物穰，近村居水色山光。　張可久、雙調折桂令、春晚有感：千鍾酒百年醉鄉、十分愁三月韶光。汪元亨、雙調折桂令、歸隱：鶯喚韶華、人驚春夢、水流年光。徐再思、雙調蟾宮曲、西湖夏宴：一片歌聲、四圍山色、十里湖光。湯式、雙調湘妃遊月宮、閨情：屏閑也翡翠蒙塵、簟冷也琉璃失色、枕空也琥珀無光。張可久、雙調殿前歡、夜宴：銀蟾耿耿、玉馬當當。周德清、中呂朝天子、秋夜懷古：月光，桂香。貫雲石、雙調壽陽曲：松杉翠，茉莉香。張可久、中呂朝天子、席上有贈：芍藥多情、海棠無香。張可久、雙調折桂令春晚有感：茶分鳳髓、墨染龍香。張可久、中呂滿庭芳、湖上酸齋索賦：金鞭弄影、翠袖藏香。張可久、中呂滿庭芳、送別：花箋寫恨、粉腕留香。奧敦周卿、雙調蟾宮曲：百頃風潭、十里荷香。張可久、越調凭闌人、秋思和吳克齋：碧梧敲晚涼，玉人燒夜香。張可久、中呂紅綉鞋、懷古：孤山花已老、雙井水猶香。張養浩、雙調水仙子、詠遂閒堂：花與竹無俗氣、水和山有異香。張可久、雙調水仙子、元夜小集：琉璃界笙歌鬧、水晶宮羅綺香。張可久、越調寨兒令、秋日宮詞：廣寒宮舞罷霓裳、博山爐薰透龍香。薛昂夫、中呂陽春曲：芸窗月影吟情蕩、紙帳梅花醉夢香。湯式、雙調對玉環帶清江引、閨怨：孔雀屏開、半遮銀蠟光；翡翠衾寒、多薰寶篆香。張可久、雙調折桂令、夜景：雨洗花梢、風梳柳影、月蕩荷香。張可久、雙調折桂令、秋思：錦字傳情、瓊簪留恨、綉枕遺香。喬吉、雙調折桂令：粉靨堆春、金盤捧露、翠袖籠香。張可久、越調寨兒令、過釣臺：紅紫場，名利鄉。南呂金字經：勝境藏仙洞、浩歌來醉鄉。湯式、南呂一枝花套、贈王氏：勝壓鶯花巷、名高烟月鄉。湯式、南呂一枝花套、贈人：捧日月光天象、保山河壯帝鄉。彭壽之、仙呂八聲甘州：機謀主仗風月景、局斷經營溫柔鄉。曾瑞、南呂罵玉郎過感皇恩採茶歌、四時閨怨：梅竹無言成悶黨、心情懷恨入愁鄉。喬吉、雙調水仙子、贈孫梅哥：壽陽客額試新粧、蕚綠仙音整舊腔。張可久、越調寨兒令、收心：宿鳳凰、妒鴛鴦。張可久、雙調水仙子、春晚花間翡翠、釵頭鳳凰、梅子鴛鴦。張可久、雙調折桂令、秋思：夜月冷金釵鳳凰、曉霜寒翠被鴛鴦。張可久、越調寨兒令、秋日宮詞：碧梧枝白鳳凰、翠荷葉錦鴛鴦。吳仁卿、越調梅花引套：分破金釵鳳凰、拆開綉帶鴛鴦。　喬吉、雙調水仙子、釘鞵兒：驚同銜泥乳燕、溅濕穿花鳳凰、羞殺戲水鴛鴦。汪元亨、中呂朝天子、歸隱：慕夷齊首陽、嘆韓彭未央。　彭壽之、仙呂八聲甘州套、張江龍：花朝月夜、酒肆茶坊。　徐再思、商調梧葉兒、春思：芳草思南浦、行雲夢楚陽、流水恨瀟湘。湯式、　中呂普天樂、送人遷居金陵：瞻九重乾坤蕩蕩、看六市人烟穰穰、聽五更珂珮鏘鏘。張可久、　越調霜角、　花屏春曉：晴藹藹，鬱蒼蒼。徐再思、雙調蟾宮曲、送沙宰：江水湯湯，山色蒼蒼。　張可久雙調折桂令、蓮華道中：古道依依、暮色蒼蒼。　汪元亨、雙調折桂令、歸隱：苗稼山莊、樽俎軒窗。　湯式、雙調沈醉東風、客懷：霜信促寒蛩近牀、雁聲隨斜月穿窗。鮮于伯機、仙呂八聲甘川套、江天暮雪、煙浮草屋梅近砌、水遶柴扉山對窗。　喬吉、雙調水仙子、贈孫梅哥：　白雲紙帳、淸風玉堂、　淡月紗窗。

陽平

⊙陽

【夕陽】張可久、越調寨兒令、過釣台：歸釣夕陽。張可久、越調寨兒令、閨怨：芳草帶夕陽。【首陽】汪元亨、中呂朝天子、歸隱：慕夷齊首陽。【咸陽】馬謙齋。越調兒令、楚漢遺事：一個福相催先到咸陽。【重陽】張可久、雙調折桂令、秋思：過了重陽。張可久、雙調折桂令、湖上飯別：無風無雨未黃花、不似重陽。【斜陽】張可久、雙調折桂令、蓮華道中：立盡斜陽。張可久、中呂紅綉鞋、懷古：兩袖波光釣斜陽。湯式、雙調湘妃引、和陸進之韵：　愁對斜陽。湯式、南呂一枝花套、贈王氏：蝦鬚簾捲斜陽。孫再忠、雙調蟾宮曲、送沙宰：　雁影斜陽。楊西庵、仙呂賞花時套：一鈎香餌釣斜陽。【朝陽】湯式、雙調夜行船套、贈鳳台春王姬：光艷射朝陽【富陽】。張可久、中呂滿庭芳過釣臺：歸耕富陽。【楚陽徐再思、商調梧葉兒、春思：行雲夢楚陽。【瑞陽】陽式正宮脫布衫帶小梁州：來日憲瑞陽。【漁陽】張可久、雙調水仙子、天寶補遺：碎霓裳鼙鼓漁陽。盧摯、雙調蟾宮曲、楊妃：鬧垓垓士馬漁陽。【鳴陽】阿魯威、雙調蟾宮曲、東君：聽鏘鏘兮丹鳳鳴陽。【又斜陽】張可久、中呂朱履曲、爛柯洞：杜鵑聲裏又斜陽。【掛斜陽】張可久、正宮小梁州、避暑卽事：畫樓簾影掛斜陽。

揚

【悠揚】張可久、雙調折桂令、湖上：脆管悠揚。劉時中、中呂山坡羊：意悠揚。白樸、雙調駐馬聽、歌：韻悠揚。張養浩、越調寨兒令：歷下亭金縷悠揚。湯式、雙調夜行船套、贈鳳台春王姬：東風軟舞態悠揚。【飛揚】商左山、雙調潘妃曲、雪飛揚。湯式、南呂一枝花套、贈人：動龍蛇赤羽飛揚。【魂揚】無名氏、中呂普天樂：誂得魂揚。

楊

【垂楊】張可久、正宮小梁州、郊行卽事：酒旆綠垂楊。貫雲石、正宮小梁州、春：馬繫在垂楊。阿魯威、雙調湘妃怨：漫勞動客送垂楊。【綠楊】張可久。中呂滿庭芳、湖上酸齋索賦：馬嘶綠楊。張可久、越調凭闌人、春思：玉驄嘶綠楊。

暘

【陰暘】貫雲石、正宮小梁州、春：宜晴宜雨陰暘。

徉

【徜徉】張可久、雙調折桂令、湖上：引壺觴何處徜徉。張可久、雙調折桂令、湖上飲別：傍垂楊畫舫徜徉。【且徜徉】無名氏、中呂喜春來：尊有酒且徜徉。鮮于伯機、仙呂八聲甘州套、江天暮雪：瀟湘影裏且徜徉。

⊙忙

【休忙】盧摯、雙調蟾宮曲、咸陽懷古：見終南捷徑休忙。【去何忙】湯式、正宮小梁州、別情代人作：來時何暮去何忙。【空自忙】湯式、雙調湘妃引、和陸進之韻：浮生空自忙。【社燕忙】馬謙齋、中呂快活三過朝天子四邊靜：恰簾前社燕忙。【爲口忙】張可久、雙調水仙子、春深：魚趁殘花爲口忙。【採藥忙】張可久、雙調水仙子、青衣洞天：鶴羽攜風採藥忙。【馬蹄忙】劉時中、正宮端正好套、上高監司：花襯馬蹄忙。【燕鶯忙】貫雲石、正宮小梁州：不趁燕鶯忙。【蝶自忙】張可久、雙調水仙子、山莊卽事：鄰牆蝶自忙。【歸計何忙】阿魯威、雙調湘妃怨、閨怨：問東君歸計何忙。

茫

【茫茫】張可久、越調寨兒令：烟水茫茫。湯式、南呂一枝花套、贈王氏：金沙流水茫茫。奧敦周卿、雙調蟾宮曲：西湖煙水茫茫。阿魯威、雙調湘妃怨：助離愁烟水茫茫。【微茫】鄭光祖、雙調蟾宮曲、夢中作：半窗幽夢微茫。楊西庵、仙呂賞花時套：山色日微茫。【渺茫】張可久、雙調折桂令、次酸齋韵：遠樹烟雲渺茫。【蒼茫】盧摯、雙調蟾宮曲、京口懷古：臨眺蒼茫。盧摯、雙調蟾宮曲、咸陽懷古：對關河今古蒼茫。

芒

【光芒】湯式、南呂一枝花套、贈人：擁貔貅銀鎖光芒。

⊙粮

【月粮】劉時中、正宮端正好套、上高監司：按戶口給月粮。

良

【不良】劉時中、正宮端正好套、上高監司：殷實戶歎心不良。【辰良】阿魯威、雙調蟾宮曲、東日王太乙：日吉辰良。

涼

【生涼】湯式、中呂醉高歌帶紅綉鞋、琴意軒：碧梧窗戶生涼。喬吉、雙調水仙子、釘鞵兒：襯凌波羅襪生涼。【炎涼】貫雲石、雙調蟾宮曲、贈曹綉蓮：世態炎涼。【冰涼】張可久、中呂賣花聲、夏：浮瓜沈李雪冰涼。【夜涼】張可久、越調小桃紅、湖上和劉時中：西湖夜涼。【秋涼】貫雲石、雙調蟾宮曲、楊妃：只恐秋涼。【清涼】湯式、正宮脫布衫過小梁州：滿地清涼。【荒涼】盧摯、雙調蟾宮曲：唐室荒涼。馬謙齋、越調寨兒令、楚漢遺事：宮殿久荒涼。【微涼】喬吉、雙調水仙子、吳姬：道今夜微涼。【陰涼】貫雲石、正宮小梁州：畫船撐入柳陰涼。【尋涼】徐再思、雙調蟾宮曲、西湖夏宴：靜處尋涼。【新涼】張可久、雙調折桂令、夜景：今夜新涼。【凄涼】無名氏、商調梧葉兒：好凄涼。劉時中、正宮端正好套、上高監司：煞是凄涼。張可久、中呂滿庭芳、送別：總是凄涼。貫雲石、雙調蟾宮曲：分付下凄涼。曾瑞、南呂罵玉郎過感皇恩採茶歌、四時閨怨：消疎景物助凄涼。湯式、雙調湘妃遊月宮、夏閨情：對良宵無限凄涼。張可久、雙調湘妃怨、湖上感舊：畫船閑今日凄涼。【晚涼】湯式、南呂一枝花套、漁父詞：趁荷香晚涼。喬吉、中呂滿庭芳、秋思和吳克齋：江天晚涼。張可久、越調凭闌人：碧梧敲晚涼。【滄涼】張可久、越調霜角、花屏春曉：初日滄涼。【蒼涼】張可久、雙調折桂令、次酸齋韵：空山雪月蒼涼。【嫩涼】張可久、雙調落梅風、月明歸興：醉歸來晚風生嫩涼。【一夜涼】湯式、雙調沈醉東風、夢後書：怪底西風一夜涼。【水晶涼】湯式、雙調湘妃遊月宮、夏閨情：冰盤貯果水晶涼。【北窗涼】張可久、南呂四塊玉、秋望和胡致居：夜靜孤眠北窗涼。【冰筍涼】喬吉、雙調水仙子：金剪裁成冰筍涼。【豆花涼】張可久、越調小桃紅、寄鑑湖諸友：一城秋雨豆花涼。【松露涼】張可久、南呂金字經、開玄道院：鶴飛松露涼。【特地涼】張養浩、雙調水仙子、詠遂閒堂：北窗特地涼。【指甲涼】喬吉、中呂朝天子、歌者簪山橘：蘸吳姬指甲涼。【滿意涼】馬謙齋、中呂快活三過朝天子四邊靜：一襟滿意涼。【漸漸涼】無名氏、商調梧葉兒、秋來到，漸漸涼。【寶殿涼】貫雲石、雙調壽陽曲：月明中晚風寶殿涼。【羅襪涼】喬吉、越調凭闌人、春思：清露蒼苔羅襪涼。

梁

【危梁】白樸、雙調駐馬聽、歌：前聲起徹繞危梁。【河梁】張可久、雙調折桂令、湖上飲別：送別河梁。【彫梁】商左山、雙調潘妃曲：對對銜泥戲彫梁。【棟梁】劉時中、正宮端正好套、上高監司：才稱朝廷作棟梁。【蕭梁】盧摯、雙調蟾宮曲、京口懷古：彈指蕭梁。【崩柱摧梁】楊西庵、仙呂賞花時套：草橋崩柱摧梁。

粱

【黃粱】馬謙齋、越調寨兒令、楚漢遺事：都一枕夢黃粱。

量

【思量】鄭光祖、雙調蟾宮曲、夢中作：怎不思量。阿魯威、雙調湘妃怨、贈王氏：無限思量。湯式、南呂一枝花套：落花天、殘燈夜、幾樣思量。鄭光祖、雙調蟾宮曲、夢中作：待不思量。鄭光祖、雙調蟾宮曲、夢中作：喚起思量。【商量】湯式、雙調沈醉東風、客懷：不還鄉有甚商量。

⊙穰

【甘穰】盧摯、雙調蟾宮曲、橙杯：用並刀剖出甘穰。【人稠物穰】汪元亨、雙調沈醉東風、歸田：遠城市人稠物穰。

⊙亡

【天亡】馬謙齋、越調寨兒令、楚漢遺事：天喪天亡。【唇亡】張可久、雙調折桂令、太眞病齒圖：鬧漁陽爲我唇亡。【興亡】張可久、中呂滿庭芳、客中九日：今古興亡。湯式、中呂滿庭芳、武林感舊：何物不興亡。汪元亨、雙調雁兒落過得勝令、歸隱：屈指數興亡。張可久、雙調

郎⊙

折桂令、次酸齋韻：倚闌干不盡興亡。【滅亡】張養浩、中呂山坡羊、洛陽懷古：千古轉頭歸滅亡。【掃地亡】馬致遠、雙調撥不斷、天寶補遺：直待齊邦掃地亡。

【三郎】張可久、雙調水仙子：憔悴三郎。【才郎】湯式、越調小桃紅、春情：喚才郎。張可久、雙調折桂令、秋思：夢見才郎。張可久、越調小桃紅、秋感：今夜夢才郎。張可久、越調寨兒令、閨怨：雕鞍去了才郎。張可久、雙調水仙子、春深：見春歸不見才郎。【中郎】薛昂夫、中呂朝天曲：提牌不過一中郎。【何郎】盧摯、雙調殿前歡：瘦損何郎。張可久、中呂滿庭芳、山中雜興：賦寒梅瘦却何郎。【周郎】喬吉、雙調折桂令：箇中誰是周郎。【漁郎】喬吉、中呂滿庭芳、漁父詞：有幾箇漁郎。【粉郎】景元啓、雙調得勝令：低低問粉郎。【孫郎】盧摯、雙調蟾宮曲、京口懷古：驚倒孫郎。【崔郎】張可久、雙調折桂令、春晚有感：老却崔郎。【張郎】湯式、雙調蟾宮曲：叫一聲張郎。【檀郎】喬吉、雙調水仙子：芳心偷付檀郎。【劉郎】湯式、正宮小梁州、別情代人作：何處覓劉郎。張可久、正宮小梁州、郊行即事：奈桃花未識劉郎。【蕭郎】湯式、雙調夜行船套、贈鳳台春王姬：築高台配令蕭郎。馬致遠、南呂四塊玉、鳳凰坡：弄玉吹簫送蕭郎。【少年郎】貫雲石、正宮小梁州：朱顏綠鬢少年郎。【白面郎】張可久、雙調水仙子、元夜小集：走筆成章白面郎。姚燧、雙調撥不斷、四景：岸上誰家白面郎。【年少郎】姚燧越調凭闌人、閨思：博帶峨冠年少郎。【畫眉郎】張可久、越調寨兒令：何處也畫眉郎。【紫薇郎】湯式、南呂一枝花套、贈人：貴壓紫薇郎。【綉衣郎】劉時中、正宮端正好套、上高監司：前任綉衣郎。【薄倖郎】湯式、雙調對玉環過清江引、閨怨：飄蓬薄倖郎。

榔

【漁父鳴榔】湯式、雙調湘妃引：山中樂四闋贈友人：聽蒼髯漁父鳴榔。

廊

【囘廊】景元啓、雙調得勝令：明月轉囘郎。貫雲石、雙調醉春風套：隔紗窗、涼月兒轉囘廊。張可久、越調寨兒令。閨思：躡着脚步囘廊。【侵廊】曾瑞、南呂罵玉郎過感皇恩採茶歌、四時閨怨：雪月侵廊。【翠廊】張可久、越調凭闌人、秋思和吳克齋：寸冰蟾明翠廊。

浪

【淋浪】張可久、雙調折桂令、湖上：醉墨淋浪。湯式。中呂醉高歌過紅綉鞋、琴意軒：風雨夜淋浪。張養浩、雙調水仙子、詠遂閒堂：客來時樽酒淋浪。湯式雙調湘妃引、和陸進之韻：賦登樓醉墨淋浪。【滄浪】張可久、中呂滿庭芳、過釣台：短棹滄浪。張可久、雙調折桂令、湖上飲別：歌罷滄浪。張可久、中呂滿庭芳、山中雜興：夢繞滄浪。張可久、越調寨兒令、過釣台：千古照滄浪。張可久、越調小桃紅、寄鑑湖諸友：吹恨入滄浪。張可久、越調寨兒令、收心：烟雨老滄浪。張可久、正宮小梁州：情思滿滄浪。張可久、雙調折桂令、蓮華道中：洗黃塵照眼滄浪。

琅

【琳琅】阿魯威、雙調蟾宮曲、東皇太乙：佩姣服菲菲、劍珥琳琅。【琅琅】張可久。雙調折桂令、次酸齋韻：錦語琅琅。

狼

【天狼】阿魯威、雙調蟾宮曲、東君：持矢操觚，仰射天狼。【豺狼】劉時中。正宮端正好套、上高監司：一箇箇瘦似豺狼。

⊙杭

【蘇杭】奧敦周卿。雙調蟾宮曲：下有蘇杭。

行

【千行】曾瑞、南呂罵玉郎過感皇恩採茶歌、四時閨怨：泪千行。張可久、雙調湘妃怨、春曉：愁紅慘綠泪千行。【半行】張可久、南呂四塊玉：書半行。【當行】彭壽之、仙呂八聲甘州套、元和令：當行識當行。【雁行】張可久。越調小桃紅、寄鑑湖諸友：西風雁行。張可久、越調凭闌人、秋思和吳克齋：萬里青天書雁行。【十二行】無名氏、中呂喜春來：過眼金釵十二行。【三四行】鮮于伯機、仙呂八聲甘州套、江天暮雪：寒雁書空三四行。【字數行】劉時中、正宮端正好套、上高監司：立一統碑碣字數行。【兩三行】貫雲石、正宮小梁州、秋：新雁兩三行。張可久、越調小桃紅、秋感：錦書江泪兩三行。【伴誰行】湯式、正宮醉太平、閨情：吹簫伴誰行。【泪萬行】貫雲石、雙調醉春風套：好夢驚回泪萬行。【白鷺行】湯式、南呂一枝花套、贈王氏：青天白鷺行行。

航

【孤航】張可久、正宮小梁州：秋風江上棹孤航。

⊙昂

【昂昂】湯式、南呂一枝花套、贈人：玉立昂昂。貫雲石、雙調蟾宮曲、贈曹綉蓮：翠蓋昂昂。【軒昂】劉時中、中呂山坡羊：氣軒昂。【激昂】劉時中、正宮端正好套、上高監司：發政施仁有激昂。

床⊙

【石床】張可久、越調霜角、花屏春曉：道人眠石床。【牙床】無名氏、中呂普天樂：款抬身擦下牙床。【供床】張可久、雙調落梅風：繞維摩、萬八千佛供床。【板床】湯式、雙調沈醉東風、夢後書：七尺低低板床。【禪床】張可久、中呂朝天子、山中雜書：月朗禪床。【綉床】張可久。雙調水仙子、春深：塵蒙綉牀。張可久、越調寨兒令、閨思：噤末聲離綉床。【銀床】湯式、雙調湘妃遊月宮、夏閨情：梧桐露響滴銀牀。【龍床】張可久、越調寨兒令、過釣台：客星犯半夜龍床。【藤床】喬吉、雙調水仙子、吳姬：罣罳分月小藤床。【倚綉床】張可久、雙調水仙子、春晚：無言倚綉床。【紫檀床】湯式、南呂一枝花套、贈王氏：金嵌鏤紫檀床。【獅子床】張可久、南呂金字經、佛會：海雲獅子床。【寒蛩近床】湯式、雙調沈醉東風、客懷：霜信促寒蛩近床。

幢

【碧油幢】鮮于伯機、仙呂八聲甘州套、江天暮雪：誰羨碧油幢。

傍⊙

【曲檻傍】喬吉、越調凭闌人、春思：淡月梨花曲檻傍。

旁

【柳岸旁】劉時中、正宮端正好套、上高監司：東湖柳岸旁。

龐

【孫龐】鮮于伯機、仙呂八聲甘州套、江天暮雪：不談劉項與孫龐。

房⊙

【子房】張可久。中呂滿庭芳、山中雜興：伴赤松歸歟子房。【空房】貫雲石、雙調蟾宮曲、贈曹綉蓮：冷落空房。【洞房】貫雲石、雙調醉春風套、賣花聲煞：携手相將入洞房。【阿房】盧摯雙調蟾宮曲、咸陽懷古：一炬阿房。【書房】湯式、雙調沈醉東風、夢後書：三椽窄窄書房。【禪房】張可久、中呂紅綉鞋、集慶方丈：雲松經裏禪房。

防

【提防】無名氏、中呂喜春來：栗子皮踏着不提防。【關防】關漢卿。中呂普天樂、崔張十六事：百般巧計關防。【禍難防】馬致遠、雙調撥不斷：莫獨狂、禍難防。

妨

【相妨】張養浩、雙調折桂令：身世相妨。

⊙長

【山長】張可久、雙調水仙子、山中歸興：水遠山長。【久長】張養浩、中呂山坡羊、洛陽懷古：功，也不久長；名，也不久長。劉時中、正宮端正好套、上高監司：怎指望他兒孫久長。【更長】張可久、雙調殿前歡、夜宴：酒盡更長。【味長】喬吉。中呂滿庭芳、漁父詞：鱸魚味長。【夜長】張可久、中呂滿庭芳、送別：相思夜長。【晝長】湯式。南呂一枝花套、贈人：對槐陰晝長。【優長】劉時中、正宮端正好套、上高監司：區處的最優長。【日日長】劉時中、雙調水仙操：福源日日長。【日月長】張養浩、雙調水仙子、詠逸閑堂：更比仙家日月長。【冰澗長】張可久、南呂金字經、開玄道院：素琴冰澗長。【芳草長】張可久、中呂朱履曲、爛柯洞：綠陰濃芳草長。【春夜長】湯式、正宮小梁州、別情代人作：則恐怕春夜長。雙調夜行船套、鳳台春王姫：春日遲遲春夜長。【楚山長】劉時中、雙調水仙操、寓意武昌元貞：楚天空濶楚山長。【興味長】汪元亨、雙調雁兒落過勝令、歸隱：山林興味長。【猿臂長】張可久、南呂金字經、佛會：獻花猿臂長。【楚天長】阿魯威、雙調湘妃怨：楚江空濶楚天長。【驛路長】盧摯、雙調殿前歡：前村遠驛路長。【水遠山長】貫雲石、雙調醉春風套、問金四塊玉：生紐做水遠山長。

腸

【心腸】彭壽之、仙呂八聲甘州套：不思量、除是鐵心腸。【柔腸】張養浩、雙調折桂令：已斷柔腸。湯式、雙調蟾宮曲：縈一寸柔腸。雙調蟾宮曲：斷一寸柔腸。【情腸】湯式。中呂普天樂、送人遷居金陵：休斷情腸。【詩腸】徐再思、中呂普天樂、龍廟甘泉：冷滲詩腸。盧摯、雙調蟾宮曲、橙杯：酒入詩腸。張可久、中呂紅綉鞋、集慶方丈：王甌水乳洗詩腸。【斷腸】張可久、中呂滿庭芳、送別：分飛斷腸。張可久、雙調水仙子、春深：越教人愁斷腸。劉時中、中呂朝天子：是司空也斷腸。喬吉、越調凭闌人、春息：恨他愁斷腸。喬吉、雙調水仙子、尋梅：笛淒春斷腸。姚燧、中呂醉高歌、感懷：只恐行人斷腸。商道、越調天淨沙：暗惹詩人斷腸。阿魯威、雙調湘妃怨：一度懷人一斷腸。白樸、雙調駐馬聽、歌：一曲西風幾斷腸。湯式、雙調對玉環過清江引、閨怨：問離人斷腸也不斷腸。阿魯威、雙調湘妃怨：儘叫得鵑聲碎，却教人空斷腸。【九曲腸】喬吉、越調凭闌人、香拌：心火蟠燒九曲腸。【熱中腸】劉時中、宮端正好套、上高監司：披星戴月熱中腸。【斷人腸】貫雲石、雙調醉春風套、高過金盞兒：入蘭堂、斷人腸。

場

【夜場】張可久、中呂朝天子、夜宴即事：收拾夜場。【到場】張可久、南呂金字經、佛會：何處青山不到場。【排場】張可久、越調寨兒令、收心：交付錦排場。汪元亨、雙調折桂令、歸隱：曾經風月排場。張可久、雙調折桂令、春晚有感：燕鶯春歌舞排場。【幾場】張可久、中呂滿庭芳、山中雜興：風波幾場。喬吉、越調凭闌人、香拌：掇灰書幾場。張可久、中呂山坡羊、春日：花邊醉來能幾場。【戰場】馬謙齋、越調寨兒令、楚漢遺事：龍爭虎鬬幾戰場。【一千場】張可久、中呂朱履曲、爛柯洞：一醉抵一千場。【六千場】貫雲石、正宮小梁州：三萬六千場。【名利場】張可久、雙調水仙子、山莊即事：與不到名利場。張可久、中呂朝天子、山中雜書：夢不到名利場。【笑一場】貫雲石、雙調殿前歡：傷心來笑一場。【夢一場】汪元亨、中呂朝天子、歸隱：榮華夢一場。【醉幾場】汪元亨、雙調沈醉東風、歸田：老瓦盆邊醉幾場。

常

【反常】劉時中、正宮端正好套、上高監司：天反常。【尋常】喬吉、雙調折桂令：果不尋常。馬謙齋、越調寨兒令、楚漢遺事：成敗豈尋常。彭壽之、仙呂八聲甘州套：據風流不尋常。【異常】張養浩、雙調折桂令：羨公子風標異常。

裳

【衣裳】無名氏、中呂普天樂：慢慢的脫了衣裳。【綃裳】喬吉、雙調水仙子、尋梅：忽相逢縞袂綃裳。【霓裳】盧摯、雙調蟾宮曲、楊妃：一曲霓裳。張可久、雙調折桂令、春晚有感：曲補霓裳。張可久、越調寨兒令、秋日宮詞：廣寒宮舞罷霓裳。

嚐

【野菜嚐】劉時中，正宮端正好套、上高監司：桃野菜嚐。

償

【德怎償】劉時中、正宮端正好套、上高監司：粒我蒸民德怎償。

⊙唐

【高唐】張可久、越調寨兒令、閨思：雲冷高唐。張可久、雙調折桂令、秋思：想像高唐。鄭光祖、雙調蟾宮曲、夢中作：賦罷高唐。貫雲石、雙調蟾宮曲：蕩悠悠夢繞高唐。【錢唐】湯式、中呂普天樂、送人遷居金陵：更三般兒絕勝錢唐。【隋唐】盧摯、雙調蟾宮曲、咸陽懷古：夢寐隋唐。

塘

【池塘】張可久、雙調折桂令、夜景：嫩綠池塘。張養浩、雙調折桂令：幽花帶露池塘。馬謙齋、中呂快活三過朝天子四邊靜：亭台瀟洒近池塘。【林塘】張可久、雙調折桂令、蓮華道中：白蓮開小小林塘。【橫塘】張可久、正宮小梁州、避暑卽事：十里橫塘。貫雲石、雙調蟾宮曲、贈曹綉蓮：薰風吹醒橫塘。【蓮塘】喬吉、中呂滿庭芳、漁父詞：十里蓮塘。【錢塘】鄭光祖、雙調蟾宮曲、夢中作：歌罷錢塘。徐再思、雙調蟾宮曲、送沙宰：宦遊人過錢塘。劉時中、雙調水仙操：樓名壽福壓錢塘。【十里塘】張可久、南呂金字經：菡萏花開十里塘。【映池塘】貫雲石、正宮小梁州：桃紅柳綠映池塘。

糖

【蜂糖】徐再思、中呂普天樂、龍廟甘泉：味勝蜂糖。

堂

【天堂】奧敦周卿、雙調蟾宮曲：眞乃上有天堂。徐再思、雙調蟾宮曲、西湖夏宴：更休題天上天堂。【玉堂】喬吉、雙調水仙子、贈孫梅哥：清風玉堂。湯式、雙調湘妃引、和陸進之韻：瞻玉堂何時步玉堂。【空堂】曾瑞、南呂罵玉郎過感皇恩採茶歌、四時閨怨：掩空堂。【書堂】汪元亨、雙調折桂令、歸隱：瀟洒書堂。【琴堂】徐再思、雙調蟾宮曲、送沙宰：春滿琴堂。【草堂】張可久、越調寨兒令、過釣台：荒烟閉草堂。【畫堂】張可久、雙調清江引、夏夜卽事：醉來晚風生畫堂。【錦堂】張可久、雙調水仙子、春晚：合唱歌聲靜錦堂。【蘭堂】湯式、雙調沈醉東風、夢後書：抵多少畫閣蘭堂。【廟堂】湯式、南呂一枝花套、贈人：白玉柱高擎廟堂。【白玉堂】張可久、商調梧葉兒、春日感懷：花開白玉堂。南呂金字經、壽彥遠盧使君：盧家白玉堂。南呂金字經、開玄道院：晝永人間白玉堂。

棠

【甘棠】徐再思、雙調蟾宮曲、送沙宰：人頌甘棠。【海棠】張可久、中呂朝天子、過劉阮洞：路傍，海棠。盧摯，雙調蟾宮曲、楊妃：梧桐雨彫零了海棠。

◉詳

【端詳】景元啓、雙調得勝令：端詳、怕有人瞧望。【試詳】馬謙齋、越調寨兒令：君試詳。

翔

【南梧】無名氏、商調梧葉兒：寒雁兒往南翔。張可久、正宮小梁州：白雲西去雁南翔。【高翔】阿魯威、雙調蟾宮曲、東君：攬轡高翔。

◉牆

【東牆】張可久、中呂喜春來、春夜：花影過東牆。湯式、雙調湘妃遊月宮、夏閨情：魂靈兒已到東牆。雙調蟾宮曲：亂紛紛花落東牆。【苔牆】楊西庵、仙呂賞花時套：竹籬折補苔牆。張可久、雙調水仙子、春晚：相思詩句滿苔牆。張可久、中呂紅綉鞋、懷古：翠微深門掩苔牆。【粉牆】張可久、越調凭闌人、春思：遊人窺粉牆。湯式、正宮脫布衫過小梁州：細柳垂絲過粉牆。【院牆】張可久、雙調折桂令、蓮華道中：紅袖倚低低院牆。

◉黃

【昏黃】貫雲石、雙調醉春風套、減字木蘭花：怯昏黃。喬吉、雙調水仙子、尋梅：淡月昏黃。喬吉、雙調折桂令：燈影昏黃。喬吉、雙調水仙子、吳姬：看星河笑語昏黃。【深黃】盧摯、雙調蟾宮曲、橙杯：顏色深黃。【淡黃】劉時中、雙調折桂令：貼體衫兒淡黃。【橙黃】張可久、中呂滿庭芳、客中九日：一年好景橙黃。【鵝黃】張可久、雙調折桂令：湖上嫩柳鵝黃。【月昏黃】張可久、越調寨兒令、秋日宮詞：人倚月昏黃。張可久、中呂滿庭芳、山中雜興：浮動月昏黃。【爲誰黃】張可久、雙調折桂令、秋思：菊花枝還爲誰黃。【菊花黃】貫雲石、正宮小梁州、芙蓉映水菊花黃。【萱草黃】張可久、南呂金字經：鳳頭萱草黃。【葉又黃】無名氏、商調梧葉兒：梧桐樹、葉又黃。【落日黃】張可久、雙調水仙子、天寶補遺：馬嵬坡落日黃。【楚梅黃】馬謙齋、中呂快活三過朝天子四邊靜：正枝頭楚梅黃。【落日沙黃】張可久、中呂滿庭芳、送別：馬蕭蕭落日沙黃。

篁

【笙篁】張可久、越調寨兒令、秋日宮詞：笑語間笙篁。奧敦周卿、雙調蟾宮曲、東皇太乙：儘歡聲、無日不笙篁。阿魯威、雙調蟾宮曲、東皇太乙：紛五音兮琴瑟笙篁。

蝗

【驅蝗】徐再思、雙調蟾宮曲、送沙幸：渡虎驅蝗。

皇

【東皇】阿魯威、雙調蟾宮曲：穆將愉兮太乙東皇。【明皇】盧摯、雙調蟾宮曲、楊妃：痛殺明皇。【皇皇】阿魯威、雙調蟾宮曲、雲中君：望雲中帝服皇皇。【娥皇】劉時中、雙調折桂令：

似娟娟日暮娥皇。【高皇】馬謙齋、越調寨兒令、楚漢遺事：漢高皇。【羲皇】湯式、正宮脫布衫帶小梁州、四景爲儲公子賦：閑遙遙傲煞羲皇。

篁

【修篁】劉時中、雙調折桂令、疎齋同賦木犀：靜倚修篁。【疎篁】貫雲石、雙調蟾宮曲：淡月疎篁。

凰

【鳳凰】張可久、雙調水仙子、春晚：釵頭鳳凰。張可久、中呂朝天子、過劉阮洞：紫簫塞宿鳳凰。喬吉、雙調水仙子、釘鞍兒：濺濕穿花鳳凰。張可久、雙調折桂令、秋思：夜月冷金釵鳳凰。張可久、越調寨兒令、秋日宮詞：碧梧枝白鳳凰。張可久、雙調折桂令、夜景：綉枕上雙飛鳳凰。湯式、雙調夜行船套、贈鳳台春王姬：嬴女吹簫引鳳凰。徐再思、商調梧葉兒、春思：釵頭金鳳凰。馬致遠、雙調壽陽曲：誰家玉簫吹鳳凰。湯式、中呂醉高歌過紅綉鞋、琴意軒：穩棲老朝陽鳳凰。

徨

【徬徨】湯式、南呂一枝花套、贈王氏：但凝眸漸覺徬徨。

⊙藏

【早藏】薛昂夫、中呂朝天曲：良弓不早藏。【行藏】汪元亨、雙調雁兒落過得勝令：直志定行藏。【埋藏】貫雲石、雙調蟾宮曲、贈曹綉蓮：儘教鷗鷺埋藏。【鷺鶿藏】貫雲石、正宮小梁州、秋：枯荷葉底鷺鶿藏。

⊙强

【爭强】馬謙齋、越調寨兒令、楚漢遺事：爭弱爭强。【摧强】劉時中、正宮端正好套、上高監司：扶弱摧强。【更有强】彭壽之、仙呂八聲甘州套、元和令：强中更有强。【淵明强】張可久、中呂朝天子、山中雜書：却笑淵明强。【醉的强】貫雲石、正宮小梁州、醉的强，醒的强。

⊙娘

【秋娘】張養浩、雙調折桂令：付與秋娘。徐再思、雙調蟾宮曲、西湖夏宴：贈與秋娘。【紅娘】湯式、雙調蟾宮曲：問一會紅娘。【雲娘】張可久、雙調折桂令、春晚有感：寄語雲娘。【小紅娘】關漢卿、中呂普天樂、崔張十六事：嬌滴滴小紅娘。張可久、中呂喜春來、春夜：歡天喜地小紅娘。【可憎娘】白樸、中呂陽春曲、題情：向前摟定可憎娘。【杜韋娘】白樸、雙調駐馬聽、歌：箇中唯有杜韋娘。【岸上娘】劉時中、正宮端正好套、上高監司：看了些河裏孩兒岸上娘。【柘枝娘】張養浩、越調寨兒令：忙殺柘枝娘。【柳枝娘】張可久、雙調小桃紅、秋江晚興：封寄柳枝娘。【窈窕娘】張可久、中呂朝天子、席上有贈：花不如窈窕娘。湯式、雙調對玉環過清江引、閨怨：風流窈窕娘。湯式、南呂一枝花套、贈王氏：蟠龍髻、掃翠蛾、全勝巫山窈窕娘。張可久、雙調水仙子、天寶補遺：玉珮瓊瑤窈窕娘。姚燧、越調凭闌人：高髻雲鬟窈窕娘。【紫雲娘】張可久、商調梧葉兒、春日感懷：人去紫雲娘。張可久、中呂滿庭芳、湖上醆齋索賦：占斷紫雲娘。張可久、雙調水仙子、元夜子集：停杯獻曲紫雲娘。

降⊙

【風降】鮮于伯機、仙呂八聲甘州套、江天暮雪：見遠浦歸舟，帆力風降。【納降】喬吉、中呂滿庭芳、漁父詞：爭人我心都納降。

王⊙

【君王】張可久、越調寨兒令、過釣台：白眼傲君王。【帝王】阿魯威、雙調湘妃怨：竹上雨湘妃怨、樹中禽蜀帝王。【霸王】馬謙齋、越調寨兒令、楚漢遺事：楚霸王。【異姓王】劉時中、雙調水仙操：有高居異姓王。【漢君王】馬致遠、南呂四塊玉、紫芝路：抛閃煞明妃也漢君王。

狂⊙

【風狂】阿魯威、雙調湘妃怨：夜來雨橫與風狂。【酒狂】馬謙齋、中呂快活三過朝天子四邊靜、四季：詩狂、酒狂。【疎狂】彭壽之、仙呂八聲甘州：多少疎狂。徐再思、雙調蟾宮曲、西湖夏宴：老子疎狂。張可久、雙調水仙子、山莊卽事：笑我疎狂。張可久、中呂滿庭芳、過釣台：舊日疎狂。張可久、雙調水仙子、青衣洞天：羣仙容我疎狂。薛昂夫、中呂陽春曲：樽有酒且疎狂。【輕狂】張可久、越調寨兒令、收心：不犯輕狂。【顚狂】曾瑞、南呂罵玉郎過感皇恩採茶歌、四時閨怨：梅撲簌絮顚狂。【少年狂】無名氏、中呂喜春來：老來休說少年狂。【蝶自狂】張可久、雙調湘妃怨、湖上感舊：空庭蝶自狂。【興何狂】馬致遠、雙調撥不斷：孟襄陽，興何狂。【謫仙狂】張可久、正宮小梁州：還許謫仙狂。

囊⊙

【香囊】張可久、越調寨兒令、閨怨：付香囊。張可久、雙調折桂令、太眞病齒圖：病倚香囊。盧摯、雙調蟾宮曲、楊妃：荔枝塵埋沒了香囊。【珠囊】張可久、雙調水仙子、春深：珮冷珠囊。張可久、中呂朱履曲、春曉：晚風狂香散珠囊。【紗囊】喬吉、雙調水仙子：玉絲寒皺雪紗囊。【錦囊】張可久、商調梧葉兒、春日感懷：閒羅扇，甚錦囊。張可久、雙調湘妃怨、春曉：鳳凰枝紅錦囊。

昜颺羊洋佯○邙鋩庬
○綡輬○穰瀼瓤○忘
○螂稂○頏○卬○撞
○房○萇○搪○祥○
檣嬙戕○潢鰉惶艎遑
隍

【對偶】
湯式、南呂一枝花套、贈王氏：龍腦香生瑞靄，蝦鬚簾捲斜陽。張可久、雙調折桂令、湖上飲別：難兄難弟俱白髮，相逢異鄉；無風無雨未黃花，不似重陽。徐再思、雙調蟾宮曲、迯沙宰：馬首西風、鷄聲殘月，雁影斜陽。湯式、南呂一枝花套、贈人：擁貔貅銀鎖光芒，動龍蛇赤羽飛揚。張養浩、越調寨兒令：會波樓醉墨淋浪，歷下亭金縷悠揚。張可久、越調寨兒令、閨怨：泪眼汪汪，烟水茫茫。湯式、南呂一枝花套、贈王氏：翠柳黃鸝箇箇，青天白鷺行行，錦纜牙檣簇簇，金沙流水茫茫。姚燧、雙調撥不斷、四景：芰荷香，露華涼。徐再思、雙調蟾宮曲、西湖夏宴：忙處投閑，靜處尋涼。馬謙齋、越調寨兒令、楚漢遺事：江山空寂寞，宮殿久荒涼。湯式、南呂一枝花套、贈人：對槐陰晝長，趁荷香晚涼。喬吉、雙調水仙子、釘鞵兒：步蒼苔磚甃兒響，襯凌波羅襪生涼。喬吉、雙調水仙子：玉絲寒皺雪紗囊，金剪裁成冰筍涼。喬吉、越調凭闌人、春思：淡月梨花曲檻旁，清露蒼苔羅襪涼。湯式、雙調湘妃遊月宮、夏閨情：甜膩膩兩字恩情，苦懨懨幾樣思量。張可久、雙調折桂令、太眞病齒圖：貶李白因他口傷，鬧漁陽爲他脣亡。湯式、南呂一枝花套、贈人：名高金殿客，貴壓紫薇郎。張可久、雙調水仙子、元夜小集：停杯獻曲紫雲娘，走筆成章白面郎。曾瑞、南呂罵玉郎過感皇恩採茶歌、四時閨怨：風竹敲窗，雪月侵廊。張可久、雙調折桂令、湖上：脆管悠揚，醉墨淋浪。　張可久、雙調折桂令、次酸齋韻：白鶴雙雙，劍客昂昂，錦語琅琅。　無名氏、中呂喜春來，傷心白髮三千丈，過眼金釵十二行。　鮮于伯機、仙呂八聲甘州套、江天暮雪：羣鴉噪晚千萬點，寒雁書空三四行。　張可久、南呂四塊玉、秋望和胡致居：天一方，雁幾雙，書半行。劉時中、正宮端正好套、上高監司：蕭曹比肩，伊傅齊眉，周召班行。　劉時中、中呂山坡羊：意悠揚，氣軒昂。　貫雲石、雙調蟾宮曲、贈曹綉蓮：嬌態盈盈，香風冉冉，翠蓋昂昂。　馬致遠、雙調壽陽曲：青紗帳，白象床。　湯式、雙調湘妃遊月宮、夏閨情：藕花風輕翻紗帳，楊柳月微籠綉窗，梧桐露響滴銀牀。　湯式、雙調沈醉東風、夢後書：七尺低低板床，　三椽窄窄書房。　吳仁卿、越調梅花引套：冰雪肌膚，錦綉心腸。　湯式、中呂普天樂、送人遷居金陵：須開笑口，休斷情腸。　喬吉、雙調水仙子、尋梅：酒醒寒驚夢，笛淒春斷腸。　張可久、中呂紅綉鞋、集慶方丈：月桂峯前方丈，雲松徑裏禪房。　曾瑞、南呂罵玉郎過感皇恩採茶歌、四時

閨怨：歡夢少，漏聲長。　張可久、南呂金字經、開玄道院：翠巘仙雲暗，素琴冰澗長。　汪元亨、雙調雁兒落過得勝令、歸隱：湖海襟懷濶，山林興味長。　劉時中、雙調水仙操：壽域年年固，福源日日長。　張可久、雙調折桂令、次酸齋韻：弔古詞香，招仙笛響，引興杯長。張可久、越調寨兒令、收心：徧遊春世界，交付錦排場。　張可久、中呂滿庭芳、　湖上酸齋索賦：到處鶯花醉鄉，當家風月排場。　劉時中、正宮端正好套、上高監司：剝榆樹餐，　桃野菜嚐。　喬吉、中呂滿庭芳、漁父詞：一灘蓼沙，十里蓮塘。　張可久、雙調折桂令、蓮華道中：紅袖倚低低院牆，白蓮開小小林塘。　湯式、南呂一枝花套、贈人：紫金梁穩架滄溟，白玉柱高擎廟堂。　張可久、商調梧葉兒、春日感懷：塵滿碧紗窗，燕語烏衣巷，花開白玉堂，人去紫雲娘。　湯式、雙調湘妃遊月宮、夏閨情：脚步兒未離南軒，魂靈兒已到東牆。　吳仁卿、越調梅花引套：日沈西浦，月轉南樓，花暗東牆。　馬謙齋、越調寨兒令、楚漢遺事：楚霸王，漢高皇。　張可久、中呂滿庭芳、客中九日：九日明朝酒香，一年好景橙黃。　馬謙齋、中呂快活三

過朝天子四邊靜、四季：恰簾前社燕忙，正枝頭楚梅黃。　張可久、中呂滿庭芳、送別：人去去寒烟樹蒼，馬蕭蕭落日沙黃。　張可久、雙調折桂令、湖上：遠岫螺青，平坡鴨綠，嫩柳鵝黃。　徐再思、商調梧葉兒、春思：花底青鶯燕，釵頭金鳳凰。　湯式、雙調對玉環過清江引、閨怨：枕剩綉鴛鴦，釵閑金鳳凰。　喬吉、雙調水仙子：懷兒裏放，枕袋裏藏。　湯式、南呂一枝花套、贈王氏：但凝眸漸覺徬徨，忽縈懷又索包藏。　張可久、雙調折桂令、春晚有感：繫馬仙莊，寄語雲娘。　姚燧、越調凭闌人：博帶峨冠年少郎，高髻雲鬟窈窕娘。　湯式、雙調對玉環過清江引、閨怨：恨殺飄蓬，飄蓬薄倖郎；瘦損風流，風流窈窕娘。　湯式、雙調蟾宮曲：冷清清人在西廂，叫一聲張郎，罵一聲張郎；亂紛紛花落東牆，問一會紅娘，絮一會紅娘。　張可久、越調寨兒令、閨怨：隔粉牆，付香囊。　張可久、商調梧葉兒、春日感懷：閑羅扇，墜錦囊。　張可久、雙調折桂令、太眞病齒圖：舞挫霓裳，病倚香囊。　張可久、雙調湘妃怨、春曉：胡蝶結青絲障，鳳凰枝紅錦囊。　張可久、中呂朱履曲、爛柯洞：朝雨過紅銷錦障，晚風狂香散珠囊。　盧摯、雙調蟾宮曲、楊妃：梧桐雨彫零了海棠，荔枝塵埋沒了香囊。

上聲

講⊙【夜講】張可久、中呂紅綉鞋、集慶方丈：秋堂聽夜講。　【一任講】鮮于伯機、仙呂八聲甘州套、江天暮雪：是非一任講。　【曹論講】劉時中、正宮端正好套、上高監司：樵叟漁夫曹論講。

港【對港】喬吉、中呂滿庭芳、漁父詞：芙蓉對港。　【灣外港】劉時中、正宮端正好套、上高監司：私牙子船灣外港。

養⊙【供養】劉時中、正宮端正好套、上高監司、尾聲：蓋一座祠堂人供養。

奬⊙【過奬】彭壽之、仙呂八聲甘州套、賺尾：非是俺着迷過奬。【褒奬】湯式、雙調夜行船套、贈鳳台春王姬：檢春工所事堪褒奬。　湯式、南呂一枝花套、贈王氏尾聲：不由人濃薰着霜毫細褒

槳◎

獎。【前人獎】劉時中、正宮端正好套、上高監司、尾聲：相門出相前人獎。

【椒槳】阿魯威、雙調蟾宮曲、東皇太乾：玉瑱璚兮，蒸肴蘭藉，桂酒椒槳。

兩◎

【萬兩】汪元亨、雙調折桂令、歸隱：這骨頭千斤萬兩。【十六兩】姚燧、越調凭闌人：你一斤咱十六兩。

想◎

【妄想】薛昂夫、中呂陽春曲：休妄想。汪元亨、雙調雁兒落過得勝令、歸隱：閑來無妄想。【念想】張可久、越調寨兒令、閨怨：行行步步只念想。【夢想】徐再思、商調梧葉兒、春思：是幾等兒眠思夢想。【時節想】劉時中、正宮端正好套、上高監司、尾聲：使萬萬代官名見時節想。【眠思夢想】湯式、雙調沈醉東風、夢後思：醞釀出眠思夢想。

響◎

【笛響】張可久、雙調折桂令、次酸齋韻：招仙笛響。【樹響】張可久、中呂滿庭芳、客中九日：西風樹響。【不倸響】無名氏、中呂普天樂：便是震天雷不倸響。【何處響】張可久、雙調落梅風、水爆仗：超蟄龍一聲何處響。【蛩吟響】貫雲石、雙調醉春風套、高過金盞兒：塞鴻相和蛩吟響。【詩句響】張可久、中呂紅綉鞋、懷古：記神仙詩句響。【跫兒響】喬吉、雙調水仙子、釘鞵兒：步蒼苔磚跫兒響。【環珮響】張可久、越調寨兒令、秋日宮詞：吉丁一聲環珮響。雙調清江引、夏夜即事：酒醒玉人環珮響。【蕭蕭響】楊西庵、仙呂賞花時套、賺尾：晚風林、蕭蕭響。【今冬又響】湯式、雙調沈醉東風、客懷：我則怕薦雷今冬又響。【門扇兒響】無名氏、中呂普天樂：又早被這告舌頭門扇兒響。【洞天裏響】湯式、南呂一枝花套、贈人、尾聲：一派笙歌洞天裏響。【簾櫳振響】湯式、中呂醉高歌、帶紅綉鞋、琴意軒：瓊珮簾櫳振響。

壤◎

【堆黃壤】馬致遠、南呂四塊玉、鳳凰坡：百尺台堆黃壤。【農夫擊壤】湯式、雙調湘妃引、山中渠曲、闕贈友人：看白髮農夫擊壤。

穰

【人烟穰穰】湯式、中呂普天樂、送人遷居金陵：看六市人烟穰穰。

舫◎

【畫舫】曾瑞、中呂喜春來、遣興：夏移畫舫。張養浩、越調寨兒令、辭參議、墨家：大明湖搖畫舫。奧敦周卿、雙調蟾宮曲、尾尾相銜畫舫。四薛昂夫、中呂山坡羊、西湖雜詠、夏：今夜且休同畫舫。湯式、中呂滿庭芳、武林感舊：湖內外、靜悄悄、六橋畫舫。

訪⊙

【閒訪】馬謙齋、中呂快活三過朝天子四邊靜、四季夏：漁樵閒訪。【尋訪】湯式、雙調夜行船套、贈鳳台春王姬、離亭宴帶歇指煞：想春容隨處相尋訪。

網⊙

【破網】楊西庵、仙呂賞花時套、勝葫蘆：破設設柴門上張着破網。【着網】曾瑞、南呂四塊玉、警世：魚着網。【閑晒網】馬致遠、雙調壽陽曲、漁村夕照：掛柴門幾家閑晒網。【鱗鳳網】汪元亨、中呂朝天子、歸隱：出皇家麟鳳網。【天羅地網】汪元亨、雙調沈醉東風、歸田：不撞入天羅地網。

往⊙

【何往】張可久、南呂四塊玉、秋望和胡致居：菊又開，人何往。【來往】湯式、雙調夜行船套、贈鳳台春王姬、離亭宴帶歇指煞：散春心任來往。白樸、雙調駐馬聽、歌：小樓一夜雲來往。【今日往】湯式、中呂滿庭芳、武林感舊：自今日往。

黨⊙

【悶黨】曾瑞、南呂罵玉郎過感皇恩採茶歌、四時閨怨、冬：梅竹無言成悶黨。【偏黨】劉時中、正宮端正好套、上高監司、三煞：愛民憂國無偏黨。【鄉黨】湯式、中呂普天樂、送人遷居金陵：脚到處爲鄉黨。【犬羊之黨】湯式、南呂一枝花套、贈人、梁州：指顧裏、蕩西戎犬羊之黨。

掌⊙

【熊掌】劉時中、正宮端正好套、上高監司、滾綉毬：契黃不老勝如熊掌。【稅戶掌】劉時中、正宮端正好套、上高監司、滾綉毬：積年系稅戶掌。

長⊙

【再長】劉時中、正宮端正好套、貨郎：萌芽再長。【麥不長】劉時中、正宮端正好套、上高監司、滾綉毬：麥不長。

朗⊙

【月朗】劉時中、正宮端正好套、上高監司、倘秀才：中宵月朗。

謊⊙

【是謊】湯式、正宮醉太平、閨情：不傷心是謊。【說謊】吳仁卿、越調梅花引套：一千般到說謊。【也是謊】劉時中、中呂山坡羊、與邸明谷孤山遊、飲：功，也是謊；名，也是謊。【却是謊】劉時中、正宮端正好套、上高監司、滾綉毬：印信憑由却是謊。【都是謊】無名氏、中呂喜春來：都是謊。

仰⊙

【共仰】劉時中、正宮端正好套、上高監司、貨郎：衆飢民共仰。【俯仰】張可久、中呂滿庭芳、客中九日：乾坤俯仰。

廣⊙

【愁悶廣】吳仁卿、越調梅引花套：離懷擾擾愁悶廣。

搶⊙

【鬪搶】劉時中、正宮端正好套、上高監司、貨郎：乞出攔門鬪搶。

賞⊙

【共賞】湯式、中呂醉高歌過紅綉鞋、琴意軒：問知音誰共賞。雙調湘妃遊月宮、夏閨情：傷心也誰共賞。【玩賞】湯式、雙調夜行船套、贈鳳台春王姬沈醉東風：可知道一刻千金玩賞。【莫賞】曾瑞、南呂四塊玉、警世：君莫賞。【宴賞】湯式、南呂一枝花套、贈王氏、粱州：折柳亭，拂塵會，幾場宴賞。【醉賞】商左山、雙調潘妃曲：宜醉賞。【競賞】貫雲石、雙調蟾宮曲、贈曹綠蓮：一任遊人競賞。【遊賞】貫雲石、正宮小粱州、春：桃紅柳綠映池塘、堪遊賞。【無心賞】貫雲石、正宮小粱州、春：儘教他花柳自芬芳，無心賞。

倆⊙

【伎倆】劉時中、正宮端正好套、上高監司、倘秀才：呑象心腸歹伎倆。彭壽之、仙呂八聲甘州套、賺尾：想着尊前伎倆。

鏹○痒鞅○蔣○魎○

鶬○蟒莽漭○爽瀼○

響享饗夯○敞氅昶○

倣放昉○罔輞○枉○

顙磉嗓○榜搒○倘帑

○讜○恍○沆○髒○

强○晌

【對偶】

湯式、雙調夜行船套、贈鳳台春王姬離亭宴帶歇指煞：想春容，隨處相尋訪；檢春工，所事堪褒獎。湯式、中呂醉高歌帶紅綉鞋、琴意軒：碧梧窗戸生涼、瓊珮簾櫳振響。曾瑞、南呂四塊玉、警世：狗探湯，魚著網。湯式、雙調夜行船套、贈鳳臺春王姬離亭宴帶歇指煞：消春悶儘盤桓，散春心任來往。湯式、中呂普天樂、送人遷居金陵：眼落處是田園，脚到處爲鄉黨。

去聲

降⊙

【霜降】張可久、雙調落梅風、肅齋翁令賦獅橋：吼千林月寒霜降。【時雨降】劉時中、正宮端正好套、上高監司、滾綉毬：那裏取若時雨降。

强⊙

【離人强】周德清、中呂朝天子、秋夜懷客：不許離人强。

象⊙

【天象】湯式、南呂一枝花套、贈人：捧日月光天象。【蛇吞象】汪元亨、雙調雁兒落過得勝令、歸隱：世態蛇吞象。

像

【觀音像】劉時中、中呂朝天子：水月觀音像。

相

【合相】彭壽之、仙呂八聲甘州套、元和令：相逢一合相。【丞相】劉時中、雙調水仙操、爲平章南谷公壽福樓賦：那堪輩輩爲丞相。【卿相】劉時中、正宮端正好套、上高監司：天生社稷眞卿相。【風流相】彭壽之、仙呂八聲甘州套、賺尾：萬種風流相。【黑頭相】湯式、南呂一枝花套、贈人、尾聲：會受用風流黑頭相。

亮⊙

【嘹亮】貫雲石、正宮小梁州、夏：聲嘹亮。周德清、中呂朝天子、秋夜懷客：過雁聲嘹亮。湯式、正宮醉太平、閨情：入蘭房、恰昏黃、畫角偏嘹亮。【陶元亮】張可久、正宮小梁州：東籬誤約陶元亮。湯式、正宮小梁州、九日渡江：東籬載酒陶元亮。

量

【心量】汪元亨、中呂朝天子、歸隱：江湖心量。【胆量】貫雲石、雙調醉春風套、問金四塊玉：寃家早是沒胆量。【較量】劉時中、正宮端正好套、上高監司、尾聲：父老兒童細較量。【酒無量】張可久、越調小桃紅、湖上和劉時中：詩有新題酒無量。【寬洪海量】無名氏、中呂普天樂：老夫人寬洪海量。

樣⊙

【宮樣】張可久、中呂朝天子、席上有贈：高髻堆宮樣。【新樣】張可久、越調小桃紅、秋江晚興：花鈿新樣。【模樣】彭壽之、仙呂八聲甘州套、賺尾：枕邊模樣。姚燧、雙調撥不斷、四景：逞嬌羞模樣。【如蝦樣】劉時中、正宮端正好套、上高監司件談書：尫羸傴僂如蝦樣。【風流樣】湯式、雙調夜行船套、贈鳳臺春王姬：五彩風流樣。南呂一枝花套、贈王氏、尾聲：韠金鸞橫玉燕、都誇楚舘風流樣。【芭蕉樣】張可久、雙調水仙子、山莊卽事：微風小扇芭蕉樣。【時官樣】汪元亨、雙調沈醉東風、歸田：剗削去時官樣。【酸模樣】喬吉、中呂朝天子、歌者簪小橘：止愛些酸模樣。【鞋兒樣】白樸、中呂陽春曲、題情：白忙裏鉸甚鞋兒樣。

漾

【漾漾】姚燧、中呂醉高歌、感懷：江上寒波漾漾。【輕漾】薛昂夫、中呂山坡年、西湖雜詠、夏：晴雲輕漾。【江潮漾】貫雲石、正宮小梁州、秋：湖水淸、江潮漾。

恙

【無恙】張可久、中呂滿庭芳、過釣臺：山無恙。湯式、雙調夜行船套、贈鳳臺春王姬：還喜玉人無恙。張可久、越調小桃紅、秋感：小字平安寄無恙。張可久、越調小桃紅、秋江晚興：別後佳人想無恙。白樸、越調小桃紅：故人別後應無恙。張可久、中呂滿庭芳、山中雜興：故園老樹應無恙。中呂山坡年、春日：醒來猶問春無恙。盧摯、雙調殿前歡：憑誰問花無恙。張可久、中呂朝天子、過劉阮洞：人不見春無恙。

狀⊙

【風魔狀】汪元亨、中呂朝天子、歸隱：早納紙風魔狀。

壯

【悲壯】劉時中、中呂山坡年、與邸明谷孤山遊飲：詩狂悲壯。【豪壯】劉時中、正宮端正好套、上高監司、件讀書：磨滅盡諸豪壯。【悲歌壯】張可久、雙調水仙子、青衣洞天：歠壺敲玉悲歌壯。【坐歸心壯】張可久、中呂滿庭芳、客中九日：劍花寒夜、坐歸心壯。

撞

【向心頭撞】湯式、雙調沈醉東風、客懷：鐘向心頭撞。

上⊙

【天上】湯式、中呂普天樂、送人遷居金陵：恰便是、離却人間居天上。【江上】商道、越調天淨沙：月明江上。【枝上】喬吉、中呂朝天子、歌者簪小橘：丁香枝上。【亭上】湯式、正宮脫布衫過小梁州、四景爲儲公子賦、夏：榴花亭上。【堂上】貫雲石、正宮小梁州、春：湖山堂上。【街上】劉時中、正宮端正好套、上高監司、貨郎：餓莩成行街上。【橋上】張養浩、中呂山坡羊、洛陽懷古：天津橋上。【場上】彭壽之、仙呂八聲甘州套：少年場上。【千峯上】劉時中、中呂山坡羊、與邱明谷孤山遊飲：恍然醉眼千峯上。【牙牀上】湯式、越調小桃紅、春情：搭伏定牙牀上。【丹墀上】張可久、中呂朝天子、席上有贈：曾侍宴丹墀上。【西湖上】張可久、中呂滿庭芳、湖上酸齋索賦：綵箋詩滿西湖上。【西樓上】張可久、中呂朝天子、夜宴即事：人在西樓上。【冰輪上】徐再思、中呂普天樂、吳江八景、龍廟甘泉：第四橋邊冰輪上。【東牆上】張可久正宮小梁州、郊行即事：新詩欲寫東牆上。【花梢上】張可久、越調小桃紅、秋感：血點花梢上。【東欄上】湯式、雙調沈醉東風、新枝梨花：月慘東欄上。【青樓上】張可久、雙調水仙子、元夜小集：移宮換羽青樓上。【青霄上】馬致遠、南呂四塊玉、鳳凰坡：送蕭郎共上青霄上。【肩輿上】阿魯威、雙調湘妃怨：此心只在肩輿上。【孤山上】喬吉、雙調水仙子、尋梅：樹頭樹底孤山上。【秋江上】張可久、越調小桃紅、秋江晚興：船艤秋江上。【梅梢上】張可久、中呂朝天子、山中雜書：春已到梅梢上。【凌煙上】馬謙齋、中呂快活三過朝天子四邊靜、四季、夏：志不在凌煙上。【雲霄上】張可久、中呂滿庭芳、過釣臺：相尋下榻雲霄上。【朝班上】劉時中、正宮端正好套、上高監司：願得早居玉筍朝班上。【船頭上】喬吉、中呂滿庭芳、漁父詞：江缸盛酒船頭上。【溪橋上】張可久、中呂朝天子、過劉阮洞：落日溪橋上。【遊船上】貫雲石、正宮小梁州、夏：佳人才子遊船上。【愁江上】張可久、雙調殿前歡、夜宴：花落愁江上。【新亭上】張可久、越調小桃紅、湖上和劉時中：開宴新亭上。【銀河上】白樸、雙調駐馬聽歌：後聲並至銀河上。【輕綃上】喬吉、雙調水仙子、吳姬：薔薇洒水輕綃上。【萬人上】湯式、南呂一枝花套、贈人梁州：一人下萬人上。【幃屏上】商左山、雙調潘妃曲：堪畫在幃屏上。【陽臺上】湯式、正宮小梁州、別情代人作：殘雲剩雨陽臺上。【鑑湖上】張可久、越調小桃紅、寄鑑湖諸友：不似年時鑑湖上。【靈墟上】湯式、中呂醉高歌過紅綉鞋、琴意軒：卜居似得靈墟上。【羲皇上】馬謙齋、中呂快活三過朝天子四邊靜、四季、夏：人在羲皇上。張養浩、雙調水仙子、詠遂閒堂：高情千古羲皇上。【九重天上】張可久、雙調落梅風、肅齋翁命賦獅橋：噴清香九重天上。【月輪初上】馬致遠、雙調壽陽曲：晚涼生月輪初上。【冷泉亭上】張可久、雙調落梅風、月明歸興：又謀成冷泉亭上。【枕頭兒上】貫雲石、雙調醉春風套、賣花聲煞：都滴在枕頭兒上。【洞庭湖上】張可久、雙調落梅風、水爆伏：翠烟流洞庭湖上。【捕魚圖上】馬致遠、雙調壽陽曲：掛柴門幾家閑晒網，都撮在捕魚圖上。【釣魚磯上】張可久、中呂上小樓、春思：鷺鷥兒釣魚磯上。【灞陵橋上】馬致遠、雙調撥不斷：凍騎驢灞陵橋上。

餉

【相餉】薛昂夫、中呂朝天曲：漂母曾相餉。

◉帳

【金帳】張可久、中呂喜春來、春夜：收雲斂雨銷金帳。【春帳】張可久、中呂山坡羊、春日：芙蓉春帳。【紗帳】湯式、雙調遊月宮、夏、閨情：藕花風輕翻紗帳。【紙帳】喬吉、雙調水仙子、贈孫梅歌：白雲紙帳。【錦帳】張可久、雙調水仙子：香寒錦帳。【鴛帳】湯式、雙調夜行船套、贈鳳臺春王姬離亭宴帶歇指煞：春夢迷鴛帳【鶴帳】張可久、中呂朝天子、山中雜書：風情鶴帳。【羅帳】湯式、越調小桃紅、春情：寒生羅帳。張可久越調小桃紅、秋感：燈昏羅帳。無名氏、中呂普天樂：手約開紅羅帳。張可久、雙調水仙子、春晚：合歡裙帶開羅帳。無名氏、中呂普天樂：款款的分開羅帳。【芙蓉帳】張可久、雙調水仙子、天寶補遺：雲屏月枕芙蓉帳。【紅綃帳】曾瑞、南呂罵玉郎過感皇恩採茶歌、四時閨怨、冬：嚴凝寒透紅綃帳。【流蘇帳】劉時中、中呂普天樂：心事流蘇帳。【蓉花帳】張可久、雙調清江引、夏夜即事：月枕蓉花帳。【銷金帳】張可久、雙調殿前歡、夜宴：芙蓉被暖銷金帳。喬吉、中呂朝天子歌者簪山橋：好先試銷金帳。馬致遠、雙調撥不斷：到不如風雪銷金帳。【蓮花帳】湯式、南呂一枝花套、贈人、尾聲：氣氤氳香靄蓮花帳。【鮫綃帳】盧摯、雙調殿前歡：玉妃不臥鮫綃帳。

漲

【高漲】劉時中、正宮端正好套、上高監司、滾綉毬：一日日物價高漲。

丈

【千丈】馬謙齋、中呂快活三過朝天子四邊靜、四季、夏：紅塵千丈。汪元亨、中呂朝天子、歸隱：是非海波千丈。貫雲石、雙調壽陽曲：玉池深藕花千丈。【方丈】張可久、中呂紅綉鞋、集慶方丈：月桂峯前方丈。【三千丈】劉時中、中呂山坡羊、與邸明谷孤山遊飲：天風鶴谷三千丈。無名氏、中呂喜春來：傷心白髮三千丈。湯式、南呂一枝花套、贈人、深州：風雲豪氣三千丈。

障

【災障】關漢卿、中呂普天樂、崔張十六事：消磨災障。【屏障】楊西庵、仙呂賞花時套、勝葫蘆：見一簇人家入屏障。【磨障】劉時中、正宮端正好套、上高監司：衆生靈、遭磨障。【錦障】張可久、中呂朱履曲、春晚：朝雨過紅銷錦障。【魔障】曾瑞、南呂罵玉郎過感皇恩採茶歌、四時閨怨、冬：愁魔障。【青絲障】張可久、中呂朝天子、過劉阮洞：步步青絲障。張可久、雙調湘妃怨、春曉：蝴蝶結青絲障。【遭災障】劉時中、正宮端正好套、上高監司、叨叨令：無錢的受飢餒、塡溝壑、遭災障。

瘴

【黃茅瘴】張可久、雙調水仙子、歸興：遠功名却怕黃茅瘴。

杖

【策杖】貫雲石、雙調壽陽曲：步回廊老仙策杖。【笻杖】劉時中、正宮端正好套、上高監司、伴讀書：抱子携男扶笻杖。

巷⊙

【臥巷】劉時中、正宮端正好套、上高監司、倘秀才：塡街臥巷。【深巷】馬謙齋、中呂快活三過朝天子四邊靜、四季、夏：楊柳陰迷深巷。【烏衣巷】湯式、中呂普天樂、送人遷居金陵：夜月烏衣巷。張可久、商調梧葉兒、春日感懷：燕語烏衣巷。【鶯花巷】湯式、南呂一枝花套、贈玉氏：隣壓鶯花巷。

向

【相向】薛昂夫、中呂坡年、西湖雜詠、夏：開樽避暑爭相向。【皈向】劉時中、正宮端正好套、上高監司、貨郎：見孤霜疾病無皈向。

項

【脖項】楊西庵、仙呂賞花時套、賺尾：癭纍垂脖項。【縮項】鮮于伯機、仙呂八聲甘州套、江天暮雪元和令：鯿魚煮縮項。

將⊙

【良將】馬致遠、雙調撥不斷：尋思樂毅非良將。【中興將】張養浩、中呂山坡年、洛陽懷古：雲臺不見中興將。【中將關】湯式、南呂一枝花套、贈人：虎豹關中將。

⊙唱

【三唱】張可久、中呂朝天子、山中雜書：盼殺雞三唱。【低唱】張可久、越調小桃紅、湖上和劉時中：吳姬低唱。中呂賣花聲、夏：樂陶陶淺斟低唱。商左山、雙調潘妃曲：暖閣偏宜低低唱。馬致遠、雙調撥不斷：慢慢的淺斟低唱。姚燧、中呂醉高歌、感懷：陽關舊曲低低唱。【漁唱】張可久、越調小桃紅、寄鑑湖諸友：清溪漁唱。馬致遠、雙調壽陽曲：綠楊隄數聲漁唱。【清唱】劉時中、中呂朝天子：樽前清唱。【樵唱】汪元亨、雙調沈醉東風、歸田：演習會牧歌樵唱。【齊唱】張可久、正宮小梁州、避暑即事：棹歌齊唱。【同聲唱】張可久、雙調水仙子、春深：鶯穿細柳同聲唱。【佳人唱】貫雲石、正宮小梁州、春：玉女彈、佳人唱。【東家唱】貫雲石、正宮小梁州：東家醉了東家唱。【紅裙唱】姚燧、雙調撥不斷、四景：舟中越女紅裙唱。【曉雞唱】貫雲石、雙調醉春風套、賣花聲煞：欲訴相思曉雞唱。【頭雞唱】汪元亨、中呂朝天子、歸隱：聽幾度頭雞唱。【誰家唱】馬謙齋、中呂快活三過朝天子四邊靜、四季、夏：水調誰家唱。【樽前唱】張可久、雙調清江引、夏夜即事：不記樽前唱。中呂朝天子、席上有贈：分付向樽前唱。中呂山坡羊、春日：一聲金縷前樽唱。白樸、越調小桃紅：取次樽前唱。

倡

【浩倡】阿魯威、雙調蟾宮曲、東皇太乙：楊枹鼓兮安歌浩倡。

暢

【舒暢】劉時中、正宮端正好套、上高監司、尾聲：清幽更舒暢。

悵

【惆悵】張可久、正宮小梁州：黃花惆悵。貫雲石、雙調殿前歡：養騷讀罷空惆悵。馬致遠、雙調壽陽曲：教斷腸人越添惆悵。

⊙創

【沿途創】劉時中、正宮端正好套、上高監司、伴讀書：一絲好氣沿途創。

⊙望

【失望】劉時中、正宮小梁州、上高監司、滾繡毬：萬民失望。【北望】馬致遠、南呂四塊玉、紫芝越：雁北飛、人北望。【名望】湯式、南呂一枝花套、贈人、梁州：黃童白叟知名望。【盼望】商左山、雙調潘妃曲：閑盼望。【承望】劉時中、正宮端正好套、上高監司叨叨令：無錢的活、分骨肉無承望。【遙望】張養浩、中呂山坡年、洛陽懷古：憑闌遙望。【瞧望】景元啓、雙調得勝令：怕有人瞧望。【凝望】張可久、正宮小梁州、避暑即事：誰凝望。【瞻望】劉時中、雙調水仙操、爲平章南谷公壽福樓賦：朝朝北闕頻瞻望。【西樓望】張可久、越調小桃紅、秋感：玉奴更上西樓望。張可久、越調小桃紅、秋江晚興：雁歸曾倚西樓望。【南樓望】張可久、南呂四塊玉、秋望和胡致居：月明閒上南樓望。【登高望】貫雲石、正宮小梁州、秋：雷峯塔畔登高望。【凝眸望】商左山、雙調潘妃曲：悶向危樓凝眸望。【憑欄望】湯式、南呂一枝花套、王氏、梁州：勤芳情多爲憑欄望。【危樓望】張可久、中呂滿庭芳、送別：臨行休倚危樓望。【倚定門兒望】貫雲石、雙調醉春風套、減字木蘭花：逐朝倚足門兒望。【笑倚闌干望】張可久、越調小桃紅、湖上和劉時中：長吟笑倚闌干望。

忘

【不忘】劉時中、正宮端正好套、上高監司、尾聲：活被生靈恩不忘。【莫忘】湯式、雙調夜行船套、贈鳳臺春王姬離亭宴帶歇指煞：囑付您知音的莫忘。【都忘】薛昂夫、中呂朝天子：跨下羞都忘。【難忘】吳仁卿、越調梅花引套：生死難忘。彭壽之、仙呂八聲甘州套、賺尾：唱道好處難忘。湯式、雙調湘妃遊月宮、夏閨情：儘今難捨難忘。【兩相忘】薛昂夫、中呂陽春曲：覺來身世兩相忘。

旺⊙

【興旺】劉時中、正宮端正好套、上高監司、叨叨令：有錢的納寵妾、買人口偏興旺。【斜魔旺】曾瑞、南呂四塊玉、警世：柳腰花貌斜魔旺。

放⊙

【豪放】馬謙齋、中呂快活三過朝天子四邊靜、四季、夏：先生豪放。劉時中、中呂山坡羊、與邱明谷孤山遊飲：杯深豪放。【冰花放】曾瑞、南呂罵玉郎過感皇恩採茶歌、四時閨怨、冬：同雲黯黯冰花放。【杯盤放】喬吉、中呂滿庭芳、漁父詞：綺羅叢排辦出滄浪、杯盤放。【身心放】貫雲石、雙調殿前歡：爲甚不身心放。【紅蓮放】商左山、雙調潘妃曲：翠蓋紅蓮放。【爭先放】商左山、雙調潘妃曲：桃李爭先放。【蓮舟放】姚燧、雙調撥不斷、四景：若耶溪上蓮舟放。【鞋底兒放】無名氏、中呂普天樂：輕輕的鞋底兒放。【懷兒裏放】喬吉、雙調水仙子、楚儀贈香囊、賦以報之：芳心偷付檀郎、懷兒裏放。

蕩⊙

【放蕩】彭壽之、仙呂八聲甘州套：平生放蕩。【淡蕩】湯式、中呂醉高歌過紅綉鞋、琴意軒：水雲秋淡蕩。【搖蕩】張可久、中呂上小樓、春思：波光搖蕩。喬吉、雙調水仙子、楚儀贈香囊賦以報之：梅魂不許春搖蕩。【遊蕩】阿魯威、雙調湘妃怨：曉來蜂蝶空遊蕩。【飄蕩】周德清、中呂朝天子、秋夜懷客：趁著風飄蕩。湯式、正宮小梁州、別情代人作：桃花飄蕩。越調小桃紅、春情：雨魄雲魂恣飄蕩。馬謙齋、中呂快活三過朝天子四邊靜、四季、夏：荷香飄蕩。【吟情蕩】薛昂夫、中呂陽春曲：芸窗月影吟情蕩。【金風蕩】貫雲石、正宮小梁州、秋：枯荷葉底鷺鷥藏、金風蕩。商左山、雙調潘妃曲：敗柳殘荷金風蕩。【南湖蕩】薛昂夫、中呂山坡羊、西湖雜詠、夏：笙歌鼎沸南湖蕩。【荷花蕩】張可久、越調小桃紅、寄鑑湖諸友：採蓮人語荷花蕩。正宮小梁州、避暑卽事：蓮舟撐入荷花蕩。【春心蕩】關漢卿、中呂普天樂、崔張十六事：母親呵怕女孩兒春心蕩。【湖光蕩】貫雲石、正宮小梁州、夏：歸棹晚、湖光蕩。【乾坤蕩蕩】湯式、中呂普天樂、送人遷居金陵：瞻九重乾坤蕩蕩。

當

【不當】正宮端正好套、上高監司、倘秀才：停榻戶瞞天不當。

浪⊙

【波浪】張可久、中呂賣花聲、夏：澄澄碧照添波浪。【風浪】湯式、雙調湘妃引、和陸進之韵：避風浪、何處無風浪。【春浪】張可久、雙調落梅風、水爆仗：碎桃花萬雨春浪。【柳浪】張可久、中呂上小樓、春思：橋横柳浪。中呂紅綉鞋、懷古：金字淡橋空柳浪。【浮浪】劉時中、正宮端正好套、上高監司、伴讀書：斷送了些閑浮浪。【無浪】薛昂夫、中呂山坡羊、西湖雜詠、夏：薰風無浪。【紅桃浪】湯式、雙調夜行船套、贈鳳臺春王姬離亭宴帶歇指煞：春生被底紅桃浪。

葬⊙

【活活葬】劉時中、正宮端正好套、上高監司、滾綉毬：遭時疫無棺活葬。

藏

【唐三藏】關漢卿、中呂普天樂、崔張十六事：惡狠狠唐三藏。

戇

【愚和戇】鮮于伯機、仙呂八聲甘州套、江天暮雪、大安樂：縱人笑我愚和戇。

傍⊙

【相偎傍】湯式、南呂一枝花套、贈王氏、梁州：止不過弱紅嬌黛相偎傍。

蚌⊙【珠蚌】喬吉、中呂滿庭芳、漁父詞：呼兒盞洗生珠蚌。

晃⊙【簾前晃】湯式、雙調對玉環過清江引、閨怨：月色簾前晃。

幌⊙【綉幌】貫雲石、雙調醉春風套、賣花聲煞：簌朱簾猛然離了綉幌。

況⊙【佳況】湯式、雙調湘妃式、山中樂曲、闕贈友人：一庭幽草含佳況。【客況】周德清、中呂朝天子、秋夜懷客：敲碎客況。【旅況】楊西庵、仙呂賞花時套、賺尾：一弄兒淒涼旅況。【情況】汪元亨、雙調雁兒落過得勝令、歸隱：靜裏多情況。湯式、越調小桃紅、春情：攻書齋坐何情況。劉時中、正宮端正好套、上高監司、滾綉毬：痛分離是何情況。湯式、中呂醉高歌過紅綉鞋、琴意軒：醞釀出淵明情況。【愁況】湯式、雙調對玉環過清江引、閨怨：越恁添愁況。【雨雲況】南呂一枝花套、贈王氏、梁州：醞釀出雨雲況。【風流況】劉時中、中呂朝天子：一味風流況。關漢卿、中呂普天樂、普張十六事：說起風流況。【無情況】吳仁卿、越調梅花引套：近來陡恁無情況。

釀⊙【供釀】徐再思、中呂普天樂、吳江八景、龍廟甘泉：堪供釀。【新釀】張可久、中呂賞花聲、夏：旋蒭新釀。中呂山坡羊、春日：葡萄新釀。馬謙齋、中呂快活三過朝天子四邊靜、夏：睡足思新釀。貫雲石、雙調水仙子、田家：喚稚子蒭新釀。【羊羔釀】商左山、雙調潘妃曲：共飲羊羔釀。【松花釀】汪元亨、雙調雁兒落過勝得令、歸隱：夜月松花釀。【秋風釀】喬吉、中呂朝天子、歌者簪山橘：宜薦秋風釀。【葡萄釀】湯式、雙調湘妃遊月宮、夏閨情：碧筩飲葡萄釀。【瓊花釀】張可久、中呂朝天子、夜宴即事：酒釃瓊花釀。曾瑞、中呂喜春來、遣興、夏：金杯冷酌瓊花釀。

喪⊙【胆喪】無名氏、中呂普天樂：驚得胆喪。【彫喪】張養浩、中呂山坡羊、洛陽懷古：春陵王氣都彫喪。【家私喪】劉時中、正宮端正好套、上高監司、叨叨令：鬻妻賣子家私喪。【幾乎喪】馬致遠、雙調撥不斷：火牛一戰幾乎喪。

愴⊙【悲愴】湯式、中呂滿庭芳、武林感舊：體悲愴。正宮醉太平、閨情：掩紗窗、未思量、杜宇先悲愴。雙調夜行船套、贈鳳臺春王姬離亭宴帶歇指煞：不愁杜宇閑悲愴。

⊙誑

【虛誑】湯式、南呂一枝花套、贈王氏、尾聲：常言道、鑒柳評花不虛誑。

⊙盪

【和風盪】商左山、雙調潘妃曲：綠柳青青和風盪。

絳 洚 虹 糨 ○ 諒 緉 輛 ○

養 恙 煬 怏 鞅 ○ 尚 ○ 讓

懹 饟 ○ 脹 仗 杖 墇 ○ 匠

醬 ○ 皀 ○ 淑 ○ 妄 ○ 王

○ 訪 ○ 宕 碭 擋 ○ 閬 ○

謗 棒 ○ 炕 亢 抗 ○ 曠 壙

纊 ○ 貺 ○ 仰 ○ 胖 ○ 行

○ 盎 ○ 戧 ○ 鋼 ○ 湯

【對偶】

汪元亨、雙調雁兒落過得勝令、歸隱：物情螳捕蟬，世態蛇吞象。 彭壽之、仙呂八聲甘州套、賺尾：一片志誠心，萬種風流樣。 張可久、越調小桃紅、秋江晚興：紅衫舊腔，花鈿新樣。 湯式、雙調夜行船套、贈鳳臺春王姬沈醉東風：九苞祥瑞姿，五彩風流樣。 貫雲石、正宮小梁州秋：湖水清，江潮漾。 姚燧、中呂醉高歌、感懷：岸邊烟、柳蒼蒼，江上寒波漾漾。 湯式、雙調沈醉東風、客懷：砧從耳畔敲，鐘向心頭撞。 喬吉、中呂朝天子、歌者簪山橘：荳蔻梢頭，丁香枝上。 湯式、雙調沈醉東風、夢後書：葦子簾，梅花帳。 張可久、越調小桃紅、秋感：月明綉窗，燈昏羅帳。 湯式、越調小桃紅、春情：月臨綉窗，寒生羅帳。 張可久、雙調清江引、夏夜即事：冰壺荔子漿，月枕蓉花帳。 湯式、夜行船套、贈鳳臺春王姬離亭宴帶歇指煞：春色染鴛侶，春聲諧鳳管，春夢迷鴛帳。 張可久、雙調水仙子、春晚：相思詩句滿苔牆，合唱歌聲靜錦堂，合歡裙帶閑羅帳。 張可久、雙調水仙子、歸興：淡文章不到紫薇郎，小根脚難登白玉堂，遠功名却怕黃茅瘴。 湯式、中呂普天樂、送人遷居金陵：春風朱雀橋，夜月烏衣巷。 鮮于伯機、仙呂八聲甘州套、江天暮雪元和令：粳米吹長腰，鯿魚煮縮項。湯式、南呂一枝花套、贈人：麒麟閣上臣，虎豹關中將。貫雲石、正宮小梁州、春：玉女彈，佳人唱。劉時中、中呂朝天子：坐上閒情，樽前清唱。張可久、正宮小梁州、郊行卽事：乘興來，回頭望。張可久、南呂四塊玉、秋望和胡致居：夜靜孤眠北窗涼，月明上南樓望。劉時中、中呂山坡羊、與邱明谷孤山遊飲：詩狂悲壯，杯深豪放。貫雲石、正宮小梁州、夏：歸棹晚，湖光蕩。馬謙齋、中呂快活三過朝天子四邊靜、四季、夏：竹影橫斜，荷香飄蕩。薛昂夫、中呂山坡羊、西湖雜詠、夏：晴雲輕漾，薰風無浪。湯式、中呂醉高歌過紅綉鞋、琴意軒：水雲秋淡蕩，風雨夜淋浪。湯式、雙調夜行船套、贈鳳臺春王姬離亭宴帶歇指煞：春透筵前綠蟻杯，春透被底紅桃浪。喬吉、中呂滿庭芳、漁父詞：雲錦機織作成醉鄉，綺羅叢排辦出滄浪。湯式、雙調湘妃引、和陸進之韻：守書窗何日離書窗，瞻玉堂何時步玉堂，避風浪何處無風浪。湯式、雙調對玉環過清江引、閨怨：砧聲耳畔來，月色簾前晃。湯式、雙調湘妃引、山中樂四闋贈友人：千章喬木播奇芳，九畹猗蘭靄素香，一庭幽草合佳況。周德清、中呂朝天子、秋夜懷客：叫起離情，敲碎客況。湯式、雙調湘妃遊月宮、夏閨情：冰盤貯果水晶涼，石髓和茶玉液香，碧筒注飲葡萄釀。湯式、正宮脫布衫帶小梁州、四景爲儲公子賦、夏：角黍盤，菖蒲釀。湯式、雙調夜行船套、贈鳳臺春王姬離亭宴帶歇指煞：不容狂蝶亂追隨，不許遊蜂乾絮聒，不愁杜宇閑悲愴。

第三部

（支思）

陰平

枝◉

【玉枝】張可久、中呂滿庭芳、樊氏素雲：迎皓月玲瓏玉枝。【花枝】查德卿、正宮醉太平、春情：細雨花枝。吳西逸、中呂紅繡鞋、山居：紅潤曉花枝。張可久、越調寨兒令、嘉禾道中：浣紗女斜插花枝。盧摯：雙調蟾宮曲、寒食新野道中：髻雙鴉斜插花枝。【空枝】劉時中、雙調折桂令、再過村肆酒家：轉首空枝。【南枝】張可久、雙調折桂令、紅梅次酸齋學士韻：換却南枝。喬吉、雙調折桂令、拜和靖祠雙聲疊韵：漸次南枝。張可久、越調柳營曲、湖上晚興：寒香帶雪南枝。【枯枝】盧摯、雙調蟾宮曲：繁杏枯枝。曾瑞、黃鍾願成雙套、贈老妓：正生紅鬧簇枯枝。【桂枝】關漢卿、中呂普天樂、崔張十六事：趁西風折桂枝。湯式、雙調對玉環帶清江引、閨怨：便那裏，步蟾宮折桂枝。【柳枝】張可久、雙調落梅風、秋思：憶柳枝。張可久、中呂滿庭芳、次韻雪竹：金絲柳枝。張可久、商調梧葉兒、感舊：新聲付柳枝。張可久、雙調落梅風、秋望：乾荷葉，脆柳枝。【梅枝】張可久、越調天淨沙、湖上分得詩字韻：月香水影梅枝。【橫枝】張可久、越調天淨沙、梅軒席上：瓊瓊竹外橫枝。【滿枝】曾瑞、黃鍾願成雙套、贈老妓、出隊子：正綠葉成陰子滿枝。【連枝】喬吉、雙調水仙子、怨風情：眼中花怎得接連枝。【霜枝】喬吉、雙調折桂令、秋思：絆住霜枝。【繁枝】劉時中、南呂一枝花套、羅帕傳情、梁州：俗葉繁枝。湯式、雙調沈醉東風、題元章折枝桃花：好春不在繁枝。【瓊枝】張可久、越調天淨沙、梅友元帥席上：玉人笑撚瓊枝。張可久、越調天淨沙、雪中酬王一山：瑤園樹老瓊枝。劉時中、雙調水仙操：嫩涼生壁月瓊枝。【藤枝】張可久、中呂滿庭芳、開玄道院卽事：字掩藤枝。【玉愁枝】喬吉、越調小桃紅、指鐲：瑰褪玉愁枝。【北邊枝】喬吉、越調小桃紅、立春遣興：攢到北邊枝。【老梅枝】張可久、黃鍾人月圓、吳門懷古：池上老梅枝。【老樹枝】馬致遠、雙調湘妃怨、和盧疎齋西湖：雪壓寒梅老樹枝。【折柳枝】張可久、南呂金字經、春思：帶花折柳枝。【花上枝】徐再思、越調凭闌人、香印：烟裊蟠龍花上枝。【金綴枝】劉時中、雙調水仙操：桂飄香金綴枝。【斑竹枝】張可久、越調柳營曲、湖上晚興：破蒼苔斑竹枝。【第一枝】貫雲石、南呂金字經：西園第一枝。【新荔枝】盧摯、雙調湘妃怨、西湖：擘輕紅新荔枝。【楊柳枝】張可久、南呂一枝花套、牽掛：鶯穿殘楊柳枝。喬吉、雙調水仙子、贈柔卿王氏：春綠多情楊柳枝。【插花枝】汪元亨、正宮醉太平、警世：裹翮翮烏帽插花枝。【最高枝】楊西菴、仙呂翠裙腰：遷上最高枝。【綠楊枝】張可久、越調小桃紅、湖上和劉時中：一聲嬌燕綠楊枝。張可久、雙調殿前歡、春情：曉鶯啼在綠楊枝。【翠雲枝】張可久、仙呂一半兒、賞牡丹：錦裙吹上翠雲枝。【鳳凰枝】喬吉、越調小桃紅、楚儀來因戲贈之：碧梧月冷鳳凰枝。【萬年枝】湯式、雙調風入松、錢塘即景：掩映萬年枝。【舞腰枝】張可久、越調小桃紅、春思：憔悴舞腰枝。【歲寒枝】張可久、雙調水仙子、訪梅孤山：蒼苔封了歲寒枝。【瓊樹枝】盧摯、雙調湘妃怨、西湖：紫雲英瓊樹枝。

肢

【腰肢】喬吉、雙調折桂令、寄遠：香褪腰肢。楊西菴、仙呂翠裙腰套、金盞兒：瘦腰肢。劉時中、雙調折桂令、再過村肆酒家：嫋嫋腰肢。盍志學、雙調蟾宮曲：五斗米懶折腰肢。

巵

【半巵】張可久、南呂一枝花套、牽掛、尾聲：酒不到半巵。【金巵】張可久、雙調折桂令、海棠：滿引金巵。張可久、商調梧葉兒、別懷：別酒盡金巵。張可久、越調天淨沙、雪中酬王一山：玉奴酒捧金巵。【盈巵】湯式、雙調風入松、錢塘即景：北窗下美酒盈巵。盍志學、雙調蟾宮曲：獨對南山，泛秋香有酒盈巵。【白玉巵】張可久、商調梧葉兒、感舊：樽前白玉巵。徐再思、雙調水仙子、重九：北海深傾白玉巵。張可久、仙呂一半兒、賞牡丹：綠酒爭傳白玉巵。【金屈巵】張可久、南呂金字經、題扇：翠濤金屈巵。【酒滿巵】貫雲石、南呂金字經：香暖朱簾酒滿巵。【碧玉巵】劉時中、雙調水仙操：蟻香浮碧玉巵。【鸚鵡巵】湯式、雙調新水令套、送王姬往錢塘、駐馬聽：對花月羞斟鸚鵡巵。

之

【有之】劉時中、南呂一枝花套、羅帕傳情、尾聲：物見主信有之。【何之】汪元亨、雙調折桂令、歸隱：問先生何之。徐再思、雙調水仙子、彈唱佳人：問江州司馬何之。喬吉、雙調折桂令、秋思：問離鞍遊子何之。徐再思、雙調蟾宮曲、春情：盼千金遊子何之。【忘之】劉時中、南呂一枝花套、羅帕傳情：何日忘之。【羲之】張可久、中呂滿庭芳、春晚梅友元帥席上：修禊羲之。關漢卿、中呂普天樂、崔張十六事：顏筋柳骨，獻之羲之。【去何之】喬吉、雙調雁兒落過得勝令、憶別：遊子去何之。【杜牧之】湯式、雙調新水令套、送王姬往錢塘、沈醉東風：我本是當年杜牧之。【路何之】張可久、正宮小梁州：淮陽西望路何之。【渺何之】湯式、正宮小梁州、揚子江阻風：維揚西望渺何之。【夢寢求之】張可久、南呂一枝花套、牽掛、梁州第七：巧魂靈夢寢求之。

芝

【紫芝】汪元亨、中呂朝天子、歸隱：採商山紫芝。【瓊芝】張可久、中呂滿庭芳、閒玄道院即事：玉洞瓊芝。張可久、中呂滿庭芳、樊氏素雲：結穠香婀娜瓊芝。

脂

【口脂】張可久、中呂滿庭芳、樊氏素雲：櫻桃口脂。【勻脂】喬吉、越調小桃紅、曉妝：淡勻脂。【胭脂】劉時中、雙調水仙操：一抹胭脂。劉時中、雙調折桂令、再過村肆酒家：可惜胭脂。湯式、中呂普天樂、金陵懷古：香冷胭脂。張可久、雙調折桂令、紅梅次疎齋學士韵：萬點胭脂。張可久、商調梧葉兒、別懷：泪眼界胭脂。湯式、正宮小梁州、麗華：流泪洒胭脂。曾瑞、黃鍾願成雙套、贈老妓：只愁吹破胭脂。喬吉、雙調折桂令、秋思：紅梨葉染胭脂。呂止庵、越調天淨沙、爲董鍼姑作：海棠輕染胭脂。張可久、中呂朝天子、和貫酸齋：兩行清泪破胭脂。盧摯、雙調湘妃怨、西湖：海棠花偷抹胭脂。張可久、雙調折桂令、秋思：寫新詩紅葉胭脂。馬致遠、雙調湘妃怨、和盧疎齋西湖：愛園林一抹胭脂。盧摯、雙調蟾宮曲、紅梅：綴冰痕數點胭脂。【殷脂】喬吉、雙調折桂令、拜和靖祠雙聲疊韵：楓漬殷脂。【燕脂】張可久、中呂滿庭芳、次韵雪竹：泪洗燕脂。【臙脂】張可久、中呂滿庭芳、春晚梅友元帥席上：雨洗臙脂。【玉胭脂】徐再思、中呂陽春曲、贈海棠：東風一樹玉胭脂。【洗凝脂】張可久、仙呂太常引、姑蘇臺賞雪：斷橋流水洗凝脂。

◉髭

【冰髭】薛昂夫、雙調殿前歡、冬：撚冰髭【吟髭】張可久、正宮小梁州：笑撚吟髭。湯式、正宮小梁州、揚子江阻風：悶撚吟髭。喬吉、雙調折桂令、拜和靖祠雙聲疊韻：撚此吟髭。張可久、越調柳營曲、湖上晚興：撚斷吟髭。湯式、雙調新水令套、送王姬往錢塘、駐馬聽：急煎煎撚斷吟髭。【撚斷髭】馬致遠、雙調湘妃怨、和盧疎齋西湖：爲西湖撚斷髭。

眥

【酒眥】劉時中、雙調折桂令、再過村肆酒家：探錦囊都無酒眥。

孜

【孜孜】汪元亨、雙調折桂令、歸隱：何苦孜孜。徐再思、雙調水仙子、重九：笑人間名利孜孜。【喜孜孜】喬吉、越調小桃紅、贈朱阿嬌：翠靨眉兒畫心字，喜孜孜。【念念孜孜】湯式、南呂一枝花套、贈人、梁州：規模念念孜孜。

滋

【滋滋】湯式、南呂一枝花套、贈人、梁州：雨露滋滋。【潤滋滋】喬吉、越調小桃紅、立春遣興：土牛泥軟潤滋滋。

貲

【買花貲】湯式、雙調新水令套、送王姬往錢塘：塡不滿買花貲。

咨

【嗟咨】喬吉、雙調折桂令、拜和靖祠雙聲疊韻：再四嗟咨。張可久、南呂一枝花套、牽掛、梁州第七：痛口嗟咨。楊西菴、仙呂翠裙腰套、綠窗愁：還喜却嗟咨。喬吉、雙調雁兒落過得勝令、憶別：談笑十年事，嗟咨。湯式、雙調新水令套、送王姬往錢塘、沈醉東風：說艱難滿口兒嗟咨。

姿

【天姿】張可久、雙調折桂令、海棠：看佳人富貴天姿。【手姿】盧摯、雙調湘妃怨、西湖：看烟鬟塵外丰姿。【冰姿】盧摯、雙調湘妃怨、西湖：照歌臺玉鏡冰姿。【奇姿】盧摯、雙調蟾宮曲、紅梅：脈脈奇姿。【芳姿】張可久、中呂滿庭芳、樊氏素雲：雪比芳姿。【風姿】劉時中、雙調水仙操：林下風姿。【容姿】楊西菴、仙呂翠裙腰套、金盞兒：減容姿。湯式、雙調新水令套、送王姬往錢塘、駐馬聽：槁木般容姿。【松姿】張可久、雙調水仙子、訪梅孤山：想當年鶴骨松姿。【幽姿】薛昂夫、雙調殿前歡、冬：冷落幽姿。【嬌姿】張可久、南呂一枝花套、牽掛、梁州第七：三般兒寄與嬌姿。【艷姿】貫雲石、中呂上小樓、贈伶婦：覷著你十分艷姿。湯式、雙調沈醉東風、題元章折枝桃花：素質全勝艷姿。【瓊姿】張可久、雙調折桂令、紅梅次疎齋學士韵：酒暈瓊姿。【月女姿】姚燧、中呂陽春曲：菡萏花含月女姿。【廊廟姿】湯式、南呂一枝花套、贈人：矯矯廊廟姿。【玉骨冰姿】湯式、正宮小梁州、麗華：天生得玉骨冰姿。

差⊙

【參差】盧摯、雙調蟾宮曲、紅梅：照映參差。張可久、仙呂太常引、姑蘇臺賞雪：萬瓦玉參差。馬致遠、雙調湘妃怨、和盧疎齋西湖：蓬萊倒影參差。喬吉、越調小桃紅、贈劉牙兒：瓠犀微露玉參差。盧摯、雙調湘妃怨、西湖：對波光山色參差。劉時中、雙調水仙操：映蘇隄紅綠參差。盧摯、雙調蟾宮曲、寒食新野道中：柳濛烟梨雪參差。

施⊙

【西施】薛昂夫、雙調殿前歡、冬：我笑西施。張可久、黃鍾人月圓、吳門懷古：猶怨西施。湯式、中呂滿庭芳、武林感舊：何似比西施。張可久、仙呂太常引、姑蘇臺賞雪：何處覓西施。喬吉、中呂滿庭芳、漁父詞：悔殺進西施。張可久、越調天淨沙、湖上分得詩字韻：西湖强似西施。張可久、中呂紅綉鞋、湖上：粧點西湖似西施。盧摯、雙調湘妃怨、西湖：是箇淡淨的西施。馬致遠、雙調湘妃怨、和盧疎齋西湖：可喜殺睡足的西施。【粉慵施】曾瑞、黃鍾願成雙套、贈老妓、出隊子：玉容香散粉慵施。

詩

【小詩】張可久、商調梧葉兒、別懷：燈前賦小詩。【杜詩】汪元亨、中呂朝天子、歸隱：細賡和杜詩。【吟詩】張可久、仙呂太常引、姑蘇臺賞雪：早起索吟詩。汪元亨、雙調折桂令、歸隱：就驢背吟詩。汪元亨、正宮醉太平、警世：慣作賦吟詩。張可久、越調天淨沙、梅軒席上：眞眞月下吟詩。【宜詩】馬致遠、雙調湘妃怨、和盧疎齋西湖：宜歌宜酒宜詩。【哦詩】盧摯、雙調蟾宮曲、寒食新野道中：馬上哦詩。【坡詩】張可久、黃鍾人月圓、吳門懷古：長似坡詩。張可久、越調天淨沙、湖上分得詩字韻：晴光雨色坡詩。【催詩】張可久、中呂滿庭芳、樊氏素雲：頭上黑雨催詩。【新詩】張可久、雙調折桂令、海棠：消得新詩。喬吉、雙調折桂令、秋思：莫寫新詩。張養浩、雙調殿前歡、村居：只怕俗却新詩。喬吉、中呂滿庭芳、漁父詞：愛玄眞江海新詩。劉時中、雙調折桂令、再過村肆酒家：恨郵亭不售新詩。盍志學、雙調蟾宮曲：採菊東籬，爲賦新詩。【琴詩】盍志學、雙調蟾宮曲：樂以琴詩。【梅詩】張可久、商調梧葉兒、感舊：信筆和梅詩。【歌詩】喬吉、雙調折桂令、拜和靖祠雙聲叠韵：彈指歌詩。【聯詩】張可久、中呂滿庭芳、開玄道院卽事：想南風殿上聯詩。【題詩】湯式、雙調新水令套、送王姬往錢塘：近柳題詩。湯式、正宮小梁州、麗華：擧筆便題詩。湯式、雙調風入松、錢塘卽景：且將紈扇題詩。張可久、雙調折桂令、紅梅次疎齋學士韻：誤莊前崔護題詩：【八韻詩】張可久、越調凭闌人、八詠樓上酬正則李侯：細和休文八韻詩。【不禁詩】貫雲石、中呂紅綉鞋：秋興淺不禁詩。【李杜詩】張可久、南呂一枝花套、牽掛、尾聲：遣興間觀李杜詩。【杜陵詩】張可久、雙調湘妃怨、重遊會稽：鏡湖涼月杜陵詩。【雨催詩】盧摯、中呂朱履曲、訪立軒上人：鶴唳松雲雨催詩。【紅葉詩】湯式、雙調對玉環帶清江引、閨怨：倦題紅葉詩。喬吉、雙調雁兒落過得勝令、憶別：慇懃紅葉詩。【座間詩】張可久、中呂紅綉鞋、春日湖上：眼底殷勤座間詩。【無限詩】劉時中、雙調水仙操：寫秋光無限詩。【偏費詩】盧摯、雙調湘妃怨、西湖：冷泉亭偏費詩。【壁上詩】關漢卿、雙調大德歌：怎想着金山寺壁上詩。【紫萸詩】徐再思、雙調水仙子、重九：東籬重賦紫萸詩。【樂府詩】張可久、雙調殿前歡、春情：和梨園樂府詩。【斷腸詩】張可久、中呂滿庭芳、次韵雪竹：血寫就斷腸詩。【羅扇詩】曾瑞、黃鍾願成雙套、贈老妓、出隊子：恨題絕羅扇詩。【錦字詩】徐再思：越調凭闌人、香印：燒殘錦字詩。【舊題詩】無名氏、仙呂遊四門：欲審舊題詩。【腸斷詩】喬吉、南呂閱金經、閨情：織成腸斷詩。【坡仙舊詩】湯式、中呂滿庭芳、武林感舊：山空濛，湖瀲灔，隨處寫坡仙舊詩。【對雪無詩】馬致遠、雙調湘妃怨、和盧疎齋西湖：恨東坡對雪無詩。

師

【京師】湯式、中呂滿庭芳、武林感舊：南渡京師。關漢卿、中呂普天樂、崔張十六事：久客在京師。張可久、中呂滿庭芳、開玄道院卽事：嗚劍佩上京師。湯式、雙調新水令套、送王姬往錢

塘：十年無夢到京師。【篙師】張可久、正宮小
梁州：把酒問篙師。【畫師】馬致遠、雙調湘妃
怨、和盧疎齋西湖：笑王維作畫師。【老畫師】
湯式、雙調沈醉東風、題元章折枝桃花：王冕人
稱老畫師。【百萬雄師】湯式、正宮小梁州、麗
華：擁貔貅百萬雄師。

⊙鷥

【鷺鷥】喬吉、雙調折桂令、拜和靖祠雙聲疊
韻：目寒澀雄雌鷺鷥。盧摯、雙調湘妃怨、西
湖：笑漁蓑學鷺鷥。【白鷺鷥】馬致遠、雙調湘
妃怨、和盧疎齋西湖：垂釣灘頭白鷺鷥。

颸

【涼颸】張可久、雙調折桂令、秋思：一扇涼
颸。

思

【思】貫雲石、南呂金字經：香暖朱簾酒滿巵，
思。喬吉、南呂閱金經、閨情：情繫人心秋藕
絲，思。【相思】張可久、雙調殿前歡、春情：
話相思。劉時中、雙調折桂令、再過村肆酒家：
一段相思。張可久、雙調折桂令、秋思：又害相
思。喬吉、雙調折桂令、秋思：兩地相思。張可
久、雙調水仙子、訪梅孤山：慰我相思。徐再
思、雙調水仙子、彈唱佳人：總是相思。楊西
菴、仙呂翠裙腰套、賺尾：少負你相思。徐再
思、雙調蟾宮曲、春情：平生不會相思。張可
久、中呂滿庭芳、次韵雪竹：病文園不敢爲相
思。貫雲石、中呂紅綉鞋：動新愁半夜相思。湯
式、雙調湘妃引、有所贈：鶯煎燕聒惹相思。湯
式、雙調新水令套、送王姬往錢塘、沈醉東風：
向樽前留下些相思。【追思】湯式、正宮小梁
州、揚子江阻風：待風流莫再追思。【意思】姚
燧、中呂陽春曲：甚意思。喬吉、越調小桃紅、
曉妝：含嬌意思。【神思】張可久、中呂紅綉
鞋、歲暮：吟風弄月神思。劉時中、南呂一枝花
套、羅帕傳情、梁州：兀的不費煞我這神思。【
縈思】湯式、南呂一枝花套、贈人、梁州：了公
家無甚縈思。【尋思】喬吉、雙調雁兒落過得勝
令、憶別：窗寒夢覺時尋思。喬吉、越調小桃
紅、別楚儀：自尋思。張養浩、雙調殿前歡、村
居：會尋思，過中年便賦去來詞。喬吉、越調小
桃紅、贈劉牙兒：試尋思。湯式、雙調湘妃引、
代人送：你自尋思。盍志學、雙調蟾宮曲：暢會
尋思。薛昂夫、雙調殿前歡、冬：繞孤山枉了費
尋思。【夢思】張可久、南呂一枝花套、牽掛：
清宵有夢思。【有甚思】白樸、仙呂寄生草、
飲：不醒時有甚思。【害相思】湯式、雙調對玉
環帶清江引、閨怨：待害相思。白樸、中呂陽春

曲、題情：可憐不慣害相思。【幾相思】張可久、越調小桃紅、春思：燕南雁北幾相思。

司

【行司】湯式、南呂一枝花套、贈人：闞外行司。【勸分司】盧摯、中呂朱履曲、訪立軒上人：剗地勸分司。

私

【家私】喬吉、中呂山坡羊、冬日寫懷：儹家私。【無私】湯式、南呂一枝花套、贈人、梁州：簿書閑公館無私。

絲

【一絲】劉時中、南呂一枝花套、羅帕傳情、尾聲：我見俺一針撚一絲。【冰絲】劉時中、南呂一枝花套、羅帕傳情、梁州：一片冰絲。徐再思、雙調水仙子、彈唱佳人：玉纖流恨出冰絲。【香絲】喬吉、越調小桃紅、曉粧：紺雲分翠攏香絲。【青絲】呂止庵、越調天淨沙、爲董鍼姑作：綠楊亂撒青絲。曾瑞、南呂四塊玉、負心：謊我撚香剪青絲。【柳絲】查德卿、正宮醉太平、春情：東風柳絲。張可久、越調小桃紅、春思：東牆柳絲。張可久、越調凭闌人、八詠樓上酬正則李侯：曲闌搖柳絲。張可久、南呂金字經、題扇：亂風搖柳絲。劉時中、雙調水仙操：嫩黃金搓柳絲。【荒絲】張可久、雙調折桂令、秋思：倦柳荒絲。【烏絲】張可久、雙調殿前歡、春情：謾寫烏絲。張可久、越調天淨沙、梅友元帥席上：白頭醉寫烏絲。【垂絲】張可久、雙調折桂令：我愛垂絲。【新絲】汪元亨、雙調折桂令、歸隱：冒風霜兩鬢新絲。【釣絲】汪元亨、中呂朝天子、歸隱：理桐江釣絲。【翠絲】張可久、中呂朝天子、和貫酸齋：柳枝，翠絲。張可久、商調梧葉兒、別懷：垂楊綰翠絲。【銀絲】張可久、黃鍾人月圓、吳門懷古：鱸鱠銀絲。【遊絲】徐再思、雙調蟾宮曲、春情：氣若遊絲。汪元亨、雙調雁兒落過得勝令、歸隱：風外看遊絲。【蓴絲】喬吉、中呂滿庭芳、漁父詞：細切蓴絲。【鬢絲】劉時中、雙調水仙操：妒雲鬟老鬢絲。張可久、仙呂太常引、姑蘇臺賞雪：垂楊柳蕭蕭鬢絲。張可久、商調梧葉兒、感舊：誰換却何郎鬢絲。【藕絲】劉時中、雙調水仙操：掬清漣雪藕絲。【如雨絲】湯式、雙調風入松、錢塘即景：亂雲如葉雨如絲。【雨絲絲】楊西庵、仙呂翠裙腰套、金盞兒：恰如梅子雨絲絲。張可久、正宮小梁州：篷窗風急雨絲絲。【兩鬢絲】喬吉、雙調雁兒落過得勝令、憶別：風流兩鬢絲。盧摯、雙調湘妃怨、西湖：也新添兩鬢絲。【秋藕絲】喬吉、南呂閱金經、閨情：情繫人心秋藕絲。【海棠絲】張可久、南呂一枝花套、牽掛：蜂蹙斷海棠絲。喬吉、雙調水仙子、贈柔卿王氏：暖紅無力海棠絲。喬吉、越調小桃紅、贈朱阿嬌：鬱金香染海棠絲。【柳絲絲】張可久、越調寨兒令、嘉禾道中：小橋外柳絲絲。【萬千絲】張可久、中呂紅綉鞋、春日湖上：楊柳萬千絲。【裊絲絲】盧摯、雙調湘妃怨、西湖：嗔垂楊裊絲絲。【斷腸絲】劉時中、南呂一枝花套、羅帕傳情：千縷斷腸絲。【繭內絲】徐再思、越調凭闌人、香印：火引冰蠶繭內絲。【亂如絲】湯式、雙調對玉環帶清江引、閨怨：心緒亂如絲。【鬢成絲】。張可久、中呂紅綉鞋、歲暮：積漸鬢成絲。【鸞鳳絲】張可久、南呂金字經、春思：錦箏鸞鳳絲。【鬢髮如絲】盧摯、雙調蟾宮曲、寒食新野道中：田家翁媼，鬢髮如絲。

偲

【偲偲】汪元亨、雙調折桂令、歸隱：莫待偲偲。【切切偲偲】湯式、南呂一枝花套、贈人、梁州：友朋切切偲偲。

雌⊙

【雄雌】喬吉、雙調水仙子、愁風情：錦鴛鴦別對了個雄雌。

支氏梔楮胝○觜茲孳

淄諮耔○眵瞝○獅螄

尸屍鳲蓍○斯撕厮澌

罳

【對偶】

張可久、雙調落梅風、秋望：乾荷葉，脆柳枝。張可久、雙調落梅風、秋思：懷桃葉，憶柳枝。張可久、中呂滿庭芳、開玄道院即事：冰泉翠茗，玉洞瓊枝。　查德卿、正宮醉太平、春情：東風柳絲，細雨花枝。　喬吉、雙調折桂令、秋思：吹起霞綃，絆住霜枝。　吳西逸、中呂紅綉鞋、山居：綠香春酒甕，紅潤曉花枝。　湯式、雙調沈醉東風、題元章折枝桃花：素質全勝艷姿，好春不在繁枝。　楊西菴、仙呂翠裙腰套、金盞兒：減容姿，瘦腰肢。　張可久、南呂金字經、題扇：玉手銀箏柱，翠濤金屈卮。　張可久、商調梧葉兒、感舊：肘後黃金印，樽前白玉卮。　張可久、越調天淨沙、雪中酬王一山：瑤園樹老瓊枝，玉奴酒捧金巵。　劉時中、雙調水仙操：鸞刀切銀絲膾，蟻香浮碧玉巵。　張可久、商調梧葉兒、別懷：脆管催銀字，垂楊綰翠絲，別酒盡金巵。　張可久、南呂一枝花套、牽掛、梁州第七：俏姻緣別來久矣，巧魂靈夢寢求之。　喬吉、雙調折桂令、秋思：恨薄命佳人在此，問離鞍遊子何之。　張可久、中呂滿庭芳、樊氏素雲：迎皓月玲瓏玉枝，結穠香婀娜瓊芝。　湯式、中呂普天樂、金陵懷古：山圍故國，歌殘玉樹，香冷胭脂。　湯式、雙調新水令套、送王姬往錢塘、沈醉東風：講禮數虛心兒拜辭，說艱難滿口兒嗟咨。　曾瑞、黃鍾願成雙套、贈老妓：嬌鸞態，雛鳳姿。　姚燧、中呂陽春曲：石榴子含顏同齒，菡萏花含月女姿。　湯式、南呂一枝花套、贈人：汪汪江海心，落落雲霄志，昂昂經濟才，嬌嬌廊廟姿。　張可久、南呂一枝花套、牽掛、梁州第七：往來迢遞，終始參差。　楊西菴、仙呂翠裙腰套、金盞兒：眉懶畫，粉羞施。　張可久、越調柳營曲、湖上晚興：寒香帶雪南枝，晚粧臨水西施。　張可久、商調梧葉兒、別懷：枕上圓孤夢，燈前賦小詩。　汪元亨、中呂朝天子、歸隱：長歌詠楚詞，細賡和杜詩。　汪元亨、正宮醉太平、警世：會談經覽史，慣作賦吟詩。　湯式、雙調風入松、錢塘卽景：未擬蘭舟避暑，且將紈扇題詩。　張可久、中呂滿庭芳、開玄道院卽事：賦西月亭中小詞，想南風殿上聯詩。　張可久、越調凭闌人、八詠樓上酬正則李侯：爛醉東君三月時，細和休文八韻詩。　張可久、南呂一枝花套、牽掛、尾聲：無心學寫鍾王字，遣興閒觀李杜詩。　喬吉、中呂滿庭芳、漁父詞：笑呂望風雲古史，愛玄眞江海新詩。　湯式、雙調對玉環帶清江引、閨怨：滿泛霞杯，羞歌白苧詞；濃蘸霜毫，倦題紅葉詩。　汪元亨、雙調折桂令、歸隱：向隴首尋梅，着杖頭挑酒，就驢背吟詩。　湯式、中呂滿庭芳、武林感舊：錢塘故址，東吳霸業，南渡京師。　張可久、雙調折桂令、秋思：數字歸鴻，一扇涼颸。　喬吉、雙調折桂令、秋思：一天暮雨，兩地相思。　張可久、南呂一枝花套、牽掛：白日傷心事，清宵有夢思。　白樸、仙呂寄生草、飲：長醉後方何礙，不醒時有甚思。　貫雲石、中呂紅綉鞋：返舊約十年心事，動新愁半夜相思。　湯式、南呂一枝花套、贈人、梁州：烽烟息朝廷有道，簿書閑公館無私。　曾瑞、南呂四塊玉、嘆世：皮作錦，繭做絲。　喬吉、雙調折桂令、寄遠：睡如翻餅，氣若遊絲。　喬吉、中呂滿庭芳、漁父詞：薄披鱸膾，細切蓴絲。　張可久、黃鍾人月圓、吳門懷古：香柑紅樹，鱸鱠銀絲。　張可久、南呂金字經、春思：象管鴛鴦字，錦箏鸞鳳絲。　張可久、越調凭闌人、八詠樓上酬正則李侯：舞裙催柘枝，曲闌搖柳絲。　張可久、雙調湘妃怨、重遊會稽：毛竹生銀筍，香蓴胥玉絲。　劉時中、雙調水仙操：淺絳雪緘桃蕚，嫩黃金搓柳絲。　張可久、越調寨兒令、嘉禾道中：夕陽邊雲淡淡，小橋外柳絲絲。　馬致遠、雙調湘妃怨、和盧疎齋西湖：山過雨顰眉黛，柳施烟堆鬢絲。　汪元亨、雙調折桂令、歸隱：嘆功名一張故紙，冒風霜兩鬢新絲。　徐再思、越調凭闌人、香印：烟裊蟠龍花上枝，火引冰蠶繭內絲。　喬吉、雙調雁兒落過得勝令、憶別：尋思，談笑十年事；嗟咨，風流兩鬢絲。　張可久、雙調折桂令、秋思：遠水空奩，殘荷老翠，倦柳荒絲。　徐再思、雙調蟾宮曲、春情：身似浮雲，心如飛絮，氣若遊絲。　張可久、南呂一枝花套、牽掛：鶯穿殘楊柳枝，蠱蠹損薔薇刺，蝶搧乾芍藥粉，蜂蹙斷海棠絲。

陽平

⊙兒

【心兒】劉時中、南呂一枝花套、羅帕傳情：用殢色心兒。【字兒】白樸、中呂陽春曲、題情：則被你個肯字兒。【花兒】劉時中、南呂一枝花套、羅帕傳情、梁州：四周圍那纏枝蓮八不犯的花兒。【些兒】喬吉、雙調折桂令、拜和靖祠雙聲疊韵：春事些兒。姚燧、中呂陽春曲：墨點了那些兒。【眉兒】喬吉、越調小桃紅、曉妝：親手畫眉兒。【裙兒】張可久、雙調折桂令、秋思：病腰肢寬褪裙兒。喬吉、雙調折桂令、寄遠：怎生來寬掩了裙兒。【線兒】喬吉、雙調水仙子、怨風情：悶葫蘆刻斷線兒。【孩兒】喬吉、雙調水仙子、贈柔卿王氏：胭脂粉掿成的孩兒。【嬌兒】盧摯、中呂朱履曲、訪立軒上人：更尋將樂府嬌兒。【擔兒】湯式、雙調新水令套、送王姬往錢塘、慶東原：沈點點鶯花擔兒。【轎兒】湯式、雙調新水令套、送王姬往錢塘、慶東原：穩拍拍的花藤轎兒。【環兒】張可久、越調天淨沙、梅友元帥席上：倚闌睡醒環兒。【鶯兒】張可久、中呂朝天子、和貫酸齋：燕子鶯兒。【鬢兒】張可久、中呂紅綉鞋、春日湖上：

紅粧映水鬟兒。劉時中、雙調折桂令、再過村肆酒家：髀雙丫十八鬟兒。【五陵兒】馬致遠、雙調湘妃怨、和盧疎齋西湖：春風驕馬五陵兒。【水亭兒】劉時中、雙調水仙操：蝦鬚簾捲水亭兒。【半痕兒】盧摯、雙調湘妃怨、西湖：蘇隄鞭影半痕兒。【月芽兒】盧摯、雙調湘妃怨、西湖：梅梢雪霽月芽兒。【巧鐲兒】喬吉、越調小桃紅、指鐲：紫金珠鈿巧鐲兒。【汗衫兒】劉時中、南呂一枝花套、羅帕傳情：助吟懷貼肉汗衫兒。【那人兒】盧摯、雙調湘妃怨、西湖：朱簾畫舫那人兒。【那些兒】盧摯、雙調湘妃怨、西湖：湖山佳處那些兒。【兩遭兒】喬吉、越調小桃紅、楚儀來因戲贈之：來探了兩遭兒。【花瓣兒】徐再思、雙調壽陽曲、春情：剔春纖碎榴花瓣兒。【秋扇兒】張可久、南呂金字經、題扇：醉題秋扇兒。【馬上兒】張可久、南呂金字經、春思：何處風流馬上兒。【紅葉兒】馬致遠、雙調湘妃怨、和盧疎齋西湖：水飄着紅葉兒。貫雲石、中呂紅綉鞋：彫零了紅葉兒。【俏人兒】湯式、正宮小梁州、麗華：臨風閣內俏人兒。【粉團兒】張可久、越調小桃紅、湖上和劉時中：題贈粉團兒。張可久、中呂紅綉鞋、湖上：歌金縷粉團兒。【嗑牙兒】喬吉、越調小桃紅、贈劉牙兒：誰敢嗑牙兒。【紙條兒】楊西菴、仙呂翠裙腰套、賺尾：把一封寄來書，都扯做紙條兒。【酒旗兒】馬致遠、雙調湘妃怨、和盧疎齋西湖：人家籬落酒旗兒。【想些兒】喬吉、越調小桃紅、別楚儀：好處也想些兒。【喚鶯兒】湯式、正宮小梁州、揚子江阻風：更說甚呼燕子，喚鶯兒。【畫船兒】馬致遠、雙調湘妃怨、和盧疎齋西湖：採蓮湖上畫船兒。【新月兒】張可久、雙調水仙子、訪梅孤山：水邊新月兒。【新雁兒】張可久、雙調落梅風、秋思：白雲中兩三箇新雁兒。【謊話兒】曾瑞、黃鍾願成雙套、贈老妓、出隊子：無半點虛脾謊話兒。【膽瓶兒】劉時中、雙調水仙操：梅花初試膽瓶兒。【鬧竿兒】劉時中、雙調水仙操：湖山堂下鬧竿兒。【天寶環兒】張可久、雙調折桂令、海棠：嘆風流天寶環兒。【何似環兒】張可久、雙調折桂令、紅梅次疎齋學士韻：壽陽粧何似環兒。【風韻些兒】盧摯、雙調蟾宮曲、紅梅：索饒他風韻些兒。【秋千女兒】盧摯、雙調蟾宮曲、寒食新野道中：桑柘外秋千女兒。【彭澤縣兒】盍志學、雙調蟾宮曲：一個小顆顆彭澤縣兒。【想那些兒】喬吉、越調小桃紅、贈朱阿嬌：誰敢想那些兒。【獨棹船兒】張可久、越調寨兒令、嘉禾道中：打魚翁獨棹船兒。

而⊙

【因而】劉時中、南呂一枝花套、羅帕傳情、隔尾：覷的因而。

鷺

【鷗鷺】喬吉、雙調折桂令、拜和清祠雙聲叠韻：翅參差母子鷗鷺。

茨

【茅茨】張可久、中呂上小樓、湖上：小屋茅茨。盧摯、雙調蟾宮曲、寒食新野道中：燕語茅茨。汪元亨、雙調折桂令、歸隱：在山上茅茨。張可久、越調寨兒令、嘉禾道中：籬落掩茅茨。汪元亨、中呂朝天子、歸隱：亂雲堆裏結茅茨。

疵

【瑕疵】劉時中、南呂一枝花套、羅帕傳情、梁州：溫柔玉壐無瑕疵。

玼

【瑕玼】貫雲石、正宮塞鴻秋、代人作：一掃無瑕玼。

瓷

【青瓷】喬吉、中呂滿庭芳、漁父詞：琖用青瓷。

時⊙

【何時】徐再思、雙調蟾宮曲、春情：正是何時。貫雲石、中呂上小樓、贈伶婦：更待何時。

【花時】張可久、雙調折桂令、海棠：老過花時。張可久、中呂紅綉鞋、湖上：不寒不暖花時。張可久、雙調折桂令、紅梅次踈齋學士韻：倚樹多時。張可久、越調寨兒令、嘉禾道中：竚立多時。張可久、雙調折桂令、秋思：間別多時。張可久、越調天淨沙、雪中酬王一山：灞橋詩等多時。張可久、越調天淨沙、梅軒席上：梅花害雪多時。曾瑞、南呂四塊玉、嘆世：石火光陰不多時。呂止庵、越調天淨沙、爲董鍼姑作：繡鍼兒停待多時。【那時】喬吉、中呂滿庭芳、漁父詞：尋思那時。張可久、商調梧葉兒、相思病明年那時。【來時】喬吉、雙調折桂令、秋思：雁未來時。徐再思、雙調蟾宮曲、春情：證候來時。【芳時】湯式、正宮小梁州、麗華：承歡奉喜度芳時。【宜時】劉時中、南呂一枝花套、羅帕傳情、梁州：騰翻的花樣宜時。【當時】湯式、中呂滿庭芳、武林感舊：不似當時。湯式、雙調湘妃引、代人送：不由人提起當時。【移時】盧摯、雙調蟾宮曲、寒食新野道中：轉眄移時。【前時】劉時中、雙調折桂令、再過村肆酒家：記得前時。【倦時】曾瑞、黃鍾願成雙套、贈老妓、出隊子：錦樹花殘蝶倦時。【幾時】楊西菴、仙呂翠裙腰套、綠窗愁：未數歸期約幾時。【隨時】湯式、中呂普天樂、金陵懷古：風物隨時。【人靜時】貫雲石、南呂金字經：夜闌人靜時。【十二時】汪元亨、雙調雁兒落過得勝令、歸隱：風波十二時。【三月時】馬致遠、雙調湘妃怨、和盧疏齋西湖：暖日西湖三月時。劉時中、雙調水仙操：爛熳韶華三月時。張可久、越調凭闌人、八詠樓上酬正則李侯：爛醉東君三月時。【正開時】徐再思、中呂陽春曲、贈海棠：曾見正開時。【未開時】曾瑞、黃鍾願成雙套、贈老妓：含香蓓蕾未開時。【日暮時】張可久、雙調水仙子、訪梅孤山：翠袖閑來日暮時。【月上時】關漢卿、雙調大德歌：正是那西廂月上時。盧摯、雙調湘妃怨、西施：常記吳山月上時。【少壯時】湯式、南呂一枝花套、贈人、尾聲：許國應當少壯時。【少年時】張可久、商調梧葉兒、感舊：躍馬少年時。【牡丹時】張可久、越調小桃紅、春思：牡丹時，日長不見音書至。【見郎時】喬吉、越調小桃紅、指鐲：花信今春幾番至，見郎時。【改嫁時】馬致遠、南呂四塊玉、臨邛市：愛他那一操琴，共他那兩句詩，也有改嫁時。【相見時】貫雲石、

雙調清江引、惜別：若還與他相見時。【若干時】喬吉、雙調折桂令、寄遠：乾鬧了若干時。【明媚時】張可久、中呂朝天子、和貫酸齋：正春光明媚時。【迷路時】馬致遠、雙調清江引、野興：陰陵迷路時。【許多時】喬吉、越調小桃紅、楚儀來因戲贈之：楚雨湘雲總心事，許多時。白樸、中呂陽春曲、題情：迤逗我許多時。【雨霽時】盧摯、湘妃怨、西湖：林影荷香雨霽時。【夜來時】曾瑞、黃鍾願成雙套、贈老妓：忽驚風雨夜來時。【夜深時】貫雲石、中呂紅綉鞋：常記得小窗人靜夜深時。【初聽時】徐再思、雙調水仙子、彈唱佳人：似鄰船初聽時。【春暮時】張可久、南呂金字經、春思：那回春暮時。【雪落時】盧摯、雙調湘妃怨、西湖：點破湖烟雪落時。【問着時】商左山、雙調潘妃曲：只怕旁人問着時。【酒醉時】徐再思、雙調水仙子、重九：是淵明酒醉時。【得句時】劉時中、雙調水仙操：逋郎得句時。【得興時】貫雲石、正宮塞鴻秋、代人作：往常得興時。【幾何時】張可久、中呂紅綉鞋、歲暮：好春能有幾何時。【幾多時】查德卿、正宮醉太平、春情：好春能有幾多時。【微雨時】盧摯、雙調湘妃怨、西

湖：恰到輕寒微雨時。【腸斷時】徐再思、越調凭闌人、香印：似人腸斷時。【賞花時】張可久、中呂滿庭芳、春晚梅友元帥席上：忙過賞花時。【暑退時】劉時中、雙調水仙操：一扇新涼暑退時。【夢覺時】喬吉、雙調雁兒落過得勝令、憶別：窗寒夢覺時。劉時中、雙調水仙操：玉枕桃笙夢覺時。【畫眉時】姚燧、中呂陽春曲：不知張敞畫眉時。【雙淚時】喬吉、南呂閱金經、閨情：擲梭雙淚時。【講論時】汪元亨、雙調沈醉東風、歸田：閑共漁樵講論時。【蟹健時】張可久、南呂金字經、題扇：正是魚肥蟹健時。【自不合時】盍志學、雙調蟾宮曲：陶淵明自不合時。【何日何時】湯式、雙調湘妃引、有所贈：團圓是何日何時。【吳王在時】張可久、仙呂太常引、姑蘇臺賞雪：富貴似吳王在時。【佳人看時】盧摯、雙調蟾宮曲、紅梅：共倚竹佳人看時。【荷香淨時】馬致遠、雙調湘妃怨、和盧疎齋西湖：薰風來至，荷香淨時。【燕子來時】張可久、雙調殿前歡、春情：劉郎去後，燕子來時。【梅子乍青時】湯式、雙調風入松、錢塘卽景：亂雲如葉雨如絲，梅子乍青時。【黃柑紫蟹時】馬致遠、雙調湘妃怨、和盧疎齋西湖：已是黃柑紫蟹時。

匙

【半匙】張可久、南呂一枝花套、牽掛、尾聲：飯不到半匙。【鑰匙】劉時中、南呂一枝花套、羅帕傳情：行坐裏，隨帶着鑰匙。喬吉、雙調水仙子、怨風情：眉上鎖新教配鑰匙。【飯不沾匙】喬吉、雙調折桂令、寄遠：香褪腰肢，飯不沾匙。

◉詞

【小詞】張可久、中呂滿庭芳、開玄道院卽事：賦西月亭中小詞。【言詞】汪元亨、正宮醉太平、警世：吐敲金擊玉款言詞。曾瑞、黃鍾願成雙套、贈老妓、出隊子：縱千般打罵是好言詞。【曲詞】曾瑞、南呂四塊玉、負心：和曲詞。【情詞】張可久、南呂一枝花套、牽掛：梁州第七：一箇書寫就了情詞。【新詞】張可久、中呂滿庭芳、樊氏素雲：索我新詞。汪元亨、雙調雁兒落過得勝令、歸隱：竹上刻新詞。喬吉、雙調雁兒落過得勝令、憶別：無處寄新詞。張可久、中呂滿庭芳、春晚梅友元帥席上：自沈吟羅扇新詞。【恨詞】白樸、中呂陽春曲、題情：細摺銀箋寫恨詞。湯式、雙調湘妃引、有所贈：雁去魚來傳恨詞。【詩詞】關漢卿、中呂普天樂、崔張十六事：却是斷腸詩詞。湯式、中呂普天樂、金陵懷古：費古今多少詩詞。【艷詞】喬吉、雙調水仙子、贈柔卿王氏：樽前席上歌艷詞。【水仙詞】張可久、越調柳營曲、湖上晚興：題滿水仙詞。【去來詞】張養浩、雙調殿前歡、村居：過中年便賦去來詞。【白苧詞】湯式、雙調對玉環帶清江引、閨怨：羞歌白苧詞。【丹鳳詞】喬吉、南呂閱金經、閨情：染香丹鳳詞。【江上詞】盧摯、雙調湘妃怨、西湖：厭錢塘江上詞。【金縷詞】張可久、仙呂一半兒、賞牡丹：皓齒慢歌金縷詞。【送春詞】張可久、越調寨兒令、嘉禾道中：當日送春詞。楊西菴、仙呂翠裙腰：共誰同唱送春詞。【富貴詞】徐再思、中呂陽春曲、贈海棠：銀燭歌成富貴詞。【詠楚詞】汪元亨、中呂朝天子、歸隱：長歌詠楚詞。【撩雨詞】劉時中、南呂一枝花套、羅帕傳情：寫就那訴離情，撥雲撩雨詞。【腸斷詞】貫雲石、南呂金字經：休歌腸斷詞。【樂天詞】張可久、仙呂太常引、姑蘇臺賞雪：一曲樂天詞。【斷腸詞】喬吉、越調小桃紅、別楚儀：一樽別酒斷腸詞。馬致遠、雙調壽陽曲：和淚謹封斷腸詞。【鷓鴣詞】查德卿、正宮醉太平、春情：海棠亭畔鷓鴣詞。湯式、雙調新水令套、送王姬往錢塘、駐馬聽：扭宮商強作鷓鴣詞。

祠

【山祠】喬吉、雙調折桂令、拜和靖祠雙聲疊韵：至當時處士山祠。【夏后祠】張可久、雙調湘妃怨、重遊會稽：梅屋空山夏后祠。【逋老荒祠】湯式、中呂滿庭芳、武林感舊：水清淺，月黃昏，何人吊逋老荒祠。

辭

【言辭】楊西菴、仙呂翠裙腰套、賺尾：喬問候的言辭。【拜辭】湯式、雙調新水令套、送王姬往錢塘、沈醉東風：講禮數虛心兒拜辭。【怨辭】徐再思、雙調水仙子、彈唱佳人：瓠齒和春吐怨辭。【推辭】劉時中、南呂一枝花套、羅帕傳情、隔尾：我怎推辭。商左山、雙調潘妃曲：口兒裏不推辭。喬吉、雙調折桂令、寄遠：果實誠有甚推辭。馬致遠、雙調湘妃怨、和盧疎齋西湖：金巵滿勸莫推辭。湯式、南呂一枝花套、贈人、梁州：追歡樂有甚推辭。【酒莫辭】汪元亨、雙調雁兒落過得勝令、歸隱：陶潛酒莫辭。【歸去來辭】汪元亨、雙調折桂令、歸隱：細看淵明，歸去來辭。盍志學、雙調蟾宮曲：萬古流傳，賦歸去來辭。

洏○慈磁茲餈茈○塒
鰣○辭

【對偶】

張可久、越調寨兒令、嘉禾道中：浣紗女斜插花枝，打魚翁獨棹船兒。 張可久、雙調折桂令、秋思：瘦嘴鼻羞看鏡子，病腰肢寬褪裙兒。 張可久、中呂滿庭芳、次韻雪竹：金絲柳枝，冰羅帕子，玉靶刀兒。 張可久、越調寨兒令、嘉禾道中：白鷺鷥，黑鷓鴣。 喬吉、雙調折桂令、拜和靖祠雙聲叠韻：目寒澀雄雌鷺鷥，翅參差母子鷓鴣。 盧摯、雙調蟾宮曲、寒食新野道中：犬吠柴荊，燕語茅茨。 汪元亨、雙調折桂令、歸隱：雲外青山，山上茅茨。 張可久、中呂上小樓、湖上：涼月嬋娟，翠羽參差，小屋茅茨。張可久、雙調殿前歡、春情：劉郎去後，燕子來時。 徐再思、雙調蟾宮曲、春情：燈半昏時，月半明時。 湯式、中呂普天樂、金陵懷古：衣冠似古，風物隨時。 湯式、雙調新水令套、送王姬往錢塘、慶東原：雨歇陽關至，草生南浦時。 汪元亨、雙調雁兒落過得勝令、歸隱：追思，禮樂三千字，嗟咨，風波十二時。 喬吉、雙調雁兒落過得勝令、憶別：酒醒燈昏夜，窗寒夢覺時。 湯式、南呂一枝花套、贈人、尾聲：於親已足平生志，許國應當少年時。 湯式、雙調湘妃引、有所贈：昏迷着無明無夜，淒涼得半生半死，團圓是何日何時。 喬吉、雙調水仙子、怨風情：眼中花怎得接連枝，眉上鎖新教配鑰匙。 徐再思、雙調壽陽曲、春情：心疼事，腸斷詞。 楊西菴、仙呂翠裙腰套、綠窗愁：誇翰墨，顯文詞。 張可久、中呂滿庭芳、樊氏素雲：提君雅號，索我新詞。 喬吉、南呂閱金經、閨情：砑金紅鸞紙，染香丹鳳詞。 汪元亨、雙調雁兒落過得勝令、歸隱：風外看遊絲，竹上刻新詞。 徐再思、中呂陽春曲、贈海棠：玉環夢斷風流事，銀燭歌成富貴詞。 白樸、中呂陽春曲、題情：輕拈斑管書心事，細摺銀箋寫恨詞。 湯式、雙調新水令套、送王姬往錢塘、駐馬聽：槁木般姿容，對花月羞斟鸚鵡巵；浮雲般神思，扭宮商强作鶗鴂詞。 張可久、仙呂一半兒、賞牡丹：錦裙吹上翠雲枝，綠酒爭傳白玉巵，皓齒慢歌金縷詞。 查德卿、正宮醉太平、春情：芭蕉葉上鴛鴦字，芙蓉帳底鸞鳳事，海棠亭畔鳴鴣詞。湯式、中呂滿庭芳、武林感舊：山空濛，湖瀲灩，隨處寫坡仙舊詩；水清淺，月黃昏，何人吊逋老荒祠。

紙⊙

上聲

【半紙】張可久、中呂朝天子、和貫酸齋：小詩半紙。張可久、中呂滿庭芳、次韻雪竹：花箋半紙。張可久、越調天淨沙、梅軒席上：誰寄東風半紙。張可久、雙調清江引、春曉：平安信來剛半紙。【江紙】劉時中、南呂一枝花套、羅帕傳情、梁州：絲縷細，織造的勻如江紙。【金紙】劉時中、南呂一枝花套、羅帕傳情：粉泥金紙。【故紙】徐再思、雙調水仙子、重九：檢故紙。喬吉、雙調折桂令、拜和靖祠雙聲疊韻：蕉撕故紙。汪元亨、雙調折桂令、歸隱：嘆功名一張故紙。【素紙】馬致遠、雙調壽陽曲：研香汁，展素紙。【繭紙】張可久、中呂滿庭芳、樊氏素雲：光生繭紙。【天樣紙】貫雲石、雙調清江引、惜別：繞清江買不得天樣紙。【半張紙】湯式、雙調新水令套、送王姬往錢塘、離亭宴歇指煞：掃雲烟半張紙。【名利紙】馬致遠、雙調清江引、野興：爭什麼半張名利紙。【紅鸞紙】喬吉、南呂閱金經、閨情：砑金紅鸞紙。【招狀紙】喬吉、中呂山坡羊、冬日寫懷：千百錠買張招狀紙。【閒故紙】張可久、中呂紅綉鞋、歲暮：落一張閒故紙。【薄似紙】湯式、雙調對玉環帶清江引、閨怨：人情薄似紙。湯式、雙調湘妃引、代人送：虛疼熱，恩情薄似紙。【蘭烟紙】喬吉、越調小桃紅、曉妝：金篦膩點蘭烟紙。【空費了紙】楊西菴、仙呂翠裙腰套、綠窗愁：枉用了身心空費了紙。【蘭亭故紙】張可久、中呂滿庭芳、春晚梅友元席上：誰感慨蘭亭故紙。

砥

【平如砥】湯式、南呂一枝花套、贈人、梁州：多管是胸中寸地平如砥。

旨

【奉旨】湯式、南呂一枝花套、贈人、尾聲：承恩奉旨。【密旨】張可久、中呂滿庭芳、閒玄道院即事：虛皇密旨。

指

【半指】曾瑞、黃鍾願成雙套、贈老妓、尾：一個鞋樣兒到慳了多半指。【玉指】張可久、越調小桃紅、湖上和劉時中：三絃玉指。張可久、中呂滿庭芳、春晚梅友元帥席上：哀絃玉指。喬吉、雙調水仙子、贈柔卿王氏：肉臺盤纖玉指。【迅指】查德卿、正宮醉太平、春情：韶華迅指。【針指】楊西菴、仙呂翠裙腰套、金盞兒：繡牀塵滿慵針指。【無名指】喬吉、越調小桃紅、指鐲：慳稱無名指。

址

【故址】湯式、中呂滿庭芳、武林感舊：錢塘故址。【階址】楊西菴、仙呂翠裙腰：海棠零亂飄階址。

徵

【含宮泛徵】喬吉、越調小桃紅、贈劉牙兒：風流慢惹閑唇齒，含宮泛徵。

耳⊙

【洗耳】張可久、中呂滿庭芳、開玄道院即事：松風洗耳。【雷貫耳】湯式、南呂一枝花套、贈人：播芳聲雷貫耳。【秋風過耳】汪元亨、雙調沈醉東風、歸田：說富貴秋風過耳。【人生行樂耳】盧摯、中呂朱履曲、訪立軒上人：他只道人生行樂耳。張可久、中呂紅綉鞋、湖上：信人生行樂耳。

此⊙

【在此】喬吉、雙調折桂令、秋思：恨薄命佳人在此。【若此】湯式、中呂滿庭芳、武林感舊：西湖若此。【慣此】湯式、雙調湘妃引、有所贈：俺風流的偏慣此。【不到此】劉時中、雙調水仙操：軟香塵不到此。馬致遠、雙調水仙子、和盧疎齋西湖：不知音不到此。【何似此】湯式、雙調對玉環帶清江引、閨怨：別離何似此。【曾到此】張可久、中呂紅綉鞋、春日湖上：記年時曾到此。【誰到此】馬致遠、雙調清江引、野興：林泉隱居誰到此。【風流在此】湯式、雙調沈醉東風、題元章折枝桃花：千載後風流在此。【餘香在此】徐再思、雙調蟾宮曲、春情：空一縷餘香在此。

史⊙

【古史】喬吉、中呂滿庭芳、漁父詞：笑呂望風雲古史。【青史】湯式、南呂一枝花套、贈人、尾聲：穩情取、勳業班班照青史。【覽史】汪元亨、正宮醉太平、警世：會談經覽史。

使

【左使】張可久、中呂滿庭芳、次韵雪竹：俏蘇卿你休來左使。【蝶使】張可久、中呂朝天子、和貫酸齋：蜂媒蝶使。【追香使】湯式、雙調新水令套、送王姬往錢塘、離亭宴歇指煞：何須蝶做追香使。【恁時節使】劉時中、南呂一枝花套、羅帕傳情、尾聲：直等的稱了願，隨了心，恁時節使。

子⊙

【小子】喬吉、越調小桃紅、別楚儀：至如小子。【日子】劉時中、南呂一枝花套、羅帕傳情、尾聲：還下箇不空忘的日子。【帕子】張可久、中呂滿庭芳、次韻雪竹：冰羅帕子。【桂子】湯式、南呂一枝花套、贈人、梁州：庭下蘭孫與桂子。【老子】盧摯、中呂朱履曲、訪立軒上人：你聽疎老子。【浪子】楊西菴、仙呂翠裙腰套、綠窗愁：原來只是賣弄他風流浪子。【稚子】喬吉、中呂滿庭芳、漁父詞：山妻稚子。【燕子】曾瑞、黃鍾願成雙套、贈老妓：沒亂殺鶯兒燕子。徐再思、中呂陽春曲、贈海棠：雙燕子。查德卿、正宮醉太平、春情：問鶯兒燕子。張可久、越調天淨沙、梅友元帥席上：簾外新來燕子。呂止庵、越調天淨沙、爲董鍼姑作：對對鶯兒燕子。張可久、雙調折桂令、海棠：伴庭院黃昏燕子。【箱子】劉時中、南呂一枝花套、羅帕傳情：包袱鎖入箱子。【樣子】雙調沈醉東風、歸田：紗帽短粧些樣子。【鏡子】張可久、雙調折桂令、秋思：瘦嘴鼻羞看鏡子。【小妮子】劉時中、南呂一枝花套、羅帕傳情、隔尾：怕那揲被鋪牀小小妮子。【少年子】張可久、南呂一枝花套、牽掛、尾聲：瘦損了青春少年子。【飛燕子】張可久、雙調清江引、春曉：東風草堂飛燕子。【遊蕩子】湯式、雙調對玉環帶清江引、閨怨：恨天涯寡情遊蕩子。【鴟夷子】盧摯、雙調湘妃怨、西湖：誰僝僽鴟夷子。【飄桂子】盧摯、雙調湘妃怨、西湖：醾清香飄桂子。

紫

【萬紫】曾瑞、黃鍾願成雙套、贈老妓：零落了千紅萬紫。【橫暮紫】張可久、越調寨兒令、嘉禾道中：晴烟遠山橫暮紫。【一半兒紫】張可久、仙呂一半兒、賞牡丹：一半兒姚黃一半兒紫。【千紅萬紫】張可久、越調天淨沙、湖上分得詩字韻：點檢千紅萬紫。【抱金曳紫】湯式、南呂一枝花套、贈人、尾聲：抱金曳紫，承恩奉旨。【愁紅怨紫】湯式、雙調新水令套、送王姬往錢塘、離亭宴歇指煞：不是我愁紅怨紫。

死⊙

【未死】喬吉、中呂山坡羊、冬日寫懷：猶未死。【害死】湯式、雙調對玉環帶清江引、閨怨：相思乾害死。喬吉、雙調水仙子、怨風情：蠍虎兒乾害死。喬吉、雙調折桂令、寄遠：得受用遮莫害死。【醉死】張可久、雙調折桂令、紅梅次疎齋學士韻：拚花下何郎醉死。【賜死】汪元亨、中呂朝天子、歸隱：朝承恩暮賜死。【盪死】曾瑞、南呂四塊玉、嘆也：蛹盪死。【一箇死】湯式、雙調湘妃引、代人送：一歡娛一箇死。【湖上死】馬致遠、雙調湘妃怨、和盧疎齋西湖：便白頭湖上死。【憔悴死】張可久、雙調落梅風、秋望：盼來書玉人憔悴死。商左山、雙調潘妃曲：因他憔悴死。【攧斷死】劉時中、雙調水仙操：把鶯花攧斷死。【半生半死】湯式、雙調湘妃引、有所贈：淒涼得半生半死。

⊙齒

【切齒】楊西菴、仙呂翠裙腰套、賺尾：讀罷也無言暗切齒。【唇齒】喬吉、越調小桃紅、贈劉牙兒：風流慢惹閑唇齒。【掛齒】汪元亨、雙調雁兒落過得勝令、歸隱：功名休掛齒。【顏回齒】姚燧、中呂陽春曲：石榴子露顏回齒。

底止沚芷趾祉阯咫○爾邇餌珥駬○玼跐泚○駛弛豕矢始屎○姊梓

【對偶】徐再思、雙調水仙子、重九：鑽醯甕，檢故紙。湯式、雙調對玉環帶清江引、閨怨：心緒亂如絲，人情薄似紙。湯式、南呂一枝花套、贈人、尾聲：抱金曳紫，承恩奉旨。湯式、雙調對玉環帶清江引、閨怨：待害相思，相思乾害死；投至別離，別離何似此。張可久、南呂一枝花套、牽掛：間阻了洛浦神仙，沒亂殺蘇州刺史。曾瑞、南呂四塊玉、嘆世：羅網施，權豪使。張可久、中呂朝天子、和貫酸齋：燕子鶯兒，蜂媒蝶使。湯式、雙調新水令套、送王姬往錢塘、離亭宴歇指煞：慢教蜂做問花媒，不勞鶯喚尋芳友，何須蝶做追香使。喬吉、雙調水仙子、怨風情：野蜂兒難尋覓，蠍虎兒乾害死。喬吉、中呂山坡羊、冬日寫懷：身已至此，心猶未死。

入作上

瑟◉ 【琴瑟】曾瑞、南呂四塊玉、負心：調琴瑟。劉時中、南呂一枝花套、羅帕傳情、尾聲：和鸞鳳效琴瑟。【鼓瑟】汪元亨、正宮醉太平、警世：聽佳人鼓瑟。

澁○塞

【對偶】

曾瑞、南呂四塊玉、負心：和曲詞，調琴瑟。

去聲

是◉ 【不是】喬吉、越調小桃紅、別楚儀：十分不是。【如是】湯式、南呂一枝花套、贈人、尾聲：顯孝揚忠但如是。【須是】喬吉、越調小桃紅、曉妝：殢人須是。【陶潛是】白樸、仙呂寄生草、飲：但知音盡說陶潛是。【坦然如是】湯式、雙調新水令套、送王姬往錢塘：臥書窗坦然如是。【昔非今是】汪元亨、雙調沈醉東風、歸田：灼然見昔非今是。【昨非今是】喬吉、中呂山坡羊、冬日寫懷：朝三暮四，昨非今是。

市 【花市】湯式、正宮小梁州、揚子江阻風：柳營花市。張可久、越調小桃紅、湖上和劉時中：畫船無數圍花市。【城市】張養浩、雙調殿前歡、村居：爲甚等閑間不肯來城市。【街市】喬吉、越調小桃紅、立春遣興：散作芳塵滿街市。【江頭市】喬吉、中呂滿庭芳、漁父詞：葫蘆盛酒江頭市。【黃花市】喬吉、雙調雁兒落過得勝令、憶別：冷淡黃花市。【青山市】薛昂夫、正宮塞鴻秋、過太白祠謝公池：筍輿沽酒青山市。【居朝市】汪元亨、中呂朝天子、歸隱：無意居朝市。【雲陽市】湯式、正宮小梁州、麗華：推上雲陽市。【錢塘市】湯式、雙調新水令套、送王姬往錢塘、慶東原：趕上錢塘市。【鶯花市】馬致遠、雙調湘妃怨、和盧疎齋西湖：管絃觸水鶯花市。

侍 【陪侍】劉時中、南呂一枝花套、羅帕傳情、尾聲：共賓朋廝陪侍。【隨侍】湯式、雙調新水令套、送王姬往錢塘、慶東原：好山一路相隨侍。

士

【高士】薛昂夫、雙調殿前歡、冬：自逋仙去後無高士。【處士】張可久、雙調水仙子、訪梅孤山：西湖林處士。張可久、中呂上小樓、湖上：訪孤山愛梅處士。【文章士】喬吉、越調小桃紅、別楚儀：從今別却文章士。馬致遠、南呂四塊玉、臨筇市：漢相如便做文章士。【白衣士】湯式、雙調新水令套、送王姬往錢塘、駐馬聽：則被你紫雲娘傒落殺白衣士。【禪林閑士】盧摯、中呂朱履曲、訪立軒上人：相約下禪林閑士。【翰林學士】貫雲石、中呂上小樓、贈伶婦：成就了翰林學士。

示

【傳示】喬吉、越調小桃紅、楚儀來因戲贈之：雖無傳示。馬致遠、雙調壽陽曲：小書生再三傳示。張可久、南呂一枝花套、牽掛、梁州第七：和愁和泪頻傳示。

事

【心事】貫雲石、中呂上小樓、贈伶婦：千年心事。張可久、中呂紅綉鞋、湖上：無是無非心事。喬吉、越調小桃紅、楚儀來因戲贈之：楚雨湘雲總心事。白樸、中呂陽春曲、題情：輕拈斑管書心事。徐再思、雙調水仙子、彈唱佳人：秋波送巧傳心事。貫雲石、中呂紅綉鞋：返舊約十年心事。馬致遠、雙調壽陽曲：蘸霜毫略傳心事。【公事】張可久、中呂紅綉鞋、歲暮：競酒爭花公事。喬吉、越調小桃紅、立春遣興：老天也管閑公事。曾瑞、黃鍾願成雙套、贈老妓、出隊子：暮年間剗地知公事。【何事】湯式、正宮小梁州、麗華：黃天何事。【芳事】喬吉、雙調水仙子、贈柔卿王氏：眼角頭傳芳事。【春事】張可久、越調天淨沙、湖上分得詩字韻：年年春事。曾瑞、黃鍾願成雙套、贈老妓、出隊子：闌珊春事。盧摯、雙調湘妃怨、西湖：東風懶倦催春事。劉時中、雙調水仙操：朝來風雨摧春事。【故事】劉時中、南呂一枝花套、羅帕傳情、梁州：中間是、宴蟠桃十長生故事。【前事】喬吉、越調小桃紅、贈劉牙兒：斜抵春纖記前事。【無事】喬吉、中呂滿庭芳、漁父詞：心無事。【人間事】馬致遠、雙調清江引、野興：會作山中相、不管人間事。【十年事】喬吉、雙調雁兒落過得勝令、憶別：談笑十年事。【干戈事】湯式、正宮小梁州、揚子江阻風：他迴頭兒便說干戈事。【少年事】湯式、雙調新水令久、套、送王姬往錢塘：又感起少年事。【心間事】喬吉、越調小桃紅、別楚儀：難說心間事。劉時中、南呂一枝花套、羅帕傳情：暗表心間事。張可久、中呂朝天子、和貫酸齋：縈繫煞心間事。【平生事】張可久、雙調水仙子、訪梅孤山：黃昏說盡平生事。【公家事】薛昂夫、正宮塞鴻秋、過太白祠謝公池：甚癡兒了却公家事。【同心事】張可久、中呂滿庭芳、樊氏素雲：梨花夢裏同心事。【兵戈事】張可久、正宮小梁州：迎頭便說兵戈事。【別離事】張可久、南呂金字經、春思：思那同春暮時、別離事。【功名事】汪元亨、中呂朝天子、歸隱：畢罷了功名事。【知心事】喬吉、越調小桃紅、指鐲：窗前携手知心事。貫雲石、正宮塞鴻秋、代人作：展花箋、欲寫幾句知心事。【風流事】徐再思、中呂陽春曲、贈海棠：玉環夢斷風流事。【相思事】張可久、越調小桃紅、春思：無限相思事。【黃花事】徐再思、雙調水仙子、重九：西風了却黃花事。【無多事】張可久、中呂滿庭芳、春晚梅友元帥席上：海棠春已無多事。【傷心事】張可久、南呂一枝花套、牽掛：白日傷心事。張可久、雙調殿前歡、春情：訴玉女傷心事。張可

南呂一枝花套、牽掛、梁州第七：一春多少傷心事。馬致遠、雙調湘妃怨、和盧疎齋西湖：鴛鴦不管傷心事。貫雲石、正宮塞鴻秋、代人作：感起我南朝千古傷心事。【傷春事】張可久、雙調清江引、春暖：玉減傷春事。商左山、雙調潘妃曲：無限傷春事。喬吉、雙調水仙子、怨風情：描筆兒勾銷了傷春事。【興亡事】白樸、仙呂寄生草、飲：醅渰千古興亡事。【紛紛事】湯式、中呂普天樂、金陵懷古：問鍾陵紛紛事。【榮枯事】喬吉、中呂山坡羊、冬日寫懷：癡兒不解榮枯事。【尋芳事】張可久、越調小桃紅、湖上和劉時中：滿眼尋芳事。喬吉、越調小桃紅、贈朱阿嬌：司空休作尋常事。【關心事】湯式、雙調對玉環帶清江引、閨怨：風月關心事。張可久、中呂滿庭芳、次韵雪竹：有一件關心事。湯式、雙調湘妃怨、有所贈：蜂喧蝶鬧關心事。貫雲石、南呂金字經：休歌腸斷詞、關心事。【鸞鳳事】查德卿、正宮醉太平、春情：芙蓉帳底鸞鳳事。【夜月花朝事】劉時中、南呂一枝花套、羅帕傳情、尾聲：成就了洞房中、夜月花朝事。

試

【初試】喬吉、越調小桃紅、曉妝：露冷薔薇曉初試。【牛刀試】湯式、南呂一枝花套、贈人：暫把牛刀試。

視

【輕視】劉時中、南呂一枝花套、羅帕傳情、尾聲：想俺那不容易的恩情，怎敢道待的輕視。

似⊙

【難似】薛昂夫、雙調殿前歡、冬：效殺顰難似。【吳蠶似】曾瑞、南呂四塊玉、嘆世、劼活若比吳蠶似。【瓊瑤似】盧摯、雙調湘妃怨、西湖：朝來亭樹瓊瑤似。

賜

【天賜】湯式、南呂一枝花套、贈人、梁州：嘉瑞已天賜。【受賜】劉時中、南呂一枝花套、羅帕傳情：端的是無功受賜。

筲

【筴筲】劉時中、南呂一枝花套、羅帕傳情、尾聲：掀騰開舊筴筲。

寺

【山中寺】劉時中、雙調水仙操：彤雲把斷山中寺。【水邊寺】張可久、越調小桃紅、湖上和劉時中：搭影雷峯水邊寺。【白雲寺】薛昂夫、正宮塞鴻秋、過太白祠謝公池：松枝煮茗白雲寺。【西巖寺】盧摯、雙調湘妃怨、西湖：閑尋靈鷲西巖寺。【烟中寺】馬致遠、雙調湘妃怨、和盧疎齋西湖：雨中樓閣烟中寺。【孤山寺】張可久、雙調水仙子、訪梅孤山：花下孤山寺。【梁王寺】湯式、中呂普天樂、金陵懷古：晉闕吳宮梁王寺。【四百八十寺】湯式、中呂滿庭芳、武林感舊：其間四百八十寺。

思

【才思】湯式、正宮小梁州、麗華：多才思。貫雲石、雙調清江引、惜別：不是無才思。汪元亨、正宮醉太平、警世：展嘲風詠月長才思。貫雲石、正宮塞鴻秋、代人作：空敎我停霜毫，半晌無才思。【春思】張可久、越調天淨沙、梅友元帥席上：海棠春思。【秋思】張可久、雙調落梅風、秋望：老西風滿襟秋思。【清思】張可久、中呂上小樓、湖上：西湖清思。薛昂夫、正宮塞鴻秋、過太白祠謝公池：謝公池、顧影凝清思。【神思】湯式、雙調新水令套、送王姬往錢塘、駐馬聽：浮雲般神思。【情思】湯式、中呂滿庭芳、武林感舊：傷情思。劉時中、雙調水仙操：白蘋紅蓼多情思。【多才思】盧摯、雙調湘妃怨、西湖：樽前歌舞多才思。【無限思】張可久、南呂一枝花套、牽掛、梁州第七：訴不盡心間無限思。【杜陵詩思】張可久、雙調落梅風、秋思：仲宣樓杜陵詩思。

四

【朝三暮四】喬吉、中呂山坡羊、冬日寫懷：朝三暮四，昨非今是。

肆

【茶肆】張可久、正宮小梁州：焚了茶肆。【酒肆】張可久、中呂紅綉鞋、春日湖上：綠樹當門酒肆。

伺

【倥伺】貫雲石、中呂上小樓、贈伶婦：等箇倥伺。

次⊙

【造次】劉時中、南呂一枝花套、羅帕傳情、尾聲：一針針不造次。【數次】楊西菴、仙呂翠裙腰套、賺尾：沈吟了數次。【兩三次】張可久、南呂一枝花套、牽掛、梁州第七：更囑咐兩三次。【寬胸次】汪元亨、正宮醉太平、警世：開經天緯地寬胸次。

刺

【尖如刺】湯式、雙調湘妃引、代人送：死傒倸、語話兒尖如刺。【薔薇刺】張可久、南呂一枝花套、牽掛：蟲蠹損薔薇刺。

字⊙

【心字】喬吉、越調小桃紅、贈朱阿嬌：翠臙眉兒畫心字。【文字】劉時中、南呂一枝花套、羅帕傳情、尾聲：讀一會詩章，講一會文字。薛昂夫、正宮塞鴻秋、過太白祠謝公池：共野叟論文字。【名字】湯式、雙調新水令套、送王姬往錢塘、離亭宴歇指煞：誰承望別離卷上題名字。【草字】張可久、越調小桃紅、湖上和劉時中：雙鈎草字。【愁字】徐再思、雙調壽陽曲、春情：就窗紗砌成愁字。張可久、雙調落梅風、秋思：寫相思不成愁字。【銀字】張可久、中呂滿庭芳、春晚梅友元帥席上：急管催銀字。張可久、商調梧葉兒、別懷：脆管催銀字。【三千字】汪元亨、雙調雁兒落過得勝令、歸隱：禮樂三千字。【功名字】白樸、仙呂寄生草、飲：糟醃兩箇功名字。【同文字】張可久、雙調殿前歡、春情：代錦帕同文字。【別離字】張可久、中呂滿庭芳、次韵雪竹：贈行人道不出別離字。【宜春字】喬吉、越調小桃紅、立春遣興：香寫宜春字。【雲烟字】喬吉、雙調雁兒落過得勝令、憶別：白雁雲烟字。【相思字】張可久、中呂朝天子、和貫酸齋：幾個相思字。貫雲石、正宮塞鴻秋、代人作：今日箇病懨懨，剛寫下兩箇相思字。【推敲字】薛昂夫、雙調殿前歡、冬：休說推敲字。馬致遠、雙調湘妃怨、和盧疎齋西湖：

吟詩未穩推敲字。【傳情字】商左山、雙調潘妃曲：腸斷關山傳情字。【鴛鴦字】張可久、雙調清江引、春曉：幾對鴛鴦字。楊西菴、仙呂翠裙腰套、綠窗愁：先拆破鴛鴦字。查德卿、正宮醉太平、春情：芭蕉葉上鴛鴦字。【羲之字】汪元亨、中呂朝天子、歸隱：閑臨寫羲之字。張可久、雙調湘妃怨、重遊會稽：蘭亭曲水羲之字。【鍾王字】張可久、南呂一枝花套、牽掛、尾聲：無心寫鍾王字。【雁飛一字】張可久、雙調落梅風、秋望：界青天雁飛一字。

漬

【粉香漬】張可久、越調小桃紅、春思：兩袖啼痕粉香漬。【烏金漬】喬吉、越調小桃紅、贈劉牙兒：偏稱烏金漬。【啼紅漬】湯式、雙調新水令套、送王姬往錢塘、沈醉東風：花靨啼紅漬。【淚痕紅漬】徐再思、雙調壽陽曲、春情：背秋千淚痕紅漬。

自

【獨自】張可久、越調小桃紅、春思：知人獨自。呂止庵、越調天淨沙、爲董鍼姑作：傷心獨自。張可久、中呂朝天子、和貫酸齋：鏡裏人獨自。張可久、雙調殿前歡、春情：起來搔首人獨自。

⊙志

【詩志】薛昂夫、正宮塞鴻秋、過太白祠謝公池：謫仙祠下言詩志。【酬志】汪元亨、雙調雁兒落過得勝令、歸隱：山水堪酬志。喬吉、越調小桃紅、別楚儀：行李匆匆怎酬志。【平生志】湯式、南呂一枝花套、贈人、尾聲：於親已足平生志。【風流志】喬吉、越調小桃紅、楚儀來因戲贈之：空守風流志。【青雲志】關漢卿、中呂普天樂、崔張十六事：已遂了青雲志。【江淹志】湯式、雙調新水令套、送王姬往錢塘、離亭宴歇指煞：暗隱江淹志。【虹蜺志】白樸、仙呂寄生草、飲：麴埋萬丈虹蜺志。【青雲志】湯式、雙調對玉環帶清江引、閨怨：墮却青雲志。【雲霄志】湯式、南呂一枝花套、贈人：落落雲霄志。【荒淫志】喬吉、中呂山坡羊、冬日寫懷：黃金壯起荒淫志。【經綸志】汪元亨、雙調沈醉東風、歸田：埋沒下經綸志。【隨人志】張可久、南呂一枝花套、牽掛、尾聲：風月關情隨人志。

至

【人至】張可久、越調天淨沙、雪中酬王一山：探梅人至。【眞至】劉時中、南呂一枝花套、羅帕傳情、尾聲：一針針那眞至。【人不至】湯式、中呂普天樂、金陵懷古：鳳去人不至。【寄書至】張可久、越調小桃紅、春思：日長不見音書至。湯式、雙調新水令套、送王姬往錢塘、離亭宴歇指煞：錦鱗擬待音書至。【春風至】湯式、南呂一枝花套、贈人、梁州：笑談間喚得春風至。【清風至】馬致遠、雙調清江引、野興：有客清風至。【紅娘至】無名氏、仙呂遊四門：不甫能等得紅娘至。【持書至】楊西菴、仙呂翠裙腰套、綠窗愁：有客持書至。【幾番至】喬吉、越調小桃紅、指鐲：花信今春幾番至。【陽關至】湯式、雙調新水令套、送王姬往錢塘、慶東原：雨歇陽關至。【殘春至】曾瑞、黃鍾、願成雙套、贈老妓：恰初春又早殘春至。【鱗鴻至】湯式、正宮小梁州、揚子江阻風：無一箇鱗鴻至。【隨風至】湯式、雙調風入松、錢塘即景：江南舶棹隨風至。【薰風至】劉時中、雙調水仙操：荷香勾引薰風至。【賓鴻至】貫雲石、正宮塞鴻秋、代人作：戰西風幾點賓鴻至。【將軍至】湯式、正宮小梁州、麗華：誰承望擒虎將軍至。

◉二【無二】湯式、雙調沈醉東風、題元章折枝桃花：似瑤池折來無二。

◉翅【宮鴉翅】喬吉、越調小桃紅、贈朱阿嬌：雲膩宮鴉翅。喬吉、雙調水仙子、贈柔卿王氏：紺雲不動宮鴉翅。【鴛鴦翅】曾瑞、南呂四塊王、負心：忘恩剗斷鴛鴦翅。湯式、雙調新水令套、送王姬往錢塘、駐馬聽：他道是雕籠鎖定鴛鴦翅。【鵾鵬翅】汪元亨、雙調雁兒落過得勝令、歸隱：收斂鵾鵬翅。【翻金翅】楊西菴、仙呂翠裙腰：鶯穿細柳翻金翅。

氏柹仕使謚蒔恃施嗜
豉弑筮噬○兕姒已汜
祀嗣飼耜涘俟食泗駟
○牸恣胔呰○誌○貳
餌○厠

【對偶】喬吉、中呂山坡羊、冬日寫懷：朝三暮四、昨非今是。湯式、雙調沈醉東風、題元章折枝桃花：疎花箇箇眞、巧筆星星是。湯式、雙調新水令套、送王姬往錢塘、慶東原：踅過若耶溪、趕上錢塘市。　喬吉、雙調雁兒落過得勝令、憶別：慇懃紅葉詩、冷淡黃花市。　湯式、正宮小梁州、揚子江阻風：塌了酒樓、焚了茶肆、柳營花市。　張可久、雙調清江引、春曉：花開望遠行、玉減傷春事。　湯式、雙調對玉環帶清江引、閨怨：烟花惹魂夢、風月關心事。　張可久、雙調殿前歡、春情：和梨園樂府詩、代錦帕同文字，訴玉女傷心事。　徐再思、雙調水仙子、彈唱佳人：玉纖流恨出冰絲、瓠齒和春吐怨辭，秋波送巧傳心事。　徐再思、雙調水仙子、重九：東籬重賦紫萸詩，北海深傾白玉巵，西風了却黃花事。　湯式、雙調湘妃引、有所贈：鶯煎燕聒惹相思，雁去魚來傳恨詞，蜂喧蝶鬧關心事。　薛昂夫、正宮塞鴻秋、過太白祠謝公池：筍輿沽酒青山市，松枝煮茗白雲寺。　張可久、越調小桃紅、湖上和劉時中：三絃玉指、雙鈎草字。　喬吉、越調小桃紅、　贈劉牙兒：含宮泛徵，咬文嚼字。　喬吉、雙調雁兒落過得勝令、憶別：清江天水箋、白雁雲烟字。　薛昂夫、正宮塞鴻秋、過太白祠謝公池：聽山鳥鳴笙簧，共野叟論文字。　湯式、雙調新水令套、送王姬往錢塘、離亭宴歇指煞：我不向風流選內求咨示，誰承望別離卷上題名字。　張可久、雙調湘妃怨、重遊會稽：鏡湖涼月杜陵詩，梅屋空山夏后祠，蘭亭曲水羲之字。　湯式、雙調新水令套、送王姬往錢塘、沈醉東風：蛾眉淺黛顰，花靨啼紅漬。　白樸、仙呂寄生草、飲：糟醃兩箇功名字，醅渰千古興亡事，麴埋萬丈虹蜺志。　湯式、雙調新水令套、送王姬往錢塘、離亭宴歇指煞：明牽雙漸情，暗隱江淹志。　汪元亨、雙調雁兒落過得勝令、歸隱：功名休掛齒，山水堪酬志。　汪元亨、雙調沈醉東風、歸田：收拾起駕馭心，埋沒下經綸志。　湯式、中呂普天樂、金陵懷古：臺空江自流，鳳去人不至。　湯式、雙調新水令套、送王姬往錢塘、離亭宴歇指煞：靑樓贏的姓名留，彩雲漸逐簫聲去，錦鱗擬待音書至。　汪元亨、中呂朝天子、歸隱：珠履三千，金釵十二。　湯式、雙調新水令套、送王姬往錢塘、駐馬聽：我吟到，碧梧棲老鳳凰枝；他道是，雕籠鎖定鴛鴦翅。　汪元亨、雙調雁兒落過得勝令、歸隱：相離雞鶩羣，收斂鵾鵬翅。　喬吉、雙調水仙子、贈柔卿王氏：暖紅無力海棠絲，春綠多情楊柳枝，紺雲不動宮鴉翅。

第四部

（齊微）

陰平

◉**機**

【心機】曾瑞、中呂山坡羊、嘆世：使心機。張養浩、雙調慶東原：費了無限的心機。【玄機】湯式、中呂普天樂、送丁起東同陝：運化玄機。張可久、雙調折桂同、贈胡存善：識透玄機。【危機】張養浩、中呂朱履曲：睜着眼履危機。【兵機】湯式、商調集賢賓套、客窗值雪、尾聲：猶自說兵機。湯式、黃鍾出隊子、酒色財氣四首——氣：鴻門會上失兵機。【忘機】喬吉、中呂滿庭芳、漁父詞：海鳥忘機。趙顯宏、雙調殿前歡、閑居：鷗鷺忘機。張可久、仙呂點絳唇套、翻歸去來辭、鵲踏枝：與猿鶴久忘機。湯式、正宮脫布衫帶小梁州、四景為儲公子賦——春：問春來何處忘機。盧摯、雙調蟾宮曲、襄陽懷古：欲問沙鷗、正自忘機。【見機】張可久、南呂金字經、樂閑：誰、似他能見機。【禍機】關漢卿、雙調喬牌兒套、歇拍煞：金雞觸禍機。【錦機】張可久、中呂朝天子、遊春：花殘錦機。【萬機】湯式、南呂一枝花套、贈草聖、尾聲：我則知、一日偷閑測萬機。【五兵機】湯式、南呂一枝花套、贈人：密密五兵機。【造化機】湯式、南呂一枝花套、詠素蟾、尾聲：榮潔應奪造化機。湯式、般涉哨遍套、新建构欄教坊求贊、耍孩兒：古超今造化機。【遠害機】白樸、中呂陽春曲、知幾：范蠡歸湖遠害機。【織錦機】張可久、雙調水仙子、春日郊行：困蝶濃花織錦機。【與鳥忘機】馬致遠、般涉調、哨遍套：嫌貧汚耳、與鳥忘機。

磯

【釣磯】張可久、商調梧葉兒、鑑湖宴集：苔痕滿釣磯。張可久、仙呂一半兒、蒼崖禪師退隱：竹外淺沙涵釣磯。【釣魚磯】張養浩、中呂朝天曲：杖藜徐步近釣磯。張可久、中呂滿庭芳、感興簡王公實：吹不到釣魚磯。馬致遠、般涉調、哨遍套：原有嚴陵釣魚磯。

璣

【珠璣】徐再思、雙調蟾宮曲、江淹寺：文藻珠璣。張可久、雙調折桂令、贈胡存善：萬斛珠璣。湯式、南呂一枝花套、贈人、梁州：咳唾落天上珠璣。

肌

【玉肌】湯式、雙調湘妃遊月宮、春閨情：三分病、積漸裏、消磨了玉肌。【香肌】湯式、南呂一枝花套、贈玉芝春：素質香肌。吳弘道、中呂上小樓、春日閨怨：瘦損香肌。關漢卿、中呂普天樂、崔張十六事：鬆了金釧、減了香肌。曾瑞、般涉調哨遍套、塵腰、四：多應是我瘦損香肌。【冰肌】張可久、中呂上小樓、春思：半露冰肌。張可久、中呂滿庭芳、歌者素娟：姑射冰肌。張可久、雙調沈醉東風、瓊花：鵝黃雪點冰肌。【雪骨冰肌】湯式、南呂一枝花套、贈妓素蘭、梁州：世修來雪骨冰肌。

飢

【民飢】曾瑞、般涉調哨遍套、羊訴寃：享天地濟民飢。【充飢】湯式、南呂一枝花套、贈玉芝春、梁州：夏黃公聊得充飢。

箕

【北斗南箕】湯式、哨遍、新建构欄敎坊求贊、六煞：朱簾外、滴溜北斗南箕。

基

【根基】馬致遠、般涉調哨遍套、張玉山品草書：卓然獨立根基。湯式、般涉調哨遍套、新建构欄敎坊求贊、耍孩兒：另巍巍創立箇根基。【漢基】馬致遠、雙調慶東原、嘆世：一箇力扶漢基。【遺基】張養浩、中呂山坡羊、未央懷古：見遺基。【舊帝基】湯式、般涉哨遍套、新建构欄敎坊求贊、五煞：十字街、控帶着、踞虎盤龍舊帝基。

雞

【家雞】湯式、南呂一枝花套、贈草聖、梁州：野鶩家雞。【黃雞】張可久、雙調沈醉東風、幽居：興來時白酒黃雞。【曉雞】曾瑞、南呂四塊玉、樂飲：報曉雞。【三足天雞】湯式、南呂一枝花套、詠素蟾、梁州：更壓著、叫扶桑三足天雞。【黃皮嫩雞】湯式、雙調沈醉東風、江村卽事：牽來大黃皮嫩雞。【劉琨聽雞】汪元亨、中呂朝天子、歸隱：笑劉琨聽雞。

鷄

（同雞）【線了鷄】孫周卿、雙調水仙子、山居自樂：山莊上線了鷄。

稽

【會稽】湯式、南呂一枝花套、爲越中沙子正賦、尾聲：十萬戶會稽。

姬

【吳姬】吳仁卿、越調鬭鵪鶉套、元宵：相攜著越女吳姬。【鄭姬】張可久、中呂朝天子、道院中碧桃：泪彈紅兩笑鄰姬。【瓊姬】張可久、中呂山坡羊、閨思：小瓊姬。徐再思、雙調蟾宮曲、紅梅：蕊珠宮內瓊姬。

歸⊙

【人歸】張可久、雙調折桂令、遊太乙宮：跨鶴人歸。阿魯威、雙調蟾宮曲：一聲聲猶勸人歸。【未歸】張可久、中呂滿庭芳、春日閨思：今春未歸。【同歸】貫雲石、雙調殿前歡：何日同歸。【忘歸】薛昂夫、雙調蟾宮曲、題爛柯石橋：樵叟忘歸。張可久、越調天淨沙、閨怨：檀郎何處忘歸。湯式、南呂一枝花套、贈玉芝春、梁州：不枉了翫賞忘歸。【春歸】張可久、雙調水仙子、春晚：只怕春歸。徐再思、雙調蟾宮曲、紅梅：分付春歸。張可久、中呂粉蝶兒套、春思：花落春歸。湯式、正宮脫布衫帶小梁州、四景爲儲公子賦——春：莫放春歸。關漢卿、雙調碧玉簫：怕見春歸。湯式、雙調風入松、尋春不遇：屈指又春歸。張可久、越調天淨沙、寒夜書事：小梅招得春歸。王伯成、越調鬬鵪鶉：冷落了芳非、春歸。關漢卿、中呂古調石榴花套、怨別：一弄兒斷送了春歸。【退歸】張養浩、中呂朝天曲：自劾、退歸。【詩歸】張可久、雙調殿前歡、春晚：載得詩歸。【醟歸】張可久、仙呂點絳唇套、翻歸去來辭、金盞兒：用恰恰欲醟歸。【龍歸】張可久、雙調殿前歡、湖上宴集：仙井龍歸。【醉歸】張養浩、中呂朝天曲：醉歸、月黑。【二分歸】張養浩、雙調胡十八：三分中却早二分歸。【人未歸】張可久、雙調水仙子、春愁：三春人未歸。湯式、雙調湘妃遊月宮、春閨情：春深也人未歸。商左山、雙調潘妃曲：望天涯人未歸。張可久、中呂粉蝶兒、尾聲：嘆春歸人未歸。盧摯、中呂朱履曲、雪中黎正卿招飲賦此五章命楊氏歌之：雪晴時人未歸。貫雲石、南呂金字經：芳草萋萋人未歸。張可久、雙調慶宣和、春晚病起：燕子來時人未歸。關漢卿、雙調大德歌：道是春歸人未歸。【不如歸】關漢卿、雙調大德歌：子規啼、不如歸。曾瑞、南呂罵玉郎過感皇恩採茶歌、閨中聞杜鵑：沒由來勸我道不如歸。【不忍歸】薛昂夫、南呂一枝花套、贈小園春、梁州第七：賺得東君不忍歸。【月下歸】張可久、中呂朝天子、採梅：吹簫月下歸。【月明歸】無名氏、正宮六么全套、尾：滿舡空載月明歸。關漢卿、雙調大德歌：冷清清空載月明歸。【去不歸】張可久、中呂粉蝶兒套、春思、堯民歌：離鞍去不歸。【西子歸】張可久、雙調湘妃怨、懷古：越吞吳西子歸。【明月歸】張可久、越調凭闌人、湖上：小窗明月歸。張可久、南呂金字經、環綠亭上：山翁醉、笑隨明月歸。【拂袖歸】馬致遠、般涉調哨遍套：爭似田園拂袖歸。汪元亨、雙調沈醉東風、歸田：厭斷紅塵拂袖歸。【春又歸】關漢卿、雙調喬牌兒套、淸江引：落花滿院春又歸。【待他歸】張可久、雙調折桂令、閨思：直待他歸。【帶雨歸】湯式、雙調沈醉東風、遊龍泉寺：昨夜神龍帶雨歸。【夜始歸】張可久、仙呂點絳脣套、翻歸去來辭、油葫蘆：荷月鋤田夜始歸。【客未歸】張可久、雙調撥不斷、第一樓小集：萬里黃沙客未歸。【愁裏歸】徐再思、越調凭闌人、春愁：今日春從愁裏歸。【道童歸】張可久、中呂朱履曲、爛柯洞：樵翁隨得道童歸。【猶未歸】張可久、雙調水仙子、春思：春殘猶未歸。湯式、商調集賢賓套、客窗値雪：對梅花嘆人猶未歸。【解印歸】張可久、南呂金字經、樂閑：不若淵明解印歸。【醉扶歸】張可久、越調寨兒令、春晚次韻：唱不迭醉扶歸。【攜手歸】張可久、雙調水仙子、春日郊行：尋春攜手歸。【又是春歸】盧摯、雙調沈醉東風、春情：杜鵑聲又是春歸。【岫雲始歸】張可久、仙呂點絳脣套、翻歸去來辭、天下樂：看山岫雲始歸。【待得春歸】盧摯、雙調蟾宮曲、麗華：王謝堂前，待得春歸。【拂袖而歸】吳仁卿、越調鬭鵪鶉套、紫花兒序：不如我拂袖而歸。汪元亨、雙調折桂令、歸隱：厭紅塵拂袖而歸，【道士鵝歸】馬致遠、般涉調哨遍套、張玉山品草書：寫黃庭換取、道士鵝歸。

龜

【金龜】汪元亨、雙調折桂令、歸隱：換酒金龜。【九尾神龜】湯式、南呂一枝花套、詠素蟾、梁州：煞強似負靈蓍九尾神龜。

閨

【金閨】張可久、雙調折桂同、贈胡存善：名動金閨。【香閨】關漢卿、雙調碧玉簫：靜掩香閨。【掩深閨】張可久、中呂粉蝶兒套、春思、堯民歌：靜巉巉燈火掩深閨。

規

【子規】貫雲石、越調鬭鵪鶉套、憶別、調笑令：雲窗共寢聞子規。王伯成、越調鬭鵪鶉套、雙調蟾宮曲：謾勞動空山子規。阿魯威、雙調蟾宮曲：凝眸處黃鶯子規。【成規】湯式、南呂一枝花套、爲越中沙子正賦：大剛是卽景成規。【聖規】湯式、南呂一枝花套、贈人：經綸合聖規。【孝弟之規】湯式、南呂一枝花套、贈草聖、梁州：曹娥碑告誓義、摸臨出孝弟之規。

虀⊙

【黃虀】馬致遠、般涉調哨遍套：先生家淡粥、措大家黃虀。曾瑞、中呂快活三過朝天子、自誤：家傳一甕淡黃虀。湯式、商調集賢賓套、客窗值雪：治一經、飽一世黃虀。【酸虀】汪元亨、雙調沈醉東風、歸田：採生疏熟做酸虀。【淡黃虀】張養浩、中呂山坡羊：淡黃虀。

低⊙

【高低】汪元亨、雙調折桂令、歸隱：人面高低。張養浩、中呂普天樂、閒居、鵬鷃高低。劉時中、雙調新水令套、代馬訴寃、折桂令：分官品高低。湯式、南呂一枝花套、贈玉芝春、梁州：檢春工、自有箇高低。【簾低】湯式、南呂一枝花套、贈錢塘鑷者、梁州：滴溜著、皺微波，八尺簾低。【夕陽低】劉時中、雙調新水令套、代馬訴寃、駐馬聽：再誰收，一鞭行色夕陽低。【月影低】盧摯、雙調沈醉東風、秋景：夜靜雲帆月影低。【玉繩低】盧摯、中呂朱履曲、雪中黎正卿招飲：直喫到銀燭暗、玉繩低。湯式、商調知秋令、秋夜：天濶玉繩低。【玉燕低】湯式、雙調壽陽曲、梅女吹簫圖：釵橫玉燕低。【茅舍低】湯式、越調柳營曲、途中春暮：滴溜溜酒帘茅舍低。【扇影低】馬致遠、中呂粉蝶兒套：日月袍新扇影低。【翠痕低】湯式、南呂一枝花套、贈妓素蘭：攢兩葉翠痕低。【翠簾低】湯式、雙調風入松、尋春不遇：花壓翠簾低。【槐影低】馬致遠、商調水仙子套：近水亭軒槐影低。【天濶雲低】湯式、商調集賢賓套、客窗值雪：雪漫漫天闊雲低。【爭高競低】汪元亨、正宮醉太平：莫爭高競低。【壓帽簷低】白樸、雙調得勝樂、春：簪花壓帽簷低。

堤

【柳堤】張養浩、中呂朝天曲：柳堤。【古堤】王伯成、越調鬬鵪鶉套：柳岸西、近古堤。

隄

（同堤）【平隄】湯式、越調柳營曲、途中春暮：水浸平隄。【沙隄】張養浩、中呂普天樂、辭參議還家：更穩似新築沙隄。【花隄】張養浩、越調寨兒令、綽然亭獨坐：繞孤村流水花隄。【蘇隄】薛昂夫、中呂山坡羊、筱步：繞蘇隄。張可久、雙調湘妃怨、蘇堤卽事：同賞蘇隄。

羝 【蘇卿牧羝】汪元亨、中呂朝天子、歸隱：嘆蘇卿牧羝。

妻⊙ 【山妻】李伯瞻、雙調殿前歡、省悟：稚子山妻。張可久、中呂普天樂、次韻歸去來：伴老山妻。孫周卿、雙調水仙子、山居自樂：淡家私付與山妻。【夫妻】曾瑞、中呂喜春來、相思：無緣難得做夫妻。【脚頭妻】劉時中、中呂紅綉鞋、勸收心：也須是脚頭妻。

淒 【夜淒淒】湯式、商調集賢賓套、客窗值雪：銀海夜淒淒。【景淒淒】關漢卿、雙調大德歌：粉牆低，景淒淒。商左山、雙調潘妃曲：滿目殘霞景淒淒。

萋 【萋萋】貫雲石、越調鬬鵪鶉套、憶別、聖藥王：連天芳草正萋萋。【草萋萋】無名氏、正宮六么全套：煙淡淡、草萋萋。【金陵草萋】盧摯、雙調蟾宮曲、麗華：胭脂井金陵草萋。

棲 【幽棲】馬致遠、般涉調哨遍套：西村最好幽棲。盧摯、雙調蟾宮曲、襄陽懷古：鹿門山儘好幽棲。【孤棲】張可久、中呂粉蝶兒套、春思、十二月：樂于飛燕燕孤棲。【烏棲】湯式、中呂普天樂、姑蘇懷古：謾說烏棲。【烏棲】滕賓、中呂普天樂：疏林烏棲。【鳳凰棲】馬致遠、越調小桃紅、冬：兩軒修竹鳳凰棲。

悽 【孤悽】張可久、中呂滿庭芳、春日閨思：念我孤悽。【忒孤悽】馬致遠、商調水仙套：沉兼瀟灑忒孤悽。

西⊙ 【平西】薛昂夫、雙調蟾宮曲、題爛柯石橋：日又平西。【東西】阿魯威、雙調蟾宮曲：聽徹陽關，分袂東西。曾瑞、中呂喜春來、相思：驚覺各東西。張養浩、中呂朱履曲：囊篋裏儹些東西。張養浩、越調天淨沙：怎消磨這日月東西。【征西】馬致遠、雙調東原、嘆世：奸雄那裏，平生落的，只兩字征西。【樓西】曾瑞、南呂罵玉郎過感皇恩採茶歌、閨中聞杜鵑：畫樓西。湯式、正宮脫布衫帶小梁州、四景爲儲公子賦——春：杜鵑聲只在樓西。【日平西】張養浩、越調寨兒令、綽然亭獨坐：不覺日平西。【丹井西】張可久、南呂金字經、稽山春晚：葛洪丹井西。【走東西】朱權、小石天上謠：日月走東西。汪元亨、中呂朝天子、歸隱：兩輪日月走東西。【粉牆西】張養浩、中呂紅綉鞋、贈美妓：他便似碧桃花映粉牆西，【畫樓西】汪元亨、正宮醉太平、警世：賣花聲叫轉畫樓西。湯式、雙調風入松、尋春不遇：一聲啼鴂畫樓西。

犀

【含犀】湯式、南呂一枝花套、贈妓素蘭：束具含犀。【寒犀】湯式、雙調風入松、尋春不遇：洞房香冷辟寒犀。【靈犀】汪元亨、雙調折桂令、歸隱、通一點靈犀。【紅水犀】徐再思、商調梧葉兒、春思：盒開紅水犀。【辟寒犀】馬致遠、越調小桃紅、冬：狂風無力、家有辟寒犀。

嘶

【玉驄嘶】張可久、中呂朝天子、閨情：銅駝巷裏玉驄嘶。張可久、中呂粉蝶兒套、春思、紅綉鞋、繫重楊何處玉驄嘶。【紫騮嘶】劉時中、雙調新水令套、代馬訴冤、駐馬聽：花間不聽紫騮嘶。【鐵騎驕嘶】湯式、南呂一枝花套、贈人、梁州：五方旗鐵馬驕嘶。

灰⊙

【心灰】汪元亨、雙調折桂令、歸隱：名利心灰。【半爲灰】張養浩、中呂山坡羊、驪山懷古：漢唐碑、半爲灰。【謾吹灰】馬致遠、仙呂青哥兒、十一月：律管兒女謾吹灰。【今已成灰】盧摯、雙調蟾宮曲、麗華：結綺臨春，今已成灰。

暉

【玄暉】盧摯、中呂朱履曲、訪立軒上人：敬亭山索甚玄暉。【落暉】張可久、中呂粉蝶兒套、春思、耍孩兒：勞望眼終朝怨落暉。

輝

【光輝】馬致遠、中呂粉蝶兒套：日月光輝。湯式、雙調天香引、贈友：萬代光輝，湯式、般涉調哨遍套、新建构欄教坊求贊、七煞：平地上輪奐光輝。湯式、雙調沈醉東風、遊龍泉寺：至於今草木光輝。張可久、雙調湘妃怨、懷古：兩蛾眉千古光輝。【相輝】湯式、南呂一枝花套、贈人：門第相輝。【揚輝】張可久、中呂滿庭芳、歌者素娟：王蟾驚秋月揚輝。【日月輝】湯式、般涉哨遍套、新建构欄教坊求贊、尾：兩輪日月輝。【燈月交輝】吳仁卿、越調鬬鵪鶉套、元宵：光灼灼燈月交輝。【金碧光輝】湯式、南呂一枝花套、爲越中沙子正賦、梁州：月來時金碧光輝。

徽

【金徽】張可久、雙調折桂令、閨思：曲怨金徽。湯式、南呂一枝花套、素蘭、梁州：也將他演入金徽。

杯⊙

【玉杯】張可久、南呂金字經、環綠亭上：落花浮玉杯。張養浩、雙調胡十八：滿斟著玉杯。馬致遠、中呂粉蝶兒套：壽星捧玉杯，湯式、雙調湘妃怨、山中樂四闋贈友人：玉乳茶浮玉杯。【金杯】盧摯、中呂朱履曲、雪中黎正卿招飲賦此五章命楊氏歌之：倩佳人掌中金杯。吳仁卿、越調鬬鵪鶉套、禿廝兒：祝聖壽慶宜裏、進金杯。【此杯】張養浩、中呂朝天曲、詠四景、冬：此杯。【持杯】薛昂夫、雙調蟾宮曲、題爛柯石橋：恰待持杯。【滿杯】吳仁卿、越調鬬鵪鶉套、聖藥王：酒滿杯。【酒杯】張養浩、雙調胡十八：這其間辭酒杯。貫雲石、越調鬬鵪鶉套、憶別、紫花兒：和泪和愁飲酒杯。湯式、南呂一枝花套、贈玉芝春、梁州：但能够分得微香到酒杯。【傳杯】張可久、雙調殿前歡、春晚：正好傳杯。【銜杯】曾瑞、南呂四塊玉、樂飲：萬事無心且銜杯。【瑤杯】張可久、雙調撥不斷、第一樓小集：却瑤杯。【舉杯】汪元亨、中呂朝天子、歸隱：高陽池舉杯。【數杯】張養浩、中呂朝天曲：趁歡娛飲數杯。【玉螺杯】張可久、商調梧葉兒、第一樓醉書：酒瀲玉螺杯。【白玉杯】張可久、南呂金字經、樂閒：謫仙白玉杯。【有限杯】白樸、中呂陽春曲、知幾：且盡樽前有限杯。【金鳳杯】張可久、雙調湘妃怨、懷古：明月高臺金鳳杯。【花底杯】張可久、中呂粉蝶兒、春思、一煞：笑藏鬮花底杯，【酒一杯】馬致遠、雙調撥不斷：畢卓生前酒一杯。【酒滿杯】貫雲石、南呂金字經：香暖金爐酒滿杯。【菊花杯】曾瑞、中呂喜春來、遣興、秋：登臨歡酌菊花杯。【勸酒杯】關漢卿、雙調碧玉簫：有白衣勸酒杯。【餞行杯】關漢卿、雙調沈醉東風：手執著餞酒杯。【鸚鵡杯】張可久、雙調水仙子、春晚：醉倒花前鸚鵡杯。【綠荷杯】張可久、雙調殿前歡、湖上宴集：蓮花白酒綠荷杯。

悲

【傷悲】張養浩、中呂山坡羊、未央懷古：怎不傷悲。貫雲石、越調鬬鵪鶉套、憶別、紫花兒：重午別離傷悲。【正堪悲】汪元亨、雙調雁兒落過得勝令、歸隱：逝景正堪悲。【自生悲】張可久、仙呂點絳唇套、翻歸去來辭、混江龍：何須惆悵自生悲。【助客悲】曾瑞、中呂山坡羊過青哥兒、過分水關：泣露秋蟲助客悲。【切切悲悲】馬致遠、般涉調耍孩兒套、借馬：哀哀怨、切切悲悲。【蜀國空悲】馬致遠、雙調慶東原、嘆世：出師未回、長星墜地、蜀國空悲。【兎死狐悲】汪元亨、雙調折桂令、歸隱：見非辜兎死狐悲。【滿目傷悲】湯式、雙調湘妃遊月宮、春閨情：對東風滿目傷悲。

卑

【尊卑】劉時中、雙調新水令套、代馬訴寃、甜水令：緊先行不識尊卑。

碑

【荒碑】張可久、黃鍾人月圓、會稽懷古：老樹荒碑。【殘碑】湯式、中呂普天樂、姑蘇懷古：古殿殘碑。張可久、中呂普天樂、道情：破塚殘碑。徐再思、雙調蟾宮曲、江淹寺：小橋邊古寺殘碑。【新碑】張可久、中呂紅綉鞋、題惠山寺：舊到漫漶看新碑。【斷碑】張可久、中呂滿庭芳、感興簡王公實：羊祜空存斷碑。湯式、雙調沈醉東風、姑蘇懷古：留得荒臺臥斷碑。【漢唐碑】張養浩、中呂山坡羊、驪山懷古：漢唐碑。【墮泪碑】馬致遠、雙調慶東原、嘆世：晝籌計、墮泪碑。【壞塚殘碑】盧摯、雙調沈醉東風、退步：北邙山壞塚殘碑。

⊙追

【難追】汪元亨、雙調雁兒落過得勝令、歸隱：往事已難追。【尚可追】李伯瞻、雙調殿前歡、省悟：失迷途尚可追。【來者堪追】張可久、仙呂點絳唇套、翻歸去來兮、混江龍：知來者堪追。

騅

【烏騅】湯式、仙呂點絳唇……混江龍：凹面烏騅。

⊙威

【寒威】張養浩、雙調清江引、詠秋日海棠：錦帳遮寒威。【化龍威】劉時中、雙調新水令套、代馬訴寃：徒負化龍威。【擧鼎威】馬致遠、雙調慶東原、嘆世：拔山力，擧鼎威。【猙獰虎豹威】湯式、南呂一枝花套、爲越中沙子正賦、尾聲：傍危欄，依短砌，踞聳着猙獰虎豹威。

偎

【笑相偎】張可久、中呂賣花聲、冬：銷金帳裏笑相偎。【翠倚紅偎】湯式、商調集賢賓套、客窗値雪、逍遙樂：早難道翠倚紅偎。

隈

【亂雲隈】湯式、雙調湘妃引、山中樂四闋贈友人：龍洲低蘸亂雲隈。

煨

【酒自煨】張養浩、中呂朝天曲、詠四景、冬：火爐頭上酒自煨。

⊙非

【是非】張養浩、中呂普天樂、辭參議還家：遠是非。張可久、中呂滿庭芳、感興簡王公實：紅塵是非。張可久、南呂金字經、樂閒：免人誤是非。汪元亨、雙調雁兒落過得勝令、歸隱：雲林少是非。孫周卿、雙調水仙子、山居自樂：比閑人惹是非。曾瑞、中呂喜春來、閨怨：今日瓓珊說是非。張養浩、中呂朝天曲：水聲不解說是非。張養浩、雙調雁兒落兼得勝令：往常時爲功名惹是非。【前非】李伯瞻、雙調殿前歡、省悟：今是前非。【誰非】張養浩、越調天淨沙：休言咱是誰非。【是和非】吳仁卿、越調鬭鵪鶉套、聖藥王：那想辨個是和非。【昨日非】無名氏、中呂山坡羊：今朝世態昨日非。【洗是非】關漢卿、雙調喬牌兒套、歇拍煞：爭蕨薇洗是非。馬致遠、般涉調哨遍套：準備閑人洗是非。【夜來非】張可久、仙呂點絳唇套、翻歸去來兮、混江龍：今朝便覺夜來非。【紅塵是非】張可久、仙呂點絳唇套、翻歸去來辭、那吒令：遠紅塵是非。【無是無非】張可久、越調柳營曲、包山書事：遠紅塵無是無非。【是是非非】徐再思、雙調蟾宮曲、江淹寺：紫霜毫是是非非。【閑是閑非】關漢卿、中呂古調石榴花套、怨別、酥棗兒：受了些閑是閑非。【說是談非】汪元亨、正宮醉太平、警世：休說是談非。【四十九年非】湯式、南呂一枝花套、贈錢塘鑷者：纔知道四十九年非。

扉

【柴扉】馬致遠、般涉調哨遍套：靜掩柴扉。【掩扉】張可久、仙呂點絳唇套、翻歸去來辭、天下樂：雖設柴門鎖是非。【衡扉】吳西逸、中呂紅繡鞋、山居：市喧聲不到衡扉。【巖扉】張可久、中呂朱履曲、爛柯居：清風自掩巖扉。【靜掩朱扉】張可久、中呂粉蝶兒套、春思、紅綉鞋：月初長靜掩朱扉。

霏

【霏霏】張養浩、越調天淨沙：今朝雨雪霏霏。【雨霏霏】貫雲石、越調鬭鵪鶉套、憶別、禿厮兒：洒梨花，雨霏霏。

菲

【芳菲】薛昂夫、南呂一枝花套、贈小園春、梁州第七：一撮兒芳菲。湯式、南呂一枝花套、爲越中沙子正賦、梁州：雖無華麗芳菲。張可久、雙調殿前歡、春晚：夜來風雨妒芳菲。阿魯威、雙調蟾宮曲、少司命：正秋蘭九畹芳菲。張可久、雙調沈醉東風、瓊花：倚闌人且賞芳菲。【菲菲】阿魯威、雙調蟾宮曲、湘夫人：澧有蘭兮沅芷菲菲。

妃

【明妃】張可久、中呂滿庭芳、歌者素娟：無地著明妃。

飛

【分飛】張可久、中呂普天樂、別情：兩下分飛。【南飛】關漢卿、中呂普天樂、崔張十六事：北雁南飛。【花飛】薛昂夫、南呂一枝花套、贈小園春：一片花飛。阿魯威、雙調蟾宮曲：看取樽前，留人燕語，送客花飛。白樸、越調天淨沙、冬：門前六出花飛。【金飛】張可久、越調寨兒令、春晚次韻：碧天邊玉走金飛。【烏飛】盧摯、雙調蟾宮曲：兎走烏飛。【莫飛】汪元亨、雙調沈醉東風、歸田：鳳栖殺，凰莫飛。【塵飛】白樸、中呂陽春曲、知幾：回頭滄海又塵飛。薛昂夫、雙調蟾宮曲、題爛柯石橋：又飄飄滄海塵飛。【緊飛】吳仁卿、越調鬪鵪鶉套、聖藥王：赤緊的鳥緊飛。【張飛】湯式、仙呂絳唇……混江龍：虎牢關難戰莽張飛。【驚飛】王擧之、雙調折桂令、鶴骨笛：一天霜月下驚飛。【雙飛】張可久、中呂朝天子、探梅：幺鳳雙飛。【木葉飛】曾瑞、中呂喜春來、遣興、秋：白雁風來木葉飛。【白鳥飛】張養浩、雙調落梅引：雲隨白鳥飛。【玉蛾飛】張可久、雙調慶宣和、春晚病起：一對燈花玉蛾飛。【去如飛】張養浩、雙調胡十八：屈指間，去如飛。【困蝶飛】馬致遠、商調水仙子套：搧着那粉翅兒困蝶飛。【往來飛】張養浩、越調寨兒令、綽然亭獨坐：任鷗鷺往來飛。【到處飛】張可久、雙調湘妃怨、春思：不似楊花到處飛。【紅雨飛】張可久、雙調沈醉東風、九月十日見桃花：去年崔護來遲，紅雨飛。【烏倦飛】張可久、仙呂點絳唇套、翻歸去來辭、天下樂：羨知還烏倦飛。【柳絮飛】盧摯、雙調沈醉東風、春情：白雪柳絮飛。關漢卿、雙調大德歌：虛飄飄柳絮飛。【柳綿飛】關漢卿、雙調碧玉簫：怕見春歸，枝上柳綿飛。【燕子飛】張可久、雙調水仙子、春思：院柳蒼雲燕子飛。【燕斜飛】湯式、雙調風入松、尋春不遇：素鸞鞾玉燕斜飛。【燕雀飛】姚燧、雙調撥不斷、四景：宮殿風微燕雀飛。【燕雙飛】張可久、中呂滿庭芳、春日閨思：甘不過燕雙飛。【碧翠飛】曾瑞、般涉調哨遍套、塵腰、五：牙子對一雙碧翠飛。【乳燕飛】無名氏、雙調沽美酒過太平令：畫梁間乳燕飛。【彩雲飛】馬致遠、中呂粉蝶兒套：雕闌玉砌彩雲飛。【落花飛】王伯成、越調鬪鵪鶉套：一簾紅雨落花飛。【撲簾飛】關漢卿、中呂古調石榴花套、怨別：顛狂柳絮撲簾飛。【蝶倦飛】王伯成、越調鬪鵪鶉套：鶯慵燕懶蝶倦飛。【瑞雪飛】張可久、中呂賣花聲、冬：繚繞長空瑞雪飛。張養浩、雙調胡十八：滿堂香靄瑞雲飛。【

鶯燕飛】張可久、中呂迎仙客、春日湖上：笙歌滿城鶯燕飛。【雕鶚飛】馬致遠、南呂金字經：九天雕鶚飛。【顛倒飛】曾瑞、般涉調哨遍套、塵腰、六煞：出水鴛鴦顛倒飛。【鶴自飛】張可久、中呂朝天子、訪九皐使君：籠開鶴自飛。【九五龍飛】馬致遠、中呂粉蝶兒套：應乾元九五龍飛。【玉碎花飛】張可久、中呂普天樂、道情：畫樓前玉碎花飛。【玉樹花飛】盧摯、雙調蟾宮曲、麗華：後庭空玉樹花飛。【月缺花飛】關漢卿、雙調沈醉東風：霎時間月缺花飛。【孤鶩齊飛】盧摯、雙調沈醉東風、秋景：落殘霞孤鶩齊飛。【電走風飛】湯式、南呂一枝花套、贈草聖、梁州：得之心，應乎手，電走風飛。【鶯老花飛】張可久、雙調折桂令、別懷：送春行鶯老花飛。【鴛侶分飛】湯式、雙調湘妃引、題情：翠裘寒鴛侶分飛。【鸞鳳分飛】張可久、中呂粉蝶兒套、春思、十二月：恰雙棲鸞鳳分飛。

溪⊙

【小溪】貫雲石、南呂金字經：碧風度小溪。【山溪】曾瑞、中呂山坡羊過青哥兒、過分水關：渡山溪。湯式、越調柳營曲、途中春暮：彷彿舊山溪。關漢卿、雙調碧玉簫：紅葉滿山溪。【竹溪】張養浩、中呂朝天曲：柳隄、竹溪。【花溪】曾瑞、般涉調哨遍套、塵腰：睡展香衾暗花溪。【虎溪】張可久、越調凭闌人、湖上：二客同遊過虎溪。張可久、雙調湘妃怨、蘇堤即事：夜雪吟篷宿虎溪。【剡溪】湯式、商調集賢賓套、客窗値雪、金菊香：乘興扁舟訪剡溪。【清溪】無名氏、雙調水仙子、郊行即事：萬松秋意老清溪。【梅溪】關漢卿、南呂一枝花套、杭州景、梁州：竹塢梅溪。【寒溪】無名氏、正宮六么令套、么：披星戴月守寒溪。【檀溪】湯式、仙呂點絳唇……混江龍：再不敢到檀溪。劉時中、雙調新水令套、代馬訴寃、得勝令：誰念我當日跳檀溪。【五陵溪】薛昂夫、南呂一枝花套、贈小園春：窄窄五陵溪。【若耶溪】張可久、黃鍾人月圓、會稽懷古：回首若耶溪。【武陵溪】貫雲石、越調鬭鵪鶉套、憶別、聖藥王：生隔斷武陵溪。【浸端溪】馬致遠、般涉調哨遍套、張玉山品草書：麝墨濃濃浸端溪。【傍小溪】王伯成、越調鬭鵪鶉套：更何堪，竹塢人家傍小溪。【隔花溪】王伯成、越調鬭鵪鶉套：見小橋流水隔花溪。【一道清溪】馬致遠、般涉調哨遍套：百泉通一道清溪。

欺

【把人欺】劉時中、雙調新水令套、代馬訴冤、甜水令：一概地把人欺。【雪虐霜欺】湯式、南呂一枝花套、爲越中沙子正賦、梁州：愁甚麼雪虐霜欺。

攲

【秋月攲】徐再思、商調梧葉兒、春思：象梳秋月攲。

稀⊙

【紅稀】關漢卿、中呂古調石榴花套、怨別：綠暗紅稀。【古來稀】湯式、正宮脫布衫帶小梁州、四景爲儲公子賦—春：人生七十古來稀。【古今稀】吳仁卿、越調鬭鵪鶉套、小桃紅：官清法正古今稀。【故人稀】白樸、中呂陽春曲、知幾：白髮故人稀。無名氏、正宮六幺令套：來往故人稀。【星斗稀】無名氏、南呂金字經、秋夜：月皎風清星斗稀。【紅漸稀】張可久、越調寨兒令、春晚次韻：紅漸稀。【俗客稀】張可久、商調梧葉兒、靈隱寺：僧居勝，俗客稀。【春色稀】無名氏、雙調沽美酒過太平令：紅杏枝頭春色稀。【魚雁稀】貫雲石、南呂金字經：一春魚雁稀。【雁來稀】商左山、雙調潘妃曲：雁來稀，花落東君也憔悴。【雁過稀】貫雲石、雙調殿前歡：西樓上雁過稀。【錦字稀】關漢卿、雙調碧玉簫：恨天涯錦字稀。【七十猶稀】盧摯、雙調蟾宮曲：想人生七十猶稀。【綠暗紅稀】王伯成、越調鬭鵪鶉套：動情的綠暗紅稀。薛昂夫、南呂一枝花套、贈小園春、梁州第七：鏡奩中綠暗紅稀。

嘻

【嘻嘻】張養浩、越調寨兒令、綽然亭獨坐：笑嘻嘻。

熙

【熙熙】湯式、南呂一枝花套、贈人、梁州：萬物熙熙。湯式、雙調天香引、贈友：黃道熙熙。【風物熙】貫雲石、雙調鬭鵪鶉套、憶別、聖藥王：風物熙，麗日遊。

衣⊙

【天衣】張可久、黃鍾人月圓、會稽懷古：明月天衣。【仙衣】王擧之、雙調折桂令、鶴骨笛：零落秋雲，污我仙衣。【布衣】汪元亨、中呂朝天子、歸隱：穿芒鞋布衣。汪元亨、雙調雁兒落過得勝令、歸隱：乾坤一布衣。馬致遠、南呂金字經：困煞中原一布衣。【羽衣】湯式、南呂一枝花套、詠素蟾、梁州：可知天寶三郎愛羽衣。【戎衣】湯式、般涉哨遍套、新建构欄教坊求贊：三尺劍一戎衣。【吟衣】無名氏、雙調水仙子、郊行卽事：花雨吟衣。【吹衣】張可久、仙呂點絳唇套、翻歸去來兮、混江龍：風飄飄而吹衣。【沾衣】張可久、中呂滿庭芳、感興簡王公實：牛山何必沾衣。【征衣】曾瑞、中呂山坡羊過青哥兒、過分水關：困長途塵滿征衣。【紅衣】張可久、中呂上小樓、春思：不御鉛華，盡解紅衣。【荷衣】張可久、仙呂一半兒、蒼崖禪師退隱：柳梢香露點荷衣。【春衣】曾瑞、般涉調哨遍套、羊訴寃、耍孩兒：要打摸暖帽春衣。【更衣】徐再思、雙調蟾宮曲、紅梅：誰與更衣。【宮衣】湯式、南呂一枝花套、贈人、梁州：玉螭龍帶束宮衣。【客衣】曾瑞、中呂山坡羊過青哥兒、過分水關：拂面西風透客衣。【蓑衣】喬吉、中呂滿庭芳、漁父詞：枕着蓑衣。無名氏、正宮六幺令套：高篙短棹一蓑衣。【烏衣】湯式、般涉哨遍套、新建构欄教坊求贊、五煞：招牌兒斜拂着烏衣。【寒衣】湯式、正宮脫布衫帶小梁州、四景爲儲公子賦—春：何日不寒衣。【滿衣】無名氏、南呂金字經、秋夜：夜深雲滿衣。【羅衣】無名氏、仙呂賣花時套、煞尾：寬盡羅衣。關漢卿、中呂古調石榴套、怨別：鬆金釧褪羅衣。【鶉衣】湯式、中呂山坡羊、書懷示友人一：典鶉衣。【舞衣】張可久、雙調湘妃怨、蘇堤卽事：百花裁舞衣。【禪衣】張可久、中呂紅綉鞋、題惠山寺：巖翠點禪衣。【縞衣】張可久、雙調沈醉東風、胡客齋使君壽：仙客舞玄裳縞衣。【簾衣】張可久、越調天淨沙、寒夜書事：烟消香護簾衣。【六銖衣】張可久、中呂朝天子、探梅：五雲仙子六銖衣。【金縷衣】張可久、中呂朝天子、遊春：傷心金縷衣。【笑牽衣】張可久、仙呂點絳唇套、翻歸去來辭、油葫蘆：候門稚子笑牽衣。【按羽衣】馬致遠、般涉調哨遍套、張玉山品草書：媚似楊妃按羽衣。【素羅衣】關漢卿、雙調碧玉簫：搊腰圍，寬褪素羅衣。【翠羅衣】張可久、越調柳營曲、包山書事：月冷翠羅衣。【縷金衣】張可久、雙調水仙子、春日郊行：藏鴉新柳縷金衣。

依

【依依】阿魯威、雙調蟾宮曲：正春風楊柳依依。曾瑞、般涉調哨遍套、塵腰：舞春風楊柳依依。【無依】湯式、商調集賢賓套、客窗値雪、逍遙樂：靈鵲無依。【無所依】無名氏、南呂金字經、秋夢：驚鳥無所依。

伊

【桓伊】王擧之、雙調折桂令、鶴骨笛：洗閒愁一曲桓伊。【寄與伊】盧摯、雙調壽陽曲、夜憶：燈下詞，寄與伊。

醫

【難醫】汪元亨、雙調折桂令、歸隱：咯肥羊，飲法酒，傷了難醫。無名氏、中呂普天樂：老敲才飽病難醫。【要春醫】劉時中、越調小桃紅：爲春憔悴要春醫。

吹⊙

【不待吹】湯式、雙調壽陽曲、梅女吹簫圖：閑拈鳳簫不待吹。【不敢吹】湯式、南呂一枝花套、贈妓素蘭、梁州：笑殺春風不敢吹。【玉笛吹】無名氏、雙調沽美酒帶過太平令：寧王把玉笛吹。【玉簫吹】張養浩、雙調胡十八：檀板敲，玉簫吹。【花下吹】徐再思、雙調壽陽曲、醉姬：便休將玉簫花下吹。【異香吹】關漢卿、越調鬬鵪鶉套、女校尉、調笑令：噴鼻異香吹。【撲鼻香】湯式、般涉哨遍套、新建枸欄教坊求贊、四煞：那壁廂，渲房中，麝蘭撲鼻香。【簫管吹】無名氏、南呂金字經、秋夜：臥將簫管吹。

推

【相推】薛昂夫、中呂朝天曲：有司不問爾相推。【莫推】張養浩、中呂朝天曲、詠四景、冬：此杯，莫推。【窮推】湯式、南呂一枝花套、詠素蟾：將山海經窮推。【君細推】白樸、中呂陽春曲、知幾：君細推，今古幾人知。

醅⊙

【玉醅】張可久、中呂朝天子、湖上：瘿杯，玉醅。【新醅】湯式、雙調沈醉東風、江村即事：蜜般甜白水新醅。【斟薄醅】關漢卿、雙調碧玉簫：正清樽斟薄醅。

披

【離披】張可久、雙調殿前歡、湖上宴集：雲錦離披。湯式、南呂一枝花套、素蘭、梁州：翠帶離披。

魁⊙

【王魁】張可久、雙調寨兒令、閨怨：沒與撞王魁。

虧

【命虧】吳仁卿、越調鬬鵪鶉套、鬼三臺：爲功名將命虧。【盈虧】張可久、中呂粉蝶兒套、春思、一煞：月有盈虧。【理虧】張可久、中呂朝天子、閨情：自知理虧。

癡⊙

【如癡】張養浩、越調天淨沙：只宜似醉如癡。【狂癡】張養浩、雙調雁兒落兼得勝令：往常時狂癡。【書癡】盧摯、雙調蟾宮曲、襄陽懷古：平生傳癖，須曰書癡。【一就癡】無名氏、南呂玉交枝：百般乖不如一就癡。【老子癡】張養浩、中呂朝天曲、詠四景、冬：笑襄陽老子癡。【拙又癡】張養浩、中呂朝天曲：疎狂迂闊拙又癡。【笑人癡】張養浩、中呂朱履曲：只恐范蠡張良笑人癡。【笑我癡】曾瑞、南呂四塊玉、述懷：笑我癡。【意如癡】馬致遠、商調水仙子套：哭的來因也意如癡。【都是癡】馬致遠、南呂四塊玉、嘆世：爭利名，奪富貴，都是癡。【如醉如癡】張可久、越調柳營曲、包山書事：嘯白猿如醉如癡。【似醉如癡】關漢卿、中呂古調石榴花套、怨別：惱芳心似醉如癡。

催◉

【相催】盧摯、雙調蟾宮曲：風雨相催。吳仁卿、越調鬬鵪鶉套、紫花兒序：節令相催。曾瑞、南呂四塊玉、述懷：利逼名煎苦相催。【暗催】汪元亨、中呂朝天子、歸隱：百髮來暗催。【行色催】貫雲石、越調鬬鵪鶉套、憶別、禿廝兒：匆匆一鞭行色催。【畫槳催】張可久、雙調殿前歡、春晚：蘭舟畫槳催。【羯鼓催】無名氏、雙調沽美酒帶過太平令：花奴將羯鼓催。【驟雨催】張可久、中呂粉蝶兒套、春思、一煞：花爛熳，頻遭驟雨催。【山色相催】張可久、仙呂點絳唇套、翻歸去來辭、金盞兒：看山巍山色相催。

鈚◉

【金鳳鈚】張可久、商調梧葉兒、第一樓醉書：花濃金鳳鈚。

堆◉

【成堆】張可久、雙調折桂令、閨思：接鶯巢濃綠成堆。【雲鬢堆】關漢卿、中呂古調石榴花套、怨別、三臺滾鮑老：金釵環軃雲鬢堆。【聚繡堆】曾瑞、般涉調哨遍套、麈腰、耍孩兒：針過處吳綾聚繡堆。【錦繡堆】汪元亨、雙調雁兒落過得勝令、歸隱：詞林錦繡堆。【鴉玉斜堆】關漢卿、越調鬬鵪鶉套、女校尉、禿廝兒：寶髻偏鴉玉斜堆。

篦◉

【短金篦】關漢卿、雙調碧玉簫：盼斷歸期，劃損短金篦。貫雲石、雙調殿前歡：綠苔牆劃損短金篦。

知◉

【人知】張養浩、中呂普天樂、閒居：幾箇人知。【方知】馬致遠、雙調慶東原、嘆世：豈不知財多害己，直到東市方知。【未知】張可久、中呂山坡羊、春日：人未知。張可久、越調天淨沙、寒夜書事：枕上佳人未知。湯式、中呂山坡羊、書懷示友人一：悲，也未知；喜，也未知。【先知】白樸、越調天淨沙、冬：小梅江上先知。【自知】劉時中、雙調新水令套、代馬訴冤、駐馬聽：命乖我自知。湯式、商調望遠行、四景題情、冬：悶懨懨只自知。湯式、商調集賢賓套、客窗值雪、逍遙樂：冷暖年來只自知。曾瑞、中呂快活三過朝天子、自誤：時乎命也我自知。【早知】徐再思、仙呂一半兒、春情：眼送雲情人早知。【相知】湯式、雙調天香引、贈友：旅途中邂逅相知。【怎知】曾瑞、南呂罵玉郎帶過感皇恩採茶歌、閨中聞杜鵑：你怎知。【故知】張養浩、雙調雁兒落兼得勝令：如今逍遙謁故知。【春知】劉時中、越調小桃紅：春事只春知。【無知】劉時中、雙調新水令套、代馬訴寃、折桂令：此輩無知。【須知】張可久、雙調折桂回、贈胡存善：掌梨園樂府須知。【新知】阿魯威、雙調蟾宮曲、少司命：樂莫樂兮與女新知。【誰知】張可久、雙調水仙子、春愁：此恨誰知。王舉之、雙調折桂令、鶴骨留：妙趣誰知。張可久、仙呂點絳唇套、翻歸去來辭、那吒令：問優游此興誰知。湯式、雙調湘妃引、送友還鄉：想人生聚散誰知。【人未知】張可久、雙調清江引、張子堅席上：雲林隱居人未知。【天下知】馬致遠、雙調慶東原、嘆世：高才天下知。【有誰知】無名氏、正宮六幺令套：個中消息有誰知。【外人知】無名氏、仙呂賞花時套、煞尾：不似俺害相思，出落與外人知。【明月知】張可久、南呂金字經、情：鴛鴦會，莫教明月知。【知未知】馬致遠、南呂金字經：悲，故人知未知。【流水知】張可久、越調凭闌人、湖上：寸心流水知。【草木知】湯式、南呂一枝花套、贈人、梁州：喚得春來草木知。【春不知】徐再思越調凭闌人、春愁：問春春不知 。【蝶未知】張可久、雙調沈醉東風、九月十日見桃花：節去蜂愁蝶未知。【鬼神知】曾瑞、 中呂喜春來、閨怨：暗有鬼神知。【喜可知】張養浩、中呂朝天曲：田翁對客喜可知。【翠被知】關漢卿、雙調碧玉簫：夢才郎翠被知。【竟不知】湯式、雙調沈醉東風、江村即事：醉了也踈狂竟不知。【幾人知】白樸、中呂陽春曲、知幾：今古幾人知。無名氏、南呂玉交枝：總虛華幾人知。【幾曾知】馬致遠、仙呂青哥兒、三月：御柳宮花幾曾知。【總不知】孫周卿、雙調水仙子、山居自樂：花落花開總不知。張可久、南呂金字經、稽山春晚：春去人間總不知。吳仁卿、越調鬬鵪鶉套、調笑令：除睡人間總不知。馬致遠、仙呂青哥兒、十一月：與物無心總不知。【只許春知】雙調沈醉東風、和陸進之韻：綠窗幽只許春知。

⊙梯【金梯】張可久、雙調撥不斷、第一樓小集：立金梯。【天上梯】馬致遠、南呂金字經：登樓意，恨無天上梯。【百尺梯】湯式、般涉哨遍套、新建构欄教坊求贊、六煞：下布着摘星辰嵯峨百尺梯。

幾譏笄朞饑竒羈○圭
邽○齎擠躋○雖荽綏
睢尿○碑眂氐○揮翬
麾○陂○雖○緋騑馡
○希豨羲曦犧醯熹僖
○鷖猗漪噫○炊○邳
丕呸胚紑○盔窺瑰奎
○笞郗蚩媸螭鴟絺○
崔衰榱○紕批○䭔○
鍡○蜘

【對偶】

張可久、雙調折桂令、贈胡存善：笑毀黃鐘，識透玄機。　趙顯宏、雙調殿前歡、閒居：鶯花過眼，鷗鷺忘機。　張養浩、中呂朱履曲：拱着胸登要路，睜着眼履危機。　湯式、南呂一枝花套、詠素蟾、尾聲：嬋娟不假鉛華力，縈潔應奪造化機。　湯式、南呂一枝花套、贈草聖、尾聲：誰不道、十年草聖通三昧；我則知、一日偷閑測萬機。　張養浩、雙調慶東原：用了無窮的氣力，使了無窮的見識，費了無限的心機。　馬致遠、般涉調哨遍套：雖無諸葛臥龍岡，原有嚴陵釣魚磯。　張可久、仙呂一半兒、蒼崖禪師退隱：柳梢香露點荷衣，樹杪斜陽明翠微，竹外淺沙涵釣磯。　湯式、南呂一枝花套、贈人、梁州：翰墨奪人間錦綉，咳唾落天上珠璣。　張可久、雙調折桂冋、贈胡存善：一代風流，九州人物，萬斛珠璣。　張可久、中呂上小樓春思：盡解紅衣，半露冰肌。　張可久、中呂滿庭芳、歌者素娟：南州瓊樹，姑射冰肌。　張可久、雙調沈醉東風、瓊花：蝶粉霜勻玉蕊，鵝黃雪點冰肌。　湯式、南呂一枝花套、贈妓素蘭、梁州：天謫下仙葩聖卉，世修來雪骨冰肌。　吳弘道、中呂上小樓、春日閨怨：縈損柔腸，蹙損雙蛾，瘦損香肌。 曾瑞、南呂四塊玉、樂飲：定夜鐘，報曉雞。 吳仁卿、越調鬭鵪鶉套、聖藥王：指鹿爲馬，喚鳳做雞。 汪元亨、中呂朝天子、歸隱：嘆蘇卿牧羝，笑劉琨聽雞。 孫周卿、雙調水仙子、山居自樂：水碓裏舂來米，山莊上線了雞。 張可久、雙調沈醉東風、幽居：脚到處青山綠水，興來時白酒黃雞。 張可久、雙調殿前歡、湖上宴集：孤山鶴唳，仙井龍歸。張可久、雙調湘妃怨、懷古：漢和番昭君去，越呑吳西子歸。 馬致遠、般涉調哨遍套：譬如風浪乘舟去，爭似田園拂袖歸。 湯式、南呂一枝花套、贈人：俯仰諧天意，經綸合聖規。 汪元亨、雙調折桂令、歸隱：世態炎涼，人面高低。湯式、南呂一枝花套、贈妓素蘭：染一枝春色淡，攢兩葉翠痕低。 湯式、商調集賢賓套、客窗値雪：風凜凜歲晚江空，雪漫漫天濶雲低。馬致遠、商調水仙子套：噴火榴花紅如茜，近水亭軒槐影低。 湯式、商調知秋令、秋夜：月晃銀河淡，庭空珠露濕，天濶玉繩低。 湯式、商調集賢賓套、客窗値雪：玉壺春灩灩，銀海夜淒淒。 湯式、中呂普天樂、姑蘇懷古：曾聞鹿走，謾說烏棲。 張可久、中呂粉蝶兒套、春思、十二月：效比翼鶼鶼獨宿，樂于飛燕燕孤棲。 馬致遠、雙調壽陽曲：花村外，草店西。湯式、越調柳營曲、途中春暮：岐路北，斷橋西。 馬致遠、雙調慶東原、嘆世：陰陵道北，烏江岸西。 汪元亨、雙調折桂令、歸隱：跨百尺長鯨，逐雙飛彩鳳，通一點靈犀。 湯式、南呂一枝花套、贈人、梁州：八卦營細柳深迷，五方旗鐵馬驕嘶。 湯式、雙調天香引、贈妓：一寸丹心，萬代光輝。張可久、中呂滿庭芳、歌者素娟：粉蝶妒寒梅破蕊，玉蟾驚秋月揚輝。 張可久、雙調撥不斷、第一樓小集：立金梯，却瑤杯。 吳仁卿、越調鬭鵪鶉套、聖藥王：菊滿籬，酒滿杯。 張可久、南呂金字經、樂閒：范蠡黃金像，謫仙白玉杯。 盧摯、中呂朱履曲、雪中黎正卿招飲賦：泛公子樽中雲液，倩佳人掌上金杯。 徐再思、雙調蟾宮曲、江淹寺：落日外蕭山翠微，小橋邊古寺殘碑。盧摯、雙調沈醉東風、退步：南柯夢淸香晝戟，北邙山壞塚殘碑。 湯式、中呂普天樂、姑蘇懷古：長洲野草，孤城流水，古殿殘碑。 曾瑞、般涉調哨遍套、羊訴寃：散一川平野，走四塞荒陂。 張可久、仙呂點絳唇套、翻歸去來兮、混江龍：悟往之不諫，知來者堪追。汪元亨、正宮醉太平、警世：草爭高競低，休說是談非。曾瑞、中呂喜春來、閨怨：當時歡喜言盟誓，今日珊珊說是非。張可久、仙呂點絳唇套、翻歸去來兮、混江龍：昨日方知前日錯，今朝便覺夜來非。張可久、越調柳營曲、包山書事：嘯白猿如醉如癡，遠紅塵無是無非。湯式、南呂一枝花套、贈錢塘鑷者：但識破毫釐千里謬，纔知道四十九年非。汪元亨、雙調雁兒落過得勝令、歸隱：驅馳、塵事多興廢；依栖、雲林少是非。張養浩、越調天淨沙：昨朝楊柳依依，今朝雨雪霏霏。吳仁卿、越調鬭鵪鶉套、紫花兒序：寒來暑往，兎走烏飛。張養浩、雙調落梅引：山隔紅塵斷，雲隨白鳥飛。張可久、中呂粉蝶兒套、春思、十一月：正交頭鴛鴦拆離，恰雙棲鸞鳳分飛。張可久、越調寨兒令、春晚次韻：錦雲中翠繞珠圍，碧天邊玉走金飛。盧摯、雙調沈醉東風、秋景：掛絕壁枯松倒倚，落殘霞孤鶩齊飛。曾瑞、般涉調哨遍套、塵腰、六煞：穿花鸂鶒偏斜落，出水鴛鴦顛倒飛。王擧之、雙調折桂令、鶴骨笛：九皐夢聲中喚起，一天霜

月下驚飛。曾瑞、中呂喜春來、遣興、秋：青霄霜降楓林醉，白雁風來木葉飛。薛昂夫、雙調蟾宮曲、題爛柯石橋：恰滾滾桑田浪起，又飄飄滄海塵飛。張可久、中呂上小樓、春思：庭院深深，楊柳依依，燕子飛飛。張可久、雙調湘妃怨、蘇堤即事：秋雲醉墨灑龍池，夜雪吟篷宿虎溪。曾瑞、般涉調哨遍套、塵腰：臥鋪綉褥醲春光，睡展香衾暗花溪。湯式、商調集賢賓套、客窗値雪、金菊香：吹簫跨鳳上瑤池，乘興扁舟訪剡溪。薛昂夫、南呂一枝花套、贈小園春、梁州第七：畫幀上香銷粉滴，鏡奩中綠暗紅稀。湯式、雙調天香引、贈友：聖德巍巍、黃道熙熙。徐再思、雙調壽陽曲、醉姬：緋霞佩，金縷衣。張可久、黃鍾人月圓、會稽懷古：清風鑑水，明月天衣。張可久、雙調湘妃怨、蘇堤即事：一葉流詩句，百花裁舞衣。張可久、仙呂點絳唇套、翻歸去來兮、混江龍：舟搖搖以輕颺，風飄飄而吹衣。張可久、越調天淨沙、寒夜書事：月移影落冰池，烟消香護簾衣。湯式、商調集賢賓套、客窗値雪、逍遙樂：鴛鴦無夢，鴻雁無音，靈鵲無依。無名氏、雙調沽美酒帶過太平令：花奴將羯鼓催，寧王

把玉笛吹。　湯式、般涉哨遍套、新建构欄教坊求贊、四煞：這壁廂、酒肆裏、笙歌聒耳來；那壁廂、渲房中、麝蘭撲鼻吹。　湯式、雙調沈醉東風、江村卽事：拳來大黃皮嫩雞，蜜般甜白水新醅。　張可久、越調寨兒令、閨怨：有情窺宋玉，沒興撞王魁。　張可久、中呂粉蝶兒套、春思、一煞：花須開謝，月有盈虧。　汪元亨、中呂朝天子、歸隱：朱顏去不同，白髮來暗催。張可久、中呂粉蝶兒套、春思、一煞：月團圓緊把浮雲閉，花爛熳頻遭驟雨催。　關漢卿、越調鬪鵪鶉套、女校尉、禿廝兒：粉汗濕珍珠亂滴，寶髻偏鴉玉斜堆。　張可久、越調寨兒令、閨怨：錦綉圍，翠紅堆。　張可久、雙調折桂令、閨怨：濕馬蹄殘紅似泥，接鶯巢濃綠成堆。　徐再思、越調凭闌人、春愁：避愁愁不離，問春春不知。　徐再思、仙呂一半兒、春情：眉傳雨恨母先疑，眼送雲情人早知。　孫周卿、雙調水仙子、山居自樂：朝吟暮醉兩相宜，花落花開總不知。　湯式、雙調沈醉東風、和陸進之韻：畫閣深不聽啼鳥，綠窗幽只許春知。

微⊙　陽平

【風微】張養浩、越調寨兒令、綽然亭獨坐：楊柳風微。湯式、南呂一枝花套、贈人、梁州：宮殿高燕雀風微。【依微】王擧之、雙調折桂令、鶴骨笛：夜氣依微。【幽微】無名氏、正宮六幺令套、尾：唱道難曉幽微。【烟微】湯式、商調望遠行、四景題情、冬：不覺的銅壺殘，銀釭滅，串烟微。【精微】湯式、南呂一枝花套、贈草聖、梁州：有陰陽偃仰精微。【翠微】張可久、中呂朝天子、遊春：柳堤，翠微。張可久、雙調水仙子、春日郊行：殘陽翠微。張可久、南呂金字經、稽山春晚：四山環翠微。張可久、越調凭闌人、湖上：一經無塵穿翠微。無名氏、雙調水仙子、郊行卽事：半嶺夕陽暖翠微。徐再思、雙調蟾宮曲：落日外蕭山翠微。關漢卿、南呂一枝花套、杭州景、尾聲：樓閣峥嶸出翠微。張可久、仙呂一半兒、蒼崖禪師退隱：樹杪斜陽明翠微。張可久、南呂金字經、環綠亭上：環綠亭深掩翠微。【霏微】曾瑞、中呂山坡羊過青哥兒、過分水關：山雨霏微。【熹微】張可久、仙呂點絳唇套、翻歸去來兮、混江龍：恨晨光之熹微。【宮殿風微】馬致遠、中呂粉蝶兒套：燕雀高宮殿風微。【紫黛霏微】湯式、南呂一枝花套、爲越中沙子正賦、梁州：篆烟生紫黛霏微。【蠅頭利微】湯式、南呂一枝花套、贈錢塘鑷者、尾聲：你覷那蠅頭利微。

薇

【首陽薇】張可久、越調柳營曲、包山書事：不採首陽薇。

⊙犁

【雨一犁】張可久、仙呂點絳唇套、翻歸去來辭、么：朝來雨一犁。湯式、南呂一枝花套、贈錢塘鑷者、梁州：也藏着桑柘連村雨一犁。

璆

【玻璆】徐再思、商調梧葉兒、春思：釵點紫玻璆。

離

【不離】張養浩、中呂朝天曲：寢食，不離。【支離】湯式、南呂一枝花套、贈草聖、梁州：無偏枯向背支離。【相離】曾瑞、中呂迎仙客、風情：莫相離。張養浩、雙調胡十八：但少別，早相離。張養浩、中呂朱履曲：一旦待相離怎相離。【別離】湯式、雙調天香引、代友人書、其六：千里別離。貫雲石、雙調殿前歡：都爲別離。張可久、雙調折桂令、別離：人生最苦別離。張可久、雙調折桂令、閨思：怕別離眞箇別離。張可久、中呂朝天子、遊春：惜春滋味似別離。湯式、雙調湘妃遊月宮、春閨情：燕喃喃似說別離。【曾離】曾瑞、南呂罵玉郎過感皇恩採茶歌、閨中聞杜鵑：我幾曾離。【遠離】阿魯威、雙調蟾宮曲、少司命：悲莫悲兮君將遠離。【不曾離】張養浩、中呂朱履曲：憂與辱常常不曾離。【愁不離】徐再思、越調凭闌人、春愁：避愁愁不離。【贈別離】盧摯、雙調沈醉東風、春情：縱有新詩贈別離。【南浦別離】湯式、雙調湘妃引、送友還鄉：來日唱陽關，南浦別離。【鴛鴦拆離】張可久、中呂粉蝶兒、春思、十二月：正交頸鴛鴦拆離。

璃

【素玻璃】湯式、商調集賢賓套、客窗値雪、金菊香：水晶宮翻做素玻璃。【萬頃玻璃】關漢卿、南呂一枝花套、杭州景、梁州：兀良望錢塘江萬頃玻璃。

籬

【江籬】湯式、南呂一枝花套、素蘭、梁州：便休題杜若江籬。【竹籬】汪元亨、中呂朝天子、歸隱：住茅舍竹籬。【東籬】張可久、中呂普天樂、次韻歸去來：菊圃東籬。張可久、仙呂點絳唇套、翻歸去來辭、鵲踏枝：適與東籬。曾瑞、中呂喜春來、遣興、秋：何必醉東籬。關漢卿、雙調碧玉簫：黃菊繞東籬。張養浩、雙調雁兒落兼得勝令：如今把菊向東籬。李伯瞻、雙調殿前歡、省悟：黃花爛漫滿東籬。滕賓、中呂普天樂：傲西風菊綻東籬。白樸、雙調得勝樂、秋：陶元亮醉在東籬。【疎籬】張可久、雙調水仙子、春日郊行：茅店疎籬。湯式、越調柳營曲、途中春暮：柳暗疎籬。張養浩、越調寨兒令、綽然亭獨坐：映青山茅舍疎籬。王伯成、越調鬬鵪鶉套：數枝紅杏出疎籬。【短籬】汪元亨、雙調沈醉東風、歸田：槿樹花攢綉短籬。

漓

【淋漓】曾瑞、中呂山坡羊過青哥兒、過分水關：身上淋漓。張可久、雙調折桂令、遊太乙宮：醉墨淋漓。盧摯、中呂朱履曲、訪立軒上人：直待要酒淋漓。湯式、雙調湘妃遊月宮、春閨情：濕金衣清泪淋漓。【墨淋漓】馬致遠、般涉調哨遍套、張玉山品草書：寫長空兩脚墨淋漓。【香汗淋漓】湯式、南呂一枝花套、素蘭、梁州：露浸浸如香汗淋漓。

泥⊙

【如泥】薛昂夫、中呂朝天曲：世情嚼蠟爛如泥。【香泥】張可久、雙調水仙子、春愁：落花燕口點香泥。【汙泥】劉時中、雙調新水令套、代馬訴冤、折桂令：失陷汙泥。【似泥】張養浩、雙調胡十八：便醉的似泥。張可久、雙調折桂令、閨思：濕馬蹄殘紅似泥。【沾泥】無名氏、雙調沽美酒過太平令：風來時落絮沾泥。曾瑞、中呂山坡羊過青哥兒、過分水關：脚底沾泥。【銀泥】張可久、雙調梧葉兒、靈隱寺：貝葉漬銀泥。【鬬銜泥】關漢卿、雙調大德歌：則見雙燕鬬銜泥。【燕子泥】胡祗遹：中呂喜春來、春景：細雨調和燕子泥。【落花泥】湯式、越調柳營曲、途中春暮：衣染落花泥。湯式、般涉哨遍套、新建构欄教坊求贊：甘露調和落花泥。【醉如泥】湯式、商調集賢賓套、客窗値雪、尾聲：終日醉如泥。湯式、正宮脫布衫帶小梁州、四景爲儲公子賦—春：能幾度醉如泥。吳仁卿、越調鬬鵪鶉套、幺：都喫得醉如泥。吳仁卿、越調鬬鵪鶉套、調笑令：爲甚麼每日醉如泥。【醉似泥】汪元亨、雙調雁兒落過得勝令、歸隱：山翁醉似泥。【踐起泥】馬致遠、般涉調耍孩兒套、借馬：過水處不敎踐起泥。【蹴踘泥】湯式、南呂一枝花套、贈錢塘鑷者、尾聲：洗渲了兩袖春風蹴踘泥。【蚯蚓蟠泥】馬致遠、般涉調哨遍套、張玉山品草書：似神符堪咒，蚯蚓蟠泥。【燕子香泥】盧摯、雙調沈醉東風、春情：細雨和燕子春泥。【燕子銜泥】馬致遠、般涉調哨遍套、張玉山品草書：灑東窗燕子銜泥。

尼

【仲尼】吳仁卿、越調鬬鵪鶉套、紫花兒序：當日個甯武子、左丘明、我仲尼。【魯仲尼】湯式、南呂一枝花套、素蘭、梁州：緯天經地魯仲尼。

旎

【旖旎】湯式、雙調湘妃遊月宮、春閨情：楊柳團煙青旖旎。

⊙梅

【小梅】吳弘道、中呂上小樓：喚小梅。【枯梅】張可久、雙調折桂令、遊太乙宮：點冰綃竹院枯梅。【探梅】張可久、中呂朝天子、探梅：水西，探梅。汪元亨、中呂朝天子、歸隱：灞陵橋探梅。【尋梅】張可久、越調寨兒令、春晚次韻：踏雪尋梅。【寒梅】湯式、南呂一枝花套、素蘭、梁州：也不弱月桂寒梅。湯式、南呂一枝花套、贈玉芝春、梁州：溫柔似，瘦伶仃雪裏寒梅。

媒

【無媒】汪元亨、雙調折桂令、歸隱：徑路無媒。【蜂媒】薛昂夫、南呂一枝花套、贈小園春、梁州第七：五七雙蝶使蜂媒。

眉

【兩眉】汪元亨、雙調雁兒落過得勝令、歸隱：還家縱兩眉。【畫眉】張可久、中呂朝天子、閨情：與誰，畫眉。張可久、雙調水仙子、春晚：妒晴山淺畫眉。徐再思、商調梧葉兒、春思：只等待風流畫眉。【愁眉】張可久、雙調折桂令、別懷：山斂愁眉。關漢卿、雙調喬牌兒套、錦上花：展放愁眉。【蛾眉】張可久、雙調折桂令、閨思：休畫蛾眉。張可久、商調梧葉兒、鑑湖宴集：仙客領蛾眉。張可久、商調梧葉兒、第一樓醉書：歌斂翠蛾眉。張可久、雙調沈醉東風、胡容齋使君壽：小蠻歌翠袖蛾眉。張可久、中呂粉蝶兒套、春思、耍孩兒：淡青山蹙損了蛾眉。張可久、雙調水仙子、春思：掩粧臺懶畫蛾眉。湯式、雙調湘妃遊月宮、春閨情：一春愁，積儹下壓損了蛾眉。【雙眉】無名氏、仙呂賞花時套、幺：厭的皺了雙眉。【顰眉】張可久、中呂紅綉鞋、偕周子榮遊湖：喜西子不顰眉。【八字眉】貫雲石、南呂金字經：愁堆八字眉。【柳葉眉】張可久、雙調落梅風、春情：桃花面，柳葉眉。【翠顰眉】盧摯、中呂朱履曲、雪中黎正卿招飲賦此五章命楊氏歌之：淺酌清歌翠蹙眉。【展眼舒眉】張可久、仙呂點絳唇套、翻歸去來辭、鵲踏枝：不能够展眼舒眉。【苦眼鋪眉】無名氏、中呂普天樂：橫枝兒苦眼鋪眉。【螓首蛾眉】汪元亨、雙調沈醉東風、歸田：眼開除螓首蛾眉。

嵋

【峨嵋】湯式、南呂一枝花套、詠素蟾、梁州：明滴溜趁清風又下峨嵋。

蘪

【荼蘪】張可久、中呂粉蝶兒套、春思：開遍荼蘪。張可久、中呂朝天子、訪九皐使君：一庭香雪糝荼蘪。

纍⊙

【青子纍纍】湯式、雙調風入松、尋春不遇：綠陰滿青子纍纍。【高塚纍纍】湯式、中呂普天樂、姑蘇懷古：臥麒麟高塚纍纍。

罍

【金罍】湯式、雙調湘妃引、山中樂四闋贈友人：金盤露滴金罍。

羸

【尫羸】盧摯、雙調蟾宮曲：十載尫羸。曾瑞、中呂山坡羊過青哥兒、過分水關：病體尫羸。

隨⊙

【行隨】曾瑞、般涉調哨遍套、羊訴寃、耍孩兒：坐守行隨。【相隨】貫雲石、越調鬭鵪鶉套、憶別、紫花兒：百步相隨。張養浩、中呂朱履曲：擡手舞月相隨。無名氏、正宮六幺令套、尾：一波動萬波相隨。湯式、南呂一枝花套、贈錢塘鑷者、梁州：雖然道事清修，一藝相隨。【追隨】汪元亨、雙調折桂令、歸隱：猿鶴追隨。湯式、中呂普天樂、送丁起東同陝：再相逢何處追隨。【難隨】無名氏、中呂山坡羊：事難隨。【步步隨】湯式、雙調壽陽曲、蹴踘：脚到處春風步步隨。【背後隨】馬致遠、般涉調耍孩兒套、借馬：意遲遲背後隨。【童僕隨】張可久、仙呂點絳唇套、翻歸去來辭、油葫蘆：有歡迎童僕隨。【鬼相隨】張可久、越調寨兒令、春晚次韻：森羅殿鬼相隨。【相趁相隨】湯式、正宮脫布衫帶小梁州、四景爲儲公子賦—春：小奚奴相趁相隨。

齊⊙

【雲齊】張養浩、雙調寨兒令、綽然亭獨坐：稼苗雲齊。【夷齊】吳仁卿、越調鬭鵪鶉套、紫花兒序：殷商中餓殺了夷齊。【整齊】關漢卿、南呂一枝花套、杭州景、梁州：百十里街衢整齊。【不能齊】關漢卿、雙調喬牌兒套、慶宣和：鳧短鶴長不能齊。【北斗齊】吳仁卿、越調鬭鵪鶉套、調笑令：黃金探到北斗齊。【兩班齊】吳仁卿、越調鬬鵪鶉套、幺：百官文武兩班齊。【草芽齊】張養浩、中呂喜春來、探春：青出的草芽齊。【與天齊】馬致遠、中呂粉蝶兒套：大元洪福與天齊。【綠草齊】劉時中、雙調新水令套、代馬訴冤、駐馬聽：再誰想三月襄陽綠草齊。【壓棟齊】湯式、南呂一枝花套、爲越中沙子正賦：橫柯壓棟齊。【樂聲齊】吳仁卿、越調鬬鵪鶉套、聖藥王：奏一派樂聲齊。【洪福天齊】馬致遠、中呂粉蝶兒套：贊堯仁洪福天齊。【高與雲齊】張可久、雙調折桂令、遊太乙宮：華山高與雲齊。

囘⊙

【不囘】汪元亨、中呂朝天子、歸隱：朱顏不囘。【空囘】無名氏、正宮六幺令、幺：錦鱗不遇又空囘。【初囘】徐再思、雙調蟾宮曲、江淹寺：一夢初囘。汪元亨、正宮醉太平、警世：驚蝶夢初囘。【春囘】徐再思、雙調蟾宮曲、紅梅：粉面春囘。【夢囘】張可久、雙調水仙子、春思：玉關夢囘。【驚囘】曾瑞、南呂罵玉郎過感皇恩採茶歌、閨中聞杜鵑：將曉夢驚囘。曾瑞、南呂四塊玉、閨情：恰待團圓夢驚囘。【顏囘】張可久、中呂朝天子、湖上：壽過顏囘。【十數囘】張養浩、雙調淸江引、詠秋日海棠：見一日繞觀十數囘。【客夢囘】馬致遠、雙調壽陽曲、漁燈暗，客夢囘。【春夢囘】貫雲石、南呂金字經：玉堂春夢囘。【望君囘】商左山、雙調潘妃曲：投至望君囘。【凱歌囘】吳仁卿、越調鬬鵪鶉套、小桃紅：齊和凱歌囘。【幾時囘】關漢卿、中呂古調石榴花套、怨別、三台滾鮑老：絕鱗翼，斷信息，幾時囘。【曉夢驚囘】貫雲石、越調鬬鵪鶉套、憶別、調笑令：似繁華曉夢驚囘。

徊

【徘徊】汪元亨、雙調折桂令、歸隱：杖履徘徊。張可久、雙調折桂令、遊太乙宮：短策徘徊。湯式、南呂一枝花套、詠素蟾、梁州：梅花窗外徘徊。

廻

【輪廻】汪元亨、雙調沈醉東風、歸田：築板牆物理輪廻。吳仁卿、越調鬬鵪鶉套、調笑令：也跳不出是處輪廻。【四週廻】張可久、商調梧葉兒、靈隱寺：山色四週廻。【燕子廻】盧摯、中呂喜春來、和則明韻：海棠開後燕飛廻。

圍⊙

【一圍】曾瑞、般涉調哨遍套、塵腰、四：包弄春風玉一圍。【山圍】曾瑞、中呂山坡羊過青歌兒、過分水關：過山圍。【四圍】張養浩、中呂朝天曲：翠微，四圍。【紅圍】張養浩、中呂紅綉鞋、贈美妓：海棠軒綠繞紅圍。【珠圍】曾瑞、般涉調哨遍套、塵腰：翠繞珠圍。張可久、越調寨兒令、春晚次韻：錦雲中翠繞珠圍。【重圍】劉時中、雙調新水令套、代馬訴冤、得勝令：救先主出重圍。【腰圍】無名氏、仙呂賞花時套、煞尾：瘦腰圍。關漢卿、雙調碧玉簫：一搦腰圍。【山水圍】張養浩、雙調落梅引：出門山水圍。【少年圍】曾瑞、般涉調哨遍套、塵腰、一：翠當頭横攙了少年圍。【玉一圍】湯式、雙調沈醉東風、和陸進之韻：受用煞春風玉一圍。【珠翠圍】湯式、般涉哨遍套、新建构欄教坊求賛、三煞：氣概似紫雲樓珠翠圍。【滿四圍】馬致遠、般涉哨遍套、張玉山品草書：文錦編挑滿四圍。【錦綉圍】湯式、正宮脫布衫帶小梁州、四景爲儲公子賦—春：翠幄銀屏錦綉圍。【水繞山圍】盧摯、雙調蟾宮曲、麗華：掛殘陽水繞山圍。

幃

【孤幃】張可久、中呂粉蝶兒套、春思、堯民歌：淸耿耿離魂繞孤幃。【屏幃】關漢卿、南呂一枝花套、杭州景、梁州：行一步扉面屏幃。湯式、商調望遠行、四景題情、冬：雪花風飄飄冷透屏幃。【羅幃】曾瑞、南呂罵玉郎過感皇恩採茶歌、閨中聞杜鵑：這綉羅幃。張可久、雙調折桂令、閨思：夢斷羅幃。【春透幃】貫雲石、南呂金字經：夜來春透幃。

帷

（同幃）【翠屏帷】湯式、南呂一枝花套、爲越中沙子正賦：似生成一片翠屏帷。

違

【相違】無名氏、中呂山坡羊：志相違。吳仁卿、越調鬬鵪鶉套、聖藥王：暫時相賞莫相違。【久相違】張可久、中呂粉蝶兒套、春思、堯民歌：因此上美甘甘風月久相違。【心願違】張可久、仙呂點絳唇套、翻歸去來辭、天下樂：願世情人我心願違。【與世違】汪元亨、雙調雁兒落過得勝令、歸隱：雲山與世違。【願皆違】張可久、仙呂點絳唇套、翻歸去來辭、金盞兒：任富貴願皆違。【壽與心違】馬致遠、雙調慶東原、嘆世：可惜都壽與心違。

嵬

【崔嵬】張可久、雙調折桂令、遊太乙宮：老樹崔嵬。

危

【無危】汪元亨、中呂朝天子、歸隱：窮居野處保無危。【傾危】盧摯、雙調蟾宮曲、麗華：嘆南朝六代傾危。【左慈危】曾瑞、般涉調哨遍套、羊訴寃：拂石能逃左慈危。【性命危】吳仁卿、越調鬬鵪鶉套：想爵祿高，性命危。

爲

【所爲】貫雲石、越調鬬鵪鶉套、憶別：佳人所爲。【何爲】徐再思、雙調蟾宮曲、江淹寺：悶也何爲。【難爲】劉時中、雙調新水令套、代馬訴寃、尾：休說站驛難爲。【垂拱無爲】馬致遠、中呂粉蝶兒套：袞龍衣垂拱無爲。

⊙肥

【元肥】曾瑞、般涉調哨遍套、塵腰、六煞：寬窄裏元肥。【空肥】張可久、雙調湘妃怨、懷古：戰馬空肥。【蟹肥】曾瑞、南呂四塊玉、樂飲：紫蟹肥。【玉髓肥】湯式、雙調沈醉東風、江村卽事：螯烹玉髓肥。【韭苗肥】馬致遠、般涉調哨遍套：桔槔一水韭苗肥。【蕨芽肥】趙顯宏、雙調殿前歡、閑居：東林春盡蕨芽肥。【羨輕肥】汪元亨、正宮醉太平、警世：比身不肯羨輕肥。【養得肥】薛昂夫、中呂朝天曲：原來養得肥。【霜蟹肥】張可久、南呂金字經、環綠亭上：酒香霜蟹肥。【鱖魚肥】喬吉、中呂滿庭芳、漁父詞：春水鱖魚肥。

奇⊙

【奇】貫雲石、南呂金字經：香暖金爐酒滿杯，奇。【山奇】關漢卿、南呂一枝花套、杭州景：水秀山奇。【何奇】曾瑞、般涉調哨遍套、羊訴寃：蓴菜鱸魚有何奇。【希奇】曾瑞、般涉調哨遍套、塵腰、耍孩兒：揀四時錦綉希奇。【更奇】張養浩、中呂朝天曲：翠微，更奇。【清奇】湯式、南呂一枝花套、贈草聖：四寶清奇。張可久、雙調折桂冋、贈胡存善：胸次清奇。湯式、南呂一枝花套、爲越中沙子正賦、梁州：端實蕭爽清奇。【新奇】湯式、南呂一枝花套、贈錢塘鑷者、梁州：白象梳出落得新奇。湯式、雙調湘妃引、山中樂四闋贈友人：展幽懷別有新奇。【稀奇】張養浩、雙調胡十八：忒稀奇。朱權、小石天上謠：窮通得失，有甚稀奇。【精奇】王擧之、雙調折桂令、鶴骨笛：錦字精奇。【魁奇】湯式、雙調天香引、贈友：慷慨魁奇。【天賦奇】貫雲石、雙調清江引、詠梅：冰姿迥然天賦奇。【分外奇】湯式、南呂一枝花套、贈妓素蘭：比羣芳分外奇。【字樣奇】馬致遠、般涉調哨遍套、張玉山品草書：據劃畫難，字樣奇。【別樣奇】湯式、南呂一枝花套、贈玉芝春：比春花別樣奇。【雨亦奇】張可久、雙調殿前歡、湖上宴集：山空濛，雨亦奇。【山色稀奇】張可久、仙呂點絳唇套、翻歸去來辭、尾聲：對南山山色稀奇。

騎

【誰騎】劉時中、雙調新水令套、代馬訴冤、尾：從今去誰買誰騎。【駿騎】湯式、仙呂點絳唇：混江龍：怎做的追風駿騎。

期

【期】貫雲石、南呂金字經：芳草萋萋人未歸，期。【子期】張可久、雙調折桂回、贈胡存善：解高山流水子期。【心期】關漢卿、中呂古調石榴花套、怨別、酥棗兒：眼約心期。【何期】貫雲石、越調鬬鵪鶉套、憶別、紫花兒：後約何期。湯式、商調集賢賓套、客窗值雪：遊子去何期。【佳期】張可久、雙調慶宣和、春晚病起：肯誤佳期。張可久、雙調湘妃怨、春思：辜負佳期。阿魯威、雙調蟾宮曲、湘夫人：渺渺秋風，洞庭木葉，盼望佳期。【後期】曾瑞、中呂喜春來、相思：翡翠成雙約後期。【歸期】貫雲石、雙調殿前歡：數歸期。張可久、雙調折桂令、別懷：何日歸期。張可久、中呂粉蝶兒套、春思、迎仙客：屈指歸期。關漢卿、雙調碧玉簫：盼斷歸期。張養浩、中呂朱履曲：到參商才說歸期。【天上期】張可久、南呂金字經、情：女牛天上期。【未有期】張可久、中呂粉蝶兒套、春思、尾聲：盼佳期未有期。【杳無期】張可久、中呂粉蝶兒套、春思、堯民歌：冷清清雲雨杳無期。【無盡期】吳仁卿、越調鬬鵪鶉套、幺：歡喜無盡期。【燕鶯期】張可久、中呂粉蝶兒套、春思、紅綉鞋：知那裏燕鶯期。張可久、雙調水仙子、春晚：情牽柳下燕鶯期。【鍾子期】關漢卿、雙調大德歌：我是箇香閨裏鍾子期。

旗

【征旗】吳仁卿、鬬鵪鶉套、幺：太平無事罷征旗。【青旗】王伯成、越調鬬鵪鶉套：牆外舞青旗。【雲旗】阿魯威、雙調蟾宮曲、湘夫人：幸帝子來遊，孔蓋雲旗。【降旗】曾瑞、中呂快活三過朝天子、老風情：雨雲鄉納降旗。【酒旗】無名氏、雙調水仙子、郊行即事：山風酒旗。張養浩、中呂朝天曲：牧笛酒旗。【旌旗】湯式、般涉哨遍套、新建构欄教坊求贊：拽搨了旌旗。湯式、雙調天香引、贈友：柳陰森風颭旌旗。湯式、雙調沈醉東風、姑蘇懷古：館娃宮柳暗旌旗。【爲旗】阿魯威、雙調蟾宮曲、少司命：趁駕回風，逍遙雲際，翡翠爲旗。【皁鵰旗】張可久、雙調湘妃怨、懷古：秋風遠塞早鵰旗。

棋

【琴棋】馬致遠、般涉調哨遍套：偕來筍蕨，客至琴棋。【殘棋】湯式、雙調天香引、代友人書、其六　事朦朧如數着殘棋。【圍棋】薛昂夫、雙調蟾宮曲、題爛柯石橋：懶朝元石上圍棋。【觀棋】張可久、雙調沈醉東風、晚春席上：鶴來庭下觀棋。【一枰棋】汪元亨、正宮醉太平、警世：看高人着盡一枰棋。【不死棋】趙顯宏、雙調殿前歡、閒居：下無生不死棋。【爛柯棋】張可久、越調柳營曲、包山書事：看一局柯爛棋。【謝安棋】張可久、商調梧葉兒、鑑湖宴集：懶對謝安棋。

祇

【神祇】曾瑞、中呂山坡羊、嘆世：昧神祇。曾瑞、般涉調哨遍套、羊訴冤、耍孩兒：許下浙江等處惡神祇。

岐

【臨岐】貫雲石、越調鬥鵪鶉套、憶別、紫花兒：執手臨岐。

兮⦿

【去來兮】李伯瞻、雙調殿前歡、省悟：去來兮，黃花爛漫滿東籬。【歸去來兮】徐再思、雙調水仙子、重九：再誰題歸去來兮。張可久、中呂普天樂、次韻歸去來：和一篇歸去來兮。汪元亨、雙調折桂令、歸隱：望南山歸去來兮。張養浩、中呂普天樂、辭參議還家：榮華休戀，歸去來兮。

畦

【菜畦】張養浩、越調寨兒令、綽然亭獨坐：看兒童汲泉澆菜畦。

攜

（同携）【笑相攜】盧摯、中呂朱履曲、訪立軒上人：玉頰霜髯相攜。

蹊

【花蹊】關漢卿、南呂一枝花套、杭州景、梁州：藥圃花蹊。【蹺蹊】無名氏、仙呂賞花時套：這證候兒敢蹺蹊。

移⦿

【難移】徐再思、雙調蟾宮曲、紅梅：冰霜心一片難移。【小窗移】吳仁卿、越調鬥鵪鶉套、元宵：歸來梅影小窗移。【花影移】張可久、南呂金字經、情：角門花影移。【坐間移】吳仁卿、越調鬥鵪鶉套套、聖藥王：當喫得席前花影坐間移。【晉鼎移】張可久、仙呂點絳唇套、翻歸去來辭　寄生草：從教那晉鼎移。【款款移】馬致遠、般涉調耍孩兒套、借馬：怕坐的困尻包兒款款移。【棹輕移】張可久、中呂紅綉鞋、偕周子榮遊湖：搖曳歌聲棹輕移。【物換星移】朱權、小石天上謠：轉回頭物換星移。

兒

【群兒】盧摯、雙調蟾宮曲、襄陽懷古：且聽甚群兒。【一遭兒】盧摯、雙調壽陽曲、夜憶：是必你來會一遭兒。

霓

【氛霓】阿魯威、雙調蟾宮曲、少司命：一掃氛霓。

猊

【金猊】馬致遠、中呂粉蝶兒套：簾開紫霧，香噴金猊。【猙猊】湯式、南呂一枝花套、贈草聖、梁州：渴驥猙猊。

麑

（同猊）【鉏麑】吳仁卿、越調鬬鵪鶉套、鬼三臺：嘆鉏麑。

姨

【風姨】張可久、雙調水仙子、春晚：掃殘紅怨煞風姨。

夷

【希夷】張可久、雙調折桂令、遊太乙宮：睡煞希夷。趙顯宏、雙調殿前歡：回頭那顧名和利，付與希夷。【伯夷】張可久、中呂朝天子、湖上：飽似伯夷。【華夷】吳仁卿、越調鬬鵪鶉套、元宵：一統華夷。湯式、南呂一枝花套、詠素蟾、梁州：險送了華夷。馬致遠、中呂粉蝶兒套：錦綉簇華夷。【鴟夷】阿魯威、雙調蟾宮曲：後夜相思，明月煙波，一舸鴟夷。【舊華夷】關漢卿、南呂一枝花套、杭州景：亡宋家舊華夷。【華陽武夷】湯式、中呂普天樂、送丁起東回陜：知他在華陽武夷。【萬里華夷】湯式、般涉哨遍套、新建构欄教坊求贊：笑談間，平吞了萬里華夷。

荑

【留荑】阿魯威、雙調蟾宮曲、少司命：共堂下蘼蕪，綠葉留荑。【柔荑】湯式、南呂一枝花套、贈妓素蘭、梁州：素檀心，抽揀出柔荑。

疑

【九疑】阿魯威、雙調蟾宮曲、湘夫人：靈剡剡兮空山九疑。【何疑】曾瑞、般涉調哨遍套、羊訴冤：告朔何疑。【先疑】徐再思、仙呂一半兒、春情：眉傳雨恨母先疑。【猜疑】湯式、雙調天香引、代友人書、其六：越思量越凭猜疑。【復奚疑】張可久、仙呂點絳唇套、翻歸去來辭、金盞兒：樂天知命復奚疑。

宜

【相宜】湯式、南呂一枝花套、贈妓素蘭、梁州：種種相宜。　湯式、南呂一枝花套、贈妓素蘭、梁州：幽齋結珮相宜。　張可久、中呂朝天子、湖上：風清月白總相宜。曾瑞、中呂快活三過朝天子、老風情：簪花人老不相宜。曾瑞、般涉調哨遍套、羊訴寃：於四時中無不相宜。【便宜】張養浩、中呂山坡羊：落便宜。張養浩、雙調雁兒落兼得勝令：如今便宜。汪元亨、雙調折桂令、歸隱：快樂便宜。張養浩、中呂朱履曲：得便宜是落便宜。　劉時中、中呂紅綉鞋、勸收心：早巴箇你前程便宜。盧摯、雙調蟾宮曲：都不如快活了便宜。【偏宜】貫雲石、越調鬪鵪鶉套、憶別：妙舞偏宜。【總宜】薛昂夫、南呂一枝花套、贈小園春、餘音：千金價總宜。【兩相宜】孫周卿、雙調水仙子、山居自樂：朝吟暮醉兩相宜。【總相宜】白樸、中呂陽春曲、知幾：樂山樂水總相宜。

儀

【李儀】吳仁卿、越調鬪鵪鶉套、鬼三臺：論才學不如晉李儀。【來儀】湯式、般涉哨遍套、新建构欄敎坊求贊：周鳳來儀。【容儀】湯式、南呂一枝花套、贈玉芝春、梁州：我猜是許飛瓊托化的容儀。【像儀】湯式、南呂一枝花套、贈人、尾聲：麟閣終當繪像儀。【美容儀】湯式、雙調湘妃引、題情：生香玉碾就美容儀。【解禮儀】湯式、般涉哨遍套、新建构欄敎坊求贊、二煞：引戲每叶宮商解禮儀。

怡

【笑顏怡】張可久、仙呂點絳脣套、翻歸去來辭、油葫蘆：我則是常把笑顏怡。

遺

【拾遺】吳仁卿、越調鬪鵪鶉套、小桃紅：路不拾遺。

啼⊙

【復啼】張養浩、雙調落梅引：山猿又復啼。【悲啼】湯式、越調柳營曲、途中春暮：鶯兒燕兒悲啼。關漢卿、中呂普天樂、崔張十六事：奈時間怎不悲啼。【猿啼】滕賓、中呂普天樂：夜月猿啼。【亂啼】張可久、南呂金字經、稽山春晚：鶯亂啼。【鶯啼】盧摯、雙調蟾宮曲、麗華：燕舞鶯啼。張可久、中呂朝天子、遊春：樹底鶯啼。張可久、雙調水仙子、春愁：聽西園恰恰鶯啼。【子規啼】無名氏、雙調沽美酒過太平令：芳樹外子規啼。【井邊啼】湯式、商調知秋令、秋夜：絡緯井邊啼。【杜鵑啼】王伯成、越調鬪鵪鶉套：惹起杜鵑啼。關漢卿、中呂古調石榴花套、怨別：垂楊影裏杜鵑啼。【窗外啼】馬致遠、雙調清江引、野興：山禽曉來窗外啼。【猿夜啼】張可久、越調柳營曲、包山書事：青山萬里猿夜啼。【錦鳩啼】張養浩、越調寨兒令、綽然亭獨坐：白日遲，錦鳩啼。【曉鶯啼】關漢卿、雙調碧玉簫：簾外曉鶯啼。無名氏、雙調沽美酒過太平令：綠窗外曉鶯啼。【鷓鴣啼】張可久、雙調水仙子、春思：山花紅雨鷓鴣啼。曾瑞、中呂山坡羊過青哥兒、過分水關：行不動哥哥鷓鴣啼。曾瑞、中呂山坡羊過青哥兒、過分水關：痛恨殺傷情鷓鴣啼。【哭哭啼啼】關漢卿、中呂古調石榴花套、怨別、催鮑老：哀哀怨怨，哭哭啼啼。【燕語鶯啼】湯式、雙調湘妃遊月宮、春閨情：隔珠簾燕語鶯啼。【鶯兒亂啼】汪元亨、正宮醉太平、警世：怪鶯兒亂啼。

蹄

【馬蹄】曾瑞、般涉調哨遍套、塵腰、三：好向嵬坡襯馬蹄。【銀蹄】劉時中、雙調新水令套、代馬訴冤、駐馬聽：玉驄銀蹄。【穩着蹄】馬致遠、般涉調耍孩兒套、借馬：磚瓦上休教穩着蹄。

提

【休提】劉時中、中呂山坡羊、燕城述懷：便休提。孫周卿、雙調水仙子、山居自樂：事事休提。白樸、越調天淨沙、冬：樽前萬事休提。張養浩、中呂朱履曲：鳳凰池再也休提。【大家提】吳仁卿、越調鬪鵪鶉套、聖藥王：葫蘆今後大家提。

題

【先題】曾瑞、般涉調哨遍套、塵腰、二：不索先題。【分題】張可久、雙調水仙子、春日郊行：吟詩馬上分題。【品題】湯式、南呂一枝花套、素蘭、尾聲：恁待要筆尖上品題。【曾題】貫雲石、越調鬪鵪鶉套、憶別：良友曾題。【閑題】湯式、南呂一枝花套、贈妓素蘭、梁州：賞蘭亭修禊閑題。【須題】湯式、雙調風入松、尋春不遇：鮫綃風月須題。【詩題】張可久、中呂紅綉鞋、題惠山寺：眼前處處詩題。關漢卿、南呂一枝花套、杭州景、梁州：一陀兒一句詩題。【褒題】湯式、南呂一枝花套、爲越中沙子正賦：但將翰墨褒題。湯式、南呂一枝花套、贈玉芝春、梁州：甘泉宮有句褒題。【堪題】關漢卿、雙調碧玉簫：秋景堪題。關漢卿、南呂一枝花套、杭州景、梁州：堪羨堪題。王伯成、越調鬪鵪鶉套：揚鞭指處，堪畫堪題。【雪月題】張養浩、雙調雁兒落兼得勝令：課會風花雪日題。【把詩題】張可久、雙調湘妃怨、春思：懶尋梧葉把詩題。【高士留題】馬致遠、般涉調哨遍套、張玉山品草書：消翰林一贊，高士留題。【指甚爲題】張可久、越調寨兒令、閨怨：眼睜睜指甚爲題。

鎚⊙

【鉗鎚】無名氏、中呂普天樂：也不索下鉗鎚。【耳腮上鎚】湯式、商調望遠行、四景題情、冬：玉纖手、忙將這俏寃家耳腮上鎚。

垂

【下垂】無名氏、正宮六幺令套、尾：千尺絲綸直下垂。【低垂】汪元亨、中呂朝天子、歸隱：蕙帳低垂。關漢卿、越調鬬鵪鶉套、女校尉：舞袖低垂。曾瑞、南呂罵玉郎過感皇恩採茶歌、閨中聞杜鵑：簾幕低垂。無名氏、雙調沽美酒帶過太平令：翠盤中綵袖低垂。【簾幕垂】馬致遠、商調水仙子套：暑光催，鎮日不將簾幕垂。【雨淚雙垂】馬致遠、般涉調耍孩兒套、借馬：道一聲好去，早雨淚雙垂。【雪崩露垂】湯式、南呂一枝花套、贈草聖、梁州：指其掌，畫其腹，雪崩露垂。【簾幕低垂】湯式、雙調沈醉東風、和陸進之韻：串烟微簾幕低垂。

陲

【南陲】湯式、般涉哨遍套、新建构欄教坊求贊、一煞：聲播南陲。

陪⊙

【追陪】湯式、南呂一枝花套、詠素蟾、梁州：廣寒嬌寢，帳裏追陪。【相陪】張可久、仙呂點絳唇套、翻歸去來辭、鵲踏枝：共琴書自相陪。

培

【栽培】湯式、南呂一枝花套、贈玉芝春：無地可栽培。湯式、南呂一枝花套、贈妓素蘭、梁州：錦窖兒栽培。

皮

【面皮】無名氏、雙調壽陽曲：惱翻小姐搗了面皮。【頭皮】曾瑞、中呂迎仙客、風情：硬頂着頭皮。【亘蟒皮】馬致遠、般涉調哨遍套、張玉山品草書：峻峭橫拖亘蟒皮。【反了面皮】馬致遠、般涉調耍孩兒套、借馬：不借時反了面皮。【羊質虎皮】汪元亨、雙調折桂令、歸隱：鄙高位羊質虎皮。【貼骨黏皮】張養浩、中呂朱履曲：少不得直做的貼骨黏皮。

蘷⊙

【姜蘷】張可久、雙調折桂令、贈胡存善：製暗香疏影姜蘷。

池⊙

【天池】張可久、中呂紅綉鞋、偕周子榮遊湖：向蓮開雲錦天池。阿魯威、雙調蟾宮曲、少司命：晞髮陽阿，洗劍天池。【冰池】張可久、越調天淨沙、寒夜書事：月移影落冰池。【盆池】薛昂夫、南呂一枝花套、贈小圓春、梁州第七：唾津兒浸滿盆池。【咸池】阿魯威、雙調蟾宮曲、湘夫人：行折瓊枝，發軔蒼梧，飲馬咸池。【習池】盧摯、雙調蟾宮曲、襄陽懷古：誰家日暮習池。【草池】張可久、雙調落梅風、春晚：尋花徑，夢草池。【瑤池】張可久、雙調殿前歡、湖上宴集：宴瑤池。馬致遠、中呂粉蝶兒套：王母下瑤池。湯式、商調集賢賓套、客窗值雪、金菊香：看別人吹簫跨鳳上瑤池。【臨池】張可久、黃鍾人月圓、會稽懷古：試墨臨池。【寶池】張可久、商調梧葉兒、靈隱寺：青蓮出寶池。【龍池】張可久、雙調湘妃怨、蘇堤即事：秋雲醉墨灑龍池。【養魚池】馬致遠、般涉調哨遍套：荷花二畝養魚池。【墨作池】湯式、南呂一枝花套、贈草聖、梁州：可知道，筆塚纍纍墨作池。【謝家池】汪元亨、正宮醉太平、警世：正春風草滿謝家池。【玄圃瑤池】湯式、中呂普天樂、送丁起東同陝：知他在玄圃瑤池。【紫府瑤池】湯式、般涉哨遍套、新建构欄教坊求贊、三煞：風流似，崑崙山紫府瑤池。【閬苑瑤池】吳仁卿、越調鬭鵪鶉套、元宵：閑遊在閬苑瑤池。

馳

【奔馳】湯式、仙呂點絳唇……混江龍：不會奔馳。湯式、越調柳營曲、途中春暮：車兒馬兒奔馳。湯式、雙調沈醉東風、姑蘇懷古：等閑間麋鹿奔馳。【朝馳】阿魯威、雙調蟾宮曲、湘夫人：促江皐騰駕朝馳。【驅馳】劉時中、雙調新水令套、代馬訴寃、折桂令：免不得奔走驅馳。朱權、小石天上謠：歎人生何苦驅馳。

遲

【歸遲】無名氏、雙調水仙子、郊行即事：爲尋詩不覺歸遲。【日遲】無名氏、雙調沽美酒過太平令：怕的是日遲。【春遲】劉時中、越調小桃紅：恨春遲。張可久、雙調殿前歡、春晚：怨春遲。【來遲】張可久、仙呂點絳唇套、翻歸去來辭、混江龍：悔恨來遲。張可久、雙調折桂令、別懷：錦字來遲。湯式、雙調風入松、尋春不遇：可憐杜牧來遲。張可久、雙調沈醉東風、九月十日見桃花：去年崔護來遲。【信遲】張可久、中呂朝天子、道院中碧桃：青鸞信遲。【書遲】張可久、雙調水仙子、春思：錦字書遲。【凌遲】曾瑞、般涉調哨遍套、羊訴寃、二：必然是萬剮凌遲。【陵遲】劉時中、雙調新水令套、代馬訴冤、尾：百般地將刑法陵遲。【遲遲】姚燧、雙調撥不斷、四景：日遲遲。【樊遲】馬致遠、般涉調哨遍套：快活煞學圃樊遲。【白日遲】張養浩、越調寨兒令、綽然亭獨坐：白日遲，錦鳩啼。【玉漏遲】張可久、南呂金字經、情：寶鼎香寒玉漏遲。【出岫遲】張可久、雙調沈醉東風、晚春席上：相伴閒雲出岫遲。【相見遲】張可久、雙調湘妃怨、春思：畫眉郎相見遲。【夜眠遲】盧摯、中呂喜春來、和則明韻：愛月夜眠遲。【後悔遲】湯式、黃鍾出隊子、酒色財氣四首—氣：直殺得血濺陰陵後悔遲。【怨春遲】張可久、越調寨兒令、春晚次韻：猶自怨春遲。【晝日遲】張可久、雙調沈醉東風、幽居：鸂鶒杯中晝日遲。【曉粧遲】徐再思、商調梧葉兒、春思：鸞鏡曉粧遲。【麗日遲】白樸、雙調得勝樂、春：麗日遲，和風習。【覺來遲】胡祗遹、中呂喜春來、春景：綠窗春睡覺來遲。【雙鯉遲遲】張可久、中呂粉蝶兒套、春思、十二月：盼音書雙鯉遲遲。

墀

【丹墀】張養浩、雙調雁兒落兼得勝令：往常時秉笏立丹墀。吳仁卿、越調鬬鵪鶉套、聖藥王：教坊司承應在丹墀。

持

【扶持】曾瑞、中呂山坡羊過青哥兒、過分水關：誰肯扶持。【相持】汪元亨、雙調雁兒落過得勝令、歸隱：鷸蚌任相持。【禁持】王伯成、越調鬬鵪鶉套：酒力禁持。湯式、雙調湘妃遊月宮、春閨情：愁和病最苦禁持。【護持】湯式、南呂一枝花套、素蘭、尾聲：也消得誘檻雕欄謹護持。湯式、南呂一枝花套、贈玉芝春、尾聲：也消得依畫閣、近蘭堂、著箇欄干謹護持。【冷禁持】無名氏、中呂普天樂：枕頭兒上冷禁持。

脾⊙

【惹蜜脾】張可久、雙調水仙子、春愁：飛絮蜂房惹蜜脾。【蜂兒蜜脾】盧摯、雙調沈醉東風、春情：殘花醞蜂兒蜜脾。

鼙

【鼓鼙】馬致遠、雙調慶東原、嘆世：秋風助鼓鼙。

迷⊙

【先迷】薛昂夫、南呂一枝花套、贈小園春、梁州第七：脚步長杜甫先迷。【烟迷】滕賓、中呂普天樂：淡烟迷。【昏迷】曾瑞、中呂山坡羊過青哥兒、過分水關：泪眼昏迷。無名氏、仙呂賞花時套、幺：烘酎半晌又昏迷。湯式、雙調湘妃遊月宮、春閨情：芸心隨落日昏迷。湯式、雙調天香引、代友人書、其六：越聰明越佸昏迷。【雲迷】張可久、中呂上小樓、春思：楚岫雲迷。【着迷】曾瑞、南呂罵玉郎過感皇恩採茶歌、閨中聞杜鵑：狂客江南正着迷。張可久、越調寨兒令、閨怨：意懸懸爲你着迷。【淒迷】張養浩、中呂紅綉鞋、贈美妓：楊柳霧曉淒迷。張可久、中呂粉蝶兒套、春思、耍孩兒：暮雲烟樹淒迷。【萋迷】湯式、雙調沈醉東風、遊龍泉寺：山腰空翠萋迷。【猶迷】薛昂夫、雙調蟾宮曲、題爛柯石橋：局勢猶迷。【路迷】張可久、中呂朝天子、探梅：剡溪、路迷。【去留迷】張可久、仙呂點絳唇套、翻歸去來辭、金盞兒：委心不爲去留迷。【肉陣迷】盧摯、中呂喜春來、和則明韻：步障行看肉陣迷。【烟樹迷】張可久、南呂金字經、稽山春晚：滿川烟樹迷。【遠烟迷】貫雲石、越調鬪鵪鶉套、憶別、聖藥王：遙岑十二遠烟迷。【暗塵迷】張可久、中呂粉蝶兒套、春思、迎仙客：鸞鏡暗塵迷。【翠烟迷】張養浩、越調寨兒令、綽然亭獨坐：桑柘翠烟迷。【翠霧迷】馬致遠、仙呂青哥兒、三月：紅雪飄香翠霧迷。【塵土迷】關漢卿、中呂古調石榴花套、怨別、三台滾鮑老：鸞臺懶傍塵土迷。【芳草煙迷】王伯成、越調鬪鵪鶉套、綠茸茸芳草煙迷。【細柳深迷】湯式、南呂一枝花套、贈人、梁州：八卦營細柳深迷。【燕草荒迷】張可久、仙呂點絳唇套、翻歸去來辭：田園內、燕草荒迷。【霧繞雲迷】湯式、雙調天香引、代友人書、其六：望三山霧繞雲迷。

誰⊙

【有誰】湯式、南呂一枝花套、贈錢塘鑷者、梁州：近日，有誰。【怕誰】曾瑞、中呂快活三過朝天子、老風情：有風聲我怕誰。【是誰】張養浩、雙調慶東原：知他誰是誰。【恨誰】張可久、中呂朝天子、道院中碧桃：翠蛾恨誰。【憑誰】湯式、雙調天香引、代友人書、其六：消息憑誰。【心爲誰】貫雲石、南呂金字經：不知心爲誰。【爲他誰】馬致遠、南呂四塊玉、嘆世：使碎心機爲他誰。【怨他誰】劉時中、雙調新水令套、代馬訴冤：世無伯樂怨他誰。【訴與誰】關漢卿、中呂古調石榴花套、怨別、牆頭花：悶懨離愁，空教我訴與誰。

蕤⊙

【葳蕤】湯式、南呂一枝花套、素蘭、梁州：丹穎葳蕤。湯式、雙調天香引、贈友：華裾織翠葳蕤。【翠葵蕤】湯式、雙調湘妃引、送友還鄉：淡烟蒙草翠葵蕤。

維惟○黎黧梨藜醨離
离鸝驪麗狸蜊蠡𩬅○
蘺○莓枚煤湄楣糜醾
○雷檑○隋○臍○闈
韋巍桅○淝○琦碕萁
旂祈祁其畿耆鬐萁麒
琪蘄○奚○鯢倪輗痍
嶷鷖沂彝貽眙飴圯頤
虵○醍綈稊○裴○葵
虒𨔵○篪○頹魑○疲
比毗羆○彌瀰○擢

【對偶】張可久、仙呂點絳唇套、翻歸去來兮、混江龍：問征夫以行路，恨晨光之熹微。湯式、雙調湘妃遊月宮、春閨情：鶯瀝瀝如訴淒涼，燕喃喃似說別離。湯式、南呂一枝花套、贈草聖、梁州：有陰陽偃仰精微，無偏枯向背支離。湯式、雙調湘妃引、送友還鄉：昨日開畫船西湖歡笑，今日供祖帳東門嘆息，來日唱陽關南浦別離。張可久、仙呂點絳唇套、翻歸去來辭、鵲踏枝：纔過西郊，適興東籬。湯式、南呂一枝花套、素蘭、梁州：也不弱月桂寒梅，便休題杜若江蘺。張可久、雙調水仙子、春日郊行：蒼烟喬木，殘陽翠微，茅店疎籬。湯式、雙調湘妃遊月宮、春閨情：靠銀牀倦眼乜斜，濕金衣清泪淋漓。湯式、越調柳營曲、途中春暮：帽沾飛絮雪，衣染落花泥。胡祗遹、中呂喜春來、春景：閒花醞釀蜂兒蜜，細雨調和燕子泥。盧摯、雙調沈醉東風、春情：殘花醞釀蜂兒蜜脾，細雨和燕子香泥。湯式、般涉哨遍套、新建构欄教坊求贊：天香蕩颺酒旗風，甘露調和落花泥。薛昂夫、南呂一枝花套、贈小園春、梁州第七：一兩箇鶯儔燕侶，五七雙蝶使蜂媒。張可久、雙調落梅風、春情：桃花面，柳葉眉。　張可久、中呂普天樂、別情：花迎笑眼，柳妒愁眉。　汪元亨、雙調雁兒落過得勝令、歸隱：去國籠雙袖，還家縱兩眉。　汪元亨、雙調沈醉東風、歸田：口消鎔龍肝鳳髓，眼開除螓首蛾眉。　湯式、雙調湘妃遊月宮、春閨情：三分病、積漸裏消磨了玉肌；一春愁、積儹下壓損了蛾眉。　張可久、雙調沈醉東風、胡容齋使君壽：仙客舞玄裳縞衣，小蠻歌翠袖蛾眉。　湯式、雙調湘妃引、山中樂四闋贈友人：寶篆香燃寶獸，玉乳茶浮玉杯，金盤露滴金罍。　曾瑞、中呂山坡羊過青哥兒、過分水關：泪眼昏迷，病體尫羸。　無名氏、中呂山坡羊：志相違，事難隨。　張可久、越調寨兒令、春晚次韻：安樂窩人未醒，森羅殿鬼相隨。　貫雲石、越調鬬鵪鶉套、憶別、紫花兒：一頭相見，兩意相投，百步相隨。　汪元亨、正宮醉太平、警世：怪鶯兒亂啼，驚蝶夢初回。　曾瑞、南呂罵玉郎過感皇恩採茶歌、閨中聞杜鵑：把春酲喚起，將曉夢驚回。　湯式、南呂一枝花套、詠素蟾、梁州：楊柳樓心弄影，娑羅樹底揚輝，竹葉樽中蕩漾，梅花窗外徘徊。　曾瑞、般涉調哨遍套、麈腰：金粧錦砌，翠繞珠圍。　張養浩、雙調落梅引：入室琴書伴，出門山水圍。　張養浩、中呂紅綉鞋、贈美妓：荼蘼院風香雪霽，海棠軒綠繞紅圍。　湯式、般涉哨遍套、新建构欄教坊求贊、三煞：豁達似綵霞觀金碧粧，氣概似紫雲樓珠翠圍。　張可久、中呂粉蝶兒套、春思、堯民歌：冷清清雲雨杳無期，靜巉巉燈火掩深閨，淸耿耿離魂繞孤幃。　曾瑞、般涉調哨遍套、羊訴冤：馭車善致晉侯歡，拂石能逃左慈危。　徐再思、雙調蟾宮曲、江淹寺：失又何愁，得之何喜，悶也何為。　貫雲石、越調鬬鵪鶉套：良友曾題，佳人所為。　張可久、越調寨兒令、春晚次韻：紅漸稀，綠將肥。　張可久、南呂金字經、環綠亭上：水冷溪魚貴，酒香霜蟹肥。　湯式、南呂一枝花套、為越中沙子正賦、梁州：雖無華麗芳菲，端實蕭爽清奇。　張可久、南呂金字經：雲雨山頭暗，女牛天上期。　張可久、中呂粉蝶兒套、紅綉鞋：落誰家風月館，知那裏燕鶯期。　曾瑞、中呂喜春來、相思：鴛鴦作對關前世，翡翠成雙約後期。　曾瑞、中呂快活三過朝天子、老風情：鶯花寨不受敵，雨雲鄉納降旗。　湯式、雙調天香引、贈友：門靜肅霜明劍戟，柳陰森風颭旌旗。

湯式、雙調沈醉東風、姑蘇懷古：長洲花苑明劍戟，館娃宮柳暗旌旗。 馬致遠、般涉調哨遍套：僧來筍蕨，客至琴棋。 張可久、越調柳營曲、包山書事：吟幾篇絕句詩，看一局柯爛棋。湯式、雙調天香引、代友人書、其六：心蕩漾、似一縷遊絲，事朦朧、如數着殘棋。 張可久、商調梧葉兒、鑑湖宴集：背寫蘭亭字，熟讀秦望碑，懶對謝安棋。 汪元亨、正宮醉太平、警世：嘆世人用盡千般計，笑時人倚盡十分勢，看高人著盡一枰棋。 馬致遠、般涉調哨遍套：茅廬竹徑，藥井蔬畦。 徐再思、雙調蟾宮曲、紅梅：桃杏色十分可喜，冰霜心一片難移。 吳仁卿、越調鬬鵪鶉套、鬼三臺：笑豫讓，嘆鉏麑。張可久、中呂朝天子、湖上：壽過顏回，飽似伯夷。 湯式、雙調天香引、代友人書、其六：越聰明越恁昏迷，越思量越恁猜疑。 湯式、般涉哨遍套、新建构欄教坊求贊：魯麟呈瑞，周鳳來儀。 湯式、南呂一枝花套、贈人、尾：金甌應已藏名諱，麟閣終當繪像儀。吳仁卿、越調鬬鵪鶉套、鬼三臺：論功勞勝似燕樂毅，論才學不如晉李儀。 馬致遠、雙調壽陽曲：蝶慵戲，鶯倦啼。 張養浩、越調寨兒令、綽然亭獨坐：白日遲，錦鳩啼。 滕賓、中呂普天樂：秋天雁唳，夜月猿啼。 張養浩、雙調落梅引：野鶴才鳴罷，山猿又復啼。 湯式、越調柳營曲、途中春暮：車兒馬兒奔馳，鶯兒燕兒悲啼。 湯式、雙調湘妃遊月宮、春閨情：近綠窗蜂喧蝶鬧，臨寶鏡鸞愁鳳泣，隔珠簾燕語鶯啼。 張養浩、中呂朱履曲：鸚鵡杯從來有味，鳳凰池再也休提。張可久、中呂紅綉鞋、題惠山寺：舌底朝朝茶味，眼前處處詩題。 湯式、雙調風入松、尋春不遇：鴛枕雨雲幽夢，鮫綃風月須題。 湯式、般涉哨遍套、新建构欄教坊求贊、一煞：名揚北冀，聲播南陲。 張可久、仙呂點絳唇套、豳歸去來辭、鵲踏枝：與猿鶴久忘機，共琴書自相陪。 湯式、南呂一枝花套、贈妓素蘭、梁州：玉盤兒生長，錦窖兒栽培。 張可久、雙調折桂回、贈胡存善：解流水高山子期，製暗香疏影姜夔。 張可久、雙調落梅風、春晚：尋花徑，夢草池。 阿魯威、雙調蟾宮曲、少司命：晞髮陽阿，洗劍天池。 張可久、黃鍾人月圓、會稽懷古：燒丹傍井，試墨臨池。 張可久、中呂紅綉鞋、偕周子榮遊湖：綠柳暗金沙佛地，白蓮開雲錦天池。 湯式、中呂普天樂、送丁起東回陝：知他在華陽武夷，知他在丹山赤水，知他在玄圃瑤池。　貫雲石、越調鬬鵪鶉套、憶別、聖藥王：風物熙，麗日遲。　姚燧、雙調撥不斷、四景：草萋萋，春遲遲。　張可久、雙調落梅風、春晚次韻：金樽盡，玉漏遲。　張可久、雙調沈醉東風、九月十日見桃花：前度劉郎老矣，去年崔護來遲。　湯式、雙調風入松、尋春不遇：莫問劉晨去遠，可憐杜牧來遲。　張可久、中呂粉蝶兒套、春思、十二月：傳芳信歸鴻杳杳，盼音書雙鯉遲遲。　汪元亨、雙調雁兒落過得勝令、歸隱：雞鶩亂爭食，鷸蚌任相持。　馬致遠、雙調慶東原、嘆世：明月閑旌旆，秋風助鼓鼙。　張可久、中呂粉蝶兒套、春思、迎仙客：獸爐香篆息，鸞鏡暗塵迷。　張養浩、中呂紅綉鞋、贈美妓：梨花雲春淡蕩，楊柳霧曉淒迷。　湯式、雙調沈醉東風、遊龍泉寺：海眼靈泉滴瀝，山腰空翠淒迷。　薛昂夫、南呂一枝花套、贈小園春、梁州第七：眼孔大劉晨未識，脚步長杜甫先迷。　盧摯、中呂喜春來、和則明韻：騷壇坐遍詩魔退，步障行看肉陣迷。　張可久、中呂上小樓、春思：燕國天寒，吳江月冷，楚岫雲迷。　湯式、雙調湘妃遊月宮、春閨情：香魂趁飛絮悠揚，薄命逐遊絲飄蕩，芳心隨落日昏迷。　湯式、雙調天香引、代友人書、其六：疼熱因他，悽惶爲我，消息憑誰。

入作平

⊙實

【老實】貫雲石、越調鬬鵪鶉套、憶別：心腸老實。【眞實】湯式、南呂一枝花套、贈玉芝春、梁州：向花神試問箇眞實。【顛又實】馬致遠、般涉調哨遍套、張玉山品草書：寫的來狂又古、顛又實。

十

【九十】薛昂夫、南呂一枝花套、贈小園春、餘音：桃源洞光陰減九十。【先過了三十】盧摯、雙調蟾宮曲：百歲光陰，先過了三十。

石

【木石】曾瑞、中呂快活三過朝天子、老風情：人心爭奈不是木石。【金石】湯式、般涉哨遍套、新建构欄教坊求贊、四煞：絲竹金石。馬致遠、般涉調哨遍套、張玉山品草書：堪爲家寶，可上金石。【怪石】馬致遠、般涉哨遍套、張玉山品草書：點一點似怪石。【屏石】薛昂夫、南呂一枝花套、贈小園春、梁州第七：手心兒擎得起屏石。【藥石】湯式、南呂一枝花套、詠素蟾、尾聲：更不須調和藥石。【鐵石】湯式、南呂一枝花套、爲越中沙子正賦、梁州：一樣肝腸似鐵石。【長怪石】關漢卿、南呂一枝花套、杭州景、梁州：相對着險嶺高峯長怪石。【雪浪石】湯式、般涉哨遍套、新建构欄教坊求贊：雪浪石，撈遍了東海金星。【望夫石】張可久、中呂粉蝶兒套、春思、耍孩兒：倚危樓、險化做望夫石。【紫英石】湯式、南呂一枝花套、贈草聖：吐烟雲、香徹紫英石。

食

【衣食】張養浩、中呂山坡羊：得些衣食。【求食】劉時中、中呂紅綉鞋、勸收心：賣笑求食。【爭食】汪元亨、雙調雁兒落過得勝令、歸隱：雞鶩亂爭食。【堂食】張養浩、中呂山坡羊：也似堂食。薛昂夫、中呂朝天曲：殺了供堂食。【寒食】貫雲石、越調鬬鵪鶉套、憶別、禿廝兒：雨霏霏，寒食。湯式、越調柳營曲、途中春暮：何處度寒食。張可久、中呂滿庭芳、春日閨思：梨花暮雨寒食。張養浩、雙調胡十八：正值花明柳媚大寒食。【傷食】曾瑞、中呂快活三過朝天子、自誤：多一口便傷食。【寢食】張養浩、中呂朝天曲：寢食，不離。【飲食】無名氏、仙呂賞花時套：夢斷魂勞怕飲食。【餓不死食】馬致遠、般涉調哨遍套：有一口餓不死食。

蝕

【日月交蝕】喬吉、中呂滿庭芳、漁父詞：綸竿上日月交蝕。

拾

【收拾】張可久、中呂朝天子、閨情：小意收拾【快收拾】關漢卿、越調鬬鵪鶉套、女校尉、小桃紅：諸餘裏快收拾。

直⊙

【黃魯直】馬致遠、般涉調哨遍套、張玉山品草書：顏眞卿蘇子瞻、米元章黃魯直。【曲曲直直】馬致遠、般涉調哨遍套、張玉山品草書：沈沈著著、曲曲直直。

値

【價値】湯式、南呂一枝花套、贈妓素蘭、尾聲：如意朶、珊瑚枝、有價値。

疾⊙

【忘疾】張養浩、越調天淨沙：社燕秋鴻忘疾。【病疾】關漢卿、雙調碧玉簫：知他是甚病疾。無名氏、仙呂賞花時套：臥枕看牀染病疾。【偏疾】關漢卿、越調鬬鵪鶉套、女校尉、紫花兒：

令扇拐偏疾。【日月疾】白樸、中呂陽春曲、知幾：日月疾、白髮故人稀。【走得疾】馬致遠、般涉調耍孩兒套、借馬：下坡時休教走得疾。【砌得疾】湯式、般涉調哨遍套、新建构欄教坊求贊、七煞：風火牆裏砌得疾。【歲月疾】關漢卿、雙調喬牌兒套：不停閑歲月疾。【攧斷的疾】朱權、小石天上謠：把光陰攧斷的疾。

集

【湊集】關漢卿、南呂一枝花套、杭州景：一閧地人烟湊集。【樂章集】貫雲石、越調鬬鵪鶉套、憶別、調笑令：柳七、樂章集。【樂星集】湯式、般涉調哨遍套、新建构欄教坊求贊、耍孩兒：眞乃是紫微宮殿樂星集。

藉

【狼藉】王伯成、越調鬬鵪鶉套：春色飄零、花事狼藉。

⊙夕

【朝夕】貫雲石、越調鬬鵪鶉套、憶別、禿廝兒：寓錢塘悶度朝夕。

習

【和風習】白樸、雙調得勝樂、春：麗日遲、和風習。【盡眞習】馬致遠、般涉調哨遍套、張玉山品草書：懷素遺風盡眞習。【和風習習】吳仁卿、越調鬬鵪鶉套：和風習習。

席

【筵席】吳仁卿、越調鬬鵪鶉套、幺：朝廷聖壽做筵席。張養浩、中呂朱履曲：止不過多喫些筵席。

襲

【香襲】曾瑞、般涉調哨遍套、塵腰：粉汗香襲。

⊙敵

【征敵】劉時中、雙調新水令套、代馬訴冤、得勝令：果必有征敵。【受敵】曾瑞、中呂快活三過朝天子、老風情：鶯花寨不受敵。【無敵】吳仁卿、越調鬬鵪鶉套、紫花兒序：四海無敵。曾瑞、般涉調哨遍套、羊訴冤：據雲山水陸無敵。【賽敵】馬致遠、般涉調哨遍套、張玉山品草書：寰宇四海、應無賽敵。【不許當敵】關漢卿、中呂古調石榴花套、怨別、賣花聲煞：愁山悶海、不許當敵。

笛

【玉笛】張可久、雙調沈醉東風、胡容齋使君壽：桂子香中品玉笛。【長笛】徐再思、雙調蟾宮曲、紅梅：何處長笛。【牧笛】張養浩、中呂朝天曲：牧笛、酒旗。【弄笛】貫雲石、雙調清江引、詠梅：休教畫樓三弄笛。【龍笛】吳仁卿、越調鬬鵪鶉套、聖藥王：有鳳簫象板共龍笛。

及⊙【不及】湯式、南呂一枝花套、素蘭：群芳百不及。【殃及】劉時中、雙調新水令套、代馬訴寃、折桂令：索扭蠻腰將足下殃及。【難及】曾瑞、般涉調哨遍套、羊訴寃：本性善群獸難及。【色怎及】湯式、南呂一枝花套、贈妓素蘭、尾聲：芙蓉色怎及。

極【官品極】關漢卿、雙調碧玉簫：官品極、到底成何濟。

逼⊙【火氣逼】無名氏、仙呂賞花時套、幺：忽的渾身如火氣逼。【名利逼】曾瑞、中呂山坡羊過青哥兒、過分水關：區區祇因利逼。

賊【是爲賊】吳仁卿、越調鬭鵪鶉套、聖藥王：方知道老而不死是爲賊。【負心賊】張可久、越調寨兒令、閨怨：罵你箇負心賊。曾瑞、中呂喜春來、閨怨：世間你是負心賊。

什射○姪秩擲○嫉葺

寂○荻狄逖糴○惑○

劾

【對偶】

貫雲石、越調鬭鵪鶉套、憶別：體態溫柔、心腸老實。薛昂夫、南呂一枝花套、贈小園春、餘音：楚陽臺雲雨無三尺、桃源洞光陰減九十。湯式、般涉哨遍套、新建构欄教坊求贊、四煞：土匏革木、絲竹金石。張可久、中呂滿庭芳、春日閨思：江樹春雲野水、梨花暮雨寒食。喬吉、中呂滿庭芳、漁父詞：釣臺下風雲慶會、綸竿上日月交蝕。湯式、南呂一枝花套、贈妓素蘭、尾聲：並頭蓮、合歡草、多清致；如意朶、珊瑚枝、有價値。白樸、雙調得勝樂、春：麗日遲、和風習。吳仁卿、越調鬭鵪鶉套：天氣融融、和風習習。馬致遠、般涉調哨遍套：梨花樹底三杯酒，楊柳陰中一片席。吳仁卿、越調鬭鵪鶉套、紫花兒序：一人有慶、五穀豐登、四海無敵。湯式、南呂一枝花套、贈妓素蘭、尾聲：海棠嬌莫比、芙蓉色怎及。

上聲

⊙尾

【楚尾】喬吉、中呂滿庭芳、漁父詞：吳頭楚尾。【燕尾】徐再思、雙調清江引、苕溪：馳鳳兩橋分燕尾。【獸尾】湯式、般涉哨遍套、新建构欄教坊求贊、飛雲棟磣可可、簷角高舒惡獸尾。【藏頭露尾】張可久、仙呂點絳唇套、翻歸去來辭、那吒令：省藏頭露尾。

⊙倚

【倦倚】張可久、中呂上小樓、春思：屏山倦倚。【徧倚】張可久、越調天淨沙、閨怨：十二闌干徧倚。【和悶倚】張可久、中呂粉蝶兒套、春思、迎仙客：綉牀幾番和悶倚。【松枯倒倚】盧摯、雙調沈醉東風、秋景：掛絕壁松枯倒倚。

攲

【珊枕攲】馬致遠、商調水仙子套：悶悶懨懨、把珊枕攲。

椅

【亢金椅】馬致遠、中呂粉蝶兒套：穩坐盤龍亢金椅。

蟻

【綠蟻】吳仁卿、越調鬬鵪鶉套、元宵、拚沈醉頻頻綠蟻。【船鬬蟻】張可久、雙調清江引、湖上晚望：東西往來船鬬蟻。

矣

【老矣】張可久、雙調沈醉東風、九月十日見桃花：前度劉郎老矣。【晚矣】張可久、中呂普天樂、道情：悔之晚矣。

已

【未已】貫雲石、越調鬬鵪鶉套、憶別、金蕉葉：一曲陽關未已。【心未已】湯式、黃鍾出隊子、酒色財氣四首——氣：半乾坤心未已。【春事已】張可久、雙調落梅風、春晚：荒涼故園春事已。【能何已】張可久、仙呂點絳唇套、翻歸去來辭、金盞兒：寓形宇內能何已。

⊙美

【更美】貫雲石、越調鬬鵪鶉套、憶別：清歌更美。【酒美】張可久、雙調折桂令、別懷：留客醉魚肥酒美。【韻美】曾瑞、中呂快活三過朝天子、自誤：肉肥甘酒韻美。無名氏、雙調沽美酒帶過太平令：鄭觀音琵琶韻美。【贊美】張養浩、中呂山坡羊、驪山懷古：生、人贊美，死、人贊美。【豔美】湯式、般涉哨遍套、新建构欄教坊求贊、耍孩兒：更顯得鶯花豔美。【八輔美】馬致遠、中呂粉蝶兒套：六合清、八輔美。【風韻美】李壽卿、雙調壽陽曲：添得醋來風韻美。【鸞韻美】馬致遠、般涉調哨遍套、張玉嵓草書：舞鳳戲翔鸞韻美。【雞肋味美】湯式、南呂一枝花套、贈錢塘鏁者、尾聲：也須是雞肋味美。

⊙蛾　【布蛾】曾瑞、般涉調哨遍套、塵腰、六煞：針脚兒如布蛾。

幾　【有幾】張可久、中呂滿庭芳、感興簡王公實：光陰有幾。薛昂夫、南呂一枝花套、贈小園春：趲得過繁華有幾。【能有幾】張可久、雙調湘妃怨、懷古：女妖嬈能有幾。

己　【自己】張養浩、中呂山坡羊：毒害到頭傷了自己。【害己】吳仁卿、越調鬬鵪鶉套、鬼三臺：官商害己。馬致遠、雙調慶東原、嘆世：豈不知財多害己。

⊙鬼　【無常鬼】張可久、中呂普天樂、道情：內外無常鬼。

⊙悔　【時節悔】劉時中、雙調新水令套、代馬訴冤：怕你東討西征那時節悔。

卉　【異卉】湯式、南呂一枝花套、素蘭、梁州：若非、異卉。【靈根異卉】湯式、南呂一枝花套、贈玉芝春、尾聲：他須是靈根異卉。【仙葩聖卉】湯式、南呂一枝花套、贈妓素蘭、梁州：天謫下仙葩卉。

⊙比　【細細比】曾瑞、般涉調哨遍套、塵腰、二：仲纖腰細細比。【嬌莫比】湯式、南呂一枝花套、贈妓素蘭、尾聲：海棠嬌莫比。【與群芳比】湯式、南呂一枝花套、素蘭：不與群芳比。

⊙禮　【進禮】吳仁卿、越調鬬鵪鶉套、元宵：諸邦進禮。【拜禮】吳仁卿、越調鬬鵪鶉套：施拜禮。

里　【千里】商左山、雙調潘妃曲：一點青燈人千里。【萬里】貫雲石、越調鬬鵪鶉套、憶別、聖藥王：客萬里。曾瑞、中呂山坡羊過青哥兒、過分水關：家萬里。張可久、中呂上小樓、春思：前程萬里。薛昂夫、中呂山坡羊、筱步：回首有情風萬里。湯式、雙調沈醉東風、遊龍泉寺：清氣滿江南萬里。曾瑞、般涉調哨遍套、羊訴冤、耍孩兒：我也則望前程萬里。【三千里】湯式、般涉哨遍套、新建构欄教坊求贊、三煞：俯雕欄，目窮天塹三千里。【三萬里】湯式、商調集賢賓套、客窗值雪、金菊香：眞乃是、平地白雲三萬里。【五十里】薛昂夫、南呂一枝花套、贈小園春、餘音：錦步幛，何須五十里。【四十里】湯式、南呂一枝花套、贈人、尾聲：先築沙隄四十里。【家萬里】張可久、雙調清江引、秋懷：西風信來家萬里。馬致遠、雙調壽陽曲、瀟湘夜雨：孤舟五更家萬里。【封侯百里】馬致遠、般涉調哨遍套：誰羨封侯百里。【前程萬里】關漢卿、雙調沈醉東風：好者者望前程萬里。

裏

【那裏】張可久、中呂粉蝶兒套、春思、耍孩兒：日近長安那裏。【表裏】吳仁卿、越調鬬鵪鶉套、元宵：絳綃樓上笙歌沸、冰輪表裏。【洞裏】張可久、雙調沈醉東風、九月十日見桃花：冷落似天臺洞裏。張可久、雙調沈醉東風、晚春席上：題詩在呼猿洞裏。【浪裏】喬吉、中呂滿庭芳、漁父詞：桃花浪裏。【這裏】張養浩、中呂朱履曲：却原來、好光景都在這裏。【畫裏】張可久、雙調沈醉東風、胡容齋使君壽：人醉倚蓬瀛畫裏。薛昂夫、中呂山坡羊、筱步：如畫裏，【夢裏】曾瑞、南呂四塊玉、樂飲：魂夢裏。無名氏、南呂玉交枝：都祇是南柯夢裏。貫雲石、雙調清江引、詠梅：有時節暗香來夢裏。【鏡裏】薛昂夫、中呂山坡羊、筱步：如鏡裏。張可久、商調梧葉兒、鑑湖宴集：人醉在紅香鏡裏，【空翠裏】湯式、雙調湘妃引、山中樂四闋贈友人：石筍高撑空翠裏，【風波裏】馬致遠、雙調清江引、野興：便作釣魚人、也在風波裏，

【春夢裏】曾瑞、中呂山坡羊、嘆世：富貴一場春夢裏。【秋夢裏】張可久、雙調清江引、秋懷：芭蕉雨聲秋夢裏。【殘照裏】馬致遠、雙調壽陽曲、山市晴嵐：四圍山、一竿殘照裏。【殘夢裏】張可久、越調寨兒令、春晚次韻：一聲杜鵑殘夢裏。【魂夢裏】曾瑞、中呂快活三過朝天子、自誤：正胡蝶魂夢裏。【鏡兒裏】湯式、南呂一枝花套、贈妓素蘭、尾聲：雪窗下玲瓏鏡兒裏。【圖畫裏】張可久、雙調水仙子、郊行即事：天然圖畫裏。湯式、雙調湘妃引、送友還鄉：春光圖畫裏。張養浩、雙調落梅引：每日樂陶陶、輞川圖畫裏。張養浩、中呂山坡羊、未央懷古：東、也在圖畫裏，西、也在圖畫裏。張養浩：中呂朝天曲：不知他在圖畫裏。徐再思、雙調清江引、苕溪：身在董元圖畫裏。【畫圖裏】王伯成、越調鬬鵪鶉套：堪寫在、丹青畫圖裏。湯式、南呂一枝花套、素蘭、尾聲：則除是、描入明窗畫圖裏。【夢兒裏】張可久、中呂粉蝶兒套、春思、尾聲：則除是一枕餘香夢兒裏，【嗚珂巷裏】關漢卿、越調鬬鵪鶉套、女校尉：蹴踘場中、嗚珂巷裏。【旌旗影裏】馬致遠、中呂粉蝶兒套：龍蛇動旌旗影裏。【瀟湘畫裏】盧摯、

雙調沈醉東風、秋景：載我在瀟湘畫裏。【麒麟畫裏】盧摯、雙調沈醉東風、退步：也不入麒麟畫裏。張可久、雙調沈醉東風、幽居：到強似麒麟畫裏。

理

【道理】劉時中、雙調新水令套、代馬訴冤、尾：全無道理。湯式、南呂一枝花套、贈錢塘鑷者：他偏愛、淸淡淡仙家道理。【連理】湯式、南呂一枝花套、贈妓素蘭、梁州：影雙雙連理。【物理】關漢卿、雙調喬牌兒套：世情推物理。劉時中、中呂山坡羊、燕城述懷：得失到頭皆物理。【調理】關漢卿、雙調碧玉簫：醫、越恁的難調理。【整理】無名氏、仙呂賞花時套、煞尾：把我瘦損龐兒整理。【談玄講理】張可久、仙呂點絳唇套、翻歸去來辭、那吒令：共談玄講理。【眞如妙理】無名氏、正宮六幺令套、幺：說破眞如妙理。

蠡

【范蠡】吳仁卿、越調鬪鵪鶉套：棄職休官、張良范蠡。湯式、雙調沈醉東風、姑蘇懷古：再不見范蠡。【越范蠡】張可久、中呂朝天子、湖上：閑如越范蠡。關漢卿、雙調喬牌兒套、歇拍煞：江湖越范蠡。

履

【珠履】吳仁卿、越調鬪鵪鶉套、元宵：鳳燭高張照珠履。

⊙底

【月底】湯式、南呂一枝花套、詠素蟾：耍性兒傍星前月底。【山月底】馬致遠、雙調淸江引、野興：樵夫覺來山月底。【耳根底】曾瑞、南呂罵玉郎過感皇恩採茶歌、閨中聞杜鵑：頭直上耳根底。【將到底】張可久、仙呂點絳唇套、翻歸去來辭、金盞兒：嘻遑遑將到底。【歌扇底】薛昂夫、南呂一枝花套、贈小園春：舞盤中歌扇底。【殘照底】張養浩、中呂喜春來、探春：殘照底、青出的草芽齊。【蓮帳底】湯式、南呂一枝花套、贈草聖：風流蓮帳底。【謾到底】張養浩、中呂朱履曲：休著這眼皮兒謾到底。【待則甚底】盧摯、雙調沈醉東風、退步：位顯官高待則甚底、【葫蘆架底】湯式、雙調沈醉東風、江村即事：睡倒在葫蘆架底。

⊙洗

【梳洗】張可久、中呂粉蝶兒套、春思、醉春風：倦餘梳洗。【淚洗】張可久、中呂滿庭芳、春日閨思：鉛華淚洗。【盡洗】張可久、中呂滿庭芳、歌者素娟：鉛華盡洗。

徙

【倚徙】張可久、越調天淨沙、雪中酬王一山：十二闌干倚徙。

起⊙

【不起】吳仁卿、越調鬪鵪鶉套、小桃紅：狼煙不起。【未起】汪元亨、中呂朝天子、歸隱：大齋猶未起。吳西逸、中呂紅繡鞋、山居：日高眠未越。【休起】汪元亨、雙調沈醉東風、歸田：龍臥死虎休起。【喚起】胡祇遹、中呂喜春來、春景：誰喚起。王伯成、越調鬪鵪鶉套：詩魔喚起。曾瑞、南呂罵玉郎過感皇恩採茶歌、閨中聞杜鵑：把春醒喚起。張可久、雙調水仙子、春愁：景中情誰喚起。王舉之、雙調折桂令、鶴骨笛：九皋夢聲中喚起。徐再思、仙呂一半兒、春情：口散風聲誰喚起。張可久、雙調落梅風、春晚次韻：杜鵑怕將愁喚起。張可久、中呂山坡羊、閨思：團圓夢兒生喚，【睡起】張可久、雙調落梅風、春情：孤幃玉人初睡起。張養浩、雙調落梅引：響金鐘洞天人睡起。【鬧起】劉時中、雙調新水令套、代馬訴冤：再不敢鞭駿騎，向街頭鬧起。湯式、商調知秋令、夜秋：一弄兒秋聲鬧起。【驚起】無名氏、仙呂賞花時套、幺：滲的寒來恰驚起。【千百起】馬致遠、商調水仙子套：迷留沒亂千百起。【中夜起】張可久、雙調清江引、松江海印精舍：道人不眠中夜起。【西風起】張可久、雙調沈醉東風、九月十日見桃花：紅雨飛、西風起。【吹不起】馬致遠、雙調壽陽曲：莫怪落花吹不起。【初睡起】張可久、雙調水仙子、春晚：日高初睡起。張可久、中呂山坡羊、春日：夢繞綠窗初睡起。張養浩、雙調清江引、詠秋日海棠：端的是太眞妃初睡起。【高掛起】無名氏、雙調壽陽曲：繡簾不教高掛起。【驚覺起】湯式、中呂山坡羊、懷示友人：啼鳥一聲驚覺起。【鶯喚起】張可久、雙調清江引、張子堅席上：遊仙夢成鶯喚起。【三竿未起】湯式、雙調沈醉東風、和陸進之韻：紅日上三竿未起。【朱簾掛起】吳仁卿、越調鬪鵪鶉套、元宵：恣賞翫朱簾掛起。【桑田浪起】薛昂夫、雙調蟾宮曲、題爛柯石橋：恰滾滾桑田浪起。

綺

【散綺】滕賓、中呂普天樂：殘霞散綺。

米⊙

【半米】張養浩、中呂山坡羊：萬事莫教差半米。【細米】汪元亨、雙調沈醉東風、歸田：羅陳稻新春細米。

你⊙

（同伱）【似你】曾瑞、南呂四塊玉、述懷：強似你。【笑你】張養浩、中呂山坡羊：金、也笑你，銀、也笑你。【救你】張養浩、中呂朱履曲：直到那其間誰救你。【也任你】無名氏、中呂山坡羊：賢、也任你，愚、也任你。【成就你】張養浩、中呂山坡羊：天、成就你。【欽敬你】張養浩、中呂山坡羊：人，欽敬你。【救了你】湯式、南呂一枝花套、詠素蟾、尾聲：但能夠、半點兒瓊酥救了你。【誰似你】張可久、中呂朝天子、閨情：不識羞誰似你。【調泛你】無名氏、中呂普天樂：又是那、沒前程的調泛你。【遮蓋你】曾瑞、般涉調哨遍套、塵腰、三：咱須當遮蓋你。【繫著你】曾瑞、般涉調哨遍套、塵腰、尾：我則向心坎上、單單繫著你。【一半兒你】徐再思、仙呂一半兒、春情：一半兒因咱一半兒你。

旎

【旖旎】曾瑞、般涉調哨遍套、塵腰：千古風流旖旎。湯式、南呂一枝花套、贈玉芝春：清淡淡、包含著旖旎。

鄙⊙

【莫鄙】張養浩、中呂山坡羊、驪山懷古：堯舜土階君莫鄙。

喜⊙

【也喜】張養浩、中呂朱履曲：掛冠歸山也喜。

【可喜】徐再思、雙調蟾宮曲、紅梅：桃杏色十分可喜。【暗喜】劉時中、越調小桃紅：春心暗喜。【報喜】湯式、雙調天香引、代友人書、其六：才問肯不住的燈花兒報。【慶喜】馬致遠、中呂粉蝶兒套：樂聲齊衆仙來慶喜。【怒又喜】馬致遠、般涉調哨遍套、張玉嵓草書：寫的來嬌又嗔、怒又喜。【誰不喜】馬致遠、雙調清江引、野興：天之美祿誰不喜。【歡聲笑喜】吳仁卿、越調鬥鵪鶉套、元宵：歌舞動歡聲笑喜。

委⊙

【環翠委】張可久、中呂粉蝶兒套、春思、迎仙客：釵橫環翠委。

體⊙

【玉體】關漢卿、越調鬥鵪鶉套、女校尉：款側金蓮、微挪玉體。【病體】吳弘道、中呂上小樓、春日閨怨：傷春病體。無名氏、仙呂賞花時套、煞尾：覷了這淹煎病體。【素體】曾瑞、般涉調哨遍套、塵腰、四：緊緊得貼素體。【備體】湯式、南呂一枝花套、爲越中沙子正賦、梁州：青鬱鬱柏葉松姿備體。【諸家體】馬致遠、般涉調哨遍套、張玉嵓草書：就中橫穿諸家體。【六書六體】湯式、南呂一枝花套、贈草聖：意懸懸六書六體。【相思病體】盧摯、雙調沈醉東風、春情：醫不可相思病體。

蕊⊙（同蕋）【玉蕊】張可久、雙調沈醉東風、瓊花：蝶粉霜句玉蕊。湯式、南呂一枝花套、贈妓素蘭、梁州：金花粉調和成玉蕊。【破蕊】貫雲石、雙調清江引、詠梅：南枝夜來先破蕊。張可久、中呂滿庭芳、歌者素娟：粉蝶妒寒梅破蕊。【浮花浪蕊】湯式、南呂一枝花套、贈玉芝春、尾聲：你道是浮花浪蕊。湯式、南呂一枝花套、素蘭：無半絲浮花浪蕊。

嘴⊙（同觜）【賣嘴】曾瑞、中呂喜春來、閨怨：休賣觜。【燕蝶】張可久、中呂粉蝶兒套、春思、醉春風：泥香沾燕嘴。

髓⊙【鳳髓】湯式、商調集賢賓套、客窗值雪、逍遙樂：茶烹鳳髓。汪元亨、雙調沈醉東風、歸隱：口消鎔龍肝鳳髓。

水⊙【山水】張養浩、中呂普天樂、閒居：佳山水。【如水】張可久、中呂朝天子、探梅：瑤階如水。【泛水】曾瑞、中呂山坡羊、嘆世：漚泛水。【弄水】張可久、商調梧葉兒、靈隱寺：明月冷雙猿弄水。【活水】張可久、雙調折桂令、遊太乙宮：鳴玉珮松溪活水。【淅水】貫雲石、越調鬪鵪鶉套、憶別、禿廝兒：出郡城愁臨淅水。【流水】湯式、中呂普天樂、姑蘇懷古：孤城流水。薛昂夫、南呂一枝花套、贈小園春、梁州第七：花瓣兒隨手著流水。【淨水】張可久、中呂紅綉鞋：石龍噴淨水。【渭水】白樸、雙調得勝樂、秋：聽落葉西風渭水。曾瑞、般涉調哨遍套、麼腰、五：紅蓮青春，雲射渭水。【看水】張可久、雙調沈醉東風、晚春席上：客坐松眼看水。【野水】張可久、中呂滿庭芳、春日閨思：江樹春雲野水。【綠水】汪元亨、雙調沈醉東風、死田：飽翫亞青山綠水。【鑑水】湯式、南呂一枝花套、爲越中沙子正賦、尾聲：八百里鑑水。【天似水】張可久、雙調清江引、湖上晚望：荷風夜涼天似水。【不在水】湯式、南呂一枝花套、詠素蟾：不在山不在水。【心似水】張可久、仙呂點絳唇套、翻歸去來辭、天下樂：撫孤松心似水。【如逝水】汪元亨、中呂朝天子、歸隱：度流光如逝水。【洞天水】貫雲石、越調鬪鵪鶉套、憶別、尾：桃花洞天水。【涼酪水】無名氏、中呂普天樂：對我喫半碗帶冰凌的涼酪水。【趕上水】關漢卿、雙調大德歌：正撞著一帆風趕上水。【渠流水】關漢卿、南呂一枝花套、杭州景、尾聲：家家掩映渠流水。【無窮水】盧摯、雙調沈醉東風、秋景：一望無窮水。【萬頃水】吳仁卿、越調鬭鵪鶉套尾：綠湛湛長江萬頃水。【潭上水】張可久、中呂朱履曲、爛柯洞：碧雲潭上水。【銀漢水】曾瑞、中呂山坡羊過青哥兒、過分水關：嶺頭兩分了銀漢水。【錯認水】張可久、中呂紅綉鞋、偕周子榮遊湖：飲東陽錯認水。【雙溪水】徐再思、雙調清江引、苕溪：明月雙溪水。【一半兒水】張可久、仙呂一半兒、蒼崖禪師退隱：一半兒青山一半兒水。【丹山赤水】湯式、中呂普天樂、送丁起東同陜：知他在丹山赤水。【青山綠水】吳仁卿、越調鬭鵪鶉：待看青山綠水。【登山翫水】張可久、仙呂點絳唇套、翻歸去來辭、𠯗令：辦登山翫水。【滔滔逝水】關漢卿、雙調喬牌兒套、么篇：急急流年，滔滔逝水。【殘星照水】無名氏、正宮六幺令套、幺：一點殘星照水。【繞門綠水】馬致遠、般涉調哨遍套：對楊青山，繞門綠水。【月明清似水】張可久、雙調清江引、松江海印精舍：梅窗月明清似水。【長天共秋水】湯式、南呂一枝花套、贈草聖、梁州：眞乃是一色長天共秋水。【胭脂一派水】湯式、般涉調哨遍套、新建构欄教坊求贊：地繞着張麗華洗殘粧胭脂一派水。

迤猗○亹○錡扆偯以
苡顗擬艤○浼○几麂
紀○耻侈○捶箠○痞
否嚭圮秕○簋癸軌詭
宄○賄毀譭虺○妣匕
○醴鯉娌李○濟擠○
邸詆柢觝○璽枲屣○
棨啓綮杞豈○弭眯○
禰○彼○蟢○猥唯隗
葦偉○壘磊儡蕾○腿
○餒

【對偶】

曾瑞、南呂四塊玉、樂飲：紫蟹肥，白醪美。

貫雲石、越調鬭鵪鶉套、憶別：妙舞偏宜，清歌更美。　吳仁卿、越調鬭鵪鶉套、鬼三臺：才廣妨身，官高害已。　張可久、中呂普天樂、道情：樽前有限杯，門外無常鬼。　湯式、南呂一枝花套、贈玉芝春、尾聲：你道是浮花浪蕊，他須是靈根異卉。　湯式、南呂一枝花套、贈人、梁州，授之以德，用之以禮。　吳仁卿、越調鬭鵪鶉套：跳出狼虎叢中，不入麒麟畫裏。　湯式、南呂一枝花套、贈錢塘鑷者：誰戀他花撲撲雲路功名，他偏愛清淡淡仙家道理。　馬致遠、雙調清江引、野興：畢卓縛甕邊，李白沈江底。　湯式、南呂一枝花套、贈草聖：瀟灑芸窗下，風流蓮帳底。　張可久、雙調沈醉東風、九月十日見桃花：紅雨飛，西風起。　汪元亨、雙調沈醉東風、歸田：鳳栖殺凰莫飛，龍臥死虎休起。　無名氏、中呂山坡羊：賢，也任你，愚，也任你。　曾瑞、般涉調哨遍套、塵腰、四：常常得靠柳腰，緊緊得貼素體　湯式、南呂一枝花套、贈草聖：意懸懸六書六體，念孜孜八法八訣。　湯式、南呂一枝花套、素蘭：有十分雅態幽姿，無半絲浮花浪蕊。　張可久、中呂粉蝶兒套、春思、醉春風：粉暖倩蜂鬚，泥香沾燕嘴。

張養浩、中呂普天樂、閒居：好田園，佳山水。王伯成、越調鬭鵪鶉套：柳線搖金，桃花泛水。馬致遠、般涉調哨遍套：對榻青山，繞門綠水。盧摯、雙調沈醉東風、秋景：四圍不盡山，一望無窮水。　湯式、南呂一枝花套、爲越中沙子正賦、尾聲：十萬戶會稽，八百里鑑水。　貫雲石、越調鬭鵪鶉套、憶別、尾：暮雨楚臺雲，桃花洞天水。　湯式、南呂一枝花套、詠素蟾：出乎類拔乎萃，不在山不在水。　曾瑞、般涉調哨遍套、塵腰、五：青連紅晚霞然楚山，紅連青春雲射渭水。　吳仁卿、越調鬭鵪鶉套、尾：歸山去的待看翠巍巍千丈巖頭雲，歸湖去的待看綠湛湛長江萬頃水。　湯式、般涉調哨遍套、新建构欄敎坊求贊、五煞：門對着李太白寫新詩鳳凰千尺臺，地繞着張麗華洗殘粧胭脂一派水。　張可久、中呂紅繡鞋、題惠山寺：林鶯傳梵語，巖翠點禪衣，石龍噴淨水。　徐再思、雙調清江引、苕溪：人物風流地，白雲四面山，明月雙溪水。張可久、中呂朱履曲、爛柯洞：蒼松林下月，白石洞中棋，碧雲潭上水。　張可久、中呂紅繡鞋、偕周子榮遊湖：望南山新有雨，喜西子不顰眉，飮東陽錯認水。

入作上

織⊙

【奴耕婢織】馬致遠、般涉調哨遍套：消息奴耕婢耕。

汁

【蜜汁】湯式、雙調風入松、錢塘卽景：翠椀蔗溶蜜汁。

戚⊙

【故戚】張可久、仙呂點絳唇套、翻歸去來辭、那吒令：悅高朋故戚。【親戚】曾瑞、中呂山坡羊過青哥兒、過分水關：無甚親戚。【無主戚】曾瑞、般涉調哨遍套、塵腰、尾：可便半腰裏無主戚。【膠共漆】曾瑞、中呂迎仙客、風清：肉鐵索更粘如膠共漆。

刺⊙

【金針刺】曾瑞、般涉調哨遍套、塵腰、耍孩兒：倒鈎着金針刺。

僻⊙

【茅檐僻】滕賓、中呂普天樂：小徑幽，茅檐僻。

吉⊙

【凶暗吉】關漢卿、雙調喬牌兒套：吉藏凶，凶暗吉。

擊

【將桐樹擊】無名氏、雙調沽美酒帶過太平令：御手親將桐樹擊。

戟

【劍戟】湯式、般涉調哨遍套、新建构欄教坊求贊：銷鎔了劍戟。湯式、雙調天香引、贈友：門靜肅戟明劍戟。湯式、雙調沈醉東風、姑蘇懷古：長洲苑花明劍戟。【畫戟】汪元亨、雙調沈醉東風、歸田：似門排畫戟。【清香畫戟】盧摯、雙調沈醉東風、退步：南柯夢清香畫戟。【清霜畫戟】湯式、南呂一枝花套、贈人：武庫列十二清霜畫戟。

急

【去急】貫雲石、越調鬬鵪鶉套、憶別：金蕉葉：兩字功名去急。【風又急】薛昂夫、雙調天遙過清江引：更那堪晚來風又急。

筆⊙

【健筆】湯式、南呂一枝花套、贈草聖、尾聲：比着那顏眞卿健筆。【呵凍筆】湯式、商調集賢賓套、客窗值雪、尾聲：磨龍香拂花箋呵凍筆。【董狐筆】湯式、南呂一枝花套、贈人、尾聲：寄語公明董狐筆。【下不得筆】關漢卿、南呂一枝花套、杭州景、尾聲：縱有丹青下不得筆。【第一管筆】馬致遠、般涉調哨遍套、張玉嵓草書：四海縱橫第一管筆。

北

【西北】關漢卿、雙調喬牌兒套、夜行船：地下東南，天高西北。【岸北】吳仁卿、越調鬬鵪鶉套：冰銷岸北。【塞北】曾瑞、般涉調哨遍套、羊訴冤：向塞北。【天南地北】關漢卿、雙調沈醉東風：呎尺的天南地北。

失⊙

【得失】朱權、小石天上謠：窮通得失。

室

【秦宮室】馬致遠、雙調清江引、野興：楚霸王燒了秦宮室。

識

【未識】薛昂夫、南呂一枝花套、贈小園春、梁州第七：眼孔大劉晨未識。【見識】張養浩、中呂山坡羊：休使見識。湯式、南呂一枝花套、贈錢塘鑷者：人都道陶潛有見識。【相識】張養浩、雙調胡十八：幸然有酒有相識。【巧見識】湯式、雙調湘妃引、題情：同文錦攢成巧見識。

飾

【繪飾】湯式、南呂一枝花套、爲越中沙子正賦：不假丹青繪飾。

濕

【香霧濕】湯式、雙調壽陽曲、蹴踘：輕衫香霧濕。【珠露濕】湯式、商調知秋令、秋夜：庭空珠露濕。【烏紗翠濕】湯式、正宮脫布衫帶小梁州、四景爲儲公子賦—春：傍柳行烏紗翠濕。【淹衫袖濕】白樸、雙調得勝樂、春：醉酒淹衫袖濕。

唧⊙

【啾唧】曾瑞、中呂山坡羊過靑哥兒、過分水關：草蟲啾唧。

稷

【社稷】吳仁卿、越調鬬鵪鶉套、應元貞：一統了江山社稷。吳仁卿、越調鬬鵪鶉套、尾：願吾皇永掌着江山社稷。

跡

【無踪跡】馬致遠、般涉調哨遍套、張玉喦草書：草書掃地無踪跡。【妙跡】湯式、南呂一枝花套、贈草聖、尾聲：王右軍妙跡。

迹

（同跡）【遁迹】湯式、雙調湘妃引、山中樂四関贈友人：築樓居深遁迹。【隱迹】汪元亨、正宮醉太平、警世：埋名隱迹。【秋無迹】湯式、般涉調哨遍套新建构欄教坊求贊、三煞：光明似辟寒臺水晶宮裏秋無迹。【花落無迹】湯式、南呂一枝花套、贈玉芝春、尾聲：恰不道、一夜瓊花落無迹。

昔⊙

【今之視昔】貫雲石、越調鬬鵪鶉套、憶別、尾：古猶今之視昔。

惜

【可惜】薛昂夫、南呂一枝花套、贈小園春、餘音：堪信道、一寸陰可惜。【愛惜】湯式、南呂一枝花套、素蘭、尾聲：眼皮上愛惜。【憐惜】湯式、南呂一枝花套、贈玉芝春、尾聲：擎將手掌輕憐惜。

息

【休息】湯式、般涉調哨遍套、新建构欄教坊求贊、耍孩兒：香晝裏無休息。湯式、南呂一枝花套、贈錢塘鑷者：一百二十行無休息。【信息】關漢卿、中呂古調石榴花套、怨別、三臺滾鮑老：絕鱗翼，斷信息。湯式、雙調湘妃引、題情：錦迴文難傳信息。【消息】貫雲石、雙調殿前歡：無消息。貫雲石、雙調清江引、詠梅：泄漏春消息。白樸、越調天淨沙、冬：爲問東君消息。關漢卿、雙調大德歌：一春魚雁無消息。劉時中、越調小桃紅：夜來得箇春消息。張可久、中呂粉蝶兒套、春思、耍孩兒：自別來無一紙眞消息。【浪息】湯式、南呂一枝花套、贈人、梁州：江海靜鯨鯢浪息。【脈息】湯式、南呂一枝花套、詠素蟾、尾聲：也不索評診脈息。馬致遠、雙調壽陽曲：相偎相抱診脈息。【將息】關漢卿、雙調沈醉東風：剛道得聲保重將息。【鼻息】汪元亨、正宮醉太平、警世：睡齁齁鼻息。【嘆息】湯式、雙調湘妃引、送友還鄉：今日供祖帳，東門嘆息。湯式、商調集賢賓套、客窗値雪：倚龍泉、數聲長嘆息。張可久、雙調沈醉東風、瓊花：休對我花前嘆息。【香篆息】張可久、中呂粉蝶兒套、春思、迎仙客：獸爐香篆息。【盜賊息】吳仁卿、越調鬬鵪鶉套、小桃紅：戶口增添盜賊息。

尺◉

【三尺】薛昂夫、南呂一枝花套、贈小園春、餘音：楚陽臺雲雨無三尺。【墳三尺】馬致遠、雙調撥不斷：曹公身後墳三尺。

的◉

【坐的】張養浩、中呂朝天曲：坐的，便無酒也令人醉。【怎的】張養浩、越調天淨沙：便得功名待怎的。【落的】張養浩、中呂朝天曲：這的是三十年落的。【眞的】張養浩、中呂普天樂、閒居：說神仙是眞的。【甚的】張養浩、中呂山坡羊：乾圖甚的。吳仁卿、越調鬬鵪鶉套、鬼三臺：待圖個甚的。無名氏、南呂玉交枝：不受用圖箇甚的。【做的】薛昂夫、中呂朝天曲：便得來眞做的。【唱的】張養浩、雙調胡十八：右壁廂唱的。【舞的】張養浩、雙調胡十八：右壁廂舞的。【如畫的】關漢卿、越調鬬鵪鶉套、女校尉：鴛鴦扣體樣如畫的。【少債的】徐再思、雙調清江引、相思：相思有如少債的。【怎用的】劉時中、雙調新水令套、代馬訴寃、得勝令：這驢每怎用的。【閒坐的】張養浩、中呂朝天曲：他也要相陪閒坐的。【落得的】吳仁卿、越調鬭鵪鶉套、元宵：只這的是人生落得的。【別有甚的】曾瑞、般涉調哨遍、羊訴冤、耍孩兒：除我杖外別有甚的。【看做甚的】張養浩、中呂朱履曲：教坊人每做甚的。

滴

【漏滴】吳仁卿、越調鬭鵪鶉、元宵：一任銅壺漏滴。【紅點滴】湯式、雙調湘妃引、送友還鄉：細雨沾花紅點滴。【香銷粉滴】薛昂夫、南呂一枝花套、贈小園春、梁州第七：畫幀上香銷粉滴。【珠璣點滴】湯式、南呂一枝花套、爲越中沙子正賦、梁州：簷露灑珠璣點滴。

德⊙

【天德】湯式、般涉哨遍套、新建构欄教坊求贊：火精熖熖光天德。【思德】貫雲石、越調鬭鵪鶉套、憶別、金蕉葉：牛霎兒難忘思德。

得

【才得】吳仁卿、越調鬭鵪鶉套、聖藥王：我如今近七十恰才得。【再得】湯式、雙調湘妃引、題情：佳人難再得。【落得】無名氏、南呂玉交枝：這的是人生落得，不受用圖箇甚的。【才算得】徐再思、雙調清江引、相思：這本錢見他時才算得。【不記得】張可久、中呂粉蝶兒套、春思、紅綉鞋：話叮嚀不記得。【不記得】無名氏、仙呂賞花時套、煞尾：對看那鏡兒裏容顏不認得。【到不得】湯式、般涉哨遍套、新建构欄教坊求贊、尾：便一萬座梁園也到不得。【捨不得】關漢卿、雙調沈醉東風：痛煞煞教人捨不得。

泣⊙

【悲泣】湯式、南呂一枝花套、詠素蟾：脫殼蟬徒悲泣。【鸞愁鳳泣】湯式、雙調湘妃遊月宮、春閨情：臨寶鏡鸞愁鳳泣。

國⊙

【楚國】湯式、南呂一枝花套、贈妓素蘭：嬌似芷聲揚楚國。【偏邦小國】吳仁卿、越調鬭鵪鶉套、慶元貞：都收了偏邦小國。

黑⊙

【月黑】張養浩、中呂朝天曲：醉歸月黑，盡踏得雲烟碎。【夜黑】張養浩、中呂朝天曲、詠四景、冬：夜黑，險凍的來不得。【晝黑】盧摯、雙調蟾宮曲：五十歲除分晝黑。

一⊙

【第一】曾瑞、般涉調哨遍套、塵腰：懷中第一。張可久、商調梧葉兒、第一樓醉書：醉寫湖山第一。張養浩、中呂山坡羊：本分世間爲第一。

質隻炙隲只○七漆○匠闢劈○激誣棘汲給○適拭軾釋奭○積績脊鯽○必畢蹕蓽碧壁璧甓○錫淅○赤喫勅叱鶒○靮嫡○滌剔踢○吸隙翕檄覡○乞訖

【對偶】

湯式、南呂一花套、贈人：畫架揷三萬舊日牙籤，武庫列十二清霜畫戟。　湯式、般涉哨遍套、新建枸欄教坊求贊：拽塌了旌旗，打滅了烽塵，銷鎔了劍戟。　貫雲石、越調鬬鵪鶉套、憶別、金蕉葉：一曲陽關未已，兩字功名去急。　湯式、南呂一枝花套、爲越中沙子正賦：但將翰墨褒題，不假丹青繪飾。　湯式、雙調壽陽曲、蹴踘：軟履香泥潤，輕衫香霧濕。　曾瑞、中呂山坡羊過青哥兒、過分水關：山雨霏微，草蟲啾唧。　湯式、南呂一枝花套、贈錢塘鑷者：三萬六千日有期限，一百二十行無休息。　曾瑞、南呂四塊玉、閨情：翠黛顰、珠淚滴。　曾瑞、南呂四塊玉、閨情：孤雁悲，寒蛩立。　湯式、南呂一枝花套、贈妓素蘭：俏如蘇名重秦樓，嬌似芷聲揚楚國。　曾瑞、般涉調哨遍套、塵腰：被底無雙，懷中第一。　湯式、南呂一枝花套、贈草聖：瀟灑芸窗下，風流蓮帳底。

去聲

未

【巳未】曾瑞、般涉調哨遍套、羊訴冤：十二宮分了巳未。　【歸未】張可久、中呂上小樓、春思：燕來也那人歸未。　【春歸未】馬致遠、仙呂青歌兒、三月：御柳宮花幾曾知春歸未。　【歸期未】張可久、雙調清江引、秋懷：問我歸期未。　【牡丹開未】張可久、雙調落梅風、春晚：乳鶯啼牡丹開未。　【海棠開未】張可久、中呂上小樓春思：問西園海棠開未。

味

【同味】張養浩、中呂朝天曲：今日才同味。曾瑞、中呂快活三過朝天子、自誤：喫過後須同味。【有味】張養浩、越調天淨沙：若不是濁醪有味。張養浩、中呂朱履曲：鸚鵡杯從來有味。【茶味】張可久、中呂紅綉鞋、題惠山寺：舌底朝朝茶味。【無味】馬致遠、般涉調哨遍套：嚼蠟光陰無味。【珍味】張養浩、中呂山坡羊：如何是珍味。【佳味】劉時中、雙調新水令套、代馬訴冤、尾：嘶饞涎豪客思佳味。【風味】湯式：南呂一枝花套、贈妓素蘭、尾聲：瘦影清香足風味。【滋味】喬吉、中呂滿庭芳、漁父詞：知滋味。薛昂夫、中呂朝天曲：不見眞滋味。曾瑞、般涉調哨遍套、羊訴冤：比我都無滋味。關漢卿、雙調、碧玉簫：陡恁的無滋味。湯式、雙調沈醉東風、江村即事：是江鄉幾般滋味。李壽卿、雙調壽陽曲：試嘗道甚生滋味。【興味】吳西逸、中呂紅繡鞋、山居：薇蕨嫩山林興味。【多風味】馬致遠、越調小桃紅、冬：扶頭枕上多風味。【眞先味】貫雲石、越調鬬鵪鶉套、憶別、調笑令：把臂雙歌眞先味。【琴書味】張可久、仙呂點絳唇套、翻歸去來辭、寄生草：倚窗或茶琴書味。【無滋味】孫周卿、雙調水仙子、山居自樂：虛名嚼破無滋味。【調羹味】貫雲石、雙調清江引、詠梅：先釀調羹味。【醇醪味】湯式、中呂普天樂、送丁起東同陝：還有醇醪味。【藜羹味】汪元亨、中呂朝天子、歸隱：啖藿食藜羹味。【烟霞滋味】盧摯、中呂朱履曲、訪立軒上人：這一等烟霞滋味。【淒涼滋味】湯式、啓調集賢賓套、客窗值雪、逍遙樂：捱不徹淒涼滋味。

位⊙

【三臺位】湯式、南呂一枝花套、贈人：落落三臺位。

貴⊙

【富貴】張可久、中呂滿庭芳、感興簡王公實：休尋富貴。【榮貴】張養浩、中呂朱履曲：那的是爲官富貴。【豪貴】吳仁卿、越調鬬鶉鵪套、元宵：風燭高張照珠履果然豪貴。【權貴】張養浩、雙調雁兒落兼得勝令：往常時俯仰承權貴。【王侯貴】汪元亨、中呂朝天子、歸隱：傲殺王侯貴。【知閒貴】李伯瞻、雙調殿前歡、省悟：田園成趣知閒貴。馬致遠、般涉調哨遍套：貧無煩惱知閒貴。【無人貴】劉時中、雙調新水令套、代馬訴冤、駐馬聽：千金駿骨無人貴。【最爲貴】關漢卿、越調鬬鵪鶉套、女校尉小桃紅：女輩叢中最爲貴。【五陵豪貴】湯式、雙調壽陽曲、蹴踘：幾追陪五陵豪貴。

愧

【無愧】張養浩、中呂山坡羊：必能如此方無愧。【心無愧】汪元亨、中呂朝天子、歸隱：俯仰心無愧。

桂

【月中老桂】湯式、南呂一枝花套、贈玉芝春、梁州：矮婆娑月中老桂。

檜

【松檜】曾瑞、中呂山坡羊過青哥兒、過分水關：穿雲石磴盤松檜。【庭前檜】張可久、雙調清江引、松江海印精舍：四塔庭前檜。

吠⊙

【空吠】張可久、越調天淨沙、閨怨：犬兒空吠。

沸

【鼎沸】張養浩、中呂山坡羊、驪山懷古：湯泉鼎沸。【笙歌沸】薛昂夫、中呂山坡羊、筱步：何須畫舫笙歌沸。【歌聲沸】張可久、雙調殿前歡、湖上宴集：鴛鴦驚起歌聲沸。

費

【虛費】湯式、南呂一枝花套、贈玉芝春、尾聲：春日春風莫虛費。

廢

【荒廢】湯式、中呂山坡羊、書懷示友人二：田園荒廢。【俱廢】張養浩、中呂山坡羊、驪山懷古：說瓊樓玉宇今俱廢。【興廢】汪元亨、雙調雁兒落過得勝令、歸隱：塵事多興廢。張養浩、中呂山坡羊、未央懷古：殷勤納諫論興廢。【千人廢】馬致遠、雙調慶東原、嘆世：暗嗚叱咤千人廢。【興和廢】中呂朝天子、歸隱：搬古今興和廢。【搬興廢】盧摯、雙調沈醉東風、退步：日月搬興廢。

會⊙

【同會】貫雲石、越調鬬鵪鶉套、憶別、紫花兒：去秋同會。【相會】張可久、中呂朝天子、探梅：雪夜重相會。【佳會】張養浩、正宮塞鴻秋：四季皆佳會。【理會】關漢卿、雙調碧玉簫：好教人沒理會。【宴會】吳仁卿、越調鬬鵪鶉套、聖藥王：大殿裏設宴會。【難會】薛昂夫、雙調楚天遙過清江引：人老歡難會。【何人會】鄧玉賓、正宮叨叨令、道情：這一個長生道理何人會。【忘憂會】張可久、仙呂點絳唇套、翻歸去來辭、尾聲：忘自己忘憂會。【風雲會】馬致遠、中呂粉蝶兒套：太平時龍虎風雲會。【誰能會】張養浩、正宮塞鴻秋：主人此意誰能會。【蟠桃會】張可久、雙調沈醉東風、胡容齋使君壽：戲綵堂蟠桃會。【鴻門會】曾瑞、般涉調哨遍套、羊訴寃二：若客都來，抵九千鴻門會。【一陽機會】馬致遠、仙呂青哥兒、十一月：在重泉一陽機會。【風雲慶會】喬吉、中呂滿庭芳、漁父詞：釣臺下風雲慶會。【香雪梨花會】張養浩、正宮塞鴻秋：春來時綽然亭香雪梨花會。【雲錦荷花會】張養浩、正宮塞鴻秋：夏來時綽然亭雲錦荷花會。【霜露黃花會】張養浩、正宮塞鴻秋：秋來時綽然亭霜露黃花會。【風月梅花會】張養浩、正宮塞鴻秋：冬來時綽然亭風月梅花會。

晦

【明晦】湯式、南呂一枝花套、贈草聖、梁州：千喜怒係明晦。

諱

【名諱】湯式、南呂一枝花套、贈人、尾聲：金甌應已藏名諱。【相思諱】曾瑞、般涉哨調遍套、塵腰三：剗地褪酥胸，落着相思諱。

⊙翠

【山翠】滕賓、中呂普天樂：遙山翠。【交翠】張可久、雙調沈醉東風、晚春席上：竹珊珊野亭交翠。【金翠】張養浩、中呂朝天曲：日影篩金翠。【屏翠】張養浩、中呂山坡羊、驪山懷古：驪山屏翠。【深翠】張可久、中呂粉蝶兒套、春思：柳搖深翠。【蒼翠】張可久、仙呂點絳唇套、翻歸去來辭、油胡蘆：盼庭柯木葉交蒼翠。【關翠】張可久、雙調落梅風、春情：小亭臺鎖紅關翠。【蹙翠】張可久、中呂上小樓、春思：眉尖蹙翠。【疊翠】曾瑞、山坡羊過青哥兒、過分水關：雲山疊翠。【吳山翠】張可久、雙調殿前歡、春晚：西湖雲錦吳山翠。【鍾山翠】湯式、般涉哨遍套、新建枸欄教坊求贊、五煞：敞南軒，看不盡白雲掩映鍾山翠。【玲瓏翠】馬致遠、越調小桃紅、冬：雲壓玲瓏翠。【添鋪翠】馬致遠、雙調壽陽曲、山市晴嵐：錦屏風又添鋪翠。【連枝翠】薛昂夫、南呂一枝花套、贈小園春：指指連枝翠。【千疊翡翠】關漢卿、南呂一枝花套、杭州景、梁州：吳山色千疊翡翠。【補紅添翠】張可久、雙調落梅風、春晚：謝東風補紅添翠。

脆

【時光脆】汪元亨、雙調沈醉東風、歸田：綑葱薤時光脆。【杜鵑聲脆】張可久、中呂粉蝶兒套、春思：怨啼紅杜鵑聲脆。

萃

【拔乎萃】湯式、南呂一枝花套、詠素蟾：出乎類拔乎萃。馬致遠、般涉調哨遍套、張玉嵓草書：出乎其類拔乎萃。

悴

【憔悴】張可久、中呂粉蝶兒套、春思、醉春風：暗生憔悴。曾瑞、般涉調哨遍套、塵腰、尾：似這般無恩情、不管人憔悴。張養浩、雙調清江引、詠秋日海棠：只恐花憔悴。商左山、雙調潘妃曲：月缺花殘人憔悴。吳弘道、中呂上小樓、春日閨怨：怕鶯花笑人憔悴。商左山、雙調潘妃曲：花落東君也憔悴。湯式、雙調湘妃引、題情：花解語誰憐憔悴。張可久、雙調沈醉東風、九月十日見桃花：望白衣可憐憔悴。【人憔悴】貫雲石、南呂金字經：一春魚雁稀、人憔悴。【添憔悴】關漢卿、雙調碧玉簫：癡癡暗暗的添憔悴。

異⊙

【何異】張養浩、雙調落梅引：與安期羨門何異。【無異】無名氏、仙呂賞花時套、煞尾：比東陽無異。【繁華異】曾瑞、般涉調哨遍套、塵腰、六煞：渾綉得繁華異。

裔

【西南裔】湯式、南呂一枝花套、贈人、梁州：統雄藩肅鎮西南裔。

義

【仁義】張養浩、中呂山坡羊、所行所做依仁義。【非義】張養浩、中呂山坡羊：休行非義。【垂韁義】劉時中、雙調新水令套、代馬訴寃、雁兒落：誰想我垂韁義。

議

【評議】湯式、南呂一枝花套、爲越中沙子正賦、尾聲：我試將過、眼的風光自評議。湯式、南呂一枝花套、贈草聖、尾聲：常聞得、青瑣高賢自評議。【參議】張養浩、中呂普天樂、辭參議還家：今朝參議。【論議】湯式、南呂一枝花套、素蘭、尾聲：試與知音細論議。

毅

【樂毅】吳仁卿、越調鬬鵪鶉套、鬼三臺：論功勞勝似燕樂毅。

易

【容易】張養浩、雙調落梅引：肯回頭古人也容易。湯式、南呂一枝花套、贈妓素蘭、梁州：等閑誰許問容易。曾瑞、中呂山坡羊過青哥兒、過分水關：揚鞭擧棹非容易。【周易】湯式、商調集賢賓套、客窗値雪、尾聲：研硃點周易。【輕易】湯式、南呂一枝花套、贈錢塘鑷者、梁州：雖小道莫輕易。【不容易】張養浩、雙調胡十八：人會合、不容易。【回頭易】李伯瞻、雙調殿前歡、省悟：回頭易、好整理閒活計。【別離易】關漢卿、中呂普天樂、崔張十六事：恨相見難、又是別離易。【驅馳不易】曾瑞、中呂山坡羊過青哥兒過分水關：行人驅馳不易。

曳

【搖曳】湯式、雙調湘妃引、送友還鄉：軟風着柳金搖曳。湯式、南呂一枝花套、素蘭梁州：風颭颭似翠裙搖曳。

意

【人意】湯式、南呂一枝花套、贈妓素蘭、梁州：解人意。【天意】湯式南呂一枝花套、贈人：俯仰諸天意。【可意】關漢卿、越調鬭鵪鶉套、女校尉：南北馳名、寰中可意。【生意】馬致遠、仙呂青哥兒、十一月：當年東君生意。【如意】張養浩、雙調胡十八：景如意。張養浩、雙調落梅引：別人不能够盡皆如意。【何意】吳仁卿、越調鬭鵪鶉套、調笑令：戒之在得因何意。【有意】劉時中、中呂山坡羊、燕城述懷：雲山有意。【紅意】張可久、中呂上小樓、春思：綠情紅意。【春意】張養浩、雙調清江引、詠秋日海棠：銀燭添春意。【秋意】無名氏、南呂金字經、秋夜：乘秋意。張可久、中呂上小樓、春思：粉雲香一奩秋意。曾瑞、中呂山坡羊過青哥兒過分水關：瀟灑景物添秋意。【留意】薛昂夫、中呂朝天曲：何須留意。【適意】關漢卿、雙調喬牌兒套：人生貴適意。【得意】張可久、中呂山坡羊、春日：東風得意。【情意】無名氏、雙調沽美酒過太平令：積趲下傷心情意。【天公意】張養浩、中呂山坡羊：世人豈解天公意。張養浩、中呂山坡羊：謾過人也謾不過天公意。【本情意】馬致遠、啓調水仙子套：重相見學取本情意。【車輪意】張可久、仙呂點絳唇套、翻歸去來辭、寄生草：登山或念車輪意。【欣留意】張可久、仙呂點絳唇套、翻歸去來辭、么：策杖老者欣留意。【思凡意】曾瑞、中呂快活三過朝天子、老風情：長感動思凡意。【風流意】湯式、南呂一枝花套、贈妓素蘭：另一種風流意。曾瑞、般涉調哨遍套、塵腰、五：望得些風流意。【宣王意】曾瑞、般涉調哨遍套、羊訴寃：代釁鍾偏稱宣王意。【閒居意】張養浩、中呂朝天曲：知道我閒居意。【閑中意】張可久、仙呂點絳唇套、翻歸去來辭、混江龍：適我閑中意。【琴中意】關漢卿、雙調大德歌：會得琴中意。【詩人意】薛昂夫、中呂山坡羊、筱步：西施已領詩人意。【當時意】無名氏、中呂山坡羊：此時人不解當時意。【裴同意】張可久、中呂普天樂、別情：百步裴同意。【漁樵意】曾瑞、中呂快活三過朝天子、自誤：尙不可漁樵意。【無窮意】湯式、南呂一枝花套、贈草聖、梁州：天然一筆無窮意。【裏王意】曾瑞、般涉調哨遍套、塵腰：束纖腰偏稱裏王意。【諸人意】湯式、南呂一枝花套、爲越中沙子正賦、梁州：更幾般天然景趣諸人意。【飄零意】張養浩、中呂喜春來、探春：梅花已有飄零意。【滿天秋意】盧摯、雙調沈醉東風、秋景：散西風滿天秋意。

氣⊙

【天氣】吳弘道、中呂上小樓、春日閨怨：殘春天氣。張可久、中呂粉蝶兒套、春思：近清和困人天氣。曾瑞、中呂山坡羊過青哥兒過分水關：更那堪春秋天氣。無名氏、雙調沽美酒過太平令：醞釀出困人天氣。姚燧、雙調撥不斷、四景：正值着養花天氣。【和氣】湯式、雙調壽陽曲、蹴踘：占人間一團和氣。【淘氣】曾瑞、南呂罵玉郎過感皇恩、採茶歌、閨中聞杜鵑：無情杜宇閑淘氣。【閑氣】關漢卿、雙調喬牌兒套、錦上花：休爭閑氣。【雲氣】張養浩、雙調落梅引：拂不散滿衣雲氣。【千重氣】鄧玉賓、正宮叨叨令、道情：一個空皮囊包裹着千重氣。【元陽氣】趙顯宏、雙調殿前歡：養三寸元陽氣。【金之氣】湯式、南呂一枝花套、詠素蟾、梁州：多管是玉之精魄金之氣。【虹霓氣】湯式、般涉哨遍套、新建构欄教坊求贊、二煞：粧孤的貌堂堂、雄糾糾口吐虹霓氣。【風雲氣】張養浩、中呂朝天曲：用不着風雲氣。【英雄氣】馬致遠、雙調清江引、野興：蓋世英雄氣。張養浩、中呂山坡羊、未央懷古：山河猶帶英雄氣。【長吁氣】馬致遠、般涉調耍孩兒套、借馬：則嘆的一聲長吁氣。【陰陽氣】薛昂夫、中呂朝天曲：燮理陰陽氣。【塵俗氣】張養浩、中呂朝天曲、無一點塵俗氣。【一團和氣】馬致遠、中呂粉蝶兒套：喜氤氳一團和氣。【困人天氣】馬致遠、雙調壽陽曲：蝶慵戲、鶯倦啼、方是困人天氣。【神仙天氣】湯式、南呂一枝花套、贈草聖、梁州：逍遙篇、孤雁賦、醞釀出神仙之氣。【枉爭閑氣】盧摯、雙調沈醉東風、退步：爲功名枉爭閑氣。【乾坤清氣】湯式、商調集賢賓套、客窗値雪、尾聲：揮寫就乾坤清氣。【麗人天氣】馬致遠、仙呂青哥兒、三月：曲江頭麗人天氣。

器

【樂器】張養浩、雙調胡十八：動着這般樂器。【先其器】湯式、南呂一枝花套、贈錢塘鑷者、梁州：自古道、善其事者先其器。【廟堂之器】馬致遠、中呂粉蝶兒套：股肱良廟堂之器。

棄

【捨之棄】劉時中、雙調新水令套、代馬訴寃：用之行捨之棄。【魚船棄】馬致遠、雙調清江引、野興：你把柴斧抛，我把魚般棄。【無抛棄】關漢卿、中呂古調石榴花套、怨別、催鮑老：當初指望無抛棄。【把微官棄】張可久、仙呂點絳唇套、翻歸去來辭：催把微官棄。

契

【交契】湯式、南呂一枝花套、爲越中沙子正賦、梁州：單指着，歲寒眼底爲交契。【知契】湯式、南呂一枝花套、詠素蟾、梁州：搗玄霜仙藥的玉兎偏知契。

禊

【修禊】馬致遠、仙呂青哥兒、三月：風流城南修禊。

霽⊙

【雪霽】張養浩、中呂紅綉鞋、贈美妓：茶蘼院風香雪霽。【雨收天霽】馬致遠、雙調壽陽曲、小市晴嵐：晚霞明雨收天霽。

濟

【周濟】張養浩、中呂山坡羊：爭如長把人周濟。【通濟】張養浩、雙調胡十八：大管是不通濟。【成何濟】關漢卿、雙調碧玉簫：官品極、到底成何濟。無名氏、南呂玉交枝：想功名到底成何濟。【相兼濟】馬致遠、般涉調哨遍套、張玉嵓草書：才德相兼濟。【孤舟濟】張可久、仙呂點絳唇套、翻歸去來辭、寄生草：從情或棹孤舟濟。【怎存濟】馬致遠、啓調水仙子套：空頓着紗幮、獨自箇怎存濟。【都無濟】馬致遠、雙調清江引、野興：綠蓑衣、紫羅袍、誰是主、兩件兒都無濟。【應何濟】張可久、中呂粉蝶兒套、春思、一煞：落花殘月應何濟。

祭

【無人祭】馬致遠、雙調撥不斷：春苔綠滿無人祭。

際

【無際】曾瑞、南呂罵玉郎過感皇恩、採茶歌、閨中聞杜鵑：愁無際。薛昂夫、雙調楚天遙過清江引：渺渺天無際。張可久、雙調殿前歡、湖上宴集：水瀲灩天無際。【烏江際】馬致遠、雙調清江引、野興：船渡烏江際。【孤雲際】張可久、雙調清江引、湖上晚望：塔影孤雲際。【秋無際】張可久、雙調撥不斷、第一樓小集：一天白月秋無際。

替⊙

【陵替】湯式、中呂山坡羊、書懷示友人一：箕裘陵替。【流鶯替】張可久、中呂滿庭芳、春日閨思：話離愁柳外流鶯替。

睇

【凝睇】湯式、雙調壽陽曲、梅女追簫圖：背東風爲誰凝睇。

⊙帝

【爭帝】湯式、黃鍾出隊子、酒色財氣四首、氣：圖王爭帝。【皇帝】無名氏、雙調沽美酒過太平令：歡喜煞唐朝皇帝。【當今帝】吳仁卿、越調鬪鵪鶉套、小桃紅：託賴着萬萬歲當今帝。

地

【天地】湯式、正宮脫布衫過小梁州、四景爲儲公子賦、春：春風天地。張養浩、越調天淨沙：無窮天地。曾瑞、中呂快活三過朝天子、自誤：蘧廬天地。薛昂夫、中呂朝天曲：人命關天地。【此地】張養浩、中呂山坡羊、未央懷古：倶曾此地。【兩地】張可久、中呂上小樓、春思：相思兩地。【金地】張可久、商調梧葉兒、靈隱寺：香樹生金地。【佛地】張可久、中呂紅綉鞋、偕周子榮遊湖：綠柳暗金沙佛地。【草地】曾瑞、般涉調哨遍、羊訴寃：趁滿目無窮草地。【滿地】無名氏、雙調沽美酒過太平令：雨過處殘紅滿地。【沖天地】張可久、仙呂點絳唇套、翻歸去來辭、寄生草：浩然之氣沖天地。【東南地】曾瑞、中呂山坡羊過青哥兒過分水關：龍蟠虎踞東南地。【香塵地】汪元亨、正宮醉太平、警世：拽車聲輾過香塵地。【風流地】徐再思、雙調清江引、苕溪：人物風流地。關漢卿、南呂一枝花套、杭州景：寰海內風流地。【莓苔地】張可久、雙調清江引、松江海印精舍：小玄莓苔地。【栽瓜地】馬致遠、般涉調哨遍套：靑門幸有栽瓜地。【閑田地】關漢卿、南呂一枝花套、杭州景、梁州：並無半答兒閑田地。【閑坐地】張養浩、中呂山坡羊、未央懷古：試上最高處閑坐地。馬致遠、雙調清江引、野興：尋取個穩便處閑坐地。【閒福地】張可久、中呂朱履曲、爛柯洞：永日長閒福地。【陽和地】貫雲石、雙調清江引、詠梅：獨立陽和地。【黃花地】張可久、雙調清江引、秋懷：人醉黃花地。關漢卿、中呂普天樂、崔張十六事：碧雲天、黃花地。【鶯花地】湯式、南呂一枝花套、素蘭、梁州：誰承望、天風吹落鶯花地。【繁華地】湯式、中呂普天樂、姑蘇懷古：問姑蘇繁華地。王伯成、越調鬪鵪鶉套：田園錦繡繁華地。張養浩、中呂山坡羊、驪山懷古：荊榛長滿繁華地。【古燕雄地】馬致遠、中呂粉蝶兒套：萬斯年、平天下、古燕雄地。【金蓮遍地】吳仁卿、越調鬪鵪鶉套、元宵：明晃晃金蓮遍地。【焦天撇地】無名氏、中呂普天樂：結斜裏焦天撇地。【柳陰無地】張可久、雙調落梅風、春晚次韻：月明天柳陰無地。

蒂　【深根蒂】湯式、南呂一枝花套、爲越中沙子正賦：便栽培十丈深根蒂。

背⊙　【鰲背】曾瑞、中呂山坡羊過青哥兒過分水關：人登鰲背。【將時背】汪元亨、中呂朝天子、歸隱：黃金盡將時背。

焙　【糟焙】曾瑞、般涉哨遍套、羊訴冤：醋拌糟焙。

備　【圓備】馬致遠、雙調壽陽曲：不服藥自然圓備。【八音備】湯式、般涉調哨遍套、新建构欄教坊求贊、四煞：八音備。【皆完備】馬致遠、般涉調哨遍套、張玉嵓草書：仔細看、六書八法皆完備。

避　【回避】曾瑞、般涉調哨遍套、羊訴冤、一煞：眼見的難回避。無名氏、雙調壽陽曲：見丈人來怎生回避。【無巴避】曾瑞、般涉調哨遍套、羊訴冤、耍孩兒：窮養的無巴避。

輩　【小輩】劉時中、雙調新水令套、代馬訴冤、甜水令：無知小輩。【先輩】汪元亨、雙調雁兒落過得勝令、歸隱：白髮催先輩。【英雄輩】薛昂夫、中呂朝天曲：試屈指英雄輩。

被　【衣被】曾瑞、般涉調哨遍套、塵腰三：你不比別衣被。【重被】張可久、越調天淨沙、寒夜書事：雪籌重被。【紙被】張可久、中呂普天樂、道情：蒲團紙被。【翠被】張可久、雙調折桂令、閨思：香銷翠被。【鴛被】張可久、中呂山坡羊、閨思：香溫鴛被。曾瑞、般涉調哨遍套、塵腰四：同行同坐同鴛被。【合歡被】張可久、中呂普天樂、道情：未冷鴛幃合歡被。【吳綾被】湯式、雙調沈醉東風、和陸進之韻：鮫綃帳吳綾被。【鴛鴦被】商左山、雙調潘妃曲：冷落了鴛鴦被。張可久、雙調水仙子、春晚：香留帳底鴛鴦被。張可久、中呂山坡羊、春日：寶香已暖鴛鴦被。【蘆花被】張可久、中呂朝天子、湖上：夢冷蘆花被。

臂　【珍珠絡臂】無名氏、雙調沽美酒過太平令：霞綬底珍珠絡臂。

利⊙　【名利】張可久、雙調沈醉東風、幽居：絕名利。張養浩、中呂朝天曲：心灰名利。朱權、小石天上謠：算來名利。關漢卿、雙調喬牌兒套、碧玉簫：君眞癡、休爭名利。張養浩、雙調雁兒落兼得勝令：如今對山水忘名利。【爲利】曾瑞、中呂山坡羊、嘆世：鷄鳴爲利。【銛利】湯式、南呂一枝花套、贈錢塘鑷者、梁州：雪錠刀揩磨得銛利。【微利】薛昂夫、中呂朝天曲：蠅頭微利。劉時中、雙調新水令套、代馬訴寃、尾：有一等逞雄心屠戶貪微利。【三分利】徐再思、雙調清江引、相思：准不了三分利。【名和利】汪元亨、雙調雁兒落過得勝令、歸隱：撥置名和利。趙顯宏、雙調殿前歡、閒居：回頭那顧名和利。【爭名奪利】吳仁卿、越調鬬鵪鶉套、調笑令：老不必爭名奪利。

俐

【伶俐】汪元亨、雙調沈醉東風、歸田：不爲官那塲伶俐。湯式、南呂一枝花套、贈錢塘鑷者、尾聲：兀的般自在生涯煞是伶俐。

例

【休官例】張可久、中呂普天樂、次韻歸去來：照下淵明休官例。

唳

【雁唳】滕賓、中呂普天樂：秋天雁唳。【嘹唳】白樸、雙調得勝樂、秋：寒雁兒長空嘹唳。【鶴唳】張可久、雙調殿前歡、湖上宴集：孤山鶴唳。

麗

【高麗】吳仁卿、越調鬬鵪鶉套、慶元貞：後取了高麗。【華麗】湯式、般涉調哨遍套、新建构欄教坊求賛、三煞：多華麗。【多姝麗】關漢卿、雙調大德歌：醒來不見多姝麗。【風光麗】馬致遠、中呂粉蝶兒套：鳳凰地暖風光麗。【金陵佳麗】湯式、般涉調哨遍套、新建构欄教坊求賛：都會金陵佳麗。

糲

【粗糲】汪元亨、雙調雁兒落過得勝令、歸隱：口體便粗糲。

嚦

【黃鶯嚦嚦】關漢卿、中呂古調石榴花套、怨別、牆頭花：倦聽的黃鶯嚦嚦。

⊙砌

【錦砌】曾瑞、般涉調哨遍套、塵腰：金粧錦砌。【蛩吟砌】白樸、雙調得勝樂、秋：玉露冷、蛩吟砌。【閒鶯砌】張可久、中呂粉蝶兒套、春思、紅綉鞋：花飛盡空閒鶯砌。

⊙細

【風細】吳仁卿、越調鬬鵪鶉套、元宵：麝香風雨。張可久、雙調沈醉東風、胡容齋使君壽：錦雲深月明風細。【腰細】曾瑞、般涉調哨遍套、塵腰：拘束得宮腰細。【精細】張養浩、越調天淨沙：那駝兒用你精細。【纖細】李壽卿、雙調壽陽曲：更那堪玉葱纖細。【松風細】張可久、雙調清江引、張子堅席上：茶鼎松風細。【香風細】張可久、中呂朝天子、探梅：隔岸香風細。【涓涓細】張可久、仙呂點絳唇套、翻歸去來辭、么：長流泉水涓涓細。【腰肢細】關漢卿、雙調碧玉簫：寬盡衣、一搦腰肢細。湯式、南呂一枝花套、贈妓素蘭、梁州：舞蹲一捻腰肢細。【銀絲細】湯式、雙調沈醉東風、江村卽事：鱠切銀絲細。【馬蹄香細】湯式、正宮脫布衫過小梁州、四素爲儲公子賦、春：踏花去馬蹄香細。

壻

【風流壻】曾瑞、般涉調哨遍套、塵腰二：若見俺風流壻。馬致遠、商調水仙子套：眼前不見風流壻。

⊙罪

【十分罪】鄧玉賓、正宮叨叨令、道情：一個乾骷髏頂戴着十分罪。【風流罪】張可久、中呂普天樂、別情：自首風流罪。【徒流罪】張養浩、雙調雁兒落兼得勝令：險犯著笞杖徒流罪。【彌天罪】曾瑞、中呂山坡羊、嘆世：區區造下彌天罪。

醉

【先醉】張養浩、中呂朝天曲、例殢得人先醉。【如醉】曾瑞、中呂山坡羊過青哥兒過分水關：楓林如醉。【吟醉】張養浩、中呂普天樂、閒居：自在身、從吟醉。【沈醉】張可久、中呂山坡羊、春日：西湖沈醉。【春醉】劉時中、越調小桃紅：盼得春來共春醉。【深醉】徐再思、雙調壽陽曲、醉姬：枕東風美人深醉。【堪醉】薛昂夫、中呂山坡羊、筱步：拖筇堪醉。薛昂夫、中呂山坡羊、筱步：攜壺堪醉。【圖醉】無名氏，中呂山坡羊：淵明圖醉。【人皆醉】張可久、雙調殿前歡、湖上宴集：船蕩漾人皆醉。【三分醉】無名氏、南呂玉交枝：十分醒爭似三分醉。【山翁醉】張可久、中呂迎仙客、春日湖上：湖上山翁醉。【今朝醉】白樸、中呂陽春曲、知幾：今朝有酒今朝醉。【令人醉】張養浩、中呂朝天曲：便無酒也令人醉。【西湖醉】張可久、中呂朝天子、湖上：且向西湖醉。【君休醉】張可久、雙調撥不斷、第一樓小集：兩行紅袖君休醉。【吹笙醉】張可久、中呂朝天子、道院中碧桃：且自吹笙醉。【招人醉】劉時中、中呂山坡羊、燕城述懷：青山儘解招人醉。【花前醉】張可久、中呂朝天子、探梅：邀我花前醉。關漢卿、雙調喬牌兒套、碧玉簫：幸有幾杯、且不如花前醉。【佳人醉】張可久、雙調殿前歡、春晚：花底佳人醉。【春如醉】薛昂夫、雙調楚天遙過清江引：花落春如醉。【胡姬醉】

張可久、雙調清江引、湖上晚望：拍手胡姬醉。【莫辭醉】張養浩、雙調胡十八：勸諸公莫辭醉。【重還醉】張養浩、雙調慶東原：都不如醉了重還醉。【情如醉】關漢卿、中呂古調石榴花套、怨別、牆頭花：守香閨、鎮日情如醉。【楓林醉】曾瑞、中呂喜春來、遣興、秋：青霄霜降楓林醉。【劉伶醉】馬致遠、雙調清江引、野興：天之美祿誰不喜、偏則說劉伶醉。【醒而醉】馬致遠、雙調慶東原、嘆世：不如醉還醒、醒而醉。【醒還醉】王伯成、越調鬭鵪鶉套：跨蹇攜壺醒還醉。【淵明醉】關漢卿、雙調碧玉簫：學取他淵明醉。【歸來醉】張可久、中呂朝天子、閨情：夜半歸來醉。【醺醺醉】湯式、商調望遠行、四景題情、冬：每日家醺醺醉。張養浩、中呂朝天曲、詠四景、冬：直喫的醺醺醉。關漢卿、雙調大德歌：憑魁喫的醺醺醉。【向西湖醉】張可久、中呂朝天子、訪九皐使君：多管向西湖醉。

⊙對

【相對】滕賓、中呂普天樂：秋色南山獨相對。【鴛成對】張可久、雙調落梅風、春情：不平他錦鴛成對。【與青山對】張可久、中呂朝天子、訪九皐使君：樓與青山對。

⊙隊

【鶯花隊】汪元亨、雙調雁兒落過得勝令、歸隱：歌管鶯花隊。【驢羣隊】劉時中、雙調新水令套、代馬訴寃、得勝令：索輸與這驢羣隊。

⊙計

【立計】劉時中、中呂紅綉鞋、勸收心：成家立計。【收計】曾瑞、中呂山坡羊、嘆世：鴉栖收計。【活計】張養浩、中呂朝天曲：貪營活計。李伯瞻、雙調殿前歡、省悟：好整理活計。【無計】張可久、中呂朝天子、遊春：欲留無計。劉時中、中呂山坡羊、燕城述懷：軒裳無計。【千年計】湯式、般涉調哨遍套、新建构欄教坊求贊百年便作千年計。【千般計】汪元亨、正宮醉太平、警世：嘆世人用盡千般計。【全身計】白樸、中呂陽春曲、知幾：張良辭漢全身計。吳仁卿、越調鬭鵪鶉套、尾：想當日、子房公會覓全身計。【安身計】湯式、南呂一枝花套、贈錢塘鏛者：明是箇安身計。【何爲計】湯式、雙調沈醉東風、姑蘇懷古：當膽何爲計。【成何計】馬致遠、雙調慶東原、嘆世：笑當時諸葛成何計。【成家計】關漢卿、中呂古調石榴花套、怨別、催飽老：當初指望成家計。【別無計】張可久、中呂粉蝶兒、春思、尾聲：要相逢料得別無計。

【拖刀計】鄧玉賓、正宮叨叨令、道情：爲兒女使盡了拖刀計。【終焉計】馬致遠、般涉調哨遍套：險些兒誤了終焉計。【尋歸計】關漢卿、雙調喬牌兒套、歇指煞：急流勇退尋歸計。【蒼生計】張可久、雙調湘妃怨、懷古：紅粧肯爲蒼生計。【圜中計】朱權、小石天上謠：祇不如拂却是非心、收拾圜中計。

記

【千年記】湯式、雙調沈醉東風、遊龍泉寺：虞秘書千年記。【叮嚀記】馬致遠、般涉調耍孩兒套、借馬：馬兒行囑付叮嚀記。【君須記】湯式、中呂普天樂、送丁起東同陜：執手河梁君須記。【君專記】馬致遠、般涉調耍孩兒套、借馬：恰才說來的話君專記。

寄

【客寄】曾瑞、中呂山坡羊過青哥兒過分水關：飄零飄零客寄。【誰寄】商左山、雙調潘妃曲：有信憑誰寄。商左山、雙調潘妃曲：錦字憑誰寄。【偷寄】劉時中、越調小桃紅：春情偷寄。

繫

【拘繫】張養浩、中呂朝天曲：身無拘繫。馬致遠、般涉調哨遍套：倒大事無拘繫。湯式、正宮脫布衫過小梁州、四景爲儲公子賦、春：韶華迅速難拘繫。【縈繫】曾瑞、中呂快活三過朝天子、自誤：無半點閑縈繫。關漢卿、中呂古調石榴花套、怨別、酥棗兒：一身相逢、將人來縈繫。【牢監繫】曾瑞、般涉調哨遍套、羊訴寃、耍孩兒：便似養虎豹牢監繫。【將情繫】張可久、雙調湘妃怨、春思：空勞柳線將情繫。【無拘繫】張養浩、中呂普天樂、閒居：一片閒雲無拘繫。【當胸繫】曾瑞、般涉調哨遍套、塵腰五：玉纖款款當胸繫。【樓前繫】湯式、仙呂點絳唇套、混江龍：曾幾見、西湖沽酒樓前繫。【橛上繫】馬致遠、般涉調、耍孩兒套、借馬拴時節、揀個牢固樁橛上繫。【雕鞍繫】張可久、中呂朝天子、遊春：懶把雕鞍繫。

髻

【佛髻】曾瑞、中呂山坡羊過青哥兒過分水關：山如佛髻。【螺髻】張可久、中呂山坡羊、閨思：雲鬆螺髻。【鬏髻】曾瑞、中呂迎仙客、風情：結著鬏髻。

偈

【白雲偈】張可久、中呂普天樂、次韻歸去來：自說白雲偈。

騎

【蒲梢騎】馬致遠、般涉調耍孩兒套、借馬：近來時買得匹蒲梢騎。

驥

【騏驥】劉時中、雙調新水令套、代馬訴寃：乾送了挽鹽車騏驥。

冀⊙【北冀】湯式、般涉調哨遍套、新建枃欄教坊求贊：名揚北冀。

閉⊙【深閉】張可久、中呂上小樓、春思：朱門深閉。湯式、商調集賢賓套、客窗值雪、逍遙樂：客窗深閉。吳弘道、中呂上小樓、春日閨怨：重門深閉。汪元亨、中呂朝天子、歸隱：紫門深閉。【遮閉】湯式、南呂一枝花套、素蘭、尾聲：旣不著珠簾翠幕深遮閉。【柴門閉】張可久、中呂普天樂、次韻歸去來：草堂空、柴門閉。【浮雲閉】張可久、中呂粉蝶兒套、春思、一煞、月團圓緊把浮雲閉。

壁【赤壁】馬致遠、般涉調哨遍套、張玉喦草書：賦歌赤壁。

謎⊙【風流謎】張可久、中呂朝天子、閨情：猜破風流謎。

睡⊙【花睡】張可久、雙調落梅風、春晚次韻：因東風夜深花睡。【春睡】無名氏、雙調沽美酒過太平令：沙暖處鴛鴦春睡。徐再思、雙調壽陽曲、醉姬：怕驚回海棠春睡。無名氏、雙調壽陽曲：淚和愁釀成春睡。張可久、中呂山坡羊、閨思：掩春閨一覺傷春睡。【伴睡】張養浩、中呂普天樂、辭參議還家：白雲伴睡。【貪睡】無名氏、中呂山坡羊：陳摶貪睡。【酣睡】張可久、雙調沈醉東風、幽居：腹便便午窗酣睡。【人初睡】貫雲石、南呂金字經：夜來香透幃、人初睡。【山翁睡】馬致遠、雙調淸江引、野興：喚起山翁睡。【日高睡】馬致遠、越調小桃紅、冬：慣得閉人日高睡。【由他睡】無名氏、中呂山坡羊：由他醉者由他睡。【囫圇睡】曾瑞、中呂山坡羊、嘆世：幾曾得覺囫圇睡。馬致遠、般涉調哨遍套：窮則窮落覺囫圇睡。【和衣睡】張可久、中呂朝天子、閨情：燈下和衣睡。【胡蝶睡】曾瑞、南呂四塊玉、述懷：爭如我夢胡蝶睡。【胡倫睡】喬吉、中呂滿庭芳、漁父詞：閑來得覺胡倫睡。【相思睡】薛昂夫、南呂一枝花套、贈小園春、梁州第七：海棠偷足相思睡。【貪春睡】劉時中、越調小桃紅：苦苦貪春睡。【陳摶睡】曾瑞、中呂快活三過朝天子、自誤：又驚覺陳摶睡。【渾淪睡】趙顯宏、雙調殿前歡、閒居：落一覺渾淪睡。【猶然睡】張養浩、雙調雁兒落兼得勝令：如今近晌午猶然睡。【溪童睡】張可久、中呂朝天子、訪九皐使君：松下溪童睡。【鴛鴦睡】張可久、雙調水仙子、春思：池萍綠水鴛鴦睡。姚燧、雙調撥不斷、四景：池塘沙暖鴛鴦睡。王伯成、越調鬬鵪鶉套：融融沙暖鴛鴦睡。【海棠初睡】張可久、中呂上小樓、春思：月兒高海棠初睡。

瑞

【呈瑞】湯式、般涉調哨遍套、新建构欄教坊求贊：魯麟呈瑞。【祥瑞】張可久、中呂山坡羊、閨思：一聲雪下呈祥瑞。湯式、南呂一枝花套、贈玉芝春、梁州：九莖三秀眞祥瑞。【三湘瑞】湯式、南呂一枝花套、素蘭：香得三湘瑞。【張君瑞】關漢卿、雙調大德歌：好教人暗想張君瑞。

退◉

【先退】曾瑞、中呂迎仙客、風情：熬一箇心先退。【永退】吳仁卿、越調鬬鵪鶉套、小桃紅：千戈永退。【勇退】張養浩、中呂朱履曲：正膠漆當思勇退。【難退】薛昂夫、雙調楚天遙過淸江引：潮去愁難退。【事不退】馬致遠、商調水仙子套：姻緣事不退。【詩魔退】盧摯、中呂喜春來、和則明韻：騷壇垂遍詩魔退。【頑涎不退】無名氏、中呂普天樂：小妮子頑涎不退。

歲◉

【千歲】張養浩、雙調胡十八：都一般滿千歲。【百歲】張可久、中呂滿庭芳、感興簡王公實：相逢幾箇人百歲。【卒歲】張可久、仙呂點絳脣套、翻歸去來辭、金盞兒：優游卒歲。【萬歲】吳仁卿、越調鬬鵪鶉套、山呼萬歲。吳仁卿、越調鬬鵪鶉套、禿廝兒：朝臣一發呼萬歲。【一百歲】湯式、正宮脫布衫過小梁州、四景爲儲公子賦、春：便做道一百歲。【添一歲】吳仁卿、越調鬬鵪鶉套、紫花兒序：願我王又添一歲。

碎

【心碎】曾瑞、中呂山坡羊過青哥兒過分水關：人心碎。曾瑞、南呂罵玉郎過感皇恩、採茶歌、閨中聞杜鵑：聲聲聒得人心碎。曾瑞、南呂四塊玉、閨情：淒涼物感愁心碎。【零碎】湯式、雙調湘妃遊月宮、春閨情：梨花滴露珠零碎。【雲烟碎】張養浩、中呂朝天曲：盡踏得雲烟碎。【闌干碎】貫雲石、雙調殿前歡：裙刀兒刻得闌干碎。【鶯聲碎】張可久、雙調殿前歡、春晚：柳外鶯聲碎。【瓊簪碎】關漢卿、中呂古調石榴花套、怨別、催鮑老：當初指望成家計、誰想瓊簪碎。【滴人心碎】馬致遠、雙調壽陽曲、瀟湘夜雨：漁燈暗、客夢回、一聲聲滴人心碎。【三千般兒碎】無名氏、中呂普天樂、吉料子三千般兒碎。

墜⊙

【斜墜】張可久、中呂上小樓、春思：玉簪斜墜。無名氏、雙調沽美酒過太平令：寶髻上金釵斜墜。【將墜】張養浩、雙調落梅引：壓松梢月輪將墜。【飄墜】湯式、雙調壽陽曲、梅女吹簫圖：恐梅花等閑飄墜。【日西墜】張養浩、雙調胡十八：須臾間日西墜。【殘紅墜】張可久、雙調沈醉東風、晚春席上：小硯季、殘紅墜。【桃花墜】盧摯、雙調沈醉東風、春情：紅雨桃花墜。【雲間墜】張養浩、中呂朝天曲、詠四景冬：雪片兒雲間墜。【楊花墜】薛昂夫、雙調楚天遙過清江引：萬點楊花墜。【頭巾墜】張養浩、中呂朝天曲：醉舞頭巾墜。【銀瓶墜】關漢卿、中呂古調、石榴花套、怨別、催鮑老：當初指望無拋棄、誰想銀瓶墜。

滯⊙

【成淹滯】張可久、中呂粉蝶兒套、春思、一煞：到如今花月成淹滯。【無凝滯】馬致遠、般涉調哨遍套、張玉嵓草書：從頭一掃無凝滯。

致

【佳致】吳仁卿、越調鬬鵪鶉套、元宵：須將酩酊酬佳致。【清致】湯式、南呂一枝花套、詠素蟾、梁州：那雅淡那清致。湯式、南呂一枝花套、素蘭、梁州：更一般甚清致。湯式、南呂一枝花套、贈妓素蘭、尾聲：並頭蓮、合歡草、多清致。【景致】張養浩、中呂朝天曲：對著這般景致。湯式、商調集賢賓套、客窗值雪：覩不足嚴凝景致。【夢中景致】盧摯、雙調壽陽曲、夜憶：抵多少夢中景致。

治

【醫治】湯式、商調望遠行、四景題情、冬：你正是飽病難醫治。湯式、南呂一枝花套、詠素蟾、尾聲：相思病的郎君若醫治。【無爲治】湯式、南呂一枝花套、贈人、梁州：因此上太天子無爲治。

質

【形質】曾瑞、般涉調哨遍套、羊訴寃：禀乾坤二氣成形質。

世⊙

【浮世】無名氏、正宮六么全套、尾：且恁陶陶度浮世。【時世】吳仁卿、越調鬬鵪鶉套、紫花兒序：太平時世。【前世】曾瑞、中呂喜春來、相思：鴛鴦作對關前世。【人間世】曾瑞、南呂四塊玉、樂飲：醉鄉忘盡人間世。【太平世】湯式、南呂一枝花套、爲越中沙子正賦、梁州：況值太平世。【承平世】湯式、南呂一枝花套、贈玉芝春：正遇承平世。【人生於世】張養浩、中呂山坡羊：人生於世、休行非義。【大元朝世】馬致遠、中呂粉蝶兒套：正堂堂大元朝世。【太平朝世】馬致遠、中呂粉蝶兒套：扇祥風太平朝世。

勢

【十分勢】汪元亨、正宮醉太平、警世：笑時人倚盡十分勢。【蛟龍勢】湯式、南呂一枝花套、爲越中沙子正賦、尾聲：映疎簾、籠曲檻、盤旋者夭矯蛟龍勢。

逝

【烏騅逝】劉時中、雙調新水令套、代馬訴寃、駐馬聽：帳前空嘆烏騅逝。

誓

【盟誓】曾瑞、中呂喜春來、閨怨：當時歡喜言盟誓。

淚◉

【情淚】馬致遠、雙調壽陽曲：是離人幾行情淚。【別離淚】關漢卿、雙調沈醉東風：眼閣着別離淚。【英雄淚】馬致遠、雙調慶東原、嘆世：帳前滴盡英雄淚。【恓惶淚】關漢卿、中呂古調石榴花套、怨別、賣花聲煞：奈心兒多陪下些恓惶淚。【垂珠淚】馬致遠、商調水仙子套：痛思量只辦得箇垂珠淚。【關山淚】商左山、雙調潘妃曲：滴盡多少關山淚。

泪

〔同淚〕【紅泪】張可久、中呂粉蝶兒套、春思、迎仙客：不覺的粉臉流紅泪。【西施泪】湯式、中呂普天樂、姑蘇懷古：花露滴西施泪。【相思泪】貫雲石、雙調殿前歡：空滴盡相思泪。【離人泪】張可久、中呂朝天子、遊春：只欠離人泪。

累

【身累】汪元亨、雙調雁兒落過得勝令、歸隱：冠冕爲身累。【連累】劉時中、雙調新水令套、代馬訴寃、折桂令：將我連累。【兒孫累】張養浩、中呂山坡羊：他時終作兒孫累。

擂

【喧天擂】張養浩、中呂朝天曲：社鼓喧天擂。

類

【名相類】張可久、中呂滿庭芳：歌者素娟：櫻桃樊氏名相類。

配◉

【相配】曾瑞、般涉調哨遍套、麈腰、耍孩兒：選二色青紅相配。【誰相配】馬致遠、雙調慶東原、嘆世：兩賢才德誰相配。【鸞鳳配】曾瑞、中呂快活三過朝天子、老風情：要絕了鸞鳳配。

佩

【堪佩】汪元亨、中呂朝天子：春蘭堪佩。【紉爲佩】湯式、南呂一枝花套、素蘭、梁州：楚大夫怎肯紉爲佩。

珮

【瓊珮】張可久、雙調水仙子、春日郊行：乘鸞仙子飛瓊珮。【神仙珮】張可久、雙調沈醉東風、瓊花：瓔珞神仙珮。

鑾

【金鑾】劉時中、雙調新水令套、代馬訴冤、駐馬聽：雕鞍金鑾。無名氏、雙調水仙子、郊行即事：一鞭行色催金鑾。【黃金鑾】張可久、中呂山坡羊、春日：玉驄緊響黃金鑾。

昧⊙

【三昧】湯式、南呂一枝花套、贈草聖、尾聲：誰不道十年草聖通三昧。

媚

【十分媚】馬致遠、般涉調哨遍套、張玉喦草書：千般醜惡十分媚。【春嬌媚】湯式、雙調湘妃引、題情：解語花簇出春嬌媚。【純狐媚】馬致遠、雙調慶東原、嘆世：分香賣履純狐媚。【景偏媚】薛昂夫、南呂一枝花套、贈小園春、梁州第七：多偏小景偏媚。【凝霜媚】張可久、仙呂點絳唇套、翻歸去來辭、油葫蘆：種一籬黃菊凝霜媚。【叢叢媚】張可久、仙呂點絳唇套、翻歸去來辭、么：初開黃菊叢叢媚。【嬌嬌媚媚】湯式、南呂一枝花套、贈錢塘鏁者、梁州：摘得些、俊女流兩葉眉嬌嬌媚媚。

寐

【愁無寐】張可久、中呂粉蝶兒套、春思、耍孩兒：到此際愁無寐。

戲⊙

【牙戲】曾瑞、中呂快活三過朝天子、老風情：枉惹的人牙戲。【作戲】張養浩、中呂朝天曲：逢場作戲。【遊戲】張養浩、中呂朝天曲：看鷗鷺閑遊戲。湯式、南呂一枝花套、贈草聖、梁州：一揮一灑非遊戲。姚燧、雙調撥不斷、四景：王孫士女春遊戲。白樸、雙調得勝樂、春：共王孫公子遊戲。【堪遊戲】關漢卿、南呂一枝花套、杭州景：水秀山奇、到處堪遊戲。【蜂蝶戲】貫雲石、雙調清江引、詠梅：不惹蜂蝶戲。【閑遊戲】關漢卿、南呂一枝花套、杭州景、梁州：畫船兒來往閑遊戲。【樗蒲戲】湯式、南呂一枝花套、贈錢塘鏁者、尾聲：從今後、畢罷了半窗夜月樗蒲戲。

嬭⊙

【情郎嬭】曾瑞、般涉調哨遍套、塵腰耍孩兒：帳中偏惹情郎嬭。

膩

【勻膩】無名氏、雙調沽美酒過太平令：丹臉上胭脂勻膩。

內⊙

【九重內】湯式、南呂一枝花套、贈人、梁州：咫尺間九重內。【花街內】湯式、商調望遠行、四景題情、冬：他多管在柳陌花街內。【芸窗內】湯式、南呂一枝花套、贈草聖：瀟瀟芸窗內。【紅塵內】湯式、南呂一枝花套、贈錢塘鏑者、梁州：閑遙遙寄傲在紅塵內。【松陰內】張養浩、中呂普天樂、辭參議還家：蓋座團茅松陰內。【東吳內】曾瑞、般涉調哨遍套、羊訴寃、耍孩兒：從黑河邊趕我到東吳內。【風塵內】湯式、南呂一枝花套、贈妓素蘭：逞素質風塵內。【風蒲內】馬致遠、般涉調哨遍套：伴露荷中烟柳外風蒲內。【皇宮內】吳仁卿、越調鬭鵪鶉套、尾：願吾皇永坐皇宮內。【垓心內】曾瑞、般涉調哨遍套、羊訴寃二：圍我在垓心內。【滄浪內】湯式、雙調湘妃引、山中樂四闋贈友人：釣臺剌滄浪內。【乾坤內】湯式、般涉調哨遍套、新建构欄教坊求贊：這构欄領鶯花獨鎖着乾坤內。【誰家內】馬致遠、雙調慶東原、嘆世：珊瑚樹、高數尺、珍奇合在誰家內。

胃蝟渭謂⿰馬胃尉慰緯穢
衛魏畏餧飫○櫃餽悸
膾鱠跪獪繪○肺芾○
誨惠蕙慧潰闠○顡倅

淬焠○誼藝翳瘞勩枻
瞖詣饐刈乂劓懿○憩
○劑○剃涕嚏○諦締
弟娣第悌蔕棣○貝
狽倍婢弊幣髲詖帔○
痢莉戾沴離隸癘礪厲
莅荔詈劙○妻○最○
碓兊○繼妓伎技忌季
縊既薊鱖○蔽畀笓⿱敝毛
嬖庇比秘陛賁○氽○
稅說○蛻○粹祟邃繸
穗燧隧遂彗○贅綴縋
懟○製制置雉稚彘智
幟熾○酹類誄耒磑○
霈沛悖誖○妹魅袂瑁

○系係○簀蕢揆○泥

○蚋芮銳○吹喙

【對偶】

湯式、中呂普天樂、送丁起東同陝：雖無膠漆情，還有醇醪味。盧摯、雙調沈醉東風、退步：風雲變古今，日月搬興廢。吳仁卿、越調鬪鵪鶉套、紫花兒序：邦有道則仕，邦無道則廢。張可久、雙調清江引、松江海印精舍：九枝燈上花，四塔庭前檜。滕賓、中呂普天樂：淡烟迷，遙山翠。薛昂夫、南呂一枝花套、贈小園春：些些並蒂紅，指指連枝翠。張養浩、中呂普天樂、辭參議還家：昨日尙書，今朝參議。湯式、商調集賢賓套、客窗値雪、尾聲：調琴演楚騷，研硃點周易。張可久、仙呂點絳唇套、翻歸去來辭、寄生草：倚窗或樂琴書味，縱情或棹孤舟濟，登山或念車輪意。關漢卿、雙調喬牌兒套：世情推物理，人生貴適意。張養浩、雙調清江引、詠秋日海棠：錦帳遮寒威，銀燭添春意。張可久、雙調撥不斷、第一樓小集：兩行紅袖君休醉，萬里黃沙客未歸，一天白月秋無際。湯式、中呂山坡羊、書懷示友人一：田園荒廢，箕裘陵替。張可久、雙調清江引、秋懷：雁啼紅葉天，人醉黃花地。汪元亨、雙調雁兒落過得勝令、歸隱：青春逼後生，白髮催先輩。張可久、中呂山坡羊、閨思：雲鬆螺髻，香溫鴛被。湯式、雙調沈醉東風、和陸進之韻：象牙牀蜀錦裀，鮫綃帳吳綾被。張可久、雙調水仙子、春晚：情牽柳下燕鶯期，醉倒花前鸚鵡杯，香留帳底鴛鴦被。張養浩、中呂普天樂、辭參議還家：遠是非，絕名利。汪元亨、雙調雁兒落過得勝令、歸隱、追思蓴與鱸，撥置名和利。吳仁卿、越調鬪鵪鶉套、元宵：雨順風調，時豐歲麗。張可久、雙調清江引、張子堅席上：詩牀竹雨涼，茶鼎松風細。湯式、雙調沈醉東風、江村卽事：螯烹玉髓肥，鱠切銀絲細。湯式、正宮脫布衫過小梁州、四景爲儲公子賦、春：傍柳行烏紗翠濕，踏花去馬蹄香細。張可久、中呂普天樂、別情：親傳旖旎詞，自首風流罪。無名氏、南呂玉交枝：百般乖不如一就癡，十分醒爭似三分醉。鄧玉賓、正宮叨叨令、道情：一個空皮囊包裹着千重氣，一個乾骷體頂戴着十分罪。　曾瑞、中呂山坡羊、嘆世：鷄鳴爲利，鴉栖收計。　劉時中、中呂山坡羊、燕城述懷：雲山有意，軒裳無計。　湯式、雙調沈醉東風、姑蘇懷古：顰眉不甚嬌，嘗膽何爲計。　張可久、雙調湘妃怨、懷古：秋風遠塞阜雕旗，明月高臺金鳳杯，紅粧肯爲蒼生計。　湯式、雙調沈醉東風，遊龍泉寺：王荆公七字詩，虞祕書千年記。　張可久、雙調湘妃怨、春思：懶尋梧葉把詩題，空勞柳線將情繫。　張可久、中呂普天樂、次韻歸去來：誰傳紅錦詞，自說白雲偈。　張可久、中呂普天樂、次韻歸去來：草堂空，柴門閉。　汪元亨、中呂朝天子、歸隱：蕙帳低垂，柴門深閉。　曾瑞、南呂罵玉郎過感皇恩採茶歌、閨中聞杜鵑：簾幕低垂，重門深閉。　無名氏、中呂山坡羊：淵明圖醉，陳摶貪睡。　張養浩、中呂普天樂、辭參議還家：青山勸酒，白雲伴睡。　姚燧雙調撥不斷、四景：宮殿風微燕雀飛，池塘沙暖鴛鴦睡。　張可久、雙調水仙子、春思：山花紅雨鷓鴣啼，院柳蒼雲燕子飛，　池萍綠水鴛鴦睡。吳仁卿、越調鬭鵪鶉套、小桃紅：狼煙不起，干戈永退。　張可久、仙呂點絳唇套、　翻歸去來辭、　金盞兒：逍遙度日，優歡卒歲。　湯式、雙調湘妃遊月宮、春閨情：海棠過雨錦狼藉，楊柳團烟青旖旎，梨花滴露珠零碎。　盧摯、雙調沈醉東風、春情：白雪柳絮飛，　紅雨桃花墜。　馬致遠、　中呂粉蝶兒套、　五穀豐登、萬民樂業，　四方寧治。　吳仁卿、越調鬭鵪鶉套、紫花兒序：豐稔年華，太平時世。　劉時中、雙調新水令套、代馬訴寃、駐馬聽：花間不聽紫騮嘶，帳前空嘆烏騅逝。　湯式、中呂普天樂、姑蘇懷古：黃金鎖范蠡身，花露滴西施泪。　汪元亨、中呂朝天子、歸隱：秋菊宜餐，春蘭堪佩。　張可久、雙調沈醉東風、瓊花：衣冠后土祠，瓔珞神仙珮。　貫雲石、越調鬭鵪鶉套、憶別：嬝嬝婷婷，姿姿媚媚。　張可久、仙呂點絳唇套、翻歸去來辭、油葫蘆：栽五株翠柳籠烟密　、種一籬黃菊凝霜媚。　張可久、仙呂點絳唇套、翻歸去來辭、么：新生禾葉層層密、長流泉水涓涓細，初開黃菊叢叢媚。湯式、雙調湘妃引、題情：生香玉碾就美容儀，回文錦攢成巧見識，解語花簇出春嬌媚。　貫雲石、雙調清江引、詠梅：偏宜雪月交，不惹蜂蝶戲。　湯式、南呂一枝花套、贈妓素蘭：散清風烟月中，逞素質風塵內。

入作去

日⊙【今日】劉時中、雙調新水令套、代馬訴冤、得勝令：若論着今日。【半日】無名氏、仙呂賞花時養：沈吟了半日。【白日】湯式、中呂普天樂、送丁起東同陜：金匱消白日。盧摯、雙調蟾宮曲：剛分得一半兒白日。【生日】張養浩、雙調胡十八：遇生日。【何日】湯式、南呂一枝花套、贈玉芝春、梁州：相遇是何日。【明日】張可久、中呂朝天子、道院中碧桃：題詩記清明日。【昨日】湯式、中呂普天樂、姑蘇懷古：一代英雄如昨日。【當日】張養浩、中呂山坡羊、未央懷古：三傑當日。湯式、般涉調哨遍套、新建构欄教坊求贊：聖遍飛龍當日。【曉日】貫雲石、南呂金字經：金芽薰曉日。【三竿日】汪元亨、中呂朝天子、歸隱：睡不足三竿日。【九十日】張養浩、雙調胡十八：試算春、九十日。【三十日】張可久、中呂朝天子、遊春：三月三十日。【思向日】馬致遠、商調水仙子套：鎮日傷懷思向日。【紗窗日】汪元亨、正宮醉太平、警世：奕棋聲、敲上紗窗日。【昇平日】馬致遠、中呂粉蝶兒套：九王龍飛、四海昇平日。【無常日】馬致遠、南呂四塊玉、嘆世：到頭來難免無常日。【韶華日】張可久、中呂粉蝶兒套、春思、堯民歌：都則爲辜負了韶華日。【堯天舜日】馬致遠、中呂粉蝶兒套：道德天地、堯天舜日。

覓⊙【尋覓】張養浩、中呂朝天曲、詠四景、冬：將詩尋覓。張養浩、中呂朝天曲：到處相尋覓。馬致遠、雙調清江引、野興：樵夫覺來山月底、釣叟來尋覓。【難覓】湯式、中呂山坡羊、書懷示友人一：桃源有路難尋覓。

蜜【甜如蜜】汪元亨、雙調雁兒落過得勝令、歸隱：村酒甜如蜜。【蜂兒蜜】胡祗遹：中呂喜春來、春景：閒花醞釀蜂兒蜜。

墨⊙【烏龍墨】湯式、南呂一枝花套、贈草聖：挽滄溟磨徹烏龍墨。

密【機密】曾瑞、中呂快活三過朝天子、老風情：私情機密。【織密】湯式、南呂一枝花套、贈錢塘鑷者、梁州：烏犀篦雕鏤得織密。【彤雲密】張可久、中呂賣花聲、冬：陰風四野彤雲密。【

花陰密】湯式、般涉調哨遍套、新建构欄敎坊求贊、五煞：柳影濃花陰密。【層層密】張可久、仙呂點絳唇套、翻歸去來辭、么：新生禾葉層層密。【攢楹密】湯式、南呂一枝花套、爲越中沙子正賦：直幹攢楹密。【籠烟密】張可久、仙呂點絳唇套、翻歸去來辭、油葫蘆：栽五株翠柳籠烟密。【絲絲密】曾瑞、般涉調哨遍套、塵腰、耍孩兒：刺得絲絲密密。

立⊙

【侍立】湯式、南呂一枝花套、詠素蟾、梁州：矮婆娑翰林客、硯池邊侍立。【兩行立】吳仁卿、越調鬬鵪鶉套、元宵：翠袖瓊簪兩行立。

瀝

【滴瀝】湯式、雙調沈醉東風、避龍泉寺：海眼靈泉滴瀝。

力

【勞力】無名氏、正宮六么令套、尾：空勞力。【費力】曾瑞、般涉調哨遍套、塵腰：特遣人勞心費力。【氣力】張養浩、雙調慶東原：用了無窮的氣力。【千鈞力】劉時中、雙調新水令套、代馬訴冤、雁兒落：誰識我千鈞力。【春無力】湯式、雙調風入松、尋春不遇：弱紅嬌黛春無力。【鉛華力】湯式、南呂一枝花套、詠素蟾、尾聲：嬋娟不假鉛華力。【陽和力】湯式、南呂一枝花套、贈玉芝春：不假陽和力。【鋤鉋力】張可久、仙呂點絳唇套、翻歸去來辭、那吒令：自得鋤鉋力。【擔山力】鄧玉賓、正宮叨叨令、道情：爲家私費盡了擔山力。【勞神費力】張可久、仙呂點絳唇套、翻歸去來辭、鵲踏枝：誰待要勞神費力。【晚風無力】馬致遠、雙調壽陽曲：珠簾外晚風無力。

益⊙

【無益】張養浩、中呂山坡羊：於身無益。張養浩、雙調慶東原：想這虛名聲、到底原無益。

【盈溢】張養浩、中呂山坡羊：金銀盈溢。

溢

液

【玉液】吳仁卿、越調鬬鵪鶉套、滿斟王液。【雲液】盧摯、中呂朱履曲、雪中黎正卿、招飲：泛公子樽中雲液。【瓊液】張可久、中呂賣花聲、冬：滿斟瓊液。【瓊漿王液】吳仁卿、越調鬬鵪鶉套、禿廝兒：光祿寺瓊漿玉液。

役

【形役】張可久、仙呂點絳唇套、翻歸去來辭、混江龍：既心爲形役。【左役】吳仁卿、越調鬬鵪鶉套、小桃紅：百姓安無差役。

翼

【比翼】貫雲石、越調鬬鵪鶉套、憶別、調笑令：效連理鶼鶼比翼。【鱗翼】關漢卿、中呂古調石榴花套、怨別、三台滾鮑老：俺也自知絕鱗翼。【鸞翼】曾瑞、般涉調哨遍套、麈腰、六煞：縫成倒鳳顚鸞翼。【鵾鵬翼】馬致遠、般涉調哨遍套、張玉嵒草書：撇一撇如展鵾鵬翼。

邑

【論功賜邑】湯式、南呂一枝花套、贈人、尾聲：比及待論功賜邑。

憶

【空相憶】貫雲石、越調鬬鵪鶉套、憶別、尾：玉人別後空相憶。

藉

【狼藉】湯式、雙調湘妃引、題情：玉生香怎受狼藉。湯式、雙調湘妃避月宮、春閨情：海棠過雨錦狼藉。

入〇粒笠曆歷櫪靂皪

栗〇逸易埸譯驛鎰鷁

腋掖疫一佾泆乙揖射

翊〇勒肋〇劇〇匿

【對偶】王伯成、越調鬬鵪鶉套：龍光美景，和風暖日。湯式、中呂普丁樂、送丁起東回陝：玉立照青春，金匱消白日。汪元亨、雙調雁兒落過得勝令、歸隱：山翁醉似泥，村酒甜如蜜。湯式、南呂一枝花套、贈玉芝春：休言雨露恩，不假陽和力。鄧玉賓、正宮叨叨令、道情：爲兒女使盡了拖刀計，爲家私費盡了擔山力。

第五部

（魚模）

陰平

居⊙

【日居】張養浩、中呂朝天曲：日居月諸。【共居】湯式、南呂一枝花套、雲山圖爲儲公子賦、尾聲：但能夠青山共居。【安居】貫雲石、雙調新水令套、皇都元日、攪箏琶：民亦安居。劉時中、正宮端正好套、上高監司、滾綉毬：窩藏着家裏安居。【故居】張可久、雙調沈醉東風、湖上晚眺：林君復先生故居。【幽居】張可久、雙調折桂令、幽居次韻：不到幽居。張可久、越調柳營曲、湖上：水竹幽居。【春居】劉時中、越調小桃紅：春來苦欲伴春居。【起居】湯式、南呂一枝花套、贈儒醫任先生歸隱、尾聲：東里先生問起居。【深居】盧摯、雙調蟾宮曲、白蓮：雲水深居。【閑居】湯式、雙調天香引、送任先生歸隱：先生樂道閑居。【閒居】汪元亨、雙調折桂令、歸隱：韜光晦迹閒居。【廣居】湯式、正宮端正好套、詠荊南佳麗、尾聲：綽約仙君莅廣居。【隱居】張養浩、雙調胡十八：自隱居。喬吉、中呂滿庭芳、漁父詞：江湖隱居。湯式、雙調沈醉東風、江村即事：有客攜樽到隱居。【水上居】張可久、正宮端正好套、漁樂、尾聲：我離樵夫水上居。【好處居】楊景輝、黃鍾者刺古：揀山林好處居。曾瑞、中呂快活三過朝天子、警世：揀溪山好處居。汪元亨、雙調沈醉東風、歸田：揀箇溪山好處居。【何處居】湯式、中呂謁金門、長亭道中：問田父何處居。【武昌居】劉時中、雙調水仙操、寓意武昌元貞：人言不向武昌居。【高士居】張養浩、雙調清江引、詠秋日海棠：花竹滿亭高士居。【借榻居】湯式、南呂一枝花套、題雲巢、尾聲：送果猿來借榻居。【無事居】盧摯、商調梧葉兒：平安過，無事居。【奇貨難居】盧摯、雙調蟾宮曲、潁川懷古：笑邯鄲奇貨難居。

裾

【雲裾】貫雲石、雙調蟾宮曲：夢斷雲裾。【翠裾】汪元亨、雙調雁兒落過得勝令、歸隱：烟霞擁翠裾。【襟裾】湯式、南呂一枝花套、贈儒醫任先生歸隱、梁州：懶散襟裾。劉時中、正宮端正好套、上高監司、十二月：出落着馬牛襟裾。湯式、南呂一枝花套、夢遊江山爲友人賦、梁州：贏得些是非塵不到襟裾。【粗布裾】盧摯、商調梧葉兒：低簷屋，粗布裾。

琚

【珮琚】湯式、正宮端正好套、詠判南佳麗、滾繡球：隔琳窗霞綃響珮琚。【瓊琚】張可久、中呂紅綉鞋、簡呂實夫理問：列神仙玉珮瓊琚。

車

【巾車】張可久、雙調折桂令、幽居次韻：落日巾車。【舟車】薛昂夫、中呂山坡羊：厭舟車。【香車】湯式、中呂醉高歌帶紅綉鞋、送大本之任：新夫人穩坐香車。【高車】汪元亨、正宮醉太平、警世：乘駟馬高車。【隨車】劉時中、雙調折桂令、送王叔能赴湘南廉使：敎雨隨車。【七香車】湯式、南呂一枝花套、夏閨怨、採茶歌：我貪愛七香車。【皂蓋車】汪元亨、雙調雁兒落過得勝令、歸隱：身離皂蓋車。【駟馬車】馬致遠、雙調撥不斷：題柱雖乘駟馬車。

駒

【過隙駒】馬致遠、雙調撥不斷：紅日如奔過隙駒。

拘

【囚拘】張養浩、雙調胡十八：似囚拘。【無所拘】楊景輝、黃鍾者剌古：無所拘，樂自如。張可久、正宮端正好套、漁樂、倘秀才：蕩蕩悠悠無所拘。

⊙諸

【月諸】張養浩、中呂朝天曲：日居，月諸。【居諸】徐再思、雙調蟾宮曲、姑蘇臺：日月居諸。

豬

【問豬】薛昂夫、中呂朝天曲：問豬，引取，好辯長於喻。

朱

【陶朱】湯式、雙調天香引、送任先生歸隱：也效陶朱。劉時中、雙調水仙操、寓意武昌元貞：便改姓陶朱。【程朱】湯式、南呂一枝花套、題心遠軒、梁州：易論程朱。【惡紫奪朱】劉時中、正宮端正好套、上高監司、十二月：怎禁他惡紫奪朱。

姝

【情姝】盧摯、雙調蟾宮曲、白蓮：怕紅裙不稱情姝。【艷姝】張可久、中呂上小樓、春思：誰家艷姝。【金屋嬌姝】湯式、南呂一枝花套、冬景題情、感皇恩：冷落了金屋嬌姝。

株

【千株】張可久、正宮小梁州、湖山堂上醉題：湖山堂上柳千株。【千萬株】張可久、雙調落梅風、西湖：正花開玉梅千萬株。

蛛

【蜘蛛】湯式、南呂一枝花套、題友田老窩、梁州：雀堪羅忙煞蜘蛛。無名氏、雙調折桂令、別後：墜青絲簷外蜘蛛。

誅

【罪必誅】劉時中、正宮端正好套、上高監司、十一：那想官有嚴刑罪必誅。

珠

【佩珠】張可久、中呂上小樓、春思：解佩珠。【明珠】湯式、南呂一枝花套、贈儒醫任先生歸隱、梁州：簸弄明珠。湯式、南呂一枝花套、冬景題情：萬里迸明珠。張可久、中呂滿庭芳、黃巖四樓：白龍眠懶吐明珠。張可久、中呂滿庭芳、九曲溪上：月波寒九曲明珠。【金珠】張養浩、南呂一枝花套、詠喜雨、梁州：澄河沙都變化做金珠。【垂珠】張可久、中呂滿庭芳、雲林隱居：小篆垂珠。【珍珠】張養浩、雙調折桂令：玉帛珍珠。湯式、南呂一枝花套、夏閨怨、梁州：玉搔頭線脫珍珠。【綠珠】喬吉、雙調水仙子、歌者睥睨潦倒故賦此咎焉：拚明珠換綠珠。張可久、仙呂一半兒、落花：樓下名姬墜綠珠。湯式、南呂一枝花套、題友田老窩、梁州：止不過錦障春深醉綠珠。【露珠】喬吉、雙調清江引、有感：筆尖和露珠。【驪珠】喬吉、雙調折桂令、七夕贈歌者：一曲驪珠。張可久、中呂朝天子、梅友元帥席上：阿蓮嬌吻貫驪珠。【泪如珠】白樸、中呂陽春曲、題情：香臉泪如珠。【掛珍珠】馬致遠、越調小桃紅、夏：映簾十二掛珍珠。【鳳口珠】徐再思、雙調賣花聲：碧珥香銜鳳口珠。【剪玉跳珠】盧摯、中呂朱履曲、雪中黎正卿招飲：是誰敎剪玉跳珠。

◎蘇

【姑蘇】徐再思、雙調蟾宮曲、姑蘇臺：荒臺誰望姑蘇。湯式、越調姑蘇感懷：姑蘇臺上望姑蘇。

酥

【心酥】馬致遠、南呂一枝花套、惜春、殢春嬌一點心酥。【瓊酥】湯式、雙調天香引、代友人書其三：荔枝膏茶攪瓊酥。湯式、南呂一枝花套、夏閨怨、梁州：蘭蕊膏倦攪瓊酥。【玉盤酥】劉時中、仙呂醉扶歸、賦粉團兒：香膩玉盤酥。【腕玉胸酥】張可久、雙調折桂令、歌姬施氏：香馥馥腕玉胸酥。【膩玉嬌酥】湯式、雙調湘妃引、自述：一夜一箇膩玉嬌酥。

穌

【廜穌】湯式、南呂一枝花套、題雲巢、梁州：小若廜穌。湯式、南呂一枝花套、贈儒醫任先生歸隱、梁州：少不得傍東湖苫箇廜穌。

⊙逋

【老逋】楊淡齋、雙調湘妃怨：竟往西湖探老逋。【林逋】張可久、雙調燕引雛、雪晴過揚子渡坐江風山月亭：梅隱林逋。貫雲石、雙調蟾宮曲：清淡林逋。曾瑞、正宮醉太平：孤山山下醉林逋。汪元亨、南呂一枝花套、閑樂、梁州：清高似老孤山不仕林逋。

晡

【春日晡】汪元亨、南呂一枝花套、閑樂、梁州：靜掩柴扉春日晡。

鋪

【淺鋪】張養浩、中呂朝天曲、詠美：翠梳，淺鋪。【慵鋪】湯式、南呂一枝花套、冬景題情、梁州第七：綉榻慵鋪。【似錦鋪】張可久、正宮端正好套、漁樂、滾綉球：黃蘆岸似錦鋪。馬致遠、南呂一枝花套、惜春：滿地殘花似錦鋪。【金廂翠鋪】劉時中、仙呂醉中天、一步步金廂翠鋪。

⊙樞

【桑樞】汪元亨、雙調折桂令、歸隱：甕牖桑樞。

⊙粗

【心粗】劉時中、正宮端正好套、上高監司、滾綉球：一箇箇膽大心粗。【膽氣粗】劉時中、正宮端正好套、上高監司、小梁州：這廝每玩法欺公膽氣粗。

⊙梳

【玉梳】張養浩、中呂朝天子、詠美：雲堆玉梳。【粧梳】薛昂夫、中呂山坡羊、中呂山坡羊、苦雨：淺粧梳。薛昂夫、中呂山坡羊、苦雨：淡粧梳。張可久、中呂上小樓、春思：道樣粧梳。貫雲石、雙調蟾宮曲：是嫦娥厭倦粧梳。張可久、中呂紅綉鞋、西湖雨：糊塗了西子粧梳。【腦梳】劉時中、正宮端正好套、上高監司、八：火炭似眞金裹腦梳。【翠梳】張養浩、中呂朝天子、詠美：翠梳，淺鋪。【慵梳】湯式、雙調沈醉東風、適意：亂蓬鬆白髮慵梳。【粉粧梳】盧摯、中呂朱履曲、雪中黎正卿招飲：是誰把溪山粉粧梳。

蔬

【山蔬】楊景輝、黃鍾者刺古：澆野菜山蔬。【栽蔬】湯式、南呂一枝花套、題友老田窩、梁州：賃圃栽蔬。

疏

【故人疏】張可久、正宮端正好套、漁樂、倘秀才：市朝遠，故人疏。【題情疏】張可久、雙調殿前歡、湖上宴集：紅錦題情疏。【名香二疏】張可久、雙調折桂令、肅齋趙使君致仕歸：桀故里名香二疏。

疎

【扶疎】薛昂夫、雙調殿前歡、夏：柳扶疎。張可久、雙調慶宣和、毛氏池亭：老樹扶疎。貫雲石、雙調蟾宮曲：春景扶疎。汪元亨、雙調雁兒落過得勝令、歸隱：松竹影扶疎。湯式、南呂一枝花套、題雲巢：雲底樹扶疎。張可久、中呂普天樂、鶴林觀夜空：小闌干花影扶疎。【狂疎】劉時中、中呂山坡羊、懷武昌次郭振卿韻：任狂疎。盧摯、雙調殿前歡：任意狂疎。【通疎】商左山、雙調潘妃曲：更通疎。【蕭疎】湯式、南呂一枝花套、題友田老窩：四壁蕭疎。湯式、中呂普天樂、錢塘懷古：風物蕭疎。湯式、中呂普天樂、友人爲人所誣赴杭：囊槖蕭疎。湯式、南呂一枝花套、夏閨怨：一弄兒蕭疎。張養浩、中呂山坡羊、驪山懷古：只見草蕭疎。【瀟疎】呂止軒、雙調風入松套：俏風格似此瀟疎。【百慮疎】湯式、南呂一枝花套、題心遠軒、梁州：便覺平生百慮疎。【景物疎】馬致遠、雙調壽陽曲、洞庭秋月：春歸時寂寞景物疎。【信音疎】白樸、中呂陽春曲、題情：才郎一去信音疎。【翠扶疎】張可久、正宮小梁州、湖山堂上醉題：涼影翠扶疎。張可久、雙調殿前歡、離思：柳枝和月翠扶疎。【禮儀疎】劉時中、正宮端正好套、上高監司、十：扭蠻腰禮儀疎。【活計蕭疎】張可久、正宮端正好套、漁樂：打魚人活計蕭疎。湯式、南呂一枝花套、冬景題情、梁州第七：怪不得活計蕭疎。【柳葉長疎】關漢卿、雙調沈醉東風：眉橫柳葉長疎。【桂影扶疎】張可久、正宮端正好套、漁樂、脫布衫：月初升桂影扶疎。【紫荳花疎】湯式、雙調沈醉東風：蟪蛄啼紫荳花疎。【銀雁行疎】湯式、雙調沈醉東風、悼伶女：錦箏閑銀雁行疎。【綠暗紅疎】馬致遠、南呂一枝花套、惜春：冷清清綠暗紅疎。

虛⊙

【成虛】湯式、雙調天香引、代友人書其三：好事成虛。【步虛】張可久、雙調慶東原、越山卽事：聽道士步虛。【空虛】張養浩、雙調折桂令：總是空虛。湯式、南呂一枝花套、冬景題情、梁州第七：鴛枕空虛。湯式、南呂一枝花套、題心遠軒、梁州：一簾隔萬里空虛。【盈虛】虞集、雙調折桂令、蜀漢遺事：天數盈虛。【清虛】張可久、雙調折桂令、壽溪月王眞人：

錦芙蓉玉府清虛。【無虛】劉時中、正宮端正好套、上高監司、滾繡球：軍百戶十錠無虛。【碧虛】湯式、正宮端正好套、詠荆南佳麗、滾繡球：金屋稜層絢碧虛。【木玄虛】湯式、南呂一枝花套、夢遊江山爲友人賦：海週遭曾問木玄虛。【少實多虛】貫雲石、越調鬪鵪鶉套、佳偶、天淨沙：甚世曾少實多虛。【萬象空虛】湯式、南呂一枝花套、題雲巢、梁州：雲收也萬象空虛。

墟

【丘墟】徐再思、雙調蟾宮曲、姑蘇臺：臺殿丘墟。【郊墟】馬致遠、殘曲、雙調碧玉簫：涼意八郊墟。【廣漠墟】湯式、正宮端正好套、詠荆南佳麗、尾聲：萬里神遊廣漠墟。

吁

【長吁】姚燧、中呂醉高歌、感懷：十年書劍長吁。關漢卿、雙調沈醉東風：但開口只是長吁。湯式、南呂一枝花套、夏閨怨、梁州：蕩幾陣藕花風助一口長吁。【嗟吁】湯式、中呂山坡羊、書懷示友人：莫嗟吁。張可久、仙呂一半兒、落花：謾嗟吁。無名氏、雙調折桂令、別後：枕上嗟吁。湯式、南呂一枝花套、冬景題情：無語嗟吁。【嘆吁】張養浩、雙調胡十八：好教我嘆吁。薛昂夫、中呂朝天曲：秦王一嘆吁。張養浩、南呂一枝花套、詠喜雨、尾聲：赤子從今罷嘆吁。白樸、中呂陽春曲、題情：長嘆吁。【謾嗟吁】張可久、中呂朱履曲、湖上有感：物是人非謾嗟吁。

⊙蛆

【蟲蛆】劉時中、正宮端正好套、上高監司：好教他鞭背出蟲蛆。

⊙沮

【法度沮】劉時中、正宮端正好套、上高監司、十一：這兩三年法度沮。

趄

【趑趄】湯式、中呂普天樂、送人遷居金陵：舉步趑趄。劉時中、正宮端正好套、上高監司、十二月：足欲進而趑趄。湯式、南呂一枝花套、夏閨怨、梁州：上粧樓一步一箇趑趄。

苴

【苞苴】劉時中、正宮端正好套、上高監司、五：不事苞苴。

⊙孤

【山孤】張可久、越調天淨沙、孤山雪夜：雪中樹老山孤。【同孤】張養浩、中呂朝天子、詠美：畫闌誰與月同孤。【鸞孤】張可久、中呂上小樓、春思：月冷鸞孤。湯式、南呂一枝花套、夏閨怨、梁州：鳳隻鸞孤。薛昂夫、中呂朝天曲：誰知鳳隻與鸞孤。【人影孤】馬致遠、雙調壽陽曲：梅梢月斜人影孤。【釣船孤】張可久、正宮小梁州、湖山堂上醉題：漁翁蓑笠釣船孤。【瘦影孤】張可久、雙調殿前歡、離思：燈殘瘦影孤。【影兒孤】無名氏、中呂喜春來：青燈相伴影兒孤。【青鸞影孤】劉時中、仙呂醉扶歸、賦粉團兒：曉鏡青鸞影孤。湯式、雙調沈醉東風、悼伶女：寶鏡缺青鸞影孤。【鳳隻鸞孤】無名氏、雙調折桂令、別後：一年餘鳳隻鸞孤。

辜

【不可辜】馬致遠、殘曲、雙調碧玉簫：好風光不可辜。

鴣

【鷓鴣】張可久、越調柳營曲、湖上：舞闌雙鷓鴣。張可久、仙呂一半兒、落花：枝上翠陰啼鷓鴣。徐再思、仙呂一半兒、落花：金谷魂消啼鷓鴣。張可久、雙調沈醉東風、瓊珠臺：琪樹暖青山鷓鴣。無名氏、雙調折桂令、別後：啼翠靄林間鷓鴣。湯式、雙調沈醉東風、悼伶女：檀板歇聲沈鷓鴣。喬吉、雙調水仙子、歌者睥睨潦倒故賦此答焉：羅袖香番錦鷓鴣。

酤

【自酤】湯式、雙調沈醉東風、書懷：詩自吟哦自酤。

沽

【旋沽】湯式、南呂一枝花套、贈儒醫任先生歸隱、尾聲：濁醪旋沽。【屠沽】薛昂夫、中呂朝天曲：再遷市井厭屠沽。【開沽】劉時中、正宮端正好套、上高監司、滾綉球：喚清之必定開沽。【須沽】姚燧、中呂滿庭芳、酒無多帶月須沽。【頻沽】盧摯、雙調殿前歡：酒頻沽。【花外沽】湯式、中呂山坡羊、書懷示友人三：酒，花外沽。【當劍沽】楊淡齋、雙調湘妃怨：無錢當劍沽。【酒新沽】喬吉、正宮醉太平、漁樵閒話：柴換酒新沽。【濁酒沽】鄭光祖、正宮塞鴻秋：頻將濁酒沽。

枯⊙

【焦枯】張養浩、南呂一枝花套、詠喜雨：喚省焦枯。張養浩、雙調得勝令、四月一日喜雨：萬象欲焦枯。【榮枯】劉時中、南呂四塊玉：吳楚交爭幾榮枯。【葉未枯】湯式、南呂一枝花套、夏閨怨、尾聲：也合想連理枝嫩綠成陰葉未枯。【萬刼榮枯】湯式、南呂一枝花套、贈儒醫任先生歸隱、梁州：問安期萬刼榮枯。【蒼梧葉枯】湯式、雙調沈醉東風、書懷：鳳凰去蒼梧葉枯。

紆⊙

【縈紆】張養浩、中呂山坡羊、驪山懷古：水縈紆。【盤紆】湯式、正宮端正好套、詠荆南佳麗、滾綉球：繞雕欄依翠檻展轉盤紆。

烏

【金烏】湯式、南呂一枝花套、夢遊江山爲友人賦、梁州：扣扶桑撼動金烏。【啼烏】張可久、雙調殿前歡、離思：夜啼烏。張可久、中呂上小樓、春思：夜月啼烏。張可久、越調天淨沙、秋感：碧梧井上啼烏。【樹頭烏】湯式、南呂一枝花套、雲山圖爲儲公子賦：羞見樹頭烏。

書

【文書】無名氏、中呂普天樂：點銀燈推看文書。【古書】張可久、正宮端正好套、漁樂、尾聲：散誕消遙看古書。【合書】劉時中、正宮端正好套、上高監司、二：各分旬將勘合書。【休書】湯式、南呂一枝花套、夏閨怨、感皇恩：平安信似休書。【恨書】張可久、雙調殿前歡、湖上宴集：青鸞寫恨書。【看書】任昱、雙調清江引：爭似閉門閒看書。【音書】無名氏、雙調折桂令、別後：不寄音書。【素書】汪元亨、雙調沈醉東風、歸田：怕纒手焚了素書。【寄書】張可久、雙調落梅風、題扇面小景：不寄書。張可久、雙調落梅風、江上寄越中諸友：離愁滿懷難寄書。【無書】湯式、中呂普天樂、錢塘懷古：十載無書。張可久、雙調殿前歡、離思：過雁無書。【琴書】薛昂夫、中呂山坡羊、喜琴書。張可久、雙調折桂令、壽溪月王眞人：開元堂上琴書。張可久、中呂滿庭芳、九曲溪上：竹下琴書。張可久、雙調折桂令、幽居次韻：冷落琴書。【愁書】張可久、越調天淨沙、秋感：芭蕉一卷愁書。【傳書】張可久、中呂滿庭芳、黃巖四樓：無雁可傳書。【誰書】張可久、中呂紅綉鞋、茅山疎翁索賦：矮牆顚草誰書。【簡書】張可久、中呂滿庭芳、雲林隱居：辨汲冢數十車簡書。【觀書】湯式、雙調天香引、送任先生歸隱：青藜杖燃火觀書。湯式、南呂一枝花套、題友田老窩、梁州：鑿壁觀書。【靈書】湯式、正宮端正好套、詠荆南佳麗、脫布衫：奎星燦寶檢靈書。【讀書】馬致遠、雙調撥不斷、嘆寒儒謾讀書。張可久、雙調折桂令、肅齋趙使君致仕歸：教子讀書。張可久、慶東原、越山卽事：教稚子讀書。【六韜書】張可久、中呂紅綉鞋、簡呂實夫理問：渭水岸六韜書。【半行書】徐再思、雙調賣花聲：兩年不寄半行書。【夜看書】白樸、中呂陽春曲、題情：不放才郎夜看書。【枕邊書】汪元亨、中呂朝天子、歸隱：窗前流水枕邊書。【架上書】汪元亨、雙調雁兒落過得勝令、歸隱：無窮架上書。【寄來書】白樸、雙調得勝樂：怕有那新雁兒寄來書。【滿牀書】汪元亨、南呂一枝花套、閑樂：靜閱滿牀書。【廣州書】徐再思、中呂陽春曲、閨怨：却得廣州書。【懶看書】湯式、雙調沈醉東風、適意：如此情懷懶看書。【雲雁能書】張可久、雙調折桂令、湖上卽事：寄離愁雲雁能書。【紫鳳銜書】湯式、中呂普天樂、友人爲人所誣赴杭：盼則盼碧天邊紫鳳銜書。

舒

【眉舒】張可久、雙調折桂令、幽居次韻：柳笑眉舒。【雲舒】張可久、中呂紅綉鞋、開玄堂上：客無心雲捲雲舒。【寬舒】汪元亨、南呂一枝花套、閑樂、黃鍾煞：但將那老鳩巢放寬舒。【拱望舒】湯式、正宮端正好套、詠荆南佳麗、尾聲：報覆道滄海碧雲拱望舒。【或轉或舒】張可久、正宮端正好套、漁樂、滚綉球：暮雲閑或轉或舒。【兩葉眉舒】馬致遠、南呂一枝花套、惜春：消春愁不曾兩葉眉舒。

輸

【贏輸】湯式、南呂一枝花套、題心遠軒、梁州：棋較贏輸。

⊙區

【區區】劉時中、雙調折桂令、農：田家作苦區區。【寰區】貫雲石、雙調新水令套、皇都元日：鬱葱佳氣靄寰區。【扶桑奧區】湯式、正宮端正好套、詠荆南佳麗、倘秀才：蕭爽似瀛海東扶桑奧區。

軀

【身軀】湯式、南呂一枝花套、冬景題情、感皇恩：將惜身軀。湯式、南呂一枝花套、夏閨怨、感皇恩：軟兀剌弱身軀。劉時中、正宮端正好套、上高監司、六：霎時間斷了身軀。張養浩、雙調胡十八：爲些兒名利損了身軀。張養浩、中呂朱履曲：奏事處連忙的退了身軀。

驅

【先驅】無名氏、雙調折桂令、肅齋趙使君致仕歸：郊外先驅。【前驅】盧摯、中呂普天樂、湘陽道中：不用前驅。

⊙鬚

【吟鬚】盧摯、中呂朱履曲、雪中黎正卿招飲：管甚凍了吟鬚。【虎鬚】汪元亨、雙調沈醉東風、歸田：騎虎時捋虎鬚。【蝦鬚】貫雲石、雙調新水令套、皇都元日、鴛鴦煞：簾捲蝦鬚。【鬖鬚】劉時中、正宮端正好套、上高監司、六：愁得一夜秋霜染鬖鬚。

胥

【吏胥】劉時中、正宮端正好套、上高監司、三：鈔法房選吏胥。【華胥】汪元亨、雙調折桂令、歸隱：夢到華胥。馬致遠、南呂一枝花套、惜春：春夢似華胥。

醑

【綠醑】湯式、南呂一枝花套、冬景題情、罵玉郎：斟綠醑。薛昂夫、中呂朝天曲：玉纖捧綠醑。

⊙膚

【肌膚】湯式、南呂一枝花套、夏閨怨、感皇恩：乾支刺瘦肌膚。湯式、南呂一枝花套、冬景題情、梁州第七：恨一番番瘦損了肌膚。【玉雪肌膚】盧摯、雙調蟾宮曲、白蓮：自一種仙家玉雪肌膚。

夫

【工夫】喬吉、雙調折桂令、七夕贈歌者：梳洗工夫。貫雲石、越調鬬鵪鶉套、佳偶、小桃紅：不枉了用工夫。湯式、南呂一枝花套、夏閨怨、梁州：錦廻文枉費工夫。喬吉、雙調水仙子、嘲楚儀：楚巫娥偷取些工夫。【大夫】曾瑞、中呂快活三過朝天子、警世：有見識越大夫。張可久、雙調湘妃怨、德清長橋書事：寺下蒼松王大夫。【丈夫】劉時中、正宮端正好套、上高監司、堯民歌：無毒不丈夫。【士夫】曾瑞、正宮醉太平：相邀士夫。【小夫】劉時中、正宮端正好套、上高監司、脫布衫：成就了閭閻小夫。【功夫】張可久、中呂齊天樂過紅衫兒、道情：十載功夫。湯式、雙調天香引、代友人書其三：月朦朧西廂下用盡功夫。【老夫】張養浩、中呂朝天曲：據着這老夫。劉時中、正宮端正好套、上高監司、滾繡球：到今日、法出姦生笑煞老夫。張可久、雙調水仙子、蘇隄晚興：烏帽風前醉老夫。張養浩、雙調胡十八：恰便似畫圖中間裏著老夫。【匹夫】劉時中、正宮端正好套、上高監司、倘秀才：沒見識街市匹夫。【狂夫】張養浩、雙調胡十八：類狂夫。【姨夫】呂止軒、雙調風入松套、天仙子：猛可裏見姨夫。【農夫】張養浩、雙調得勝令、四月一日喜雨：農夫，舞破蓑衣綠。【漁夫】劉時中、雙調水仙操、寓意武昌元貞：烟波江上漁夫。胡祇遹、雙調沈醉東風：是個識字的漁夫。【樵夫】張可久、黃鍾人月圓、三衢道中有懷會稽：白髮樵夫。【曠夫】湯式、南呂一枝花套、冬景題情、梁州第七：全不想曠夫。【士大夫】胡紫山、雙調沈醉東風。是兩個不識字漁樵士大夫。【大丈夫】劉時中、正宮端正好套、上高監司、十：却不財上分明大丈夫。【楚大夫】馬致遠、南呂四塊玉、洞庭湖：便索他學楚大夫。【學士夫】劉時中、正宮端正好套、上高監司、滾繡球：整扮衣冠學士夫。【薄倖夫】徐再思、中呂陽春曲、閨怨：妾命當逢薄倖夫。【遞運夫】劉時中、正宮端正好套、上高監司、七：虧殺數百千程遞運夫。

玞

【珷玞】湯式、正宮端正好套、詠荊南佳麗、滾繡球：滑擦擦細粼粼布金沙雲階甃珷玞。

趺

【跏趺】湯式、南呂一枝花套、題心遠軒、梁州：只宜竟日跏趺。

呼⊙

【相呼】薛昂夫、雙調殿前歡、夏：士女相呼。姚燧、中呂滿庭芳：笑語相呼。張可久、雙調沈醉東風、湖上：提葫蘆有意相呼。【追呼】張可久、中呂紅繡鞋、簡呂實夫理問：鶯燕任追呼。【異呼】劉時中、正宮端正好套、上高監司、倘秀才：有背心剜心異呼。【喧呼】汪元亨、雙調雁兒落過得勝令、歸隱：禽鳥語喧呼。湯式、南呂一枝花套、題心遠軒、梁州：不聞滿耳喧呼。【歌呼】劉時中、雙調折桂令、農：暢飲歌呼。【嵩呼】貫雲石、雙調新水令套、夏都元日、鴛鴦煞：拜舞嵩呼。【笑喧呼】湯式、南呂一枝花套、冬景題情、採茶歌：幾時得笑喧呼。【任我歌呼】張可久、正宮小梁州、湖山堂上醉題：喜無人任我歌呼。

乎

【云乎】劉時中、正宮端正好套、上高監司、滾繡球：何足云乎。【安乎】劉時中、正宮端正好套、上高監司、滾繡球：於汝安乎。

初⊙

【如初】徐再思、雙調蟾宮曲、姑蘇臺：山色如初。【從初】劉時中、正宮端正好套、上高監司、耍孩兒十三煞：有刀圭泉布從初。【當初】湯式、南呂一枝花套、夏閨怨、罵玉郎：悔當初。湯式、雙調天香引、代友人書其三：提出當初。【三月初】馬致遠、南呂一枝花套、惜春：正是斷人腸三月初。【太古初】湯式、正宮端正好套、詠荊南佳麗、尾聲：一寸心存太古初。【月上初】喬吉、雙調水仙子、嘲楚儀：停歌月上初。【弊若初】劉時中、正宮端正好套、上高監司、四：但因循弊若初。【斷如初】劉時中、正宮端正好套、上高監司、堯民歌：漢國蕭何斷其初。

都⊙

【仙都】張可久、雙調折桂令、歌姬施氏：同醉仙都。【西都】張養浩、中呂山坡羊、潼關懷古：望西都。【江都】湯式、黃鍾出隊子、酒色財氣四首——色：開皇戈甲出江都。【洪都】劉時中、正宮端正好套、上高監司：據江西劇郡洪都。【皇都】張可久、雙調折桂令、壽溪月王眞人：召入皇都。貫雲石、雙調新水令套、夏都元日：瞻仰皇都。馬致遠、南呂一枝花套、惜春：和氣滿皇都。呂止軒、雙調風入松套：春色滿皇都。【故都】盧摯、雙調蟾宮曲、潁川懷古：記宦遊三川故都。【淸都】湯式、正宮端正好套、詠荆南佳麗、脫布衫：丹青繪絳闕淸都。湯式、南呂一枝花套、夢遊江山爲友人賦、梁州：知他是紫府也那淸都。【故國都】張可久、雙調落梅風、客金陵、臺城路、故國都。【帝王都】庾吉甫、商角調黃鶯兒套、踏莎行：據秦淮終是帝王都。

鴖俱〇瀦郲侏〇甦〇
餔〇樗攄〇芻〇噓嘘
歔〇趍〇疽狙睢〇姑
蛄菰觚〇刳〇迂於〇

嗚汙〇紓〇貙〇順繻
需繻〇鈇敷麩孚鄜莩
枹桴郛〇租

【對偶】

貫雲石、雙調新水令套、皇都元日、攪箏琶：軍盡歡娛，民亦安居。湯式、南呂一枝花套、贈儒醫任先生歸隱、尾聲：清溪道士爲賓主，東里先生問起居。湯式、南呂一枝花套、題雲巢、尾聲：聽琴鶴至分牀宿，送果猿來借榻居。汪元亨、南呂一枝花套、閑樂：碧梧高彩鳳深栖，滄溟濶鯨鰍隱居。盧摯、商調梧葉兒：低簷屋，粗布裾。湯式、南呂一枝花套、贈儒醫任先生歸隱、梁州：逍遙巾幘，懶散襟裾。湯式、南呂一枝花套、夢遊江山爲友人賦，梁州：圖得些風月情長沾肺腑，贏得些是非塵不到襟裾。貫雲石、雙調蟾宮曲：月枕冰痕，露凝荷泪，夢斷雲裾。汪元亨、正宮醉太平、警世：住雕牆峻宇，乘駟馬高車。湯式、南呂一枝花套、夏閨怨、採茶歌：他指望八仙圖，我貪愛七香車。　湯式、中呂醉高歌帶紅綉鞋、送大本之任：老母親賸飡天祿，新夫人穩坐香車。　湯式、南呂一枝花套、題心遠軒、梁州：玄參黃老，易論程朱。　無名氏、雙調折桂令、別後：啼翠靄林間鷓鴣，墜青絲簷外蜘蛛。　無名氏、雙調壽陽曲：盃擎玉，淚閣珠。　喬吉、雙調折桂令、七夕贈歌者：一片青旗，一曲驪珠。　張可久、中呂滿庭芳、雲林隱居：新詩綴玉，小篆垂珠。　湯式、南呂一枝花套、冬景題情：九天飛碎玉，萬里迸明珠。　張可久、中呂滿庭芳、黃巖西樓：玄鶴去空遺倦羽，白龍眠懶吐明珠。盧摯、中呂朱履曲、雪中黎正卿招飲：雖不至撏綿扯絮，是誰敎剪玉跳珠。　徐再思、雙調賣花聲：紅羅佩吐獅頭玉，碧珥香銜鳳口珠。　張可久、中呂滿庭芳、九曲溪上：雲樹淡十幅畫圖，月波寒九曲明珠。　劉時中、仙呂醉扶歸、賦粉團兒：色映金莖露，香膩玉盤酥。　張可久、雙調折桂令、歌姬施氏：嬌滴滴眉雲眼雨，香馥馥腕玉胸酥。　湯式、南呂一枝花套、題雲巢、梁州：寬如舴艋，小如屠蘇。　張可久、雙調燕引雛、雪晴過揚子渡坐江風山月亭：茶香陸羽，梅隱林逋。　曾瑞、正宮醉太平：蘇隄隄上尋芳

樹、斷橋橋畔沽醽醁，孤山山下醉林逋。　汪元亨、南呂一枝花套、閑樂、梁州：傲慢似去彭澤棄職陶潛，疎散如困夔府豪吟杜甫，淸高似老孤山不仕林逋。　湯式、雙調沈醉東風、適意：破陸續青衫旋補，亂蓬鬆白髮慵梳。　張可久、中呂上小樓、春思：秋水芙蕖，春風笑語，道樣粧梳。　湯式、南呂一枝花套、題友田老窩、梁州：隔牆貫酒，鑿壁觀書，拾薪煮茗，賃圃栽蔬。　張可久、正宮端正好套、漁樂、倘秀才：市朝遠、故人疏。　湯式、中呂普天樂、友人爲人所誣赴杭：襟懷磊塊，囊橐蕭疎。　湯式、雙調天香引、代友人書其三：好事成虛，親變成疎。　湯式、南呂一枝花套、題雲巢：樹頭雲鬆，雲底樹扶疎。　張可久、正宮端正好套、漁樂、脫布衫：雨纔過山色模糊，月初升桂影扶疎。湯式、雙調沈醉東風、書懷：鳳凰去蒼梧葉枯，蟪蛄啼紫荳花疎。　湯式、雙調沈醉東風、悼伶女：寶鏡缺青鸞影孤，錦箏閑銀雁行疎。　湯式、中呂普天樂、錢塘懷古：亭臺拽塌、笙歌靜悄、風物蕭疎。　湯式、南呂一枝花套、題心遠軒、梁州：七竅達八荒廣漠，一簾隔萬里空虛。湯式、南呂一枝花套、題雲巢、梁州：雲生也四

壁模糊，雲定也一團蓊鬱，雲收也萬象空虛。 湯式、正宮端正好套、詠荊南佳麗、尾聲：一寸心存太古初，萬里神遊廣漠墟。 湯式、南呂一枝花套、夏閨怨、梁州：下幾點梅子雨間一行情淚，蕩幾陣藕花風助一口長吁。 湯式、中呂普天樂、送人遷居金陵：滿懷悵快，舉步趑趄。 劉時中、正宮端正好套、上高監司、十二月：口將言而囁嚅，足欲進而趑趄。 張可久、中呂上小樓、春思：水遠魚沉，節去蜂愁，月冷鸞孤。 湯式、南呂一枝花套、贈儒醫任先生歸隱、尾聲：清茶自煮，濁醪旋沽。 姚燧、中呂滿庭芳：魚有剩和烟旋煮，酒無多帶月須沽。 湯式、南呂一枝花套、贈儒醫任先生歸隱、梁州：覈老聃千言道德，問安期萬刼榮枯。 湯式、南呂一枝花套、夏閨怨、尾聲：難忘了並頭蓮空房獨守心自苦，也合想連理枝嫩綠成陰葉未枯。 張可久、越調天淨沙、秋感：翠萍波底遊魚，碧梧井上啼烏。 張可久、中呂上小樓、春思、廢沼鳴蛙，疎籬吠犬，夜月啼烏。 湯式、南呂一枝花套、雲山圖爲儲公子賦：長歌陡岵詩，飽玩閑居賦，倦聽花底鶯，羞見樹頭烏。 薛昂夫、中呂山坡羊：厭舟車，喜琴書。 張可久、雙調落梅風、憶西湖：青鸞信，白雁書。 馬致遠、雙調壽陽曲：南傳信，北寄書。 湯式、中呂普天樂、錢塘懷古：幾番有墓、十載無書。 張可久、中呂紅綉鞋、茅山疎翁索賦：小洞開花何處，矮牆顛草誰書。 張可久、中呂紅綉鞋、簡呂實夫理問：岳陽樓三醉酒，渭水岸六韜書。 張可久、雙調折桂令、壽溪月王眞人：環綠亭前畫圖，開元堂上琴書。 汪元亨、雙調雁兒落過得勝令、歸隱：頻沽，有限杯中物；熟讀，無窮架上書。 張可久、雙調折桂令、湖上卽事：留客醉山花解舞，寄離愁雲雁能書。 湯式、正宮端正好套、詠荊南佳麗、脫布衫：丹青繪絳闕清都，奎星燦寶檢靈書。 湯式、南呂一枝花套、夏閨怨、感皇恩：叮嚀話總虛詞，斷腸詩成故紙，平安信似休書。 湯式、中呂普天樂、友人爲人所誣赴杭：去則去滄波中白鷗念侶，想則想瑤臺畔青鸞寄語，盼則盼碧天邊紫鳳銜書。 張可久、正宮端正好套、漁樂、滾綉球：野鷗閑自來自去，暮雲閑或轉或舒。 張可久、中呂紅綉鞋、開玄堂上：花有信春來春去，客無心雲捲雲舒。 胡紫山、雙調沈醉東風：漁得漁心滿願足，樵得樵眼笑眉舒。 湯式、南呂一枝花套、題心遠軒、梁州：詩敲險性，棋較贏輸。 貫雲石、雙調新水令套、皇都元日、鴛鴦煞：帳沒鮫綃，簾捲蝦鬚。 湯式、南呂一枝花套、冬景題情、梁州第七：愁一陣一陣陣癡呆了心目，恨一番一番番瘦損了肌膚。 張可久、雙調湘妃怨、德清長橋書事：花前白酒一葫蘆，寺下蒼松五大夫。 湯式、南呂一枝花套、夏閨怨、梁州：紫香囊徒效殷勤，白紈扇空題詩句，錦迴文枉費工夫。 湯式、雙調天香引、代友人書其三：花掩映東牆外通些肺腑，月朦朧西廂下用盡功夫。 湯式、南呂一枝花套、夏閨怨、 罵玉郎：嗟往事，悔當初。 喬吉、雙調水仙子、嘲楚儀：殢酒人未歸，停歌月上初。 張可久、雙調落梅風、客金陵：臺城路，故國都。

陽平

廬⊙

【吾廬】湯式、越調小桃紅、姑蘇感懷：挼吾廬。張可久、雙調折桂令、壽溪月王眞人：吾愛吾廬。張可久、雙調折桂令、幽居次韻：石帆山下吾廬。薛昂夫、中呂陽春曲：老來吾亦愛吾廬。劉時中、雙調折桂令、閑居自適：却恨紅塵不到吾廬。【茅廬】張可久、中呂齊天樂過紅衫兒、道情：誰三顧茅廬。楊景輝、黃鍾者刺古：蓋草舍茅廬。胡祗遹、雙調沈醉東風：水邊林下茅廬。虞集、雙調折桂令、蜀漢遺事：鸞輿三顧茅廬。張養浩、雙調胡十八：萬山青繞一茅廬。汪元亨、雙調沈醉東風、歸田：懶鑽頭拽倒茅廬。湯式、南呂一枝花套、贈儒醫任先生歸隱、梁州：雖不曾指南陽賣却茅廬。湯式、南呂一枝花套、題友田老窩、梁州：瀟灑似浣花溪杜子美茅廬。【草廬】湯式、中呂醉高歌帶紅綉鞋、送大本之任：打疊了南陽舊草廬。【敝廬】汪元亨、中呂朝天子、歸隱：身不出敝廬。【衡廬】湯式、南呂一枝花套、雲山圖爲儲公子賦、梁州：綠迢迢不辨衡廬。【蘧廬】張可久、中呂朝天子、山中雜書：蝸殼蘧廬。【結草廬】張可久、雙調落梅風、碧雲峯書堂：依松澗，結草廬。【曲木爲廬】汪元亨、南呂一枝套、閑樂、梁州：伐江皐曲木爲廬。

閭

【三閭】盧摯、雙調殿前歡：我笑三閭。喬吉、中呂滿庭芳、漁父詞：問甚三閭。【鄉呂】劉時中、正宮端正好套、上高監司、九：眇視鄉閭。【楚三閭】曾瑞、中呂快活三過朝天子、警世：無轉理楚三閭。

驢

【跨驢】汪元亨、中呂朝天子、歸隱：孟浩然跨驢。【騎驢】張可久、黃鍾人月圓、三衢道中有懷會稽：破帽醉騎驢。張可久、雙調殿前歡、湖上：潘苑騎驢。【杖頭驢】湯式、正宮端正好套、詠荊南佳麗、醉太平：訪丹丘賃張公千歲杖頭驢。【凍來驢】薛昂夫、中呂朝天曲：吟肩高聳凍來驢。

如⊙

【不如】薛昂夫、雙調殿前歡、夏：有丹青畫不如。【自如】楊景輝、黃鍾者刺古：樂自如。【何如】湯式、雙調天香引、送任先生歸隱：人世何如。張養浩、雙調折桂令：天意何如。湯式、南呂一枝花套、題友田老窩、梁州：今日何如。喬吉、雙調水仙子、嘲楚儀：今夜何如。貫雲石、雙調蟾宮曲：西子何如。湯式、雙調天香引、送任先生歸隱：冷暖何如。湯式、南呂一枝花套、雲山圖爲儲公子賦、梁州：於理何如。張可久、雙調殿前歡、湖上宴集：往事何如。虞集、雙調折桂令、蜀漢遺事：問汝何如。白樸、中呂陽春曲、題情：及第待何如。薛昂夫、雙調湘妃怨、集句：便醉倒何如。劉時中、越調小桃紅：春意定何如。湯式、南呂一枝花套、題雲巢、梁州：還看聚散何如。喬吉、雙調折桂令、七夕贈歌者：問三生醉夢何如。盧摯、雙調蟾宮曲、潁川懷古：儘龍門風物何如。湯式、雙調湘妃引、自述：也不問探花風雪何如。【相如】張養浩、中呂山坡羊、沔池懷古：笑相如。湯式、南呂一枝花套、冬景題情、感皇恩：病了相如。張可久、雙調折桂令、湖上卽事：酒病相如。喬吉、雙調水仙子、歌者睥睨潦倒故賦此咎焉：誰識相如。【誰如】張可久、正宮端正好套、漁樂、滾繡球：此樂誰如。【待何如】盧摯、商調梧葉兒：金紫待何如。【意何如】劉時中、正宮端正好套、上高監司、堯民歌：想商鞅徙木意何如。【漢相如】湯式、南呂一枝花套、夏閨怨、採茶歌：猶恐怕黃金窖變了漢相如。【春夢何如】馬致遠、南呂一枝花套、惜春：春心狂蕩春夢何如。

儒

【大儒】薛昂夫、中呂朝天曲：方成一大儒。

襦

【羅襦】張可久、雙調折桂令、歌姬施氏：暗解羅襦。

嚅

【囁嚅】劉時中、正宮端正好套、上高監司、十二月：口將言而囁嚅。

濡

【沾濡】張養浩、南呂一枝花套、詠喜雨：一旦遂沾濡。張養浩、雙調得勝令、四月一日喜雨：一雨足沾濡。

⊙無

【有無】劉時中、正宮端正好套、上高監司、倘秀才：暗號兒在燒餅中間覷有無。【皆無】劉時中、正宮端正好套、上高監司、小梁州：二十五等則例盡皆無。【應無】無名氏、中呂喜春來：長夜睡應無。【古今無】貫雲石、雙調新水令套、皇都元日、殿前歡：大元至大古今無。【半點無】劉時中、正宮端正好套、上高監司、五：私心半點無。【乍有無】張可久、雙調慶宣和、毛氏池亭：雲影天光乍有無。【花漸無】馬致遠、雙調壽陽曲、洞庭秋日：春將暮，花漸無。【甚處無】湯式、南呂一枝花套、雲山圖爲儲公子賦、尾聲：眼底雲山甚處無。【够也無】盧摯、雙調殿前歡：一葫蘆够也無。【夢也無】湯式、雙調沈醉東風、悼伶女：從此陽臺夢也無。【似有如無】張養浩、中呂朱履曲：筵席上似有如無。【音信全無】湯式、南呂一枝花套、冬景題情、梁州第七：可知道音信全無。

蕪

【平蕪】張可久、中呂上小樓、春思：落日平蕪。張可久、雙調湘妃怨、春晚卽事：楡穿老莢散平蕪。【荒蕪】湯式、中呂普天樂、錢塘懷古：料應是滿目荒蕪。【繁蕪】劉時中、正宮端正好套、上高監司、脫布衫：安得不剪其繁蕪。【松菊荒蕪】湯式、中呂普天樂、送人遷居金陵：問什麼松菊荒蕪。

⊙模

【規模】湯式、南呂一枝花套、贈儒醫任先生歸隱：禮樂舊規模。劉時中、正宮端正好套、上高監司、八：脫不了市輩規模。

謨

【嘉謨】劉時中、正宮端正好套、上高監司、脫布衫：有聰明正直嘉謨。

謀

【圖謀】呂止軒、雙調風入松套、離亭宴煞：被馮魁已早圖謀。【權謀】徐再思、雙調蟾宮曲、姑蘇臺：嘗膽權謀。

糢⊙徒圖

【雪糢】張可久、正宮端正好套、漁樂、滾繡球：白蘋渡如雪糢。

【爲徒】湯式、正宮端正好套、詠荆南佳麗、醉太平：與道德爲徒。

【壯圖】張養浩、雙調得勝令、四月一日喜雨：風雲起壯圖。【浮圖】張可久、中呂滿庭芳、黃巖西樓：雲隱浮圖。【貪圖】張養浩、雙調折桂令、想爲官枉了貪圖。【畫圖】薛昂夫、中呂山坡羊、苦雨：也宜畫圖。喬吉、正宮醉太平、漁樵閑話：入江山畫圖。鄭光祖、正宮塞鴻秋：王維舊畫圖。薛昂夫、雙調湘妃怨、集句：看江山畫圖。張可久、雙調水仙子、蘇隄晚興：笑王維作畫圖。張可久、雙調殿前歡、春遊：寫新詩作圖畫。張可久、雙調折桂令、壽溪月王眞人：環綠亭前畫圖。徐再思、中呂朝天子、西湖：眞山眞水眞畫圖。張可久、雙調沈醉東風、靜馬堂看雨：綠柳紅橋入畫圖。劉時中、雙調折桂令、送王叔能赴湘南廉使：展洙泗千年畫圖。【漢圖】劉時中、正宮端正好套、上高監司、耍孩兒十三煞：三品堆金乃漢圖。【錦圖】張可久、雙調落梅風、憶別：啼紅袖，織錦圖。【麝圖】劉時中、雙調新水令套、代馬訴冤、尾：一地把性命麝圖。【覬圖】貫雲石、雙調清江引、知足：榮枯自天休覬圖。【八仙圖】湯式、南呂一枝花套、夏閨怨、採茶歌：他指望八仙圖。【水墨圖】徐再思、雙調賣花聲：綠水青山水墨圖。【仕女圖】劉時中、正宮端正好套、上高監司、九：沒手盞朝朝仕女圖。【佐皇圖】劉時中、正宮端正好套、上高監司、堯民歌：期于無刑佐皇圖。【折枝圖】劉時中、仙呂醉中天：禽鳥折枝圖。【范寬圖】湯式、越調小桃紅、吳興晚眺：一幅范寬圖。張可久、中呂紅繡鞋、西湖雨：潑墨范寬圖。張可久、中呂朝天子、山中雜書：青山一片范寬圖。【春曉圖】張可久、雙調湘妃怨、德清長橋書事：高房山春曉圖。【美人圖】馬致遠、仙呂青哥兒、四月：留下西樓美人圖。【消夜圖】張可久、雙調落梅風、胡貴卿席上：宜春令，消夜圖。【烟雨圖】湯式、南呂一枝花套、贈儒醫任先生歸隱、梁州：寫作江南烟雨圖。【望鄉圖】湯式、越調小桃紅、姑蘇感懷：脫板的望鄉圖。【寫作圖】湯式、南呂一枝花套、雲山圖爲儲公子賦、梁州：却把雲山寫作圖。【輞川圖】張可久、中呂紅繡鞋、開玄堂上：開玄堂上輞川圖。【春景堪圖】馬致遠、南呂一枝花套、惜春：春光堪畫，春景堪圖。

屠

【浮屠】張可久、雙調燕引雛、雪晴過揚子渡坐江風山月亭：金山頂上玉浮屠。

途

【仕途】張可久、中呂齊天樂過紅衫兒、道情：奔走在仕途。汪元亨、中呂朝天子、歸隱：脚不登仕途。【世途】湯式、南呂一枝花套、題雲巢：微茫隔世途。【長途】劉時中、雙調折桂令、送王叔能赴湘南廉使：赤日長途。【坦途】湯式、南呂一枝花套、夢遊江山爲友人賦：何須覓坦途。【旅途】劉時中、正宮端正好套、上高監司、七：受官差在旅途。【程途】汪元亨、南呂一枝花套、閑樂、梁州：休題黑漆似程途。【當途】劉時中、正宮端正好套、上高監司、堯民歌：說與當途。劉時中、正宮端正好套、上高監司、小梁州：恰便似餓虎當途。

奴⊙

【奚奴】張可久、中呂齊天樂過紅衫兒、道情：喚奚奴。曾瑞、正宮醉太平：笑引奚奴。

蘆⊙

【胡蘆】徐再思、雙調賣花聲：杖頭挑着酒胡蘆。【黃蘆】湯式、南呂一枝花套、夢遊江山爲友人賦、梁州：又不比悠悠泛一葉黃蘆。【葫蘆】張可久、中呂齊天樂過紅衫兒、道情：酒葫蘆。姚燧、中呂滿庭芳：且盡葫蘆。喬吉、中呂滿庭芳、漁父詞：裝箇葫蘆。張可久、雙調折桂令、幽居次韻：摸索着大肚皮裝村酒葫蘆。張可久、雙調湘妃怨、德清長橋書事：花前白酒一葫蘆。無名氏、雙調折桂令、肅齋趙使君致仕歸：杏花村酒滿葫蘆。【孤蘆】張可久、中呂山坡羊、客高郵：映孤蘆。【悶葫蘆】湯式、南呂一枝花套、冬景題情、感皇恩：捽不破悶葫蘆。【兩岸黃蘆】張可久、正宮端正好套、漁樂、滾綉球：助風聲兩岸黃蘆。

顱

【頭顱】劉時中、正宮端正好套、上高監司、倘秀才：只要肯出頭顱。張養浩、南呂一枝花套、詠喜雨、梁州：只落得雪滿頭顱。喬吉、雙調水仙子、歌者睥睨潦倒故賦此答焉：見書生如此頭顱。

鱸

【思鱸】張可久、雙調沈醉東風、靜香堂看雨：感西風倦客思鱸。

轤

【轆轤】湯式、雙調湘妃引、送友歸家鄉：細煮金芽攢轆轤。

櫨

【欂櫨】湯式、南呂一枝花套、題雲巢、梁州：棟梁低不用欂櫨。

瀘　【南瀘】虞集、雙調折桂令、蜀漢遺事：深度南瀘。

爐　【如爐】劉時中、正宮端正好套、上高監司、一：明放着官法如爐。【紅爐】薛昂夫、中呂朝天曲：暖閣紅爐。湯式、南呂一枝花套、冬景題情、罵玉郎：共誰人擁紅爐。【紫銅爐】湯式、雙調湘妃引、自述：龍涎香噴紫銅爐。【天地爲爐】湯式、雙調天香引、送任先生歸隱：煉黃金天地爲爐。

壚　【酒壚】薛昂夫、雙調湘妃怨、集句：醉倒黃公舊酒壚。湯式、南呂一枝花套、題友田老寓、梁州：虛敞似臨邛市馬相如酒壚。【沽酒當壚】喬吉、雙調折桂令、七夕贈歌者：黃四娘沽酒當壚。

魚⊙　【文魚】張可久、中呂紅綉鞋、茅山疎翁索賦：丹井養文魚。【打魚】張可久、正宮端正好套、漁樂、尾聲：旋取香醪旋打魚。【金魚】張可久、雙調折桂令、肅齋趙使君致仕歸：玉帶金魚。張可久、中呂上小樓、九日山中：醉解金魚。張可久、中呂紅綉鞋、開玄堂上：水藻漾金魚。張可久、中呂紅綉鞋、簡理實夫理問：玉麈風流映金魚。【捕魚】張可久、雙調沈醉東風、靜香亭看雨：乘落日村翁捕魚。【釣魚】汪元亨、中呂朝天子、歸隱：巖子陵釣魚。貫雲石、雙調壽陽曲：家童柳邊閑釣魚。湯式、雙調天香引、送任先生歸隱：紫竹竿臨流釣魚。【無魚】湯式、中呂普天樂、送人遷居金陵：有綸竿何處無魚。【遊魚】張可久、越調天淨沙、秋感：翠荇波底遊魚。【溪魚】劉時中、雙調折桂令、閑居自適：試買溪魚。【賤魚】劉時中、雙調水仙操、寓意武昌元貞：年來食賤魚。【觀魚】汪元亨、南呂一枝花套、閑樂、梁州：俯檻觀魚。【鰲魚】汪元亨、正宮醉太平、警世：子陵臺不見釣鰲魚。【鱸魚】馬致遠、雙調碧玉簫：涼意入郊壚便可憶鱸魚。湯式、雙調湘妃引、送友歸家鄉：都不如蓴菜鱸魚。【水中魚】張可久、正宮端正好套、漁樂、醉太平：清閑釣會水中魚。【北去魚】徐再思、雙調賣花聲：永遠難尋北去魚。【比目魚】劉時中、仙呂醉中天：水底雙雙比目魚。喬吉、雙調水仙子、嘲楚儀：暖水兒溫存比目魚。【活水魚】張可久、雙調湘妃怨、德清長橋書事：錦鱗活水魚。【柳穿魚】喬吉、中呂滿庭芳、漁父詞：一串柳穿魚。【鼎內魚】任昱、雙調清江引、高宮鼎內魚。【似水如魚】貫雲石、越調鬭鵪鶉套、佳偶、天淨沙：雖然似水如魚。

漁

【樵漁】張可久、雙調折桂令、幽居次韻：結好樵漁。盧摯、中呂普天樂、湘陽道中：看時見三兩樵漁。盧摯、雙調蟾宮曲、潁川懷古：欲倩林泉，納下樵漁。喬吉、正宮醉太平、漁樵閒話：鬭牛兒乘興老樵漁。張可久、正宮端正好套、漁樂、醉太平：人間開口笑樵漁。

虞

【唐虞】貫雲石、雙調新水令套、皇都元日、殿前歡：賽唐虞。【無虞】貫雲石、雙調新水令套、皇都元日：國無虞。劉時中、正宮端正好套、上高監司、二：提調官封鎖無虞。【騶虞】張養浩、雙調胡十八：雲共烟，也騶虞。

余

【和余】張養浩、雙調得勝令、四月一日喜雨：和余，歡喜的無是處。【笑余】張養浩、雙調胡十八：人笑余。【愁余】張可久、雙調折桂令、湖上即事：倚高寒渺渺愁余。

餘

【其餘】貫雲石、越調鬭鵪鶉套、佳偶、小桃紅：志誠惠性壓其餘。【無餘】劉時中、雙調折桂令、送王叔能赴湘南廉使：一洗無餘。【詩餘】張可久、雙調折桂令、歌姬施氏：翠管詩餘。張可久、中呂紅綉鞋、簡呂實夫理問：紫薇花下詩餘。【一千餘】劉時中、正宮端正好套、上高監司、倘秀才：報花戶一千餘。【春有餘】張養浩、雙調落梅引、亭中春有餘。【樂有餘】湯式、南呂一枝花套、贈儒醫任先生歸隱：橘泉甘樂有餘。汪元亨、南呂一枝花套、閑樂：閑夭夭樂有餘。張可久、正宮端正好套、漁樂、滾繡球：酒美魚鮮樂有餘。

畬

【菑畬】湯式、正宮端正好套、荆詠南佳麗、醉太平：孔情周思乃菑畬。

與

【歸與】張可久、雙調落梅風、西湖、鶴飛來老逋歸與。

輿

【扶輿】劉時中、雙調折桂令、農：僕妾扶輿。【肩輿】張可久、雙調水仙子、蘇隄晚興：翠簾隄上小肩輿。【皇輿】湯式、南呂一枝花套、夢遊江山爲友人賦：大剛來混一皇輿。【籃輿】劉時中、雙調折桂令、閑居自適：小小籃輿。

歟

【道歟】湯式、南呂一枝花套、雲山圖爲儲公子賦、梁州：老夫，道歟。【歸歟】劉時中、雙調折桂令、閑居自適：早賦歸歟。湯式、南呂一枝花套、題雲巢：從此歸歟。【未歸歟】無名氏、雙調折桂令、別後：客未歸歟。【身退誰歟】盧摯、雙調蟾宮曲、潁川懷古：似帷幄功成，身退誰歟。

愚

【粧愚】劉時中、雙調折桂令：落得粧愚。【賢愚】呂止軒、雙調風入松套、天仙子：不辨賢愚。汪元亨、中呂朝天子、歸隱：並處賢愚。張可久、正宮端正好套、漁樂、醉太平：豈問箇賢愚。薛昂夫、雙調湘妃怨、集句：醉鄉中不辨賢愚。【憨愚】汪元亨、南呂一枝花套、閑樂、梁州：恥干求自抱憨愚。【癡愚】劉時中、中呂山坡羊、懷武昌次郭振卿韻：恣癡愚。

隅

【天隅】湯式、中呂謁金門、長亭道中：誤隨流水到天隅。【坊隅】劉時中、正宮端正好套、上高監司、三：明寫坊隅。【城隅】湯式、越調小桃紅、吳興晚眺：指城隅。

臾

【須臾】湯式、南呂一枝花套、題雲巢、梁州：但知變化須臾。湯式、南呂一枝花套、冬景題情、感皇恩：怕不待勉強須臾。徐再思、雙調賣花聲：風流相遇恨須臾。

榆

【桑榆】虞集、雙調折桂令、蜀漢遺事：日暮桑榆。湯式、南呂一枝花套、贈儒醫任先生歸隱：暮景桑榆。張養浩、雙調折桂令：急回頭暮景桑榆。

毹

【氍毹】張可久、雙調沈醉東風、瓊珠臺：石牀平紅錦氍毹。湯式、雙調沈醉東風、悼伶女：翠盤空香冷氍毹。喬吉、雙調水仙子、歌者睥睨潦倒故賦此咎焉：綉屏春暖茜氍毹。【錦氍毹】湯式、正宮端正好套、詠荊南佳麗、倘秀才：復道錦氍毹。

腴

【味腴】湯式、正宮端正好套、詠荊南佳麗、尾聲：玄默無為道味腴。【膏腴】徐再思、雙調蟾宮曲、姑蘇臺：十萬家泣血膏腴。

諛

【阿諛】汪元亨、南呂一枝花套、閑樂、黃鍾煞：聽阿諛。

萸

【茱萸】張可久、越調柳營曲、湖上：山翁醉插茱萸。

揄

【揶揄】湯式、中呂山坡羊、書懷示友人、三：任揶揄。湯式、南呂一枝花套、夏閨怨、感皇恩：這些時鬼病揶揄。

⊙吾 吳

【支吾】湯式、南呂一枝花套、題雲巢、梁州：巧巧支吾。

【天吳】湯式、南呂一枝花套、夢遊江山爲友人賦、梁州：涉龍門嘯起天吳。【東吳】虞集、雙調折桂令、蜀漢遺事：力拒東吳。張可久、雙調折桂令、歌姬施氏：名滿東吳。徐再思、雙調蟾宮曲、姑蘇臺：禍起東吳。徐再思、中呂陽春曲、閨怨：別時只說到東吳。【接吳】庾吉甫、商調黃鶯兒套、應天長：東接吳。【却傾吳】馬致遠、南呂四塊玉、洞庭湖：畫不成西施女，他本傾城却傾吳。【妾在吳】湯式、南呂一枝花套、夏閨怨、梁州：抵多少夫在蕭關妾在吳。

梧 娛

【翠梧】無名氏、中呂喜春來：颯颯金風翦翠梧。

【自娛】湯式、南呂一枝花套、題雲巢、尾聲：怡然自娛。湯式、正宮端正好套、詠荊南佳麗、醉太平：以琴書自娛。湯式、南呂一枝花套、雲山圖爲儲公子賦：對雲山强自娛。【相娛】張可久、中呂滿庭芳、九曲溪上：儘自相娛。劉時中、雙調折桂令、閑居自適：儘意相娛。劉時中、雙調折桂令、農：擊缶相娛。【歡娛】庾吉甫、商調黃鶯兒套、蓋天旗：身有歡娛。張可久、雙調折桂令、肅齋趙使君致仕歸：儘自歡娛。白樸、中呂陽春曲、題情：相偎相抱取歡娛。呂止軒、雙調風入松套：那其間多少歡娛。

鋙 ⊙雛

【鉏鋙】湯式、雙調湘妃引、送友歸家鄉：高燒銀蠟看鉏鋙。

【將雛】張可久、雙調殿前歡、湖上宴集：乳燕將雛。張可久、中呂朱履曲、湖上有感：江燕幾將雛。【鶯雛】馬致遠、南呂一枝花套、惜春：亂春心喬喬怯怯鶯雛。【翠鸞雛】喬吉、雙調水仙子、嘲楚儀：順毛兒撲撒翠鸞雛。【燕將雛】張可久、中呂喜春來、鑑湖春日：綠楊花謝燕將雛。【鳳凰雛】湯式、南呂一枝花套、冬景題情、採茶歌：碧梧棲老鳳凰雛。

鋤 ⊙殊

【共鋤】湯式、南呂一枝花套、雲山圖爲儲公子賦、尾聲：白雲共鋤。

【全殊】湯式、正宮端正好套、詠荊南佳麗、滾繡球：眞乃是人間天上全殊。【味全殊】湯式、雙調湘妃引、送友歸家鄉：赤緊的世途雖況味全殊。【喚做殊】劉時中、正宮端正好套、上高監司、滾繡球：假鈔公然喚做殊。

渠⦿

【圃渠】楊景輝、黃鍾者刺古：引巖泉入圃渠。【通渠】汪元亨、南呂一枝花套、閑樂、梁州：引水通渠。【從渠】汪元亨、雙調折桂令、歸田：寵辱從渠。【開渠】湯式、雙調沈醉東風、江村即事：扶犂傍淺渚開渠。【溝渠】盧摯、中呂普天樂、湘陽道中：掩映溝渠。【盡解渠】馬致遠、仙呂青哥兒、四月：煮酒青梅盡醉渠。

蕖

【芙蕖】張可久、中呂普天樂、鶴林觀夜空：秋水芙蕖。張可久、正宮小梁州、湖山堂上醉題：萬朵錦芙蕖。張可久、雙調雙調折桂令、歌姬施氏：照冰壺秋水芙蕖。張可久、雙調沈醉東風、靜香堂看雨：靜香來隔水芙蕖。

衢

【九衢】張養浩、南呂一枝花套、詠喜雨、尾聲：都渰了九衢。【三衢】張可久、雙調折桂令、肅齋趙使君致仕歸：播廉聲恩在三衢。【亨衢】張養浩、雙調折桂令：自有亨衢。湯式、南呂一枝花套、題心遠軒：何必厭亨衢。【通衢】劉時中、正宮端正好套、上高監司、十二：法比通衢。【萬里雲衢】湯式、中呂醉高歌帶紅綉鞋、送大本之任：蕩悠悠萬里雲衢。

臞

【清臞】汪元亨、南呂一枝花套、閑樂：詩骨清臞。張可久、雙調蟾宮曲、白蓮：香動詩臞。【詩臞】盧摯、雙調湘妃怨、德清長橋書事：小闌干扶我詩臞。

除⦿

【不除】劉時中、正宮端正好套、上高監司、呆骨朵：休今後人除弊不除。【消除】薛昂夫、中呂陽春曲：樽有酒且消除。【乘除】虞集、雙調折桂令、蜀漢遺事：造物乘除。【減除】劉時中、正宮端正好套、上高監司、二：貪濫軍官合減除。【月到除】湯式、南呂一枝花套、題心遠軒、尾聲：幽草生香月倒除。【任到除】劉時中、正宮端正好套、上高監司、十二：工墨三分任到除。

蜍

【玉蟾蜍】張可久、雙調殿前歡、湖上：翠屏飛上玉蟾蜍。湯式、中呂醉高歌帶紅綉鞋、送大本之任：書案玉蟾蜍。

厨

【供厨】劉時中、雙調折桂令、農：兒女供厨。湯式、南呂一枝花套、題友田老窩、梁州：老嫗供厨。

幮

【碧紗幮】湯式、南呂一枝花套、夏閨怨：蛛網絡碧紗幮。

蹰

【踟蹰】張可久、雙調殿前歡、離思：搔首踟蹰。【躊蹰】張養浩、中呂山坡羊、潼關懷古：意躊蹰。

躇

【躊躇】盧摯、雙調蟾宮曲、潁川懷古：臨眺躊躇。

扶⊙

【相扶】張可久、雙調水仙子、蘇隄晚興：步淩波紅粉相扶。【誰扶】喬吉、雙調折桂令、七夕贈歌者：笑倩誰扶。劉時中、雙調折桂令、閑居自適：醉歸來不記誰扶。【難扶】虞集、雙調折桂令、蜀漢遺事：漢祚難扶。【不用扶】張可久、中呂朝天子、梅友元帥席上：醉歸來不用扶。【玉人扶】張可久、正宮醉太平、湖上：上雕鞍誰記玉人扶。【倩人扶】徐再思、雙調賣花聲：滿身花影倩人扶。【婢妾扶】汪元亨、南呂一枝花套、閑樂、黃鍾煞：爛醉頻教婢妾扶。【醉後扶】馬致遠、南呂一枝花套、惜春：長要春風醉後扶。

蚨

【青蚨】汪元亨、雙調折桂令、歸隱：囊裏青蚨。

符

【金符】貫雲石、雙調新水令套、皇都元日、殿前歡：玉帶金符。【官符】劉時中、正宮端正好套、上高監司、十一：取命官符。【相符】劉時中、正宮端正好套、上高監司、滾綉球：俺俸錢表裏相符。【瓊符】張可久、雙調折桂令、壽溪月王眞人：寶篆瓊符。【飛天象符】湯式、正宮端正好套、詠荊南佳麗、脫布衫：龍虎衞飛天象符。

鳧

【青鳧】湯式、南呂一枝花套、夢避江山爲友人賦、梁州：飄飄跨兩足青鳧。

浮

【羅浮】湯式、南呂一枝花套、冬景題情、梁州第七：也夢不到羅浮。張可久、越調天淨沙、孤山雪夜：淡粧人在羅浮。

蒲⊙

【枯蒲】劉太保、南呂乾荷葉：映着枯蒲。【摴蒲】張可久、沈醉東風、眉壽樓春夜：佳人秉燭摴蒲。【烟柳風蒲】盧摯、雙調蟾宮曲、白蓮：映橫塘烟柳風蒲。

糊⊙

【模糊】貫雲石、雙調蟾宮曲：秋色模糊。張可久、中呂紅綉鞋、西湖雨：山色空濛水模糊。張可久、正宮醉太平、湖上：暮雲樓觀賞模糊。湯式、南呂一枝花套、夏閨怨、採茶歌：卦錢兒磨得字模糊。湯式、南呂一枝花套、贈儒醫任先生歸隱、梁州：蘆花被滿身香雪模糊。【醉模糊】喬吉、正宮醉太平、漁樵閒話：接葫蘆談天說地醉模糊。【山色模糊】張可久、正宮端正好套、漁樂、脫布衫：雨纔過山色模糊。湯式、南呂一枝花套、雲山圖爲儲公子賦、梁州：雲來也山色模糊。【四壁模糊】湯式、南呂一枝花套、題雲巢、梁州：雲生也四壁模糊。【望眼模糊】湯式、正宮端正好套、詠荆南佳麗：花撲撲錦乾坤望眼模糊。

湖

【五湖】湯式、南呂一枝花套、夢避江山爲友人賦、梁州：遮莫五湖。張養浩、南呂一枝花套、詠喜雨、尾聲：便下當街上似五湖。【平湖】姚燧、中呂滿庭芳：水滿平湖。庚吉甫、商調黃鶯兒套、踏莎行：渡水平湖。張可久、正宮醉太平、湖上：浴明月平湖。湯式、越調小桃紅、吳興晚眺：夕陽樓閣蘸平湖。喬吉、中呂滿庭芳、漁父詞：送秋來落平湖。【西湖】張可久、雙調折桂令、湖上即事：今日西湖。張可久、雙調水仙子、蘇隄晚興：月上西湖。湯式、雙調天香引、西湖感舊：昔日西湖。薛昂夫、雙調殿前歡、夏：我戀西湖。張可久、黃鍾人月圓、三衢道中有懷會稽：清似西湖。楊淡齋、雙調湘妃怨：醉倒在西湖。張可久、雙調沈醉東風、孤山雪夜：黃昏月上西湖。張可久、中呂紅繡鞋、簡呂實夫理問：一舸紅香占西湖。貫雲石、雙調蟾宮曲：問胸中誰有西湖。曾瑞、正宮醉太平：湧金門外過西湖。張可久、雙調沈醉東風、湖上晚眺：蘇子瞻學士西湖。【江湖】張可久、中呂普天樂過紅衫兒、道情：牢落江湖。無名氏、雙調折桂令、別後：既在江湖。張可久、雙調殿前歡、湖上宴集：十年香夢老江湖。薛昂夫、雙調湘妃怨、集句：幾年無事傍江湖。【重湖】劉時中、雙調折桂令、送王叔能赴湘南廉使：霜滿重湖。【歸湖】湯式、雙調天香引、送任先生歸隱：半似歸湖。【小西湖】張可久、雙調慶宣和、毛氏池亭：萬柄高荷小西湖。【西子湖】張可久、雙調落梅風、春晚：東風景，西子湖。【洞庭湖】張可久、越調小桃紅、夜宴：月冷洞庭湖。【賀家湖】張可久、中呂滿庭芳、九曲溪上：不減賀家湖。張可久、中呂喜春來、鑑湖春日：遊遍賀家湖。

瑚

【珊瑚】張可久、仙呂一半兒、落花：酒邊紅樹碎珊瑚。張可久、中呂滿庭芳、雲林隱居：笑齊

壺

奴三四尺珊瑚。【紫珊瑚】馬致遠、越調小桃紅、夏：石家爭富擊破紫珊瑚。

【玉壺】湯式、正宮端正好套、詠荆南佳麗、倘秀才：一片天光浸玉壺。劉時中、仙呂醉扶歸、賦粉團兒：一段清冰出玉壺。張可久、雙調沈醉東風、瓊珠臺：相伴仙人倒玉壺。張可久、雙調沈醉東風、湖上：莫惜千金倒玉壺。張可久、雙調沈醉東風、湖上晚眺：萬頃玻璃浸玉壺。張可久、雙調湘妃怨、春晚即事：藕鑄新荷點玉壺。張可久、中呂喜春來、鑑湖春日：蟻泛春波倒玉壺。【冰壺】劉時中、雙調折桂令、送王叔能赴湘南廉使：一道冰壺。張可久、雙調折桂令、湖上即事：月滿冰壺。張可久、中呂朝天子、梅友元帥席上：玉露冰壺。盧摯、雙調蟾宮曲、白蓮：瓊立冰壺。張可久、中呂滿庭芳、雲林隱居：秋月浸冰壺。張可久、中呂朝天子、山晶斗杯：一方寒碧漲冰壺。楊淡齋、雙調湘妃怨：雪晴天地一冰壺。薛昂夫、雙調殿前歡、夏：玻璃萬頃浸冰壺。【金壺】張可久、中呂紅綉鞋、茅山疎翁索賦：玉蓮香露冷金壺。呂止軒、雙調風入松套：翠樓紅袖倒金壺。【酒壺】貫雲石、雙調壽陽曲：濁酒壺。胡祗遹、雙調沈醉東風、月底花間酒壺。【提壺】楊淡齋、雙調湘妃怨：揀梅花多處提壺。【銅壺】湯式、南呂一枝花套、冬景題情、罵玉郎：滴銅壺。【蓬壺】貫雲石、雙調新水令套、皇都元日、攪箏琶：同樂蓬壺。張可久、中呂普天樂、鶴林觀夜空：客至蓬壺。張可久、正宮小梁州、湖山堂醉題：棹入蓬壺。湯式、南呂一枝花套、雲山圖爲儲公子賦、梁州：白漫漫錯認蓬壺。湯式、雙調天香引、代友人書其三：望三山遠似蓬壺。湯式、南呂一枝花套、題心遠軒、梁州：纔合眼飄飄身在蓬壺。張可久、雙調沈醉東風、靜香亭看雨：倒翠壺。【攜壺】張可久、雙調慶東原、越山即事：引吟客攜壺。【白玉壺】湯式、南呂一枝花套、夢遊江山爲友人賦、梁州：撞入仙翁白玉壺。湯式、雙調湘妃引、自述：鳳髓茶溫白玉壺。【冷玉壺】白樸、中呂陽春曲、題情：懶酌瓊漿冷玉壺。【酒一壺】張可久、雙調沈醉東風、眉壽樓春夜：更畫荼蘼酒一壺。【喚提壺】盧摯、雙調殿前歡：正花間山鳥喚提壺。徐再思、仙呂一半兒、落花：河陽香散喚提壺。

狐

【狸狐】湯式、南呂一枝花套、題友田老寓、梁州：鼠無踪閑煞狸狐。

乎【之乎】張可久、中呂齊天樂過紅衫兒、道情：但沾著者也之乎。

⊙殂【云殂】虞集、雙調折桂令、蜀漢遺事：悲夫關羽云殂。【命殂】劉時中、正宮端正好套、上高監司、尾：這紅巾合命殂。

徂【歲又徂】湯式、南呂一枝花套、冬景題情：那堪歲又徂。

臚蔞○茹駑蒘繻○巫

誣○摸○菟茶豬駼塗

○拏砮駑○盧鑪○竽

亐雩旟璵舁妤轝盂愉

俞覦瑜窬逾渝闟○浯

鋙蜈瑘鼯○茱銖洙○

磲籧劬瞿○潊篨儲○

夫芙○脯酺捕○胡醐

鶘弧○徐

【對偶】

張可久、雙調落梅風、碧雲峯書堂：依松澗，結草廬。張可久、雙調折桂令、壽溪月王眞人：山繞山居，吾愛吾廬。胡祗遹、雙調沈醉東風：月底花間酒壺，水邊林下茅廬。汪元亨、南呂一枝花套、閑樂、梁州：取崖畔枯藤作杖，伐江臯曲木爲廬。湯式、南呂一枝花套、雲山圖爲儲公子賦、梁州：靑隱隱渾疑太華，白漫漫錯認蓬壺，黑黯黯難分吳越，綠迢迢不辨衡廬。曾瑞、中呂快活三過朝天子、警世：有見識越大夫，無轉理楚三閭。張可久、雙調殿前歡、湖上：林逋領鶴，潘苑騎驢。湯式、南呂一枝花套、冬景題情、感皇恩：老了潘安，瘦了沈約，病了相如。湯式、南呂一枝花套、題雲巢、梁州：但知變化須臾，還看聚散何如。湯式、南呂一枝花套、冬景題情、梁州第七：怪不得活計蕭疎，可知道音信全無。湯式、南呂一枝花套、雲山圖爲儲公子賦、尾聲：心頭菽水何時足，眼底雲山甚處無。張養浩、中呂朱履曲：蕭牆外擁來搶去，筵席上似有如無。張可久、中呂朱履曲、湖上有感：玉雪亭前老樹，翠烟橋外平蕪。張可久、中呂上小樓、春思：明月高樓，臨都老樹，落日平蕪。 湯式、中呂普天樂、送人遷居金陵：說甚麼光陰迅速，愁甚麼雲山間阻，問甚麼松菊荒蕪。 湯式、南呂一枝花套、贈儒醫任先生歸隱：江湖老姓名，風月閑人物，文章新制作，禮樂舊規模。 張可久、正宮端正好套、漁樂、滾綉球：黃蘆岸似錦鋪，白蘋渡如雪糢。 徐再思、雙調蟾宮曲、姑蘇臺：切齒讎寃，捧心鈎餌，嘗膽權謀。 湯式、正宮端正好套、詠荆南佳麗、醉太平：以琴書自娛，與道德爲徒。 張可久、雙調落梅風、胡貴卿席上：宜春令，消夜圖。 張可久、雙調落梅風、憶別：啼紅梅，織錦圖。 徐再思、雙調賣花聲：碧桃紅杏桃源路，綠水青山水面圖。 湯式、南呂一枝花套、題友田老窩、尾聲：送將窮鬼出門戶，描取錢神入畫圖。 張可久、中呂滿庭芳、黃巖西樓：風清霽宇，霞舒爛錦，雲隱浮圖。 汪元亨、中呂朝天子、歸隱：身不出敝廬，脚不登仕途。 湯式、南呂一枝花套、題雲巢：混沌安心素，微茫隔世途。 張可久、越調柳營曲、湖上：舞闌雙鷓鴣，飲盡一葫蘆。 張可久、正宮端正好套、漁樂、滾綉球：映蟾光滿川修竹，助風聲兩岸黃蘆。 湯式、南呂一枝花套、冬景題情、感皇恩：磕不破玉馬杓，解不開愁布袋，摔不破悶葫蘆。 張可久、雙調沈醉東風、靜香亭看雨：乘落日村翁捕魚，感西風倦客思鱸。 湯式、雙調天香引、送任先生歸隱：搗玄霜造化爲工，煮白石陰陽爲炭，煉黃金天地爲爐。 汪元亨、南呂一枝花套、閑樂、梁州：鈎簾待月，俯檻觀魚。 張可久、雙調折桂令、肅齋趙使君致仕歸：黃卷青燈，玉帶金魚。 張可久、雙調湘妃怨、德清長橋書事：雪點前灘鷺，錦鱗活水魚。 徐再思、雙調賣花聲：雲深不見南來羽，水遠難尋北去魚。 喬吉、雙調水仙子、嘲楚儀：順毛兒撲撒翠鸞雛，暖水兒溫存比目魚。 張可久、中呂上小樓、九日山中：笑脫紗巾，臥品瓊簫，醉解金魚。 張可久、正宮端正好套、漁樂、醉太平：放懷講會詩中句，忘憂飲會杯中趣，清閑釣會水中魚。 汪元亨、正宮醉太平、警世：燕昭臺已見藏狐兎，吳王臺又見遊麋鹿，子陵臺不見釣鰲魚。 張養浩、雙調落梅引：門外山無處，亭中春有餘。 張可久、中呂紅綉鞋、簡呂實夫理問：紅錦香中樂句，紫薇花下詩餘。 汪元亨、南呂一枝花套、閑樂：冷淡淡心何慮，閑夭夭樂有餘。 湯式、南呂一枝花套、贈儒醫任先生歸隱：杏林好春無數，橘泉甘樂有餘。貫雲石、雙調新水令套、皇都元日：民有感，國無虞。張可久、雙調沈醉東風、瓊珠臺：琪樹暖青山鷓鴣，石牀平紅錦氍毹。湯式、雙調沈醉東風、悼伶女：檀板歇聲沈鷓鴣，翠盤空香冷氍毹。徐再思、雙調蟾宮曲、姑蘇臺：三千尺侵雲糞土，十萬家泣血膏腴。虞集、雙調折桂令、蜀漢遺事：深度南瀘，長驅西蜀，力拒東吳。無名氏、中呂喜春來：瀟瀟夜雨滋黃菊，颯颯金風剪翠梧。張可久、中呂朱履曲、湖上有感：海榴曾結子，江燕幾將雛。汪元亨、南呂一枝花套、閑樂、梁州：烹茶掃葉，引水通渠。湯式、雙調沈醉東風、江村即事：把甕汲清泉灌圃，扶犂傍淺渚開渠。張可久、中呂普天樂、鶴林觀夜空：仙山玉芝，秋水芙蕖。張可久、越調柳營曲、湖上：山翁醉揷茱萸，仙姬笑撚芙蕖。湯式、南呂一枝花套、題心遠軒：但能通大道，何必厭亨衢。張可久、雙調折桂令、肅齋趙使君致仕歸：榮故里名香二疏，播廉聲恩在三衢。虞集、雙調折桂令、蜀漢遺事：天數盈虛，造物乘除。湯式、南呂一枝花套、題心遠軒、尾聲：

光風轉蕙春生戶，幽草生香月到除。湯式、中呂醉高歌帶紅綉鞋、送大本之任：宮袍金孔雀，書案玉蟾蜍。汪元亨、雙調折桂令、歸隱：隙內白駒，樽中綠蟻，囊裏青蚨。張可久、雙調折桂令、壽溪月王眞人：春酒霞觴，雷文翠鼎，寶篆瓊符。湯式、南呂一枝花套、夢遊江山爲友人賦、梁州：悠悠泛一葉黃蘆，飄飄跨兩足青鳧。張可久、雙調沈醉東風、眉壽樓春夜：狂客簪花起舞，佳人秉燭摴蒱。貫雲石、雙調蟾宮曲：春景扶疎，秋色模糊。湯式、南呂一枝花套、雲山圖爲儲公子賦、梁州：雲去也山容妥帖，雲來也山色模糊。庾吉甫、商調黃鶯兒套、踏莎行：迷津烟暗，渡水平湖。喬吉、中呂滿庭芳、漁父詞：行雨罷龍歸遠浦，送秋來雁落平湖。姚燧、中呂滿庭芳：帆收釣浦，烟籠淺沙，水滿平湖。張可久、中呂滿庭芳、雲林隱居：辨汲冢數十車簡車，笑齊奴三四尺珊瑚。庾吉甫、商調黃鶯兒套、應天長：引一僕，著兩壺。湯式、南呂一枝花套、冬景題情、罵玉郞：捱玉漏，滴銅壺。貫雲石、雙調壽陽曲：新詩句，濁酒壺。張可久、中呂普天樂、鶴林觀夜空：人閑洞府，客至蓬壺。劉時中、雙調折桂令、送王叔能赴湘南廉使：展洙四千年畫圖，納瀟湘一道冰壺。白樸、中呂陽春曲、題情：慵拈粉扇閑金縷，懶酌瓊漿冷玉壺。張可久、中呂喜春來、鑑湖春日：雁啼秋水移冰柱，蟻泛春波倒玉壺。湯式、南呂一枝花套、題友田老窩、梁州：雀堪羅忙煞蜘蛛，鼠無踪閑煞狸狐。虞集、雙調折桂令、蜀漢遺事：美乎周瑜妙術，悲夫關羽云殂。

入作平

⊙**獨** 【孤獨】湯式、南呂一枝花套、夏閨怨、感皇恩：銜一味鰥寡孤獨。

讀 【熟讀】汪元亨、雙調雁兒落過勝令、歸隱：熟讀，無窮架上書。

毒 【太毒】劉時中、正宮端正好套、上高監司、倘秀才：蠹國賊操心太毒。

突 【糊突】湯式、南呂一枝花套、夏閨怨、梁州：指長亭一望一箇糊突。【胡突】劉時中、正宮端正好套、上高監司：廝攀指一地裏胡突。

⊙**佛** 【神佛】貫雲石、越調鬬鵪鶉套、佳偶、天淨沙：待古里不信神佛。

伏 【不伏】劉時中、正宮端正好套、上高監司、倘秀才：爲甚但開庫諸人不伏。【招伏】張養浩、中呂朱履曲：却早怯烈司裏畫招伏。【欣伏】貫雲石、雙調新水令套、皇都元日、攪箏琶：天下總欣伏。

袱 【包袱】劉時中、正宮端正好套、上高監司、滾綉球：他却整塊價捲在包袱。

服 【衣服】無名氏、中呂普天樂：又使得他做衣服。【誠服】劉時中、正宮端正好套、上高監司、滾綉球：怎教人心悅誠服。【使民服】劉時中、正宮端正好套、上高監司、堯民歌：法則有準使民服。【諸人服】劉時中、正宮端正好套、上高監司、五：每持大體諸人服。

⊙**鴿** 【撲天鴿】呂止軒、雙調風入松套、天仙子：棘裏兎難配撲天鴿。

斛 【幾萬斛】湯式、南呂一枝花套、冬景題情、尾聲：舊恨新愁幾萬斛。

⊙**術** 【心術】汪元亨、雙調折桂令、歸隱：使機關枉費心術。【妙術】虞集、雙調折桂令、蜀漢遺事：美乎周瑜妙術。【權術】劉時中、正宮端正好套、上高監司、耍孩兒十三煞：朝世權術。【脫身術】曾瑞、中呂快活三過朝天子、警世：正當權肯覓個脫身術。

俗⊙

【風俗】呂止軒、雙調風入松套、天仙子：敗壞風俗。【尋俗】劉時中、正宮端正好套、上高監司、倘秀才：字樣不尋俗。【塵俗】張養浩、雙調胡十八：謝塵俗。商左山、雙調潘妃曲：天仙美貌出塵俗。汪元亨、南呂一枝花套、閑樂、粱州：厭追陪懶混塵俗。

續

【相續】湯式、南呂一枝花套、雲山圖爲儲公子賦、梁州：山連雲上下相續。

逐⊙

【相逐】湯式、南呂一枝花套、雲山圖爲儲公子賦、梁州：雲連山遠近相逐。【追逐】湯式、南呂一枝花套、夏閨怨、感皇恩：更那堪睡魔追逐。劉時中、正宮端正好套、上高監司、呆骨朶：怎禁他强盜每追逐。【緊趁逐】湯式、雙調沈醉東風、悼伶女：多管是無常緊趁逐。

軸

【玉軸】湯式、正宮端正好套、詠荊南佳麗、醉太平：擺列著牛籤玉軸。【地軸】湯式、南呂一枝花套、題心遠軒、尾聲：遮莫天關地軸。

僕⊙

【一僕】庚吉甫、商調黃鶯兒套、應天長：引一僕。

蜀⊙

【西蜀】虞集、雙調折桂令、蜀漢遺事：長驅西蜀。

熟

【時熟】貫雲石、雙調新水令套、皇都元日、殿前歡：五穀時熟。【黍禾熟】盧摯、商調梧葉兒：低簷屋，粗布裾，黍禾熟。

惚⊙

【恍惚】湯式、南呂一枝花套、夢遊江山爲友人賦、尾聲：燈花恍惚。

牘瀆犢纛○復鵩○鶻槲○贖屬逑秫朮○族鏃○局○淑孰塾

【對偶】

湯式、南呂一枝花套、夏閨怨、梁州：上粧樓一步一箇趔趄，指長亭一望一箇糊突。湯式、南呂一枝花套、冬景題情、尾聲：長吁短嘆二千度，舊恨新愁幾萬斛。湯式、南呂一枝花套、雲山圖爲儲公子賦、梁州：雲連山遠近相逐、山連雲上下相續。貫雲石、雙調新水令套、皇都元日、殿前歡：三陽交泰、五穀時熟。

上聲

語⊙

【言語】劉時中、正宮端正好套、上高監司、倘秀才：上下沒言語。【笑語】張可久、中呂喜春來、鑑湖春日：人笑語。張可久、中呂上小樓、春思：春風笑語。張可久、雙調清江引、交翠亭：池上翠亭人笑語。張可久、雙調落梅風、胡貴卿席上：梅花月邊同笑語。張可久、雙調清江引、春曉：黃昏閉門誰笑語。【虛語】張養浩、中呂山坡羊、沔池懷古：秦强趙弱非虛語。【穿語】湯式、正宮端正好套、詠荊南佳麗、尾聲：蔦絲飛瓊時寄語。【無語】庚吉甫、商調黃鶯兒套、應天長：空無語。劉時中、越調小桃紅：問春無語。【詩語】姚燧、正宮黑漆弩：過信少陵詩語。【解語】關漢卿、雙調沈醉東風：面此花枝解語。薛昂夫、雙調楚天遙過清江引：春若有情應解語。【青鸞寄語】湯式、中呂普天樂、友人爲人所誣赴杭：想則想瑤臺畔青鸞寄語。【閑言剩語】貫雲石、越調鬭鵪鶉套、佳偶、天淨沙：更有閑言剩語。

雨

【又雨】張可久、商調秦樓月：商量又雨。【甘雨】湯式、南呂一枝花套、題雲巢、尾聲：再不從龍化雨。【花雨】馮子振、正宮黑漆弩：寂寞長安花雨。【夜雨】姚燧、中呂醉高歌、感懷：愁聽蘭舟夜雨。張可久、雙調沈醉東風、眉壽樓春夜：强似聽西園夜雨。【宜雨】徐再思、中呂朝天子、西湖：宜晴宜雨。【看雨】張可久、雙調沈醉東風、靜：人正在溪亭看雨。【風雨】馮子振、正宮黑漆弩：不管顚狂風雨。馮子振、正宮黑漆弩：葉葉枝枝風雨。【春雨】薛昂夫、雙調楚天遙過清江引：幾夜愁春雨。盧摯、正宮黑漆弩、晚泊采石：聽我篷窗春雨。【淋雨】庚吉甫、商調黃鶯兒套、蓋天旗：殘碑淋雨。【細雨】胡祗遹、雙調沈醉東風：一任他斜風細雨。【梅雨】馮海粟、正宮黑漆弩：幾陣紗窗梅雨。【煙雨】白賁、正宮黑漆弩：睡煞江南煙雨。【暮雨】貫雲石、越調鬭鵪鶉套、佳偶：朝雲暮雨。喬吉、雙調水仙子、嘲楚儀：望朝雲思暮雨。張可久、雙調沈醉東風、湖上：春已近梨花暮雨。【聽雨】湯式、雙調沈醉東風、適意：高枕著瑤琴聽雨。【驟雨】馬致遠、南呂一枝花套、惜春：狂風驟雨。【釀雨】湯式、越調小桃紅、吳興晚眺：黃梅釀雨。【三月雨】徐再思、雙調壽陽曲、春情：怕梨花不禁三月雨。【天外雨】張可久、中呂紅綉鞋、西湖雨：掛黑龍天外雨。【不爲雨】劉時中、越調小桃紅：無奈春雲不爲雨。【西山雨】庚吉甫、商調黃鶯兒套、尾：簾捲西山雨。【昨夜雨】喬吉、雙調清江引、佳人病酒：是溪血落紅昨夜雨。【春帶雨】無名氏、雙調壽陽曲：似梨花一枝春帶雨。【秋夜雨】無名氏、雙調壽陽曲：淚點兒多如秋夜雨。【值金雨】張養浩、南呂一枝花套、詠喜雨：祈下些值玉值金雨。【湖上雨】張可久、雙調落梅風、湖上：船頭晚涼湖上雨。【臺下雨】徐再思、雙調清江引、盤龍寺：捲起講華臺下雨。【遮風雨】張可久、正宮端正好套、漁樂：蓑笠軟遮風雨。【聽夜雨】張可久、雙調清江引、春情：東風小樓聽夜雨。【一半兒雨】徐再思、仙呂一半兒、落花：一半兒狂風一半雨。【怯雲羞雨】張可久、正宮黑漆弩、別高沙諸友用鸚鵡曲韻：燈下怯雲羞雨。【眉雲眼雨】張可久、雙調折桂令、歌姬施氏：嬌滴滴眉雲眼雨。【荷花過雨】張可久、正宮醉太平、湖上：洗荷花過雨。【荷花帶雨】張可久、雙調沈醉東風、湖上晚眺：夕陽外荷花帶雨。【朝雲暮雨】湯式、雙調沈醉東風、悼伶女：更想甚朝雲暮雨。【晴天變雨】庚吉甫、商角調黃鶯兒套、蓋天旗：多半晴天變雨。【自晴還自雨】張可久、雙調落梅風、碧雲峯書堂：人間自晴還自雨。

與

【寄與】張可久、雙調落梅風、憶別：平安字書曾寄與。【各自與】劉時中、正宮端正好套、上高監司、滾綉球：閑作時各自與。

羽

【倦羽】張可久、中呂滿庭芳、黃巖西樓：玄鶴去空遺倦羽。【陸羽】張可久、雙調燕引雛、雪晴過揚子渡坐江風山月亭：茶香陸羽。【翎羽】呂止軒、雙調風入松套、喬牌兒：俊禽著網惜翎羽。【翠羽】張可久、中呂紅綉鞋、開玄堂上：冰梅棲翠羽。【冲霄羽】湯式、正宮端正好套、詠荆南佳麗、尾聲：近北軒、竹搖炳、毿毿鳳展冲霄羽。【南來羽】徐再思、雙調賣花聲：雲深不見南來羽。

宇

【玉宇】張可久、越調小桃紅、夜宴：瓊樓玉宇。【杜宇】湯式、越調小桃紅、姑蘇感懷：花間杜宇。張可久、雙調清江引、春曉：酒醒五更聞杜宇。馬致遠、雙調壽陽曲：紗窗外藹然聞杜宇。張可久、雙調清江引、春情：園林且休題杜宇。徐再思、仙呂一半兒、落花：隨苑春歸聞杜宇。馬致遠、南呂一枝花套、惜春：動春意哀哀怨怨杜宇。【眉宇】張養浩、中呂朝天子、詠美：多情眉宇。【院宇】徐再思、雙調壽陽曲、春情：深院宇。張可久、中呂滿庭芳、九曲溪上：桃花院宇。張可久、中呂普天樂、鶴林觀夜空：凉生院宇。張可久、越調天淨沙、秋感：獨立西風院宇。【泰宇】張可久、中呂滿庭芳、雲林隱居：清風泰宇。【峻宇】汪元亨、正宮醉太平、警世：住高樓峻宇。【殿宇】庾吉甫、商調黃鶯兒套、踏莎行：旌陽殿宇。【霽宇】張可久、中呂滿庭芳、黃巖西樓：風清霽宇。【深院宇】劉時中、中呂山坡羊、西湖醉歌次郭振卿韻：花落水流深院宇。

禹

【貢禹】湯式、中呂醉高歌帶紅綉鞋、送大本之任：休忘了彈冠老貢禹。

⊙呂

【伊呂】張養浩、中呂山坡羊、沔池懷古：欲憑血氣爲伊呂。

侶

【伴侶】貫雲石、越調鬪鵪鶉套、佳偶：俏伴侶。張可久、中呂滿庭芳、九曲溪上：三年伴侶。劉時中、正宮端正好套、上高監司、倘秀才：江湖伴侶。張可久、正宮端正好套、漁樂、倘秀才：有樵夫做伴侶。劉時中、雙調水仙操、寓意武昌元貞：錦鴛鴦爲伴侶。劉時中、中呂山坡羊、懷武昌次郭振卿韻：青箬綠蓑爲伴侶。湯式、中呂山坡羊、書懷示友人三：踽踽客窗無伴侶。馬致遠、雙調壽陽曲、平沙落雁：似鴛鴦失群迷伴侶。【白鷗念侶】湯式、中呂普天樂、友人爲人所誣赴杭：去則去滄波中白鷗念侶。

旅

【逆旅】湯式、雙調沈醉東風、書懷：則我是新豐逆旅。

縷

【金縷】張可久、雙調沈醉東風、靜香堂看雨：歌金縷。汪元亨、南呂一枝花套、閑樂、黃鍾煞：唱金縷。【千萬縷】喬吉、雙調清江引、即景：垂楊翠絲千萬縷。【開金縷】白樸、中呂陽春曲、題情：慵拈粉扇閑金縷。【愁萬縷】馬致遠、雙調壽陽曲：人千里，愁萬縷。張養浩、中呂朝天子、詠美：有離人愁萬縷。【離愁萬縷】湯式、南呂一枝花套、冬景題情：織不就離愁萬縷。

主⊙

【明主】汪元亨、南呂一枝花套、閑樂、黃鍾煞：贊明主。【後主】庚吉甫、商角調黃鶯兒套：陳宮後主。【做主】張養浩、中呂山坡羊、沔池懷古：君也誰做主，民也誰做主。湯式、南呂一枝花套、題友田老窩、尾聲：孔方兄做主。張養浩、中呂朝天曲：向電光中誰做主。湯式、南呂一枝花套、題雲巢：甘分與林泉做主。呂止軒、雙調風入松套、天仙子：好花怎敎他做主。湯式、雙調沈醉東風、悼伶女：都不由東君做主。汪元亨、雙調沈醉東風、歸田：與幾處梅花做主。【換主】張可久、中呂朱履曲、湖上有感：名園三換主。【賓主】湯式、南呂一枝花套、贈儒醫任先生歸隱、尾聲：淸溪道士爲賓主。【做得主】湯式、南呂一枝花套、雲山圖爲儲公子賦、尾聲：纔與雲山做得主。【聖明主】貫雲石、雙調新水令套、皇都元日、鴛鴦煞：萬萬歲當今聖明主。【誰是主】湯式、南呂一枝花套、夏閨怨：樽前誰是主。張可久、雙調落梅風、憶西湖：西湖錦雲誰是主。張可久、雙調落梅風、客金陵：後庭不知誰是主。【誰做主】汪元亨、中呂朝天子、歸隱：任江山誰做主。【賢明主】劉時中、南呂四塊玉：忠孝臣賢明主。

煮

【自煮】湯式、南呂一枝花套、贈儒醫任先生歸隱、尾聲：清茶自煮。【旋煮】湯式、雙調沈醉東風、江村即事：活釣得鱸魚旋煮。姚燧、中呂滿庭芳：魚有剩和烟旋煮。喬吉、正宮醉太平、漁樵閒話：柳穿魚旋煮。

渚

【江渚】庚吉甫、商調黃鶯兒套、尾：高閣臨江渚。

麈

【玉麈】張可久、中呂紅綉鞋、閉玄堂上：雪松搖玉麈。

汝⊙

【笑汝】張養浩、中呂山坡羊：人、皆笑汝。【爾汝】劉時中、雙調折桂令、閑居自適：忘形爾汝。【誅劉汝】張養浩、中呂山坡羊、沔池懷古：萬一座間誅劉汝。

鼠⊙

【豚鼠】張養浩、中呂山坡羊、沔池懷古：趙如豚鼠。

⊙阻

【間阻】呂止軒、雙調風入松套：薄利虛名間阻。【人間阻】喬吉、雙調清江引、有感：相思瘦因人間阻。【成間阻】湯式、南呂一枝花套、冬景題情、採茶歌：風月淹留成間阻。【雲山間阻】湯式、中呂普天樂、送人遷居金陵：愁甚麼雲山間阻。

⊙處

【共處】劉時中、正宮端正好套、上高監司、倘秀才：探聽司縣何人可共處。

⊙數

【細數】劉時中、正宮端正好套、上高監司、尾：他日陳言終細數。【試數】張養浩、中呂朝天曲：自從開闢君試數。【從頭數】劉時中、南呂四塊玉：試將歷代從頭數。【慢慢的數】張可久、正宮端正好套、漁樂、尾聲：俺兩個慢慢的數。

⊙所

【風月所】張可久、中呂紅綉鞋、簡呂實夫理問：別是箇風月所。

⊙武

【壯武】貫雲石、雙調新水令套、皇都元日、攪箏琶：雄文壯武。

⊙舞

【自舞】劉時中、雙調折桂令、農：吾將種牽衣自舞。【按舞】湯式、南呂一枝花套、夢遊江山爲友人賦、梁州：逍遙似趙師雄梅花開樽按舞。【起舞】張可久、雙調沈醉東風、眉壽樓春夜：狂客簪花起舞。張可久、越調天淨沙、孤山雪夜：翠袖翩翩起舞。【鳳舞】貫雲石、越調鬭鵪鶉套、佳偶：鸞歌鳳舞。【歌舞】湯式、南呂一枝花套、題友田老寫、尾聲：翻蓋做十二瑤臺列歌舞。【如綿舞】馬致遠、南呂一枝花套、惜春：休躭閣一天柳絮如綿舞。【胡蝶舞】張可久、雙調落梅風、春曉：黃鶯亂啼胡蝶舞。【雪亂舞】馬致遠、雙調壽陽曲：天將暮，雪亂舞。【滕六舞】盧摯、中呂朱履曲、雪中黎正卿招飲：看乘風滕六舞。【瓊妃舞】張可久、越調霜角、新安八景黃山雪霽：按罷瓊妃舞。【鶴自舞】張可久、雙調清江引、交翠亭：梅花自開鶴自舞。【鶴對舞】張可久、雙調清江引、開玄堂上：鳳笙一聲鶴對舞。【山花解舞】張可久、雙調折桂令、湖上即事：留客醉山花解舞。

鵡

【鸚鵡】湯式、南呂一枝花套、夏閨怨：寂寞了雕籠鸚鵡。

侮

【欺侮】劉時中、正宮端正好套、上高監司、五：反被相欺侮。汪元亨、南呂一枝花套、閑樂、黃鍾煞：一任教競蠅血兒曹謾欺侮。

嫵【媚嫵】張養浩、雙調落梅引：笑九皐禽也能相媚嫵。【眉更嫵】張可久、越調霜角、新安八景黃山雪霽：曉粧眉更嫵。

土⊙【下土】劉時中、正宮端正好套、上高監司、耍孩兒十三煞：人物才分下土。【后土】張可久、中呂上小樓、春思：花閒后土。【糞土】徐再思、雙調蟾宮曲、姑蘇臺：三千尺侵雲糞土。【做了土】張養浩、中呂山坡羊：囘首百年都做了土。張養浩、中呂山坡羊、潼關懷古：宮闕萬間都做了土。【墳上土】貫雲石、雙調清江引、知足：酒不到他墳上土。薛昂夫、雙調湘妃怨、集句：也不到劉伶墳上土。【離鄉背土】張養浩、南呂一枝花套、詠喜雨：當不的也離鄉背土。【變做了土】張養浩、中呂山坡羊、驪山懷古：輸都變做了土。

吐⊙【月半吐】徐再思、雙調清引、盤龍寺：山僧定囘月半吐。

堵⊙【環堵】湯式、南呂一枝花套、題心遠軒、尾聲：垂拱之間在環堵。

古⊙【上古】張可久、中呂山坡羊、客高郵：人物風流聞上古。【千古】姚燧、正宮黑漆弩：好在朱顏千古。貫雲石、雙調新水令套、皇都元日、殿前歡：播四海光千古。【今古】汪元亨、南呂一枝花套、閑樂、黃鍾煞：任浮雲變今古。湯式、南呂一枝花套、雲山圖爲儲公子賦、尾聲：寸草春暉自今古。胡祗遹、雙調沈醉東風：蓑笠綸竿釣今古。【月古】貫雲石、雙調蟾宮曲：桂子冷香仍月古。【弔古】張可久、中呂滿庭芳、黃巖四樓：憑闌弔古。汪元亨、正宮醉太平、警世：老先生弔古。曾瑞、正宮醉太平：寫新詩弔古。【萬古】張可久、中呂紅綉鞋、簡呂實夫理問：高名垂萬古。【盤古】劉時中、正宮端正好套、上高監司、耍孩兒十三煞：天開地闢由盤古。【論古】張可久、正宮端正好套、漁樂，醉太平：會談今論古。【懷古】庾吉甫、商角調黃鶯兒套：懷古懷古。【人心不古】劉時中、正宮端正好套、上高監司、十二月：爭奈何人心不古。【興今慨古】湯式、南呂一枝花套、夢遊江山爲友人賦：眼落處興今慨古。

蠱⊙【鴆蠱】汪元亨、南呂一枝花套、閑樂、黃鍾煞：視肥甘若鴆蠱。

鼓⊙【社鼓】劉時中、雙調折桂令、農：村簫社鼓。【畫鼓】張可久、中呂上小樓、春思：搥畫鼓。

【禁鼓】無名氏、中呂喜春來：聞禁鼓。【擂鼓】劉時中、正宮端正好套、上高監司、倘秀才：撓得過便吹笛擂鼓。

賈

【商賈】劉時中、正宮端正好套、上高監司、十二：都不如當今鈔法通商賈。

塢⊙

【閑花塢】馬致遠、南呂一枝花套、惜春：一任教浪蕊閑花塢。【楊梅塢】張可久、商調秦樓月：瑞芝峯下楊梅塢。

虎⊙

【白虎】張可久、中呂紅綉鞋、茅山疎翁索賦：青山馴白虎。【狼虎】張養浩、中呂山坡羊、沔池懷古：秦如狼虎。【豺虎】汪元亨、南呂一枝花套、閑樂、黃鍾煞：懼功名似豺虎。【龍虎】貫雲石、雙調新水令套、皇都元日、殿前歡：慶風雲會龍虎。湯式、南呂一枝花套、贈儒醫任先生歸隱：九轉丹恰成龍虎。【揷翅虎】劉時中、正宮端正好套、上高監司、四：猶如揷翅虎。

補⊙

【便補】劉時中、正宮端正好套、上高監司、倘秀才：扛扶著便補。【陞補】劉時中、正宮端正好套、上高監司、三：住倉庫無陞補。【無補】薛昂夫、中呂陽春曲：歲云暮矣雖無補。【藤蔓補】湯式、南呂一枝花套、題友田老窩：何須藤蔓補。【青衫旋補】湯式、雙調沈醉東風、適意：破陸續青衫旋補。

浦

【洛浦】商左山、雙調潘妃曲：離洛浦。張可久、中呂上小樓、春思：天然洛浦。湯式、南呂一枝花套、題心遠軒、梁州：不動脚默默神遊洛浦。【釣浦】姚燧、中呂滿庭芳：帆收釣浦。【溢浦】姚燧、中呂醉高歌、感懷：月明江上別溢浦。【菱浦】汪元亨、南呂一枝花套、閑樂、黃鍾煞：釣菱浦。【遠浦】喬吉、中呂滿庭芳、漁父詞：行雨罷龍歸遠浦。【衡陽浦】庾吉甫、商調黃鶯兒套、蓋天旗：雁驚寒，衡陽浦。

圃

【梅圃】張可久、仙呂太常引、姑蘇臺賞雪：粉香梅圃。【灌圃】湯式、雙調沈醉東風、江村即事：抱甕汲清泉灌圃。【蟠桃聖圃】湯式、正宮端正好套、詠荆南佳麗、倘秀才：廓落似閬苑西蟠桃聖圃。

甫⊙

【仲甫】劉時中、正宮端正好套、上高監司、滾綉毬：賣肉的呼仲甫。【杜甫】馬致遠、南呂一枝花套、惜春：生扭做遊春杜甫。汪元亨、南呂一枝花套、閑樂、梁州：疎散如困夔府豪吟杜甫。

斧

【斤斧】胡紫山、雙調沈醉東風、一個收了斤斧。【揮斧】姚燧、正宮黑漆弩：早已有吳剛揮斧。

釜

（同斧）【翠釜】湯式、雙調湘妃引、送友歸家鄉：駝峯出翠釜。

撫

【燈下撫】湯式、中呂山坡羊、書懷示友人三：琴，燈下撫。

黼

【朱黼】汪元亨、南呂一枝花套、閑樂、黃鍾煞：避朱黼。

府

【判府】劉時中、正宮端正好套、上高監司、五：廉似還桑椹趙判府。【洞府】張可久、中呂普天樂、鶴林觀夜空：人閑洞府。【樂府】張可久、正宮醉太平、湖上：聽新聲樂府。【建康府】庾吉甫、商調黃鶯兒套、尾：好金陵建康府。

腑

【肺腑】湯式、雙調湘妃引、送友歸家鄉：離懷開肺腑。湯式、南呂一枝花套、雲山圖為儲公子賦、梁州：王摩詰收拾在肺腑。湯式、南呂一枝花套、夢遊江上為友人賦、梁州：圖得些風月情長沾肺腑。

父

【村父】張可久、正宮黑漆弩、別高沙諸友用鸚鵡曲韻：笑我是不耕種村父。【槎父】馮子振、正宮黑漆弩：向老拙問訊槎夫。【巢父】盧摯、正宮黑漆弩、晚泊采石：只怕失約了巢父。【漁父】汪元亨、南呂一枝花套、閑樂、黃鍾煞：友漁父。劉時中、中呂山坡羊、懷武昌次郭振卿韻：烟波漁父。白賁、正宮黑漆弩：是個不識字漁父。【樵父】馮子振、正宮黑漆弩：是個不唧溜樵父。【老巢父】湯式、南呂一枝花套、題雲巢、尾聲：絕勝當年老巢父。【刺船父】馮子振、正宮黑漆弩：種果父勝刺船父。【范亞父】張可久、中呂朝天子、水晶斗杯：子不容范亞父。

⦿母

【王母】湯式、正宮端正好套、詠荊南佳麗、尾聲：恁時節鶴馭雲軿降王母。【雲母】湯式、正宮端正好套、詠荊南佳麗、滾繡球：水涵雲母。【七旬母】湯式、普天樂、友人為人所誣赴杭：

倚閭有七旬母。【黑心母】湯式、雙調沈醉東風、悼伶女：抛閃下黑心母。

畝◉

【荒數畝】任昱、雙調清江引：南山豆苗荒數畝。

楚◉

【周齊秦漢楚】張養浩、中呂山坡羊、驪山懷古：列國周齊秦漢楚。

擧◉

【棹擧】張可久、正宮醉太平、湖上：蘭舟棹擧。【應擧】中呂陽春曲、題情：止不過迭應擧。【薦擧】湯式、中呂醉高歌帶紅繡鞋、送大本之任：一鶚何勞薦擧。

許◉

【不許】劉時中、越調小桃紅：買春不許。【如許】姚燧、正宮黑漆弩：似怪我白髮如許。【定許】劉時中、中呂山坡羊、西湖醉歌次郭振卿韻：天定許。【便許】關漢卿、雙調沈醉東風：肯不肯懷兒裏便許。【暗許】姚燧、中呂醉高歌、感懷：一曲琵琶暗許。【春幾許】張可久、雙調清江引、開玄堂上：桃源洞中春幾許。

取◉

【方取】劉時中、正宮端正好套、上高監司、二、直至起解時才方取。【自取】劉時中、中呂山坡羊、西湖醉歌次郭振卿韻：人自取。【寄取】張養浩、中呂朝天子、詠美：若還、寄取。

【換取】喬吉、中呂滿庭芳、漁父詞：濁醪換取。劉時中、正宮端正好套、上高監司、倘秀才：這等兒四六分價喚取。【進取】湯式、南呂一枝花套、題友田老窩、尾聲：管城子進取。【題取】劉時中、正宮端正好套、上高監司、八：眼色例休題取。

苦◉

【辛苦】張可久、中呂齊天樂過紅衫兒、道情：人生底事辛苦。【受苦】無名氏、雙調壽陽曲：心受苦。張養浩、中呂山坡羊：渠、乾受苦。張養浩、雙調折桂令：自圖甚身心受苦。【勞苦】湯式、南呂一枝花套、雲山圖爲儲公子賦、梁州：愁險峻憚勞苦。【債苦】薛昂夫、中呂陽春曲：清債苦。【心內苦】徐再思、雙調壽陽曲、手帕：寄多才怕不知心內苦。【心更苦】劉時中、中呂山坡羊、懷長沙次郭振卿韻：老未得閑心更苦。【心常苦】湯式、南呂一枝花套、夏閨怨、尾聲：難忘了並頭蓮空房獨守心常苦。【月下苦】貫雲石、越調鬪鵪鶉套、佳偶、尾：早忘了星前月下苦。【百姓苦】張養浩、中呂山坡羊、潼關懷古：亡，百姓苦。【吹簫苦】薛昂夫、中呂朝天曲：只道吹簫苦。【風波苦】劉時中、正宮端正好套、上高監司、七：受了五十站風波苦：【春更苦】薛昂夫、雙調楚天遙過清江引：春若有情春更苦。【情正苦】張可久、雙調落梅風、題扇面小景：月明中倚闌情正苦。【霜月苦】張養浩、雙調淸江引、詠秋日海棠：睡起不禁霜月苦。【受過的苦】張養浩、南呂一枝花套、詠春雨、尾聲：猶自洗不盡從前受過的苦。

女⊙

【男女】劉時中、正宮端正好套、上高監司、滾綉球：素無行止喬男女。【織女】汪元亨、南呂一枝花套、閑樂、黃鍾煞：教織女。【山下女】劉時中、雙調水仙操：載苧羅山下女。【兒共女】劉時中、正宮端正好套、上高監司、八：無分限兒共女。【乘鸞女】姚燧、正宮黑漆弩：靑冥風露乘鸞女。【耶溪越女】盧摯、雙調蟾宮曲、白蓮：又猜是耶溪越女。【曠夫怨女】湯式、南呂一枝花套、夏閨怨、梁州：㗖兩個曠夫怨女。

圄圉齬敔禦愈庾○脊
僂○拄墅蕦○乳○黍
暑○狙○杵楮褚杼○
祖組○廡○魯櫓虜鹵

滷○覩賭○詈詁沽牯
估監瞽股羖○五伍午
仵忤鄔○滸○鶮○普
溥譜○脯俯○某牡姥
○礎憷○莒矩櫸○弩
努○詡○咀○嶼○傴
去

【對偶】

湯式、南呂一枝花套、雲山圖爲儲公子賦：白雲邊盼不見白雁來賓，靑山外等不至靑鸞寄語。馬致遠、雙調壽陽曲：薔薇露，荷葉雨。貫雲石、越調鬬鵪鶉套、佳偶：夜月春風，朝雲暮雨。庾吉甫、商調黃鶯兒套、尾：棟飛南浦雲，簾捲西山雨。張可久、正宮端正好套、漁樂：釣艇小苦寒波，蓑笠軟遮風雨。庾吉甫、商調黃鶯兒套、踏莎行：高士祠堂，旌陽殿宇。貫雲石、越調鬬鵪鶉套、佳偶：美眷愛，俏伴侶。　張可久、雙調沈醉東風、靜香亭看雨：倒翠壺，歌金縷。　徐再思、雙調壽陽曲、手帕：香多處，情萬縷。　湯式、南呂一枝花套、夏閨怨：鏡裏人何處，樽前誰是主。　庚吉甫、商調黃鶯兒套、尾：孤塔揷晴空，高閣臨江渚。　張可久、中呂紅綉鞋、開玄堂上：冰梅棲翠羽，水藻漾金魚，雪松搖玉麈。　張養浩、中呂山坡羊、沔池懷古：秦如狼虎，趙如豚鼠。　貫雲石、越調鬬鵪鶉套、佳偶：燕語鶯吟，鸞歌鳳舞。　湯式、南呂一枝花套、夏閨怨：淒涼煞錦水鴛鴦，寂寞了雕籠鸚鵡。　湯式、南呂一枝花套、夢遊江山爲友人賦：脚到時選勝尋幽，眼落處興慨今古。　喬吉、正宮醉太平、漁樵閒話：柳穿魚旋煮，柴換酒新沽。　湯式、南呂一枝花套、贈儒醫任先生歸隱：一絲風曾釣鯨鰲，九轉丹恰成龍虎。　張可久、中呂紅綉鞋、茅山疎翁索賦：紅雲翔綵鳳，丹井養文魚，青山馴白虎。湯式、南呂一枝花套、題友田老窩：若得琅玕護，何須藤蔓補。　汪元亨、南呂一枝花套、閑樂、黃鍾煞：詠梅軒，釣菱浦。　張可久、仙呂太常引、姑蘇臺賞雪：銀匙藻井，粉香梅圃。湯式、正宮端正好套、詠荊南佳麗、倘秀才：蕭爽似瀛海東扶桑奧區，廓落似閬苑西蟠桃聖圃。湯式、中呂山坡羊、書懷示友人三：酒，花外沽，琴，燈下撫。　汪元亨、南呂一枝花套、閑樂、黃鍾煞：遠離輪，避朱黻。　庚吉甫、商調黃鶯兒套、尾：想玉樹後庭花，好金陵建康府。汪元亨、南呂一枝花套、閑樂、黃鍾煞：結樵朋，友漁父。　湯式、雙調沈醉東風、悼伶女：拜辭了白面郎，抛閃下黑心母。　湯式、中呂普天樂、友人爲人所誣赴杭：應門無三尺童，倚閭有七旬母。　劉時中、南呂四塊玉：今日吳，明朝楚。　庚吉甫、商調黃鶯兒套、應天長：東接吳，南甸楚。　汪元亨、南呂一枝花套、閑樂、黃鍾煞：課耕男，教織女。

入作上

谷⊙【金谷】湯式、南呂一枝花套、題友田老窩、梁州：想石崇在金谷。

骨【毛骨】湯式、南呂一枝花套、夢遊江山爲友人賦、尾聲：濕淋浸滿身香露侵毛骨。【冰肌玉骨】湯式、南呂一枝花套、冬景題情、尾聲：我有那冰肌玉骨。【花香透骨】湯式、南呂一枝花套、冬景題情、梁州第七：你便有一千樹梅花香透骨。

蔌⊙

【野蔌】姚燧、中呂滿庭芳：山肴野蔌。

速

【光陰迅速】湯式、中呂普天樂、送人遷居金陵：說什麼光陰迅速。

福⊙

【大福】曾瑞、中呂快活三過朝天子、警世：全身遠害倒大福。【分福】湯式、正宮端正好套、詠荊南佳麗、醉太平：樂消遙分福。【人間福】劉時中、正宮端正好套、上高監司、塞鴻秋：受用盡人間福。【天子福】貫雲石、雙調新水令套、皇都元日、攪箏琶：軍民都托賴着我天子福。【因禍致福】貫雲石、越調鬪鵪鶉套、佳偶、金蕉葉：俺却道因禍致福。【歡娛分福】湯式、南呂一枝花套、夏閨怨、感皇恩：無半點歡娛分福。

腹

【肚腹】汪元亨、南呂一枝花套、閑樂、尾：齊孟嘗待賢良肚腹。【錦心綉腹】湯式、南呂一枝花套、冬景題情、尾聲：他有那錦心綉腹。

覆

【反覆】湯式、南呂一枝花套、夏閨怨、採茶歌：蓍草占來爻反覆。

菊⊙

【黃菊】無名氏、中呂喜春來：瀟瀟夜雨滋黃菊。

燭⊙

【銀燭】白樸、中呂陽春曲、題情：笑將紅袖遮銀燭。呂止軒、雙調風入松套：夜闌剗地燒銀燭。

竹

【種竹】楊景輝、黃鍾者刺古：鋤雲種竹。【千竿竹】汪元亨、南呂一枝花套、閑樂：舊種千竿竹。【渭川竹】湯式、南呂一枝花套、贈儒醫任先生歸隱、梁州：將千畝渭川竹。【滿川修竹】張可久、正宮端正好套、漁樂、滾綉球：映蟾光滿川修竹。【調絲弄竹】湯式、南呂一枝花套、贈人、梁州：論武時柳營內調絲弄竹。【繁絃脆竹】湯式、雙調湘妃引、自述：一日一箇繁絃脆竹。

竺

【天竺】王惲、正宮黑漆弩、遊金山寺：是一片水面上天竺。

祝

【讚祝】貫雲石、雙調新水令套、皇都元日、鴛鴦煞：人皆讚祝。

⊙粟【菽粟】張養浩、南呂一枝花套、詠喜雨、梁州：恨不的把野草翻騰做菽粟。

⊙宿【分牀宿】湯式、南呂一枝花套、題雲巢、尾聲：聽琴鶴至分牀宿。

⊙蓿【苜蓿】湯式、南呂一枝花套、題友田老窩：看了些日照盤中苜蓿。

⊙曲【玉樹曲】湯式、黃鍾出隊子、酒色財氣四首——色：驚散金釵玉樹曲。【紫芝曲】湯式、南呂一枝花套、贈儒醫任先生歸隱、尾聲：日日高歌紫芝曲。【畫闌曲】湯式、南呂一枝花套、夢遊江山爲友人賦、尾聲：月在梧桐畫闌曲。【瑤琴一曲】張可久、雙調沈醉東風、瓊珠臺：月明夜瑤琴一曲。

⊙哭【放聲兒哭】湯式、南呂一枝花套、夏閨怨、尾聲：不由人蘸綠亭前放聲兒哭。

⊙窟【月窟】湯式、南呂一枝花套、題心遠軒，尾聲：休道星躔月窟。湯式、中呂醉高歌帶紅綉鞋、送大本之任：明晃晃三秋月窟。【錦綉窟】徐再思、中呂朝天子、西湖：銷金鍋錦綉窟。湯式、雙調湘妃引、自述：暖溶溶錦綉窟。

⊙出【畫出】盧摯、中呂普天樂、湘陽道中：憑誰畫出。【月漸出】張可久、正宮端正好套、漁樂、滾綉球：日已無，月漸出。

矗

【都督】庚吉甫、商調黃鶯兒套：閻公都督。

⊙督

【幾簇】白樸、雙調得勝樂：老樹寒鴉幾簇。

⊙簇

【孤岑矗】王惲、正宮黑漆弩、遊金山寺：蒼波萬頃孤岑矗。

⊙足【不足】劉時中、正宮端正好套、上高監司、滾綉球：數不足。呂止軒、雙調風入松套、天仙子：看之不足。王惲、正宮黑漆弩、遊金山寺：任夕陽棹縱橫，待償我平生不足。【手足】劉時中、正宮端正好套、上高監司、倘秀才：結義過如手足。汪元亨、雙調折桂令、歸隱：會踢弄徒勞手足。【未足】庚吉甫、商調黃鶯兒套、應天長：遊未足。庚吉甫、商調黃鶯兒套、應天長：俯挹遙岑傷未足。【自足】湯式、南呂一枝花套、題雲巢、尾聲：恬然自足。湯式、南呂一枝花套、贈儒醫任先生歸隱、梁州：淡然自足。湯式、南呂一枝花套、題友田老窩、梁州：坦然自足。楊景輝、黃鍾者刺古：窮生涯自足。張可久、中呂朝天子、山中雜書：得安閑心自足。【蛇足】汪元亨、雙調沈醉東風、歸田：畫蛇處添蛇足。【名便足】薛昂夫、中呂山坡羊：心待足時名便足。【何時足】湯式、南呂一枝花套、雲山圖爲儲公子賦、尾聲：心頭菽水何時足。【歡未足】湯式、黃鍾出隊子、酒色財氣四首——色：醉臨春歡未足。【心滿願足】貫雲石、越調鬪鵪鶉套、佳偶、金蕉葉。俺早心滿願足。胡紫山、雙調沈醉東風：漁得魚心滿願足。【栖惶業足】湯式、南呂一枝花套、夏閨怨、尾聲：幾時得栖惶業足。

促⊙

【淒涼限促】湯式、南呂一枝花套、夏閨怨、尾聲：多管是淒涼限促。

屋⊙

【如屋】王惲、正宮黑漆弩、遊金山寺：蛟龍慮恐下燃犀，風起浪翻如屋。【茅屋】汪元亨、南呂一枝花套、閑樂、黃鍾煞：守茅屋。【低簷屋】盧摯、商調梧葉兒：低簷屋，粗布裾。

穀　轂○縮　謖○復　幅　蝠

拂○卜　不○踘　局○笏

忽○築　粥○麴　屈○酷

○黜　畜○叔　菽○篤○

暴　撲○觸　束○禿○卒

○蹙○沃　兀

【對偶】

貫雲石、越調鬪鵪鶉套、佳偶：國色天香，冰肌玉骨。湯式、南呂一枝花套、冬景題情、尾聲：他有那錦心綉腹，我有那冰肌玉骨。湯式、南呂一枝花套、題友田老窩：檜當軒作翠屛，月到簾爲銀燭。楊景輝、黃鍾者刺古：鑿石栽松，鋤雲種竹。汪元亨、南呂一枝花套、閑樂：新栽數畝瓜，舊種千竿竹。湯式、中呂醉高歌帶紅綉鞋、送大本之任：蕩悠悠萬里雲衢，明晃晃三秋月窟。湯式、南呂一枝花套、題雲巢、尾聲：怡然自娛，恬然自足。汪元亨、雙調沈醉東風、歸田：騎虎時捋虎鬚，畫蛇處添蛇足。湯式、南呂一枝花套、題心遠軒：黃庭靜玩之無窮，靈源溢探之不足。湯式、南呂一枝花套、夏閨怨：幾時得栖惶業足，多管是淒涼限促。

去聲

⊙遇

【相遇】胡紫山、雙調沈醉東風：林泉下偶然相遇。

譽

【名譽】張養浩、中呂朝天曲：些兒名譽。

豫

【猶豫】湯式、南呂一枝花套、夏閨怨、尾聲：手抵着牙兒自猶豫。

喻

【長於喻】薛昂夫、中呂朝天曲：好辯長於喻。

⊙慮

【心何慮】汪元亨、南呂一枝花套、閑樂：冷淡淡心何慮。

⊙懼

【憂懼】劉時中、正宮端正好套、上高監司、十一：忒無忌憚無憂懼。

句

【佳句】庾吉甫、商調黃鶯兒套、蓋天旗：留得王郎佳句。【索句】張可久、越調天淨沙、孤山雪夜：倚闌索句。【得句】盧摯、中呂普天樂、湘陽道中：行人得句。【詩句】庾吉甫、商調黃鶯兒套、應天長：謫仙詩句。鄭光祖、正宮塞鴻秋：杜甫新詩句。喬吉、雙調清江引、有感：花瓣題詩句。張可久、雙調落梅風、胡貴卿席上：不尋思灞橋詩句。湯式、南呂一枝花套、夏閨怨、梁州：白紈扇空題詩句。張養浩、雙調落梅引：但沉吟早成詩句。張可久、中呂紅綉鞋、西湖雨：刪抹了東坡詩句。【樂句】張可久、中呂紅綉鞋、簡呂實夫理問：紅錦香中樂句。【多情句】呂止軒、雙調風入松套、離亭宴煞：錦箋空寫多情句。【吟春句】張可久、雙調清江引、春情：未了吟春句。【陶詩句】湯式、南呂一枝花套、題心遠軒：選得陶詩句。【詩中句】張可久、正宮端正好套、漁樂、醉太平：放懷講會詩中句。【傷春句】薛昂夫、雙調楚天遙過清江引：題滿傷春句。【酬春句】張可久、雙調殿前歡、湖上宴集：翠館酬春句。【驚人句】湯式、南呂一枝花套、題友田老窩、梁州：剗地裏撥灰吟出驚人句。【柳絮因風句】湯式、南呂一枝花套、冬景題情、梁州：閑吟柳絮因風句。

據

【憑據】薛昂夫、雙調楚天遙過清江引：問着無憑據。

炬

【一炬】張養浩、中呂山坡羊、驪山懷古：阿房一炬。

踞

【虎踞】庚吉甫、商角調黃鶯兒套、踏莎行：龍蟠虎踞。

屨

【芳屨】張可久、商調秦樓月：尋芳屨。【蓬萊屨】張可久、雙調沈醉東風、瓊珠臺：梅下蓬萊屨。【探梅吟屨】張可久、正宮黑漆弩、爲樂府焦元美賦用馮海粟韵：便上蹋探梅吟屨。

⊙恕

【輕恕】劉時中、正宮端正好套、上高監司、四：嚴刑峻法休輕恕。

樹

【玉樹】張可久、雙調落梅風、客金陵：亂蛩吟野花玉樹。【老樹】庚吉甫、商角調黃鶯兒套、踏莎行：殘照底西風老樹。【芳樹】曾瑞、正宮醉太平：蘇隄隄上尋芳樹。【紅樹】張可久、越調小桃紅、夜宴：白雲紅樹。湯式、中呂竭金門、長亭道中：荒村紅樹。鄭光祖、正宮塞鴻秋套：日融桃錦堆紅樹。【烟樹】張可久、中呂坡羊、客高郵：蒼蒼烟樹。張養浩、中呂山坡羊、驪山懷古：至今遺恨迷烟樹。張可久、雙調落梅風、憶西湖：拍闌干滿空烟樹。【雲樹】薛昂夫、中呂山坡羊、苦雨：瓜山雲樹。【羅樹】張可久、中呂普天樂、鶴林觀夜空：一架寒香娑羅樹。【籠樹】湯式、越調小桃紅、吳興晚眺：白雲籠樹。【瓊樹】張可久、中呂朝天子、梅友元帥席上：香風瓊樹。劉時中、中呂山坡羊、西湖醉歌次郭振卿韻：朝朝瓊樹。【山頭樹】湯式、南呂一枝花套、題雲巢：占却山頭樹。【春天樹】薛昂夫、正宮塞鴻秋、淩歊臺懷古：渭北春天樹。【相思樹】劉時中、仙呂醉中天：花木相思樹。【高低樹】張可久、雙調水仙子、蘇隄晚興：浸冰壺雲錦高低樹。【烟中樹】盧摯、中呂普天樂、湘陽道中：溪上招提烟中樹。【埋烟樹】張可久、雙調清江引、春晚：翠塢埋烟樹。【珊瑚樹】湯式、南呂一枝花套、夢遊江山爲友人賦、梁州：釣竿直拂珊瑚樹。【蒼松樹】張可久、雙調清江引、文翠亭：月暗蒼松樹。【夕陽紅樹】張可久、中呂上小樓、春思：鷓鴣啼夕陽紅樹。【岸花汀樹】馬致遠、雙調壽陽曲、平沙落雁：半栖近岸花汀樹。【野烟汀樹】馬致遠、雙調壽陽曲：望不斷野烟汀樹。【寒梅幾樹】張可久、中呂上小樓、春思：荒園數畝，寒梅幾樹。

⊙覷

【不覷】劉時中、正宮端正好套、上高監司、滾繡球：佯呆着不瞅不覷。【照覷】貫雲石、越調闘鵪鶉套、佳偶、小桃紅：覓便尋芳廝照覷。【頻覷】白樸、雙調得勝樂、咱爲甚粧粧頻覷。【臨時覷】盧摯、雙調殿前歡：臨時覷，不够時重沽去。

趣

【志趣】張養浩、中呂朝天曲：據着這老夫，志趣。【此中趣】湯式、南呂一枝花套、題雲巢、梁州：誰把此中趣。湯式、南呂一枝花套、題心遠軒、梁州：解到此中趣。【其中趣】湯式、南呂一枝花套、題友田老窩、梁州：主人自得其中趣。汪元亨、中呂朝天子、歸隱：深參透其中趣。【林泉趣】汪元亨、南呂一枝花套、閑樂、梁州：主人素得林泉趣。【杯中趣】張可久、正宮端正好套、漁樂、醉太平：忘憂飲會杯中趣。【眞堪趣】張可久、正宮端正好套、漁樂：對江景眞堪趣。【園林趣】馬致遠、雙調清江引、野興：晚節園林趣。

⊙注

【東注】湯式、中呂山坡羊、書懷示友人三：長江東注。

住

【栓住】張養浩、中呂朝天曲：把烏兎常栓住。【留住】張養浩、雙調清江引、詠秋日海棠：常把春留住。【停住】張養浩、南呂一枝花套、詠喜雨、尾聲：只願的三日霖霪不停住。【邀住】張養浩、雙調胡十八：把春光且邀住。【纏住】無名氏、中呂普天樂：被肉鐵索夫人緊纏住。【纜住】張可久、正宮端正好套、漁樂、倘秀才：睡時節把扁舟來纜住。【人間住】薛昂夫、中呂朝天曲：明白人間住。【山林住】馮子振、正宮黑漆弩：江湖難比山林住。【圯橋住】馮海粟、正宮黑漆弩　：張良更姓圯橋住。【別人住】曾瑞、中呂快活三過朝天子、警世：那與他別人住。【芹宮住】薛昂夫、中呂朝天曲：邊傍芹宮住。【拘鈐住】劉時中、正宮端正好套、上高監司、二一：逐張兒背印拘鈐住。【金杯住】張可久、正宮醉太平、湖上：對清風不放金杯住。【洲邊住】張可久、中呂齊天樂過紅衫兒、道情：白鷺洲邊住。白賁、正宮黑漆弩：儂家鸚鵡洲邊住。劉時中、中呂山坡羊、懷武昌次郭振卿韻：移家鸚鵡洲邊住。【風光住】馮子振、正宮黑漆弩：春歸不戀風光住。【留春住】薛昂夫、雙調楚天遙過清江引：也要留春住。薛昂夫、雙調楚天遙過清江引：無計留春住。馬致遠、南呂一枝花套、惜春：綠窗猶唱留春住。【秦郵住】張可久、正宮黑漆弩、別高沙諸友用鸚鵡曲韻：相從一月秦郵住。【移家住】馮子振、正宮黑漆弩：

嵯峨峰頂移家住。【嵩南住】盧摯、正宮黑漆弩、晚泊采石：湘南長憶嵩南住。【寰中住】湯式、南呂一枝花套、題心遠軒：且向寰中住。【雙抱住】徐再思、雙調壽陽曲、柳腰：沈東陽帶紅香雙抱住。【隔牆兒住】喬吉、雙調清江引、有感：只隔牆兒住。

柱

【仙柱】張可久、中呂上小樓、春思：鶴鳴仙柱。【冰柱】張可久、中呂普天樂、鶴林觀夜空：寶瑟移冰柱。張可久、中呂紅綉鞋、簡呂實夫理問：揮翰墨雪車冰柱。張可久、中呂喜春來、鑑湖春日：雁啼秋水移冰柱。【題柱】喬吉、雙調水仙子、歌者睥睨潦倒故賦此咎焉：昇仙橋曾題柱。【鐵柱】庚吉甫、商調黃鶯兒套、踏莎行：雪埋鐵柱。【擎天柱】貫雲石、雙調新水令套、皇都元日、殿前歡：架海梁對着擎天柱。【題橋柱】馬致遠、雙調撥不斷：讀書須索題橋柱。

駐

【向高沙駐】張可久、正宮黑漆弩、爲樂府焦元美賦用馮海粟韻：畫船來向高沙駐。

苧

【白苧】湯式、南呂一枝花套、冬景題情、罵玉郎：歌白苧。

竚

【閑竚】庚吉甫、商調黃鶯兒套、蓋天旗：登臨閑竚。【凝竚】庚吉甫、商調黃鶯兒套、應天長：堪凝竚。張可久、中呂山坡羊、客高郵：危臺凝竚。

⊙數

【無數】張養浩、雙調落梅引：門外山無數。徐再思、雙調賣花聲：雲山無數。庚吉甫、商調黃鶯兒套、踏莎行：藕花無數。湯式、越調小桃紅、姑蘇感懷：一片青無數。張養浩、中呂朝天曲：斷送了人無數。張可久、雙調落梅風、江上寄越中諸友：不知名野花無數。張可久、雙調沈醉東風、湖上晚眺：載笙歌畫船無數。張可久、中呂滿庭芳、九曲溪上：餘不溪上山無數。【春無數】湯式、南呂一枝花套、贈儒醫任先生歸隱：杏林好春無數。【雲無數】張可久、雙調湘妃怨、德清長橋書事：峯巒出汲雲無數。【興亡數】鄭光祖、正宮塞鴻秋：識破興亡數。【落花無數】馬致遠、雙調壽陽曲、洞庭秋月：春催得落花無數。

⊙絮

【風絮】張可久、雙調落梅風、憶別：記臨行雨花風絮。【飛絮】徐再思、雙調壽陽曲、春情：正東風滿簾飛絮。【半飄柳絮】馬致遠、雙調壽陽曲、江天暮雪：半梅花半飄柳絮。【落花飛絮】馬致遠、雙調壽陽曲、洞庭秋月：滿城中落花飛絮。【撏綿扯絮】盧摯、中呂朱履曲、雪中黎正卿招飲：雖不至撏綿扯絮。

序

【時序】貫雲石、雙調新水令套、皇都元日：慶豐年太平時序。【起序】無名氏、雙調壽陽曲：煩惱似孝今起序。【鶯啼序】張可久、中呂朝天子、梅友元帥席上：試聽鶯啼序。【盤谷序】張可久、中呂朝天子、山中雜書：李愿盤谷序。

緒

【心緒】劉時中、正宮端正好套、上高監司、六：朱鈔足那時才得安心緒。【情緒】徐再思、雙調壽陽曲、春情：閑情緒。喬吉、雙調清江引、佳人病酒：惹住閑情緒。湯式、南呂一枝花套、冬景題情、罵玉郎：孤眠展轉傷情緒。

妬⊙

【相妬】張養浩、雙調清江引、詠秋日海棠：籬菊休相妬。徐再思、雙調壽陽曲、柳腰：舞春風柳絲相妬。【嫉妬】張養浩、中呂山坡羊：沒由來惹得人嫉妬。【千年妬】鄭光祖、正宮塞鴻秋：鐵門限枉作千年妬。【西施妬】薛昂夫、中呂山坡羊、苦雨：西湖也怕西施妬。【胭脂妬】劉時中、仙呂醉扶歸、賦粉團兒：不管胭脂妬。

肚

【牽腸割肚】貫雲石、越調鬬鵪鶉套、佳偶、小桃紅：知心可腹，牽腸割肚。

渡

【橫渡】張可久、雙調落梅風、西湖：載斜陽小舟橫渡。【白蘋渡】鄭光祖、正宮塞鴻秋：莊兒緊靠白蘋渡。【西泠渡】張可久、雙調殿前歡：雪老西泠渡。【西林渡】張可久、正宮塞鴻秋、湖上即事：斷橋流水西林渡。【東西渡】湯式、中呂普天樂、送人遷居金陵：流水東西渡。【烏江渡】薛昂夫、正宮塞鴻秋、淩歊臺懷古：望夫山下烏江渡。【渡傍渡】薛昂夫、雙調楚天遙過清江引：春水渡傍渡。

度

【風度】劉時中、正宮端正好套、上高監司、塞鴻秋：一箇箇烹羊挾妓誇風度。【法度】劉時中、正宮端正好套、上高監司、脫布衫：壞盡了國家法度。【幾度】庾吉甫、商角調黃鶯兒套：干戈幾度。【襟度】張可久、中呂朝天子、水晶斗杯：謫仙襟度。【三千度】湯式、南呂一枝花套、冬景題情、尾聲：長吁短嘆三千度。【香風度】貫雲石、雙調新水令套、皇都元日、鴛鴦煞：椒盤杯裏香風度。【笙歌度】薛昂夫、雙調殿前歡、夏：流鶯聲裏笙歌度。【流年度】張可久、雙調殿前歡、離思：花落流年度。湯式、南呂一枝花套、冬景題情、罵玉郎：花開不管流年度。【韶光度】薛昂夫、雙調楚天遙過清江引：暗裏韶光度。

蠹

【姦蠹】劉時中、正宮端正好套、上高監司、十一：被無知賊子爲姦蠹。

輔⊙

【邦輔】劉時中、正宮端正好套、上高監司、滾繡球：做皮的是仲才邦輔。【朝輔】劉時中、正宮端正好套、上高監司、五：本棟梁材，若使居朝輔。

付

【分付】徐再思、雙調賣花聲：山童分付。湯式、雙調沈醉東風、悼伶女：錦排場等閑分付。劉時中、正宮端正好套、上高監司、九：不疼錢一地裏胡分付。【同付】劉時中、正宮端正好套、上高監司、十：巴不得登時事了乾同付。【對付】薛昂夫、中呂山坡羊、苦雨：天也爲他巧對付。【應付】關漢卿、雙調沈醉東風：紙鷂兒休將人厮應付。

賦

【租賦】曾瑞、中呂快活三過朝天子、警世：皆無租賦。【詞賦】張可久、中呂上小樓、春思：高唐詞賦。【長門賦】張可久、中呂齊天樂過紅衫兒、道情：自獻長門賦。張可久、中呂朝天子、梅友元帥席上：尙草長門賦。馬致遠、雙調撥不斷：乘車誰買長門賦。湯式、南呂一枝花套、贈儒醫先生歸隱、梁州：可知道黃金不賣長門賦。【高唐賦】張養浩、中呂朝天子、詠美：試聽高唐賦。【登樓賦】湯式、中呂謁金門、長亭道中：都是登樓賦。【淩雲賦】湯式、中呂普天樂、送人遷居金陵：不獻淩雲賦。【閑居賦】湯式、南呂一枝花套、雲山圖爲儲公子賦：飽玩閑居賦。【閑情賦】馬致遠、仙呂青哥兒、四月：留下西樓美人圖閑情賦。

傅

【何郎傅】劉時中、仙呂醉扶歸、賦粉團兒：正要何郎傅。

富

【致富】雙調浩、雙調折桂令：縱然致富。【豪富】張養浩、南呂一枝花套、詠喜雨、梁州：直使千門萬戶家豪富。劉時中、正宮端正好套、上高監司、塞鴻秋：一家家傾銀注玉多豪富。【三生富】鄭光祖、正宮塞鴻秋：金谷園那得三生富。

婦

【媳婦】劉時中、正宮端正好套、上高監司、塞鴻秋：粧旦色取去爲媳婦。【商人婦】徐再思、中呂陽春曲、閨怨：妾身當做商人婦。【謀諸婦】張可久、中呂齊天樂過紅衫兒、道情：何必謀諸婦。

負

【辜負】貫雲石、越調鬭鵪鶉套、佳偶、天淨沙：若將他辜負。馬致遠、雙調壽陽曲：恨薄情四時辜負。無名氏、雙調壽陽曲：怕東君儼然辜負。【等閑負】馬致遠、南呂一枝花套、惜春：九十日春光等閑負。

戶⊙

【月戶】馬致遠、南呂一枝花套、惜春：雲窗月戶。【朱戶】劉時中、中呂山坡羊、西湖醉歌次郭振卿韻：家家朱戶。【門戶】薛昂夫、中呂朝天曲：黨家門戶。湯式、南呂一枝花套、題友田老窩、尾聲：送將窮鬼出門戶。【春生戶】湯式、南呂一枝花套、題心遠軒、尾聲：光風轉蕙春生戶。【鴛鴦戶】劉時中、仙呂醉中天：岸上鴦鴛戶。【冷香庭戶】馬致遠、雙調壽陽曲：菊花霜冷香庭戶。

護

【琅玕護】湯式、南呂一枝花套、題友田老窩：若得琅玕護。

務⊙

【時務】劉時中、正宮端正好套、上高監司、尾：不怕傷時務。劉時中、正宮端正好套、上高監司、十：壞盡今時務。鄭光祖、正宮塞鴻秋：淵明老子達時務。【家務】汪元亨、南呂一枝花套、閑樂、黃鍾煞：儉家務。

霧

【花霧】張可久、雙調落梅風、春晚：濕冥冥柳烟花霧。【香霧】張可久、雙調落梅風、胡貴卿席上：錦橙開噀人香霧。湯式、正宮端正好套、詠荊南佳麗：晚濛濛螢道迷香霧。【烟霧】薛昂夫、中呂山坡羊、苦雨：六橋烟霧。【雲霧】商左山、雙調潘妃曲：寶髻高盤堆雲霧。【流酸霧】湯式、雙調沈醉東風、江村即事：綠橘流酸霧。

鶩

【孤鶩】湯式、越調小桃紅、姑蘇感懷：天邊孤鶩。庚吉甫、商調黃鶯兒套、蓋天旗：落霞孤鶩。

素⊙

【幽素】張可久、越調小桃花、夜宴：一曲瑤箏寫幽素。【雅素】汪元亨、南呂一枝花套、閑樂、黃鍾煞：尚雅素。【安心素】湯式、南呂一枝花套、題雲巢：混沌安心素。【香塵素】張養浩、中呂朝天子、詠美：粉汗香塵素。

訴⊙

【分訴】劉時中、正宮端正好套、上高監司：采與論聽分訴。【傾訴】無名氏、雙調壽陽曲：心間事盡情兒傾訴。【對誰訴】湯式、南呂一枝花套、冬景題情、尾聲：不證果相思對誰訴。

暮⊙

【昨暮】馬致遠、仙呂青哥兒、四月：東風園林昨暮。【秋暮】湯式、雙調沈醉東風、江村卽事：好風光最宜秋暮。【朝暮】汪元亨、南呂一枝花套、閑樂、黃鍾煞：儘紅輪換朝暮。劉時中、正宮端正好套、上高監司、七：兢驚受怕過朝暮。【夕陽暮】庾吉甫、商調黃鶯兒套、應天長：俯把遙岑傷未足，夕陽暮。【日將暮】湯式、越調小桃紅、姑蘇感懷：小雨殘紅日將暮。【元宵暮】劉時中、正宮端正好套、上高監司、塞鴻秋：夜夜元宵暮。【瓜田暮】薛昂夫、中呂山坡羊：早星星鬢影瓜田暮。【來何暮】張可久、中呂朝天子、山中雜書：怪我來何暮。【青山暮】張可久、越調小桃紅、夜宴：船繫青山暮。【春光暮】湯式、南呂一枝花套、雲山圖爲儲公子賦：又覺春光暮。【烟波暮】庾吉甫、商調黃鶯兒套、應天長：遊未足，烟波暮。【朝還暮】關漢卿、雙調沈醉東風：想着雨和雲，朝還暮。【崦嵫暮】湯式、雙調沈醉東風、書懷：日落崦嵫暮。【逋仙暮】湯式、中呂普天樂、錢塘懷古：花下逋仙墓。【梅花暮】徐再思、中呂朝天子、西湖：楊柳隄梅花墓。【遙天暮】白樸、雙調得勝樂：紅日晚，遙天暮。【劉伶墓】鄭光祖、正宮塞鴻秋：不到劉伶墓。貫雲石、雙調清江引、知足：休說劉伶墓。【和靖先生墓】張可久、正宮塞鴻秋、湖上卽事：傷心和靖先生墓。

路⊙

【同路】湯式、南呂一枝花套、題心遠軒、梁州：山林城市俱同路。【江路】鄭光祖、正宮塞鴻秋：門前五柳浸江路。【滿路】貫雲石、越調鬪鵪鶉套、佳偶：花生滿路。【歸路】薛昂夫、雙調殿前歡、夏：迷歸路。【天涯路】薛昂夫、中呂山坡羊：爲功名走遍天涯路。【西湖路】湯式、中呂普天樂、錢塘懷古：問錢塘西湖路。張可久、商調秦樓月：出門便是西湖路。【邙山路】張養浩、中呂朝天曲：那箇不到邙山路。【青雲路】汪元亨、雙調雁兒落過得勝令、歸隱：足謝青雲路。【金陵路】湯式、中呂普天樂、送人遷居金陵：地濶天高金陵路。【長亭路】湯式、中呂謁金門、長亭道中：迷却長亭路。【孤山路】張可久、雙調殿前歡、湖上：花謝孤山路。【前村路】薛昂夫、中呂朝天曲：迷却前村路。【春歸路】薛昂夫、雙調楚天遙過清江引：不見春歸路。【秋無路】張可久、中呂滿庭芳、黃巖四樓：千巖黃葉秋無路。【南歸路】張可久、雙調燕引雛、雪晴過揚子渡坐江風山月亭：西津渡，南歸路。【洪恩路】庚吉甫、商調黃鶯兒套、踏莎行：旌陽殿宇洪恩路。【是非路】湯式、南呂一枝花套、贈儒醫任先生歸隱、尾聲：謝却紅塵是非路。【相思路】湯式、南呂一枝花套、夏閨怨，罵玉郎：趕不上相思路。【梅花路】張可久、中呂朝天子、山中雜書：風雪梅花路。張可久、正宮塞鴻秋、湖上卽事：暗香疎影梅花路。【莓苔路】貫雲石、雙調殿前歡：綠鞋香染莓苔路。【神仙路】張可久、越調小桃紅、夜宴：飛吟亭上神仙路。【尋歸路】張可久、正宮端正好套、漁樂、滾綉球：收綸罷釣尋歸路。【湘南路】劉時中、中呂山坡羊、懷長沙次郭振卿韻：夢魂長繞湘南路。【湘陽路】盧摯、中呂普天樂、湘陽道中：岳陽來，湘陽路。【陽臺路】喬吉、雙調水仙子、嘲楚儀：碎磚兒叠就陽臺路。【愁來路】湯式、越調小桃紅、姑蘇感懷：白雲不斷愁來路。【新盤路】徐再思、雙調清江引、盤龍寺：古殿新盤路。【桃源路】徐再思、雙調賣花聲：碧桃紅杏桃源路。【楊朱路】湯式、中呂普天樂、友人爲人所誣赴杭：人上楊朱路。【渺無路】湯式、南呂一枝花套、夢遊江山爲友人賦、梁州：天地濶渺無路。【溪橋路】楊淡齋、雙調湘妃怨：騎驢踏雪溪橋路。【開言路】劉時中、正宮端正好套、上高監司：願英俊開言路。【樓前路】劉時中、中呂山坡羊、西湖醉歌次郭振卿韻：驕嘶過沽酒樓前路。【蓬萊路】張可久、雙調清江引、交翠亭：隔斷蓬萊路。湯式、正宮端正好套、詠荆南佳麗：遠騰騰似入蓬萊路。【橋西路】張可久、中呂山坡羊、客高郵：一竿風旆橋西路。【潼關路】張養浩、中呂山坡羊、潼關懷古：山河表裏潼關路。【窮活路】喬吉、正宮醉太平、漁樵閒話：坐蒲團攀風詠月窮活路。【錢塘路】張可久、雙調殿前歡、湖上宴集：笙歌又是錢塘路。【攀蟾路】湯式、中呂醉高歌帶紅綉鞋、送大本之任：攀蟾慣識攀蟾路。

鷺

【白鷺】張可久、正宮小梁州、湖山堂上醉題：一行白鷺。庾吉甫、商調黃鶯兒套、尾：二水分白鷺。張可久、正宮塞鴻秋、湖上即事：水面飛白鷺。【鷗鷺】胡衹遹、雙調沈醉東風：盟鷗鷺。貫雲石、雙調壽陽曲：趁殘紅滿江鷗鷺。張可久、雙調慶東原、越山即事：老漁樵相伴閑鷗鷺。【前灘鷺】張可久、雙調湘妃怨、德清長橋書事：雪點前灘鷺。

露

【香露】張可久、雙調沈醉東風、瓊珠臺：倚高寒滿身香露。【恩露】貫雲石、雙調新水令套、皇都元日、鴛鴦煞：衆臣等蒙恩露。【晴露】喬吉、雙調水仙子、傷春：山枕淺啼晴露。【啼露】張可久、雙調落梅風、題扇面小景：玉波寒粉蓮啼露。【金莖露】劉時中、仙呂醉扶歸、賦粉團兒：色映金莖露。【香階露】張可久、雙調沈醉東風、眉壽樓春夜：小樹風，香階露。【春光露】貫雲石、雙調新水令套、皇都元日、鴛鴦煞：梅花枝上春光露。【胭脂露】張養浩、雙調清江引、詠秋日海棠：又見胭脂露。【莓苔露】張可久、雙調殿前歡、離思：綉鞋香染莓苔露。【瓊花露】張可久、雙調清江引、開玄堂上：仙酒瓊花露。

⊙故

【春如故】張養浩、南呂一枝花套、詠喜雨：喜萬象春如故。【墳如故】薛昂夫、正宮塞鴻秋、淩歊臺懷古：青山太白墳如故。【樓臺如故】徐再思、雙調賣花聲：梨花淡月，樓臺如故。

固

【堅固】汪元亨、南呂一枝花套、閑樂、尾：秉一段鐵石心腸愈堅固。【根基固】劉時中、正宮端正好套、上高監司、六：歷重難，博得箇根基固。

顧

【不顧】劉時中、正宮端正好套、上高監司、滾綉球：縱關防任誰不顧。【四顧】張養浩、中呂山坡羊、驪山懷古：驪山四顧。【王侯顧】汪元亨、南呂一枝花套、閑樂、黃鍾煞：甘貧何用王侯顧。

⊙誤

【西風誤】張養浩、雙調清江引、詠秋日海棠：又被西風誤。【平生誤】劉時中、正宮端正好套、上高監司、堯民歌：爲如如把平生誤。【佳期誤】張可久、雙調殿前歡、離思：春去佳期誤。【虛名誤】曾瑞、中呂快活三過朝天子、警世：休直待虛名誤。劉時中、中呂山坡羊、懷長沙次郭振卿韻：大都來只爲虛名誤。【儒冠誤】張可久，中呂齊天樂過紅衫兒、道情：枉被儒冠

悟

誤。【無情誤】湯式、南呂一枝花套、夏閨怨、罵玉郎：多情却被無情誤。

【才得悟】呂止軒、雙調風入松套、離亭宴煞：使盡心，才得悟。【颯然悟】湯式、南呂一枝花套、夢遊江山爲友人賦、尾聲：驀然地睜破雙眸颯然悟。

惡

【憎惡】汪元亨、南呂一枝花套、閑樂、黃鍾煞：世上炎涼久憎惡。

汚

【酒汚】張可久、雙調水仙子、蘇隄晚興：羅裙酒汚。【貪汚】劉時中、正宮端正好套、上高監司、滾綉毬：試說這廝每貪汚。【三閭汚】鄭光祖、正宮塞鴻秋：汨羅江空把三閭汚。【胭脂汚】庚吉甫、商調黃鶯兒套、尾：井口胭脂汚。【井痕香汚】張可久、雙調落梅風、客金陵：濕胭脂井痕香汚。

布⊙

【擺布】劉時中、正宮端正好套、上高監司、倘秀才：比及燒昏鈔先行擺布。【彤雲布】湯式、南呂一枝花套、冬景題情：四野彤雲布。

簿

【功勞簿】馬致遠、殘曲雙調碧玉簫：四景又俱，羨甚功勞簿。汪元亨、中呂朝天子、歸隱：名不上功勞簿。【姻緣簿】湯式、南呂一枝花套、夏閨怨、梁州：料應來錯配了姻緣簿。【情緣簿】貫雲石、越調鬬鵪鶉套、佳偶、尾：錦紋封寄情緣簿。

步

【三二步】湯式、南呂一枝花套、題心遠軒、尾聲：不離蒲團三二步。【樓前步】湯式、正宮端正好套、詠荆南佳麗：曲盤盤五城十二樓前步。

做⊙

【無心做】鄭光祖、正宮塞鴻秋：除彭澤縣令無心做。

兎⊙

【狐兎】汪元亨、正宮醉太平、警世：燕昭臺已見藏狐兎。【烏兎】汪元亨、南呂一枝花套、閑樂、梁州：躱風雷看烏兎。【霜兎】張可久、雙調落梅風、湖上：草新詞粉箋霜兎。【月中兎】湯式、正宮端正好套、詠荆南佳麗、醉太平：上青冥借嫦娥八竅月中兎。【罝中兎】任昱、雙調清江引：小吏罝中兎。

怒⊙

【如怒】張養浩、中呂山坡羊、潼關懷古：波濤如怒。【江潮怒】薛昂夫、中呂山坡羊、苦雨：景濛濛不比江潮怒。

⊙鋪

【黃山鋪】薛昂夫、正宮塞鴻秋、淩歊臺懷古：淩歊臺畔黃山鋪。

⊙處

【去處】喬吉、雙調折桂令、七夕贈歌者：無半點閑愁去處。【多處】徐再思、雙調壽陽曲、手帕：香多處。【好處】劉時中、仙呂醉中天：世間好處。庚吉甫、商角調黃鶯兒套、蓋天旗：待揀搭溪山好處。【何處】庚吉甫、商調黃鶯兒套、應天長：佳人何處。張可久、越調天淨沙、秋感：相思何處。張可久、中呂紅綉鞋、茅山疎翁索賦：小洞閒花何處。徐再思、越調賣花聲：問今朝酒醒何處。徐再思、雙調賣花聲：問前村酒家何處。徐再思、雙調賣花聲：望天涯故人何處。湯式、雙調沈醉東風、書懷：望長安不知何處。張養浩、中呂山坡羊、驪山懷古：當時奢侈今何處。無名氏、雙調賣花聲：敎吹簫玉人何處。【佳處】劉時中、中呂山坡羊、懷長沙次郭振卿韻：東城佳處。【高處】劉時中、中呂山坡羊、懷長沙次郭振卿韻：西樓高處。【險處】馮海粟、正宮黑漆弩：再不忍人間險處。【深處】張可久、雙調沈醉東風、湖上：花深處。湯式、正宮端正好套、詠荊南佳麗：八龍篆太霞深處。馮子振、正宮黑漆弩：祇靠著柴扉深處。【貴處】馮子振、正宮黑漆弩：指門前萬疊雲山，是不費青蚨買處。【晚處】盧摯、正宮黑漆弩、晚泊采石：又弭棹蛾眉晚處。【樂處】張養浩、雙調胡十八：不是他樂處。【響處】馮子振、正宮黑漆弩、錦袍空醉墨淋漓，是萬古聲名響處。【人何處】湯式、南呂一枝花套、夏閨怨：錦裏人何處。【人歸處】張可久、雙調清江引、春情：芳草人歸處。【亡家處】薛昂夫、正宮塞鴻秋、淩歊臺懷古：是三千歌舞亡家處。【不知處】湯式、南呂一枝花套、雲山圖爲儲公子賦、梁州：眞乃是一聲杜宇不知處。【包彈處】商左山、雙調潘妃曲：沒半點兒包彈處。【在何處】馬致遠、越調小桃紅、夏：午夢薰風在何處。【共一處】張可久、正宮端正好套、漁樂、尾聲：來日相逢共一處。【安排處】湯式、中呂山坡羊、書懷示友人三：老天還有安排處。劉時中、中呂山坡羊、懷武昌次郭振卿韻：到頭也可安排處。湯式、南呂一枝花套、題雲巢、梁州：道人自有安排處。【沒是處】張養浩、南呂一枝花套、詠喜雨、梁州：眼覷着災傷敎我沒是處。馬致遠、雙調壽陽曲：一會兒價上心來沒是處。【花深處】盧摯、雙調殿前歡：一葫蘆提在花深處。【神龍處】徐再思、雙調清江引、盤龍寺：叱吒神龍處。【春住處】薛昂夫、雙調楚天遙過清江引：不知那答兒是春住處。【高才處】曾瑞、中呂快活三過朝天子、警世：那的是高才處。【荷深處】薛昂夫、雙調殿前歡、夏：又撑入荷深處。【堪畫處】馬致遠、雙調壽陽曲、江天暮雪：江上晚來堪畫處。【閑住處】馬致遠、雙調清江引、野興：是搭兒快活閑住處。【閑遊處】馬致遠、雙調碧玉簫：攜着良友覓着閑遊處。【無是處】張養浩、雙調得勝令、四月一日喜雨：歡喜的無是處。張養浩、雙調清江引、詠秋日海棠：教他這粉蝶兒無是處。【無春處】徐再思、中呂朝天子、西湖：無處是，無春處。【無邊處】張可久、雙調燕引雛、雪晴過揚子渡坐江風山月亭：題詩風月無邊處。【最高處】湯式、越調小桃紅、吳興晚眺：人在雕闌最高處。【絕妙處】張養浩、雙調清江引、詠秋日海棠：這的是綽然亭絕妙處。【榮貴處】張養浩、中呂朱履曲：知他那駝兒是榮貴處。【窮醉處】薛昂夫、中呂朝天曲：也勝窮醉處。【經行處】劉時中、中呂山坡羊、西湖醉歌次郭振卿韻：六橋都是經行處。湯式、南呂一枝花套、夢遊江山爲友人賦、梁州：分明記得經行處。張養浩、中呂山坡羊、潼關懷古：傷心秦漢經行處。【傷心處】薛昂夫、湘妃怨、集句：人間縱有傷心處。【虧人處】貫雲石、越調鬭鵪鶉套、佳偶、小桃紅：無半米兒虧人處。【題詩處】張可久、商調秦樓月：舊題詩處。張可久、正宮塞鴻秋、湖上即事：夕陽古寺題詩處。張可久、正宮小梁州、湖山堂上醉題：東坡舊日題詩處。張可久、雙調殿前歡、湖上：粉牆猶記題詩處。湯式、中呂普天樂、錢塘懷古：總是當年題詩處。【聲圓處】薛昂夫、中呂朝天曲：吹到聲圓處。【關情處】湯式、中呂普天樂、友人爲人所誣赴杭：錦箋題到關情處。【難堪處】劉時中、正宮端正好套、上高監司、呆骨朶：這賊每也有難堪處。【玉人何處】張可久、中呂上小樓、春思：教吹簫玉人何處。【安排我處】張可久、中呂齊天樂過紅衫兒、道情：也有安排我處。白賁、正宮黑漆弩：甚也有安排我處。【曾遊此處】張可久、正宮黑漆弩、爲樂府焦元美賦用馮海粟韻：記老杜曾遊此處。【翠微深處】張可久、雙調落梅風、碧雲峯書堂：讀書聲翠微深處。【鳳鸞雙處】張可久、雙調落梅風、憶別：題名在鳳鸞雙處。【綠陰深處】張可久、正宮端正好套、漁樂、脫布衫：早來到散清風綠陰深處。【蘆花淺處】張可久、正宮端正好套、漁樂、倘秀才：覺來也，又流在蘆花淺處。

去⊙

【仙去】張可久、中呂上小樓、春思：紫雲深彩鸞仙去。【西去】薛昂夫、中呂山坡羊：長安西去。盧摯、雙調蟾宮曲、潁川懷古：崧丘西去。馮子振、正宮黑漆弩：袖捲釣竿西去。【好去】庾吉甫、商調黃鶯兒套、應天長：黃花時好去。【同去】薛昂夫、中呂朝天曲：蕭郎同去。【來去】盧摯、中呂普天樂、湘陽道中：雲來去。【東西】薛昂夫、中呂山坡羊：大江東去。盧摯、正宮黑漆弩、晚泊采石：我亦載愁東去。【南去】張可久、正宮黑漆弩、別高沙諸友用鸚鵡曲韻：又逐雪鴻南去。【春去】湯式、雙調沈醉東風、悼伶女：一靈兒帶將春去。貫雲石、雙調壽陽曲：野人閑不知春去。徐再思、雙調壽陽曲、春情：是誰教燕銜春去。張可久、雙調落梅風、春晚：幾秋千打將春去。張可久、雙調沈醉東風、眉壽亭春夜：醉鄉中不知春去。【秋去】張可久、雙調落梅風、題扇面小景：一聲聲雁將秋去。【飛去】徐再思、雙調壽陽曲、柳腰：怕隨着綵雲飛去。張養浩、雙調落梅引：駕白雲半空飛去。【睡去】無名氏、中呂普天樂：到熬得我先睡去。【歸去】劉時中、中呂山坡羊、懷武昌次郭振卿韻：扁舟歸去。徐再思、雙調賣花聲：雕鞍歸去。白賁、正宮黑漆弩：抖擻綠蓑歸去。張可久、雙調沈醉東風、湖上：插花枝滿頭歸去。【山中去】張可久、正宮端正好套、漁樂、尾聲：樵夫別我山中去。【先生去】任昱、雙調清江引：拂袖先生去。【休歸去】薛昂夫、雙調楚天遙過清江引：何似休歸去。【拋人去】湯式、中呂山坡羊、書懷示友人三：流光容易拋人去。【空歸去】鄭光祖、正宮塞鴻秋：怎相逢不飲空歸去。【陶潛去】湯式、雙調沈醉東風、適應：夢赴陶潛去。【扁舟去】曾瑞、中呂快活三過朝天子、警世：駕一葉扁舟去。【思鄉去】薛昂夫、正宮塞鴻秋、淩歊臺懷古：是八千子弟思鄉去。【神遊去】湯式、南呂一枝花套、夢遊江山爲友人賦：萬里神遊去。【乘舟去】馬致遠、南呂四塊玉、洞庭湖：高哉范蠡乘舟去。【重沽去】盧摯、雙調殿前歡：不够時重沽去。【時來去】馬致遠、越調小桃紅、夏：燕子時來去。【做官去】張養浩、雙調胡十八：怎下的又做官去。【飛不去】張可久、雙調清江引，春晚：燕子飛不去。張可久、雙調落梅風，憶西湖：望江南夢飛不去。【將愁去】喬吉、雙調清江引、即景：倩水將愁去。【將過去】喬吉、雙調清江引、有感：倩銜泥燕兒將過去。【登山去】張可久、正宮塞鴻秋、湖上即事：蹇驢破帽登山去。【尋春去】馬致遠、南呂一枝花套、惜春：但合眼夢裏尋春去。劉時中、越調小桃紅：日日尋春去。【尋梅去】薛昂夫、中呂朝天子：踏雪尋梅去。【尋親去】湯式、南呂一枝花套、雲山圖爲儲公子賦：既思親便索尋親去。【搖船去】、喬吉、中呂滿庭芳、漁父詞：送秋來雁落平湖，搖船去。【催將去】湯式、雙調沈醉東風、悼伶女：杜宇催將去。【催歸去】張可久、商調秦樓月：看松未了催歸去。【煎茶去】無名氏、中呂普天樂：又使得他煎茶去、【題詩去】張養浩、中呂朝天子、詠美：羅帕上題詩去。【驚夢去】薛昂夫、雙調楚天遙過清江引：彈指驚春去。【一蓑歸去】馬致遠、雙調壽陽曲、江天暮雪：釣魚人一蓑歸去。【大江東去】張可久、正宮黑漆弩、爲樂府焦元美賦用馮海粟韻：懶唱大江東去。【不如休去】馮子振、正宮黑漆弩：故人曾喚我歸來，却道不如休去。【白雲不去】張可久、雙調落梅風、碧雲峯書堂：戀青山白雲不去。【自來自去】張可久、正宮端正好套、漁樂、滾綉球：野鷗閑自來自去。【泛銀河去】張可久、正宮醉太平、湖上：泝涼波似泛銀河去。【泪痕將去】徐再思、雙調壽陽曲、手帕：帶胭脂泪痕將去。【春來春去】張可久、中呂紅綉鞋、開玄堂上：花有信春來春去。【眉來眼去】貫雲石、越調鬭鵪鶉套、佳偶、金蕉葉：見他眉來眼去。【送龍舟去】張可久、中呂山坡羊、客高郵：夕陽曾送龍舟去。【海門斜去】馬致遠、雙調壽陽曲：兩三行海門斜去。【恨春歸去】馬致遠、雙調壽陽曲、洞庭秋月：武陵人恨春歸去。【喚回春去】馬致遠、雙調壽陽曲、洞庭秋月：一聲聲喚回春去。【喚將春去】馬致遠、仙呂青哥兒、四月：被啼鶯喚將春去。【傍花飛去】張可久、雙調落梅風、湖上：錦鴛鴦傍花飛去。【落紅流去】張可久、雙調落梅風、江上寄越中諸友：付殘潮落紅流去。【醉歌眠去】馮子振、正宮黑漆弩：我自醉歌眠去。【擁來搶去】張養浩、中呂朱履曲：蕭牆外擁來搶去。【跨鸞歸去】馬致遠、雙調壽陽曲：恨不得待跨鸞歸去。【引入青山去】湯式、南呂一枝花套、贈儒醫任先生歸隱、梁州：常則怕白雲引入青山去。【笑撚著黃花去】鄭光祖、正宮塞鴻秋：醉時節笑撚著黃花去。

聚⊙

【如聚】張養浩、中呂山坡羊、潼關懷古：峯巒如聚。【完聚】無名氏、雙調壽陽曲：知他是幾時完聚。【團聚】貫雲石、越調鬬鵪鶉套、佳偶、小桃紅：看時相見僉團聚。【德星聚】張可久、雙調清江引、開玄堂上：此夜德星聚。【灘頭聚】姚燧、中呂滿庭芳：晚來盡灘頭聚。【愁峯眉聚】張可久、正宮黑漆弩、爲樂府焦元美賦用馮海粟韻：兩點愁峯眉聚。

助⊙

【扶助】張養浩、南呂一枝花套、詠喜雨、尾聲：青天多謝相扶助。【百靈助】貫雲石、雙調新水令套、皇都元日：聖天子有百靈助。

御馭嫗裕諭芋預○濾
屨○鋸詎巨拒秬距炬
苣絇具○庶戍豎署曙
○娶○澍著註鑄馵炷
紵貯○疏○敘○蕷茹
○杜鍍斁○赴父釜仆
鮒賻訃坿附阜○扈瓠
互戽護岵怙○戊○塑
遡泝嗉○慕墓募○潞
輅路○錮雇○惧寤○
怖佈部哺捕○醋措錯
○祚胙詛○吐

【對偶】

鄭光祖、正宮塞鴻秋：王維舊畫圖，杜甫新詩句。　喬吉、雙調清江引、有感：筆尖和露珠，花瓣題詩句。　張可久、雙調沈醉東風、瓊珠臺：雲間蕚綠華，梅下蓬萊屨。　湯式、中呂謁金門、長亭道中：古竈蒼烟，荒村紅樹。　張可久、中呂上小樓、春思：荒園數畝，寒梅幾樹。　湯式、越調小桃紅、吳興晚眺：黃梅釀雨，白雲籠樹。　馬致遠、雙調淸江引、野興：一枕葫蘆架，幾行垂楊樹。薛昂夫、正宮塞鴻秋、淩歊臺懷古：江東日暮雲，渭北春天樹。　張可久、雙調淸江引、春晚：珠簾濺雨花，翠塢埋烟樹。　張可久、雙調淸江引、交翠亭：雪明黃柳梢，月暗蒼松樹。　湯式、南呂一枝花套、題雲巢：攬將天上雲，占却山頭樹。　湯式、南呂一枝花套、題心遠軒：不從方外遊，且向寰中住。　薛昂夫、雙調楚天遙過淸江引：有意送春歸，無計留春住。　汪元亨、雙調雁兒落過得勝令、歸隱：鳳凰池上歸，鸚鵡洲邊住。　張可久、中呂上小樓、春思：花開后土，鶴鳴玉柱。　庾吉甫、商調黃鶯兒套、踏莎行：彩射龍光，雲埋鐵柱。　湯式、南呂一枝花套、冬景題情、罵玉郞：斟綠醑，歌白苧。　鄭光祖、正宮塞鴻秋：金谷園那得三生富，鐵門限枉作千年妬。　湯式、中呂普天樂、送人遷居金陵：芳草短長亭，流水東西渡。　庾吉甫、商調黃鶯兒套：物換千年，星移幾度。　庾吉甫、商調黃鶯兒套：廢興兩字，干戈幾度。　貫雲石、雙調新水令套、皇都元日、鴛鴦煞：梅花枝上春光露，椒盤杯裏香風度。　張可久、中呂上小樓、春思：陽關畫

圖，高唐詞賦。　湯式、中呂普天樂、送人遷居金陵：非酬擊節歌，不獻淩雲賦。　馬致遠、南呂一枝花套、惜春：奪殘造化功，占斷繁華富。劉時中、中呂山坡羊、西湖醉歌次郭振卿韻：朝朝瓊樹，家家朱戶。　薛昂夫、中呂山坡羊、苦雨：瓜山雲樹，天橋烟霧。　湯式、正宮端正好套、詠荆南佳麗、曉珊珊琪樹蕩靈風，晚濛濛輦道迷香霧。　湯式、越調小桃紅、姑蘇感懷：花間杜宇，天邊孤鶩。　湯式、中呂普天樂、錢塘懷古：柳邊蘇小家，花下逋仙墓。　貫雲石、雙調淸江引、知足：莫言李白仙，休說劉伶墓。鄭光祖、正宮塞鴻秋：想應陶令杯，不到劉伶墓。張可久、雙調燕引雛、雪晴過揚子渡坐江風山月亭：西津渡，南歸路。　張可久、雙調殿前歡、湖上：雪老西泠渡，花謝孤山路。　徐再思、雙調淸江引、盤龍寺：空廊舊爪痕，古殿新盤路。　湯式、中呂普天樂、友人爲人所誣赴杭：袖拂庾公塵，人上楊朱路。　張可久、正宮塞鴻秋、湖上即事：斷橋流水西林渡，暗香疎影梅花路。　湯式、南呂一枝花套、夏閨怨、罵玉郞：喚不應離恨天，塡不滿憂怨海，趕不上相思路。　胡祗遹、雙調沈醉東風：避虎狼，盟鷗

鷺。庚吉甫、商調黃鶯兒套、尾：一線寄烏衣，二水分白鷺。張可久、正宮塞鴻秋、湖上卽事：樹頭啼翠禽，水面飛白鷺。張可久、雙調沈醉東風、眉壽樓春夜：小樹風，香階露。張可久、雙調清江引、開玄堂上：天香玉蕊烟，仙酒瓊花露。張養浩、雙調清江引、詠秋日海棠：恰與東君別，又被西風誤。庚吉甫、商調黃鶯兒套、尾：臺上鳳凰遊，井口胭脂污。湯式、南呂一枝花套、冬景題情：一輪寒日沉，四野彤雲布。張養浩、中呂山坡羊、潼關懷古：峯巒如聚，波濤如怒。張可久、雙調清江引、春情：殘花酒醒時，芳草人歸處。張可久、正宮塞鴻秋、湖上卽事：蹇驢破帽登山去，夕陽古寺題詩處。張可久、正宮端正好套、漁樂、脫布衫：恰離了聚野猿白雲洞口，早來到散清風綠陰深處。盧摯、中呂普天樂、湘陽道中：山遠近，雲來去。張可久、中呂普天樂、鶴林觀夜空：鶴歸來，雲飛去。薛昂夫、中呂山坡羊：大江東去，長安西去。盧摯，雙調蟾宮曲、潁川懷古：潁水東流，崧丘西去。湯式、雙調沈醉東風、適意：心隨張翰歸，夢赴陶潛去。薛昂夫、雙調楚天遙過清江引：屈指數春來，彈指驚春去。湯式、雙調沈醉東風、悼伶女：嬌鶯喚不醒，杜宇催將去。

入作去

祿⊙

【干祿】湯式、中呂謁金門、長亭道中：只想學干祿。【天祿】湯式、中呂醉高歌帶紅綉鞋、送大本之任：老母親膽浸天祿。張養浩、南呂一枝花套、詠喜雨、梁州：我也不枉了受天祿。【官祿】張養浩、中呂山坡羊：休圖官祿。【俸祿】劉時中、正宮端正好套、上高監司、滾綉毬：那一個苟俸祿。【千鍾祿】鄭光祖、正宮塞鴻秋：北邙山誰是千鍾祿。

鹿⊙

【逐鹿】汪元亨、中呂朝天子、歸隱：中原逐鹿。【麋鹿】汪元亨、正宮醉太平、警世：吳王臺又見遊麋鹿。【山前鹿】湯式、正宮端正好套、詠荆南佳麗，醉太平：採神芝倩麻姑七寶山前鹿。

木⊙

【古木】庚吉甫、商調黃鶯兒套、應天長：蒼烟古木。【喬木】湯式、南呂一枝花套、題友田老窩、尾聲：但能够半點陽和到喬木。

沒

【西沒】湯式、中呂山坡羊、書懷示友人三：夕陽西沒。【埋沒】湯式、南呂一枝花套、冬景題情、梁州第七：這雲楚陽臺一會兒埋沒。

目

【心目】湯式、南呂一枝花套、冬景題情、梁州第七：愁一陣一陣陣凝呆了心目。【耳目】劉時中、正宮端正好套、上高監司、倘秀才：但聚會分張耳目。【題目】喬吉、中呂滿庭芳、漁父詞：終身休惹閑題目。呂止軒、雙調風入松套、喬牌兒：這番本實虛不合惹題目。無名氏、中呂普天樂：不甫能尋得個題目。【乾坤目】汪元亨、南呂一枝花套、閑樂、梁州：處酸寒緊閑乾坤目。

⊙錄

【傷心錄】湯式、南呂一枝花套、夏閨怨、梁州：幾般兒堪寫入傷心錄。

籙

【太玄瓊籙】湯式、正宮端正好套、詠荆南佳麗、脫布衫：風霆護太玄瓊籙。

綠

【新綠】鄭光祖、正宮塞鴻秋：風和柳線搖新綠。【濃綠】王惲、正宮黑漆弩、遊金山寺：金鰲頭滿嚥三杯，吸盡江山濃綠。【芭蕉綠】張可久、正宮小梁州、湖山堂上醉題：芭蕉綠，涼影翠扶疏。【金杯綠】湯式、雙調湘妃引、自述：羊羔酒泛金杯綠。【葡萄綠】張可久、中呂朝天子、水晶斗杯：印萬斛葡萄綠。【蓑衣綠】張養浩、雙調得勝令、四月一日喜雨：舞破蓑衣綠。【粼粼綠】湯式、越調小桃紅、吳興晚眺：影浸粼粼綠。

醁

【醽醁】曾瑞、正宮醉太平：斷橋橋畔沽醽醁。湯式、雙調天香引、代友人書其三：茉莉粉香浮醽醁。湯式、雙調湘妃引、送友歸家鄉：滿斟玉斝傾醽醁。

律

【協律】張可久、中呂滿庭芳、雲林隱居：畫圖得見簫協律。

⊙物

【人物】薛昂夫、雙調湘妃怨、集句：對風流人物。【己物】劉時中、正宮端正好套、上高監司、滾綉毬：把官錢視同己物。【風物】庾吉甫、商角調黃鶯兒套、踏莎行：六朝風物。【信物】貫雲石、越調鬪鵪鶉套、佳偶、尾：羅帕留香信物。【杯中物】汪元亨、雙調雁兒落過得勝令、歸隱：有限杯中物。貫雲石、雙調清江引、知足：且進杯中物。【閑人物】湯式、南呂一枝花套、贈儒醫任先生歸隱：風月閑人物。汪元亭、中呂朝天子、歸隱：快快煞閑人物。【無心物】湯式、南呂一枝花套、題雲巢、梁州：方信道白雲本是無心物。【無多物】湯式、南呂一枝花套、題心遠軒、梁州：誰不知方寸地無多物。【盤中物】姚燧、中呂滿庭芳：盤中物，山肴醉菽。【玉堂人物】湯式、南呂一枝花套、冬景題情、感皇恩：寂寞了玉堂人物。【故園風物】湯式、雙調沈醉東風、適意：悄不知故園風物。

⊙辱 褥

【榮辱】庾吉甫、商調黃鶯兒套、蓋天旗：事無榮辱。楊景輝、黃鍾者刺古：遠是非榮辱。【青褥】鄭光祖、正宮塞鴻秋：烟迷苔色鋪青褥。【冰蠶褥】湯式、南呂一枝花套、夏閨怨：麝塵冰蠶褥。

⊙玉

【紅玉】薛昂夫、雙調楚天遙過清江引：點點飄紅玉。【金玉】張養浩、中呂山坡羊：休求金玉。【香玉】鄭光祖、正宮塞鴻秋：雨餘梨雪開香玉。【珠玉】劉時中、正宮端正好套、上高監司、八：及時打扮衡珠玉。呂止軒、雙調風入松套、離亭宴煞：枉可惜口談珠玉。【柔玉】徐再思、雙調壽陽曲、手帕：織春愁一方柔玉。【寒玉】湯式、越調小桃紅、吳興晚眺：淺山一簇浮寒玉。【惜玉】湯式、黃鍾出隊子、酒色財氣四首—色：憐香惜玉。【綴玉】張可久、中呂滿庭芳、雪林隱居：新詩綴玉。【玲瓏玉】徐再思、中呂朝天子、西湖：一片玲瓏玉。【荊山玉】商左山、雙調潘妃曲：釵插荊山玉。【玎璫玉】馬致遠、越調小桃紅、夏：冰敲寶鑑玎璫玉。【獅頭玉】徐再思、雙調賣花聲：紅羅佩吐獅頭玉。【纖纖玉】張可久、中呂朝天子、水晶斗杯：照見纖纖玉。【拋磚引玉】貫雲石、越調鬬鵪鶉套、佳偶、金蕉葉：他道是拋磚引玉。

欲

【多欲】張養浩、中呂山坡羊：隨緣得休多欲。

郁

【馥郁】湯式、南呂一枝花套、夢遊江山爲友人賦、尾聲：尚兀自爐烟馥郁。湯式、南呂一枝花套、贈儒醫任先生歸隱、梁州：梅花帳滿鼻香風馥郁。

鬱

【一團蓊鬱】湯式、南呂一枝花套、題雲巢、梁州：雲定也一團蓊鬱。

漉麓○沐穆睦牧鶩○

陸戮○勿○入○獄浴
育鴿○訥

【對偶】

鄭光祖、正宮塞鴻秋：汨羅江空把三閭汚，北邙山誰是千鍾祿。汪元亨、中呂朝天子、歸隱：大澤誅蛇，中原逐鹿。庚吉甫、商調黃鶯兒套、應天長：紺塢荒村，蒼烟古木。湯式、中呂山坡羊、書懷示友人三：長江東注，夕陽西沒。鄭光祖、正宮塞鴻秋：雨餘梨雪開香玉，風和柳線搖新綠。湯式、南呂一枝花套、冬景題情、感皇恩：冷落了金屋嬌姝，寂寞了玉堂人物。庚吉甫、商調黃鶯兒套、蓋天旗：身有歡娛，事無榮辱。鄭光祖、正宮塞鴻秋：日融桃錦堆紅樹，烟迷苔色鋪青褥。

第六部

（皆來）

陰平

⊙**階** 【玉階】張可久、中呂迎仙客、黃桂：近玉階。張可久、雙調水仙子：滿袖春風下玉階。【香階】湯式、雙調對玉環帶清江引、閨怨：飛絮黏香階。【閑階】關漢卿、雙調碧玉簫：涼月滿閑階。馬致遠、商調集賢賓套、思情：傍斜陽也立閑階。【泰階】湯式、雙調湘妃引、送友人應聘：黃道星辰拱泰階。【庭階】盧摯、雙調蟾宮曲、正卿壽席：玉樹庭階。【瑤階】張可久、雙調折桂令、高郵即事疊韵：懶驀瑤階。張可久、越調寨兒令、梅友元帥席上：月影轉瑤階。【層階】馬致遠、仙呂賞花時套、弄花香滿衣：芳草上層階。【宰相階】徐再思、雙調殿前歡、釣臺：三台宰相階。【尺地寸階】湯式、南呂一枝花套、贈人、尾聲：借尺地寸階。

街 【天街】湯式、仙呂賞花時套、送友人觀光、賺煞：十二天街。【花街】湯式、南呂一枝花套、自省、梁州：魂靈兒趁東風先到花街。【香街】張可久、雙調慶宣和、歌者花花：喧滿香街。【僧街】馬致遠、商調集賢賓套：佳人尙立僧街。【滿街】張可久、雙調水仙子、湖上晚歸：花寒月滿街。【御街】張可久、雙調水仙子、西湖廢圃：老樹寒鴉靜御街。

⊙**該** 【不該】商左山、雙調潘妃曲：恨不該。【合該】王德信、南呂四塊玉套、感皇恩：多應是命裏合該。

垓 【九垓】湯式、南呂一枝花套、贈人、梁州：倒挽銀河下九垓。

⊙**哉** 【快哉】薛昂夫、中呂山坡羊、西湖雜詠冬：千載一時眞快哉。貫雲石、雙調清江引：棄微名去來心快哉。【孝哉】薛昂夫、中呂朝天曲：雖然稱孝哉。【美哉】張養浩、中呂朝天子、攜美姬湖上：美哉，美哉。【俊哉】湯式、正宮醉太平、風流士子：兀的不俊哉。【悠哉】張養浩、雙調水仙子：倒大來悠哉。【異哉】湯式、雙調風入松套、題馬氏吳山景卷、離亭宴煞尾：三般兒異哉。【賢哉】盧摯、雙調蟾宮曲、西施：范蠡賢哉。【瘦哉】徐再思、雙調殿前歡、釣臺：太史瘦哉。【亦樂哉】宋方壺、中呂山坡羊、道情：陋巷簞瓢亦樂哉。【安在哉】張可久、中呂迎仙客、春思：花邊美人安在哉。馬致遠、南呂金字經：柴，買臣安在哉。【暢悠哉】貫雲石、雙調殿前歡：暢悠哉，春風無處不樓臺。

栽

【桃栽】白无咎、仙呂袄神急：暢會桃栽。【新栽】張可久、中呂紅綉鞋、次歸去來韵：黃菊近新栽。【勤栽】湯式、南呂一枝花套、自省、梁州：連理樹勤栽。【松樹栽】張養浩、雙調水仙子：綠巍巍松樹栽。【賃地栽】楊淡齋、雙調湘妃怨：旋買奇花賃地栽。【翠竹栽】張養浩、中呂普天樂：把翠竹栽。【親自栽】張可久、越調寨兒令、鑑湖上尋梅：梅花老夫親栽。【巖畔栽】張可久、中呂迎仙客、黃桂：婆娑小叢巖畔栽。【千葉蓮栽】張養浩、雙調折桂令、鑿池：盡都是千葉蓮栽。

災

災（同灾）【招災】張養浩、中呂普天樂：惹禍招災。【不當災】劉時中、中呂朝天子：罄山貲不當災。【馬嵬災】白樸、仙呂醉中天、佳人臉上黑痣：怎脫馬嵬災。【滅罪消災】湯式、南呂一枝花套、嘲妓名佛奴、梁州：早難道滅罪消災。

⊙釵

【分釵】湯式、雙調天香引、代友人書其一：玉燕分釵。【玉釵】張可久、中呂普天樂、重過西湖：粧臺玉釵。張可久、南呂金字經、春閨：插花尋玉釵。湯式、雙調對玉環帶清江引、閨怨：鬢雲鬆玉釵。徐再思、越調凭闌人、春情：髻擁春雲鬆玉釵。【金釵】薛昂夫、中呂山坡羊：列金釵。張可久、中呂普天樂、秋懷：鈿盒金釵。盧摯、雙調蟾宮曲、贈歌者江雲：夢繞金釵。王和卿、仙呂一半兒、題情：不免插金釵。張可久、雙調水仙子、湖上晚歸：佳人微醉脫金釵。湯式、雙調風入松套、題馬氏吳山景卷、沉醉東風：抵多少翠袖金釵。徐再思、雙調蟾宮曲、登太和樓：管絃聲十二金釵。張子友、雙調蟾宮曲、妙舞輕歌，翠紅鄉十二金釵。【裙釵】張可久、雙調殿前歡、春遊：蘭麝裙釵。張可久、越調寨兒令、元夜即事：羅綺裙釵。【鳳釵】張可久、中呂山坡羊、春睡：歪，金鳳釵。【簪玉釵】張可久、南呂金字經、梅友元帥席上：翠雲簪玉釵。【鳳頭釵】張養浩、中呂醉高歌兼喜春來、詠玉簪：端的壓盡鳳頭釵。【鸞鳳釵】王德信、南呂四塊玉套、感皇恩：硬分開鸞鳳釵。

差⊙

【驅差】湯式、南呂一枝花套、贈人、梁州：撫疲羸，知勞逸，閫外驅差。【天地差】張養浩、中呂山坡羊、咸陽懷古：疾，也是天地差；遲，也是天地差。

台⊙

【三台】徐再思、雙調蟾宮曲、錢子雲赴都：便蜚騰天上三台。湯式、南呂一枝花套、贈人、梁州：丹墀陛，列班資，步近三台。【天台】劉時中、雙調折桂令、同文子方飲南城卽事：古木天台。盧摯、雙調蟾宮曲、贈歌者江雲：流水天台。呂濟民、雙調折桂令、贈楚雲：夢到天台。徐再思、越調天淨沙、別高宰：青山遠遠天台。湯式、雙調湘妃怨、贈美色：是誰人賺出天台。張可久、越調寨兒令、梅友元帥席上：碧桃香春滿天台。張可久、雙調折桂令、高郵卽事疊韵：愛花開人在天台。無名氏、中呂喜春來：劉晨再要訪天台。湯式、雙調天香引、代友人書其八：趕不上，晉劉晨採雲芝，再入天台。湯式、南呂一枝花套、嘲妓名佛奴、梁州：又沾上，阿羅漢覓桃花，遠訪天台。湯式、仙呂賞花時套、送友人觀光、賺煞：眞乃是，勝劉郎前度到天台。馬致遠、南呂四塊玉、天台路：怨感劉郎下天台。【近三台】盧摯、雙調蟾宮曲、正卿壽席：壽星明相近三台 。【劉阮天台】關漢卿、中呂普天樂、崔張十六事：恰便似劉阮天台。

胎

【鹿胎】張可久、雙調水仙子、梅邊卽事：蒼苔點鹿胎。【禍胎】盧摯、雙調蟾宮曲、吳門懷古：誰種下吳宮禍胎。

哀⊙

【角聲哀】馬致遠、商調集賢賓套、思情：砧聲才住角聲哀。【野猿哀】張可久、雙調殿前歡、次酸齋韻：西湖山上野猿哀。【聲更哀】白无咎、仙呂祆神急套、後庭花煞：無情子規聲更哀。

埃

【氛埃】湯式、南呂一枝花套、贈人、梁州：淨洗氛埃。【浮埃】盧摯、雙調蟾宮曲、宣城懷古：萬事浮埃。【塵埃】盧摯、雙調蟾宮曲、海棠：自芬塵埃。張可久、越調寨兒令、鑑湖上尋梅：地遠塵埃。徐再思、雙調蟾宮曲、錢子雲赴都：馬足塵埃。喬吉、雙調折桂令、宴支園桂軒：無點塵埃。喬吉、雙調折桂令、登姑蘇台：萬丈塵埃。張養浩、中呂普天樂：隔斷塵埃。盧摯、雙調蟾宮曲、吳門懷古：傾國佳人，幾度塵埃。張可久、中呂紅綉鞋、次歸去來韵：兩字功名困塵埃。張養浩、中呂普天樂：怎肯直搶入千丈塵埃。馬致遠、仙呂賞花時套、弄花香滿衣：嬌態難禁，風力擺時，亂點塵埃。馬致遠、商調集賢賓套、思情：任飄零不厭塵埃。

⊙猜

【左猜】張可久、正宮醉太平、無題：你將我左猜。王和卿、仙呂一半兒、題情：待不梳妝怕娘左猜。馬致遠、商調集賢賓套：更俄延又恐怕他左猜。【做猜】關漢卿、中呂普天樂、崔張十六事：只恐怕母親做猜。【疑猜】張養浩、中呂普天樂：隱士疑猜。湯式、雙調天香引、代友人書其八：儘教他鶯燕疑猜。【驚猜】薛昂夫、中呂山坡羊、西湖雜詠冬：莫驚猜。汪元亨、雙調雁兒落過得勝令、歸隱：猿鳥莫驚猜。張可久、雙調沈醉東風、釣臺：儘教他鷗鷺驚猜。【難猜】湯式、南呂一枝花套、自省、梁州：囫圇謎難猜。湯式、雙調天香引、代友人書其一：有緣分，無緣分，啞謎兒難猜。【鶯猜】張可久、雙調殿前歡、春遊：不飲鶯猜。【野鷗猜】張可久、雙調殿前歡、次酸齋韵：十年不上野鷗猜。【鷗鷺猜】張可久、雙調水仙子、湖上晚歸：枉教鷗鷺猜。【鶯燕猜】張可久、雙調慶宣和、歌者花花：蜂蝶粉粉鶯燕猜。【謊話兒猜】馬致遠、雙調壽陽曲：實心兒待，休做謊話兒猜。【蝶笑蜂猜】王德信、南呂四塊玉套、烏夜啼：省的着蝶笑蜂猜。

⊙挨

【相挨】王德信、南呂四塊王套、解三酲：頓忘了素體相挨。【把身挨】湯式、正宮醉太平、風流士子：向花街柳陌把身挨。馬致遠、仙呂賞花時套、弄花香滿衣：愛尋香頻把身挨。

⊙衰

【未衰】薛昂夫、雙調慶東原、西皋亭適興：朱顏未衰。【半衰】湯式、南呂一枝花套、自省、尾聲：朱顏半衰。【盛衰】汪元亨、雙調雁兒落過得勝令、歸隱：天時鑒盛衰。【興衰】張養浩、中呂山坡羊、咸陽懷古：想興衰。盧摯、雙調蟾宮曲、襄陽懷古：感慨興衰。

⊙腮

【香腮】無名氏、中呂普天樂：落香腮。張可久、正宮醉太平、無題：粉淡了香腮。張可久、越調寨兒令、元夜即事：倚朱簾紅映香腮。【桃腮】盧摯、雙調蟾宮曲、西施：杏臉桃腮。張可久、雙調折桂令、高郵即事疊韵：粉改桃腮。白樸、仙呂醉中天、佳人臉上黑痣：灑松烟點破桃腮。【梅腮】盧摯、雙調蟾宮曲、正卿壽席：香動梅腮。【粉腮】湯式、雙調對玉環帶清江引、閨怨：泪珠凝粉腮。【揾腮】張養浩、中呂朝天子、攜美姬湖上：鴛鴦枕上口揾腮。【盈腮】馬致遠、商調集賢賓套、思情：點共淚盈腮。薛昂夫、雙調殿前歡、冬：袖春風下馬笑盈腮。【臉腮】湯式、黃鍾出隊子、酒色財氣四首之酒：暈桃花上臉腮。【攢腮】湯式、南呂一枝花套、自省、梁州：便笑靨兒攢腮。【泪盈腮】王德信、南呂四塊玉套、東甌令：則落得泪盈腮。【春滿腮】湯式、雙調湘妃引、贈美色：媚孜孜春滿腮。【旱蓮腮】商左山、雙調潘妃曲：止不住淚滿旱蓮腮。【等杏腮】盧摯、中呂喜春來、陵陽客舍偶書：看褪梅粧等杏腮。【桃杏腮】馬致遠、雙調壽陽曲：江梅態，桃杏腮。【雨泪盈腮】王德信、南呂四塊玉套、感皇恩：則落得雨泪盈腮。【珠泪盈腮】王德信、南呂四塊玉套、解三酲：說將起傍人見了珠泪盈腮。

◎歪

【西歪】薛昂夫、中呂朝天子：東倒西歪。【偏歪】湯式、雙調風入松套、題馬氏吳山景卷、沉醉東風：暮雲閑螺髻偏歪。【字兒歪】馬致遠、商調集賢賓套：忙寫得字兒歪。【墜帽歪】張可久、雙調水仙子：挿金花墜帽歪。【一半兒歪】王和卿、仙呂一半兒：一半兒鬅鬆一半兒歪。

◎開

【又開】薛昂夫、雙調慶東原、西皋亭適興：黃花又開。【天開】喬吉、雙調折桂令、登姑蘇台：圖畫天開。貫雲石、雙調殿前歡：總對天開。【正開】喬吉、南呂玉交枝、失題：撒金錢菊正開。【分開】張養浩、雙調折桂令、鏊池：中半分開。徐再思、中呂普天樂、吳江八景之前村遠帆：把湖光山色分開。【休開】張可久、中呂滿庭芳、題小小蓬萊：柴門外，雖無俗客，童子且休開。【先開】張可久、中呂普天樂、秋懷：黃菊先開。【帆開】喬吉、中呂滿庭芳、漁父詞：百尺帆開。【花開】徐再思、雙調蟾宮曲、錢子雲赴都：梅子花開。宋方壺、中呂山坡羊、道情：野花開。張可久、雙調殿前歡、次酸齋韻：花落花開。張可久、中呂紅綉鞋、德清山中簡耿子春：老樹未花開。張可久、越調天淨沙、元夕：金蓮萬炬花開。張養浩、中呂普天樂：看循環四季花開。張養浩、中呂醉高歌兼喜春來、詠玉簪：想人間是有花開。張可久、中呂普天樂、重過西湖：碧桃香兩岸花開。【倦開】王德信、南呂四塊玉套：頭懶擡眼倦開。【堆開】喬吉、雙調折桂令、宴支園桂軒：碧雲窗戶推開。【初開】張子友、雙調蟾宮曲：畫堂深夜宴初開。【梅開】劉時中、雙調雁兒落過得勝令、題和靖墓：漸漸梅開。【展開】王德信、南呂四塊玉套、針線箱：兩眉峯不展開。湯式、雙調風入松套、題馬氏吳山景卷、沉醉東風：朝雲過蛾眉展開。【重開】薛昂夫、雙調殿前歡、冬：夜宴重開。【綻開】薛昂夫、中呂山坡羊、西湖雜詠之冬：也綻開。【睜開】張養浩、雙調折桂令、過金山寺：醉眼睜開。【筵開】盧摯、雙調蟾宮曲、正卿壽席：初度筵開。張養浩、中呂普天樂：但客至玳瑁筵開。【蓮開】盧摯、雙調蟾宮曲、雲臺醉歸：玉井蓮開。【齊開】張養浩、中呂普天樂：正黃花三徑齊開。【還開】呂濟民、雙調折桂令、贈楚雲：捲叉還開。【一枝開】張可久、越調寨兒令、鑑湖上尋梅：昨夜一枝開。【口倦開】湯式、仙呂賞花時套、送友人觀光：說雨談雲口倦開。【口羞開】湯式、雙調天香引、代友人書其八：評花口羞開。【且慢開】張可久、雙調沈醉東風、春晚酬史楚甫、關節得荼蘼且慢開。【牡丹開】白无咎、仙呂袄神急套、元和令：到如今牡丹開。【初展開】張可久、南呂金字經、梅友元帥席上：錦箋初展開。【見梅開】張可久、商調梧葉兒、尋梅：馬上見梅開。【依舊開】張可久、南呂金字經、醒吟齋：菊花依舊開。【角門開】張可久、越調寨兒令、梅友元帥席上：不見角門開。【門半開】湯式、商調望遠行、四景題情夏：靜攙攙門半開。【花叉開】張可久、雙調落梅風、別會稽胡使君：倚闌花叉開。張可久、南呂金字經、別後：秋水芙蓉花叉開。【花正開】張可久、南呂金字經、春閨：滿院東風花正開。馬致遠、仙呂賞花時套、弄花香滿衣：燕子來時花正開。【雨中開】張可久、雙調水仙子、梅邊即事：好花多向雨中開。【爲誰開】徐再思、黃鍾人月圓、甘露懷古：知爲誰開。張可久、雙調慶宣和、歌者花花：一朶妖紅爲誰開。【拂不開】喬吉、雙調水仙子、詠雪：凍成片梨花拂不開。【笑口開】張可久、雙調殿前歡、春遊：我閒將笑口開。【海市開】喬吉、雙調水仙子、德清長橋：赤蜃浮光海市開。【海棠開】馬致遠、商調集賢賓套、思情：羞見海棠開。【特地開】張養浩、雙調清江引、詠秋日海棠：因此上向西風特地開。【開未開】徐再思、越調凭闌人、春情：海棠開未開。【黃菊開】馬致遠、南呂四塊玉、恬退：紫蟹肥，黃菊開。【望眼開】元好問、中呂喜春來、春宴：柳倚東風望眼開。【滿目開】王德信、南呂四塊玉套、金索掛梧桐：繁花滿目開。【野花開】張可久、正宮醉太平、登臥龍山：孤村酒市野花開。【畫船開】張養浩、中呂普天樂、大明湖泛舟：畫船開，紅塵外。馬致遠、商調集賢賓套：風送畫船開。【畫亭開】張可久、中呂紅綉鞋、聖水寺山亭：照眼西山畫亭開。【畫圖開】馬致遠、南呂四塊玉、恬退：滿眼雲山畫圖開。【謾自開】貫雲石、雙調殿前歡：看黃花謾自開。【一笑天開】湯式、雙調湘妃怨、送友人應聘：拜龍顏一笑天開。【又不見開】馬致遠、南呂四塊玉、天台路：桃花又不見開。【夜帳蓮開】湯式、南呂一枝花套、贈人、梁州：七重圍夜帳蓮開。【烟水船開】盧摯、雙調蟾宮曲、西施：社稷功成，烟水船開。【眉黛舒開】盧摯、雙調蟾宮曲、贈歌者江雲：强教他眉黛舒開。【慧眼睜開】湯式、南呂一枝花套、嘲妓名佛奴、梁州：便慧眼睜開。【錦樹花開】盧摯、雙調蟾宮曲、海棠：恰西園錦樹花開。【棠棣花開】盧摯、雙調蟾宮曲、宣城懷古：想甲第名園，棠棣花開。【叢菊花開】馬致遠、仙呂青哥兒、九月：對篷窗叢菊花開。

◉揩

【秋水磨揩】湯式、南呂一枝花套、贈人、梁州：雙龍劍秋水磨揩。

◉齋

【竹齋】喬吉、南呂玉交枝、失題：翠竹齋。【高齋】盧摯、雙調蟾宮曲、宣城懷古：對江山吟斷高齋。【茅齋】宋方壺、中呂山坡羊、道情：一茅齋。馬致遠、南呂四塊玉、恬退：竹影松聲兩茅齋。楊淡齋、雙調湘妃怨：依山傍水蓋茅齋。【疎齋】盧摯、雙調蟾宮曲、雲臺醉歸：儘清狂得似疎齋。【閑齋】劉時中、雙調折桂令、同文子方飲南城卽事：淡月閑齋。盧摯、雙調蟾宮曲、海棠：洞房深掩映閑齋。【書齋】張可久、雙調折桂令、高郵卽事叠韵：香靄書齋。張養浩、中呂普天樂：掩映書齋。張可久、越調寨兒令、元夜卽事：同話小書齋。湯式、南呂一枝花套、嘲妓名佛奴、梁州：供養在書齋。劉時中、雙調雁兒落過得勝令、題和靖墓：讀易坐書齋。湯式、南呂一枝花套、自省、梁州：眼睛兒盼行雲，不離書齋。湯式、商調望遠行、四景題情之夏：藕花風拂拂，爽透書齋。【酸齋】貫雲石、雙調殿前歡：我是酸齋。張可久、雙調殿前歡、次韻酸齋：我笑酸齋。【看書齋】馬致遠、商調集賢賓套、思情：姮娥影占了看書齋。【汝陽齋】湯式、仙呂賞花時套、送友人觀光：懶過汝陽齋。【高臥齋】張可久、南呂金字經、醒吟齋：半雲高臥齋。【鎭常齋】馬致遠、商調集賢賓套：遊客鎭常齋。

乖⊙

【音乖】王德信、南呂四塊玉套、烏夜啼：黃犬音乖。【假乖】關漢卿、中呂普天樂、崔張十六事：侍妾假乖。【避乖】張養浩、雙調水仙子：安樂窩中且避乖。【放狂乖】劉時中、中呂朝天子：從人啅噪放狂乖。【信音乖】馬致遠、商調、集賢賓套、思情：天涯自他為去客，黃犬信音乖。【避世乖】劉時中、雙調雁兒落過得勝令、題和靖墓：西湖避世乖。【運拙時乖】無名氏、越調鬬鵪鶉套：也是咱運拙時乖。王德信、南呂四塊玉套、感皇恩：都一般運拙時乖。

篩⊙

【風篩】關漢卿、雙調碧玉簫：簾外風篩。湯式、雙調天香引、代友人書其一：花艷冶忽地風篩。【晚風篩】馬致遠、商調集賢賓套、思情：疎竹響，晚風篩。【簾影篩】馬致遠、仙呂賞花時套、弄花香滿衣：麗日遲遲簾影篩。

揣⊙

【牢揣】湯式、雙調風入松套、題馬氏吳山景卷：買山錢日日牢揣。

襹⊙

【不够襹】張可久、中呂山坡羊、酒友：窄，不够襹。

皆　喈　偕　稭　楷　○　荄　陔

○　駘　咍　邰　○　唉

【對偶】

喬吉、南呂玉交枝、失題：翠竹齋，薜荔階。張可久、越調寨兒令、梅友元帥席上：漏聲催禁鼓，月影轉瑤階。馬致遠、商調、集賢賓套、思情：向東風不倚朱扉，傍斜陽也立閑階。馬致遠、商調集賢賓套：俗子先登旅岸，佳人尚立僧街。湯式、南呂一枝花套、自省、梁州：眼睛兒盼行雲，不離書齋；魂靈兒趁東風，先到花街。

馬致遠、南呂四塊玉、恬退：三徑修，五柳栽。湯式、南呂一枝花套、自省、梁州：並頭蓮忙折，連理樹勤栽。湯式、南呂一枝花套、嘲妓名佛奴、梁州：則落得拈香剪髮，早難道滅罪消災。張可久、中呂普天樂、秋懷：花箋象管，鈿盒金釵。盧摯、雙調蟾宮曲、贈歌者江雲：香動羅襦，夢繞金釵。無名氏、越調鬬鵪鶉套：抛却香羅帶，慵整短金釵。徐再思、雙調蟾宮曲、登太和樓：書籍會三千劍客，管絃聲十二金釵。湯式、雙調對玉環帶清江引、閨怨：羅袖偷掩，泪珠凝粉腮；寶鏡羞看，鬢雲鬆玉釵。湯式、雙調天香引、代友人書其一：錦鯉沉書，青鸞泣鏡，玉燕分釵。張可久、雙調折桂令、高郵即事叠韵：待月來雲埋鳳臺，愛花開人在天台。湯式、雙調天香引、代友人書其八：學不得秦蕭史，跨彩鳳重登鳳臺；趕不上晉劉晨，採雲芝再入天台。湯式、南呂一枝花套、嘲妓名佛奴、梁州：恰殢著老達磨，泛蘆葉浪遊海國；又沾上阿羅漢，覓桃花遠訪天台。呂濟民、雙調折桂令、贈楚雲：目極瀟湘，家迷秦嶺，夢到天台。湯式、雙調湘妃引、贈美色：何年間，離了月殿；甚風兒，吹下楚臺；是誰人，賺出天台。湯式、南呂一枝花套、贈人：梁州：玉兔毫，揮翰墨，學足三冬；紫鸞誥，叙勳舊，恩封三代；丹墀陛，列班資，步近三台。張養浩、中呂普天樂：分開烟水，隔斷塵埃。喬吉、雙調折桂令、宴支園桂軒：許多標致，無點塵埃。張可久、越調寨兒令、鑑湖上尋梅：路近蓬萊，地遠塵埃。徐再思、雙調蟾宮曲、錢子雲赴都：鵬翼風雲，龍門波浪，馬足塵埃。張可久、雙調殿前歡、春遊：無情蝶怨，不飲鶯猜。湯式、南呂一枝花套、自省、梁州：相思夢不覺，囫圇謎難猜。王德信、南呂四塊玉套、烏夜啼：早成了鸞交鳳友，省的著蝶笑蜂猜。湯式、雙調天香引、代友人書其八：但能够鸞鳳和諧，儘教他鶯燕疑猜。湯式、雙調天香引、代友人書其一：長嘆吁，短嘆吁，舒心兒自解；有緣分，無緣分，啞謎兒難猜。張可久、雙調折桂令、高郵即事叠韵：眼擘金釵，情裁柳帶，粉改桃腮。湯式、雙調風入松套、題馬氏吳山景卷、沉醉東風：朝雲過蛾眉展開，暮雲閑螺髻偏歪。馬致遠、商調集賢賓套：酷吟得詩句穩，忙寫得字兒歪。張可久、中呂迎仙客、黃桂：雁初飛，花正開。喬吉、雙調折桂令、登姑蘇台：簷吻雲平，圖畫天開。張可久、南呂金字經、梅友元帥席上：粉箏才擱罷，錦箋初展開。馬致遠、商調集賢賓套：僧歸藜杖懶，風送畫船開。湯式、雙調天香引、代友人書其八：畫眉手慵擡，評花口羞開。湯式、仙呂賞花時套、送友人觀光：弄柳拈花手倦擡，說雨談雲口倦開。元好問、中呂喜春來、春宴：梅擎殘雪芳心奈，柳倚東風望眼開。張可久、正宮醉太平、登臥龍山：半天虹雨殘雲載，幾家漁網斜陽曬，孤村酒市野花開。湯式、雙調風入松套、題馬氏吳山景卷：登山屐時時旋轉，買山錢日日牢揣。

陽平

來⊙【不來】喬吉、雙調殿前歡、登鳳凰台：梧桐枯鳳不來。湯式、黃鍾出隊子、酒色財氣四首之酒：誰承望，捉月騎鯨再不來。【未來】張可久、南呂四塊玉、春情：人未來。張可久、中呂普天樂、秋懷：白衣未來。【甘來】張養浩、中呂普天樂：苦盡甘來。【回來】張子友、雙調蟾宮曲：月轉花策，訊馬回來。【西來】湯式、南呂一枝花套、嘲妓名佛奴：東去西來。湯式、南呂一枝花套、贈人：奉詔西來。張養浩、雙調折桂令過金山寺：長江浩浩西來。【去來】張可久、正宮醉太平、登臥龍山：長吟去來。張養浩、雙調水仙子：早回頭家去來。【兵來】盧摯、雙調蟾宮曲、西施：不提防越國兵來。【再來】張可久、中呂普天樂、重過西湖：劉郎再來。【如來】張可久、中呂迎仙客、黃桂：金粟如來。【見來】無名氏、中呂喜春來：白日飛升誰見來。湯式、雙調風入松套、題馬氏吳山景卷、沉醉東風：饞眼的夫差若見來。【東來】徐再思、黃鍾、人月圓、甘露懷古：江水東來。【夜來】盧摯、雙調蟾宮曲、海棠：記銀燭紅粧夜來。劉時中、雙調折桂令、同文子方飲南城即事：記畫燭清樽夜來。【春來】張養浩、中呂普天樂：載得春來。【胡來】張養浩、中呂普天樂：這先生暢好是胡來。【秋來】貫雲石、雙調殿前歡：怕秋來。【香來】劉時中、雙調雁兒落過得勝令、題和靖墓：暗暗香來。張可久、越調天淨沙、元夕：玉梅千樹香來。【寄來】王德信、南呂四塊玉套、解三酲：頓忘了音書不寄來。【重來】張可久、雙調水仙子、湖上晚歸：明日重來。【飛來】徐再思、中呂普天樂、吳江八景之前村遠帆：瀑布飛來。張養浩、雙調折桂令、鑿池：引沙頭白鳥飛來。盧摯、雙調蟾宮曲、宣城懷古：等麻姑空翠飛來。【書來】王德信、南呂四塊玉套、烏夜啼：又不見青鳥書來。【曾來】徐再思、雙調蟾宮曲、登太和樓：王粲曾來。【愁來】張可久、雙調沈醉東風、春晚酬史楚甫：畫樓空燕去愁來。【詩來】徐再思、雙調蟾宮曲、錢子雲赴都：先寄詩來。【想來】白无咎、仙呂祆神急：誰想來。【潮來】喬吉、中呂滿庭芳、漁父詞：海上潮來。【還來】呂濟民、雙調折桂令、贈楚雲：去又還來。【蕩來】湯式、雙調風入松套、題馬氏吳山景卷、離亭宴煞尾：韶光蕩來。【歸來】張可久、雙調殿前歡、次酸齋韵：喚歸來。薛昂夫、雙調殿前歡、冬：醉歸來。張養浩、中呂普天樂：元亮歸來。盧摯、雙調蟾宮曲、雲臺醉歸：半醉歸來。徐再思、雙調殿前歡、釣臺：勝似歸來。汪元亨、中呂朝天子、歸隱：青山招我賦歸來。徐再思、越調天淨沙、別高宰：梅花等我歸來。王德信、南呂四塊玉套、尾聲：情人終久再歸來。湯式、雙調湘妃引、送友人應聘：帶天香兩袖歸來。【上心來】馬致遠、商調集賢賓套、思情：猛隨風雨

上心來。【不再來】湯式、雙調對玉環帶清江引、閨怨：青春不再來。王德信、南呂四塊玉套、針線箱：我則怕蝶使蜂媒不再來。【不見來】王德信、南呂四塊玉套、東甌令：如今燕約鶯期不見來。【月華來】張養浩、中呂醉高歌兼喜春來、詠玉簪：常引得月華來。【正歸來】馬致遠、雙調撥不斷：菊花開，正歸來。【同去來】馬致遠、南呂四塊玉、天台路：誰教你同去來。【何處來】張可久、南呂金字經、春閨：玉奴何處來。徐再思、雙調清江引、笑靨兒：東風不知何處來。【那人來】白无咎、仙呂祆神急套、別情、賺尾：既道不如歸去，看你幾聲兒攛掇得那人來。【近年來】湯式、仙呂賞花時套、送友人觀光、賺煞：何況近年來。【金鑄來】薛昂夫、中呂山坡羊：范蠡也曾金鑄來。【來未來】徐再思、越調凭闌人、春情：粉郎來未來。【來處來】張可久、南呂金字經、別後：雁書來處來。【夜香來】張可久、越調寨兒令、梅友元帥席上：燒罷夜香來。【故人來】張可久、正宮醉太平、無題：不提防今夜故人來。馬致遠、商調集賢賓套：抵多少月明千里故人來。【春又來】汪元亨、雙調雁兒落過得勝令、歸隱：一年

春又來。【春到來】張養浩、雙調淸江引、詠秋日海棠：一歲兩回春到來。【送酒來】薛昂夫、雙調慶東原、西皐亭適興：歡因送酒來。【寄奴來】馬致遠、仙呂青哥兒、九月：說道丹陽寄奴來。【捧硯來】白樸、仙呂醉中天、佳人臉上黑痣：曾與明皇捧硯來。【帶潮來】張可久、中呂紅綉鞋、聖水寺山亭：江水帶潮來。【道士來】湯式、雙調沈醉東風、書懷：博帶峨冠道士來。【喜春來】元好問、中呂喜春來、春宴：低唱喜春來。盧摯、中呂喜春來、陵陽客舍偶書：別處喜春來。曾瑞、中呂喜春來、尋樂：聽唱喜春來。【富貴來】張可久、雙調水仙子、西湖廢圃：山曾富貴來。【雲外來】張可久、雙調水仙子、梅邊即事：佳客新從雲外來。【載酒來】張可久、商調梧葉兒、尋梅：湖東載酒來。【載詩來】張可久、越調寨兒令、鑑湖上尋梅：驢背上載詩來。【撞入來】湯式、南呂一枝花套、自省：單捱著聰明的撞入來。【撞將來】無名氏、中呂普天樂：情性的夫人又早撞將來。【撲將來】喬吉、雙調水仙子、詠雪：冷無香柳絮撲將來。【歸去來】馬致遠、南呂四塊玉、恬退：三頃田，五畝宅，歸去來。張可久、南呂金字經、

醒吟齋：白雲歸去來。張可久、中呂紅綉鞋、次歸去來韵：沒商量歸去來。貫雲石、雙調殿前歡：就淵明歸去來。張可久、雙調淸江引、張子堅運席上：去來去來歸去來。喬吉、南呂玉交枝、失題：先生拂袖歸去來。汪元亨、雙調沈醉東風、歸田：掉背搖頭歸去來。【隱去來】馬致遠、南呂金字經：且做樵父隱去來。【驚覺來】張可久、中呂山坡羊、春睡：午睡正濃驚覺來。【打算的來】張養浩、中呂山坡羊：半空裏，若差將箇打算的來。【何處飛來】盧摯、雙調蟾宮曲、贈歌者江雲：問江雲何處飛來。【苦盡甘來】關漢卿、中呂普天樂、崔張十六事：新婚燕爾，苦盡甘來。【春去春來】湯式、雙調天香引、代友人書其八：驚心春去春來。【借得春來】盧摯、雙調蟾宮曲、正卿壽席：問東君借得春來。【粉蝶兒來】馬致遠、仙呂賞花時套、弄花香滿衣：貼春衫又引得箇粉蝶兒來。【袖得春來】湯式、中呂普天樂、送友回陝：等閑間袖得香來。【得數頃來】張可久、雙調沈醉東風、釣臺：溪上良田得數頃來。【誰曾見來】馬致遠、雙調壽陽曲：害時節，有誰曾見來。【華鳥飛來】盧摯、雙調蟾宮曲、吳門懷古：苧蘿山華鳥

飛來。【捎帶箇字兒來】白樸、雙調得勝樂：怎生不捎帶箇字兒來。

萊

【蓬萊】喬吉、雙調水仙子、德清長橋：玉琢蓬萊。張可久、越調寨兒令、鑑湖上尋梅：路近蓬萊。張養浩、雙調折桂令、過金山寺：遙望蓬萊。喬吉、雙調折桂令、登姑蘇台：鸞駕蓬萊。喬吉、中呂滿庭芳、漁父詞：回首是蓬萊。湯式雙調風入松套、題馬氏吳山景卷：形勝小蓬萊。汪元亨、雙調折桂令、歸隱：山莊小樣蓬萊。徐再思、雙調蟾宮曲、登太和樓：白雲中湧出蓬萊。湯式、雙調天香引、代友人書其一：望三山遠似蓬萊。湯式、雙調湘妃引、送友人應聘：紫雲宮殿擁蓬萊。張可久、中呂滿庭芳、題小小蓬萊：號幽居曰小小蓬萊。張養浩、中呂普天樂：我直待要步走上蓬萊。【海上蓬萊】盧摯、雙調蟾宮曲、海棠：林下風流，海上蓬萊。

鞋⊙

【弓鞋】張可久、越調寨兒令、元夜即事：步金蓮塵汚弓鞋。【青鞋】張可久、雙調水仙子、梅邊即事：踏碎青鞋。湯式、雙調風入松套、題馬氏吳山景卷：踏破幾青鞋。張可久、中呂紅綉鞋、德清山中簡耿子春：紫陽峯頂費青鞋。【綉鞋】張可久、雙調水仙子、湖上晚歸：惡客佯狂飲綉鞋。【羅鞋】張可久、中呂普天樂、重過西湖：芳徑羅鞋。張可久、中呂上小樓、春思：翠冷羅鞋。張可久、越調寨兒令、梅友元帥席上：濕透羅鞋。【紅綉鞋】王德信、南呂四塊玉套、解三酲：頓忘了表記香羅紅綉鞋。【紅繡鞋】無名氏、中呂普天樂：喫取他幾下紅繡鞋。【移綉鞋】馬致遠、仙呂賞花時套、弄花香滿衣：曉露未晞移綉鞋。【綠羅鞋】張可久、雙調殿前歡、春遊：落紅沾滿綠羅鞋。【竹杖芒鞋】汪元亨、雙調沈醉東風、歸田：收拾下竹杖芒鞋。張養浩、中呂普天樂：早子收心波竹杖芒鞋。

諧

【難諧】湯式、雙調天香引、代友人書其八：琴瑟難諧。【百歲諧】王德信、南呂四塊玉套、尾聲：美滿夫妻百歲諧。

骸

【形骸】汪元亨、雙調折桂令、歸隱：放浪形骸。張養浩、雙調水仙子：六十相近老形骸。汪元亨、雙調沈醉東風、歸田：支撐住老朽形骸。王德信、南呂四塊玉套、採茶歌：改朱顏瘦了形骸。【俊形骸】湯式、雙調湘妃引、贈美色：海棠魂，幻出箇俊形骸。

排⊙

【安排】張養浩、雙調折桂令、過金山寺：天與安排。張子友、雙調蟾宮曲：祇從安排。汪元亨、雙調雁兒落過得勝令、歸隱：亭館小安排。張可久、越調寨兒令、元夜卽事：心事裏巧安排。呂濟民、雙調折桂令、贈楚雲：寄褁王雁字安排。楊淡齋、雙調湘妃怨：算天公自有安排。【門排】張養浩、中呂普天樂：畫戟門排。【栽排】曾瑞、中呂迎仙客、風情：硬栽排。白无咎、仙呂祆神急套、別情：愁山和悶海，暢會栽排。王德信、南呂四塊玉套、感皇恩：施巧計栽排。【鋪排】湯式、南呂一枝花套、嘲妓名佛奴、梁州：門面兒龍華會般鋪排。【卦錢排】馬致遠、商調集賢賓套、思情：占卜卦錢排。【三公位排】張可久、雙調水仙子：今日在三公位排。【夜夜鋪排】湯式、雙調湘妃引、山中樂四闋贈友人：南州榻夜夜鋪排。【無可安排】馬致遠、商調集賢賓套：隨喜罷無可安排。

牌

【傍牌】曾瑞、中呂迎仙客、風情：供債我做著傍牌。【詩牌】喬吉、雙調折桂令、宴友園桂軒：酒令詩牌。【翠牌】湯式、雙調湘妃引、送友人應聘：御筵花裊翠牌。【烟月牌】馬致遠、商調集賢賓套、思情：多就了除名烟月牌。湯式、南呂一枝花套、嘲妓名佛奴、尾聲：韓退之嗔忿忿，敢掀翻烟月牌。【教坊牌】湯式、正宮醉太平、風流士子：素瑤琴，雕一面教坊牌。【曉角時牌】楊淡齋、雙調湘妃怨：促光陰曉角時牌。

懷⊙

【心懷】湯式、雙調風入松套、題馬氏吳山景卷、么篇：纔落眼便上心懷。【予懷】盧摯、雙調蟾宮曲、宣城懷古：渺渺予懷。徐再思、雙調蟾宮曲、錢子雲赴都：賦河梁渺渺予懷。【吟懷】張養浩、雙調折桂令、鑿池：陶寫吟懷。盧摯、雙調蟾宮曲、海棠：醉眼吟懷。【忘懷】薛昂夫、雙調慶東原、西皋亭適興：正好忘懷。張養浩、雙調折桂令、過金山寺：酒杯傾天地忘懷。張養浩、中呂普天樂：且對青山適意忘懷。【壯懷】汪元亨、雙調雁兒落過得勝令、歸隱：烟霞愜壯懷。喬吉、雙調水仙子、德清長橋：棄繻生感壯懷。【放懷】張可久、雙調水仙子、梅邊卽事：相逢且放懷。劉時中、雙調雁兒落過得勝令、題和靖墓：詩成且放懷。【秋懷】張可久、正宮醉太平、登臥龍山：一篇閒賦寫秋懷。張可久、雙調沈醉東風、釣臺：錦箋寒難寫秋懷。貫雲石、雙調殿前歡：怕秋來秋緒感秋懷。【述懷】馬致遠、商調集賢賓套：去伽藍廟裏述懷。【爲懷】張養浩、中呂山坡羊、咸陽懷古：若爲懷。【客懷】張可久、商調梧葉兒、尋梅：放客懷。【情懷】王德信、南呂四塊玉套、罵玉郎：知他是甚情懷。張可久、中呂紅綉鞋、德清山中簡耿子春：吟風嘯月情懷。薛昂夫、雙調殿前歡、冬：抖擻出風月情懷。呂濟民、雙調折桂令、贈楚雲：逐西風聚散情懷。【開懷】張可久、雙調殿前歡、次酸齋韵：對酒開懷。湯式、仙呂賞花時套、送友人觀光、么篇：詩酒共開懷。無名氏、中呂喜春來：尊有酒且開懷。湯式、黃鍾出隊子、酒色財氣四首之酒：百篇一斗恣開懷。【悶懷】曾瑞、中呂喜春來、尋樂：杖屨尋芳釋悶懷。【傷懷】白无咎、仙呂袄神急套、別情、六么遍：傷懷，冷清清日月怎生捱。張可久、雙調水仙子、西湖廢圃：俯仰傷懷。馬致遠、商調集賢賓套、思情：秋景最傷懷。張可久、中呂賣花聲、客況：男兒未遇暗傷懷。張可久、雙調沈醉東風、春晚愁史楚甫：怕清明幾度傷懷。【興懷】喬吉、雙調殿前歡、登鳳凰台：千古興懷。喬吉、雙調折桂令、登姑蘇台：悼古興懷。盧摯、雙調蟾宮曲、吳門懷古：撫事興懷。徐再思、雙調蟾宮曲、登太和樓：對酒興懷。【襟懷】盧摯、雙調蟾宮曲、正卿壽席：林壑襟懷。汪元亨、雙調折桂令、歸隱：磊落襟懷。湯式、雙調湘妃引、山中樂四闋贈友人：乍相逢便見襟懷。【離懷】張可久、中呂山坡羊、春睡：感離懷。盧摯、雙調蟾宮曲、贈歌者江雲：楚楚離懷。湯式、雙調天香引、代友人書其一：幾樣離懷。張可久、中呂普天樂、秋懷：起西風一片離懷。【悶情懷】馬致遠、雙調撥不斷：瘦形骸，悶情懷。【感人懷】湯式、商調望遠行、四景題情夏：不覺的傷人心，動人情，感人懷。【惱幽懷】張可久、越調寨兒令、鑑湖上尋梅：清事惱幽懷。【遣悶懷】馬致遠、仙呂賞花時套、弄花香滿衣：兜鞋信步，後園裏悶遣懷。【周孔爲懷】湯式、南呂一枝花套、贈人、梁州：依於仁，行於義，周孔爲懷。

淮

【江淮】湯式、雙調風入松套、題馬氏吳山景卷、么篇：吳山佳麗壓江淮。張子友、雙調蟾宮曲：笑誰同量捲江淮。張可久、雙調水仙子：氣昂昂胸卷江淮。【秦淮】喬吉、雙調殿前歡、登鳳凰台：洗恨秦淮。徐再思、雙調蟾宮曲、錢子雲赴都：明日秦淮。張可久、雙調折桂令、高郵即事疊韻：凍解秦淮。徐再思、黃鍾人月圓、甘露懷古：秋色入秦淮。湯式、仙呂賞花時套、送友人觀光、賺煞：夢魂兒繞秦淮。

槐

【綠槐】汪元亨、中呂朝天子、歸隱：蔭當門綠槐。

⊙埋

【雲埋】趙禹圭、雙調折桂令、題金山寺：一半烟遮，一半雲埋。湯式、雙調天香引、代友人書其一：月團圓淹地雲埋。【塵埋】王德信、南呂四塊玉套、針線箱：把一牀絃索塵埋。【燒埋】湯式、南呂一枝花套、自省、梁州：怪自怪，癡心不服燒埋。【死便埋】楊淡齋、雙調湘妃怨：學劉伶死便埋。【窨裏埋】湯式、雙調對玉環帶清江引、閨怨：將一片惜花心愁窨裏埋。【篆烟埋】關漢卿、雙調碧玉簫：寶鼎篆烟埋。【十載塵埋】湯式、雙調沈醉東風、書懷：玉兎毫十載塵埋。【雨香雲埋】無名氏、越調鬬鵪鶉套：也是咱運拙時乖，致令得雨香雲埋。【霧鎖雲埋】湯式、雙調天香引、代友人書其八：望三山霧鎖雲埋。

霾

【烟霾】張養浩、雙調折桂令、過金山寺：一半兒烟霾。【塵霾】湯式、雙調風入松套、題馬氏吳山景卷：十年踪跡走塵霾。

⊙皚

【皚皚】張養浩、中呂普天樂、大明湖泛舟：人驚的白鳥皚皚。

⊙孩

【嬰孩】湯式、南呂一枝花套、嘲妓名佛奴、梁州：坐化了萬種嬰孩。薛昂夫、中呂朝天曲：堂前取水作嬰孩。【悶答孩】無名氏、越調鬬鵪鶉套：無語無言悶答孩。

頦

【柱兒頦】張可久、正宮醉太平、無題：村馮魁割捨得柱兒頦。

⊙柴

【供柴】喬吉、雙調折桂令、宴支園桂軒：掃葉供柴。【形體如柴】王德信、南呂四塊玉套、烏夜啼：則我這瘦伶仃形體如柴。

儕

【吾儕】湯式、仙呂賞花時套、送友人觀光：日日訪吾儕。曾瑞、中呂喜春來、尋樂：村醪滿酌勸吾儕。張養浩、中呂普天樂：做高人輪到吾儕。

⊙崖

【丹崖】盧摯、雙調蟾宮曲、雲臺醉歸：翠壁丹崖。【蒼崖】盧摯、雙調蟾宮曲、吳門懷古：老樹蒼崖。【巖崖】湯式、雙調湘妃引、山中樂四闋贈友人：山盤龍脊露巖崖。【翠壁丹崖】張養浩、雙調水仙子：對華山翠壁丹崖。

厓

【巖厓】湯式、雙調風入松套、題馬氏吳山景卷：何妨骨格巖厓。

捱

【胡捱】馬致遠、雙調撥不斷：只不如且酩子裏胡捱。【難捱】關漢卿、中呂普天樂、崔張十六事：侍妾假乖，小姐難捱。喬吉、雙調水仙子、詠雪：探梅的心噤難捱。【如何捱】王德信、南呂四塊玉套、罵玉郎：冷清清，房櫳靜悄如何捱。王德信、南呂四塊玉套、針線箱：舊恨新愁，教我如何捱。【怎生捱】王德信、南呂四塊玉套、採茶歌：冷清清怎生捱。白无咎、仙呂祆神急套、別情、六么遍：冷清清日月怎生捱。【怎地捱】馬致遠、商調集賢賓套、思情：更漏永，怎生捱。湯式、雙調對玉環帶清江引、閨怨：黃昏怎地捱。【强打捱】關漢卿、雙調碧玉簫：精彩兒强打捱。

才⊙

【方才】張養浩、雙調折桂令、鑿池：老子方才。【文才】王德信、南呂四塊玉套：錦綉文才。張養浩、中呂山坡羊：你便有文才。【多才】馬致遠、商調集賢賓套：留後語、寄多才。張可久、中呂山坡羊、春睡：夢多才。呂濟民、雙調折桂令、贈楚雲：蔽月多才。張可久、越調寨兒令、元夜即事：誰想見多才。無名氏、越調鬪鵪鶉套：倚闌無語憶多才。張可久、雙調水仙子：翰林風月進多才。湯式、中呂普天樂、送友回陝：誰不知宋玉多才。【秀才】張可久、正宮醉太平、無題：遠鄉了秀才。薛昂夫、雙調殿前歡、冬：十年前一秀才。湯式、正宮醉太平、風流士子：這的是頑頑秀才。【英才】盧摯、雙調蟾宮曲、吳門懷古：伏節英才。【俊才】湯式、雙調湘妃引、山中樂四闋贈友人：可知道其中有俊才。【將才】馬致遠、雙調撥不斷：版築躬耕有將才。【詩才】張可久、中呂紅綉鞋、次歸去來韻：春花秋月詩才。汪元亨、雙調折桂令、歸隱：染霜毫豔錦詩才。【憐才】徐再思、雙調蟾宮曲、登太和樓：拊髀憐才。張可久、中呂普天樂、重過西湖：東閣憐才。【不良才】商左山、雙調潘妃曲：爲你個不良才。【喫敲才】商左山、雙調潘妃曲：罵你個喫敲才。【經濟才】馬致遠、南呂四塊玉、恬退：本是個懶散人、又無甚經濟才。【窮秀才】馬致遠、南呂四塊玉、天台路：命薄的窮秀才。【雙漸才】湯式、南呂一枝花套、自省、尾聲：瞻表的休誇雙漸才。【濟世才】張可久、雙調殿前歡、次酸齋韻：欠伊周濟世才。【濟時才】湯式、南呂一枝花套、贈人：慷慨濟時才。【棟梁才】馬致遠、南呂金字經：空巖外、老了棟梁才。

財

【錢財】張養浩、中呂山坡羊：有錢財。

裁

【自裁】湯式、雙調風入松套、題馬氏吳山景卷、離亭宴煞尾：知音的自裁。【初裁】張可久、中呂滿庭芳、題小小蓬萊：藕葉初裁。【新裁】張可久、正宮醉太平、登臥龍山：白苧新裁。【似刀裁】王和卿、仙呂一半兒、題情：鴉翎般水鬢似刀裁。

◉臺

【古臺】張可久、正宮醉太平、登臥龍山：上越王古臺。【金臺】薛昂夫、中呂山坡羊、捧金臺。【妝臺】王德信、南呂四塊玉套、針線箱：傍妝臺。【亭臺】張養浩、雙調折桂令、鑿池：搖動亭臺。喬吉、雙調折桂令、宴支園桂軒：散天香月夜亭臺。【高臺】湯式、雙調沈醉東風、書懷：等黃金再築高臺。【荒臺】盧摯、雙調蟾宮曲、宣城懷古：廢沼荒臺。盧摯、雙調蟾宮曲、吳門懷古：倚夕陽麋鹿荒臺。【烏臺】張養浩、中呂普天樂：黃閣烏臺。【秦臺】白无咎、仙呂祆神急套、別情、六么遍：月冷秦臺。【釣臺】張可久、雙調沈醉東風、釣臺：也敢上嚴陵釣臺。【硯臺】湯式、正宮醉太平、風流士子：丟開了硯臺。【琴臺】張可久、中呂滿庭芳、小小蓬萊：畫苑琴臺。【陽臺】呂濟民、雙調折桂令、贈楚雲：雨還巫山、飛下陽臺。王德信、南呂四塊玉套、東甌令：空勞魂夢到陽臺。貫雲石、雙調殿前歡：都變了夢裏陽臺。張可久、越調寨兒令、梅友元帥席上：綵雲深人在陽臺。湯式、雙調天香引、代友人書其一：碎磚兒壘不就陽臺。【鳳臺】張可久、南呂金字經、別後：月明閒鳳臺。湯式、南呂一枝花套、贈人：駕天風下鳳臺。湯式、雙調天香引、代友人書其八：學不得秦蕭史跨彩鳳重登鳳臺。【雲臺】盧摯、雙調蟾宮曲、雲臺醉歸：灝靈宮畔雲臺。徐再思、雙調殿前歡、釣臺：便齊雲安穩似雲臺。【楚臺】湯式、雙調湘妃引、贈美色：甚風兒吹下楚臺。【新臺】喬吉、雙調折桂令、登姑蘇台：百花洲上新臺。【銀臺】關漢卿、雙調碧玉簫：燭滅銀臺。張子友、雙調蟾宮曲：香靄雕盤，燭焰銀臺。【歌臺】盧摯、雙調蟾宮曲、贈歌者江雲：舞榭歌臺。張可久、雙調水仙子、西湖廢圃：夕陽芳草廢歌臺。喬吉、雙調水仙子、詠雪：粉紅兒裏舞榭歌臺。【瑤臺】張可久、中呂迎仙客、黃柱：映瑤臺。徐再思、雙調蟾宮曲、登太和樓：夜月瑤臺。張可久、越調天淨沙、元夕：紫簫人倚瑤臺。【樓臺】張養浩、雙調折桂令、過金山寺：山上樓臺。盧摯、雙調蟾宮曲、海棠：燕子樓臺。張可久、越調寨兒令、元夜即事：燈火樓臺。張可久、中呂紅綉鞋、聖水寺山亭：壺天金碧樓臺。張可久、越調寨兒令、鑑湖上尋梅：月朦朧近水樓臺。喬吉、雙調水仙子、德清長橋：青天白日見樓臺。貫雲石、雙調殿前歡：春風無處不樓臺。喬吉、中呂滿庭芳、漁父詞：望三山翡翠樓臺。張養浩、中呂普天樂、大明湖泛舟：影搖動城郭樓臺。張可久、雙調水仙子、湖上晚歸：蕩湖光影轉樓臺。【霜臺】盧摯、雙調蟾宮曲、正卿壽席：瓊映霜臺。【鏡臺】張可久、正宮醉太平、無題：塵蒙了鏡臺。徐再思、越調凭闌人、春情：眉淡秋山羞鏡臺。

【簫臺】徐再思、越調天淨沙、別高宰：白雲隱隱簫臺。【一釣臺】湯式、仙呂賞花時套、送友人觀光：我待要買斷了嚴陵一釣臺。【小樓臺】張可久、商調梧葉兒、尋梅：殘雪小樓臺。元好問、中呂喜春來、春宴：溫柔尊俎小樓臺。【玉粧臺】張可久、南呂四塊玉、春情：杏臉香銷玉粧臺。【玉鏡臺】張可久、中呂迎仙客、春思：塵昏玉鏡臺。【雨雲臺】湯式、南呂一枝花套、嘲妓名佛奴：又上雨雲臺。湯式、南呂一枝花套、自省：昏慘慘雨雲臺。【冷粧臺】馬致遠、仙呂賞花時套、弄花香滿衣：閑綉閣冷粧臺。【祝英臺】王德信、南呂四塊玉套、採茶歌：我則怕梁山伯不戀我這祝英臺。【拜將臺】張可久、雙調殿前歡、次酸齋韻：望雲霄拜將臺。喬吉、南呂玉交枝、失題：險也啊拜將臺。【捨身臺】湯式、雙調風入松套、題馬氏吳山景卷、離亭宴煞尾：胭脂巖高若捨身臺。【釣魚臺】張可久、雙調殿前歡、次酸齋韻：釣魚臺，十年不上野鷗猜。【傍妝臺】王德信、南呂四塊玉套、烏夜啼：每日家病懨懨懶去傍妝臺。【楚陽臺】王德信、南呂四塊玉套、感皇恩：水渰塌楚陽臺。【過章臺】馬致遠、商調集賢賓套、思情：柳葉眉兒好，等你過章臺。【畫麟臺】馬致遠、南呂四塊玉、恬退：羞把塵容畫麟臺。【戲馬臺】馬致遠、仙呂青哥兒、九月：陳迹猶存戲馬臺。馬致遠、雙調撥不斷：黃菊彫殘戲馬臺。【雙鳳臺】張可久、南呂金字經、春閨：夢迴雙鳳臺。【百尺高臺】盧摯、雙調蟾宮曲、西施：建姑蘇百尺高臺。【走馬章臺】湯式、中呂普天樂、送友同陝：喜的是走馬章臺。【碾玉亭臺】張可久、雙調水仙子、梅邊卽事：曲闌干碾玉亭臺。【舞榭歌臺】張養浩、中呂普天樂：勝王家舞榭歌臺。

擡

【高擡】湯式、南呂一枝花套、自省、梁州：誰敢把麗春園時價高擡。【手倦擡】湯式、仙呂賞花時套、送友人觀光：弄柳拈花手倦擡。【手慵擡】湯式、雙調天香引、代友人書其人：畫眉手慵擡。【頭懶擡】王德信、南呂四塊玉套：害的我頭懶擡。

苔

【生苔】喬吉、雙調水仙子、德清長橋：臥蒼龍鱗甲生苔。【青苔】馬致遠、商調集賢賓套、思情：日日淩波襪冷，濕透青苔。【莓苔】張可久、越調寨兒令、鑑湖上尋梅：雪模糊小樹莓苔。【腥苔】喬吉、雙調折桂令、登姑蘇台：悵懸頭土溼腥苔。【翠苔】湯式、雙調對玉環帶清江引、閨怨：落紅鋪翠苔。【嫩苔】張可久、南呂金字經、醒吟齋：雨過松根長嫩苔。【綠苔】張養浩、中呂醉高歌兼喜春來、詠玉簪：一段香雲壓綠苔。馬致遠、仙呂賞花時套、弄花香滿衣：行不顧香泥綠苔。喬吉、南呂玉交枝、失題：接松徑寒雲綠苔。【蒼苔】盧摯、雙調蟾宮曲、雲臺醉歸：老樹蒼苔。徐再思、黃鍾人月圓、甘露懷古：深砌蒼苔。張可久、越調寨兒令、梅友元帥席上：踏遍蒼苔。張可久、雙調折桂令、高郵卽事疊韵：綠界蒼苔。貫雲石、雙調殿前歡：獨立蒼苔。白无咎、仙呂祆神急：紅雨點蒼苔。劉時中、雙調雁兒落過得勝令、題和靖墓：策杖步蒼苔。張養浩、雙調折桂令、鑿池：殷勤鑿破蒼苔。張可久、雙調水仙子、西湖廢圃：歎英雄白骨蒼苔。【碧苔】汪元亨、中呂朝天子、歸隱：色侵階碧苔。【石上苔】馬致遠、南呂金字經、斧磨石上苔。【徑中苔】馬致遠、商調集賢賓套：裙拂徑中苔。【鎖蒼苔】無名氏、越調鬭鵪鶉套：深院鎖蒼苔。【老樹蒼苔】盧摯、雙調蟾宮曲、西施：伍員墳老樹蒼苔。

騋○簰俳○褢瀤○騃

○祡豺○材纔○臺儓炱籉○能

【對偶】張養浩、中呂普天樂：子猷興盡，元亮歸來。呂濟民、雙調折桂令、贈楚雲：捲又還開，去又還來。徐再思、雙調殿前歡、釣臺：爭如休去，勝似歸來。張可久、雙調水仙子、西湖廢圃：花已飄零去，山曾富貴來。徐再思、越調凭闌人、春情：海棠開未開，粉郎來未來。薛昂夫、雙調慶東原、西皐亭適興：興爲催租敗，歡因送酒來。無名氏、中呂喜春來：黃金轉世人何在，白日飛升誰見來。張可久、雙調沈醉東風、春晚愁史楚甫：錦被堆春寬夢窄，畫樓空燕去愁來。張可久、南呂四塊玉、春情：春已歸，花又開，人未來。湯式、雙調天香引、代友人書其八：轉頭人是人非，迅指花開花落，驚心春去春來。張可久、中呂滿庭芳、題小小蓬萊：望弱水涌茫茫大海，號幽居曰小小蓬萊。喬吉、雙調折桂令、登姑蘇台：鵬俯滄溟，蜃橫城市，鼇駕蓬萊。張可久、中呂迎仙客、春思：魚尾釵，鳳頭鞋。汪元亨、雙調折桂令、歸隱：杏塢桃溪，竹杖芒鞋。張可久、越調寨兒令、元夜卽事：倚朱簾紅映香腮，步金蓮塵污弓鞋。湯式、雙調天香引、代友人書其八：箏箕無憑，琴瑟難諧。汪元亨、雙調折桂令、歸隱：磊落襟懷，放浪形骸。汪元亨、雙調沈醉東風、歸田：摒掉起疎狂性格、支撐住老朽形骸。張可久、雙調水仙子、昨日在十年窗下，今日在三公位排。湯式、雙調湘妃引、山中樂四闋贈友人：對潮門時時開放，北海宴朝朝布擺，南州榻夜夜鋪排。湯式、雙調天香引、代友人書其一：一點眞情，幾樣離懷。汪元亨、雙調雁兒落過得勝令、歸隱：風月酬清興，烟霞愜壯懷。劉時中、雙調雁兒落過得勝令、題和靖墓：酒飲方拚醉，詩成且放懷。張可久、中呂紅綉鞋、德清山中簡耿子春：傍水依山境界，吟風嘯月情懷。趙禹圭、雙調折桂令、題金山寺：詩句就雲山變色，酒杯傾天地忘懷。薛昂夫、雙調殿前歡、冬：施展出江湖氣概，抖擻出風月情懷。呂濟民、雙調得勝令、贈楚雲：浮碧漢陰晴體態，逐西風聚散情懷。曾瑞、中呂喜春來、尋樂：湖山遣興還詩債，杖屨尋芳釋悶懷。湯式、南呂一枝花套、贈人、梁州：展其韜、施其略，孫吳是法，依於仁、行於義、周孔爲懷。徐再思、雙調蟾宮曲、錢子雲赴都：今日陽關，明日秦淮。　張可久、雙調折桂令、高郵即事疊韵：香隔蓬萊，凍解秦淮。　喬吉、雙調殿前歡、登鳳凰台：銷魂楚甸，洗恨秦淮。汪元亨、中呂朝天子、歸隱：色侵階碧苔，蔭當門綠槐。　湯式、雙調天香引、代友人書其一：花艷冶忽地風篩，月團圓淹地雲埋。　湯式、雙調沈醉東風、書懷：金鵲鏡三分鬢改，玉兎毫十載塵埋。　張養浩、雙調折桂令、過金山寺：一半兒雲遮，一半兒烟霾。　張養浩、中呂普天樂、大明湖泛舟：杯斟的金波灩灩，詩吟的青霄慘慘，人驚的白鳥皚皚。　湯式、南呂一枝花套、嘲妓名佛奴、梁州：超度了千家子弟，坐化了萬種嬰孩。　湯式、雙調風入松套、題馬氏吳山景卷：但得儀容淡冶，何妨骨格巖厓。　張可久、中呂山坡羊、春睡：感離懷，夢多才。　呂濟民、雙調折桂令、贈楚雲：出岫無心，蔽月多才。　湯式、南呂一枝花套、贈人：雍容黃閣姿，卓犖青雲態，彷徨憂國志，慷慨濟時才。

張可久、正宮醉太平、登臥龍山：黃庭小楷，白苧新裁。　張可久、中呂滿庭芳、題小小蓬萊：蘭花旋買，靈芝未採，藕葉初裁。　薛昂夫、中呂山坡羊：列金釵，捧金臺。　張養浩、雙調折桂令、過金山寺：水面雲山，山上樓臺。　白无咎、仙呂祆神急套、別情、六么遍：雲歸楚岫，月冷秦臺。　張可久、中呂迎仙客、春思：烟冷寶爐香，塵昏玉鏡臺。　張可久、南呂金字經、春閨：粉淡孤鸞鏡，夢迴雙鳳臺。　喬吉、中呂滿庭芳、漁父詞：入萬頃玻璃世界，望三山翡翠樓臺。　喬吉、雙調折桂令、宴支園桂軒：堆金粟西方世界，散天香夜月亭臺。　張可久、越調寨兒令、鑑湖上尋梅：雪模糊小樹莓苔，月朦朧近水樓臺。　徐再思、越調凭闌人、春情：髻擁春雲鬆玉釵，眉淡秋山羞鏡臺。　張可久、越調寨兒令、梅友元帥席上：碧桃香春滿天台，綵雲深人在陽臺。　湯式、中呂普天樂、送友回陝：嫌的是騎驢灞橋，喜的是走馬章臺。　湯式、雙調天香引、代友人書其一：漏船兒撐不過藍橋，碎磚兒壘不就陽臺。　張可久、中呂上小樓、春思：燕彈金釵，翠冷羅鞋，鳳去瑤臺。　徐再思、雙調蟾宮曲、登太和樓：暮雨珠簾，朝雲畫楝，夜月瑤臺。　湯式、南呂一枝花套、嘲妓名佛奴：纔離水月窟，又上雨雲臺。　湯式、南呂一枝花套、自省：黑漫漫離恨天，　白漭漭迷魂海，鬧垓垓風月場，昏慘慘雨雲臺。馬致遠、商調集賢賓套：　眼流江上水，　裙拂徑中苔。　湯式、雙調對玉環帶清江引、閨怨：飛絮點香階，落紅鋪蒼苔。　白无咎、仙呂祅神急套、別情：綠陰籠小院，紅雨點蒼苔。　劉時中、雙調雁兒落過得勝令、題和靖墓：讀易坐書齋，策杖步蒼苔。　盧摯、雙調蟾宮曲、西施：吳王塚殘陽暮靄，伍員墳老樹蒼苔。

入作平

白⊙

【李白】白樸、仙呂醉中天、佳人臉上黑痣：叵奈揮毫李白。【明白】張養浩、中呂普天樂：日月明白。白无咎、仙呂祅神急套、別情、賺尾：暢好明白。無名氏、中呂普天樂：對人前怎敢明白。馬致遠、商調集賢賓套、思情：落誰家也要箇明白。湯式、雙調湘妃引、贈美色：既相逢合問箇明白。王德信、南呂四塊玉套、採茶歌：我將這盟山誓海說的明白。【斑白】湯式、仙呂賞花時套、送友人觀光：鬢髮已斑白。湯式、雙調風入松套、題馬氏吳山景卷：先贏得兩鬢斑白。【搶白】張養浩、中呂朝天子、攜美姬湖上：由他搶白。【逾白】徐再思、中呂普天樂、吳江八景、前村遠帆：江鳥逾白。【漸白】湯式、南呂一枝花套、自省、尾聲：黑頭漸白。【潔白】張養浩、中呂醉高歌兼喜春來、詠玉簪：誰似他幽閒潔白。【李太白】湯式、黃鍾出隊子、酒色財色四首之酒：酒，則被你斷送了文章李太白。

帛

【玉帛】汪元亨、中呂朝天子、歸隱：積子女玉帛。【竹帛】湯式、南呂一枝花套、贈人、尾聲：著芳聲，垂後代，歷歷終期絢竹帛。

宅⊙

【第宅】汪元亨、中呂朝天子、歸隱：置軒車第宅。湯式、雙調湘妃引、山中樂四闋贈友人：屋絡蜂房繞第宅。【區宅】馬致遠、南呂四塊玉、恬退：二頃良田一區宅。【五侯宅】喬吉、南呂玉交枝、失題：強似五侯宅。【五柳宅】湯式、仙呂賞花時套、送友人觀光：請佃了陶潛五柳宅。【相公宅】馬致遠、商調集賢賓套、思情：敢投了招壻相公宅。【帝玉宅】喬吉、雙調殿前歡、登鳳凰台：金龍玉虎帝王宅。【處士宅】劉時中、雙調雁兒落過得勝令、題和靖墓：清閑處士宅。

翮

【投林翮】張可久、越調霜角、新安八景練溪晚渡：幾點投林翮。

舶○獋澤擇○畫劃

【對偶】

湯式、南呂一枝花套、自省、尾聲：朱顏半衰，黑頭漸白。徐再思、中呂普天樂、吳江八景、前村遠帆：飛鯨湧綠，檣烏點墨，江鳥逾白。汪元亨、中呂朝天子、歸隱：置軒車第宅，積子女玉帛。湯式、仙呂賞花時套、送友人觀光、么篇：買斷了嚴陵一釣臺，請佃了陶潛五柳宅。

上聲

◉海

【大海】喬吉、南呂玉交枝、失題：急跳出風波大海。【四海】張養浩、中呂普天樂：眼高四海。徐再思、雙調蟾宮曲、錢子雲赴都：寬洗汕胸中四海。【悶海】白无咎、仙呂祆神急套、別情：愁山和悶海。汪元亨、雙調沈醉東風、歸田：剛跳出愁山悶海。【是非海】無名氏、越調鬪鵪鶉套：煙波四非海。【東大海】喬吉、雙調水仙子、詠雪：銀稜了東大海。馬致遠、商調集賢賓套：金山寺可觀東大海。【春似海】湯式、雙調湘妃引、送友人應聘：乾坤春似海。【迷魂海】湯式、南呂一枝花套、自省：白漭漭迷魂海。湯式、雙調風入松套、題馬氏吳山景卷、離亭宴煞尾：珍珠池險似迷魂海。【愁似海】馬致遠、雙調壽陽曲：落紅滿階愁似海。【寬似海】張可久、雙調落梅風、別會稽胡使君：錦雲香鑑湖寬似海。【石沈大海】馬致遠、商調集賢賓套、思情：撲通地石沈大海。【茫茫大海】張可久、中呂滿庭芳、題小小蓬萊：望弱水涌茫茫大海。【誓山盟海】王德信、南呂四塊玉套、解三酲：頓忘了誓山盟海。

靆⊙

【靉靆】薛昂夫、中呂山坡羊、西湖雜詠、冬：同雲靉靆。

蟹⊙

【螃蟹】薛昂夫、雙調慶東原、西皐亭適興：不可無螃蟹。【西湖蟹】馬致遠、雙調撥不斷：洞庭柑東陽酒西湖蟹。【魚蝦蟹】張養浩、中呂普天樂：空快活了湘江魚蝦蟹。

宰⊙

【十宰】汪元亨、中呂朝天子、歸隱：唐家十宰。【僚宰】馬致遠、雙調撥不斷：屠沽乞食爲僚宰。【彭澤宰】張可久、雙調清江引、張子堅運席上：淮陰侯不如彭澤宰。

載

【千載】張可久、雙調清江引、張子堅運席上：死後名千載。【萬載】曾瑞、南呂四塊玉、述懷：名萬載。【數載】王德信、南呂四塊玉套、烏夜啼：俺如今相離了三月如隔數載。

采⊙

【手采】湯式、南呂一枝花套、贈人、尾聲：那時節吐氣揚眉拜手采。

採

【未採】張可久、中呂滿庭芳、題小小蓬萊：靈芝未採。【鬬爭採】、馬致遠、仙呂賞花時套、弄花香滿衣：就手內遊蜂鬬爭採。

靄⊙

【香靄】盧摯、雙調蟾宮曲、正卿壽席：恰侵曉交暉香靄。【暮靄】張可久、雙調水仙子、西湖廢圃：荒基生暮靄。張可久、越調天淨沙、元夕：燈市東風暮靄。盧摯、雙調蟾宮曲、宣城懷古：快吹盡陵峯暮靄。【殘陽暮靄】盧摯、雙調蟾宮曲、西施：吳王塚殘陽暮靄。

揣⊙

【向懷揣】馬致遠、仙呂賞花時套、弄花香滿衣：喜盈腮，折得向懷揣。【難掙揣】張養浩、中呂山坡羊：强，難掙揣；乖，難掙揣。

擺⊙

【布擺】湯式、南呂一枝花套、嘲妓名佛奴、梁州：客院兒旃檀林般布擺。【鋪擺】王德信、南呂四塊玉套、尾聲：把局兒牢鋪擺。【一字擺】湯式、仙呂賞花時套、送友人觀光、賺煞：舞榭歌臺一字擺。【風力擺】馬致遠、仙呂賞花時套、弄花香滿衣：嬌態難禁風力擺。【腰肢擺】張養浩、中呂朝天子、攜美姬湖上：直恁麼腰肢擺。【朝朝布擺】湯式、雙調湘妃引、山中樂四闋贈友人：北海宴朝朝布擺。【芭蕉葉兒擺】馬致遠、商調集賢賓套、思情：剗地將芭蕉葉兒擺。

解⊙

【自解】湯式、雙調天香引、代友人書其一：長嘆吁，短嘆吁，舒心兒自解。【能解】張養浩、中呂普天樂：楚離騷，誰能解。【參解】湯式、南呂一枝花套、自省、尾聲：這兩件達時務的玄機恰參解。【難解】張可久、南呂四塊玉、春情：愁難解。

⊙楷

【小楷】張可久、正宮醉太平、登臥龍山：黃庭小楷。

⊙買

【共買】徐再思、雙調清江引、笑靨兒：有千金俏人兒誰共買。【旋買】張可久、中呂滿庭芳、題小小蓬萊：蘭花旋買。【斷買】張可久、雙調沈醉東風、春晚酬史楚甫：春已聽楡錢斷買。【容易買】馬致遠、商調集賢賓套、思情：春光有錢容易買。【湖邊買】楊淡齋、雙調湘妃怨：活魚向湖邊買。【龜兒卦買】無名氏、越調鬬鵪鶉套：幾度得將龜兒卦買。

⊙改

【未改】王德信、南呂四塊玉套、針線箱：臨鸞鏡，也問道朱顏未改。【先改】王德信、南呂四塊玉套、針線箱：他早先改。【頓改】湯式、仙呂賞花時套、送友人觀光：風流頓改。【朱顏改】馬致遠、南呂四塊玉、恬退：綠鬢衰，朱顏改。【甚時改】湯式、南呂一枝花套、自省、尾聲：猶兀自無倒斷的着迷甚時改。【雲變改】張養浩、中呂山坡羊、咸陽懷古：世態有如雲變改。【三分鬢改】湯式、雙調沈醉東風、書懷：金鵲鏡三分鬢改。【容顏變改】湯式、南呂一枝花套、嘲妓名佛奴：巴鏝呵，五十三參容顏變改。

醢○詒紿○駭○彩綵○藹乃毒○奶乃○廼拐夬○凱鎧塏○矮

【對偶】

張養浩中呂普天樂：神遊八表，眼高四海。徐再思、雙調殿前歡、釣臺：三台宰相階，百兩黃金帶，萬丈風波海。汪元亨、中呂朝天子、歸隱：漢室三傑，唐家十宰。張可久、雙調清江引、張子堅運席上：生前酒一杯，死後名千載。張可久、南呂四塊玉、春情：酒易闌，愁難解。無名氏、越調鬬鵪鶉套：錦字兪濤，香囊暗解。宋方壺、中呂山坡羊、道情：貧，氣不改；達，志不改。

策◉

【扶策】張子友、雙調蟾宮曲：左右扶策。【一言半策】湯式、南呂一枝花套、贈人、尾聲：進一言半策。

冊

【書冊】湯式、正宮醉太平、風流士子：撇下了書冊。

伯◉

【文章伯】薛昂夫、雙調殿前歡、冬：打熬到文章伯。

革◉

【斷革】湯式、南呂一枝花套、嘲妓名佛奴、尾聲：教坊司斷革。

隔

【阻隔】白无咎、仙呂祆神急套、別情、六么遍：如今阻隔。

格

【性格】汪元亨、雙調沈醉東風、歸田：摒掉起疎狂性格。【風流格】湯式、雙調風入松套、題馬氏吳山景卷、離亭宴煞尾：李營丘曾寫風流格。【軟性格】湯式、雙調湘妃引、贈美色：蘭蕊香，結成箇軟性格。

客◉

【逸客】喬吉、中呂滿庭芳、漁父詞：疎狂逸客。【貴客】張子友、雙調蟾宮曲：會受用簪纓貴客。【倦客】張可久、商調梧葉兒、尋梅：不負青霞倦客。徐再思、越調天淨沙、別高宰：回首江南倦客。【過客】汪元亨、中呂朝天子、歸隱：數英雄如過客。【劍客】徐再思、雙調蟾宮曲、登太和樓：書籍會三千劍客。湯式、雙調沈醉東風、書懷：錯認我誰家劍客。【人間客】白无咎、仙呂祆神急套、別情：誰想東君，也是人間客。【紅袖客】盧摯、中呂喜春來、陵陽客舍偶書：紅袖客，低唱喜春來。【東籬客】馬致遠、雙調撥不斷：白衣盼殺東籬客。【常爲客】湯式、中呂普天樂、送友人回陝：萍水常爲客。【販茶客】湯式、南呂一枝花套、嘲妓名佛奴、尾聲：迭配與，金山寺江中販茶客。馬致遠、商調集賢賓套：也做了長江販茶客。【龍山客】馬致遠、雙調撥不斷：伴虎溪僧，鶴林友，龍山客。【天涯倦客】湯式、仙呂賞花時套、送友人觀光、賺煞：同是天涯倦客。

責◉

【罪責】湯式、商調望遠行、四景題情夏：那一會罪責。王德信、南呂四塊玉套、採茶歌：他若是背義忘恩尋罪責。

摘

【和露摘】張養浩、中呂醉高歌兼喜春來、詠玉簪：常引得月華來，和露摘。

側

【山側】湯式、仙呂賞花時套、送友人觀光、么遍：水邊山側。【左側】湯式、雙調風入松套、題馬氏吳山景卷、沉醉東風：將館娃移居左側。【莫側】曾瑞、中呂喜春來、尋樂：杯莫側。【青山側】馬致遠、南呂四塊玉、恬退：綠水邊青山側。

窄

【水窄】喬吉、中呂滿庭芳、漁父詞：江湖水窄。【夢窄】張可久、雙調沈醉東風、春晚酬史楚甫：錦被堆春寬夢窄。【天地窄】張可久、中呂紅綉鞋、聖水寺山亭：醉嫌天地窄。貫雲石、雙調清江引：醉袍袖舞嫌天地窄。【心地窄】白无咎、仙呂祆神急套、別情：傷春早是心地窄。【仙洞窄】盧摯、中呂喜春來、陵陽客舍偶書：仙洞窄，別處喜春來。【浮世窄】馬致遠、商調集賢賓套、思情：近來自知浮世窄。【額兒窄】王和卿、仙呂一半兒、題情：小顆顆芙蓉花額兒窄。

色⊙

【一色】白樸、雙調得勝樂：秋水共長天一色。【月色】馬致遠、商調集賢賓套、思情：有燈光恨殺無月色。湯式、雙調對玉環帶清江引、閨怨：推開綠窗邀月色。【氣色】湯式、南呂一枝花套、自省：花下酒消磨了氣色。【醉色】汪元亨、雙調折桂令、歸隱：釀新酒烘春醉色。【動色】趙禹圭、雙調折桂令、題金山寺：詩句就雲山動色。【風雲動色】湯式、南呂一枝花套、贈人：轔轔車，蕭蕭馬，風雲動色。【濃香艷色】湯式、仙呂賞花時套、送友人觀光、賺煞：嬌滴滴濃香艷色。【四時色】湯式、雙調風入松套、題馬氏吳山景卷、離亭宴煞尾：來看山頭四時色。【色是色】湯式、南呂一枝花套、嘲妓名佛奴：竟說甚空是空，色是色。【妖弄色】馬致遠、仙呂賞花時套、弄花香滿衣：萬紫千紅妖弄色。【秋山色】馬致遠、雙調撥不斷：丹楓醉倒秋山色。【胭脂色】徐再思、雙調清江引、笑靨兒：吹動胭脂色。【寂寞色】馬致遠、商調集賢賓套：玉容上帶着些寂寞色。

索

【何處索】張可久、中呂紅綉鞋、德清山中簡耿子春：新詩何處索。

摑⊙

【打摑】湯式、南呂一枝花套、自省、梁州：笑自笑訕臉偏禁打摑。【面皮兒摑】湯式、商調望遠行、四景題情夏：玉纖手，忙將這俏冤家面皮兒摑。

拍珀魄○柵測跚○百
栢迫擘檗○骼○刻○○
幘謫仄昃簀迮○穡○
捽○嚇○則

【對偶】

曾瑞、南呂四塊玉、述懷：冠世才，安邦策。 湯式、南呂一枝花套、贈人、尾聲：借尺地寸階，進一言半策。 湯式、正宮醉太平、風流士子：丟開了硯臺，撇下了書册。 白旡咎、仙呂袄神急套、別情、六么遍：當時眷愛，如今阻隔。 湯式、中呂普天樂、送友回陝：書劍不求官，萍水常爲客。 馬致遠、南呂四塊玉、天台路：採藥童，乘鸞客。 馬致遠、雙調撥不斷：丹楓醉倒秋山色，黃菊彫殘戲馬臺，白衣盼殺東籬客。 馬致遠、南呂四塊玉、恬退：翠竹邊，青松側。 湯式、南呂一枝花套、自省：枕畔言糊突了胸襟，花下酒消磨了氣色。 湯式、風入松套、題馬氏吳山景卷、離亭宴煞尾：待消身外十分愁，來看山頭四時色。 湯式、南呂一枝花套、贈人：正正旗，堂堂陣，蛇鳥爭輝；轔轔車，蕭蕭馬，風雲動色。 張可久、中呂紅綉鞋、德清山中簡耿子春：閒雲隨地有，老樹未花開，新詩何處索。

去聲

⊙解 【三千解】馬致遠、商調集賢賓套、思情：夜雨無情，哨紗窗緊慢有三千解。

⊙寨 【錦寨】湯式、中呂普天樂、送友回陝：花營錦寨。 【迷魂寨】張可久、雙調殿前歡、次酸齋韵：破烟月迷魂寨。 【疎籬寨】喬吉、南呂玉交枝、失題：蕭蕭五柳疎籬寨。 【尋花寨】盧摯、中呂喜春來、陵陽客舍偶書：攜將玉友尋花寨。 【鶯花寨】湯式、南呂一枝花套、嘲妓名佛奴、尾聲：張無盡氣沖沖，待打折了鶯花寨。

債 【酒債】張可久、中呂紅綉鞋、次歸去來韵：東舍西鄰酒債。 【詩債】徐再思、越調天淨沙、別高宰：西湖詩債。劉時中、雙調雁兒落過得勝令、題和靖墓：東閣償詩債。馬致遠、南呂四塊玉、恬退：清風明月還詩債。曾瑞、中呂喜春來、尋樂：湖山遣興還詩債。張可久、雙調落梅風、別會稽胡史君：還不了五年詩債。【山人債】喬吉、雙調殿前歡、登鳳凰臺：猿鶴只欠山人債。【西湖債】薛昂夫、中呂山坡羊：戲金船少西湖債。【多苦債】馬致遠、商調集賢賓套、思情：少負他惹多苦債。【吟詩債】張可久、雙調殿前歡、次酸齋韻：還李杜吟詩債。【兒孫債】喬吉、南呂玉交枝、失題：再不還兒孫債。【年前債】張可久、雙調水仙子、梅邊即事：清詩未了年前債。【相思債】貫雲石、雙調殿前歡：還不徹相思債。商左山、雙調潘妃曲：莫不少下你相思債。湯式、商調望遠行、四景題情夏：我多管少欠他相思債。王德信、南呂四塊玉套、烏夜啼：其時節還徹了相思債。王德信、南呂四塊玉套、金索掛梧桐：前生少欠他今世相思債。【芳春債】張可久、雙調殿前歡、春遊：也待了芳春債。【風流債】白旡咎、仙呂祆神急套、別情、六么遍：更別離怨，風流債。【風魔債】劉時中、中呂朝天子：大打算風魔債。【看山債】湯式、雙調風入松套、題馬氏吳山景卷：自憐未了看山債。【尋常債】張可久、中呂山坡羊、酒友：沿村沽酒尋常債。【衆生債】湯式、南呂一枝花套、嘲妓名佛奴、還不了衆生債。【鶯花債】張養浩、中呂普天樂：償却從前鶯花債。【鴛鴦債】張可久、雙調水仙子、湖上晚歸：未了鴛鴦債。

態

【新態】薛昂夫、中呂山坡羊、西湖雜詠、冬：是西施，傅粉呈新態。【嬌態】白樸、仙呂醉中天、佳人臉上黑痣：覷着嬌態。【體態】呂濟民、雙調折桂令、贈楚雲：浮碧漢陰晴體態。【十分態】徐再思、雙調清江引、笑靨兒：添上十分態。【天然態】湯式、雙調風入松套、題馬氏吳山景卷：堆藍聳翠天然態。【青雲態】湯式、南呂一枝花套、贈人：卓犖青雲態。

蓋

【天靈蓋】湯式、南呂一枝花套、自省、梁州：我則索皂紗巾護了天靈蓋。【松筠蓋】張養浩、中呂普天樂：芰荷衣，松筠蓋。【黃茅蓋】張養浩、中呂普天樂：把翠竹栽，黃茅蓋。【書房蓋】張養浩、雙調水仙子：將小闊闊書房蓋。

愛⊙

【可愛】馬致遠、仙呂賞花時套、弄花香滿衣：風流可愛。【相愛】王德信、南呂四塊玉套、烏夜啼：心相愛。張養浩、中呂普天樂：山也相愛。宋方壺、中呂山坡羊、道情：白雲相愛。【眷愛】白无咎、仙呂祆神急套、別情、六么遍：當時眷愛。【堪愛】湯式、黃鍾出隊子、酒色財氣四首之酒：麴生堪愛。【親愛】薛昂夫、中呂朝天曲：猶欲雙親愛。【歡愛】劉時中、中呂朝天子：天來歡愛。無名氏、中呂普天樂：背地裏些兒歡愛。王德信、南呂四塊玉套、罵玉郎：想當初，同行同坐同歡愛。王德信、南呂四塊玉套、東甌令：多應他在那裏，那裏貪歡愛。【同歡愛】關漢卿、中呂普天樂、崔張十六事：盡老今生同歡愛。【恩和愛】王德信、南呂四塊玉套、解三酲：頓忘了、枕邊許多恩和愛。【堪人愛】商左山、雙調潘妃曲：纔得堪人愛。【心兒裏愛】張可久、正宮醉太平、無題：小寃家、怕不道心兒裏愛。

礙

【妨礙】貫雲石、雙調清江引：痛飲何妨礙。湯式、南呂一枝花套、贈人、尾聲：若報道，東閣門前不妨礙。

隘⊙

【叢叢隘】湯式、雙調風入松套、題馬氏吳山景卷、離亭宴煞尾：羅綺叢叢隘。

奈⊙

【無奈】張可久、中呂山坡羊、春睡：一春心事愁無奈。貫雲石、雙調殿前歡：一時懷抱俱無奈。王德信、南呂四塊玉套、針線箱：香肌瘦損愁無奈。張可久、中呂普天樂、秋懷：獨上危樓愁無奈。【芳心奈】元好問、中呂喜春來、春宴：梅擎殘雪芳心奈。【愁無奈】馬致遠、仙呂青哥兒、九月：說道丹陽寄奴來，愁無奈。

【寧耐】張養浩、中呂朝天子、攜美姬湖上：且寬心權寧耐。無名氏、越調鬬鵪鶉套：把一片偷香竊玉心寧耐。【牙兒耐】湯式、商調望遠行、四景題情夏：我則索咬著牙兒耐。【芳心耐】盧摯、中呂喜春來、陵陽客舍偶書：梅擎殘雪芳心耐。

鼐

【鐘鼐】湯式、南呂一枝花套、贈人、尾聲：錄豐功，褒盛績，班班擬見銘鐘鼐。

害⊙

【災害】楊淡齋、雙調湘妃怨：深耕淺種無災害。【毒害】王德信、南呂四塊玉套、金索掛梧桐：劣性寃家，誤得人忒毒害。【因他害】白无咎、仙呂祆神急套、別情、六么遍：準備從今因他害。【爲誰害】無名氏、越調鬬鵪鶉套：玉體厭厭爲誰害。【年年害】湯式、南呂一枝花套、自省、梁州：這幾般兒症候年年害。【看看害】王德信、南呂四塊玉套：好教我病懨懨愁冗冗看看害。【懨懨害】商左山、雙調潘妃曲：鬼病懨懨害。【爲伊曾害】馬致遠、雙調壽陽曲：不信道爲伊曾害。

帶⊙

【柳帶】張可久、雙調折桂令、高郵卽事叠韵：情裁柳帶。【縞帶】薛昂夫、中呂山坡羊、西湖雜詠、冬：隨車縞帶。【簪帶】馬致遠、仙呂賞花時套、弄花香滿衣：猛觀絕，宜簪帶。【羅帶】張可久、中呂山坡羊、春睡：草香羅帶。張可久、雙調水仙子、湖上晚歸：小鬟催去褰羅帶。【白脚帶】商左山、雙調潘妃曲：小小鞋兒白脚帶。【合歡帶】白无咎、仙呂祆神急、別情：漫解合歡帶。王德信、南呂四塊玉套、感皇恩：撕捋碎合歡帶。湯式、正宮醉太平、風流士子：將皂環絛拴一個合歡帶。【靑羅帶】湯式、雙調風入松套、題馬氏吳山景卷、沉醉東風：縹渺靑羅帶。【相襟帶】張養浩、中呂普天樂：桑柘田，相襟帶。【黃金帶】徐再思、雙調殿前歡、釣臺：百兩黃金帶。喬吉、南呂玉交枝、失題：傲煞你黃金帶。宋方壺、中呂山坡羊、道情：　夢不到紫羅袍共黃金帶。【闌胸帶】張養浩、中呂朝天子、攜美姬湖上：忙解闌胸帶。【羅裙帶】張可久、南呂四塊玉、春情：柳腰寬褪羅裙帶。【主腰胸帶】馬致遠、雙調壽陽曲：害時節有誰曾見來，瞞不過主腰胸帶　。【花裙兒帶】商左山、雙調潘妃曲：百忙裏解花裙兒帶。

戴

【訪戴】馬致遠、雙調撥不斷：你莫不子猷訪戴。【花幘戴】王德信、南呂四塊玉套、罵玉郎：羞慘慘花幘戴。【無心戴】王德信、南呂四塊玉套：錦繁花無心戴。【綸巾戴】張養浩、中呂普天樂：布袍穿，綸巾戴。

怠

【心神怠】張養浩、中呂普天樂：鬢髮皤，心神怠。

待

【相待】宋方壺、中呂山坡羊、道情：靑山相待。【孤待】馬致遠、商調集賢賓套：那村漢多時孤待。【躭待】張養浩、中呂山坡羊：一時間怕不人躭待。【空等待】白无咎、仙呂祆神急套、別情、元和令：淸明前後約歸期，到如今牡丹開空等待。【和月待】關漢卿、中呂普天樂、崔張十六事：也不索西廂和月待。【黃昏待】劉時中、雙調雁兒落過得勝令、題和靖墓：獨立黃昏待。【把天時待】馬致遠、雙調撥不斷：古人倘自把天時待。【倚……門兒待】王德信、南呂四塊玉套、金索掛梧桐：倚定這門兒待。

代

【三代】湯式、南呂一枝花套、贈人、梁州：紫鸞誥叙勳舊，恩封三代。【交代】張養浩、中呂山坡羊、咸陽懷古：雲龍幾度相交代。

黛

【眉黛】關漢卿、中呂普天樂、崔張十六事：春色橫眉黛。馬致遠、雙調壽陽曲：對粧奩懶施眉黛。張可久、雙調落梅風、別會稽胡使君：憶秦娥遠山眉黛。【橫黛】張養浩、中呂普天樂：山橫黛。【蛾眉黛】湯式、雙調湘妃引、贈美色：塵烟煤點畫著蛾眉黛。

⊙戒

【不戒】張可久、中呂山坡羊、酒友：劉伶不戒。【王魁戒】湯式、南呂一枝花套、自省、尾聲：粧孤的已受王魁戒。湯式、商調望遠行、四景題情夏：你莫不也受了王魁戒。【荒淫戒】湯式、南呂一枝花套、嘲妓名佛奴：先受荒淫戒。【貪杯戒】張可久、雙調殿前歡、次酸齋韵：犯劉阮貪杯戒。

界

【世界】喬吉、中呂滿庭芳、漁父詞：入萬頃玻璃世界。喬吉、雙調折桂令、宴支園桂軒：堆金粟西方世界。【沙界】湯式、南呂一枝花套、嘲妓名佛奴、尾聲：贏得虛名滿沙界。【爲界】張養浩、中呂普天樂：山爲界。【境界】白无咎、仙呂祆神急套、元和令：鋪陳下愁境界。張可久、中呂紅綉鞋、聖水寺山亭：佛國清涼境界。張可久、中呂紅綉鞋、德清山中簡耿子春：傍水依山境界。張養浩、中呂醉高歌兼喜春來、詠玉簪：別是箇清涼境界。【邊界】湯式、南呂一枝花套、贈人：衝瘴霧臨邊界。【三千界】喬吉、雙調水仙子、詠雪：大灰泥漫了三千界。【瑤光界】薛昂夫、中呂山坡羊、西湖雜詠、冬：湖山化作瑤光界。【愁境界】白无咎、仙呂祆神急套、別情、元和令：翠屏香裏掩東風，鋪成下愁境界。【鶯花界】湯式、南呂一枝花套、自省：都變做鶯花界。【月宮仙界】湯式、仙呂賞花時套、送友人觀光、賺煞：花撲撲月宮仙界。

⊙外

【天外】張可久、越調天淨沙、元夕：綵雲天外。白樸、雙調得勝樂：寒雁兒呀呀的天外。【

分外】無名氏、中呂喜春來：休分外，尊有酒，且開懷。【夕陽外】張可久、雙調沈醉東風、春晚酬史楚甫：芳草邊，夕陽外。商左山、雙調潘妃曲：目斷妝樓夕陽外。【玉關外】湯式、南呂一枝花套、贈人、梁州：露布馳玉關外。【白雲外】貫雲石、雙調清江引：一笑白雲外。【朱簾外】張可久、中呂迎仙客、春思：月淡朱簾外。張可久、中呂山坡羊、春睡：流鶯只在朱簾外。薛昂夫、雙調殿前歡、冬：笙歌接到朱簾外。【西風外】貫雲石、雙調殿前歡：掃空階落葉西風外。【江村外】張養浩、中呂普天樂：整八年，江村外。【江湖外】劉時中、雙調雁兒落過得勝令、題和靖墓：放浪江湖外。【金門外】張可久、中呂上小樓、春思：玉驄西湧金門外。薛昂夫、中呂山坡羊：湧金門外。【形骸外】汪元亨、中呂朝天子、歸隱：放浪形骸外。【青山外】張可久、中呂普天樂、秋懷：人在青山外。馬致遠、商調集賢賓套、思情：人更在青山外。【春風外】湯式、中呂普天樂、送友回陝：短帽輕衫春風外。【秋千外】張可久、雙調殿前歡、春遊：誰家庭院秋千外。【紅塵外】張養浩、中呂普天樂：洞壺中，紅塵外。曾瑞、南呂四塊玉、述懷：有人跳出紅塵外。張養浩、中呂普天樂、大明湖泛舟：畫船開，紅塵外。馬致遠、南呂四塊玉、恬退：閑身跳出紅塵外。【茶員外】馬致遠、商調集賢賓套、嫁得個江洪茶員外。【疎籬外】張可久、中呂山坡羊、酒友：青旗正在疎籬外。【諸藩外】湯式、南呂一枝花套、贈人、梁州：經綸迥出諸藩外。【綸竿外】喬吉、中呂滿庭芳、漁父詞：望三山翡翠樓台，綸竿外。【幽軒外】張養浩、中呂醉高歌兼喜春來、詠玉簪：亭亭玉立幽軒外。【離朝外】張可久、雙調水仙子：執金鞭跨馬離朝外。【囂塵外】張養浩、中呂普天樂：圖畫中，囂塵外。

◎快

【十分快】貫雲石、雙調醉春風套、間金四塊玉：赤緊地家私十分快。【西風快】喬吉、中呂滿庭芳、漁父詞：劃然長嘯西風快。【扁舟快】張可久、中呂普天樂、重過西湖：一枕清風扁舟快。【迎風快】徐再思、中呂普天樂、吳江八景、前村遠帆：走羽流星迎風快。【燈前快】張養浩、中呂朝天子、攜美姬湖上：正好向燈前快。

◎在

【何在】喬吉、雙調殿前歡、登鳳凰台：風雷死龍何在。張可久、雙調水仙子、西湖廢圃：神仙環珮今何在。張養浩、中呂普天樂：人何在。湯式、南呂一枝花套、嘲妓名佛奴、梁州：那裏問，當年靡頂人何在。【安在】貫雲石、雙調殿前歡：人安在。張養浩、中呂山坡羊、咸陽懷古：英雄安在。【仍在】汪元亨、雙調沈醉東風、歸田：門外山仍在。【花在】徐再思、黃鍾人月圓、甘露懷古：木蘭花在。【常在】張養浩、中呂山坡羊：眞實常在。張養浩、中呂普天樂：錦里風光春常在。【人何在】汪元亨、雙調雁兒落過得勝令、歸隱：百歲人何在。王德信、南呂四塊玉套、東甌令：物在人何在。湯式、雙調對玉環帶清江引、閨怨：問月人何在。馬致遠、南呂四塊玉、天台路：春風再到人何在。無名氏、中呂喜春來：黃金轉世人何在。【天留在】張養浩、中呂普天樂：萬古東籬天留在。【今何在】喬吉、南呂玉交枝、失題：將軍戰馬今何在。【依然在】馬致遠、南呂四塊玉、恬退：故園風景依然在。薛昂夫、雙調慶東原、西皋亭適興：酒酣時詩興依然在。【空閑在】王德信、南呂四塊玉套、金索掛梧桐：錦被空閑在。【知音在】湯式、仙呂賞花時套、送友人觀光、賺煞：幸遇知音在。【功名在】貫雲石、雙調殿前歡：問甚功名在。【長虹在】喬吉、雙調水仙子、德清長橋：崖崩岸圻長虹在。【青山在】張可久、雙調殿前歡、次酸齋韵：白雲來往青山在。【青松在】張可久、雙調清江引、張子堅運席上：菊老青松在。【春常在】張可久、中呂滿庭芳、題小小蓬萊：壺中天地春常在。【情詞在】王德信、南呂四塊玉套：信物存、情詞在。【閑身在】馬致遠、南呂四塊玉、恬退：太平幸得閑身在。【楊妃在】白樸、仙呂醉中天、佳人臉上黑痣：疑是楊妃在。【殘霞在】白樸、雙調得勝樂：紅日晚，殘霞在。【觀自在】馬致遠、商調集賢賓套：便似觀自在。【故人安在】馬致遠、商調壽陽曲：問東君故人安在。

再

【何年再】王德信、南呂四塊玉套、烏夜啼：要相逢甚日何年再。【青春再】薛昂夫、中呂山坡羊：黃金難買青春再。【幾時再】白无咎、仙呂祆神急套、別情、元和令：鴛夢幾時再。

載

【殘雲載】張可久、正宮醉太平、登臥龍山：半天虹雨殘雲載。

⊙賣

【和詩賣】張可久、中呂普天樂、重過西湖：紈扇和詩賣。【船頭賣】張養浩、中呂普天樂：捕得金鱗船頭賣。【把新詩賣】張可久、雙調殿前歡、春遊：何處把新詩賣。

邁

【將邁】薛昂夫、中呂朝天曲：七十年將邁。【豪邁】張養浩、中呂普天樂：休豪邁。

⊙賴

【相賴】薛昂夫、中呂朝天曲：跌倒休相賴。

籟

【風籟】喬吉、雙調水仙子、德清長橋：橫生風籟。

瀨

【津瀨】湯式、雙調湘妃引、山中樂四闋贈友人：溪分燕尾通津瀨。【寒瀨】馬致遠、仙呂青哥兒、九月：前年維舟寒瀨。

⊙拜

【三拜】張可久、中呂賣花聲、客況：氣昂昂漢壇三拜。【顛拜】薛昂夫、中呂朝天曲：佯啼顛拜。【千千拜】王德信、南呂四塊玉套、解三酲：頓忘了神前設下千千拜。【佳人拜】張可久、中呂迎仙客、黃桂：望月佳人拜。【迎塵拜】張養浩、中呂普天樂：折腰慚，迎塵拜。

敗

【成敗】汪元亨、雙調雁兒落過得勝令、歸隱：物理參成敗。張養浩、雙調清江引、詠秋日海棠：花也多成敗。張養浩、中呂普天樂：經了些成敗。宋方壺、中呂山坡羊、道情：管甚誰家興廢誰成敗。【終敗】張養浩、中呂山坡羊：虛脾終敗。【成和敗】汪元亨、中呂朝天子、歸隱：見多少成和敗。【催租敗】薛昂夫、雙調慶東原、西皐亭適興：與爲催租敗。【隋家敗】張養浩、中呂山坡羊、咸陽懷古：唐家才起隋家敗。

⊙菜

【芹菜】張養浩、中呂普天樂：挑芹菜。【蠻菜】薛昂夫、雙調殿前歡、冬：黃蠻菜。【黃蠻菜】汪元亨、中呂朝天子、歸隱：香滿甕黃蠻菜。

⊙曬

【斜陽曬】張可久、正宮醉太平、登臥龍山：幾家漁網斜陽曬。

煞

【今番煞】劉時中、中呂朝天子：不似今番煞。【躭書的煞】張養浩、中呂普天樂：只爲愛山的別，躭書的煞。【拘管的人來煞】張可久、正宮醉太平、無題：老妖精拘管的人來煞。

⊙賽

【爭賽】張養浩、雙調水仙子：高竿上伎倆休爭賽。【難賽】張養浩、中呂醉高歌兼喜春來、詠玉簪：裁冰剪雪應難賽。【功名賽】張養浩、中呂普天樂：拱出無邊功名賽。【神羊賽】王德信、南呂四塊玉套、烏夜啼：得團圓便把神羊賽。

怪⦿

【休怪】張可久、中呂山坡羊、酒友：靈均休怪。馬致遠、雙調撥不斷：哎，楚三閭休怪。喬吉、雙調殿前歡、登鳳凰台：林泉老猿休怪。【山禽怪】貫雲石、雙調殿前歡：怕鶴怨山禽怪。【東君怪】張養浩、雙調清江引、詠秋日海棠：不避東君怪。【風流怪】張可久、雙調殿前歡、次酸齋韵：二十年多少風流怪。曾瑞、中呂迎仙客、風情：可敢別嬈上風流怪。【無人怪】張養浩、中呂普天樂：你便占盡白雲無人怪。【看花怪】湯式、中呂普天樂、送友同陜：捏盡看花怪。【疎狂怪】湯式、雙調風入松套、題馬氏吳山景卷：蘇東坡也捏疎狂怪。【做些兒怪】商左山、雙調潘妃曲：瞞着爹娘做些兒怪。

壞⦿

【俱壞】張養浩、中呂山坡羊、咸陽懷古：城池俱壞。【舌頭壞】湯式、雙調沈醉東風、書懷：不怕舌頭壞。【浮雲壞】張養浩、中呂普天樂：問甚幾度江南浮雲壞。【橋梁壞】張養浩、中呂山坡羊：過河休把橋梁壞。

概⦿

【氣概】薛昂夫、雙調殿前歡、冬：施展出江湖氣概。

派⦿

【一派】喬吉、南呂玉交枝、失題：溪山一派。【曹溪派】湯式、南呂一枝花套、嘲妓名佛奴、梁州：這渥洼水不曾曹溪派。

帥⦿

【爲帥】張可久、中呂賣花聲、客況：滅楚爲帥。【韓元帥】汪元亨、雙調雁兒落過得勝令、歸隱：失計韓元帥。

懈械薤獬○豸瘵蠆眦○泰太汰○丐○艾噫餲○捱阨搤○柰○亥妎○迨袋大岱○誡廨解介芥疥屆玠犗恝○瞶○噲塊○賚癩○湃憊稗○蔡○灑鎩○塞○慨○率○瀣

【對偶】

湯式、中呂普天樂、送友回陝：靑門綺陌，花營錦寨。　無名氏、越調鬪鵪鶉套：慵轉歌喉，羞翻舞態。　徐再思、雙調淸江引、笑靨兒：旋成一點春，添上十分態。　張養浩、中呂普天樂：菱荷衣，松筠蓋。　王德信、南呂四塊玉套、烏夜啼：意廝投，心相愛。　張養浩、中呂普天樂：花也喜歡，山也喜歡。　宋方壺，中呂山坡羊、道情：靑山相待，白雲相愛。　湯式、雙調風入松套、贈馬氏吳山景卷、離亭宴煞尾：笙歌步步隨，羅綺叢叢隘。　張可久、中呂山坡羊、春睡：花沾宮額，草香羅帶。　白无咎、仙呂祆神急套、別情：縱分連理枝，漫解合歡帶。　湯式、雙調風入松套、題馬氏吳山景卷、沈醉東風：玲瓏碧玉簪，飄渺靑羅帶。　張可久、南呂四塊玉、春情：杏臉香銷玉粧臺，柳腰寬褪羅裙帶。　張養浩、中呂普天樂：布袍穿，綸巾戴。　張養浩、中呂普天樂：鬢髮皤，心神怠。　張養浩、中呂普天樂：水挼藍，山橫黛。　湯式、仙呂賞花時套、送友人觀光、賺煞：嬌滴滴濃香艷色，花撲撲月宮仙界。　張可久、雙調沈醉東風、春晚酬史楚甫：芳草邊，夕陽外。　張養浩、中呂普天樂：洞壺中，紅塵外。　張養浩、中呂普天樂：圖畫中，囂塵外。　劉時中、雙調雁兒落過得勝令、題和靖墓：遨遊天地間，放浪江湖外。　張養浩、中呂普天樂：恨尙存，人何在。　王德信、南呂四塊玉套：信物存，情詞在。　汪元亨、雙調沈醉東風、歸田：囊中金不存，門外山仍在。　王德信、南呂四塊玉套、金索掛梧桐：繁花滿目開，錦被空閑在。　湯式、仙呂賞花時套、送友人觀光、賺煞：爭奈世情別，幸遇知音在。　喬吉、南呂玉交枝、失題：先生拂袖歸去來，將軍戰馬今何在。　白无咎、仙呂祆神急套、別情、元和令：鸞交何日重，鴛夢幾時再。　張可久、雙調殿前歡、春遊：也待了芳春債，何處把新詩賣。　張養浩、中呂普天樂：莫剛直，休豪邁。　汪元亨、雙調雁兒落過得勝令、歸隱：天時鑒盛衰，物理參成敗。　張養浩、中呂普天樂：看了些榮枯，經了些成敗。　喬吉、雙調殿前歡、登鳳凰台：梧桐枯鳳不來，風雷死龍何在，林泉老猿休怪。　汪元亨、雙調雁兒落過得勝令、歸隱：知機張子房，失計韓元帥。

入作去

⊙貊

【蠻貊】湯式、雙調湘妃引、送友人應聘：清時雨露沾蠻貊。

陌

【綺陌】湯式、中呂普天樂、送友同陝：青門綺陌。【銅駝陌】湯式、雙調風入松套、題馬氏吳山景卷、離亭宴煞尾：漫說銅駝陌。

驀

【向花前驀】湯式、雙調風入松套、題馬氏吳山景卷、離亭宴煞尾：偷香漢馬向花前驀。

⊙額

【開山額】湯式、正宮醉太平、風流士子：白羅袍綉一道開山額。

麥脉○厄峉鞷○搹

【對偶】

湯式、雙調風入松套、題馬氏吳山景卷、離亭宴煞尾：休言金谷園，漫說銅駝陌。　湯式、雙調風入松套、題馬氏吳山景卷、離亭宴煞尾：探春人車傍柳邊行，販茶客船從湖上檥，偷香漢馬向花前驀。

第七部

（眞文）

陰平

分⊙【三分】張可久、黃鍾人月圓、寄璩源芝田禪師：梅瘦三分。【中分】湯式、南呂一枝花套、黃鶴樓、梁州：漢沔中分。【不分】汪元亨、中呂朝天子、歸隱：任薰蕕不分。【半分】彭壽之、仙呂八聲甘州套、醉中天：包彈處全無半分。【夜分】張可久、中呂滿庭芳、碧山丹房：觀棋夜分。【時分】貫雲石、仙呂點絳唇套、閨愁、後庭花：起來時分。貫雲石、仙呂點絳唇套、閨愁：又到愁時分。【幾分】張可久、中呂滿庭芳、春暮：韶光幾分。王德信、中呂十二月過堯民歌、別情：香肌瘦幾分。徐再思、越調天淨沙、探梅：春到南枝幾分。【輕分】張可久、雙調折桂令、西湖送別：錦帶輕分。【三四分】查德卿、仙呂一半兒、春妝：輸與海棠三四分。【老三分】湯式、中呂滿庭芳、除夕：添一歲老三分。【兩班分】薛昂夫、中呂朝天曲：禮成文武兩班分。【鳥道分】湯式、仙呂賞花時套、送友人入全眞道院：世路崎嶇鳥道分。【鳳釵分】張可久、正宮小梁州、春夜：玉簫吹斷鳳釵分。【燕尾分】楊西庵、仙呂賞花時套：水到湍頭燕尾分。【曉未分】張養浩、中呂朝天曲、詠四景、春：陰陰林樹曉未分。【曙色分】貫雲石、仙呂點絳唇套、閨愁、後庭花：紗窗外曙色分。【寶鑑分】貫雲石、仙呂點絳唇套、閨愁、寄生草：瓊簪折，寶鑑分。【春色三分】徐再思、雙調蟾宮曲、西湖尋春：淸明春色三分。

紛【紛紛】盧摯、雙調蟾宮曲、長沙懷古潭州：世態紛紛。張養浩、越調寨兒令、春：鷗鷺紛紛。湯式、南呂一枝花套、黃鶴樓、梁州：光風霽月紛紛。王德信、中呂十二月過堯民歌、別情：掩重門暮雨紛紛。張可久、越調寨兒令、湖上春晚：細雨紛紛。楊西庵、仙呂賞花時套：簾幙絮紛紛。【舞紛紛】湯式、正宮小梁州、詠雪效蘇禁體作：穿簾透幕舞紛紛。【紅雨紛紛】張可久、中呂滿庭芳、次韻：花前紅雨紛紛。湯式、中呂醉高歌帶紅綉鞋、客中題壁：落花天紅雨紛紛。

芬

【清芬】喬吉、雙調折桂令、贈張氏天香善塡曲、時在陽羨莫侯席上：揉做清芬。

昏⊙

【西昏】盧摯、雙調蟾宮曲、汝南懷古：奄冉西昏。【長昏】喬吉、雙調折桂令、丙子遊越懷古：海氣長昏。【晨昏】汪元亨、雙調折桂令、歸隱：過遣晨昏。【黃昏】貫雲石、仙呂點絳唇套、閨愁：花落黃昏。盧摯、雙調殿前歡：寂寞黃昏。張可久、雙調折桂令、酒邊即事：相約黃昏。張可久、黃鍾人月圓、寄璩源芝田禪師：立盡黃昏。喬吉、雙調水仙子、傷春：風雨黃昏。張可久、中呂滿庭芳、次韻：新月破黃昏。白樸、越調天淨沙、冬：半庭新月黃昏。湯式、中呂醉高歌帶紅綉鞋、客中題壁：吟對青燈幾黃昏。【朝昏】劉時中、雙調折桂令、張肖齋總管席間：論甚朝昏。【燈昏】張可久、中呂滿庭芳、春怨：香冷燈昏。彭壽之、仙呂八聲甘州：臺上燈昏。張可久、正宮小梁州、春日次陳在山韻：酒醒怯燈昏。【又黃昏】湯式、仙呂賞花時套、送友人入全眞道院：落日又黃昏。徐再思、中呂陽春曲、春思：花落又黃昏。王德信、中呂十二月過堯民歌、別情：怕黃昏忽地又黃昏。【日昏昏】湯式、正宮小梁州、詠雪效蘇禁體作：天低風靜日昏昏。【月華昏】貫雲石、仙呂點絳唇、閨愁、金盞兒：風弄月華昏。【送黃昏】張可久、越調寨兒令、春思：風雨送黃昏。【怨黃昏】張可久、越調寨兒令、湖上春晚：杜宇怨黃昏。【照黃昏】無名氏、越調鬪鵪鶉套：畫堂銀燭照黃昏。【影昏昏】張可久、中呂快活三過朝天子、春思：梅梢外窗影昏昏。【燈漸昏】貫雲石、仙呂點絳唇套、閨愁、後庭花：銀台上燈漸昏。【鏡兒昏】貫雲石、仙呂點絳唇套、閨愁、賺煞：氣長吁呵的鏡兒昏。【淡月黃昏】徐再思、越調天淨沙、探梅：今宵淡月黃昏。

婚

【主婚】湯式、南呂一枝花套、勸妓女從良、尾聲：明放著玉鏡臺主婚。【新婚】湯式、對玉環帶清江、四景題詩：別處戀新婚。

姻⊙

【眷姻】貫雲石、正宮醉太平、失題：誰承望眷姻。湯式、南呂一枝花套、勸妓女從良、牧羊關：蘇小卿，配雙漸，百年眷姻。【美眷姻】湯式、雙調對玉環帶清江引、四景題詩：抛離美眷姻。

茵 湮 ◉紳 身

【綉茵】薛昂夫、雙調慶東原、西皐亭適興：重鋪綉茵。

【玉酥湮】貫雲石、中呂紅綉鞋：小孔兒裏都是玉酥湮。

【縉紳】盧摯、雙調蟾宮曲、肅政黎公庚戌除夜得孫翌日見招作此以賀：快傳語江東縉紳。

【立身】湯式、正宮醉太平、嘲秀才上花台：我可甚文章立身。【全身】張可久、中呂齊天樂過紅衫兒、道情：樂林泉遠害全身。【安身】貫雲石、正宮醉太平、失題：破窰裏安身。【閒身】王愛山、越調小桃紅、消遣：樂閒身。張可久、雙調折桂令、酒邊即事：著我閑身。白樸、中呂陽春曲、知幾：四時風月一閑身。張可久、雙調折桂令、春情：恨東君辜負閒身。【現身】湯式、南呂一枝花套、勸妓女從良、梁州：直待紅鸞活現身。【誤身】湯式、雙調湘妃引、和陸進之韻：儒冠多誤身。湯式、黃鍾出隊子、酒色財氣四首——財：儹家私多誤身。【水雲身】張可久、雙調水仙子、湖上小隱：自由湖上水雲身。【未謀身】任昱、越調小桃紅：山林鐘鼎未謀身。【未歸身】倪瓚、越調小桃紅：五湖烟水未歸身。【回轉身】關漢卿、仙呂一半兒、題情：罵了箇負心回轉身。【自由身】張養浩、雙調雁兒落兼得勝令：乞得自由身。【多病身】徐再思、越調凭闌人、春怨：自憐多病身。【有限身】張養浩、中呂喜春來：有限光陰有限身。【伴一身】汪元亨、雙調雁兒落過勝令、歸隱：長教伴一身。【物外身】張可久、雙調湘妃怨、酒邊索賦：樂清閑物外身。張可久、越調寨兒令、山中：逍遙百年物外身。【身外身】張可久、南呂金字經、湖上書事：神仙身外身。張可久、中呂朝天子、看雲樓上：畫圖中身外身。【容箇身】喬吉、雙調水仙子、習隱：蓋座團標容箇身。【致其身】徐再思、雙調殿前歡、楊總管：經綸大展致其身。【寄此身】張可久、中呂快活三過朝天子、春思：飄零寄此身。【夢裏身】湯式、仙呂賞花時套、送友人入全身道院：金谷繁華夢裏身。【應是前身】徐再思、雙調蟾宮曲、竹夫人：湘妃應是前身。

嗔⊙

【不嗔】楊西庵、仙呂賞花時套、賺煞尾：從今後鴉鳴不嗔。【鶯嗔】張可久、雙調折桂令、西湖送別：蝶妒鶯嗔。【話兒嗔】關漢卿、仙呂一半兒、題情：雖是我話兒嗔。

春⊙

【一春】張可久、雙調水仙子、小園春晚：病酒眠花過一春。【三春】張可久、中呂滿庭芳、春怨：鶯來燕去三春。關漢卿、雙調新水令套、沈醉東風：捱一宵勝似三春。【小春】張可久、中呂滿庭芳、碧山丹房：紅的皪花開小春。【今春】王德信、中呂十二月過堯民歌、別情：今春，香肌瘦幾分。【生春】張可久、雙調折桂令、紫微樓上右平章索賦：綉衮生春。張可久、黃鍾人月圓、開吳淞江遇雪：老樹生春。楊西庵、仙呂賞花時套、么：香臉笑生春。喬吉、雙調折桂令、贈張氏天香善塡曲時在陽羨莫侯席上：那風流旖旎生春。【回春】湯式、中呂滿庭芳、除夕：大地回春。【吹春】喬吉、中呂滿庭芳、漁父詞：柳絮吹春。【青春】張可久、雙調折桂令、酒邊即事：不負青春。張可久、中呂紅綉鞋、三衢山中：袖手觀棋度青春。張可久、越調寨兒令、湖上春晚：世間有萬古青春。湯式、南呂一枝花套、勸妓女從良、梁州：酒席上，飄飄的，過了青春。【芳春】喬吉、越調天淨沙、即事：歌聲喚醒芳春。關漢卿、雙調大德歌：謝家村賞芳春。張可久、中呂紅綉鞋、歸興：吐酒吞花過芳春。【爭春】張可久、中呂滿庭芳、春暮：鶯燕自爭春。【長春】張可久、雙調折桂令、溪月王眞人開元道院：塵世淡凉，此地長春。【春春】喬吉、越調天淨沙、即事：鶯鶯燕燕春春。【怨春】徐再思、越調凭闌人、春怨：及至春來還怨春。【逢春】劉時中、正宮端正好套、上高監司、貨郎：枯木逢春。【留春】盧摯、雙調蟾宮曲、贈歌者劉氏：不枉留春。盧摯、雙調蟾宮曲、肅政黎公庚戌除夜得孫翌日見招作此以賀：寶篆留春。【悲春】喬吉、雙調水仙子、贈常鳳哥：粧鏡悲春。【探春】張可久、中呂朝天子、歌者詩梅：水濱，探春。【無春】喬吉、雙調折桂令、丙子遊越懷古：天地無春。【晚春】張可久、雙調湘妃怨、酒邊索賦：酩潑葡萄醉晚春。張可久、越調凭闌人、暮春即事：數點紅香留晚春。【陽春】薛昂夫、雙調蟾宮曲、知音：要聽他白雪陽春。【賞春】張養浩、中呂朝天曲、詠四景、春：約漁樵共賞春。【尋春】徐再思、雙調蟾宮曲、西湖尋春：步步尋春。盧摯、雙調蟾宮曲、長沙懷古：向衡麓尋詩，湘水尋春。張可久、黃鍾人月圓、春日湖上：白髮强尋春。湯式、越調天淨沙、題畫上小景：綠楊枝底尋春。【報春】湯式、南呂一枝花套、黃鶴樓、梁州：陶令柳年年報春。【傷春】張可久、中呂滿庭芳、春晚閨怨：不言不語傷春。張可久、雙調慶宣和、春思：總是傷春。【厭春】馬致遠、越調小桃紅、碧桃：高情厭春。【窺春】張可久、雙調折桂令、逢天壇子：隄邊柳眼窺春。【暮春】張可久、雙調折桂令、春情：怨女空懷暮春。【嬌春】喬吉、雙調折桂令：飽看嬌春。喬吉、雙調折桂令、晉雲山中奇遇：笑生花滿眼嬌春。喬吉、雙調水仙子、客中春晚：昔年歌舞醉嬌春。【一年春】貫雲石、正宮醉太平、失題：捱的是，一年春盡一年春。【一夜春】張可久、雙調得勝令：花融一夜春。【一枝春】盧摯、雙調殿前歡：玉溪先占一枝春。【一般春】張養浩、中呂喜春來：花鳥一般春。【又一春】楊西庵、仙呂賞花時套：客況淒淒又一春。【三月春】張可久、中呂迎仙客、湖上送別：西湖畫船三月春。【小院春】張可久、雙調慶東原、春思：垂陽徑，小院春。【小壺春】張可久、越調寨兒令、山中：仙樹小壺春。【玉溪春】張養浩、越調寨兒令、春：占斷玉溪春。【玉樹春】張可久、雙調水仙子、湖上晚歸：竹葉樽前玉樹春。【比較春】查德卿、仙呂一半兒、春妝：笑撚花枝比較春。【竹葉春】盧摯、中呂喜春來、贈伶婦楊氏嬌嬌：嬌嬌傳杯竹葉春。【金谷春】湯式、黃鍾出隊子、酒色財氣四首——財：一夜香消金谷春。【芳樹春】張可久、南呂金字經、梅邊：小簷芳樹春。【洞庭春】薛昂夫、中呂朝天曲、岳陽三醉洞庭春。【柳邊春】張可久、南呂四塊玉、客席胡使君席上：十里香塵柳邊春。【病三春】喬吉、雙調水仙子、傷春：鶯花笑我病三春。【孤負春】張可久、雙調水仙子、重過西湖：可憐孤負春。【草自春】張可久、商調梧葉兒、有所思：人何處，草自春。【處處春】汪元亨、雙調雁兒落過得勝令、歸隱：梅花處處春。【海上春】喬吉、雙調沈醉東風、倩人扶觀璚華：倚杖來觀海上春。【都是春】張可久、南呂金字經、樂閒：滿懷都是春。喬吉、雙調清江引、笑靨兒：旋窩兒粉香都是春。【湖上春】張可久、南呂金字經、湖上書事：一棹烟波湖上春。【暗生春】喬吉、南呂四塊玉、詠手：閑弄閑拈暗生春。【楊柳春】張可久、雙調水仙子、暮春次韻：馬嘶楊柳春。張可久、南呂金字經、閱武爲李正則賦：綉旗楊柳春。【無限春】張可久、越調寨兒令、春思：闌干舊時無限春。【鳳團春】喬吉、雙調賣花聲、香茶：依方修合鳳團春。【競爭春】顧君澤、中呂醉高歌帶過紅繡鞋：聽金鶯彩燕競爭春。【鶯燕春】張可久、雙調水仙子、湖上小隱：爛熳花前鶯燕春。【桃李爭春】馬致遠、仙呂青哥兒、二月：看東風桃李爭春。【梅花又春】張可久、中呂滿庭芳、東嘉林熙齊小隱：清淺水梅花又春。【狼藉殘春】張可久、雙調折桂令、西湖送別：南山雲，化山雨，狼藉殘春。【碧露涵春】徐再思、雙調水仙子、青玉花筒：一泓兒碧露涵春。

詢⊙

【細詢】張養浩、中呂喜春來：道遇流民必細詢。

呑⊙

【平呑】湯式、南呂一枝花套、黃鶴樓、梁州：雲夢平呑。【蛇呑】汪元亨、雙調沈醉東風、歸田：恣中原鹿走蛇呑。

根⊙

【菜根】薛昂夫、雙調蟾宮曲、知音：是久厭黃虀菜根。【樹根】張可久、商調梧葉兒、長沙道中：醉臥梅花樹根。【翠藤根】張可久、雙調湘妃怨、送人之官南中：橫江酒肆翠藤根。

欣⊙

【欣欣】張養浩、越調寨兒令、春：雞犬欣欣。

氳⊙

【氳氳】湯式、正宮醉太平、約遊春友不至：香霧氳氳。

眞⊙

【天眞】白樸、中呂陽春曲、知幾：詩酒樂天眞。汪元亨、雙調雁兒落過得勝令、歸隱：隨意樂天眞。李致遠、越調小桃紅、碧桃：穠華不喜汚天眞。【太眞】張可久、雙調水仙子、湖上晚歸：風流比太眞。【未眞】楊西庵、仙呂賞花時套：鶯喚垂楊語未眞。【季眞】張可久、雙調水仙子、重過西湖：湖上風流想季眞。【眞眞】張可久、越調寨兒令、春思：圖畫眞眞。喬吉、越調天淨沙、卽事：花花柳柳眞眞。【尋眞】張可久、中呂滿庭芳、碧山丹房：何必尋眞。張可久、中呂紅綉鞋、天台桐柏山中：步入蓬萊誤尋眞。【認眞】薛昂夫、中呂朝天曲：書生休認眞。【養眞】薛昂夫、中呂朝天曲：養眞，鍊神。【字不眞】關漢卿、仙呂醉扶歸、禿指甲：

搊殺銀箏字不眞。【楊太眞】張可久、南呂四塊玉、懷古疎翁索題：虞美人，孔貴嬪，楊太眞。

新⊙

【又新】張養浩、中呂朝天曲、詠四景、春：日新，又新。【添新】楊西庵、仙呂賞花時套：白髮又添新。【創新】湯式、南呂一枝花套、黃鶴樓：丹青再創新。【嘗新】張可久、雙調水仙子、暮春次韻：旋篘村酒且嘗新。【花草新】張養浩、越調寨兒令、春：雨初晴，滿川花草新。【紅葉新】薛昂夫、雙調慶東原、西皐亭適興：霜明紅葉新。【紙帳新】張可久、雙調落梅風、禹寺見梅：蒲團厚，紙帳新。【雪意新】馬致遠、仙呂靑哥兒、十月：山遠樓高雪意新。【滿頭新】張養浩、中呂喜春來：只落得白髮滿頭新。【綠絨新】湯式、正宮醉太平、約遊春友不至：草鋪茵，繞湖濱，一片綠絨新。【曉粧新】楊西庵、仙呂賞花時套、賺煞尾：舒開繫東風，兩葉眉顰曉粧新。【羅帕新】姚燧、越調凭闌人：粉香羅帕新。

賓⊙

【洞賓】薛昂夫、中呂朝天曲：洞賓，洞賓。【酬賓】倪瓚、越調小桃紅：主酬賓。【嘉賓】張可久、雙調水仙子、重過西湖：席間談笑欠嘉賓。【遨賓】盧摯、雙調蟾宮曲：撫節遨賓。

濱

【水濱】張可久、中呂滿庭芳、湖上晚歸：盈盈水濱。白樸、越調天淨沙、冬：雪裏山前水濱。【湖濱】張可久、雙調折桂令、西湖送別：餞東君西子湖濱。【暮艤湖濱】盧摯、雙調蟾宮曲：朝瀛洲暮艤湖濱。

坤⊙

【乾坤】曾瑞、中呂山坡羊、譏時：整乾坤。喬吉、雙調水仙子、習隱：俯仰乾坤。張可久、中呂齊天樂過紅衫兒、道情：爭如醉裏乾坤。無名氏、雙調水仙子、小園春晚：小桃源別是乾坤。

髡⊙

【客散留髡】劉時中、雙調折桂令、張肖齋總管席間：小亭軒客散留髡。

君⊙

【東君】張可久、中呂滿庭芳、春暮：買不住東君。徐再思、雙調水仙子、靑玉花筩：虛心腹管東東君。湯式、南呂一枝花套、勸妓女從良、牧羊關：眞乃是，有奇花，便有東君。張可久、雙調折桂令、酸齋學士席上：斷送東君。張可久、雙調折桂令、桃花菊：笑問東君。張可久、中呂滿庭芳、春晚閨怨：何處東君。【憶君】喬吉、雙調水仙子、贈常鳳哥：秦臺憶君。【贈君】湯式、雙調對玉環帶淸江引、四景題詩：折花親贈君。【不見君】張可久、越調凭闌人、春思：思君不見君。【便是君】張養浩、中呂山坡羊、北邙山懷古：便是君，也嗔不應。【這幾君】張養浩、越調寨兒令、春：這幾君，都不是等閑人。【曾見君】張可久、中呂朝天子、歌者訴梅：記年時曾見君。【漢朝君】張養浩、中呂山坡羊、北邙山懷古：知他是漢朝君。【馬上逢君】張可久、雙調折桂令、逢天壇子：正吟詩馬上逢君。

軍

【右軍】喬吉、雙調折桂令、丙子遊越懷古：東晉亡也，再難尋箇右軍。【吾軍】薛昂夫、中呂陽春曲：一貧儘可張吾軍。【驟軍】盧摯、雙調蟾宮曲：驚倒驟軍。

均

【靈均】阿魯威、雙調蟾宮曲、大司令：除却靈均。

薰⊙

【南薰】喬吉、雙調折桂令：倩得南薰。【爐薰】湯式、仙呂賞花時套、送友人入全眞道院：老生涯經卷爐薰。【蘭麝薰】姚燧、越調凭闌人：仙袂輕飄蘭麝薰。

醺

【醺醺】王德信、中呂十二月過堯民歌、別情：對桃花醉臉醺醺。【醉醺醺】湯式、正宮小梁州、詠雪致蘇禁體作：金帳裏醉醺醺。

勳

【奇勳】盧摯、雙調蟾宮曲、汝南懷古：記元戎洄曲奇勳。【策勳】喬吉、越調小桃紅、扇兒：蒲葵策勳。

溫⊙

【芳溫】彭壽之、仙呂八聲甘州：年少芳溫。【溫溫】張可久、中呂滿庭芳、春晚閨怨：沉水溫溫。【寒溫】張可久、雙調折桂令、桃花菊：邂逅寒溫。【還溫】喬吉、雙調折桂令、張謙齋左轄席上索賦：酒冷還溫。【被兒溫】楊西庵、仙呂賞花時套、煞尾：二三更睡不得被兒溫。【幾番溫】貫雲石、仙呂點絳唇套、閨愁、混江龍：玉杯慵舉幾番溫。【餘燼溫】喬吉、越調凭闌人：寶奩餘燼溫。【獨自溫】貫雲石、越調凭闌人、題情：被兒獨自溫。【寶香溫】張可久、正宮小梁州、春夜：翠被寶香溫

孫⊙

【子孫】張可久、中呂齊天樂過紅衫兒、道情：田園富子孫。湯式、南呂一枝花套、勸妓女從良：詠諸教子孫。【王孫】張可久、南呂四塊玉、春愁：一點芳心怨王孫。【天孫】薛昂夫、中呂朝天曲：誰知織女是天孫。【生孫】盧摯、雙調蟾宮曲：昨晚生孫。【兒孫】汪元亨、雙調

折桂令、歸隱：採黃花，摘紅葉，戲莊上兒孫。

飧

【盤飧】劉時中、雙調折桂令、張肖齋總管席間：草草盤飧。

尊◉

【稱尊】喬吉、雙調沈醉東風、倩人扶觀璚華：牡丹也不敢稱尊。【天子尊】薛昂夫、中呂朝天曲、方知天子尊。

樽

【王樽】張可久、中呂滿庭芳、春暮：梨花下香風玉樽。【金樽】關漢卿、仙呂醉扶歸、禿指甲：和袖捧金樽。張可久、越調寨兒令、春思：伴梅花檀板金樽。【芳樽】湯式、雙調湘妃引、和陸進之韻：愁對芳樽。盧摯、雙調蟾宮曲、贈歌者劉氏：滿意芳樽。張可久、雙調逢天壇子：試買芳樽。喬吉、雙調水仙子、贈常鳳哥：紫金釵影落芳樽。【酒樽】張可久、越調凭闌人、春思：春柳長亭傾酒樽。張可久、雙調折桂令、桃花菊：延壽客秋風酒樽。喬吉、中呂滿庭芳、漁父詞：閑日月熬了些酒樽。【開樽】張可久、中呂齊天樂過紅衫兒、道情：共開樽。薛昂夫、雙調蟾宮曲、知音：恣意開樽。張可久、雙調水仙子、湖上小隱：一笑開樽。湯式、越調天淨沙、題畫上小景：碧桃花下開樽。張可久、雙調水仙子、秋思：緩歌獨自開樽。【琴樽】張可久、中呂滿庭芳、東嘉林熙齊小隱：斜月照琴樽。【窪樽】劉時中、雙調折桂令、張肖齋總管席間：留連茅舍窪樽。【離樽】張可久、雙調折桂令、酸齋學士席上：照我離樽。【桑落樽】張可久、商調梧葉兒、長沙道中：酒傾桑落樽。

奔◉

【萬馬奔】薛昂夫、中呂朝天曲：錢塘萬馬奔。【鯨浪奔】湯式、仙呂賞花時套、送友人入全眞道院：人海蒼茫鯨浪奔。

巾◉

【紅巾】喬吉、雙調水仙子、贈常鳳哥：喜相逢青鳥紅巾。【小烏巾】喬吉、越調小桃紅、扇兒：涼滲小烏巾。【荷葉巾】張可久、南呂金字經、湖上書事：草衣荷葉巾。【裹枚巾】喬吉、雙調水仙子、習隱：拖條藜杖裹枚巾。【髮不巾】盧摯、雙調殿前歡：足不襪髮不巾。【羽扇綸巾】張可久、雙調折桂令、酸齋學士席上：做詩壇羽扇綸巾。

村◉

【山村】汪元亨、雙調沈醉東風、歸田：甘分住水郭山村。【水村】張可久、越調凭闌人、衆遠樓上：釣船歸水村。【江村】倪瓚、黃鍾人月圓：閒身空老，孤篷聽雨，燈火江村。張可久、商調梧葉兒、長沙道中：薄暮小江村。【何村】喬吉、雙調折桂令、張謙齋左轄席上索賦：笑揮金買笑何村。【近村】張養浩、中呂朝天曲、詠四景、春：遠村，近村。【孤村】楊西庵、仙呂賞花時套：流水遶孤村。白樸、越調天淨沙、冬：淡烟衰草孤村。【前村】張可久、雙調折桂令、逢天壇子：借問前村。張可久、中呂迎仙客、湖上送別：綠滿前村。徐再思、越調天淨沙、探梅：昨朝深雪前村。【園村】張養浩、越調寨兒令、春：樹園村。【丹荔村】張可久、雙調湘妃怨、送人之官南中：落日人家丹荔村。【江上村】張可久、南呂金字經、閱武爲李正則賦：畫鼓三聲江上村。關漢卿、雙調大德歌：那裏是清江江上村。【老黨村】湯式、正宮小梁州、詠雪效蘇禁體作：顛倒說老黨村。【杏花村】王愛山、越調小桃紅、消遣：高掛在楊柳杏花村。【秀才村】湯式、正宮醉太平、嘲秀才上花台：寢不言，食不語，又道秀才村。【紅杏村】張可久、南呂四塊玉、春愁：綠水濱，碧草春，紅杏村。張可久、南呂金字經、湖隄春日：酒旗紅杏村。【桑苧村】張可久、雙調水仙子、湖上小隱：樂琴書桑苧村。【湖上村】張可久、南呂金字經、梅邊：月寒湖上村。

親⊙

【成親】貫雲石、正宮醉太平、失題：綉毬落處便成親。【保親】湯式、南呂一枝花套、勸妓女從良、尾聲：金花誥保親。【相親】張可久、雙調折桂令、酒邊即事：鶯鶯燕燕相親。張可久、中呂紅綉鞋、天台桐柏山中：洗征塵麋鹿相親。【意親】彭壽之、仙呂八聲甘州套、賺尾：他於咱意親。【不待親】張可久、雙調得勝令：親得來不待親。【見錢親】曾瑞、中呂喜春來、妓家：披撇見錢親。【忙要親】關漢卿、仙呂一半兒、題情：跪在牀頭忙要親。

恩⊙

【知恩】徐再思、雙調蟾宮曲、竹夫人：侍枕知恩。【一時恩】張可久、南呂四塊玉、懷古疎翁索題：翠被濃香一時恩。【雨露恩】湯式、南呂一枝花套、勸妓女從良、牧羊關：韓素梅，深蒙雨露恩。

噴⊙

【胭脂噴】湯式、正宮醉太平、約遊春友不至：杏酣春，映山村，萬樹胭脂噴。【黃花噴】薛昂夫、雙調慶東原、西皐亭適興：秋霽黃花噴。【蘭麝噴】無名氏、越調鬪鵪鶉套：丁香笑吐蘭麝噴。【獸烟噴】楊西庵、仙呂賞花時套：風暖獸烟噴。

津⊙

【天津】阿魯威、雙調蟾宮曲、大司命：假道天津。【南津】倪瓚、黃鍾人月圓：驚囘一枕當年夢，漁唱起南津。【通津】湯式、南呂一枝花套、黃鶴樓：迢遞接通津。【問津】湯式、越調天淨沙、題畫上小景：流水溪頭問津。

氛汾○惛葷閽○因殷
氤闉○申伸○瞋○椿
○荀○暾○諄迍○逡
皴○跟○忻昕○熅○
珍振甄○薪辛○鑌彬
○轃皸鈞○榛臻○莘
詵○曛燻○鯤鵾裩昆
○瘟○蓀猻○敦墩燉

○賁犇○斤筋○遵○
哏

【對偶】

貫雲石、仙呂點絳唇套、閨愁、寄生草：瓊簪折，寶鑑分。張可久、黃鍾人月圓、寄璩源芝田禪師：雪深半尺，梅瘦三分。喬吉、雙調水仙子、傷春：鶯花笑我病三春，香玉知他瘦幾分。張可久、雙調折桂令、西湖送別：玉筋偸垂，雕鞍慢整，錦帶輕分。湯式、南呂一枝花套、黃鶴樓、梁州：洞庭半掬，雲夢平吞，荊襄俯瞰，漢沔中分。湯式、南呂一枝花套、黃鶴樓、梁州：長空遠水沄沄，光風霽月紛紛。張可久、中呂滿庭芳、次韻：樓外青山隱隱，花前紅雨紛紛。王德信、中呂十二月過堯民歌、別情：透內閣香風陣陣，掩重門暮雨紛紛。徐再思、越調天淨沙、探梅：昨朝深雪前村，今宵淡月黃昏。白樸、越調天淨沙、冬：一聲畫角樵門，半庭新月黃昏。喬吉、雙調折桂令、登毗陵永慶閣所見：一枕餘香，半醉黃昏。貫雲石、仙呂點絳唇套、閨愁、後庭花：獸爐中香倦焚，銀台上燈漸昏。　貫雲石、仙呂點絳唇套、閨愁、金盞兒：風熏花氣爽，風弄月華昏。　喬吉、越調凭闌人：寶奩餘燼溫，小池明月昏。　彭壽之、仙呂八聲甘州：杯中酒冷，鼎內香銷，臺上燈昏。　湯式、南呂一枝花套、勸妓女從良、梁州：凭待要片時間拔類超羣，則除是三般兒結果收因。　湯式、南呂一枝花套、勸妓女從良、牧羊關：玉蕭女結韋皐兩世絲蘿，蘇小卿配雙漸百年春姻。　貫雲石、正宮醉太平、失題：長街上告人，破窰裡安身。　湯式、雙調沈醉東風、與友敍舊：三十年間故人，一千里外閑身。　喬吉、雙調水仙子、習隱：拖條藜杖裹枚巾，蓋座團標容箇身。　張養浩、中呂喜春來：無窮名利無窮恨，有限光陰有限身。　汪元亨、雙調雁兒落過得勝令、歸隱：黃塵，不使侵雙鬢，白雲，長教伴一身。　張可久、雙調折桂令、春情：絮遠蜂狂，柳暗鶯嗔。　張可久、商調梧葉兒、有所思：人何處，草自春。　喬吉、雙調水仙子、贈常鳳哥：秦台憶君，粧鏡悲春。　張可久、雙調折桂令、紫微樓上右平章索賦：玉柱擎天，綉衮生春。　盧摯、雙調蟾宮曲：銀釭照夜，寶篆

留春。　張可久、南呂金字經、樂閑：百年渾似醉，滿懷都是春。　張養浩、雙調雁兒落兼得勝令：酒吸華峯月，詩吟灤水春。　汪元亨、雙調雁兒落過得勝令、歸隱：茅店家家酒，梅花處處春。　張可久、中呂滿庭芳、春怨：水北山南那人，鶯來燕去三春。　張可久、中呂滿庭芳、春晚閨怨：多病多愁那人，不言不語傷春。　張可久、水仙子、小園春晚：愁風怨雨近三旬，病酒眠花過一春。　關漢卿、雙調新水令套、駐馬聽：度一宵如同百歲，捱一朝勝似三春。　張可久、越調凭闌人、暮春即事：萬朶青山生暮雲，數點紅香留晚春。　喬吉、雙調折桂令：這氣味溫柔可人，那風流旖旎生春。　喬吉、雙調折桂令、晉雲山中奇遇：巧畫柳雙眉淺顰，笑生花滿眼嬌春。　張可久、雙調折桂令、西湖送別：長亭柳，短亭酒，留連去人，南山雲，北山雨，狼籍殘春。　湯式、南呂一枝花套、勸妓女從良，梁州：粧鏡裏，暗暗的，添了白髮；酒席上，飄飄的，過了青春。　徐再思、雙調水仙子、青玉花筒：兩朶兒瑤花弄色，半縷兒香綿沁粉，一泓兒碧露涵春。　張養浩、中呂喜春來：路逢餓殍須親問，道遇流民必細詢。　汪元亨、雙調沈醉東

風、歸隱：任平地波翻浪滾，恣中原鹿走蛇呑。　湯式、正宮醉太平、約遊春友不至：芳塵滾滾，香霧氳氳。　楊西庵、仙呂賞花時套：花點蒼苔綉不勻，鶯喚垂楊語未眞。　張可久、南呂四塊玉、懷古疎翁索題：虞美人，孔貴嬪，楊太眞。　張可久、雙調落梅風、禹寺見梅：蒲團厚，紙帳新。　薛昂夫、雙調慶東原、西皋亭適興：秋露黃花噴，霜明紅葉新。　湯式、正宮醉太平、約遊春友不至：柳屯雲，護城闉，兩岸黃金嫩；杏酣春，映山村，萬樹胭脂噴；草鋪茵，繞湖濱，一片綠絨新。　湯式、南呂一枝花套、黃鶴樓、尾聲：仰之北辰，俯之大坤。　王德信、中呂十二月過堯民歌、別情：見楊柳飛綿滾滾，對桃花醉臉醺醺。　張可久、中呂滿庭芳、春晚閨怨：楊花滾滾，屛山隱隱，沉水溫溫。　湯式、南呂一枝花套、勸妓女從良：飽暖隨時運，詼諧教子孫。　汪元亨、雙調折桂令、歸隱：看青山，玩綠水，醉田家瓦盆；採黃花，摘紅葉，戲莊上兒孫。　湯式、中呂滿庭芳、除夕：雪兒飄，風兒刮，深深閉門；酒兒篘，魚兒膾，旋旋開樽。　湯式、仙呂賞花時套、送友人入全眞道院：世路崎嶇鳥道分，人海蒼茫鯨浪奔。　張可久、南呂金字經、湖上書事：竹枕蘆花被，草衣荷葉巾。　張可久、雙調折桂令、酸齋學士席上：傳酒令金杯玉筍，傲詩壇羽扇綸巾。　張可久、南呂金字經、湖隄春日：院宇綠楊樹，酒旗紅杏村。　張可久、南呂金字經、梅邊：雪冷松邊路，月寒湖上村。　喬吉、雙調折桂令、張謙齋左轄席上索賦：想獻玉遭刑費本，算揮金買笑何村。　張可久、南呂四塊玉、春愁：綠水濱，碧草春，紅杏村。　湯式、正宮醉太平、嘲秀才上花臺：星裏來，月裏去，又笑書生嫩；多則與，少則許，又罵酸丁吝；寢不言，食不語，又道秀才村。　湯式、南呂一枝花套、勸妓女從良、尾聲：玉鏡臺主婚，金花誥保親。　湯式、南呂一枝花套、勸妓女從良、牧羊關：薛瓊英，大享奢華福，韓素梅，深蒙雨露恩。　湯式、越調天淨沙、題畫上小景：綠楊枝底尋春，碧桃花下開樽，流水溪頭問津。　湯式、南呂一枝花套、黃鶴樓：崢嶸倚上流，突兀當雄鎭，高明臨大道，迢遞接通津。

陽平

⊙鄰

【比鄰】盧摯、雙調殿前歡：風月比鄰。張可久、中呂朱履曲、歸興：鵝鴨舊比鄰。【芳鄰】張可久、雙調折桂令：願卜芳鄰。【近鄰】任昱、越調小桃紅：漁樵近鄰。【高鄰】盧摯、雙調蟾宮曲：映梅林修竹高鄰。【爲鄰】張可久、越調寨兒令、山中：巢許爲鄰。【寂寞爲鄰】湯式、中呂醉高歌帶紅綉鞋、客中題壁：小樓空寂寞爲鄰。

鱗

【魚鱗】張可久、雙調折桂同、紫微樓上右平章索賦：瓦甃魚鱗。張可久、中呂滿庭芳、湖上晚歸：細細魚鱗。【愁鱗】張可久、黃鍾人月圓、開吳淞江遇雪：百萬愁鱗。【錦鱗】張可久、中呂迎仙客、湖上送別：釣錦鱗。【攀鱗】張養浩、中呂喜春來：也曾附鳳與攀鱗。【水晶鱗】張可久、商調梧葉兒、夏夜即席：鱠切水晶鱗。【碧瓦鱗鱗】湯式、南呂一枝花套、黃鶴樓、梁州：鴛翎甃碧瓦鱗鱗。

麟

【麒麟】喬吉、雙調折桂令：不到麒麟。徐再思、雙調殿前歡、楊總管：兩字麒麟。盧摯、雙調蟾宮曲：臏歌謠天上麒麟。湯式、仙呂賞花時套、送友人入全眞道院：少不得高塚臥麒麟。

粼

【粼粼】張可久、越調寨兒令、湖上春晚：綠水粼粼。王德信、中呂十二月過堯民歌、別情：更那堪遠水粼粼。顧君澤、中呂醉高歌帶過紅繡鞋：漾金波碧甃粼粼。

轔

【轔轔】阿魯威、雙調蟾宮曲、大司命：千乘同翔，龍旗冉冉，鸞駕轔轔。

⊙貧

【何貧】湯式、中呂滿庭芳、除夕：何病何貧。【清貧】張可久、越調寨兒令、山中：樂清貧。盧摯、雙調殿前歡：守分清貧。汪元亨、雙調雁兒落過得勝令、歸隱：知命守清貧。張可久、雙調折桂令、桃花菊：怪黃花厭我清貧。【詩貧】喬吉、雙調客中春晚：榆錢兒不救詩貧。【豈是貧】張可久、雙調水仙子、暮春次韻：未典春衣豈是貧。【鄭生貧】湯式、南呂一枝花套、勸妓女從良、牧羊關：李亞仙疼煞鄭生貧。

頻

【漏聲頻】貫雲石、仙呂點絳唇套、閨愁：風傳漏聲頻。【鵲噪頻】楊西庵、仙呂賞花時套、賺煞尾：再不管暖日朱簾鵲噪頻。【玉漏聲頻】楊西庵、仙呂賞花時套、煞尾：唱道只聽得玉漏聲頻。

蘋

【白蘋】張可久、中呂滿庭芳、湖上晚歸：唱菱歌采采白蘋。

顰

【含顰】喬吉、雙調折桂令：忍笑含顰。【花顰】張可久、雙調折桂令、西湖送別：草怨花顰。【眉顰】張可久、雙調折桂令、春情：對酒眉顰。楊西庵、仙呂賞花時套：舒開繫東風兩葉眉顰。【淺顰】喬吉、雙調折桂令、晉雲山中奇遇：巧畫柳雙眉淺顰。【輕顰】盧摯、雙調蟾宮曲、贈歌者劉氏：淺笑輕顰。【翠顰】喬吉、南呂四塊玉、詠手：掠翠顰。徐再思、雙調水仙子、青玉花筒：鶯嘴流金拂翠顰。【眉黛顰】姚燧、越調凭闌人：兩葉春山眉黛顰。【柳眉顰】彭壽之、仙呂八聲甘州套、醉中天：八字柳眉顰。【翠眉顰】盧摯、中呂喜春來、贈伶婦楊氏嬌嬌：歌珠圓轉翠眉顰。

⊙民

【新民】徐再思、雙調殿前歡、楊總管：志在新民。【太平民】張養浩、雙調雁兒落兼得勝令：且作太平民。【拯救民】張養浩、中呂喜春來：自捨資財拯救民。

⊙人

【人人】喬吉、越調天淨沙：停停當當人人。【玉人】張可久、越調凭闌人、暮春卽事：凭闌愁玉人。張可久、雙調水仙子、秋思：鏡裡青鸞瘦玉人。【可人】無名氏、越調鬭鵪鶉套：千般可人。喬吉、雙調折桂令：這氣味溫柔可人。【告人】貫雲石、正宮醉太平、失題：長街上告人。【何人】薛昂夫、雙調蟾宮曲、知音：問芳筵歌者何人。【良人】湯式、南呂一枝花套、勸妓女從良、梁州：招一箇莽莊家便是良人。【那人】張可久、中呂滿庭芳、春怨：水北山南那人。張可久、中呂滿庭芳、春晚閨怨：多病多愁那人。【佳人】張可久、黃鍾人月圓、春日湖上：牆裏佳人。張可久、雙調得勝令：金屋貯佳人。張可久、中呂紅綉鞋、歸興：紅粉弄佳人。無名氏、越調鬭鵪鶉套：燈下看佳人。喬吉、雙調折桂令、丙子遊越懷古。【故人】張可久、越調寨兒令、春思：想故人。張可久、中呂滿庭芳、次韻：相思故人。張可久、雙調水仙子、重過西湖：青樓非故人。湯式、雙調沈醉東風、與友敍舊：三十年間故人。張可久、雙調落梅風、禹寺見梅：小窗見梅如故人。【送人】張可久、中呂迎仙客、湖上送別：還送人。【秦人】喬吉、中呂滿庭芳、漁父詞：疑是避秦人。【情人】貫雲石、仙呂點絳唇套、閨愁、後庭花：想情人。【傲人】喬吉、雙調水仙子、客中春晚：恐沙鷗也傲人。【喚人】湯式、正宮醉太平、約遊春友不至：流鶯也喚人。【尋人】湯式、中呂滿庭芳、除夕：鄭當時，孔文擧，那裏尋人。【無人】貫雲石、仙呂點絳唇套、閨愁、賺煞：日高也深院無人。張可久、雙調水仙子、湖上小隱：掩柴門長日無人。【惱人】張可久、雙調折桂令、逢天壇子：江上梅花惱人。【遊人】徐再思、雙調蟾宮曲、西湖尋春：陌上遊人。張可久、越調寨兒令、湖上春晚：花前換幾度遊人。【詩人】張可久、中呂紅綉鞋、三衢山中：短衣瘦馬詩人。張可久、雙調水仙子、湖上晚歸：索新詞纏住詩人。【道人】張可久、中呂朝天子、看雲樓上：洞賓，道人。【遠人】楊西庵、仙呂賞花時套：再不曾，暗擲金錢卜遠人。【駭人】薛昂夫、中呂朝天曲：駭人。【隨人】張可久、中呂滿庭芳：明月隨人。【薦人】湯式、雙調湘妃引、和陸進之韻：求薦人何方可薦人。【孺人】湯式、南呂一枝花套、勸妓女從良、梁州：嫁一箇窮書生便是孺人。【麗人】張可久、南呂金字經、湖

隄春日：水邊多麗人。【千里人】徐再思、越調凭闌人、春怨：爲他千里人。【天上人】張可久、越調凭闌人、衆遠樓上：仙袂飄飄天上人。【心上人】張可久、南呂金字經、閨怨：玉奴心上人。【不見人】湯式、雙調對玉環帶清江引、四景題詩：對花不見人。【打魚人】張可久、越調寨兒令、山中：桃源洞打魚人。【可憐人】張可久、黃鍾人月圓、開吳淞江遇雪：天意可憐人。【休笑人】張可久、雙調水仙子、暮春次韻：東風休笑人。【好官人】張養浩、中呂喜春來：滿城都道好官人。張養浩、中呂喜春來：空教人道好官人。【折桂人】馬致遠、南呂四塊玉、藍橋驛：成就了折桂人。【冷笑人】關漢卿、雙調大德歌：疑怪他桃衣冷笑人。【困佳人】張可久、雙調湘妃怨、酒邊索賦：舞低楊柳困佳人。【作閑人】盧摯、雙調殿前歡：作閑人，向滄波濯盡利名塵。【見遊人】馬致遠、仙呂靑哥兒、二月：兩兩三三見遊人。【凭闌人】關漢卿、雙調大德歌：好一箇憔悴的凭闌人。【武陵人】馬致遠、雙調小桃紅、碧桃：不賺武陵人。任昱、越調小桃紅：甘作武陵人。【品題人】查德卿、仙呂一半兒、春妝：自將楊柳品題

人。【宮內人】徐再思、雙調水仙子、青玉花筒：似蕊珠宮內人。【啼向人】張可久、南呂金字經、梅邊：翠禽啼向人。【等閑人】張養浩、越調寨兒令：都不是等閑人。【畫樓人】湯式、黃鍾出隊子、酒色財氣四首——財：東風吹墮畫樓人。【無用人】白樸、中呂陽春曲、知幾：無用人，詩酒樂天眞。【意中人】張可久、雙調慶東原、春思：千里意中人。彭壽之、仙呂八聲甘州：思想意中人。【暗窺人】喬吉、中呂紅綉鞋、書所見：佯整金釵暗窺人。【寡婦人】無名氏、雙調壽陽曲：一個寡婦人。【壽陽人】盧摯、雙調殿前歡：壽陽人，玉溪先占一枝春。【賞月人】馬致遠、南呂四塊玉、藍橋驛：做了箇賞月人。【靜無人】關漢卿、仙呂一半兒、題情、碧紗窗外靜無人。【鏡中人】張可久、雙調慶宣和、春思：不似年時鏡中人。【斷腸人】王德信、中呂十二月過堯民歌：斷腸人憶斷腸人。【竊玉人】馬致遠、南呂四塊玉、藍橋驛：原是箇竊玉人。【留連去人】張可久、雙調折桂令、西湖送別：長亭柳，短亭酒，留連去人。【尋芳故人】張可久、中呂滿庭芳、春暮：消磨盡尋芳故人。【羲皇上人】張可久、商調梧葉兒、夏夜即席：醉倒羲皇上人。湯式、仙呂賞花時套、送友人入全眞道院：眞乃是羲皇上人。【鶴山仙人】湯式、南呂一枝花套、黃鶴樓：從去了鶴山仙人。【古今無限人】張可久、南呂金字經、樂閒：消磨盡，古今無限人。【玲瓏剔透人】喬吉、中呂紅綉鞋、竹衫兒：是玲瓏剔透人。

仁

【荳蔻仁】喬吉、雙調賣花聲、香茶：新剝珍珠荳蔻仁。

⊙倫

【絕倫】湯式、南呂一枝花套、黃鶴樓、梁州：崔顥詩句句絕倫。

綸

【絲綸】喬吉、中呂滿庭芳、漁父詞：惡風波飛不上絲綸。【經綸】曾瑞、中呂山坡羊、譏時：會經綸。湯式、仙呂賞花時套、送友人入全眞道院：能黼黻能經綸。

圇

【囫圇】張可久、雙調沈醉東風、氣毬：皮囊自喜囫圇。

⊙裙

【紅裙】張養浩、雙調雁兒落兼得勝令：紅裙，休歌南浦雲。張可久、雙調折桂令、桃花菊：占醉紅裙。薛昂夫、雙調慶東原、西皐亭適興：閒坐紅裙。【猩裙】喬吉、雙調折桂令、晉雲山中奇遇：酒汗猩裙。【翠裙】張養浩、中呂朝天子、詠美：柳腰，翠裙。張可久、雙調慶東原、春思：風搖翠裙。張可久、越調凭闌人、暮春即事：對花寬翠裙。【舞裙】張可久、雙調水仙子、湖上小隱：榴花當舞裙。張可久、雙調慶宣和、春思：一架殘紅褪舞裙。【羅裙】張可久、中呂滿庭芳、春怨：圍褪羅裙。張可久、越調寨兒令、春思：怪桃根翠袖羅裙。湯式、南呂一枝花套、勸妓女從良、梁州：香消了綵扇羅裙。喬吉、雙調折桂令：啓紗窗推晒羅裙。【石榴裙】張可久、雙調水仙子、湖上晚歸：桃花馬上石榴裙。【絳綃裙】關漢卿、雙調新水令套、駐馬聽：瘦岩岩寬褪了絳綃裙。【翠紅裙】湯式、正宮醉太平、嘲秀才上花台：今年撞入翠紅裙。

群

【超群】湯式、南呂一枝花套、勸妓女從良、梁州：恁待耍，片刻時間，拔類超群。【麋鹿群】汪元亨、雙調雁兒落過得勝令、歸隱：相親麋鹿群。【鐵馬群】張可久、南呂金字經、閱武爲李正則賦：虎皮鐵馬群。

勤⊙

【殷勤】顧君澤、中呂醉高歌帶過紅繡鞋：捧金鍾翠袖殷勤。湯式、雙調天香引、代友人書、其五：鞋兒上針線殷勤。【脚兒勤】彭壽之、仙呂八聲甘州套、賺尾：不由人終日脚兒勤。【翠袖勤】張可久、商調梧葉兒、夏夜即席：歌雲翠袖勤。

門⊙

【人門】盧摯、雙調蟾宮曲：昭代人門。【天門】阿魯威、雙調蟾宮曲、大司命：開閶闔天門。【孔門】湯式、正宮醉太平、嘲秀才上花台：生居在孔門。【朱門】張可久、正宮小梁州、春夜：和月掩朱門。湯式、雙調天香引、代友人書、其五：冷落他，梨花院，暮雨朱門。【迎門】張可久、中呂朱履曲、歸興：松邊稚子迎門。【東門】薛昂夫、中呂朝天曲：可憐懸首在東門。【定門】無名氏、雙調壽陽曲：放入來你却守定門。【吳門】張可久、雙調折桂令、逢天壇子：今日吳門。【重門】彭壽之、仙呂八聲甘州：書齋中半掩重門。【鬼門】張可久、雙調湘妃怨、送人之官南中：山重重入鬼門。【莊門】張可久、雙調折桂令、桃花菊：想佳人春日莊門。【海門】張可久、越調凭闌人、衆遠樓上：雁行出海門。【閉門】貫雲石、越調凭闌人、題情：黃昏深閉門。張可久、越調凭闌人、春思：倚門空閉門。汪元亨、中呂朝天子、歸隱：醒讀書閉門。湯式、中呂滿庭芳、除夕：雪兒飄，風兒刮，深深閉門。【柴門】湯式、中呂滿庭芳、除夕：流水柴門。汪元亨、雙調折桂令、歸隱：草舍柴門。湯式、正宮小梁州、詠雪效蘇禁體作：則索閉柴門。盧摯、雙調蟾宮曲、贈歌者劉氏：白沙翠竹柴門。張可久、越調寨兒令、山中：閒問話到柴門。【開門】張可久、正宮小梁州、春日次陳在山韵：鄰姬問，忙甚不開門。【鹿門】湯式、仙呂賞花時套、送友人入全眞道院：散誕似，攜家傍鹿門。【家門】湯式、南呂一枝花套、勸妓女從良：別是箇家門。【敲門】張可久、黃鍾人月圓、寄璩源芝田禪師：月下敲門。徐再思、雙調蟾宮曲、西湖尋春：帶月敲門。【撞門】貫雲石、正宮醉太平、失題：因此上忍着疼撞門。【樵門】白樸、越調天淨沙、冬：一聲畫角樵門。【衡門】張可久、黃鍾人月圓、開吳淞江遇雪：茅屋衡門。【關門】曾瑞、中呂喜春來、妓家：粉營花寨緊關門。【繞門】張養浩、越調寨兒令、春：水繞門。【藏門】倪瓚、黃鍾人月圓：舊家應在，梧桐覆井，楊柳藏門。【吠柴門】關漢卿、雙調大德歌：則聽得黃犬吠柴門。【雨打門】張可久、南呂金字經、閨怨：又見梨花雨打門。【掩重門】關漢卿、雙調大德歌：雪紛紛掩重門。【玄玄妙門】張可久、雙調折桂令、溪月王眞人開元道院：開李耳玄妙門。

◉崙

【崑崙】喬吉、雙調折桂令：吹下崑崙。張可久、中呂朝天子、眞雲樓上：酒邊呼我上崑崙。湯式、仙呂賞花時套、送友人入全眞道院：笑吹簫管上崑崙。

◉文

【回文】徐再思、中呂朝天子、手帕：待寫回文。張可久：正宮小梁州、春夜：小詞空製錦回文。【斯文】湯式、中呂滿庭芳、除夕：誰念斯文。汪元亨、雙調折桂令、歸隱：嘆天之未喪斯文。【論文】張可久、中呂齊天樂過紅衫兒、道情：細論文。薛昂夫、雙調蟾曲宮、知音：正好論文。薛昂夫、中呂陽春曲：樽有酒且論文。湯式、中呂醉高歌帶紅綉鞋、客中題壁：有酒不論文。【篆文】喬吉、越調凭闌人：細裊雲衣古篆文。【騰文】湯式、南呂一枝花套、黃鶴樓、梁州：萬象騰文。【沈休文】張可久：越調寨兒令、湖上春晚：瘦損沈休文。【紙上文】湯式、仙呂賞花時套、送友人入全眞道院：銅柱陳芳紙上文。【虛調文】湯式、雙調對玉環帶清江引、四景題詩：秀才每則理會虛調文。【龜背成文】喬吉、中呂紅綉鞋、竹衫兒：玉絲穿龜背成文。

紋

【波紋】喬吉、雙調水仙子、手帕呈賈伯堅：對裁湘水縠波紋。喬吉、雙調折桂令：織湘江一片波紋。【香紋】徐再思、雙調蟾宮曲、竹夫人：挽潛蛟巧結香紋。

聞

【見聞】張可久、越調寨兒令、山中：寡見聞。【相聞】喬吉、雙調折桂令：聲迹相聞。【不堪聞】貫雲石、仙呂點絳唇套、閨愁：風搖閑階，翠竹不堪聞。

銀◉

【鈔和銀】曾瑞、南呂四塊玉、嘲妓家：雖有通神鈔和銀。

盆◉

【瓦盆】喬吉、雙調水仙子、習隱：死不离老瓦盆。汪元亨、雙調折桂令、歸隱：看青山，玩綠水，醉田家瓦盆。【金盆】張可久、中呂滿庭芳、春暮：松株外落日金盆。【酒盆】薛昂夫、中呂陽春曲：長滿長乾老酒盆。【白玉盆】張可久、商調梧葉兒、夏夜即席：酒傾白玉盆。【麵糊盆】張可久、正宮醉太平、無題：水晶環入麵糊盆。

陳◉

【太乙勾陳】張可久、雙調折桂同：鎮錢塘太乙勾陳。

臣

【詞臣】盧摯、雙調蟾宮曲：千古長沙，幾度詞臣。【西土臣】張養浩、中呂喜春來：一旦還爲西土臣。【晉朝臣】張養浩、中呂山坡羊、北邙山懷古：知他是漢朝君，晉朝臣。【亂朝臣】張養浩、中呂喜春來：未覩亂朝臣。

塵

【古塵】湯式、雙調天香引、代友人書：寶劍生塵。張可久、中呂滿庭芳、湖上晚歸：羅襪暗生塵。【兵塵】盧摯、雙調蟾宮曲：幾度兵塵。【車塵】湯式、仙呂賞花時套、送友人入全眞道院：喧馬足鬧車塵。【征塵】無名氏、雙調折桂令、逢天壇子：便洗征塵。【紅塵】楊西庵、仙呂賞花時套：猶自在紅塵。張可久、中呂齊天樂過紅衫兒、道情：浮生擾擾紅塵。張可久、雙調水仙子、暮春次韻：飄飄兩袖紅塵。張可久、越調寨兒令、山中：住青山遠却紅塵。【香塵】張可久、黃鍾人月圓、春日湖上：羅帕香塵。【風塵】倪瓚、越調小桃紅：青山數家，漁舟一葉，聊且避風塵。無名氏、雙調水仙子、小園春晚：何如袖拂風塵。【清塵】阿魯威、雙調蟾宮曲、大司命：令飄風涷雨清塵。【游塵】喬吉、雙調水仙子、習隱：濯清泉兩足游塵。【黃塵】喬吉、雙調折桂令、丙子遊越懷古：總是黃塵。【無塵】徐再思、越調小桃紅、花籃髻：綠無塵。【暗塵】喬吉、雙調水仙子、手帕呈賈伯堅：銀箏上拂暗塵。【歌塵】張可久、雙調折桂令、西湖送別：今夜歌塵。張可久、雙調折桂令、酒邊卽事：柳拂歌塵。喬吉、中呂紅綉鞋、書所見：扇兒薄不隔歌塵。【凝塵】張可久、雙調折桂令、春情：錦瑟凝塵。【麝塵】張可久、雙調慶東原、春思：香飄麝塵。【纖塵】張可久、商調梧葉兒、夏夜卽席：湖上絕纖塵。【一寸塵】湯式、雙調湘妃引、和陸進之韻：貂裘一寸塵。【山下塵】張養浩、中呂山坡羊、北邙山懷古：都做了北邙山下塵。【不沾塵】喬吉、中呂紅綉鞋、竹衫兒：襟袖清涼不沾塵。【元亮塵】張養浩、雙調雁兒落兼得勝令：抖擻了元亮塵。【香骨塵】喬吉、越調凭闌人：暖蜺龍團香骨塵。【陌上塵】馬致遠、仙呂靑哥兒、二月：寶馬香車陌上塵。【拂面塵】張可久、南呂金字經、樂閑：是非拂面塵。【馬蹄塵】張可久、越調寨兒令、湖上春晚：湖上馬蹄塵。【紫燕塵】徐再思、中呂陽春曲、春思：春去香消紫燕塵。【羅帕塵】張養浩、中呂朝天子、詠美：素盈盈羅帕塵。【寶鑑塵】楊西庵、仙呂賞花時套、拂掉了，香冷粧奩寶鑑塵。【逐後塵】喬吉、雙調水仙子、客中春晚：今日衣冠逐後塵。【寶瑟凝塵】盧摯、雙調蟾曲宮：黯黃陵寶瑟凝塵。

辰

【北辰】湯式、南呂一枝花套、黃鶴樓：仰之北辰。【星辰】張可久、雙調折桂同：可摘星辰。

晨

【劉晨】湯式、越調天淨沙、題畫上小景：吾不是阮肇劉晨。喬吉、雙調折桂令：遇天台採藥劉晨。

宸

【紫宸】湯式、雙調沈醉東風、與友敍舊：君若攀龍上紫宸。張可久、雙調折桂同：近北斗三天紫宸。

秦⊙

【封秦】徐再思、雙調蟾曲宮、竹夫人：封虢封秦。

脣⊙

【朱脣】徐子芳、雙調沈醉東風：注櫻桃一點朱脣。無名氏、越調鬬鵪鶉套：嬌滴滴皓齒朱脣。【脂脣】喬吉、雙調水仙子、手帕呈賈伯堅：殢人嬌笑搵脂脣。【絳唇】張可久、南呂四塊玉：點絳唇。【櫻唇】湯式南呂一枝花套、勸妓女從良、梁州：涎乾了瓠齒櫻唇。

純

【溫純】湯式、南呂一枝花套、勸妓女從良：嫌文墨笑溫純。

蓴

【思蓴】張可久、中呂齊天樂過紅衫兒、道情：張翰思蓴。

醇

【白酒醇】汪元亨、雙調沈醉東風、歸田：够升合白酒醇。

巡⊙

【三巡】徐再思、雙調蟾宮曲、西湖尋春：休嫌少酒止三巡。【逡巡】湯式、雙調天香引、代友人書：熱恩愛逡巡。

旬

【三旬】無名氏、雙調水仙子、小園春晚：愁風怨雨近三旬。【四旬】楊西庵、仙呂賞花時套：計載區區已四旬。

循

【因循】湯式、南呂一枝花套、勸妓女從良、梁州：可不道好景因循。

雲⊙

【屯雲】張可久、中呂滿庭芳：喬木屯雲。【白雲】張可久、雙調折桂回：拂危欄兩袖白雲。張可久、越調寨兒令、山中：掛烏紗高臥白雲。【江雲】張可久、雙調折桂令、酸齋學士席上：岸風吹裂江雲。張可久、中呂快活三過朝天子、春思：一聲孤雁破江雲。【同雲】湯式、正宮小梁州、詠雪效蘇禁體作：一片同雲。【行雲】徐再思、雙調蟾宮曲、竹夫人：滿枕行雲。盧摯、雙調蟾宮曲、贈歌者劉氏：是東風吹墮行雲。【巫雲】無名氏、中呂普天樂：立東風一朶巫雲。【挑雲】無名氏、雙調折桂令、逢天壇子：寶靪挑雲。【紅雲】張可久、中呂迎仙客、湖上送別：棹紅雲。張可久、雙調折桂令、溪月王眞人開元道院：島上紅雲。【風雲】盧摯、雙調蟾宮曲：等候風雲。【香雲】喬吉、雙調折桂令、晉雲山中奇遇：留取香雲。喬吉、雙調沈醉東風、倩人扶觀璠華：玉瓏璁暖簇香雲。【看雲】張可久、中呂朝天子、看雲樓上：與君，看雲。【春雲】喬吉、雙調折桂令：卷鯨川吸盡春雲。【浮雲】汪元亨、雙調折桂令、歸隱：富貴浮雲。【烟雲】張養浩、越調寨兒令、春：喜陳摶高臥烟雲。【烏雲】張可久、雙調慶東原、春思：花暗烏雲。楊西庵、仙呂賞花時套：高綰起烏雲。貫雲石、中呂紅綉鞋：玉靈芝斜捧烏雲。關漢卿、雙調新水令套、沈醉東風：鬢鬅鬆不整烏雲。【流雲】王愛山、越調小桃紅、逍遣：一溪流水水流雲。【梨雲】喬吉、雙調折桂令：捲起梨雲。張可久、中呂朝天子、歌者訴梅：一簾香夢捲梨雲。【搜雲】喬吉、中呂紅綉鞋、竹衫兒：肩瘦冷搜雲。【寒雲】張可久、雙調湘妃怨、酒邊索賦：衰草寒雲。張可久、雙調水仙子、秋思：天邊白雁寫寒雲。【紫雲】張可久、雙調沈醉東風、氣毬：一脚騰空上紫雲。【閑雲】張可久、黃鍾人月圓、春日湖上：流水閑雲。【綠雲】姚燧、越調凭闌人：宮髻高盤鋪綠雲。姚燧、越調凭闌人：羞對鸞鏡梳綠雲。【楚雲】張可久、中呂滿庭芳、次韻：回頭楚雲。【夢雲】喬吉、雙調水仙子、傷春：洞簫寒吹夢雲。【殘雲】楊西庵、仙呂賞花時套：天際褪殘雲。【愁雲】張可久、中呂滿庭芳、春暮：綠染愁雲。盧摯、雙調蟾宮曲：望飛來遼海愁雲。【蒼雲】張可久、中呂紅綉鞋、天台桐柏山中：山影護蒼雲。張可久、中呂紅綉鞋、三衢山中：石筍瘞蒼雲。喬吉、雙調折桂令、丙子遊越懷古：蓬萊老樹蒼雲。張可久、中呂滿庭芳、碧山丹房：碧檀欒樹倚蒼雲。【夢雲】張可久、南呂金字經、梅邊：縹緲梨花入夢雲。【暮雲】張可久、南呂金字經、閨怨：倚闌看暮雲。張可久、商調梧葉兒、有所思：目斷吳山暮雲。張可久、越調凭闌人、暮春卽事：萬朶青山生暮雲。盧摯、雙調蟾宮曲：空目斷蒼梧暮雲。【綵雲】湯式、南呂一枝花套、黃鶴樓、梁州：絳節琅璈度綵雲。【緗雲】

喬吉、雙調折桂令：月明一片緗雲。【鳳雲】張可久、南呂金字經、湖上書事：紫簫吹鳳雲。【翠雲】張可久、中呂滿庭芳、湖上晚歸：亭亭翠雲。【嬌雲】喬吉、雙調折桂令：忽飛來南浦嬌雲。【錦雲】張可久、南呂金字經、湖隄春日：玉驄嘶錦雲。張可久、雙調水仙子、湖上晚歸：歌聲度錦雲。【髻雲】。喬吉、南呂四塊玉、詠手：整髻雲。徐子芳、雙調沈醉東風：金鳳小斜簪髻雲。【癡雲】喬吉、越調天淨沙、卽事：筆尖掃盡癡雲。【翻雲】劉時中、雙調折桂令、張肖齋總管席間：覆雨翻雲。【一片雲】張可久、南呂金字經、樂閒：高臥東山一片雲。【九皐雲】盧摯、中呂喜春來、贈伶婦楊氏嬌嬌：留下九皐雲。【日暮雲】湯式、中呂醉高歌帶紅綉鞋、客中題壁：更想甚江東日暮雲。【玉霄雲】徐再思、中呂朝天子、手帕：鮫淵一片玉霄雲。【南浦雲】張養浩、雙調雁兒落兼得勝令：休歌南浦雲。【雪片雲】喬吉、雙調水仙子、手帕呈賈伯堅：挼皺梨花雪片雲。【細生雲】顧君澤、中呂醉高歌帶過紅繡鞋：焚金鼎細生雲。【頂上雲】喬吉、雙調水仙子、習隱：臥芙蓉頂上雲。【幾重雲】張可久、正宮小梁州、春夜：望蓬萊隔幾重雲。【楚山雲】徐再思、越調小桃紅、花籃鬸鬙：分斷楚山雲。【楚江雲】喬吉、越調小桃紅、扇兒：一聲誰剪楚江雲。【楚岫雲】彭壽之、仙呂八聲甘州套、醉中天：寶髻高梳楚岫雲。【楚臺雲】張可久、越調寨兒令、春思：一朶楚臺雲。貫雲石、仙呂點絳唇套、閨愁：風刮散楚臺雲。關漢卿、雙調新水令套：攪閑風吹散楚臺雲。【曉窗雲】張養浩、中呂朝天子、詠美：輕風吹散曉窗雲。【整亂雲】貫雲石、仙呂點絳唇套、閨愁：獨對菱花整亂雲。【髻綰雲】關漢卿、雙調新水令套、得勝令：齊臻臻，青絲髻綰雲。【簾外雲】張可久、越調凭闌人、衆遠樓上：畫棟飛飛簾外雲。【訪雨尋雲】張可久、雙調折桂令、酒邊即事：畫樓前訪雨尋雲。

云

【云云】薛昂夫、雙調蟾宮曲、知音：何必云云。張可久、越調寨兒令、春思：笑語云云。【詩云】湯式、雙調湘妃引、和陸進之韻：謾誇談子曰詩云。

紜

【紛紜】喬吉、雙調折桂令、丙子遊越懷古：狐兎紛紜。

耘

【耕耘】汪元亨、雙調折桂令、歸隱：隨分耕耘。張養浩、越調寨兒令、春：陶元亮自耕耘。

匀

【不匀】楊西庵、仙呂賞花時套：花點蒼苔綠不匀。【兪匀】查德卿、仙呂一半兒、春妝：再兪匀，一半兒胭脂，一半兒粉。張可久、雙調折桂令、桃花菊：丹臉兪匀。【臞斗兒匀】喬吉、雙調清江引、笑靨兒：鳳酥不得臞斗兒匀。

墳⊙

【上墳】張可久、中呂滿庭芳、春怨：于飛上墳。【汝墳】盧摯、雙調蟾宮曲：有客子經過汝墳。【蘇小墳】張可久、南呂金字經、湖隄春日：一片棠梨蘇小墳。

焚

【共焚】汪元亨、中呂朝天子、歸隱：儘玉石共焚。【香焚】貫雲石、仙呂點絳唇套、閨愁：寶獸香焚。【香倦焚】貫雲石、仙呂點絳唇套、閨愁、後庭花：獸爐中香倦焚。

魂⊙

【吟魂】張可久、商調梧葉兒、有所思：梅屋鎖吟魂。【招魂】盧摯、雙調蟾宮曲：誰與招魂。【消魂】倪瓚、黃鍾人月圓：畫屏雲嶂，池塘春草，無限消魂。彭壽之、仙呂八聲甘州套、醉中天：見他時忽的消魂。

燐磷○瀕嚬○珉緡旻

○掄輪淪○懃芹○捫
○論○蚊○闇齦垠寅
夤嚚鄞○湓○娠○蓁
○淳錞鶉○馴○芸員
筠○棼○渾○豚屯飩
臀○神○存蹲○痕○
紋

【對偶】

張可久、中呂朱履曲、歸興：鶯花新伴等，鵝鴨舊比鄰。湯式、中呂醉高歌帶紅綉鞋、客中題壁：深巷靜淒涼成陣，小樓空寂寞爲鄰。湯式、南呂一枝花套、黃鶴樓、梁州：龜背織朱簾閃閃，鴛翎甃碧瓦鱗鱗。張可久、雙調折桂令、紫微樓上右平章索賦：潮點鵝毛，山盤鳳尾，瓦甃魚鱗。張可久、中呂滿庭芳、湖上晚歸：亭亭翠雲，娟娟鷺羽，細細魚鱗。徐再思、雙調殿前歡、楊總管：一番桃李，兩字麒麟。張可久、越調寨兒令、湖上春晚：細雨紛紛，綠水粼粼。王德信、中呂十二月過堯民歌、別情：自別後遙山隱隱，更那堪遠水粼粼。阿魯威、雙調蟾宮曲、大司令：龍旗冉冉，鸞駕轔轔。湯式、南呂一枝花套、勸妓女從良、牧羊關：謝天香遂却耆卿志，李亞仙疼煞鄭生貧。張可久、雙調折桂令、西湖送別：蝶妒鶯嗔，草怨花顰。彭壽之、仙呂八聲甘州套、醉中天：一點朱唇嫩，八字柳眉顰。張可久、雙調折桂令、春情：覽錦心寒，裁書耳熱，對酒眉顰。盧摯、中呂喜春來、贈伶婦楊氏嬌嬌：香添索笑梅花韻，嬌殢傳杯竹葉春，歌珠圓轉翠眉顰。張可久、黃鍾人月圓、春日湖上：花前燕子，牆裏佳人。張可久、雙調得勝令：銀燭照黃昏，金屋貯佳人。張可久、越調寨兒令、山中：杏花村沽酒客，桃源洞打魚人。張可久、越調凭闌人、衆遠樓上：畫棟飛飛簾外雲，仙袂飄飄天上人。張可久、雙調折桂令、溪月王眞人開元道院：開李耳玄玄妙門，畫榴皮口口山人。張可久、中呂滿庭芳、碧山丹房：閑閑道隱，玄玄妙門，怪怪山人。 湯式、南呂一枝花套、勸妓女從良、梁州：招一箇，莽莊家，便是良人；嫁一箇，窮書生，便是孺人；苫一箇，俊孤答，便是夫人。 喬吉、雙調賣花聲、香茶：細研片腦梅花粉，新剝珍珠荳蔻仁。 湯式、南呂一枝花套、黃鶴樓、梁州：呂巖笛夜夜聞音，陶令柳年年報春，崔顥詩句句絕倫。 曾瑞、中呂山坡羊、譏時：整乾坤，會經綸。 無名氏、越調鬪鵪鶉套：一搦腰，六幅裙。 喬吉、雙調折桂令、晉雲山中奇遇：塵隨鴛襪，酒汙猩裙。 張可久、越調凭闌人、暮春卽事：凭闌愁玉人，對花寬翠裙。 薛昂夫、雙調慶東原、西皐亭適興：斜依翠屛，重鋪綉茵，閒坐紅裙。 張可久、中呂滿庭芳、春怨：塵蒙玉軫，粧殘翠靨，圍褪羅裙。 湯式、南呂一枝花套、勸妓女從良、梁州：粉褪了杏腮桃臉，涎乾了瓠齒櫻唇，塵暗了錦箏銀甲，香消了綵扇羅裙。 湯式、南呂一枝花套、黃鶴樓、尾聲：汀花岸草春成陣，沙鳥風帆暮作群。 顧君澤、中呂醉高歌帶過紅繡鞋：按金雁銀箏風韻，捧金鍾翠袖殷勤。 湯式、雙調天香引、代友人書、其五：帕兒裏粉汗斕斑，鞋兒上針線殷勤。 張可久、黃鍾人月圓、開吳淞江遇雪：松爐細火，茅屋衡門。 張可久、黃鍾人月圓、寄璩源芝田禪師：松邊弄水，月下敲門。 倪瓚、黃鍾人月圓：梧桐覆井，楊都藏門。 汪元亨、雙調折桂令、歸隱：竹几藤牀，草舍柴門。 張可久、越調凭闌人、衆遠樓上：釣船歸水村，雁行出海門。 汪元亨、中呂朝天子、歸隱：醉看山倒樽，醒讀書閉門。 張可久、中呂朱履曲、歸興：堂上先生解印，松邊稚子迎門。 張可久、雙調湘妃怨、送人之官南中：樹隱隱含烟瘴，山重重入鬼門。

張可久、越調寨兒令、湖上春晚：醉煞劉伯倫，瘦損沈休文。 湯式、中呂醉高歌帶紅綉鞋、客中題壁：無家常在客，有酒不論文。 湯式、仙呂賞花時套、送友人入全眞道院：金谷繁華夢裏身，銅柱陳芳紙上文。 湯式、南呂一枝花套、勸妓女從良、牧羊關：試點檢鶯花薄，細摩挲烟月文。 喬吉、中呂紅綉鞋、竹衫兒：並分剪龍鬚爲寸，玉絲穿龜背成文。 喬吉、越調凭闌人：暖蜺龍團香骨塵，細裊雲衣古篆文。 湯式、中呂滿庭芳、除夕：休懷故人，難尋東道，誰念斯文。 喬吉、雙調水仙子、習隱：生不願黃金印，死不離老瓦盆。 張可久、中呂滿庭芳、春暮：梨花下香風玉樽，松株外落日金盆。　薛昂夫、中呂陽春曲：耐驚耐怕黃虀甕，長滿長乾老酒盆。　張養浩、中呂喜春來：十年不作南柯夢，一旦還爲西土臣。　張可久、雙調折桂令、春情：芳徑生苔，錦瑟凝塵。　湯式、雙調天香引、代友人書、其五：錦瑟消香，寶劍生塵。　湯式、雙調湘妃引、和陸進之韻：黑鬢三分雪，貂裘一寸塵。　喬吉、雙調水仙子、手帕呈賈伯堅：宮額上勻香汗，銀箏上拂暗塵。　喬吉、雙調水仙子、客中春晚：昔年歌舞醉嬌春，今日衣冠逐後塵。　喬吉、中呂紅綉鞋、書所見：臉兒嫩難藏酒暈，扇兒薄不隔歌塵。　張可久、南呂四塊玉、客席胡使君席上：斂綉巾，整翠雲，點絳唇。　湯式、南呂一枝花套、勸妓女從良：愛村沙欺軟弱，嫌文墨笑溫純。　湯式、雙調天香引、代友人書、其五：好光景須臾，美姻緣倏忽，熱恩愛逡巡。　楊西庵、仙呂賞花時套：客況淒淒又一春，計載區區已四旬。　張可久、中呂迎仙客、湖上送別：釣錦鱗，棹紅雲。　喬吉、南呂四塊玉、詠手：掠翠顰，整鬢雲。　張可久、中呂滿庭芳、東嘉林熙齊小隱：蒼苔暈雨，喬木屯雲。　張可久、中呂滿庭芳、春暮：紅飄恨雨，綠染愁雲。　喬吉、中呂紅綉鞋、竹衫兒：汗香晴帶雨，肩瘦冷搜雲。　喬吉、雙調水仙子、傷春：山枕淺啼晴露，洞簫寒吹夢雲。　顧君澤、中呂醉高歌帶過紅繡鞋：擲金錢頻換酒，焚金鼎細生雲。　貫雲石、仙呂點絳唇套、閨愁：風逼透綉羅衾，風刮散楚台雲。　喬吉、雙調水仙子、手帕呈賈伯堅：對裁湘水縠波紋，挼皺梨花雪片雲。　張可久、越調寨兒令、山中：住青山遠却紅塵，掛烏紗高臥白雲。　張可久、雙調折桂令、紫微樓上右平章索賦：近北斗三天紫宸，拂危欄兩袖白雲。　貫雲石、中呂紅綉鞋：雪香蘭高侵雲髻，玉靈芝斜捧烏雲。　喬吉、雙調沈醉東風：珠滴瀝寒凝碧粉，玉瓏璁暖簇香雲。　張養浩、越調寨兒令、春：愛龐公不入城闉，喜陳摶高臥煙雲。　張可久、中呂滿庭芳、碧山丹房：紅的皪花開小春，碧檀欒樹倚蒼雲。　張可久、雙調折桂令：山外清溪，空中白月，島上紅雲。　汪元亨、雙調折桂令、歸隱：名利秋霜，榮華朝露，富貴浮雲。　張可久、雙調慶東原、春思：風搖翠裙，香飄麝塵，花暗烏雲。　張可久、黃鍾人月圓、春日湖上：蹇驢破帽，荒池廢苑，流水閑雲。　無名氏、越調鬪鵪鶉套：曲彎彎蛾眉掃黛，慢鬆鬆鳳髻高盤，高聳聳蟬鬢堆雲。　喬吉、雙調折桂令：禾黍高低，狐兎紛紜。　張養浩、越調寨兒令：陸龜蒙長散誕，陶元亮自耕耘。　張可久、雙調湘妃怨、酒邊索賦：范蠡空遺像，劉伶誰上墳。　汪元亨、中呂朝天子：任薰蕕不分，儘玉石共焚。　喬吉、雙調折桂令：霏霏花霧，淡淡梅魂。　張可久、雙調折桂令：驚起波神，喚醒梅魂。　張可久、雙調折桂令、西湖送別：恨寫蘭心，香瘦梅魂。　汪元亨、雙調折桂令：劍氣丹光，酒魄詩魂。　喬吉、中呂紅綉鞋：涼風醒醉眼，明月破詩魂。　喬吉、雙調水仙子、客中春晚：眇小了花風信，闌珊了蝶夢魂。　白樸、中呂陽春曲、知幾：不因酒困因詩困，常被吟魂惱醉魂。　無名氏、中呂陽春曲：厭的轉身，嘻的喑啞，參的消魂。　喬吉、雙調折桂令：繞鬢蘭烟，沾衣花氣，惱夢梅魂。　張可久、商調梧葉兒：柳線縈離思，荷衣拭泪痕，梅屋鎖吟魂。　張可久、中呂紅綉鞋、歸興：燕燕鶯鶯生分，風風雨雨傷神。　湯式、雙調天香引：往事休論，舊物猶存。　張可久、商調梧葉兒：扁舟興，淡月痕。　張可久、中呂滿庭芳：釵分恨股，粉印嬌痕。

上聲

⊙軫

【玉軫】張可久、中呂滿庭芳、春怨：塵蒙玉軫。【翼軫】湯式、南呂一枝花套、黃鶴樓：敞天窗，攢藻井，堪攀翼軫。

⊙肯

【一半兒肯】關漢卿、仙呂一半兒、題情：一半兒推辭一半兒肯。

⊙瑾

【公瑾】徐再思、雙調殿前歡、楊總管：韜略吳公瑾。

⊙隱

【歸隱】張可久、中呂紅綉鞋、歸興：青山招歸隱。【大隱】曾瑞、中呂山坡羊、譏時：朝市得安爲大隱。【隱隱】喬吉、中呂滿庭芳、漁父詞：田原隱隱。王德信、中呂十二月過堯民歌、別情：自別後遙山隱隱。顧君澤、中呂醉高歌帶過紅繡鞋：蕩金縷垂楊隱隱。【舊隱】湯式、中呂滿庭芳、除夕：荒蕪舊隱。湯式、雙調沈醉東風、與友敍舊：容老夫丹山舊隱。【高處隱】張可久、雙調清江引、草庵午睡：先生華山高處隱。【青山隱隱】張可久、中呂滿庭芳、次韻：樓外青山隱隱。【屏山隱隱】張可久、中呂滿庭芳、春晚閨怨：屏山隱隱。

引◉

【笑引】顧君澤、中呂醉高歌帶過紅繡鞋：縱金勒王孫笑引。【清江引】貫雲石、雙調清江引、惜別：閑來唱會清江引。【驪珠引】滕斌、大石百字令：寒玉嘶風，香雲捲雪，一串驪珠引。【魂牽夢引】無名氏、越調鬭鵪鶉套：只恐怕，兩下裏，魂牽夢引。

尹◉

【伊尹】徐再思、雙調殿前歡、楊總管：勳業商伊尹。

准◉

【不甚准】湯式、雙調對玉環帶清江引、四景題詩：話兒不甚准。

準◉

【端的準】貫雲石、雙調清江引、惜別：好消息到頭端的準。

刎◉

【自刎】張可久、中呂齊天樂過紅衫兒、道情：只落得自刎。

筍◉

【玉筍】喬吉、雙調水仙子、手帕呈賈伯堅：襯瓊杯蒙玉筍。貫雲石、仙呂點絳唇、閨愁、後庭花：蹀金蓮接玉筍。張可久、雙調折桂令、酸齋學士席上：傳酒令金杯玉筍。張可久、中呂滿庭芳、湖上晚歸：愛蓮女纖纖玉筍。【枯筍】關漢卿、仙呂醉扶歸、禿指甲：十指如枯筍。

本◉

【忘本】薛昂夫、中呂陽春曲：休忘本。【話本】汪元亨、雙調沈醉東風、歸田：總一段漁樵話本。【道本】張可久、中呂齊天樂過紅衫兒、道情：快活清閒道本。【證本】湯式、南呂一枝花套、勸妓女從良：覓花錢，償酒債，何年證本。湯式、中呂滿庭芳、除夕：楮先生，管城子，誰行證本。【正了本】彭壽之、仙呂八聲甘州套、賺尾：一夜歡娛正了本。

閫◉

【城閫】張養浩、越調寨兒令、春：愛龐公不入城閫。

窘◉

【命窘】張可久、正宮醉太平、無題：人皆嫌命窘。【受窘】曾瑞、中呂山坡羊、譏時：何受窘。曾瑞、中呂喜春來、妓家：咱受窘。

哂◉

【自哂】張養浩、中呂喜春來：還自哂。【笑哂】湯式、中呂滿庭芳、除夕：梅花笑哂。湯式、仙呂賞花時套、送友人入全眞道院：痲姑笑哂。

品◉

【一品】徐再思、雙調蟾宮曲、西湖尋春：不要多殺排一品。【題品】滕斌、大石百字令：阮郎去後，有誰著意題品。

損◉

【玷損】無名氏、越調鬭鵪鶉套：肌如美玉無玷損。【悶損】楊西庵、仙呂賞花時套、煞尾：九曲柔腸悶損。【皺損】貫雲石、仙呂點絳唇套、閨愁、賺煞：昨夜和衣睡，把羅裙皺損。【可喜損】喬吉、南呂四塊玉、詠手：整髻雲，可喜損。【拖逗損】貫雲石、中呂紅綉鞋：只被這業環兒，把他拖逗損。【憔悴損】關漢卿、雙調新水令套、駐馬聽：病身軀憔悴損。

蠢⊙

【是蠢】湯式、正宮醉太平、約遊春友不至：不閑遊是蠢。【做蠢】曾瑞、中呂山坡羊、譏時：粧做蠢。

忖⊙

【自忖】湯式、雙調對玉環帶清江引、四景題：心兒不自忖。【暗忖】湯式、南呂一枝花套、勸妓女從良、梁州：小生，暗忖。

粉⊙

【朱粉】彭壽之、仙呂八聲甘州套、醉中天：蓮臉施朱粉。【弄粉】張可久、雙調折桂令、酒邊即事：錦帳裏團香弄粉。【瑞粉】中呂紅綉鞋、三衢山中：松花飄瑞粉。【傅粉】關漢卿、雙調新水令套、沈醉東風：蓮臉上何曾傅粉。貫雲石、仙呂點絳唇套、閨愁、賺煞：恰待向瘦龐兒上傅粉。【碧粉】喬吉、雙調沈醉東風、倩人扶觀璚華：珠滴瀝寒凝碧粉。【漬粉】張可久、中呂朝天子、歌者訴梅：泪痕，漬粉。【梅花粉】喬吉、雙調賣花聲、香茶：細研片腦梅花粉。【殘粧粉】張可久、南呂四塊玉、春愁：曉夢雲，殘粧粉。【一半兒粉】查德卿、仙呂一半兒、春妝：一半兒胭脂一半兒粉。【香綿沁粉】徐再思、雙調水仙子、青玉花筒：半縷兒香綿沁粉。

穩⊙

【窄穩】無名氏、越調鬬鵪鶉套：瘦怯怯金蓮窄穩。【棹穩】喬吉、中呂滿庭芳、漁父詞：湖平棹穩。【倒穩】張可久、正宮醉太平、無題：胡蘆提倒穩。【較穩】喬吉、雙調沈醉東風、倩人扶觀璚華：比錦纜龍舟較穩。【睡穩】張可久、中呂滿庭芳、東嘉林熙齊小隱：筞房睡穩。【立不穩】湯式、南呂一枝花套、黃鶴樓：氣勢高寒立不穩。【行處穩】汪元亨、中呂朝天子、歸隱：坐時安行處穩。【春睡穩】張可久、雙調清江引、草庵午睡：不如草庵春睡穩。【深處穩】張可久、中呂紅綉鞋、天台桐柏山中：神仙深處穩。【睡得穩】喬吉、中呂紅綉鞋、書會見：料今宵怎睡得穩。【歌喉穩】張可久、南呂四塊玉、客席胡使君席上：舞態輕，歌喉穩。【蘭棹穩】顧君澤、中呂醉高歌帶過紅繡鞋：戧金船蘭棹穩。【龍背穩】楊西庵、仙呂賞花時套：橋拈河梁龍背穩。

⊙衮【蒼烟衮衮】湯式、中呂醉高歌帶紅綉鞋、客中題壁：芳草墜蒼烟衮衮。

滾【浪滾】汪元亨、雙調沈醉東風、歸田：任平地波翻浪滾。【滾滾】湯式、正宮醉太平、約遊春友不至：芳塵滾滾。王德信、中呂十二月過堯民歌、別情：見楊柳飛綿滾滾。【紅塵亂滾】張可久、雙調沈醉東風、氣毬：强似向紅塵亂滾。【黃粱飯滾】湯式、仙呂賞花時套、送友人入全眞道院：等待着黃粱飯滾。

疹診稹○懇墾齦○緊

謹槿卺○蚓○閔憫泯

愍敏○吻○隼○允殞

隕狁○畚○壼⿰口困悃○

囷○蜃○牝○狠○忍

○盾○撙○瞬○儘

【對偶】顧君澤、中呂醉高歌帶過紅繡鞋：漾金波碧甃粼粼，蕩金縷垂陽隱隱。張可久、中呂紅綉鞋、歸興：黃金羞壯士，紅粉弄佳人，靑山招舊隱。徐再思、雙調殿前歡、楊總管：文章漢子雲，韜略吳公瑾，勳業商伊尹。湯式、雙調對玉環帶淸江引、四景題詩：使得囊空，心兒不自忖；寄得書來，話兒不甚准。湯式、南呂一枝花套、勸妓女從良：伴風姨、陪月姊、甚日辭柵，覓花錢、償酒債、何年證本。張可久、南呂四塊玉：舞態輕，歌喉穩。楊西庵、仙呂賞花時套：水到湍頭燕尾分，橋掂河梁龍背穩。

去聲

⊙陣【成陣】湯式、正宮小梁州、詠雪效蘇禁體作：悲寒成陣。張養浩、中呂山坡羊、北邙山懷古：悲風成陣。湯式、南呂一枝花套、黃鶴樓：汀花岸草春成陣。【陣陣】王德信、中呂十二月過堯民歌、別情：透內閣香風陣陣。【香成陣】張可久、中呂快活三過朝天子、春思：花落香成陣。

張可久、中呂滿庭芳、湖上晚歸：一方瑞錦香成陣。【迷魂陣】張可久、正宮醉太平、無題：門庭改做迷魂陣。【笙歌陣】湯式、南呂一枝花套、勸妓女從良：你畢罷了，柳衢花市笙歌陣。【愁成陣】張可久、雙調水仙子、秋思：秋風昨夜愁成陣。【蜂蝶陣】徐再思、越調小桃紅、花籃髻鬌：同心雙挽蜂蝶陣。【龍蛇陣】汪元亨、雙調雁兒落過得勝令、歸隱：跳出龍蛇陣。【淒涼成陣】湯式、中呂醉高歌帶紅綉鞋、客中題壁：深巷靜淒涼成陣。

鎭

【雄鎭】湯式、南呂一花套、黃鶴樓：突兀當雄鎭。

信⊙

【芳信】關漢卿、雙調大德歌：著誰傳芳信。湯式、中呂滿庭芳、除夕：南枝昨夜傳芳信。【風信】喬吉、雙調水仙子、客中春晚：眇小了花風信。【秋信】喬吉、雙調水仙子、贈常鳳哥：碧梧枝冷驚秋信。【春信】馬致遠、仙呂青哥兒、十月：玄冥偸傳春信。【音信】湯式、南呂一枝花套、黃鶴樓：千載無音信。張可久、中呂快活三過朝天子、春思：望斷無音信。關漢卿、雙調新水令套：絕魚雁杳音信。張可久、正宮小梁州、春夜：故人一去無音信。【梅信】張可久、南呂金字經：江梅信。【誠信】湯式、南呂一枝花套、勸妓女從良、梁州：多詭詐少誠信。【準信】無名氏、雙調壽陽曲：這言語好難準信。【誰信】楊西庵、仙呂賞花時套、賺煞尾：燈花誰信。【平安信】徐再思、中呂朝天子、手帕：寄風月平安信。張可久、南呂四塊玉、春愁：十年不寄平安信。【南枝信】張可久、中呂朝天子、歌者訴梅：未得南枝信。【風雷信】湯式、雙調對玉環帶清江引、四景題詩：只待風雷信。曾瑞、中呂山坡羊、譏時：奈何不逐風雷信。【東風信】張養浩、中呂朝天子、詠美：須寄與東風信。【青鸞信】貫雲石、仙呂點絳唇套、閨怨：專盼青鸞信。【傳芳信】盧摯、雙調殿前歡：紅塵驛使傳芳信。

客⊙

【驕客】貫雲石、雙調清江引、惜別：聚散非驕客。【酸丁客】湯式、正宮醉太平、嘲秀才上花台：多則與少則許又罵酸丁客。

鬢⊙

【雲鬢】貫雲石、中呂紅綉鞋：雪香蘭高侵雲鬢。【蓬鬢】倪瓚、越調小桃紅：天地雙蓬鬢。【蟬鬢】貫雲石、仙呂點絳唇套、閨愁、混江龍：鸞釵半嚲憁蟬鬢。【雙鬢】汪元亨、雙調雁兒落過得勝令、歸隱：不使侵雙鬢。無名氏、雙調水仙子、小園春晚：飛烏走兎催雙鬢。【何郎鬢】張可久、中呂滿庭芳、春暮：粉痕吹上何郎鬢。【佳人鬢】張養浩、中呂朝天子、詠美：花落佳人鬢。【秋生鬢】任昱、越調小桃紅：不覺秋生鬢。【秋蟬鬢】徐再思、越調小桃紅、花籃鬐髻：吹在秋蟬鬢。【星霜鬢】湯式、雙調沉醉東風、與友敍舊：點點星霜鬢。【潘安鬢】張養浩、雙調雁兒落兼得勝令：任雪滿潘安鬢。

◉愼

【和愼】貫雲石、雙調清江引、惜別：勉勵勤和愼。

◉醞

【美醞】湯式、正宮小梁州、詠雪效蘇禁體作：羊羔美醞。

運

【時運】湯式、南呂一枝花套、勸妓女從良：飽暖隨時運。【風流運】薛昂夫、雙調慶東原、西皐亭適興：行到風流運。【孤辰運】貫雲石、正宮醉太平、失題：紅鸞來照孤辰運。【清閑運】曾瑞、中呂山坡羊、譏時：太平分的清閑運。【黃虀運】湯式、中呂滿庭芳、除夕：儒生甘捱黃虀運。【興亡運】倪瓚、越調小桃紅：百年世事興亡運。

暈

【生暈】喬吉、雙調清江引、笑靨兒：暖嵌花生暈。【冰暈】徐再思、越調天淨沙、探梅：水香冰暈。【紅暈】徐再思、雙調水仙子、青玉花筒：鸞釵嵌玉浮紅暈。【酒暈】喬吉、中呂紅綉鞋、書所見：臉兒嫩難藏酒暈。【香生暈】喬吉、越調小桃紅、扇兒：半枝汗濕香生暈。【胭脂暈】無名式、中呂普天樂：杏臉膩胭脂暈。【蒼苔暈】張可久、中呂朝天子、看雲樓上：詩句蒼苔暈。

韻

【松韻】張可久、中呂朝天子、看雲樓上：鸞鳴松韻。【風韻】喬吉、越調小桃紅、扇兒：桃花風韻。滕斌、大石百字令：誰料濁羽青商，繁弦急管，猶自餘風韻。喬吉、雙調賣花聲、香茶：這孩兒那些風韻。顧君澤、中呂醉高歌帶過紅繡鞋：按金雁銀箏風韻。李致遠、越調小桃紅、碧桃：漢闕佳人足風韻。張可久、雙調落梅風、禹寺見梅：不奢華自然風韻。【聲韻】徐子芳、雙調沈醉東風：引青鸞玉簫聲韻。【韻韻】喬吉、越調天淨沙、即事：事事風風韻韻。【難韻】張可久、雙調湘妃怨、酒邊索賦：詞翻芍藥分難韻。【簫韻】張可久、中呂滿庭芳、碧山丹房：

吹簫韻。【江梅韻】關漢卿、雙調大德歌：瘦損江梅韻。張可久、雙調水仙子、湖上晚歸：荔枝香裏江梅韻。【風敲韻】貫雲石、仙呂點絳脣套、閨愁：簷間鐵馬風敲韻。【梅花韻】盧摯、中呂喜春來、贈伶婦楊氏嬌嬌：香添索笑梅花韻。【添風韻】馬致遠、仙呂青哥兒、十月：錦帳佳人會溫存，添風韻。薛昂夫、雙調慶東原、西皋亭適興：錦橙香紫蟹添風韻。【黃鸝韻】張養浩、中呂朝天曲、詠四景、春：時聽黃鸝韻。【樽前韻】張可久、南呂四塊玉、客席胡使君席上：一聲金縷樽前韻。

⊙盡

【春盡】曾瑞、中呂山坡羊、譏時：繁花春盡。【將盡】湯式、中呂滿庭芳、除夕：年將盡。貫雲石、仙呂點絳脣套、閨愁：暮雲將盡。【傾盡】滕斌、大石百字令：把人間恩怨，樽前傾盡。【寬盡】貫雲石、仙呂絳脣套、閨愁、混江龍：帶圍寬盡。【遮盡】張養浩、中呂朝天曲、詠四景、春：煙靄都遮盡。【玄霜盡】馬致遠、南呂四塊玉、藍橋驛：玉杵閑，玄霜盡。【何年盡】貫雲石、仙呂點絳脣套、閨愁、寄生草：相思滿腹何年盡。【春將盡】張可久、正宮小梁州、春夜：燕未歸，春將盡。【消磨盡】汪元亨、雙調雁兒落過得勝令、歸隱：俗慮消磨盡。張養浩、中呂山坡羊、北邙山懷古：把風雲慶會消磨盡。【寒燈盡】張可久、中呂快活三過朝天子、春思：月淡寒燈盡。【愁難盡】貫雲石、仙呂點絳脣、閨愁、寄生草：泪珠兒滴盡愁難盡。【燈挑盡】張可久、雙調水仙子、秋思：燈挑盡，酒半醺。【片言難盡】湯式、雙調沈醉東風、與友敍舊：對青燈片言難盡。

⊙忿

【生忿】湯式、南呂一枝花套、勸妓女從良：縱然道，板障的娘娘，有些生忿。【消忿】薛昂夫、中呂朝天曲：垂紳消忿。

分

【生分】張可久、中呂紅綉鞋、歸興：燕燕鶯鶯生分。【名分】張可久、雙調水仙子、湖上小隱：蕭疎命裏眞名分。【隨分】任昱、越調小桃紅：田園隨分。【天仙分】薛昂夫、中呂朝天曲：未到天仙分。【夫妻分】薛昂夫、中呂朝天曲：不是夫妻分。【功名分】喬吉、雙調水仙子、習隱：五行不帶功名分。【君臣分】薛昂夫、中呂朝天曲：早定君臣分。【林泉分】張可久、中呂滿庭芳、東嘉林熙齊小隱：生平喜有林泉分。【姻緣分】貫雲石、正宮醉太平、失題：白身合有姻緣分。【神仙分】張可久、中呂朝天子、看雲樓上：知有神仙分。張可久、中呂滿庭芳、碧山丹房：予生自有神仙分。【清平分】湯式、仙呂賞花時套、送友人入全眞道院：便得清平分。【清貧分】張可久、雙調清江引、草庵午睡：自有清貧分。

近⊙

【春近】湯式、仙呂賞花時套、送友人入全眞道院：碧桃春近。【將近】薛昂夫、中呂朝天曲：佳期將近。【鄰近】倪瓚、越調小桃紅：白酒新篘會鄰近。【誰近】張養浩、中呂朝天子、詠美：黃昏誰近。【親近】張可久、中呂滿庭芳、湖上晚歸：相親近。【巫山近】張可久、正宮小梁州、春日次陳在山韵：畫屏咫尺巫山近。【芳村近】喬吉、中呂滿庭芳、漁父詞：惡風波飛不上綵綸，芳村近。【長安近】盧摯、雙調殿前歡：回頭不覩長安近。【洞天近】湯式、南呂一枝花套、黃鶴樓、梁州：況與洞天近。【清明近】馬致遠、仙呂青哥兒、二月：兩兩三三見遊人，清明近。湯式、中呂醉高歌帶紅繡鞋、客中題壁：杜鵑啼血清明近。【寒香近】張可久、中呂朝天子、歌者訴梅：漸覺寒香近。【黃昏近】湯式、中呂滿庭芳、除夕：投至得黃昏近。【蓬萊近】張可久、看雲樓上：咫尺蓬萊近。

櫬⊙

【怎生櫬】無名氏、越調鬪鵪鶉套：越女吳姬怎生櫬。【輕羅櫬】喬吉、越調小桃紅、扇兒：秋色輕羅櫬。

印⊙

【解印】張可久、中呂朱履曲、歸興：堂上先生解印。【元戎印】張可久、中呂齊天樂過紅衫兒、道情：不羨元戎印。【黃金印】張可久、雙調清江引、草庵午睡：紫綬黃金印。喬吉、雙調水仙子、習隱：生不願黃金印。徐再思、雙調殿前歡、楊總管：腰間斗大黃金印。【雙鴛印】無名氏、中呂普天樂：款步香塵雙鴛印。【蘇卿印】張養浩、雙調雁兒落兼得勝令：分付了蘇卿印。【心兒裏印】關漢卿、雙調新水令套、沈醉東風：口兒咕心兒裏印。【向紗窗上印】盧摯、雙調殿前歡：瘦影兒向紗窗上印。

遜⊙

【無何遜】張可久、雙調水仙子、重過西湖：梅邊才思無何遜。

俊⊙

【他俊】彭壽之、仙呂八聲甘州套、賺尾：因他俊。【清俊】湯式、正宮小梁州、詠雪效蘇禁體作：陶學士滿口譽清俊。【嬌俊】喬吉、雙調清江引、笑靨兒：巧倩含嬌俊。【聰俊】湯式、雙調湘妃引、和陸進之韻：說聰俊誰肯憐聰俊。【年時俊】張可久、雙調慶東原、春思：爲多情減盡年時俊。【依然俊】張可久、雙調水仙子、暮春次韻：閑歌水調依然俊。【當時俊】貫雲石、仙呂點絳唇套、閨愁、寄生草：瘦龐兒不似當時俊。【雙生俊】曾瑞、南呂四塊玉、嘲妓家：奴非不愛雙生俊。

順⊙

【心順】薛昂夫、中呂朝天曲：孝感天心順。彭壽之、仙呂八聲甘州套、賺尾：俺於他心順。【隨順】貫雲石、雙調清江引、惜別：緩緩相隨順。無名氏、雙調壽陽曲：夜深沈洞房隨順。【心不順】湯式、南呂一枝花套、勸妓女從良、梁州：如今的，這女娘每一箇箇口順心不順。【揚塵順】薛昂夫、中呂朝天曲：舞蹈揚塵順。

潤⊙

光潤。【山光潤】王愛山、越調小桃紅、消遣：雨霽山光潤。【胭脂潤】徐再思、中呂朝天子、手帕：半帶著胭脂潤。【寶釵潤】徐再思、越調小桃紅、花籃髻：玉露凝寶釵潤。

問⊙

【存問】楊西庵、仙呂賞花時套、煞尾：有誰人存問。【休問】張可久、中呂齊天樂過紅衫兒、道情：名利君休問。【俫問】貫雲石、仙呂點絳唇套、閨愁、賺煞：却有誰俫問。【閒問】張可久、中呂紅綉鞋、天台桐柏山中：談世事漁樵閒問。【嗔問】盧摯、雙調殿前歡：誰嗔問。【親問】張養浩、中呂喜春來：路逢餓殍須親問。【南湖問】喬吉、雙調水仙子、客中春晚：歸舟欲向南湖問。【秦樓問】張可久、中呂滿庭芳、春怨：月明誰上秦樓問。【家家問】王愛山、越調小桃紅、消遣：拖條藤杖家家問。【流鶯問】張可久、中呂滿庭芳、春晚閨怨：綠紗窗外流鶯問。【無人問】薛昂夫、中呂朝天曲：賣墨無人問。關漢卿、雙調大德歌：花陰下等待無人問。【誰瞅問】關漢卿、雙調大德歌：香閨裏冷落誰瞅問。【鄰姬問】關漢卿、雙調新水令套、駐馬聽：羞答答恐怕他鄰姬問。

囤⊙

【盛錢囤】張可久、正宮醉太平：文章糊了盛錢囤。

鈍

【猶鈍】薛昂夫、中呂朝天曲：青蛇猶鈍。【天生鈍】關漢卿、仙呂醉扶歸、禿指甲：揉癢天生鈍。

沌⊙

【混沌】張可久、雙調沈醉東風、氣毬：元氣初包混沌。

悶⊙

【孤悶】喬吉、水仙子、傷春：屏牀獨自懷孤悶。湯式、南呂一枝花套、黃鶴樓：我待要，閑躡金梯教孤悶。【閑悶】關漢卿、雙調新水令套、駐馬聽：閑愁閑悶。【愁悶】王愛山、越調小桃紅、消遣：野鳥山花破愁悶。【慰悶】貫雲石、仙呂點絳唇套、閨愁、混江龍：相思慰悶。【憂悶】張可久、中呂齊天樂過紅衫兒、道情：倒大無憂悶。【心間悶】楊西庵、仙呂賞花時套、煞尾：腹中愁，心間悶。【愁和悶】貫雲石、雙調清江引、惜別：解放愁和悶。【塵俗悶】汪元亨、中呂朝天子、歸隱：無半點塵俗悶。【雙生悶】曾瑞、中呂喜春來、妓家：無錢難解雙生悶。【滿懷愁悶】關漢卿、雙調新水令套：天對付滿懷愁悶。

郡⊙

【山郡】張可久、中呂紅綉鞋、三衢山中：白酒黃柑山郡。【東南郡】湯式、南呂一枝花套、黃鶴樓、梁州：都道是，物華勝壓東南郡。【蒼梧郡】張可久、雙調湘妃怨、送人之官南中：孤城官舍蒼梧郡。

困⊙

【人困】楊西庵、仙呂賞花時套：日長人困。曾瑞、中呂山坡羊、譏時：窮途人困。【心困】貫雲石、仙呂點絳唇套、閨愁、賺煞：欲梳粧却心困。【花困】滕斌、大石百字令：柳顰花困。【酒困】張可久、雙調折桂令、酒邊卽事：花消酒困。【詩困】白樸、中呂陽春曲、知幾：不因酒困因詩困。【仙姑困】薛昂夫、中呂朝天曲：却被仙姑困。【東風困】李致遠、越調小桃紅、碧桃：玉瘦東風困。【昨宵困】張養浩、中呂朝天子、詠美：不似昨宵困。【春風困】喬吉、雙調水仙子、手帕呈賈伯堅：束纖腰舞得春風困。【春纖困】張可久、中呂滿庭芳、次韻：數歸期屈得春纖困。【爲奴困】薛昂夫、中呂朝天曲：同受爲奴困。【書生困】薛昂夫、中呂朝天曲：也被書生困。【有些兒困】張可久、雙調得勝令：怕有些兒困。

論⊙

【公論】湯式、雙調對玉環帶清江引、四景題詩：就裏沒公論。湯式、南呂一枝花套、勸妓女從良：嗚珂巷無公論。【休論】湯式、雙調天香引、代友人書、其五：往事休論。【討論】汪元亨、雙調沈醉東風、歸田：千古興亡費討論。【閑論】湯式、越調天淨沙、題畫上小景：閑評閑論。【議論】湯式、仙呂賞花時套、送友人入全眞道院：老生議論。湯式、正宮醉太平、嘲秀才上花台：被虔婆每議論。【向誰論】貫雲石、仙呂點絳唇套、閨愁、賺煞：煩惱向誰論。【匡時論】汪元亨、中呂朝天子歸隱：誰待看匡時論。【誰共論】貫雲石、越調凭闌人、題情：心事相關誰共論。

混⊙

【魚龍混】汪元亨、中呂朝天子、歸隱：由人海魚龍混。

寸⊙

【三寸】汪元亨、中呂朝天子、歸隱：舌緘三寸。王德信、中呂十二月過堯民歌、別情：摟帶寬三寸。【方寸】徐再思、中呂朝天子、手帕：敷陳方寸。盧摯、雙調殿前歡：無事縈方寸。張可久、雙調沈醉東風、氣毬：絕世慮縈方寸。【剪龍鬚爲寸】喬吉、中呂紅綉鞋、竹衫兒：拚刀剪龍鬚爲寸。

恨⊙

【含恨】李致遠、越調小桃紅、碧桃：玉容含恨。【埋恨】張養浩、中呂山坡羊、北邙山懷古：荒烟埋恨。【寫恨】喬吉、雙調水仙子、贈常鳳哥：都不索瑤琴寫恨。【千年恨】張可久、南呂四塊玉、懷古疎翁索題：黃沙妖血千年恨。【六宮恨】喬吉、越調小桃紅、扇兒：休寫班姬六宮恨。【古今恨】任昱、越調小桃紅：漢水秦關古今恨。【包胥恨】薛昂夫、中呂朝天曲：不見包胥恨。【江南恨】張可久、中呂朝天子、歌者訴梅：訴煙雨江南恨。【別離恨】無名氏、越調鬬鵪鶉套：好因緣休到別離恨。【眉尖恨】張可久、雙調慶東原、春思：一點眉尖恨。【東風恨】徐再思、中呂朝天子、手帕：縷縷東風恨。【青鸞恨】徐再思、中呂陽春曲、春思：酒醒眉記青鸞恨。【香奩恨】張可久、正宮小梁州、春日次陳在山韻：錦帳愁，香奩恨。【風流恨】喬吉、南呂四塊玉、詠手：爲織柔長惹風流恨。【前春恨】貫雲石、仙呂點絳唇套、閨愁、寄生草：今春又惹前春恨。【無窮恨】張養浩、中呂喜春來：無窮名利無窮恨。

嫩⊙

【香嫩】喬吉、雙調賣花聲、香茶：舌尖香嫩。【嫩嫩】喬吉、越調天淨沙、即事：嬌嬌嫩嫩。

【朱唇嫩】彭壽之：仙呂八聲甘州套、醉中天：一點朱唇嫩。【書生嫩】湯式、正宮醉太平、嘲秀才上花台：星裏來，月裏去，又笑書生嫩。【梨花嫩】無名氏、中呂普天樂：海棠嬌，梨花嫩。【黃金嫩】湯式、正宮醉太平、約遊春友不至：柳屯雲，護城闉，兩岸黃金嫩。【黃雞嫩】汪元亨、雙調沈醉東風、歸田：迭斤兩黃雞嫩。【鵝黃嫩】喬吉、雙調沈醉東風、倩人扶觀璠華：宮額鵝黃嫩。【瓊肌嫩】李致遠、越調小桃紅、碧桃：翠裙翦翦瓊肌嫩。【瓊枝嫩】喬吉、南呂四塊玉、詠手：玉掌溫，瓊枝嫩。【蘆芽嫩】喬吉中呂滿庭芳、漁父詞：蔞蒿香脆蘆芽嫩。【纖纖嫩】關漢卿、雙調新水令套、得勝令：更那堪十指纖纖嫩。

褪⊙

【雲褪】張可久、雙調落梅風、禹寺見梅：亞冰梢月斜雲褪。

搵⊙

【拳頭搵】關漢卿、仙呂醉扶歸、禿指甲：索把拳頭搵。

趁⊙

【隨趁】顧君澤、中呂醉高歌帶過紅繡鞋：步金蓮仙子相隨趁。

震振賑○訊迅贐燼○

刃訒仞認○悋藺磷○殯臏○腎○慍蘊惲○晉進璡○糞奮○覲○齔○孕○峻浚殉噀○巽○駿○舜○閏○紊○頓遁盾○濆○遴倴○訓○噴○釁○諢○疢

【對偶】
湯式、雙調對玉環帶清江引、四景題詩：不趁雨雲期，只待風雷信。　喬吉、雙調水仙子、贈常鳳哥：紫金釵影落芳樽，白玉簫聲隔暮雲，碧梧枝冷驚秋信。　貫雲石、雙調清江引、惜別：窮通各有時，聚散非驕吝。　湯式、雙調沈醉東風、與友敘舊：悠悠江海心，點點星霜鬢。　喬吉、雙調清江引、笑靨兒：紅鐫玉有痕，暖嵌花生暈。無名氏、中呂普天樂：柳眉顰翡翠彎，杏臉膩胭脂暈。　張可久、中呂朝天子、看雲樓上：鳳翥山光，鸞鳴松韻。　無名氏、越調鬪鵪鶉套：嫋嫋婷婷，風風韻韻。　楊西庵、仙呂賞花時套、賺煞尾：調養就舊精神，粧點出嬌風韻。　張可久、南呂四塊玉、客席胡使君席上：十里香塵柳邊春，一聲金縷樽前韻。　喬吉、越調天淨沙、卽事：鶯鶯燕燕春春，花花柳柳眞眞，事事風風韻韻。　張可久、雙調湘妃怨、酒邊索賦：舞低楊柳困佳人，醅潑葡萄醉晚春，詞翻芍藥分離韻。　張可久、正宮小梁州、春夜：燕未歸，春將盡。　貫雲石、仙呂點絳唇套、閨愁、寄生草：思量幾度甚時休，相思滿腹何年盡。　湯式、仙呂賞花時套，送友人入全眞道院：旣悟生死機，便得清平分。　貫雲石、正宮醉太平、失題：紅鸞來照孤辰運，白身合有姻緣分。　張可久、雙調清江引、草庵午睡：華堂碧玉簫，紫綬黃金印。　張養浩、雙調雁兒落兼得勝令：抖擻了元亮塵，分付了蘇卿印。　無名氏、越調鬪鵪鶉套：媚媚姿姿，淹淹潤潤。　楊西庵、仙呂賞花時套、煞尾：腹中愁，心間悶。　張可久、雙調湘妃怨、送人之官南中：橫江酒肆翠藤根，

落日人家丹荔村，孤城官舍蒼梧郡。　南呂一枝花套、勸妓女從良：麗春園有世情，鳴珂巷無公論。　汪元亨、中呂朝天子、歸隱：身重千金，舌緘三寸。　張可久、雙調沈醉東風、氣毬：閒田地著此身，絕世慮縈方寸。　張可久、正宮小梁州、春日次陳在山韻：錦帳愁，香奩恨。　張可久、雙調慶東原、春思：千里意中人，一點眉尖恨。　張可久、南呂四塊玉、懷古疎翁索題：翠被濃香一時恩，黃沙妖血千年恨。　無名氏、中呂喜春來：海棠嬌，梨花嫩。　喬吉、南呂四塊玉、詠手：玉掌溫，瓊枝嫩。　喬吉、雙調賣花聲、香茶：醉魂清爽，舌尖香嫩。　喬吉、雙調沈醉東風、倩人扶觀瑤華：仙裙翡翠薄，宮額鵝黃嫩。　汪元亨、雙調沈醉東風、歸田：够升合白酒醇，送斤兩黃雞嫩。

第八部

（寒山）

陰平

⊙山【入山】汪元亨、中呂朝天子、歸隱：放張良入山。【千山】張可久、雙調殿前歡、客中：風雪千山。薛昂夫、雙調蟾宮曲、快閣懷古：落木千山。白樸、大石調青杏子套、詠雪：被大風灑落千山。【下山】喬吉、雙調水仙子、重觀瀑布：玉龍下山。張養浩、南呂西番經：便是巢由下山。【仙山】張可久、雙調折桂令、金華山看瀑泉：飛下仙山。張可久、雙調折桂令、和疎齋學士韻：鏡海仙山。【西山】薛昂夫、雙調殿前歡、春：我傲西山。庚吉甫、雙調蟾宮曲：南浦西山。喬吉、雙調折桂令、湖樓卽事：疎簾外暮雨西山。貫雲石、中呂醉高歌過紅繡鞋：暮雲遮日落西山。【江山】喬吉、雙調折桂令、安溪半江亭陪雅齋元帥飲：如此江山。張可久、越調柳營曲、投閑卽事：一帶好江山。【有山】劉時中、雙調雁兒落過得勝令、送別：山頭更有山。【吳山】喬吉、雙調水仙子、中秋浚一日山亭賞桂花時雨稍晴：儘尊前楚水吳山。【巫山】喬吉、雙調行香子套、題情、小陽關：咫尺巫山。張可久、越調寨兒令、送別：翠模糊十二巫山。【青山】張可久、雙調殿前歡、愛山亭上：青山愛我，我愛青山。喬吉、雙調水仙子、和化成甫番馬扇頭：滿眼青山。喬吉、越調小桃紅、紹興于侯索賦：日日看青山。顧君澤、中呂醉高歌帶過攤破喜春來：長江遠映青山。貫雲石、雙調水仙子、田家：任逍遙綠水青山。張可久、越調寨兒令、舟行感興：掩孤篷羞見青山。張可久、中呂紅綉鞋、秋望：百千重樓外青山。【近山】張養浩、中呂朝天子、攜美姬湖上：遠山近山。【南山】張養浩、越調寨兒令、秋：北渚，南山。【空山】汪元亨、雙調雁兒落過得勝令、歸隱：名姓老空山。【孤山】張可久、正宮小梁州、雪晴詩興：暗香來處是孤山。【故山】張可久、越調凭闌人、和白玉貞人：袖雲歸故山。張可久、雙調水仙子、湖上小隱：喜共閑雲歸故山。汪元亨、雙調沉醉東風、歸田：乞骸骨潛歸故山。【春山】喬吉、仙呂賞花時套、睡鞋兒、賺煞：映秋波兩葉春山。【看山】張可久、雙調落梅風、湖上：四十年繞湖賒看山。【狼山】庚天錫、雙調雁兒落帶得勝令：狼山，白雲相伴閒。【無山】張可久、中呂朝天子、郝東池席上：仙宮深處更無山。【黑山】張可久、商調梧葉兒、早行：黃河繞黑山。【雲山】張養浩、雙調雁兒落帶得勝令：雲山，隔斷紅塵岸。貫雲石、南呂一枝花套、離悶、梁州：盼鴻書目斷雲山。貫雲石、南呂一枝花套、離悶、採茶歌：則我這薄情何處走雲山。【湖山】徐再思、雙調蟾宮曲、西湖：十年不到湖山。【溪山】盧摯、雙調蟾宮曲、買皓庵棲居即事：攪斷溪山。【漫山】顧德潤、中呂醉高歌帶喜春來、宿四湖：梅花飛雪漫山。【遠山】貫雲石、南呂一枝花套、離悶：蛾眉淡遠山。劉燕歌、仙呂太常引：蹙損了蛾眉遠山。【銅山】張養浩、中呂山坡羊：鑄銅山。【銀山】張可久、雙調殿前歡、雪晴泛舟：銷金鍋鎔出爛銀山。【箕山】阿魯威、雙調蟾宮曲：除却巢由更無人到潁水箕山。【遙山】曾瑞、南呂罵玉郎過感皇恩採茶歌、閨情：對遙山。【滿山】張可久、南呂金字經、偕王公實尋梅：破帽西風雪滿山。【歸山】汪元亨、雙調折桂令、歸隱：倜儻歸山。【關山】湯式、中呂滿庭芳、代人寄書：似隔關山。喬吉、雙調行香子套、題情、碧玉簫：對面兒隔關山。張可久、越調天淨沙、浮雪樓夜坐：雲深何處關山。【一半山】張養浩、中呂朝天曲：却遮了一半山。【山外山】張可久、南呂金字經、春曉：夕陽山外山。徐再思、越調凭闌人、江行：亂雲山外山。【三面山】張可久、雙調水仙子、歸來次韻：對草堂三面山。【大小山】湯式、商調知秋令、隱居：詩吟大小山。【千萬山】張可久、越調凭闌人、和白玉眞人：對樓千萬山。【太行山】湯式、南呂一枝花套、送章文卿歸隱：落日太行山。【四明山】張可久、雙調湘妃怨、紀行：黃雲縹緲四明山。【四面山】張養浩、雙調沉醉東風：對着這萬頃風煙四面山。【四圍山】張養浩、雙調殿前歡、登會波樓：四圍山，會波樓上倚闌干。【西華山】喬吉、南呂玉交枝、閑適二曲：陳摶睡足西華山。【赤壁山】張可久、中呂賣花聲、懷古：戰火曾燒赤壁山。【門外山】貫雲石、雙調水仙子、田家：院後溪流門外山。【望夫山】曾瑞、中呂喜春來、閨情：粧樓便當望夫山。【富春山】徐再思、商調梧葉兒、釣臺：風月富春山。查德卿、越調寨兒令、漁夫：樂似富春山。【雲外山】張可久、南呂金字經、秋望：望窮雲外山。【華鵲山】張養浩、南呂西番經：略別華鵲山。【遠近山】張養浩、雙調落梅引：斷雲遠近山。徐再思、中呂陽春曲、皇亭晚泊：雲去雲來遠近山。【樹遮山】貫雲石、南呂一枝花套、離悶、採茶歌：夕陽花草樹遮山。【四面皆山】張可久、雙調折桂令、皆山樓卽事：愛樓居四面皆山。【萬水千山】關漢卿、雙調沉醉東風：盼離鞍萬水千山。

丹⊙

【大丹】張可久、越調凭闌人、和白玉眞人：錬霞成大丹。【牡丹】張可久、中呂迎仙客、春曉：看牡丹。【金丹】湯式、南呂一枝花套、送車文卿歸隱、梁州：比壺內翁不煉金丹。【渥丹】喬吉、越調鬬鵪鶉套、歌姬：顏如渥丹。【紫金丹】湯式、商調知秋令、隱居：爐養紫金丹。

單

【衣單】喬吉、雙調水仙子、重觀瀑布：露華涼人怯衣單。【鸞單】喬吉、雙調行香子套、題情：鳳隻鸞單。【被兒單】關漢卿、仙呂一半兒、題情：薄設設被兒單。【羅襪單】喬吉、仙呂賞花時套、睡鞋兒：暖透凌波羅襪單。【鸞鏡單】張可久、越調寨兒令、送別：鸞鏡單，鳳簫閑。【鸞孤鳳單】貫雲石、南呂一枝花套、離悶、感皇恩：悶的我鸞孤鳳單。

鄲

【邯鄲】張可久、越調寨兒令、舟行感興：好夢邯鄲。張養浩、越調寨兒令、秋：無處不邯鄲。喬吉、雙調水仙子、賦李仁仲懶慢齋：夢魂中識破邯鄲。

干⊙

【休干】鄧玉賓、雙調雁兒落帶得勝令、閒適：休干，誤殺英雄漢。【江干】庚吉甫：、雙調蟾宮曲：滕王高閣江干。張養浩、雙調沉醉東風：松筠梅菊江干。張養浩、雙調沉醉東風：楚靈均憔悴江干。【相干】張養浩、越調寨兒令、赴詹事丞：名不相干。【無干】薛昂夫、雙調蟾宮曲、快閣懷古：物我無干。【闌干】張可久、雙調殿前歡、愛山亭上：小闌干。彭壽之、仙呂八聲甘州套、六幺遍：倚遍闌干。白樸、大石調靑杏子套、詠雪：冷濕闌干。吳西逸、越調天淨沙、閑題：此情時拍闌干。張可久、越調天淨沙、浮雪樓夜坐：月明今夜闌干。喬吉、越調鬪鵪鶉套、歌姬、紫花兒：喫喜煞夜月闌干。張可久、雙調湘妃怨、桐江上小金山：玉浮圖十二闌干。【曲闌干】馬致遠、越調小桃紅、秋：井梧一葉，新月曲闌干。【倚闌干】張可久、雙調折桂令、皆山樓卽事：人倚闌干。喬吉、雙調折桂令、秋日飲湖樓卽事：共倚闌干。張可久、黃鍾人月圓、雪中遊虎丘：留我倚闌干。【憑闌干】貫雲石、南呂一枝花套、離悶、感皇恩：採茶歌，憑闌干。曾瑞、中呂喜春來、閨情：無語憑闌干。

竿

【一竿】張養浩、越調寨兒令、赴詹事丞：只一竿，釣出水中仙。【千竿】張養浩、中呂十二月兼堯民歌：遂閒堂卽事：翠玉千竿。張養浩、雙調雁兒落兼得勝令：風月竹千竿。【上竿】喬吉、雙調水仙子、賦李仁仲懶慢齋：掇梯兒休上竿。【釣竿】查德卿、越調寨兒令、漁夫：失意放釣竿。張養浩、雙調沉醉東風：萬事無心一釣竿。喬吉、不知宮調豐年樂：不如磻溪岸垂釣竿。【漁竿】張可久、越調天淨沙、浮雪樓夜坐：柳陰閒殺漁竿。【兩三竿】張可久、雙調殿前歡、愛山亭上：又添新竹兩三竿。【釣魚竿】張可久、越調寨兒令、舟行感興：能够釣魚竿。【紅日三竿】張養浩、雙調沉醉東風：睡芸窗紅日三竿。

玕

【琅玕】張可久、雙調折桂令、金華山看瀑泉：點點琅玕。張可久、商調梧葉兒、夜坐卽事：月冷翠琅玕。

乾

【不乾】彭壽之、仙呂八聲甘州套、六幺遍：啼痕不乾。【泪乾】張可久、南呂金字經、秋望：羅帕香殘粉泪乾。【瓦盆乾】貫雲石、雙調水仙子、田家：直喫的老瓦盆乾。【血已乾】張可久、越調凭闌人、和白玉眞人：寶劍英雄血已乾。【血未乾】張可久、雙調水仙子、樂閑：許將軍血未乾。【底兒乾】喬吉、仙呂賞花時套、睡鞋兒、賺煞：我向懷兒中，直揣得，那對底兒乾。【雨簑乾】查德卿、越調寨兒令、漁夫：烟艇閒，雨簑乾。【雨聲乾】張養浩、中呂十二月兼堯民歌、遂閒堂卽事：筆硯窗前雨聲乾。【晒未乾】喬吉、雙調水仙子、重觀瀑布：幾千年晒未乾。【紫陌乾】張可久、商調梧葉兒、春日書所見：新晴紫陌乾。【羅帕乾】張可久、越調凭闌人、和白玉貞人：玉手攜香羅帕乾。【杜宇聲乾】湯式、雙調湘妃引、京口道中：咿啞嗚刺杜宇聲乾。【泪點才乾】喬吉、越調鬪鵪鶉套、歌姬、天淨沙：青衫泪點才乾。

安⊙

【平安】曾瑞、南呂罵玉郎過感皇恩採茶歌：閨情：信不寄平安。張養浩、越調天淨沙：年時尙覺平安。湯式、正宮小梁州、代人寄情：直不得兩字問平安。【身安】張養浩、雙調雁兒落兼得勝令：身安，倒大來無憂患。【長安】彭壽之、仙呂八聲甘州套、尾：問長安。貫雲石、南呂一枝花套、離悶、採茶歌：望長安。汪元亨、雙調雁兒落過得勝令、歸隱：魂夢杳長安。湯式、越調柳營曲、薛瓊瓊彈箏圖：忽的塵暗長安。貫雲石、雙調水仙子、田家：田翁無夢到長安。薛昂夫、中呂朝天曲：何須兵變陷長安。汪元亨、雙調沉醉東風、歸田：棄功名懶上長安。【清安】張養浩、中呂十二月兼堯民歌、遂閒堂卽事：倒大來清安。張養浩、雙調雁兒落兼得勝令：夢境兒也清安。【得安】張養浩、中呂山坡羊：心，也得安；身，也得安。【謝安】劉時中、雙調雁兒落過得勝令、送別：東山仰謝安。張可久、中呂賣花聲、客況：高臥東山憶謝安。湯式、商調知秋令、隱居：高邁如袁安謝安。【近長安】庾天錫、雙調雁兒落帶得勝令：古道近長安。曾瑞、中呂喜春來、隱居：無意近長安。【得身安】馬致遠、中呂喜春來、六藝、御：機自參，牛背得身安。【報平安】湯式、中呂滿庭芳、代人寄書：先此報平安。湯式、仙呂賞花時套、送人回鎭淮安：烽燧報平安。高安道、仙呂賞花時套：無一字報平安。顧君澤、中呂醉高歌帶攤破喜春來：修一簡，回兩字報平安。【夢槐安】曾瑞、南呂四塊玉、感懷：百歲韶光夢槐安。【醉長安】馬致遠、中呂喜春來、書：酒中仙，一恁醉長安。

鞍

【上鞍】無名氏、黃鍾賀聖朝：道童將驢鞴上鞍。【金鞍】張可久、雙調沉醉東風、夜宴卽事：柳陰驄馬金鞍。【征鞍】張可久、越調寨兒令、舟行感興：幾度盼征鞍。湯式、仙呂賞花時套、送人回鎭淮安、賺煞尾：堪愛江花如送征鞍。【雕鞍】彭壽之、仙呂八聲甘州套、六幺遍：盼煞雕鞍。張可久、商調梧葉兒、早行：翠袖上雕鞍。湯式、仙呂賞花時套、送人回鎭淮安、么遍：含笑上雕鞍。劉燕歌、仙呂太常引：無計鎖雕鞍。【歸鞍】喬吉、雙調折桂令、秋日飲湖樓即事：催上歸鞍。【驢鞍】張可久、雙調殿前歡、雪晴泛舟：淸興驢鞍。張可久、正宮小梁州、雪晴詩興：詩思壓驢鞍。【鎖雕鞍】關漢卿、商調梧葉兒、別情：別離易，相見難，何處鎖雕鞍。曾瑞、南呂罵玉郎過感皇恩採茶歌、閨情：當時無計鎖雕鞍。【寶雕鞍】張可久、越調寨兒令、送別：愁上寶雕鞍。【玉轡雕鞍】湯式、雙調湘妃引、道中值雪：何處無玉轡雕鞍。【內姦】薛昂夫、中呂朝天曲：內姦，外反。【犯姦】薛昂夫、中呂朝天曲：紫壇，犯姦。【姐姐奸】湯式、正宮小梁州、代人寄情：便做道姐姐奸。

⊙姦奸間

【人間】張養浩、越調寨兒令、秋：笑人間。喬吉、雙調水仙子、中秋後一日山亭賞桂時雨稍晴：不是人間。徐再思、雙調蟾宮曲、西湖：天上人間。張可久、正宮小梁州、雪晴詩興：好景人間。張可久、雙調折桂令、金華山看瀑泉：碧桃花流出人間。張養浩、雙調沉醉東風：綽然亭別是人間。【三間】張養浩、雙調鴈兒落兼得勝令：俺住雲水屋三間。湯式、南呂一枝花套、送車文卿歸隱、梁州：喜的是依山屋有三間。【中間】薛昂夫、雙調蟾宮曲、快閣懷古：天地中間。張養浩、雙調殿前歡、登會波樓：華鵲中間。喬吉、雙調折桂令、安溪半江亭陪雅齋元帥飲：圖畫中間。【世間】張養浩、中呂山坡羊：但得個美名兒留在世間。【年間】湯式、越調柳營曲、薛瓊瓊彈箏圖：記天寶年間。【其間】張養浩、中呂十二月兼堯民歌、遂閒堂即事：偃息其間。喬吉、越調鬬鵪鶉套、歌姬、紫花兒：談笑其間。【近間】喬吉、雙調行香子套、題情、離亭宴歇指煞：誰知近間。【兩間】張養浩、中呂朝天曲：湖山佳處屋兩間。【座間】張養浩、雙調沉醉東風：筆硯琴書座間。【雲間】張可久、雙調折桂令、皆山樓即事：鶴唳雲間。【夢間】喬吉、雙調行香子套、題情、慶宣和：只疑是夢間。喬吉、雙調喬牌兒套、別情、攪箏琶：望情人，必然來夢間。【數間】張養浩、雙調沉醉東風：苫茅屋白雲數間。【一望間】喬吉、雙調殿前歡、登江山第一樓：指蓬萊一望間。【三四間】徐再思、越調凭闌人、江行：雞犬人家三四間。【三兩間】貫雲石、雙調水仙子、田家：茅舍疎齋三兩間。【小樓間】劉燕歌、仙呂太常引、明月小樓間。【山水間】張養浩、南呂西番經：只不如山水間。張養浩、越調寨兒令、赴詹事丞：共白雲往來山水間。【天地間】張可久、南呂金字經、偕王公實尋梅：塞乎天地間。喬吉、中呂山坡羊、寓興：一片世情天地間。【五雲間】湯式、仙呂賞花時套、送人同鎭淮安：只在五雲間。【不寄間】姚燧、越調凭闌人、寄征衣：寄與不寄間。【古今間】湯式、商調知秋令、隱居：名占古今間。【白雲間】張可久、中呂紅綉鞋、越山卽事：犬吠白雲間。【玉壺間】白樸、大石調靑杏子套、詠雪、歸塞北：疑在玉壺間。【玉轡間】喬吉、雙調水仙子、和化成甫番馬扇頭：臂鞴鷹玉轡間。【老來間】汪元亨、中呂朝天子：天空容我老來間。【兩三間】徐再思、中呂陽春曲、皇亭晚泊：茅舍兩三間。貫雲石、雙調水仙子、田家：綠陰茅屋兩三間。【咫尺間】張養浩、雙調沉醉東風：閬苑蓬萊咫尺間。【春夏間】無名氏、黃鍾賀聖朝：春夏間，遍郊原桃杏繁。【秋樹間】張可久、南呂金字經、秋望：淡雲秋樹間。【荷蓬間】庚吉甫、雙調雁兒落兼得勝令：夏浦荷蓬間。【紫翠間】張可久、雙調湘妃怨、桐江上小金山：鐘聲紫翠間。薛昂夫、雙調殿前歡、春：望飛來紫翠間。【圖畫間】湯式、雙調湘妃引、京口道中：天然圖畫間。張可久、雙調落梅風、湖上：杖藜圖畫間。【簾影間】喬吉、仙呂賞花時套、睡鞋兒、賺煞：見非霧非煙簾影間。【茅屋三間】張可久、雙調水仙子、湖上小隱：蓋深深茅屋三間。【鋪翠描金間】張養浩、雙調殿前歡、登會波樓：大明湖，鋪翠描金間。

【新刋】張可久、越調柳營曲、投閑卽事：疎翁樵唱新刋。

⊙刋看

【相看】湯式、正宮小梁州、代人寄情：論聲名索另眼兒相看。【看看】鄧玉賓、雙調雁兒落帶得勝令、閒適：看看，星星兩鬢斑。【羞看】張可久、黃鍾人月圓、雪中遊虎丘：寶劍羞看。【試看】張養浩、南呂西番經：君試看。張養浩、越調天淨沙、更着十年試看。【遙看】劉時中、雙調雁兒落過得勝令、送別：遙看，明月錢塘岸。【一笑看】張養浩、雙調沉醉東風：這的每都不滿高人一笑看。【作畫看】湯式、仙呂賞花時套、送人同鎭淮安、賺煞尾：他日麒麟作畫看。【頂上看】張養浩、雙調雁兒落兼得勝令：且向崑崙頂上看。湯式、南呂一枝花套、送車文卿歸隱、梁州：恰便似，高枕着，崑崙頂上看。【捲簾看】白樸、大石調靑杏子套、詠雪、歸塞北：嘉慶捲簾看。【掌中看】馬致遠、南呂四塊玉、馬嵬坡：恨不得明皇掌中看。【畫圖看】湯式、越調柳營曲、薛瓊瓊彈箏圖：閒寫作畫圖看。張可久、中呂紅綉鞋、虎丘道上：且將詩作畫圖看。【滿面看】喬吉、南呂玉交枝、閑適二曲：想起來滿面看。【寶鏡看】彭壽之、仙呂八聲甘州套、後庭花：空將寶鏡看。

⊙關

【九關】湯式、仙呂賞花時套、送人回鎭淮安：鐵甕金墉壯九關。【天關】張可久、雙調折桂令、皆山樓即事：直扣天關。【不關】張養浩、中呂十二月兼堯民歌、遂閒堂即事：柴門勢不關。【玉關】劉時中、雙調雁兒落過得勝令、送別：班超指玉關。張養浩、雙調沉醉東風：班定遠飄零玉關。【門關】張可久、越調天淨沙、春晚：華堂長見門關。【相關】張養浩、越調寨兒令、赴詹事丞：利不相關。薛昂夫、雙調蟾宮曲、快閣懷古：意頗相關。高安道、仙呂賞花時套：心事苦相關。【重關】曾瑞、中呂快活三過朝天子、警世：耽耽九虎隔重關。【柴關】張可久、雙調水仙子、湖上小隱：緊閉柴關。張養浩、雙調沉醉東風：石田茅屋柴關。張養浩、寨兒令、秋：利名塵不到柴關。【情關】湯式、正宮小梁州、代人寄情：意惹情關。【間關】喬吉、中呂山坡羊、寓興：事間關。張可久、商調梧葉兒、春日書所見：鶯燕語間關。【鄉關】張可久、中呂普天樂、客懷：動離情故國鄉關。【陽關】張可久、越調寨兒令、舟行感興：別泪陽關。曾瑞、南呂罵玉郎過感皇恩採茶歌：閨情：斟別酒唱陽關。吳西逸、越調天淨沙、閒題：西風幾度陽關。劉燕歌、仙呂太常引：故人別我出陽關。張可久、越調寨兒令、送別：玉娉婷一曲陽關。【劍關】張可久、雙調殿前歡、客中：青泥小劍關。【誰關】阿魯威、雙調蟾宮曲：笑桃園洞口誰關。【潼關】湯式、越調柳營曲、薛瓊瓊彈箏圖：閧的兵散潼關。【禪關】徐再思：雙調蟾宮曲、西湖：道院禪關。湯式、雙調天香引、題舜江寺：亂雲堆出禪關。【藍關】姚燧、雙調撥不斷、四景：擁藍關。【關關】查德卿、越調寨兒令、漁夫：啼鳥關關。【九重關】曾瑞、中呂喜春來、隱居：雲深虎豹九重關。【不相關】張養浩、雙調雁兒落兼得勝令：勢利不相關。【玉門關】鄧玉賓、雙調雁兒落帶得勝令、閒適：萬里玉門關。張可久、中呂賣花聲、懷古：將軍空老玉門關。【事不關】貫雲石、雙調水仙子、田家：衣寬解，事不關。【函谷關】徐再思、商調梧葉兒、釣臺：冰霜函谷關。【鬼門關】查德卿、仙呂寄生草、感歎：如今凌煙閣，一層一個鬼門關。【紫金關】張可久、雙調水仙子、樂閑：鐵衣披雪紫金關。【紫荊關】張可久、南呂四塊玉、梅友席上：虎帳風悲紫荊關。【盡日關】汪元亨、雙調雁兒落過得勝令、歸隱：柴門盡日關。

⊙拴

【意馬拴】庚天錫、雙調雁兒落帶得勝令：緊把心猿繫，牢將意馬拴。【楊柳上拴】無名氏、黃鍾賀聖朝：將一個酒葫蘆楊柳上拴。【燕子樓拴】張可久、中呂普天樂、收心：鴛鴦被冷，燕子樓拴。

⊙斑

【未斑】湯式、中呂普天樂、送人遷居金陵：頭顱未斑。【成斑】貫雲石、南呂一枝花套、離悶：灑竹成斑。【斑斑】張可久、中呂朝天子、郝東池席上：紅雨斑斑。李致遠、越調天淨沙、離思：潤花小雨斑斑。張養浩：雙調沉醉東風：今朝鬢髮斑斑。【斕斑】張養浩、越調寨兒令、秋：照映錦斕斑。張養浩、中呂十二月兼堯民歌、遂閒堂卽事：古銅圓座錦斕斑。【鬢斑】張可久、越調寨兒令、舟行感興：愁鬢斑。汪元亨、中呂朝天子、歸隱：染風霜鬢斑。張養浩、南呂西番經：蕭蕭雙鬢斑。【已成斑】馬致遠、中呂喜春來、御：今朝兩鬢已成斑。【兩鬢斑】鄧玉賓、雙調雁兒落帶得勝令、閒適：星星兩鬢斑。喬吉、南呂玉交枝、閑適二曲：空熬煎兩鬢斑。曾瑞、中呂快活三過朝天子、警世：覺來時兩鬢斑。【草漸斑】喬吉、雙調水仙子、和化成甫番馬扇頭：苜蓿霜輕草漸斑。【羅袖斑】張可久、南呂金字經、春曉：泪痕羅袖斑。【鬢毛斑】喬吉、不知宮調豐年樂：世路艱難鬢毛斑。【鬢斑斑】張可久、雙調殿前歡、客中：前程渺渺鬢斑斑。【布袖斑斑】湯式、南呂一枝花套、送車文卿歸隱、梁州：拂塵埃布袖斑斑。【兩鬢遲斑】汪元亨、雙調折桂令、歸隱：遣兩鬢遲斑。

班

【上班】喬吉、越調鬬鵪鶉套、歌姬：梨園上班。【朝班】張養浩、中呂山坡羊：你便列朝班。【玉女班】薛昂夫、中呂朝天曲：羞還玉女班。【玉筍班】汪元亨、雙調雁兒落帶得勝令、歸隱：休題玉笥班。張養浩、雙調沉醉東風：見了些，無下梢，從前玉笥班。【紫宸班】張可久、雙調水仙子、次韻還京樂：朝回天上紫宸班。

⊙鸞

【眉鸞】李致遠、越調天淨沙、離思：臨鸞不畫眉鸞。【鸞鸞】喬吉、越調鬬鵪鶉套、歌姬、天淨沙：眉兒初月鸞鸞。【八字鸞】彭壽之、仙呂八聲甘州套、後庭花：眉顰八字鸞。【月鸞鸞】張可久、中呂紅綉鞋、秋望：雲淡淡月鸞鸞。【宮樣鸞】喬吉、仙呂賞花時套、睡鞋兒：雙鳳銜花宮樣鸞。【眉影鸞】喬吉、雙調行香子套、題情、碧玉簫：送春心眉影鸞。

⊙灣

【江灣】喬吉、雙調折桂令、安溪半江亭陪雅齋元帥飲：弭節江灣。查德卿、越調寨兒令、漁夫：數聲柔櫓江灣。【淺灣】湯式、雙調湘妃引、道中值雪：踏凍雪，趦趄度淺灣。【龍灣】湯式、仙呂賞花時套、送人同鎮淮安、賺煞尾：賦詩橫槊度龍灣。【千萬灣】徐再思、越調凭闌人、江行：鷗鷺江皐千萬灣。

⊙灘

【前灘】張可久、雙調水仙子、湖上小隱：夢隨流水過前灘。【飛灘】喬吉、雙調水仙子、重觀瀑布：晴雪飛灘。【釣灘】張養浩、中呂朝天曲：嚴子陵釣灘。【繞灘】喬吉、南呂玉交枝、閑適二曲：水繞灘。【嚴灘】張可久、雙調水仙子、樂閑：播高風千古嚴灘。【七里灘】徐再思、商調梧葉兒、釣臺：重歸七里灘。張可久、雙調湘妃怨、紀行：綠水潺湲七里灘。張養浩、雙調雁兒落兼得勝令：也不學，嚴子陵七里灘。【沙上灘】張可久、南呂金字經、秋望：釣船沙上灘。【釣魚灘】鄧玉賓、雙調雁兒落帶得勝令、閑適：七里釣魚灘。張養浩、越調寨兒令、赴詹事丞：飛不到釣魚灘。徐再思、中呂陽春曲、皇亭晚泊：秋風征棹釣魚灘。【亂石灘】徐再思、中呂朝天子、常山江行：逆流泝上亂石灘。【灘上灘】徐再思、越調凭闌人、江行：逆流灘上灘。

⊙番

【九番】喬吉、雙調行香子套、題情、小陽關：十番九番。【今番】張可久、中呂普天樂、收心：關防的不似今番。關漢卿、雙調沉醉東風：瘦則瘦，不似今番。【那番】喬吉、雙調水仙子、賦李仁仲懶慢齋：這番險似那番。【幾番】庾吉甫、雙調蟾宮曲：物換星移幾番。湯式、越調柳營曲、薛瓊瓊彈箏圖：昭陽殿裏醉了幾番。【數番】彭壽之、仙呂八聲甘州套、後庭花：子規啼數番。【三四番】張養浩、南呂西番經：來回三四番。【千百番】張可久、南呂金字經、偕王公實尋梅：探梅千百番。汪元亨、雙調沉醉東風、歸田：傀儡棚中千百番。【四五番】張養浩、雙調沉醉東風：把箇蘇子瞻長流了四五番。【兩三番】劉庭信、正宮醉太平、憶舊：牽情惹恨兩三番。【數十番】湯式、正宮小梁州、代人寄情：顛鸞倒鳳數十番。

蕃

【吐蕃】張養浩、沉醉東風：郭子儀功威吐蕃。

翻

【紅翻】彭壽之、仙呂八聲甘州：翠落紅翻。【翩翻】張養浩、越調寨兒令、赴詹事丞：紅蓼灘白鷺翩翻。貫雲石、雙調水仙子、田家：滿林紅葉亂翩翻。【六花翻】白樸：大石調青杏子套、詠雪：空外六花翻。【手經翻】庚吉甫、雙調雁兒落過得勝令：四季手輕翻。【烏帽翻翻】湯式、南呂一枝花套、送車文卿歸隱、梁州：岸天風烏帽翻翻。

旛

【旗旛】湯式、仙呂賞花時套、送人回鎮淮安、賺煞尾：趁東風亂撲旗旛。【幢旛】湯式、雙調天香引、題舜江寺：風蕩幢旛。

⊙**珊**

【珊珊】張可久、雙調折桂令、皆山樓卽事：小竹珊珊。張可久、雙調折桂令、金華山看瀑泉：玉珮珊珊。湯式、越調柳營曲、薛瓊瓊彈箏圖：銀甲珊珊。李致遠、越調天淨沙、離思：敲風修竹珊珊。【闌珊】張可久、越調柳營曲、投閑卽事：春色闌珊。庚吉甫、雙調蟾曲宮：佩玉鳴鑾，歌舞闌珊。湯式、正宮小梁州、代人寄情：情意便闌珊。彭壽之、仙呂八聲甘州套、元和令：料他雲雨興闌珊。貫雲石、南呂一枝花套、離悶、感皇恩：則我這春意闌珊。喬吉、雙調行香子套、題情：無多時春事闌珊。【響珊珊】喬吉、仙呂賞花時套、睡鞋兒、么：聽寶釧響珊珊。

⊙**攀**

【相攀】喬吉、越調鬭鵪鶉套、歌姬、紫花兒：意思相攀。【倦攀】貫雲石、南呂一枝花套、離悶、尾聲：綉牀又倦攀。【繡牀攀】彭壽之、仙呂八聲甘州套、六么遍：悶來獨把繡牀攀。

⊙**慳**

【天慳】湯式、南呂一枝花套、送車文卿歸隱：地窄天慳。【春慳】徐再思、雙調蟾宮曲、西湖：燕怪春慳。【雲慳】喬吉、雙調行香子套、題情、小陽關：雨澀雲慳。【越慳】彭壽之、仙

[illegible]

呂八聲甘州套、六么遍：佳音越慳。【慳慳】喬吉、越調鬬鵪鶉套、歌姬、天淨沙：鞋兒瘦玉慳慳。【三寸慳】喬吉、仙呂賞花時套、睡鞋兒：窄玉圈金三寸慳。【月影慳】顧德潤、中呂醉高歌帶喜春來、宿西湖：酒醒西樓月影慳。【天破慳】張養浩、雙調落梅引：對詩人怎不教天破慳。【有甚慳】喬吉、雙調水仙子、中秋後一日山亭賞桂花時雨稍晴：稻粱秋有甚慳。【逐日慳】顧君澤、中呂醉高歌帶攤破喜春來：囊裏青蚨逐日慳。【樂事慳】張養浩、雙調沉醉東風：只爲天地無情樂事慳。【好事多慳】貫雲石、南呂一枝花套、離悶：常言道好事多慳。【綉被常慳】關漢卿、雙調沉醉東風：暖東風綉被常慳。

赸⊙

【先赸】張可久、雙調慶東原、越山卽事：小姐先赸。張可久、中呂普天樂、收心：子弟先赸。

刪○潸○殫簞○肝○艱

菅○綸鰥擐○般板頒

○攤○幡藩反○跚○

餐○跧○殷

【對偶】

張可久、黃鍾人月圓、雪中遊虎丘：一丘黃土，千古靑山。汪元亨、中呂朝天子、歸隱：拜韓侯上壇，放張良入山。張養浩、雙調落梅引：流水高低澗，斷雲遠近山。張可久、越調凭闌人、和白玉眞人：鍊霞成大丹，袖雲歸故山。徐再思、越調凭闌人、江行：逆流灘上灘，亂雲山外山。張可久、中呂紅綉鞋、虎丘道上：船繫誰家古岸，人歸何處靑山。張可久、中呂紅綉鞋、秋望：一兩字天邊白雁，百千重樓外靑山。徐再思、中呂陽春曲、皇亭晚泊：水深水淺東西澗，雲去雲來遠近山。貫雲石、中呂醉高歌過紅綉鞋：陽氣盛冰消北岸，暮雲遮日落西山。徐再思、商調梧葉兒、釣臺：龍虎昭陽殿，冰霜函谷關，風月富春山。湯式、南呂一枝花套、送車文卿歸隱：輕帆灔預堆，瘦馬峨嵋棧，顚風洋子浪，落日太行山。湯式、商調知秋令、隱居：戶列靑絲檜，庭栽玉枝蘭，爐養紫金丹。喬吉、雙調行香子套、題情：燕懨鶯僝，鳳隻鸞單。張養浩、雙調沉醉東風：筆硯琴書座間，松筠梅菊江干。白樸、大石調靑杏子套、詠雪：凍凝沼沚，寒侵帳幕，冷濕闌干。

湯式、雙調天香引、題舜江寺：銀河倒掛觚稜，紅日低懸殿角，翠濤愁拍闌干。　査德卿、越調寨兒令、漁夫：回頭觀兎魄，失意放釣竿。　張養浩、雙調沉醉東風：苫茅屋白雲數間，睡芸窗紅日三竿。　張可久、雙調折桂令、金華山看瀑泉：字字珠璣，點點琅玕。　査德卿、越調寨兒令、漁夫：烟艇閒，雨簑乾。　湯式、雙調湘妃引、京口道中：乞留屈律歸鴻行斷，必彪不答蹇驢步懶，咿嚦嗚剌杜宇聲乾。　湯式、越調柳營曲、薛瓊瓊彈箏圖：閑的兵散潼關，忽的塵暗長安。　張可久、中呂賣花聲、客況：登樓北望思王粲，高臥東山憶謝安。　彭壽之、仙呂八聲甘州套、六幺遍：倚遍闌干，盼煞雕鞍。　張可久、雙調沉醉東風、夜宴即事：花影蟬蛾翠鬢，柳陰驄馬金鞍。　張可久、商調梧葉兒、早行：紫塞呼白雁，黃河繞黑山，翠袖上雕鞍。　湯式、雙調湘妃引、道中値雪：誰家無錦衾毡帳，那答無銀箏象板，何處無玉轡雕鞍。　庾吉甫、雙調雁兒落過得勝令：春風桃李繁，夏浦荷蓮間。　張可久、雙調湘妃怨、桐江上小金山：樵唱滄浪外，鐘聲紫翠間。　徐再思、越調凭闌人、江行：鷗鷺江皐千萬灣，雞犬人家三四間。

湯式、南呂一枝花套、送車文卿歸隱、梁州：愁甚麼負郭田無二頃，喜的是依山屋有三間。　湯式、商調知秋令、隱居：書玩東西漢，詩吟大小山，名占古今間。　張可久、黃鍾人月圓、雪中遊虎丘：殘碑休打，寶劍羞看。　貫雲石、雙調水仙子、田家：衣寬解，事不關。　喬吉、雙調行香子套、題情、小陽關：咫尺巫山，頃刻陽關。　劉時中、雙調雁兒落過得勝令、送別：馬援標銅柱，班超指玉關。　張可久、越調天淨沙、春晚：翠簾不捲鉤閒，華堂長見門關。　張養浩、雙調沉醉東風：蔬圃蓮池藥闌，石田茅屋柴關。　張可久、中呂普天樂、收心：鴛鴦被冷，燕子樓拴。　庾天錫、雙調雁兒落帶得勝令：緊把心猿繫，牢將意馬拴。　曾瑞、中呂山坡羊、自嘆：閑，一夢殘；干，兩鬢斑。　李致遠、越調天淨沙、離思：敲風修竹珊珊，潤花小雨斑斑。　喬吉、雙調水仙子、和化成甫番馬扇頭：渥洼秋淺水生寒，苜蓿霜輕草漸斑。　喬吉、越調鬬鵪鶉套、歌姬：教坊馳名，梨園上班。　彭壽之、仙呂八聲甘州套、後庭花：髻綰雙鬟亂，眉顰八字彎。　張可久、中呂紅綉鞋、秋望：柳依依花可可，雲淡淡月彎彎。　喬吉、南呂玉交枝、閑適二曲：雪滿山，水繞灘。　鄧玉賓、雙調雁兒落過得勝令、閒適：萬里玉門關，七里釣魚灘。喬吉、雙調水仙子、賦李仁仲懶慢齋：昨日强如今日，這番險似那番。　張養浩、越調寨兒令、赴詹事丞：綠楊隄黃鳥綿蠻，紅蓼灘白鷺翩翻。喬吉、中呂山坡羊、寓興：事間關，景闌珊。張可久、越調柳營曲、投閑卽事：世事循環，春色闌珊。　湯式、越調柳營曲、薛瓊瓊彈箏圖：金袖翩翩，銀甲珊珊。　張可久、雙調折桂令、皆山樓卽事：遠樹重重，幽花淡淡，小竹珊珊。張可久、雙調折桂令、金華山看瀑泉：銀闕峨峨，瓊田漠漠，玉珮珊珊。　徐再思、雙調蟾宮曲、西湖：鶯嫌花老，燕怪春慳。　喬吉、越調鬭鵪鶉套、歌姬、天淨沙：眉兒初月彎彎，鞋兒瘦玉慳慳。　顧君澤、中呂醉高歌過攤破喜春來：籬邊黃菊經霜綻，囊裏青蚨逐日慳。　顧德潤、中呂醉高歌帶喜春來、宿西湖：春融南浦冰澌散，酒醒西樓月影慳。

陽平

寒⊙

【又寒】姚燧、越調凭闌人寄征衣：不寄君衣君又寒。【月寒】汪元亨、雙調雁兒落過得勝令、歸隱：琴聲帶月寒。【生寒】喬吉、雙調折桂令、安溪半江亭陪雅齋元帥飲：竹樹生寒。湯式、雙調天香引、題舜江寺：松桂生寒。喬吉、雙調折桂令、秋日飲湖樓卽事：鬢脚生寒。【冰寒】張可久、黃鍾人月圓、雪中遊虎丘：泉眼冰寒。【初寒】白樸、大石調青杏子套、詠雪、好觀音：紅爐暖不畏初寒。【怕寒】薛昂夫、中呂朝天曲：采鸞怕寒。【受寒】貫雲石、雙調水仙子、田家：可無飢不受寒。【波寒】查德卿、越調寨兒令、漁夫：一鉤香餌波寒。【風寒】張可久、雙調折桂令、皆山樓卽事：紫簫吹月白風寒。【春寒】盧摯、雙調蟾宮曲、賈皓庵樓居卽事：共梅花笑倒春寒。【高寒】張可久、雙調折桂令、金華山看瀑泉：人倚高寒。張可久、雙調殿前歡、雪晴泛舟：空倚高寒。【衾寒】曾瑞、南呂罵玉郎過感皇恩採茶歌、閨情：枕剩衾寒。【盟寒】湯式、中呂普天樂、送人遷居金陵：鷗鷺盟寒。【輕寒】張可久、中呂迎仙客、春晚：簾捲輕寒。【影寒】張養浩、越調寨兒令、秋：水影寒。【人正寒】張可久、仙呂一半兒、酒醒：翠被夢回人正寒。【五更寒】貫雲石、南呂一枝花套、離悶、感皇恩：三月雨，五更寒。張可久、商調梧葉兒、早行：月落五更寒。彭壽之、仙呂八聲甘州套、元和令：重衾猶怯五更寒。【六月寒】張養浩、雙調殿前歡、登會波樓：愛江心六月寒。【水生寒】喬吉、雙調水仙子、和化成甫番馬扇頭：渥洼秋水生寒。【水晶寒】張養浩、中呂十二月兼堯民歌、遂閒堂卽事：瑪瑙杯斟水晶寒。【水精寒】張可久、正宮小梁州、雪晴詩興：冰壺光浸水精寒。【水雲寒】顧德潤、中呂醉高歌帶喜春來、宿西湖：一天星斗水雲寒。【石鼎寒】貫雲石、雙調水仙子、田家：酒微溫石鼎寒。【古硯寒】張可久、雙調殿前歡、愛山亭上：松風古硯寒。【冰雪寒】姚燧、雙調撥不斷、四景：淪玉甌中冰雪寒。【明月寒】張可久、中呂朝天子、郝東池席上：翠簾間明月寒。【夜氣寒】喬吉、仙呂賞花時套、睡鞋兒、么：多管是露冷蒼苔夜氣寒。【耐風寒】貫雲石、雙調水仙子、田家：布袍草履耐風寒。【秋雨寒】張可久、南呂金字經：半巖秋雨寒。張可久、南呂金字經、秋望：桂香秋雨寒。【海風寒】喬吉、雙調殿前歡、登江山第一樓：霧花吹鬢海風寒。【馬耳寒】張可久、中呂普天樂、客懷：秋風馬耳寒。【倚高寒】張可久、中呂紅綉鞋、越山卽事：兩袖天風倚高寒。薛昂夫、雙調殿前歡、春：看浮屠雙聳倚高寒。【朔風寒】張可久、雙調水仙子、歸來次韻：燕昭臺下朔風寒。【雪練寒】喬吉、雙調水仙子、重觀瀑布：石壁高垂雪練寒。【渭水寒】曾瑞、中呂喜春來、隱居：垂釣休嗟渭水寒。【粧鏡寒】張可久、越調凭闌人、和白玉貞人：粉面粘花粧鏡寒。【翡翠寒】湯式、南呂一枝花套、送車文卿歸隱、尾聲：新綠門牆翡翠寒。【綉衾寒】關漢卿、雙調沉醉東風：恨則恨孤幃綉衾寒。【蓼花寒】張可久、中呂紅綉鞋、虎丘道上：鷺影蓼花寒。【劍氣寒】湯式、仙呂賞花時套、送人同鎮淮安：秋水涵龍劍氣寒。【曉風寒】張可久、越調寨兒令、送別：楊柳岸曉風寒。【曉霜寒】曾瑞、中呂快活三過朝天子、警世：待漏院曉霜寒。【曉鐘寒】顧君澤、中呂醉高歌帶攤破喜春來：驚客夢曉鐘寒。【襪生寒】馬致遠、越調小桃紅、秋：乞巧樓空夜筵散，襪生寒。【鶴氅寒】張可久、雙調湘妃怨、紀行：仙衣鶴氅寒。【鶬鴿寒】喬吉、雙調水仙子、中秋後一日山亭賞桂花時雨稍晴：海雲衣濕鶬鴿寒。【驢背寒】張可久、南呂金字經、偕王公實尋梅：灞橋驢背寒。【一半兒寒】關漢卿仙呂一半兒、題情：一半兒溫和一半兒寒。【枕冷衾寒】喬吉、雙調喬牌兒套、別情、攪箏琶：爭奈這枕冷衾寒。【遷客當寒】張可久、雙調折桂令、和疎齋學士韻：出藍關遷客當寒。

⊙闌

【已闌】曾瑞、南呂罵玉郎過感皇恩採茶歌、閨情：酒已闌。【未闌】張可久、雙調沉醉東風、夜宴即事：酒未闌。【危闌】薛昂夫、雙調殿前歡、春：據危闌。庚吉甫、雙調蟾宮曲：閤中帝子應笑，獨倚危闌。【更闌】喬吉、雙調行香子套、題情：愁日永，睚更闌。喬吉、雙調喬牌兒套、別情、攪箏琶：直熬得燭滅香殘更闌。【夜闌】貫雲石、南呂一枝花套、離悶、尾聲：一盞孤燈照夜闌。【東闌】張可久、雙調折桂令、和疎齋學士韻：人倚東闌。【倚闌】張養浩、越調寨兒令、秋：被西風，有人獨倚闌。【酒闌】高安道、仙呂賞花時套、尾：怕的是尊空酒闌。

【畫闌】張可久、商調梧葉兒、夜坐即事：誰倚西樓畫闌。【樓闌】喬吉、雙調水仙子、和化成甫番馬扇頭：醉燻燻來自樓闌。【憑闌】薛昂夫、雙調蟾宮曲、快閣懷古：我試憑闌。盧摯、雙調蟾宮曲、賈皓庵樓居即事：雪意憑闌。喬吉、雙調折桂令、安溪半江亭陪雅齋元帥飲：半江亭上憑闌。【興闌】汪元亨、中呂朝天子、歸隱：際風雲興闌。【雕闌】彭壽之、仙呂八聲甘州：向玉砌雕闌。喬吉、仙呂賞花時套、睡鞋兒：並宿向雕闌。高安道、仙呂賞花時套、尾：上危樓憑暖雕闌。【藥闌】張養浩、雙調沉醉東風：蔬圃蓮池藥闌。【十二闌】張可久、南呂金字經、秋望：畫樓十二闌。喬吉、雙調水仙子、中秋後一日山亭賞桂花時雨稍晴：倚天香十二闌。喬吉、雙調行香子套、題情、江兒水：西樓倚遍十二闌。張可久、南呂金字經、春晚：倚遍危樓十二闌。【白玉闌】張可久、雙調水仙子、次韻還京樂：笑倚雲邊白玉闌。張可久、雙調水仙子、樂閑：綵筆題花白玉闌。【芍藥闌】張可久、商調梧葉兒、春日書所見：薔薇徑，芍藥闌。【青夜闌】張可久、雙調折桂令、皆山樓即事：黃卷掩燈青夜闌。【夜未闌】喬吉、仙呂賞花時套、睡鞋兒、賺煞：殢煞春嬌夜未闌。【夜將闌】白樸、大石調青杏子套、詠雪、好觀音：夜將闌，畫燭銀光燦。【春色闌】湯式、仙呂賞花時套、送人囘鎭淮安、么篇：細柳藏鶯春色闌。【飛興闌】曾瑞、中呂喜春來、閨情：燕子無雙飛興闌。【酒初闌】張可久、仙呂一半兒、酒醒：羅衣香滲酒初闌。

蘭

【秋蘭】張可久、越調小桃紅、山中：佩秋蘭。【玉枝蘭】湯式、商調知秋令、隱居：庭栽玉枝蘭。【非麝非蘭】白樸、大石調青杏子套、詠雪、結音：香風散非麝非蘭。

欄

【藥欄】張可久、中呂朝天子、郝東池席上：杏壇，藥欄。

瀾

【波瀾】湯式、南呂一枝花套、送車文卿歸隱、梁州：人海波瀾。湯式、仙呂賞花時套、送人囘鎭淮安：江漢靜波瀾。

還⊙

【不還】姚燧、越調凭闌人、寄征衣：欲寄君衣君不還。張養浩、雙調沈醉東風：萬言策長沙不還。【未還】劉庭信、正宮醉太平、憶舊：奈薄情未還。【囘還】貫雲石、南呂一枝花套、離悶、梁州：何日囘還。【知還】喬吉、不知宮調豐年樂：白雲歸山鳥知還。張可久、雙調水仙子、歸來次韻：愛投林倦羽知還。【往還】張可久、南呂金字經、秋望：鷗鷺翩翩逐往還。薛昂夫、雙調蟾宮曲、快閣懷古：問今古詩人往還。阿魯威、雙調蟾宮曲：歎落日孤鴻往還。【迴還】張可久、雙調折桂令、皆山樓卽事：步障迴還。【無還】庚吉甫、雙調蟾宮曲：檻外長江，東注無還。【塡還】顧德潤、中呂醉高歌帶喜春來、宿西湖：詩債且塡還。【輪還】貫雲石、中呂醉高歌帶紅綉鞋：四時天氣尙輪還。【人未還】關漢卿、商調梧葉兒、別情：春將去，人未還。【江上還】查德卿、越調寨兒令、漁夫：漁翁醉醒江上還。【何日還】彭壽之、仙呂八聲甘州套、元和令：天涯何日還。張可久、越調寨兒令、舟行感興：錦衣買臣何日還。張可久、越調寨兒令、送別：褰衣問君何日還。【倦鳥還】張可久、雙調湘妃怨、桐江上小金山：老樹蒼煙倦鳥還。【鳥倦知還】喬吉、雙調水仙子、賦李仁仲懶慢齋：君不見鳥倦知還。

環

【玉環】張可久、雙調殿前歡、雪晴泛舟：把西施比玉環。【珮環】張可久、商調梧葉兒、夜坐卽事：風淸玉珮環。喬吉、雙調喬牌兒套、別情、沈醉東風：風鈴響猛猜做珮環。【連環】張可久、越調寨兒令、送別：白玉連環。【雲環】徐再思、雙調蟾宮曲、西湖：惱司空霧鬟雲環。【循環】張可久、越調柳營曲、投閑卽事：世事循環。汪元亨、雙調折桂令、歸隱：天運循環。湯式、越調柳營曲、薛瓊瓊彈箏圖：日月自循環。【玉連環】喬吉、仙呂賞花時套、睡鞋兒、賺煞：幾時配玉連環。

鬟

【丫鬟】薛昂夫、中呂朝天曲：買兩箇丫鬟。【小鬟】張可久、中呂朝天子、郝東池席上：小鬟，遞盞。【仙鬟】盧摯、雙調蟾宮曲、賈皓庵樓居卽事：少箇仙鬟。張可久、中呂紅綉鞋、越山卽事：烟籠翠羽仙鬟。【青鬟】湯式、雙調天香引、題舜江寺：四圍山擁青鬟。【雲鬟】湯式、越調柳營曲、薛瓊瓊彈箏圖：翠雲鬟。貫雲石、南呂一枝花套、離悶、梁州：玉簪斜倦整雲鬟。【歌鬟】張可久、雙調水仙子、次韻還京樂：綠雲堆舞扇歌鬟。喬吉、雙調折桂令、安溪半江亭陪雅齋元帥飲：翠雲堆晚列歌鬟。【翠鬟】喬吉、雙調喬牌兒套、別情、落梅風：嚲翠鬟。喬吉、越調鬪鵪鶉套、歌姬：湘雲擁翠鬟。湯式、雙調湘妃引、京口道中：晴巒閃翠鬟。張可久、雙調沈醉東風、夜宴卽事：花影蟬蛾翠鬟。張養浩、中呂朝天子、攜美姬湖上：行雲十二擁翠鬟。【嬌鬟】張可久、雙調折桂令、和疎齋學士韻：綵鳳嬌鬟。【髮鬟】張可久、南呂金字經、石門洞天：翠峯堆髮鬟。【髻鬟】張可久、中呂迎仙客、春晚：宿酒乍醒欹髻鬟。【雙鬟】喬吉、雙調折桂令、秋日飲湖樓卽事：茉莉雙鬟。【鬆鬟】曾瑞、南呂罵玉郎過感皇恩採茶歌、閨情：髻鬆鬟。【十二鬟】張可久、越調凭闌人、和白玉貞人：倚雲十二鬟。【列翠鬟】白樸、大石調青杏子套、詠雪、好觀音：開宴邀賓列翠鬟。【倚風鬟】喬吉、仙呂賞花時套、睡鞋兒、賺煞：髻綰倚風鬟。【雲嚲鬟】喬吉、雙調行香子套、題情、碧玉簫：悶無言雲嚲鬟。

寰

【塵寰】庚天錫、雙調雁兒落帶得勝令：塵寰，倒大無憂患。曾瑞、中呂山坡羊、自嘆：困塵寰。薛昂夫、雙調殿前歡、春：俯視塵寰。汪元亨、雙調折桂令、歸隱：避風波跳出塵寰。

殘⊙

【未殘】曾瑞、南呂罵玉郎過感皇恩採茶歌、閨情：曲未殘。【色殘】曾瑞、南呂四塊玉、感懷：春色殘。【初殘】劉時中、雙調雁兒落過得勝令、送別：坐上酒初殘。【易殘】劉時中、雙調慶東原、題情：雲輕散，月易殘。【花殘】曾瑞、南呂罵玉郎過感皇恩採茶歌、閨情：月缺花殘。喬吉、雙調折桂令、秋日飲湖樓卽事：紅藕花殘。阿魯威、雙調蟾宮曲：試問劉郎，幾度花開，幾度花殘。貫雲石、南呂一枝花套、離悶、感皇恩：鶯老花殘。【雨殘】曾瑞、中呂快活三過朝天子、警世：受官廳暮雨殘。【香殘】喬吉、雙調喬牌兒套、別情、攪箏琶：直熬得燭滅香殘。【春殘】張可久、越調寨兒令、舟行感興：怕春殘。劉燕歌、仙呂太常引：一樽別酒，一聲杜宇，寂寞又春殘。張可久、越調天淨沙、春晚：杏花樓上春殘。【粉殘】張養浩、中呂朝天子、攜美姬湖上：粉殘，黛減。【衰殘】張養浩、越調天淨沙：今年陡恁衰殘。【夢殘】曾瑞、中呂山坡羊、自嘆：一夢殘。薛昂夫、中呂山坡羊、憶舊：迴首少年如夢殘。【月又殘】張可久、仙呂一半兒、酒醒：錦帳烟消月又殘。【杏花殘】劉庭信、正宮醉太平、憶舊：香閨春老杏花殘。【角韻殘】張可久、商調梧葉兒、早行：雞聲罷，角韻殘。【花又殘】彭壽之、仙呂八聲甘州：門掩東風花又殘。【明月殘】張可久、雙調水仙子、歸來次韻：孫楚樓前明月殘。【春又殘】張可久、南呂金字經、春晚：落紅春又殘。【酒將殘】張可久、商調梧葉兒、夜坐卽事：燈上酒將殘。【黃菊殘】庾吉甫、雙調雁兒落過得勝令：秋霜黃菊殘。【錦樹殘】貫雲石、雙調水仙子、田家：醉盡秋霜錦樹殘。【篆烟殘】關漢卿、仙呂一半兒、題情：銀臺燈滅篆烟殘。【寶篆殘】高安道、仙呂賞花時套：香熱龍涎寶篆殘。【月缺花殘】關漢卿、雙調沈醉東風：愁則愁月缺花殘。【香消燭殘】喬吉、仙呂賞花時套、賺煞：投至香消燭殘。

閑⊙

【且閑】徐再思、中呂朝天子、常山江行：得閑，且閑。【投閑】張可久、越調柳營曲、投閑卽事：人老且投閑。【宜閑】薛昂夫、中呂朝天曲：人生六十便宜閑。【放閑】喬吉、越調鬪鵪鶉套、歌姬、紫花兒：且是娘剔透玲瓏不放閑。【春閑】張可久、雙調折桂令、和疎齋學士韻：愛疎仙不放春閑。【幽閑】張養浩、越調寨兒令、秋：綽然亭倒大幽閑。【退閑】喬吉、不知宮調豐年樂：占奸退閑。曾瑞、中呂快活三過朝天子、警世：功成名遂不退閑。【清閑】貫雲石、雙調水仙子、田家：得浮生半日清閑。阿魯威、雙調蟾宮曲：鴟夷後那箇清閑。【偸閑】喬吉、雙調行香子套、題情、碧玉簫：忙裏偸閑。【等閑】貫雲石、雙調水仙子、田家：覷功名如等閑。【一身閑】張養浩、越調寨兒令、赴詹事丞：天地一身閑。徐再思、商調梧葉兒、釣臺：贏得一身閑。【匹似閑】喬吉、雙調喬牌兒套、別情、沉醉東風：覷得越女吳姬匹似閑。【不如閑】張可久、雙調水仙子、樂閑：立功名只不如閑。【月梭閑】喬吉、雙調水仙子、重觀瀑布：天機織罷月梭閑。【休放閑】庚吉甫、雙調雁兒落過得勝令：金杯休放閑。【春晝閑】高安道、仙呂賞花時套：簾捲蝦鬚春晝閑。【酒旆閑】馬致遠、雙調壽陽曲、遠浦帆歸：夕陽下酒旆閑。【釣舟閑】張可久、雙調湘妃怨、桐江上小金山：蘆花淺水釣舟閑。【野雲閑】張可久、越調寨兒令、舟行感興：鷗外野雲閑。【野鷗閑】喬吉、南呂玉交枝、閑適二曲：靜愛野鷗閑。【絡緯閑】喬吉、雙調水仙子、中秋後一日山亭賞桂花時雨稍晴：窗雨絲收絡緯閑。【畫樓閑】彭壽之、仙呂八聲甘州套、尾：鷓鴣聲裏畫樓閑。【翠紈閑】馬致遠、越調小桃紅、秋：碧紗人歇翠紈閑。【翠簾閑】喬吉、仙呂賞花時套、睡鞋兒：綠窗靜翠簾閑。【鳳簫閑】張可久、越調寨兒令、送別：鸞鏡單，鳳簫閑。【樂回閑】喬吉、雙調水仙子、賦李仁仲懶慢齋：鬧排場經過樂回閑。【燕鶯閑】貫雲石、南呂一枝花套、離悶、罵玉郎：恰纔這微雨過燕鶯閑。【儘我閑】貫雲石、雙調水仙子、田家：婢織奴耕儘我閑。【簿書閑】喬吉、越調小桃紅、紹興于侯索賦：晝長無事簿書閑。【書廢琴閑】湯式、中呂滿庭芳、代人寄書：止不過暫時間書廢琴閑。【幾箇能閑】薛昂夫、雙調蟾宮曲、快閣懷古：比盟鷗幾箇能閑。【會與雲閑】盧摯、雙調蟾宮曲、賈皓庵樓居即事：這先生會與雲閑。【銀箏鳳閑】關漢卿、雙調沈醉東風：伴夜月銀箏鳳閑。

閒

同閑。【偸閒】張可久、雙調殿前歡、愛山亭上：容我偸閒。【等閒】劉庭信、正宮醉太平、憶舊：好光陰等閒。【鈎閒】張可久、越調天淨沙、春晚：翠簾不捲鈎閒。【遂閒】張養浩、中呂十二月兼堯民歌、遂閒堂即事：堂名遂閒。【暫閒】張可久、雙調沈醉東風：夜宴即事：眼約心期不暫閒。【心自閒】張可久、越調凭闌人、和白玉眞人：玉府神仙心自閒。【相伴閒】庚天錫、雙調雁兒落帶得勝令：白雲相伴閒。【烟艇閒】查德卿、越調寨兒令、漁夫：烟艇閒，雨蓑乾。【野雲閒】張可久、越調小桃紅、山中：歸伴野雲閒。【綉窗閒】張可久、商調梧葉兒、春日書所見：長日綉窗閒。

壇⊙

【上壇】汪元亨、中呂朝天子、歸隱：拜韓侯上壇。【天壇】張可久、雙調湘妃怨、紀行：月滿天壇。喬吉、雙調殿前歡、登江山第一樓：直上天壇。【杏壇】張可久、中呂朝天子、郝東池席上：杏壇，藥欄。【秋壇】張可久、雙調折桂令、金華山看瀑泉：拱香雲龍虎秋壇。【將壇】湯式、仙呂賞花時套、送人同鎮淮安、么篇：峨峨將壇。張養浩、中呂朝天曲：韓元帥將壇。庾天錫、雙調雁兒落過得勝令：韓侯一將壇。【紫壇】張可久、南呂金字經、石門洞天：屋老蒼雲暗紫壇。【登壇】貫雲石、中呂醉高歌過紅綉鞋：姜呂望晚登壇。【詩壇】喬吉、越調鬪鵪鶉套、歌姬、紫花兒：酒社詩壇。徐再思、雙調蟾宮曲、西湖：酒會詩壇。【杏花壇】張可久、越調小桃紅、山中：一方明月杏花壇。【拜將壇】馬致遠、雙調撥不斷：韓信獨登拜將壇。查德卿、仙呂寄生草、感歎：韓元帥命博得拜將壇。【雲臺將壇】徐再思、商調梧葉兒、釣臺：高似他雲臺將壇。

檀

【香檀】白樸、大石調青杏子套、詠雪、好觀音：當歌者款撒香檀。【索檀】張養浩、南呂西番經：取索檀。【旃檀】湯式、雙調天香引、題舜江寺：烟散旃檀。【龍檀】喬吉、雙調水仙子、秋日飲湖樓卽事：減恩情羅扇龍檀。

彈

【次彈】張可久、商調梧葉兒、夜坐卽事：哀絃取次彈。【吹彈】張可久、正宮小梁州、雪晴詩興：畫船中歌舞吹彈。【空彈】劉時中、雙調雁兒落過得勝令、送別：燈下劍空彈。【泪彈】張可久、越調天淨沙、春晚：血指頻將泪彈。【淚彈】淚同泪；朱權、仙呂太常引：第一夜相思淚彈。【慢彈】喬吉、雙調喬牌兒套、別情：鳳求凰琴慢彈。【慵彈】貫雲石、南呂一枝花套、離悶、梁州：錦瑟慵彈。【一箇彈】薛昂夫、中呂朝天曲：一箇歌一箇彈。【月下彈】湯式、正宮小梁州、代人寄情：花下清歌月下彈。【泪珠彈】貫雲石、南呂一枝花套、離悶：粉臉泪珠彈。【汨倫彈】張可久、越調寨兒令、送別：回首汨倫彈。【淚珠彈】淚同汨；高安道、仙呂賞花時套、尾：背銀燈倫把淚珠彈。【指空彈】庚吉甫、雙調雁兒落過得勝令：百歲指空彈。【爲誰彈】張可久、中呂賣花聲、客況：悶來長鋏爲誰彈。【對客彈】貫雲石、雙調水仙子、田家：靠篷窗對客彈。【將綉幫兒彈】喬吉、仙呂賞花時套、睡鞋兒：用纖指將綉幫兒彈。

煩⊙

【心煩】高安道、仙呂賞花時套、尾：暢心煩。彭壽之、仙呂八聲甘州套、後庭花：最心煩。【相煩】彭壽之、仙呂八聲甘州：新愁舊恨相煩。【愁煩】喬吉、雙調行香子套、題情、碧玉簫：滿口兒訴愁煩。湯式、南呂一枝花套、送車文卿歸隱、梁州：紫鸞簫吹散愁煩。貫雲石、雙調水仙子、田家：瓦林深洗盡愁煩。貫雲石、南呂一枝花套、離悶、梁州：悶昏昏多少愁煩。湯式、雙調湘妃引、道中値雪：對梅花細說愁煩。彭壽之、仙呂八聲甘州套、六么遍：生捱厭厭，相思恨愁煩。【煎煩】喬吉、雙調喬牌兒套、別情、攪箏琶：黑海也似那煎煩。

繁

【笑語繁】白樸、大石調靑杏子套、詠雪、好觀音：歌罷喧喧笑語繁。【桃李繁】庚吉甫、雙調雁兒落過得勝令：春風桃李繁。【桃杏繁】無名氏、黃鍾賀聖朝：遍郊原桃杏繁。

帆

【歸帆】吳西逸、越調天淨沙、閒題：長江萬里歸帆。

凡

【思凡】薛昂夫、中呂朝天曲：誰使思凡。

難⊙

【尤難】白樸、大石調靑杏子套、詠雪、歸塞北：好題詩句詠尤難。【左難】曾瑞、中呂快活三過朝天子、警世：左難，右難。【何難】湯式、中呂普天樂、送人遷居金陵：富貴何難。【非難】張養浩、中呂山坡羊：惡非難。【爲難】張養浩、中呂山坡羊：善爲難。【萬難】貫雲石、南呂一枝花套、離悶：陡恁的千難萬難。【艱難】汪元亨、雙調折桂令、歸隱：人事艱難。張可久、雙調殿前歡、客中：行路艱難。湯式、中呂滿庭芳、代人寄書：直恁艱難。湯式、雙調湘妃引、京口道中：惱離人情緒艱難。【千萬難】姚燧、越調凭闌人、寄征衣：妾身千萬難。【古來難】庚天錫、雙調雁兒落帶得勝令：行路古來難。【去往難】張養浩、南呂西番經：教人去往難。【名利難】顧德潤、中呂醉高歌帶喜春來、宿西湖：名利難，詩債且塡還。【行路難】

張可久、南呂四塊玉、梅友席上：冷眼看，倦鳥還，行路難。張可久、雙調水仙子、湖上小隱：賦行路難。湯式、南呂一枝花套、送車文卿歸隱：徒悲行路難。張可久、雙調水仙子、歸來次韻：傷心行路難。【見郎難】彭壽之、仙呂八聲甘州套、尾：別郎容易見郎難。【見時難】曾瑞、南呂罵玉郎過感皇恩採茶歌、閨情：別時容易見時難。【別離難】劉燕歌、仙呂太常引：今古別離難。【相見難】關漢卿、商調梧葉兒、別情：別離易，相見難。【悔時難】喬吉、越調鬪鵪鶉套、歌姬、尾：一句話悔時難。【寄書難】張可久、中呂紅綉鞋、秋望：別君容易寄書難。【途路難】徐再思、中呂朝天子、常山江行：嘆崎嶇途路難。【會面難】高安道、仙呂賞花時套、尾：兩地相思會面難。【蜀道難】鄧玉賓、雙調雁兒落過得勝令、閒適：曉日長安近，秋風蜀道難。馬致遠、南呂四塊玉、馬嵬坡：不因這玉環，引起那祿山，怎知蜀道難。薛昂夫、中呂朝天曲：連雲蜀道難。湯式、雙調湘妃引、道中值雪：抵多少盧山高蜀道難。【歸去難】顧君澤、中呂醉高歌帶攤破喜春來：驚客夢曉鐘寒，歸去難。【別離更難】張可久、商調梧葉兒、早行：行路比別離更難。

⊙蠻

【小蠻】喬吉、雙調行香子套、題情、碧玉簫：腰肢小蠻。白樸、大石調靑杏子套、詠雪、結音：醉眼朦朧問小蠻。張養浩、中呂朝天子、攜美姬湖上：險教人喚小蠻。【百蠻】湯式、仙呂賞花時套、送人同鎭淮安：銅柱樓船控百蠻。【南蠻】張養浩、沉醉東風：李太白書駭南蠻。【綿蠻】張養浩、越調寨兒令、赴詹事丞：綠楊隄黃鳥綿蠻。

⊙顏

【天顏】湯式、中呂普天樂、送人遷居金陵：赤緊的五雲深咫尺天顏。【朱顏】張可久、中呂普天樂、客懷：日減朱顏。湯式、仙呂賞花時套、送人同鎭淮安、賺煞尾：綠鬢朱顏。張可久、越調寨兒令、舟行感興：爲虛名消盡朱顏。湯式、雙調湘妃引、京口道中：露浸浸芳杏洗朱顏。【破顏】薛昂夫、中呂朝天曲：醉時節破顏。【容顏】貫雲石、南呂一枝花套、離悶、梁州：病懨懨瘦損容顏。喬吉、雙調喬牌兒套、別情、沉醉東風：見桃花何似見他容顏。【商顏】張養浩、越調寨兒令、秋：同四皓訪商顏。【孱顏】張可久、雙調湘妃怨、桐江上小金山：枕鯨波百尺孱顏。【開顏】喬吉、雙調折桂令、安溪半江亭陪雅齋元帥飲：樽酒開顏。貫雲石、雙調水仙子、田家：樂豐年暢飲開顏。【酡顏】張可久、雙調折桂令、和疎齋學士韻：綠酒酡顏。【蒼顏】喬吉、雙調行香子套、題情：潘岳蒼顏。汪元亨、雙調沈醉東風、歸田：葬送的皓首蒼顏。【襟顏】盧摯、雙雙蟾宮曲、賈皓庵樓居即事：蕭散襟顏。【上胡顏】貫雲石、中呂醉高歌過紅綉鞋：看別人鞍馬上胡顏。【孔孟顏】庾吉甫、雙調雁兒落過得勝令：徒誇孔孟顏。【動君顏】馬致遠、中呂喜春來、書：蠻書寫畢動君顏。【談笑開顏】汪元亨、雙調折桂令、歸隱：共知音談笑開顏。

潺⊙

【潺潺】查德卿、越調寨兒令、漁夫：流水潺潺。

僝

【綠慘紅僝】喬吉、仙呂賞花時套、睡鞋兒、賺煞：看他些綠慘紅僝。

頑⊙

【撒頑】喬吉、雙調行香子套、題情、慶宣和：紅粉香中慣撒頑。湯式、南呂一枝花套、送車文卿歸隱、尾聲：伴幾箇知交撒頑。【恁般頑】無名氏、黃鍾賀聖朝：忍不住恁般頑。

邯韓汗翰○爛襴攔○

闤圜鐶○戔○鷴癇○

膰礬蠜樊

【對偶】

喬吉、雙調折桂令、安溪半江亭陪雅齋元帥飲：玉龍立槊，竹樹生寒。曾瑞、南呂罵玉郎過感皇恩採茶歌、閨情：月缺花殘，枕剩衾寒。張可久、黃鍾人月圓、雪中遊虎丘：松腰玉瘦，泉眼冰寒。湯式、中呂普天樂、送人遷居金陵：鯤鵬路遠，鷗鷺盟寒。張可久、雙調湘妃怨、紀行：丹鼎龍光現，仙衣鶴氅寒。查德卿、越調寨兒令、漁夫：數聲柔櫓江灣，一鈎香餌波寒。曾瑞、中呂快活三過朝天子、警世：受官聽暮雨寒，待漏院曉霜寒。張可久、越調凭闌人：玉手攜香羅帕乾，粉面沾花粧鏡寒。湯式、仙呂賞花時套、送人回鎮淮安、么篇：細柳藏鶯春色闌，秋水涵龍劍氣寒。張可久、雙調折桂令、皆山樓即事：黃卷掩燈青夜闌，紫簫吹月白風寒。　貫雲石、南呂一枝花套、離悶、感皇恩：一簾風，三月雨，五更寒。　顧君澤、中呂醉高歌過攤破喜春來：破情思晚砧鳴，斷愁腸簷馬韻，驚客夢曉鐘寒。　喬吉、雙調行香子套、題情：愁日永，睚更闌。　張可久、商調梧葉兒、春日書所見：薔薇徑，芍藥闌。　張可久、南呂金字經、秋望：白髮三千丈，畫樓十二闌。　喬吉、雙調水仙子、中秋後一日山亭賞桂花時雨稍晴：坐金色三千界，倚天香十二闌。　貫雲石、南呂一枝花套、離悶、尾聲：半簷紅日愁天晚，一盞孤燈照夜闌。　張可久、雙調水仙子、樂閑：鐵衣披雪紫金關，綵筆題花白玉闌。　張可久、雙調湘妃怨、桐江上小金山：蘆花淺水釣舟閑，老樹蒼烟倦鳥還。　張可久、中呂普天樂、客懷：閑身易懶，休官怕晚，倦羽知還。　湯式、越調柳營曲、薛瓊瓊彈箏圖：風雲都變改，日月自循環。　徐再思、雙調蟾宮曲、西湖：聽越女鸞簫象板，惱司空霧鬢雲環。　喬吉、雙調喬牌兒套、別情、落梅風：粘金雁，彈翠鬟。　湯式、越調柳營曲、薛瓊瓊彈箏圖：玉雪顏，翠雲鬟。　喬吉、越調鬬鵪鶉套、歌姬：

香肩憑玉樓，湘雲擁翠鬟。　張可久、越調凭闌人、和白玉眞人：對樓千萬山，倚雲十二鬟。　張可久、南呂金字經、石門洞天：錦樹開圖障，翠峯堆髮鬟。　貫雲石、南呂一枝花套、離悶、梁州：衫袖濕鎮淹泪眼，玉簪斜倦整雲鬟。　曾瑞、南呂罵玉郎過感皇恩採茶歌、閨情：臉消香，眉蹙黛，髻鬆鬟。　曾瑞、中呂山坡羊、自嘆：隔重關，困塵寰。　曾瑞、南呂罵玉郎過感皇恩採茶歌、閨情：酒已闌，曲未殘。　張可久、商調梧葉兒、早行：雞聲罷，角韻殘。　彭壽之、仙呂八聲甘州：簾垂永日人乍別，門掩東風花又殘。　劉庭信、正宮醉太平、憶舊：景闌珊，繡簾風軟楊花散，淚闌干、綠窗雨灑梨花綻，錦爛斑、香閨春老杏花殘。　高安道、仙呂賞花時套：香爇龍涎寶篆殘，簾捲蝦鬚春晝閑。　湯式、中呂滿庭芳、代人寄書：又不是平地裏情疎意懶，止不過暫時間書廢琴閑。　徐再思、商調梧葉兒、釣臺：不受千鍾祿，重歸七里灘，贏得一身閑。　張可久、越調凭闌人、和白玉眞人：寶劍英雄血已乾，玉府神仙心自閒。　張可久、商調梧葉兒、春日書所見：小雨紅芳綻，新晴紫陌乾，長日綉窗閒。　庚吉甫、雙調雁兒落過得勝令：四季手輕翻，百歲指空彈。劉時中、雙調雁兒落過得勝令、送別：坐上酒初殘，燈下劍空彈。貫雲石、南呂一枝花套、離悶：綠窗絨縷淡，粉臉泪珠彈。湯式、南呂一枝花套、送車文卿歸隱、梁州：綠蟻樽，澆平磊塊，紫鸞簫、吹散愁煩。汪元亨、雙調折桂令、歸隱：天運循環，人事艱難。湯式、南呂一枝花套、送車文卿歸隱：長恨歸田晚，徒悲行路難。鄧玉賓、雙調雁兒落帶過得勝令、閒適：曉日長安近，秋風蜀道難。張可久、南呂四塊玉、梅友席上：冷眼看，倦鳥還，行路難。湯式、中呂普天樂、送人遷居金陵：頭顱未斑，功名眞懶，富貴何難。喬吉、雙調行香子套、題情、小陽關：地窄天寬，十番九番；雨澀雲慳，千難萬難。張養浩、雙調沉醉東風：郭子儀功威吐蕃，李太白書駭南蠻。湯式、仙呂賞花時套、送人同鎭淮安：鐵甕金墉壯九關，銅柱樓船控百蠻。張可久、中呂普天樂、客懷：霜添白髮，日減朱顏。喬吉、雙調行香子套、題情：東陽瘦體，潘岳蒼顏。張養浩、越調寨兒令、秋：共三閭歌楚些，同四皓訪商顏。湯式、南呂一枝花套、送車文卿歸隱、梁州：黃虀菜、養成脾胃；青精飯、駐定容顏。查德卿、越調寨兒令、漁夫：啼鳥關關，流水潺潺。

上聲

晚⊙

【又晚】顧君澤、中呂醉高歌過攤破喜春來：煙鎖雲林又晚。【日晚】喬吉、仙呂賞花時套、睡鞋兒：仙錦鴛日晚。喬吉、南呂玉交枝、閑適二曲：受用會桑榆日晚。【早晚】湯式、中呂滿庭芳、代人寄書：歸期早晚。【宜晚】白樸、大石調靑杏子套、詠雪：窮冬節物偏宜晚。【怕晚】張可久、中呂普天樂、客懷：休官怕晚。【送晚】喬吉、雙調折桂令、秋日飲湖樓卽事：歌聲送晚。【欲晚】高安道、仙呂賞花時套：春光欲晚。【紅日晚】喬吉、雙調水仙子、和化成甫番馬扇頭：穹廬紅日晚。【松樹晚】張可久、中呂紅綉鞋、虎丘道上：鶴巢松樹晚。【春又晚】張可久、雙調水仙子、次韻還京樂：鶯啼春又晚。【春將晚】馬致遠、南呂四塊玉、馬嵬坡：睡海棠、春將晚。【茅舍晚】馬致遠、雙調壽陽曲、遠浦歸帆：落花水香茅舍晚。【悔應晚】曾瑞、南呂罵玉郎過感皇恩採茶歌、閨情：去後思量悔應晚。【桑榆晚】張養浩、雙調沉醉東風：又早桑榆晚。【烟樹晚】徐再思、中呂陽春曲、皇亭晚泊：烟樹晚，茅舍兩三間。【陽關晚】湯式、中呂普天樂、送人遷居金陵：明日陽關晚。【愁天晚】貫雲石、南呂一枝花套、離悶、尾聲：半簾紅日愁天晚。【歸田晚】湯式、南呂一枝花套、送車文卿歸隱：長恨歸田晚。【歸去晚】汪元亨、中呂朝天子、歸隱：怪先生歸去晚。【歸期晚】彭壽之、仙呂八聲甘州套、六么遍：恨歸期晚。【收心的晚】張養浩、雙調沉醉東風：只爲他進身的疾，收心的晚。【黃昏到晚】關漢卿、雙調沉醉東風：怕則怕黃昏到晚。

板⊙

【牙板】薛昂夫、中呂朝天曲：自拈牙板。【象板】張可久、雙調殿前歡、雪晴泛舟：新聲象板。顧德潤、中呂醉高歌帶喜春來、宿西湖：金縷朱弦象板。徐再思、雙調蟾宮曲、西湖：聽越女鸞簫象板。喬吉、雙調喬牌兒套、別情、沉醉東風：厭聽那銀箏象板。喬吉、雙調折桂令、秋日飲湖樓即事：添風韻春纖象板。【畫板】張可久、商調梧葉兒、春日書所見：人立秋千畫板。【跳板】喬吉、越調鬥鵪鶉套、歌姬、尾：最險是茶船上跳板。【巖前板】查德卿、仙呂寄生草、感歎：羨傅說守定巖前板。

版

【仕版】湯式、南呂一枝花套、送車文卿歸隱、梁州：比山中相不登仕版。

簡⊙

【小簡】劉庭信、正宮醉太平、憶舊：泥金小簡。【事簡】湯式、仙呂賞花時套、送人回鎭淮安：邊庭事簡。【象簡】喬吉、越調小桃紅、紹興于侯索賦：執花紋象簡。【修一簡】顧君澤、中呂醉高歌帶攤破喜春來：歸去難，修一簡，回兩字報平安。

揀

【任揀】姚燧、雙調撥不斷、四景：這兩般任揀。【試揀】張可久、雙調水仙子、樂閑：幾般兒君試揀。【多處揀】張可久、雙調水仙子、湖上小隱：把梅花多處揀。【愛處揀】喬吉、越調鬥鵪鶉套、歌姬、尾：兩般兒愛處揀。

柬

【奉柬】湯式、中呂滿庭芳、代人寄書：端肅奉柬。

鏟⊙

【硬鏟】劉時中、雙調慶東原、題情：馮魁硬鏟。

趕⊙ 【緊趕】劉時中、雙調慶東原、題情：雙漸緊趕。

袒⊙ 【西風袒】喬吉、雙調水仙子、和化成甫番馬扇頭：狐帽西風袒。

罕⊙ 【希罕】喬吉、雙調行香子套、題情、慶宣和：軟玉溫香忒希罕。

侃⊙ 【調侃】湯式、南呂一枝花套、送車文卿歸隱、尾聲：尋一會漁樵調侃。【鬬侃】張可久、中呂普天樂、收心：行院鬬侃。

懶⊙ 【又懶】張可久、越調小桃紅、山中：勞心又懶。【易懶】張可久、中呂普天樂、客懷：閑身易懶。【病懶】盧摯、雙調蟾宮曲、買皓庵樓居即事：想竹葉知人病懶。【莫懶】湯式、中呂普天樂、送人遷居金陵：功名莫懶。【疎懶】湯式、南呂一枝花套、送車文卿歸隱、梁州：一同頭萬事都疎懶。【意懶】貫雲石、南呂一枝花套、離悶、尾聲：梳粧又意懶。湯式、仙呂賞花時套、送人回鎮淮安、賺煞尾：西望陽關意懶。【情意懶】貫雲石、南呂一枝花套、離悶、罵玉郎：春色昏，情意懶。【情興懶】關漢卿、仙呂一半兒、題情：乍孤眠好教人情興懶。【情緒懶】喬吉、雙調喬牌兒套、別情、落梅風：近新來爲咱情緒懶。【撒會懶】喬吉、雙調水仙子、賦李仁仲懶慢齋：勤政堂辭別撒會懶。【鶯正懶】張可久、中呂迎仙客、春晚：燕初忙，鶯正懶。【鶯聲懶】曾瑞、南呂四塊玉、感懷：春色殘，鶯聲懶。【心灰意懶】喬吉、南呂玉交枝、閑適二曲：不是我心灰意懶。【功名意懶】張養浩、雙調沉醉東風：因此上功名意懶。【吟翁正懶】張可久、雙調折桂令、和疎齋學士韻：煨芋火吟翁正懶。【情疎意懶】湯式、中呂滿庭芳、代人寄書：又不是平地裏情疎意懶。【蹇驢步懶】湯式、雙調湘妃引、京口道中：必雕不答，蹇驢步懶。【鶯慵燕懶】高安道、仙呂賞花時套、尾：花落也鶯慵燕懶。

嬾 同懶。【嬾嬾】李致遠、越調天淨沙、離思：有恨心情嬾嬾。

趲⊙ 【時運裏趲】貫雲石、中呂醉高歌過紅綉鞋：遲和疾時運裏趲。【旋立的趲】貫雲石、南呂一枝花套、尾聲：瘦怯怯裙腰兒旋立的趲。

綰⊙ 【雲亂綰】高安道、仙呂賞花時套、尾：幾時看，寶髻鬅鬆雲亂綰。

◎赧

【羞又赧】曾瑞、中呂山坡羊、自嘆：百事不成羞又赧。

◎盞

【換盞】張可久、雙調沉醉東風、夜宴卽事：半醉也燈前換盞。【遞盞】張可久、中呂朝天子、郝東池席上：小鬟，遞盞。【擎金盞】白樸、大石調青杏子套、詠雪、好觀音：勸酒佳人擎金盞。

◎眼

【肉眼】汪元亨、雙調沉醉東風、歸田：瞞看愚眉肉眼。【放眼】顧德潤、中呂醉高歌帶喜春來、宿西湖：楊柳和烟放眼。【泪眼】曾瑞、中呂喜春來、閨情：凝泪眼。喬吉、雙調行香子套、題情、錦上花：東風泪眼。貫雲石、南呂一枝花套、離悶、梁州：衫袖濕鎖淹泪眼。【俊眼】喬吉、雙調折桂令、安溪半江亭陪雅齋元帥飲：綠波轉秋回俊眼。【望眼】張可久、中呂紅綉鞋、秋望：長安迷望眼。張可久、中呂紅綉鞋、越山卽事：蓬萊迷望眼。顧君澤、中呂醉高歌帶攤破喜春來：回首難窮望眼。【過眼】薛昂夫、中呂山坡羊、憶舊：曾過眼。彭壽之、仙呂八聲甘州：芳非過眼。薛昂夫、中呂朝天曲：醒時節過眼。【業眼】喬吉、雙調喬牌兒套、別情攪箏琶：泪雙垂業眼。【滿眼】吳西逸、越調天淨沙、閒題：依舊紅塵滿眼。【睡眼】喬吉、雙調清江引、佳人病酒：朦朧著對似開不開嬌睡眼。【醉眼】張可久、越調天淨沙、浮雪樓夜坐：萬里青天醉眼。喬吉、仙呂賞花時套、睡鞋兒、賺煞：險花暈了懵騰醉眼。【轉眼】曾瑞、南呂四塊玉、感懷：難轉眼。【也是眼】喬吉、中呂山坡羊：白、也是眼。【虛過眼】貫雲石、雙調水仙子、田家：怕春光虛過眼。【淹淚眼】關漢卿、仙呂一半兒、題情：獨入羅幃淹淚眼。【凝望眼】貫雲石、南呂一枝花套、離悶、採茶歌：疊翠堆嵐凝望眼。【追遊過眼】汪元亨、雙調折桂令、歸隱：問花柳追遊過眼。【愁眉淚眼】關漢卿、雙調沉醉東風：則告與那能索債愁眉淚眼。【愚眉肉眼】喬吉、南呂玉交枝、閑適二曲：怎陪伴愚眉肉眼。【塵世污眼】貫雲石、中呂醉高歌過紅綉鞋：嘆自己如塵世污眼。【興亡在眼】湯式、南呂一枝花套、送車文卿歸隱：故紙上興亡在眼。

反返坂○散傘繖○挽

○鈑○產剗○癉亶○
稈○坦○琖

【對偶】

喬吉、雙調折桂令、秋日飲湖樓卽事：杯影涵秋，歌聲送晚。湯式、中呂普天樂、送人遷居金陵：昨日武林春，明日陽關晚。張養浩、雙調沉醉東風：恰才桃李春，又早桑榆晚。張可久、中呂紅綉鞋、虎丘道上：雁聲蘆葉老，鷺影蓼花寒，鶴巢松樹晚。湯式、南呂一枝花套、送車文卿歸隱、尾聲：伴幾箇知交撒頑，尋一會漁樵調侃。張可久、中呂迎仙客、春晚：燕初忙，鶯正懶。曾瑞、南呂四塊玉、感懷：春色殘，鶯聲懶。喬吉、越調鬪鵪鶉套、歌姬：羅帕分香，春纖換盞。貫雲石、雙調水仙子、田家：邀鄰翁爲伴，使家僮過盞。喬吉、雙調行香子套、題情、錦上花：夜雨愁腸，東風泪眼。喬吉、雙調喬牌兒套、別情、攪箏琶：愁萬結柔腸，泪雙垂業眼。湯式、南呂一枝花套、送車文卿歸隱：平地間寵辱關心，故紙上興亡在眼。喬吉、中呂山坡羊、寓興：白，也是眼；靑，也是眼。

去聲

旱⊙【陽台旱】喬吉、雙調行香子套、題情、離亭宴歇指煞：雲雨陽台旱。

漢【秦漢】張可久、中呂賣花聲、懷古：傷心秦漢。【銀漢】馬致遠、越調小桃紅、秋：靑苔砌上觀銀漢。【霄漢】喬吉、雙調水仙子、吳姬：冰絲帶雨懸霄漢。薛昂夫、雙調殿前歡、春：鱗鱗萬瓦連霄漢。【窮漢】張養浩、中呂山坡羊：休趨富漢欺窮漢。【三分漢】庾天錫、雙調雁兒落帶得勝令：諸葛三分漢。【男兒漢】貫雲石、中呂醉高歌紅綉鞋：英雄誰識男兒漢。【東西漢】湯式、商調知秋令、隱居：書玩東西漢。【周秦漢】庾吉甫、雙調雁兒落帶得勝令：謾說周秦漢。【英雄漢】鄧玉賓、雙調雁兒落帶得勝令、閑適：誤殺英雄漢。張養浩、雙調沉醉東風：尉敬德英雄漢。喬吉、中呂山坡羊、寓興：黃金不富英雄漢。薛昂夫、中呂朝天曲：能到此是英雄漢。【風流漢】張可久、雙調慶東原、越山即事：女蕭何成敗了些風流漢。【痴呆漢】曾瑞、中呂快活三過朝天子、警世：眞箇是痴呆漢。

翰

【張翰】劉時中、雙調雁兒落過得勝令、送別：秋水思張翰。

汗

【珍珠汗】喬吉、雙調清江引、佳人病酒：腮斗兒珍珠汗。【通身汗】喬吉、南呂玉交枝、閑適二曲：想起來滿面看、通身汗。【微生汗】馬致遠、越調小桃紅、秋：覺後微生汗。

⊙旦

【昏旦】湯式、南呂一枝花套、送車文卿歸隱、尾聲：安樂窩隨緣度昏旦。【淸旦】喬吉、雙調行香子套、題情、離亭宴歇指煞：業眼巴淸旦。【粧旦】喬吉、越調鬭鵪鶉套、歌姬、紫花兒：不枉了喚聲粧旦。【周公旦】曾瑞、中呂快活三過朝天子、警世：牢著脚周公旦。

彈

【黃金彈】張可久、雙調水仙子、次韻還京樂：醉飛柳外黃金彈。

憚

【何憚】張養浩、中呂山坡羊：無錢何憚。【心兒憚】喬吉、雙調行香子套、題情、江兒水：更怕咱心兒憚。【心偏憚】姚燧、雙調撥不斷、四景：長安遠客心偏憚。【休辭憚】白樸、大石調青杏子套、詠雪、好觀音：暢飲休辭憚。湯式、中呂普天樂、送人遷居金陵：一札徵書休辭憚。【芳心憚】貫雲石、南呂一枝花套、離悶、罵玉郎：情意懶，芳心憚。

⊙萬

【九萬】喬吉、中呂山坡羊、寓興：鵬摶九萬。
【十萬】喬吉、中呂山坡羊、寓興：腰纏十萬。
【二十萬】喬吉、越調小桃紅、紹興于侯索賦：一郡居民二十萬。【王十萬】湯式、正宮小梁州、代人寄情：我家私雖不比王十萬。

⊙嘆

【空嘆】張養浩、雙調沉醉東風：六韜書雲夢空嘆。【長嘆】、越調天淨沙、離思：一聲長嘆。張可久、越調天淨沙、浮雪樓夜坐：倚樓長嘆。張可久、越調小桃紅、山中：回首蓬萊自長嘆。張可久、中呂賣花聲、懷古：讀書人一聲長嘆。【嗟嘆】張養浩、南呂西番經：休嗟嘆。【空長嘆】喬吉、雙調行香子套、題情、江兒水：望斷處空長嘆。貫雲石、南呂一枝花套、離悶、罵玉郎：羅幃寂寞空長嘆。曾瑞、中呂山坡羊、自嘆：幾番肩鎖空長嘆。曾瑞、南呂罵玉郎過感皇恩採茶歌、閨情：臨岐無語空長嘆。【華亭嘆】張養浩、雙調沉醉東風：陸機有華亭嘆。【傷春嘆】張可久、雙調慶東原、越山卽事：明日傷春嘆。

炭

【冰炭】汪元亨、中呂朝天子、歸隱：同爐冰炭。【塗炭】張可久、中呂賣花聲、懷古：生民塗炭。【喉中炭】查德卿、仙呂寄生草、感歎：勸豫讓吐出喉中炭。

案⊙

【公案】曾瑞、中呂快活三過朝天子、警世：又是箇新公案。【香案】張可久、中呂紅綉鞋、越山卽事：山擁玉皇香案。【書案】喬吉、越調小桃紅、紹興于侯索賦：凭琴堂書案。【喬公案】汪元亨、雙調沉醉東風、歸田：斷幾狀喬公案。張可久、中呂普天樂、收心：繫柳監花喬公案。

按

【懶按】貫雲石、南呂一枝花套、離悶、梁州：這些時銀箏懶按。

岸

【北岸】貫雲石、中呂醉高歌過紅綉鞋：陽氣盛冰消北岸。【古岸】張可久、中呂紅綉鞋、虎丘道上：船繫誰家古岸。張可久、中呂賣花聲、客況：冷淒淒霜凌古岸。【江岸】曾瑞、南呂罵玉郎過感皇恩採茶歌、閨情：才郎遠送秋江岸。【江南岸】張可久、南呂金字經、春晚：江南岸，夕陽山外山。【東風岸】顧德潤、中呂醉高歌帶喜春來、宿西湖：畫船穩繫東風岸。【紅塵岸】張養浩、雙調雁兒落兼得勝令：隔斷紅塵岸。【垂楊岸】張養浩、中呂朝天曲：掩映垂楊岸。【紗巾岸】喬吉、雙調殿前歡、登江山第一樓：指蓬萊一望間，紗巾岸。【烏江岸】張可久、中呂賣花聲、懷古：美人自刎烏江岸。馬致遠、雙調撥不斷：覇王自刎烏江岸。【黃蘆岸】張可久、雙調水仙子、樂閑：漁舟棹月黃蘆岸。【湘江岸】張可久、中呂普天樂、客懷：楚山雲，湘江岸。【溢江岸】張可久、雙調殿前歡、客中：紅葉溢江岸。【蒹葭岸】顧君澤、中呂醉高歌帶過攤破喜春來：扁舟來往蒹葭岸。【潯陽岸】喬吉、越調鬪鵪鶉套、歌姬、尾：麗春園門外是潯陽岸。【錢塘岸】劉時中、雙調雁兒落過得勝令：明月錢塘岸。【磻溪岸】喬吉、南呂玉交枝、閑適二曲：文王不到磻溪岸。張養浩、雙調雁兒落兼得勝令：也不學姜太公磻溪岸。查德卿、仙呂寄生草、感歎：姜太公賤賣了磻溪岸。【蘆花岸】張可久、雙調殿前歡、雪晴泛舟：白模糊不見蘆花岸。【石城西岸】湯式、仙呂賞花時套、送人回鎭淮安、賺煞尾：近石城西岸。

粲⊙

【王粲】劉時中、雙調雁兒落過得勝令、送別：落日悲王粲。張可久、中呂賣花聲、客況：登樓北望思王粲。

燦

【空燦】曾瑞、中呂山坡羊、自嘆：南山空燦。【銀光燦】白樸、大石調青杏子套、詠雪、好觀音：畫燭銀光燦。【驪珠燦】湯式、仙呂賞花時套、送人同鎮淮安、賺煞尾：寶帶驪珠燦。

棧⊙

【白雲棧】張可久、南呂四塊玉、梅友席上：馬蹄霜凍白雲棧。【峨嵋棧】湯式、南呂一枝花套、送車文卿歸隱：瘦馬峨嵋棧。【連雲棧】張可久、雙調殿前歡、客中：白草連雲棧。曾瑞、中呂快活三過朝天子、警世：更險似連雲棧。喬吉、南呂玉交枝、閑適二曲：受驚怕連雲棧。張養浩、中呂朝天曲：偷走下連雲棧。馬致遠、雙調撥不斷：張良放火連雲棧。喬吉、雙調喬牌兒套、別情：楚陽台更隔着連雲棧。查德卿、仙呂寄生草、感歎：長安道一步一個連雲棧。

綻

【花綻】張養浩、雙調殿前歡、登會波樓：荷花綻。【破綻】喬吉、雙調行香子套、題情、離亭宴歇指煞：人瞧見些破綻。【白梅綻】庾吉甫、雙調雁兒落過得勝令：冬雪白梅綻。【紅芳綻】張可久、商調梧葉兒、春日書所見：小雨紅芳綻。【梨花綻】劉庭信、正宮醉太平、憶舊：淚闌干綠窗雨灑梨花綻。【疎花綻】張可久、雙調殿前歡、愛山亭上：蕉雨疎花綻。【貂裘綻】張可久、中呂普天樂、客懷：夜雪貂裘綻。【經霜綻】顧君澤、中呂醉高歌帶攤破喜春來：籬邊黃菊經霜綻。【蠟梅綻】白樸、大石調青杏子套、詠雪、結音：多管是南軒蠟梅綻。

盼⊙

【青盼】湯式、雙調湘妃引、京口道中：烟濛濛弱柳送青盼。【凝盼】湯式、中呂滿庭芳、代人寄書：休凝盼。【雁書盼】彭壽之、仙呂八聲甘州套、元和令：空把雁書盼。

慢⊙

【全慢】汪元亨、中呂朝天子、歸隱：躭風月心全慢。【絃慢】喬吉、越調鬪鵪鶉套、歌姬、天淨沙：琵琶絃慢。【輕慢】張養浩、中呂山坡羊：休教無德人輕慢。【何時慢】喬吉、雙調喬牌兒套、別情、本調煞：相思成病何時慢。【春鶯慢】喬吉、雙調行香子套、題情、碧玉簫：巧語嬌春鶯慢。【黃花慢】張可久、南呂金字經、秋望：黃花慢，桂花秋雨寒。【蓬萊慢】張可久、中呂朝天子、郝東池席上：合唱蓬萊慢。【霓裳慢】薛昂夫、中呂朝天曲：誤却霓裳慢。【學些慢】喬吉、雙調水仙子、賦李仁仲懶慢齋：急喉嚨倒換學些慢。【溪流的慢】張養浩、雙調沉醉東風：俺這裏花發的疾、溪流的慢。

慣⊙

【不慣】張可久、越調小桃紅、山中：干名不慣。【愁慣】張可久、越調天淨沙、春晚：玉人愁慣。【聽慣】張養浩、中呂朝天子、攜美姬湖上：司空聽慣。【松陰慣】薛昂夫、中呂山坡羊、憶舊：醉歸款段松陰慣。【婆婆慣】湯式、正宮小梁州、代人寄情：恁須是婆婆慣。【應須慣】白樸、大石調青杏子套、詠雪、好觀音：富貴人家應須慣。【誰曾慣】關漢卿、雙調沉醉東風：爲則爲俏寃家，害則害誰曾慣。貫雲石、南呂一枝花套、離悶、梁州：別離情緒誰曾慣。【騎來慣】喬吉、中呂山坡羊、寓興：揚州鶴背騎來慣。

患⊙

【何患】張養浩、中呂山坡羊：無官何患。【危患】張養浩、中呂山坡羊：救人危患。【無患】張養浩、雁兒落乘得勝令：身無事，心無患。薛昂夫、中呂朝天曲：早勇退身無患。【憂患】張養浩、中呂朝天曲：那一箇無憂患。張養浩、雙調雁兒落乘得勝令：倒大來無憂患。汪元亨、中呂朝天子、歸隱：誰身後無憂患。張養浩、沉醉東風：終不免有許多憂患。【中原患】馬致遠、南呂四塊玉、馬嵬坡：霓裳便是中原患。【是非患】湯式、南呂一枝花套、送車文卿歸隱、梁州：擺脫了是非患。

幻

【虛幻】曾瑞、南呂四塊玉、感懷：功名縱得成虛幻。貫雲石、雙調水仙子、田家：榮華富貴皆虛幻。張養浩、中呂山坡羊：細推物理皆虛幻。

間⊙

【相間】張養浩、雙調落梅引：愛園林翠紅相間。【無間】徐再思、中呂朝天子、常山江行：一片靑無間。【離間】湯式、中呂滿庭芳、代人寄書：少成歡會多離間。

澗

【南澗】張養浩、雙調雁兒落乘得勝令：也不學柳子厚遊南澗。【深澗】湯式、雙調湘妃引、道中値雪：撥荒榛屈曲盤深澗。【飲澗】喬吉、雙調水仙子、重觀瀑布：似白虹飲澗。【東西澗】徐再思、中呂陽春曲、皇亭晚泊：水深水淺東西澗。【高低澗】張養浩、雙調沉醉東風：遠近村，高低澗。張養浩、雙調落梅引：流水高低澗。【雙峯澗】雙調湘妃怨、紀行：碧桃零落雙峯澗。

諫

【直諫】張養浩、雙調沉醉東風：魏徵般敢言直諫。

辦⊙

【誰辦】張可久、雙調落梅風、湖上：買山錢更教誰辦。【今秋辦】貫雲石、雙調水仙子、田家：囤收稻熟今秋辦。【何時辦】喬吉、南呂玉交枝、閑適二曲：英雄事業何時辦。【經春辦】汪元亨、雙調雁兒落過得勝令、歸隱：農事經春辦。【咄嗟兒辦】喬吉、越調小桃紅、紹興于侯索賦：秋糧夏稅咄嗟兒辦。

瓣

【芙蓉瓣】喬吉、雙調喬牌兒套、別情、沉醉東風：憶宮額似芙蓉瓣。【秋蓮瓣】喬吉、仙呂賞花時套、賺鞋兒、賺煞：臉襯秋蓮瓣。【胭脂瓣】貫雲石、南呂一枝花套、離悶：花落胭脂瓣。

扮

【打扮】喬吉、雙調喬牌兒套、別情、落梅風：想不曾做心兒打扮。【粧扮】喬吉、雙調行香子套、題情、碧玉簫：尋常粧扮。【家常扮】張可久、雙調殿前歡、雪晴泛舟：素淡家常扮。

飯⊙

【齏飯】汪元亨、中呂朝天子、歸隱：且喫頓黃齏飯。【山中飯】張可久、越調小桃紅、山中：黃精已够山中飯。【衣和飯】張養浩、中呂山坡羊：止不過只爲衣和飯。【桑間飯】查德卿、仙呂寄生草、感歎：嘆靈輒吃了桑間飯。【魚羹飯】徐再思、中呂朝天子、常山江行：何處無魚羹飯。【黃粱飯】庾吉甫、雙調雁兒落過得勝令：幾度黃粱飯。【不茶不飯】喬吉、雙調喬牌兒套、別情、本調煞：更拚得不茶不飯。

販

【調販】喬吉、雙調行香子套、題情、離亭宴歇指煞：不是我將伊調販。

範

【風範】貫雲石、南呂一枝花套、離悶、尾聲：全不似當時舊風範。【師範】湯式、南呂一枝花套、送車文卿歸隱、梁州：多管是鹿門龐老爲師範。【樣範】喬吉、越調鬬鵪鶉套、歌姬：宮粧樣範。喬吉、雙調行香子套、題情、碧玉簫：据風流樣範。

泛

【葡萄泛】汪元亨、雙調雁兒落過得勝令：滿甕葡萄泛。

限⊙

【多限】曾瑞、中呂快活三過朝天子、警世：渾無多限。【何限】張養浩、雙調沉醉東風：斷送了古人何限。【無限】張養浩、雙調沉醉東風：春無限。薛昂夫、雙調殿前歡、春：放老眼情無限。貫雲石、雙調水仙子、田家：山桃野杏開無限。曾瑞、中呂山坡羊、自歎：星移物換愁無限。張養浩、雙調落梅引：四周圍水雲無限。【十年限】庚天錫、雙調雁兒落帶得勝令：功名紙半張，富貴十年限。【征鴻限】喬吉、雙調水仙子、中秋後一日山亭賞桂花時雨稍晴：邊風信動征鴻限。【疎狂限】薛昂夫、中呂朝天曲：十載疎狂限。喬吉、雙調行香子套、題情、離亭宴歇指煞：平生脫不了疎狂限。【朝元限】薛昂夫、中呂朝天曲：誤了朝元限。

雁⊙

【白雁】張可久、商調梧葉兒、早行：紫塞呼白雁。張可久、中呂紅綉鞋、秋望：一兩字天邊白雁。【征雁】張可久、雙調殿前歡、客中：南來北往隨征雁。【金雁】。喬吉、雙調喬牌兒套、別情、落梅風：粘金雁。【飛雁】喬吉、雙調水仙子、和化成甫番馬扇頭：鸞孤不射雙飛雁。【魚雁】曾瑞、南呂罵玉郎過感皇恩採茶歌、閨情：杳魚雁。貫雲石、南呂一枝花套、離悶、梁州：無處倩魚雁。湯式、正宮小梁州、代人寄情：少甚麼南來魚雁。【新雁】吳西逸、越調天淨沙、閒題：夕陽新雁。【箏雁】張可久、中呂迎仙客、春晚：玉手調箏雁。張可久、雙調沉醉東風、夜宴即事：玉纖寒試調箏雁。【歸雁】徐再思、中呂朝天子、常山江行：西風歸雁。【孤飛雁】張可久、中呂普天樂、客懷：萬里南歸孤飛雁。【瑤箏雁】喬吉、雙調行香子套、題情、離亭宴歇指煞：弦斷瑤箏雁。【書絕了雁】關漢卿、雙調沉醉東風：信沉了魚，書絕了雁。

看⊙

【好看】喬吉、雙調喬牌兒套、別情、落梅風：不梳粧也自然好看。【爭看】張可久、雙調沉醉東風、夜宴即事：人爭看。【耐看】喬吉、越調鬪鵪鶉套、歌姬、天淨沙：臉兒孜孜耐看。【朱簾看】薛昂夫、中呂山坡羊、憶舊：佳人爭捲朱簾看。【桃花看】張可久、中呂朝天子、郝東池席上：只有桃花看。【搘頤看】張可久、雙調殿前歡、愛山亭上：倒持手版搘頤看。【樓前看】張可久、雙調湘妃怨、桐江上小金山：渾疑多景樓前看。【燈前看】張養浩、中呂朝天子、攜美姬湖上：正好向燈前看。【樽前看】張可久、雙調殿前歡、雪晴泛舟：樽前看，素淡家常扮。【墳前看】張可久、雙調水仙子、湖上小隱：倚笻和靖墳前看。【題詩看】貫雲石、雙調水仙子、田家：蒼苔靜拂題詩看。【把吳鉤看】湯式、中呂普天樂、送人遷居金陵：笑把吳鉤看。【捲珠簾看】張可久、正宮小梁州、雪晴詩興：瓊姬爭捲珠簾看。【掇了梯兒看】張可久、中呂普天樂、收心：掇了梯兒看，繫柳監花喬公案。

⊙爛

【空爛】曾瑞、中呂山坡羊、自嘆：白石空爛。【白石爛】張可久、雙調水仙子、湖上小隱：歌白石爛。張可久、雙調殿前歡、愛山亭上：薛上白石爛。曾瑞、中呂喜春來、隱居：牧牛枉嘆白石爛。張可久、雙調水仙子、歸來次韻：嚴陵灘上白石爛。【松石爛】喬吉、雙調行香子套、題情、離亭宴歇指煞：情朽松石爛。【胭脂爛】湯式、南呂一枝花套、送車文卿歸隱、尾聲：落紅階砌胭脂爛。【霞光爛】張可久、越調小桃紅、山中：劍氣霞光爛。【海枯石爛】喬吉、雙調喬牌兒套、別情、本調煞：直熬箇海枯石爛。

⊙散

【人散】高安道、仙呂賞花時套、尾：月斜人散。【分散】湯式、正宮小梁州、代人寄情：從分散。【吹散】張養浩、中呂朝天曲：東風吹散。【初散】曾瑞、南呂罵玉郎過感皇恩採茶歌、閨情：人初散。薛昂夫、雙調殿前歡、春：雲初散。喬吉、雙調清江引、佳人病酒：宿酒春初散。【雲散】張養浩、越調天淨沙：煙消雲散。【輕散】劉時中、雙調慶東原、題情：雲輕散。【驚散】雙調落梅風、湖上：野人來海鷗驚散。曾瑞、中呂喜春來、閨情：鴛鴦失配誰驚散。【冰絃散】張養浩、中呂朝天子、攜美姬湖上：兩意冰絃散。【冰澌散】顧德潤、中呂醉高歌帶喜春來、宿西湖：春融南浦冰澌散。【夜筵散】馬致遠、越調小桃紅、秋：乞巧樓空夜筵散。【東風散】貫雲石、南呂一枝花套、離悶、罵玉郎：楊花滿院東風散。【香風散】張養浩、雙調殿前歡、登會波樓：十里香風散。白樸、大石調青杏子套、詠雪、結音：似覺筵間香風散。【香雲散】張可久、中呂朝天子、郝東池席上：滿地香雲散。【浮雲散】喬吉、雙調殿前歡、登江山第一樓：浩歌驚得浮雲散。【彩雲散】喬吉、雙調行香子套、題情、小陽關：容易彩雲散。【雲飛散】張養浩、中呂十二月兼堯民歌、遂閒堂即事：一任雲飛散。【喬先散】喬吉、越調小桃紅、紹興于侯索賦：未午喬先散。【楊花散】劉庭信、正宮醉太平、憶舊：景闌珊、繡簾風軟楊花散。【雨收雲散】喬吉、仙呂賞花時套、睡鞋兒、賺煞：比及雨收雲散。【賣魚人散】馬致遠、雙調壽陽曲：斷橋頭賣魚人散。

⊙難

【無難】喬吉、南呂玉交枝、閑適二曲：無災無難。【遭難】張養浩、雙調沉醉東風：張東之老來遭難。【風流難】喬吉、雙調行香子套、題情、離亭宴歇指煞：今年又撞着風流難。

⊙腕

【冰腕】貫雲石、南呂一枝花套、離悶：寶釧鬆冰腕。

悍銲瀚鼾皯○誕嘽但

○蔓曼○犴盱閈嗲○

幹榦○璨○組○襻○

譔饌○洹○嫚謾○丱

攢○賛讚濽瓚鄼○宦

檈豢○覵○訕疝汕○

絆○眅范犯○閬莧○

晏鴳○篡

【對偶】喬吉、雙調行香子套、題情、離亭宴歇指煞：花柳武陵迷，烟水藍橋潦，雲雨陽台旱。庚天錫、雙調雁兒落兼得勝令：韓侯一將壇，諸葛三分漢。張養浩、雙調沉醉東風：房玄齡經濟才，尉敬德英雄漢。劉時中、雙調雁兒落過得勝令、送別：東山仰謝安，秋水思張翰。喬吉、雙調清江引、佳人病酒：被窩兒甘露漿，胭斗兒珍珠汗。喬吉、雙調行香子套、題情、離亭宴歇指煞：柔腸愁暮秋，業眼巴清旦。貫雲石、南呂一枝花套、離悶、駡玉郎：春色昏，情意懶，芳心憚。張養浩、雙調沉醉東風：李斯有黃犬悲，陸機有華亭嘆。汪元亨、中呂朝天子、歸隱：並處賢愚，同爐冰炭。查德卿、仙呂寄生草、感歎：羨傅說守定巖前板，嘆靈輒吃了桑間飯，勸豫讓吐出喉中炭。喬吉、越調小桃紅、紹興于侯索賦：執花紋象簡，凭琴堂書案。湯式、仙呂賞花時套、送人同鎭淮安、賺煞尾：向瓜洲上灘，近石城西岸。劉時中、雙調雁兒落過得勝令、送別：長沙屈賈誼，落日悲王粲。湯式、仙呂賞花時套、送人同鎭淮安、賺煞尾：金珮虎鞶香，寶帶驪珠燦。張可久、南呂四塊玉、梅友席上：虎帳風悲紫荆關，馬蹄霜凍白雲棧。查德卿、仙呂寄生草、感嘆：凌煙閣、一層一個鬼門關；長安道，一步一個連雲棧。　庾吉甫、雙調雁兒落過得勝令：秋霜黃菊綻，冬雪白梅綻。　張可久、雙調殿前歡、愛山亭上：松風古硯寒，蘚上白石爛，蕉雨疎花綻。　彭壽之、仙呂八聲甘州套、元和令：謾將龜卦揭，空把雁書盼。　湯式、雙調湘妃引、京口道中：露浸浸芳杏洗朱顏，雲冉冉晴巒閃翠鬟，烟蒙蒙弱柳送青盼。　張養浩、雙調沉醉東風：遠近村，高低澗。　湯式、雙調湘妃引、道中值雪：踏凍雪趦趄度淺灘，撥荒榛屈曲盤深澗。　張可久、雙調湘妃怨、紀行：黃雲縹緲四明山，綠水潺湲七里灘，碧桃零落雙峯澗。　貫雲石、南呂一枝花套、離悶：柳垂翡翠條，花落胭脂瓣。　喬吉、仙呂賞花時套、睡鞋兒、賺煞：髻綰倚風鬟，臉襯秋蓮瓣。　高安道、仙呂賞花時套：意無聊，愁無限。　張養浩、雙調沉醉東風：歡有餘，春無限。　庾天錫、雙調雁兒落帶得勝令：功名紙半張，富貴十年限。　喬吉、雙調行香子套、題情、離亭宴歇指煞：釵擘金花鳳，弦斷瑤箏雁。　曾瑞、南呂罵玉郎過感皇恩採茶歌、閨情：拆鸞鳳，分鶯燕，杳魚雁。　湯式、中呂普天樂、送人遷居金陵：羞將魯醞斟，笑把吳鈎看。　曾瑞、中呂山坡羊、自嘆：南山空燦，白石空爛。　喬吉、雙調行香子套、題情、離亭宴歇指煞：恩深太華高，情朽松石爛。　張可久、雙調水仙子、歸來次韻：孫楚樓前明月殘，嚴陵灘上白石爛。　喬吉、雙調行香子套、題情、小陽關：次第明月食，容易彩雲散。

第九部

（桓歡）

陰平

⊙官　【休官】張養浩、雙調水仙子：中年才過便休官。【高官】汪元亨、雙調折桂令、歸隱：做甚高官。【衆官】張可久、南呂金字經、觀九副使小打：錦衣來衆官。【屬官】喬吉、中呂滿庭芳、漁父詞：身不屬官。【鼎鼐官】汪元亨、雙調雁兒落過得勝令、歸隱：慚居鼎鼐官。

冠　【衣冠】汪元亨、正宮醉太平、警世：喜無拘無束舊衣冠。【鳳冠】曾瑞、雙調蝶戀花套、閨怨、神曲纏：釵橫鳳冠。【簪冠】馬致遠、雙調撥不斷：立峯巒、脫簪冠。【掛一冠】汪元亨、雙調沈醉東風、歸田：學逢萌掛一冠。【翡翠冠】湯式、雙調新水令套、春日閨思、鴻門凱歌：冷淡了聯珠翡翠冠。【獬豸冠】張可久、南呂金字經、鴻山楊氏南園：紫金獬豸冠。【藜杖藤冠】張養浩、雙調水仙子：怎如俺藜杖藤冠。

棺　【同棺】湯式、雙調新水令套、春日閨思、天香子：死也同棺。

觀　【怎觀】曾瑞、雙調蝶戀花套、閨怨、神曲纏：我怎觀。【羞觀】湯式、雙調新水令套、春日閨思、天香引：將一箇瘦形骸青鏡羞觀。【難觀】曾瑞、南呂罵玉郎過感皇恩採茶歌、四時閨怨、秋：景難觀。

⊙搬　【難搬】曾瑞、南呂罵玉郎過感皇恩採茶歌、四時閨怨、秋：悶難搬。

般　【一般】曾瑞、雙調蝶戀花套、閨怨、神曲纏：秋草比人情一般。【多般】汪元亨、雙調折桂令、歸隱：世態多般。【兩般】曾瑞、雙調蝶戀花套、閨怨、離亭帶歇指煞：先摒掠淒涼兩般。【這般】曾瑞、雙調蝶戀花套、閨怨、神曲纏：似這般。【幾般】張可久、中呂滿庭芳、次韻：尋思幾般。【萬千般】湯式、雙調新水令套、春日閨思、隨煞：我恓惶事攢下萬千般。【離恨千般】湯式、雙調沈醉東風、悼伶女：挽歌成離恨千般。

歡⊙

【幽歡】湯式、雙調新水令套、春日閨思、駐馬聽：粧點幽歡。張可久、雙調折桂令、秋日海棠：沈香亭上幽歡。【眞歡】張養浩、雙調水仙子：細尋思這的是眞歡。【情歡】曾瑞、南呂罵玉郎過感皇恩採茶歌、四時閨怨、秋：料應無夢繼情歡。【悲歡】汪元亨、雙調沈醉東風、歸田：經幾場離合悲歡。【濃歡】曾瑞、雙調蝶戀花套、閨怨、神曲纒：想難忘嬌艷濃歡。

拚⊙

【難拚】湯式、雙調新水令套、春日閨思、天香引：疼熱難拚。

捹⊙

【閑盡捹】汪元亨、中呂朝天子、歸隱：一身閑盡捹。

端⊙

【多端】湯式、雙調新水令套、春閨思、天香引：病也多端。湯式、雙調新水令套、春日閨思、天香引：愁也多端。【毫端】曾瑞、雙調蝶戀花套、閨怨、神曲纒：筆書乏蒙氏毫端。【無端】汪元亨、雙調折桂令、歸隱：禍福無端。【愁端】曾瑞、南呂罵玉郎過感皇恩採茶歌、四時閨怨、秋：暮景序愁端。【禍端】張養浩、雙調水仙子：紫羅襴裏著禍端。【釁端】曾瑞、雙調蝶戀花套、閨怨、離亭帶歇指煞：添愁釁端。【愁萬端】張可久、南呂金字經、鴻山楊氏南園：偃月堂深愁萬端。【傷心萬端】湯式、雙調沈醉東風、悼伶女：訃音至傷心萬端。

剜⊙

【錐剜】曾瑞、南呂罵玉郎過感皇恩採茶歌、四時閨怨、秋：攪錐剜。【肝腸刄剜】湯式、雙調新水令套、春日閨思、天香引：聽一篇長恨歌肝腸刄剜。

酸⊙

【心酸】曾瑞、雙調蝶戀花套、閨怨、神曲纒：一會心酸。曾瑞、南呂罵玉郎過感皇恩採茶歌、四時閨怨、秋：痛苦心酸。張可久、中呂滿庭芳、次韻：梅子替心酸。【風酸】張可久、雙調折桂令、秋日海棠：月慘風酸。喬吉、中呂滿庭芳、漁父詞：玉闉屛雪急風酸。

寬⊙

【天寬】張可久、黃鍾人月圓、中秋書事：鶴羽天寬。【金寬】張可久、中呂滿庭芳、次韻：約腕金寬。【袍寬】汪元亨、正宮醉太平、警世：罩白苧袍寬。【量寬】汪元亨、中呂朝天子、歸隱：喜情歡量寬。【一壺寬】喬吉、中呂滿庭芳、漁父詞：天地一壺寬。【水雲寬】張可久、越調小桃紅、鑑湖夜泊：鑑湖一曲水雲寬。【月影寬】馬致遠、雙調撥不斷：太液澄虛月影寬。

【天地寬】張可久、南呂金字經、鴻山楊氏南園：一壺天地寬。【田地寬】張可久、南呂金字經、觀九副使小打：柳邊田地寬。【枕衾寬】曾瑞、南呂罵玉郎過感皇恩採茶歌、四時閨怨、秋：流蘇空掩枕衾寬。【壯懷寬】喬吉、中呂紅綉鞋、竹衫兒：襯荷花落魄壯懷寬。【陡恁寬】曾瑞、雙調蝶戀花套、閨怨、喬牌兒：舊衣服陡恁寬。【眼界寬】張養浩、雙調水仙子：倒大來耳根清眼界寬。【紫塞寬】湯式、雙調沈醉東風、燕山懷古：白草茫茫紫塞寬。【量不寬】湯式、雙調沈醉東風、悼伶女：懊恨閻羅量不寬。【翠裙寬】湯式、雙調新水令套、春日閨思：腰瘦翠裙寬。

⊙鑽

【錐鑽】湯式、雙調新水令套、春日閨思、天香引：念幾句送春詞骨肉錐鑽。【地縫鑽】曾瑞、雙調蝶戀花套、閨怨、神曲纏：恨無箇地縫鑽。

⊙湍

【飛湍】汪元亨、雙調雁兒落過得勝令、歸隱：接竹引飛湍。【嚴湍】阿魯威、雙調蟾宮曲：誰愛雨笠煙蓑，七里嚴湍。

⊙擴

【四擴】張可久、南呂金字經、觀九副使小打：試我花張董四擴。

讙驩貛獾○潘○耑○

豌蜿○狻

【對偶】

喬吉、中呂滿庭芳、漁父詞：名休掛齒，身不屬官。張可久、南呂金字經、鴻山楊氏南園：白玉獅蠻帶，紫金獬豸冠。湯式、雙調新水令套、春日閨思、天香引：生也同衾，死也同棺。湯式、雙調沈醉東風、悼伶女：訃音至傷心萬端，挽歌成離恨千般。湯式、雙調新水令套、春日閨思、天香引：盟誓難瞞，疼熱難拚。汪元亨、中呂朝天子：兩眉舒不攢，一身閑盡拚。湯式、雙調新水令套、春日閨思、天香引：愁也多端，病也多端。曾瑞、雙調蝶戀花套、閨怨、神曲纏：恨題遍班姬素紈，筆書乏蒙氏毫端。喬吉、中呂滿庭芳、漁父詞：錦畫圖芹香水暖，玉圍屏雪急風酸。張可久、中呂滿庭芳、次韻：圍腰玉瘦，約腕金寬。汪元亨、正宮醉太平、警世：裹烏紗帽短，罩白苧袍寬。湯式、雙調新水令套、春日閨思：腕消金釧鬆，腰瘦翠裙寬。湯式、雙調新水令套、春日閨思、天香引：聽一篇長恨歌肝腸刄剜，念幾句送春詞骨肉錐鑽。汪元亨、雙調雁兒落過得勝令、歸隱：結草對層巒，接竹引飛湍。

陽平

鸞⊙

【青鸞】張可久、中呂滿庭芳、次韻：信杳青鸞。張可久、黃鍾人月圓、中秋書事：誰駕青鸞。張可久、越調小桃紅、鑑湖夜泊：玉女駕青鸞。【孤鸞】曾瑞、南呂罵玉郎過感皇恩採茶歌、四時閨怨、秋：鎖孤鸞。湯式、雙調新水令套、春日閨思、甜水令：眼睜睜寡鳳孤鸞。【鳴鸞】湯式、雙調新水令套、春日閨思、天香引：看別人珮玉鳴鸞。【梁伯鸞】張可久、南呂金字經、鴻山楊氏南園：不如梁伯鸞。【舞鏡鸞】張可久、雙調落梅風、春日宮詞：催箏燕，舞鏡鸞。

鑾

【金鑾】汪元亨、雙調折桂令、歸隱：夢魂兒不到金鑾。

巒

【林巒】曾瑞、南呂罵玉郎過感皇恩採茶歌、四時閨怨、秋：閑樓閣映林巒。【雲巒】汪元亨、雙調沈醉東風、歸田：潛身霧嶂雲巒。【層巒】汪元亨、雙調雁兒落過得勝令、歸隱：結草對層巒。

欒

【團欒】張可久、越調天淨沙、馬謙齋園亭：簪纓席上團欒。

圞

【團圞】喬吉、中呂滿庭芳、漁父詞：笑語團圞。張可久、雙調折桂令、秋日海棠：樽俎團圞。【月團圞】湯式、雙調新水令套、春日閨思、甜水令：幾度月團圞。

瞞⊙

【老瞞】汪元亨、雙調雁兒落過得勝令、歸隱：姦雄愧老瞞。【難瞞】湯式、雙調新水令套、春日閨思、天香引：盟誓難瞞。【被人瞞】汪元亨、正宮醉太平、警世：且半眞半假被人瞞。

謾

【怎謾】曾瑞、雙調蝶戀花套、閨怨、神曲纏：我怎謾。

漫

【水漫】曾瑞、南呂罵玉郎過感皇恩採茶歌、四時閨怨、秋：秋水漫。【漫漫】曾瑞、南呂罵玉郎過感皇恩採茶歌、四時閨怨、秋：夜漫漫。湯式、雙調沈醉東風、悼伶女：麗春園長夜漫漫。

【秋夜漫漫】張可久、雙調折桂令、秋日海棠：惜疎林秋夜漫漫。【柳絮漫漫】張可久、中呂滿庭芳、次韻：散情愁柳絮漫漫。

桓⊙

【盤桓】汪元亨、雙調折桂令、歸隱：林下盤桓。湯式、雙調新水令套、春日閨思：獨步盤桓。張可久、越調天淨沙、馬謙齋園亭：杖藜松下盤桓。

丸⊙

【玉丸】張可久、南呂金字經、觀九副使小打：翠窩藏玉丸。【金丸】張可久、越調天淨沙、馬謙齋園亭：秋香一樹金丸。【轉丸】鄧玉賓、雙調雁兒落帶過得勝令、閒適：乾坤一轉丸。【水晶丸】湯式、雙調新水令套、春日閨思、駐馬聽：瓊花露，點滴水晶丸。【日月跳丸】汪元亨、雙調折桂令、歸隱：靜觀那日月跳丸。

紈

（通統）【素紈】曾瑞、雙調蝶戀花套、閨怨、神曲纏：恨題遍班姬素紈。

岏

【翠巑岏】湯式、雙調新水令套、春日閨思、鴻門凱歌：巫山廟雲窒翠巑岏。

團⊙

【風團】湯式、雙調新水令套、春日閨思：一簾飛絮滾風團。【團團】汪元亨、雙調雁兒落過得勝令、歸隱：團團，海月供清玩。張可久、黃鍾人月圓、中秋書事：桂影團團。【一襟團】喬吉、中呂紅綉鞋、竹衫兒：披野色一襟團。

摶

【陳摶】汪元亨、雙調折桂令、歸隱：石室陳摶。

盤

【金盤】張可久、雙調折桂令、秋日海棠：華屋金盤。湯式、雙調沈醉東風、燕山懷古、老臣思丹荔金盤。【杯盤】汪元亨、中呂朝天子、歸隱：小可杯盤。【銀盤】張可久、黃鍾人月圓、中秋書事：飛出爛銀盤。【髻盤】曾瑞、雙調蝶戀花套、閨怨、神曲纏：雲堆髻盤。【紫金盤】湯式、雙調新水令套、春日閨思、駐馬聽：龍涎香裊紫金盤。

槃

【翠槃】曾瑞、雙調蝶戀花套、閨怨、神曲纏：翠槃，恨無箇地縫鑽。

癍

【新癍】喬吉、中呂紅綉鞋、竹衫兒：曲肱時印新癍。

胖⊙

【心廣體胖】汪元亨、中呂朝天子、歸隱：樂心廣體胖。

攢⊙

【花攢】張可久、雙調折桂令、秋日海棠：錦樹花攢。【眉攢】湯式、雙調新水令套、春日閨思、鴻門凱歌：眉攢，屈纖指把歸期算。【攢攢】汪元亨、雙調雁兒落過得勝令、歸隱：攢攢，山花帶笑看。【眉上攢】曾瑞、雙調蝶戀花套、閨怨、神曲纒：都撮來眉上攢。【眉黛攢】曾瑞、南呂罵玉郎過感皇恩採茶歌、四時閨怨、秋：眉黛攢，秋水漫。【舒不攢】汪元亨、中呂朝天子、歸隱：兩眉舒不攢。

灤○縵鞔饅⿱雨曼鏝○綄
○刓蚖汍完瓛○溥慱
○磐⿱髟般般鞶媻磻蟠弁
幋○穳

【對偶】
張可久、雙調落梅風、春日宮詞：催箏雁，舞鏡鸞。曾瑞、南呂罵玉郎過感皇恩採茶歌、四時閨怨、秋：籠雙鳳，鎖孤鸞。汪元亨、正宮醉太平、警世：看七貧七富從他換，料一生一死由天斷，且半眞半假被人瞞。張可久、中呂滿庭芳、次韻：賦離恨花箋短短，散清愁柳絮漫漫。張可久、越調天淨沙、馬謙齋園亭：簪纓席上團欒，杖藜松下盤桓。喬吉、中呂紅綉鞋、竹衫兒：挹風香雙袖細，披野色一襟團。張可久、黃鍾人月圓、中秋書事：桐陰淡淡，荷香冉冉，桂影團團。汪元亨、雙調折桂令、歸隱：夜雪袁安，秋風張翰，石室陳摶。湯式、雙調沈醉東風、燕山懷古：阿監泣清冰玉碗，老臣思丹荔金盤。湯式、雙調新水令套、春日閨思、駐馬聽：粧點幽歡，鳳髓茶溫白玉碗，安排佳玩，龍涎香裊紫金盤。喬吉、中呂紅綉鞋、竹衫兒：浹背全無暑汗，曲肱時印新瘢。

上聲

⊙館

【月館】汪元亨、雙調沉醉東風、歸田：已絕念風亭月館。【妓館】曾瑞、雙調蝶戀花套、閨怨、神曲纒：斷久戀花衢妓館。【閑亭館】湯式、雙調新水令套、春日閨思、隨煞：多應是在誰家風月閑亭館。【秦樓謝館】湯式、雙調沉醉東風、燕山懷古：再不見秦樓謝館。

管

【不管】喬吉、中呂滿庭芳、漁父詞：閑愁不管。【玉管】曾瑞、雙調蝶戀花套、閨怨：夜月樓橫玉管。【恨管】曾瑞、雙調蝶戀花套、閨怨、別後身屬新恨管。【脆管】張可久、越調天淨沙、馬謙齋園亭：噴玉西風脆管。【豹管】喬吉、中呂紅綉鞋、竹衫兒：滿身兒窺豹管。【銀字管】張可久、雙調落梅風、春日宮詞：阿金自調銀字管。【誰顧管】湯式、雙調新水令套、春閨思、喬牌兒：這芳菲誰顧管。【屬恨管】曾瑞、南呂罵玉郎過感皇恩採茶歌、四時閨怨、秋：病身屬恨管。

痯

【病痯】曾瑞、雙調蝶戀花套、閨怨、神曲纏：無甚病痯。

篹⊙

【離恨篹】湯式、雙調新水令套、春日閨思、鴻門凱歌：染霜毫將離恨篹。

欵⊙

（通款）【數十欵】湯式、雙調新水令套、春日閨思、隨煞：他風流罪攢來數十欵。【隨意欵】汪元亨、中呂朝天子、歸隱：客來時隨意欵。

滿⊙

【月滿】張可久、越調小桃紅、鑑湖夜泊：長天月滿。【行滿】汪元亨、雙調沉醉東風、歸田：看指日功成行滿。【綠滿】張可久、中呂滿庭芳、次韻：芳枝綠滿。【日日滿】湯式、雙調新水令套、春日閨思、鴻門凱歌：相思海風波日日滿。【添恨滿】曾瑞、南呂罵玉郎過感皇恩採茶歌、四時閨怨、秋：料想有緣添恨滿。【堆垛滿】曾瑞、雙調蝶戀花套、閨怨、神曲纏：腹中愁堆垛滿。【啼痕滿】曾瑞、雙調蝶戀花套、閨怨：泥金翠袖啼痕滿。【嬌艷滿】喬吉、雙調清江引、笑靨兒：盈盈嫸瘢嬌艷滿。

暖⊙

【水暖】喬吉、中呂滿庭芳、漁父詞：錦畫圖芹香水暖。【天氣暖】湯式、雙調新水令套、春日閨思、駐馬聽：天氣暖。【東風暖】張可久、中呂賣花聲、春：鼕鼕簫鼓東風暖。【紅玉暖】喬吉、雙調清江引、笑靨兒：喜入臉窩紅玉暖。【被兒暖】曾瑞、雙調蝶戀花套、閨怨、離亭宴帶歇指煞：香熏的被兒暖。【烟樹暖】張可久、雙調清江引、春思：杜鵑幾聲烟樹暖。

椀⊙

【半椀】曾瑞、雙調蝶戀花套、閨怨、喬牌兒：剛捱了少半椀。

碗

（通椀）【玉碗】湯式、雙調沉醉東風、燕山懷古：阿監泣清冰玉碗。【白玉碗】湯式、雙調新水令套、春日閨思、駐馬聽：鳳髓茶溫白玉碗。

晥⊙【睍晥】湯式、雙調新水令套、春日閨思、喬牌兒：嬌鶯時睍晥。

曈⊙【後曈】汪元亨、正宮醉太平、警世：步前村後曈。

卵⊙【累卵】汪元亨、雙調折桂令、歸隱：冷笑他功名累卵。

短⊙【命短】湯式、雙調沉醉東風、悼伶女：偏怎教可意嬌娥命短。【苦短】張可久、雙調折桂令、秋日海棠：照銀釭春宵苦短。【棹短】喬吉、中呂滿庭芳、漁父詞：扁舟棹短。【夢短】張可久、越調小桃紅、鑑湖夜泊：仙山夢短。【義短】湯式、雙調新水令套、春日閨思、隨煞：陡恁的情慳義短。【春宵短】曾瑞、雙調蝶戀花套、閨怨：常恨春宵短。【歸夢短】張可久、雙調清江引、春思：夜長可憐歸夢短。【花箋短】張可久、中呂滿庭芳、次韻：賦離恨花箋短。【烏紗帽短】汪元亨、正宮醉太平、警世：裹烏紗帽短。

琯脘○纘穳鄼○盥潹○懣○餪

【對偶】

湯式、雙調新水令套、春日閨思、鴻門凱歌：眉攢，屈纖指把歸期算；心酸，染霜毫將離恨纂。

湯式、雙調新水令套、春日閨思、隨煞：我恓惶事攢下萬千般，他風流罪攢來數十款。

湯式、雙調新水令套、春日閨思、鴻門凱歌：望夫臺景物年年在，相思海風波日日滿。

湯式、雙調新水令套、春日閨思、駐馬聽：日光酣、天氣暖。

去聲

喚⊙【呼喚】湯式、雙調新水令套、春日閨思、喬牌兒：杜宇自呼喚。【妻兒喚】喬吉、中呂滿庭芳、漁父詞：船頭酒醒妻兒喚。【小童休喚】馬致遠、雙調撥不斷：醉眠時小童休喚。【向西林喚】張可久、越調小桃紅、鑑湖夜泊：小舟只向西林喚。

換 【西鄉換】汪元亨、雙調雁兒落過得勝令、歸隱：酒盡西鄉換。【年光換】汪元亨、中呂朝天子、歸隱：嗟暗裏年光換。【從他換】汪元亨、正宮醉太平、警世：看七貧七富從他換。

緩 【來緩】曾瑞、雙調蝶戀花套、閨怨、神曲纏：這憔悴除他來緩。

玩⊙ 【佳玩】湯式、雙調新水令套、春日閨思、駐馬聽：安排佳玩。【相玩】曾瑞、雙調蝶戀花套、閨怨、神曲纏：招處女鄰姬相玩。【清玩】汪元亨、雙調雁兒落過得勝令、歸隱：海月共清玩。【遊玩】張可久、中呂賣花聲、春：東郊遊玩。【灯前玩】喬吉、雙調清江引、笑靨兒：偏稱灯前玩。

腕 【冰腕】曾瑞、雙調蝶戀花套、閨怨、神曲纏：釧鬆冰腕。

幔⊙ 【芙蓉幔】湯式、雙調新水令套、春日閨思、駐馬聽：牡丹風吹不到芙蓉幔。【鴉青幔】湯式、雙調新水令套、春日閨思、鴻門凱歌：空閑了通寶鴉青幔。

漫 【瀰漫】湯式、雙調新水令套、春日閨思、鴻門凱歌：桃源洞烟水黑瀰漫。

爨⊙ 【烟爨】汪元亨、中呂朝天子、歸隱：尋常烟爨。【樵爨】曾瑞、雙調蝶戀花套、閨怨、神曲纏：樵爨，殘花颭荒涼池畔。

斷⊙ 【倒斷】曾瑞、雙調蝶戀花套、閨怨、神曲纏：倒斷，音塵杳歸期難算。【腸斷】曾瑞、雙調蝶戀花套、閨怨、神曲纏：鶯腸斷。曾瑞、雙調蝶戀花套、閨怨、離亭宴帶歇指煞：續不上腹內柔腸斷。【攛斷】張可久、雙調清江引、春思：風雨相攛斷。曾瑞、雙調蝶戀花套、閨怨、喬牌兒：添鹽添醋人攛斷。【由天斷】汪元亨、中呂朝天子、歸隱：生與死由天斷。汪元亨、正宮醉太平、警世：料一生一死由天斷。【音塵斷】湯式、雙調新水令套、春日閨思、喬牌兒：故人一去音塵斷。【雲霞斷】馬致遠、雙調撥不斷：海風汗漫雲霞斷。【簫聲斷】湯式、雙調沉醉東風、悼伶女：鳳泣簫聲斷。【鑾音斷】湯式、雙調沉醉東風、燕山懷古：輦路鑾音斷。

段 （同叚）【一段】曾瑞、雙調蝶戀花套、閨怨、神曲纏：粧點就閑愁一段。【秋成段】張可久、越調小桃紅、鑑湖夜泊：鴛錦秋成段。【鴛鴦段】湯式、雙調新水令套、春日閨思、鴻門凱歌：離披了合彩鴛鴦段。

筭⊙【難筭】曾瑞、雙調蝶戀花套、閨怨、神曲纏：音塵杳歸期難筭。【把歸期筭】湯式、雙調新水令套、春日閨思、鴻門凱歌：屈纖指把歸期筭。

判⊙【初判】曾瑞、雙調蝶戀花套、閨怨、離亭宴帶歇指煞：微雨歇雲初判。

貫⊙【連環貫】曾瑞、雙調蝶戀花套、閨怨、離亭宴帶歇指煞：頓不開眉上連環貫。

觀【樓觀】曾瑞、雙調蝶戀花套、閨怨、神曲纏：衰柳拂斜陽樓觀。湯式、雙調蝶戀花套、春日閨思、甜水令：珠簾樓觀。

罐【玻璃罐】湯式、雙調新水令套、春日閨思、駐馬聽：荔枝漿蕩漾玻璃罐。

半⊙【多半】曾瑞、雙調蝶戀花套、閨怨、喬牌兒：好茶飯減多半。【過半】汪元亨、雙調沉醉東風：算百歲人過半。【春將半】張可久、雙調清江引、春思：柳絮春將半。喬吉、雙調清江引、笑靨兒：酒力春將半。張可久、中呂滿庭芳、次韻：怕春歸又是春將半。

伴【爲伴】貫雲石、雙調水仙子、田家：邀鄰翁爲伴。【陪伴】曾瑞、雙調蝶戀花套、閨怨、離亭宴帶歇指煞：相思鬼行坐裏常陪伴。【無伴】湯式、雙調新水令套、春日閨思、甜水令：吹簫無伴。【知心伴】貫雲石、雙調水仙子、田家：尋幾個知心伴。【爲奴伴】曾瑞、南呂罵玉郎過感皇恩採茶歌、四時閨怨、秋：漫天愁悶爲奴伴。【烟霞伴】汪元亨、雙調雁兒落過得勝令、歸隱：笑領烟霞伴。

畔【江畔】喬吉、中呂滿庭芳、漁父詞：清江畔。【池畔】曾瑞、雙調蝶戀花套、閨怨、神曲纏：殘荷颭荒涼池畔。【東畔】薛昂夫、中呂山坡羊、憶舊：西山東畔。【南畔】薛昂夫、中呂山坡羊、憶舊：西湖南畔。【亭畔】張可久、越調天淨沙、馬謙齋園亭：雪芳亭畔。【松畔】張可久、南呂金字經、鴻山楊氏南園：青松畔。【畫欄畔】湯式、雙調新水令套、春日閨思：幽窗下畫欄畔。【闌干畔】張可久、中呂滿庭芳、次韻：闌干畔，芳枝綠滿。【牡丹花畔】張可久、雙調落梅風、春日宮詞：按霓裳牡丹花畔。

絆

【羈絆】汪元亨、中呂朝天子、歸隱：百事了無羈絆。曾瑞、雙調蝶戀花套、閨怨、離亭宴帶歇指煞：硬剁斷愁羈絆。

亂⊙

【心亂】曾瑞、雙調蝶戀花套、閨怨、離亭宴帶歇指煞：物感愁心亂。【沒亂】曾瑞、雙調蝶戀花套、閨怨、神曲纏：一會沒亂。【零亂】張可久、越調小桃紅、鑑湖夜泊：醉舞花間影零亂。湯式、雙調沈醉東風、燕山懷古：望中天五雲零亂。【松陰亂】馬致遠、雙調撥不斷：夕陽倒影松陰亂。【昏鴉亂】曾瑞、南呂罵玉郎過感皇恩採茶歌、四時閨怨、秋：斜陽萬點昏鴉亂。【眼花撩亂】湯式、雙調新水令套、春日閨思：啓朱扉眼花撩亂。【蝶狂蜂亂】張可久、雙調落梅風、春日宮詞：惜春歸蝶狂蜂亂。

煥渙逭奐○翫惋○鏝
墁○竄攛躥○鍜○蒜
○梡○冠灌祼瓘鸛○
泮沜○鑽○象○慔

【對偶】

湯式、雙調新水令套、春日閨思、喬牌兒：嬌鶯時睍睆，杜宇自呼喚。汪元亨、雙調雁兒落過得勝令、歸隱：詩成東閣題，酒盡西鄰換。湯式、雙調新水令套、春日閨思、鴻門凱歌：冷淡了聯珠翡翠冠，離披了合彩鴛鴦帶，零落了回文龜背錦，空閑了通寶鴉青幔。湯式、雙調沉醉東風、悼伶女：蝶愁花事空，鳳泣簫聲斷。湯式、雙調沈醉東風、燕山懷古：穹廬蝶夢殘，輦路鑾音斷。馬致遠、雙調撥不斷：太液澄虛月影寬，海風汗漫雲霞斷。曾瑞、雙調蝶戀花套、閨怨、離亭宴帶歇指煞：頓不開、眉上連環貫，續不上、腹內柔腸斷。曾瑞、南呂罵玉郎過感皇恩採茶歌、四時閨怨、秋：眉黛攢，秋水漫，柔腸斷。曾瑞、雙調蝶戀花套、閨怨、離亭宴帶歇指煞：暮雨生燈漸昏，微雨歇雲初判。曾瑞、雙調蝶戀花套、閨怨、神曲纏：殘荷颭荒涼池畔，衰柳拂斜陽樓觀。湯式、雙調新水令套、春日閨思、甜水令：綉幕房櫳，銀燭幃屏，珠簾樓觀。湯式、雙調新水令套、春日閨思、駐馬聽：瓊花露點滴水晶丸，荔枝漿蕩漾玻璃罐。喬吉、雙調清江引、笑靨兒：歌喉夜正闌，酒力春將半。張可久、雙調清江引、春思：梨花月未圓，柳絮春將半。湯式、雙調新水令套、春日閨思、甜水令：鬬草無心，待月無情，吹簫無件。曾瑞、雙調蝶戀花套、閨怨、離亭宴帶歇指煞：風引漏聲來，月移花影去，物感愁心亂。

第十部

（先天）

陰平

⊙**先**【在先】曾瑞、般涉調、哨遍套、古鏡：想在先。【爭先】關漢卿、雙調新水令套、駐馬聽：錦陣裏爭先。【越後攙先】汪元亨、雙調折桂令、歸隱：任他乖越後攙先。

仙【天仙】張可久、越調寨兒令、晚涼即席：粉黛玉天仙。【地仙】張可久、正宮醉太平、席上有贈：風流地仙。張可久、南呂金字經、玄元宮即事：紫霞成地仙。張可久、商調梧葉兒、壽席：八千歲蓬萊地仙。【如仙】貫雲石、雙調蟾宮曲：人已如仙。【求仙】薛昂夫、雙調蟾宮曲、嘆世：謾說求仙。【坡仙】薛昂夫、中呂山坡羊、西湖雜詠、春：訪坡仙。【金仙】張可久、中呂朝天子、冷泉亭上：石屋金仙。【神仙】喬吉、雙調殿前歡：懶神仙。張可久、越調寨兒令、小隱：學會神仙。張可久、中呂滿庭芳、野梅：邂逅神仙。汪元亨、雙調雁兒落過得勝令、歸隱：平地作神仙。無名氏、越調鬬鵪鶉套：花裏遇神仙。張可久、越調寨兒令、三月三日書所見：蕊珠宮裏神仙。喬吉、中呂滿庭芳、漁父詞：不思凡蓑笠神仙。張可久、中呂普天樂、晚歸湖上：不塵埃便是神仙。張可久、雙調湘妃怨、武夷山中：鶴飛來認得神仙。【胎仙】張養浩、越調寨兒令、夏：見胎仙。【飛仙】喬吉、雙調折桂令：挾取飛仙。【眞仙】喬吉、雙調折桂令、贈羅眞眞：羅浮夢裡眞仙。【逋仙】薛昂夫、中呂山坡羊、西湖雜詠、春：扣逋仙。張可久、雙調水仙子、孤山宴集：問孤山何處逋仙。【遇仙】湯式、雙調夜行船套：酒中遇仙。【詩仙】喬吉、雙調折桂令、泊青田縣：烏帽詩仙。【醉仙】喬吉、正宮綠么遍、自述：江湖醉仙。【謫仙】張可久、南呂金字經、偕李溉之泛湖：爛醉花前李謫仙。【太華仙】湯式、雙調夜行船套、贈玉蓮王氏：玉立亭亭太華仙。【玉天仙】商左山、雙調潘妃曲：玉天仙，醉離了蟠桃宴。

【李亞仙】曾瑞、中呂快活三過朝天子、勸娼：愛賢後誰强如李亞仙。【自在仙】楊澹齋、雙調湘妃怨：一日清閑自在仙。湯式、雙調夜行船套、送景賢回武林：花柳鄉中自在仙。【肉飛仙】張可久、越調寨兒令、秋千：吹下肉飛仙。【即是仙】張可久、越調凭闌人、白雲鍊師山居：看雲即是仙。【洞裏仙】無名氏、越調鬬鵪鶉套：不弱如桃源洞裏仙。【洛浦仙】張可久、越調寨兒令、妓怨：洛浦仙，麗春圖。【海上仙】張養浩、中呂朝天曲：有蓬萊海上仙。【散花仙】盧摯、中呂朱履曲：强半是散花仙。【富貴仙】喬吉、雙調賣花聲：花月樓裏富貴仙。【玉府神仙】無名氏、雙調新水令套：降玉府神仙。【赤壁坡仙】張可久、中呂滿庭芳、山中雜興：洞簫寒赤壁坡仙。

蹮

【蹁蹮】喬吉、雙調折桂令、巾袂蹁蹮。張可久、商調梧葉兒、壽席：鶴舞影蹁蹮。喬吉、雙調折桂令、自述：華陽巾鶴氅蹁蹮。【舞蹁蹮】關漢卿、南呂一枝花套、贈朱簾秀：綉帶舞蹁蹮。

⊙煎

【熬煎】張可久、越調寨兒令、妓怨：李老熬煎。曾瑞、中呂快活三過朝天子、勸娼：俏勤兒受熬煎。無名氏、正宮端正好套、脫布衫：不行勤只管裡熬煎。無名氏、越調鬬鵪鶉套：間深裏都受熬煎。【採茶煎】徐再思、雙調水仙子、惠山泉：自採茶煎。

箋

【花箋】張可久、越調小桃紅、夜宴：砑金羅扇當花箋。【雲箋】喬吉、越調小桃紅、紅雁兒：漢宮秋信落雲箋。楊西庵、仙呂賞花時套、尾：蘸霜毫寫滿雲箋。【詩箋】關忠學、仙呂賞花時套、煞尾：空寫遍翠詩箋。【綵箋】張可久、中呂朝天子、酸齋席上聽胡琴：綵箋，寫萬里關山怨。【翠箋】張可久、越調小桃紅、秋宵有懷：詩題翠箋。【銀箋】張可久、中呂上小樓、春思：醉墨銀箋。張可久、越調寨兒令、閨怨：墨淡銀箋。張可久、越調寨兒令、春思：賦傷春懶拂銀箋。【銜箋】無名氏、正宮端正好套、倘秀才：青鳥罷銜箋。【錦箋】湯式、雙調夜行船套：霜毫錦箋。張可久、商調梧葉兒、春日簡鑑湖諸友：雲間寄錦箋。【鸞箋】貫雲石、雙調蟾宮曲：詩滿鸞箋。【一片箋】喬吉、南呂梁州第七套、射雁：寫破祥雲一片箋。【玉版箋】張可久、中呂賣花聲、席上：一幅寒雲玉版箋。【金粉箋】張可久、越調凭闌人、湖上醉餘：醉書金粉箋。【錦水箋】張可久、越調寨兒令、遊春卽景：錦水箋，繡鞍韉。【錦花箋】無名氏、仙呂醉中天：情寫錦花箋。【縷金箋】張可久、商調梧葉兒、春曉隄上：詩句縷金箋。

韉

【鞍韉】張可久、越調寨兒令、遊春卽景：綉鞍韉。

濺

【濺濺】張養浩、中呂十二月兼堯民歌、寒食道中：却原來是流水濺濺。

⊙堅

【心堅】楊西庵、仙呂賞花時套、尾：唱道各辦心堅。關漢卿、中呂普天樂、崔張十六事：一箇調風月的心堅。【志堅】關漢卿、中呂普天樂、崔張十六事：一箇賣風流的志堅。【更堅】曾瑞、般涉調哨遍套、古鏡、四：菱花明更堅。【意堅】關漢卿、中呂普天樂、崔張十六事：一個逞嬌姿的意堅。

肩

【玉肩】關漢卿、雙調新水令套、慶東原：閒凴着玉肩。【垂肩】張可久、中呂普天樂過紅衫兒、元夜書所見：彈袖垂肩。【聳雙肩】張可久、越調天淨沙、荷邊宿鷺：幽禽瘦聳雙肩。【嵩岳齊肩】無名氏、雙調新水令套、鴛鴦煞：日月同明，嵩岳齊肩。

⊙顛

【狂顛】張養浩、雙調折桂令、通州巡舟：老子狂顛。【詩顛】喬吉、雙調殿前歡：酒與詩顛。

⊙鵑

【杜鵑】張可久、雙調水仙子、春曉：巖花杜鵑。吳西逸、雙調雁兒落帶得勝令、嘆世：春花開杜鵑。無名氏、正宮端正好套、醉太平：啼紅的是杜鵑。【啼鵑】張可久、雙調折桂令、湖上寒食：不信啼鵑。湯式、雙調湘妃引、送友歸家鄉：惱人懷休怨啼鵑。【枉啼鵑】張可久、越調寨兒令、春思：勸歸去枉啼鵑。

涓

【涓涓】曾瑞、般涉調哨遍套、古鏡、二：風露涓涓。喬吉、南呂梁州第七套、射雁：鴨頭綠秋水涓涓。

娟

【嬋娟】張可久、中呂齊天樂過紅衫兒、元夜書所見：共嬋娟。張可久、越調寨兒令、春思：誤我嬋娟。張可久、越調寨兒令、三月三日書所見：花比嬋娟。張可久、中呂滿庭芳、湖景：柳陣嬋娟。張可久、越調寨兒令、遊春卽景：簾底嬋娟。張可久、越調寨兒令、小隱：小池上鷺嬋

邊⊙

娟。張可久、雙調水仙子、湖上卽事：水光花貌嬋娟。張可久、越調天淨沙、明月樓上有贈：意中千里嬋娟。盧摯、中呂朱履曲：艷歌聽倚竹嬋娟。【鬪嬋娟】張可久、越調寨兒令、晚涼卽席：歌舞鬪嬋娟。張可久、越調柳營曲、自會稽遷三衢：採蓮女鬪嬋娟。張可久、正宮醉太平、席上有贈：畫圖誰敢鬪嬋娟。【體態嬋娟】張可久、越調天淨沙、書所見：避人體態嬋娟。

【水邊】楊澹齋、雙調湘妃怨：蓋茅庵近水邊。【日邊】張養浩、南呂西番經：七見徵書下日邊。【月邊】曾瑞、般涉調、哨遍套、古鏡、三：手無殘雲離月邊。【四邊】張養浩、中呂朝天曲：四邊，滾滾雲撩亂。【耳邊】張可久、越調寨兒令、春思：話別離幾聲猶耳邊。【西邊】楊澹齋、雙調湘妃怨：直喫得月墜西邊。【沙邊】無名氏、正宮端正好套、醉太平：落雁叫沙邊。【床邊】吳西逸、雙調雁兒落過得勝令、嘆世：床邊，放一册冷淡淵明傳。【岸邊】張可久、中呂滿庭芳、山中雜興：芙蓉岸邊。喬吉、中呂滿庭芳、漁父詞：垂楊岸邊。湯式、雙調夜行船套：彷彿在耶溪岸邊。喬吉、南呂梁州第七套、射雁：鋪膩粉白蘋岸邊。【花邊】關漢卿、雙調碧玉簫：柳底花邊。【兩邊】張可久、中呂朝天子、春思：菱花破兩邊。【侵邊】曾瑞、般涉調、哨遍套、古鏡：靠稼侵邊。【酒邊】張可久、正宮醉太平、席上有贈：相逢酒邊。張可久、雙調水仙子、湖上卽事：詩魂殢酒邊。【無邊】張可久、雙調水仙子、次韻：布袍寬風月無邊。【硯邊】張可久、中呂朝天子、冷泉亭上：濕雲飛硯邊。【梅邊】張可久、雙調水仙子、孤山宴集：載酒梅邊。喬吉、雙調折桂令：爛醉梅邊。【溪邊】張可久、雙調湘妃怨、武夷山中：玉女溪邊。喬吉、雙調慶東原：試看玉溪邊。【頭邊】張養浩、雙調折桂令、通州巡舟：覺風波只在頭邊。【澗邊】張可久、南呂金字經、仙居：紫雲雙澗邊。【橋邊】張可久、雙調折桂令、湖上寒食：第一橋邊。曾瑞、中呂喜春來、遣興、春：錦屛花帳六橋邊。【夕陽邊】張可久、越調寨兒令、秋千：綵雲散夕陽邊。【三徑邊】關漢卿、雙調新水令套：九秋天，三徑邊。【六橋邊】張可久、雙調風入松、九日：小景六橋邊。湯式、雙調夜行船套、送春賢同武林、新水令：君家家近六橋邊。【日月邊】無名氏、雙調新水令套、燕兒落過得勝令：宰相每靑霄日月邊。【古渡邊】汪元亨、雙調沈醉東風、歸田：家住青山古渡邊。【玉人邊】曾瑞、中呂喜春來、賞春：爛醉玉人邊。【曲水邊】張可久、越調寨兒令、三月三日書所見：三月三日曲水邊。【曲江邊】張可久、越調寨兒令、閨怨：青草曲江邊。【曲闌邊】張可久、正宮小梁州、分得金字：金柳曲闌邊。【曲檻邊】景元啓、雙調得勝令：扶歸曲檻邊。【杖履邊】張養浩、中呂十二月兼堯民歌、寒食道中：都來杖履邊。【兩鬢邊】劉時中、中呂朝天子：早秋霜兩鬢邊。【柳陰邊】張可久、越調寨兒令、晚涼卽席：移向柳陰邊。【浩無邊】張可久、柳營曲、自會稽還三衢：風月浩無邊。【酒壚邊】馬致遠、中呂喜春來：不如長醉酒壚邊。【馬欄邊】無名氏、中呂普天樂：或是厨竈底，馬欄邊。【塞草邊】張可久、中呂朝天子、酸齋席上聽胡琴：傷心塞草邊。【楊柳邊】張可久、雙調落梅風、廢園湖石：芭蕉畔，楊柳邊。張可久、商調梧葉兒、夜坐：湖山外，楊柳邊。【翠檻邊】張可久、雙調落梅風、歌姬張氏睡起：瑤池上，翠檻邊。【醉花邊】張可久、雙調燕引雛、西湖春晚：西湖日日醉花邊。【鏡台邊】喬吉、越調小桃紅、紙雁兒：寫不成書寄幽怨，鏡台邊。【扶桑樹邊】湯式、雙調天香引、題金山寺：七寶塔斜倚着扶桑樹邊。【青山路邊】張可久、中呂滿庭芳、野梅：花自老青山路邊。【垂楊路邊】湯式、越調小桃紅、姑蘇感懷：猶兀自垂楊路邊。【恩極四邊】無名氏、雙調新水令套、慶東原：陛下恩極四邊。【第四橋邊】張可久、中呂普天樂、晚歸湖上：第四橋邊，東坡舊賞心。

編

【殘編】喬吉、雙調折桂令、自述：斷簡殘編。【遺編】汪元亨、雙調折桂令、歸隱：孔孟遺編。

鞭

【玉鞭】關漢卿、雙調新水令套、大拜門：忙加玉鞭。闞志學、仙呂賞花時套、煞尾：何處狂遊裊玉鞭。【金鞭】張可久、中呂滿庭芳、湖景：醉客金鞭。張可久、正宮小梁州、分得金字：駿馬金鞭。張可久、商調梧葉兒、春日簡鑑湖諸友：水畔墜金鞭。【銀鞭】湯式、雙調夜行船套、送景賢回武林、新水令：錦纜銀鞭。【墜鞭】張可久、越調寨兒令、遊春卽景：曲江醉題三墜鞭。【贈鞭】無名氏、正宮端正好套、尾：他上雕鞍懶贈鞭。【紫藤鞭】喬吉、雙調賣花聲、太平吳氏樓會集：新調駿馬紫藤鞭。【裊金鞭】張養浩、中呂十二月兼堯民歌、寒食道中：遊人馬上裊衣鞭。

喧⊙【笑喧】楊西庵、仙呂賞花時套：倚定門兒語笑喧。【燕語喧】鬫志學、仙呂賞花時套：香逕泥融燕語喧。【樂聲喧】關漢卿、雙調新水令套：只聽得樂聲喧。

暄　【春晝暄】無名氏、正宮端正好套、滾綉毬：惱人腸的是日遲遲春晝暄。

氈⊙【絨氈】張可久、越調寨兒令、小隱：蘆花絮暖勝絨氈。【冰窖氈】張可久、雙調湘妃怨、樂閒：三冬冰窖氈。

揙⊙【翅揙】喬吉、南呂梁州第七套、射雁、尾：血模糊翅揙。【猿臂揙】張可久、南呂金字經、觀九副使小打、袖慳猿臂揙。

專⊙【自專】曾瑞、般涉調哨遍套、古鏡、尾：非爲俺自專。楊西庵、仙呂賞花時套、尾：不是雙生自專。

磚　【枕頭兒磚】無名氏、中呂普天樂：幕天席地枕頭兒磚。

千⊙【秋千】張可久、越調寨兒令、秋千：打秋千。張可久、雙調折桂令、湖上寒食：美女秋千。張可久、雙調水仙子、春曉：楊柳秋千。景元啓、雙調得勝令：力困下秋千。楊西庵、仙呂賞花時套：院宇立秋千。無名氏、仙呂醉中天：月明閒却秋千。張可久、越調寨兒令、三月三日書所見：牡丹亭畔秋千。張可久、越調天淨沙、書所見：杏花牆裏秋千。張養浩、中呂十二月兼堯民歌、寒食道中：一兩處牆裏秋千。【萬千】關漢卿、中呂普天樂、崔張十六事：顛不刺見了萬千。無名氏、正宮端正好套、滾綉毬：知多少陡恁的冷清清今日淒涼有萬千。【挽秋千】關漢卿、雙調碧玉簫：玉筍挽秋千。【愁萬千】關漢卿、雙調新水令套、么篇：心間愁萬千。

芊　【草芊芊】喬吉、雙調折桂令：江草芊芊。汪元亨、中呂朝天子、歸隱：漢家陵寢草芊芊。

遷　【陵遷】喬吉、雙調折桂令、泊青田縣：谷變陵遷。【變遷】汪元亨、雙調雁兒落過得勝令、歸隱：時光幾變遷。

軒⊙

【高軒】喬吉、雙調折桂令：坦然對客高軒。【雲軒】關漢卿、雙調碧玉簫：仙子墜雲軒。商佐山、雙調潘妃曲：似月裏嫦娥墜雲軒。【月當軒】張可久、雙調湘妃怨、樂閑：吹簫按舞月當軒。關漢卿、雙調新水令套、相公愛：伴人離愁月當軒。【敞風軒】盧摯、中呂朱履曲：掩映雲龕敞風軒。【蒼玉軒】張可久、南呂金字經、玄元宮卽事：竹陰蒼玉軒。

烟⊙

【人烟】喬吉、雙調慶東原、靑田九樓山舟中作：隔雲樹人烟。喬吉、雙調折桂令、泊靑田縣：眼休驚遼海人烟。【非烟】關漢卿、南呂一枝花套、贈朱簾秀：似霧非烟。【風烟】張可久、越調柳營曲、自會稽還三衢：秦望風烟。張養浩、越調寨兒令、夏：萬頃風烟。【靑烟】徐再思、雙調水仙子、惠山泉：任松梢鶴避靑烟。【香烟】貫雲石、正宮小梁州：焚起香烟。【秋烟】張可久、中呂朝天子、酸齋席上聽胡琴：雁舞秋烟。張可久、雙調風入松、九日：飛雁隔秋烟。【茶烟】張可久、南呂一枝花套、冬景：亂飄濕僧舍茶烟。【紫烟】張可久、越調凭闌人、白雲鍊師山居：丹氣溶溶生紫烟。【無烟】張可久、雙調折桂令、湖上寒食：雨霏霏店舍無烟。

【雲烟】喬吉、雙調折桂令、自述：翰墨雲烟。【晴烟】貫雲石、雙調蟾宮曲：凌波晚步晴烟。【禁烟】張可久、中呂上小樓、春思：寒食禁烟。張養浩、中呂十二月兼堯民歌、寒食道中：清明禁烟。楊西庵、仙呂賞花時套：準備西園賞禁烟。【寒烟】湯式、越調小桃紅、姑蘇感懷：孤城一帶鎖寒烟。【蒼烟】喬吉、南呂梁州第七套、射雁：古木蒼烟。張可久、雙調水仙子、春晚：西山暮雨暗蒼烟。張可久、雙調水仙子、孤山宴集：長橋臥柳枕蒼烟。【暖烟】無名氏、仙呂醉中天：日暮簾櫳生暖烟。【翠烟】張養浩、中呂朝天曲：玉田翠烟。張養浩、雙調慶東原：一箇啼殘翠烟。張養浩、雙調折桂令、通州巡舟：桂櫂舉搖開翠烟。【嫩烟】張可久、南呂金字經、江上卽事：綠波浮嫩烟。【霧烟】曾瑞、般涉調哨遍套、古鏡、四：皓月雖明障霧烟。【沈水烟】張可久、正宮塞鴻秋、春晴：獸爐沈水烟。【金獸烟】盧摯、雙調壽陽曲：銀台燭、金獸烟。【柳帶烟】無名氏、正宮端正好套、滚綉毬：綠茸茸柳帶烟。【柳散烟】張可久、商調梧葉兒、春晚隄上：花露重，柳散烟。【御爐烟】無名氏、雙調新水令套、新水令：香裊御爐烟。

【楊柳烟】張可久、南呂金字經、觀九副使小打：萬絲楊柳烟。張可久、南呂金字經、湖上寒食：細雨家家楊柳烟。【綠如烟】楊西庵、仙呂賞花時套：楊柳綠如烟。【賞禁烟】關漢卿、雙調新水令套、石竹子：朝朝宴樂賞禁烟。【麝蘭烟】湯式、雙調夜行船套、送景賢回武林、新水令：花氣麝蘭烟。【天竺雲烟】盧摯、雙調蟾宮曲、錢塘懷古：江潮鼓吹，天竺雲烟。

⊙牽

【相牽】關漢卿、南呂一枝花套、贈朱簾秀、梁州：綉幕相牽。湯式、南呂一枝花套、贈王觀音奴、梁州：愛河深情慾相牽。【情牽】關漢卿、中呂普天樂、崔張十六事：一見情牽。【利名牽】張可久、越調寨兒令、春思：詩酒緣，利名牽。【情意牽】無名氏、正宮端正好套、尾：兩處相思情意牽。【利惹名牽】張可久、雙調湘妃怨、樂閑：想當年利惹名牽。【恨惹情牽】無名氏、越調鬭鵪鶉套：初相逢恨惹情牽。【名韁利鎖牽】關漢卿、雙調新水令套、石竹子：無奈被名韁利鎖牽。

愆

【罪愆】張可久、雙調水仙子：遭王巢道何曾有罪愆。【惹禍招愆】關漢卿、中呂普天樂、崔張十六事：空落得惹禍招愆。

⊙篇

【此篇】薛昂夫、中呂朝天曲：關雎無此篇。【幾篇】汪元亨、中呂朝天子、歸隱：和梅詩幾篇。【詩篇】張養浩、雙調折桂令、通州巡舟：高詠詩篇。張養浩、越調寨兒令、夏：分險韻賦詩篇。【白苧篇】張可久、南呂罵玉郎過感皇恩採茶歌、爲酸齋解嘲：白苧篇，黃柑傳。【杜甫篇】吳西逸、雙調雁兒落過得勝令、歎世：窗前，鈔幾聯清新杜甫篇。【秋水篇】張可久、南呂金字經、王國用胡琴：小山秋水篇。張可久、雙調水仙子、次韻：賦莊生秋水篇。張可久、雙調撥不斷、琵琶姬王氏：玉手輕彈秋水篇。【詩半篇】張可久、雙調落梅花、春情：掩霜紈遞將詩半篇。【秋水全篇】張可久、中呂朱履曲、仙遊：寄情懷秋水全篇。

偏

【側偏】喬吉、南呂梁州第七套、射雁、一枝花：覷高低無側偏。【無偏】曾瑞、般涉調、哨遍套、古鏡：周旋無偏。汪元亨、雙調折桂令、歸隱：無黨無偏。【微偏】張可久、越調寨兒令、秋千：翠髻微偏。【荷葉偏】關漢卿、雙調碧玉簫：髻鬆了荷葉偏。

翩

【翩翩】張可久、中呂滿庭芳、野梅：翠羽翩翩。張可久、越調寨兒令、秋千：羅帶起翩翩。張養浩、雙調折桂令、通州巡舟：驚的些白鳥翩翩。【蝶影翩】關志學、仙呂賞花時套：綵檻風微蝶影翩。【兩袖翩翩】湯式、雙調夜行船套、送景賢回武林：惹春風，兩袖翩翩。

淵⊙

【深淵】曾瑞、般涉調、哨遍套、古鏡、耍孩兒：濛濛皓月墜深淵。

寃

【埋寃】張可久、越調寨兒令、妓怨：大姆埋寃。【業寃】無名氏、正宮端正好套、醉太平：只爲他多情的業寃。【審滯寃】無名氏、雙調新水令套、慶東原：賑餓貧審滯寃。【風流業寃】關漢卿、雙調新水令套、喜人心：可喜的風流業寃。

鵷

【紅鵷】張可久、雙調寨兒令、晚涼卽席：雙飛花下紅鵷。

鴛

【紅鴛】張可久、越調柳營曲、自會稽遷三衢：伴漁蓑花下紅鴛。【綉鴛】張可久、雙調落梅風、睡起：攏釵燕，靸綉鴛。張可久、商調梧葉兒、夜坐：花寒怯綉鴛。【錦背鴛】喬吉、南呂梁州第七套、射雁、尾：驚起些紅脚鴨，金頭鵝，錦背鴛。

宣⊙

【玉宣】曾瑞、般涉調哨遍套、古鏡、一：光瑩淨玉宣。【德化宣】無名氏、雙調新水令套、雁兒落過得勝令：朝廷德化宣。

揎

【輕揎】關漢卿、雙調碧玉簫：紅袖輕揎。張可久、越調寨兒令、秋千：錦袖輕揎。

川⊙

【山川】張養浩、越調寨兒令、夏：一帶山川。喬吉、雙調折桂令、自述：香滿山川。曾瑞、般涉調哨遍套、古鏡、一：照耀山川。喬吉、雙調折桂令：芙蓉城古意山川。【平川】張養浩、雙調折桂令、通川巡舟：竹彈斜界破平川。無名氏、正宮端正好套：早來到野水平川。【玉川】汪元亨、中呂朝天子、歸隱：謁盧仝玉川。【輞川】喬吉、雙調慶東原、靑田九樓山舟中作：似丹靑輞川。【錦川】張養浩、雙調慶東原：一箇衝開錦川。【酒如川】劉時中、中呂朝天子、花開似錦酒如川。【百二山川】無名氏、雙調新水令套、鴛鴦煞：隨人願照百二山川。

穿

【磨穿】汪元亨、雙調折桂令、歸隱：鐵硯磨穿。【石也穿】無名氏、正宮端正好套、尾：各辦堅心石也穿。【望將穿】關漢卿、中呂普天樂、崔張十六事：餓眼望將穿。【意已穿】湯式、南呂一枝花套、贈王觀音奴、梁州：指點其中意已穿。【羅帶深穿】曾瑞、般涉調哨遍套、古鏡：同心結羅帶深穿。

圈◎

【金圈】曾瑞、般涉調哨遍套、古鏡、耍孩兒：綉袋金圈。

天◎

【九天】張可久、南呂金字經、觀九副使小打：一點神光落九天。【由天】汪元亨、雙調折桂令、歸隱：料生死由天。【西天】張可久、中呂滿庭芳、湖景：玉浮圖極樂西天。【成天】湯式、雙調天香引、題金山寺：水呑平地成天。【青天】張養浩、雙調折桂令、通州巡舟：見綠樹青天。【春天】張可久、越調寨兒令、遊春卽景：無風無雨春天。白樸、越調天淨沙、春：暖風遲日春天。張養浩、中呂十二月兼堯民歌、寒食道中：烟靄濛濛淡春天。【洞天】張可久、商調梧葉兒、壽席：花開小洞天。喬吉、雙調慶東原、青田九樓山舟中作：是神仙洞天。張可久、雙調湘妃怨、武夷山中：幽花隱洞天。汪元亨、中呂朝天子、歸隱：訪壺公洞天。喬吉、雙調折桂令、泊青田縣：九夢已到石洞天。【信天】張可久、越調柳營曲、自會稽遷三衢：行藏去住皆信天。【神天】商左山、雙調潘妃曲：謝神天。【滿天】曾瑞、般涉調哨遍套、古鏡、一：素魄團圓照滿天。【碧天】無名氏、正宮端正好套、滾綉毬：嘆浮生的是草萋萋際碧天。【摩天】張可久、雙調折桂令、遊龍源寺：樹頂摩天。【樂天】張可久、滿庭芳、山中雜興：琵琶恨青衫樂天。【暮天】張可久、南呂金字經、王國用胡琴：塞雲黃暮天。張可久、雙調水仙子、孤山宴集：遠水揉藍洗暮天。【撐天】喬吉、雙調折桂令、自述：竹杖撐天。【九重天】無名氏、雙調新水令套、新水令：大元開放九重天。【九華天】喬吉、雙調水仙子、樂清白鶴寺瀑布：紫簫聲入九華天。【也麼天】關漢卿、雙調新水令套、醉也摩挲：思量殺俺也麼天。【三月天】馬致遠、雙調壽陽曲、桃花嫣然三月天。楊西庵、仙呂賞花時套：麗日春風三月天。【小壺天】張可久、正宮小梁州、分得金字：湧金門外小壺天。張可久、南呂四塊玉、宮中秋日：柱子香清小壺天。【水底天】張養浩、中呂朝天曲：青山搖動水底天。【月明天】闞志學、仙呂賞花時套、煞尾：畫樓中閑煞月明天。【六月天】劉時中、中呂朝天子：西湖六月天。【杏花天】曾瑞、中呂喜春來、遣興、春：人醉杏花天。【洗湖天】張可久、雙調風入松、九日：琅琅新雨洗湖天。【雨餘天】張可久、越調小桃紅、秋宵有懷：雨餘天，倚闌祇欠如花面。張可久、越調柳營曲、自會稽遷三衢：翠冷雨餘天。張可久、雙調殿前歡、西湖晚晴：綠情紅意雨餘天。【雨後天】張可久、南呂金字經、江上即事：正是新晴雨後天。【拜掃天】張可久、中呂朝天子、春思：又西湖拜掃天。【飛上天】張養浩、雙調清江引、詠秋日海棠：前日彩雲飛上天。【雪月天】汪元亨、雙調雁兒落過得勝令、歸隱：風花雪月天。【輕便天】楊西庵、仙呂賞花時套、尾：時急難尋輕便天。【錦綉天】湯式、雙調湘妃引、送友歸家鄉：西湖錦綉天。【離恨天】喬吉、雙調春閨怨：這些時撇下春閨怨，離恨天。【騎上天】張可久、南呂金字經、仙居：鶴來騎上天。【禱告天】關漢卿、雙調碧玉簫：自心中禱告天。貫雲石、正宮小梁州：巴到黃昏禱告天。【鏡中天】張可久、商調梧葉兒、夜坐：歌舞鏡中天。【鷓鴣天】張可久、中呂賣花聲、席上：美人索賦鷓鴣天。張可久、正宮醉太平、席上有贈：滿林紅葉鷓鴣天。【豔陽天】關漢卿、雙調新水令套：明媚景，豔陽天。【天外無天】貫雲石、雙調蟾宮曲：太華雲高，天外無天。【東南半天】喬吉、雙調折桂令：蘸海濱東南半天。【洪福齊天】無名氏、雙調新水令套、燕兒落過得勝令：仰洪福齊天。【晉地唐天】薛昂夫、雙調蟾宮曲、嘆世：可早晉地唐天。【高似青天】關漢卿、中呂普天樂、崔張十六事：粉牆兒高似青天。【慘慘青天】張可久、雙調水仙子：都瞞不了慘慘青天。【龍飛九天】無名氏、雙調新水令套、鴛鴦煞：虎據中原，龍飛九天。

鮮〇揃籛〇甄〇巔〇
鐲〇籩編〇萓塡諠〇
鸇鱣饘邅旃栴〇羶扇
煽〇阡韆〇掀杴〇燕
胭咽嫣〇褰騫〇扁蹁
〇宛蜿〇痊詮筌銓悛
朘荃〇瑄〇鐫

【對偶】

汪元亨、雙調折桂令、歸隱：安吾分隨方就圓，任他乖越後攙先。薛昂夫、中呂山坡羊、西湖雜詠、春：扣逋仙，訪坡仙。喬吉、正宮綠么遍、自述：烟霞狀元，江湖醉仙。喬吉、雙調折桂令、泊青田縣：虎節元臣，馬帽詩仙。張可久、越調柳營曲、自會稽遷三衢：夢筆名賢，載酒謫仙。張可久、越調凭闌人、白雲鍊師山居：住山不記年，看雲卽是仙。張可久、越調寨兒令、三月三日書所見：牡丹亭畔秋千，蕊珠宮裏神仙。喬吉、雙調折桂令、自述：不應舉江湖狀元，不思凡風月神仙。貫雲石、雙調蟾宮曲：酒滿金樽，詩滿鸞箋。張可久、越調寨兒令、閨怨：塵暗朱紘，墨淡銀箋。張可久、越調凭闌人、湖上醉餘：小詞玉翼蟬，醉書金粉箋。無名氏、仙呂醉中天：情寫錦花箋，淚濺端溪硯。正宮端正好套、倘秀才：彩鸞同舞鏡，青鳥罷銜箋。張可久、中呂賣花聲、席上：半泓秋水金星硯，一幅寒星玉版箋。湯式、雙調天香引、代友人書、其七：傷心泪濕透青衫，斷腸詞題滿雲箋。張可久、越調寨兒令、春思：盼回音空過雁，勸歸去枉啼鵑。喬吉、南呂梁州第七套、射雁：魚尾紅殘霞隱隱，鴨頭綠秋水涓涓。張可久、越調柳營曲、自會稽遷三衢：浣紗中爭艷冶，採蓮女鬭嬋娟。張可久、雙調落梅風、廢園湖石：芭蕉畔，楊柳邊。張可久、雙調落梅風、歌姬張氏睡起：瑤池上，翠檻邊。張可久、中呂普天樂、晚歸湖上：初三月上，第四橋邊。張可久、南呂金字經、仙居：白日孤峯上，紫雲雙澗邊。曾瑞、般涉調哨遍套、古鏡：氣吹黯霧飛天外，手撫殘雲離月邊。無名氏、雙調新水令套、雁兒落過得勝令：武將每黃閣麒麟上，宰相每青霄日月邊。汪元亨、雙調折桂令、歸隱：舜禹心傳，孔孟遺編。張可久、中呂上小樓、春思：醉墨銀箋，新詞羅扇，小袖金鞭。張可久、商調梧葉兒：席上題羅扇，雲間寄錦箋，水畔墜金鞭。喬吉、雙調賣花聲、太平吳氏樓會集：香雲簾幕風流燕，花月樓台富貴仙，新調駿馬紫藤鞭。張可久、雙調湘妃怨、樂閒：萬里天山箭，三冬冰窖氈。張養浩、中呂十二月兼堯民歌、寒食道中：三四株溪邊杏桃，一兩處牆裏秋千。喬吉、雙調折桂令：江樹陰陰，江帆隱隱，江草芊芊。張可久、南呂金字經、玄元宮卽事：桂子黃金樹，竹陰蒼玉軒。　盧摯、雙調壽陽曲：銀臺燭，金獸烟。　喬吉、南呂梁州套、射雁：平沙衰草，古木蒼烟。　張可久、南呂金字經、江上卽事：翠樹擎殘月，綠波浮嫩烟。　湯式、雙調夜行船套、送景賢回武林、新水令：柳陰藍翠藹，花氣麝蘭烟。　無名氏、雙調新水令套、新水令：紅搖銀燭影，香裊御爐煙。　曾瑞、般涉調哨遍套、古鏡之四：玉盤本潔蒙塵垢，皓月雖明障霧烟。　喬吉、雙調折桂令、泊青田縣：夢已到石門洞天，眼休驚遼海人烟。　張可久、越調寨兒令、春思：詩酒緣，利名牽。　湯式、南呂一枝花套、贈王觀音奴、梁州：苦海淵色空未脫，愛河深情慾相牽。　汪元亨、中呂朝天子、歸隱：結茅廬數椽，和梅詩幾篇。　張養浩、越調寨兒令、夏：按新聲歌樂府，分險韻賦詩篇。　張可久、中呂朱履曲、仙遊：題姓字列仙後傳，寄情懷秋水全篇。　吳西逸、雙調雁兒落過得勝令、歎世：床邊，放一冊冷淡淵明傳；窗前，鈔幾聯淸新杜甫篇。　無名氏、越調鬬鵪鶉套：金鳳斜簪，雲鬢半偏。　張可久、中呂滿庭芳、野梅：瓊酥點點，翠羽翩翩。　闞志學、仙呂賞花時套：香徑泥融燕語喧，綵檻風微蝶影翩。　張可久、越調柳營曲、自會稽還三衢：守巖扉洞口白猿，伴漁蓑花下紅鴛。　汪元亨、中呂朝天子、歸隱：訪壺公洞天，謁盧仝玉川。　張養浩、雙調折桂令、通州巡舟：桂櫂舉搖開翠烟，竹彈斜界破平川。　喬吉、雙調折桂令、自述：鐵笛吹雲，竹杖撐天。　湯式、雙調湘妃引、送友歸家鄉：南陌笙歌地，西湖錦綉天。　喬吉、雙調慶東原、青田九樓山舟中作：似丹青輞川，是神仙洞天。　張可久、雙調湘妃怨、武夷山中：傍草漫山徑，幽花隱洞天。　湯式、雙調天香引、題金山寺：風送輕舟作浪，水呑平地成天。　張可久、越調寨兒令、遊春卽景：有花有酒梁園，無風無雨春天。　曾瑞、般涉調哨遍套、古鏡之一：寒光皎潔明盈室，素魄團圓照滿天。　汪元亨、雙調折桂令、歸隱：處動靜由人，算窮通由命，料生死由天。　張可久、正宮醉太平、席上有贈：當樓皓月姮娥面，倚闌翠袖琵琶怨，滿林紅葉鷓鴣天。

陽平

連⊙

【相連】關漢卿、南呂一枝花套、贈朱簾秀、梁州：翠戶相連。【留連】張可久、越調寨兒令、春思：何處留連。盧摯、雙調蟾宮曲、錢塘懷古—杭州：歌舞留連。張可久、雙調折桂令、遊龍源寺：詩債留連。喬吉、中呂滿庭芳、漁父詞：溪友留連。白樸、越調天淨沙、春：好將事留連。張可久、雙調風入松、九日：雙雙燕燕爲我留連。張養浩、越調寨兒令、夏：客來時樽酒留連。【無計留連】湯式、雙調湘妃引、贈別：去匆匆無計留連。【霧鎖雲連】湯式、雙調天香引、代友人書其七：望三山霧鎖雲連。

蓮

【玉蓮】張可久、南呂金字經、偕李溉之泛湖：草書題玉蓮。貫雲石、雙調蟾宮曲：明月冷亭亭玉蓮。【白蓮】張可久、越調寨兒令、晚涼即席：並頭湖上白蓮。【采蓮】劉時中、中呂朝天子：扣舷采蓮。張可久、越調凭闌人、湖上醉餘：柔雪雙娃同采蓮。【金蓮】張可久、中呂齊天樂過紅衫兒、元夜書所見：同步金蓮。湯式、南呂一枝花套、贈王觀音奴：香步繞金蓮。景元啓、雙調得勝令：緩步跋金蓮。張可久、雙調風入松、九日：佳人窄索金蓮。張可久、正宮小梁州、分得金字：舞春風半趄金蓮。【浮蓮】喬吉、雙調折桂令：不索浮蓮。【採蓮】關漢卿、雙調新水令套、慶東原：雙歌採蓮。【小金蓮】張可久、越調寨兒令、三月三日書所見：一步一朶小金蓮。張可久、雙調水仙子、湖上即事：盈盈嬌步小金蓮。【千葉蓮】張養浩、越調寨兒令、夏：正當門滿池千葉蓮。【太乙蓮】張可久、雙調殿前歡、西湖晚晴：神仙太乙蓮。【並頭蓮】關漢卿、雙調新水令套、胡十八：分拆開並頭蓮。無名氏、正宮端正好套、醉太平：生扢察拆散了並頭蓮。【揷重蓮】劉時中、越調小桃紅：纖纖香玉揷重蓮。【醉秋蓮】馬致遠、仙呂青歌兒、六月：閑與仙人醉秋蓮。【謝府紅蓮】關漢卿、南呂一枝花套、贈朱簾秀、梁州：風流如謝府紅蓮。

憐

【可憐】張可久、中呂滿庭芳、山中雜興：人生可憐。劉時中、中呂朝天子：願天可憐。貫雲石、正宮小梁州：何年見可憐。張可久、越調寨兒令、妓怨：不知音，此身誰可憐。【自憐】張養浩、南呂西番經：私自憐。【哀憐】曾瑞、般涉調哨遍套、古鏡：仁者存心可哀憐。【相憐】張可久、中呂齊天樂過紅衫兒、元夜書所見：相憐，天，願長夜如年。【堪憐】貫雲石、雙調蟾宮曲：花正堪憐。湯式、雙調天香引、代友人書其七：堪恨堪憐。喬吉、南呂梁州第七套、射雁：江鄉景堪愛堪憐。【愛憐】張可久、越調寨兒令、閨怨：相愛憐。【輕憐】關漢卿、雙調新水令套、唐兀歹：痛惜輕憐。【誰憐】張可久、雙調折桂令、湖上寒食：思家客子誰憐。

漣

【淚漣】無名氏、正宮端正好套、尾：彼各無言兩淚漣。【汨漣漣】貫雲石、正宮小梁州：自從他去汨漣漣。喬吉、雙調春閨怨：道聲去也汨漣漣。

眠⊙

【未眠】張可久、商調梧葉兒、夜坐：愛月佳人未眠。【孤眠】張可久、越調寨兒令、閨怨：紙帳稱孤眠。張可久、越調小桃紅、秋宵：羅帳又孤眠。【獨眠】貫雲石、正宮小梁州：抛閃的奴家孤枕獨眠。【醉眠】張可久、雙調落梅風、睡起：奈何天不教人醉眠。【人未眠】張可久、正宮醉太平、席上有贈：惜花人未眠。【怎生眠】關漢卿、雙調新水令套、相公愛：晚宿在孤村悶怎生眠。【閑處眠】張可久、越調寨兒令、小隱：伴陳摶野雲閑處眠。【綠窗眠】闞志學、仙呂賞花時套：驚起綠窗眠。【對花眠】張可久、越調寨兒令、春思：長自對花眠。【畫龍眠】張可久、正宮小梁州、分得金字：屏山金翠畫龍眠。【巖下眠】張可久、南呂金字經、仙居：抱琴巖下眠。【晝夜無眠】張可久、雙調水仙子：陳摶晝夜無眠。

綿

【香綿】闞志學、仙呂賞花時套：飛絮擘香綿。【紅綿】張可久、越調寨兒令、秋千：釧玲瓏響亞紅綿。【飛綿】無名氏、正宮端正好套、滾綉毬：舞飄飄亂紛紛柳絮飛綿。【搓綿】張可久、雙調折桂令、湖上寒食：柳線搓綿。【軟似綿】曾瑞、般涉調哨遍套、古鏡、二：外面軟似綿。【苦恨綿綿】湯式、南呂一枝花套、贈王觀音奴、梁州：雨花臺苦恨綿綿。【飛點如綿】關漢卿、南呂一枝花套、贈朱簾秀、梁州：惹楊花飛點如綿。

然⊙

【天然】張可久、正宮醉太平、席上有贈：體態天然。張可久、越調寨兒令、三月三日書所見：風韻出天然。【未然】薛昂夫、雙調慶東原、韓信：不防未然。【安然】無名氏、雙調新水令套、雁兒落過得勝令：四海永安然。【自然】汪元亨、雙調雁兒落過得勝令、歸隱：簞瓢樂自然。【依然】張可久、雙調水仙子、春晚：可憐景物依然。【杳然】張可久、中呂上小樓、春思：信杳然。【朗然】曾瑞、般涉調哨遍套、古鏡、耍孩兒：裹潔烟籠不朗然。【悽然】無名氏、正宮端正好套、滾繡球：斷送行人的是忔登登鞭羸馬行色淒然。【翛然】張可久、中呂滿庭芳、山中雜興：古意翛然。【綽然】張養浩、越調寨兒令、夏：愛綽然。張養浩、南呂西番經：行當還綽然。【蕭然】楊澹齋、雙調湘妃怨：有梅蘭竹石蕭然。【皤然】薛昂夫、雙調蟾宮曲、嘆世：急回頭兩鬢皤然。【澹然】張可久、中呂滿庭芳、野梅：風姿澹然。【任自然】馬致遠、雙調撥不斷：綠水青山任自然。【自安然】楊澹齋、雙調湘妃怨：六神和會自安然。【果如然】無名氏、仙呂遊四門：今且果如然。

纏⊙

【何曾纏】薛昂夫、雙調慶東原、韓信：子房公身退何曾纏。【塵事纏】張養浩、南呂西番經：又為塵事纏。【把馮魁纏】曾瑞、中呂快活三過朝天子、勸娼：愛錢把馮魁纏。

禪

【坐禪】張可久、雙調折桂令、遊龍源寺：借居士蒲團坐禪。【空禪】關漢卿、雙調新水令套、駐馬聽：參破脫空禪。【悟禪】湯式、雙調夜行船套、送景賢回武林、胡十八：詩中悟禪。【參禪】湯式、南呂一枝花套、贈王觀音奴、梁州：老門徒統鏝參禪。【常禪】曾瑞、般涉調哨遍套、古鏡：惠眼常禪。【詩禪】喬吉、正宮綠么遍、自述：處處詩禪。喬吉、雙調折桂令、自述：酒聖詩禪。

蟬

【金蟬】張可久、商調梧葉兒、夜坐：露冷濕金蟬。【哀蟬】張可久、越調小桃紅、秋宵有懷：滿庭落葉響哀蟬。【新蟬】張可久、雙調折桂令、遊金龍寺：一曲新蟬。【玉翼蟬】張可久、越調凭闌人、湖上醉餘：小詞玉翼蟬。

前⊙

【向前】無名氏、正宮端正好套、尾：我上車兒倦向前。【寺前】張可久、中呂滿庭芳、湖景：孤山寺前。【池前】湯式、雙調夜行船套、贈玉蓮王氏、沈醉東風：分明在太液池前。【門前】商左山、雙調潘妃曲：你且覷門前。盧摯、雙調蟾宮曲、錢塘懷古—杭州：在西湖蘇小門前。【

林前】喬吉、南呂梁州第七套、射雁：抹胭脂紅葉林前。【花前】張可久、中呂齊天樂過紅衫兒、元夜書所見：紅粧邂逅花前。【星前】楊西庵、仙呂賞花時套、么：月底共星前。【眼前】曾瑞、中呂快活三過朝天子、勸娼：當時你眼前。曾瑞、般涉調哨遍套、古鏡、二：覩物遺形在眼前。【堂前】張可久、中呂滿庭芳、野梅：夢不到白玉堂前。【窗前】汪元亨、雙調折桂令、歸隱：費十年燈火窗前。【尊前】喬吉、雙調折桂令、贈羅眞眞：試問尊前。【樽前】關漢卿、雙調碧玉簫：席上樽前。張可久、越調天淨沙、明月樓上有贈：何時長在樽前。【不似前】湯式、雙調壽陽曲、題墨梅：料得春光不似前。【月明前】喬吉、越調小桃紅、僧房以太湖石支足：海棠花影月明前。【酒樓前】張可久、商調梧葉兒、春曉隄上：蘸小酒樓前。【納君前】關漢卿、雙調新水令套、駐馬聽：降書執寫納君前。【幾度前】喬吉、雙調春閨怨：離恨天，幾度前。【遠山前】喬吉、越調小桃紅、紙雁兒：和影過遠山前。【綉牀前】張可久、越調寨兒令、妓怨：傒愁在綉牀前。【數日前】馬致遠、仙呂青哥兒、六月：約下新秋數日前。【月底星前】無名氏、越調鬬鵪鶉套：赴佳期月底星前。【五柳莊前】關漢卿、雙調新水令套、早鄉詞：暢好是風流如五柳莊前。【西塞山前】張可久、越調天淨沙、荷邊宿鷺：夢歸西塞山前。【枯木堂前】湯式、雙調天香引、題金山寺：三神山剛對着枯木堂前。【香案之前】張養浩、雙調折桂令、詠胡琴：香案之前，一曲春生。

錢

【有錢】劉時中、中呂朝天子：有錢，有權，把風流選。【金錢】張可久、越調寨兒令、春思：卜行人不信金錢。關漢卿、雙調新水令套、早鄉詞：綻黃花遍撒金錢。闞志學、仙呂賞花時套、煞尾：謾教人卜金錢。【看錢】張可久、雙調落梅風、天寶補遺：馬嵬坡襪兒得了看錢。【鬼錢】張可久、南呂金字經、湖上寒食：酒香撒鬼錢。【飛錢】張可久、雙調折桂令、湖上寒食：榆莢飛錢。【無錢】張可久、雙調風入松、九日：有黃花休恨無錢。【閑錢】張可久、越調寨兒令、閨怨：俏元和花了閑錢。【新錢】張可久、雙調燕引雛、西湖春晚：苔長新錢。【榆錢】關漢卿、南呂一枝花套、贈朱簾秀、梁州：拂苔痕滿砌榆錢。【十萬錢】張可久、雙調水仙子、次韻：鶴背揚州十萬錢。【杖頭錢】湯式、雙調夜行船套、送景賢回武林、胡十八：生來長費杖頭錢。【沽酒錢】楊澹齋、雙調湘妃怨：隨牛兒沽酒錢。【恨無錢】張可久、雙調水仙子：石崇猶自恨無錢。【酒家錢】喬吉、中呂滿庭芳、漁父詞：還却酒家錢。【買山錢】張可久、越調寨兒令、小隱：收拾下買山錢。【養家錢】張可久、越調寨兒令、妓怨：祇爲買家錢。

◉田

【冰田】張可久、雙調殿前歡、西湖晚晴：棹舉冰田。【求田】薛昂夫、雙調蟾宮曲、嘆世：又待問金求田。【靑田】喬吉、雙調折桂令、泊靑田縣：白鶴飛上靑田。【秫田】張可久、越調柳營曲、自會稽遷三衢：五十畝種秫田。【藥田】張可久、越調寨兒令、小隱：種藥田。張可久、雙調湘妃怨、武夷山中：暖翠晴雲滿藥田。【瓊田】張可久、越調寨兒令、晚涼即席：月滿瓊田。【山上田】喬吉、雙調慶東原、靑田九樓山舟中作：鱗鱗山上田。【數畝田】吳西逸、雙調雁兒落過得勝令、歎世：秧肥數畝田。【問舍求田】汪元亨、雙調沉醉東風：歸田：總不如問舍求田。

塡

【勻塡】曾瑞、般涉調哨遍套、古鏡：八卦土勻塡。

鈿

【玉鈿】湯式、雙調湘妃引、贈別：白點點殘梅撒玉鈿。【花鈿】張可久、越調寨兒令、三月三日書所見：芳徑墜花鈿。張可久、越調寨兒令、秋千：汗模糊濕褪花鈿。張可久、中呂朝天子、春思：黃雲孤雁褪花鈿。【金鈿】商左山、雙調潘妃曲：貼金鈿。【珠鈿】喬吉、雙調折桂令、贈羅眞眞：九暈珠鈿。【翠鈿】曾瑞、般涉調哨遍套、古鏡、耍孩兒：宮額難臨貼翠鈿。【粧鈿】張可久、越調天淨沙、荷邊宿鷺：晚花香褪粧鈿。【七寶鈿】湯式、南呂一枝花套、贈王觀音奴、尾聲：結就珍珠七寶鈿。【翡翠鈿】關漢卿、雙調碧玉簫：額殘了翡翠鈿。

◉賢

【名賢】張可久、越調柳營曲、自會稽遷三衢：夢筆名賢。【妻賢】汪元亨、雙調沈醉東風、歸田：心只圖子肖妻賢。【妬賢】薛昂夫、中呂朝天曲：弄權，妬賢，却聽梁公勸。【愛賢】曾瑞、中呂快活三過朝天子、勸娼：愛賢，愛錢，兩件兒都從伊便。【人物賢】張可久、越調柳營曲、自會稽遷三衢：風流晉唐人物賢。

絃

【二絃】張可久、南呂金字經、王國用胡琴：一線清風動二絃。【四絃】張可久、中呂朝天子、春思：瑤琴斷四絃。【朱絃】張可久、越調寨兒令、閨怨：塵暗朱絃。【冰絃】張可久、雙調殿前歡、西湖晚晴：古調冰絃。無名氏、雙調新水令套、新水令：奏鳳管冰絃。【哀絃】張可久、中呂普天樂、晚歸湖上：渺渺哀絃。【惟絃】張養浩、雙調折桂令、詠胡琴：八音最妙惟絃。【管絃】張可久、中呂滿庭芳、湖景：絲竹管絃。張養浩、中呂十二月兼堯民歌、寒食道中：隱隱的如聞管絃。張可久、越調寨兒令、三月三日書所見：問誰家麗人簇管絃。關漢卿、雙調新水令套、一綻銀：心友每相邀列著管絃。無名氏、正宮端正好套、倘秀才：你再不向秦樓動管絃。【繁絃】張可久、商調梧葉兒、春日簡鑑湖諸友：急管間繁絃。張可久、越調、柳營曲、自會稽遷三衢：翠微中急管繁絃。【十三絃】張可久、越調小桃紅、夜宴：明月十三絃。張可久、雙調風入松、九日：哀箏一抹十三絃。【十四絃】張可久、越調寨兒令、晚涼卽席：一篇六么十四絃。【第四絃】張可久、雙調水仙子、湖上卽事：手摻摻第四絃。【樹杪絃】張養浩、雙調慶東原：鶯啼樹杪絃。

弦

【虎筋弦】喬吉、南呂梁州第七套、射雁、一枝花：搭上虎筋弦。

舷

【扣舷】張可久、越調凭闌人、湖上醉餘：明月中流歌扣舷。

懸

【空懸】曾瑞、般涉調哨遍套、古鏡、耍孩兒：鸞臺無用空懸。【高懸】關漢卿、雙調碧玉簫：畫板高懸。【懸懸】湯式、南呂一枝花套、贈王觀音奴、梁州：心緒懸懸。【盡日懸】關漢卿、南呂一枝花套、贈朱簾秀、尾聲：一片朝雲盡日懸。

玄

【談玄】張可久、雙調折桂令、遊龍源寺：對幽人松塵談玄。【玄又玄】張可久、南呂金字經、玄元宮卽事：閒處閒閒玄又玄。

⊙延

【俄延】無名氏、正宮端正好套、脫布衫：休停待莫得俄延。湯式、雙調湘妃引、贈別：上河梁一步步俄延。

筵

【華筵】盧摯、雙調蟾宮曲、錢塘懷古——杭州：勝會華筵。關漢卿、雙調新水令套、也不羅：只聽得樂聲喧列著華筵。【歌筵】曾瑞、中呂喜春來、賞春：繁絃急管送歌筵。【賓筵】張養浩、雙調折桂令、詠胡琴：賽歌喉傾倒賓筵。【離筵】湯式、雙調湘妃引、送友歸家鄉：緋榴噴火照離筵。【立當筵】劉時中、越調小桃紅：立當筵，分明微露黃金釧。【驚四筵】馬致遠、中呂喜春來、書：筆尖落紙生雲霧，掃出龍蛇驚四筵。

蜒

【蜿蜒】張可久、雙調折桂令、遊龍源寺：細水蜿蜒。

緣

【仙緣】張可久、中呂朱履曲、仙遊：種白玉結仙緣。【因緣】無名氏、中呂普天樂：偷偷抹抹因緣。【姻緣】張可久、越調寨兒令、閨怨：惡姻緣。張可久、越調寨兒令、遊春即景：月下姻緣。張可久、南呂罵玉郎過感皇恩採茶歌、爲酸齋解嘲：洞花溪鳥結姻緣。曾瑞、中呂快活三過朝天子、勸娼：又待趁風流，成就了好姻緣。【無緣】關漢卿、雙調碧玉簫：衾枕奈無緣。【募緣】湯式、南呂一枝花套、贈王觀音奴、梁州：善男子齎金募緣。【隨緣】汪元亨、雙調雁兒落過得勝令、歸隱：隨緣，簞瓢樂自然。【未了緣】劉時中、中呂朝天子：平生未了緣。【脫塵緣】張可久、正宮醉太平、無題：潛居水陸脫塵緣。【詩酒緣】張可久、越調寨兒令、春思：詩酒緣，名利牽。【說姻緣】關漢卿、中呂普天樂、崔張十六事：西落客說姻緣。

妍

【芳妍】張可久、越調寨兒令、三月三日書所見：柳媚芳妍。曾瑞、般涉調哨遍套、古鏡、五煞：喜照芳妍。【風物妍】關漢卿、南呂一枝花套、贈朱簾秀、梁州：十里揚州風物妍。

言

【休言】汪元亨、雙調雁兒落過得勝令、歸隱：休言，富貴非吾願。【低言】關漢卿、雙調新水令套、尾：並枕低言。【胡言】關漢卿、雙調新水令套、忽都白：信口胡言。【眞言】湯式、南呂一枝花套、贈王觀音奴、梁州：救苦眞言。【無言】無名氏、正宮端正好套、滾繡球：情默默無言。【難言】湯式、雙調天香引、代友人書其七：難訴難言。湯式、雙調天香引、題金山寺：兩般兒塵世難言。【五千言】雙調水仙子、次韻：蠅頭老子五千言。【未敢言】關漢卿、雙調碧玉簫：向人前未敢言。【怎生言】關漢卿、雙調新水令套、不拜門：酒入愁腸悶怎生言。

⊙元

【三元】無名氏、雙調新水令套、慶東原：和應三元。【狀元】喬吉、正宮綠么遍、自述：烟霞

圓

狀元。喬吉、雙調折桂令、自述：不應舉江湖狀元。【慶元】張可久、南呂金字經、觀九副使小打：福星臨慶元。【賽上元】關漢卿、雙調新水令套、石竹子：夜夜嬉遊賽上元。

【弓圓】喬吉、南呂梁州第七套、射雁、一枝花：秋月弓圓。【月圓】曾瑞、中呂喜春來、賞春：楊柳樓心夜月圓。【勻圓】喬吉、雙調折桂令、贈羅眞眞：秋藕勻圓。【多圓】曾瑞、般涉調哨遍套、古鏡：本形少規多圓。【淸圓】張養浩、雙調折桂令、詠胡琴：字字淸圓。【團圓】關漢卿、中呂普天樂、崔張十六事：恩情美滿，夫婦團圓。關漢卿、雙調新水令套、端的怎團圓。張可久、越調天淨沙、明月樓上有贈：樓頭幾度團圓。商左山、雙調潘妃曲：普天下心廝早團圓。【一般圓】張可久、南呂罵玉郎過感皇恩採茶歌、爲酸齋解嘲：海天秋月一般圓。【人月圓】張可久、南呂金字經、偕李溉之泛湖：半篇人月圓。【月兒圓】喬吉、雙調春閨怨：羞見月兒圓。【月團圓】張可久、越調寨兒令、閨怨：休放月團圓。【幾時圓】關漢卿、雙調新水令套、相公愛：月圓，人幾時圓。【聲調圓】湯式、南呂一枝花套、贈王觀音奴：白鸚哥聲調圓。【隨方就圓】汪元亨、雙調折桂令、歸隱：安吾分隨方就圓。

員

【文武官員】無名氏、雙調新水令套、新水令：列文武官員。

園

【田園】張可久、正宮醉太平、無題：晉處士田園。湯式、雙調湘妃引、送友歸家鄉：都不如松菊田園。【故園】張可久、中呂滿庭芳、野梅：傷心故園。【梁園】張可久、越調寨兒令、遊春即景：有花有酒梁園。【梨園】無名氏、雙調新水令套、新水令：唱大曲梨園。【金谷園】張可久、雙調水仙子、次韵：夢不到金谷園。【麗春園】關漢卿、雙調碧玉簫：黃召風虔，蓋下麗春園。關漢卿、雙調新水令套：閑爭奪鼎沸了麗春園。楊西庵、仙呂賞花時套、尾：只休教花殘鶯老了麗春園。

猿

【心猿】關漢卿、雙調新水令套、駐馬聽：牢拴意馬與心猿。【白猿】張可久、越調柳營曲、自會稽遷三衢：守巖扉洞口白猿。

原

【屈原】張可久、正宮醉太平、無題：休呆波屈原。【郊原】張養浩、中呂十二月兼堯民歌：寒食道中：雨過郊原。【虎據中原】無名氏、雙調新水令套、鴛鴦煞：唱道嵩岳齊肩虎據中原。

源

【桃源】張可久、雙調湘妃怨、武夷山中：落花流水出桃源。【龍源】張可久、雙調折桂令、遊龍源寺：問行人何處龍源。【武陵源】張可久、中呂朝天子、冷泉亭上：隔溪疑是武陵源。張養浩、中呂十二月兼堯民歌、寒食道中：人家渾似武陵源。

全⊙

【命全】曾瑞、般涉調哨遍套、古鏡、五煞：護心保命全。【保全】薛昂夫、雙調慶東原、韓信：不思保全。

泉

【玉泉】張可久越調凭闌人、白雲錬師山居：石齒冷冷鳴玉泉。喬吉、雙調水仙子、樂清白鶴寺瀑布：翠壁花飛雙玉泉。【冰泉】張可久、越調寨兒令、晚涼即席：石漱冰泉。張可久、中呂朝天子、酸齋席上聽胡琴：一梭銀線解冰泉。【林泉】張養浩、越調寨兒令、夏：靠林泉。張可久、雙調湘妃怨、樂閑：爭似林泉。湯式、雙調天香引、題金山寺：畫裏林泉。汪元亨、雙調雁兒落過得勝令、歸隱：老計向林泉。張可久、越調柳營曲、自會稽遷三衢：竹籬茅舍林泉。【香泉】湯式、南呂一枝花套、贈王觀音奴、梁州：瓶裏香泉。【流泉】張養浩、雙調折桂令、詠胡琴：空谷流泉。【寒泉】曾瑞、般涉調哨遍套、古鏡：綠雲鬮定寒泉。【溫泉】湯式、雙調夜行船套、送玉蓮王氏、沈醉東風：勝華清賜浴溫泉。【響泉】張可久、越調小桃紅、夜宴：寒玉響泉。【一股泉】徐再思、雙調水仙子、惠山泉：走地流爲一股泉。【山下泉】張可久、南呂金字經、玄元宮即事：九龍山下泉。【六一泉】張可久、雙調水仙子、孤山宴集：來遊六一泉。【冰上泉】張可久、南呂金字經、王國用胡琴：澗流冰上泉。【渴有泉】張可久、南呂金字經、仙居：饑有松花渴有泉。

旋⊙

【回旋】張養浩、雙調折桂令、通州巡舟：兩岸回旋。【周旋】喬吉、雙調折桂令、泊青田縣：誰與周旋。【旋旋】景元啓、雙調得勝令、旋旋，旋得來不待旋。【盤旋】喬吉、南呂梁州第七套、射雁：頭直上慢慢盤旋。【不待旋】景元啓、雙調得勝令、旋得來不待旋。【金瓶旋】關漢卿、雙調新水令套、掛打沽：玉液著金瓶旋。

⊙船

【玉船】張可久、雙調水仙子、湖上卽事：瀲瀲春波暖玉船。【魚船】南呂梁州第七套、射雁：來往魚船。【湖船】貫雲石、雙調蟾宮曲：蕩輕香散滿湖船。【開船】張養浩、雙調折桂令、通州巡舟：呼童解纜開船。【釣船】張可久、正宮醉太平、無題：陶朱公釣船。【漁船】張可久、越調寨兒令、小隱：木香亭大似漁船。【畫船】張可久、中呂普天樂、晚歸湖上：誰家畫船。張可久、南呂金字經、湖上寒食：玉人爭畫船。張可久、南呂金字經、偕李溉之泛湖：柳雲迷畫船。張可久、商調梧葉兒、春曉隄上：嬾上蘇隄畫船。張可久、雙調清江引、永嘉泛湖：秋雲錦香招畫船。湯式、雙調湘妃引、送友歸家鄉：柴棟吹花撲畫船。【纜船】喬吉、中呂滿庭芳、漁父詞：沙隄纜船。【范蠡船】薛昂夫、雙調慶東原、韓信：不撐開范蠡船。【鼓吹船】曾瑞、中呂喜春來、遣興、春：翠油緗裙鼓吹船。【販茶船】關漢卿、雙調碧玉簫：員外心堅，使了販茶船。張可久、越調寨兒令、妓怨：只不上販茶船。【採蓮船】張可久、中呂滿庭芳、湖景：無數採蓮船。【釣魚船】張可久、中呂滿庭芳、山中雜興：醉上釣魚船。【雪滿船】張可久、雙調湘妃怨、樂閑：載酒尋花雪滿船。【渡頭船】無名氏、正宮端正好套、醉太平：猛聽得隔江人喚渡頭船。【載酒船】張可久、商調梧葉兒、春日簡鑑湖諸友：簪花帽，載酒船。【戧金船】張可久、越調寨兒令、遊春卽景：穩穩戧金船。張可久、正宮小梁州、分得金字：醉上戧金船。【巉畫船】張可久、雙調水仙子、春晚：南浦春風巉畫船。【穩似船】馬致遠、中呂喜春來、御：往復奔騰穩似船。【青樓畫船】盧摯、雙調蟾宮曲、錢塘懷古——杭州：那柳外青樓畫船。

傳

【心傳】汪元亨、雙調折桂令、歸隱：舜禹心傳。【名傳】張養浩、雙調折桂令、詠胡琴：四海名傳。【相傳】無名氏、仙呂遊四門：前程萬里古相傳。【能傳】曾瑞、般涉調哨遍套、古鏡、三：貌陋能傳。【難傳】闕志學、仙呂賞花時套、煞尾：魚雁難傳。喬吉、南呂梁州第七套、射雁：有丹青巧筆難傳。【後人傳】曾瑞般涉調哨遍套、古鏡：以此後人傳。【幾人傳】中呂朝天子：朝來街子幾人傳。【靠夢傳】楊西庵、仙呂賞花時套、尾：休教萬里關心靠夢傳。【驛使船】關漢卿、雙調新水令套、掛打沽：淺淺江梅驛使船。

椽

【數椽】汪元亨、中呂朝天子、歸隱：結茅廬數椽。

⊙拳

【如拳】張養浩、越調寨兒令：夏：壓枝低金杏如拳。【癡拳】張可久、越調寨兒令、妓怨：腆著臉待喫癡拳。【玉立如拳】湯式、雙調天香引、題金山寺：砥中流玉立如拳。

權

【大權】曾瑞、中呂快活三過朝天子、勸娼：花刷子拽大權。【弄權】薛昂夫、中呂朝天曲：弄權，妬賢。【有權】劉時中、中呂朝天子：有錢，有權，把斷風流選。【專權】薛昂夫、雙調慶東原、韓信：剗地據位專權。【宰相權】喬吉、雙調殿前歡：輕便如宰相權。【斬斫權】曾瑞、般涉調哨遍套、古鏡、五煞：魯肅深謀斬斫權。

⊙聯

【相聯】曾瑞、般涉調哨遍套、古鏡、耍孩兒：雲翳相聯。

⊙年

【千年】張可久、中呂滿庭芳、山中雜興：華表千年。【少年】張可久、商調梧葉兒、春日簡鑑湖諸友：不減長安少年。薛昂夫、雙調蟾宮曲、嘆世：能幾許長安少年。闞志學、仙呂賞花時套、煞尾：縈繫煞多惜少年。【今年】關漢卿、雙調新水令套、阿那忽：偏怎生冷落了今年。【去年】張可久、雙調水仙子、春晚：傷心思去年。【多年】關漢卿、雙調碧玉簫：詩曲已多年。【何年】喬吉、雙調水仙子、樂清白鶴寺瀑布：問山靈今夕何年。湯式、雙調夜行船套、贈玉蓮王氏：問別來不記何年。【芳年】白樸、越調天淨沙、春：朱顏綠鬢芳年。【流年】曾瑞、般涉調哨遍套、古鏡：暗浥香塵度流年。【常年】張可久、雙調風入松、九日：詩翁健似常年。【殘年】張可久、正宮醉太平、無題：清濁混沌待殘年。【當年】張養浩、雙調折桂令、詠胡琴：常記當年。楊西庵、仙呂賞花時套、么：彼各正當年。【經年】關漢卿、雙調新水令套、醉也摩挲：再要團圓，動是經年。張可久、越調寨兒令、春思：一去動經年。【萬年】無名氏、雙調新水令套、慶東原：祥開萬年。【暮年】劉時中、中呂朝天子：暮年，可憐，乞食在歌姬院。【歸年】張可久、越調寨兒令、小隱：今日是歸年。無名氏、仙呂遊四門：何日是歸年。【豐年】張養浩、中呂十二月兼堯民歌、寒食道中：野老田間話豐年。【二十年】薛昂夫、中呂朝天曲：昌宗出入二十年。【八九年】張養浩、南呂西番經：山中八九年。【不記年】張可久、越調凭闌人、白雲鍊師山居：住山不記年。徐再思、雙調水仙子、惠山泉：問山僧不記年。【太平年】張可久、商調梧葉兒、壽席：人樂太平年。無名氏、雙調新水令套、新水令：齊賀太平年。【天寶年】張可久、雙調落梅風、天寶補遺：天寶年，鬧漁陽鼓聲一片。【四十年】喬吉、正宮綠么遍、自述：批風抹月四十年。【泰定年】無名氏、雙調新水令套、雁兒落過得勝令：慶吾皇泰定年。【越少年】張可久、雙調水仙子、孤山宴集：相逢越少年。【幾多年】喬吉、雙調殿前歡：懶窩中打坐幾多年。【願萬年】張可久、雙調水仙子：彭祖焚香願萬年。【長夜如年】張可久、中呂齊天樂過紅衫兒、元夜書所見：願長夜如年。【甚日何年】貫雲石、正宮小梁州：知他是甚日何年。

涎⊙

【空涎】湯式、雙調天香引、代友人書其七：饞口空涎。【頑涎】張可久、越調寨兒令、妓怨：哆著口不斷頑涎。張可久、越調寨兒令、閨怨：病相如潮過頑涎。【龍涎】湯式、雙調天香引、題金山寺：爇清香分得龍涎。【九龍涎】徐再思、雙調水仙子、惠山泉：自天飛下九龍涎。【水龍涎】湯式、雙調夜行船套、贈玉蓮王氏：爇香勝噴水龍涎。【野狐涎】關漢卿、雙調新水令套、天仙子：從今後識破野狐涎。

燃○廛躔○畋闐○鋋
埏研焉沿○乾虔○黿
捐圜袁轅嫄垣鉛鳶湲
援○還璇○顴鬈○胼
駢輧便○孌

【對偶】

張可久、越調凭闌人、湖上醉餘：明月中流歌扣舷，柔雪雙娃同采蓮。張可久、雙調落梅風、閒居：看雲坐，聽雨眠。湯式、雙調夜行船套、送景賢回武林、胡十八：偎柳坐，枕花眠。張可久、南呂四塊玉、宮中秋日：花可憐，月又圓，人未眠。喬吉、正宮綠么遍、自述：時時酒聖，處處詩禪。湯式、雙調夜行船套、送景賢回武林、胡十八：酒中遇仙，詩中悟禪。喬吉、雙調折桂令、自述：麟祥鳳瑞，酒聖詩禪。

徐再思、雙調水仙子、惠山泉：濕雲亭上，涵碧洞前。湯式、雙調夜行船套、贈玉蓮王氏、沈醉東風：彷彿在耶溪岸邊，分明在太液池前。湯式、雙調天香引、題金山寺：七寶塔斜倚著扶桑樹邊，三神山剛對著枯木堂前。喬吉、南呂梁州第七套、射雁：揉藍靛綠水溪頭，鋪膩粉白蘋岸邊，抹胭脂紅葉林前。張可久、雙調燕引雛、西湖春晚：花飛舊粉，苔長新錢。張可久、南呂金字經、湖上寒食：水冷嘗仙飯，酒香撒鬼錢。張可久、雙調水仙子、次韻：蠅頭老子五千言，鶴背揚州十萬錢。吳西逸、雙調雁兒落帶得勝令、歎世：茅苫三間厦，秧肥數畝田。喬吉、雙調慶東原、青田九樓山舟中作：渺渺山頭路，鱗鱗山上田。喬吉、雙調折桂令、贈羅眞眞：雙鎖螺鬟，九暈珠鈿。張可久、越調天淨沙、荷邊宿鷺：幽禽瘦聳雙肩，晚花香褪粧鈿。湯式、南呂一枝花套、贈王觀音奴、尾聲：擬將纓絡千金串，結就珍珠七寶鈿。汪元亨、雙調沈醉東風、歸田：志不願官高祿顯，心只圖子肖妻賢。張可久、中呂普天樂、晚歸湖上：冷冷玉箏，渺渺哀絃。張養浩、雙調慶東原：鶴立花邊玉，鶯啼樹杪絃。張可

久、雙調水仙子、湖上即事：眉淡淡初三月，手摻摻第四絃。湯式、雙調湘妃引、贈別：唱陽關一聲聲哀怨，醉岐亭一杯杯繾綣，上河梁一步步俄延。張可久、中呂朱履曲、仙遊：煮黃金還酒債，種白玉結仙緣。湯式、南呂一枝花套、贈王觀音奴、梁州：慈悲厚德，救苦眞言。無名氏、雙調新水令套、慶東原：祥開萬年，和應三元。張可久、商調梧葉兒、壽席：晴山翠，明月圓。湯式、南呂一枝花套、贈王觀音奴：綠楊柳腰肢軟，白鸚哥聲調圓。喬吉、雙調水仙子、樂清白鶴寺瀑布：龍鬚水硃砂膩，虎晴丸金汞圓。曾瑞、中呂喜春來、賞春：桃花扇影香風軟，楊柳樓心夜月圓。喬吉、雙調折桂令、贈羅眞眞：晴柳纖柔，春葱細膩，秋藕勻圓。無名氏、雙調新水令套、新水令：奏鳳管冰絃，唱大曲梨園。張可久、雙調水仙子、次韻：名不上瓊林殿，夢不到金谷園。湯式、南呂一枝花套、贈王觀音奴、梁州：枝頭甘露，瓶裏香泉。湯式、雙調天香引、題金山寺：鏡裏樓臺，畫裏林泉。張可久、南呂金字經、王國用胡琴：雨漱窗前竹，澗流冰上泉。張可久、越調柳營曲、自會稽遷三衢：桃花流水神

仙，竹籬茅舍林泉。　張可久、越調凭闌人、白雲鍊師仙居：　丹氣溶溶生紫烟，石齒冷冷鳴玉泉。　喬吉、雙調水仙子、樂清白鶴寺瀑布：紫簫聲入九華天，翠壁花飛雙玉泉。　張可久、商調梧葉兒、春日簡鑑湖諸友：簪衣帽，載酒船。張可久、南呂金字經、偕李溉之泛湖：杏雨沾羅袖，柳雲迷畫船。　薛昂夫、雙調慶東原、韓信：已掛了齊王信，不撐開范蠡船。　張可久、雙調水仙子、春晚：西山暮雨暗蒼烟，南浦春風纖畫船。　曾瑞、中呂喜春來、遣興、春：雲鬟霧鬢秋千院，翠袖緗裙鼓吹船。　張養浩、雙調折桂令、詠胡琴：一曲春生，四海名傳。　張可久、中呂滿庭芳、山中雜興：流光一瞬，華表千年。　喬吉、雙調折桂令：葬玉當時，植檜何年。　白樸、越調天淨沙、春：暖風遲日春天，朱顏綠鬢芳年。　曾瑞、般涉調哨遍套、古鏡：照臨人世待時光，暗浥香塵度流年。　張可久、商調梧葉兒、壽席：酒進長生藥，花開小洞天，人樂太平年。　湯式、雙調天香引、代友人書：餓眼頻睜，饞口空涎。　湯式、雙調天香引、題金山寺：照殘經借得蛟蚪，爇清香分得龍涎。

上聲

遠⊙

【天遠】馬致遠、仙呂青哥兒、六月：冰壺瑤台天遠。【不遠】無名氏、正宮端正好套、倘秀才：兀良不遠。【更遠】無名氏、仙呂醉中天：人比青山更遠。【信遠】關志學、仙呂賞花時套、煞尾：青鸞信遠。【甚遠】曾瑞、般涉調哨遍套、古鏡、耍孩兒：浮罩長庚甚遠。【路遠】張可久、中呂齊天樂過紅衫兒、元夜書所見：回首蓬萊路遠。汪元亨、雙調沈醉東風、歸田：平隔斷紅塵路遠。薛昂夫、中呂山坡羊、西湖雜詠、春：管甚月明歸路遠。【慮遠】張可久、正宮醉太平、無題：比別人慮遠。【心自遠】張可久、雙調落梅風、閒居：青山隱居心自遠。【天涯遠】關漢卿、雙調新水令套、山石榴：馬頭咫尺天涯遠。【天樣遠】張養浩、雙調清江引、詠秋日海棠：恨燕鶯期天樣遠。【仙路遠】張可久、越調寨兒令、閨怨：雲迷武陵仙路遠。【音問遠】湯式、雙調壽陽曲、題墨梅：林逋音問遠。【春去遠】張可久、雙調清江引、春晚：湖邊日長春去遠。【意兒遠】湯式、南呂一枝花套、贈王觀音奴、尾聲：則不如剪髮然香意兒遠。【路兒遠】關漢卿、雙調新水令套、尾：赤緊的陽臺路兒遠。關漢卿、雙調新水令套、尾：也者也强如雁底關河路兒遠。【塵世遠】張可久、雙調湘妃怨、樂閑：樂清閑塵世遠。【聲未遠】張可久、雙調湘妃怨、武夷山中：步虛聲未遠。【關山遠】貫雲石、正宮小梁州：自從他去泪漣漣，關山遠。【歸路遠】湯式、雙調湘妃引、送友歸家鄉：望鄉關歸路遠。張可久、雙調清江引、春懷：那人看花歸路遠。【漸漸的遠】無名氏、正宮端正好套、尾：遙望見車兒漸漸的遠。【不知多近遠】張可久、雙調清江引、昭君怨：雁歸不知多近遠。

阮

【劉阮】湯式、雙調夜行船套、送景賢同武林、離亭宴帶歇指煞：花間覓劉阮。

苑

【上苑】張可久、中呂滿庭芳、湖景：錦步障長安上苑。【閬苑】曾瑞、中呂喜春來、遣興、春：眞閬苑。

卷⊙

【羅袖卷】張可久、雙調清江引、酒邊題扇：閑搊玉箏羅袖卷。

捲

【高捲】張可久、中呂賣花聲、席上：珠簾高捲。【盡捲】張可久、中呂齊天樂過紅衫兒、元夜書所見：朱簾盡捲。【慢捲】喬吉、南呂梁州第七套、射雁：將笠簷兒慢捲。【西風捲】曾瑞、般涉調哨遍套、古鏡、一：殘雲刮地西風捲。【簾未捲】張可久、雙調清江引、春晚：離愁困人簾未捲。

蘚⊙

【碧蘚】張可久、中呂朝天子、冷泉亭上：巖阿碧蘚。【翠蘚】張可久、雙調落梅風、廢園湖石：十年舊題漫翠蘚。張可久、雙調清江引、春懷：水邊粉牆生翠蘚。【綠蘚】曾瑞、般涉調哨遍套、古鏡：面生綠蘚。

腆⊙

【靦腆】喬吉、雙調折桂令、贈羅眞眞：酒盞兒裡殃及出些靦腆。

蹇⊙

【跨蹇】白樸、越調天淨沙、春：挈榼攜童跨蹇。【時乖運蹇】無名氏、正宮端正好套、倘秀才：多管是雙通叔時乖運蹇。

繭

【冰蠶繭】湯式、雙調夜行船套、贈玉蓮王氏、離亭宴帶歇指煞：藕絲細吐冰蠶繭。

剪⊙

【刀剪】曾瑞、般涉調哨遍套、古鏡、二：冰盆初破如刀剪。【鴛鴦剪】喬吉、越調小桃紅、紙雁兒：行斷鴛鴦剪。【西風剪剪】關漢卿、南呂一枝花套、贈朱簾秀、梁州：恨的是篩曲檻西風剪剪。【向地皮上剪】喬吉、南呂梁州第七套、射雁、尾：十二枝梢翎向地皮上剪。

翦

【楊翦】喬吉、越調小桃紅、僧房以太湖石支足：央及楊翦。

撚⊙

【把花笑撚】關漢卿、雙調新水令套、早鄉詞：露春纖把花笑撚。【輕籠慢撚】張養浩、雙調折桂令、詠胡琴：引玉杖輕籠慢撚。

輦⊙

【帝輦】關漢卿、雙調新水令套、風流體：胡猜咱居帝輦。【白玉輦】張可久、雙調清江引、昭君怨：花間夢乘白玉輦。

囀⊙

【時囀】關志學、仙呂賞花時套：嬌鸞時囀。【金鶯囀】張可久、正宮小梁州、分得金字：金鶯囀，金柳曲欄邊。

轉

【放轉】薛昂夫、中呂山坡羊、西湖雜詠、春：休放轉。【聲轉】關志學、仙呂賞花時套、煞尾：紫簫聲轉。【冰盤轉】曾瑞、般涉調哨遍套、古鏡、一：似銀漢冰盤轉。【秋波轉】關漢卿、雙調新水令套、金盞子：春山搖，秋波轉。張可久、中呂齊天樂過紅衫兒、元夜書所見：眼挫秋波轉。【却又早轉】關漢卿、雙調新水令套、唐兀歹：綠窗兒外月明却又早轉。【寒光未轉】曾瑞、般涉調哨遍套、古鏡、耍孩兒：爍爍寒光未轉。

免⊙

【告免】湯式、南呂一枝花套、贈王觀音奴、尾聲：脫空心告免。

勉

【自勉】湯式、雙調夜行船套、贈玉蓮王氏、離亭宴帶歇指煞：多嬌自勉。

喘⊙

【氣喘】無名氏、中呂普天樂：忍些兒却怕敢氣喘。【丁香喘】關漢卿、雙調新水令套、尾：舌尖笑吐丁香喘。

闡⊙

【光闡】曾瑞、般涉調哨遍套、古鏡、耍孩兒：內明雲暗無光闡。

典⊙

【自典】張可久、雙調折桂令、湖上寒食：沽酒春衣自典。

顯⊙

【祿顯】汪元亨、雙調沈醉東風、歸田：志不願官高祿顯。【榮顯】無名氏、仙呂遊四門：煙波名利雖榮顯。【應顯】關漢卿、雙調新水令套、天仙子：當時話兒無應顯。【自然顯】曾瑞、般涉調哨遍套、古鏡、尾：廉潔分明自然顯。【參化顯】湯式、南呂一枝花套、贈王觀音奴：示五十三參化顯。

◉犬

【吠犬】張可久、越調天淨沙、書所見：門外金鈴吠犬。

◉淺

【水淺】張可久、越調天淨沙、荷邊宿鷺：月淡煙寒水淺。【放淺】薛昂夫、中呂山坡羊、西湖雜詠、春：休放淺。【量淺】曾瑞、中呂喜春來、賞春：杯量淺。【眉黛淺】張可久、雙調落梅風、歌姬張氏：行雲夢回眉黛淺。【酒量淺】張可久、雙調水仙子、劉伶道天生酒量淺。【凌波淺】湯式、雙調夜行船套、贈玉蓮王氏、沈醉東風：羅襪凌波淺。【斟較淺】盧摯、雙調壽陽曲：管絃停玉杯斟較淺。【銀波淺】曾瑞、般涉調哨遍套、古鏡、耍孩兒：香塵花暈銀波淺。【識見淺】曾瑞：中呂快活三過朝天子、勸娼：想蘇卿也識見淺。【琉璃色淺】關漢卿、南呂一枝花套、贈朱簾秀：射萬瓦琉璃色淺。【緣薄分淺】無名氏、正宮端正好套、倘秀才：莫不是黃司理緣薄分淺。

◉展

【未展】關漢卿、雙調新水令套、喜人心：兩葉眉兒未展。【再展】關漢卿、雙調新水令套、駐馬聽：緊捲旗旛不再展。【施展】關漢卿、雙調新水令套、駐馬聽：唇鎗舌劍難施展。【取次展】關漢卿、南呂一枝花套、贈朱簾秀：不取那等閒人取次展。【怎地展】關漢卿、雙調新水令套、喬牌兒：紙糊鍬怎地展。【通宵展】關漢卿、南呂一枝花套、贈朱簾秀、尾聲：一池秋水通宵展。【無處展】楊西庵、仙呂賞花時套、尾：也似閑愁無處展。【圖畫展】張可久、越調寨兒令、秋千：花開美人圖畫展。張可久、雙調清江引、酒邊題扇：華堂舞裀圖畫展。

◉遣

【過遣】關志學、仙呂賞花時套、煞尾：想這般白日黃昏怎過遣。【意信遣】曾瑞、般涉調哨遍套、古鏡：意信遣，着衣不覩。

◉軟

【風軟】曾瑞、中呂喜春來、賞春：桃花扇影香風軟。【風力軟】湯式、雙調湘妃引、贈別：雨聲乾風力軟。【肐膝軟】商左山、雙調潘左山：直恁地肐膝軟。【垂楊軟】關漢卿、雙調新水令套、尾：腰肢困擺垂楊軟。【腰肢軟】湯式、南呂一枝花套、贈王觀音奴：綠楊柳腰肢軟。【心腸較軟】喬吉、雙調春閨怨：薄命兒心腸較軟。【香肌玉軟】無名氏、越調鬭鵪鶉套：雪艷霜姿，香肌玉軟。

⊙選

【何處選】曾瑞、般涉調哨遍套、古鏡、三：菱花何處選。【風流選】劉時中、中呂朝天子：把斷風流選。【登科選】無名氏、雙調新水令套、慶東原：取進士登科選。【龍頭選】喬吉、正宮綠么遍、自述：不占龍頭選。

⊙諞

【山盟是諞】湯式、南呂一枝花套、贈王觀音奴、尾聲：指山盟是諞。

晼○兗偃演堰衍鼴○鮮跣洗銑毨筅獮癬○殄診○覑梘○輾碾讞○璉○巒孌○貶扁匾褊緶○沔湎黽冕俛眄○舛○蒇○吮

【對偶】

湯式、雙調壽陽曲、題墨梅：王冕風流在，林逋音問遠。 湯式、雙調夜行船套、送景賢回武林、離亭宴帶歇指煞：湖上弔蘇林，花間覓劉阮。 張可久、中呂朝天子、冷泉亭上：石屋金仙，巖阿碧蘚。 湯式、雙調夜行船套、贈玉蓮王氏、離亭宴帶歇指煞：馨香勝噴水龍涎，花瓣巧攢珠蚌殼，藕絲細吐冰蠶繭。 闞志學、仙呂賞花時套、煞尾：青鸞信遠，紫簫聲轉。 無名氏、越調鬭鵪鶉套：舞態輕盈，歌喉宛轉。 湯式、南呂一枝花套、贈王觀音奴：結百千萬種良因，示五十三參化顯。 張可久、南呂四塊玉、宮中秋日：環佩輕，蓬萊淺。 湯式、雙調夜行船套、贈玉蓮王氏：沈醉東風：瓊簪墮地輕，羅襪凌波淺。 無名氏、越調鬭鵪鶉套：杏臉紅嬌，桃腮粉淺。 無名氏、雙調新水令套、慶東原：選人物治朝綱，取進士登科選。

去聲

院⊙

【宅院】張可久、越調天淨沙、書所見：誰家宅院。【亭院】喬吉、雙調賣花聲、太平吳氏樓會集：醉歸來牡丹亭院。【春院】張可久、中呂朝天子、酸齋席上聽胡琴：鶯啼春院。【庭院】無名氏、仙呂醉中天：梨花亭院。張可久、中呂賣花聲、席上：燕歸來海棠庭院。張可久、雙調落梅風、睡起：捲朱簾綠陰庭院。張可久、雙調落梅風、閑居：鶴飛歸老梅庭院。【深院】張可久、越調小桃紅、夜宴：香風深院。【秋千院】張可久、雙調清江引、春懷：緊閉秋千院。張可久、正宮塞鴻秋、春情：疎星淡月秋千院。曾瑞、中呂喜春來、遣興、春：雲鬟霧鬢秋千院。【深閨院】關漢卿、南呂一枝花套、贈朱簾秀：似霧非烟，粧點就深閨院。【閉庭院】張可久、雙調燕引雛、西湖春晚：細雨閉庭院。【閑庭院】張可久、中呂齊天樂過紅衫兒、元夜書所見：小徑閑庭院。【歌姬院】劉時中、中呂朝天子：乞食在歌姬院。【編修院】張可久、南呂罵玉郎過感皇恩採茶歌、爲酸齋解嘲：文章懶入編修院。喬吉、正宮綠么遍、自述：笑談便是編修院。【翰林院】湯式、夜行船套、送景賢回武林、胡十八：無意翰林院。【舊庭院】湯式、越調小桃紅、姑蘇感懷：閑煞誰家舊庭院。【小庭深院】關漢卿、雙調新水令套：繫垂楊小庭深院。【海棠庭院】馬致遠、雙調撥不斷：舊時王謝堂前燕，再不復海棠庭院。【黃昏庭院】關漢卿、雙調新水令套、不拜門：如年似長夜天，正是恰黃昏庭院。【綠楊庭院】馬致遠、雙調壽陽曲：思今日，想去年，依舊綠楊庭院。

願

【吾願】汪元亨、雙調雁兒落過得勝令、歸隱：富貴非吾願。【祝願】商左山、雙調潘左山：頻祝願。【深願】關漢卿、雙調新水令套、大拜門：稱了俺男兒深願。【于飛願】關漢卿雙調新水令套、慶東原：稱了于飛願。【平生願】關漢卿、中呂普天樂、崔張十六事：却忘了閒阻情，遂了平生願。【風流願】曾瑞、般涉調哨遍套、古鏡、耍孩兒：不稱風流願。劉時中、中呂朝天子：還不迭風流願。【前生願】湯式、南呂一枝花套、贈王觀音奴、梁州：今生不了前生願。【無邊願】湯式、南呂一枝花套、贈王觀音奴：受南海無邊願。【閑居願】張養浩、中呂十二月兼堯民歌、寒食道中：早子稱了閒居願。【隨人願】無名氏、雙調新水令套、鴛鴦煞：龍飛九天，雨順風調，合天意隨人願。

怨

【呪怨】關漢卿、雙調新水令套、尾：有了神前呪怨。【哀怨】湯式、雙調湘妃引、贈別：唱陽關一聲聲哀怨。【幽怨】喬吉、越調小桃紅、紙雁兒：寫不成書寄幽怨。【無怨】張可久、雙調落梅風、天寶補遺：太眞妃死而無怨。【悲怨】關漢卿、雙調新水令套、一錠銀：十分酒十分悲怨。【心無怨】關漢卿、雙調新水令套、忽都白：死而心無怨。【心兒怨】楊西庵、仙呂賞花時套、尾：口兒咕，心兒怨。【西夷怨】無名氏、雙調新水令套、燕兒落過得勝令：無東面征西夷怨。【春閨怨】喬吉、雙調春閨怨：這些時攢下春閨怨。【陽關怨】關漢卿、雙調新水令套、么篇：到如今番作陽關怨。無名氏、正宮端正好套：生紐做愁切切陽關怨。【湘妃怨】張可久、越調小桃紅、夜宴：醉草湘妃怨。【琵琶怨】張可久、正宮醉太平、席上有贈：倚闌翠袖琵琶怨。【湓江怨】張可久、雙調撥不斷、琵琶姬王氏：青衫老淚湓江怨。【愁雲怨】曾瑞、般涉調哨遍套、古鏡：空結愁雲怨。【惹人怨】關漢卿、雙調新水令套：白沒事，教人笑，惹人怨。【關山怨】張可久、中呂朝天子、酸齋席上聽胡琴：寫萬里關山怨。【翻成怨】張可久、中呂朝天子、春思：恩又翻成怨。

勸⊙

【爭勸】張可久、中呂賣花聲、席上：瓊杯爭勸。【緊勸】楊西庵、仙呂賞花時套、尾：小卿緊勸。【他人勸】關漢卿、雙調新水令套、駐馬聽：早抽頭索甚他人勸。【金杯勸】張可久、正宮小梁州、分得金字：金波滿捧金杯勸。【酒頻勸】關漢卿、雙調新水令套、早鄉詞：捧金杯酒頻勸。

見⊙

【不見】喬吉、南呂梁州第七套、射雁、一枝花：落在蒹葭不見。【罕見】關漢卿、中呂普天樂、崔張十六事：似這般可喜娘罕見。【相見】喬吉、越調小桃紅、僧房以太湖石支足：約那人相見。湯式、雙調夜行船套、贈玉蓮王氏：誰承望又還相見。湯式、南呂一枝花套、贈王觀音奴、梁州：龍革會裏曾相見。【重見】張可久、雙調撥不斷、琵琶姬王氏：幾時重見。【曾見】

喬吉、越調小桃紅、紙雁兒：有誰曾見。薛昂夫、正宮塞鴻秋：林下何曾見。商左山、雙調潘妃曲：可意娘龐兒誰曾見。喬吉、雙調水仙子、樂清白鶴寺瀑布：瑤台鶴去人曾見。【遙見】關漢卿、雙調新水令套、喜人心：人叢裏遙見。【瞧見】商左山、雙調潘妃曲：只恐怕窗間人瞧見。【良工見】曾瑞、般涉調哨遍套、古鏡、三、今來特許良工見。【空相見】關漢卿、雙調碧玉簫：情意堅，每日空相見。【參差見】張可久、中呂朝天子、冷泉亭上：樹影參差見。【深秋見】張養浩、雙調清江引、詠秋日海棠：又向深秋見。【夢中見】關漢卿、雙調新水令、胡十八：也是俺心上有，常常的夢中見。【鴛鴦見】劉時中、中呂朝天子：怕甚麼鴛鴦見。【難相見】關漢卿、雙調新水令套、山岩榴：易去難相見。無名氏、越調鬭鵪鶉套：狠毒娘間阻難相見。【賣花人見】張可久、雙調落梅風、春情：怕簾外賣花人見。

建

【始建】曾瑞、般涉調哨遍套、古鏡：起製軒轅始建。

健

【軍健】喬吉、越調小桃紅、僧房以太湖石支足：急差軍健。【吟魂健】張可久、雙調水仙子、次韻：白雲兩袖吟魂健。【身長健】劉時中、中呂朝天子：乞箇身長健。【陰功健】薛昂夫、中呂朝天曲：懷義陰功健。

⊙獻

【朝獻】無名氏、雙調新水令套、雁兒落過得勝令：諸邦盡朝獻。

現

【分明現】曾瑞、般涉調哨遍套、古鏡、二：分明現，秋水朗朗。【雁行現】喬吉、南呂梁州第七套、射雁：偷睛兒覷見碧天外雁行現。【災星不現】關漢卿、雙調新水令套、天仙子：紅粉無情，災星不現。【瑞雲裏現】無名氏、雙調新水令套、鴛鴦煞：照百二山川，一點金星瑞雲裏現。

憲

【清風憲】無名氏、雙調新水令套、雁兒落過得勝令：臺察清風憲。

縣

【知縣】曾瑞、中呂快活三過朝天子、勸娼：誰俊似雙知縣。【彭澤縣】喬吉、雙調殿前歡：自在如彭澤縣。薛昂夫、正宮塞鴻秋：至今寂寞彭澤縣。

⊙絢

【天機絢】湯式、雙調夜行船套、送景賢回武林、離亭宴帶歇指煞：珊瑚文采天機絢。

電⊙【飛電】喬吉、南呂梁州第七套、射雁、一枝花：箭發如飛電。【流如電】薛昂夫、正宮塞鴻秋：光陰寸隙流如電。【飛虹電】曾瑞、般涉調哨遍套、古鏡：傾寫飛虹電。

殿【金殿】無名氏、雙調新水令套、新水令：拜紫宸玉樓金殿。【香殿】張可久、南呂四塊玉、宮中秋日：芙蓉露冷披香殿。張可久、雙調湘妃怨、武夷山中：流金古像開香殿。【長朝殿】薛昂夫、中呂朝天曲：雌鳥長朝殿。【青雲殿】喬吉、雙調殿前歡：夢魂不到青雲殿。【凌波殿】馬致遠、仙呂青哥兒、六月：閑與仙人醉秋蓮，凌波殿。

澱【如澱】薛昂夫、中呂山坡羊、西湖雜詠、春：山光如澱。【如藍澱】曾瑞、般涉調哨遍套、古鏡、耍孩兒：青衣布滿如藍澱。

甸【荒甸】湯式、雙調湘妃引、送友歸家鄉：綠莎帶雨迷荒甸。

鈿【雙金鈿】喬吉、越調小桃紅、紙雁兒：補粧羞對雙金鈿。

奠【澆奠】商左山、雙調潘妃曲：欲飲先澆奠。

硯⊙【金星硯】張可久、中呂賣花聲、席上：半泓秋水金星硯。【雲生硯】張可久、雙調湘妃怨、樂閑：題詩試墨雲生硯。【端溪硯】無名氏、仙呂醉中天：淚濺端溪硯。

燕【花燕】張可久、雙調落梅風、閒居：放浪他柳鶯花燕。【乳燕】喬吉、雙調水仙子、釘鞵兒：驚回銜泥乳燕。【春燕】汪元亨、中呂朝天子、歸隱：秋鴻春燕。【歸燕】吳西逸、雙調雁兒落帶得勝令、歎世：秋月看歸燕。【雙燕】張可久、雙調清江引、春曉：上下飛雙燕。【鶯燕】張可久、中呂滿庭芳、湖景：綠陰紅影藏鶯燕。【忙如燕】薛昂夫、正宮塞鴻秋：功名萬里忙如燕。【南來燕】湯式、越調小桃紅、姑蘇感懷：飛飛總是南來燕。【風流燕】喬吉、雙調賣花聲、太平吳氏樓會集：香雲簾幕風流燕。【梁間燕】無名氏、仙呂醉中天：睡煞梁間燕。【堂前燕】馬致遠、雙調撥不斷：舊時王謝堂前燕。【勝飛燕】無名氏、越調鬪鵪鶉套：一撮精神勝飛燕。【雙飛燕】關漢卿、南呂一枝花套、贈朱簾秀、梁州：鎖春愁，不放雙飛燕。【啼鶯語燕】無名氏、正宮端正好套、滾綉球：感離情的是嬌滴滴弄喉舌啼鶯語燕。【躲鶯藏燕】張可久、雙調落梅風、春情：柳陰中躲鶯藏燕。

嚥

【剛剛嚥】商左山、雙調潘妃曲：悶酒將來剛剛嚥。【涎空嚥】關漢卿、中呂普天樂、崔張十六事：饞口涎空嚥。

堰

【黃蘆堰】喬吉、南呂梁州第七套、射雁、尾：轉過紫荊坡、白草塚、黃蘆堰。

宴

【歌宴】張可久、正宮醉太平：醉醒和鬨迷歌宴。【筵宴】張可久、中呂賣花聲、春：西湖筵宴。【歡宴】關漢卿、雙調新水令套：東樓上恣歡宴。【西湖宴】劉時中、中呂朝天子：日日西湖宴。【鄉中宴】劉時中、中呂朝天子：紅翠鄉中宴。【蟠桃宴】商左山、雙調潘妃曲：醉離了蟠桃宴。【瓊林宴】張可久、南呂罵玉郎過感皇恩採茶歌、爲酸齋解嘲：君王曾賜瓊林宴。【晝堂開宴】盧摯、雙調壽陽曲：夜方闌晝堂開宴。

眷⊙

【姻眷】湯式、雙調天香引、代友人書其七：不明白的姻眷。湯式、南呂一枝花套、贈王觀音奴、尾聲：世世生生作姻眷。曾瑞、般涉調哨遍套、古鏡、五煞：分開後對成姻眷。【家眷】張可久、雙調水仙子：唐明皇猶道無家眷。【親眷】關漢卿、雙調新水令套、也不羅：聚集諸親眷。【成姻眷】關漢卿、雙調碧玉簫：甚時節成姻眷。貫雲石、正宮小梁州：可憐見俺成姻眷。貫雲石、正宮小梁州：盼才郎早早成姻眷。【俏姻眷】關漢卿、雙調新水令套、胡十八：天配合俏姻眷。

倦

【人倦】曾瑞、般涉調哨遍套、古鏡、五煞：憔悴佳人倦。【勞倦】關漢卿、雙調新水令套、也不羅：走馬身勞倦。【精神倦】張可久、雙調清江引、昭君怨：上馬精神倦。

綣

【繾綣】關漢卿、雙調新水令套、尾：風流繾綣。湯式、雙調湘妃引、贈別：醉歧亭一杯杯繾綣。

面⊙

【人面】劉時中、中呂朝天子：桃花人面。張可久、中呂上小樓、春思：想桃花去年人面。曾瑞、般涉調哨遍套、古鏡、尾：若同光返照人面。【波面】喬吉、南呂梁州第七套、射雁：芙蓉燦爛搖波面。【前面】湯式、越調小桃紅、姑蘇感懷：斷橋前面。【遮面】劉時中、越調小桃紅、辛尙書座上贈合彈琵琶何氏：斜抱琵琶半遮面。【嬌面】張可久、雙調落梅風、歌姬張氏睡起：笑當時六郎嬌面。張可久、雙調落梅風、廢園湖石：想當時玉人嬌面。【生綃面】薛昂夫、中呂山坡羊、西湖雜詠、春：一步一箇生綃面。【西施面】張可久、雙調清江引、永嘉泛湖：湖上西施面。張可久、雙調水仙子、孤山宴集：畫圖千古西施面。【如花面】張可久、雙調清江引、酒邊題扇：兩行如花面。張可久、越調小桃紅、秋宵有懷：倚闌只欠如花面。【芙蓉面】關漢卿、雙調新水令套、金盞子：儘可憐芙蓉面。張可久、中呂齊天樂過紅衫兒、元夜書所見：半掩芙蓉面。無名氏、越調鬪鵪鶉套、柳眉星眼芙蓉面。張可久、正宮塞鴻秋、春情：愁雲恨雨芙蓉面。【屏風面】張可久、中呂滿庭芳、湖景：一步一箇屏風面。喬吉、雙調慶東原、青田九樓山舟中作：繞蓬窗六曲屏風面。【昭君面】張可久、中呂朝天子、酸齋席上聽胡琴：記馬上昭君面。張可久、雙調撥不斷、琵琶姬王氏：紅粧新畫昭君面。【姮娥面】張可久、正宮醉太平、席上有贈：當樓皓月姮娥面。【春風面】張可久、雙調清江引、昭君怨：別淚春風面。張養浩、雙調清江引、詠秋日海棠：紅慘春風面。張可久、中呂滿庭芳、野梅：羅浮舊日春風面。【看錢面】曾瑞、中呂快活三過朝天子、勸娼：又待認沒幸看錢面。【畫屏面】湯式、雙調夜行船套、送景賢回武林、新水令：一步步畫屏面。【崔徽面】張可久、雙調殿前歡、西湖晚晴：圖畫崔徽面。【湘妃面】關漢卿、南呂一枝花套、贈朱簾秀、梁州：碧玲瓏掩映湘妃面。【殘粧面】無名氏、正宮端正好套、醉太平：我只見撲簌簌淚溼殘粧面。【傷春面】張可久、中呂朝天子、春思：試照我傷春面。【新粧面】張可久、中呂普天樂、晚歸湖上：西子新粧面。【幃屏面】無名氏、正宮端正好套：景蕭蕭宜寫在幃屏面。【圍屏面】張可久、中呂朝天子、冷泉亭上：粉翠圍屏面。【錦屏面】張可久、越調小桃紅、夜宴：曲曲闌干錦屏面。【去年人面】馬致遠、雙調壽陽曲：桃花嫣然三月天，只不見去年人面。【粉容嬌面】湯式、雙調壽陽曲、題墨梅：憔悴了粉容嬌面。

◉片

【一片】劉時中、中呂朝天子：繁華一片。湯式、雙調夜行船套、送景賢回武林、新水令：占西湖洞天一片。張可久、雙調落梅風、睡起：打新荷雨聲一片。張可久、雙調落梅風、廢園湖石：倚高寒夏雲一片。【花片】張可久、雙調清江引、春晚：暗水流花片。【桃花片】喬吉、雙調慶東原、青田九樓山舟中作：恐有桃花片。商左山、雙調潘妃曲：臉襯桃花片。【梅花片】張可久、中呂朝天子、冷泉亭上：搖落梅花片。【殘花片】張可久、正宮塞鴻秋、春情：翠沼殘花片。【錦成片】張可久、越調小桃紅、秋宵有懷：池上芙蓉錦成片。【鵝毛片】關漢卿、雙調新水令套、掛打沽：亂剪碎鵝毛片。【鼓聲一片】張可久、雙調落梅風、天寶補遺：鬧漁陽鼓聲一片。

變⊙

【千變】汪元亨、中呂朝天子、歸隱：嘆世事千變。曾瑞、般涉調哨遍套、古鏡、四：可憐世事雲千變。【更變】湯式、雙調壽陽曲、題墨梅：嘆西湖幾翻更變。【窨變】薛昂夫、中呂朝天曲：滿朝窨變。【隨時變】張可久、正宮醉太平、無題：賢愚參雜隨時變。

便

【方便】湯式、南呂一枝花套、贈王觀音奴、梁州：叩庵門覓方便。喬吉、越調小桃紅、僧房以太湖石支足：掩雨遮雲忘方便。【空便】張可久、越調天淨沙、明月樓上有贈：燈下些兒空便。

遍

【遊遍】薛昂夫、中呂山坡羊、西湖雜詠、春：揀西施好處都遊遍。【六么遍】張可久、越調小桃紅、夜宴：花花按舞六么遍。【巡行遍】無名氏、雙調新水令套、慶東原：黜貪邪訪民瘼巡行遍。【青青遍】湯式、越調小桃紅、姑蘇感懷：芳草青青遍。【追遊遍】張可久、中呂滿庭芳、山中雜興：江山好處追遊遍。【遏雲歌遍】盧摯、雙調壽陽曲：聽春風遏雲歌遍。

辨

【不辨】曾瑞、中呂快活三過朝天子、勸娼：賢愚不辨。【善辨】曾瑞、般涉調哨遍套、古鏡、三：高低善辨。【難分辨】關漢卿、雙調新水令套、喜人心：咱百般的難分辨。

辯⊙

【蘇張辯】汪元亨、雙調沈醉東風、歸由：舌上掉蘇張辯。

線⊙

【金線】湯式、雙調湘妃引、贈別：黃紺紺弱柳拖金線。【紅線】張可久、正宮塞鴻秋、春情：傷情燕足留紅線。【紅一線】張可久、雙調落梅風、歌姬張氏睡起：枕痕香睡紅一線。【微如線】薛昂夫、正宮塞鴻秋：斯文一脈微如線。

羨

【人羨】曾瑞、般涉調哨遍套、古鏡：物來則應堪人羨。【空嗟羨】張可久、中呂滿庭芳、野梅：空嗟羨，傷故園，何日是歸年。

釧⊙

【金釧】張可久、正宮小梁州、分得金字：玉人金釧。【黃金釧】關漢卿、雙調碧玉簫：玉腕鳴黃金釧。劉時中、越調小桃紅、辛尙書座上贈合彈琵琶何氏：分明微露黃金釧。

串

【一串】劉時中、越調小桃紅、辛尙書座上贈合彈琵琶何氏：驪珠一串。【成串】喬吉、中呂滿庭芳、漁父詞：魚成串。【金串】張可久、越調小桃紅、秋宵有懷：香銷金串。【千金串】湯式、南呂一枝花套、贈王觀音奴、尾聲：擬將纓絡千金串。【珠千串】關漢卿、南呂一枝花套、贈朱簾秀：巧織珠千串。【驪珠串】張可久、中呂朝天子、酸齋席上聽胡琴：碎拆驪珠串。【向敗荷裏串】喬吉、南呂梁州第七套、射雁、尾：諕得這鸂鶒兒連忙向敗荷裏串。

扇⊙

【紈扇】關漢卿、雙調新水令套、慶東原：春纖相對搖紈扇。【歌扇】張可久、雙調清江引、酒邊題扇：蝶粉香歌扇。【團扇】喬吉、雙調賣花聲、太平吳氏樓會集：輕羅團扇。張可久、正宮塞鴻秋、春情：惱人鸞影閒團扇。【羅扇】張可久、正宮小梁州、分得金字：金羅扇。張可久、商調梧葉兒、春日簡鑑湖諸友：席上題羅扇。張可久、雙調水仙子、湖上卽事：行行草草輕羅扇。【生綃扇】張可久、越調小桃紅、秋宵有懷：秋入生綃扇。【泥金扇】張可久、雙調清江引、春懷：綵鳳泥金扇。【春羅扇】關漢卿、雙調碧玉簫：笑撚春羅扇。【桃花扇】張可久、中呂齊天樂過紅衫兒、元夜書所見：慢撚桃花扇。【班姬扇】張可久、雙調殿前歡、西湖晚晴：才思班姬扇。【描金扇】張可久、雙調清江引、永嘉泛湖：一步一箇描金扇。【雙鸞扇】張可久、中呂朝天子、春思：羞掩雙鸞扇。

善

【平善】劉時中、中呂朝天子：書記還平善。

箭⊙

【如箭】劉時中、中呂朝天子：烏飛如箭。【飛箭】鄧玉賓、雙調雁兒落帶得勝令、閒適：日月雙飛箭。【疾如箭】吳西逸、雙調雁兒落帶得勝令、歎世：風景疾如箭。【鵰翎箭】喬吉、南呂梁州第七套、射雁、一枝花：急取鵰翎箭。

賤

【魚賤】張可久、中呂滿庭芳、山中雜興：村酒好溪魚賤。【寒賤】商左山、雙調潘妃曲：短命休寒賤。無名氏、中呂普天樂：掐掐拈拈寒賤。

濺

【冰花濺】湯式、雙調夜行船套、送景賢同武林、離亭宴帶歇指煞：珍珠咳唾冰花濺。

踐

【踏踐】喬吉、越調小桃紅、僧房以太湖石支足：階前堆垛從踏踐。【把程途踐】無名氏、正宮端正好套：急煎煎千里把程途踐。

⊙傳

【名賢傳】喬吉、正宮綠么遍、自述：不入名賢傳。喬吉、雙調殿前歡：冷淡如名賢傳。【相思傳】張可久、正宮塞鴻秋、春情：一行寫入相思傳。【淵明傳】吳西逸、雙調雁兒落帶得勝令、歎世：床邊，放一册冷淡淵明傳。【列仙後傳】張可久、中呂朱履曲、仙遊：題姓字列仙後傳。

⊙篆

【龍虹篆】曾瑞、般涉調哨遍套、古鏡：漬斑塞滿龍虹篆。

⊙戰

【挑戰】關漢卿、雙調新水令套、駐馬聽：花營中挑戰。【西風戰】關漢卿、雙調新水令套、不拜門：疎竹蕭蕭西風戰。【膽寒心戰】無名氏、正宮端正好套、脫布衫：諕得我那膽寒心戰。

顫

【花顫】張可久、越調天淨沙、明月樓上有贈：柳驚花顫。【聲嬌顫】景元啓、雙調得勝令：欲語聲嬌顫。

⊙練

【如練】張可久、越調天淨沙、荷邊宿鷺：遠江如練。薛昂夫、中呂山坡羊、西湖雜詠、春：湖光如練。【銀練】曾瑞、般涉調哨遍套、古鏡、三：光彩如銀練。【諳練】汪元亨、雙調雁兒落過得勝令、歸隱：世事多諳練。【千尋練】徐再思、雙調水仙子、惠山泉：帶風吹做千尋練。【白如練】薛昂夫、正宮塞鴻秋：風霜兩鬢白如練。【明如練】張可久、雙調殿前歡、西湖晚晴：盈盈皓月明如練。【澄如練】張可久、中呂普天樂、晚歸湖上：萬頃波光澄如練。

⊙戀

【留戀】張可久、中呂齊天樂過紅衫兒、元夜書所見：無計相留戀。無名氏、正宮端正好套、醉太平：將風流秀士難留戀。【顧戀】楊西庵、仙呂賞花時套、么：來往星眸厮顧戀。【人空戀】張可久、雙調水仙子、春晚：水流雲去人空戀。【不能戀】關漢卿、雙調新水令套、石竹子：密愛幽歡不能戀。【相思戀】關漢卿、雙調新水令套、金盞子：眼去眉來相思戀。【相留戀】關漢卿、雙調新水令套、風流體：和別人相留戀。張養浩、雙調慶東原：喜沙鷗也解相留戀。【無心戀】楊淡齋、雙調湘妃怨：浮雲富貴無心戀。【歌眘戀】關漢卿、雙調新水令套、么篇：當時月枕歌眘戀。【不堪久戀】關漢卿、雙調新水令套：欠排場不堪久戀。

愿遠援○劵○健絹件
○鞬眩○佃塡闐靛○
讌諺緣椽彥喭嬿○圈
絹狷胥○麪○騙○徧
辮卞汴弁○霰○穿○
煽鱔禪饍擅墠單○薦
煎餞伞○鏇選旋漩○
囀轉○纏○譴牽○煉
楝

【對偶】湯式、雙調夜行船套、送景賢同武林、胡十八：有情燕子樓，無意翰林院。湯式、雙調夜行船套、送景賢同武林、離亭宴帶歇指煞：休言雞黍期，謾結鶯花願。湯式、南呂一枝花套、贈王觀音奴：出西方自在天，受南海無邊願。闞志學、仙呂賞花時套、煞尾：惜花愁，傷春怨。湯式、雙調夜行船套、送景賢同武林、離亭宴帶歇指煞：朝雨渭城愁，夕陽南浦恨，芳草陽關怨。張可久、雙調撥不斷、琵琶姬王氏：紅粧新畫昭君面，玉手輕彈秋水篇，青衫老淚溢江怨。喬吉、雙調殿前歡：輕便如宰相權，冷淡如名賢傳，自在如彭澤縣。張可久、南呂四塊玉、宮中秋日：桂子香清小壺天，芙蓉露冷披香殿。張可久、雙調湘妃怨、武夷山中：落花流水出桃源，暖翠晴雲滿藥田，流金古像開香殿。張可久、雙調湘妃怨、樂閑：吹簫按舞月當軒，載酒尋花雪滿船，題詩試墨雲生硯。汪元亨、中呂朝天子、歸隱：暮鼓晨鐘，秋鴻春燕。吳西逸、雙調雁兒落帶得勝令、歎世：春花開杜鵑，秋月看歸燕。湯式、雙調夜行船套、贈玉蓮王氏、離亭宴帶歇指煞：休將玉漏催，且盡碧筩宴。喬吉、南呂梁州第七套、射雁：迎頭，仰面。劉時中、中呂朝天子：楊柳宮眉，桃花人面。張可久、中呂普天樂、晚歸湖上：東坡舊賞心，西子新粧面。張可久、雙調清江引、永嘉泛湖：花前北海樽，湖上西施面。張可久、雙調清江引、昭君怨：哀彈夜月情，別泪春風面。張養浩、雙調清江引、詠秋日海棠：翠淡遙山眉，紅慘春風面。張可久、正宮塞鴻秋、春情：疎星淡月秋千院，愁雲恨雨芙蓉面。劉時中、中呂朝天子：錦銹千堆，繁華一片。張可久、雙調清江引、春晚：孤雲帶雨痕，暗水流花片。張可久、正宮塞鴻秋、春情：獸爐沈水煙，翠沼殘花片。鄧玉賓、雙調雁兒落帶過得勝令、閒適：浮生夢一場，世事雲千變。湯式、雙調夜行船套、贈玉蓮王氏、離亭宴帶歇指煞：葉老翠房空，波寒粧鏡慘，粉淡芳容變。張可久、越調天淨沙、明月樓上有贈：意中千里嬋娟，樓頭幾度團圓，燈下些兒空便。汪元亨、雙調沈醉東風、歸田：胸中藏班馬才，舌上掉蘇張辯。張可久、越調小桃紅、秋宵有懷：詩題翠箋，香銷金串。張可久、中呂普天樂、晚歸湖上：翠藤枝，生綃扇。湯式、雙調夜行船套、贈玉蓮王氏、離亭宴帶歇指煞：欺風弄縞衣，妒月摶紈扇。張可久、雙調清江引、春

懷：銀驄暖玉鞍，綵鳳泥金扇。張可久、雙調清江引、酒邊題扇：鵝黃淡舞裙，蝶粉香歌扇。張可久、正宮塞鴻秋、春情：傷情燕足留紅線，惱人鸞影閒團扇。張可久、雙調水仙子、湖上卽事：盈盈嬌步小金蓮，瀲瀲春波暖玉船，行行草字輕羅扇。劉時中、中呂朝天子：兎走如梭，烏飛如箭。吳西逸、雙調雁兒落帶得勝令、歎世：人情薄似雲，風景疾如箭。喬吉、南呂梁州第七套、射雁、一枝花：忙拈鵲畫弓，急取鵰翎箭。鄧玉賓、雙調雁兒落帶過得勝令、閒適：乾坤一轉丸，日月雙飛箭。湯式、雙調夜行船套、送景賢同武林、離亭宴帶歇指煞：珊瑚文采天機絢，珍珠咳唾冰花濺。湯式、雙調夜行船套、送景賢同武林、離亭宴帶歇指煞：一襟東魯書，兩肋西廂傳。喬吉、正宮綠么遍、自述：不占龍頭選，不入名賢傳。無名氏、雙調新水令套、燕雁兒落帶得勝令：都堂有政聲，樞府無征戰。薛昂夫、中呂山坡羊、西湖雜詠、春：山光如澱，湖光如練。薛昂夫、正宮塞鴻秋：功名萬里忙如燕，斯文一脈微如線，光陰寸隙流如電，風霜兩鬢白如練。

第十一部

（蕭豪）

陰平

◉**蕭** 【蕭蕭】劉太保、雙調蟾宮曲：秋景蕭蕭。湯式、雙調新水令套、秋夜夢回有感、川撥棹：落葉蕭蕭。張可久、越調天淨沙、魯卿庵中：青苔古木蕭蕭。湯式、雙調湘妃引、旅舍秋懷：最關情行李蕭蕭。湯式、商調集賢賓套、書懷：麗春園萬馬蕭蕭。

簫 【玉簫】張可久、南呂金字經、菊邊：玉人吹玉簫。張可久、商調梧葉兒、探梅即事：阿瓊橫玉簫。曾瑞、中呂喜春來、感懷：樓上何人品玉簫。張可久、商調梧葉兒、席上有贈：良夜永春風玉簫。【吹簫】張可久、黃鍾人月圓、春日湖上：何處吹簫。喬吉、中呂滿庭芳、漁父詞：明月臥吹簫。鄭光祖、南呂梧桐樹套、題情、東甌令：玉人何處教吹簫。張可久、雙調折桂令、王一山席上題壁：紫雲深秦女吹簫。張可久、雙調湘妃怨、黃山道中：紫蘭宮玉女吹簫。【笙簫】關漢卿、大石調隨煞：高樓上住却笙簫。【洞簫】張可久、中呂普天樂、別懷：明月洞簫。倪瓚、越調凭闌人：客有吳郎吹洞簫。盧摯、雙調蟾宮曲、正月十四日稽秋山生日：飛瓊唱偏宜洞簫。張可久、雙調折桂令、次韻秋懷：愁倦客嗚嗚洞簫。【清簫】喬吉、雙調水仙子、樂清簫台：枕蒼龍雲臥品清簫。【紫簫】張可久、雙調沈醉東風、元夜：明月無心紫簫。喬吉、仙呂賞花時套、風情：月滿雲窗聽紫簫。【鳳簫】張可久、雙調慶東原、次馬致遠先輩韻：閒吹鳳簫。關漢卿、雙調沈醉東風：夜月青樓鳳簫。徐再思、越調柳營曲、春情：風流爲聽紫鳳簫。【鸞簫】張可久、雙調折桂令、小金山：月冷鸞簫。湯式、雙調新水令套、秋夜夢回有感：鳳臺無伴品鸞簫。張可久、中呂普天樂、收心：綵雲空聲斷鸞簫。湯式、正宮端正好套、元日朝賀、小梁州：端的是錦瑟鸞簫。【瓊簫】張可久、雙調折桂令、次白眞人韻：一曲瓊簫。【坐吹簫】湯式、商調集賢賓套、書懷：抵多少碧桃花下坐吹簫。【碧玉簫】白樸、雙調慶東原：黃金縷碧玉簫。貫雲石、南呂金字經：閑煞東風碧玉簫。王嘉甫、仙呂八聲甘州：聲斷傳情碧玉簫。【紫鸞簫】張可久、越調寨兒令、春愁：聲斷紫鸞簫。張可久、雙調湘妃怨、德清觀梅：冷冷仙曲紫鸞簫。【憶吹簫】關漢卿、雙調新水令套：鳳凰臺上憶吹簫。

瀟

【瀟瀟】關漢卿雙調大德歌：雨瀟瀟。劉時中、雙調折桂令、樵：空谷瀟瀟。湯式、黃鍾醉花陰套、離思、出隊子：灑灑瀟瀟。湯式、黃鍾醉花陰套、離思：紗窗外雨瀟瀟。湯式、南呂一枝花套、題白梅深處、梁州：伴松篁灑灑瀟瀟。喬吉、雙調折桂令、雨窗寄劉夢鸞赴譙以侑樽云：妒韶華風雨瀟瀟。

綃

【生綃】張可久、雙調折桂令、春情：羞弄生綃。【紅綃】張可久、雙調折桂令、次韻秋懷：病葉紅綃。【絳綃】徐再思、南呂閱金經、閨情：舞裙裁絳綃。湯式、正宮端正好套、元日朝賀、滾綉球：金蓮護絳綃。【鮫綃】張可久、越調寨兒令、春愁：泣鮫綃。徐再思、越調柳營曲、春情：香沁鮫綃。楊澹齋、雙調得勝令：單枕擁鮫綃。李子中、仙呂賞花時套：鴛被冷鮫綃。湯式、南呂一枝花套、贈教坊殊麗、梁州：凌波襪，蕩六幅鮫綃。湯式、雙調新水令套、秋夜夢回有感、得勝令：則見他粉汗透鮫綃。【輕綃】湯式、南呂一枝花套、題白梅深處、梁州：烟朦朧翠護輕綃。

消

【未消】曾瑞、中呂喜春來、詠雪梅：花放冰梢雪未消。【勾消】貫雲石、正宮小梁州：前世暗勾消。【冰消】劉太保、雙調蟾宮曲：花發南枝，北岸冰消。【香消】湯式、正宮塞鴻秋套、傾杯序：寶鴨香消。【煙消】李子中、仙呂賞花時套、煞尾：串煙消。【難消】湯式、南呂一枝花套、贈明時秀、梁州：五陵兒，沒福也難消。湯式、正宮塞鴻秋北套、么：便有那，千金買也難消。【魂消】湯式、雙調新水令套、秋夜夢回有感：魄散魂消。喬吉、仙呂賞花時套、風情、么：誂的那販茶客五魂消。【沒分消】王嘉甫、仙呂八聲甘州套、穿窗月：料應咱沒分消。【借酒消】鄭光祖、南呂梧桐樹套、題情：相思借酒消。【雪未消】盧摯、雙調沈醉東風、嘆世：

破屋春深雪未消。湯式、正宮端正好套、元日朝賀、滾綉球：丹墀陛濕浸浸雪未消。【暗魂消】鄭光祖、雙調駐馬聽近套、秋閨、駐馬聽：晝屏冷落暗魂消。【魂欲消】馬致遠、仙呂賞花時套、孤館雨留人：雨打紗窗魂欲消。【魂暗消】湯式、正宮塞鴻秋套、貨郎兒：每日家悶懨懨如癡似醉魂暗消。【臘雪才消】關漢卿、大石調催拍子：牆角畔，臘雪才消。

銷

【香銷】張可久、中呂上小樓、春思：玉蕊香銷。張可久、越調寨兒令、春愁：烟冷香銷。任昱、中呂紅繡鞋、春情：試羅衣玉減香銷。【難銷】湯式、南呂一枝花套、贈教坊殊麗、梁州：沒福也難銷。【醉魂銷】喬吉、雙調賣花聲、太平吳氏樓會集：海棠夢裏醉魂銷。

宵

【一宵】湯式、南呂一枝花套、贈教坊殊麗、梁州：縱捨千金度一宵。【元宵】張可久、雙調折桂回、錢塘即事：人擁人長似元宵。【今宵】李子中、仙呂賞花時套：准備下捱今宵。湯式、雙調新水令套、秋夜夢回有感、喜江南：孤眠獨枕過今宵。貫雲石、正宮小梁州：醉闌乘興會今宵。【春宵】盧摯、雙調蟾宮曲、辛亥正月十日遊胡仲勉家園：萬兩金一刻春宵。湯式、商調集賢賓套、書懷四：那裏也，芙蓉帳暖度春宵。【秋宵】曾瑞、中呂山坡羊、嘆世：早秋宵。【青宵】王脩甫、仙呂八聲甘州套、六么遍：門掩青宵。【良宵】張可久、雙調折桂令、次白眞人韻：休負良宵。張可久、雙調折桂令、贈歌者秀英：受用良宵。任昱、中呂紅繡鞋、春情：落花時節怨良宵。鄭光祖、南呂梧桐樹套、題情、東甌令：辜負了這良宵。【通宵】關漢卿、中呂普天樂、崔張十六事：好事通宵。【燈宵】盧摯、雙調蟾宮曲、正月十四日稻秋山生日：最是燈宵。【可憐宵】張可久、越調寨兒令、春愁：難度可憐宵。【那一宵】湯式、黃鍾醉花陰套、離思、古水仙子：是是是曾記得歡娛那一宵。

霄

【碧霄】關漢卿、中呂普天樂、崔張十六事：似神仙離碧霄。湯式、南呂一枝花套、贈妓宋湘雲、梁州：一曲清歌駐碧霄。【九霄】張可久、雙調折桂回、錢塘即事：樓上樓直浸九霄。張養浩、雙調沈醉東風、寄閱世道人侯和卿：休指望做神仙上九霄。【丹霄】湯式、正宮端正好套、元日朝賀、么篇：說神仙飛下丹霄。【青霄】湯式、正宮塞鴻秋套、脫布衫帶過小梁州：遏雲聲美透青霄。【雲霄】湯式、南呂一枝花套、言志、粱州：書樓上，接連著，萬里雲霄。

貂⊙

【金貂】張可久、商調梧葉兒、探梅卽事：太白解金貂。湯式、商調集賢賓套、書懷：這兒郎，懸寶劍佩金貂。

彫

【初彫】劉太保、雙調蟾宮曲：梧桐一葉初彫。【木葉彫】張可久、雙調慶東原、次馬致遠先輩韻：山容瘦，木葉彫。【碧梧彫】湯式、雙調新水令套、秋夜夢回有感、駐馬聽：幾番霜，侵的碧梧彫。【木彫】劉時中、中呂朝天子，邸萬戶席上：鬢毛木雕，誰便道馮唐老。

鵰

【射雕】張可久、雙調慶東原、次馬致遠先輩韻：雲間射雕。【瓊雕】張養浩、中呂紅綉鞋、贈美妓：指甲兒玉碾瓊雕。【鵰鵰】湯式、南呂一枝花套、言志、粱州：悶弓兒難射鵰鵰。【雙卑鵰】張可久、南呂金字經、觀獵：綉旗雙卑鵰。

凋

【翠荷凋】鄭光祖、雙調駐馬聽近套、秋閨：露寒波冷翠荷凋。【綠鬢凋】姚燧、雙調壽陽曲：紅顏褪，綠鬢凋。

囂⊙

【喧囂】汪元亨、雙調折桂令、歸隱：厭聽喧囂。【撒囂】湯式、黃鍾醉花陰套、離思、四門子：半撒嗔半撒囂。【囂囂】楊澹齋、雙調得勝令：囂囂，囂得來不待囂。【不待囂】楊澹齋、雙調得勝令：囂囂，囂得來不待囂。

梢⊙

【下梢】薛昂夫、中呂朝天曲：誰知沒下梢。鄭光祖、南呂梧桐樹套、題情、浣溪沙：探藥劉郎沒下梢。張養浩、雙調清江引、詠秋日海棠：暢好是有上梢無下梢。【林梢】張養浩、中呂喜春來：嵐翠滴林梢。張可久、越調小桃紅、憶疎齋學士郊行：飛梅和雪灑林梢。【花梢】張可久、雙調慶東原、次馬致遠先輩韻：紅日花梢。張可久、雙調水仙子、湖上：金鞭裊醉動花梢。【松梢】張可久、雙調湘妃怨、黃山道中：何人禮斗上松梢。張可久、雙調燕引雛、桐江卽事：騎牛閑過問松梢。【眉梢】張可久、黃鍾人月圓、春日湖上：殘柳眉梢。徐再思、越調柳營曲、春情：春在兩眉梢。【柳梢】張可久、中呂朝天子、湖上卽席：六橋，柳梢。張可久、雙調水仙

鞘⊙嬌

子、秋思：山月勾吟掛柳梢。【梅梢】盧摯、雙調蟾宮曲、辛亥正月十日遊胡仲勉家園：玉綻梅梢。徐再思、中呂紅綉鞋、雪：和月點梅梢。張可久、商調梧葉兒、探梅即事：春事動梅梢。【新梢】汪元亨、雙調折桂令、歸隱：竹長新梢。【荳蔻梢】湯式、南呂一枝花套、贈明時秀：又葳蕤荳蔻梢。【無下梢】湯式、雙調新水令套、秋夜夢回有感、得勝令：可怎生夢兒裏無下梢。【姆軍梢】湯式、商調集賢賓套、書懷三：那裏取，明眸皓齒姆軍梢。

【鳴鞘】湯式、正宮端正好套、元日朝賀、滾綉球：隱隱鳴鞘。

【多嬌】湯式、正宮塞鴻秋套、雁過聲：多嬌，丹青怎描。【阿嬌】盧摯、雙調蟾宮曲、辛亥正月十日遊胡仲勉家園：唱白雪新聲阿嬌。【花嬌】曾瑞、中呂山坡羊、嘆世：賞花嬌。曾瑞、中呂喜春來、妓家：勸君莫惜野花嬌。【春嬌】湯式、南呂一枝花套、贈教坊殊麗、梁州：丁香嫩一點春嬌。【嬌嬌】景元啓、雙調得勝令：嬌嬌，嬌得來不待嬌。【藏嬌】張可久、雙調折桂令、王一山席上題壁：金屋藏嬌。【豔嬌】湯式、雙調新水令套、秋夜夢回有感、沈醉東風：今日箇，得見多情女豔嬌。【比並嬌】湯式、黃鍾醉花陰套、離思、四門子：他和俺似鴛鴦比並嬌。【自生嬌】楊澹齋、雙調得勝令：一笑自生嬌。【花正嬌】張養浩、雙調清江引、詠秋日海棠：香滿竹籬花正嬌。【按舞嬌】喬吉、雙調賣花聲、太平吳氏樓會集：楊柳簾前按舞嬌。【秋水嬌】王脩甫、仙呂八聲甘州套、後庭花煞：眼橫秋水嬌。【粉香嬌】湯式、雙調折桂令、秋夜夢回有感、甜水令：團弄粉香嬌。【海棠嬌】湯式、商調集賢賓套、書懷、金菊香：全不似海棠嬌。湯式、雙調新水令套、秋夜夢回有感、得勝令：恰便似帶雨海棠嬌。湯式、正宮塞鴻秋套、脫布衫帶過小梁州：眞箇是，芙蓉面，海棠嬌。【臉上嬌】喬吉、雙調清江引、笑靨兒：生成臉上嬌。【萬般嬌】湯式、正宮塞鴻秋套、雁過聲：有萬般嬌。【萬種嬌】湯式、雙調新水令套、秋夜夢回有感、沈醉東風：端的是萬種嬌。【衡是嬌】喬吉、雙調清江引、笑靨兒：一團可人衡是嬌。【戀多嬌】關漢卿、雙調新水令套、駐馬聽：怕不待，爭鋒取債戀多嬌。【鸚鵡嬌】張可久、越調凭闌人、湖上醉餘：簾底星松鸚鵡嬌。【玉軟香嬌】關漢卿、雙調沈醉東風：俊龐兒玉軟香嬌。【模樣正嬌】湯式、南呂一枝花套：恁如今模樣正嬌。

驕

【富便驕】汪元亨、雙調雁兒落過得勝令、歸隱：至如富便驕。【驄馬驕】張可久、雙調落梅風、和盧彥威學士：貂裘敝，驄馬驕。張可久、南呂金字經、觀獵：玉花驄馬驕。

蕉⊙

【芭蕉】湯式、越調柳營曲、旅次：紗窗外有芭蕉。張可久、雙調折桂令、次白眞人韻：葛花袍紙扇芭蕉。張可久、中呂普天樂、別懷：賦情詞寫遍芭蕉。關漢卿、雙調大德歌：淅零零細雨打芭蕉。【金蕉】張可久、雙調折桂令、贈歌者秀英：酒捧金蕉。

焦

【心焦】王脩甫、仙呂八聲甘州套、後庭花煞：正心焦。張養浩、中呂朱履曲、直引到深坑裏恰心焦。【休焦】張可久、雙調慶東原、次馬致遠先輩韻：請荊布休焦。【空焦】湯式、南呂一枝花套、言志、梁州：投筆空焦。【金焦】喬吉、中呂滿庭芳、漁父詞：囘首金焦。【焦焦】楊澹齋、雙調得勝令、焦焦、焦得來不待焦。【心下焦】貫雲石、正宮小梁州：氣的我心下焦。【不待焦】楊澹齋、雙調得勝令：焦得來不待焦。【把人焦】鄭光祖、雙調駐馬聽近套、秋閨、尾：草蟲之中無你般薄劣把人焦。

椒

【山椒】湯式、越調天淨沙、小景：翠岩嶢天近山椒。

標⊙

【上標】湯式、雙調慶東原、田家樂：王留上標。【風標】湯式、商調集賢賓套、書懷、金菊香：改盡了風標。湯式、南呂一枝花套、贈明時秀、梁州：赴高唐，謫廣寒的風標。【團標】張可久、雙調水仙子、和逍遙韻：近芭蕉一座團標。汪元亨、雙調折桂令、歸隱：傍烟霞蓋座團標。【萬般標】湯式、正宮塞鴻秋套、雁過聲：有萬般標。【丰韻標】湯式、黃鍾醉花陰套、離思、出隊子：另一樣丰韻標。【才貌兒標】湯式、黃鍾醉花陰套、離思、四門子：他生的，動靜兒別，才貌兒標。【立草爲標】喬吉、雙調折桂令、勸求妓者：待立草爲標。

膘⊙

【長膘】湯式、雙調慶東原、田家樂：綫雞長膘。

交⊙

【才交】鄭光祖、雙調駐馬聽近套、秋閨、駐馬聽：眼才交。【故交】汪元亨、雙調雁兒落過得勝令、歸隱：山中作故交。湯式、雙調慶東原、田家樂：西村邀故交。張可久、雙調慶東原、次馬致遠先輩韻：訪山中故交。湯式、南呂一枝花套、言志：白玉堂空懷故交。【初交】湯式、雙調新水令套、秋夜夢回有感、梅花酒：四更又初交。【待交】湯式、雙調新水令套、秋夜夢回有感、喬牌兒：業眼兒纔待交。【相交】湯式、雙調新水令套、秋夜夢回有感、甜水令：枕凝酥手腕兒相交。【神交】盧摯、雙調蟾宮曲、正月十四日稽秋山生日：玉女神交。湯式、南呂一枝花套、題白梅深處：意會神交。【換交】喬吉、仙呂賞花時套、風情、賺煞：小廝撲，如何敢和我換交。【鸞交】湯式、雙調新水令套、秋夜夢回有感、得勝令：欲再整鸞交。王嘉甫、仙呂八聲甘州套、穿窗月：憶雙雙鳳友鸞交。【契丹交】關漢卿、雙調新水令套、步步嬌：眼落處和他契丹交。【淚痕交】任昱、中呂紅繡鞋、春情：繡枕淚痕交。【貧賤交】張可久、雙調慶東原、次馬致遠先輩韻：繁華夢，貧賤交。【鳳凰交】喬吉、雙調水仙子、嘲人愛姬爲人所奪：豫章城錦片鳳凰交。【鳳鸞交】湯式、正宮塞鴻秋套、笑和尚：還良宵鳳鸞交。湯式、黃鍾醉花陰套、離思、古水仙子：呀呀呀！生拆散鳳鸞交。【鳳友鸞交】湯式、商調集賢賓套、書懷、逍遙樂：拆散鳳友鸞交。湯式、黃鍾醉花陰套、離思、刮地風犯：一對兒鳳友鸞交。

蛟

【斬蛟】張可久、雙調慶東原、次馬致遠先輩韻：江中斬蛟。

郊

【四郊】湯式、正宮端正好套、元日朝賀、尾聲：蠻貊貔貅靜四郊。【近郊】張可久、南呂金字經、觀獵：廣利將軍近郊。【東郊】劉太保、雙調蟾宮曲：宴賞東郊。【孟郊】張可久、雙調慶東原、次馬致遠先輩韻：詩窮孟郊。【荒郊】馬致遠、仙呂賞花時套、孤館雨留人：雲氣布荒郊。劉太保、雙調蟾宮曲：粉妝成野外荒郊。

膠

【膘膠】喬吉、仙呂賞花時套、風情、么：粘隨風絮，沾如肉膘膠。【鸞膠】喬吉、雙調折桂令、勸求妓者：別覓鸞膠。李子中、仙呂賞花時套、煞尾：玉簪折難覓鸞膠。湯式、正宮塞鴻秋套、小桃紅：幾時能夠，再整鸞膠。湯式、雙調湘妃引、旅舍秋懷：嶧陽琴，解脫了鸞膠。湯式、雙調新水令套、秋夜夢回有感、喜江南：幾番待，接絲弦，何處覓鸞膠。【似漆如膠】湯式、黃鍾醉花陰套、離思、刮地風犯：兩情濃似漆如膠。

教

【好教】薛昂夫、中呂朝天曲：好教，火燒，難買棺材料。【休教】盧摯、雙調蟾宮曲：歸路休教，燈月光中，踏破瓊瑤。

⊙嘲

【自嘲】盧摯、南呂金字經、宿邯鄲驛：時自嘲。

⊙高

【天高】姚燧、中呂滿庭芳：日遠天高。【低高】湯式、南呂一枝花套、贈妓宋湘雲、梁州：若隨風一任低高。【孤高】湯式、南呂一枝花套、題白梅深處、梁州：評論着，天下花，無褒貶的孤高。【相高】無名氏、中呂喜春來：兩相高。【爭高】湯式、南呂一枝花套、贈明時秀、梁州：喚春風，呼夜月，三千隊裏爭高。【清高】薛昂夫、雙調蟾宮曲、雪：那箇淸高。【登高】劉太保、雙調蟾宮曲：菊綻東籬，佳節登高。【偏高】湯式、正宮塞鴻秋套、脫布衫帶過小梁州：錦箏搊指法偏高。【臺高】張可久、雙調折桂令、秦郵卽事：立金人菩薩臺高。【氣高】王嘉甫、仙呂八聲甘州套、賺尾：待裝些氣高。【漸高】湯式、正宮塞鴻秋套、傾杯序：水漸高。【樓高】劉太保、雙調蟾宮曲：積雪敲冰，沈李浮瓜，不用百尺樓高。【聲高】薛昂夫、雙調殿前歡、冬：伐木聲高。【山月高】喬吉、雙調水仙子、樂清簫台：玉笙吹山月高。【王子高】姚燧、越調凭闌人：寄與多情王子高。無名氏、越調鬪鵪鶉套：謝瓊姬，不嫌王子高。【天樣高】鄭光祖、南呂梧桐樹套、題情、東甌令：咫尺粧樓天樣高。【日月高】張養浩、中呂喜春來：依舊壺天日月高。【日正高】湯式、南呂一枝花套、言志、梁州：矯首中天日正高。【月兒高】王脩甫、仙呂八聲甘州套、後庭花煞：報道晚粧樓外月兒高。【月影高】湯式、雙調新水令套、秋夜夢回有感、川撥棹：雨初晴，月影高。【月輪高】關漢卿、中呂普天樂、崔張十六事：梵王宮月輪高。【石牀高】張可久、中呂朱履曲、仙遊：松倚石牀高。【字低高】湯式、黃鍾醉花陰套、離思、么篇：編揑成，裁冰剪雪字低高。【任低高】馬致遠、雙調喬牌兒套、聽水任低高。【那件高】喬吉、雙調水仙子、嘲人愛姬爲人所奪：問婆婆那件高。【風俏高】湯式、正宮端正好套、元日朝賀、滾綉球：赤羽旗，疎剌剌風俏高。【武藝高】湯式、商調集賢賓套、書懷三：更做道，孫武子，教得來武藝高。【兩山高】張可久、中呂紅綉鞋，蔡行甫郊居：門外兩山高。【明月高】湯式、商調望遠行、四景題情、秋：滴溜溜明月高。【范蠡高】張可久、正宮塞鴻秋、道情：扁舟范蠡高。【紅浪高】湯式、雙調新水令套、秋夜夢回有感、雁兒落：被翻紅浪高。【索價高】盧摯、南呂金字經、宿邯鄲驛：須不是山人索價高。【凉月高】鄭光祖、雙調駐馬聽近套、秋閨、駐馬聽：銀漢澄澄涼月高。【眼界高】張養浩、雙調雁兒落兼清江引：喜山林眼界高。【硯台高】姚燧、中呂陽春曲：花箋鋪展硯台高。【雁聲高】湯式、商調望遠行、四景題情、秋：不覺的雞聲罷蛩聲悲雁聲高。【塞鴻高】鄭光祖、雙調駐馬聽近套、秋閨：橫空幾行塞鴻高。【蜃樓高】湯式、商調集賢賓套、書懷五：倒惹的黑漫漫殺氣蜃樓高。【價不高】無名氏、越調鬬鵪鶉套：風流一笑，千金價不高。【雙鳳高】楊澹齋、雙調得勝令：青螺雙鳳高。【紅日未高】馬致遠、雙調喬牌兒套：窗外三竿，紅日未高。【拱北城高】張可久、雙調折桂回、錢塘即事：倚蒼雲拱北城高。【索價何高】張可久、雙調折桂令、次韻秋懷：問山人索價何高。【誰低誰高】馬致遠、雙調喬牌兒套：選甚誰低誰高。

膏

【民膏】薛昂夫、中呂朝天曲：一臍然出萬民膏。【如膏】劉太保、雙調蟾宮曲：盼和風春雨如膏。【紅膏】喬吉、中呂滿庭芳、漁父詞：蟹擘紅膏。

羔

【下羔】湯式、雙調慶東原、田家樂：綿羊下羔。【羊羔】劉太保、雙調蟾宮曲：暖閣紅爐，酒泛羊羔。

糕

【槌糕】湯式、雙調慶東原、田家樂：烙餅槌糕。

皐

【九皐】張可久、中呂朝天子、湖上即席：九皐，野鶴，伴我閒舒嘯。【江皐】喬吉、雙調折桂令：極目江皐。曾瑞、中呂喜春來、感懷：哀聲幽怨滿江皐。【韋皐】鄭光祖、南呂梧桐葉套、題情、尾聲：玉簫終久遇韋皐。【庭皐】湯式、雙調新水令套、秋夜夢回有感：川撥棹：我這裡下庭皐。【臨皐】張可久、雙調慶東原、次馬致遠先輩韻：策杖臨皐。【漢皐】湯式、南呂一枝花套、梁州：洛浦神遊漢皐。

⊙刀

【牛刀】張可久、雙調慶東原、次馬致遠先輩韻：焉用牛刀。【幷刀】張可久、雙調折桂令、贈歌者秀英：橙剖幷刀。【槍刀】湯式、商調集賢賓套、書懷：雞兒巷簇擁着槍刀。【古定刀】關漢卿、雙調新水令套、駐馬聽：桑木劍熬乏古定刀。【呂虔刀】湯式南呂一枝花套、言志：誰贈呂虔刀。【金翦刀】王脩甫、仙呂八聲甘州套、後庭花煞：空閑却金翦刀。【笑裡刀】曾瑞、中呂喜春來、妓家：傅粉施朱笑裡刀。【雁翎刀】湯式、正宮端正好套、元日朝賀、倘秀才：龜背鎧雁翎刀。【舊弓刀】劉時中、中呂朝天子、邸萬戶席上：時時拂拭舊弓刀。

叨

【叨叨】劉太保、雙調蟾宮曲：金風颯颯，寒雁呀呀，促織叨叨。

⊙騷

【風騷】關漢卿、雙調新水令套、步步嬌：雖是不風騷。湯式、南呂一枝花套、題白梅深處、梁州：宋廣平八韻賦，撰得風騷。【彫騷】白樸、雙調慶東原：白髮彫騷。【楚騷】湯式、南呂一枝花套、言志、尾聲：靜對黃花誦楚騷。【離騷】馬致遠、仙呂青哥兒、五月：先生醉讀離騷。喬吉、中呂滿庭芳、漁父詞：江湖歌楚客離騷。【蕭騷】湯式、越調柳營曲、旅次：風雨夜蕭騷。

搔

【耳謾搔】李子中、仙呂賞花時套、煞尾：線帖兒翻騰耳謾搔。【癢處能搔】盧摯、雙調蟾宮曲、正月十四日稱秋山生日：似麻姑癢處能搔。

繅

【成繅】湯式、雙調慶東原、田家樂：絲繭成繅。

颾

【夜瀟颾】湯式、雙調湘妃引、旅舍秋懷：半窗風雨夜瀟颾。

⊙遭

【這遭】盧摯、南呂金字經、宿邯鄲驛：又來走這遭。【幾遭】湯式、南呂一枝花套、子弟每心寄青樓愛人、梁州：幾遭，寄約。【一週遭】馬致遠、雙調喬牌兒套：山展屏風，列一週遭。【兩三遭】王嘉甫、仙呂八聲甘州套、賺尾：不由人又走了兩三遭。【走一遭】湯式、南呂一枝花套、贈明時秀、梁州：則除是再入桃源走一遭。【數千遭】喬吉、仙呂賞花時套、風情、么：藤纏葛數千遭。【千遭萬遭】白樸、雙調得勝樂：空走了千遭萬遭。

糟

【帶糟】劉時中、中呂朝天子：瘦瓢，帶糟，將甕裏浮蛆舀。

⊙招

【自招】鄭光祖、南呂梧桐樹套、題情、浣溪沙：我自招。【見招】湯式、南呂一枝花套、言志、尾聲：公孫弘見招。【相招】張可久、中呂紅綉鞋、尋仙簡霞隱：青衣襦子相招。【低招】張可久、雙調折桂令、贈歌者秀英：綵扇低招。【取招】湯式、商調望遠行、四景題情、秋：那一會取招。【難招】王脩甫、仙呂八聲甘州：尙離魂脉脉難招。【不可招】倪瓚、越調凭闌人、贈吳國良：湘雲不可招。【可人招】張可久、中呂紅綉鞋、次韻：半醉淵明可人招。【老僧招】姚燧、中呂滿庭芳：不待老僧招。【命所招】湯式、正宮塞鴻秋套、伴讀書：這愁煩我命所招。【酒旆招】張可久、商調梧葉兒、探梅即事：酒旆招，春事動梅梢。【福分招】湯式、正宮塞鴻秋套、尾聲：天還許福分招。【鶯燕呼招】湯式、南呂一枝花套：則落得鶯燕呼招。

朝

【今朝】盧摯、雙調蟾宮曲、辛亥正月十日遊胡仲勉家園：照綴今朝。盧摯、雙調蟾宮曲、正月十四日嵇秋山生日：記春星初度今朝。【花朝】鄭光祖、南呂梧桐樹套、題情：月夕花朝。喬吉、仙呂賞花時套、風情、賺煞：强覊着月夜花朝。【昨朝】張養浩、雙調胡十八：思往常，似昨朝。【春朝】曾瑞、中呂山坡羊、嘆世：恰春朝。【昏朝】湯式、越調柳營曲、旅次：隨分度昏朝。【朝朝】張可久、雙調折桂令、次白眞人韻：車馬朝朝。【三二朝】貫雲石、南呂金字經：待都來三二朝。【過幾朝】馬致遠、仙呂賞花時套、孤館雨留人：客舍鬉鬉過幾朝。【暮暮朝朝】湯式、南呂一枝花套、贈妓宋湘雲：舞香風暮暮朝朝。張可久、雙調折桂令、贈歌者秀英：行雲行雨，楚巫娥暮暮朝朝。

夭⊙

【命夭】雙調沈醉東風、悼伶女：偏怎教，可意人兒命夭。【粧夭】貫雲石、正宮小梁州：百般的撒呑粧夭。

么

【六么】張可久、雙調湘妃怨、席上次梅友元帥韻：五色雲中按六么。湯式、黃鍾醉花陰套、離思、四門子：善將那，琵琶按六么。

腰

【山腰】劉時中、雙調折桂令、樵：雲暗山腰。徐再思、中呂紅綉鞋、雪：玉龍横臥山腰。鄭光祖、雙調駐馬聽近套、秋閨：雲歸巖谷瘦山腰。【牛腰】張可久、雙調水仙子、和逍遙韻：新詩裝卷束牛腰。【折腰】張可久、雙調慶東原、次馬致遠先輩韻：懶折腰。【松腰】張可久、雙調折桂令、小金山：纜解松腰。【細腰】湯式、正宮塞鴻秋套：你看他，體態輕盈舞細腰。【蜂腰】喬吉、雙調折桂令：黃粉蜂腰。【裙腰】張可久、雙調水仙子、湖上：草色裙腰。【捽腰】湯式、雙調慶東原、田家樂：霽都捽腰。【蠻腰】張可久、雙調折桂令、王一山席上題壁：柳妒蠻腰。張可久、中呂紅綉鞋、山中：新柳舞蠻腰。【樹腰】張可久、雙調湘妃怨、黃山道中：有客題名刻樹腰。湯式、越調天淨沙、小景：白鬖鬖雲埋樹腰。【牆腰】張可久、中呂紅綉鞋、尋仙簡霞隱：殘雪老牆腰。【纖腰】張可久、雙調折桂令、春情：抱月纖腰。張可久、雙調折桂令、贈歌者秀英：海棠嬌楊柳纖腰。【一搦腰】關漢卿、雙調沈醉東風：六幅湘裙一搦腰。【小蠻腰】關漢卿、大石調歸塞北：半圍楊柳小蠻腰。【沈郎腰】湯式、雙調新水令套、秋夜夢回有感、風入松：壓損沈郎腰。【柳如腰】貫雲石、正宮小梁州：桃花如面柳如腰。【楚宮腰】景元啓、雙調得勝令：一捻楚宮腰。【楊柳腰】張可久、商調梧葉兒、席上有贈：芙蓉面，楊柳腰。徐再思、南呂閱金經、閨情：一捻瘦香楊柳腰。【翠裙腰】張可久、越調小桃紅、春深：寬盡翠裙腰。湯式、商調集賢賓套、書懷二：補旗旛，絞斷翠裙腰。【綉玉腰】張可久、越調凭闌人、湖上醉餘：暖香綉玉腰。【屈脊低腰】汪元亨、雙調折桂令、歸隱：笑公門屈脊低腰。【楊柳纖腰】湯式、正宮塞鴻秋套、普天樂：舞裙低楊柳纖腰。

妖

【花妖】張可久、雙調折桂令、春情：艷冶花妖。汪元亨、正宮醉太平、警世：伴柳怪花妖。【花月妖】湯式、商調集賢賓套、書懷、梧葉兒：休猜做花月妖。

飄⊙

【風飄】湯式、雙調新水令套、秋夜夢回有感、七弟兄：疎螢點點趁風飄。湯式、正宮端正好套、元日朝賀、滾綉球：玉獅爐，香馥馥，蘭麝風飄。【詩飄】張可久、中呂朱履曲、仙遊：順流溪上詩飄。【飄飄】湯式、南呂一枝花套、贈妓宋湘雲：景物飄飄。湯式、南呂一枝花套、言志、梁州：毫氣飄飄。劉太保、雙調蟾宮曲、一川紅葉飄飄。劉太保、雙調蟾宮曲、朔風瑞雪飄飄。【雨暗飄】湯式、正宮塞鴻秋套、傾杯序：連宵雨暗飄。【風絮飄】鄭光祖、南呂梧桐樹套、題情、罵玉郎：無投奔似風絮飄。【風裏飄】王脩甫、仙呂八聲甘州：落絮千團風裏飄。

【落紅飄】盧摯、中呂喜春來、和則明韻：風微塵軟落紅飄。【落霞飄】鄭光祖、雙調駐馬聽近套、秋閨：晴虹散，落霞飄。【異香飄】劉時中、中呂紅綉鞋、鞋杯：便有些汗浸兒酒蒸做異香飄。【葉亂飄】馬致遠、仙呂賞花時套、孤館雨留人：風刮得關山葉亂飄。【蘭麝飄】楊澹齋、雙調得勝令：春風蘭麝飄。張可久、越調凭闌人、湖上醉餘：屏外氤氳蘭麝飄。【仙袂飄飄】張可久、雙調折桂令、小金山：拂闌干仙袂飄飄。【何處飄飄】湯式、雙調沈醉東風、悼伶女：問香魂何處飄飄。【彩雲兒飄】王嘉甫、仙呂八聲甘州套、穿窗月：花星兒照，彩雲兒飄。【魂夢飄飄】湯式、南呂一枝花套、贈妓宋湘雲、梁州：雲呵，您自合，下巫山，感襄王魂夢飄飄。【綺羅香飄】關漢卿、大石調催拍子：六街上綺羅香飄。【塵世飄飄】張可久、雙調水仙子、秋思：樂陶陶塵世飄飄。【燕體飄飄】湯式、南呂一枝花套、贈教坊殊麗、梁州：舞衣輕燕體飄飄。【蘭麝香飄】湯式、雙調新水令套、秋夜夢回有感、沈醉東風：更那堪蘭麝香飄。

拋⊙

【淚點拋】關漢卿、雙調大德歌：撲簌簌淚點拋。

條

【廝條】張可久、正宮醉太平、山中小隱：掛翠竹廝條。【環條】張養浩、雙調沈醉東風：繫一條、鎖心猿、拴意馬環條。

掏

【腦子掏】曾瑞、南呂四塊玉、村夫走院：腦子掏，可早覺。

饕

【巨饕】薛昂夫、中呂朝天曲：巨饕，爲惡天須報。【老饕】喬吉、中呂滿庭芳、漁父詞：風月養吾生老饕。

韜

【六韜】張可久、雙調慶東原、次馬致遠先輩韻：袖中六韜。【虎韜】劉時中、中呂朝天子、邸萬戶席上：虎韜，豹韜，一覽胸中了。【豹韜】湯式、正宮端正好套、元日朝賀、倘秀才：熊虎隊龍韜豹韜。

撬⊙

【踏撬】湯式、雙調慶東原、田家樂：伴哥踏撬。

哮⊙

【咆哮】湯式、商調集賢賓套、書懷、逍遙樂：陣馬咆哮。

敲⊙

【低敲】徐再思、越調柳營曲、春情：帶明月門扇低敲。【推敲】鄭光祖、南呂梧桐樹套、題情、採茶歌：我把這，相思兩字細推敲。【頻敲】湯式、雙調新水令套、秋夜夢回有感、梅花酒：三鼓又頻敲。【輕敲】湯式、正宮塞鴻秋套：琵琶撥，檀板輕敲。【鐵敲】湯式、雙調新水令套、秋夜夢回有感、七弟兄：畫簷外鐵敲。【不住敲】湯式、黃鍾醉花陰、離思、喜遷鶯：則聽的，簷馬玎璫不住敲。【竹相敲】鄭光祖、雙調駐馬聽近套、秋閨：倦聞近砌竹相敲。【夜不敲】湯式、正宮端正好套、元日朝賀、尾聲：刁斗無驚夜不敲。【客任敲】張可久、雙調慶東原、次馬致遠先輩韻：門長閉，客任敲。【窗外敲】姚燧、越調凭闌人：悄聲兒窗外敲。【鼙鼓敲】湯式、商調集賢賓套、書懷五：曉星沈鼙鼓敲。【將竹枝敲】湯式、正宮塞鴻秋套、醉太平：更那堪，和風淅淅，將竹枝敲。

燒⊙

【火燒】薛昂夫、中呂朝天曲：火燒，難買棺材料。【如燒】劉太保、雙調蟾宮曲、炎天酷熱如燒。【一時燒】李子中、仙呂賞花時套、煞尾：將封寄來書，乘恨一時燒。【每夜燒】湯式、正宮塞鴻秋、尾聲：辦炷明香每夜燒。【夜香燒】徐再思、越調柳營曲、春情：推道把夜香燒。【情似燒】鄭光祖、雙調駐馬聽近套、秋閨：靜掩重門情似燒。【帶霜燒】張可久、中呂紅綉鞋、仙居：松葉帶霜燒。【帶夢燒】楊澹齋、雙調得勝令：孤燈帶夢燒。【心內如燒】馬致遠、仙呂賞花時套、孤館雨留人：悶無聊，心內如燒。【紅燭高燒】鄭光祖、南呂梧桐樹套、題情、浣溪沙：夜將紅燭高燒。【多買好香燒】湯式、商調集賢賓套、書懷、隨煞：他向這，海神廟，多買好香燒。

挑⊙

【時挑】劉時中、雙調折桂令、樵：野菜時挑。【曾挑】曾瑞、南呂四塊玉、村夫走院：遍體村筋不曾挑。【搬挑】徐再思、越調柳營曲、春情：小玉會搬挑。【不住挑】馬致遠、仙呂賞花時套、孤館雨留人：香慘慘孤燈不住挑。【舌上挑】湯式、黃鍾醉花陰套、離思、么篇：言談處，噀玉噴珠舌上挑。【把燈挑】鄭光祖、雙調駐馬聽近套、秋閨：強啀夜永把燈挑。【我都挑】湯式、雙調新水令套、秋夜夢回有感、風入松：相思一擔我都挑。【熱剔挑】張養浩、中呂紅綉鞋、贈美妓：話頭兒熱剔挑。【羅襪挑】湯式商調集賢賓套、書懷、醋葫蘆：箭來呵羅襪挑。【金鳳斜挑】湯式、正宮塞鴻秋套、普天樂：髻雲堆金鳳斜挑。

超⊙【班超】湯式、商調集賢賓套、書懷、隨煞：他是箇，玉門關，舊日的莽班超。

鍬⊙【鋼鍬】關漢卿、雙調新水令套、駐馬聽：紙糊鍬了㩮點鋼鍬。湯式、黃鍾醉花陰套、離思、古水仙子：他他他，一密裏，鏟快鋼鍬。【紙糊鍬】喬吉、仙呂賞花時套、風情、賺煞：敢教點鋼鍬劈碎紙糊鍬。

彇䬝硝蛸痟魈翛○刁
琱○梟鴞枵驍歊○捎
弰筲旓髾颵○樵膲○
鑣杓飇○咬筊鮫○包
胞苞○抓啁○篙槔櫜
鼛○舠魛○艘臊○鏖
爊○昭○邀訞喓要葽
○漂○脬○滔慆○趫
○虓烋嗃詨○磽○抄
譟○坳凹○蒿薅○褒
○操

【對偶】

湯式、雙調新水令套、秋夜夢回有感、川撥棹：銀漢迢迢，落葉蕭蕭。白樸、雙調慶東原：黃金縷，碧玉簫。張可久、越調寨兒令、春愁：塵生白象板，聲斷紫鸞簫。喬吉、仙呂賞花時套、風情：春透天台醉碧桃，月滿雲窗聽紫簫。曾瑞、中呂喜春來、感懷：溪邊倦客停蘭棹，樓上何人品玉簫。張可久、雙調折桂令、王一山席上題壁：碧水冷西施弄瓢，紫雲深秦女吹簫。張可久、雙調折桂令、小金山：露滿螺杯，風香翠袖，月冷鸞簫。湯式、南呂一枝花套、題白梅深處、梁州：厭根兒灼灼夭夭，伴松篁瀟瀟瀟瀟。　徐再思、越調柳營曲、春情：雲挽金翹，香沁鮫綃。　徐再思、南呂閱金經、閨情：歌扇泥金縷，舞裙裁絳綃。　湯式、南呂一枝花套、贈教坊殊麗、梁州：縷金環嵌八顆蠙珠，交股釵裊雙頭鳳翹，凌波襪蕩六幅鮫綃。　曾瑞、中呂喜春來、詠雪梅：魂來紙帳香先到，花放冰梢雪未消。　湯式、正宮端正好套、元日朝賀、滾綉球：赤羽旗疎刺刺風尚高，丹墀陛濕浸浸雪未消。　任昱、中呂紅繡鞋、春情：暗珠箔雨寒風峭，試羅衣玉減香銷。　張可久、中呂上小樓、春思：翠管聲乾，青鸞信杳，玉蕊香銷。　喬吉、雙調賣花聲、太平吳氏樓會集：桃花扇底窺春笑，楊柳簾前按舞嬌，海棠夢裡醉魂銷。　張可久、雙調折桂回、錢塘卽事：樓上樓直浸九霄，人擁人長似元宵。　湯式、南呂一枝花套、言志、梁州：硯池內通流着千丈滄溟，詩卷裏包藏着九重宣詔，書樓上接連着萬里雲霄。　湯式、雙調新水令套、秋夜夢回有感、駐馬聽：林外蕭條，一夜霞侵紅葉老；庭前寂寥，幾番風撼碧梧彫。　湯式、南呂一枝花套、言志、梁州：直鈎兒怎釣鯨鰲，悶弓兒難射鵰鶚。　姚燧、雙調壽陽曲：紅顏褪，綠鬢凋。　張養浩、中呂紅

綉鞋、贈美妓：手掌兒血噴粉哨，指甲兒玉碾瓊雕。　盧摯、雙調蟾宮曲、辛亥正月十日遊胡仲勉家園：香浮竹葉，玉綻梅梢。　汪元亨、雙調折桂令、歸隱：梅放初花，竹長新梢。　張可久、黃鍾人月圓、春日湖上：飛花心事，殘柳眉梢。　湯式南呂一枝花套、贈明時秀：恰蓓蕾丁香蕚，又葳蕤荳蔻梢。　玉僑甫、仙呂八聲甘州套、後庭花煞：眉蹙吳山翠，眼橫秋水嬌。　湯式、南呂一枝花套、贈教坊殊麗、梁州：荳蔻小半含玉蕊，丁香嫩一點春嬌。　張可久、越調凭闌人、湖上醉餘：屏外氤氳蘭麝飄，簾底星松鸚鵡嬌。　張可久、雙調落梅風、和盧彥威學士：貂裘敝，驄馬驕。　張可久、南呂金字經、觀獵：雪點蒼鷹俊，玉花驄馬嬌。　湯式、雙調新水令套、秋夜夢回有感、梅花酒：三鼓又頻敲，四更又初交。　湯式、雙調慶東原、田家樂：東疃沽新釀，西村邀故交。　任昱、中呂紅綉鞋、春情：銀臺燈影淡，繡枕淚痕交。　湯式、南呂一枝花套、言志：黃金臺將喪斯文，白玉堂空懷故交。　湯式、商調集賢賓套、書懷、逍遙樂：衡散蜂媒蝶使，烘散燕子鶯兒，折散鳳友鸞交。　汪元亨、雙調雁兒落過得勝令、歸隱：漁樵，坐

上供吟笑；猿鶴，山中作故交。　湯式、正宮端正好套、元日朝賀、尾聲：麒麟鸑族鳥來三島，蠻貊貔貅靜四郊。　張可久、雙調慶東原、次馬致遠先輩韻：文魔賈島，詩窮孟郊，酒困山濤。　湯式、雙調湘妃引、旅舍秋懷：豐城劍消磨了龍氣，中山筆乾枯了兔毫，嶧陽琴解脫了鸞膠。　湯式、南呂一枝花套、贈妓宋湘雲、梁州：果無心不趁輕薄，若隨風一任低高。　張可久、中呂朱履曲、仙遊：苔封山徑冷，松倚石牀高。　喬吉、雙調水仙子、樂清簫台：紗巾岸天風細，玉笙吹山月高。　張可久、雙調折桂令、秦郵卽事：照玉女神仙井小，立金人菩薩臺高。　湯式、南呂一枝花套、贈明時秀、梁州：惹嬌雲招嫩雨十二樓前競賞，喚春風呼夜月三千隊裏爭高。　湯式、南呂一枝花套、題白梅深處、梁州：品藻著世上色無瑕疵的淡雅，評論著天下花無褒貶的孤高。　喬吉、中呂滿庭芳、漁父詞：酒篘綠蟻，蟹擘紅膏。　湯式、雙調慶東原、田家樂：浮瓜浸桃，蒸梨釀棗，烙餅槌糕。　湯式、南呂一枝花套、言志：不彈禹貢冠，誰贈呂虔刀。　湯式、正宮端正好套、元日朝賀、倘秀才：象牙牌犀角帶，龜背鎧雁翎刀。　曾瑞、中呂喜春來、妓家：沾花惹草沙中俏，傅粉施朱笑裏刀。　湯式、商調集賢賓套、書懷：燕子樓屯合著鎧甲，雞兒巷簇擁著槍刀。　劉太保、雙調蟾宮曲、金風颯颯，寒雁呀呀，促織叨叨。　白樸、雙調慶東原：朱顏漸老，白髮彫騷。　湯式、越調柳營曲、旅次：烟霞雲黯淡，風雨夜蕭騷。　喬吉、中呂滿庭芳、漁父詞：風月養吾生老饕，江湖歌楚客離騷。　湯式、南呂一枝花套、言志、尾聲：閒拈斑管學張草，靜對黃花誦楚騷。　湯式、南呂一枝花套、題白梅深處、梁州：何水曹一生心愛得綢繆，林和靖兩句詩聯得巧妙，宋廣平八韻賦撰得風騷。　湯式、雙調慶東原、田家樂：線雞長膘，綿羊下羔，絲繭成繅。　湯式、南呂一枝花套、言志、尾聲：董仲舒入朝，公孫弘見招。　張可久、中呂紅綉鞋、尋仙簡霞隱：白草磯頭獨釣，青衣襦子相招。　張可久、中呂普天樂、收心：花花草草，暮暮朝朝。　張可久、雙調折桂令、贈歌者秀英：傾城傾國越西子梨梨棗棗，行雲行雨楚巫娥暮暮朝朝。　張可久、雙調折桂令、次白眞人韻：富貴勞勞，功名小小，車馬朝朝。　張可久、雙調湘妃怨、席上次梅友元帥韻：九華峯頂禮三茅，五色雲中按六么。張可久、商調梧葉兒、席上有贈：芙蓉面，楊柳腰。喬吉、雙調折桂令：紅膏燕嘴，黃粉蜂腰。張可久、雙調折桂令、小金山：堂占波心，纜解松腰。徐再思、中呂紅綉鞋、雪：白鷺交飛溪脚，玉龍橫臥山腰。張可久、雙調湘妃怨、黃山道中：何人禮斗上松梢，有客題名刻樹腰。汪元亨、雙調折桂令、歸隱：嘆世事爭頭鼓腦，笑公門屈脊低腰。張可久、雙調折桂令、春情：映雪香肌，堆雲巧鬢，抱月纖腰。湯式、越調天淨沙、小景：翠岩峣天近山椒，綠蒙茸雨漲溪毛，百䨴靆雲裏樹腰。湯式、商調集賢賓套、書懷、梧葉兒：雖不是糟糠婦，休猜做花月妖。張可久、中呂朱履曲、仙遊：伙火山中丹竈，順流溪上詩瓢。王脩甫、仙呂八聲甘州：遊絲萬丈天外飛，落絮千團風裏飄。湯式、正宮端正好套、元日朝賀、滾綉球：金鸞殿淡氤氳瑞烟繚繞，玉獅爐香馥馥蘭麝風飄。鄭光祖、雙調駐馬聽近套、秋閨：暮雲收，晴虹散，落霞飄。張可久、正宮醉太平、山中小隱：裹白雲紙襖，掛翠竹麻條。張養浩、雙調沈醉東風、寄閱世道人侯和卿：披一領㷊日月耐風霜道袍，繫一條鎖心猿拴意馬環條。湯式、正宮端正好套、元日朝賀、倘秀才：鵷鷺班文僚武僚，熊虎隊龍韜豹韜。湯式、正宮塞鴻秋套、普天樂：琵琶細撥，檀板輕敲。湯式、商調集賢賓套、書懷五：晚風涼觱篥鳴，曉星沈鼙鼓敲。馬致遠、雙調壽陽曲：琴愁操，香倦燒。張可久、中呂紅綉鞋、仙居：梅花和月種，松葉帶霜燒。湯式、商調集賢賓套、書懷、隨煞：妳妳得了些賣陣錢，哥哥占了些勞軍鈔。

陽平

⊙豪

【英豪】曾瑞、中呂山坡羊、嘆世：看英豪。湯式、中呂普天樂、維揚懷古：老了英豪。【富豪】曾瑞、南呂四塊玉、村夫走院：逞富豪。【酒豪】汪元亨、正宮醉太平、警世：結詩仙酒豪。【粗豪】薛昂夫、雙調蟾宮曲、雪：那箇粗豪。湯式、商調集賢賓套、書懷、逍遙樂：比販茶船煞是粗豪。【奢豪】關漢卿、雙調新水令套、駐馬聽：黃詔奢豪。【詩豪】張可久、雙調

毫

折桂令、次白眞人韻：萬古詩豪。張可久、雙調水仙子、湖上：相逢酒聖詩豪。張可久、雙調湘妃怨、黃山道中：洞天寬容我詩豪。張可久、雙調湘妃怨、席上次梅友元帥韻：銷不盡千古詩豪。【麄豪】湯式、南呂一枝花套、贈妓宋湘雲、梁州：恠杜牧麄豪。喬吉、仙呂賞花時套、風情、賺煞：不是我劈麄豪。【麤豪】張養浩、中呂山坡羊、沔池懷古：膽麤豪。【氣更豪】無名氏、中呂喜春來：赤壁磯頭氣更豪。【詩興豪】無名氏、中呂喜春來：詩興豪，樂陶陶。【劍氣豪】張可久、雙調慶東原、次馬致遠先輩韻：詩情放，劍氣豪。【酒聖詩豪】盧摯、雙調沈醉東風、嘆世：助江山酒聖詩豪。

【分毫】湯式、南呂一枝花套、贈明時秀、梁州：恁時節不落分毫。湯式、黃鍾醉花陰套、離思、刮地風犯：幾時曾離了分毫。【兔毫】馬致遠、雙調壽陽曲：磨龍墨，染兔毫。張可久、雙調慶東原、次馬致遠先輩韻：悶拈兔毫。湯式、雙調湘妃引、旅舍秋懷：中山筆，乾枯了兔毫。張可久、雙調水仙子、和逍遙韻：大字鈔書損兔毫。【揮毫】張可久、雙調慶東原、次馬致遠先輩韻：席上揮毫。盧摯、雙調蟾宮曲、辛亥正月十日遊胡仲勉家園：辦烏絲準備揮毫。【霜毫】湯式、正宮塞鴻秋套、貨郎兒：棄了霜毫。【紫兔毫】姚燧、中呂陽春曲：筆蘸南山紫兔毫。

號

【猿號】張可久、中呂紅綉鞋、次韻：琴彈夜月猿號。

遼⊙

【征遼】湯式、商調集賢賓套、書懷、梧葉兒：恁待去征遼。

僚

【武僚】湯式、正宮端正好套、元日朝賀、倘秀才：鵷鷺班文僚武僚。

聊

【無聊】鄭光祖、雙調駐馬聽近套、秋閨、駐馬聽：景無聊。薛昂夫、雙調蟾宮曲、雪：獨釣無聊。楊澹齋、雙調得勝令：庭院正無聊。曾瑞、中呂喜春來、感懷：遣我悶無聊。湯式、正宮塞鴻秋套、傾杯序：只教人，逢花遇酒興無聊。

寥

【寂寥】張可久、中呂朝天子、湖上即席：千載寂寥。汪元亨、雙調折桂令、歸隱：甘心寂寥。劉太保、雙調蟾宮曲：冬景寂寥。湯式、雙調新水令套、秋夜夢回有感、駐馬聽：庭前寂寥。湯式、正宮塞鴻秋套、貨郎兒：無語寂寥。湯式、雙調新水令套、秋夜夢回有感、梅花酒：書房中受寂寥。湯式、南呂一枝花套、贈妓宋湘雲、梁州：感蘇子寂寥。湯式、雙調湘妃引、旅舍秋懷：一簷殘蠟人寂寥。湯式、黃鍾醉花陰套、離思：小簾櫳分外寂寥。

饒⊙

【春饒】張可久、雙調折桂令、王一山席上題壁：占得春饒。【難饒】張可久、中呂普天樂、收心：白髮難饒。【不相饒】張養浩、雙調胡十八：好光陰流水不相饒。【怎生饒】張養浩、中呂朱履曲：天怒也怎生饒。【索春饒】張可久、越調小桃紅、春深：一汀烟柳索春饒。【貴人饒】張可久、中呂紅綉鞋、過括蒼山：喜白髮貴人饒。【景物饒】湯式、商調集賢賓套、書懷：舵樓中景物饒。【白髮相饒】張可久、雙調折桂令、次白眞人韻：是誰教白髮相饒。【禮法難饒】湯式、南呂一枝花套：瞞不過響璫璫禮法難饒。

橈⊙

【蘭橈】張可久、雙調折桂令、秦郵卽事：訪秦郵暫駐蘭橈。【戲蘭橈】馬致遠、仙呂青哥兒：忽聽得，江津戲蘭橈。

苗⊙

【心苗】湯式、正宮塞鴻秋套、伴讀書：纔稱了心苗。湯式、南呂一枝花套、贈明時秀、梁州：傲馮魁，憐雙漸的心苗。【生苗】喬吉、雙調折桂令、勸求妓者：現世生苗。【無苗】劉時中、雙調折桂令、樵：黃獨無苗。

描⊙

【怎描】湯式、正宮塞鴻秋套、雁過聲：丹青怎描。【畫描】湯式、南呂一枝花套、贈教坊殊麗、尾聲：遮莫將丹青畫描。【親描】張可久、雙調折桂令、春情：寄春情小字親描。張可久、越調寨兒令、春愁：想合歡綉扇親描。【難描】湯式、南呂一枝花套、贈明時秀、梁州：三般兒巧筆兒難描。【畫怎描】盧摯、雙調壽陽曲：詩難詠，畫怎描。

毛⊙

【二毛】張可久、雙調慶東原、次馬致遠先輩韻：鬢邊二毛。【皮毛】喬吉、雙調折桂令、勸求妓者：怎換皮毛。【吹毛】喬吉、仙呂賞花時套、風情、賺煞：伏唇鎗舌劍吹毛。【溪毛】湯式、越調天淨沙、小景：綠蒙茸雨漲溪毛。【蛸毛】汪元亨、雙調沈醉東風、歸田：塵事紛紛逐蛸毛。【鵝毛】薛昂夫、雙調蟾宮曲、雪：片片鵝毛。劉太保、雙調蟾宮曲：如飛柳絮，似舞胡蝶，亂翦鵝毛。【鬢毛】張可久、中呂山坡羊、感舊：熬白鬢毛。盧摯、南呂金字經、宿邯鄲驛：曉霜侵鬢毛。【金翠毛】張可久、南呂金字經、觀獵：織成金翠毛。【金鳳毛】張可久、南呂金字經、菊邊：笑簪金鳳毛。【翡翠毛】張可久、商調梧葉兒、席上有贈：花鈿翡翠毛。【似劍吹毛】湯式、商調集賢賓套、書懷、醋葫蘆：丁香舌吐似劍吹毛。

茅

【三茅】張可久、雙調湘妃怨、席上次梅友元帥韻：九華峯頂禮三茅。【團茅】張可久、中呂紅綉鞋、蔡行甫郊居：清風小小團茅。張養浩、中呂喜春來：白雲深處結團茅。【衡茅】張可久、雙調水仙子、秋思：海風吹夢破衡茅。【結把茅】張可久、雙調慶東原、次馬致遠先輩韻：依山洞，結把茅。

牢⊙

【堅牢】湯式、南呂一枝花套：風月不堅牢。湯式、正宮塞鴻秋套、么篇：崔相府閉的堅牢。薛昂夫、雙調蟾宮曲、題爛柯石橋：袴腰兒難保堅牢。【難牢】鄭光祖、南呂梧桐樹套、題情、浣溪沙：自古來好物難牢。【砌壘的牢】湯式、正宮塞鴻秋套、笑和尚：再將楚陽臺砌壘的牢。

勞

【徒勞】鄭光祖、南呂梧桐樹套、題情、感皇恩：伎倆徒勞。張可久、雙調折桂令、次韻秋懷：往事徒勞。湯式、南呂一枝花套、言志、梁州：擊楫徒勞。湯式、雙調新水令套、秋夜夢回有感、梅花酒：咯兩意兒又徒勞。【魂勞】王嘉甫、仙呂八聲甘州：夢斷魂勞。【不憚勞】湯式、正宮端正好套、元日朝賀、尾聲：虹氣變龍不憚勞。【客更勞】薛昂夫、雙調殿前歡、冬：比功名客更勞。【夢斷魂勞】無名氏、越調鬭鵪鶉套：引得人夢斷魂勞。湯式、黃鍾醉花陰套、離思、刮地風犯：每日家夢斷魂勞。

醪

【香醪】馬致遠、仙呂賞花時套、孤舘雨留人：柴門靜悄，無意飲香醪。汪元亨、雙調雁兒落過得勝令、歸隱：滿甕泛香醪。湯式、正宮塞鴻秋套、普天樂：賞心時同飲香醪。張養浩、中呂紅綉鞋、贈美妓：子見他、杯擎瑪瑙泛香醪。【濁醪】馬致遠、雙調喬牌兒套：則不如開放柴扉，打下濁醪。【薄醪】湯式、越調柳營曲、旅次：糲飯薄醪。

撈

【井中撈】湯式、雙調新水令套、秋夜夢回有感、喜江南：取銀瓶，無計井中撈。

迢⊙

【夜迢】湯式、黃鍾醉花陰套、離思、喜遷鶯：更深夜迢。【迢迢】張可久、越調小桃紅、春深：水迢迢。李子中、仙呂賞花時套、煞尾：更漏迢迢。湯式、正宮塞鴻秋套、傾杯序：雲水迢迢。湯式、雙調新水令套、秋夜夢回有感、川撥棹：銀漢迢迢。姚燧、中呂滿庭芳：水連天隱隱迢迢。【水迢迢】張可久、中呂普天樂、別懷：遠水迢迢。【夜迢迢】湯式、黃鍾醉花陰套、離思：清耿耿夜迢迢。【路迢迢】張可久、中呂紅綉鞋、尋仙簡霞隱：尋眞不怕路迢迢。【良夜迢迢】張可久、雙調折桂令、王一山席上題壁：醉厭厭良夜迢迢。【秋水迢迢】張可久、越調天淨沙、魯卿庵中：蒼雲秋水迢迢。【銀海迢迢】張可久、雙調折桂令、小金山：望天邊銀海迢迢。【舊恨迢迢】湯式、南呂一枝花套、贈妓宋湘雲、梁州：度東牆舊恨迢迢。

調

【脂粉調】湯式、商調集賢賓套、書懷：金瘡藥細將脂粉調。【琴瑟和調】湯式、南呂一枝花套：怎能够琴瑟和調。

條

【千條】湯式、南呂一枝花套、題白梅深處、梁州：白茫茫萬樹千條。【有條】湯式、黃鍾醉花陰套、離思、四門子：論宮商井井皆有條。【苗條】湯式、南呂一枝花套、贈教坊殊麗、梁州：待苗條不甚苗條。【柳條】張可久、雙調慶東原、次馬致遠先輩韻：殘雪柳條。張可久、雙調沈醉東風、元夜：看見鵝黃上柳條。【柔條】劉太保、雙調蟾宮曲：夭桃似火，楊柳如煙，裊裊柔條。【詩條】張可久、雙調折桂令、王一山席上題壁：酒令詩條。【搴條】張可久、雙調折桂令、秦郵卽事：翠柳搴條。【蕭條】湯式、雙調新水令套、秋夜夢回有感、駐馬聽：林外蕭條。湯式、南呂一枝花套：松菊蕭條。喬吉、中呂滿庭芳、漁父詞：釣竿頭活計蕭條。【白玉條】張可久、雙調湘妃怨、德清觀梅：樹樹寒梅白玉條。【兩三條】王脩甫、仙呂八聲甘州套、六么遍：唾窗紗縷兩三條。【贈柳條】張可久、雙調水仙子、湖上：翠袖揎香贈柳條。【犯法違條】湯式、商調望遠行、四景題情、秋：實實的犯法違條。

潮⊙

【夜潮】喬吉、中呂滿庭芳、漁父詞：一江夜潮。【紅潮】湯式、南呂一枝花套、贈教坊殊麗、梁州：臉霞酣淡淡紅潮。【春潮】張可久、黃鍾人月圓、春日湖上：有信春潮。張可久、雙調折桂令、贈歌者秀英：臉暈春潮。薛昂夫、雙調殿前歡、冬：看漁翁舉網趁春潮。【寒潮】張可久、雙調燕引雛、桐江卽事：沙嘴寒潮。【殘潮】張可久、中呂普天樂、別懷：沙渚殘潮。【歸潮】喬吉、雙調折桂令：香暗歸潮。【觀潮】張可久、雙調折桂令、錢塘卽事：秋日觀潮。【不通潮】鄭光祖、南呂梧桐樹套、題情、採茶歌：那裏是潯陽江上不通潮。【絳雲潮】劉時中、中呂朝天子：氳氳雙頰絳雲潮。

朝

【入朝】湯式、南呂一枝花套、言志、尾聲：若說道董仲舒入朝。【市朝】汪元亨、中呂朝天子、歸隱：雲林遠市朝。【來朝】湯式、正宮端正好套、元日朝賀：賀三陽萬國來朝。【南朝】張可久、雙調折桂令、錢塘卽事：樹老南朝。【唐朝】薛昂夫、雙調蟾宮曲、題爛柯石橋：晉換了唐朝。【漢朝】張可久、雙調慶東原、次馬致遠先輩韻：解組漢朝。【紫宸朝】湯式、商調集賢賓套、書懷：他則想，五花誥，飛下紫宸朝。【辭了朝】劉時中、南呂四塊玉：棄了官辭了朝。

韶

【九韶】湯式、正宮端正好套、元日朝賀、小梁州：一派仙音奏九韶。

⊙遙

【迢遙】湯式、南呂一枝花套：烟水迢遙。湯式、南呂一枝花套、題白梅深處：却月觀阻迢遙。張可久、中呂紅綉鞋、過括蒼山：南明峯下路迢遙。【波遙】鄭光祖、南呂梧桐樹套、題情、東甌令：意波遙。【逍遙】張可久、雙調折桂令、秦郵卽事：散策逍遙。劉太保、雙調蟾宮曲：賞菊陶潛，散誕逍遙。湯式、正宮端正好套、元日朝賀、小梁州：中和調，天上樂逍遙。【遙遙】陳草庵、中呂山坡羊：路遙遙。【山路遙】馬致遠、仙呂賞花時套、孤舘雨留人：鞍馬區區山路遙。【路途遙】馬致遠、仙呂賞花時套、孤舘雨留人：離故國路途遙。【路迢遙】湯式、正宮塞鴻秋套、么篇：霧濛濛，桃源洞，阻隔的來路迢遙。【楚天遙】張可久、中呂山坡羊、感舊：越山高，楚天遙。張可久、黃鍾人月圓、春日湖上：隔斷楚天遙。【楚岫遙】湯式、雙調新水令套、秋夜夢回有感、得勝令：雲還楚岫遙。【錦箋遙】湯式、雙調新水令套、秋夜夢回有感：雁斷錦箋遙。

搖

【竹搖】湯式、雙調新水令套、秋夜夢回有感、七弟兄：紗窗外竹搖。【超搖】盧摯、雙調蟾宮曲、正月十四日稽秋山生日：有客超搖。【輕搖】劉太保、雙調蟾宮曲：散髮披襟，紈扇輕搖。徐再思、越調柳營曲、春情：近秋千花影輕搖。【金步搖】張可久、越調凭闌人、湖上醉餘：小花金步搖。徐再思、南呂閱金經、閨情：倒揷了金步搖。【風竹搖】鄭光祖、南呂梧桐樹套、題情、罵玉郎：不札實似風竹搖。【畫槳搖】湯式、商調集賢賓套、書懷：鬧垓垓畫槳搖。【環佩搖】倪瓚、越調凭闌人：水雲中環佩搖。

謠

【虛謠】薛昂夫、雙調蟾宮曲、題爛柯石橋：總是虛謠。【歌謠】湯式、正宮端正好套、元日朝賀、脫布衫：椒花頌萬代歌謠。【瓊瑤】徐再思、越調柳營曲、春情：報瓊瑤。湯式、中呂普天樂、維揚懷古：花弄瓊瑤。盧摯、雙調蟾宮曲、辛亥正月十日遊胡仲勉家園：踏破瓊瑤。薛昂夫、雙調蟾宮曲、雪：天仙碧玉瓊瑤。湯式、南呂一枝花套、題白梅深處、梁州：雪模糊玉座瓊瑤。徐再思、中呂紅綉鞋、雪：滿乾坤無處不瓊瑤。

傜

【征傜】湯式、越調天淨沙、小景：勝桃源堪避征傜。

堯

【舜堯】湯式、正宮端正好套、元日朝賀、尾聲：端拱無爲記舜堯。

⊙樵

【半樵】汪元亨、中呂朝天子、歸隱：做半漁半樵。【老樵】張可久、雙調慶東原、次馬致遠先輩韻：問江邊老樵。【漁樵】薛昂夫、雙調殿前歡、冬：我笑漁樵。汪元亨、雙調折桂令、歸隱：管領漁樵。張可久、中呂紅綉鞋、仙居：無心江上漁樵。張可久、正宮醉太平、山中小隱：一壺村酒話漁樵。【堪樵】劉時中、雙調折桂令、樵：吾意堪樵。【冷落漁樵】馬致遠、仙呂賞花時套、孤館雨留人：料前村冷落漁樵。

瞧

【外人瞧】喬吉、仙呂賞花時套、風情：不許外人瞧。【眼兒瞧】貫雲石、正宮小梁州：無語眼兒瞧。【倚門兒瞧】無名氏、中呂普天樂：又那里挨窗兒聽，倚門兒瞧。

憔

【枯憔】湯式、正宮塞鴻秋套、貨郎兒：將我這朱顏綠鬢，看看的盡枯憔。【花憔】張可久、越調寨兒令、春愁：月悴花憔。【添憔】湯式、正宮塞鴻秋套、醉太平：越着我展轉的添憔。

⊙鼇

【金鼇】張可久、雙調湘妃怨、德清觀梅：醉上金鼇。

鰲 【巨鰲】湯式、南呂一枝花套、尾聲：謾把綸竿鈎巨鰲。【鯨鰲】湯式、商調集賢賓套、書懷：跨海斬鯨鰲。湯式、南呂一枝花套、言志、梁州：直鈎兒怎釣鯨鰲。

螯 【蟹螯】張可久、雙調水仙子、秋思：對黃花持蟹螯。

嗷 【度犬嗷嗷】湯式、越調柳營曲、旅次：隔簾度犬嗷嗷。【衆口嗷嗷】湯式、商調集賢賓套、書懷：嗚珂巷衆口嗷嗷。湯式、南呂一枝花套、言志、梁州：聽刀戈下衆口嗷嗷。

熬 【相熬】王脩甫、仙呂八聲甘州：着甚相熬。【煎熬】喬吉、雙調折桂令、勸求妓者：日夜煎熬。【慢熬】張可久、雙調慶東原、次馬致遠先輩韻：守虀鹽慢熬。【難熬】楊澹齋、雙調得勝令：難熬，促織兒窗前叫。李子中、仙呂賞花時套、煞尾：最難熬。湯式、雙調新水令套、秋夜夢回有感、七弟兄：敢聒的人越難熬。鄭光祖、雙調駐馬聽近套、秋閨、駐馬聽：錦衾寬剩越難熬。【暮雨難熬】湯式、雙調沈醉東風、悼伶女：蒺藜花暮雨難熬。

⊙喬 【心喬】無名氏、越調鬪鵪鶉套：寨兒中口强心喬。【王喬】喬吉、雙調水仙子、樂清簫台：誰識王喬。【輕喬】湯式、黃鍾醉花陰套、離思、出隊子：他生的恬恬淨淨不輕喬。【子猷喬】曾瑞、中呂喜春來、詠雪梅：休笑子猷喬。

橋 【小橋】張可久、雙調落梅風、王果山先上尋梅：隨明月，過小橋。【六橋】張可久、中呂朝天子、湖上卽席：六橋，柳梢。湯式、南呂一枝花套、題白梅深處、尾聲：眞乃是身在西湖過六橋。【平橋】張可久、雙調折桂回、錢塘卽事：畫舫平橋。鄭光祖、雙調駐馬聽近套、秋閨：數株衰柳罩平橋。【虹橋】張可久、雙調折桂令、秦郵卽事：縹緲虹橋。【紅橋】張可久、雙調折桂令、小金山：醉倚紅橋。張可久、中呂紅綉鞋、山中：綠波亭下小紅橋。【野橋】張可久、仙呂一半兒、野橋酬耿子春：楊柳曉風涼野橋。【畫橋】湯式、南呂一枝花套、贈妓宋湘雲、尾聲：休低迷畫橋。【溪橋】劉時中、雙調折桂令、樵：水洹溪橋。劉太保、雙調蟾宮曲：流水溪橋。張可久、越調天淨沙、魯卿庵中：探梅人過溪橋。薛昂夫、雙調蟾宮曲、雪：一箇凍騎驢野店溪橋。【題橋】王嘉甫、仙呂八聲甘州：司馬題橋。【斷橋】張可久、南呂金字經、採蓮女：貪看荷花過斷橋。【藍橋】張可久、越調寨兒令、春愁：無夢到藍橋。張可久、雙調沈醉東風、元夜：夕陽何處藍橋。湯式、南呂一枝花套、送妓宋湘雲：偕裴子赴藍橋。湯式、南呂一枝花套：裴航夢斷藍橋。湯式、正宮塞鴻秋套、么篇：白茫茫，浪淘天，水淤了藍橋。【巖橋】薛昂夫、雙調蟾宮曲、題爛柯石橋：甚神仙久占巖橋。【灞橋】張可久、雙調慶東原、次馬致遠先輩韻：尋詩灞橋。張可久、商調梧葉兒、探梅即事：雪滿長安灞橋。【宋姑橋】張可久、中呂紅綉鞋、蔡行甫郊居：蔡仙家只隔宋姑橋。【紫雲橋】張可久、中呂朱履曲、仙遊：鶴聲吹過紫雲橋。【楊柳橋】張可久、南呂金字經、菊邊：月明楊柳橋。【畫欄橋】湯式、正宮塞鴻秋套、雁過聲：只教那行雲飛過畫欄橋。【獨木橋】湯式、雙調慶東原、田家樂：門前獨木橋。盧摯、中呂喜春來、和則明韻：古柳橫爲獨木橋。【鵲成橋】馬致遠、雙調喬牌兒套：則是銀漢鵲成橋。【灞陵橋】張可久、越調小桃紅、憶疎齋學士郊行：詩在灞陵橋。汪元亨、正宮醉太平、警世：探梅常過灞陵橋。曾瑞、中呂喜春來、詠雪梅：浩然驢背灞陵橋。馬致遠、仙呂賞花時套、孤館雨留人：送清香，梅綻灞陵橋。

翹

【玉翹】湯式、雙調新水令套、秋夜夢回有感、沈醉東風：則見他烏雲髻斜簪玉翹。【金翹】張可久、雙調折桂令、春情：笑整金翹。徐再思、越調柳營曲、春情：雲挽金翹。關漢卿、雙調沈醉東風：春風翠髻金翹。【鳳翹】景元啓、雙調得勝令：佯羞整鳳翹。張可久、南呂金字經、採蓮女：翠絲抓鳳翹。李子中、仙呂賞花時套：高髻鬆雲嚲鳳翹。湯式、南呂一枝花套、贈教坊殊麗、梁州：交股釵，裊雙頭鳳翹。【翠翹】湯式、正宮端正好套、元日朝賀、滾綉球：綵鸞扇，微影影，青鸞蘸翠翹。【金鳳翹】貫雲石、南呂金字經：寶釵金鳳翹。湯式、商調集賢賓套、書懷、金菊香：鐵兜鍪壓損了金鳳翹。【裊雞翹】湯式、南呂一枝花套、贈明時秀：玉搖搖，釵燕裊雞翹。

餚⊙

【山餚】湯式、越調柳營曲、旅次：野蔌山餚。

袍⊙

【吟袍】張可久、仙呂一半兒、野橋酬耿子春：海棠香雨汚吟袍。【青袍】湯式、南呂一枝花套、言志：十載青袍。【宮袍】汪元亨、中呂朝天子、歸隱：淋漓醉墨濕宮袍。【紫袍】劉時中、南呂四塊玉、衣紫袍。張可久、雙調慶東原、次馬致遠先輩韻：粉粉紫袍。【毳袍】湯式、南呂一枝花套、題自梅深處、梁州：但則覺，花氣氳氳襲毳袍。【道袍】張養浩、雙調沈醉東風、寄閱世道人侯和卿：披一領，熬日月，耐風霜道袍。【綈袍】張可久、雙調折桂令、次韻秋懷：對西風戀戀綈袍。【赭袍】湯式、正宮端正好套、元日朝賀、滾綉球：五鳳樓，日色曈曨映赭袍。【戰袍】劉時中、中呂朝天子、邸萬戶侯上：看團花錦戰袍。【上羅袍】盧摯、中呂喜春來、和則明韻：草色上羅袍。【白紵袍】張可久、雙調燕引雛、桐江即事：烏紗白紵袍。【白錦袍】張可久、南呂金字經、菊邊：酒污仙人白錦袍。【紫羅袍】姚燧、中呂陽春曲：憑換紫羅袍。【錦宮袍】喬吉、中呂滿庭芳、漁父詞：不換錦宮袍。【錦征袍】湯式、商調集賢賓套、書懷、金菊香：他將絳綃裙，籠罩着錦征袍。【麻條布袍】盧摯、雙調沈醉東風、嘆世：拂塵土麻條布袍。

⊙桃

【木桃】徐再思、春情：投木桃。鄭光祖、南呂梧桐樹套、題情、感皇恩：那些箇投以木桃。【浸桃】湯式、雙調慶東原、田家樂：浮瓜浸桃。【碧桃】張可久、雙調湘妃怨、席上次梅友元帥韻：吹笙醉碧桃。湯式、黃鍾醉花陰套、離思、刮地風犯：以青筠間碧桃。喬吉、仙呂賞花時套、風情：春透天台醉碧桃。喬吉、雙調水仙子、樂清簫台：跨白鹿、春酣醉碧桃。【偷桃】張可久、雙調折桂令、春情：指仙翁三度偷桃。【臉桃】李子中、仙呂賞花時套：情淚流香淡臉桃。【蟠桃】薛昂夫、雙調蟾宮曲、題爛柯石橋：王母蟠桃。湯式、正宮端正好套、元日朝賀、么篇：齊歌齊笑，共王母宴蟠桃。【櫻桃】湯式、雙調新水令套、秋夜夢回有感、沈醉東風：芙蓉額檀口似櫻桃。

逃

【怎地逃】喬吉、仙呂賞花時套、風情、賺煞：團你在，垓心裡怎地逃。【無處逃】盧摯、南呂金字經、宿邯鄲驛：虛名無處逃。

陶

【老陶】湯式、南呂一枝花套、贈教坊殊麗、梁州：老陶，見了，少不得剖肝腸再寫段風流好。

【陶陶】無名氏、中呂喜春來：樂陶陶。張可久、雙調湘妃怨、德清觀梅：倚春風其樂陶陶。湯式、商調集賢賓套、書懷：棹歌聲裏樂陶陶。

萄

【葡萄】張可久、中呂朝天子、湖上即席：一川晴綠漲葡萄。湯式、正宮端正好套、元日朝賀、脫布衫：柏葉杯九醞葡萄。

醄

【樂醄】湯式、正宮塞鴻秋套、笑和尚：飲香醪樂醄醄。

淘

【浪淘淘】薛昂夫、雙調殿前歡、冬：浪淘淘，看漁翁舉網趁春潮。張可久、中呂紅綉鞋、次韻：東去浪淘淘。【兀兀淘淘】馬致遠、雙調喬牌兒套：啼鳥驚回兀兀淘淘。

濤

【山濤】張可久、雙調慶東原、次馬致遠先輩韻：酒困山濤。【風濤】汪元亨、雙調折桂令、歸隱：不見風濤。湯式商調集賢賓套、書懷、梧葉兒：又不曾，諳海島慣風濤。張可久、正宮醉太平、山中小隱：碎芭蕉，小庭秋樹響風濤。【松濤】薛昂夫、雙調蟾宮曲、題爛柯石橋：滿耳松濤。汪元亨、雙調雁兒落過得勝令、歸隱：攲枕聽松濤。【海濤】姚燧、中呂滿庭芳：天風海濤。【雲濤】張可久、雙調折桂令、次韻秋懷：萬里雲濤。喬吉、中呂滿庭芳、漁父詞：萬頃雲濤。【暮濤】貫雲石、雙調清江引、惜別：江聲攪暮濤。【翠濤】張可久、雙調清江引、山居春枕：松風響翠濤。

⊙曹

【六曹】湯式、正宮端正好套、元日朝賀、倘秀才：八府三司共六曹。【吏曹】汪元亨、中呂朝天子、歸隱：烟村絕吏曹。【何水曹】張可久、雙調湘妃怨、德清觀梅：重來何水曹。

漕

【水歸漕】湯式、正宮塞鴻秋套、笑和尚：藍橋下水歸漕。【拽根兒漕】劉時中、中呂紅綉鞋、鞋杯：淋漉得拽根兒漕。

槽

【紫檀槽】湯式、南呂一枝花套、贈教坊殊麗：口理紫檀槽。湯式、正宮端正好套、元日朝賀、梁州：紅牙象板紫檀槽。湯式商調集賢賓套、書懷：熱樂似銀箏象板紫檀槽。【鳳尾槽】張可久、雙調水仙子、湖上：新絃調鳳尾槽。

嘈

【倦鳥嘈嘈】湯式、越調柳營曲、旅次：投林倦鳥嘈嘈。

⊙瓢

【山瓢】劉時中、雙調折桂令：酒滿山瓢。【天瓢】喬吉、雙調折桂令：水漏天瓢。【仙瓢】張可久、中呂紅綉鞋、仙居：小壺新醖注仙瓢。【弄瓢】張可久、南呂金字經、採蓮女：柳枝學弄瓢。【酒瓢】張可久、仙呂一半兒、野橋酬耿子春：薜荔空牆閒酒瓢。【簞瓢】張可久、雙調慶東原、次馬致遠先輩韻：家裏簞瓢。汪元亨、雙調沈醉東風、歸田：子甘貧，陋巷簞瓢。【詩瓢】喬吉、中呂滿庭芳、漁父詞：酒甕詩瓢。【藥瓢】張可久、雙調湘妃怨、黃山道中：朱砂泉流藥瓢。【癭瓢】劉時中、中呂朝天子：癭瓢，帶糟，將甕裏浮蛆舀。【洗藥瓢】張可久、雙調慶東原、次馬致遠先輩韻：洗藥瓢，樂清閒幾個人知道。【草團瓢】汪元亨、正宮醉太平、警世：白雲邊蓋座草團瓢。【許由瓢】曾瑞、中呂喜春來、妓家：結果許由瓢。曾瑞、南呂四塊玉、述懷：九鼎沈入許由瓢。【癭木瓢】張可久、雙調水仙子、和逍遙韻：松花釀癭木瓢。【西施弄瓢】張可久、雙調折桂令、王一山席上題壁：碧水冷西施弄瓢。

巢

【危巢】張可久、中呂紅綉鞋、過括蒼山：鶴鳴松頂危巢。【泥巢】湯式、正宮塞鴻秋套、醉太平：你看他，往來雙燕共泥巢。【松巢】盧摯、雙調蟾宮曲、正月十四日稽秋山生日：梅陣松巢。【雲巢】張可久、雙調燕引雛、桐江卽事：花掩雲巢。張可久、中呂朝天子、湖上卽事：藥竈雲巢。【迷巢】湯式、雙調新水令套、秋夜夢囘有感、喜江南：轉南柯蟻陣早迷巢。【書巢】張可久、雙調折桂令、次韻秋懷：興動書巢。【詩巢】張可久、雙調折桂令、秦郵卽事：僧院詩巢。張可久、中呂紅綉鞋、山中：曲闌明月詩巢。【尋巢】鄭光祖、雙調駐馬聽近套、秋閨：鳥尋巢。劉太保、雙調蟾宮曲：乍銜泥燕子尋巢。【窠巢】喬吉、雙調折桂令、勸求妓者：踢騰盡銅斗般窠巢。【鳳巢】湯式、南呂一枝花套、銜燕泥壘，不就鸞窩鳳巢。【雲外巢】汪元亨、雙調雁兒落過得勝令、歸隱：一枝雲外巢。【翡翠巢】喬吉、雙調水仙子、嘲人愛姬爲人所奪：臨川縣，花枝翡翠巢。湯式、商調集賢賓套、書懷：辱沒殺，鋪紅苫綠翡翠巢。湯式、南呂一枝花套、贈教坊殊麗、尾聲：錦纏聯，金絡索，搭苫箇春風翡翠巢。【鳳凰巢】張可久、商調梧葉兒，席上有贈：綉閣鳳凰巢。【燕營巢】馬致遠、雙調喬牌兒套：似梁間燕營巢。【燕壘巢】馬致遠、仙呂青哥兒：臥看風簷燕壘巢。【燕鶯巢】鄭光祖、南呂梧桐樹套、題情、罵玉郎：那裏是蜂蝶陣，燕鶯巢。

濠嘷○寮鷯憀○蕘○
繙○芼旄蝥猫髦○猱
獿鐃呶怓撓譊○轑澇
○髾蜩佻跳○鼂○瑤
飆窯姚嶢○譙○厫敖
璈聱獒鰲遨謷○蕎僑
○爻淆殽○炮跑軳匏
咆庖○咷綯檮○螬○
漅

【對偶】

盧摯、雙調沈醉東風、嘆世：拂塵土麻條布袍，助江山酒聖詩豪。無名氏、中呂喜春來：黃花籬下雖云樂，赤壁磯頭氣更豪。湯式、中呂普天樂、維揚懷古：絕了音信，疎了故舊，老了英豪。湯式、南呂一枝花套、贈妓宋湘雲、梁州：記崔生密約，感蘇子寂寥，任酸齋笑謔，怪杜牧麁豪。湯式、正宮塞鴻秋套、貨郎兒：廢了經史，棄了霜毫。姚燧、中呂陽春曲：墨磨北海烏龍角，筆蘸南山紫兎毫。湯式、雙調湘妃引、旅舍秋懷：半窗風雨夜瀟颻，四壁啼螿秋鬧炒，一篝殘蠟人寂寥。張養浩、中呂朱履曲：禍來也何處躲，天怒也怎生饒。湯式、南呂一枝花套：怕不道甜膩膩恩情怎捨，瞞不過響璫璫禮法難饒。湯式、商調集賢賓套、書懷：篷窗下風致佳，舵樓中景物饒。張可久、中呂普天樂、收心：朱顏易老，青山自好，白髮難饒。湯式、南呂一枝花套、贈明時秀、梁州：迷下蔡惑陽城的嫵媚，赴高唐謫廣寒的風標，冠薛濤壓秋娘的聲价，傲馮魁憐雙漸的心苗。盧摯、雙調壽陽曲：詩難詠，畫怎描。薛昂夫、雙調蟾宮曲、雪：點點楊花，片片鵝毛。　張可久、南呂金字經、菊邊：細切銀絲鱠，笑簪金鳳毛。　姚燧、雙調壽陽曲：酒可紅雙頰，愁能白二毛。　張可久、中呂山坡羊、感舊：牢，粗布袍；熬，白鬢毛。　張可久、中呂紅綉鞋、蔡行甫郊居：白露離離香稻，清風小小園茅。　湯式、南呂一枝花套：雨雲雖想念，風月不堅牢。　湯式、南呂一枝花套、言志、梁州：曳裾休嘆，投筆空焦；題橋謾逞，擊楫徒勞。

陳草庵、中呂山坡羊：路遙遙，水迢迢。張可久、中呂普天樂、別懷：愁雲淡淡，遠水迢迢。

姚燧、中呂滿庭芳：山接水茫茫渺渺，水連天隱隱迢迢。　張可久、雙調折桂令、小金山：比江上金山小小，望天邊銀海迢迢。　湯式、南呂一枝花套、贈妓宋湘雲、梁州：飛南浦新愁冉冉，度東牆舊恨迢迢。　湯式、南呂一枝花套：則落得鶯燕呼招，怎能够琴瑟和調。　湯式、南呂一枝花套：椿萱衰邁，松菊蕭條。　喬吉、中呂滿庭芳：箬笠底風雲縹緲，釣竿頭活計蕭條。　湯式、南呂一枝花套、贈教坊殊麗、梁州：說窈窕端然窈窕，待苗條不甚苗條。　張可久、雙調折桂令、秦郵即事：白藕翻根，黃蘆顫葉，翠柳搴條。　張可久、雙調燕引雛、桐江即事：山椒暖翠，沙嘴寒潮。　張可久、雙調折桂同、錢塘即事：春月遊湖，秋日觀潮。　張可久、雙調折桂令、贈歌者秀英：眼轉秋波，臉暈春潮。　張可久、黃鍾人月圓、春日湖上：無情秋月，有信春潮。　喬吉、雙調折桂令：錦瀰行雲，香暗歸潮。　湯式、南呂一枝花套、贈教坊殊麗、梁州：肌雪瑩勻勻粉膩，臉霞酣淡淡紅潮。　曾瑞、南呂四塊玉、述懷：棄了官，辭了朝。　張可久、雙調折桂同、錢塘即事：地勝東吳，樹老南朝。　張可久、中呂山坡羊、感舊：越山高，楚天遙。　湯式、越調柳營曲、旅次：歸路杳，去程遙。　湯式、南呂一枝花套：雲山飄渺，烟水迢遙。　湯式、雙調新水令套、秋夜夢回有感、得勝令：雨歇陽臺靜，雲還楚岫遙。　湯式、雙調新水令套、秋夜夢回有感：魚沈尺素稀，雁斷錦箋遙。　湯式、雙調新水令套、秋夜夢回有感、七弟兄：畫簷外鐵敲，紗窗外竹搖。　湯式、商調集賢賓套、書懷：叫喳喳鏡纜移，鬧垓垓畫槳搖。　湯式、南呂一枝花套、題白梅深處：羅浮山接渺茫，大庾嶺橫冥窅，凌風臺迷汗漫，却月觀阻迢遙。　湯式、中呂普天樂、維揚懷古：城閉錦綉，花弄瓊瑤。　湯式、南呂一枝花套、題白梅深處、梁州：露點滴珠融粉膩，烟朦朧翠護輕綃，風搖曳香飄麝腦，雪模糊玉座瓊瑤。汪元亨、中呂朝天子、歸隱：攜一琴一鶴，做半漁半樵。張可久、中呂紅綉鞋、仙居：有客樽前談笑，無心江上漁樵。湯式、商調集賢賓套、書懷：麗春園萬馬蕭蕭，鳴珂巷衆口嗷嗷。湯式南呂一枝花套、言志、梁州：看鞍馬上諸公袞袞，聽刀戈下衆口嗷嗷。湯式、雙調沈醉東風、悼伶女：鉛華樹春風甚早，蒺藜花暮雨難熬。湯式、商調集賢賓套、書懷：穿花擒鳳鳥，跨海斬鯨鰲。湯式、南呂一枝花套：休將錦字傳青鳥，謾把綸竿釣巨鰲。張可久、雙調落梅風、玉果山先上尋梅：隨明月，過小橋。湯式、雙調慶東原、田家樂：柳下三椽厦，門前獨木橋。盧摯、中呂喜春來、和則明韻：春雲巧似山翁帽，古柳橫爲獨木橋。湯式、南呂一枝花套、題自梅深處、尾聲：全不似、夢遊東海尋三島，眞乃是、身在西湖過六橋。張可久、雙調折桂同、錢塘卽事：翠袖聯歌，金鞭爭道，畫舫平橋。湯式、南呂一枝花套：劉晨誤入天台，洛浦神遊漢皐，裴航夢斷藍橋。張可久、仙呂一半兒、野橋酬耿子春：海棠香雨汚吟袍，薜荔空牆閒酒瓢，楊柳曉風涼野橋。汪元亨、正宮醉太平、警世：曾閉門不受徵賢詔，自休官懶上長安道，但探梅常過灞陵橋。湯式、南呂一枝花套、贈妓宋湘雲：送飛瓊下九天，駕弄玉遊三島。伴巫娥臨楚臺，偕裴子赴藍橋。關漢卿、雙調沈醉東風：夜月青樓鳳簫，春風翠髻金翹。李子中、仙呂賞花時套：情淚流香淡臉桃，高髻鬆雲軃鳳翹。湯式、正宮端正好套、元日朝賀、滾綉球：銀酥蠟、明燦燦、金蓮護絳綃，綵鸞扇、微影影、青鸞纛翠翹。湯式、商調集賢賓套、書懷、金菊香：絳綃裙籠罩着錦征袍，銀鎧甲纓聯着珠絡索，鐵兜鍪壓損了金鳳翹。湯式、南呂一枝花套、贈明時秀：星靨靨花鈿簇翠圓，黑鬒鬒雲髻盤鴉小。金閃閃襪鈎舒鳳嘴，玉搖搖釵燕裊雞翹。湯式、越調柳營曲、旅次：糲飯薄醪，野蔌山餚。湯式、正宮端正好套、元日朝賀、滾綉球：九龍車、霞光閃閃明芝蓋，五鳳樓、日色曈曈映赭袍。張可久、雙調慶東原、次馬致遠先輩韻：粉粉紫袍，區區綠袍，戀戀綈袍。張可久、雙調湘妃怨、席上次梅友元帥韻：拂袖騎丹鳳，吹笙醉碧桃。張可久、雙調折桂令、春情：嬴女伴一場鬪草，指仙翁三度偷桃。　湯式、正宮端正好套、元日朝賀、脫布衫：椒花頌萬代歌謠，柏葉杯九醞葡萄。　張可久、正宮醉太平、山中小隱：漲葡萄青溪春水流仙棹，靠團標空巖夜雪迷丹竈，碎芭蕉小庭秋樹響風濤。　汪元亨、中呂朝天子、歸隱：雲林遠市朝，烟村絕吏曹。　湯式、正宮塞鴻秋套、笑和尚：買充宅人靜悄，藍橋下水歸槽。　張可久、雙調水仙子、湖上：醉墨灑龍香劑，新絃調鳳尾槽。　湯式、南呂一枝花套、贈教坊殊麗：眼舒隨意花，髻插忘憂草，　手拈紅塵尾，　口理紫檀槽。　湯式、越調柳營曲、旅次：隔籬度犬嗷嗷，投林倦鳥嘈嘈。　喬吉、中呂滿庭芳、漁父詞：綸巾薄扇，酒甕詩瓢。　張可久、雙調湘妃怨、黃山道中：白雲觀欹仙枕，朱砂泉流藥瓢。　汪元亨、雙調沈醉東風、歸田：妻從儉荊釵布襖，子甘貧陋巷簞瓢。　張可久、中呂紅綉鞋、過括蒼山：鴉噪巖前古廟，鶴鳴松頂危巢。　喬吉、雙調水仙子、嘲人愛姬為人所奪：豫章城錦片鳳凰交，臨川縣花枝翡翠巢。　喬吉、雙調折桂令、勸求妓者：慶禳死花枝般老小，踢騰盡銅斗般窠巢。　湯式、南呂一枝花套：吐蛛絲、鎖不住蝶使蜂媒，銜燕泥、壘不就鸞窩鳳巢。　湯式、南呂一枝花套、贈教坊殊麗、尾聲：燭熒煌、香靉靉、鋪張箇夜月芙蓉幄，錦纏聯、金絡索、搭苦箇春風翡翠巢。　鄭光祖、雙調駐馬聽近套、秋閨：日銜山，船艤岸，鳥尋巢。

入聲作平聲

⊙濁

【溷濁】湯式、黃鍾醉花陰套、離思、出隊子：比別人不溷濁。【輕清重濁】湯式、正宮塞鴻秋套、脫布衫帶過小梁州：撫冰弦，分輕清重濁。

⊙鐸

【獲鐸】關漢卿、中呂普天樂、崔張十六事：只落得，兩下裏獲鐸。

度

【自度】湯式、南呂一枝花套、贈明時秀、梁州：他自度。【忖度】湯式、南呂一枝花套、贈妓宋湘雲：去來心怎忖度。　湯式、黃鍾醉花陰套、離思、古水仙子：我我我自忖度。湯式、雙調沈醉東風、悼伶女：恨殺閻羅不忖度　。【量度】張養浩、中呂山坡羊、沔池懷古：不量度，朦朧豪。湯式、雙調新水令套、秋夜夢同有感、梅花酒：我心內自量度。

薄⊙

【輕薄】湯式、南呂一枝花套、贈妓宋湘雲、梁州：果無心不趁輕薄。【窮薄】關漢卿、雙調新水令套、駐馬聽：雙郎窮薄。【分緣薄】鄭光祖、南呂梧桐樹套、題情、感皇恩：也是我，恩情盡，時運乖，分緣薄。【被兒薄】湯式、雙調新水令套、秋夜夢同有感、駐馬聽：病兒多，偏覺被兒薄。【絮衾薄】湯式、中呂謁金門、客中戲示友人：毳衾雲落絮衾薄。【分淺緣薄】王嘉甫、仙呂八聲甘州：爭奈分淺緣薄。

箔⊙

【朱箔】湯式、黃鍾醉花陰套、離思：寒透朱箔。【珠箔】湯式、正宮端正好套、元日朝賀、滾綉球：珊瑚鈎，滴溜溜，高簇起綉幕珠箔。【簾箔】湯式、商調望遠行、四景題情秋：桂花風，蕭蕭響，透簾箔。

學⊙

【寡學】湯式、南呂一枝花套、言志、梁州：雖道是淺識，寡學。【向誰學】鄭光祖、南呂梧桐樹套、題情、採茶歌：疼熱話向誰學。【盡所學】湯式、正宮端正好套、元日朝賀、尾聲：弼輔移承盡所學。

縛⊙

【結縛】湯式、南呂一枝花套、贈明時秀、尾聲：花胡洞，翠檻朱欄巧結縛。

鶴⊙

【一鶴】汪元亨、中呂朝天子、歸隱：攜一琴一鶴。【黃鶴】鄭光祖、南呂梧桐樹套、題情、感皇恩：雲端裏覓黃鶴。湯式、正宮端正好套、元日朝賀、么：一箇箇騎黃鶴。【猿鶴】汪元亨、雙調雁兒落過得勝令、歸隱：猿鶴，山中作故交。【野鶴】張可久、中呂朝天子、湖上即席：九皐，野鶴。【舞鶴】湯式、南呂一枝花套、贈明時秀：丹青幀，摸巧樣迴鸞舞鶴。

著⊙

【犯著】喬吉、仙呂賞花時套、風情、賺煞：掙壓快的鋒芒，怎敢犯著。【念著】湯式、南呂一枝花套、贈妓宋湘雲、梁州：想著，念著，梨花枕上閒情繞。【掘著】喬吉、雙調水仙子、嘲人愛姬爲人所奪：紫犇鍬一下掘著。【尋著】湯式、雙調新水令套、秋夜夢同有感、梅花酒：敢夢兒裏故尋著。【湯著】無名氏、中呂普天樂：手梢兒何曾湯著。【遇著】湯式、南呂一枝花套、題白梅深處：一逢春一遇著。【想著】湯式、南呂一枝花套、贈妓宋湘雲、梁州：想著，念著。【踏著】王嘉甫、仙呂八聲甘州套、賺尾：盡今生永不踏著。【對著】李子中、仙呂賞花時套、煞尾：和個瘦影兒無言對著。【睡著】鄭光祖、雙調駐馬聽近套、秋閨、尾：急睡著。姚燧、越調凭闌人：等夫人熟睡著。張養浩、雙調胡十八：都不如醉了睡著。【撞著】湯式、雙調新水令套、秋夜夢回有感、喬牌兒：共多情廝撞著。湯式、南呂一枝花套、贈教坊殊麗：武陵溪猶撞著。【驚著】喬吉、雙調折桂令：海棠魂，羯鼓聲昨夜驚著。【相念著】湯式、雙調新水令套、秋夜夢回有感、梅花酒：心兒裏相念著。【睡不著】馬致遠、雙調喬牌兒套：爲甚石崇睡不著。關漢卿、雙調大德歌：便做陳摶也睡不著。【今番越著】湯式、雙調新水令套、秋夜夢回有感、離亭宴煞：鬼病兒今番越著。【懶待湯著】湯式、雙調新水令套、秋夜夢回有感、風入松：這些時，茶和飯懶待湯著。

杓⊙

【馬杓】喬吉、仙呂賞花時套、風情、么：打不覺頭毒如睡馬杓。

濯鐲擢○踱○泊博○

鶚○涸○鑿○鑊○芍

【對偶】

湯式、南呂一枝花套、贈妓宋湘雲：翻覆手誰能料，去來心怎忖度。湯式、正宮端正好套、元日朝賀、滾綉球：氍毹錦、軟茸茸、平鋪著、寶街複道，珊瑚鈎、滴溜溜、高簇起、綉幕珠箔。湯式、南呂一枝花套、言志、梁州：淺識，寡學。湯式、南呂一枝花套、贈明時秀、尾聲：錦窩巢、雲屏霧帳重圍繞，花胡洞、翠檻朱欄巧結縛。湯式、正宮端正好套、元日朝賀、么篇：一箇箇跨紫鸞，一箇箇騎黃鶴。鄭光祖、南呂梧桐樹套、題情、感皇恩：日影內捕金烏，月輪中擒玉兎，雲端裏覓黃鶴。湯式、南呂一枝花套、贈明時秀：錦綉額、贈新題走蚓驚蛇，丹青幀、摸巧樣迴鸞舞鶴。湯式、南呂一枝花套、贈教坊殊麗：陽臺夢曾奚落，武陵溪猶撞著。

上聲

小⊙

【小小】湯式、南呂一枝花套、贈教坊殊麗：我猜做，風流地，重生箇小小。【井小】張可久、雙調折桂令、秦郵卽事：照玉女神仙井小。【老小】喬吉、雙調折桂令、勸求妓者：慶禳死花枝般老小。【最小】喬吉、中呂滿庭芳、漁父詞：扁舟最小。【嬌小】喬吉、雙調賣花聲、太平吳氏樓會集：香團嬌小。劉中時、中呂紅綉鞋、鞋杯：幫兒瘦弓弓地嬌小。【人間小】劉中時、中呂朝天子：醉鄉大人間小。【山月小】張可久、雙調清江引、桐柏山中：白雲半天山月小。【天地小】雙調清江引、碧山丹房早起：翠逢一壺天地小。【仙洞小】張可久、中呂朱履曲、仙遊：花藏仙洞小。【玉荷小】湯式、黃鍾醉花陰套、離思：銀甲挑燈玉荷小。【朱櫻小】王嘉甫、仙呂八聲甘州套、六么遍：稱霞腮一點朱櫻小。【身軀小】鄭光祖、雙調駐馬聽近套、秋閨、尾：一點來不够身軀小。【青山小】張可久、中呂普天樂、別懷：幾點青山小。【深更小】喬吉、雙調清江引、笑靨兒：破花顏粉窩兒深更小。【筋力小】湯式、商調集賢賓套、書懷、梧葉兒：扶篙筋力小。【山齋小小】張可久、越調天淨沙、魯卿庵中：紅葉山齋小小。【金山小小】張可久、雙調折桂令、小金山：比江上金山小小。【雲髻盤鴉小】湯式、南呂一枝花套、贈明時秀：黑鬒鬒雲髻盤鴉小。

皎⊙

【皎皎】湯式、南呂一枝花套、題白梅深處、尾聲：月華皎皎。

矯

【夭矯】湯式、南呂一枝花套、題白梅深處：幹盤盤，枝梃梃，槎枒夭矯。

鳥⊙

【青鳥】湯式、正宮塞鴻秋套、小桃紅：音書欲寄無青鳥。湯式、正宮端正好套、元日朝賀、尾聲：露布無文送青鳥。湯式、南呂一枝花套：從今後，休將錦字傳青鳥。【鳳鳥】湯式、商調集賢賓套、書懷：穿花擒鳳鳥。【籠中鳥】盧摯、雙調沈醉東風、嘆世：日月籠中鳥。

了⊙

【去了】張可久、中呂朝天子、湖上卽席：林逋仙去了。【見了】湯式、南呂一枝花套、贈教坊殊麗、梁州：老陶，見了，少不得剖肝腸再寫段風光好。【忘了】姚燧、雙調壽陽曲：風流近來都忘了。鄭光祖、南呂梧桐樹套、題情、尾聲：萬苦千辛休忘了。湯式、雙調新水令套、秋夜夢同有感、沈醉東風：將我這，受過的淒涼忘了。【事了】汪元亨、正宮醉太平、警世：平生事了。姚燧、中呂滿庭芳：功名事了。【怎了】湯式、雙調新水令套、秋夜夢同有感、喜江南：可著我怎了。【過了】白樸、雙調慶東原：青春過了。【睡了】徐再思、中呂紅繡鞋、雪：想孤山鶴睡了。【誤了】姚燧、越調凭闌人：今夜佳期休誤了。【賽了】湯式、雙調新水令套、秋夜夢同有感、離亭宴煞：將一箇羊兒賽了。【瘦了】張可久、越調小桃紅、春深：今番瘦了。【醉了】劉中時、中呂朝天子：醉了，睡好。張可久、正宮醉太平、山中小隱：先生醉了。張養浩、雙調胡十八：都不如醉了。【載了】貫雲石、雙調清江引、惜別：蘭舟把愁都載了。【謊了】無名氏、中呂普天樂、把我一個敢心都謊了。【不見了】張養浩、中呂朱履曲：把舊來時威風不見了。【天明了】白樸、雙調得勝樂：休直到，教擔閣得天明了。【白占了】湯式、商調集賢賓套、書懷：將一座翫江樓，等閑白占了。【何日了】湯式、南呂一枝花套：虛飄何日了。【何時了】張可久、中呂普天樂、收心：惜玉憐香何時了。【何處了】張可久、中呂山坡羊、感舊：金鞍少年何處了。【忙到了】張可久、中呂紅綉鞋、仙居：本清閑忙到了。【春去了】貫雲石、雙調清江引、惜別：都被他帶將春去了。【春事了】張可久、雙調清江引、采石江上：一聲杜鵑春事了。【春瘦了】喬吉、雙調折桂令：梨花夢，龍綃泪，今春瘦了。【南去了】張可久、雙調落梅風、和盧彥威學士：雁兒幾聲南去了。【雲占了】張可久、雙調清江引、山居春枕：門前好山雲占了。【消費了】喬吉、雙調清江引、笑靨兒：千金這窩兒裡消費了。【展涴了】劉時中、中呂紅綉鞋、鞋杯：更怕那，口淹咯的展涴了。【乾送了】張養浩、中呂山坡羊、沔池懷古：君，乾送了；民，乾送了。【零落了】曾瑞、中呂喜春來、妓家：零落了，結果許由瓢。【遮罩了】喬吉、雙調清江引、笑靨兒：休著翠鈿遮罩了。【憔悴了】陳草庵、中呂山坡羊：人，憔悴了。貫雲石、南呂金字經：把人來憔悴了。【胸中了】劉時中、中呂朝天子、邸萬戶席上：一覽胸中了。【隨順了】喬吉、雙調水仙子、嘲人愛姬爲人所奪：俏蘇卿隨順了。【十分瘦了】關漢卿、雙調沈醉東風：問別來十分瘦了。【元宵過了】張可久、雙調沈醉東風、元夜：等閒放元宵過了。【身軀瘦了】湯式、正宮塞鴻秋套、貨郎兒：卽漸里，把身軀瘦了。【何時節是了】湯式、正宮塞鴻秋套、醉太平：這淒涼何時節是了。【夢隨蝶去了】馬致遠、雙調清江引、野興：高枕上夢隨蝶去了。

杳⊙

【杳杳】王脩甫、仙呂八聲甘州套、六么遍：閑庭杳杳。【雲路杳】李子中、仙呂賞花時套、煞尾：一自陽台雲路杳。【音信杳】馬致遠、雙調壽陽曲：從別後，音信杳。【聲漸杳】貫雲石、雙調清江引、惜別：玉人泣別聲漸杳。【歸路杳】張可久、中呂紅綉鞋、次韻：浙江歸路杳。貫雲石、雙調清江引、惜別：湘雲楚雨歸路杳。【歸夢杳】湯式、雙調湘妃引、旅舍秋懷：海天長歸夢杳。

夭

【灼灼夭夭】湯式、南呂一枝花套、題白梅深處、梁州：厭桃杏灼灼夭夭。

舀

【浮蛆舀】劉時中、中呂朝天子：將甕裡浮蛆舀。

繞⊙

【翠繞】汪元亨、雙調沈醉東風、歸田：眼過去朱圍翠繞。【圍繞】湯式、南呂一枝花套、贈明時秀、尾聲：錦窩巢，雲屛霧帳重圍繞。【繚繞】湯式、正宮端正好套、元日朝賀、滾綉球：金鑾殿，淡氤氳瑞烟繚繞。【一水繞】張可久、中呂紅綉鞋、蔡行甫郊居：籬邊一水繞。【都來繞】湯式、正宮塞鴻秋套、普天樂：見遊蜂粉蝶都來繞。【閑情繞】湯式、南呂一枝花套、贈妓宋湘雲、梁州：梨花枕上閑情繞。【畫梁塵繞】湯式、正宮塞鴻秋套、雁過聲：畫堂試聽畫梁塵繞。

嬈

【妖嬈】楊澹齋、雙調得勝令：妖嬈，那里有諸多俏。湯式、正宮塞鴻秋套、雁過聲：千種妖嬈。張可久、雙調折桂令、小金山：休說江南，西子妖嬈。張可久、商調梧葉兒、席上有贈：無物比妖嬈。景元啓、雙調得勝令：體態更妖嬈。貫雲石、正宮小梁州：他生的且自妖嬈。劉時中、中呂紅綉鞋、鞋杯：底兒尖恰恰地妖嬈。【女妖嬈】湯式、商調集賢賓套、書懷、醋葫蘆：我不信，建頭功，先奏你箇女妖嬈。【豐韻妖嬈】湯式、正宮塞鴻秋套、脫布衫帶過小梁州：端的是丰韻妖嬈。

擾

【擾擾】湯式、中呂謁金門、客中戲示友人：羈愁擾擾。

⊙渺

【風渺】關漢卿、大石調催拍子：月明風渺。

緲

【縹緲】湯式、南呂一枝花套：雲山縹緲。湯式、正宮塞鴻秋套、雁過聲：歌聲縹緲。馬致遠、雙調喬牌兒套：醉魂縹緲。張可久、正宮醉太平、山中小隱：望蓬萊縹緲。喬吉、中呂滿庭芳、漁父詞：箬笠底風雲縹緲。

杪

【木杪】鄭光祖、雙調駐馬聽近套、秋閨：雨霽風高摧木杪。【樹杪】張可久、雙調慶東原、次馬致遠先輩韻：蒼烟樹杪。張可久、中呂紅綉鞋、尋仙簡霞隱：夕陽紅樹杪。

⊙悄

【悄悄】王脩甫、仙呂八聲甘州套、六么遍：空堂悄悄。湯式、中呂謁金門、客中戲示友人：客窗悄悄。湯式、雙調新水令套、秋夜夢回有感、川撥棹：萬籟靜閑庭悄悄。湯式、南呂一枝花套、贈妓宋湘雲、梁州：雲呵，您休得，橫秦巖，便退之憂心悄悄。【靜悄】湯式、正宮塞鴻秋套、傾杯序：房櫳靜悄。湯式、正宮塞鴻秋套、笑和尚：賈充宅人靜悄。【聲漸悄】曾瑞、中呂喜春來、感懷：聲漸悄，遣我悶無聊。【憂心悄】張可久、中呂普天樂、別懷：故人疎，憂心悄。

⊙寶

【金寶】馬致遠、雙調喬牌兒套：便有鈔堆金寶。【轉世寶】馬致遠、雙調喬牌兒套：被那轉世寶。

保

【尋人保】關漢卿、雙調新水令套、駐馬聽：又索書名畫字尋人保。

⊙卯

【脫卯】王嘉甫、仙呂八聲甘州套、賺尾：說的誓，尋思暢好脫卯。

⊙攪

【刀攪】湯式、正宮塞鴻秋套、貨郎兒：心如刀攪。【衆生攪】王嘉甫、仙呂八聲甘州套、穿窗月：不隄防壞美衆生攪。【將鴛夢攪】湯式、雙調新水令套、秋夜夢回有感、川撥棹：原來這幾般兒，將鴛夢攪。

⊙老

【到老】張可久、雙調水仙子、和逍遙韻：樂清閑須到老。【易老】張可久、中呂普天樂、收心：朱顏易老。【送老】喬吉、中呂滿庭芳、漁父詞：綸竿送老。【孤老】湯式、南呂一枝花套：則不如，覓個知心俊孤老。【衰老】王脩甫、仙呂八聲甘州套、六幺遍：自春來到春衰老。【賀老】湯式、中呂謁金門、客中戲示友人：山陰無賀老。【睞老】王嘉甫、仙呂八聲甘州套、六幺遍：溜刀刀睞老。【漸老】白樸、雙調慶東原：朱顏漸老。【戴老】湯式、中呂謁金門、客中戲示友人：剡溪無戴老。【人半老】湯式、南呂一枝花套、言志：事無成，人半老。【人易老】馬致遠、雙調喬牌兒套：世途人易老。張可久、雙調水仙子、秋思：可憐人易老。盧摯、雙調沈醉東風、嘆世：白髮催人易老。【天亦老】姚燧、雙調壽陽曲：天若有情天亦老。【丹楓老】鄭光祖、雙調駐馬聽近套、秋閨：霧濃霜重丹楓老。【直到老】張養浩、雙調雁兒落兼清江引：這一搭兒，快活直到老。【春自老】張可久、雙調清江引、山居春枕：先生醉眠春自老。【空謾老】曾瑞、中呂山坡羊、嘆世：花，依舊好；人，空謾老。【明日老】陳草庵、中呂山坡羊：今日少年明日老。【紅葉老】湯式、雙調新水令套、秋夜夢囘有感、駐馬聽：一夜霜侵紅葉老。【馮唐老】劉時中、中呂朝天子、邸萬戶席上：誰便道馮唐老。【韶華老】湯式、正宮塞鴻秋套、小桃紅：等閑間韶華老。【雙檜老】張可久、中呂紅綉鞋、蔡行甫郊居：庭前雙檜老。【瓊樹老】喬吉、雙調水仙子、樂清簫台：二千年瓊樹老。【同心到老】湯式、正宮塞鴻秋、尾聲：帶綰箇同心到老。【青山不老】張可久、雙調折桂令、次白眞人韻：算只有青山不老。【清閑到老】張養浩、雙調沈醉東風：只落得，無是非清閑到老。【賣弄到老】湯式、南呂一枝花套、贈明時秀、尾聲：集入青樓，賣弄到老。

⊙腦

【麝腦】湯式、南呂一枝花套、題白梅深處、梁州：風搖曳，香飄麝腦。湯式、南呂一枝花套、贈明時秀、梁州：楤寶帶，似藕花風吹來麝腦。【聒破腦】湯式、商調集賢賓套、書懷、醋葫蘆：連珠砲，被窩裏聒破腦。【爭頭鼓腦】汪元亨、雙調折桂令、歸隱：嘆世事爭頭鼓腦。

惱

【相惱】湯式、正宮塞鴻秋套、醉太平：一會兒家，被春光相惱。【煩惱】李子中、仙呂賞花時套：收拾煩惱。【懊惱】鄭光祖、南呂梧桐樹套、題情、浣溪沙：心懊惱。湯式、雙調新水令套、秋夜夢囘有感、梅花酒：不由人越懊惱。【心內惱】張養浩、中呂山坡羊、沔池懷古：倘若祖龍心內惱。【將人惱】湯式、正宮塞鴻秋套、小桃紅：則聽的，鐵馬簷間，響玎璫將人惱。【離人惱】湯式、雙調新水令套、秋夜夢回有感、離亭宴煞：秋聲不管離人惱。【鶯花惱】關漢卿、雙調新水令套、甜水令：郎君沒鈔鶯花惱。

掃⊙

【靜掃】劉太保、雙調蟾宮曲：避暑涼亭靜掃。【風自掃】湯式、黃鍾醉花陰套、離思：我則見，葉落閑庭風自掃。【從風掃】鄭光祖、雙調駐馬聽近套、秋閨、駐馬聽：閑階落葉從風掃。【蛾眉掃】湯式、正宮塞鴻秋套、普天樂：兩點春山蛾眉掃。

早⊙

【人起早】張可久、雙調清江引、采石江上：江空月明人起早。【下番早】關漢卿、雙調新水令套、甜水令：鄭元和下番早。【臣起早】湯式、商調集賢賓套、書懷：則學的，君起早時臣起早。【花更早】曾瑞、中呂山坡羊、嘆世：今歲孟春花更早。【封侯早】劉時中、中呂朝天子、邸萬戶席上：却恨封侯早。【春風甚早】湯式、雙調沈醉東風、悼伶女：鉛華樹春風甚早。

棗

【釀棗】湯式、雙調慶東原、田家樂：蒸梨釀棗。【梨梨棗棗】張可久、雙調折桂令、贈歌者秀英：傾城傾國，越西子梨梨棗棗。

藻

【品藻】湯式、南呂一枝花套、贈明時秀、尾聲：行藏品藻。湯式、南呂一枝花套、贈教坊殊麗、尾聲：詞章品藻。

倒⊙

【病倒】李子中、仙呂賞花時套、煞尾：愁的是斷腸人病倒。【醉倒】張養浩、中呂紅綉鞋、贈美妓：把一箇，李謫仙險醉倒。【壞倒】湯式、正宮塞鴻秋套、么篇：最苦是，將他那，楚館和這陽臺崩壞倒。【纏倒】喬吉、仙呂賞花時套、風情、么：把麗春園纏倒。【和衣倒】湯式、黃鍾醉花陰套、離思：攲枕和衣倒。鄭光祖、雙調駐馬聽近套、秋閨、駐馬聽：欲求歡夢和衣倒。【禁害倒】湯式、商調集賢賓套、書懷、逍遙樂：將俺這，軟弱蘇卿禁害倒。【腳健倒】劉時中、中呂朝天子：急投牀腳健倒。

島

【三島】湯式、南呂一枝花套、贈妓宋湘雲：駕弄玉遊三島。湯式、正宮端正好套、元日朝賀、尾聲：麒麟鸞鶯來三島。湯式、南呂一枝花套、題白梅深處、尾聲：全不似，夢遊東海尋三島。

搗⊙

【海島】湯式、商調集賢賓套、書懷、隨煞：但只願，一年一度征海島。【賈島】張可久、雙調慶東原、次馬致遠先輩韻：文魔賈島。【瘦島】張可久、越調小桃紅、憶疎齋學士郊行：寒郊瘦島。【紅雨島】張可久、雙調清江引、采石江上：花落紅雨島。

【砧聲搗】鄭光祖、雙調駐馬聽近套、秋閨、駐馬聽：忍聽鄰院砧聲搗。【香粳旋搗】劉時中、雙調折桂令、樵：赤腳婢香粳旋搗。

槁⊙

【枯槁】湯式、南呂一枝花套、贈妓宋湘雲、尾聲：則不如，爲雨爲霖潤枯槁。

襖⊙

【布襖】汪元亨、雙調沈醉東風、歸隱：妻從儉，荆釵布襖。【紙襖】張可久、正宮醉太平、山中小隱：裹白雪紙襖。【戰襖】湯式、商調集賢賓套、書懷：裁香羅衲做戰襖。

沼⊙

【池沼】劉太保、雙調蟾宮曲：樹陰稠綠波池沼。湯式、黃鍾醉花陰套、離思、四門子：步花陰，幾度臨池沼。湯式、正宮塞鴻秋套、醉太平：沙暖處，鴛鴦並在池沼。

少⊙

【多少】劉時中、中呂朝天子：春色添多少。湯式、正宮端正好套、元日朝賀：踐天街，車馬知多少。【人事少】馬致遠、雙調清江引、野興：西村日長人事少。【世間少】湯式、南呂一枝花套、贈教坊殊麗、尾聲：兀的般，解語花，生香玉世間少。【春多少】湯式、正宮塞鴻秋套、小桃紅：辜負了春多少。【春夢少】任昱、中呂紅繡鞋、春情：團圓春夢少。【情雖少】湯式、南呂一枝花套、贈妓宋湘雲、尾聲：雲呵，您片刻聚散情雖少。

表⊙

【天表】湯式、正宮端正好套、元日朝賀、尾聲：祝壽年年拜天表。【塵世表】張養浩、雙調雁兒落兼清江引：綽然一亭塵世表。

巧⊙

【小巧】湯式、正宮塞鴻秋套、雁過聲：更天然花容小巧。【弄巧】劉太保、雙調蟾宮曲：初出谷黃鶯弄巧。關漢卿、雙調新水令套、甜水令：如今等惜花人弄巧。【妙巧】湯式、南呂一枝花套、題白梅深處、梁州：林和靖，兩句詩，聯得妙巧。【奇巧】湯式、正宮塞鴻秋套、脫布衫帶過小梁州：和新詞美音奇巧。【用盡巧】湯式、黃鍾醉花陰套、離思、么篇：作詩賦用盡巧。【使[衤青]巧】湯式、黃鍾醉花陰套、離思、么篇：嗻作處，換氣偷聲使[衤青]巧。

曉⊙

【到曉】關漢卿、中呂普天樂、崔張十六事：葫蘆啼到曉。【清曉】湯式、南呂一枝花套、題白梅深處、尾聲：看一會，疎影橫斜到清曉。【天欲曉】馬致遠、仙呂賞花時套、孤舘雨留人：月暗星稀天欲曉。【扶桑曉】湯式、正宮端正好套、元日朝賀：五更雞唱扶桑曉。【金帳曉】盧摯、雙調壽陽曲：低唱淺斟金帳曉。【松月曉】張可久、雙調清江引、碧山丹房早起：冷冷玉笙松月曉。【直到曉】湯式、中呂謁金門、客中戲示友人：透嚴威直到曉。【春光曉】湯式、南呂一枝花套、贈妓宋湘雲、梁州：鎖朱樓，不放春光曉。【春霧曉】倪瓚、越調凭闌人：明月沈江春霧曉。【睡到曉】湯式、新水令套、秋夜夢回有感、離亭宴煞：著俺這，夫婦團圓睡到曉。【江村未曉】馬致遠、仙呂賞花時套、孤舘雨留人：聽林間寒鴉噪，野店江村未曉。

飽⊙

【今日飽】張可久、中呂紅綉鞋、過括蒼山：看青山今日飽。【終日飽】汪元亨、中呂朝天子、歸隱：看青山終日飽。

爪⊙

【鳳爪】張可久、中呂紅綉鞋、山中：嫩茶舒鳳爪。

炒⊙

【鬬炒】湯式、黃鍾醉花陰套、離思、喜遷鶯：幾般兒廝鬬炒。【秋鬧炒】湯式、雙調湘妃引、旅舍秋懷：四壁啼螿秋鬧炒。

討⊙

【戰討】湯式、商調集賢賓套、書懷：鶯花寨，近來誰戰討。

草⊙

【花草】曾瑞、南呂四塊玉、村夫走院：沾花草。【芳草】貫雲石、雙調清江引、惜別：細雨連芳草。湯式、正宮塞鴻秋套、普天樂：踏青處共尋芳草。【衰草】劉太保、雙調蟾宮曲：滿目黃花衰草。【細草】張可久、中呂普天樂、別懷：夕陽細草。【張草】湯式、南呂一枝花套、言志、尾聲：閒拈斑管學張草。【鬬草】徐再思、南呂閱金經、閨情：殢人教鬬草。張可久、雙調折桂令、春情：贏女伴一場鬬草。【忘憂草】湯式、南呂一枝花套、贈教坊殊麗：髻揷忘憂草。【却帶草】馬致遠、雙調壽陽曲：眞寫到半張却帶草。【一半兒草】張可久、仙呂一半兒、野橋酬耿子春：一半兒行書一半兒草。【花花草草】張可久、中呂普天樂、收心：花花草草，暮暮朝朝。湯式、南呂一枝花套、贈妓宋湘雲：酣殢雨花花草草。【蓑衣是草】喬吉、中呂滿庭芳、漁父詞：溪童道，蓑衣是草。

好⊙

【自好】張可久、中呂普天樂、收心：青山自好。【更好】張養浩、中呂喜春來：山更好。張可久、雙調落梅風、玉果山先上尋梅：倚東風，一枝斜更好。【看好】王嘉甫、仙呂八聲甘州套、賺尾：花木瓜兒看好。關漢卿、雙調新水令套、甜水令：是只是花木瓜兒看好。【夢好】王脩甫、仙呂八聲甘州：春閨夢好。【睡好】劉時中、中呂朝天子：醉了，睡好。【沙岸好】盧摯、中呂喜春來、和則明韻：沙岸好，草色上羅袍。【風光好】湯式、南呂一枝花套、贈教坊殊麗、梁州：少不得，剖肝腸，再寫段風光好。【依舊好】陳草庵、中呂山坡羊：山，依舊好。曾瑞、中呂山坡羊、嘆世：花，依舊好；人，空謾老。【春事好】張可久、雙調水仙子、湖上：西湖春事好。湯式、雙調慶東原、田家樂：桑麻春事好。【歸去好】曾瑞、南呂四塊玉、述懷：棄了官，辭了朝，歸去好。【酬舊好】鄭光祖、南呂梧桐樹套、題情、採茶歌：有一日，相逢酬舊好。【故鄉生處好】湯式、越調柳營曲、旅次：誰不戀故鄉生處好。

篠謏○繳橋○裊嫋褭○瞭燎蓼○殀○遶○眇藐淼○愀○堡褓葆○昴○狡鉸姣茭絞○栳獠潦撩橑○碯㛴○嫂○殍○漂剽勡○澡蚤璪○禱○杲藁縞鎬鄗○懊媼○考栲○挑窕○撓○齩○稍○剖○缶

【對偶】

無名氏、越調鬬鵪鶉套：玉笋纖纖，金蓮小小。張可久、中呂普天樂、別懷：一聲白雁寒，幾點青山小。湯式、商調集賢賓套、書懷、梧葉兒：把舵春纖嫩，扶蒿筋力小。湯式、南呂一枝花套、贈教坊殊麗：人都道綺羅鄉再長箇卿卿，我猜做風流地重生箇小小。張可久、越調天淨沙，魯卿庵中：青苔古木蕭蕭，蒼雲秋水迢迢，紅葉山齋小小。湯式、南呂一枝花套、題白梅深處、尾聲：籟聲悄悄，月華皎皎。湯式、南呂一枝花套、題白梅深處：蕊疎疎、花密密、蓓蕾葳蕤，幹盤盤、枝挺挺、槎枒夭矯。盧摯、雙調沈醉東風、嘆世：乾坤水上萍，日月籠中鳥。曾瑞、中呂山坡羊、嘆世：花，零落了；人，憔悴了。無名氏、越調鬭鵪鶉套：超群旖旎，出格妖嬈。湯式、正宮塞鴻秋套、雁過聲：萬般丰韻，千種妖嬈。張可久、中呂紅綉鞋、尋仙簡霞隱：閒雲迷路口，殘雪老牆腰，夕陽紅樹杪。王脩甫、仙呂八聲甘州套、六幺遍：閑庭杳杳，空堂悄悄。湯式、正宮塞鴻秋套、貨郎兒：額似錐剜，心如刀攪。王嘉甫、仙呂八聲甘州套、六么遍：窄弓弓撇道，溜刀刀睩老。鄭光祖、雙調駐馬聽近套、秋閨：露寒波冷翠荷凋，霧濃霜重丹楓老。張可久、中呂紅綉鞋、蔡行甫郊居：籬邊一水繞，門外兩山高，庭前雙槽老。無名氏、越調鬭鵪鶉套：鳳髻濃梳，蛾眉淡掃。湯式、南呂一枝花套、贈明時秀、尾聲：風流窨約，行藏品藻。張可久、雙調清江引、采石江上：風清白鷺洲，花落紅雨島。鄭光祖、雙調駐馬聽近套、秋閨、駐馬聽：倦聞近砌竹相敲，忍聽鄰院砧聲搗。湯式、商調集賢賓套、書懷：鉸青絲纏做弩絃，裁香羅衲做戰襖。湯式、正宮端正好套、元日朝賀：一聲鶯報上林春，五更雞唱扶桑曉。張可久、中呂紅綉鞋、過括蒼山：問清溪道士有，喜白髮貴人饒，看青山今日飽。曾瑞、南呂四塊玉、村夫走院：逞富豪，沾花草。湯式、正宮塞鴻秋、普天樂：賞心時同飲香醪，踏青處共尋芳草。湯式、南呂一枝花套、贈妓宋湘雲：舞香風暮暮朝朝，酣殢雨花花草草。湯式、雙調慶東原、田家樂：黍稷秋收厚，桑麻春事好。

入聲作上聲

角⊙【頭角】湯式、南呂一枝花套、言志、尾聲：看平地，風雷奮頭角。【烏龍角】姚燧、中呂陽春曲：墨磨北海烏龍角。

覺

【早覺】曾瑞、南呂四塊玉、村夫走院：可早覺。【把人驚覺】馬致遠、雙調壽陽曲：賣花聲把人驚覺。【夢魂初覺】關漢卿、雙調新水令套：似錢塘夢魂初覺。

腳

【溪脚】徐再思、中呂紅綉鞋、雪：白鷺交飛溪脚。

索

【蕭索】湯式、南呂一枝花套、贈妓宋湘雲、梁州：既徘徊莫蕭索。【珠絡索】湯式、商調集賢賓套、書懷、金菊香：銀鎧甲，纓聯著珠絡索。

作

【做作】湯式、黃鍾醉花陰套、離思、出隊子：更那堪，老老成成不做作。

閣

【黃閣】曾瑞、南呂四塊玉、述懷：居黃閣。【架閣】湯式、黃鍾醉花陰套、離思、古水仙子：將將將，好姻緣成架閣。【躭閣】湯式、南呂一枝花套：兩地成躭閣。【殿閣】劉太保、雙調蟾宮曲：銀砌就樓臺殿閣。【翠閣】湯式、南呂一枝花套、贈妓宋湘雲、尾聲：休深籠翠閣。【暖閣】薛昂夫、雙調蟾宮曲、雪：一箇飲羊羔紅爐暖閣。【綉閣】湯式、黃鍾醉花陰套、離思：黃篆冷香沈綉閣。【空擔閣】張可久、雙調殿前歡：不嫁空擔閣。【觀音閣】湯式、南呂一枝花套、贈王善才：離水月觀音閣。

䄩○捉卓琢○斫酌繳

灼○爍鑠㜰○鵲雀趞

○託拓槖魄飥柝○繨

摖○郭廓○朔矟○剝

駮○爵○削○柞鑿○

錯○逪○各○鏊熇○綽

婥○謔○戳棚

【對偶】

曾瑞、南呂四塊玉、述懷：衣紫袍，居黃閣。

湯式、南呂一枝花套、贈妓宋湘雲、尾聲：休低迷畫橋，休深籠翠閣。

笑⊙ 去聲

【一笑】湯式、越調天淨沙、小景：山翁一笑。【人笑】鄭光祖、南呂梧桐樹套、題情、浣溪沙：隨人笑。【休笑】曾瑞、中呂山坡羊、嘆世：貧窮休笑。【冷笑】湯式、商調集賢賓套、書懷：白鷗冷笑。【含笑】湯式、南呂一枝花套、言志、梁州：撚吟髭自含笑。【吟笑】姚燧、中呂滿庭芳：供吟笑。汪元亨、雙調雁兒落過得勝令、歸隱：坐上供吟笑。【迎笑】劉時中、中呂朝天子：山妻迎笑。【爭笑】張可久、南呂金字經、採蓮女：人爭笑。馬致遠、仙呂青哥兒、五月：榴花葵花爭笑。【索笑】張可久、雙調落梅風、玉果山先上尋梅：玉生香有誰索笑。【齊笑】湯式、正宮端正好套、元日朝賀：齊歌齊笑。【談笑】張可久、中呂紅綉鞋、仙居：有客樽前談笑。張可久、雙調水仙子、秋思：百年風月供談笑。張可久、雙調沈醉東風、元夜、故人稀漸疎談笑。【歡笑】徐再思、南呂閱金經、閨情：貪歡笑。湯式、正宮塞鴻秋套、普天樂：記當時同歡笑。曾瑞、中呂山坡羊、嘆世：花開人旺多歡笑。無名氏、中呂普天樂：背地裏些兒歡笑。湯式、黃鍾醉花陰套、離思、刮地風犯：他與我綠窗歡笑。姚燧、雙調壽陽曲：酒席上，漸疎了歡笑。【千金笑】張可久、中呂普天樂、收心：開口千金笑。湯式、中呂普天樂、維揚懷古：翠館千金笑。【外人笑】王嘉甫、仙呂八聲甘州套、元和令：空惹得外人笑。【呵呵笑】湯式、雙調慶東原、田家樂：麥場上醉倒呵呵笑。【春風笑】張可久、中呂朝天子、湖上即席：青眼對春風笑。【疎翁笑】張可久、越調小桃紅、憶疎齋學士郊行：相逢不滿疎翁笑。【桃花笑】張可久、中呂山坡羊、感舊：東風依舊桃花笑。【梅花笑】湯式、中呂謁金門、客中戲示友人：干惹得梅花笑。【教人笑】劉時中、南呂四塊玉：甘美無味教人笑。關漢卿、雙調新水令套、駐馬聽：供錢買笑教人笑。曾瑞、南呂四塊玉、述懷：調羹無味教人笑。【傍人笑】白樸、雙調慶東原：又恐傍人笑。【閑談笑】湯式、南呂一枝花套、贈明時秀、梁州：更有那家傳口授的閑談笑。【閑人笑】張可久、雙調慶東原、次馬致遠先輩韻：他失腳閑人笑。【漁童笑】喬吉、中呂滿庭芳、漁父詞：樵青拍手漁童笑。【扇春笑】喬吉、雙調賣花聲、太平

嘯

吳氏樓會集：桃花扇底窺春笑。【鶯花笑】湯式、南呂一枝花套：旣知休怕甚鶯花笑。

【吟嘯】湯式、南呂一枝花套、題白梅深處、梁州：指顧間自吟嘯。【鬼嘯】張可久、中呂紅綉鞋、次韻：劍擊西風鬼嘯。【舒嘯】汪元亨、中呂朝天子、歸隱：東皐舒嘯。張可久、中呂山坡羊、感舊：臨風舒嘯。張可久、中呂朝天子、湖上卽席：件我閒舒嘯。張可久、雙調慶東原、次馬致遠先輩韻：清風兩袖長舒嘯。【猿嘯】張可久、雙調清江引、桐柏山中：野樹金猿嘯。【蘇雨嘯】汪元亨、雙調雁兒落過得勝令、歸隱：假遭秦嶺行，何以蘇門嘯。張可久、正宮塞鴻秋、道情：清風自學蘇門嘯。

眺⊙

【登眺】、姚燧、中呂滿庭芳：我到此閑登眺。【凝眺】張可久、中呂山坡羊、感舊：憑高凝眺。

釣⊙

【獨釣】張可久、中呂紅綉鞋、尋仙簡霞隱：白草磯頭獨釣。【嚴灘釣】張可久、正宮塞鴻秋、道情：直鈎曾下嚴灘釣。【玉蓑獨釣】盧摯、雙調壽陽曲：欠漁翁玉蓑獨釣。

吊

【自吊】關漢卿、雙調新水令套、落梅風：推不動磨杵上自吊。

調

【水調】喬吉、雙調賣花聲、太平吳氏樓會集：歌頭水調。【宮調】湯式、正宮塞鴻秋套：天生的來知音解呂明宮調。【推調】湯式、南呂一枝花套：不是我，巧語花言廝推調。【千年調】鄭光祖、南呂梧桐樹套、題情、罵玉郎：癡心枉做千年調。【中和調】湯式、正宮端正好套、元日朝賀、小梁州：中和調，天上樂逍遙。【巢由調】張可久、雙調慶東原、次馬致遠先輩韻：唐堯不改巢由調。【黨家風調】盧摯、雙調壽陽曲：勝烹茶黨家風調。

豹⊙

【虎豹】湯式、黃鍾醉花陰套、離思、古水仙子：俺娘鐵石心腸，更狠如虎豹。【管中窺豹】汪元亨、雙調沈醉東風、歸田：笑時人管中窺豹。

爆

【燈花爆】湯式、中呂謁金門、客中戲示友人：何事燈花爆。汪元亨、雙調沈醉東風、歸田：看富貴燈花爆。

抱⊙

【懷抱】鄭光祖、南呂梧桐樹套、題情：容易傷懷抱。貫雲石、雙調清江引、惜別：無語傷懷抱。貫雲石、雙調清江引、惜別：總是傷懷抱。張養浩、中呂山坡羊、沔池懷古：相如何以爲懷抱。姚燧、雙調壽陽曲：對樽前儘可開懷抱。【傷懷抱】關漢卿、雙調大德歌：懊惱傷懷抱。湯式、正宮塞鴻秋套、小桃紅：心腸朝夕傷懷抱。湯式、正宮塞鴻秋套：一會家，想多情，越教我傷懷抱。【縈懷抱】湯式、中呂普天樂、維揚懷古：問揚州縈懷抱。湯式、南呂一枝花套：赤緊的，一身萬事縈懷抱。【相偎相抱】湯式、商調集賢賓套、書懷：怕不道相偎相抱。

報

【低報】王脩甫、仙呂八聲甘州套、後庭花煞：梅花低報。【須報】薛昂夫、中呂朝天曲：爲惡天須報。【通報】白樸、雙調得勝樂：肯不肯疾些兒通報。【早來報】湯式、雙調新水令套、秋夜夢回有感、喬牌兒：丫鬟早來報。

暴

【強暴】張養浩、中呂山坡羊、沔池懷古：秦王強暴。

竈⊙

【丹竈】張可久、中呂紅綉鞋、山中：黃葉青烟丹竈。喬吉、雙調水仙子、樂清簫台：喚青猿，夜拆燒丹竈。張可久、正宮醉太平、山中小隱：靠團標，空巖夜雪迷丹竈。【燒丹竈】張可久、雙調清江引、山居春枕：槲葉燒丹竈。張可久、正宮塞鴻秋、道情：野猿坐守燒丹竈。

懆

【憋懆】湯式、中呂謁金門、客中戲示友人：滕六憋懆。【空憋懆】貫雲石、正宮小梁州：氣得我心下焦，空憋懆。

料⊙

【棺材料】薛昂夫、中呂朝天曲：難買棺材料。【詩材料】張可久、雙調慶東原、次馬致遠先輩韻：對西窗盡是詩材料。【誰能料】湯式、南呂一枝花套、贈妓宋湘雲：翻覆手誰能料。

療

【醫療】鄭光祖、南呂梧桐樹套、題情：除是他醫療。湯式、正宮塞鴻秋、貨郎兒：這些時，相思病，誰人將我醫療。

傲⊙

【休傲】曾瑞、中呂山坡羊、嘆世：榮華休傲。【王侯傲】汪元亨、中呂朝天子、歸隱：詩酒把王侯傲。【陳登傲】湯式、南呂一枝花套、言志：莫怪陳登傲。【愁人傲】湯式、中呂謁金門、客中戲示友人：不許愁人傲。【陶潛傲】張可久、正宮塞鴻秋、道情：五柳陶潛傲。【五柳莊前傲】張可久、雙調慶東原、次馬致遠先輩韻：不好五柳莊前傲。

照⊙

【同照】湯式、黃鍾醉花陰套、離思、刮地風犯：他與我鏡臺同照。【相照】張可久、越調小桃紅、春深：畫樓明月空相照。【殘照】貫雲石、雙調清江引、惜別：樹影留殘照。【花燭照】湯式、正宮塞鴻秋套、笑和尚：將崔相府，洞房春把花燭照。【逃亡照】薛昂夫、中呂朝天曲：誰把逃亡照。【銀釭照】李子中、仙呂賞花時套、煞尾：串煙消，銀釭照。【燈兒照】湯式、雙調新水令套、秋夜夢囘有感、駐馬聽：影兒孤最怕燈兒照。【離愁照】鄭光祖、南呂梧桐樹套、題情、東甌令：偏不把離愁照。【月明斜照】馬致遠、仙呂賞花時套、孤館雨留人：濃雲漸消，月明斜照。【花星兒照】王嘉甫、仙呂八聲甘州套、穿窗月：花星兒照，彩雲兒飄。

詔

【丹詔】湯式、商調集賢賓套、書懷：他道是特欽丹詔。【宣詔】湯式、南呂一枝花套、言志、梁州：詩卷裏，包藏著九重宣詔。【徵賢詔】汪元亨、正宮醉太平、警世：閉門不受徵賢詔。

召

【蒲輪召】張可久、雙調慶東原、次馬致遠先輩韻：白雲不應蒲輪召。

肇

【黃肇】湯式、正宮塞鴻秋套、么：便有那馮魁黃肇。

少⊙

【年少】鄭光祖、南呂梧桐樹套、題情、尾聲：我青春，他年少。盧摯、雙調沈醉東風、嘆世：嘆浮生幾囘年少。姚燧、雙調壽陽曲：誰信道也曾年少。喬吉、雙調賣花聲、太平吳氏樓會集：斷腸也五陵年少。

好⊙

【人之好】關漢卿、雙調新水令套、落梅風：君子不奪人之好。

耗

【音耗】湯式、正宮端正好套、元日朝賀、么篇：遙池青鳥傳音耗。馬致遠、雙調壽陽曲：倩花箋欲傳音耗。湯式、南呂一枝花套、言志、尾聲：將待新雁兒來時，問箇音耗。湯式、雙調新水令套、秋夜夢囘有感：問別來未知音耗。【消耗】湯式、正宮塞鴻秋套、傾杯序：一向無消耗。

道⊙

【公道】湯式、南呂一枝花套、贈教坊殊麗、尾聲：我是鑒樂的酸丁，最公道。【知道】張可久、越調小桃紅、春深：多情知道。張養浩、雙調胡十八：我只推不知道。曾瑞、中呂山坡羊、嘆世：花開花謝都知道。王脩甫、仙呂八聲甘州套、六么遍：此情除是春知道。姚燧、雙調壽陽曲：且休教少年知道。張可久、雙調慶東原、次馬致遠先輩韻：樂清閑，幾個人知道。【爭道】張可久、雙調折桂同、錢塘卽事：金鞭爭道。【無道】薛昂夫、 中呂朝天曲：貪心無道。 張養浩、中呂山坡羊、 沔池懷古： 酒席間便欲伐無道。【喝道】張養浩、中呂朱履曲：才上馬齊聲兒喝道。【都道】湯式、商調集賢賓套、書懷、醋葫蘆：知音的都道。【稱道】湯式、南呂一枝花套、 題白梅深處、 梁州：長記得，看花時，有樣兒堪稱道。【撇道】王嘉甫、仙呂八聲甘州套、六么遍：窄弓弓撇道。【複道】湯式、正宮端正好套、元日朝賀、滾綉球： 氍毹錦， 軟茸茸，平鋪著寶街複道。【花間道】湯式、正宮塞鴻秋套、普天樂：攜手向花間道。【長生道】馬致遠、雙調喬牌兒套： 被那轉世寶， 隔斷長生道。【長安道】張養浩、 雙調雁兒落兼清江引：再不想長安道。陳草庵、中呂山坡羊：功名盡在長安道。汪元亨、正宮醉太平、警世：自休官，懶上長安道。張可久、雙調慶東原、次馬致遠先輩韻：放轡頭，也只到長安道。湯式、南呂一枝花套、言志、梁州：因此上，五雲迷却長安道。【低低道】貫雲石、正宮小梁州：醉闌乘興會，今宵低低道。【明明道】湯式、南呂一枝花套：賤子明明道。【東華道】湯式、正宮端正好套、元日朝賀：端的便塞滿東華道。【邯鄲道】張可久、雙調清江引、碧山丹房早起：又是邯鄲道。湯式、雙調新水令套、秋夜夢回有感、得勝令：問阻邯鄲道。盧摯、南呂金字經、宿邯鄲驛：夢中邯鄲道。【桃源道】湯式、正宮塞鴻秋套、笑和尙：磚甃了桃源道。湯式、黃鍾醉花陰套、離思：翻滾滾，水渰桃源道。【溪童道】喬吉、中呂滿庭芳、漁父詞：江湖歌楚客離騷，溪童道。【蒼苔道】湯式、正宮塞鴻秋北：你看他，金蓮款步蒼苔道。【對誰道】湯式、雙調新水令套、秋夜夢回有感： 心間事對誰道。【踏成道】白樸、雙調得勝樂：獨自走，踏成道。【誰知道】張可久、中呂普天樂、別懷：滿目淒涼誰知道。【鴉青神道】湯式、商調集賢賓套、書懷、逍遙樂：統領著鴉青神道。

纛

【牙纛】劉時中、中呂朝天子、邸萬戶席上：春風牙纛。

稻

【香稻】張可久、中呂紅綉鞋、蔡行甫郊居：白露離離香稻。

到

【不到】李子中、仙呂賞花時套、煞尾：盼煞那負心人不到。【先到】曾瑞、中呂喜春來、詠雪梅：魂來紙帳香先到。【來到】無名氏、中呂普天樂：只聽得，擦擦鞋鳴早來到。【春到】曾瑞、中呂山坡羊、嘆世：花逢春到。【時到】曾瑞、中呂山坡羊、嘆世：人逢時到。【曾到】張可久、越調天淨沙、魯卿庵中：有誰曾到。張可久、雙調落梅風、玉杲山先上尋梅：記年時杖藜曾到。【寒到】張可久、雙調落梅風、和盧彥威學士：雪花飛薊門寒到。【難到】鄭光祖、雙調駐馬聽近套、秋閨：響喉嚨，針眼裏應難到。【行得到】湯式、南呂一枝花套、題白梅深處：想得到，行得到。【老來到】張養浩、雙調胡十八：正妙年，不覺的老來到。【來來到】馬致遠、雙調喬牌兒套：你若肯抄，擺著手來來到。【相思到】鄭光祖、南呂梧桐樹套、題情：酒醒相思到。【俗人到】張養浩、雙調雁兒落兼清江引：不許俗人到。【信音到】湯式、南呂一枝花套、贈妓宋湘雲：日暮江東信音到。【終須到】湯式、正宮塞鴻秋套、伴讀書：常言道青宵有路終須到。【無人到】張可久、雙調清江引、山居春枕：盡日無人到。【詠不到】湯式、南呂一枝花套、贈明時秀、梁州：記不眞詠不到。【尋常到】白樸、雙調慶東原：溫柔鄉裏尋常到。【不知春到】馬致遠、雙調壽陽曲：盼春來不知春到。

倒

【顚倒】張可久、越調小桃紅、憶疎齋學士郊行：花落春顚倒。張可久、中呂朝天子、湖上卽席：梅影花顚倒。曾瑞、中呂山坡羊、嘆世：循環世態多顚倒。馬致遠、雙調壽陽曲：敍寒溫，不知箇顚倒。

⊙耀

【榮耀】湯式、正宮塞鴻秋套、伴讀書：有一日，夫妻美滿身榮耀。

要

【人行要】湯式、黃鍾醉花陰套、離思、四門子：撒地殢，百般人行要。

⊙叫

【初叫】陳草庵、中呂山坡羊：晨雞初叫。【穿雲叫】湯式、雙調新水令套、秋夜夢回有感、七弟兄：賓鴻嚦嚦穿雲叫。【路兒叫】鄭光祖、雙調駐馬聽近套、秋閨、尾：緊截定，陽臺路兒叫。【雞兒叫】湯式、雙調沈醉東風、悼伶女：巷靜雞兒叫。【寒蛩兒叫】關漢卿、雙調大德歌：秋蟬兒噪罷，寒蛩兒叫。

醮⊙

【清醮】關漢卿、中呂普天樂、崔張十六事：可意種兒來清醮。

操⊙

【尋仙操】張可久、雙調清江引、桐柏山中：一曲尋仙操。

俏⊙

【俊俏】湯式、黃鍾醉花陰套、離思、么篇：論聰明俊俏。【誇俏】關漢卿、雙調新水令套、落梅風：他攢定，磨杵兒誇俏。【千般俏】湯式、雙調新水令套、秋夜夢回有感、沈醉東風：千般俏，更那堪蘭麝香飄。【心腸俏】關漢卿、雙調沈醉東風：雨雲濃，心腸俏【心聰俏】湯式、正宮塞鴻秋套：端的他，語言和，容貌美，心聰俏。【行爲俏】張可久、中呂普天樂、收心：姓名香，行爲俏。【沙中俏】曾瑞、中呂喜春來、妓家：沾花惹草沙中俏。【郎君俏】關漢卿、雙調新水令套、甜水令：佳人有意郎君俏。【腮邊俏】喬吉、雙調清江引、笑靨兒：出落腮邊俏。【諸多俏】楊澹齋、雙調得勝令：那里有諸多俏。【龐兒俏】王嘉甫、仙呂八聲甘州套、六幺遍：更身兒倬，龐兒俏。【包藏著俏】湯式、南呂一枝花套、贈明時秀、梁州：向人前，所事包藏著俏。湯式、南呂一枝花套、贈教坊殊麗、梁州：向樽前，徹胆兒包藏著俏。【撲堆著俏】景元啓、雙調得勝令：臉兒上撲堆著俏。

峭

【風峭】任昱、中呂紅綉鞋、春情：暗珠箔雨寒風峭。【寒峭】張可久、越調小桃紅、憶疎齋學士郊行：驢背敲詩暮寒峭。

孝⊙

【兒孫孝】湯式、雙調慶東原、田家樂：婦隨夫唱兒孫孝。

效

【風流功效】湯式、商調集賢賓套、書懷：都是些風流功效。

窖⊙

【相思窖】鄭光祖、南呂梧桐樹套、題情、罵玉郎：無端掘下相思窖。

教

【三教】張養浩、雙調沈醉東風：一心敬奉三教。湯式、正宮塞鴻秋套：善經史，通三教。【儘教】張可久、雙調慶東原：說家門儘教。

覺

【一覺】張可久、中呂上小樓、春思：華胥一覺。【驚覺】鄭光祖、雙調駐馬聽近套、秋閨：急驚覺。盧摯、南呂金字經、宿邯鄲驛：誰驚覺。張可久、正宮塞鴻秋、道情：南華夢裡先驚覺。【人驚覺】張可久、雙調清江引、碧山丹房早起：短夢人驚覺。【風吹覺】張養浩、中呂喜春來：一場惡夢風吹覺。【陳摶覺】張可久、雙調慶東原：山童不喚陳摶覺。

較

【窮通較】張可久、雙調慶東原：英雄不把窮通較。

罩⊙

【香烟罩】關漢卿、中呂普天樂、崔張十六事：枯木堂香烟罩。【陰雲罩】鄭光祖、南呂梧桐葉南套、題情：月圓苦被陰雲罩。【粗㡽罩】關漢卿、雙調新水令套、步步嬌：買取個大笠子粗㡽罩。

棹

【仙棹】張可久、正宮醉太平、山中小隱：張葡萄青溪春水流仙棹。【輕棹】喬吉、中呂滿庭芳、漁父詞：船輕棹。【蘭棹】張可久、雙調水仙子、湖上：玉波流暖迎蘭棹。曾瑞、中呂喜春來、感懷：溪邊倦客停蘭棹。【蓮棹】張可久、南呂金字經、採蓮女：小玉移蓮棹。【蘭舟棹】張可久、雙調清江引、采石江上：渺渺蘭舟棹。【木蘭棹】張可久、越調小桃紅、春深：盼煞歸舟木蘭棹。【把船兒棹】喬吉、中呂滿庭芳、漁父詞：與來自把船兒棹。

拗⊙

【腳拗】王嘉甫、仙呂八聲甘州套、賺尾：難禁腳拗。

樂

【心樂】汪元亨、中呂朝天子、歸隱：人不識予心樂。【快樂】湯式、雙調新水令套、秋夜夢同有感、風入松：幾番待，要覓尤雲，尋取快樂。【散樂】湯式、南呂一枝花套：少不得，留與青樓做散樂。【歡樂】湯式、雙調新水令套、秋夜夢同有感、甜水令：共諧歡樂。湯式、南呂一枝花套、贈明時秀：況值著，媚景明時暢歡樂。湯式、正宮塞鴻秋塞套：記當時，向名園遊賞同歡樂。湯式、正宮塞鴻秋套：則願的，馬上牆頭，共一處同歡樂。【田家樂】湯式、雙調慶東原、田家樂：我愛田家樂。【非人樂】曾瑞、中呂山坡羊、嘆世：樂極悲至非人樂。【貧而樂】汪元亨、雙調雁兒落過得勝令、歸隱：至如富便驕、未若貧而樂。【閑中樂】張可久、雙調水仙子、和逍遙韻：遠紅塵，自有閑中樂。【誰家樂】湯式、雙調慶東原、田家樂：客來款曲誰家樂。【雖云樂】無名氏、中呂喜春來：黃花籬下雖云樂。

貌⊙

【花貌】張可久、中呂上小樓、春思：今何在玉容花貌。【容貌】喬吉、雙調清江引、笑靨兒：助喜洽添容貌。湯式、正宮塞鴻秋套、雁過聲：風流的不似他容貌。【如花貌】喬吉、雙調清江引、笑靨兒：粧點如花貌。【風流貌】貫雲石、南呂金字經：寶釵金鳳翹，風流貌。【傾城貌】關漢卿、中呂普天樂、崔張十六事：猛見了傾國傾城貌。【潘安貌】湯式、雙調新水令套、秋夜夢囘有感、風入松：箇條般瘦損潘安貌。

帽

【風帽】張可久、越調小桃紅、憶疎齋學士郊行：塵衣風帽。【宮帽】湯式、正宮端正好套、元日朝賀、脫布衫：金花揷玳筵宮帽。【山翁帽】盧摯、中呂喜春來、和則明韻：春雲巧似山翁帽。【烏紗帽】張可久、雙調湘妃怨、德淸觀梅：飄飄野客烏紗帽。【溫公帽】張養浩、雙調沈醉東風：帶一頂溫公帽。【簪花帽】張可久、正宮塞鴻秋、道情：蜜蜂飛繞簪花帽。

旄

【旄旄】湯式、南呂一枝花套：倒旄旄。喬吉、雙調水仙子、嘲人愛姬爲人所奪：雙漸旄旄。

炮⊙

【連珠炮】曾瑞、南呂四塊玉、村夫走院：入門着幾連珠炮。

告⊙

【陪告】湯式、商調朝遠行、四景題情、秋：你則索捨了命忙陪告。【難告】王脩甫、仙呂八聲甘州：向人難告。【娘行告】貫雲石、正宮小梁州：揣著箇羞臉兒娘行告。【把蒼天告】湯式、正宮塞鴻秋套、件讀書：辦誠心把蒼天告。【把靈神告】湯式、雙調新水令套、秋夜夢囘有感：叩香几把靈神告。

誥

【官誥】馬致遠、雙調喬牌兒套：便有敕牒官誥。

噪⊙

【合噪】鄭光祖、雙調駐馬聽近套、秋閨：門來合噪。【爭噪】陳草庵、中呂山坡羊：昏鴉爭噪。【聒噪】湯式、雙調新水令套、秋夜夢囘有感：西風煞是能聒噪。【昏鴉噪】鄭光祖、雙調駐馬聽近套、秋閨：茂林千點昏鴉噪。【新蟬噪】馬致遠、雙調淸江引：西村日長人事少，一箇新蟬噪。

妙⊙

【芳妙】湯式、南呂一枝花套、贈敎坊殊麗、梁州：年紀兒正芳妙。【奇妙】湯式、正宮塞鴻秋套：端的是多奇妙。【雲山妙】張養浩、雙調雁兒落兼淸江引：一帶雲山妙。【般般妙】湯式、正宮塞鴻秋套：你看他，彈弦品竹般般妙。

廟

【古廟】張可久、中呂紅綉鞋、過括蒼山：鴉噪巖前古廟。【祅廟】湯式、正宮塞鴻秋套：焰騰騰，烈火焚燒了祆廟。【祆神廟】湯式、正宮塞鴻秋套、笑和尚：重蓋一座祆神廟。

鬧⊙

【人烟鬧】張養浩、雙調雁兒落兼清江引：嫌市井人烟鬧。【叨叨鬧】鄭光祖、雙調駐馬聽近套、秋閨、駐馬聽：惱人促織叨叨鬧。【紅塵鬧】張可久、雙調燕引雛、桐江即事：不知世上紅塵鬧。陳草庵、中呂山坡羊：那個不去紅塵鬧。【穿花鬧】湯式、正宮塞鴻秋套、醉太平：你看那，蜂媒蝶使穿花鬧。【烟塵鬧】湯式、南呂一枝花套、言志：況值烟塵鬧。湯式、中呂普天樂、維揚懷古：一自年來烟塵鬧。【胡蝶鬧】張可久、中呂山坡羊、感舊：一番春事胡蝶鬧。【船兒鬧】馬致遠、仙呂青哥兒、五月：忽聽得江津戲蘭橈，船兒鬧。【楊花鬧】張可久、越調小桃紅、春深：添得楊花鬧。【臨階鬧】湯式、雙調新水令套、秋夜夢回有感、七弟兄：寒蛩唧唧臨階鬧。【樵夫鬧】薛昂夫、雙調殿前歡、冬：林間又見樵夫鬧。

懊⊙

【一場懊】關漢卿、雙調新水令套：總做了一場懊。

鈔⊙

【勞軍鈔】湯式、商調集賢賓套、書懷：哥哥占了些勞軍鈔。【雅青鈔】關漢卿、雙調新水令套、步步嬌：積趲下，三十兩，通行雅青鈔。【鴉青鈔】喬吉、雙調水仙子、嘲人愛姬爲人所奪：販茶船鐵板鴉青鈔。

哨⊙

【雨哨】湯式、黃鍾醉花陰套、離思、喜遷鶯：聽風聲雨哨。【粉哨】張養浩、中呂紅綉鞋、贈美妓：手掌兒血噴粉哨。【窗前哨】湯式、雙調新水令套、秋夜夢回有感、駐馬聽：淅零零，暮雨窗前哨。【將紗窗哨】湯式、正宮塞鴻秋套：不覺的，微微細雨將紗窗哨。

肖鞘○糶跳○窵掉○
瀑○鉋鞄䛌皀造漕躁
○鐐廖䍡○冐鏊○趙
兆旐○紹邵燒○號皓
昊皞浩顥灝○翿燾盜
導悼蹈○曜曤鷂○轎
嶠○噍○糙造慥○誚
○俵鰾醥○傚校○校

珓鉸酵傚○笊○靿凹
○冒耄茂○砲泡○部
○澇勞嫪○燥譟掃○
淖○奧澳○竅○溺○
覆

【對偶】

劉時中、中呂朝天子：稚子牽衣，山妻迎笑。曾瑞、中呂山坡羊、嘆世：榮華休傲，貧窮休笑。張可久、中呂普天樂、收心：關心三月春，開口千金笑。湯式、中呂普天樂、維揚懷古：紅樓百寶粧，翠頭千金笑。王嘉甫、仙呂八聲甘州套、元和令：謾贏得自己羞，空惹得外人笑。汪元亨、中呂朝天子、歸隱：南畝躬耕，東皐舒嘯。張可久、中呂山坡羊、感舊：憑高凝眺，臨風舒嘯。張可久、雙調清江引、湖山避暑：秋風玉兎寒，野樹金猿嘯。張可久、正宮塞鴻秋、道情：直鉤曾下嚴灘釣，清風自學蘇門嘯。張可久、正宮塞鴻秋、道情：蜜蜂飛繞簪花帽，野猿坐守燒丹竈。喬吉、雙調水仙子、樂清簫台：枕蒼龍雲臥品清簫，跨白鹿春酣醉碧桃，喚青猿夜拆燒丹竈。湯式、中呂謁金門、客中戲示友人：巽二猖狂，滕六懆懆。張可久、正宮塞鴻秋、道情：扁舟范蠡高，五柳陶潛傲。李子中、仙呂賞花時套：串烟消，銀釭照。貫雲石、雙調清江引、惜別：江聲攪暮濤，樹影留殘照。湯式、黃鍾醉花陰套、離思、刮地風犯：他與我綠窗歡笑，他與我鏡臺同照。湯式、雙調新水令套、秋夜夢回有感：病兒多偏覺被兒薄，影兒孤最怕燈兒照。湯式、南呂一枝花套：芳卿細細聽，賤子明明道。湯式、雙調沈醉東風、悼伶好：樓空燕子飛，巷靜雞兒叫。湯式、雙調新水令套、秋夜夢回有感、七弟兄：寒蛩唧唧臨階鬧，疎螢點點趁風飄，賓鴻嚦嚦穿雲叫。張可久、中呂普天樂、收心：姓名香，行爲俏。湯式、雙調新水令套、秋夜夢回有感、沈醉東風：萬種嬌，千般俏。喬吉、雙調清江引、笑靨兒：生成臉上嬌，點出腮邊俏。張可久、中呂上小樓、春思：雲屏幾宵，華胥一覺。湯式、雙調慶東原、田家樂：人說仕途榮，我愛田家樂。湯式、雙調新水令套、秋夜夢回有感、甜水令：半擁鴛衾，斜欹珊枕，共諧歡樂。張養浩、雙調沈醉東風：穿一對聖僧鞋，帶一頂溫公帽。湯式、正宮端正好套、元日朝賀、脫布衫：茵陳簇，雕盤翠縷，金花揷，玳筵宮帽。張可久、雙調湘妃怨、德清觀梅：冷冷仙曲紫鸞簫，樹樹寒梅白玉條，飄飄野客烏紗帽。湯式、雙調新水令套、秋夜夢回有感、離亭宴煞：近燈檠將香篆焚，叩香几把神靈告。陳草庵、中呂山坡羊：晨雞初叫，昏鴉爭噪。鄭光祖、雙調駐馬聽近套、秋閨：橫空幾行塞鴻高，茂林千點昏鴉噪。張養浩、雙調雁兒落兼清江引：四面桑麻深，一帶雲山妙。馬致遠、雙調清江引、野興：恰待葵花開，又早蜂兒鬧。

入作去

藥⊙

【靈丹藥】湯式、雙調新水令套、秋夜夢回有感、離亭宴煞：空服靈丹藥。湯式、雙調新水令套、秋夜夢回有感、雁兒落：勝似靈丹藥。鄭光祖、南呂梧桐樹套、題情：他行自有靈丹藥。湯式、正宮塞鴻秋套、貨郎兒：遇不著，醫鬼病靈丹藥。

約

【前約】鄭光祖、南呂梧桐樹套、題情、浣溪沙：我做了，謁漿崔護違前約。【密約】湯式、調集賢賓套、書懷、逍遙樂：却做了幽期密約。【暗約】湯式、南呂一枝花套、題白梅深處、梁州：想度，暗約，我猜似梨雲一片連溟漠。【窨約】湯式、南呂一枝花套：幾遭，窨約，既知休怕甚鶯花笑。湯式、雙調新水令套、秋夜夢回有感、梅花酒：我這裏自窨約。湯式、南呂一枝花套、贈明時秀：我將他風流窨約。【星前約】關漢卿、雙調新水令套、甜水令：想著月下情，星前約。

幕⊙

【羅幕】湯式、雙調新水令套、秋夜夢回有感、甜水令：低垂羅幕。

漠⊙

【溟漠】湯式、南呂一枝花套、題自梅深處、梁州：我猜似梨雲一片連溟漠。

落⊙

【吹落】湯式、南呂一枝花套、題自梅深處：囑付那羌管嗚嗚莫吹落。【奚落】、湯式、南呂一枝花套、贈教坊殊麗：常記得，陽臺夢曾奚落。【發落】湯式、南呂一枝花套：便做道，娶之後怎發落。【零落】張養浩、雙調清江引、詠秋日海棠：葉兒都零落。【風花落】鄭光祖、南呂梧桐樹套、題情、罵玉郎北：沒出活似風花落。【烏雲落】湯式、雙調新水令套、秋夜夢回有感：髻亸烏雲落。【梅花落】張可久、雙調沈醉東風、元夜：梅花落，故人漸稀疏談笑。

蕚◉

【丁香蕚】湯式、南呂一枝花套、贈明時秀：恰蓓蕾丁香蕚。【胭脂蕚】張養浩、雙調清江引、詠秋日海棠：開徹胭脂蕚。

惡

【風又惡】曾瑞、中呂山坡羊、嘆世：花正發時風又惡。【風勢惡】曾瑞、中呂喜春來、詠雪梅：風勢惡，休笑子猷喬。

弱◉

【儒弱】張養浩、中呂山坡羊、沔池懷古：趙王儒弱。

略◉

【三略】湯式、商調集賢賓套、書懷、逍遙樂：天韜三略。【黃公略】湯式、南呂一枝花套、言志、粱州：這幾篇，齊魯論也不下於黃公略。

岳樂躍鑰瀹○搭諾○
末寞莫沫絡烙洛酪樂
珞○鶚鍔愕○蒻箬○
掠○虐瘧

【對偶】湯式、雙調新水令套、秋夜夢回有感、雁兒落：強如海上風，勝似靈丹藥。湯式、雙調新水令套、秋夜夢回有感、離亭宴煞：謾使傳書簡，空服靈丹藥。湯式、商調集賢賓套、書懷、逍遙樂：也則待制勝量敵，却做了幽期密約。湯式、雙調新水令套、秋夜夢回有感、甜水令：款解羅衫，輕分羅帳，低垂羅幕。湯式、雙調新水令套、秋夜夢回有感、雁兒落：被翻紅浪高，髻亸烏雲落。鄭光祖、南呂梧桐樹套、題情、罵正郎：不札實似風竹搖，無投奔似風絮飄，沒出活似風花落。

第十二部

（歌戈）

陰平

⊙歌

【自歌】張養浩、中呂朝天曲、詠四景、夏：自酌自歌。【高歌】張養浩、雙調折桂令、中秋：老子高歌。盧摯、雙調蟾宮曲、丹桂：撫節高歌。曾瑞、正宮端正好套、自序、醉太平：有花有酒且高歌。張可久、雙調折桂令、讀史有感：劍空彈月下高歌。【狂歌】劉時中、雙調殿前歡、道情：一曲狂歌。【笙歌】湯式、雙調天香引、西湖感舊：問西湖昔日如何，朝也笙歌，暮也笙歌。湯式、雙調對玉環帶清江引、四景題詩：懶聽笙歌。張可久、正宮漢東山、羅綺列笙歌。【珠歌】徐再思、越調天淨沙、春情：雙雙翠舞珠歌。【浩歌】張可久、商調梧葉兒、湖上晚興：浩浩歌。汪元亨、雙調雁兒落過得勝令、歸隱：青山發浩歌。【停歌】劉時中、雙調水仙操、寓意武昌元貞：元貞舊曲日停歌。【秦歌】喬吉、雙調折桂令、問春、擊筑秦歌。【唱歌】張養浩、雙調新水令套、辭官七弟兄：唱歌、彈歌。【揚歌】張可久、雙調折桂令、皆春樓：白雪揚歌。【棹歌】張可久、南呂金字經、湖上小隱：月明聞棹歌。【會歌】薛昂夫、正宮端正好套、高隱、滾綉毬：史牛斤嘲會歌。【漁歌】馬致遠、雙調蟾宮曲、嘆世：醒時漁笛，醉後漁歌。白樸、小石調、惱煞人套、伊州遍：時復唱和漁歌。【樵歌】徐再思、越調天淨沙、漁父：知心牧唱樵歌。【謳歌】曾瑞、正宮端正好套、自序、小梁州：擊缶謳歌。【入浩歌】盧摯、雙調沈醉東風、對酒：萬里雲山入浩歌。【白雪歌】馬致遠、南呂四塊玉、嘆世：低謳着白雪歌。【水調歌】徐再思、雙調沈醉東風、春情：亯唱當時水調歌。【扣舷歌】張可久、正宮漢東山、中流扣舷歌。【竹外歌】盧摯、商調梧葉兒、席間戲作四章：花間坐竹外歌。【竹枝歌】張可久、中呂朱履曲、秋江晚興：道和竹枝歌。【金縷歌】張可久、雙調水仙子、鑑湖春行：紅衫兒金縷歌。【牧童歌】楊澹齋、雙調殿前歡：樵童斟酒牧童歌。【採茶歌】張可久、中呂喜春來、永康驛中：松外採茶歌。【採蓮歌】劉秉忠、南呂乾荷葉：宮娃齊唱採蓮歌。張養浩、雙調慶宣和：牧童齊唱採蓮歌。貫雲石、中呂粉蝶兒套、石榴花：我則見、採蓮人和採蓮歌。【洞簫歌】薛昂夫、雙調殿前歡、秋、洞簫歌。【雪兒歌】張可久、雙調殿前歡：雪娘行酒雪兒歌。【野猿歌】張可久、越調柳營曲、西山即事：花笑野猿歌。【唱挽歌】關漢卿、雙調大德歌：誰著你、搖銅鈴唱挽歌。【皓齒歌】馬致遠、南呂四塊玉、嘆世：細腰舞，皓齒歌。盧摯、商調梧葉兒、席間戲作四章：纖腰舞，皓齒歌。張可久、正宮漢東山、樽前皓齒歌。【扇影歌】貫雲石、越調凭闌人、題情：冷落桃花扇影歌。【腸斷歌】貫雲石、越調凭闌人、題情：誰唱相思腸斷歌。【偃仰歌】貫雲石、雙調清江引、知足：閑來偃仰歌。【湖上歌】張可久、雙調水仙子、西湖秋夜：雪兒湖上歌。【飯牛歌】張可久、正宮漢東山：夜冷飯牛歌。【嬌唱歌】盧摯、商調梧葉兒、席間戲作四章：低聲語、嬌唱歌。【醉時歌】阿里西瑛、雙調殿前歡：醒時詩酒醉時歌。【醉後歌】曾瑞、中呂喜春來、閱世：白雪陽春醉後歌。【鳳舞鸞歌】盧摯、雙調蟾宮曲、蕭娥：樂陶陶鳳舞鸞歌。【撫掌而歌】湯式、雙調風入松、寓意：一樽酒撫掌而歌。【對酒當歌】喬吉、雙調折桂令、寄遠：破鏡分釵，對酒當歌。

哥

【小哥】喬吉、南呂玉交枝、失題：問小哥。【哥哥】張可久、越調寨兒令、妓怨：愛他推磨小哥哥。【伴哥】劉時中、雙調殿前歡：呼王留喚伴哥。【鸚哥】張可久、越調寨兒令、題昭君出塞圖：雕籠內錦鸚哥。【也末哥】張可久、正宮漢東山：睡覺來也末哥。【也麼哥】曾瑞、正宮端正好套、自序、叨叨令：快活也麼哥。劉時中、正宮端正好套、上高監司、叨叨令：小民好苦也麼哥。

柯

【枝柯】劉秉忠、南呂乾荷葉：倒枝柯。【南柯】喬吉、雙調殿前歡：依舊南柯。劉時中、雙調殿前歡、道情：夢繞南柯。曾瑞、正宮端正好套、自序、四煞：未轉首總南柯。張可久、越調柳營曲、西山即事：綠槐夢已南柯。盧摯、雙調蟾宮曲、洛陽懷古河南：杜鵑聲啼破南柯。喬吉、雙調折桂令、寄遠：雲雨期一枕南柯。喬吉、雙調水仙子、涼夜清興：夢不到螻蟻南柯。張養浩、雙調新水令套、辭官、收江南：古和今都是一南柯。【盼庭柯】張可久、越調寨兒令、鑑湖即事：枕綠莎，盼庭柯。【夢南柯】張可久、正宮漢東山：人生夢南柯。喬吉、雙調折桂令、問春：落花驚蝶夢南柯。

科⊙

【平科】曾瑞、端正好套、自序、滾綉毬：折莫待、憤悱啓發平科。【莊科】喬吉、雙調雁兒落過得勝令、自適：禾黍小莊科。【數科】曾瑞、正宮端正好套、自序、尾：黃菊東離栽數科。【瞧科】徐再思、雙調沈醉東風、春情：待喚著怕人瞧科。【五六科】劉時中、雙調殿前歡：映水紅蓮五六科。【近花科】馬致遠、仙呂賞花時套、掬水月在手：離香閣近花科。【茨蘼科】劉太保、南呂乾荷葉：春衫惹定茨蘼科。

窠

【莊窠】曾瑞、正宮端正好套、自序、二煞：租百畝莊窠。【瑞錦窠】張可久、正宮漢東山：香風瑞錦窠。

軻⊙

【孟軻】曾瑞、正宮端正好套、自序、滾綉毬：道不行，齊梁喪了孟軻。

珂

【鳴珂】湯式、雙調對玉環帶清江引、四景題詩：人在鳴珂。張可久、正宮漢東山：車馬鬧鳴珂。汪元亨、雙調雁兒落過得勝令、歸隱：冠蓋靜鳴珂。【紫金珂】張可久、正宮漢東山：玉勒紫金珂。

戈⊙

【干戈】汪元亨、雙調折桂令、歸隱：免見干戈。張可久、正宮漢東山：野鹿起干戈。盧摯、雙調蟾宮曲、蕭娥：錦帆飛兵動干戈。

過

【無過】張可久、雙調折桂令：皆春樓：四序無過。【四更過】貫雲石、中呂紅綉鞋：聽著數著愁著怕著早四更過。【彈指過】薛昂夫、正宮端正好套、高隱、滾綉毬：日光彈指過。【越逞過】貫雲石、中呂陽春曲、金蓮：著意收拾越逞過。

鍋

【一鍋】曾瑞、正宮端正好套、自序、滾綉毬：要併一鍋。薛昂夫、正宮端正好套、高隱、耍孩兒：到晚來虀湯做一鍋。

⊙**莎**　【枕綠莎】張可久、越調寨兒令、鑑湖即事：枕綠莎、盼庭莎。

蓑　【烟蓑】喬吉、中呂滿庭芳、漁父詞：雨笠烟蓑。貫雲石、中呂粉蝶兒套、撲燈蛾：碧澄澄、滿船雨笠共烟蓑。【漁蓑】張可久、雙調水仙子、樂閑：湘水漁蓑。張可久、沈醉東風、幽居：喜紅塵不到漁蓑。張養浩、雙調新水令套、辭官、收江南：紫羅蘭未必勝漁蓑。【綠蓑】張養浩、中呂朝天曲、詠四景、夏：就著這綠蓑。【玉一蓑】張可久、中呂喜春來、永康驛中：山背披雲玉一蓑。【釣魚蓑】張可久、正宮漢東山：不如我芳草坡釣魚蓑。【雨笠烟蓑】徐再思、越調天淨沙、漁父：忘形雨笠烟蓑。盧摯、雙調蟾宮曲、箕山感懷：七里灘雨笠烟蓑。

唆　【調唆】張可久、越調寨兒令、情梅友元帥席上：冷句調唆。

梭　【玉梭】姚燧、越調凭闌人：織就四文停玉梭。【如梭】曾瑞、中呂山坡羊、嘆世：泪如梭。【似梭】薛昂夫、正宮端正好套、高隱、滾綉毬：嘆光陰疾似梭。【飛梭】楊澹齋、雙調殿前歡：天邊烏兔似飛梭。【擲梭】薛昂夫、正宮端正好套、高隱、倘秀才：玉兔似擲梭。張養浩、雙調新水令套、辭官、梅花酒：嘆日月似擲梭。【織梭】薛昂夫、正宮端正好套、高隱、滾綉毬：著山妻上布織翁。【走如梭】劉時中、雙調殿前歡：太翁莊上走如梭。【迅如梭】湯式、雙調風入松、寓意：六龍飛去迅如梭。

娑　【婆娑】馬致遠、雙調蟾宮曲、嘆世：竹裏遊亭，小宇婆娑。張可久、越調寨兒令、明月樓：丹桂婆娑。盧摯、雙調蟾宮曲、洛陽懷古河南：老子婆娑。張養浩、雙調新水令套、辭官、川撥棹：到處婆娑。楊澹齋、雙調殿前歡：儘自婆娑。馬致遠、仙呂賞花時套、掬水月在手：仙桂影婆娑。盧摯、雙調蟾宮曲、丹桂：這些時學我婆娑。【且婆娑】劉時中、雙調殿前歡、道情：水邊林下且婆娑。曾瑞、中呂喜春來、閱世：簪花飲酒且婆娑。【白髮婆娑】湯式、雙調風入松、寓意：青山舊白髮婆娑。【舞態婆娑】張可久、折桂令、觀天寶遺事：荔枝香舞態婆娑。

挲　【摩挲】湯式、雙調風入松、寓意：看山老眼摩挲。

⊙**磋**　【切磋】薛昂夫、中呂朝天曲：切磋。曾瑞、正宮端正好套、自序、尾：骨角成形我切磋。

搓

【不搓】曾瑞、正宮端正好套、自序、尾、唾噀經綸手不搓。【厮線搓】薛昂夫、正宮端正好套、高隱、滾綉毬：村仵姐慌將厮線搓。

他⊙

【由他】曾瑞、正宮端正好套、自序、滾綉毬：一任由他。張可久、雙調折桂令、讀史有感：富貴由他。張可久、中呂齊天樂過紅衫兒、隱居：沈醉後由他。張可久、越調寨兒令、情梅友元帥席上：說破綻儘由他。【有他】湯式、南呂一枝花套、贈王善才、尾聲：香音國有他。【見他】湯式、南呂一枝花套、贈王善才、尾聲：龍華會見他。【其他】貫雲石、中呂粉蝶兒套、石榴花：端的是勝景勝其他。【問他】吳弘道、南呂金字經：路人休問他。盧摯、雙調蟾宮曲、洛陽懷古河南：向司馬家兒問他。【從他】劉時中、雙調殿前歡、道情：世事從他。曾瑞、正宮端正好套、自序、三煞：清濁從他。【戀他】張養浩、雙調新水令套、辭官、收江南：休只管戀他。【一任他】張養浩、中呂朝天曲、詠四景、夏：人間一甲子一任他。【休夢他】貫雲石、越調凭闌人、題情：爭如休夢他。【任從他】張養浩、中呂朱履曲：長與短任從他。【我共他】楊澹齋、雙調殿前歡：儘今生我共他。【信著他】盧摯、商調梧葉兒、席間戲作四章：却又可信著他。【思念他】姚燧、越調凭闌人：獨守銀燈思念他。【等候他】關漢卿、雙調新水令套、喬牌兒：只索等候他。【憔悴他】貫雲石、越調凭闌人、題情：夢他憔悴他。【最是他】馬致遠、仙呂青哥兒、五月：妙舞清歌最是他。【猛見他】徐再思、雙調沈醉東風、春情：今日箇猛見他。【煩惱由他】張可久、雙調折桂令、鑑湖小集：百年人，千年調，煩惱由他。【憔悴因他】喬吉、雙調折桂令、寄遠：近新來憔悴因他。【醉了由他】馬致遠、雙調蟾宮曲、嘆世：成也蕭何，敗也蕭何，醉了由他。

拖

【杖藜拖】楊澹齋、雙調殿前歡：閑賒村酒杖藜拖。【鵬翼他】曾瑞、正宮端正好套、自序、尾：醉袖乘風鵬翼他。

阿⊙

【山阿】張可久、越調寨兒令、鑑湖即事：相伴住山阿。汪元亨、中呂朝天子、歸隱：收拾琴劍入山阿。【巖阿】張養浩、中呂山坡羊：向巖阿。盧摯、雙調蟾宮曲、丹桂：縱覽巖阿。張可久、越調柳營曲、西山卽事：御墨向嚴阿。

痾

【沈痾】張養浩、雙調新水令套、轉官：烟霞疾做了沈痾。

⊙窩

【行窩】盧摯、雙調蟾宮曲、洛陽懷古河南：放着行窩。喬吉、雙調折桂令、問春：隨處行窩。張養浩、雙調新水令套、辭官、七弟兄：有花有酒有行窩。喬吉、中呂滿庭芳、漁父詞：泛江湖無定處行窩。【雲窩】楊澹齋、雙調殿前歡：白雲窩。阿里耀卿子、雙調殿前歡：懶雲窩。【舊窩】薛昂夫、正宮端正好套、高隱、四煞：紫燕歸巢覓舊窩。【安樂窩】張可久、南呂金字經、湖上小隱：清風安樂窩。楊澹齋、雙調湘妃怨、勝堯夫安樂窩。喬吉、南呂玉交枝、失題：費心如安樂窩。張可久、雙調清江引、張子堅運席上：雲巖隱居安樂窩。喬吉、中呂山坡羊、自警：蓋下一枚安樂窩。貫雲石、雙調清江引、知足：畫堂不如安樂窩。【雲錦窩】張可久、雙調慶宣和、賦情：柳陣花圍雲錦窩。【這幾窩】貫雲石、中呂粉蝶兒套、上小樓：疎剌剌這幾窩。【錦綉窩】湯式、南呂一枝花套、贈王善才：隨風塵錦綉窩。【十二行窩】汪元亨、雙調折桂令、歸隱：鶯花十二行窩。

⊙坡

【下坡】汪元亨、雁兒落過得勝令、歸隱：光陰車下坡。【山坡】張養浩、雙調慶宣和：華鵲山坡。【平坡】張可久、雙調折桂令、觀天寶遺事：注馬下坡。【東坡】貫雲石、中呂粉蝶兒套：暗想東坡。盧摯、雙調蟾宮曲、六月望西湖夜歸：便似了東坡。張可久、越調柳營曲、西山卽事：蒼松老似東坡。【松坡】張養浩、雙調新水令套、辭官、川撥棹：竹塢松坡。【芳草坡】張可久、正宮漢東山：芳草坡，釣魚蓑。貫雲石、中呂粉蝶兒套、撲燈蛾：茸茸的芳草坡。【車下坡】貫雲石、雙調清江引：競功名有如車下坡。【馬嵬坡】張可久、越調寨兒令、題昭君出塞圖：强似馬嵬坡。【鳳凰坡】貫雲石、中呂粉蝶兒套、好事近：謾說鳳凰坡。【錦綉坡】張可久、南呂金字經、湖上小隱：十二闌干錦綉坡。

⊙波

【金波】張可久、越調寨兒令、明月樓：立娉婷香捧金波。貫雲石、中呂粉蝶兒套、好事近：碧澄澄水泛金波。貫雲石、中呂粉蝶兒套、撲燈蛾：細裊裊綠綠金波。【風波】劉時中、雙調殿前歡、道情：看門外風波。曾瑞、正宮端正好套、自序、四煞：躲萬丈風波。楊澹齋、雙調湘妃怨：一任他門外風波。張可久、越調寨兒令、妓怨：腆著臉不怕風波。【秋波】劉秉忠、南呂乾荷葉、貼秋波。喬吉、雙調折桂令、寄遠：哭損秋波。【洪波】曾瑞、正宮端正好套、自序、三煞：酒泛洪波。【奔波】汪元亨、雙調沈醉東風、歸田：三千程途路奔波。【烟波】薛昂夫、雙調殿前歡、秋：一樣烟波。張養浩、雙調新水令套、辭官、川撥棹：占斷烟波。張可久、中呂朱履曲、秋江晚興：一舸飄然占烟波。【清波】貫雲石、中呂粉蝶兒套、上小樓：湛著清波。劉時中、雙調殿前歡：鷗鷺清波。貫雲石、中呂粉蝶兒套、撲燈蛾：見對對鴛鴦戲清波。【眼波】張可久、越調凭闌人、席上分題：歌緩盈盈停眼波。【無波】張養浩、雙調折桂令、中秋：洗秋空銀漢無波。【寒波】盧摯、雙調蟾宮曲、洛陽懷古：洛水寒波。【跨波】貫雲石、中呂粉蝶兒套、撲燈蛾：隱隱似長橋跨波。【銀波】張可久、正宮漢東山：涼月素銀波。白樸、小石調惱煞人套：殘霞照萬頃銀波。【蒼波】盧摯、雙調蟾宮曲、箕山感懷：萬古蒼波。【淺波】薛昂夫、正宮端正好套、高隱、二煞：綠水潺潺泛淺波。【澄波】汪元亨、雙調折桂令、歸隱：存道心上水澄波。【滄波】張可久、商調梧葉兒、湖上晚興：明月湧滄波。曾瑞、正宮端正好套、自序、醉太平：舉棹泛滄波。【綠波】喬吉、雙調折桂令、問春：香絮引魚吞綠波。【錦波】張養浩、雙調慶宣和、大小清河諸錦波。【覷波】貫雲石、中呂粉蝶兒套、鬪鵪鶉：你不信試覷波。【千丈波】馬致遠、南呂四塊玉、嘆世：遠紅塵千丈波。【東逝波】劉時中、雙調水仙操、寓意武昌元貞：恨長隨東逝波。【春始波】張可久、越調寨兒令、鑑湖即事：門外鑑湖春始波。【惡風波】曾瑞、中呂喜春來、閱世：閑看惡風波。關漢卿、南呂四塊玉、閑適：跳出紅塵惡風波。【萬丈波】楊澹齋、雙調殿前歡：任風濤萬丈波。喬吉、南呂玉交枝、失題：黃塵黑海萬丈波。【滄海波】張可久、正宮漢東山：騎鯨滄海波。【轉秋波】盧摯、商調梧葉兒、席間戲作四章：顰翠黛轉秋波。【千丈洪波】盧摯、雙調蟾宮曲、蕭娥：汴水東流，千丈洪波。

呵◉

【休呵】姚燧、越調凭闌人：夢兒裏休呵。【呵呵】喬吉、中呂山坡羊、自警：笑呵呵。阿里西瑛、雙調殿前歡：我笑呵呵。喬吉、中呂滿庭芳、漁父詞：妻子呵呵。【誰呵】盧摯、雙調蟾宮曲、丹桂：招隱誰呵。盧摯、雙調蟾宮曲、六月望西湖夜歸：看西湖休比誰呵。喬吉、雙調水仙子、涼夜清興：雲綃蒙影鏡誰呵。【笑呵呵】喬吉、南呂玉交枝、失題：拍手笑呵呵。張養浩、雙調新水令套、辭官、川撥棹：每日家笑呵呵。關漢卿、南呂四塊玉、閒適：老瓦盆邊笑呵呵。張可久、正宮漢東山：暮四朝三笑呵呵。【醉了呵】張養浩、雙調新水令套、辭官、川撥棹：看時節醉了呵。【鬧呵呵】張可久、正宮漢東山：紫綬金章鬧呵呵。【忘了人呵】喬吉、雙調折桂令、寄遠：台候如何，忘了人呵。

⊙多

【更多】劉時中、雙調新水令套、寓意武昌元貞：青衫泪更多。張養浩、雙調折桂令、中秋：比常夜清光更多。【情多】張可久、越調寨兒令、情梅友元帥席上：越間阻越情多。貫雲石、中呂陽春曲、金蓮：越遮護著越情多。張可久、雙調慶宣和、春晚病起：柳眼花心尙情多。【無多】劉秉忠、南呂乾荷葉：乾荷葉色無多。【無多】盧摯、雙調蟾宮曲、箕山感懷：試屈指高人，却也無多。喬吉、雙調折桂令、問春：黑髮無多。張可久、中呂朱履曲、秋江晚興：酒朋詩伴無多。張可久、越調寨兒令、鑑湖即事：嘆貞元朝士無多。【極多】貫雲石、中呂粉蝶兒套、好事近：眞箇是勝跡極多。【越多】姚燧、越調凭闌人：覺來時愁越多。【漸多】喬吉、南呂玉交枝、失題：早兩鬢秋霜漸多。【一瓢多】曾瑞、正宮端正好套、自序、小梁州：知足後一瓢多。【小兒多】張可久、正宮漢東山：市上小兒多。【不爭多】張養浩、雙調新水令套、辭官：急流中勇退不爭多。【月明多】喬吉、中呂滿庭芳、漁父詞：江上月明多。【更情多】盧摯、商調梧葉兒、席間戲作四章：韻遠更情多。【金玉多】張可久、正宮漢東山：重重金玉多。【差役多】喬吉、雙調雁兒落過得勝令、自適：田多差役多。【是非多】張可久、越調寨兒令、妓怨：緣份薄，是非多。【秋意多】張可久、雙調水仙子、西湖秋夜：此去那堪秋意多。【星斗多】貫雲石、雙調殿前歡、和阿里西瑛懶雲窩：蔽一天星斗多。【酒既多】張可久、雙調水仙子、鑑湖春行：樂意船頭酒既多。【留意多】張可久、越調凭闌人、席上分題：念奴留意多。【淚痕多】

關漢卿、雙調大德歌：恰便是司馬淚痕多。【情減多】貫雲石、越調凭闌人、題情：風流情減多。【萬年多】張養浩、中呂朱履曲：後頭有萬年多。【落花多】湯式、雙調風入松、寓意：杜鵑啼過落花多。【景物多】薛昂夫、正宮端正好套、高隱、倘秀才：晚趁斜陽景物多。【景便多】薛昂夫、雙調殿前歡、秋：有吟人景便多。【愁恨多】貫雲石、越調凭闌人、題情：夢斷香閨愁恨多。【愁越多】喬吉、雙調春閨怨：添得愁越多。【新恨多】貫雲石、越調凭闌人、題情：更添新恨多。【黃葉多】湯式、雙調對玉環帶清江引、四景題詩：西風小亭黃葉多。【經歷多】關漢卿、南呂四塊玉、閒適：世態人情經歷多。【瑞雪多】張可久、雙調落梅風、寒夜：寒齋靜，瑞雪多。【賞心多】貫雲石、中呂粉蝶兒套、料峭東風：樂事賞心多。【歲歲多】薛昂夫、正宮端正好套、高隱、滾綉毬：郊外新墳歲歲多。【漸漸多】無名氏、中呂喜春來：眼底兒曹漸漸多。【題詠多】貫雲石、中呂粉蝶兒套、尾聲：古往今來題詠多。【清香太多】盧摯、雙調蟾宮曲、丹桂：管因為清香太多。

⊙**麼**

【來麼】張可久、雙調折桂令、鑑湖小集：還再來麼。【甚麼】關漢卿、南呂四塊玉、閒適：爭甚麼。楊澹齋、雙調殿前歡：富和貧伊甚麼。【敢麼】湯式、南呂一枝花套、贈王善才、梁州：俺呵，敢麼。【也恁麼】曾瑞、正宮端正好套、自序、一煞：時不過也恁麼。【再來麼】張可久、雙調殿前歡：朱顏去了，還再來麼。【你省麼】喬吉、南呂玉交枝、失題：問小哥，你省麼。【妨甚麼】貫雲石、中呂紅綉鞋：更閏一更兒妨甚麼。【肯恁麼】盧摯、高調梧葉兒、席間戲作四章：我如何肯恁麼。【等甚麼】張可久、雙調水仙子、樂閑：不歸來等甚麼。

牁○**蝌**○**睃**○**瑳蹉瘥**

鹺○**佗詑**○**渦倭踒**○

頗○**玻皤番**○**訶**

【對偶】

盧摯、商調梧葉兒、席間戲作四章：花間坐，竹外歌。盧摯、商調梧葉兒、席間戲作四章：低聲語，嬌唱歌。張可久、商調梧葉兒、湖上晚興：頻頻醉，浩浩歌。　盧摯、商調梧葉兒、席間戲作四章：纖腰舞，皓齒歌。　楊澹齋、雙調殿前歡：花前對飲，月下高歌。　湯式、雙調天香引、西湖感舊：朝也笙歌，暮也笙歌。　喬吉、雙調折桂令、問春：載酒吳船，擊筑秦歌。　張可久、越調柳營曲、西山卽事：泉來山虎跑，花笑野猿歌。　張可久、雙調水仙子、鑑湖春行：玉板筍銀絲鱠，紅衫兒金縷歌。　馬致遠、南呂四塊玉、嘆世：淺斟著金曲巵，低謳著白雪歌。　曾瑞、中呂喜春來、閱世：佳章軟語醒時和，白雪陽春醉後歌。　貫雲石、中呂紅綉鞋：挨著靠著雲窗同坐，偎著抱著月枕雙歌。　湯式、雙調天香引、西湖感舊：昔日西湖，今日南柯。　喬吉、雙調折桂令、問春：香絮引魚吞綠波，落花驚蝶夢南柯。　汪元亨、雙調雁兒落過得勝令、歸隱：荆棘長銅駝，冠蓋靜鳴珂。　湯式、雙調天香引、西湖感舊：朝也干戈，暮也干戈。　盧摯、雙調蟾宮曲、蕭娥：瓊花綻春生畫舸，錦帆飛兵動干戈。　喬吉、中呂滿庭芳、漁父詞：雪篷雲棹，雨笠烟蓑。　盧摯、雙調蟾宮曲、箕山感懷：五柳莊甃甌瓦鉢，七里灘雨笠烟蓑。　張可久、中呂喜春來、永康驛中：荷盤蔽雨珠千顆，山背披雲玉一蓑。　無名氏、中呂喜春來：推同塵世光陰磨，織老愁機日月梭。　湯式、雙調風入松、寓意：吞海壯懷寂寞，看山老眼摩挲。　無名氏、中呂喜春來：座間明月清風我，門外紅塵紫陌他。　喬吉、雙調折桂令、寄遠：往日箇殷勤訪我，近新來憔悴因他。　張可久、雙調折桂令、鑑湖小集：昨日春，今日秋，清閒在我，百年人，千年調，煩惱由他。　喬吉、雙調雁兒落過得勝令、自適：五畝清閒地，一枚安樂窩。　馬致遠、南呂四塊玉、嘆世：結三生清淨緣，住一區安樂窩。　湯式、南呂一枝花套、贈王善才：離水月觀音閣，墮風塵錦綉窩。　薛昂夫、正宮端正好套、高隱、四煞：黃鶯出谷尋新柳，紫燕歸巢覓舊窩。　汪元亨、雙調雁兒落過得勝令、歸隱：富貴冰消日，光陰車下坡。　貫雲石、中呂粉蝶兒套、撲燈蛾：遠遠的綠莎茵，茸茸的芳草坡。　張可久、越調柳營曲、西山卽事：綠槐夢已南柯，蒼松老似東坡。　盧摯、雙調蟾宮曲、蟾宮曲、箕山感懷：三徑秋月，萬古蒼波。　曾瑞、正宮端正好套、自序、三煞：杯吸長鯨，酒泛洪波。　貫雲石、中呂粉蝶兒套、上小樓：倚著青山，湛著清波。　喬吉、雙調折桂令、寄遠：淡却雙蛾，哭損秋波。　薛昂夫、正宮端正好套、高隱、二煞：青山隱隱連巔巖，綠水潺潺泛淺波。　張可久、越調凭闌人、席上分題：粧淡亭亭堆髻螺，歌緩盈盈停眼波。　汪元亨、雙調沈醉東風、二十載江湖落魄，三千程途路奔波。　貫雲石、中呂粉蝶兒套、好事近：青藹藹山抹柔藍，碧澄澄水泛金波。　張可久、越調寨兒令、情梅友元帥席上：阻牛郎萬古銀河，渰藍橋千丈風波。　汪元亨、雙調折桂令、歸隱：養丹鼎寒灰宿火，存道心止水澄波。　張可久、越調寨兒令、明月樓：鬬嬋娟光漾銀河，立娉婷香捧金波。　曾瑞、正宮端正好套、自序、尾：聽一笛、斜陽下遠坡，看幾縷、殘霞蘸淺波。　薛昂夫、正宮端正好套、高隱、三煞：雖無那彩船畫舫遊池沼，也有那短棹漁舟泛淺波。　張可久、正宮漢東山：田地闊，兒女多。　張可久、越調寨兒令、妓怨：緣分薄，是非多。　張養浩、中呂朱履曲：前面有千古遠，後頭有萬年多。　張可久、中呂朱履曲、秋江晚興：雨驟風狂已過，酒朋詩伴無多。　無名氏、中呂喜春多：筆頭風月時時過，眼底兒曹漸漸多。　張可久、越調寨兒令、鑑湖卽事：問太平風景如何，嘆貞元朝士無多。　喬吉、雙調雁兒落過得勝令、自適：行呵，官大憂愁大；藏呵，田多差役多。

陽平

⊙羅

【天羅】張養浩、雙調新水令套、辭官、川撥棹：跳出天羅。張可久、越調寨兒令、妓怨：睜著眼撞入天羅。【包羅】曾瑞、正宮端正好套、自序、滾綉毬：雖聖賢胸次包羅。【汨羅】劉時中、雙調殿前歡、道情：楚三閭葬汨羅。曾瑞、正宮端正好套、自序、一煞：不學舉國獨醒葬汨羅。【青羅】張可久、雙調湘妃怨、多景樓：長江一帶展青羅。【春羅】湯式、南呂一枝花套、贈王善才、梁州：舞春風六幅春羅。【張羅】張可久、中呂齊天樂過紅衫兒、隱居：枉張羅。張養浩、雙調新水令套、辭官、梅花酒：謾張羅。關漢卿、雙調大德歌：快活休張羅。【絳羅】無名氏、雙調慶東原、奇遇：裙拖絳羅。【綺羅】張可久、正宮漢東山：烟花暗綺羅。【網羅】曾瑞、中呂喜春來、離愁：他爲尋芳中網羅。【閻羅】張可久、正宮漢東山：見閻羅。【輕羅】貫雲石、中呂粉蝶兒套：描不上小扇輕羅。

蘿

【薜蘿】張可久、越調柳營曲、西山卽事：挽薜蘿。【長蘿】喬吉、雙調殿前歡：靜看松雲掛長蘿。

鑼

【銅鑼】薛昂夫、正宮端正好套、高隱、四煞：賽牛王共擊銅鑼。

螺

【翠螺】張可久、商調梧葉兒、湖上晚興：山花庄翠螺。湯式、雙調對玉環帶清江引、四景題詩：髻雲鬆翠螺。【髻螺】張可久、越調凭闌人、席上分題：粧淡亭亭堆髻螺【翡翠螺】湯式、一枝花套、贈王善才、尾聲：髻挽蟠龍翡翠螺。

騾

【驢騾】薛昂夫、正宮端正好套、耍孩兒：喂養些牛畜驢騾。

摩⊙

【維摩】盧摯、雙調蟾宮曲、丹桂：示現維摩。劉時中、雙調水仙操、寓意武昌元貞：病了維摩。湯式、南呂一枝花套、贈王善才、梁州：病愁煞維摩。張可久、越調天淨沙、書懷：白頭多病維摩。張可久、正宮漢東山：紙帳梅花病維摩。

磨

【不磨】曾瑞、正宮端正好套、自序、尾：華晝干將劍不磨。【則磨】阿里西瑛、雙調殿前歡：想人生待則磨。【病磨】曾瑞、南呂四塊玉、閨情：鬼病磨。【消磨】張養浩、雙調新水令套辭官、梅花酒：壯志消磨。徐再思、越調天淨沙、漁父：從他今古消磨。曾瑞、正宮端正好套、自序、小梁州：甘貧守分談消磨。喬吉、雙調春閨怨：嫩香膩玉漸消磨。盧摯、雙調沈醉東風、對酒：被無情日月消磨。張養浩、中呂朱履曲：叩天門意氣消磨。【頻磨】薛昂夫、正宮端正好套、高隱、一煞：短窗邊瘦影頻磨。【琢磨】薛昂夫、中呂朝天曲：切磋，琢磨。汪元亨、雙調雁兒落過得勝令、歸隱：詩書細琢磨。曾瑞、正宮端正好套、自序、尾：玉石爲珪自琢磨。【誰磨】張養浩、雙調折桂令、中秋：一輪飛鏡誰磨。【光陰磨】無名氏、中呂喜春來：推回塵世光陰磨。【推沈磨】喬吉、南呂玉交枝、失題：搭套項推沈磨。喬吉、中呂山坡羊、自警：看別人，搭套項推沈磨。【鏡新磨】張可久、雙調水仙子、鑑湖春行：清光湖面鏡新磨。張可久、正宮漢東山：萬頃湖光鏡新磨。【寶劍磨】雙調水仙子、樂閑：石上閑將寶劍磨。

魔

【成魔】曾瑞、中呂山坡羊、嘆世：病成魔。【花魔】徐再思、越調天淨沙、春情：卿卿酒病花魔。【風魔】張養浩、雙調新水令套、辭官七弟兄：似風魔。張可久、正宮漢東山：假風魔。曾瑞正宮端正好套、自序、滾綉毬：教人道我豪放風魔。馬致遠、雙調蟾宮曲、嘆世：蒯通言、那裏是風磨。【詩魔】盧摯、商調梧葉兒、席間戲作四章：非酒病爲詩魔。【酒病魔】貫雲石、越調凭闌人、題情：花債縈牽酒病魔。【詩裏魔】曾瑞、正宮端正好套、自序、滾綉毬：倣坡仙般詩裏魔。

挪⊙

【斗柄挪】無名氏、雙調慶東原、奇遇：參旗動，斗柄挪。

那

【無那】白樸、小石調惱煞人套、伊州遍：轉無那。【難那】曾瑞、正宮端正好套、自序、滾綉毬：天數難那。【擔兒那】張可久、越調寨兒令、妓怨：情願將風月擔兒那。【轉眼那】薛昂夫、正宮端正好套、高隱、滾綉毬：花陰轉眼那。

禾⊙

【田禾】楊澹齋、雙調殿前歡：門外田禾。劉時中、雙調殿前歡：馬賤了田禾。【粳禾】曾瑞、正宮端正好套、自序、二煞：膾種粳禾。

和

【人和】曾瑞、正宮端正好套、自序、滾綉毬：各有天時地利人和。【元和】無名氏、中呂普天樂：我愛元和。【不和】曾瑞、正宮端正好套、自序、滾綉毬：我和他氣不和。【相和】喬吉、雙調殿前歡：石牀苔翠暖相和。【清和】湯式、雙調風入松、寓意：天氣近清和。【偕和】楊澹齋、雙調殿前歡：兩意偕和。【脾和】張養浩、雙調新水令套、辭官、梅花酒：無拘束卽脾和。【調和】無名氏、中呂喜春來：閒評鼎鼐怎調和。【陽和】張可久、雙調折桂令、皆春樓：花草香總是陽和。【禪和】張可久、越調寨兒令、鑑湖卽事：白髮禪和。【兒孫和】薛昂夫、正宮端正好套、高隱、塞鴻秋：我若是，醉時節，笑引著兒孫和。【張志和】張可久、正宮漢東山：神仙張志和。【鄭元和】劉時中、南呂四塊玉、詠鄭元和：凍損多情鄭元和。張可久、雙調燕引雛、有感：俏名兒，都識鄭元和。【藍采和】嚴忠濟、雙調壽陽曲：算來都不如藍采和。

何⊙

【云何】湯式、南呂一枝花套、贈王善才、梁州：于惠云何。【今何】劉時中、雙調殿前歡、道情：前賢不醉我今何。【如何】盧摯、雙調蟾宮曲、洛陽懷古：不醉如何。盧摯、雙調蟾宮曲、箕山感懷：好處如何。徐再思、越調天淨沙、春情：牡丹消息如何。關漢卿、中呂普天樂、崔張十六事：知他是命福如何。湯式、雙調天香引、西湖感舊：問西湖今日如何。張可久、越調寨兒令、鑑湖卽事：問太平風景如何。【若何】貫雲石、越調凭闌人、題情：未知是若何。【奈何】曾瑞、中呂山坡羊、閨怨：無奈何。貫雲石、越調凭闌人、題情：舊愁沒奈何。張可久、越調寨兒令、題昭君出塞圖：別離此情將奈何。【常何】張可久、雙調折桂令、讀史有感：誰效常何。【無何】盧摯、雙調蟾宮曲、丹桂：時刻無何。【幾何】張可久、越調天淨沙、書懷：相對良宵幾何。關漢卿、雙調大德歌：想人生能幾何。張可久、越調柳營曲、西山卽事：人生勝遊能幾何。【誰何】盧摯、雙調蟾宮曲、箕山感懷：巢由後隱者誰何。【緣何】貫雲石、中呂粉蝶兒套、料峭東風：緣何，樂事者賞心多。【月明何】張可久、雙調水仙子、西湖秋夜：今宵爭奈月明何。【如醉何】張可久、越調凭闌人、席上分題：使君如醉何。【奈我何】曾瑞、正宮端正好套、自序、四煞：樂道窮途奈我何。【奈爾何】劉時中、雙調水仙操、寓意武昌元貞：玲瓏奈爾何。【果如何】馬致遠、南呂四塊玉、嘆世：一日無常果如何。曾瑞、正宮端正好套、自序、小梁州：男兒貧困果如何。【待如何】張可久、越調寨兒令、明月樓：不醉待如何。曾瑞、正宮端正好套、自序、三煞：不飲待如何。張可久、越調寨兒令、情梅友元帥席上：便知道待如何。薛昂夫、中呂朝天曲：三朝不遇待如何。無名氏、中呂喜春來：求田問舍待如何。楊澹齋、雙調殿前歡：浮雲富貴待如何。張養浩、中呂朱履曲：暗想人生待如何。張可久、正宮漢東山：積玉堆金待如何。【怎奈何】關漢卿、雙調大德歌：道是你無錢怎奈何。【春幾何】張可久、雙調慶宣和、春晚病起：燕懶鶯慵春幾何。【病如何】雙調慶宣和、賦情：恨雨愁雲病如何。【人生幾何】汪元亨、中呂朝天子、歸隱：算人生幾何。盧摯、雙調沈醉東風、對酒：對酒問人生幾何。【後代如何】楊澹齋、雙調湘妃怨：任賢愚後代如何。

河

【山河】張養浩、雙調折桂令、中秋：印透山河。曾瑞、正宮端正好套、自序、倘若才：得意後覇了山河。【黑河】張可久、正宮漢東山：到黑河。【銀河】馬致遠、仙呂賞花時套、掬水月在手：星斗燦銀河。張可久、越調寨兒令、情梅友元帥席上：阻牛郎萬古銀河。【關河】喬吉、雙調折桂令、寄遠：雁底關河。湯式、雙調對玉環帶清江引、四景題詩：路阻關河。【灤河】張可久、越調寨兒令、題昭君出塞圖：盼灤河。

荷

【金荷】張可久、雙調折桂令、皆春樓：露湛金荷。【枯荷】劉時中、雙調殿前歡：夜雨枯荷。【敗荷】吳仁卿、南呂金字經：綠袍飄敗荷。【新荷】張可久、越調寨兒令、鑑湖即事：驟雨打新荷。【翠荷】張可久、正宮漢東山：隔翠荷。

⊙駝

【銅駝】張可久、雙調折桂令、觀天寶遺事：雨暗銅駝。汪元亨、雙調雁兒落過得勝令、歸隱：荆棘長銅駝。湯式、雙調風入松、寓意：休言金谷銅駝。盧摯、雙調蟾宮曲、洛陽懷古：怎直敎荆棘銅駝。【磨駝】張養浩、雙調新水令套、辭官、梅花酒：得磨駝且磨駝。【橐駝】張可久、正宮漢東山：黃沙白橐駝。

陀

【沙陀】張可久、越調寨兒令、題昭君出塞圖：建旌旗五百沙陀。【陀陀】曾瑞、正宮端正好套、自序、小梁州：放疎狂落落陀陀。【幾陀】曾瑞、正宮端正好套、自序、尾：野菜西山鋤幾陀。【磨陀】楊澹齋、雙調殿前歡：半世磨陀。阿里西瑛、雙調殿前歡：儘自磨陀。關漢卿、雙調大德歌：得磨陀處且磨陀。【彌陀】湯式、南呂一枝花套、贈王善才、梁州：調笑煞彌陀。

跎

【跎跎】喬吉、中呂山坡羊、自警：樂跎跎。【磨跎】汪元亨、雙調折桂令、歸隱：醉裏磨跎。張可久、正宮漢東山：醉後磨跎。曾瑞、正宮端正好套、自序、醉太平：爭如我，得磨跎處且磨跎。【蹉跎】湯式、雙調天香引、西湖感舊：光景蹉跎。張可久、雙調慶宣和、春晚病起：風雨蹉跎。張可久、雙調水仙子、鑑湖春行：可憐春事蹉跎。曾瑞、正宮端正好套、自序、四煞：雲外蹉跎。張養浩、雙調新水令套、辭官、梅花酒：暮景蹉跎。貫雲石、雙調殿前歡：任世事蹉跎。【半世蹉跎】馬致遠、雙調蟾宮曲、嘆世：東籬半世蹉跎。馮海粟、雙調殿前歡：從他半世蹉跎。

酡

【酡酡】薛昂夫、正宮端正好套、高隱、撥繡毬：眞喫的樂樂酡酡。【酒裏酡】曾瑞、正宮端正好套、自序、滾綉毬：學劉伶般酒裏酡。【醉如酡】劉太保、南呂乾荷葉：夜來個醉如酡，不記花前過。【醉顏酡】張養浩、雙調新水令套、辭官、收江南：向花前莫惜醉顏酡。劉時中、雙調殿前歡：醉顏酡，醒來徐步杖藜拖。

馱

【馱馱】劉時中、雙調殿前歡：虎皮馱馱。【鰲背馱】曾瑞、正宮端正好套、自序、尾：蹇箇臨溪鰲背馱。

矬⊙

【啞粧矬】汪元亨、雙調沈醉東風、歸田：到如今做啞粧矬。

哦⊙

【吟哦】張可久、越調柳營曲、西山卽事：彩筆吟哦。汪元亨、雙調折桂令、歸隱：醒後吟哦。貫雲石、中呂粉蝶兒套、料峭東風：詩朋酒侶吟哦。張可久、中呂喜春來、永康驛中：半篇詩景費吟哦。張可久、雙調湘妃怨、多景樓：倚闌干儘意吟哦。

蛾

【玉蛾】薛昂夫、正宮端正好套、高隱、一煞：咫尺空中舞玉蛾。【青蛾】湯式、雙調對玉環帶清江引、四景題詩：眉黛掃青蛾。【銀蛾】張可久、商調梧葉兒、湖上晚興：雪柳鬧銀蛾。【翠蛾】無名氏、雙調慶東原、奇遇：眉攢翠蛾。張可久、南呂金字經、湖上小隱：好山橫翠蛾。張可久、雙調湘怨、多景樓：遠岫雙眉斂翠蛾。【雙蛾】喬吉、雙調春閨怨：自畫雙蛾。喬吉、雙調折桂令、寄遠：淡却雙蛾。【掃翠蛾】貫雲石、越調凭闌人、題情：羞對青銅掃翠蛾。【點青蛾】盧摯、中呂朱履曲：似台榭楊花點青蛾。

娥

【玉娥】張可久、正宮漢東山：小玉娥。徐再思、越調天淨沙、春情：爲問風流玉娥。【巫娥】劉時中、雙調殿前歡、道情：我夢巫娥。喬吉、雙調殿前歡：閑損巫娥。貫雲石、雙調殿前歡：陽台誰與送巫娥。【宮娥】張可久、越調寨兒令、鑑湖卽事：邂逅老宮娥。張可久、越調寨兒令、題昭君出塞圖：送琵琶三兩宮娥。【姮娥】張可久、越調寨兒令、明月樓：李謫仙問姮娥。張可久、越調天淨沙、書懷：青天孤影姮娥。張可久、雙調折桂令、觀天寶遺事：月宮寒不戀姮娥。【素娥】張可久、雙調殿前歡：停杯問素娥。【嫦娥】張養浩、雙調折桂令、中秋：爲問嫦娥。盧摯、雙調蟾宮曲、丹桂：說秋英媚嫵嫦娥。【翠娥】張可久、正宮漢東山：紅粧間翠娥。【嬌娥】張可久、越調寨兒令、妓怨：水性嬌娥。盧摯、雙調蟾宮曲、蕭娥：梵王宮深鎖嬌娥。

峨

【峨峨】張可久、越調寨兒令、題昭君出塞圖：羽蓋峨峨。張可久、雙調折桂令、皆春樓：柳依依重屋峨峨。【嵯峨】張可久、越調、柳營曲、西山即事：倚嵯峨。貫雲石、中呂粉蝶兒套、石榴花：怪石嵯峨。張可久、越調寨兒令、明月樓：畫棟嵯峨。張養浩、中呂朱履曲：人潦倒青山慢嵯峨。

鵝

【白鵝】汪元亨、雙調折桂令、歸隱：逸少白鵝。張可久、雙調折桂令、鑑湖小集：寫黃庭換得白鵝。【肥鵝】薛昂夫、正宮端正好套、高隱、二煞：嫩黃雞勝似肥鵝。【雞鵝】喬吉、雙調雁兒落過得勝令：自適：籬落棱雞鵝。【仲子鵝】曾瑞、正宮端正好套、自序、二煞：不吐嫌兒仲子鵝。

⊙婆

【老婆】張可久、正宮漢東山：那老婆。【婆婆】張可久、越調寨兒令、妓怨：赤緊地板障婆婆。

皤

【斑皤】薛昂夫、正宮端正好套、高隱、滾綉毬：急回首兩鬢斑皤。【渾皤】張養浩、雙調新水令套、辭官、梅花酒：鬢髮渾皤。【雙皤】曾瑞、正宮端正好套、自序：事無成潘鬢雙皤。【髮已皤】無名氏、中呂喜春來：人到榮時髮已皤。【頭顱半皤】汪元亨、中呂朝天子：驚頭顱半皤。

⊙訛

【甚訛】汪元亨、中呂朝天子、歸隱：風俗變甚訛。【打會訛】薛昂夫、正宮端正好套、高隱、滾綉毬：看村哥打會訛。

籮　儸　囉　邏　欏　蠡　○　劘　○

挼　儺　○　苛　渮　○　紽　鮀　沱

鼉○⿱𥫗差○峩俄○鄱膰

【對偶】

無名氏、雙調慶東原、奇遇：眉攢翠蛾，裙拖絳羅。曾瑞、中呂喜春來、離愁：奴因寄恨招災禍，他爲尋芳中網羅。湯式、南呂一枝花套、贈王善才、梁州：送行雲雨點秋波，舞春風六幅春羅。湯式、雙調對玉環帶淸江引、四景題詩：眉黛掃靑蛾，髻雲鬆翠螺。湯式、南呂一枝花套、贈王善才、尾聲：衣垂舞鳳珍珠顆，髻挽蟠龍翡翠螺。曾瑞、南呂四塊玉、閨情：花貌衰，鬼病磨。湯式、雙調天香引、西湖感舊：光景蹉跎，人物消磨。曾瑞、正宮端正好套、自序、滾綉毬：學劉伶般酒裏酡，傚坡仙般詩裏磨。馬致遠、雙調蟾宮曲、嘆世：韓信功兀的般證果，蒯通言那裏是風魔。楊澹齋、雙調殿前歡：園中瓜果，門外田禾。張可久、越調凭闌人、席上分題：念奴留意多，使君如醉何。喬吉、雙調折桂令、寄遠：馬頭星月，雁底關河。張養浩、雙調折桂令、中秋：照徹乾坤，印透山河。曾瑞、正宮端正好套、自序、倘秀才：失時也亡了家國，得意後覇了山河。湯式、雙調風入松、寓意：但得石田茅屋，休言金谷銅駝。張可久、雙調折桂令、觀天寶遺事：塵滿金鑾，風生鐵騎，雨暗銅駝。曾瑞、正宮端正好套、自序、四煞：天際驅馳，雲外蹉跎。張可久、雙調折桂令、讀史有感：故紙上前賢坎坷，醉鄉中壯士磨跎。汪元亨、雙調折桂令、歸隱：醉裏磨跎，醒後吟哦。喬吉、雙調折桂令、問春：風皺纖鱗，烟抹羞蛾。張可久、商調梧葉兒、湖上晚興：山花壓翠螺，雪柳鬧銀蛾。張可久、雙調湘妃怨、多景樓：長江一帶展靑羅，遠岫雙眉斂翠蛾。貫雲石、越調凭闌人、題情：冷落桃花扇影歌，羞對靑銅掃翠蛾。張可久、越調寨兒令、鑑湖即事：追陪新令尹，邂逅老宮娥。張可久、越調寨兒令、明月樓：唐明皇遊廣寒，李謫仙問姮娥。張可久、越調寨兒令、題昭君出塞圖：連旌旗五百沙陀，送琵琶三兩宮娥。貫雲石、中呂粉蝶兒套、石榴花：晴嵐翠鎖，怪石嵯峨。薛昂夫、正宮端正好套、高隱、倘秀才：聽水聲流浪遠，觀山色嶺嵯峨。汪元亨、雙調折桂令、歸隱：厭支遁青驪，歎李斯黃犬，愛逸少白鵝。無名氏、中呂喜春來：春方好處花將過，人到榮時髮已皤。

入作平

合⊙

【九合】曾瑞、端正好套、自序、倘秀才：相公子糾偏如何不九合。【引合】喬吉、雙調、殿前歡：林泉夢引合。【屯合】張可久、正宮漢東山：萬馬千軍早屯合。【六合】曾瑞、正宮端正好套、自序、滾綉毬：待據六合。【不合】曾瑞、正宮端正好套、自序、滾綉毬：時與命道不合。【布合】薛昂夫、正宮端正好套、高隱、一煞：彤雲密布合。【半合】薛昂夫、正宮端正好套、高隱、耍孩兒：經年不缺半合。【成合】徐再思、雙調沈醉東風、春情：幾時盼得成合。【相合】張養浩、雙調新水令套、辭官：若不是天意相合。【扃合】薛昂夫、正宮端正好套、高隱、耍孩兒：將柴門緊緊扃合。【幾合】曾瑞、正宮端正好套、自序、尾：洶洶清江濯幾合。【會合】曾瑞、正宮端正好套倘秀才：也是君臣每會合。薛昂夫、正宮端正好套、高隱、倘秀才：與俺那莊農每會合。【數合】張可久、越調寨兒令、妓怨：展旗幡，硬併倒十數合。【難合】湯式、南呂一枝花套、贈王善才、梁州：薄情郎，縱賚金沒福難合。【百十合】曾瑞、中呂喜春來、離愁：柳嫌花妒百千合。【信口開合】薛昂夫、正宮端正好套、高隱、滾綉毬：李大公信口開合。曾瑞、正宮端正好套、自序、滾綉毬：說幾句，不傷信口開合。

盒

【粧盒】湯式、雙調對玉環帶清江引、四景題詩：倦對粧盒。

跋⊙

【評跋】曾瑞、正宮端正好套、自序：將古來英俊評跋。薛昂夫、正宮端正好套、高隱滾綉毬：有兩句古語，您自評跋。

活⊙

【存活】曾瑞、中呂喜春來、離愁：教俺怎存活。曾瑞、南呂四塊玉、閨情：饍減愁添怎存活。【快活】張可久、中呂齊天樂過紅衫兒、隱居：千自在快活。曾瑞、正宮端正好套、自序、醉太平：居村落快活。張養浩、雙調慶宣和：倒大來快活。劉中時、雙調殿前歡、道情：得快活且快活。楊澹齋、雙調湘妃怨：守己安貧好快活。【家活】薛昂夫、正宮端正好套、高隱、滾綉毬：一弄兒農器家活。曾瑞、正宮端正好套、自序、二煞：且耕種置個家活。【過活】喬吉、中呂滿庭芳、漁父詞：漁家過活。楊澹齋、雙調殿前歡：教頑童做過活。張養浩、雙調新水令套、辭官、離亭宴煞：農桑不能理會莊家過活。【小過活】張可久、雙調清江引、幽居：山村小過活。張可久、正宮漢東山：西村小過活。張可久、雙調沈醉東風、幽居：茅舍疎籬小過活。【怎過活】張可久、雙調燕引雛、有感：無錢也怎過活。【閑過活】張養浩、中呂朱履曲：只不如，向雲莊閑快活。張養浩、中呂朝天曲、詠四景、夏：每日家，叫三十聲閑過活。【鱖魚活】張可久、正宮漢東山：杜酒新篘鱖魚活。【阪築爲活】曾瑞、正宮端正好套、自序、脫布衫：時不過阪築爲活。【酒嫩魚活】張可久、中呂齊天樂過紅衫兒、隱居：就山家酒嫩魚活。

鑊⊙

【鼎鑊】曾瑞、正宮端正好套、自序、尾：遠鼎鑊。

薄⊙

【太薄】汪元亨、中呂朝天子、歸隱：人情較太薄。【似薄】張可久、雙調落梅風、寒夜：蘆花絮衾江紙也似薄。【緣分薄】張可久、越調寨兒令、妒怨：緣分薄，是非多。【眼皮兒薄】貫雲石、中呂陽春曲、金蓮：如今相識眼皮兒薄。

度⊙

【忖度】湯式、南呂一枝花套、贈王善才、梁州：指點其中忖度。【相度】張養浩、雙調新水令套、辭官、梅花酒：自相度。

奪⊙

【定奪】薛昂夫、正宮端正好套、高隱、倘秀才：自心中定奪。【爭奪】張可久、正宮漢東山：惹爭奪。【錦標奪】雙調水仙子、樂閑：竿頭爭把錦標奪。

著⊙

【歸著】白樸、小石調惱煞人套、伊州遍：身心無箇歸著。【準備著】馬致遠、仙呂賞花時套、掬水月在手：寶鑑粧奩準備著。

鶴盍○魆○縛佛○箔
勃泊渤○鐸○濁濯鐲
○學鑿○杓

【對偶】

湯式、南呂一枝花套、贈王善才、梁州：至誠人但焚香有願須酬，慈悲友旣剪髮隨緣較可，薄情郎縱賫金沒福難合。張可久、中呂齊天樂過紅衫兒、隱居：百無拘逍遙，千自在快活。曾瑞、正宮端正好套、自序、尾：居山村，離城郭，對樽罍，遠鼎鑊。汪元亨、中呂朝天子、歸隱：風俗變甚訛，人情較太薄。

上聲

鎖⊙

【玉鎖】喬吉、南呂玉交枝、失題：脫這金枷玉鎖。【利鎖】汪元亨、雙調沈醉東風、歸田：擺脫了名韁利鎖。【深鎖】白樸、小石調惱煞人套、伊州遍：更那堪晚來暮雲深鎖。【悶鎖】曾瑞、中呂喜春來、閱世：開悶鎖。【翠鎖】貫雲石、中呂粉蝶兒套、石榴花：曉嵐翠鎖。【霧鎖】貫雲石、中呂粉蝶兒套、好事近：烟籠霧鎖。【心猿鎖】關漢卿、南呂四塊玉、閒適：意馬收，心猿鎖。【眉上鎖】曾瑞、中呂山坡羊、閨怨：憑誰頓開眉上鎖。【名韁利鎖】曾瑞、正宮端正好套、自序、醉太平：然名韁利鎖。

果⊙

【瓜果】楊澹齋、雙調殿前歡：園中瓜果。劉時中、雙調殿前歡：人踏了瓜果。【因果】湯式、南呂一枝花套、贈王善才、尾聲：誓結今生善因果。【淨果】馮海粟、雙調沈醉東風：緣結來生淨果。【硬果】薛昂夫、正宮端正好套、偷秀才：盛摘下些生桃硬果。【證果】馬致遠、雙調蟾宮曲、嘆世：韓信功，兀的般證果。【齊君果】曾瑞、正宮端正好套、自序、二煞：忘滾智士齊君果。【奇花異果】貫雲石、中呂粉蝶兒套、撲燈蛾：簇簇奇花異果。

裹

【梳裹】馬致遠、仙呂賞花時套、掬水月在手：就這月華明，乘興梳裹。

舸⊙

【畫舸】白樸、小石調惱煞人套、伊州遍：寂寞古渡停畫舸。盧摯、雙調蟾宮曲、蕭娥：瓊花綻看生畫舸。貫雲石、中呂粉蝶兒套、鬬鵪鶉：齊臻臻的蘭舟畫舸。

朶⊙

【萬朶】貫雲石、中呂粉蝶兒套、鬬鵪鶉：紅馥馥芙渠萬朶。貫雲石、中呂粉蝶兒套、鬬鵪鶉：顫巍巍翠雲萬朶。【數朶】喬吉、雙調雁兒落過得勝令、自適：黃花開數朶。【三四朶】張可久、雙調清江引、幽居：踈籬外，玉梅三四朶。【花成朶】馬致遠、南呂四塊玉、嘆世：月滿輪，花成朶。【青數朶】張可久、雙調清江引、張子堅運判席上：仙人掌心青數朶。

⊙趦

【深處趦】張可久、中呂朱履曲、秋江晚興：蘆花深處趦。

躲

（同軃）【何用躲】張養浩、中呂山坡羊：軒裳倘來何用躲。【怎地躲】張可久、正宮漢東仙：怎地躲，索共他，見閻羅。【無處躲】曾瑞、中呂山坡羊、閨怨：愁，無處躲。喬吉、雙調春閨怨：黑海春愁渾無處躲。【踰垣而躲】曾瑞、正宮端正好套、自序、脫布衫：時不遇踰垣而躲。

⊙可

【小可】曾瑞、正宮端正好套、自序、滾綉毬：似糞土之牆般，覷得小可。【不可】曾瑞、正宮端正好套、自序、滾綉毬：樂閑身有何不可。【不可】曾瑞、正宮端正好套、自序、倘秀才：微管仲，無桓公不可。【未可】無名氏、中呂喜春來：皆未可，尊有酒且高歌。【皆可】貫雲石、中呂粉蝶兒套、料峭東風：適興四時皆可。【較可】湯式、南呂一枝花套、贈王善才、梁州：慈悲友既剪髮隨緣較可。【天意可】張養浩、雙調慶宣和：參議隨朝天意可。【何日可】曾瑞、南呂四塊玉、閨情：花貌衰，鬼病魔，何日可。【於咱可】曾瑞、正宮端正好套、自序、四煞：忘憂陋巷於咱可。【事事可】貫雲石、中呂粉蝶兒套、尾聲：雪月風花事事可。【堪正可】薛昂夫、正宮端正好套、高隱、尾聲：放形骸堪正可。

坷

【坎坷】湯式、南呂一枝花套、贈王善才、梁州：記五十三參坎坷。

⊙我

【人我】曾瑞、正宮端正好套、自序、滾綉毬：其中有千萬人我。【共我】馮海粟、雙調沈醉東風：明月清風共我。【伴我】張可久、雙調沈醉東風、幽居：有情分沙鷗伴我。【似我】白樸、小石調惱煞人套、尾聲：兩分飛也似我。湯式、雙調對玉環帶清江引、四景題詩：孤飛雁兒應似我。【物我】張可久、雙調折桂令、皆春樓：天地往無分物我。【是我】徐再思、雙調沈醉東風、春情：要識得聲音是我。【看我】張可久、商調梧葉兒、湖上晚興：燈下佳人看我。【笑我】無名氏、中呂喜春來：休笑我，尊有酒且高歌。阿里西瑛、雙調殿前歡：呵呵笑我。張可久、中呂齊天樂過紅衫兒、隱居：一任傍人笑我。【訪我】喬吉、雙調折桂令、寄遠：往日箇殷勤訪我。【愛我】無名氏、中呂普天樂：知他是元和愛我。【覷我】盧摯、商調梧葉兒、席間戲作四章：眼挫裏，頻頻地覰我。【人笑我】貫雲石、雙調清江引、知足：儘教名人笑我。【不如我】張可久、正宮漢東山：不如我，芳草坡，釣魚蓑。【不似我】張養浩、雙調新水令套、辭官、川撥棹：陶淵明不似我。【不到我】張可久、雙調清江引、幽居：紅塵是非不到我。【分人我】汪元亨、雙調沈醉東風、歸田：風波海分人我。【便是我】張養浩、雙調新水令套、辭官、離亭宴煞：紅塵外便是我。【添上我】張可久、雙調清江引、過劉仙：天然圖畫添上我。【閑伴我】張可久、雙調清江引、張子堅運判席上：陳摶枕頭閑伴我。【誰似我】貫雲石、雙調清江引：似這般得清閑的誰似我。【還笑我】張可久、雙調水仙子、西湖秋夜：白鷗還笑我。張可久、雙調水仙子、鑑湖春行：流鶯還笑我。【纔是我】喬吉、南呂玉交枝、失題：得淸閑處纔是我。【同光照我】曾瑞、正宮端正好套、自序、一煞：却同光照我。【巫蛾夢我】劉時中、雙調殿前歡、道情：巫蛾夢我，我夢巫蛾。【快活煞我】薛昂夫、正宮端正好套、高隱、尾聲：到大來、無是非，快活煞我。【近不得我】曾瑞、正宮端正好套、自序、尾：由恁是非滿乾坤，也近不得我。【東坡讓我】薛昂夫、雙調殿前歡、秋：知他是東坡讓我。

左⊙

【江左】貫雲石、中呂粉蝶兒套、好事近：怎比繁華江左。

火⊙

【宿火】汪元亨、雙調折桂令、歸隱：養丹鼎寒灰宿火。【烈火】薛昂夫、正宮端正好套、高隱、倘秀才：日落西山，銜着烈火。【業火】湯式、南呂一枝花套、贈王善才：甘露水難消業火。【噴火】薛昂夫、正宮端正好套、高隱、四煞：紅馥馥桃噴火。【心頭火】盧摯、雙調沈醉東風、對酒：潑煞心頭火。【石中火】馬致遠、南呂四塊玉、嘆世：風內燈，石中火。【松葉火】張可久、雙調清江引、張子堅席上：梅窗一爐松葉火。

顆⊙

【千顆】張可久、中呂喜春來、永康驛中：荷盤敲雨珠千顆。【珍珠顆】湯式、南呂一枝花套、贈王善才、尾聲：衣垂舞鳳珍珠顆。

嬷⊙

【嬷嬷】馬致遠、仙呂賞花時套、掬水月在手：快道與茶茶嬷嬷。

瑣 ○ 蜾 ○ 裸 嬴 攞 夥 ○

哿○跢鬌○娜那○荷
㰤○軻○頗叵○婀○
跛簸○妥○脞

【對偶】關漢卿、南呂四塊玉、閒適：意馬收，心猿鎖。馬致遠、南呂四塊玉、嘆世：甑有塵，門無鎖。貫雲石、中呂粉蝶兒套、撲燈蛾：叠叠層樓畫閣，簇簇奇花異果。貫雲石、中呂粉蝶兒套、鬪鵪鶉：鬧穰穰的急管繁絃，齊臻臻的蘭舟畫舸。貫雲石、中呂粉蝶兒套：嬌滴滴粉黛相連，顫巍巍翠雲萬朶。貫雲石、中呂粉蝶兒套、鬪鵪鶉：綠依依楊柳千株，紅馥馥芙渠萬朶。張養浩、中呂山坡羊：行也在我，藏也在我。喬吉、中呂山坡羊、自警：東也在我，西也在我。薛昂夫、正宮端正好套、高隱、倘秀才：日落西山銜着烈火，月出東雲托着玉鉢。盧摯、雙調沈醉東風、對油：煉成腹內丹，潑煞心頭火。湯式、南呂一枝花套、贈王善才：金剛刃怎割愁腸，甘露水難消業火。

入作上

⊙葛【諸葛】曾瑞、正宮端正好套、自序、滾綉毬：氣難吞吳魏，亡了諸葛。

褐【短褐】喬吉、中呂滿庭芳、漁父詞：包古今，不宜時短褐。

割【帶梗割】薛昂夫、正宮端正好套、高隱、滾綉毬：桌兒上，生瓜果帶梗割。【黍豆割】薛昂夫、正宮端正好套、高隱、滾綉毬：趁時將黍豆割。

⊙鉢【玉鉢】薛昂夫、正宮端正好套、高隱、倘秀才：月出東雲托着玉鉢。【瓦鉢】薛昂夫、正宮端正好套、高隱、倘秀才：閑時節，疎林外磁甌瓦鉢。盧摯、雙調蟾宮曲、箕山感懷：五柳莊甆甌瓦鉢。

撥【爲誰撥】張可久、正宮漢東山：馬上琵琶爲誰撥。【將棹撥】喬吉、中呂滿庭芳、漁父詞：輕將棹撥。【新醅潑】關漢卿、南呂四塊玉、閑適：舊酒投，新醅潑。曾瑞、正宮端正好套、自序、三煞：甕頭白酒新醅潑。

聒⊙

【煎聒】曾瑞、正宮端正好套、自序、尾：既無那抱關擊柝名煎聒。【聲韻聒】白樸、小石調惱煞人套、伊州遍：聽胡笳嚦嚦，聲韻聒。

濶⊙

【地濶】張可久、雙調湘妃怨、多景樓：天長地濶。【間濶】曾瑞、中呂喜春來、離愁：成間濶。【寬濶】曾瑞、正宮端正好套、自序、三煞：醉鄉寬闊。【簟濶】喬吉、雙調水仙子、涼夜清興：睡不厭琉璃簟濶。【人海濶】姚燧、中呂陽春曲：人海濶，無日不風波。【天地濶】關漢卿、南呂四塊玉、閒適：日月長，天地濶。張可久、雙調落梅風、越城春雪：倚闌干，醉眸天地濶。【四地濶】張可久、正宮漢東山：田地濶，兒女多，惹爭奪。【百步濶】薛昂夫、正宮端正好套、高隱、三煞：賞荷花百步濶。【湖海濶】張可久、正宮漢東山：湖海濶，煙雨多。【暮雲濶】張可久、越調寨兒令、題昭君出塞圖：雁遠暮雲濶。

脫⊙

【蹬脫】湯式、雙調對玉環帶清江引、四景題詩：功名都蹬脫。喬吉、南呂玉交交枝、失題：算世人難蹬脫。【走不脫】張可久、正宮漢東山：走不脫，那一堝，馬嵬坡。【濃抹】貫雲石、中呂粉蝶兒套、上小樓：却正是，再休題，淡粧濃抹。

抹⊙

【醬抹】薛昂夫、正宮端正好套、高隱、倘秀才：無按酒時，摘幾箇生茄兒來醬抹。【胭脂抹】薛昂夫、正宮端正好套、二煞：滿川紅葉，似胭脂抹。

鴿閤蛤○潑粕鏺○括

○渴𤸷○撮○掇

【對偶】

薛昂夫、正宮端正好套、高隱、滾綉毬：瓦盆中濁酒漉糟飲，桌兒上生瓜帶梗割。　關漢卿、南呂四塊玉、閒適：舊酒投，新醅潑。

去聲

賀⊙

【相賀】薛昂夫、正宮端正好套、高隱、三煞：故友來相賀。【天公賀】薛昂夫、正宮端正好套、高隱、四煞：時雨降，天公賀。

佐⊙

【王佐】汪元亨、中呂朝天子、歸隱：才非王佐。曾瑞、正宮端正好套、自序：誰才能，誰覇道，誰王佐。

坐⊙

【同坐】貫雲石、中呂紅綉鞋：挨着靠着雲窗同坐。【留坐】張可久、越調天淨沙、書懷：玉人留坐。【孤坐】張可久、雙調落梅風、寒夜：凍吟詩起來孤坐。【清坐】汪元亨、雙調雁兒落過得勝令、歸隱：綠竹延清坐。【閑坐】、喬吉、中呂山坡羊、自警：清風閑坐。張養浩、雙調新水令套、辭官：厭喧煩靜中閑坐。【安心坐】關漢卿、南呂四塊玉、閑適：適意行，安心坐。【安然坐】貫雲石、中呂粉蝶兒套、料峭東風：對清風明月安然坐。【官人坐】劉時中、雙調殿前歡：門前幾個官人坐。【吾儕坐】貫雲石、雙調清江引、知足：儘了吾儕坐。【池塘坐】劉時中、雙調殿前歡：家童伴我池塘坐。【花間坐】盧摯、商調、梧葉兒、席間戲作四章：花間坐，竹外歌。【垂鉤坐】曾瑞、正宮端正好套、自序、叨叨令：整絲綸，獨釣垂鉤坐。【荆山坐】薛昂夫、中呂朝天曲：只合荆山坐。【排場坐】張可久、雙調燕引雛、有感：老來獨占排場坐。【喬衙坐】薛昂夫、正宮端正好套、高隱、塞鴻秋：醉時節，六軸上喬衙坐。【窩中坐】楊澹齋、雙調殿前歡：安貧守己窩中坐。【清閑坐】喬吉、雙調殿前歡：打會清閑坐。【醒時坐】劉時中、雙調殿前歡、道情：醉時吟，狂時舞，醒時坐。【蒲團坐】貫雲石、雙調殿前歡：分半榻蒲團坐。【橫琴坐】楊澹齋、雙調殿前歡：閑時膝上橫琴坐。【簪筆坐】喬吉、南呂玉交枝、失題：運籌帷幄簪筆坐。【雕欄坐】貫雲石、中呂粉蝶兒套、石榴花：我則見，這女嬌羞，倚定着雕欄坐。

座⊙

【圍座】張養浩、中呂朝天曲、詠四景、夏：青山圍座。【螺座】貫雲石、中呂粉蝶兒、好事近：繞天橋，翠障如螺座。【紅蓮座】湯式、南呂一枝花套、贈王善才：身曾侍，七寶巖紅蓮座。

舵⊙

【扶舵】喬吉、中呂滿庭芳、漁父詞：休扶舵。

墮

【橫墮】曾瑞、南呂四塊玉、閨情：釵橫墮。

垜

【倉垜】薛昂夫、正宮端正好套、高隱、耍孩兒：收成黍豆盈倉垜。【攤做一垜】關漢卿、中呂普天樂、崔張十六事：我這裏輕攤做一垜。

大

【拳來大】張可久、雙調清江引、張子堅運判席上：山栗拳來大。【乾坤大】張可久、雙調清江引、張子堅運判席上：山小乾坤大。楊澹齋、雙調殿前歡：醉裏乾坤大。【聲名大】湯式、南呂一枝花套、贈王善才、梁州：捨身崖一片聲名大。

挫⊙

【相挫】曾瑞、正宮端正好套、自序：旣生來命與時相挫。【折挫】白樸、小石調惱煞人套、伊州遍：全然不怕天折挫。【風霜挫】劉秉忠、南呂乾荷葉：不奈風霜挫。【鵬程挫】貫雲石、雙調殿前歡：儘萬里鵬程挫。

剉⊙

【忙剉】薛昂夫、正宮端正好套、高隱、滾綉毬：養春蠶桑葉忙剉。【參兒剉】薛昂夫、正宮端正好套、高隱、塞鴻秋：直睡到參兒剉。【蓮根剉】薛昂夫、正宮端正好套、高隱、二煞：鮮藕蓮根剉。

禍⊙

【災禍】楊澹齋、雙調殿前歡、到老來無災禍。曾瑞、中呂喜春來、離愁：奴因寄恨招災禍。喬吉、雙調殿前歡：無榮無辱無災禍。張養浩、雙調新水令套、辭官、七弟兄無煩無惱無災禍。曾瑞、正宮端正好套、自序、尾：養拙潛身躱災禍。【殘禍】貫雲石、雙調清江引：今日遭殘禍。【遭禍】薛昂夫、中呂朝天曲：兩足先遭禍。【全家禍】關漢卿、中呂普天樂、崔張十六事：怎生救咱全家禍。【兒孫禍】馬致遠、南呂四塊玉、嘆世：福田體種兒孫禍。【風流禍】無名氏、雙調慶東原、奇遇：爲多情攬下風流禍。【蕭牆禍】汪元亨、中呂朝天子、歸隱：怕干擾蕭牆禍。

貨

【行貨】薛昂夫、中呂朝天曲：傷身行貨。【千家貨】喬吉、南呂玉交枝、失題：綠袍槐簡千家貨。【陪錢貨】無名氏、中呂普天樂：保兒爲我，做陪錢貨。

和

【吟和】楊澹齋、雙調殿前歡：共野叟閑吟和。【酬和】薛昂夫、雙調殿前歡、秋：千載誰酬和。薛昂夫、正宮端正好套、高隱、一煞：冬景堪酬和。貫雲石、中呂粉蝶兒套：逋先詩有誰酬和。【依腔和】曾瑞、正宮端正好套、自序、叨叨令：聽樵歌牧唱依腔和。【相酬和】馬致遠、南呂四塊玉、嘆世：共詩朋閑訪相酬和。【高聲和】白樸、小石調惱煞人套、尾聲：櫓聲省可裏高聲和。【無人和】喬吉、中呂滿庭芳、漁父詞：一聲欸乃無人和。【閑吟和】關漢卿、南呂四塊玉、閑適：共山僧野叟閑吟和。【醒時和】曾瑞、中呂喜春來、閱世：佳章軟語醒時和。【隨腔和】劉時中、雙調殿前歡、道情：醉時拍手隨腔和。

◎邏

【邏邏】張養浩、雙調新水令套、辭官、離亭宴煞：高竿上，本事從邏邏。

◎播

【耕播】薛昂夫、正宮端正好套、高隱、滾綉毬：驅逐人使牛耕播。【詩名播】薛昂夫、雙調殿前歡、秋：四海詩名播。

◎磨

【花磨】張可久、雙調燕引雛、有感：推不動花磨。【同雲旋磨】盧摯、中呂朱履曲：恰才見同雲旋磨。

◎臥

【高臥】喬吉、中呂山坡羊、自警：白雲高臥。張可久、雙調落梅風、越城春雪：雪山寒玉龍高臥。張可久、雙調落梅風、寒夜：問袁安怎生高臥。【獨臥】曾瑞、中呂山坡羊、閨怨：孤幃獨臥。【白雲臥】張可久、雙調清江引、張子堅運判席上：且向白雲臥。張養浩、中呂山坡羊：歸來閑枕白雲臥。【江樓臥】楊果、越調小桃紅、採蓮女：有人獨上江樓臥。【同衾臥】楊澹齋、雙調殿前歡：醉時鴛帳同衾臥。【和衣臥】薛昂夫、正宮端正好套、高隱耍孩兒：暖炕上和衣臥。楊澹齋、雙調殿前歡：醉時林下和衣臥。【和烟臥】曾瑞、正宮端正好套、自序、叨叨令：披漁蓑，帶雨和烟臥。【東山臥】關漢卿、南呂四塊玉、閑適：南畝耕，東山臥。張可久、雙調殿前歡：倚南樓，喚起東山臥。【高塘臥】劉時中、雙調殿前歡、道情：誰在高塘臥。【抛書臥】阿里西瑛、雙調殿前歡：瑤琴不理抛書臥。【躪跧臥】貫雲石、雙調清江引、知足：醉後躪跧臥。【和衣兒臥】薛昂夫、正宮端正好套、高隱、塞鴻秋：醉時節，巴棚下和衣兒臥。【放浪形骸臥】雙調殿前歡：打會清閑坐，放浪形骸臥。

糯⊙

【香糯】曾瑞、正宮端正好套、自序、小梁州：浮香糯。汪元亨、雙調雁兒落過得勝令、歸隱：綠酒醅香糯。

箇⊙

【一箇】劉時中、雙調殿前歡：無一箇。白樸、小石調、惱煞人套：世界裏只有俺一箇。【三箇】喬吉、雙調水仙子、涼夜清興：醉來起我成三箇。【些箇】喬吉、雙調雁兒落過得勝令、自適：翠竹栽些箇。薛昂夫、雙調殿前歡、秋：比西湖畫舫，爭些箇。【今日箇】劉時中、雙調殿前歡、道情：今日箇，只得隨緣過。【今春箇】喬吉、雙調春閨怨：瘦呵也不似今春箇。【兩三箇】張養浩、雙調新水令套、辭官、梅花酒：共鄰叟兩三箇。【些兒箇】無名氏、雙調慶東原、奇遇：得受用些兒箇。【俏些箇】盧摯、商調梧葉兒、席間戲作四章：便俏些箇，待有甚風流罪過。【怎能箇】張養浩、雙調新水令套、辭官：這淸福怎能箇。

餓⊙

【伯夷餓】喬吉、雙調、不管伯夷餓。【在陳忍餓】曾瑞、正宮端正好套、自序、脫布衫：時不遇在陳忍餓。

些⊙

【三閭些】張可久、雙調沈醉東風、幽居：八韻詩，三閭些。

過⊙

【已過】曾瑞、正宮端正好套、自序、尾：杲杲秋陽曝已過。薛昂夫、正宮端正好套、高隱、滾綉毬：轉回頭百年已過。【不過】張養浩、雙調新水令套、辭官、離亭宴煞：委實的賽他不過。【吹過】貫雲石、中呂粉蝶兒套、石榴花：咿咿啞啞櫓聲吹過 。【初過】貫雲石、中呂粉蝶兒套、上小樓：微風初過。【空過】喬吉、南呂玉交枝、失題：青春空過。曾瑞、中呂山坡羊、嘆世：良宵空過。湯式、南呂一枝花套、贈王善才、梁州：既相承怎空過。【重過】張可久、雙調折桂令、觀天寶遺事：翠輦重過。【無過】貫雲石、中呂粉蝶兒套、料峭東風：破除萬事無過。【開過】徐再思、越調天淨沙、春情：海棠開過。【罪過】盧摯、商調梧葉兒、席間戲作四章：待有甚風流罪過。【瞞過】嚴忠濟、雙調壽陽曲：被這幾文錢，把這小兒瞞過。【輪過】張養浩、中呂朱履曲：六十歲逡巡輪過。【二鼓過】馬致遠、仙呂賞花時套、掬水月在手：不覺樓頭二鼓過。【中年過】馬致遠、南呂四塊玉嘆世：兩鬢皤，中年過。【四更過】無名氏、中呂普天樂：聽着數着愁着怕着早四更過。【半百過】張養浩、雙調新水令調、辭官、梅花酒。【休空過】馬致遠、南呂四塊玉、嘆世：良辰媚景休空過。【花將過】無名氏、中呂喜春來：春方好處花將過。【風雲過】曾瑞、正宮端正好套、自序：千載風雲過。【門前過】無名氏、中呂普天樂：打從我門前過。【青春過】張可久、中呂普天樂過紅衫兒、隱居：明日青春過。【思量過】關漢卿、南呂四塊玉、閒適：閑將往事思量過。【忘悶過】盧摯、商調梧葉兒、席間戲作四章：新來瘦，忘悶過。【忘慮過】關漢卿、中呂普天樂、崔張十六事：母親你忘慮過。【神仙過】張可久、雙調清江引、過劉山：鶴領神仙過。【穿花過】薛昂夫、正宮端正好套、高隱、四煞：粉蝶兒來往穿花過。【時時過】姚燧、中呂陽春曲：筆頭風月時時過。【高軒過】汪元亨、中呂朝天子、歸隱：眼不見高軒過。喬吉、雙調殿前歡：夢不喜高軒過。【秋光過】劉時中、雙調殿前歡：秋光過，兩句新題破。【街前過】薛昂夫、正宮端正好套、高隱、塞鴻秋：不聽的五更鐘人馬街前過。【陰中過】張可久、雙調水仙子、鑑湖春行：舟移楊柳陰中過。【禁不過】白樸、小石調惱煞人套、伊州遍：到如今，剗地吃躭閣，禁不過。【催船過】張可久、雙調湘妃怨、多景樓：幾番急櫓催船過。【蘭舟過】楊果、越調小桃紅、採蓮女：柳外蘭舟過。【繁華過】劉秉忠、南呂乾荷葉：歌夢裏繁華過。【隨緣過】劉時中、雙調殿前歡、道情：只得隨緣過。關漢卿、雙調大德歌：十分清薄隨緣過。薛昂夫、正宮端正好套、高隱：不貧不愛隨緣過。楊澹齋、雙調湘妃怨：杏花村裏隨緣過。楊澹齋、雙調殿前歡：樂天知命隨緣過。曾瑞、正宮端正好套、自序、叨叨令：且潛居，抱道隨緣過。【蘆花過】白樸、小石調、惱煞人套、尾聲：蘭舟把定蘆花過。【柳花飛過】張可久、雙調落梅風：晝簾垂柳花飛過。【醉中閒過】盧摯、雙調沈醉東風、對酒：葫蘆提醉中閒過。【野梅開過】張可久、雙調落梅風、越城春雪：柳梢青野梅開過。【賽他不過】貫雲石、中呂粉蝶兒套：你便是，眞蓬萊賽他不過。

課⊙

【工課】張可久、正宮漢東山：做工課。張可久、雙調清江引、幽居：老硯閒工課。曾瑞、南呂四塊玉、閨情：抽籤擺卦爲工課。張可久、雙調沈醉東風、幽居：收拾下晚春工課。【功課】

楊澹齋、雙調殿前歡：自有閑功課。汪元亨、雙調雁兒落過得勝令、歸隱：筆硯閑功課。張養浩、中呂山坡羊：琴書筆硯爲功課。【閑吟課】曾瑞、正宮端正好套、自序、醉太平：臨風對月閑吟課。

唾⊙

【時人唾】喬吉、中呂山坡羊、自警：面皮不受時人唾。

破⊙

【分破】喬吉、雙調殿前歡：風月詩分破。喬吉、雙調殿前歡：半間僧舍平分破。【曲破】薛昂夫、正宮端正好套、高隱、滾綉毬：强沙三，舞一會曲破。【穿破】貫雲石、雙調殿前歡：蟾光一任來穿破。【猜破】張可久、越調寨兒令、情梅友元帥席上：啞謎猜破。【參破】張養浩、中呂山坡羊：天機參破。貫雲石、雙調清江引：驚險誰參破。嚴忠濟、雙調壽陽曲：利名場幾人參破。【提破】無名氏、中呂普天樂：我也曾提破。楊澹齋、雙調殿前歡：有司話閑提破。【雲破】張可久、雙調湘妃怨、多景樓：月來雲破。貫雲石、中呂粉蝶兒套、撲燈蛾：月穿岫雲破。【踏破】貫雲石、中呂粉蝶兒套、撲燈蛾：圪蹬的馬蹄踏破。【敲破】薛昂夫、中呂朝天曲、何似偷敲破。貫雲石、中呂粉蝶兒套、撲燈蛾：響噹噹曉鐘敲破。【識破】張養浩、中呂山坡羊：人情識破。張養浩、中呂朱履曲：弄世界機關識破。【驚破】曾瑞、中呂山坡羊、閨怨：付能有夢還驚破。關漢卿、南呂四塊玉、閒適：槐陰午夢誰驚破。【衣衫破】劉時中、南呂四塊玉、詠鄭元和：風雪狂，衣衫破。【成與破】白樸、小石調惱煞人套：人間豈無成與破。【冰田破】張可久、雙調水仙子、西湖秋夜：舟移萬頃冰田破。【青山破】張可久、雙調清江引、過劉山：水迸青山破。【秋風破】張可久、雙調清江引、幽居：茅屋秋風破。【穿紅破】薛昂夫、正宮端正好套、高隱、三煞：青鋪翠蓋穿紅破。【菱花破】劉時中、雙調水仙操、寓意武昌元貞：又見菱花破。【湖光破】貫雲石、中呂我則見，沙鷗數點湖光破。【新題破】劉時中、雙調殿前歡：兩句新題破。【都參破】楊澹齋、雙調殿前歡：把世事都參破。馬致遠、南呂四塊玉、嘆世：人間寵辱都參破。張養浩、雙調新水令套、辭官、七弟兄：把功名富貴都參破。喬吉、南呂玉交枝、失題：我如今，得空便都參破。【喉嚨破】劉時中、雙調殿前歡：空叫得喉嚨破。【夢驚破】楊果、越調小桃紅、採蓮女：不管鴛鴦夢驚破。【興亡破】喬吉、雙調殿前歡：槐根夢覺興亡破。【羅襴破】張可久、雙調水仙子、樂閑：朝中熬得羅襴破。

⊙嗑【閑嗑】薛昂夫、正宮端正好套、高隱、滾綉毬：挺王留訕牙閑嗑。

荷○左○惰剁馱癉○銼挫莝磋○囉摞○簸譒○麼○涴○懦那柰○个

【對偶】關漢卿、南呂四塊玉、閒適：適意行，安心坐。湯式、南呂一枝花套、贈王善才：手曾將千眼佛綠柳瓶，身曾侍七寶巖紅蓮座。喬吉、南呂玉交枝、失題：黃塵黑海萬丈波，綠袍槐簡千家貨。關漢卿、南呂四塊玉、閑適：南畝耕，東山臥。喬吉、中呂山坡羊、自警：清風閑坐，白雲高臥。喬吉、雙調殿前歡：聽不厭隱士歌，夢不喜高軒過，聘不起東山臥。汪元亨、雙調雁兒落過得勝令、歸隱：金刀剖細鱗，綠酒酩香糯。喬吉、雙調雁兒落過得勝令、自適：黃花開數朵，翠竹栽些箇。喬吉、雙調、殿前歡：休聽寧戚歌，學會陳摶臥，不管伯夷餓。曾瑞、中呂山坡羊、嘆世：孤幃獨臥，良宵空過。張可久、中呂齊天樂過紅衫兒、隱居：酒甕邊行，花叢裏過。曾瑞、正宮端正好套、自序：一枕夢魂驚，千載風雲過。張可久、中呂齊天樂過紅衫兒：隱居：今日紅塵在，明日青春過。貫雲石、中呂粉蝶兒套、上小樓：微雨初收，微烟初散，微風初過。劉時中、南呂四塊玉、詠鄭元和：風雪狂，衣衫破。喬吉、雙調殿前歡：林泉夢引合，風月詩分破。張可久、雙調清江引、過劉山：雲來綠樹平，水逆青山破。

入作去

末⊙【微末】汪元亨、中呂朝天子、歸隱：世事處眞微末。曾瑞、正宮端正好套、自序、滾綉毬：由他似斗筲之器般看得微末。【來著末】曾瑞、中呂、山坡羊、閨怨：淒涼無數來著末。【無底末】白樸、小石調惱煞人套、伊州遍：悽惶悄然無底末。

莫

【著莫】楊澹齋、雙調殿前歡：無著莫。楊澹齋、雙調殿前歡、難著莫。【圖箇甚莫】曾瑞、正宮端正好套、自序、四煞：咱圖箇甚莫。

寞

【寂寞】關漢卿、雙調大德歌：鄭元和受寂寞。白樸、小石調惱煞人套：江淹夢筆寂寞。湯式、雙調風入松、寓意：香海壯懷寂寞。

落⊙

【牢落】曾瑞、正宮端正好套、自序、四煞：看別人日邊牢落。【開落】阿里西瑛：雙調殿前歡：富貴似花開落。【穿林落】曾瑞、正宮端正好套、自序、醉太平：攜壺策杖穿林落。【淚珠落】白樸、小石調惱煞人套、伊州遍：雙生無語淚珠落。【蓮花落】劉時中、南呂四塊玉、詠鄭元和：學打蓮花落。

樂⊙

【行樂】貫雲石、中呂粉蝶兒套、尾聲：陰晴晝永皆行樂。【顏回樂】曾瑞、正宮端正好套、自序：小梁州：顏回樂，知足後一瓢多。

萼

【蓮萼】湯式、南呂一枝花套、贈王善才、尾聲：粉臉生香襯蓮萼。

岳樂藥約躍鐲○幕沫○諾掿○若弱蒻○洛絡酪酪烙○萼鶚鰐惡堊鄂○略掠○虐瘧

【對偶】

白樸、小石調惱煞人套：宋玉悲秋愁悶，江淹夢筆寂寞。

第十三部

（家麻）

陰平

⊙家【人家】張可久、商調梧葉兒、卽事：俏人家。喬吉、雙調折桂令、詠紅蕉：富貴人家。張可久、雙調折桂令、湖上懷古：賣酒人家。喬吉、雙調折桂令、客窗清明：驀見人家。馬致遠、越調天淨沙、秋思：小橋流水人家。湯式、越調天淨沙、閑居雜興：近山近水人家。張可久、雙調水仙子、清明小集：小簾櫳綠水人家。喬吉、雙調折桂令、荆溪卽事：問荆溪溪上人家。【山家】張可久、中呂滿庭芳、金華道中：夢到山家。張可久、中呂滿庭芳、山居：樂在山家。張養浩、雙調雁兒落兼得勝令：回首見山家。張可久、雙調折桂令、幽居：紅塵不到山家。【仙家】張可久、雙調折桂令、村庵卽事：小小仙家。張可久、雙調折桂令、溪月王眞人開元道院：門掩仙家。喬吉、雙調折桂令、晉雲山中奇遇：誤到仙家。吳西逸、雙調折桂令、遊玉隆宮：碧雲深隱隱仙家。【村家】張可久、黃鍾人月圓、山中書事：投老村家。【官家】張可久、中呂上小樓、題釣台：問別官家。【兒家】喬吉、雙調折桂令、西湖憶黃氏所居：多時不到兒家。【到家】白樸、仙呂點絳唇套、元和令：甚猶然不到家。【宜家】張可久、南呂四塊玉、樂閑：地暖江南燕宜家。【故家】盧摯、雙調蟾宮曲、金陵懷古：問江左風流故家。倪瓚、仙呂太常引、傷逝：想月佩雲衣故家。【思家】張可久、雙調折桂令、九日：倦客思家。張可久、中呂紅綉鞋、洞庭道中：孤雁南來倍思家。【浮家】劉時中、雙調折桂令、漁：泛宅浮家。【酒家】曹德、雙調慶東原、江頭卽事：低茅舍，賣酒家。張可久、雙調落梅風、春日湖上：問酒家。張可久、雙調折桂令、避暑醉題：十里香風酒家。徐再思、越調天淨沙、秋江夜泊：船繫潯陽酒家。貫雲石、雙調蟾宮曲：從別却西湖酒家。【莊家】盧摯、雙調蟾宮曲：快活煞莊家。【陶家】

張可久、越調寨兒令、次韻：自休官清然陶家。【無家】喬吉、雙調折桂令、自敍：勝似無家。【寃家】商左山、雙調潘妃曲：只道是寃家。喬吉、雙調水仙子、贈朱翠英：五百年歡喜寃家。曾瑞、南呂一枝花套、買笑、二煞：揀一箇可意的寃家。【渾家】湯式、正宮小梁州、太眞：太眞妃選作渾家。【萬家】王元鼎、正宮醉太平、寒食：香風萬家。【楚家】無名氏、中呂朝天子、盧山：楚家，漢家，做了漁樵話。【漁家】張可久、雙調折鞋令、姑蘇懷古：亂葦漁家。【數家】無名氏、正宮月照庭套、么：寂寞漁村數家。喬吉、越調凭闌人、金陵道中：倦鳥呼愁村數家。【誰家】張可久、中呂齊天樂過紅衫兒、湖上書所見：知是誰家。張可久、雙調折桂令、湖上道院：童子誰家。張可久、正宮小梁州、春遊晚歸：沽酒是誰家。張可久、商調梧葉兒、雪中：風味屬誰家。張可久、越調天淨沙、懷古疎翁命賦：畫圖流落誰家。張可久、中呂紅繡鞋、武康道中簡王復齋：數間茅屋誰家。湯式、雙調沉醉東風、維揚懷古：玉簫屬江上誰家。王仲元、中呂普天樂、旅況：問孤航夜泊誰家。張可久、雙調折桂令、開元館石上紅梅：想桃葉桃根誰家。貫雲石、雙調蟾宮曲、送春：趁紅絲惹在誰家。喬吉、雙調水仙子、暮春即事：燕藏春銜向誰家。【鄰家】馬致遠、雙調新水令套、題西湖：有林和靖是鄰家。盧摯、雙調蟾宮曲：守着些實善鄰家。【還家】張可久、雙調折桂令、元夜宴集：不記還家。【十萬家】張可久、中呂迎仙客、湖上：春風畫圖十萬家。【千萬家】貫雲石、雙調壽陽曲：看江潮鼓聲千萬家。【三四家】喬吉、南呂玉交枝、閑適二曲：近烟村三四家。【大人家】關漢卿、中呂朝天子、從嫁媵婢：規模全是大人家。【小寃家】關漢卿、仙呂一半兒、題情：多情多緒小寃家。【小隱家】張可久、南呂金字經、客西峯：客至西峯小隱家。【女兒家】關漢卿、雙調新水令套、梅花酒：終是個女兒家。【不來家】張可久、越調寨兒令、失題：因甚不來家。張可久、越調寨兒令、春情：醉了也不來家。【不到家】張可久、中呂朝天子、春思：春深不到家。【方到家】張可久、南呂金字經、別情：暮春方到家。【王謝家】喬吉、雙調水仙子、遊越福王府：燕休尋王謝家。【未到家】張可久、雙調沉醉東風、客維揚：雪滿長街未到家。【仙子家】張可久、雙調水仙子、道院即事：玄玄仙子家。張可久、南呂金字經、青霞洞趙肅齋索賦：何處青霞仙子家。【居士家】張可久、雙調水仙子、三溪道院：訪白雲居士家。張養浩、雙調清江引、詠秋日海棠：且潛身在居士家 。【官宦家】吳弘道、南呂金字經：洛陽官宦家。【秀才家】喬吉、雙調新水令套、閨麗、得勝令：我是箇爲客秀才家。【沽酒家】張可久、越調凭闌人、湖上：翠帘沽酒家。張可久、南呂金字經、湖上書事：醉眼沽酒家。徐再思、南呂閱金經、春：問前村沽酒家。【春幾家】張可久、越調凭闌人、暮春即事：嫩綠池塘春幾家。【恰到家】盧摯、雙調沉醉東風、適興：沉醉也，更深恰到家。【俏寃家】關漢卿、仙呂一半兒、題情：罵你箇俏寃家。關漢卿、雙調新水令套、七弟兄：懷兒裏摟抱着俏寃家。【甚人家】關漢卿、雙調碧玉簫：笑語喧嘩，牆內甚人家。【美人家】張可久、越調寨兒令、遊春即景：醉臥美人家。【故侯家】張可久、中呂紅綉鞋、寧元帥席上：少年誰識故侯家。【宰相家】孫周卿、雙調水仙子、山居自樂：是山中宰相家。張可久、雙調撥不斷、會稽道中：峻宇雕牆宰相家。【能幾家】張可久、雙調水仙子、山齋小集：富陶朱能幾家。【陶令家】張可久、雙調梧葉兒、春日郊行：柳疎疎陶令家。【處士家】湯式、雙調湘妃引、爲東湖友賦：東湖處士家。楊朝英、雙調水仙子、自足：瘦竹疎梅處士家。盧摯、雙調沉醉東風、避暑：會受用文章處士家。【富貴家】馬致遠、雙調新水令套、題西湖：錦繡錢塘富貴家。馬致遠、大石調靑杏子套、悟迷：風流平昔富貴家。【賣酒家】馬致遠、雙調新水令套、題西湖：最好西湖賣酒家。【學士家】喬吉、雙調水仙子、廉香林南園即事：江左風流學士家。【戴逵家】湯式、正宮小梁州、詠雪：認不得戴逵家。【歸到家】湯式、中呂山坡羊、書懷禾友人四：昨夜夢魂歸到家。【蘇小家】張可久、雙調水仙子、春行即事：管絃蘇小家。【鶴到家】張可久、雙調水仙子、維揚遇雪：梅月昏昏鶴到家。【三兩人家】張可久、中呂普天樂、暮春即事：酒旗兒三兩人家。【山房幾家】張可久、越調天淨沙、赤松道宮：雲掩山房幾家。【四海爲家】汪元亨、雙調折桂令、歸隱：想英雄四海爲家。【春在誰家】張可久、越調天淨沙、晚步：閉門春在誰家。徐再思、越調天淨沙、呂侯席上：不知春在誰家。【

茅舍人家】盧摯、雙調沉醉東風、閑居：早來到竹籬茅舍人家。白無咎、雙調百字折桂令：斷橋東壁傍西山，竹籬茅舍人家。鄭光祖、雙調蟾宮曲、夢中作：斷橋東下傍溪沙，疎籬茅舍人家。【疎林幾家】張可久、越調天淨沙、江上：隔水疎林幾家。【歸燕來家】張可久、中呂滿庭芳、春思：有心哉歸燕來家。【烟村四五家】關漢卿、雙調大德歌：雪粉華，舞梨花，再不見烟村四五家。

加

【不加】曾瑞、南呂四塊玉、樂飲：量不加。【交加】貫雲石、雙調蟾宮曲：春色交加。張可久、雙調折桂令、開元館石上紅梅：清思交加。湯式、正宮醉太平、約遊春友不至：羅綺交加。【輕加】無名氏、正宮月照庭套、么：悶輕加。【力不加】馬致遠、雙調新水令套、題西湖：欲賦終焉力不加。

笳

【胡笳】湯式、正宮小梁州、太眞：鬪漁陽一片胡笳。【嗚笳】盧摯、雙調蟾宮曲、商女：淅瀝秋風，哽咽嗚笳。盧摯、雙調蟾宮曲、金陵懷古：嗚咽嗚笳。【暮笳】湯式、雙調沉醉東風、維揚懷古：滿耳濤聲起暮笳。

葭

【蒹葭】劉時中、雙調折桂令、漁：別浦蒹葭。無名氏、正宮月照庭套：露濕兼葭。曾瑞、中呂喜春來、江村即事：笛聲驚雁出蒹葭。馬致遠、雙調新水令套、題西湖：滿湖香芰荷蒹葭。白無咎、雙調百字折桂令：動羈懷、西風木葉，秋水蒹葭。

佳

【更佳】張養浩、雙調雁兒落兼得勝令：雲來山更佳。【甚佳】張養浩、中呂朝天曲、詠四景、秋：此花，甚佳。【味轉佳】盧摯、雙調壽陽曲：攢江酒，味轉佳。【風味佳】周文質、雙調落梅風：樓台小，風味佳。【風韻佳】呂止軒、雙調夜行船套、新水令、詠金蓮：顏色天然風韻佳。【興轉佳】關漢卿、雙調新水令套、梅花酒：兩情濃，興轉佳。

嘉

【清嘉】喬吉、南呂四塊玉、詠手：握雨攜雲那清嘉。

⊙巴

【淚眼也巴】張可久、越調寨兒令、春情：擎着淚眼也巴。

笆

【圈笆】喬吉、雙調折桂令、荆溪即事：苦竹圈笆。

蛙◉

【池蛙】張可久、中呂滿庭芳、山居：鼓吹池蛙。【鳴蛙】張可久、雙調折桂令、幽居：鼓奏鳴蛙。倪瓚、仙呂太常引、傷逝：苔生兩舘，塵凝錦瑟，寂寞聽鳴蛙。汪元亨、雙調折桂令、歸隱：厭井底鳴蛙。馬致遠、雙調新水令套、題西湖：枕頭上鼓吹鳴蛙。喬吉、雙調水仙子、遊越福王府：恨興亡怒煞些鳴蛙。

娃

【吳娃】張可久、雙調折桂令、姑蘇懷古：何處吳娃。【舘娃】馬致遠、雙調新水令套、題西湖：想像間神宮類舘娃。

蝸

【爭蝸】張可久、雙調折桂令、湖上道院：名利爭蝸。【銀蝸】張可久、正宮醉太平、傷春：字篆銀蝸。

沙◉

【玉沙】張可久、商調梧葉兒、雪中：天風起玉沙。張雨、中呂喜春來、玉山舟中賦：石瀨濺濺漱玉沙。【平沙】劉時中、雙調折桂令、漁：漠漠平沙。薛昂夫、正宮甘草子：看雁落平沙。張可久、越調天淨沙、江上：嗈嗈落雁平沙。張可久、雙調水仙子、道院卽事：小舟淺水平沙。白無咎、雙調百字折桂令、三行兩行寫長空啞啞雁落平沙。【金沙】張可久、中呂滿庭芳、山居：釣灘平瀲灩金沙。喬吉、雙調折桂令、西湖憶黃氏所居：爛胭脂雨過金沙。【岸沙】曾瑞、中呂喜春來、江村卽事：稚子垂釣靠岸沙。【烟沙】盧摯、雙調蟾宮曲、金陵懷古：淮水烟沙。張可久。商調梧葉兒、春日郊行：離思滿烟沙。【淺沙】喬吉、中呂滿庭芳、漁父詞：波明淺沙。【雲沙】張養浩、雙調雁兒落兼得勝令：倚杖立雲沙。【黃沙】喬吉、雙調折桂令、荊漢卽事：白水黃沙。【隄沙】王元鼎、正宮醉太平、寒食：夜深微雨潤隄沙。【暖沙】徐再思、南呂閱金經、春：翠鴛棲暖沙。【搏沙】喬吉、南呂一枝花套、離情、感皇恩：若搏沙。張可久越調寨兒令、次韻：塵事搏沙。【塵沙】湯式、正宮小梁州、詠雪：黃昏微雨淨塵沙。【壅沙】喬吉、雙調折桂令、詠紅蕉：灌水壅沙。【也麼沙】馬致遠、雙調新水令套、題西湖：眞箇醉也麼沙。【手搏沙】汪元亨、中呂朝天子、歸隱：堪嗟塵事手搏沙。【月籠沙】張可久、雙調殿前歡、離思：月籠沙，十年心事付琵琶。【波漲沙】馬致遠、雙調新水令套、題西湖：納涼時，波漲沙。【雁落沙】貫雲石、雙調壽陽曲：魚吹浪，雁落沙。【蒺藜沙】喬吉、雙調水仙子、遊越福王府：笙歌夢斷蒺藜沙。【蟹行沙】張可久、雙調水仙子、維揚遇雪：蘆汀淅淅蟹行沙。【明月籠沙】盧摯、雙調蟾宮曲、商女：水籠烟明月籠沙。【錦浪淘沙】盧摯、雙調蟾宮曲、商女：宿鴛鴦錦浪淘沙。

砂

【丹砂】喬吉、南呂玉交枝、閑適二曲：爐內鍊丹砂。無名氏、中呂朝天子、廬山：仙翁何處鍊丹砂。吳西逸、雙調折桂令、游玉隆宮：火雞燒爐竈丹砂。張可久、雙調折桂令、開元館石上紅梅：是偷嘗鼎內丹砂。楊朝英、雙調水仙子、自足：閒時節自煉丹砂。喬吉、雙調折桂令、紅梅徐德可索賦類卷：蓴綠仙曾服甚丹砂。【硃砂】張可久、雙調折桂令、村庵即事：井底硃砂。張可久、越調天淨沙、由德清道院來杭：丹爐好養硃砂。喬吉、雙調水仙子、紅指甲贈孫蓮哥時客吳江：錦吳鱗冷漬硃砂。

紗

【烏紗】張可久、雙調折桂令、避暑醉題：倒裹烏紗。張可久、中呂滿庭芳、金華道中：白髮耐烏紗。張可久、中呂紅綉鞋、武康道中簡王復齋：山翠空濛潤烏紗。張可久、雙調折桂令、九日：對青山强整烏紗。【紋紗】喬吉、雙調水仙子、紅指甲贈孫蓮哥時客吳江：冰藍袖捲翠紋紗。【窗紗】貫雲石、雙調蟾宮曲、送春：月照窗紗。貫雲石、雙調蟾宮曲：香透窗紗。張可久、雙調殿前歡、離思：曉夢窗紗。無名氏、中呂普天樂：霧鎖窗紗。張可久、中呂齊天樂過紅衫兒、湖上書所見：春風院落窗紗。張可久、越調天淨沙、湖上送別：紅蕉隱隱窗紗。喬吉、雙調水仙子、暮春即事：風吹絲雨噀窗紗。王元鼎、正宮醉太平、寒食：覺來紅日上窗紗。白樸、仙呂點絳唇套、混江龍：修竹珊珊掃窗紗。張可久、雙調折桂令、溪月王眞人開元道院：木香亭蕉影窗紗。曾瑞、南呂一枝花套、買笑、梁州：淡濛濛斜月窗紗。湯式、商調望遠行、四景題情、春：杏花風習習暖透窗紗。【裙紗】曾瑞、南呂四塊玉、美足小：款步金蓮蹴裙紗。【絳紗】張可久、中呂迎仙客、春日湖上：舞絳紗。張可久、越調寨兒令、遊春即景：蔌絳紗。【綠紗】張可久、商調梧葉兒、即事：蕉窗映綠紗。【輕紗】無名氏、仙呂賞花時套、煞尾：透輕紗。張可久、仙呂錦橙梅：寬綽綽的穿著輕紗。【小窗紗】湯式、中呂謁金門、落花二令：東風吹傍小窗紗。張可久、中呂朝天子、春思：東風殘夢小窗紗。【竹映紗】吳弘道、南呂金字經、燕子堂深竹映紗。【似丹紗】馬致遠、雙調新水令套、題西湖：幾點林櫻似丹紗。【金縷紗】張可久、南呂金字經、湖上書事：翠裙金縷紗。【絳裙紗】關漢卿、雙調新水令套、收江南：半合兒揉損絳裙紗。【翡翠紗】湯式、雙調湘妃引、爲東湖友賦：青瑣窗涵翡翠紗。【翠絨紗】湯式、雙調湘妃引、贈美色：舞裙低簌翠絨紗。【裹烏紗】盧摯、雙調沉醉東風、避暑：趁新涼懶裹烏紗。【整絳紗】關漢卿、雙調碧玉簫：院後那嬌娃，媚孜孜整絳紗。【簌絳紗】關漢卿、仙呂一半兒、題情：淺露金蓮簌絳紗。【春風絳紗】盧摯、雙調沉醉東風、適興：舞低簇春風絳紗。

踏⊙

【波踏】湯式、中呂山坡羊、書懷禾友人四：路波踏。

撾⊙

【鼓兒撾】湯式、商調望遠行、四景題情、春：不覺的月兒明鐘兒敲鼓兒撾。

鴉⊙

【昏鴉】張可久、中呂滿庭芳、金華道中：落日昏鴉。徐再思、中呂普天樂、吳江八景、西山夕照：背影昏鴉。王仲元、中呂普天樂、旅況：接翅昏鴉。徐再思、越調天淨沙、秋江夜泊：斜陽萬點昏鴉。馬致遠、越調天淨沙、秋思：枯藤老樹昏鴉。【乳鴉】王元鼎、正宮醉太平、寒食：聲聲啼乳鴉。張可久、雙調水仙子、道院卽事：綠楊啼乳鴉。【宮鴉】喬吉、雙調折桂令、晉雲山中奇遇：綠暈宮鴉。無名氏、中呂普天樂：月明天啼殺宮鴉。喬吉、南呂一枝花套、雜情：鬌攏宮鴉。張可久、中呂齊天樂過紅衫兒、湖上書所見：鬌雲鬆半嚲宮鴉。【烏鴉】張可久、越調寨兒令、遊春卽景：老樹烏鴉。【堆鴉】關漢卿、雙調新水令套、豆葉黃：蟬鬌堆鴉。【啼鴉】喬吉、雙調折桂令、西湖憶黃氏所居：門外啼鴉。張可久、雙調折桂令、湖上懷古：暮苑啼鴉。喬吉、雙調折桂令、荊溪卽事：數盡啼鴉。湯式、雙調湘妃引、山中樂四闋贈友人：任樹頭啅鵲啼鴉。【寒鴉】張可久、黃鍾人月圓、山中書事：楚廟寒鴉。張可久、雙調折桂令、九日：數點寒鴉。張可久、雙調湘妃怨、次韻金陵懷古：危城落日寒鴉。張可久、正宮小梁州、春遊晚歸：數投林萬點寒鴉。【棲鴉】白樸、仙呂點絳唇、混江龍：遠樹棲鴉。【晚鴉】孫周卿、雙調水仙子、山居自樂：落日楓林噪晚鴉。【塗鴉】張可久、雙調折桂令、避暑醉題：醉墨塗鴉。【聞鴉】關漢卿、雙調新水令套：庭院已聞鴉。【暮鴉】張可久、雙調折桂令、姑蘇懷古：看一片夕陽暮鴉。張雨、中呂喜春來、玉山舟中賦：問暮鴉，何處阿戎家。【盤鴉】張可久、雙調折桂令、元夜宴集：巧髻盤鴉。【藏鴉】倪瓚、仙呂太常引、傷逝：門前楊柳密藏鴉。【歸鴉】湯式、正宮小梁州、詠雪：飛盡歸鴉。張可久、雙調折桂令、浮石許氏山園小集：數點歸鴉張可久、雙調水仙子、春行卽事：酒船回落日歸鴉。【饑鴉】喬吉、雙調水仙子、暮春卽事：啼煞饑鴉。【鬢鴉】關漢卿、中呂朝天子、從嫁媵婢：鬢鴉，聰霞。喬吉、雙調新水令套、閨麗、喬木查：厭地回身攏鬢鴉。【老樹鴉】張可久、商調梧葉兒、春日郊行：長空雁，老樹鴉。【勝堆鴉】關漢卿、仙呂一半兒、題情：雲鬢霧鬢勝堆鴉。【墓田鴉】張可久、雙調撥不斷、會稽道中：墓田鴉，故宮花。【噪晚鴉】關漢卿、雙調大德歌：看疎林噪晚鴉。【樹頭鴉】張可久、越調寨兒令、次韻：聚散樹頭鴉。【鬢堆鴉】張可久、仙呂錦橙梅：黑髭髭的鬢堆鴉。【老樹寒鴉】張可久、越調天淨沙、懷古疎翁命賦：翠芳園老樹寒鴉。白樸、越調天淨沙、秋：輕烟老樹寒鴉。鄭光祖、雙調蟾宮曲、夢中作：千點萬點老樹寒鴉。【衰草寒鴉】盧摯、雙調蟾宮曲、金陵懷古：但夕陽衰草寒鴉。

丫

【芳樹丫】張可久、越調凭闌人、暮春卽事：鳥啼芳樹丫。【雙髻丫】張可久、雙調水仙子、清明小集：笑女童雙髻丫。

呀

【自呀】白樸、仙呂點絳唇套、上馬嬌煞：自嗟自呀。【嗟呀】無名氏、正宮月照庭套、么：遣蘇卿無語嗟呀。湯式、正宮醉太平、重九無酒：孟參軍整烏紗，低首頻嗟呀。【嗑呀】湯式、雙調湘妃引、贈美色：甜口兒翻騰些嗑呀。【感嘆嗟呀】曾瑞、南呂一枝花套、買笑、梁州：便是鐵石人也感嘆嗟呀。

⊙叉

【路三叉】張可久、雙調燕引雛、分水道中：清溪九曲路三叉。【心腸兒叉】喬吉、雙調新水令套、閨麗、離亭宴煞：只因你瞻不下解合的心腸兒叉。

差

【不差】薛昂夫、中呂朝天曲：武王任不差。【夫差】張可久、雙調折桂令、姑蘇懷古：說與夫差。【多差】汪元亨、雙調折桂令、歸隱：廢和興更變多差。【有差】曾瑞、南呂一枝花套、買笑、三煞：論恩愛疎薄却有差。【爭差】無名氏、仙呂賞花時套：只恐有爭差。曾瑞、南呂一枝花套、買笑、尾：你那疑惑心則有半米兒爭差。【意兒差】張可久、越調寨兒令、失題：和俺意兒差。【歸路差】張可久、南呂金字經、青霞洞趙肅齋索賦：水邊歸路差。

艖

【釣艖】鄭光祖、雙調蟾宮曲、夢中作：曲岸西邊近水渦魚網綸竿釣艖。【詩艖】張可久、雙調折桂令、湖上懷古：柳駝腰繫我詩艖。【漁艖】劉時中、雙調折桂令、漁：小小漁艖。【釣魚艖】關漢卿、雙調大德歌：斜攬著釣魚艖。

嗏⊙

【嗏】吳弘道、南呂金字經：嗏，路人休問他。
【來嗏】盧摯、雙調蟾宮曲：沙三伴哥來嗏。

誇⊙

【不誇】曾瑞、南呂一枝花套、買笑：可憎他誰不誇。【休誇】孫周卿、雙調水仙子、山居自樂：富貴休誇。【堪誇】喬吉、雙調新水令套、閨麗、攪箏琶：人說觀自在活菩薩，堪誇。關漢卿、雙調新水令套、豆葉黃：堪講堪誇。【詩誇】貫雲石、雙調蟾宮曲：儘好詩誇。【豪誇】盧摯、雙調蟾宮曲、金陵懷古：記當年六代豪誇。【何足誇】張養浩、中呂朝天曲、詠四景、秋：雪香春何足誇。【豈堪誇】馬致遠、大石調青杏子套、悟迷：當日事到此豈堪誇。【心兒誇】劉時中、中呂紅綉鞋、吳人以美女爲娃：打健健及擎著手心兒裏誇。

蝦⊙

【撈蝦】盧摯、雙調蟾宮曲：兩腿青泥，只爲撈蝦。

鰕

同蝦。【粧鰕】喬吉、南呂一枝花套、雜情、感皇恩：溫太眞索粧鰕。喬吉、雙調新水令套、閨麗、離亭宴煞：唱道成時節準備着小意兒粧鰕。

葩⊙

【仙葩】貫雲石、雙調蟾宮曲：遇逋翁便屬仙葩。

花⊙

【如花】關漢卿、雙調新水令套、梅花酒：低低的問如花。【杏花】王元鼎、正宮醉太平、寒食：聽街頭賣杏花。張可久、雙調折桂令、開元舘石上紅梅：渾未許牆頭杏花。【金花】張可久、雙調折桂令、浮石許氏山園小集：風香松粉金花。【看花】汪元亨、中呂朝天子、歸隱：逐東風看花。張可久、雙調沉醉東風、客維揚：無雙亭上看花。張可久、雙調折桂令、幽居：蒺藜沙上看花。【柳花】張可久、南呂金字經、青霞洞趙肅齋索賦：小魚爭柳花。馬致遠、雙調新水令套、題西湖：撲人衣柳花。喬吉、越調凭闌人、金陵道中：撲頭飛柳花。張可久、越調凭闌人、湖上：畫橋吹柳花。張可久、越調凭闌人、暮春即事：燕銜黃柳花。【秋花】李致遠、中呂紅綉鞋、晚秋：幾點送秋花。孫周卿、雙調水仙子、山居自樂：西風籬菊粲秋花。【穿花】關漢卿、雙調碧玉簫：度柳穿花。【流花】徐再思、越調天淨沙、呂侯席上：素波笑淺流花。【桃花】張可久、中呂齊天樂過紅衫兒、湖上書所見：小桃花。劉時中、雙調折桂令、漁：流水桃花。白樸、雙調慶東原：迎人笑桃花。張可久、越調天淨沙、赤松道宮：水流玉洞桃花。喬吉、雙調折桂令、晉雲山中奇遇：賺劉郎不是桃花。張可久、中呂滿庭芳、春情：弄輕鞭駿馬桃花。喬吉、雙水調仙子、紅指甲贈孫蓮哥時客吳江：托香腮似幾瓣桃花。【飛花】張可久、中呂迎仙客、湖上：一片飛花。【栽花】湯式、正宮醉太平、重九無酒：東籬寂寞舊栽花。【桐花】倪瓚、仙呂太常引、傷逝：春事到桐花。【荷花】張可久、雙調折桂令、避暑醉題：一川涼雨荷花。張可久、雙調折桂令、姑蘇懷古：想三千宮女荷花。白樸、雙調得勝樂、夏：噴鼻香十里荷花。【野花】張養浩、雙調雁兒落兼得勝令：山猿戲野花。【梅花】張可久、正宮小梁州、春遊晚歸：明月管梅花。張可久、越調天淨沙、晚步：小橋風雪梅花。張可久、中呂滿庭芳、金華道中：水邊籬落梅花。張可久、越調天淨沙、由德清道院來杭：桃源亭上梅花。張可久、越調寨兒令、次韻：爲調羹俗了梅花。張可久、雙調折桂令、元夜宴集：綠窗紗銀燭梅花。汪元亨、雙調沉醉東風、歸田：灞陵橋探問梅花。白樸、雙調得勝樂、冬：膽瓶內溫水浸梅花。【梨花】張可久、中呂迎仙客、春日湖上：月淡梨花。張可久、雙調折桂令、村庵即事：落盡梨花。張可久、中呂紅綉鞋、春日湖上：夜雨瘦梨花。喬吉、雙調折桂令、客窗清明：風風雨雨梨花。【晚花】張可久、雙調水仙子、三溪道院：秋水芙蕖著晚花。【閑花】喬吉、南呂一枝花套、雜情、感皇恩：誰敢做野草閑花。【黃花】白樸、越調天淨沙、秋：白草紅葉黃花。薛昂夫、正宮甘草子：看紅葉賞黃花。張可久、越調小桃紅、離情：幾場秋雨老黃花。張可久、調雙折桂令、九日：蝶愁來明日黃花。白樸、仙呂點絳唇套、上馬嬌煞：冷清清和月對黃花。無名氏、黃鍾紅錦袍：籬下看黃花。白無咎、雙調百字折桂令：滿山滿谷、紅葉黃花。【紫花】張可久、南呂金字經、客西峯：石苔鋪紫花。【殘花】張可久、中呂普天樂、暮春卽事：剩柳殘花。張可久、雙調折桂令、湖上懷古：金魚池上殘花。【尋花】湯式、雙調湘妃引、爲東湖友賦：拂開紅雨尋花。湯式、中呂景天樂、別友人往陝西：知他是韋曲尋花。【開花】盧摯、雙調蟾宮曲：看蕎麥開花。【落花】吳弘道、南呂金字經：故宮驚落花。無名氏、中呂朝天子、廬山：嘆浮生指落花。喬吉、雙調水仙子、暮春卽事：苔和酥泥葬落花。喬吉、南呂玉交枝、閑適二曲：飄飄好夢隨落花。【盞花】喬吉、雙調水仙子、廉香林南園卽事：金鳳盞花。【愁花】張可久、越調天淨沙、湖上送別：滿湖煙雨愁花。【煙花】無名氏、正宮月照庭套、六么序：京師裏戀煙花。【

翠花】張可久、仙呂錦橙梅：顫巍巍的插著翠花。【瑤花】無名氏、中呂普天樂：燈謝瑤花。【銀花】張可久、商調梧葉兒、雪中：海樹放銀花。【鋤花】張可久、雙調折桂令、湖上道院：孤山帶月鋤花。【碧花】張可久、雙調水仙子、道院卽事：亭上仙桃綻碧花。【劍花】張可久、雙調折桂令、溪月王眞人開元道院：鮫血古熒熒劍花。【嬈花】張可久、中呂滿庭芳、春情：玉娉婷妖月嬈花。【蕉花】張可久、雙調水仙子、春行卽事：綠箋香霧灑蕉花。【隨花】張可久、中呂上小樓、春思：傍柳隨花。【瓊花】張可久、雙調水仙子、維揚遇雪：預賞瓊花。張可久、雙調雁引雛、張氏玉卿：艷壓瓊花。【攀花】盧摯、雙調蟾宮曲、詠別：春鏡攀花。【藤花】楊朝英、雙調水仙子、自足：有雞豚竹筍藤花。【蘆花】張可久、雙調燕引雛、分水道中：晴雪蘆花。喬吉、中呂滿庭芳、漁父詞：明月浸蘆花。白無咎、雙調百字折桂令：弊裘塵土壓征鞍，鞭倦裊蘆花。徐再思、越調天淨沙、秋江夜泊：西風兩岸蘆花。喬吉、雙調折桂令、秋日湖山：秋聲一片蘆花。張可久、越調天淨沙、江上：漁歌唱入蘆花。無名氏、正宮月照庭套、鴛鴦兒煞：滿江明月浸蘆花。盧摯、雙調蟾宮曲、商女：動江天兩岸蘆花。【鶯花】馬致遠、大石調青杏子套、悟迷：管領鶯花。【三四花】張養浩、雙調清江引、詠秋日海棠：寂寞一枝三四花。【三徑花】張可久、雙調清江引、張子堅運判席上：秋風滿園三徑花。【四季花】張可久、南呂四塊玉、樂閒：五色瓜，四季花。【石榴花】關漢卿、雙調大德歌、夏：瘦巖巖羞帶石榴花。【正有花】馬致遠、雙調撥不斷：見蝶翅寒梅正有花。【牡丹花】無名氏、仙呂賞花時套：掩映看牡丹花。張可久、正宮醉太平、傷春：金壺水換牡丹花。關漢卿、雙調新水令套、收江南：好風吹綻牡丹花。【含笑花】白樸、雙調慶東原：忘憂草，含笑花。【雨中花】張可久、中呂滿庭芳、春思：人似雨中花。【兩鬢花】張可久、雙調燕引雛、分水道中：山翁兩鬢花。【武陵花】張可久、商調梧葉兒、春日郊行：春脈脈武陵花。【茉莉花】張可久、南呂金字經、湖上書事：一枝茉莉花。【紅杏花】徐再思、南呂閱金經、春：粉牆邊紅杏花。【柳園花】張可久、雙調水仙子、清明小集：紅香繚繞花。【後庭花】張可久、雙調湘妃怨、次韻金陵懷古：朝朝

瓊樹後庭花。【海棠花】湯式、正宮小梁州、太眞：踏碎海棠花。【眼生花】喬吉、南呂一枝花套、雜情、採茶歌：笑時節眼生花。【眼睛花】張可久、越調寨兒令、失題：望的我眼睛花。【野菜花】喬吉、雙調水仙子、遊越福王府：羅綺香餘野菜花。【荳蔻花】張可久、雙調殿前歡、離思：春殘荳蔻花。【菊方花】曾瑞、南呂四塊玉、樂飲：白酒初透菊方花。【雪生花】張可久、中呂紅繡鞋、洞庭道中：老樹雪生花。【富貴花】張可久、商調梧葉兒、即事：風香富貴花。【插翠花】關漢卿、雙調碧玉簫：顫巍巍插翠花。【强似花】張可久、雙調落梅風、春日湖上：下秋千玉容强似花。【楊柳花】張可久、南呂金字經、別情：灞橋楊柳花。【解語花】關漢卿、中呂朝天子、從嫁媵婢：眞如解語花。【碎袍花】張可久、中呂紅繡鞋、寧元帥席上：團錦碎袍花。【碧桃花】張養浩、中呂喜春來：看天上碧桃花。張可久、雙調水仙子、山齋小集：玉笙吹老碧桃花。喬吉、雙調水仙子、贈朱翠英：吹笙慣醉碧桃花。【銀蕚花】盧摯、雙調壽陽曲：金蕉葉，銀蕚花。【滿頭花】張可久、中呂滿庭芳、山居：醉挿滿頭花。【鳳城花】張可

久、越調小桃紅、贈琵琶妓王氏：同醉鳳城花。【舞梨花】關漢卿、雙調大德歌：雪粉華，舞梨花。【蠟梅花】張可久、中呂紅綉鞋、武康道中簡王復齋：凍枝上蠟梅花。【火樹銀花】馬致遠、仙呂青哥兒、正月：照星橋火樹銀花。【玉樹無花】盧摯、雙調蟾宮曲、金陵懷古：甚江會歸來，玉樹無花。【夾竹桃花】張可久、越調寨兒令、遊春卽景：翠交加夾竹桃花。【草草花】張可久、越調寨兒令、春晴：娟春光草草花花。【野草閑花】張可久、越調天淨沙、懷古疎翁命賦：朱雀橋野草閑花。【閉月羞花】呂止軒、雙調夜行船套、新水令、詠金蓮：據精神閉月羞花。【驀見如花】關漢卿、雙調新水令套、掛搭鈎：聽得呀的門開驀見如花。【籬下栽花】盧摯、雙調沉醉東風、閑居：學淵明籬下栽花。

⊙瓜

【西瓜】盧摯、雙調蟾宮曲：磕破西瓜。【浮瓜】馬致遠、雙調新水令套、題西湖：都輸他沉李浮瓜。【茶瓜】吳西逸、雙調折桂令、游玉隆宮：樹底茶瓜。【剖瓜】喬吉、雙調折桂令、自敍：酒腸渴柳陰中揀雲頭剖瓜。【匏瓜】汪元亨、雙調折桂令、歸隱：吾豈匏瓜。【種瓜】喬吉、南呂玉交枝、閑適二曲：自種瓜。汪元亨、中呂朝天子、歸隱：鋤明月種瓜。湯式、雙調湘妃引、爲東湖友賦：鋤破白雲種瓜。張可久、雙調折桂令、村庵卽事：五畝宅無人種瓜。湯式、中呂普天樂、別友人往陝西：知他是東陵種瓜。張可久、越調寨兒令、次韻：青門幾年不種瓜。【賣瓜】張可久、雙調折桂令、幽居：楊柳村中賣瓜。【五色瓜】張可久、南呂四塊玉、樂閒：五色瓜，四季花。【分畦種瓜】盧摯、雙調沉醉東風、閑居：雨過分畦種瓜。【仙棗如瓜】張可久、雙調水仙子、三溪道院：仙棗如瓜。【沉李浮瓜】盧摯、雙調沉醉東風、避暑：旋敲冰沉李浮瓜。【坡前種瓜】盧摯、雙調沉醉東風、閑居：學邵平坡前種瓜。

跏珈枷袈迦痂猳麚○
疤粑芭○洼窪哇○鯊
裟○查楂吒○抓髽○
杈靫鎈○夸

【對偶】曹德、雙調沉醉東風、江頭卽事：低茅舍，賣酒家。湯式、中呂普天樂、別友人往陝西：十年作客，四海爲家。張可久、雙調折桂令、湖上懷古：採藥仙翁，賣酒人家。張可久、雙調折桂令、村庵卽事：隱隱林巒，小小仙家。湯式、正宮醉太平、書所見：二八年艷娃，五百載寃家。張可久、越調凭闌人、暮春卽事：小玉闌干月半掐，嫩綠池塘春幾家。喬吉、雙調水仙子、廉香林南園卽事：山中富貴相公衙，江左風流學士家。馬致遠、大石調靑杏子套、悟迷：氣槩自來詩酒客，風流平昔富豪家。喬吉、越調凭闌人、金陵道中：瘦馬馱詩天一涯，倦鳥呼愁村數家。張可久、雙調折桂令、姑蘇懷古：老樹僧居，垂楊驛舍，亂葦漁家。張可久、中呂上小樓、題釣台：遁迹煙霞，罷念榮華，間別官家。湯式、正宮醉太平、約遊春友不至：輪蹄冗雜，羅綺交加。周文質、雙調落梅風：樓臺小，風味佳。汪元亨、雙調折桂令、歸隱：嘆釜邊游魚，羨林中歸鳥，厭井底鳴蛙。張可久、中呂滿庭芳、山居：塵埃野馬，風波海鷗，鼓吹池蛙。喬吉、雙調新水令、閨麗、得勝令：我是箇爲客秀才家，你是個未嫁女嬌娃。貫雲石、雙調壽陽曲：魚吹浪，雁落沙。張可久、越調寨兒令、次韻：世味嚼蠟，塵事搏沙。徐再思、南呂閱金經、春：紫燕尋舊壘，翠鶯棲暖沙。張雨、中呂喜春來、玉山舟中賦：江梅的的依茅舍，石瀨濺濺漱玉沙。張可久、中呂滿庭芳、山居：仙洞冷玲瓏玉霞，釣灘平瀲灩金沙。盧摯、雙調蟾宮曲、商女：飛鶩鳥靑山落霞，宿鴛鴦錦浪淘沙。喬吉、雙調折桂令、西湖憶黃氏所居：軟龍綃塵蒙寶鴨，爛臙脂雨過金沙。吳西逸、雙調折桂令、游玉隆宮：香不斷燈明絳蠟，火難燒鑪竈丹砂。張可久、雙調折桂令、開元館石上紅梅：渾未許牆頭杏花，是偷嘗鼎內丹砂。張可久、雙調折桂令、村庵卽事：樓外白雲，窗前翠竹，井底硃砂。貫雲石、雙調蟾宮曲、送春：人倚秋千，月照窗紗。無名氏、中呂普天樂：風篩檻竹，霧鎖窗紗。喬吉、雙調折桂令、客窗淸明：窄索簾櫳，巧小窗紗，張可久、南呂金字經、湖上書事：玉手銀絲繪，翠裙金縷紗。白樸、仙呂點絳唇套、混江龍：敗葉紛紛擁砌石，修竹珊珊掃窗紗。曾瑞、南呂一枝花套、買笑、梁州：昏慘慘孤燈幌，淡濛濛斜月窗紗。　張可久、仙呂錦橙梅：顫巍巍的挿著翠花，寬綽綽的穿著輕紗。　張可久、雙調折桂令、九日：一抹斜陽，數點寒鴉。　白樸、仙呂點絳唇套、混江龍：枯荷宿鷺，遠樹棲鴉。　王仲元、中呂普天樂、旅況：銜烟寒雁，接翅昏鴉。　喬吉、雙調折桂令、荆溪卽事：倚遍闌干，數盡啼鴉。　張可久、雙調水仙子、道院卽事：芳草眠馴兎，綠楊啼乳鴉。　白樸、越調天淨沙、秋：孤村落日殘霞，輕烟老樹寒鴉。　孫周卿、雙調水仙子、山居自樂：西風籬菊粲秋花，落日楓林噪晚鴉。　張可久、仙呂錦橙梅：紅馥馥的臉襯霞，黑髭髭的鬢堆鴉。　張可久、黃鍾人月圓、山中書事：孔林喬木，吳宮蔓草，楚廟寒鴉。　曹德、雙調慶東原、江頭卽事：長天落霞，方池睡鴨，老樹昏鴉。　張可久、雙調折桂令、浮石許氏山園小集：兩部鳴蛙，百巧流鶯，數點歸鴉。　馬致遠、雙調新水令套、題西湖：雲外塔，日邊霞，橋上客，樹頭鴉。　張可久、越調寨兒令、失題：步蒼苔涼透羅襪，掩朱門香冷金鴨。　白樸、雙調慶東原：忘憂草，含笑花。　盧摯、雙調壽陽曲：金蕉葉，銀蕚花。　張可久、雙調撥不斷、會稽道中：墓田鴉，故宮花。　徐再思、中呂普天樂、吳江八景、西山夕照：一川楓葉，兩岸蘆花。　張可久、雙調燕引雛、張氏玉卿：香撳瑤草，艷壓瓊花。　張可久、雙調燕引雛、分水道中：炊烟茅舍，晴雪蘆花。　張可久、雙調折桂令、村庵卽事：開到薔薇，落盡梨花。　張可久、越調凭闌人、暮春卽事：烏啼芳樹丫，燕銜黃柳花。　張養浩、雙調雁兒落兼得勝令：野鹿眠山草，山猿戲野花。　李致遠、中呂紅繡鞋、晚秋：數杯添淚酒，幾點送秋花。　張可久、中呂紅綉鞋、武康道中簡王復齋：小池中銀杏葉，凍枝上蠟梅花。　喬吉、南呂一枝花套、雜情、採茶歌：喜時節臉烘霞、笑時節眼生花。　張可久、雙調沉醉東風、客維揚：第一泉邊試茶，無雙亭上看花。　張可久、雙調折桂令、湖上懷古：銅雀台邊破瓦，金魚池上殘花。　張可久、雙調折桂令、浮石許氏山園小集：靈冷蘭英玉芽，風香松粉金花。　喬吉、雙調水仙子、暮春卽事：風吹絲雨噀窗紗，苔和酥泥葬落花。　張可久、雙調折桂令、九日：人老去西風白髮，蝶愁來明日黃花。　張可久、雙調折桂令、姑蘇懷古：看一片夕陽暮鴉，想三千宮女荷花。　張可久、中呂滿庭芳、春晴：塗醉墨春箋柳芽，弄輕鞭俊馬桃花。盧摯、雙調沉醉東風、閑居：學邵平坡前種瓜，學淵明籬下栽花。馬致遠、雙調撥不斷：就鵝毛瑞雪初成臘，見蝶翅寒梅正有花。張可久、南呂四塊玉、樂閑：一品茶，五色瓜，四季花。喬吉、雙調水仙子、廉香林南園卽事：玉龍筆架，銅雀硯瓦，金鳳盞花。張可久、中呂上小樓、春思：打令續麻，擷竹分茶，傍柳隨花。無名氏、中呂普天樂：香銷寶鴨，簾敲玉馬，燈謝瑤花。張可久、中呂普天樂、暮春卽事：斜陽落霞，嬌雲嫩水，剩柳殘花。馬致遠、大石調青杏子套、悟迷：剪裁冰雪，追陪風月，管領鶯花。張可久、商調梧葉兒、雪中：瓦甃懸冰筋，天風起玉沙，海樹放銀花。白樸、雙調慶東原：對人嬌杏花，撲人飛柳花，迎人笑桃花。湯式、雙調湘妃引、爲東湖友賦：占斷滄波垂釣，鋤破白雲種瓜，拂開紅雨尋花。張可久、商調梧葉兒、探梅卽事：墨淡淡王維畫，柳疎疎陶令家，春脈脈武陵花。張可久、正宮醉太平、傷春：玉容泪濕鴛鴦帕，紅絨香冷秋千架，金壺水換牡丹花。湯式、中呂普天樂、別友人往陝西：知他是東陵種瓜，知他是新豐殢酒，知他是葦曲尋花。張可久、雙調水仙子、三溪道院：村醪當茶，仙棗如瓜。汪元亨、中呂朝天子、歸隱：逐東風看花，鋤明月種瓜。吳西逸、雙調折桂令、游正隆宮：林下尊罍，雪中雞犬，樹底茶瓜。

陽平

麻◉

【如麻】無名氏、正宮月照庭套、么：情緒如麻。汪元亨、雙調折桂令、歸隱：塵事如麻。【胡麻】吳西逸、雙調折桂令、游玉隆宮：飯煮胡麻。喬吉、雙調折桂令、晉雲山中奇遇：飯飽胡麻。張可久、越調天淨沙、赤松道宮：杯中飯糝胡麻。【桑麻】張可久、雙調折桂令、幽居：杜曲桑麻。盧摯、雙調蟾宮曲：院後桑麻。馬致遠、雙調新水令套、題西湖：山上栽桑麻。孫周卿、雙調水仙子、山居自樂：教兒孫自種桑麻。【頑麻】喬吉、雙調新水令套、閨麗、攪箏琶：內心頑麻。【續麻】張可久、中呂上小樓、春思：打令續麻。喬吉、南呂一枝花套、雜情、梁州：尋題目頂眞續麻。【手兒麻】無名氏、仙呂賞花時套、煞尾：至今猶自手兒麻。【雨如麻】湯式、正宮醉太平、重九無酒：催詩雨如麻。【遍身麻】關漢卿、雙調新水令套、收江南：森森一向遍身麻。【亂如麻】白樸、仙呂點絳唇套、上馬嬌煞：心緒亂如麻。【引水澆麻】盧摯、雙調沉醉東風、閑居：旱時引水澆麻。【眞字續麻】張可久、雙調折桂令、元夜宴集：風流煞眞字續麻。

◉譁　華

【喧譁】關漢卿、雙調碧玉簫：笑語喧譁。

【生華】馬致遠、大石調青杏子套、悟迷：兩鬢與生華。【光華】湯式、中呂山坡羊、中秋對月無酒：對光華。【年華】汪元亨、雙調雁兒落兼得勝令、歸隱：蓑笠度年華。李致遠、中呂紅綉鞋、晚秋：又見風風換年華。張雨、中呂喜春來、玉山舟中賦：瓦甌篷底送年華。【京華】湯式、雙調湘妃引、山中樂四闋贈友人：不思量獻策京華。【東華】喬吉、雙調新水令套、閨麗：蝶夢繞東華。【春華】喬吉、雙調折桂令、詠紅蕉：艷若春華。【南華】吳西逸、雙調折桂令、遊玉隆宮：朗誦南華。張可久、雙調折桂令、溪月王眞人開元道院：聽罷南華。【張華】白樸、雙調慶東原：那裏也豪氣張華。【奢華】馬致遠、雙調新水令套、題西湖：雄宴賞，聚奢華。張可久、正宮小梁州、春遊晚歸：景物奢華。張可久、雙調水仙子、山齋小集：自然不尙奢華。湯式、正宮小梁州、太眞：開元天子好奢豪。汪元亨、雙調沉醉東風、歸田：遠城市富貴奢華。【歲華】曾瑞、南呂一枝花套、買笑、二煞：會受譁承科度歲華。【鉛華】喬吉、雙調折桂令、憶西湖董氏所居：粉褪鉛華。張可久、中呂齊天樂過紅衫兒、湖上書所見：更不御鉛華。喬吉、雙調折桂令、紅梅徐德可索賦類卷：從來不假鉛華。張可久、雙調燕引雛、張氏玉卿：淡妝何必御鉛華。喬吉、雙調折桂令、晉雲山中奇遇：笑春風雲襯鉛華。【榮華】張可久、中呂上小樓、題釣台：罷念榮華。無名氏、仙呂遊四門：誰肯戀榮華。【韶華】王元鼎、正宮醉太平、寒食：聲聲啼乳鴉，生叫破韶華。湯式、正宮醉太平、書所見：海棠庭院鬧韶華。【夢華】倪瓚、仙呂太常引、蝶栩栩春暉夢華。【豪華】張可久、雙調折桂令、姑蘇懷古：樂事豪華。【霜華】貫雲石、雙調蟾宮曲：襪重霜華。【繁華】張可久、雙調折桂令、湖上懷古：誰見繁華。喬吉、雙調水仙子、遊越福王府：何處也繁華。湯式正宮醉太平、約遊春友不至：東風何地不繁華。湯式、雙調沉醉東風、維揚懷古：夢兒中一度繁華。喬吉、雙調水仙子、廉香林南園卽事：書鼠打簇得繁華。喬吉、雙調折桂令、客窗清明：五十年春夢繁華。【鬢華】喬吉、越調凭闌人、金陵道中：與人添鬢華。徐再思、越調天淨沙、呂侯席人：席上司空鬢華。【潘麗華】張可久、雙調湘妃怨、次韻金陵懷古：步步金蓮潘麗華。【蕚綠華】喬吉、雙調水仙子、贈朱翠英：把酒曾聽蕚綠華。【二八芳華】盧摯、雙調蟾宮曲、詠別：記相逢二八芳華。【富貴芳華】盧摯、雙調蟾宮曲：問甚麼富貴榮華。【優鉢羅華】張可久、雙調折桂令、惠山趙蒙泉小隱：錦池中優鉢羅華。

牙◉

【子牙】白樸、雙調慶東原：那裏也良謀子牙。【月牙】曾瑞、南呂四塊玉、美足小：新月牙。【白牙】無名氏、仙呂賞花時套、煞尾：雙乳似白牙。【伯牙】薛昂夫、中呂朝天曲：伯牙，韻雅自與松風話。【紅牙】張可久、中呂迎仙客、春日湖上：扣紅牙。張可久、越調寨兒令、遊春卽景：按紅牙。【嗑牙】喬吉、雙調新水令套、閨麗、雁兒落：鬬的滿街裏閑嗑牙。【粳牙】喬吉、南呂一枝花套、雜情：烏金漬玉粳牙。【槎牙】張可久、雙調折桂令、開元舘石上紅梅：老石槎牙。【蓼牙】劉時中、雙調折桂令、漁：芳洲蓼牙。【簷牙】喬吉、雙調折桂令、客窗清明：扶上簷牙。【玉粳牙】湯式、正宮醉太平、書所見：笑生花、喚烹茶、檀口玉粳牙。【夜月紅牙】盧摯、雙調沉醉東風、適興：歌輕敲夜月紅牙。

芽

【玉芽】汪元亨、雙調雁兒落過得勝令、歸隱：香粳炊玉芽。張可久、雙調折桂令、浮石許氏山園小集：靈冷蘭英玉芽。【生牙】盧摯、雙調蟾宮曲：綠豆生芽。【丹芽】張可久、雙調折桂令、溪月王眞人開元道院：麝煤溫顆顆丹牙。【柳芽】張可久、中呂滿庭芳、春情：塗醉墨春箋柳芽。張可久、雙調水仙子、春行卽事：翠線晴風綻柳芽。【茶芽】盧摯、雙調蟾宮曲：自煮茶芽。【黃芽】張可久、雙調折桂令、湖上道院：土釜黃芽。張可久、雙調水仙子、道院卽事：爐中眞汞長黃芽。【筍芽】張可久、雙調水仙子、山齋小集：石鼎烹來紫筍芽。【雷芽】馬致遠、雙調新水令套、題西湖：竹引山泉，鼎試雷芽。張可久、越調天淨沙、赤松道宮：松邊香煮雷芽。【牡丹芽】湯式、雙調湘妃引、爲東湖友賦：銀盆水浸牡丹芽。喬吉、雙調新水令套、閨麗：綉閨深，培養出牡丹芽。【禍根芽】湯式、正宮小梁州、太眞：東風動禍根芽。

涯

【天涯】關漢卿、雙調大德歌、夏：俏寃家在天涯。張可久、雙調折桂令、九日：回首天涯。吳西逸、雙調折桂令、游玉隆宮：笑我塵踪，走遍天涯。王仲元、中呂普天樂、旅况：無聊倦客，傷心逆旅，恨滿天涯。張可久、中呂滿庭芳、春思：夢繞天涯。張可久越調小桃紅、離情：恨不到天涯。倪瓚、仙呂太常引：芳草際天涯。張可久、越調天淨沙、晚步：吟詩人老天涯。白無咎、雙調百字折桂令、正是傷感凄涼時候、離人又在天涯。張可久、中呂紅綉鞋、春日湖上：客子飄雲尙天涯。張可久、中呂紅綉鞋、洞庭道中：望鄉關倦客天涯。白樸、仙呂點絳唇套、穿窗月：憶疎狂阻隔天涯。貫雲石、雙調蟾宮曲、送春：問東君何處天涯。喬吉、雙調水仙子、贈朱翠英：喫惜了零落天涯。喬吉、雙調新水令套、閨麗、攙箏琶：更隔着海角天涯。【生涯】吳弘道、雙調撥不斷、閑樂：寄生涯。馬致遠、雙調新水令套、題西湖：湖內尋生涯。湯式、越調天淨沙、閑居雜興：自耕自種生涯。薛昂夫、中呂朝天曲：高山流水淡生涯。湯式、雙調湘妃引、山中樂四闋贈友人：耕雲耨水治生涯。曾瑞、南呂一枝花套、買笑、三煞：要戀那談笑生涯。湯式、中呂普天樂、別友人往陝西：路漫漫何處生涯。張可久、雙調水仙子、山齋小集：貧不了詩酒生涯。張可久、中呂紅綉鞋、寧元帥席上：樂雲村投老生涯。【無涯】貫雲石、雙調蟾宮曲、明月無涯。【天一涯】李致遠、中呂紅綉鞋、晚秋：行人天一涯。喬吉、越調凭闌人、金陵道中：瘦馬馱詩天一涯。【作生涯】劉時中、雙調折桂令、漁：小作生涯。無名氏、仙呂遊四門：琴書筆硯作生涯。【倦天涯】張可久、黃鍾人月圓、山中書事：詩眼倦天涯。【綠水涯】汪元亨、雙調雁兒落過得勝令、歸隱：橫斜綠水涯。【舊生涯】楊朝英、雙調水仙子、自足：杏花村裏舊生涯。【人在天涯】馬致遠、越調天淨沙、秋思：夕陽西下，斷腸人在天涯。【漂泊生涯】馬致遠、大石調靑杏子套、悟迷：世事飽諳多，二十年漂泊生涯。【濁酒生涯】盧摯、雙調沉醉東風、閑居：瓦盆邊濁酒生涯。

衙

【坐衙】湯式、商調望遠行、四景題情、春：那一會坐衙。【南衙】喬吉、南呂一枝花套、雜情、感皇恩：嗚珂巷南衙。【報衙】喬吉、雙調水仙子、暮春卽事：蜂寒懶報衙。【縣衙】汪元亨、中呂朝天子、歸隱：陶潛休縣衙。湯式、越調天淨沙、閑居雜興：當役當差縣衙。【官宦衙】馬致遠、雙調新水令套、題西湖：簪纓畫戟官宦衙。【相公衙】喬吉、雙調水仙子、廉香林南園卽事：山中富貴相公衙。【縣官衙】張可久、雙調寨兒令、次韻：不强如坐三日縣官衙。【懶坐衙】無名氏、黃鍾紅錦袍：那老子彭澤縣懶坐衙。【一日三衙】喬吉、雙調新水令套、閨麗、離亭宴煞：佇頭憑闌，一日三衙。【烏鼠當衙】喬吉、雙調折桂令、荆漢卽事：官無事烏鼠當衙。

窊

【朱扉窊】白樸、仙呂點絳唇套、寄生草：深沉院宇朱扉窊。

枒

【杈枒】王仲元、中呂普天樂、旅況：樹杈枒。

⊙霞

【玉霞】張可久、中呂滿庭芳、山居：仙洞冷玲瓏玉霞。【丹霞】喬吉、雙調折桂令、詠紅蕉：綠雲封玉竈丹霞。【早霞】無名氏、中呂朝天子、廬山：早霞，晚霞，裝點廬山畫。【青霞】張可久、越調寨兒令、遊春卽景：仙洞青霞。張可久、雙調折桂令、溪月王眞人開元道院：袖拂青霞。張可久、越調天淨沙、由德清道院來杭：洞門長掩青霞。張可久、雙調折桂令、湖上道院：鶴飛來一縷青霞。【紅霞】關漢卿、新水令套、豆葉黃：臉襯紅霞。徐再思、中呂普天樂、吳江八景、西山夕照：水晶宮冷浸紅霞。【流霞】張可久、雙調折桂令、元夜宴集：共飲流霞。喬吉、雙調折桂令、晉雲山中奇遇：酒醒流霞。無名氏、仙呂遊四門：興盡飲流霞。張可久、越調寨兒令、春情：打雙陸賭流霞。【烘霞】張可久、雙調折桂令、開元舘石上紅梅：暖信烘霞。喬吉、雙調新水令套、閨麗、喬木查：雙臉烘霞。喬吉、南呂一枝花套、雜情、採茶歌：喜時節臉烘霞。【烟霞】喬吉、雙調折桂令、自敍：小隱烟霞。張可久、中呂上小樓、題釣台：遁跡烟霞。劉時中、雙調折桂令、漁：萬頃烟霞。曾瑞、南呂一枝花套、買笑：丹鳳隔烟霞。張可久、雙調折桂令、避暑醉題：俯滄波樓觀烟霞。張可久、雙調水仙子、三溪道院：拂藤牀兩袖烟霞。張可久、雙調折桂令、村庵即事：掩柴門嘯傲烟霞。【煙霞】煙同烟。喬吉、中呂滿庭芳、漁父詞：落日煙霞。白無咎、雙調百字折桂令：弓劍蕭蕭，一逕入煙霞。【晴霞】張可久、正宮梁州、春遊晚歸：玉壺春水浸晴霞。【雲霞】張養浩、雙調雁兒落兼得勝令：雲霞，我愛山無價。張可久、雙調折桂令、姑蘇懷古：小闌干高入雲霞。【舒霞】張可久、越調小桃紅、曾琵琶妓王氏：舞腰回雪臉舒霞。【晚霞】無名氏、中呂朝天子、盧山：早霞，晚霞，裝點盧山畫。【殘霞】盧摯、雙調蟾宮曲、金陵懷古：隱映殘霞。貫雲石、雙調蟾宮曲、送春：隱隱殘霞。張可久、越調天淨沙、江上：依依孤鶩殘霞。白樸、越調天淨沙、秋：孤村落日殘霞。【落霞】曹德、雙調慶東原、江頭即事：長天落霞。張可久、中呂普天樂、暮春即事：斜陽落霞。張可久、越調凭闌人、湖上：遠水晴天明落霞。【蒸霞】張可久、中呂上小樓、茅山書事：飯顆蒸霞。【暮霞】無名氏、正宮月照庭套：落日殘蟬暮霞。【臉霞】關漢卿、中呂朝天子、從嫁媵婢：髻鴉，臉霞。張可久、南呂金字經、別情：枕痕融臉霞。【飄霞】徐再思、越調天淨沙、呂侯席上：輕衫舞急飄霞。【水邊霞】白樸、仙呂點絳唇套、混江龍：天邊殘照水邊霞。【仙洞霞】張可久、南呂金字經、客西峯：曉餐仙洞霞。【臉襯霞】張可久、仙呂錦橙梅：紅馥馥的臉襯霞。

瑕

【無瑕】張可久、中呂齊天樂過紅衫兒、湖上書見所：無瑕，玉骨冰肌。張可久、雙調燕引雛、張氏玉卿：瑩無瑕。【淨無瑕】湯式、正宮小梁州、詠雪：一色淨無瑕。【鏡無瑕】馬致遠、雙調新水令套、題西湖：四時湖水鏡無瑕。【美玉無瑕】喬吉、南呂一枝花套、雜情、感皇恩：看承似美玉無瑕。

⊙琶

【琵琶】張可久、越調小桃紅、贈琵琶妓王氏：弄琵琶。盧摯、雙調蟾宮曲、商女：一曲琵琶。張可久、中呂普天樂、暮春即事：小舫琵琶。張可久、中呂滿庭芳、春思：絃斷琵琶。貫雲石、雙調蟾宮曲、送春：倦理琵琶。喬吉、雙調折桂令、秋日湖山：泪滿琵琶。馬致遠、雙調新水令套、題西湖：江上聽其琵琶。李致遠、中呂紅綉鞋、晚秋：情傷學士琵琶。徐再思、越調天淨沙、秋江夜泊：青衫夢裏琵琶。張可久、雙調沉醉東風、客維揚：金盤露玉手琵琶。盧摯、雙調蟾宮曲：碌軸上渰着箇琵琶。【付琵琶】張可久、雙調殿前歡、離思：十年心事付琵琶。張可久、正宮醉太平、傷春心事付琵琶。【間琵琶】張可久、問調梧葉兒、卽事：笑語間琵琶。張可久、正宮小梁州、春遊晚歸：綵船歌管間琵琶。

爬

【被窩兒裏爬】劉中時、中呂紅綉鞋：嬌可喜被窩兒裏爬。

耙

【犁耙】湯式、中呂普天樂、別友人往陝西：無計堪犁耙。

茶⊙

【山茶】馬致遠、雙調新水令套、題西湖：血點般山茶。張可久、越調寨兒令、遊春卽景：錦模糊照水山茶。【分茶】張可久、中呂上小樓、春思：擷竹分茶。張可久、雙調折桂令、村庵卽事：一村庵有客分茶。【供茶】喬吉、南呂一枝花套、雜情、梁州：熱冗羅過飯供茶。【烹茶】張可久、雙調折桂令、惠山趙崇泉小隱：遞水烹茶。張可久、雙調水仙子、維揚遇雪：莫吹簫不必烹茶。喬吉、雙調折桂令、自敍：詩句香，梅梢上掃雪片烹茶。【採茶】喬吉、南呂玉交枝、閑適二曲：自採茶。張可久、雙調折桂令、湖上道院：雙井先春採茶。【閑茶】張可久、中呂滿庭芳、春情：處處閑茶。【試茶】張可久、雙調沉醉東風、客維揚：第一泉邊試茶。【過茶】張可久、商調梧葉兒、卽事：小小仙饕過茶。【新茶】張可久、雙調折桂令、浮石許氏山園小集：活水新茶。倪瓚、仙呂太常引、傷逝：敲火試新茶。【當茶】張可久、雙調水仙子、三溪道院：村醪當茶。【嫩茶】孫周卿、雙調水仙子山居自樂：賓朋來煮嫩茶。【煎茶】張可久、黃鍾人月圓、山中書事：春水煎茶。【一品茶】張可久、南呂四塊玉、樂閒：一品茶，五色瓜。【玉川茶】張可久、越調寨兒令、次韻：分七椀玉川茶。【送香茶】關漢卿、雙調新水令套、收江南：冷丁丁舌尖上送香茶。【酒當茶】張可久、雙調水仙子、清明小集：翠袖殷勤酒當茶。【雪烹茶】馬致遠、雙調撥不斷、笑陶家雪烹茶。【陽羨茶】喬吉、雙調水仙子、廉香林南園卽事：六一泉陽羨茶。【煮嫩茶】吳道弘、雙調撥不斷、閑樂：稚子和烟煮嫩茶。【穀雨茶】楊朝英、雙調水仙子、自足：會來穀雨茶。【醒時茶】馬致遠、大石調青杏子套、悟迷：與來詩，吟罷酒，醒時茶。【學士茶】張可久、商調梧葉兒、雪中：新烹學士茶。【謝家茶】白樸、仙呂點絳唇套、穿窗月：莫喫秦樓酒，謝家茶。【石鼎烹茶】盧摯、雙調沉醉東風、閑居：悶來時石鼎烹茶。【春纖過茶】張可久、雙調折桂令、元夜宴集：可喜娘春纖過茶。【掃雪烹茶】白樸、雙調得勝樂、冬：偏宜去掃雪烹茶。

槎

【古槎】張可久、南呂金字經、青霞洞趙肅齋索賦：翠苔橫古槎。【仙槎】張可久、雙調折桂令、開元館石上紅梅：笑上仙槎。張可久、雙調折桂令、溪月王眞人開元道院：欲問溪翁暫借仙槎。喬吉、雙調折桂令、自敍：斗牛邊纜住仙槎。【枯槎】張可久、雙調水仙子、三溪道院：斷橋楊柳臥枯槎。【浮槎】吳弘道、雙調撥不斷、閑樂：泛浮槎。吳西逸、雙調折桂令、游玉隆宮：嬾上浮槎。張可久、雙調折桂令、浮石許氏山園小集：上浮石不泛浮槎。【乘槎】喬吉、雙調折桂令、秋日湖上：且桂華涼夜月乘槎。【海槎】汪元亨、中呂朝天子、歸隱：鴟夷泛海槎。【釣槎】張可久、中呂滿庭芳、金華道中：柳下綸竿釣槎。張可久、越調凭闌人、湖上：古岸漁村橋釣槎。白無咎、雙調百字折桂令：魚網綸竿釣槎。【魚槎】曾瑞、中呂喜春來、江村即事：衰柳覽魚槎。【漁槎】喬吉、中呂滿庭芳、漁父詞：扣舷歌聲撼漁槎。張可久、雙調折桂令、惠山趙蒙泉小隱：纜吳松雪夜漁槎。【泛浮槎】馬致遠、雙調新水令套、題西湖：宜閬苑泛浮槎。

搽

【試搽】喬吉、南呂一枝花套、雜情：粉雲香臉試搽。【青鏡搽】張可久、仙呂一半兒、寄情：粉淡偷臨青鏡搽。

拿⊙

【怎生拿】喬吉、南呂一枝花套、雜情、採茶歌：原來是滑生出律水晶，毬子怎生拿。【緊緊拿】無名氏、仙呂賞花時套、煞尾：插入胸前緊緊拿。【作弄難拿】盧摯、雙調蟾宮曲、詠別：劣心腸作弄難拿。【選瓣兒拿】湯式、中呂謁金門、落花蒼苔選瓣兒拿。

咱⊙

【余咱】貫雲石、雙調蟾宮曲：相逢忘却余咱。【見咱】喬吉、雙調新水令套、閨麗、喬木查：忽地迎頭見咱。【呼咱】關漢卿、雙調新水令套、喬牌兒：不敢將小名呼咱。【看咱】張可久、正宮醉太平、傷春：等他來看咱。呂止軒、雙調夜行船套、詠金蓮、離亭宴煞：高點銀缸看咱。【除咱】喬吉、南呂一枝花套、雜情、罵玉郎：着疼熱只除咱。【問咱】張可久、中呂朝天子、春思：見他，問咱，只忘了當初話。【偏咱】盧摯、雙調蟾宮曲、詠別：到了偏咱。【想咱】曾瑞、南呂一枝花套、買笑、尾：細尋思再想咱。【愛咱】張養浩、雙調雁兒落兼得勝令：雲山也愛咱。姚燧、越調凭闌人：論文章他愛咱。【纏咱】呂止軒、雙調夜行船套、詠金蓮、沉醉東風：脫了鞋兒纏咱。【不如咱】張養浩、中呂喜春來：王侯卿相不如咱。【不勸咱】盧摯、雙調沉醉東風、閑居：醉了山童不勸咱。【可憐咱】張可久、中呂齊天樂過紅衫兒、湖上書所見：可憐咱，肯承擔。【打罵咱】無名氏、仙呂賞花時套、么：今夜相逢打罵咱。【吟笑咱】湯式、中呂山坡羊、中曉對月無酒：多情素娥吟笑咱。【指點咱】曾瑞、南呂一枝花套、買笑、尾：可休是不是，空教人指點咱。【拖逗咱】姚燧、越調凭闌人：眼角眉尖拖逗咱。【掩上咱】無名氏、黃鍾紅錦袍：柴門掩上咱。【瞞過咱】關漢卿、仙呂一半兒、題情：說來的話先瞞過咱。【瞧見咱】關漢卿、雙調新水令套、雁兒落：怕別人瞧見咱。【截替了咱】馬致遠、大石調青杏子套、悟迷：被莽壯兒的哥哥截替了咱。

蟆痲摩○划驊○遐○杷

【對偶】張可久、雙調折桂令、幽居：陶令琴書，杜曲桑痲。喬吉、雙調折桂令、晉雲山中奇遇：酒醒流霞，飯飽胡痲。吳西逸、雙調折桂令、游玉隆宮：藥杵玄霜，飯煮胡痲。湯式、正宮醉太平、重九無酒：釀寒風似刮，催詩雨如痲。盧摯、雙調沉醉東風、閑居：雨過分畦種瓜，旱時引水澆痲。喬吉、雙調新水令套、閨麗：鶯燕遊上苑，蝶夢繞東華。喬吉、雙調水仙子、贈朱翠英：吹笙慣醉碧桃花，把酒曾聽蕚綠華。張可久、雙調湘妃怨、次韻金陵懷古：朝朝瓊樹後庭花，步步金蓮潘麗華。喬吉、雙調折桂令、客窗清明：三千文清愁鬢髮，五十年春夢繁華。汪元亨、雙調沉醉東風、歸田：居山林清幽淡雅，遠城市富貴奢華。　喬吉、雙調折桂令、晉南山中奇遇：掬秋水珠彈玉甲，笑春風雲襯鉛華。　白樸、雙調慶東原：那裏也能言陸賈，那裏也良謀子牙，那裏也豪氣張華。　喬吉、雙調折桂令、憶西湖黃氏所居：絃斷琵琶，眉淡蘭煙，釵橫梭玉，粉褪鉛華。　曾瑞、南呂四塊玉、美足小：軟玉鈎，新月牙。　喬吉、南呂一枝花套、雜情：紅酥潤冰玉手，烏金漬玉粳牙。盧摯、雙調沉醉東風、適興：舞低簇春風絳紗，歌輕敲夜月紅牙。　張可久、雙調折桂令、開元舘石上紅梅：清思交加，疎影橫斜，老石槎牙。汪元亨、雙調雁兒落過得勝令、歸隱：鮮鯉烹頳尾，香粳炊玉芽。　喬吉、雙調折桂令、客窗清明：　客懷枕畔，心事天涯。　喬吉、雙調折桂令、自敍：虛花世態，潦草生涯。　汪元亨、雙調折桂令、歸隱：楚尾吳頭，海角天涯。　馬致遠、雙調新水令套、題西湖：山上栽桑麻，湖內尋生涯。　汪元亨、雙調雁兒落過得勝令、歸隱：蓑笠度年華，詩酒作生涯。　張可久、中呂紅綉鞋、寧元帥席上：鳴玉佩凌煙圖畫，樂雲村投老生涯。　汪元亨、雙調雁兒落過得勝令、歸隱：人家，團簇青山下；　梅花，橫斜綠水涯。　汪元亨、中呂朝天子、歸隱：鴟夷泛海槎，陶潛休縣衙。　喬吉、雙調水仙子、暮春即事：鶯老羞尋伴，蜂寒懶報衙。　喬吉、雙調折桂令、荆溪即事：寺無僧狐狸樣瓦，官無事烏雀當衙。　湯式、雙調天淨沙、閑居雜興：近山近水人家，帶烟帶雨桑麻，當役當差縣衙。　關漢卿、雙調新水令套、豆葉黃：粉膩酥胸，臉襯紅霞。　曾瑞、南呂一枝花套、買笑：青鸞臨寶鏡，丹鳳隔烟霞。　張可久、南呂金字經、客西峯：夜禮天壇月，曉餐仙洞霞。　張可久、南呂金字經、別情：鑑影羞眉月，枕痕融臉霞。　張可久、越調天淨沙、由德清道院來杭：丹爐好養硃砂，洞門長掩青霞。　徐再思、越調天淨沙、呂侯席上：素波笑淺流花，輕衫舞急飄霞。　喬吉、雙調折桂令、詠紅蕉：翠袖捧銀台絳蠟，綠雲封玉竈丹霞。　張可久、雙調折桂令、溪月王眞人開元道院：堂覆黃雲，香飛絳雪，袖拂青霞。　貫雲石、雙調蟾宮曲、送春：淡淡遙山，萋萋芳華，隱隱殘霞。　張可久、中呂滿庭芳、春情：樓心蹴踘，窗下琵琶。　湯式、中呂普天樂、別友人往陝西：有計在詩書，無計堪犂耙。　喬吉、南呂玉交枝、閑適二曲：自種瓜，自採茶。　張可久、黃鍾人月圓、山中書事：松花釀酒，春水煎茶。　張可久、雙調折桂令、浮石許氏山園小集：涼漿老蔗，活水新茶。　楊朝英、雙調水仙子、自足：客到家常飯，僧來穀雨茶。　張可久、商調梧葉兒、雪中：乘興詩人棹，新烹學士茶。　孫周卿、雙調水仙子、山居自樂：親眷至煨香芋，賓朋來煮嫩茶。　張可久、越調寨兒令、次韻：飲一杯金谷酒，分七椀玉川茶。　張可久、雙調折桂令、村庵即事：五畝宅無人種瓜，一村庵有客分茶。　喬吉、雙調折桂令、自敍：酒腸渴、柳陰中揀雲頭剖瓜；詩句香、梅梢上掃雪片烹茶。　喬吉、中呂滿庭芳、漁父詞：垂袖舞風生鬢髮，扣舷歌聲撼漁槎。　喬吉、雙調折桂令、秋日湖山：待楊柳晴春風躍馬，且桂華涼夜月乘槎。　張可久、中呂一半兒、寄情：髻袓慵拈金鳳插，粉淡兪臨青鏡搽。

入作平

⊙達

【掙達】無名氏、仙呂賞花時套、煞尾：龐兒不甚掙達。【通達】曾瑞、南呂一枝花套、買笑、梁州：休道是俏腸兒所事兒通達。【賢達】盧摯、雙調蟾宮曲：山妻軟弱賢達。【撐達】關漢卿、雙調新水令套、豆葉黃：那更撐達。湯式、中呂謁金門、閒嘲：你知音律我撐達。湯式、雙調湘妖引、贈美色：向樽前數種兒撐達。

踏

【行踏】張養浩、雙調雁兒落兼得勝令：看時行踏。張可久、越調寨兒令、失題：愛處行踏。喬吉、南呂一枝花套、雜情、梁州：手廝把著行踏。湯式、商調望遠行、四景題情、春：實實的那裏行踏。【踐踏】湯式、中呂謁金門、落花二令：休教踐踏。【地錦踏】曾瑞、南呂四塊玉、美足小：地錦踏，香風颯。【花徑踏】關漢卿、雙調新水令套、喬牌兒：款將花徑踏。【慢慢踏】汪元亨、雙調沉醉東風、歸田：村路騎驢慢慢踏。【翠盤踏】呂止軒、雙調夜行船套、詠金蓮、步步嬌：若舞霓裳將翠盤踏。【地皮兒踏】商左山、雙調潘妃曲：驀聽得門外地皮兒踏。

滑⊙ 【膩滑】無名氏、仙呂賞花時套、煞尾：光油油膩滑。【香徑滑】喬吉、雙調水仙子、暮春即事：玉釵香徑滑。【落葉滑】馬致遠、雙調新水令套、題西湖：曲岸經霜落葉滑。【透了的滑】曾瑞、南呂一枝花套、買笑、尾：由你徹骨的娘透了的滑。

猾 【狡猾】喬吉、南呂一枝花套、雜情、梁州：小則小心腸兒到狡猾。

峽⊙ 【巫峽】關漢卿、雙調新水令套：楚臺雲雨會巫峽。曾瑞、南呂一枝花套、買笑、三煞：你則待這雲雨匿巫峽。馬致遠、大石調青杏子套、悟迷：再不教魂夢反巫峽。馬致遠、雙調新水令套、題西湖：俯仰間飛來峯巫峽。

洽 【歡洽】湯式、中呂山坡羊、中秋對月無酒：恣歡洽。無名氏、正宮月照庭套、六么序：各指望永同歡洽。喬吉、雙調新水令套、閨麗、甜水令：許多時不得歡洽。

匣 【出匣】張可久、中呂迎仙客、湖上：鏡出匣。

乏⊙ 【消乏】湯式、正宮醉太平、重九無酒：蘇司業檢奚囊彈指告消乏。【更俱乏】馬致遠、雙調新水令套、題西湖：囊篋更俱乏。

罰 【討罰】薛昂夫、中呂朝天曲：討罰，一怒安天下。

拔⊙ 【也不拔】馬致遠、大石調青杏子套、悟迷：便有後半毛也不拔。

雜⊙ 【交雜】湯式、中呂山坡羊書懷示友人四：事交雜。【冗雜】湯式、正宮醉太平、約遊春友不至：輪蹄冗雜。【參雜】曾瑞、南呂一枝花套、買笑、二煞：就著這期間覷看你的甚參雜。【情雜】盧摯、雙調蟾宮曲、詠別：不信情雜。張可久、越調寨兒令、失題：陡恁情雜。張可久、中呂滿庭芳、春情：算得箇情雜。喬吉、南呂一枝花套、雜情、梁州：顯出些情雜。

鬧 【面鬧】曾瑞、南呂一枝花套、買笑、三煞：陽臺路新來下了面鬧。

橽　沓　○　狎　轄　鎋　俠　祫　○

伐　筏

【對偶】呂止軒、雙調夜行船套、詠金蓮、沉醉東風：挪步輕輕慢撒，移蹤款款微踏。 馬致遠、雙調新水令套、題西湖：想像間神仙宮類館娃，俯仰間飛來峯勝巫峽。 湯式、中呂山坡羊、書懷示友人四：路波踏，事交雜。

上聲

馬⊙

【上馬】張可久、中呂紅綉鞋、武康道中簡王復齋：且吟詩休上馬。無名氏、黃鍾紅錦袍：數十日不上馬。 盧摯、雙調沉醉東風、適興：不記的誰扶上馬。 【去馬】張可久、雙調水仙子、清明小集：香塵隨去馬。張可久、越調天淨沙、由德清道院來杭：又上西湖去馬。張可久、越調天淨沙、湖上送別：綠柳匆匆去馬。 【玉馬】張可久、越調小桃紅、離情：聲悲玉馬。無名氏、中呂普天樂：簾敲玉馬。 【司馬】徐再思、越調天淨沙、秋江夜泊：多情司馬。 【俊馬】張可久、中呂迎仙客、湖上：慢騰騰騎俊馬。 【訊馬】白樸、雙調慶東原：春風宜訊馬。 【野馬】張可久、中呂滿庭芳、山居：塵埃野馬。 【過馬】張可久、正宮醉太平、傷春：誤平康過馬。 【廐馬】張可久、中呂紅綉鞋、寧元帥席上：飛龍閑廐馬。 【瘦馬】馬致遠、越調天淨沙、秋思：古道西風瘦馬。張可久、越調天淨沙、晚步：破帽深衣瘦馬。張可久、中呂紅綉鞋、洞庭道中：凍吟詩騎瘦馬。 【駐馬】張可久、商調梧葉兒、春日郊行：何處遊人駐馬。 湯式、雙調沉醉東風、維揚懷古：再不見看花駐馬。 【駟馬】汪元亨、雙調沉醉東風、歸田：穩便似高車駟馬。 【墜馬】喬吉、雙調新水令套、閨麗、攪箏琶：我粉牆外幾乎墜馬。 【戰馬】張可久、越調天淨沙、懷古疎翁命賦：烏江岸將軍戰馬。 【駿馬】張可久、雙調折桂令、避暑醉題：銀鞍駿馬。 【繫馬】張可久、中呂紅綉鞋、春日湖上：綠楊陰誰繫馬。徐再思、南呂閱金經、春：一處處綠楊堪繫馬。 【躍馬】喬吉、雙調折桂令、秋日湖山：待楊柳晴春風躍馬。 【玉面馬】張可久、越調寨兒令、遊春卽景：金鞍半敲玉面馬。 【扶上馬】盧摯、雙調壽陽曲：醉書生且休扶上馬。 【門外馬】曾瑞、南呂一枝花套、買笑、尾：可敢錯繫了綠楊門外馬。 【爭繫馬】張可久、 雙調水仙子、春行卽事：六橋邊爭繫馬。【香驄馬】白樸、仙呂點絳唇套、穿窗月：吟鞭醉裊青驄馬。【拴意馬】汪元亨、中呂朝天子、歸隱：鎖心猿拴意馬。【閑戰馬】張可久、雙調清江引、老王將軍：江邊青草閑戰馬。【閑繫馬】盧摯、雙調壽陽曲：約尋盟綠楊中閑繫馬。【堪信馬】馬致遠、雙調新水令套、題西湖：春風堪信馬。【堪繫馬】關漢卿、雙調大德歌、夏：偏那裏綠楊堪繫馬。【絕車馬】馬致遠、雙調新水令套、題西湖：柴門一任絕車馬。【催上馬】張可久、中呂迎仙客、春日湖上：耳邊玉人催上馬。【騎瘦馬】張可久、雙調清江引、張子堅運判席上：連雲棧高騎瘦馬。【難立馬】貫雲石、雙調清江引、惜別：小書生這歇兒難立馬。【心猿意馬】盧摯、雙調沉醉東風、閑居：鎖住了心猿意馬。喬吉、南呂玉交枝、閑適二曲：莫徒勞心猿意馬。【離鞍去馬】張可久、中呂滿庭芳、春思：何處也離鞍去馬。【藍關去馬】張可久、商調梧葉兒、雪中：愁壓擁藍關去馬。

媽

【媽媽】喬吉、南呂一枝花套、雜情、梁州：堪笑這沒分曉的媽媽。

雅⊙

【幽雅】喬吉、南呂玉交枝、閑適二曲：有草舍蓬窗幽雅。【俊雅】湯式、正宮醉太平、書所見：無褒彈的俊雅。無名氏、仙呂賞花時套：只爲多情忒俊雅。曾瑞、南呂一枝花套、買笑、梁州：據旖旎風流俊雅。【淡雅】汪元亨、雙調沉醉東風、歸田：居山林清幽淡雅。【韻雅】薛昂夫、中呂朝天曲：伯牙，韻雅。【澹雅】汪元亨、雙調雁兒落過得勝令、歸隱：性情甘澹雅。

亞

【相亞】湯式、中呂謁金門、閨嘲：兩下裏名相亞。【酒杯低亞】盧摯、雙調壽陽曲：捲長江酒杯低亞。

啞

【聲澌啞】貫雲石、雙調清江引、惜別：玉人泣別聲澌啞。

把⊙

【且把】張可久、雙調沉醉東風、客維揚：翠兒唱宜哥且把。【緊把】張可久、中呂滿庭芳、春情：玉纖緊把。【滿把】張可久、中呂滿庭芳、春思：泪痕滿把。【花間把】喬吉、南呂四塊玉、詠手：絃上看，花間把。【香滿把】張可久、雙調水仙子、山齋小集：荼蘼香滿把。【風滿把】張可久、雙調清江引、老王將軍：綸巾紫髯風滿把。

⊙賈

【陸賈】白樸、雙調慶東原：那裏也能言陸賈。

假

【是假】湯式、正宮醉太平、書所見：美人圖是假。【眞假】曾瑞、南呂一枝花套、買笑、二煞：我古自未敢道眞假。【一半兒假】關漢卿、仙呂一半兒、題情：一半兒眞實一半兒假。

斝

【玉斝】喬吉、南呂四塊玉、詠手：擎玉斝。張可久、中呂滿庭芳、春思：愁斟玉斝。張養浩、中呂喜春來：興來時斟玉斝。【弄斝】張可久、中呂滿庭芳、春情：傳杯弄斝。【翠斝】張可久、越調小桃紅、贈琵琶妓王氏：金樽翠斝。【青玉斝】馬致遠、雙調新水令套、題西湖：瑩玉杯，青玉斝。

⊙寡

【旣寡】薛昂夫、中呂朝天曲：知音人旣寡。【情分寡】馬致遠、大石調青杏子套、悟迷：一任敎人道情分寡。

⊙瓦

【咬瓦】喬吉、南呂一枝花套、雜情、感皇恩：似咬瓦。【破瓦】喬吉、雙調水仙子、遊越福王府：流杯亭堆破瓦。張可久、雙調折桂令、湖上懷古：銅雀臺邊破瓦。【硯瓦】喬吉、雙調水仙子、廉香林南園卽事：銅雀硯瓦。【翠瓦】張可久、雙調水仙子、維揚遇雪：透朱簾敲翠瓦。【鴛瓦】湯式、正宮小梁州、詠雪：迷鴛瓦。【鴛鴦瓦】王元鼎、正宮醉太平、寒食：畫樓洗淨鴛鴦瓦。【狐狸樣瓦】喬吉、雙調折桂令、荊溪卽事：寺無僧狐狸樣瓦。

⊙灑

【瀟灑】張可久、南呂四塊玉、樂閒：尋瀟灑。馬致遠、大石調青杏子套、悟迷：柳戶花門從瀟灑。曾瑞、南呂一枝花套、買笑、梁州：夢回酒醒添瀟灑。薛昂夫、正宮甘草子：促織兒啾啾添瀟灑。【灑灑】白樸、仙呂點絳唇套：秋灑灑。【秋瀟灑】馬致遠、雙調新水令套、題西湖：曲岸經霜落葉滑，誰道秋瀟灑。

耍

【作耍】喬吉、南呂一枝花套、雜情、梁州：額廝撈著作耍。【笑耍】盧摯、雙調蟾宮曲、詠別：空恁底狐靈笑耍。【會耍】湯式、中呂謁金門、聞嘲：你放會頑我煞撒會耍。【慣耍】無名氏、仙呂賞花時套、煞尾：終是女兒家不慣耍。【戲耍】湯式、正宮醉太平、約遊春友不至：莊農也戲耍。【不是耍】曾瑞：南呂一枝花套、買笑、尾：好前程不是耍。喬吉、雙調新水令套、閨麗、得勝令：送了人呵不是耍。【一半兒耍】關漢卿、仙呂一半兒、題情：一半兒難當一半兒耍。【你道是耍】馬致遠、雙調壽陽曲：罷字兒慘可可你道是耍。【迤逗著耍】劉時中、中呂紅綉鞋：只是將箇磨合羅兒迤逗著耍。【盡情兒耍】呂止軒、雙調夜行船套、詠金蓮、離亭宴煞：高曉著盡情兒耍。

傻⊙

【是傻】湯式、正宮醉太平、約遊春友不至：不閑遊是傻。

鮓⊙

【煎鮓】曾瑞、南呂四塊玉、樂飲：魚煎鮓。【炮新鮓】吳弘道、雙調撥不斷、閑樂：老妻帶月炮新鮓。

那⊙

【天那】喬吉、雙調新水令套、閨麗、得勝令：同與我句實成的話，天那。

打⊙

【旋打】張可久、中呂滿庭芳、山居：村醪旋打。喬吉、中呂滿庭芳、漁父詞：活魚旋打。【酒旋打】張可久、雙調水仙子、維揚遇雪：金盤露酒旋打。【魚旋打】楊朝英、雙調水仙子、自足：酒新篘魚旋打。【隨性打】喬吉、南呂一枝花套、雜情、採茶歌：本待做曲呂木頭車兒隨性打。【風吹雨打】喬吉、雙調水仙子、贈朱翠英：恐怕風吹雨打。【芭蕉葉兒上打】關漢卿、雙調新水令套、尾：我等聽著紗窗外芭蕉葉兒上打。

洒○下○咼剮○奼詫○苴○賈○

【對偶】

白樸、雙調慶東原：暖日宜乘轎，春風宜訊馬。張可久、中呂紅綉鞋、寧元帥席上：青蛇昏寶劍，團錦碎袍花，飛龍閒廐馬。張可久、越調天淨沙、湖上送別：紅蕉隱隱窗紗，朱簾小小人家，綠柳匆匆去馬。張可久、越調天淨沙、懷古疎翁命賦：翠芳園老樹寒鴉，朱雀橋野草閒花，烏江岸將軍戰馬。喬吉、南呂四塊玉、詠手：紘上看，花間把。喬吉、雙調水仙子、遊越福王府：舖錦池埋荒甃，流杯亭堆破瓦。無名氏、中呂普天樂：夜深沉，秋瀟灑。吳弘道、雙調撥不斷、閑樂：稚子和烟煮嫩茶，老妻帶月炮新鮓。張可久、雙調水仙子、維揚遇雪：玉蓑衣人堪畫，金盤露酒旋打。喬吉、雙調水仙子、贈朱翠英：正好星前月下，恐怕風吹雨打。

入作上

⊙塔

【剌塔】盧摯、雙調蟾宮曲：小二哥昔涎剌塔。【跳塔】喬吉、雙調新水令套、閨麗、離亭宴煞：不成時怎肯呆心兒跳塔。

榻

【竹榻】盧摯、雙調沉醉東風、避暑：避炎君頻移竹榻。【共榻】馬致遠、大石調青杏子套、悟迷：活纘兒從他套共榻。【牀榻】關漢卿、雙調新水令套、梅花酒：地權爲牀榻。呂止軒、雙調夜行船套、詠金蓮、沉醉東風：或是到晚夕臨牀榻。【臥榻】喬吉、南呂一枝花套、雜情、罵玉郎：離了臥榻。【綉榻】曾瑞、南呂一枝花套、買笑：空寂寞鴛幃綉榻。【鳳榻】湯式、正宮小梁州、太眞：辭鳳榻。【蕭蕭榻】湯式、正宮小梁州、詠雪：稜稜衾鐵蕭蕭榻。【同牀共榻】喬吉、南呂一枝花套、雜情、梁州：好喫闌同牀共榻。

塌

【承塌】曾瑞、南呂一枝花套、買笑、梁州：見別人乾廝研着假意兒承塌。

⊙殺

【悶殺】湯式、正宮醉太平、重九無酒：上心來悶殺。【灌殺】曾瑞、南呂四塊玉、樂飲：生灌殺。【可喜殺】曾瑞、南呂四塊玉、美足小：可喜殺。

霎

【半霎】關漢卿、雙調新水令套、收江南：都不到半霎。無名氏、正宮月照庭套、鴛鴦兒煞：覺來時痛恨半霎。【捱時霎】曾瑞、南呂一枝花套、買笑、二煞：能清歌妙舞捱時霎。【無時霎】馬致遠、大石調青杏子套、悟迷：沒期程，無時霎。

煞

【喜煞】喬吉、雙調水仙子、紅指甲贈孫蓮哥時客吳江：剖吳橙喫喜煞。【愛煞】張養浩、中呂朝天曲、詠四景、秋：羨煞，愛煞。【收拾煞】呂止軒、雙調夜行船套、詠金蓮、撥不斷：三兜根用意收拾煞。【快活煞】馬致遠、大石調青杏子套、悟迷：兀的不快活煞。張養浩、中呂喜春來：無是無非快活煞。馬致遠、雙調新水令套、題西湖：喝口水西湖上快活煞。【拖逗煞】無名氏、仙呂賞花時套：月下星前拖逗煞。【迤逗煞】貫雲石、雙調清江引、惜別：被梨花月兒迤逗煞。【風韻煞】貫雲石、雙調清江引、惜別：窗間月娥風韻煞。【幽靜煞】無名氏、黃鍾紅錦袍：來報五柳莊幽靜煞。【憔悴煞】關漢卿、仙呂一半兒、題情：迯逗得人來憔悴煞。張可久、南呂金字經、別情：不見才郎憔悴煞。白樸、仙呂點絳唇套、元和令：玉容憔悴煞。【歡樂煞】薛昂夫、正宮甘草子：陶淵明歡樂煞。

扎⊙

【填扎】曾瑞、南呂一枝花套、罵笑、梁州：見別人有破綻着冷句兒填扎。

匝⊙

【逼匝】曾瑞、南呂一枝花套、罵笑、梁州：見別人生科泛着笑話兒逼匝。

插⊙

【亂插】盧摯、雙調沈醉東風、閑居：白髮上黃花亂插。【金鳳插】張可久、仙呂一半兒、寄情：簪祖幨拈金鳳插。【鼎內插】薛昂夫、正宮甘草子：耐冷迎霜鼎內插。【鬢邊插】張可久、中呂齊天樂過紅衫兒、湖上書所見：小桃花，鬢邊插。【烏帽上插】喬吉、雙調水仙子、贈朱翠英：折將來烏帽上插。

法⊙

【如法】曾瑞、南呂一枝花套、罵笑、三煞：憑溫柔舉止特如法。【禮法】盧摯、雙調蟾宮曲：稚子謙和禮法。

發⊙

【齊發】薛昂夫、中呂朝天曲：天人齊發。【調發】喬吉、雙調新水令套、閨麗：得勝令：休把這紙鷂兒廝調發。【金風發】薛昂夫、正宮甘草子：金風發，颯颯秋香。【狂興發】湯式、正宮小梁州、詠雪：不由人狂興發。【葵榴發】白樸、雙調得勝樂、夏：酷暑天，葵榴發。

髮⊙

【白髮】張可久、雙調折桂令、九日：人老去西風白髮。【剪髮】馬致遠、大石調青杏子套、悟迷：莫燃香休剪髮。【皓髮】喬吉、南呂玉交枝、閑適二曲：一任他蒼頭皓髮。【鬢髮】喬吉、雙調折桂令、客窗清明：三千丈清愁鬢髮。喬吉、中呂滿庭芳、漁父詞：垂袖舞風生鬢髮。【青紺髮】湯式、雙調湘妃引、贈美色：雲髻鬆盤青紺髮。【披襟散髮】盧摯、雙調沈醉東風、避暑：午夢醒披襟散髮。白樸、雙調得勝樂、夏：只宜鋪枕簟，向涼亭披襟散髮。

甲⊙

【玉甲】喬吉、雙調水仙子、紅指甲贈孫蓮哥時客吳江：春筍纖纖紅玉甲。喬吉、雙調折桂令、晉雲山中奇遇：掬秋水珠彈玉甲。【指甲】喬吉、南呂一枝花套、雜情：桃粉垢修指甲。【蘸甲】喬吉、南呂四塊玉、詠手：微蕭甲。

答⊙

【那答】湯式、雙調沈醉東風、維揚懷古：錦帆落天涯那答。貫雲石、雙調蟾宮曲、送春：隨柳絮吹歸那答。盧摯、雙調沈醉東風、閑居：恰離了綠水青山那答。湯式、正宮醉太平、重九無酒：白衣人在那答。【承答】喬吉、雙調新水令套、閨麗、甜水令：彼此各承答。【欠欠答答】盧摯、雙調沈醉東風、閑居：直喫的欠欠答答。

搭⊙

【承搭】張可久、中呂齊天樂過紅衫兒、湖上書所見：肯承搭。

颯⊙

【蕭颯】白樸、仙呂點絳脣套：風蕭颯。湯式、雙調沈醉東風、維揚懷古：古殿風蕭颯。【香風颯】曾瑞、南呂四塊玉、美足小：地錦踏，香風颯。

撒

【扎撒】喬吉、南呂一枝花套、雜情、感皇恩：麗春園扎撒。【慢撒】呂止軒、雙調夜行船套、詠金蓮、沈醉東風：挪步輕輕慢撒。【金蓮撒】白樸、仙呂點絳脣套、寄生草：下危樓強把金蓮撒。

薩

【菩薩】喬吉、雙調新水令套、閨麗、攪箏琶：人說觀自在活菩薩。

刮⊙

【狂風刮】馬致遠、大石調青杏子套、悟迷：沾泥絮怕甚狂風刮。【寒風似刮】湯式、正宮醉太平、重九無酒：釀寒風似刮。

八⊙

【二八】張可久、中呂齊天樂過紅衫兒、湖上書所見：年紀兒二八。湯式、雙調湘妃引、贈美色：華年恰二八。

恰⊙

【喜恰】關漢卿、雙調新水令套、豆葉黃：嬝娜腰肢更喜恰。【緊恰】呂止軒、雙調夜行船套、詠金蓮、沉醉東風：那的是寃家痛緊恰。呂止軒、雙調夜行船套、詠金蓮、撥不斷：纔得上十分緊恰。【顆恰】喬吉、南呂一枝花套、雜情：粧點得諸餘裏顆恰。【歡恰】湯式、雙調湘妃引、贈美色：熱心兒出落着歡恰。

掐

【玉纖掐】張可久、仙呂一半兒、寄情：臂鞲閒把玉纖掐。【月半掐】張可久、越調凭闌人、暮春即事：小玉闌干月半掐。【耳朶兒掐】湯式、商調望遠行、四景題情、春：玉纖手忙將這俏寃家耳朵兒掐。【宮額上掐】喬吉、雙調水仙子、紅指甲贈孫蓮哥時客吳江：印開元宮額上掐。【粘粘掐掐】無名氏、仙呂賞花時套、煞尾：廝抽扨粘粘掐掐。

獺○劄○呾○察○鍤○胛夾○嗒踏○靸○笈○瞎

【對偶】喬吉、雙調水仙子、紅指甲贈孫蓮哥時客吳江：冰藍袖捲翠紋紗，春筍纖舒紅玉甲。湯式、雙調沈醉東風、維揚懷古：空樓月慘悽，古殿月蕭颯。湯式、雙調湘妃引、贈美色：醉眼兒偷付些春信，甜口兒翻騰些嗑呀，熱心兒出落着歡恰。喬吉、雙調水仙子、紅指甲贈孫蓮哥時客吳江：數歸期闌干上畫，印開元宮額上掐。

去聲

⊙駕　【高駕】湯式、中呂山坡羊、中秋對月無酒：冰輪高駕。【驅駕】曾瑞、南呂一枝花套、買笑、二煞：酩子裏由伊驅駕。【鑾駕】湯式、正宮小梁州、太眞：遷鑾駕。【秋風駕】吳弘道、雙調撥不斷、閑樂：長江萬里秋風駕。【孤舟駕】馬致遠、雙調新水令套、題西湖：虛名爭甚那，孤舟駕。【扁舟駕】湯式、正宮小梁州、詠雪：把扁舟駕。

嫁　【陪嫁】關漢卿、中呂朝天子、從嫁媵婢：屈殺了將陪嫁。【明妃嫁】張可久、越調小桃紅、贈琵琶妓王氏：風流不似明妃嫁。【兒婚女嫁】馬致遠、雙調新水令套、題西湖：自養了兒婚女嫁。

稼　【苗稼】汪元亨、中呂朝天子、歸隱：趁春雨耕苗稼。

價　【添價】白樸、雙調得勝樂、冬：羊羔酒添價。【無價】薛昂夫、中呂朝天曲：黃金無價。馬致遠、雙調新水令套、題西湖：山景本無價。張養浩、雙調雁兒落兼得勝令：我愛山無價。馬致遠、仙呂青哥兒、正月：春城春宵無價。盧摯、雙調壽陽曲：刻春宵古今無價。【聲價】馬致遠、大石調青杏子套、悟迷：雷霆聲價。張可久、越調小桃紅、贈琵琶妓王氏：壓柳欺梅舊聲價。【千金價】貫雲石、雙調清江引、惜別：良夜千金價。張養浩、中呂朝天曲、詠四景、秋：端的是覷一覷千金價。曾瑞、南呂一枝花套、買笑、梁州：我則待儘田園都准做千金價。【西風價】張可久、中呂迎仙客、湖上：減動西風價。【春無價】曾瑞、南呂一枝花套、買笑：休辜負春無價。張可久、南呂四塊月、樂閒：人間水化春無價。喬吉、雙調水仙子、贈朱翠英：金毛秀壓春無價。【閑無價】張可久、雙調清江引、張子堅運判席上：買得閑無價。【幾時價】馬致遠、雙調新水令套、題西湖：百歲能歡幾時價。【新添價】馬致遠、雙調撥不斷：怕羊羔美醞新添價。

架

【筆架】喬吉、雙調水仙子、廉香林南園即事：玉籠筆架。【檀架】曾瑞、南呂一枝花套、買笑：錦瑟空檀架。【秋千架】張可久、中呂朝天子、春思：月冷秋千架。吳弘道、南呂金字經：海棠秋千架。張可久、中呂迎仙客、春日湖上：醉倚秋千架。關漢卿、雙調碧玉簫：他，困倚在秋千架。張可久、正宮醉太平、傷春：紅絨香冷秋千架。王元鼎、正宮醉太平、寒食：綵繩半濕秋千架。白樸、雙調慶東原：恰寒食有二百處秋千架。【茶蘼架】張可久、雙調殿前歡、離思：香冷茶蘼架。盧摯、雙調沈醉東風、閑居：高豎起茶蘼架。商左山、雙調潘妃曲：原來風動茶蘼架。【葡萄架】關漢卿、中呂朝天子、從嫁媵婢：若咱得他，倒了葡萄架。【葫蘆架】鄧玉賓、正宮叨叨令、道情：困來一枕葫蘆架。喬吉、南呂玉交枝、閑適二曲：醉臥在葫蘆架。【酴醿架】關漢卿、雙調新水令套、雁兒落：撥映在酴醿架。【肩兒上架】呂止軒、雙調夜行船套、詠金蓮、離亭宴煞：或是肩兒上架。

假

【平生假】馬致遠、大石調青杏子套、悟迷：天公放我平生假。【清明假】張可久、雙調水仙子、清明小集：遊春三月清明假。【清明節假】張可久、中呂紅綉鞋、春日湖上：百五日清明節假。

⊙凹

【山凹】湯式、正宮醉太平、約遊春友不至：鬧卿喳隔幽花好鳥山凹。

⊙亞

【偃亞】張可久、中呂上小樓、題釣臺：龍身偃亞。

迓

【迎迓】喬吉、雙調新水令套、閨麗、甜水令：芳心迎迓。

訝

【驚訝】喬吉、南呂一枝花套、雜情、罵玉郎：但些兒頭疼眼熱，我早心驚訝。

⊙汊

【江汊】王仲元、中呂普天樂、旅況：過浦穿溪沿江汊。【三溪汊】張可久、雙調水仙子、三溪道院：蹇驢騎過三溪汊。

⊙帕

【羅帕】張可久、越調小桃紅、贈琵琶妓王氏：玉纖羅帕。張可久、越調小桃紅、離情：愁新羅帕。貫雲石、雙調壽陽曲：汗溶溶透入羅帕。喬吉、南呂四塊玉、詠手：春風滿袖拈羅帕。無名氏、正宮月照庭套、六么序：上心來淚揾濕羅帕。【冰綃帕】湯式、雙調湘妃引、贈美色：玉纖賴護冰綃帕。湯式、正宮醉太平、書所見：臉慵搽倚窗紗翠袖冰綃帕。【香羅帕】張可久、中呂齊天樂過紅衫兒、湖上書所見：羞弄香羅帕。喬吉、雙調新水令套、閨麗、雁兒落：織錦香羅帕。白樸、仙呂點絳唇套、寄生草：揾啼痕頻濕香羅帕。【銀鞍帕】張可久、雙調清江引、老王將將軍：塵暗銀鞍帕。【鴛鴦帕】張可久、雙調殿前歡、離思：情寄鴛鴦帕。張可久、正宮醉太平、傷春：玉容泪濕鴛鴦帕。【鮫綃帕】張可久、雙調沈醉東風、客維揚：風錦箋，鮫綃帕。湯式、中呂謁金門、落花二令：擎托在鮫綃帕。

怕

【驚怕】商左山、雙調潘妃曲：戴月披星耽驚怕。【心頭怕】關漢卿、雙調新水令套、喬牌兒：顫欽欽把不定心頭怕。【風霜怕】張養浩、中呂朝天曲、詠四景、秋：倒傲得風霜怕。【無些怕】喬吉、南呂一枝花套、雜情、梁州：天來大怪膽兒無些怕。【離人怕】張可久、越調小桃紅、離情：不管離人怕。【擔驚怕】鄧玉賓、正宮叨叨令、道情：煞强如風波千丈擔驚怕。【心兒裏怕】喬吉、雙調新水令套、閨麗、喬木查：嬌小心兒裏怕。【夢裏說着怕】張可久、雙調清江引、張子堅運判席上：從前險處行，夢裏說着怕。【夢見嵬坡怕】張養浩、雙調清江引、詠秋日海棠：爲着沉香迷，夢見嵬坡怕。【瘦的人來怕】張可久、中呂滿庭芳、春思：相思瘦的人來怕。

◎詐

【澆詐】湯式、中呂山坡羊、書懷示友人四：人情澆詐。【謊詐】曾瑞、南呂一枝花套、買笑、二煞：更有行志不謊詐。

◎乍

【風乍】周文質、雙調落梅風：動新愁雨初風乍。【雲乍】白樸、仙呂點絳唇套：雨晴雲乍。

◎榨

【須榨】曾瑞、南呂四塊玉、樂飲：酷渾巾漉何須榨。【槽頭榨】盧摯、雙調沈醉東風、閑居：村酒槽頭榨。

◎下

【不下】張可久、越調天淨沙、由德清道院來杭：放心不下。【天下】薛昂夫、中呂朝天曲：一怒安天下。【月下】喬吉、雙調水仙子、贈朱翠英：正好星前月下。【西下】張可久、越調天淨沙、湖上送別：斷橋西下。【足下】張可久、中呂上小樓、題釣臺：不輕了故人足下。【直下】湯式、正宮小梁州、詠雪：向山陰直下。【松下】汪元亨、中呂朝天子、歸隱：琴樽松下。【林下】喬吉、南呂玉交枝、閑適二曲：山間林下。馬致遠、雙調新水令套、題西湖：却歸來林

下。【花下】周文質、雙調落梅風：倚闌干海棠花下。【坡下】湯式、正宮小梁州、太眞：馬嵬坡下。【高下】張養浩、雙調雁兒落兼得勝令：雲共山高下。【窗下】張養浩、雙調清江引、詠秋日海棠：弄色書窗下。【撇下】呂止軒、雙調夜行船套、詠金蓮、撥不斷：從纏上幾時撇下。【影下】白樸、越調天淨沙、秋：一點飛鴻影下。【燈下】呂止軒、雙調夜行船套、詠金蓮、沈醉東風：擁鮫綃枕邊燈下。【鬟下】薛昂夫、中呂朝天曲：鬟下，賁了仙鶴罷。【山林下】張養浩、中呂喜春來：拖條藜杖山林下。【夕陽下】吳弘道、南呂金字經：夕陽下，故宮驚落花。喬吉、雙調水仙子、遊越福王府：亂雲老樹夕陽下。【牛羊下】徐再思、中呂普天樂、吳江八景、西山夕照：牛羊下，萬頃波光天圖畫。【白雲下】無名氏、中呂朝天子、廬山：一縷白雲下。【花陰下】關漢卿、雙調新水令套、雁兒落：則索獨立在花陰下。【青山下】汪元亨、雙調雁兒落過得勝令、歸隱：團簇青山下。鄧玉賓、正宮叨叨令、道情：白雲深處青山下。孫周卿、雙調水仙子、山居自樂：數椽茅屋青山下。【青雲下】湯式、中呂普天樂、別友人往陝西：

望長安咫尺青雲下。【淚雙下】張可久、越調小桃紅、離情：一曲哀絃淚雙下。【東籬下】張養浩、中呂朝天曲、詠四景、秋：淡秋色東籬下。馬致遠、雙調新水令套、題西湖：黃菊綻東籬下。白樸、仙呂點絳唇套、上馬嬌煞：偶然行至東籬下。【居松下】張可久、中呂上小樓、茅山書事：鶴飛歸隱居松下。【秋千下】張可久、中呂齊天樂過紅衫兒、湖上書所見：困倚秋千下。貫雲石、雙調清江引、惜別：背立秋千下。【紅娘下】關漢卿、中呂朝天子、從嫁媵婢：不在紅娘下。【垂楊下】張可久、中呂朝天子、春思：何處垂楊下。白樸、雙調得勝樂、夏：蘭舟斜攬垂楊下。【南窗下】關漢卿、雙調大德歎：困坐南窗下。【孤山下】張可久、中呂普天樂、暮春卽事：老梅邊，孤山下。張可久、正宮小梁州、春遊晚歸：孤山下，遊人歸去。【柳陰下】喬吉、雙調新水令套、閨麗：花陰內柳陰下。【紛紛下】湯式、中呂謁金門、落花二令：紅雨似紛紛下。【紗窗下】商左山、雙調潘妃曲：久立紗窗下。關漢卿、雙調新水令套、喬牌兒：獨立在紗窗下。【唐裙下】呂止軒、雙調夜行船套、詠金蓮、步步嬌：微露金蓮唐裙下。【清江下】關漢卿、雙調大德歌：黃蘆掩映清江下。【湖山下】張可久、雙調水仙子、春行卽事：遊人三月湖山下。【漾不下】曾瑞、南呂一枝花套、買笑、梁州：一見了漾不下。【闌干下】薛昂夫、正宮甘草子：冷落在闌干下。【槐陰下】盧摯、雙調沈醉東風、避暑：柳陰中槐陰下。【鋪排下】湯式、商調望遠行、四景題情、春：將枕被鋪排下。【蓬窗下】無名氏、正宮月照庭套、鴛鴦兒煞：夢魂兒依舊在蓬窗下。【蘇卿下】湯式、中呂謁金門、聞嘲：不在雙漸蘇卿下。【轅門下】張可久、雙調清江引、老王將軍：老向轅門下。【藍橋下】關漢卿、雙調新水令套、掛搭鉤：伏塚在藍橋下。【藤陰下】張可久、中呂滿庭芳、山居：藤陰下，村醪旋打。【鰲山下】馬致遠、仙呂青哥兒、正月：翡翠坡前那人家，鰲山下。【百年之下】張可久、雙調撥不斷、會稽道中：夕陽芳草漁樵話，百年之下。【長安日下】張可久、中呂紅繡鞋、洞庭道中：遂名利長安日下。【從來織下】馬致遠、大石調青杏子套、悟迷：諳知得性格兒從來織下。【碧紗窗下】盧摯、雙調壽陽曲：醉春風碧紗窗下。【斷橋直下】張可久、中呂上小樓、春思：小紅樓斷橋直下。【撇得心兒下】喬吉、南呂一枝花套、雜情、罵玉郎：恰撇得心兒下。

夏

【正宜夏】馬致遠、雙調新水令套、題西湖：恁般樓臺正宜夏。【無冬夏】鄧玉賓、正宮叨叨令、道情：茅庵草舍無冬夏。

暇

【不暇】汪元亨、雙調折桂令、歸隱：榮與辱翻騰不暇。【消暇】湯式、中呂山坡羊、書懷示友人四：秋光何處堪消暇。【閑暇】白樸、仙呂點絳唇套：晚來閑暇。【重陽暇】薛昂夫、正宮甘草子：重陽暇，看紅葉賞黃花。【草厦】馬致遠、雙調新水令套、題西湖：苫間草厦。

⊙化

【俱化】薛昂夫、中呂朝天曲：心與琴俱化。【逐人化】馬致遠、雙調新水令套、題西湖：風物逐人化。【蝶初化】張可久、雙調水仙子、維揚遇雪：梨雲蝶冉冉初化。

畫

【如畫】張可久、越調天淨沙、江上：小舟如畫。張可久、越調小桃紅、贈琵琶妓王氏：席上人如畫。張養浩、雙調雁兒落兼得勝令：雲去山如畫。貫雲石、雙調壽陽曲：捲朱簾玉人如畫。【書畫】湯式、中呂謁金門、閨嘲：我琴棋書畫。【描畫】張可久、中呂齊天樂過紅衫兒、湖上書所見：見一箇堪描畫。【堪畫】張可久、越調天淨沙、晚步：晚來堪畫。張可久、中呂紅綉鞋、武康道中簡王復齋：一帶雲林堪畫。張可久、雙調水仙子、維揚遇雪：玉蓑衣人堪畫。呂止軒、雙調夜行船套、詠金蓮：風流處那些兒堪畫。【學畫】喬吉、南呂一枝花套、雜情：翠烟膩眉學畫。【圖畫】徐再思、中呂普天樂、吳江八景、西山夕照：萬頃波光天圖畫。張可久、中呂紅綉鞋、寧元帥席上：鳴玉佩凌烟圖畫。張可久、雙調落梅風、春日湖上：綠楊陰列仙圖畫。【山如畫】白樸、仙呂點絳唇套：極目山如畫。張可久、正宮小梁州、春遊晚歸：夕陽一帶山如畫。張可久、中呂普天樂、暮春卽事：淡抹濃粧山如畫。張可久、雙調湘妃怨、次韻金陵懷古：龍蟠虎踞山如畫。【王維畫】曹德、雙調慶東原、江頭卽事：一幅王維畫。張可久、雙調水仙子、春行卽事：金碧王維畫。張可久、雙調梧葉兒、春日郊行：墨淡淡王維畫。【天然畫】張可久、雙調燕引雛、分水道中：看一幅天然畫。喬吉、中呂滿庭芳、漁父詞：江山萬里天然畫。【丹青畫】張可久、雙調撥不斷、會稽道中：愁烟丹青畫。【名人畫】喬吉、雙調水仙子、廉香林南園卽事：壁間水墨名人畫。【強名畫】張可久、雙調燕引雛、張氏王卿：嬌姿映雪強名畫。【黃荃畫】張可久、雙調水仙子、山齋小集：山齋看了黃荃畫。【教誰畫】關漢卿、雙調大德歌：蛾眉淡了教誰畫。【堪描畫】張可久、仙呂錦橙梅：打扮的堪描畫。【堪圖畫】關漢卿、雙調大德歌：密灑堪圖畫。喬吉、南呂玉交枝、閑適二曲：蒼松翠竹堪圖畫。湯式、中呂山坡羊、中秋對月無酒：廣寒宮闕堪圖畫。【圍屏畫】張可久、越調小桃紅、離情：挑燈羞看圍屏畫。【幃屏畫】張可久、雙調殿前歡、離思：相思懶看幃屏畫。【難描畫】關漢卿、雙調碧玉簫：可喜煞巧筆難描畫。【廬山畫】無名氏、中呂朝天子、廬山：裝點廬山畫。【瀟湘畫】王仲元、中呂普天樂、旅況：列湖口瀟湘畫。【自然如畫】馬致遠、雙調新水令套、題西湖：布江山自然如畫。【輕盈巧畫】曾瑞、南呂一枝花套、買笑、三煞：也不要張京兆輕盈巧畫。【闌干上畫】喬吉、雙調水仙子、紅指甲贈孫蓮哥時客吳江：數歸期闌干上畫。

話⊙

【仙話】張可久、越調天淨沙、赤松道宮：弟兄仙話。【同話】關漢卿、中呂朝天子、從嫁媵婢：文談同話。【清話】張可久、雙調水仙子、道院卽事：吟邊苦茗延清話。【無話】張可久、雙調燕引雛、分水道中：相逢野老別無話。【閑話】馬致遠、雙調撥不斷：拖得人冷齋裏閑話。吳弘道、雙調撥不斷、閑樂：醉時閑話。【說話】喬吉、南呂一枝花套、雜情、梁州：腿廝搽着說話。【攀話】湯式、正宮醉太平、重九無酒：陶縣令掩柴扉緘口慵攀話。【知心話】張可久、中呂滿庭芳、春情：有多少知心話。【低低話】無名氏、仙呂賞花時套、煞尾：悄悄吁，低低話。關漢卿、雙調新水令套、七弟兄：搵香腮巧語低低話。【別離話】無名氏、正宮月照庭套、么：乍相逢欲訴別離話。【佳期話】關漢卿、雙調新水令套、掛搭鉤：這的是約下佳期話。【枕前話】無名氏、正宮月照庭套、六么序：記當時枕前話。【松風話】薛昂夫、中呂朝天曲：自與松風話。【眞實話】曾瑞、南呂一枝花套、買笑、尾：怕你肯不肯同與我句眞實話。【眞誠話】湯式、商調望遠行、四景題情、春：你須索吐一句兒眞誠話。【陪些話】湯式、中呂謁金門、聞喇：也索向妳妳行陪些話。【莊家話】盧摯、雙調沉醉東風、閑居：說幾句莊家話。【當初話】張可久、中呂朝天子、春思：怎忘了當初話。【傷時話】湯式、中呂山坡羊、書懷示友人四：相逢休說傷時話。【漁樵話】白樸、雙調慶東原：一夕漁樵話。無名氏、中呂朝天子、廬山：楚家，漢家，做了漁樵話。汪元亨、中呂朝天子、歸隱：入千古漁樵話。喬吉、南呂玉交枝、閑適二曲：講一會漁樵話。張可久、雙調撥不斷、會稽道中：夕陽芳草漁樵話。無名氏、仙呂遊四門：有時相伴漁樵話。馬致遠、雙調新水令套、題西湖：功名已在漁樵話。張可久、中呂滿庭芳、山居：相逢半日漁樵話。鄧玉賓、正宮叨叨令、道情：閑來幾句漁樵話。【臨歧話】白樸、仙呂點絳唇套、穿窗月：不思量執手臨歧話。【臨別話】貫雲石、雙調清江引、惜別：幾句臨別話。【團圞話】湯式、中呂山坡羊、中秋對月無酒：故人一夜團圞話。【變了話】喬吉、南呂一枝花套、雜情、梁州：這些時變了話。【冷齋閑話】盧摯、雙調沉醉東風、適興：煞强如冷齋閑話。【說些兒話】關漢卿、雙調新水令套、尾：扭回身再說些兒話。【實成的話】喬吉、雙調新水令套、閨麗、得勝令：回與我句實成的話。【約來的期話】關漢卿、雙調新水令套：赴昨宵約來的期話。

⊙那

【忘了那】關漢卿、雙調新水令套、掛搭鉤：莫不是貪睡人兒忘了那。【忘了人那】盧摯、雙調蟾宮曲、詠別：不信情雜，忘了人那。

罷

【茶罷】無名氏、中呂朝天子、廬山：人來茶罷。【拿罷】無名氏、仙呂賞花時套、煞尾：巔巍巍拿罷。【歌罷】徐再思、越調天淨沙、呂侯席上：酒闌歌罷。【鈎罷】薛昂夫、中呂朝天曲：只恁垂釣罷。【彈罷】張可久、中呂朝天子、春思：燈前彈罷。【三杯罷】馬致遠、雙調新水令套、題西湖：功名已在漁樵話，更飲三杯罷。【仙鶴罷】薛昂夫、中呂朝天曲：煮了仙鶴罷。【如何罷】喬吉、雙調新水令套、閨麗、雁兒落：待罷呵如何罷。【收成罷】楊朝英、雙調水仙子、自足：深耕淺種收成罷。【收拾罷】白樸、仙呂點絳唇套：針線收拾罷。【初更罷】喬吉、中呂滿庭芳、漁父詞：扣舷歌聲撼漁槎，初更罷。【施勻罷】呂止軒、雙調夜行船套、新水令、詠金蓮：膩粉粧施勻罷。【都勻罷】馬致遠、大石調青杏子套、悟迷：不如一筆都勻罷。

【晚粧罷】關漢卿、雙調新水令套：收針指晚粧罷。【凝眸罷】喬吉、雙調新水令套、閨麗、攪箏琶：我凝眸罷。【題詩罷】張可久、南呂金字經：湖上書事：題詩罷，醉眠沽酒家。【玉簫吹罷】盧摯、雙調壽陽曲：聽春風玉簫吹罷。

⊙卦

【龜卦】喬吉、南呂一枝花套、雜情、駡玉郎：尋芳裏藥占龜卦。【熊卦】薛昂夫、中呂朝天曲：纔上非熊卦。【君平卦】湯式、中呂普天樂、別友人往陝西：不買君平卦。【承平卦】湯式、正宮小梁州、太眞：不隄防變却承平卦。【變了卦】曾瑞、南呂一枝花套、買笑、三煞：陡恁地變了卦。【歸藏卦】張可久、中呂滿庭芳、金華道中：數前程掐得箇歸藏卦。

掛

【不掛】喬吉、雙調新水令套、閨麗：控銀鉤綉簾不掛。【高掛】貫雲石、雙調壽陽曲：倚吳山翠屏高掛。【斜掛】湯式、中呂山坡羊、中秋對月無酒：銀河斜掛。【牽掛】湯式、正宮小梁州、太眞：娘牽掛。喬吉、雙調新水令套、閨麗、甜水令：衷腸牽掛。喬吉、南呂一枝花套、雜情、梁州：小心兒一見了相牽掛。【縈掛】湯式、中呂山坡羊、書懷示友人四：羈懷縈掛。【纏掛】王仲元、中呂普天樂、旅況、藤纏掛。【夕陽掛】徐再思、中呂普天樂、吳江八景、西山夕照：晚雲收，夕陽掛。【心頭掛】呂止軒、雙調夜行船套、詠金蓮、離亭宴煞：比如常向心頭掛。【青旗掛】白樸、雙調慶東原：招颭青旗掛。【冠宜掛】白樸、雙調慶東原：勸君聞早冠宜掛。【珠簾掛】白樸、仙呂點絳唇套：十二珠簾掛。曹德、雙調慶東原、江頭即事：客來旋把珠簾掛。【簾初掛】喬吉、雙調水仙子、暮春即事：捲雲鉤月簾初掛。

⊙罣

【不罣】馬致遠、大石調青杏子套、悟迷：喬公事心頭再不罣。

⊙大

【寬大】湯式、南呂一枝花套、嘲妓名佛奴、梁州：那庵門甚寬大。湯式、南呂一枝花套、自省、梁州：赤緊的做鴇兒不寬大。【天來大】關漢卿、雙調新水令套、七弟兄：果然道色胆天來大。馬致遠、雙調新水令套、題西湖：繁華一夢天來大。【牛腰大】汪元亨、雙調沉醉東風、歸田：詩卷束牛腰大。【些娘大】呂止軒、雙調夜行船套、詠金蓮、步步嬌：端的是些娘大。張可久、中呂齊天樂過紅衫兒、湖上書所見：檀口剔娘大。【乾坤大】盧摯、雙調沉醉東風、閑居：

醉裏乾坤大。湯式、南呂一枝花套、贈人、梁州：況賴着巍巍聖德乾坤大。【風聲兒大】喬吉、雙調新水令套、閨麗、離亭宴煞：不是我口不嚴俵揚的風聲兒大。【喧馳的大】馬致遠、大石調青杏子套、悟迷：怪名兒到處裏喧馳的大。

⊙罵

【呪罵】無名氏、正宮月照庭套、么：哭啼啼自呪罵。【梅香罵】張可久、中呂齊天樂過紅衫兒、湖上書所見：笑指梅香罵。【待將他罵】關漢卿、雙調新水令套、掛搭鉤：意懊惱待將他罵。

宄○跨胯髁○砑婭○咤姹詫[illegible]○棤○芐嚇鏵厦○華鱯○覇欛靶壩鈀弝○

【對偶】湯式、正宮小梁州、太眞：辭鳳榻，遷鸞駕。馬致遠、大石調青杏子套、悟迷：雲雨行爲，雷霆聲價。張可久、中呂上小樓、茅山書事：蕉風半篷，藤花一架。曾瑞、南呂一枝花套、買笑：銀箏暗麝塵，錦瑟空檀架。盧摯、雙調沉醉東風、閑居：旋鑿開菡萏池，高豎起荼蘼架。鄧玉賓、正宮叨叨令、道情：閒來幾句漁樵話，困來一枕葫蘆架。王元鼎、正宮醉太平、寒食：畫樓洗淨鴛鴦瓦，綵繩半濕秋千架。張可久、雙調清江引、老王將軍：霜明寶劍花，塵暗銀鞍帕。湯式、雙調湘妃引、贈美色：舞裙低窣翠絨紗，雲髻鬆盤青紺髮，玉纖頼護冰綃帕。盧摯、雙調沉醉東風、閑居：野花路畔開，村酒糟頭榨。盧摯、雙調沉醉東風、避暑：柳影中，槐陰下。徐再思、中呂普天樂、吳江八景、西山夕照：鷗鷺棲，牛羊下。汪元亨、中呂朝天子、歸隱：杖履梅邊，琴樽松下。張養浩、雙調雁兒落兼得勝令：山因雲晦明，雲共山高下。張可久、雙調水仙子、維揚遇雪：蘆汀浙浙蟹行沙，梅月昏昏鶴到家，梨雲冉冉蝶初化。湯式、中呂謁金門、聞嘲：你歌舞吹彈，我琴棋書畫。曹德、雙調慶東原、江頭卽事：幾句杜陵詩，一幅王維畫。張可久、中呂紅綉鞋、武康道中簡王復齋：一帶雲林誰家，數間茅屋堪畫。 王仲元、中呂普天樂、旅況：展江鄉水墨圖，列湖口瀟湘畫。 喬吉、南呂一枝花套、雜情：粉雲香臉試搽，翠烟膩眉學畫。 貫雲石、雙調清江引、知足：一掬可憐情，幾句臨別話。 盧摯、雙調沉醉東風、閑居：共幾箇田舍翁，說幾句莊家話。 喬吉、南呂玉交枝、閑適二曲：看一卷道德經，講一會漁樵話。 張可久、雙調水仙子、道院即事：爐中眞汞長黃芽，亭上仙桃綻碧花，吟邊苦茗延淸話。 張可久、雙調撥不斷、會稽道中：愁烟恨水丹青畫，峻宇雕牆宰相家，夕陽芳草漁樵話。 無名氏、中呂朝天子、廬山：客去齋餘，人來茶罷。 白樸、仙呂點絳唇套、元和令：自從絕雁書，幾度結龜卦。 湯式、中呂山坡羊、中秋對月無酒：冰輪高駕，銀河斜掛。 馬致遠、雙調新水令套、題西湖：來往畫船遊，招颭青旗掛。

入作去

⊙臘

【初交臘】白樸、雙調得勝樂、冬：密布雲，初交臘。 【初成臘】馬致遠、雙調撥不斷：就鵝毛瑞雪初成臘。 【將殘臘】馬致遠、雙調新水令套、題西湖：自立冬，將殘臘。

⊙蠟

【絳蠟】吳西逸、雙調折桂令、游玉隆宮：香不斷燈明絳蠟。喬吉、雙調折桂令、詠紅蕉：翠袖捧銀臺絳蠟。 【銀蠟】關漢卿、雙調新水令套、梅花酒：月高燒銀蠟。 【嚼蠟】張可久、越調寨兒令、次韻：世味嚼蠟。喬吉、南呂一枝花套、雜情、感皇恩：現而今如嚼蠟。汪元亨、中呂朝天子、歸隱：較世味如嚼蠟。喬吉、南呂玉交枝、閑適二曲：粉粉世味如嚼蠟。 【胭脂蠟】湯式、湯式湘妃引、爲東湖友賦：絳臺燈燦胭脂蠟。喬吉、雙調水仙子、紅指甲贈紅蓮哥時客吳江：水晶寒濃染胭脂蠟。 【銀臺蠟】湯式、商調望遠行、四景題情、春：你與我點上銀臺蠟。 【燒紅蠟】盧摯、雙調沉醉東風、適興：銀鴨燒紅蠟。

⊙納

【輸納】汪元亨、雙調雁兒落過得勝令、歸隱：賦稅先輸納。

⊙壓【低壓】張養浩、中呂朝天曲、詠四景、秋：瓊枝低壓。

押【文卷押】無名氏、黃鍾紅錦袍：倦將文卷押。

鴨【香鴨】張可久、越調寨兒令、春情：烟冷香鴨。【金鴨】張可久、越調寨兒令、失題：掩朱門香冷金鴨。【睡鴨】曹德、雙調慶東原、江頭卽事：方池睡鴨。【寶鴨】無名氏、中呂普天樂：香鎖寶鴨。張可久、正宮醉太平、傷春：烟香寶鴨。喬吉、雙調折桂令、憶西湖黃氏所居：軟龍綃塵蒙寶鴨。【鵝鴨】馬致遠、雙調新水令套、題西湖：漁村偏喜多鵝鴨。

⊙抹【偷睛兒抹】張可久、仙呂錦橙梅：我不住了偷睛兒抹。

⊙襪【鞋襪】喬吉、南呂一枝花套、雜情：改樣兒新鞋襪。【羅襪】張可久、中呂齊天樂過紅衫兒、湖上書所見：半折羅襪。李致遠、中呂紅綉鞋、晚秋：夢斷陳王羅襪。張可久、越調寨兒令、失題：步蒼苔涼透羅襪。【吳綾襪】呂止軒、雙調夜行船套、詠金蓮、撥不斷：怕鬆時重套上吳綾襪。【涼生襪】貫雲石、雙調清江引、惜別：久立涼生襪。【凌波襪】白樸、仙呂點絳唇套、寄生草：立蒼苔冷透凌波襪。曾瑞、南呂四塊玉、美足小：纖柔嬌襯凌波襪。湯式、正宮醉太平、書所見：步輕踏涴塵沙錦靿凌波襪。【楊妃襪】呂止軒、雙調夜行船套、詠金蓮、步步嬌：不讓楊妃襪。

鑞 拉 糲 辣 ○ 衲 ○ 刷

【對偶】盧摯、雙調沉醉東風、適興：金橙泛綠醽，銀鴨燒紅蠟。湯式、雙調湘妃引、爲東湖友賦：銀盆水浸牡丹芽，青瑣窗涵翡翠紗，絳臺燈燦胭脂蠟。張養浩、中呂朝天曲、詠四景、秋：玉蕊瓏葱，瓊枝低壓。

第十四部

（車遮）

陰平

⊙嗟

【來嗟】汪元亨、雙調折桂令、歸隱：莫食來嗟。【堪嗟】馬致遠、雙調夜行船套：重回首往事堪嗟。薛昂夫、中呂山坡羊：鬢堪嗟。【傷嗟】汪元亨、雙調雁兒落過得勝令、歸隱：掩卷慢偏嗟。關漢卿、黃鍾侍香金童套：金園瀟灑轉傷嗟。無名氏、越調鬬鵪鶉套：去路遙賒傷嗟。張可久、雙調折桂令、王一山席上題壁：往事傷嗟。湯式、雙調湘妃遊月宮、春閨卽事：對鸞臺展轉傷嗟。曾瑞、黃鍾醉花陰套、元宵憶舊、隨尾：教俺怎不感嘆傷嗟。【嘆嗟】貫雲石、越調凭闌人、題情：一聲長嘆嗟。張養浩、雙調清江引、詠秋日海棠：宋玉每逢秋嘆嗟。【事可嗟】徐再思、黃鍾紅錦袍：十年可嗟。【謾嘆嗟】白樸、雙調喬木查套、對景、掛搭沽序：憶故園，謾嘆嗟。

⊙奢

【豪奢】曾瑞、黃鍾醉花陰套、元宵憶舊、喜遷鶯：暢豪奢。劉時中、中呂朝天子、同文子方鄧水年泛洞庭湖宿鳳凰臺下：珠圍翠繞儘豪奢。【驕奢】汪元亨、正宮醉太平、警世：石崇富驕奢。汪元亨、正宮醉太平、警世：骨髓裏驕奢。【莫太奢】馬致遠、雙調夜行船套：天教你富莫太奢。

賒

【判賒】喬吉、雙調水仙子、李琬卿：千金價恩情莽判賒。【重賒】汪元亨、雙調折桂令、歸隱：酒盡重賒。【無賒】湯式、雙調湘妃引、閨喇：賣花錢姐姐無賒。【去路賒】白樸、雙調喬木查套、對景、掛搭沽序：粉汚遙山千叠，去路賒。【何處賒】喬吉、中呂山坡羊、冬日寫懷：酒，何處賒。【村店賒】張可久、雙調清江引、湖上：酒從村店賒。【途路賒】喬吉、雙調春閨怨：擔兒上一擔擔風月，途路賒。【酒再賒】曾瑞、中呂快活三過朝天子、警世：盆乾時酒再睒。【酒易睒】任昱、雙調沈醉東風、隱居：近日鄰家酒易睒。【酒須睒】徐再思、黃鍾紅錦袍：九日酒須睒。【路途睒】張可久、雙調殿前歡、歸興：故山千里路途睒。

車⊙

【小車】張可久、雙調落梅風、和崔雪竹：依村店，駐小車。【風車】汪元亨、正宮醉太平、警世：轉浮世風車。【下坡車】馬致遠、雙調夜行船套：疾似下坡車。汪元亨、正宮醉太平、警世：嘆流光疾似下坡車。【太平車】曾瑞、黃鍾醉花陰套、元宵憶舊、出隊子：新愁裝滿太平車。【誤隨車】盧摯、中呂朱履曲、雪中黎正卿招飲：曲江岸誤隨車。【畫輪車】汪元亨、正宮醉太平、警世：走都城輾碎畫輪車。

遮⊙

【紅遮】曾瑞、南呂罵玉郎過感皇恩採茶歎、惜花春起早：綠映紅遮。【圍遮】汪元亨、正宮醉太平、警世：入梅花紙帳緊圍遮。【霞遮】薛昂夫、中呂山坡羊、西湖雜詠、秋：斷霞遮。【難遮】薛昂夫、中呂山坡羊：雪難遮。【山又遮】關漢卿、南呂四塊玉、別情：溪又斜，山又遮。【日色遮】曾瑞、般涉調哨遍套、秋扇、耍孩兒：舉手謾天日色遮。【屋角遮】馬致遠、雙調夜行船套：綠樹偏宜屋角遮。【被雲遮】無名氏、越調鬭鵪鶉套：似團圓一輪月被雲遮。【翠袖遮】張可久、雙調落梅風、春晚：翠袖遮。【暮雲遮】白樸、雙調駐馬聽、吹：鳳凰臺上暮雲遮。【樹林遮】汪元亨、正宮醉太平、警世：看山光掩映樹林遮。【蘇幕遮】張可久、雙調落梅風、春晚：穠粧褪、蘇幕遮。【蒼狗雲遮】湯式、雙調湘妃遊月宮、春閨卽事：暗巫山蒼狗雲遮。

靴⊙

【烏靴】汪元亨、正宮醉太平、警世：納象簡烏靴。【脫靴】姚燧、雙調壽陽曲、詠李白：力士與脫靴。【兩隻靴】喬吉、雙調水仙子、夢覺：忙煞黃塵兩隻靴。

些⊙

【那些】張可久、雙調水仙子、梅軒卽事：愁來那些。汪元亨、正宮醉太平、警世：全不似那些。【俏些】劉時中、中呂朝天子、同文子方鄧永年泛洞庭湖宿鳳凰臺下：笑些，俏些。【些些】姚燧、中呂普天樂：寧奈些些。喬吉、雙調春閨怨：步步些些。曾瑞、黃鍾醉花陰套、元宵憶舊：柳眼吐些些。【添些】任昱、雙調沈醉東風、與：整頓些些。

隱居：盡頭顱白髮添些。【無些】曾瑞、般涉調哨遍套、秋扇二：慰殘喘無些。【睡些】盧摯、黃鍾節節高、題洞庭鹿角廟壁：悶倚篷窗睡些。【遲些】張可久、雙調折桂令、王一山席上題壁：子牙發跡遲些。【人睡些】盧摯、雙調壽陽曲、夜憶：燈將滅，人睡些。【早去些】徐再思、黃鍾紅錦袍：若不早去些。【早來些】喬吉、中呂滿庭芳、漁父詞：潮信早來些。【打快些】關漢卿、黃鍾侍香金童套：把香桌兒安排打快些。【近前些】盧摯、中呂朱履曲、天寧北山禪老招飲於雙松精舍：你且近前些。【夜來些】喬吉、越調柳營曲、有感：寒似夜來些。曾瑞、南呂罵玉郎過感皇恩採茶歎、惜花春起早：東風寒似夜來些。【按低些】汪元亨、正宮醉太平、警世：把紅牙象板按低些。【剛睡些】無名氏、越調鬬鵪鶉套：本待要寧寧帖帖剛睡些。【略添些】馬般遠、仙呂青哥兒、十二月：分付與東君略添些。【較涼些】喬吉、越調小桃紅、中秋懷約：桂花風雨較涼些。【睡著些】無名氏、中呂紅綉鞋：不甫能帶酒的夫人睡著些。

【對偶】

汪元亨、正宮醉太平、警世：范丹貧瑣屑，石家富驕奢。湯式、雙調湘妃引、闘嘲：買笑金哥哥休儉，纏頭錦婆婆自接，賣花錢姐姐無賒。汪元亨、正宮醉太平、警世：喜陳摶一榻眠時借，愛盧仝七椀醒時啜，好焦公五斗醉時賒。張可久、雙調落梅風、和崔雪竹：依村店，駐小車。盧摯、中呂朱履曲、雪中黎正卿招飲：便章臺街閒信馬，曲江岸誤隨車。汪元亨、正宮醉太平、警世：赴西廂踏破蒼苔月，等御溝流出丹楓葉，走都城輾碎畫輪車。汪元亨、正宮醉太平、警世：度流光電掣，轉浮世風車。湯式、雙調湘妃遊月宮、春閨即事：涣藍橋白馬波瀾，燒祆廟金蛇火烈，暗巫山蒼狗雲遮。馬致遠、雙調夜行船套：紅塵不向門前惹，綠樹偏宜屋角遮。汪元亨、正宮醉太平、警世：敧菊花香枕無競業，擁蘆花絮被多寠羼，入梅花紙帳緊圍遮。薛昂夫、中呂山坡羊：鬢堪嗟，雪難遮。汪元亨、正宮醉太平、警世：辭龍樓鳳闕，納象簡烏靴。喬吉、雙調水仙子、夢覺：喚回春夢一雙蝶，忙煞黃塵兩隻靴。

罝○爹

陽平

⊙耶

【魏耶晉耶】馬致遠、雙調夜行船套：鼎足雖堅半腰裏折，魏耶晉耶。

呆

【裝呆】馬致遠、雙調夜行船套：葫蘆提一向裝呆。【癡呆】汪元亨、正宮醉太平、警世：見傷情光景放癡呆。汪元亨、正宮醉太平、警世：不歸來到大是癡呆。汪元亨、雙調沈醉東風、歸田：棄功名豈是癡呆。

⊙斜

【乜斜】湯式、雙調湘妃引、閒贈：眼梢葉子弟乜斜。【日斜】喬吉、雙調雁兒落過得勝令、同省：蜂衙報日斜。【沙斜】喬吉、中呂滿庭芳、漁父詞：船閣沙斜。【伴斜】無名氏、中呂普天樂：休死勢，莫伴斜。【烟斜】曾瑞、南呂罵玉郎過感皇恩採茶歌、惜花春早起：銀燭短篆烟斜。【偏斜】白樸、雙調駐馬聽、吹：鷓鴣風裏欲偏斜。【橫斜】張可久、雙調折桂令、開元館石上紅梅：疎影橫斜。張可久、雙調水仙子、梅軒即事：小窗紗梅影橫斜。張可久、雙調折桂令、王一山席上題壁：醉眼橫斜。汪元亨、正宮醉太平、警世：窗外竹橫斜。【隨斜】喬吉、雙調水仙子、李琬卿：一篇詞意思便隨斜。馬致遠、雙調夜行船套：劣冤家省可里隨斜。【又西斜】馬致遠、雙調夜行船套：眼前紅日又西斜。【夕陽斜】薛昂夫、中呂山坡羊、西湖雜詠、秋：夕陽斜。【日頭斜】汪元亨、正宮醉太平、警世：日頭高貶眼日頭斜。【月兒斜】曾瑞、南呂罵玉郎過感皇恩採茶歌、惜花春起早：秋千外月兒斜。劉時中、越調寨兒令：紗窗外皆擦刺月兒斜。關漢卿、雙調碧玉簫：我心癡呆，等到月兒斜。汪元亨、正宮醉太平、警世：照牀頭一片月兒斜，無名氏、中呂喜春來：管絃樓外月兒斜。【自橫斜】關漢卿、黃鍾侍香金童套、出隊子：半簾花影自橫斜。【竹徑斜】張可久、雙調殿前歡、歸興：苔荒竹徑斜。【明月斜】徐再思、雙調清江引、私歡：梧桐畫欄明月斜。【春燕斜】貫雲石、雙調清江引、立春：金釵影搖春燕斜。【眼乜斜】汪元亨、正宮醉太平、警世：看兩行紅袖眼乜斜。【雁字斜】張可久、雙調落梅風、東嘉綠野橋：漁榔靜，雁字斜。白樸、雙調喬木查套、對景、掛搭沽序：長天雁字斜。【雲髻斜】無名氏、雙調壽陽曲：金釵墜，雲髻斜。【醉乜斜】湯式、雙調湘妃引遊月宮、春閨即事：病乜斜恰似醉乜斜。【篆煙斜】無名氏、越調鬭鵪鶉套：氣吁多似篆煙斜。【見火隨斜】曾瑞、般涉調哨遍套、秋扇：充直性見火隨斜。

邪

【奸邪】汪元亨、雙調折桂令、歸隱：厭處奸邪。【隨邪】關漢卿、雙調碧玉簫：你性隨邪。【一刬心邪】盧摯、中呂朱履曲、天寧北山禪老招飲於雙松精舍：笑渠濃一刬心邪。【正氣無邪】曾瑞、般涉調哨遍套、秋扇，耍孩兒：奈四時正氣無邪。

鎁

【鏌鎁】曾瑞、中呂快活三過朝天子、警世：土蝕損劍鏌鎁。

蛇⊙

【烏蛇】曾瑞、般涉調哨遍套、秋扇：圈圚定烏蛇。【畫蛇】張可久、雙調水仙子、梅軒即事：綠酒杯中影畫蛇。【影蛇】汪元亨、中呂朝天子、歸隱：酒杯中影蛇。【龍蛇】張可久、雙調折桂令、王一山席上題壁：掃詩愁滿壁龍蛇。汪元亨、雙調折桂令、歸隱：辨箇龍蛇。馬致遠、雙調夜行船套：縱荒墳橫斷碑不辨龍蛇。汪元亨、正宮醉太平、警世：厭紅塵萬丈混龍蛇。喬吉、雙調水仙子、夢境：海漫漫誰是龍蛇。【酒中蛇】喬吉、雙調賣花聲、悟世：功名兩字酒中蛇。【酒吞蛇】喬吉、雙調雁兒落過得勝令、回省：名利酒吞蛇。

爺　琊　鎁　○　佘　○　倈　○　瘸

【對偶】

汪元亨、正宮醉太平：結知心朋友著疼熱，遇忘懷詩酒追歡悅，見傷情光景放癡呆。無名氏、雙調壽陽曲：金釵墜，雲髻斜。薛昂夫、中呂山坡羊、西湖雜詠、秋：斷霞遮，夕陽斜。張可久、雙調落梅風、東嘉綠野橋：漁榔靜，雁字斜。汪元亨、正宮醉太平、警世：門前山妥帖，窗外竹橫斜、汪元亨、正宮醉太平、警世：撼林梢一陣風兒劣，墜天邊一點參兒趄，照牀頭一片月兒斜。汪元亨、正宮醉太平、警世：聽幾聲金縷心歡悅、飲千鍾玉液身頹趄，看兩行紅袖眼乜斜。汪元亨、正宮醉太平、警世：天時涼撚指天時熱，花枝開回首花枝謝，日頭高眨眼日頭斜。湯式、雙調湘妃引、閒贈：肉沾著書生廝木，手湯著郎君趔趄，眼梢著子弟乜斜。曾瑞，中呂快活三過朝天子、警世：肉撐翻鼎鑊爨，土蝕損劍鏌鋣。曾瑞、般涉調哨遍套、秋扇：柄分開白璧，圈圓定烏蛇。喬吉、雙調賣花聲、悟世：肝腸百鍊爐間鐵，富貴三更枕上蝶，功名兩字酒中蛇。

入作平

協⊙ 【和協】曾瑞、般涉調哨遍套、秋扇、耍孩兒：牽情思和協。曾瑞、中呂山坡羊、妒怨：恰和協。

穴 【兎穴】馬致遠、雙調夜行船套：投至狐蹤與兎穴。【窟穴】曾瑞、般涉調哨遍套、秋扇、二：不播仁風到窟穴。【蟻穴】汪元亨、中呂朝天子、歸隱：浮生寄蟻穴。【巖穴】喬吉、雙調錢絲泫：隱巖穴。汪元亨、正宮醉太平、警世：遠市廛居止近巖穴。【虎狼穴】徐再思、黃鍾紅錦袍：那老子陷身在虎狼穴。【狐踪兎穴】白樸、雙調喬木查套、對景、掛搭沽序：翻做了狐踪兎穴。

纈 【紋纈】曾瑞、南呂罵玉郎過感皇恩採茶歌、惜花春起早：蒼苔征韈紋纈。【宮纈】白樸、雙調喬木查套、對景：碎剪宮纈。

傑⊙ 【三傑】徐再思、黃鍾紅錦袍：千古漢三傑。【英傑】曾瑞、般涉調哨遍套、秋扇、耍孩兒：粧世上英傑。【俊傑】汪元亨、正宮醉太平、警世：源流來俊傑。汪元亨、雙調沈醉東風、歸田：識時務爲俊傑。【豪傑】喬吉、雙調錢絲泫：避豪傑。喬吉、雙調雁兒落過得勝令、回省：蜂衙報日斜，豪傑。喬吉、雙調水仙子、夢境：千古豪傑。汪元亨、正宮醉太平、警世：急流中勇退是豪傑。汪元亨、雙調折桂令、歸隱：大丈夫一世豪傑。張可久、雙調折桂令、王一山席上題壁：笑殺豪傑。白樸、雙調喬木查套、對景、掛搭沽序：消磨盡自古豪傑。

竭 【無竭】汪元亨、中呂朝天子、歸隱：取之無盡用無竭。【井脈竭】曾瑞、般涉調哨遍套、秋扇、二：湧泉涸井脈竭。

結 【褪結】湯式、雙調湘妃遊月宮、春閨即事：鳳頭兒珠褪結。【千萬結】無名氏、越調鬪鵪鶉套：一寸愁腸千萬結。

◉疊

【千疊】白樸、雙調喬木查套、對景、掛搭沽序：粉汚遙山千疊。馬致遠、雙調夜行船套：牽惹情懷、愁恨千疊。【山疊】姚燧、中呂普天樂：恨與山疊。【打疊】汪元亨、正宮醉太平、警世：把琴書打疊。【重疊】湯式、南呂一枝花套、春思、梁州：香殘褥錦重疊。曾瑞、南呂罵玉郎過感皇恩採茶歌、惜花春起早：花影重疊。張可久、雙調水仙子、梅軒卽事：水迢遙山更疊。湯式、雙調湘妃遊月宮、春閨卽事：新啼痕舊啼痕衫袖重疊。湯式、雙調湘妃引、閨贈：四時裀褥錦重疊。喬吉、越調柳營曲、有感：鴛鴦枕泪重疊。【砌疊】湯式、雙調湘妃引、閨嘲：迷魂洞囚牢似巧砌疊。【堆疊】喬吉、越調小桃紅、花籃髻：巧堆疊。【千萬疊】曾瑞、般涉調哨遍套、秋扇、三煞：畫雲山千萬疊。無名氏、越調鬬鵪鶉套：目斷雲山千萬疊。關漢卿、黃鍾侍香金童套：新愁千萬疊。【恨萬疊】無名氏、越調鬬鵪鶉套：好教我愁萬結恨萬疊。【幾萬疊】曾瑞、黃鍾醉花陰套、元宵憶舊、出隊子：舊恨常堆幾萬疊。【遠山疊】張可久、中呂山坡羊、別懷：遠山疊。【亂山疊】曾瑞、南呂四塊玉、閨情：舊恨新愁亂山疊。

迭

【打迭】曾瑞、般涉調哨遍套、秋扇、三煞：有點汚晻强打迭。【爲甚迭】關漢卿、雙調碧玉簫：我淒涼爲甚迭。【搵不迭】曾瑞，黃鍾醉花陰套、元宵憶舊、喜遷鶯：泪珠兒搵不迭。

牒

【玉牒】曾瑞、般涉調哨遍套、秋扇、耍孩兒：不爲生靈奏玉牒。【索命牒】湯式、南呂一枝花套、春思、餘音：怎下的海神廟告一道追魂索命牒。

蝶

【胡蝶】湯式、雙調湘妃遊月宮、春閨卽事：落花風吹散胡蝶。曾瑞。南呂罵玉郎過感皇恩採茶歌、惜花春起早：牡丹暖宿胡蝶。張可久、雙調殿前歡、歸興：雙飛翡翠一夢胡蝶。劉時中、中呂朝天子：西風錦樹老了胡蝶。趙善慶、雙調慶東原、泊羅陽驛：秋夢胡蝶。【蝴蝶】無名氏、中呂普天樂：繡枕蝴蝶。【夢蝶】汪元亨、中呂朝天子、歸隱：枕頭上夢蝶。劉時中、雙調清江引：春光荏苒如夢蝶。【一雙蝶】喬吉、雙調水仙子、夢覺：喚回春夢一雙蝶。【一夢蝶】馬致遠、雙調夜行船套：百歲光陰一夢蝶。【玉胡蝶】曾瑞、般涉調哨遍套、秋扇：囊鼓雙飛玉胡蝶。【如夢蝶】徐再思、黃鍾紅錦袍：那老子覷功名如夢蝶。【枕上蝶】喬吉、雙調賣花聲、悟.世：富貴三更枕上蝶。【花上蝶】白樸、雙調喬木查套、對景、掛搭沽序：富貴似花上蝶。【紙帳蝶】喬吉、雙調錢絲泫：中酒酣迷紙帳蝶。【迷粉蝶】關漢卿、黃鍾侍香金童套：東風落花迷粉蝶。【夢中蝶】喬吉、越調小桃紅、花籃髻：忙煞夢中蝶。【夢仙蝶】張可久、雙調水仙子、梅軒卽事：清風枕上夢仙蝶。【夢迷蝶】喬吉、雙調雁兒落過得勝令、同省：富貴夢迷蝶。【夢胡蝶】汪元亨、正宮醉太平、警世：慢驚回枕上夢胡蝶。

堞⊙撅⊙折

【雁堞】趙善慶、雙調慶東原、泊羅陽驛：秋愁雁堞。【鍬撅】湯式、雙調湘妃遊月宮、春閨卽事：悶根苗怎下鍬撅。【玉折】曾瑞、南呂四塊玉、閨情：簪玉折。【周折】曾瑞、南呂罵玉郎過感皇恩採茶歌、惜花春起早：似錦障周折。汪元亨、正宮醉太平、警世：命運裏周折。【倦折】汪元亨、雙調沈醉東風、歸田：爲五斗腰肢倦折。【凍折】喬吉、雙調沈醉東風、題扇頭檃括古詩：萬樹枯林凍折。【腰折】曾瑞、般涉調哨遍套、秋扇、三煞：半路裏腰折。【擔折】喬吉、越調柳營曲、有感：花擔兒怕擔折。【天地折】曾瑞、黃鍾醉花陰套、元宵憶舊、出隊子：若負德辜恩天地折。【何處折】喬吉、中呂山坡羊、冬日寫懷：梅，何處折。【迭半折】馬致遠、雙調壽陽曲：金蓮肯分迭半折。【腰懶折】徐再思、黃鍾紅錦袍：五斗米腰懶折。【輕輕折】貫雲石、雙調清江引、詠梅：不忍輕輕折。【半腰裏折】馬致遠、雙調夜行船套：鼎足雖堅半腰裏折。【碧玉簪折】無名氏、越調鬪鵪鶉套：吉丁的碧玉簪折。【將仙桂折】無名氏、越調鬪鵪鶉套：只待穩步蟾宮將仙桂折。

舌

【爭舌】曾瑞、般涉調哨遍套、秋扇：誤世清談謾爭舌。【喉舌】汪元亨、正宮醉太平、警世：佳茗潤喉舌。【三寸舌】汪元亨、雙調雁兒落過得勝令、歸隱：蘇秦三寸舌。【緘口鉗舌】汪元亨、雙調折桂令、歸隱：在陋巷緘口鉗舌。【燕體鶯舌】汪元亨、正宮醉平、警世：燕體鶯舌。

涉

【干涉】汪元亨、正宮醉太平、警世：這虛名薄利不干涉。汪元亨、雙調雁兒落過得勝令、歸隱：擧世怕干涉。

截⊙

【半截】無名氏、雙調壽陽曲：把才郎沈腰燒了半截。【攔截】汪元亨、正宮醉太平、警世：天台洞狼虎緊攔截。曾瑞、黃鍾醉花陰套、元宵憶舊、神仗兒：怎攔截。【短長截】曾瑞、般涉調哨遍、秋扇：量分寸短長截。

別⊙

【心別】馬致遠、雙調夜行船套：怕有半米兒心別。無名氏、中呂紅綉鞋：你根前沒半米兒心別。【乍別】貫雲石、雙調壽陽曲：人乍別。【特別】曾瑞、般涉調哨遍套、秋扇：比蒲葵白羽特別。【相別】馬致遠、雙調夜行船套：上牀與鞋履相別。【略別】曾瑞、中呂快活三過朝天子、警世：蜂衙蟻陣且略別。【餞別】劉時中、中呂朝天子：餞別。【離別】喬吉、雙調水仙子、李琬卿：人間天上離別。曾瑞、中呂山坡羊、妓怨：又離別。無名氏、中呂普天樂：撼西風喚起離別。姚燧、中呂普天樂：待離別怎忍離別。湯式、南呂一枝花套、春思：懷故人萬里離別。汪元亨、正宮醉平、警世：折垂楊幾度贈離別。喬吉、越調小桃紅、中秋懷約：苦離別。湯式、雙調湘妃遊月宮、春閨卽事：想人生最苦是離別。【人乍別】關漢卿、黃鍾侍香金童套、偶記年前人乍別。【玉人別】無名氏、中呂喜春來：不記玉人別。【今日別】貫雲石、越調凭闌人、題情：昨日歡笑今日別。【世情別】喬吉、中呂山坡羊、冬日寫懷：孟嘗君不費黃虀社，世情別。【早間別】盧摯、雙調壽陽曲、別珠簾秀：纔歡悅，早間別。【近來別】汪元亨、正宮醉太平、警世：覺遠年情況近來別。【受用別】關漢卿、雙調碧玉簫：你歡娛受用別。【意兒別】徐再思、黃鍾紅錦袍：烏喙意兒別。【萬里別】盧摯、黃鍾節節高、鹿角廟壁題洞庭：三生夢萬里別。【傷離別】關漢卿、中呂普天樂、崔張十六事：爲功名傷離別。【人生多別】白樸、雙調喬木查套、對景、掛搭沽序：始知人生多別。【門面兒別】湯式、雙調湘妃引、聞贈：鋪排得門面兒別。【耐冷的別】喬吉、雙調沈醉東風、題扇頭檃括古詩：蓑笠漁翁耐冷的別。

絕⊙

【一絕】汪元亨、雙調沈醉東風、歸田：今古陶潛是一絕。【三絕】湯式、雙調湘妃引、聞贈：據風流更有三絕。【衣絕】無名氏、雙調壽陽曲：鸞輿祿盡衣絕。【先絕】汪元亨、正宮醉太平、警世：玉漏滴先絕。【休絕】汪元亨、正宮醉太平、警世：紫簫品休絕。【奇絕】湯式、南呂一枝花套、春思：景物奇絕。曾瑞、般涉調哨遍套、秋扇：自謂奇絕。喬吉、越調小桃紅、花籃髻：十甕新樣鬭奇絕。劉時中、中呂朝天子：春風無與比奇絕。【清絕】白樸、雙調喬木查套、對景、掛搭沽序：江上清絕。【飛絕】喬吉、雙調沈醉東風、題扇頭檃括古詩：千山高鳥飛絕。【愁絕】湯式、雙調湘妃遊月宮、春閨卽事：兩般兒更是愁絕。【燒絕】喬吉、中呂滿庭芳、漁父詞：松茅烟夜火燒絕。【斷絕】曾瑞、黃鍾醉花陰套、元宵憶舊、神仗兒：和音書斷絕。汪元亨、雙調雁兒落過得勝令、歸隱：光陰已斷絕。【不曾絕】曾瑞、中呂快活三過朝天子、警世：諸公榮貴不曾絕。【火絕焚】馬致遠、雙調風入松：祅廟火焚絕。【串香絕】張可久、雙調清江引、夜景：寶鼎串香絕。【助清絕】盧摯、中呂朱履曲、雪中黎正卿招飲：一曲陽春助清絕。【故交絕】喬吉、中呂山坡羊、冬日寫懷：世情別，故交絕。【酒盡絕】無名氏、中呂喜春來：不覺銀瓶酒盡絕。【幾時絕】關漢卿、南呂四塊玉、別情：一點相思幾時絕。【聲斷絕】關漢卿、黃鍾侍香金童套：秦台玉簫聲斷絕。【玉簫聲絕】無名氏、越調鬭鵪鶉套：那里問玉簫聲絕。【煩暑除絕】曾瑞、般涉調哨遍套、秋扇、耍孩兒：幾曾將煩暑除絕。【意斷恩絕】馬致遠、雙調夜行船套：圖箇甚意斷恩絕。【義斷恩絕】汪元亨、正宮醉太平、警世：嘆義斷恩絕。【銅壺漏絕】無名氏、越調鬭鵪鶉套：覺來時寶鼎煙消銅壺漏絕。【燭滅烟絕】喬吉、越調柳營曲、有感：香閨恨燭滅烟絕。

掘

【新掘】喬吉、越調柳營曲、有感：愁窨兒新掘。

⊙趄

【露珠兒趄】曾瑞、南呂罵玉郎過感皇恩採茶歎、惜花春起早：海棠絲透露珠兒趄。

俠 挾○碣○牒 喋 諜 垤
絰 凸 跌○鐝○涉○捷
睫○

【對偶】曾瑞、般涉調哨遍套、秋扇、耍孩兒：引歎聲漾蕩，牽情思和協。喬吉、雙調錢絲泫：避豪傑，隱巖穴。汪元亨、中呂朝天子、歸隱：功名辭鳳闕，浮生寄蟻穴。汪元亨、正宮醉太平、警世：憎蒼蠅競血，惡黑蟻爭穴。曾瑞、南呂罵玉郎過感皇恩採茶歌、惜花春起早：木香洞薰蘭麝，茶蘼架飄玉雪，蒼苔徑繡紋纈。曾瑞、般涉調哨遍套、秋扇、二：苗稼枯木葉蕉，湧泉涸井脈竭。湯式、雙調湘妃遊月宮、春閨卽事：鶴袖兒金鬆扣，風頭兒珠褪結。無名氏、越調鬬鵪鶉套：舊恨千般，新愁萬疊。湯式、南呂一枝花套、春思、梁州：聲沉珮玉玎璫，塵滿釵金蝶躞，香殘褥錦重疊。曾瑞、般涉調哨遍套、秋扇、耍孩兒：偏宜皓歲歎金縷，不爲生靈奏玉牒。張可久、殿前歡、歸興：雙飛翡翠，一夢胡蝶。無名氏、中呂普天樂：珠簾鸚鵡，繡枕蝴蝶。喬吉、雙調雁兒落過得勝令、回省：名利酒吞蛇，富貴夢迷蝶。湯式、雙調湘妃遊月宮、春閨卽事：敲窗雨驚覺鴛鴦，落花風吹散胡蝶。汪元亨、中呂朝天子、歸隱：酒杯中影蛇，枕頭上夢蝶。曾瑞、南呂罵玉郎過感皇恩採茶歌、惜花春起早：金沙軟睡鴛鴦，楊柳晴啼杜宇，牡丹暖宿胡蝶。趙善慶、雙調慶東原、泊羅陽驛：秋心鳳闕，秋愁雁堞，秋夢胡蝶。湯式、雙調湘妃遊月宮、春閨卽事：惡業緣難訴情詞，悶根苗怎下鍬撅。喬吉、中呂山坡羊、冬日寫懷：酒、何處賒，梅、何處折。曾瑞、般涉調哨遍套、秋扇、三煞：四頭上面潤，半路腰裏折。汪元亨、雙調雁兒落過得勝令、歸隱：楚霸千鈞力，蘇秦三寸舌。汪元亨、正宮醉太平、警世：清泉沁齒頰，佳茗潤喉舌。汪元亨、正宮醉太平、警世：桃腮杏頰，燕體鶯舌。汪元亨、正宮醉太平、警世：祆神廟雷火皆轟烈，楚陽臺磚瓦平崩卸，天台洞狼虎緊攔截。盧摯、黃鍾節節高、題洞庭鹿角廟壁：三生夢，萬里別。馬致遠、雙調夜行船套：利名竭，是非絕。汪元亨、雙調雁兒落過得勝令、歸隱：豪傑，人物都消滅，驕奢，光陰已斷絕。喬吉、中呂山坡羊、冬日寫懷：世情別，故交絕。喬吉、越調柳營曲、有感：蘭舟夢水殘雲結，香閨恨燭滅烟絕。喬吉、雙調沈醉東風，題扇頭檃括古詩：萬樹枯林凍折，千山高鳥飛絕、汪元亨、正宮醉太平、警世：金雞唱未徹，玉漏滴先絕。汪元亨、正宮醉太平、警世：錦箏擱莫歇，紫簫品休絕。汪元亨、正宮醉太平、警世：嗟雲收雨歇，嘆義斷恩絕。無名氏、中呂喜春來：才聞金縷歌聲徹，不覺銀瓶酒盡絕。喬吉、越調柳營曲、有感：悶弓兒難拽，愁窨兒新掘。

上聲

野⊙

【四野】白樸、雙調喬木査套、對景：碧草茸茸鋪四野。汪元亨、正宮醉太平、警世：起秋聲四野。【綠野】張可久、雙調落梅風、東嘉綠野橋：小闌干畫橋橫綠野。【牛羊野】馬致遠、雙調夜行船套：都做了衰草牛羊野。

也

【去也】馬致遠、南呂四塊玉、別情：人去也。姚燧、中呂普天樂：明朝去也。【來也】關漢卿、中呂普天樂、崔張十六事：遠時節幾日來也。【夢也】無名氏、中呂普天樂：知他是團圓也夢也。【是也】張可久、雙調折桂令、王一山席上題壁：范蠡歸湖是也。【醉也】喬吉、中呂滿庭芳、漁父詞：漁翁醉也。姚燧、中呂普天樂：今宵醉也。無名氏、中呂普天樂：歡娛也醉也。【靜也】白樸、雙調駐馬聽、吹：人靜也。【醒也】無名氏、中呂普天樂：煩惱也醒也。【人去也】貫雲石、越調凭闌人、題情：凭闌人去也。張可久、雙調清江引、秋思：自從玉關人去也。【人困也】曾瑞、南呂罵玉郎過感皇恩採茶歌、惜花春起早：宿酒禁持人困也。【人散也】張可久、雙調清江引、夜景：玳筵前酒闌人散也。張可久、雙調清江引、湖山避暑：荷香月明人散也。【人瘦也】徐再思、雙調壽陽曲、梅影：梨雲夢殘人瘦也。【人醉也】張可久、雙調水仙子、梅軒即事：玉樓人醉也。張可久、雙調落梅風、和崔雪竹：琵琶亂彈人醉也。【人靜也】關漢卿、黃鍾侍香金童套：正更闌人靜也。【忙去也】張可久、雙調清江引、湖上：梅花又開忙去也。【何處也】曾瑞、黃鍾醉花陰套、元宵憶舊、隨尾：尙想俺去年的那人何處也。張可久、雙調落梅風、冷泉亭小集：問山中許由何處也。無名氏、雙調壽陽曲：今宵酒醒何處也。張可久、雙調落梅風、席上爲眞士陳玉林作：銷金党家何處也。【多去也】劉時中、雙調清江引：明日落紅多去也。【忺過也】張可久、雙調落梅風、春晚：下西湖美人忺過也。【沉醉也】徐再思、雙調清江引、私歡：後堂中正夫人沉醉也。【冷定也】馬致遠、雙調壽陽曲：一鍋滾水冷定也。【來到也】喬吉、雙調水仙子、李琬卿：高仙兒來到也。張養浩、雙調清江引、詠秋日海棠：有他那惜花人來到也。【東去也】貫雲石、雙調壽陽曲：悠悠畫船東去也。【春去也】盧摯、雙調壽陽曲、別珠簾秀：畫船兒載將春去也。喬吉、雙調雁兒落過得勝令、同省：三分春去也。張可久、雙調落梅風、春晚：杜鵑又啼春去也。張養浩、雙調清江引、詠秋日海棠：只恐怕夢回時春去也。【春光也】白樸、雙調喬木查套、對景：恰春光也。【春到也】貫雲石、雙調清江引、立春：土牛兒載將春到也。【春倦也】喬吉、越調小桃紅、花籃髻：盛春倦也。【春意也】貫雲石、雙調清江引、詠梅：包藏幾多春意也。【悔去也】無名氏、中呂普天樂：直睚到他覺來時悔去也。【敢來也】喬吉、越調小桃紅、中秋懷約：明日敢來也。【書到也】張可久、雙調清江引、秋思：南樓雁來書到也。【雁過也】張可久、雙調落梅風、冬夜：更闌後，雁過也。【醉了也】馬致遠、雙調夜行船套：便北海探吾來，道東籬醉了也。【熱殺也】曾瑞、般涉調哨遍套、秋思、尾：把四海蒼生熱殺也。【燈盡也】馬致遠、雙調壽陽曲：夢迴酒醒燈盡也。【歸去也】徐再思、黃鍾紅錦袍：望着富春山歸去也。【斷腸也】喬吉、越調柳營曲、有感：長吁一聲斷腸也。【玉女來也】盧摯、中呂朱履曲、雪中黎正卿招飲：剩尋將玉女來也。【收拾够也】喬吉、雙調春閨怨：雪月風花收拾够也。【害煞人也】馬致遠、雙調壽陽曲：薄情種害煞人也。【黃花放也】任昱、雙調沈醉東風、隱居：三徑黃花放也。

冶

【艷冶】徐再思、中呂朝天子、楊姬：艷冶。湯式、南呂一枝花套、春思：負東君一番艷冶。湯式、雙調湘妃引、聞贈：八面幃屏艷冶。

者⊙

【記者】無名氏、越調鬪鵪鶉套：把握過的淒涼記者。【書者】湯式、雙調湘妃引、聞嘲：招牌上大字兒書者。【慢者】薛昂夫、中呂山坡羊、西湖雜詠、秋：分付畫船且慢者。【天覷者】馬致遠、雙調夜行船套：但有半米兒虧依天覷者。【好關者】汪元亨、正宮醉太平、警世：喚山童門戶好關者。【想念者】徐再思、黃鍾紅錦袍：君王想念者。【嬌侍者】盧摯、中呂朱履曲、天寧北山禪老招飲於雙松精舍：與這老雙松作個嬌侍者。

寫⊙

【便寫】姚燧、雙調壽陽曲、詠李白：醉模糊將嚇蠻書便寫。【倦寫】曾瑞、黃鍾醉花陰套、元宵憶舊、神仗兒：這些時情詩倦寫。【慵寫】關漢卿、黃鍾侍香金童套、降黃龍袞：錦箋慵寫。【心事寫】馬致遠、雙調壽陽曲、洞庭秋月：剔銀燈欲將心事寫。【幽憤寫】劉時中、中呂朝天子、同文子方鄧永年泛洞庭湖宿鳳凰臺下：把平生幽憤寫。【乘興寫】薛昂夫、中呂山坡羊、西湖雜詠、秋：詩，乘興寫。【書再寫】張可久、雙調清江引、秋思：雁兒未來書再寫。【無處寫】張可久、雙調落梅風、離情：別離有情無處寫。【詩句寫】張可久、雙調落梅風、春晚：剔銀燈快將詩句寫。【圖畫寫】張可久、雙調清江引、湖上避暑：好山盡將圖畫寫。

捨⊙

【用捨】任昱、雙調沈醉東風、隱居：嘆朝暮青霄用捨。【割捨】盧摯、雙調壽陽曲、別珠簾秀：痛煞煞好難割捨。【棄捨】張可久、中呂山坡羊、別懷：此情難棄捨。曾瑞、黃鍾醉花陰套、元宵憶舊、出隊子：那濃歡怎棄捨。湯式、雙調湘妃遊月宮、春閨即事：好姻緣成棄捨。【心難捨】關漢卿、南呂四塊玉、別情：自送別心難捨。【心便捨】徐再思、黃鍾紅錦袍：百里侯心便捨。【容易捨】劉時中、中呂朝天子、爭教人容易捨。【難棄捨】無名氏、越調、鬬鵪鶉套：俺兩個雲期雨約難棄捨。

舍

【用舍】汪元亨、正宮醉太平、警世：論行藏用舍。

惹⊙

【恨惹】無名氏、越調鬬鵪鶉套、那的是情牽恨惹。【君休惹】馬致遠、雙調撥不斷：君知君恨君休惹。【門前惹】馬致遠、雙調夜行船套：紅塵不向門前惹。

姐⊙

【大姐】喬吉、雙調水仙子、李琬卿：柳花亭留下大姐。

且

【苟且】曾瑞、般涉調哨遍套、秋扇、耍孩兒：挽造化非同苟且。汪元亨、正宮醉太平、警世：因循苟且。

赭○瀉○若喏○撦哆

【對偶】無名氏、中呂普天樂：團圓也夢也，歡娛也醉也，煩惱也醒也。湯式、南呂一枝花套、春思：懷故人萬里離別，負東君一番艷治。徐再思、黃鍾紅錦袍：五斗米腰懶折，百里侯心便捨。喬吉、雙調水仙子、李琬卿：滹沱河徸了府判，柳花亭留下大姐。

入作上

⊙屑

【木屑】汪元亨、正宮醉太平、警世：竹頭木屑。【瑣屑】汪元亨、正宮醉太平、警世：范丹貧瑣屑。

躞

【蹀躞】湯式、南呂一枝花套、春思、梁州：塵滿釵金蹀躞。曾瑞、南呂罵玉郎過感皇恩採茶歌、惜花春起早：花枝蹀躞。

⊙切

【刀切】曾瑞、黃鍾醉花陰套、元宵憶舊、喜遷鶯：好教我心如刀切。【悽切】曾瑞、黃鍾醉花陰套、元宵憶舊、神仗兒：怨塞鴻悽切。【淒切】關漢卿、黃鍾侍香金童套：銅壺玉漏催淒切。馬致遠、雙調壽陽曲、洞庭秋月：雲籠月，風弄鐵，兩般兒助人淒切。【共利切】白樸、雙調喬木查套、對景、掛搭沽序：名親共利切。【砧韻切】無名氏、越調鬭鵪鶉套：奏梅花數聲砧韻切。白樸、雙調喬木查套、對景、掛搭沽序：院宇砧韻切。【蛩韻切】趙喜慶、雙調慶東原、泊羅陽驛：砧聲住，蛩韻切。無名氏、越調鬭鵪鶉套：怎禁那啾啾唧唧蛩韻切。【丁當韻切】無名氏、越調鬭鵪鶉套：只聽的鐵馬兒丁當韻切。

妾

【侍妾】關漢卿、黃鍾侍香金童套：蓮步輕移時呼侍妾。

⊙結

【霜結】白樸、雙調喬木查套、對景、掛搭沽序：露白霜結。【同心結】喬吉、越調小桃紅、花籃髻：學綰同心結。【冰澌結】白樸、雙調喬木查套、對景、掛搭沽序：不覺的冰澌結。【愁萬結】張可久、雙調落梅風、離情：愁萬結。【鴛鴦結】商左山、雙調潘妃曲：金縷唐裙鴛鴦結。【鰲山結】曾瑞、黃鍾醉花陰套、元宵憶舊：鬭把鰲山結。【茅蘆自結】汪元亨、正宮醉太平、警世：小茅蘆自結。【水繞雲結】喬吉、越調柳營曲、有感：蘭舟夢水繞雲結。

劫

【打劫】湯式、雙調湘妃引、閨嘲：死溫存活打劫。湯式、南呂一枝花套、春思、梁州：相思鬼皮膚裏打劫。

頰

【杏頰】汪元亨、正宮醉太平、警世：桃腮杏頰。【齒頰】汪元亨、正宮醉太平、警世：清泉沁齒頰。

鋏

【馮驩鋏】汪元亨、雙調沈醉東風、歸田：手莫彈馮驩鋏。

怯⊙

【人乍怯】曾瑞、南呂罵玉郎過感皇恩採茶歌、惜花春起早：人乍怯。【酒力怯】白樸、雙調喬木查套、對景、掛搭沽序：舞榭歌樓酒力怯。【魂夢怯】張可久、雙調清江引、秋思：孤眠夜寒魂夢怯。【嬌又怯】張可久、雙調清江引、情：定不定百般嬌又怯。【影瘦怯】湯式、雙調湘妃遊月宮、春閨卽事：身瘦怯那堪影瘦怯。

節⊙

【大節】徐再思、黃鍾紅錦袍：助蕭何立大節。【時節】徐再思、雙調春情：許着咱這般時節。曾瑞、黃鍾醉花陰套、元宵憶舊、出隊子：想當初時節。喬吉、雙調春閨怨：用心用力這時節。白樸、雙調喬木查套、對景：梅子黃時節。【應節】曾瑞、黃鍾醉花陰套、元宵憶舊：却早擊碎泥牛應節。【三月節】湯式、南呂一枝花套、春思：我翻做淒涼三月節。【中秋節】曾瑞、般涉調哨遍套、秋扇、尾：比及盼得到白露中秋節。【冬至節】喬吉、中呂山坡羊、冬日寫懷：今日又逢冬至節。【重陽節】馬致遠、雙調夜行船套：想人生有限杯，渾幾箇重陽節。劉時中、中呂朝天子：免孤負重陽節。【敲瘦節】關漢卿、黃鍾侍香金童套、出隊子：紗窗外琅玕敲瘦節。【封侯建節】汪元亨、雙調折桂令、歸隱：居要路封侯建節。【寒嚴時節】馬致遠、仙呂青哥兒、十二月：隆冬寒嚴時節。

接

【自接】湯式、雙調湘妃引、閨嘲：纏頭錦婆婆自接。【難接】曾瑞、黃鍾醉花陰套、元宵憶舊、喜遷鶯：玉簪難接。

血⊙

【汗血】徐再思、黃鍾紅錦袍：薦韓侯勞汗血。【啼血】無名氏、越調鬬鵪鶉套：和絳蠟也啼血。關漢卿、黃鍾侍香金童套、出隊子：聽子規啼血。【化作血】馬致遠、雙調夜行船套：教不出房門的化做血。【紅似血】白樸、雙調喬木查套、對景：映日榴花紅似血。【蠅爭血】馬致遠、雙調夜行船套：急攘攘蠅爭血。【盡成血】無名氏、越調鬪鵪鶉套：想啼痕一點點盡成血。【蒼蠅競血】汪元亨、正宮醉太平、警世：憎蒼蠅競血。

歇

【雨歇】白樸、雙調喬木查套、對景：海棠初雨歇。【莫歇】汪元亨、正宮醉太平、警世：錦箏搊莫歇。【暫歇】張可久、雙調落梅風、冷泉亭小集：酒暫歇。【心未歇】汪元亨、正宮醉太平、警世：少年心未歇。【雨乍歇】關漢卿、黃鍾侍香金童套：簾幕輕寒雨乍歇。【笙歌歇】徐再思、雙調清江引、私歡：酒散笙歌歇。【無休歇】馬致遠、雙調夜行船套：雞鳴時萬事無休歇。【歌聲歇】張可久、雙調清江引、夜景：檀板歌聲歇。【繁華歇】劉時中、雙調清江引：春去繁華歇。【雲收雨歇】汪元亨、正宮醉太平、警世：嗟雲收雨歇。

蝎

【似蝎】曾瑞、中呂山坡羊、妓怨：毒似蝎。

◉闕

【全闕】徐再思、中呂朝天子、楊姬：金縷歌全闕。【宮闕】白樸、雙調喬木查套、對景、掛搭沽序：人在水晶宮闕。【鳳闕】汪元亨、中呂朝天子、歸隱：功名辭鳳闕。趙善慶、雙調慶東原、泊羅陽驛：秋心鳳闕。【漢闕】馬致遠、雙調夜行船套：想秦宮漢闕。【丹鳳闕】喬吉、雙調雁兒落過得勝令、囘省：身離丹鳳闕。【黃金闕】徐再思、中呂朝天子、楊姬：曾奉黃金闕。【鳳凰闕】徐再思、黃鍾紅錦袍：宣到鳳凰闕。

缺

【不缺】曾瑞、般涉調哨遍套、秋扇：圓成不缺。【欠缺】汪元亨、正宮醉太平、警世：家私上欠缺。【半缺】喬吉、中呂滿庭芳、漁父詞：林梢半缺。【荷蓋缺】白樸、雙調喬木查套、對景、掛搭沽序：倏忽早庭梧墜，荷蓋缺。【菱花缺】曾瑞、南呂四塊玉、閨情：玉簪折，菱花缺。【蒼雲缺】張可久、越調霜角、新安八景漁梁送客：船閣蒼雲缺。【牆頭缺】馬致遠、雙調夜行船套：青山正補牆頭缺。【花殘月缺】汪元亨、正宮醉太平、警世：花殘月缺。

闋

【歌未闋】張可久、越調霜角、新安八景漁梁送客：酒邊歌未闋。

⊙鐵

【煉鐵】曾瑞、般涉調哨遍套、秋扇、尾：地烘爐如煉鐵。【一寸鐵】湯式、南呂一枝花套、春思、梁州：你便是一寸肝腸一寸鐵。【心似鐵】無名氏、越調鬪鵪鶉套：不煩惱除非心似鐵。盧摯、雙調壽陽曲、夜憶：多情直恁的心似鐵。馬致遠、雙調夜行船套：富家兒更做道的心似鐵。

【風弄鐵】馬致遠、雙調壽陽曲、洞庭秋月：雲籠月，風弄鐵。關漢卿、黃鍾侍香金童套、出隊子：畫簷間丁當風弄鐵。【渾似鐵】盧摯、雙調壽陽曲、夜憶：孤眠心硬熬渾似鐵。【爐間鐵】喬吉、雙調賣花聲、悟世：肝腸百煉爐間鐵。【簷外鐵】盧摯、雙調壽陽曲、夜憶：窗間月，簷外鐵。

饕

【饕餮】曾瑞、中呂快活三過朝天子、警世：肉撐翻鼎饕餮。

帖

【妥帖】汪元亨、正宮醉太平、警世：門前山妥帖。【問安帖】湯式、南呂一枝花套、春思、餘音：都寫做殷勤問安帖。

貼

【羞貼】關漢卿、黃鍾侍香金童套、降黃龍衮：翠鈿羞貼。【寧貼】無名氏、越調鬪鵪鶉套：業心腸越不寧貼。【才寧貼】馬致遠、雙調夜行船套：蛩吟罷一覺才寧貼。【侵鬢貼】張可久、雙調清江引、情：描金翠鈿侵鬢貼。【互相攩貼】曾瑞、般涉調哨遍套、秋扇、耍孩兒：最難甘遞互相攩貼。

⊙撇

【抛撇】關漢卿、中呂普天樂、崔張十六事：夢魂兒這場抛撇。馬致遠、雙調夜行船套：合受這場抛撇。【趁些娘撇】商左山、雙調潘妃曲：偏趁些娘撇。

⊙拙

【巧拙】汪元亨、正宮醉太平、警世：十年運巧拙。【鳩拙】曾瑞、中呂快活三過朝天子、警世：偏我如鳩拙。【謀計拙】徐再思、黃鍾紅錦袍：進西施謀計拙。【弄巧番拙】曾瑞、般涉調哨遍套、秋扇、耍孩兒：果然是弄巧番成拙。

⊙掣

【電掣】汪元亨、正宮醉太平、警世：度流光電掣。

徹

【唱徹】薛昂夫、中呂山坡羊、西湖雜詠、秋：休唱徹。【開徹】白樸、雙調喬木查套、對景、掛搭沽序：秋香次第開徹。【寬徹】關漢卿、黃鍾侍香金童套、降黃龍衮：羅衣寬徹。【睡徹】

喬吉、中呂滿庭芳、漁父詞：蘆花夢西風睡徹。【何日徹】馬致遠、雙調夜行船套：酒病花愁何日徹。【唱未徹】汪元亨、正宮醉太平、警世：金雞唱未徹。【歌聲徹】無名氏、中呂喜春來：才聞金縷歌聲徹。【歌未徹】汪元亨、正宮醉太平、警世：皓齒歌未徹。

折◎

【摧折】汪元亨、正宮醉太平、警世：棟梁材取次盡摧折。【簪折】汪元亨、正宮醉太平、警世：瓶墜簪折。【攀折】湯式、南呂一枝花套、春思、梁州：合歡樹攀折。【肋肢折】汪元亨、正宮醉太平、警世：狼牙棒輪起肋肢折。【腿脡折】汪元亨、正宮醉太平、警世：騙粉牆掂的腿脡折。

設◎

【虛設】無名氏、越調鬬鵪鶉套：鳳枕虛設。關漢卿、黃鍾侍香金童套：鳳幃冷淡，鴛衾虛設。

攝

【光攝】曾瑞、般涉調哨遍套、秋扇、三煞：無光攝。

啜◎

【賺啜】湯式、南呂一枝花套、春思、餘音：把被窩兒裏賺啜。

雪◎

【白雪】汪元亨、正宮醉太平、警世：添鏡中白雪。張可久、雙調清江引、情：皓齒歌白雪。【玉雪】曾瑞、南呂罵玉郎過感皇恩採茶歌、惜花春起早：荼蘼架飄玉雪。【同雪】徐再思、中呂朝天子、楊妃：舞裙同雪。【冰雪】曾瑞、般涉調哨遍套、秋扇：徒誇外面如冰雪。【堆雪】白樸、雙調喬木查套、對景：亂紅堆雪。【飛雪】張可久、越調霜角、新安八景漁樂送客：浪花飛雪。【暮雪】喬吉、雙調沈醉東風、題扇頭檃括古詩：獨釣寒江暮雪。【薄雪】喬吉、雙調賣花聲、悟世：尖風薄雪。【聽雪】盧摯、中呂朱履曲、雪中黎正卿招飲：且不如竹窗深閒聽雪。【仇恨雪】徐再思、黃鍾紅錦袍：將夫差仇恨雪。【江上雪】徐再思、黃鍾紅錦袍：釣桐江江上雪。【花帶雪】張可久、雙調清江引、湖上：去年香梅花帶雪。【香帶雪】張可久、雙調落梅風、冬夜：伴離人落梅香帶雪。【梅梢雪】喬吉、雙調錢絲泫：煮茶香掃梅梢雪。【添白雪】馬致遠、雙調夜行船套：不爭鏡裏添白雪。【黃昏雪】白樸、雙調駐馬聽、吹：梅花驚作黃昏雪。【楊花雪】馬致遠、雙調撥不斷：白頭漸滿楊花雪。關漢卿、南呂四塊玉、別情：凭闌袖拂楊花雪。【積下雪】馬致遠、仙呂青歌兒、十二月：愛惜梅花積下雪。【頭上雪】喬吉、雙調水仙子、夢覺：熬煎成頭上雪。【樹頭雪】湯式、南呂一枝花套、春思：香絮滾樹頭雪。【關塞雪】張養浩、雙調清江引、詠秋日海棠：昭君路迷關塞雪。【飄香雪】關漢卿、黃鍾侍香金童套：柳絮飄香雪。

⊙說

【言說】馬致遠、雙調夜行船套：休沒前程外人行言說。【夢說】白樸、雙調喬木查套、對景、掛搭沽序：春宵夢說。【何處說】曾瑞、中呂山坡羊、妓怨：離恨滿懷何處說。貫雲石、越調凭闌人、題情：滿腹離愁何處說。曾瑞、黃鍾醉花陰套、元宵憶舊、喜遷鶯：這滿腹相思何處說。【低低說】徐再思、雙調清江引：身畔低低說。【沒話說】馬致遠、雙調夜行船套：不恁麼漁樵沒話說。【做話說】徐再思、黃鍾紅錦袍：漁樵做話說。【無話說】薛昂夫、中呂山坡羊：老夫無話說。【閒話說】汪元亨、中呂朝天子、歸隱：付漁樵閒話說。【話兒說】湯式、南呂一枝花套、春思、餘音：將枕邊廂話兒說。【對誰說】無名氏、越調鬭鵪鶉套：滿懷愁悶對誰說。【嬌欲說】貫雲石、雙調清江引、詠梅：芳心對人嬌欲說。【憑誰說】張養浩、雙調清江引、詠秋日海棠：新恨憑誰說。【被窩裏說】無名氏、越調鬭鵪鶉套：一星星向被窩裏說。【對誰分說】盧摯、雙調壽陽曲、夜憶：這淒涼對誰分說。

薛紲泄媟褻爕屧疶○竊沏○絜莢○挈篋客○楫癤○●嚇○玦決訣譎蕨鴂○瞥○鼈別憋○輟○轍撤澈○哲褶摺淅○灄

【對偶】

趙慶善、雙調慶東原、泊羅陽驛：砧聲住，蛩韻切。●無名氏、越調鬭鵪鶉套：塞雁聲悲，寒蛩韻切。曾瑞、黃鍾醉花陰套、元宵憶舊、神仗兒：恨簷馬玎當，怨寒鴻悽切。汪元亨、雙調沈醉東風、歸田：脚不登王粲樓，手莫彈馮驩鋏。湯式、南呂一枝花套、春思：誰不道富貴千金夜，我翻做淒涼三月節。　徐再思、黃鍾紅錦袍：　助蕭何立大節，　薦韓侯勞汗血。　馬致遠、雙調夜行船套：蛩吟罷一覺才寧貼，雞鳴時萬事無休歇。　無名氏、越調鬪鵪鶉套：雨歇雲收，花殘月缺。　曾瑞、南呂四塊玉、閨情：簪玉折，菱花缺。　盧摯、雙調壽陽曲：窗間月，簷外鐵。　曾瑞、中呂山坡羊、妓怨：娘，毒似蝎；郎，　心似鐵。　曾瑞、　般涉調哨遍套、秋扇、尾：汗沾襟似沸湯，地烘爐如煉鐵。　關漢卿、黃鍾侍香金童套、降黃龍衮：寶鑑愁臨，翠鈿羞貼。　徐再思、　黃鍾紅錦袍：　將夫差仇恨雪，進西施謀計拙。　無名氏、越調鬪鵪鶉套：綠柳彫殘，黃花放徹。　汪元亨、正宮醉太平、警世：花殘月缺，瓶墜簪折。　汪元亨、正宮醉太平、警世：呑綉鞋撐的咽喉裂，擲金錢踅的身軀趄，騙粉牆掂的腿脡折。　湯式、南呂一枝花套、春思、　梁州：錦鴛翎活扯，丹鳳頸生撧，並頭花揉碎，合歡樹攀折。　無名氏、越調鬪鵪鶉套：鴛被空舒，鳳枕虛設。　湯式、南呂一枝花套、春思：嫩寒生花底風，清影弄簾間月。　亂紅撲窗外雨，香絮滾樹頭雪。

去聲

⊙舍

【茅舍】張雨、中呂喜春來、玉山舟中賦：江梅的的依茅舍。汪元亨、雙調沈醉東風、歸田：賦歸來竹籬茅舍。任昱、雙調沈醉東風、隱居：伴漁樵，苫茅舍。喬吉、雙調賣花聲、悟世：掩青燈竹籬茅舍。【官舍】張可久、中呂山坡羊、別懷：青青楊柳連官舍。【客舍】喬吉、中呂山坡羊、冬日寫懷：　閑居客舍。　劉時中、中呂朝天子：明朝客舍。【院舍】關漢卿、黃鍾侍香金童套、神仗兒煞：深沈院舍。【蝸舍】喬吉、錢絲泫：一燈蝸舍。【還舍】張可久、雙調殿前歡、歸興：飄零湖海得還舍。【讀書舍】姚燧、中呂普天樂：　冷雨青燈讀書舍。湯式、南呂一枝花套、春思、梁州：冷淸淸空落下讀書舍。【竹籬茅舍】馬致遠、　雙調夜行船套：　青山正補牆頭缺，更那堪竹籬茅舍。【渭城官舍】張可久、雙調落梅風、春晚：柳青青渭城官舍。

社

【白雲社】張可久、雙調淸江引、湖山避暑：詩會白雲社。【白蓮社】馬致遠、雙調夜行船套：陶令白蓮社。【多情社】馬致遠、雙調夜行船套：據他有魂靈宜賽多情社。【黑雞社】喬吉、雙調雁兒落過得勝令、同省：夢入黃雞社。汪元亨、中呂朝天子、歸隱：醉入黃雞社。【黃虀社】喬吉、中呂山坡羊、冬日寫懷：孟嘗君不費黃虀社。【鴛鴦社】劉時中、中呂朝天子、同文子方鄧永年泛洞庭湖宿鳳凰台下：賽一道鴛鴦社。曾瑞、黃鍾醉花陰套、元宵憶舊、掛金索：賽一火鴛鴦社。【雞豚社】汪元亨、雙調雁兒落過得勝令、歸隱：笑結雞豚社。

麝

【沈麝】曾瑞、般涉調哨遍套、秋扇：龜背羅色同沈麝。【香麝】張可久、雙調水仙子、梅軒卽事：新詩筆下噴香麝。【蘭麝】張可久、雙調清江引、情：滿口兒噴蘭麝。

赦

【敎天赦】馬致遠、雙調夜行船套：唱道但得半米兒有擔擎底九千紙敎天赦。【殘雲赦】湯式、南呂一枝花套、春思、餘音：本待向楚王宮殢半緘剩雨殘雲赦。

⊙謝

【才謝】關漢卿、黃鍾侍香金童套：芍藥初開海棠才謝。【不謝】姚燧、雙調壽陽曲、詠李白：御調羹殃不謝。【王謝】汪元亨、正宮醉太平、警世：嘆烏衣一旦非王謝。【初謝】張可久、雙調落梅風、東嘉綠野橋：柳陰疏藕花初謝。【花謝】馬致遠、雙調夜行船套：今日春來，明朝花謝。【將謝】薛昂夫、呂中山坡羊、西湖雜詠、秋：芙蓉將謝。【都謝】張可久、中呂山坡羊、別懷：梨花都謝。【開謝】曾瑞、中呂快活三過朝天子、警世：一任敎花開謝。【擢謝】張養浩、雙調清江引、詠秋日海棠：莫遣霜擢謝。【金蓮謝】曾瑞、黃鍾醉花陰套、元宵憶舊、掛金索：似萬朶金蓮謝。【芙蓉謝】姚燧、中呂普天樂：塞雁來，芙蓉謝。【花開謝】喬吉、雙調水仙子、夢覺：三十年幾度花開謝。喬吉、雙調雁兒落過得勝令、同省：幾度花開謝。曾瑞、中呂山坡羊、妓怨：悲歡聚散花開謝。汪元亨、中呂朝天子、歸隱：二十載花開謝。【花枝謝】汪元亨、正宮醉太平、警世：花枝開時花枝謝。【荷花謝】張可久、雙調殿前歡、歸興：柳減荷花謝。【黃花謝】劉時中、中呂朝天子：滿眼黃花謝。【燈花謝】張可久、雙調清江引、夜景：銀燭燈花謝。【臘梅謝】曾瑞、黃鍾醉花陰套、元宵憶舊：凍雪才消臘梅謝。【瓊花謝】劉時中、中呂朝天子：休放瓊花謝。【玉梅驚謝】馬致遠、雙調壽陽曲：角聲寒玉梅驚謝。【水流花謝】張可久、雙調落梅風、春晚：兩無情水流花謝。【花開易謝】白樸、雙調喬木查套、對景、

卸

掛搭沽序：方信花開易謝。【海棠花謝】張可久、雙調落梅風、春晚：曉風寒海棠花謝。【初卸】張可久、雙調落梅風、和崔雪竹：玉驄嘶綉鞍初卸。張可久、中呂山坡羊、別懷：春衫初卸。【崩卸】汪元亨、正宮醉太平、警世：楚陽臺磚瓦平崩卸。【頭顱卸】汪元亨、正宮醉太平、警世：雁翎刀揮動頭顱卸。

榭

【亭榭】薛昂夫、中呂山坡羊、西湖雜詠、秋：山腰閃出閑亭榭。【舞榭】曾瑞、中呂山坡羊、妓怨：歌臺舞榭。【臺榭】曾瑞、般涉調哨遍套、秋扇、耍孩兒：臨臺榭。曾瑞、南呂四塊玉、閨情：思君凝望臨臺榭。張可久、中呂山坡羊、別懷：綠陰空鎖閑臺榭。

⊙夜

【一夜】貫雲石、雙調壽陽曲：這思量起頭兒一夜。【今夜】劉時中、中呂朝天子：更得捱今夜。盧摯、雙調壽陽曲、夜憶：這淒涼怎捱今夜。喬吉、越調小桃紅、中秋懷約：相思今夜。【年夜】曾瑞、黃鍾醉花陰套、元宵憶舊、掛金索：怎捱如年夜。【良夜】關漢卿、黃鍾侍香金童套：等閑辜負好天良夜。【昨夜】張可久、雙調落梅風、春晚：打梨花雨聲昨夜。【明夜】徐再思、雙調壽陽曲、春情：又不成再推明夜。【秋夜】張可久、雙調落梅風、東嘉綠野橋：憶西湖月明秋夜。【無夜】曾瑞、中呂快活三過朝天子、警世：無明無夜。【殘夜】劉時中、中呂朝天子、同文子方鄧永年泛洞庭湖宿鳳凰臺下：銀燭消殘夜。【寒夜】張可久、雙調落梅風、冬夜：夢不成小窗寒夜。【燈夜】曾瑞、黃鍾醉花陰套、元宵憶興、隨尾：見他人兩口兒家携著手看燈夜。【三更夜】劉時中、雙調清引：庭院三更夜。【千金夜】湯式、南呂一枝花套、春思：誰不道富貴千金夜。【分明夜】無名氏、越調鬪鵪鶉套：受悽惶甚識分明夜。【吳山夜】姚燧、中呂普天樂：浙秋江吳山夜。【雲屏夜】曾瑞、南呂罵玉郎過感皇恩採茶歌、惜花春起早：春鷄夢斷雲屏夜。【清秋夜】趙善慶、雙調慶東原、泊羅陽驛：靜寥寥門掩清秋夜。【淮南夜】無名氏、中呂普天樂：斷角疏鐘淮南夜。【銀屏夜】張可久、雙調清江引、秋思：寂寞銀屏夜。【十朝五夜】無名氏、中呂普天樂：雖是間阻了咱十朝五夜。【小窗清夜】張可久、雙調落梅風、席上爲眞士陳玉林作：玉成林小窗清夜。【小樓春夜】張可久、雙調落梅風、春晚：過清明小樓春夜。【好天良夜】盧摯、雙調壽陽曲、夜憶：辜負了好天良夜。馬致遠、雙調夜行船：沒多時好天良夜。白樸、雙調喬木查套、對景、尾：杯中酒好天良夜。【金吾呵夜】盧摯、中呂朱履曲、雪中黎正卿招飲：又沒甚金吾呵夜。

射

【相射】劉時中、中呂朝天子：寒光相射。

炙◉

【殘杯炙】薛昂夫、中呂山坡羊：是英雄雋敗殘杯炙。

蔗

【涼蔗】劉時中、中呂朝天子、同文子方鄧永年泛洞庭湖宿鳳凰臺下：金盤涼蔗。

借◉

【誰行借】喬吉、中呂山坡羊、冬日寫懷：牀頭金盡誰行借。【權教借】喬吉、雙調水仙子、李琬卿：五花文官誥權教借。【鄰僧借】張可久、雙調清江引、湖上：船問鄰僧借。

藉

【醞藉】曾瑞、般涉調哨遍套、秋扇、耍孩兒：賣弄他風流醞藉。【難藉】曾瑞、般涉調哨遍套、秋扇：除一身外餘陰難藉。

趄◉

【心趄】馬致遠、雙調夜行船套：休想我等閑心趄。【郎心趄】曾瑞、中呂山坡羊、妓怨：被娘間阻郎心趄。【身軀趄】汪元亨、正宮醉太平、警世：擲金錢趄的身軀趄。【身頹趄】汪元亨、正宮醉太平、警世：飲千鐘玉液身頹趄。【茅亭趄】張可久、雙調殿前歡、歸興：樹老茅亭趄。【參兒趄】汪元亨、正宮醉太平、警世：塞天邊一點參兒趄。【把箇身子兒趄】劉時中、越調寨兒令：越求和越把箇身子兒趄。

射貰○瀉○柘鷓○偖

【對偶】

劉時中、中呂朝天子：今日離筵，明朝客舍。

任昱、雙調沈醉東風、隱居：伴漁樵，苦茅屋。

喬吉、雙調雁兒落過得勝令，同省：身離丹鳳闕，夢入黃雞社。汪元亨，雙調雁兒落過勝令、歸隱：恥隨鴛鷺班，笑結雞豚社。馬致遠、雙調夜行船套：裴公綠野堂，陶令白蓮社。張養浩、雙調清江引、詠秋日海棠：恰被風吹開，莫遣霜摧謝。馬致遠、雙調夜行船套：今日春來，明朝花謝。張可久、雙調殿前歡、歸興：苔荒竹徑斜，樹老茅亭趄，柳滅荷花謝。曾瑞、中呂山坡羊、妓怨：春花秋月，歌臺舞榭。姚燧、中呂普天樂、浙江秋，吳山夜。劉時中、中呂朝天子、同文子方鄧永年泛洞庭湖宿鳳凰臺下：玉筯冰絲，金盤涼蔗。張可久、雙調清江引、湖上：酒從村店賒，船問鄰僧借。喬吉、雙調水仙子、李琬卿：一篇詞意思便隨斜，千金價恩情莽刿賒，五花文官誥權敎借。

入作去

孽⊙

【風流孽】湯式、南呂一枝花套、春思、梁州：可正是多情自作風流孽。

滅⊙

【半滅】曾瑞、黃鍾醉花陰套、元宵憶舊、神仗兒：殘燈半滅。【明滅】喬吉、中呂滿庭芳、漁父詞：晚來隔浦燈明滅。徐再思、雙調壽陽曲、梅影：鏡中春玉痕明滅。【消滅】汪元亨、雙調雁兒落過得勝令、歸隱：人物都消滅。無名氏、雙調壽陽曲：歌舞罷綵雲消滅。【將滅】劉時中、越調寨兒令：燈將滅。【人踪滅】喬吉、雙調沈醉東風、題扇頭括古詩：兎徑迷、人踪滅。

【紗燈滅】張可久、雙調清江引、秋思：月暗紗燈滅。【碑字滅】張可久、越調霜角、新安八景王陵夕照：苔花碑字滅。【敎天滅】關漢卿、雙調碧玉簫：負心的敎天滅。【螢明滅】張可久、雙調落梅風、春晚：麝煤銷露螢明滅。【一聲欲滅】馬致遠、雙調壽陽曲：長吁氣一聲欲滅。【把燈吹滅】盧摯、雙調壽陽曲、夜憶：長吁把燈吹滅。【夜闌燈滅】馬致遠、雙調夜行船套：急罰盞夜闌燈滅。【香消燭滅】關漢卿、黃鍾侍香金童套：玉爐中銀台上香消燭滅。

簸

【挑成簸】曾瑞、般涉調哨遍套、秋扇：斫湘川翠竹挑成簸。

拽⊙

【拖拽】張可久、雙調落梅風、離情：南樓上雁聲拖拽。【掤拽】汪元亨、正宮醉太平、警世：粗衣淡飯權掤拽。【難拽】喬吉、越調柳營曲、有感：悶弓兒難拽。

噎

【哽噎】無名氏、越調鬬鵪鶉套：越敎人哽噎。湯式、雙調湘妃遊月宮、春閨卽事：長吁氣短吁氣心胸哽噎。【嗚噎】無名氏、越調鬬鵪鶉套：又聽得城樓口畫角嗚噎。

咽

【哽咽】張可久、越調霜角、新安八景漁梁送客：話別、情哽咽。【聲咽】張可久、越調霜角、新安八景王陵夕照：暮蟬聲咽。

葉

【一葉】盧摯、黃鍾節節高、題洞庭鹿角廟壁：扁舟一葉。【冰葉】張可久、雙調清江引、湖上避暑：茶乳翻冰葉。【紅葉】張可久、雙調落梅風、冷泉亭小集：醉詩人滿山紅葉。馬致遠、雙調夜行船套：煮酒燒紅葉。薛昂夫、中呂山坡羊、西湖雜詠、秋：疎林紅葉。任昱、雙調沈醉東風、隱居：醉西風滿村紅葉。【春葉】貫雲石、雙調清江引、立春：木杪生春葉。【荷葉】商左山、雙調潘妃曲：包髻金釵翠荷葉。【梧葉】喬吉、越調小桃紅、中秋懷約：一片秋聲戰梧葉。【白楊葉】張可久、越調霜角、新安八景王陵夕照：幾樹白楊葉。【丹楓葉】汪元亨、正宮醉太平、警世：等御溝流出丹楓葉。【吟楓葉】張可久、雙調清江引、秋思：白柳吟風葉。【青桐葉】張可久、雙調清江引、秋思：露冷青桐葉。【金荷葉】劉時中、中呂朝天子、同文子方鄧永年泛洞庭湖宿鳳凰臺下：滿酌金荷葉。【金蕉葉】劉時中、中呂朝天子：泪滴滿金蕉葉。【辭柯葉】汪元亨、正宮醉太平、警世：了浮生脫似辭柯葉。【小舟一葉】馬致遠、雙調壽陽曲、洞庭秋月：泛蟾光小舟一葉。喬吉、雙調沈醉東風、題扇頭隱括古詩：載梨雲小舟一葉。【風飄敗葉】無名氏、越調鬭鵪鶉套：怕的是紗窗外風飄敗葉。

業⊙

【漢業】無名氏雙調壽陽曲：威漢業。【兢業】汪元亨、正宮醉太平警世：敵菊花香枕無競業。【勢業】薛昂夫、中呂山坡羊：掀天勢業。【學業】薛昂夫、中呂山坡羊：驚人學業。【相思業】馬致遠、雙調夜行船套：俺心合受這相思業。【前生緣業】盧摯、中呂朱履曲、天寧北山禪老招飲於雙松精舍：脂粉態前生緣業。

裂⊙

【皮膚裂】汪元亨、正宮醉太平、警世：雞心鎚抹皮膚裂。【咽喉裂】汪元亨、正宮醉太平、警世：呑綉鞋撐的咽喉裂。【龜紋裂】曾瑞、般涉調哨遍套、秋扇、二：晒曝得田畝龜紋裂。

冽

【凜冽】白樸、雙調喬木查套、對景、掛搭沽序：彤雲布朔風凜冽。

列

【排列】湯式、雙調湘妃引、聞嘲：驗屍場屠鋪似明排列。【羅列】湯式、雙調湘妃引、聞贈：一牀衾枕春羅列。【秋屏列】薛昂夫、中呂山坡羊、西湖雜詠、秋：天然粧點秋屏列。

烈

【忠烈】張可久、越調霜角、新安八景王陵夕照：遺廟在表忠烈。【轟烈】汪元亨、正宮醉太平、警世：祆神廟雷火皆轟烈。

⊙月

【一月】喬吉、中呂山坡羊、冬日寫懷：離家一月。【江月】喬吉、中呂山坡羊、漁父詞：秋江月。【明月】盧摯、雙調壽陽曲、別珠簾秀：空留下半江明月。關漢卿、黃鍾侍香金童套：雁底關河，馬頭明月。張可久、雙調落梅風、離情：洞簫寒滿天明月。徐再思、雙調壽陽曲、梅影：弄黃昏半窗明月。【風月】白樸、雙調喬木查套、對景、尾：休辜負了錦堂風月。喬吉、雙調春閨怨：擔兒上擔擔風月。馬致遠、雙調夜行船套：爭辜負了錦堂風月、曾瑞、中呂快活三過朝天子、警世：伴四季閑風月。【秋月】張可久、雙調落梅風、冷泉亭小集：老猿啼冷泉秋月。張可久、雙調落梅風、和崔雪竹：雁雲高薊門秋月。曾瑞、般涉調哨遍套：秋扇：按素練如秋月。【殘月】馬致遠、雙調壽陽曲：對著冷清清半窗殘月。貫雲石、雙調壽陽曲：順長江水流殘月。姚燧、雙調壽陽曲、詠李白：寫著甚楊柳岸曉風殘月。盧摯、雙調壽陽曲、夜憶：照離愁半窗殘月。【新月】張可久、雙調落梅風、冬夜：半簾風一鈎新月。【一輪月】無名氏、越調鬬鵪鶉套：似團圓一輪月。【山間月】汪元亨、中呂朝天子、歸隱：江上風山間月。【古時月】張可久、越調霜角、新安八景王陵夕照：今人見古時月。【西樓月】無名氏、越調鬬鵪鶉套：冷清清捱落西樓月。【江上月】、徐再思、黃鍾紅錦袍：泛桐江江上月。【江樓月】白樸、雙調駐馬聽、吹：一聲吹落江樓月。【初生月】商左山、雙調潘妃曲：似雲吐初生月。【板窗月】喬吉、雙調錢絲泫：枕書睡足松窗月。【杯中月】汪元亨、雙調雁兒落過得勝令、歸隱：酒泛杯中月。【胡笳月】張養浩、雙調清江引、詠秋日海棠：蔡琰胡笳月。【秦樓月】徐再思、中呂朝天子、楊姬：一曲秦樓月。【梨花月】曾瑞、南呂罵玉郎過感皇恩採茶歌、惜花春起早：朱簾卷起梨花月。【郵亭月】趙善慶、雙調慶東原、泊羅陽驛：一夜郵亭月。【梧桐月】無名氏、中呂普天樂：木犀風，梧桐月。【釣臺月】張可久、越調霜角、新安八景漁梁送客：他日寄書雙鯉、順流過釣臺月。【窗間月】盧摯、雙調壽陽曲、夜憶：窗間月。【殘更月】汪元亨、正宮醉太平、警世：縱繁華迴似殘更月。【團圓月】喬吉、越調小桃紅、中秋懷約：幸然不見團圓月。【蒼梧月】汪元亨、正宮醉太平、警世：赴西廂踏破蒼梧月。【澄澄月】貫雲石、雙調清江引、詠梅：茅舍澄澄月。【簾間月】湯式、南呂一枝花套、春思：清影弄簾間月。【朦朧月】關漢卿、中呂普天樂、崔張十六事：楊柳岸朦朧月。【瓊梳月】喬吉、越調小桃紅、花籃髻：錦筐露濕瓊梳月。【惠船明月】張可久、雙調落梅風、席上為眞士陳玉林作：攬瓊穌惠船明月。

悅

【歡悅】曾瑞、黃鍾醉花陰套、元宵憶舊、喜遷鶯：聽鼓吹喧天那歡悅。張養浩、雙調清江引、詠秋日海棠：見此應歡悅。汪元亨、正宮醉太平、警世：聽幾聲金縷心歡悅。盧摯、雙調壽陽曲、別珠簾秀：纔歡悅。【人皆悅】曾瑞、般涉調哨遍套、秋扇：合歡製時人皆悅。【十分悅】無名氏、中呂普天樂：碧醞釀十分悅。

越

【吳越】汪元亨、中呂朝天子、歸隱：干戈吳越。汪元亨、正宮醉太平、警世：怕靑山兩岸分吳越。關漢卿、雙調碧玉簫：休謊說不常尋吳越。

熱⊙

【不熱】無名氏、雙調壽陽曲：楚重瞳待爾不熱。【情熱】湯式、南呂一枝花套、春思、梁州：越情熱。【疼熱】汪元亨、正宮醉太平、警世：結知心朋友着疼熱。【眼熱】馬致遠、雙調夜行船套：見氣順的心疼，脾和的眼熱。【特熱】無名氏、雙調壽陽曲：誰似你做得來特熱。【腹熱】無名氏、越調鬬鵪鶉套：那的是腸荒腹熱。【腸熱】薛昂夫、中呂山坡羊：晚來覽鏡中腸熱。【天時熱】汪元亨、正宮醉太平、警世：天時涼撚指天時熱。【春初熱】貫雲石、雙調清江引、立春：火候春初熱。【排煮熱】喬吉、雙調雁兒落過得勝令、同省：傀儡排場熱。

爇⊙

【謹爇】關漢卿、黃鍾侍香金童套、神仗兒煞：把名香謹爇。

劣⊙

【薄劣】湯式、南呂一枝花套、春思、餘音：不是我怪膽兒年來太薄劣。湯式、雙調湘妃遊月宮、春閨即事：人薄劣何況情薄劣。【優劣】曾瑞、中呂快活三過朝天子、警世：窮通內分優劣。曾瑞、般涉調哨遍套、秋扇：耍和時輩爭優劣。【嬌劣】喬吉、越調小桃紅、花籃髻：翠織香穿逞嬌劣。【風兒劣】汪元亨、正宮醉太平、警世：撼林梢一陣風兒劣。

揑聶躡鑷囁臬櫱○蔑
○謁爗○鄴額○獵鬣
○說閱軏鉞檝蠛刖

【對偶】

劉時中、越調小桃紅：夜已闌，燈將滅。喬吉、雙調沈醉東風、題扇頭檃括古詩：兔徑迷，人踪滅。張可久、雙調清江引、秋思：青蘋泣露花，白柳吟風葉。張可久、雙調清江引、秋思：風寒白藕花，露冷青桐葉。張可久、雙調清江引、湖山避暑：桃笙捲浪花，茶乳翻冰葉。馬致遠、雙調夜行船套：和露摘黃花，帶霜分紫蟹，煮酒燒紅葉。無名氏、雙調壽陽曲：詆楚羈，成漢業。薛昂夫、中呂山坡羊：驚人學業，掀天勢業。湯式、雙調湘妃引、聞贈：四時裀褥錦重疊，八面幃屛花艷冶，一牀衾枕春羅列。無名氏、中呂普天樂：木犀風，梧桐月。趙善慶、雙調慶東原、泊羅陽驛：十載故鄉心，一夜郵亭月。貫雲石、雙調清江引、詠梅：溪橋淡淡煙，茅舍澄澄月。汪元亨、雙調雁兒落過得勝令、歸隱：茶烹鐺內雲，酒泛杯中月。喬吉、雙調錢綠汯：煮茶香掃梅梢雪，中酒酣迷紙帳蝶，枕書睡足松窗月。汪元亨、中呂朝天子、歸隱：基業隋唐，干戈吳越。喬吉、雙調雁兒落過得勝令、回省：桔槔地面寬，傀儡排場熱。貫雲石、雙調清江引、立春：水塘春始波，火候春初熱。湯式、雙調湘妃遊月宮、春閨即事：病乜斜恰似醉乜斜，身瘦怯那堪影瘦怯，人薄劣何況情薄劣。

第十五部

（庚青）

陰平

京⦿【西京】盧摯、雙調蟾宮曲、夷門懷古：氣壓西京。【朝京】曾瑞、般涉調哨遍套、思鄉：客窗幾度夢朝京。【燕京】張養浩、越調寨兒令、赴詹事丞：才到燕京。【瑤京】劉時中、雙調折桂令：吹上瑤京。【白玉京】張可久、南呂金字經、遊仙：帝鄉白玉京。湯式、正宮端正好套、題梧月堂：衿帶仙家白玉京。【天子還京】徐再思、雙調水仙子、馬嵬坡：妾雖亡天子還京。

庚【長庚】湯式、正宮端正好套、題梧月堂：揮手喚長庚。

賡【詩韻賡】張可久、南呂罵玉郎過感皇恩採茶歌、楊駒兒墓園：我把那詩韻賡。

更【一更】景元啓、雙調得勝令、歡會：願今宵閏一更。【二更】貫雲石、南呂金字經：蕭蕭月二更。【三更】張可久、中呂滿庭芳、秋夜不寐：鼓轉三更。趙善慶、雙調水仙子、客鄉秋夜：斷夢三更。姚燧、中呂醉高歌、感懷：榮枯枕上三更。盧摯、雙調蟾宮曲、小卿：楚天遙明月三更。關漢卿、雙調新水令套：聽樓頭畫鼓打三更。【四更】曾瑞、商調集賢賓套、宮詞：才交四更。景元啓、雙調得勝令：願今宵只四更。【殘更】曾瑞、雙調折桂令、閨怨：數盡殘更。【嚴更】劉時中、中呂朝天子、邱萬戶席上：高樓鼓角戒嚴更。【二三更】張可久、越調寨兒令、失題：直等到二三更。【彷彿二更】張可久、南呂一枝花套、湖上歸：笑歸來彷彿二更。

耕【奴耕】曾瑞、般涉調哨遍套、村居：婢織奴耕。【深耕】汪元亨、雙調折桂令、歸隱：賦歸來淺種深耕。【歸耕】鍾嗣成、雙調水仙子：歎吳儂何處歸耕。【雨種煙耕】張養浩、中呂十二月兼堯民歌：看一會雨種煙耕。

驚【不驚】曾瑞、般涉調哨遍套、村居：高眠夢不驚。張養浩、中呂十二月兼堯民歌：倒大來心頭不驚。【初驚】査德卿、仙呂一半兒、春夢：夢初驚。【飛驚】張可久、越調霜角、紫陽書聲：樓觀飛驚。【烏驚】徐再思、雙調蟾宮曲、月：露滴烏驚。【猿驚】張可久、南呂一枝花套、湖上歸：鶴怨猿驚。【魂驚】湯式、南呂一枝花套、贈教坊張韶舞善吹簫：感嬋娟孤舟嫠婦魂驚。【夢驚】張養浩、中呂朝天子、攜美姬湖上：方酒醒，夢驚。張養浩、雙調雁兒落兼得勝令：三十年一夢驚。【夢裏驚】鍾嗣成、雙調水仙子：風波夢裏驚。【魂夢驚】馬致遠、仙呂賞花時套、長江風送客：愁恨厭厭魂夢驚。【鶴夢驚】鍾嗣成、雙調水仙子、弔陳以仁：鳳簫塞鶴夢驚。徐再思、越調柳營曲、和聽雪：怪梅花喚回鶴夢驚。【蝶夢驚】徐再思、中呂普天樂、華嚴晚鐘：蝶夢驚，龍神聽。【風號浪驚】張可久、雙調折桂令、江上次劉時中韻：海樹黑風號浪驚。

荆

【荆柴】張養浩、越調寨兒令、冬：步出柴荆。盧摯、雙調蟾宮曲、陽翟道中田家即事：春滿柴荆。張可久、中呂朝天子、野景亭：牽牛籬落掩柴荆。【荒荆】曾瑞、般涉調哨遍套、思鄉：憶松楸敗境荒荆。

經

【丹經】張可久、越調寨兒令、山中分韻得聲字：駕青牛自取丹經。【看經】張可久、中呂朝天子、夜坐寄芝田禪師：夜來明月伴看經。【茶經】張可久、雙調湘妃怨、山中隱居：補注茶經。張可久、雙調折桂令、遊金山寺：不記茶經。【殘經】徐再思、中呂普天樂、華嚴晚鐘：誦琅函九九殘經。【卷經】曾瑞、般涉調哨遍套、村居：閑來看卷經。【曾經】曾瑞、般涉調哨遍套、思鄉：屢曾經。張養浩、越調寨兒令、赴詹事丞：幾曾經。【馱經】張可久、中呂紅綉鞋、天竺寺中：雪嶺馬馱經。【慣經】關漢卿、雙調新水令套、駐馬聽：閑愁可慣經。湯式、南呂一枝花套、贈美人號展香綿：孤眠的慣經。薛昂夫、正宮端正好套、閨怨：乍別離不慣經。【金字經】張可久、南呂四塊玉、史氏池亭：玉管笙，粉面箏，金字經。張可久、中呂朝天子、郊行盧使君索賦：玉娉婷金字經。

兢

【冷戰兢兢】張可久、越調寨兒令、失題：羅襪冷戰兢兢。

矜

【非矜】湯式、南呂一枝花套：贈教坊張韶舞善吹簫：非譽非矜。

⊙精

【水精】張可久、南呂一枝花套、湖上歸：波底龍宮漾水精。【蒼精】湯式、雙調天香引、贈友：劍吐蒼精。【結水精】張可久、南呂金字經、雪夜：老樹冰花結水精。【妖精】湯式、南呂一枝花套、嘲素梅：羅浮山舊日的妖精。

⊙睛

【眼睛】曾瑞、般涉調哨遍套、思鄉：何曾轉的眼睛。

⊙晶

【光晶】湯式、正宮端正好套、題梧月堂：明閃閃映珠箔萬葉光晶。

⊙旌

【簾旌】喬吉、雙調折桂令：風動簾旌。張可久、越調天淨沙、清明日郊行：碧桃花下簾旌。

⊙菁

【蔓菁】關漢卿、中呂普天樂、崔張十六事：陳倉老米，滿甕蔓菁。

⊙生

【三生】盧摯、雙調蟾宮曲、廣陵懷古：杜牧三生。【今生】曾瑞、商調集賢賓套、宮詞：好姻緣辜負了今生。【交生】曾瑞、般涉調哨遍套、村居：尙又怕稊稗交生。【平生】湯式、雙調天香引、留別友人：未盡平生。盧摯、雙調蟾宮曲、濛江舟中值雨：不負平生。喬吉、雙調折桂令、重九後一日遊蓬萊山：酒和花快我平生。【半生】湯式、雙調湘妃引、和陸進之韻：江湖已半生。【先生】曹德、雙調折桂令、自述：學飛升空老了先生。【此生】劉時中、雙調水仙操、寓意武昌元貞：舞東風過此生。【風生】張可久、中呂朝天子、野景亭：水面風生。張可久、雙調折桂令、松江懷古：白苧風生。張可久、正宮醉太平、金華山中：鐵笛風生。張可久、雙調水仙子、吳山秋夜：桂香飄雨袖風生。張可久、南呂一枝花套、湖上歸：十四絃指下風生。張可久、雙調沈醉東風、夜景：雪兒歌席上風生。【長生】徐再思、雙調蟾宮曲、月：萬古長生。張可久、越調寨兒令、山中分韻得聲字：笑我問長生。湯式、正宮端正好套、題梧月堂：擣藥兎長生。張可久、中呂紅綉鞋、開元遺事：玉人私語祝長生。張可久、雙調湘妃怨、山中隱居：丹翁投老得長生。張養浩、越調寨兒令、壽日燕飲：遞香羅爭祝長生。【春生】徐再思、雙調沈醉東風、息齋畫竹：老仙翁筆底春生。【冰生】張可久、南呂罵玉郎過感皇恩採茶歌、楊駒兒墓園：墨水冰生。【花生】張可久、中呂普天樂、渡揚子江：銀海花生。【殘生】曾瑞、中呂山坡羊、嘆世：捨殘生。【怎生】張養浩、雙調雁兒落兼得勝令：你頻來待怎生。薛昂夫、正宮端正好套、閨怨：偏今宵是怎生。【這生】喬吉、南呂一枝花套、合箏：風流這生。【書生】景元啓、雙調得勝令、歡會：書生，稱了風流興。喬吉、雙調折桂令、富子明壽：是輕衫矮帽書生。【張生】張可久、越調寨兒令、妓怨：崔夫人嫌殺張生。【雙生】無名氏、中呂普天樂：知他是雙生愛我，我愛雙生。鄭光祖、雙調蟾宮曲、夢中作：細尋尋思思雙生雙生。【餘生】貫雲石、雙調殿前歡：便了餘生。【發生】曾瑞、般涉調哨遍套、村居：攙造化奪時發生。【賈生】曾瑞、般涉調哨遍套、思鄉：久困長沙嘆賈生。【玉樓生】徐再思、越調柳營曲、和聽雪：寒栗玉樓生。【風漸生】湯式、雙調對玉環帶清江引、閨怨：藕花風漸生。【老先生】張養浩、越調寨兒令、赴詹事丞：你好自在也老先生。【香自生】貫雲石、雙調清江引、詠梅：玉肌素潔香自生。【池上生】張可久、南呂金字經、佛會：蓮花池上生。【看潮生】馬致遠、雙調撥不斷：浙江亭，看潮生。【待怎生】張養浩、中呂山坡羊：官，待怎生；錢，待怎生。【晚風生】鄭光祖、雙調蟾宮曲、夢中作：冷冷清清瀟湘景晚風生。【樹杪生】張養浩、中呂朝天曲：白雲忽向樹杪生。【翠煙生】張養浩、中呂十二月兼堯民歌：繞屋桑麻翠煙生。【翠袖生】貫雲石、雙調殿前歡：輕寒翠袖生。【嫩寒生】張可久、中呂紅綉鞋、雪芳亭：夜深花睡嫩寒生。【暮寒生】張可久、仙呂一半兒、梅邊：枝橫翠竹暮寒生。【月暗雲生】張可久、雙調折桂令、江上次劉時中韵：越山青月暗雲生。【青春後生】盧摯、商調梧葉兒、席間戲作四章：倒健如青春後生。

笙

【玉笙】張養浩、中呂朝天子、攜美姬湖上：錦箏，玉笙。張可久、中呂普天樂、贈別：聲沈玉笙。湯式、雙調對玉環帶清江引、閨怨：誰家調玉笙。【吹笙】徐再思、雙調蟾宮曲、月：聽梨花樹底吹笙。湯式、南呂一枝花套、贈教坊張韶舞善吹簫：緱山嶺王子晉不索吹笙。【鳳笙】張可久、中呂上小樓、春思：合鳳笙。【鳴笙】張可久、越調寨兒令、吳山塔寺：水殿鳴笙。【錦笙】張可久、越調寨兒令、觀張氏玉卿雙陸：間錦笙。【緱笙】喬吉、雙調折桂令、富子明壽：歌倚緱笙。【按曲吹笙】張可久、中呂滿庭芳、即景：試佳人按曲吹笙。

箏⊙

【玉箏】張可久、商調梧葉兒、山陰道中：聽一曲何人玉箏。張可久、中呂賞花時套、偶題：纖手風生白玉箏。湯式、越調柳營曲、聽箏：誰家小樓調玉箏。【按箏】湯式、南呂一枝花套：贈教坊張韶舞善吹簫：昭陽殿薛壽寧何勞按箏。【瑤箏】張可久、越調寨兒令、觀張氏玉卿雙陸：罷瑤箏。【彈箏】喬吉、南呂一枝花套、合箏：豪客醉彈箏。張可久、越調寨兒令、湖上避暑：雁雲低銀甲彈箏。【銀箏】張可久、中呂朝天子、夜行盧使君索賦：翠管銀箏。張可久、越調小桃紅、湖亭秋夜：玉手寄銀箏。湯式、雙調對玉環帶清江引、閨怨：何處理銀箏。張可久、越調寨兒令、春曉：睡起對銀箏。張可久、越調天淨沙、春夜：哀絃聲斷銀箏。曾瑞、般涉調哨遍套、思鄉：春筍花前按銀箏。【鬧箏】張可久、越調寨兒令、吳山塔寺：月輦鬧箏。【錦箏】張養浩、中呂朝天子、攜美姬湖上：錦箏，玉笙。【搊玉箏】張可久、越調凭欄人、江夜：江上何人搊玉箏。【膝上箏】張可久、越調凭欄人、晚晴小景：玉手纖纖膝上箏。

爭

【休爭】薛昂夫、雙調蟾宮曲、嘆世：雞羊鵝鴨休爭。【多爭】喬吉、雙調折桂令、重九一日遊蓬萊山：未必多爭。【難爭】曾瑞、商調集賢賓套、宮詞：唱道是人和悶可難爭。【戰爭】曾瑞、般涉調哨遍套、村居：人爲功名苦戰爭。【不多爭】曹德、雙調折桂令、自述：淡生涯却不多爭。貫雲石、雙調殿前歡：求名求利不多爭。【枉共春爭】盧摯、雙調蟾宮曲、夷門懷古：汴水煙波，隋隄困柳，枉共春爭。【虎鬬龍爭】汪元亨、雙調折桂令、歸隱：任烏飛兎走，虎鬬龍爭。【競渡人爭】張可久、越調寨兒令、憶鑑湖：競渡人爭，載酒船行。

丁⊙

【丁丁】張可久、越調寨兒令、湖上春行：樵斧丁丁。【園丁】薛昂夫、中呂朝天曲：將軍便去作園丁。【當當丁丁】關漢卿、雙調新水令套、駐馬聽：聒煞我也當當丁丁。

釘

【櫼釘】曾瑞、般涉調哨遍套、思鄉：羈縻人舟纜椿櫼釘。

仃

【伶仃】湯式、雙調天香引、代友人書其四：骨瘦伶仃。

扃⊙

【幽扃】張可久、南呂罵玉郎過感皇恩採茶歌、楊駒兒墓園：掩幽扃。【巖扃】張可久、雙調湘妃怨、山中隱居：半年不出巖扃。【夜不扃】湯式、正宮端正好套、題梧月堂：寬綽綽廣寒宮夜不扃。湯式、南呂一枝花套、贈美人號展香綿：人都道十二瑤臺夜不扃。【戶閉門扃】湯式、南呂一枝花套、卓文君花月瑞仙亭：辱末煞老丈人羞答答戶閉門扃。

【郊坰】張養浩、越調寨兒令、冬：遙望郊坰。

坰◉征◉氷

【宵征】喬吉、中呂滿庭芳、鐵馬兒：肅肅宵征。

【紅氷】張可久、中呂朝天子、箏手愛卿：纖纖香玉扣紅氷。【春氷】喬吉、南呂一枝花套、合箏：敲玉樹春氷。【呵氷】張可久、中呂滿庭芳、送別：賦離懷象管呵氷。【彈氷】張可久、中呂紅綉鞋、春夜：箏手碎彈氷。【調氷】張可久、越調寨兒令、湖上避暑：蔗漿寒素手調氷。【履氷】汪元亨、中呂朝天子、歸隱：足臨深履氷。【裁氷】徐再思、雙調蟾宮曲、贈粉英：瑤蓼裁氷。【嫩氷】張可久、雙調水仙子、暮景：綠沼寒魚觸嫩氷。【一壺氷】湯式、南呂一枝花套、贈教坊張韶舞善吹簫：月朗朗，一壺氷。【六月氷】張可久、南呂金字經、觀泉：千澗飛來六月氷。【玉壺氷】湯式、越調柳營曲、聽箏：敲碎玉壺氷。湯式、正宮端正好套、題梧月堂：金精光射玉壺氷。【唾壺氷】張可久、中呂山坡羊、雪夜：唾壺氷，短檠燈。【弄玉拈氷】張可久、越調寨兒令、觀張氏玉卿雙陸：手初交弄玉拈氷。

【阮步兵】盧摯、雙調殿前歡：愛詩家阮步兵。

兵◉簦◉燈

【擔簦】曹德、雙調折桂令、自述：負笈擔簦。

【天燈】張可久、中呂紅綉鞋、天竺寺中：玉蓮台下天燈。【夜燈】喬吉、雙調水仙子、若川秋夕聞砧：那岸窗紗閃夜燈。【漁燈】鄭光祖、雙調蟾宮曲、夢中作：半明不滅一點漁燈。【孤燈】張可久、南呂罵玉郎過感皇恩採茶歌、楊駒兒墓園：伴孤燈。【秋燈】張可久、雙調折桂令、江上次劉時中韻：古渡秋燈。【銀燈】張可久、中呂普天樂、贈別：影淡銀燈。【酥燈】張可久、越調寨兒令、吳山塔寺：玉花寒碧盌酥燈。【書燈】湯式、雙調湘妃引、和陸進之韻：愁對書燈。湯式、雙調天香引、代友人書：靜對書燈。張可久、中呂普天樂、秋懷：落月書燈。【一盞燈】張可久、雙調沈醉東風、夜景：萬卷堂深一盞燈。【九枝燈】湯式、正宮端正好套、題梧月堂：何用九枝燈。【看書燈】張可久、越調寨兒令、山中分韻得聲字：月伴看書燈。【雁足燈】張可久、南呂四塊玉：鵲尾爐，鳳嘴瓶，雁足燈。【短檠燈】張可久、越調寨兒令、春思、吹滅短檠燈。張可久、中呂滿庭芳、送別：熬盡短檠燈。馬致遠、仙呂賞花時套、長江風送客：淒涼愁損，相伴着短檠燈。【楊前燈】關漢卿、雙調新水令套、昏慘：楊前燈。【點上燈】關漢卿、雙調新水令套、沈醉東風：怕的是黃昏點上燈。【何處燈】張可久、南呂金字經、雪夜：小窗何處燈。

憎⊙

【又憎】張養浩、中呂山坡羊：神惡鬼嫌人又憎。【可憎】喬吉、南呂一枝花套、合箏：乞戲可憎。

罾

【魚罾】曹德、雙調折桂令、自述：月渡魚罾。【扳了罾】曾瑞：般涉調哨遍套、村居：漁翁扳了罾。

增

【寒增】曾瑞、商調集賢賓套、宮詞：翠被寒增。雙調折桂令、閨怨：繡幃孤翠被寒增。【愁悶增】薛昂夫、正宮端正好套、閨怨：向晚歸來愁悶增。

鐺⊙

【茶鐺】喬吉、正宮醉太平、樂閒：煮晴雪茶鐺。

琤

【琮琤】徐再思、越調柳營曲、和聽雪：龍甲琮琤。【瑽琤】喬吉、南呂一枝花套、合箏：迸瓊珠萬顆瑽琤。

撐

【打撐】張養浩、雙調雁兒落兼得勝令：人前強打撐。【影內撐】喬吉、雙調水仙子：船在琉璃影內撐。

稱⊙

【可稱】湯式、南呂一枝花套、卓文君花月瑞仙亭：那生，可稱。

英⊙

【寒英】喬吉、雙調折桂令、重九後一日遊蓬萊山：昨日寒英。【殘英】湯式、南呂一枝花套、嘲素梅：西湖上流出的殘英。【落英】湯式、正宮端正好套、題梧月堂：銀牀淨繽紛落英。湯式、南呂一枝花套、贈美人號展香綿：隨暮雨又不曾沾粘落英。【錦英】張可久、南呂一枝花套、湖上歸：挽玉手留連錦英。【斷腸英】張可久、越調寨兒令、憶鑑湖：花墜斷腸英。【王魁桂英】關漢卿、雙調新水令套、天仙子：一扇兒是王魁桂英。

鷹

【季鷹】張可久、中呂普天樂、秋懷：恩蓴季鷹。【走馬飛鷹】湯式、雙調天香引、贈友：玉鼻駒青絲轡走馬飛鷹。

鶯

【春鶯】盍西村、越調小桃紅、雜詠：問春鶯。【啼鶯】盧摯、雙調蟾宮曲、醉贈樂府珠簾秀：險些兒羞殺啼鶯。【流鶯】曾瑞、般涉調哨遍套、思鄉：問笙簧歌轉流鶯。【燕鶯】劉時中、雙調雁兒落過得勝令、送別：和風鬧燕鶯。【嬌鶯】喬吉、雙調折桂令：劣燕嬌鶯。【錦鶯】張養浩、中呂朝天曲：錦鶯，數聲。【鶯鶯】張可久、越調天淨沙、春情：春風何處鶯鶯。【花外鶯】喬吉、雙調水仙子：水邊鷗花外鶯。【林外鶯】張養浩、中呂朝天子、攜美姬湖上：怕羞殺林外鶯。【柳外鶯】張可久、越調凭闌人、晚晴小景：金羽翩翩柳外鶯。【弄燕調鶯】湯式、南呂一枝花套、卓文君花月瑞仙亭：暗包藏弄燕調鶯。

纓

【濯纓】張可久、雙調折桂令、讀史有感：滄浪可以濯纓。張可久、越調寨兒令、山中分韵得聲字：清水濯纓。張可久、雙調折桂令、松江懷古：解征衣便可濯纓。【簪纓】張養浩、越調寨兒令、壽日燕飲：盡是簪纓。【珠纓】張可久、越調寨兒令、吳山塔寺：寶光圓白傘珠纓。

縈

【縈縈】曾瑞、商調集賢賓套、宮詞：又不疼不痛病縈縈。【細縷縈縈】湯式、南呂一枝花套、贈教坊張韶舞善吹簫：柔腔度細縷縈縈。

◉輕

【帆輕】曾瑞、般涉調哨遍套、思鄉：駕孤舟一葉帆輕。【風輕】曾瑞、商調集賢賓套、宮詞：畫屋風輕。【皆輕】汪元亨、雙調折桂令、歸隱：去就皆輕。【身輕】喬吉、中呂滿庭芳、漁父詞：坐羊皮慣得身輕。【掌上輕】劉時中、雙調水仙操、寓意武昌元貞：纖腰掌上輕。【四蹄輕】喬吉、中呂滿庭芳、鐵馬兒：風入四蹄輕。【玉箏輕】無名氏、中呂喜春來：玉鼎添香玉箏輕。【片帆輕】馬致遠、仙呂賞花時套、長江風送客：風送片帆輕。【羽衣輕】張可久、南呂四塊玉、東浙舊游：兩袖松風羽衣輕。【馬蹄輕】張可久、越調寨兒令、觀張氏玉卿雙陸：單手馬蹄輕。【擔子輕】曾瑞、般涉調哨遍套、村居：累少方知擔子輕。【環珮輕】張可久、雙調水仙子、吳山秋夜：骨毛寒環珮輕。【價不輕】湯式、南呂一枝花套、卓文君花月瑞仙亭：長門賦黃金價不輕。【載雲輕】徐再思、雙調水仙子、傳人釘履：金蓮脫瓣載雲輕。【翡翠輕】徐再思、中呂陽春曲、春情：楊柳風微翡翠輕。【舞盤輕】張可久、中呂紅綉鞋、開元遺事：花上舞盤輕。【一葉帆輕】盧摯、雙調蟾宮曲、小卿：渡口風來，一葉帆輕。

坑

【火坑】張養浩、中呂十二月兼堯民歌：從跳出功名火坑。【水坑】曾瑞、般涉調哨遍套、村居：準備着天晴澮水坑。【愁坑】湯式、雙調天香引、代友人書：填不滿愁坑。

卿

【耆卿】張可久、雙調折桂令、酒邊分得卿字韵：詩酒耆卿。【花卿】盧摯、雙調殿前歡：都爲花卿。【蘇卿】盧摯、雙調蟾宮曲、小卿：金斗蘇卿。徐再思、雙調蟾宮曲、贈粉英：花下蘇卿。鄭光祖、雙調蟾宮曲、夢中作：你可閃下蘇卿。無名氏、中呂普天樂：兀的不風流浪子蘇卿。【卿卿】景元啓、雙調得勝令、歡會：卿卿，願今宵閏一更。張可久、雙調折桂令、秋夜閨思：誰更卿卿。中呂普天樂、渡揚子江：寫新聲寄與卿卿。盧摯、雙調蟾宮曲、醉贈樂府珠簾秀：繫行舟誰遣卿卿。【蘇小卿】張可久、雙調湘水怨、春思：望月瞻星蘇小卿。

傾

【重傾】徐再思、雙調蟾宮曲、月：問青天呼酒重傾。【頻傾】盧摯、雙調殿前歡：酒頻傾。【玉山傾】張養浩、越調寨兒令、壽日燕飲：扶翠袖玉山傾。【淚似傾】貫雲石、南呂金字經：別離淚似傾。【淚如傾】關漢卿、雙調新水令套、梅花酒：朝忘餐淚如傾。馬致遠、仙呂賞花時套、長江風送客：撲簌簌淚如傾。【勢如傾】張養浩、越調寨兒令、冬：滾滾勢如傾。【雨泪如傾】曾瑞、商調集賢賓套、宮詞：痛傷悲雨泪如傾。

⊙馨

【自馨】湯式、南呂一枝花套、贈教坊張韶舞善吹簫：常言道有麝自馨。【芳馨】劉時中、雙調折桂令、送王叔能赴湘南廉使：蘭蕙芳馨。

⊙青

【山青】曾瑞、般涉調哨遍套、思鄉：驕馬烟嵐亂山青。【不】湯式、南呂一枝花套、贈教坊張韶舞善吹簫：無藍不青。【瓜青】曾瑞、般涉調哨遍套、村居：筍黃菜綠瓜青。【丹青】張養浩、越調寨兒令、冬：巧丹青。盧摯、雙調蟾宮曲、夷門懷古：河岳丹青。喬吉、雙調折桂令、七夕贈歌者：崔徽休寫丹青。張可久、雙調折桂令、秋夜閨思：瘦人兒不似丹青。【青青】喬吉、雙調折桂令、重九後一日遊蓬萊山：醉眼青青。劉時中、雙調水仙操、寓意武昌元貞：宮柳正青青。張可久、黃鍾人月圓、秋日湖上：楊柳尙青青。喬吉、雙調折桂令：隔朱樓楊柳青青。汪元亨、雙調沈醉東風：對芝山依舊青青。張可久、正宮小梁州、訪杜高女：飛來峯下樹青青。【踏青】張可久、越調寨兒令、失題：鬬草踏青。【佛頭青】張可久、南呂一枝花套：湖上歸：山似佛頭青。【遠山青】關漢卿、雙調新水令套、得勝令：捨不得眉黛遠山青。【越山青】張可久、越調寨兒令、憶鑑湖：何處越山青。【草自青】徐再思、雙調水仙子、馬嵬坡：黃壤春深草青青。【暮天青】馮子振、雙調紅綉鞋、題張小山蘇隄漁唱：山小暮天青。【亂峯青】無名氏、雙調駐馬聽：夕陽江上亂峯青。【萬古青】馬致遠、雙調撥不斷：惟有西山萬古青。【怨煞丹青】關漢卿、雙調新水令套：無端怨煞丹青。

清

【空清】湯式、正宮端正好套、題梧月堂：滿目空清。【風清】喬吉、雙調折桂令、重九後一日遊蓬萊山：重陽雨冷風清。薛昂夫、雙調蟾宮曲、嘆世：又圖箇月朗風清。【耳清】劉時中、中呂朝天子：耳清、體輕。【晨清】張可久、中呂普天樂、贈白玉梅：玉骨長清。【清清】曾瑞、商調集賢賓套、宮詞：香消燭滅冷清清。【澄清】張可久、雙調折桂令、湖上雪晴魯至道席間賦：攬轡澄清。張養浩、越調寨兒令、冬：喜天地氣澄清。劉時中、雙調折桂令、送王叔能赴湘南廉使：瀟湘一派澄清。【酟清】曾瑞、般涉調哨遍套、村居：甕裏新醅潑酟清。【帳清】鍾嗣成、雙調水仙子、弔陳以仁：蕙帳清。【興清】張養浩、中呂朝天曲：興清、半晴。【塵清】湯式、雙調天香引、贈友：北塞塵清。【輕清】喬吉、南呂一枝花套、合箏：搊銀甲指撥輕清。湯式、南呂一枝花套、贈教坊張韶舞善吹簫：七數明指法輕清。【下紫清】湯式、正宮端正好套、題梧月堂：嬌滴滴半夜嫦娥下紫清。【古寺清】馬致遠、雙調壽陽曲、煙寺晚鐘：寒烟細、古寺清。【風閑清】無名氏、越調凭闌人：畫樓風露清。【句語清】關漢卿、中呂普天樂、崔張十六事：五言詩句語清。【夜氣清】關漢卿、雙調碧玉簫：雕闌外夜氣清。【冷清清】關漢卿、雙調新水令套、收江南：可憐見今宵獨自個冷清清。【字字清】張養浩、中呂朝天曲：吐新詩字字清。【風物清】張可久、越調霜角、南山秋色：地靈，風物清。【有餘清】徐再思、雙調蟾宮曲、贈粉英：更有餘清。【夢魂清】張可久、南呂四塊玉、史氏池亭：風細荷香夢魂清。【詩夢清】張可久、南呂金字經、雪夜：鶴眠詩夢清。【瘦影清】曾瑞、般涉調哨遍套、思鄉：梅枕寒流瘦影清。【暑氣清】曾瑞、般涉調哨遍套、村居：楊柳陰濃暑氣清。【冰雪之清】湯式、南呂一枝花套、卓文君花月瑞仙亭：一字字冰雪之清。【玉潔冰清】湯式、南呂一枝花套、嘲素梅：虛擔著玉潔冰清。

聲⊙

【山聲】曾瑞、般涉調哨遍套：聽農家野調山聲。【文聲】馮子振、雙調紅繡鞋、題張小山蘇隄漁唱：南州高士文聲。【水聲】張可久、中呂朝天子、夜坐寄芝田禪師：冷冷水聲。【江聲】盧摯、雙調蟾宮曲、廣陵懷古：懷斷江聲。張可久、雙調折桂令、遊金山寺：撼崩崖半夜江聲。【風聲】張可久、越調寨兒令、妓怨：怕風聲。喬吉、雙調折桂令、簾內佳人瞿子成索賦：難掩風聲。張可久、越調寨兒令、春思：尋尋覓覓風聲。【雨聲】徐再思、雙調水仙子、馬嵬坡：建章宮梧桐雨聲。【金聲】徐再思、中呂普天樂、華嚴晚鐘：鼎鼎金聲。【松聲】張可久、黃鍾人月圓、秋日湖上：半嶺松聲。徐再思、中呂紅繡鞋、道院：半窗明月松聲。張可久、正宮小梁州、訪杜高士：杖藜十里聽松聲。【秋聲】張可久、中呂滿庭芳、卽景：老樹秋聲。張可久、越調寨兒令：林外起秋聲。張可久、雙調水仙子、吳山秋夜：山頭樹起秋聲。張可久、中呂滿庭芳、秋夜不寐：玉丁當樓外秋聲。張可久、正宮醉太平、金華山中：四山向月共秋聲。鄭光祖、雙調蟾宮曲、夢中曲：正蕭蕭颯颯和銀箏失留疎刺秋聲。【無聲】徐再思、越調柳營曲、和聽雪：柳絮冷無聲。喬吉、雙調水仙子、若川秋夕聞砧：露華零梧葉無聲。【清聲】關漢卿、雙調碧玉簫：指下風生，瀟洒弄清聲。汪元亨、雙調折桂令、歸隱：伯夷貧千古清聲。【琴聲】湯式、南呂一枝花套、卓文君花月瑞仙亭：隔幽花一片琴聲。【有聲】張養浩、越調寨兒令、冬：打書窗只聞風有聲。【泉聲】張養浩、中呂十二月兼堯民歌：泉聲，響時仔細聽。【春聲】張可久、中呂紅繡鞋、歲暮：啼鳥泛春聲。【浪聲】湯式、雙調慶東原、京口夜泊：江心浪聲。【歌聲】張養浩、雙調雁兒落兼得勝令：歌聲、積漸的無心聽。盧摯、雙調蟾宮曲、醉贈樂府珠簾秀：雲外歌聲。姚燧、中呂醉高歌、感懷：十年燕月歌聲。盧摯、中呂朱履曲：六花飛惹越歌聲。張養浩、越調寨兒令、壽日燕飲：捧金杯鬭和歌聲。喬吉、雙調折桂令、都分在流水歌聲。【鼓聲】湯式、雙調慶東原、京口夜泊：城頭鼓聲。張可久、雙調沈醉東風、秋夜旅思：二十五點更鼓聲。【新聲】張可久、南呂罵玉郎過感皇恩採茶歌、楊駒兒墓園、寫新聲。張可久、雙調水仙子、暮景：畫角新聲。曾瑞、般涉調哨遍套、思鄉：詞賡和新聲。張可久、越調寨兒令、湖上春行：蘇隄漁唱新聲。張可久、越調天淨沙、春夜：紫雲娘白雪新聲。張可久、中呂紅綉鞋、雪芳亭：玉娉婷樂府新聲。【蟬聲】張可久、雙調折桂令、三衢平山亭：喚秋來高樹蟬聲。【簫聲】曾瑞、雙調折桂令、閨怨：秦城望斷簫聲。湯式、南呂一枝花套、贈教坊張韶舞善吹簫：驀聞得何處簫聲。【鐘聲】湯式、雙調慶東原、京口夜泊：山頂鐘聲。【數聲】張養浩、中呂朝天曲：錦鶯，數聲。趙善慶、雙調水仙子、客鄉秋夜：孤雁數聲。喬吉、南呂一枝花套、合箏：按金縷歌喉數聲。【三四聲】劉時中、中呂朝天子：漁歌三四聲。張可久、中呂朝天子、野景亭：聽漁歌三四聲。果德卿、仙呂一半兒、春夢：花外啼鳥三四聲。徐再思、雙調清江引、春夜：雲間玉簫三四聲。馬致遠、雙調壽陽曲、烟寺晚鐘：順西風晚鐘三四聲。【不住聲】曾瑞、商調集賢賓套、宮詞：啼樹宮鴉不住聲。【水下聲】張可久、南呂一枝花套、湖上歸：幽咽泉流水下聲。【玉罄聲】張可久、南呂金字經、佛會：靈山頂，半空玉罄聲。【江上聲】張可久、南呂金字經、遊仙：粉箏江上聲。【杜鵑聲】張可久、中呂喜春來、金華客舍：昨夜杜鵑聲。【何處聲】張可久、中呂山坡羊、雪夜：長笛不知何處聲。【叫幾聲】關漢卿、雙調新水令套、梅花酒：雁兒呀呀的叫幾聲。【月下聲】薛昂夫、正宮端正好套、閨怨：錦瑟閒生疎了月下聲。【未出聲】關漢卿、中呂普天樂、崔張十六事：請字兒未出聲。【孤雁聲】關漢卿、雙調新水令套、川撥棹：聽長空孤雁聲。【兩三聲】張可久、中呂朝天子、郊行盧使君索賦：提壺花外兩三聲。王舉之、中呂紅綉鞋、秋日湖上：柳塘新雁兩三聲。【長嘆聲】張可久、越調凭闌人、江夜：滿江長嘆聲。【羌笛聲】張可久、仙呂一半兒、梅邊：人倚畫樓羌笛聲。【乳燕聲】張可久、雙調落梅風、春思：嬌鶯韻，乳燕聲。【俱有聲】張養浩、中呂朝天曲：水和山俱有聲。【棹歌聲】張可久、越調寨兒令、湖上避暑：何處棹歌聲。【流水聲】張可久、越調凭闌人、青夜：竹根流水聲。【絃上聲】姚燧、雙調壽陽曲：琵琶慢調絃上聲。【羌管聲】張可久、中呂普天樂、贈白玉梅：西樓羌管聲。【紫簫聲】徐再思、中呂陽春曲、春情：腸斷紫簫聲。【第四聲】貫雲石、南呂金字經：休唱陽關第四聲。【賣花聲】張可久、越調寨兒令、春曉：彈一曲賣花聲。貫雲石、雙調殿前歡：幾番風送賣花聲。【斷腸聲】湯式、越調柳營曲、聽箏：盡是斷腸聲。張可久、南呂四塊玉、傷春：恨煞啼鵑斷腸聲。馬致遠、南呂四塊玉、潯陽江：商女琵琶斷腸聲。【聽雞聲】鍾嗣成、雙調水仙子：燈前撫劍聽雞聲。【聽鶯聲】無名氏、中呂喜春來：軟紅深處聽鶯聲。【燕鶯聲】徐再思、商調梧葉兒、春思：普收燕鶯聲。【幽韻繁聲】湯式、正宮端正好套、題梧月堂：輕拂拂蕩微風幽韻繁聲。【飲氣吞聲】張養浩、越調寨兒令、赴詹事丞：管件使飲氣吞聲。

升

【數升】無名氏、雙調壽陽曲：問娉婷謁漿到十數升。

汀⊙

【沙汀】張可久、雙調折桂令、讀史有感：潮落沙汀。喬吉、雙調折桂令：鴛鷺沙汀。關漢卿、雙調新水令套、收江南：且休要等閒尋件宿沙汀。鄭光祖、雙調蟾宮曲、夢中作：飄飄泊泊船攬定沙汀。【蓼花汀】關漢卿、雙調新水令套、七弟兄：快疾忙飛過蓼花汀。【蘋花汀】張可久、越調小桃紅、湖亭秋夜：錦鴛偷占蘋花汀。【敗葦寒汀】盧摯、雙調蟾宮曲、小卿：冷清清敗葦寒汀。

聽

【不聽】無名氏、雙調駐馬聽：塵勞事不聽。【倦聽】薛昂夫、正宮端正好套、閨怨：離歌倦聽。【寧聽】曾瑞、般涉調哨遍套、村居：我攢頻抱膝可寧聽。【留聽】張可久、越調天淨沙、春夜：主人留聽。【視聽】湯式、正宮端正好套、題梧月堂：無竹無絲亂視聽。【誰聽】張可久、南呂罵玉郎過感皇恩採茶歌、楊駒兒墓園：小樓風雨共誰聽。【試聽】湯式、南呂一枝花套、贈美人號展香綿：知音的試聽。【難聽】景元啓、雙調得勝令：客中最難聽。關漢卿、雙調新水令套、簷間鐵㚕難聽。【人厭聽】喬吉、中呂滿庭芳、鐵馬兒：銅腸人厭聽。【不堪聽】曾瑞、商調集賢賓套、宮詞：秋蟲夜語不堪聽。【不待聽】湯式、雙調對玉環帶清江引、閨怨：佳音不待聽。【仔細聽】張養浩、中呂十二月兼堯民歌：響時仔細聽。【和泪聽】張可久、越調凭闌人、江夜：隔江和泪聽。【隔簾聽】貫雲石、雙調殿前歡：隔簾聽，幾番風送賣花聲。【錦罩內聽】喬吉、南呂一枝花套、合箏：彷彿似鸚鵡聲訛錦罩內聽。

星⊙

【文星】張可久、雙調折桂令、湖上雪景魯至道席間賦：碧天高東魯文星。【金星】張可久、正宮小梁州、訪杜高士：桂飄香滿地金星。【殘星】張可久、雙調水仙子、暮景：靑天歸雁帶殘星。【瞻星】張可久、越調寨兒令、觀張氏玉卿雙陸：步輕挪望月瞻星。【樂星】湯式、南呂一枝花套、贈教坊張韶舞善吹簫：趁鵷班隨鷺序落落疎疎見樂星。【壽星】喬吉、雙調折桂令、富子明壽：賀綠鬢朱顏壽星。【雙星】喬吉、雙調折桂令、七夕贈歌者：臥看雙星。馬致遠、仙呂靑哥兒、七月：閑只管銀河問雙星。【一潭星】喬吉、中呂滿庭芳、漁父詞：牽動一潭星。【數點星】徐再思、雙調水仙子、佳人釘履：三寸中數點星。【幾處星】喬吉、雙調水仙子、若川秋夕聞砧：又多添幾處星。【處士星】張可久、商調梧葉兒、山陰道中：天邊處士星。【鬢星星】張養浩、雙調雁兒落兼得勝令：那更鬢星星。汪元亨、中呂朝天子、歸隱：滄波照影鬢星星。【白髮星星】張可久、中呂普天樂、秋懷：不饒人白髮星星。【孤槎客星】盧摯、雙調蟾宮曲、濛江舟中值雨：想猜是孤槎客星。【牽牛織女星】盧摯、雙調沈醉東風、七夕：臥看牽牛織女星。

醒

【未醒】張可久、中呂滿庭芳、送別：愁春未醒。【半醒】徐再思、越調柳營曲、和聽雪：酒半醒。【酒醒】張可久、中呂滿庭芳、秋夜不寐：西窗酒醒。劉時中、雙調折桂令、送王叔能赴湘南廉使：尋春酒醒。【醉醒】張可久、正宮醉太平、金華山中：詩翁醉醒。【何日醒】曾瑞、商調集賢賓套、宮詞：心如醉何日醒。

惺

【惜惺惺】張可久、越調寨兒令、妓怨：一步步惜惺惺。關漢卿、中呂普天樂、崔張十六事：惺惺的偏惜惺惺。

腥　【海雲腥】張可久、越調小桃紅、別瀲川楊安撫：晚風吹上海雲腥。

⊙觥　【金觥】張可久、雙調折桂令、酒邊分得卿字韻：下金觥。

⊙僧　【山僧】張可久、越調寨兒令：松下倚山僧。張可久、中呂紅綉鞋、天竺寺中：紅塵無事惱山僧。【高僧】雙調折桂令、松江懷古：泛輕舟何處高僧。【老僧】曹德、雙調折桂令、自述：究生死乾忙殺老僧。【雲會僧】張可久、南呂金字經、佛會：十方雲會僧。【閣上僧】張可久、雙調沈醉東風、秋夜旅思：得似璩源閣上僧。

⊙兄　【弟兄】張可久、雙調折桂令、松江懷古：負重名陸家弟兄。【孔方兄】張可久、雙調湘妃怨、春思：糶風賣雨孔方兄。

⊙烹　【堪烹】薛昂夫、雙調蟾宮曲、嘆世：堪炙堪烹。

麠鶊粳羔涇○鶄○甥

牲猩○玎○正貞禎徵

蒸烝○笄○登氃㽅○

轟薨○曾熷○錚猙瞠

○秤赬檉蟶○瑛應譍

櫻嬰嚶嬰鸚瓔○誙硜

鏗○鯖○勝昇陞○廳

鞓鞓○鯹騂○崩繃○

肱○甖○亨○泓

【對偶】

盧摯、雙調蟾宮曲、小卿：吳江闊澄波萬頃，楚天遙明月三更。趙善慶、雙調水仙子、客鄉秋夜：寒燈一檠，孤雁數聲，斷夢三更。曾瑞、般涉調哨遍套、村居：妻蠶女繭，婢織奴耕。鍾嗣成、雙調水仙子：日月閒中過，風波夢裏驚。曾瑞、般涉調哨遍套、村居：無愁心自安，高眠夢不驚。湯式、南呂一枝花套、贈教坊張韶舞善吹簫：動蜿蜒幽壑潛蛟舞躍，感嬋娟孤舟嫠婦魂驚。徐再思、雙調蟾宮曲、月：夜冷魚沈，山空鶴唳，露滴烏驚。曾瑞、般涉調哨遍套、村居：興來畫片山，閑來看卷經。張可久、中呂紅綉鞋、天竺寺中：月窗猿聽講，雪嶺馬馱經。張可久、南呂四塊玉、史氏池亭：玉管笙，粉面箏，金字經。張可久、越調寨兒令、失題：寶香寒靜悄悄，羅襪冷戰兢兢。張可久、南呂一枝花套、湖上歸：巖阿禪窟鳴金磬，波底龍宮漾水精。湯式、雙調天香引、贈友：瑞、纛撤紅塵、旗翻赤明，劍吐蒼精。曾瑞、般涉調哨遍套、思鄉：雖然動的脚糧，何曾轉的眼睛。湯式、正宮端正好套、題梧月堂：滴溜溜掛雕簷一輪寶鏡，明閃閃映珠箔萬葉光晶。喬吉、雙調折桂令：烟鎖窗紗，風動簾旌。曾瑞、中呂山坡羊、嘆世：幹虛名、捨殘生。張可久、正宮醉太平、金華山中：金華洞冷，鐵笛風生。湯式、正宮端正好套、題梧月堂：繞枝烏不定，搗藥兎長生。曾瑞、般涉調哨遍套、思鄉：遲留荆楚悲王粲，久困長沙嘆賈生。曹德、雙調折桂令、自述：究生死乾忙殺老僧，學飛昇空老了先生。喬吉、雙調折桂令、重九後一日遊蓬萊山：蜂與蝶從他世情，酒和花快我平生。張可久、雙調沈醉東風、夜景：雲母屏花前月明，雪兒歌席上風生。張可久、南呂一枝花套、湖上歸：六一泉亭上詩成，三五夜花前月明，十四絃指下風生。張可久、越調寨兒令、觀張氏玉卿雙陸：閒錦笙，罷瑤箏。張可久、中呂上小樓、春思：搊錦箏，合鳳笙。張可久、越調寨兒令、吳山塔寺：月聳閒箏，水殿鳴笙。湯式、雙調對玉環帶清江引、閨怨：何處理銀箏，誰家調玉笙。張可久、中呂滿庭芳、即景：命仙客聯詩賦鼎，試佳人按曲吹笙。徐再思、雙調蟾宮曲、月：看楊柳樓心弄影，聽梨花樹底吹笙。張可久、南呂四塊玉、傷春：倚綉屏、搊錦箏、調玉笙。湯式、南呂一枝花套、贈教坊張韶舞善吹簫：柯亭館桓叔夏再莫橫笛，昭陽殿薛壽寧何勞按箏，緱山嶺王子晉不索吹笙。喬吉、南呂一枝花套、合箏：佳人嬌和曲，豪客醉彈箏。張可久、越調凭闌人、晚晴山景：金羽翩翩柳外鶯，玉手纖纖膝上箏。曾瑞、般涉調哨遍套、思鄉：櫻唇月下品玉簫，春筍花前按銀箏。曾瑞、般涉調哨遍套、村居：菜因澆灌多榮旺，人爲功名苦戰爭。喬吉、南呂一枝花套、合箏：滴銀盤秋雨，敲玉樹春冰。湯式、越調柳營曲、聽箏：滴碎金砌雨，敲碎玉壺冰。　張可久、中呂滿庭芳、送別：思往事銀瓶墜井，賦離懷象管呵冰。　徐再思、雙調蟾宮曲、贈粉英：玉蕊含香，瓊蕤沁月，瑤萼裁冰。湯式、南呂一枝花套、贈教坊張韶舞善吹簫：露瀼瀼萬籟沈，風淡淡三更靜，天空空千里水，月朗朗一壺冰。　曹德、雙調折桂令、自述：負笈擔簦，賣藥修琴。　張可久、中呂普天樂、贈別：聲沈玉笙，影淡銀燈。　張可久、中呂紅綉鞋、天竺寺中：金粟池中水鏡，玉蓮台下天燈。關漢卿、雙調折桂令：明朗朗窗前月，昏慘慘楊前燈。　張可久、越調寨兒令、吳山塔寺：寶光圓白傘珠瓔、玉花寒碧盌酥燈。　喬吉、雙調水仙子：若川秋夕聞砧、誰家練杵動秋庭、那岸窗紗閃夜燈。　張可久、南呂四塊玉、東浙舊游：鵲尾爐、鳳嘴瓶、雁足燈。　曾瑞、般涉調哨遍套、村居：樵夫叉了柴，漁翁扳了罾。　曹德、雙調折桂令、自述：雪嶺樵柯，烟村牧笛、月渡魚罾。　喬吉、正宮醉太平、樂閒：鍊秋霞汞鼎，煮晴雪茶鐺。　徐再思、越調柳營曲、和聽雪：鬣葉縱橫，龍甲琮琤。　張可久、中呂普天

樂、秋懷：釣魚子陵，思蓴季鷹。　湯式、雙調天香引、贈友：翠柳營金花帳重裀列鼎，玉鼻鈎青絲轡走馬飛鷹。　湯式、南呂一枝花套、卓文君花月瑞仙亭：明出落求鸞覓鳳，暗包藏弄燕調鶯。　汪元亨、雙調折桂令、歸隱：山可逃名，水可濯纓。　湯式、南呂一枝花套、贈教坊張韶舞善吹簫：低頭吐遊絲颺颺，柔腔度細縷縈縈。張可久、越調寨兒令、觀張氏玉卿雙陸：雙敲象齒鳴，單走馬蹄輕。　徐再思、中呂陽春曲、春情：桃花月淡胭脂泛，楊柳風從翡翠輕。　曾瑞、般涉調哨遍套、村居：身閑才見公途險，累少方知擔子輕。　無名氏、中呂喜春來：金釵翦燭金蓮泛，玉鼎添香玉箏輕。　喬吉、中呂滿庭芳、漁父詞：臥御榻彎的腿疼，坐羊皮慣得身輕。　張可久、雙調湘妃怨、春思：糶風賣雨孔方兄，望月瞻星蘇小卿。　張養浩、越調寨兒令、壽日燕飲：徹青霄仙樂響，扶翠袖玉山傾。　張可久、南呂一枝花套、湖上歸：花如人面紅，山似佛頭青。　馮子振、雙調紅綉鞋、題張小山蘇隄漁唱：水空秋月泛，山小暮天青。　無名氏、雙調駐馬聽：月小潮平，紅蓼灘頭秋水泛，天空雪淨，夕陽江上亂峯青。　鍾嗣成、雙調水仙

子、弔陳以仁：芝堂靜，蕙帳清。張可久、雙調折桂令、湖上雪晴魯至道席間賦：衣錦歸來，攬轡澄清。張養浩、越調寨兒令、冬：愛園林春浩蕩，喜天地氣澄清。湯式、正宮端正好套、題梧月堂：舞翩翩九苞鸞鷟迷青鎖，嬌滴滴半夜嫦娥下紫清。曾瑞、般涉調哨遍套、村居：葫蘆花發香風細，楊柳陰濃暑氣清。曾瑞、般涉調哨遍套、村居：盤中熟筍和生菜，甕裏新醅潑酟清。曾瑞、般涉調哨遍套、思鄉：竹穿壞壁涼陰淺，梅枕寒流瘦影清。張可久、雙調落梅風、春思：嬌鶯韻，乳燕聲。張可久、黃鍾人月圓、秋日湖上：孤墳梅影，半嶺松聲。喬吉、雙調折桂令、簾內佳人瞿子成索賦：休放春愁，難掩風聲。曾瑞、般涉調哨遍套、思卿：詩酬酢好句，詞賡和新聲。徐再思、中呂紅繡鞋、道院：一榻白雲竹徑，半窗明月松聲。馮子振、雙調紅綉鞋、題張小山蘇隄漁唱：東里先生酒興，南州高士文聲。薛昂夫、正宮端正好套、閨怨：金杯空泛落了樽前興，錦瑟閑生疎了月下聲。張養浩、越調寨兒令、壽日燕飲：遞香羅爭祝長生，捧金杯鬪和歌聲。湯式、南呂一枝花套、卓文君花月瑞山亭：晃綠窗十分月色，隔幽花一片琴聲。徐再思、雙調水仙子、馬嵬坡：昭陽殿梨花月色，建章宮梧桐雨聲。盧摯、中呂朱履曲：數琖後兜同吟興，六花飛惹起歌聲。湯式、正宮端正好套、題梧月堂：密匝匝護濃陰玉池金井，輕拂拂蕩微風幽韻繁聲。汪元亨、雙調折桂令、歸隱：崔烈富一生銅臭，伯夷貧千古清聲。張可久、中呂滿庭芳、秋夜不寐：金鎖碎簾前月影，玉丁當樓外秋聲。張可久、中呂滿庭芳、即景：空林暮景，疏梅瘦影，老樹秋聲。湯式、雙調慶東原、京口夜泊：城頭鼓聲，江心浪聲，山頂鐘聲。張可久、正宮醉太平、金華山中：數枝黃菊勾詩興，一川紅葉迷仙徑，四山白月共秋聲。張可久、仙呂一半兒、梅邊：枝橫翠竹暮寒生，花淡紗窗殘月明，人倚畫樓羌笛聲。湯式、南呂一枝花套、贈美人號展香綿：孤眠的慣經，知音的試聽。薛昂夫、正宮端正好套、閨怨：別酒慵斟，離歌倦聽。張可久、雙調折桂令、湖上雪晴魯至道席間賦：青山老西施暮景，碧天高東魯文星。張可久、越調寨兒令、觀張氏玉卿雙陸：手初交弄玉拈冰，步輕移望月瞻星。張可久、南呂金字經、佛會：萬壽月面佛，十方雲會僧。

陽平

◎平

【和平】湯式、越調柳營曲：聽箏：音律和平。【浪平】湯式、雙調天香引、贈友：南海浪平。【君平】張可久、雙調折桂令、江上次劉時中韵：試問君平。【邵平】張可久、中呂朝天子、野景亭：瓜田邵平。【潮平】無名氏、雙調駐馬聽：月小潮平。【都平】張養浩、越調寨兒令、冬：四圍山巖壑都平。【太平】盧摯、雙調蟾宮曲、夷門懷古：恰鼓板聲中太平。【承平】盧摯、雙調蟾宮曲、廣陵懷古：欲問承平。【輕平】劉時中、雙調折桂令、送王叔能赴湘南廉使：牒訴輕平。【昇平】盧摯、雙調蟾宮曲、陽瞿道中田家即事：被東君畫出昇平。【樂昇平】張養浩、中呂十二月兼堯民歌：見斜川雞犬樂昇平。【一般平】曾瑞、般涉調哨遍套：也和治世一般平。【暮雲平】曾瑞、般涉調哨遍套、村居：桑榆高接暮雲平。【雪欲平】曾瑞、般涉調哨遍套、思鄉：山陰雪欲平。【水雪平】曾瑞、商調集賢賓套、宮詞：天淵水雲平。【一線平】劉時中、雙調雁兒落過得勝令、送別：長江一線平。【宋廣平】湯式、南呂一枝花套、嘲素梅：衝不過擊玉敲金宋廣平。【音呂和平】湯式、南呂一枝花套、贈教坊張韶舞善吹簫：六律諧音呂和平。【雲與山平】張可久、雙調折桂令、三衢平山亭：倚闌干雲與山平。

評

【書畫評】張可久、南呂罵玉郎過感皇恩採茶歌、楊駒兒墓園：書畫評、闌干凭。【覺來評】貫雲石、雙調殿前歡：覺來評，求名求利不多爭。

萍

【雲萍】曾瑞、般涉調哨遍套、思鄉：飄泊若雲萍。湯式、雙調天香引、留別友人：乍相逢同是雲萍。【浮萍】湯式、南呂一枝花套、贈美人號展香綿：趁東風又不曾化作浮萍。【水上萍】曾瑞、般涉調哨遍套、村居：聚散人情水上萍。

憑

【難憑】湯式、雙調天香引、留別友人：魚也難憑。薛昂夫、正宮端正好套、閨怨：魚雁也難憑。【獨憑】湯式、正宮端正好套、題梧月堂：雕欄獨憑。【和音憑】張可久、雙調水仙子、暮景：曲闌明月和香憑。【闌干憑】貫雲石、雙調殿前歡：十二闌干憑。【雕鞍憑】張可久、中呂朝天子、郊行盧使君索賦：醉把雕鞍憑。

凭

【把鮫綃凭】商左山、雙調潘妃曲：斜把鮫綃凭。

屏

【山屏】喬吉、中呂滿庭芳、漁父詞：翡翠山屏。【玉屏】喬吉、雙調水仙子：春風暖玉屏。【雲屏】盧摯、雙調蟾宮曲、濛江舟中值雨：掩映雲屏。雙調殿前歡：錦帳雲屏。喬吉、雙調折桂令、七夕贈歌者：誰伴雲屏。徐再思、中呂陽春曲、春晴：玉人敧枕倚雲屏。【幃屏】湯式、雙調天香引、代友人書：悶靠幃屏。關漢卿、雙調新水令套：更那堪四扇幃屏。雙調新水令套：我這里獨倚定幃屏。【畫屏】張可久、越調寨兒令、湖上春行：西湖六橋如畫屏。張可久、雙調折桂令、秋夜閨思：淹泪眼羞看畫屏。盧摯、雙調沈醉東風、七夕：銀燭冷秋光畫屏。湯式、雙調湘妃引、秋夕閨思：蘭麝香氳氳繞畫屏。【圍屏】張可久、越調小桃紅、湖亭秋夜：掩圍屏。張可久、南呂一枝花套、湖上歸：生包圍屏。【翠屏】張養浩、中呂朝天曲：錦屏，翠屏。張可久、越調霜角、紫陽書聲：好山環翠屏。薛昂夫、正宮端正好套、閨怨：夜夜濃薰暖翠屏。【檜屏】張可久、中呂朝天子、夜坐寄芝田禪師：檜屏，草亭。【輭玉屏】查德卿、仙呂一半兒、春夢：蝴蝶春融輭玉屏。【翠畫屏】馬致遠、仙呂青哥兒、七月：獨對青娥翠畫屏。【錦畫屏】張可久、中呂賣花聲、秋：一帶西山錦畫屏。【錦簇屏】張養浩、中呂喜春來：四面雲山錦簇屏。

瓶

【空瓶】曾瑞、般涉調哨遍套、思鄉：糧不足空瓶。【淨瓶】關漢卿、雙調新水令套、得勝令：比天仙少個淨瓶。【銀瓶】盧摯、雙調殿前歡：荷插銀瓶。薛昂夫、正宮端正好套、閨怨：撲鼕鼕的井墜銀瓶。張可久、南呂一枝花套、湖上歸：據胡牀指點銀瓶。【水晶瓶】湯式、南呂一枝花套、嘲素梅：宜插水晶瓶。【絨守似瓶】汪元亨、中呂朝天子：口絨守似瓶。

⊙明

【山明】喬吉、雙調折桂令、七夕贈歌者：水秀山明。【天明】薛昂夫、正宮端正好套、閨怨：也滴不到天明。張養浩、中呂十二月兼堯民歌：每日家直睡到天明。喬吉、雙調水仙子、展轉秋思京門賦：三般兒捱不到天明。【分明】湯式、雙調天香引、贈友：丹書誥動業分明。喬吉、南呂一枝花套、合箏：間驪珠一串分明。【月明】張可久、中呂滿庭芳、卽久：寒江月明。喬吉、中呂滿庭芳、鐵馬兒：虛簷月明。張可久、中呂朝天子、郊行盧使君索賦：滿城月明。湯式、南呂一枝花套、嘲素梅：趁風清月明。張可久、南呂一枝花套、湖上歸：三五夜花前月明。張可久、雙調沈醉東風、夜景：雲母屏花前月明。趙善慶、雙調水仙子、客鄉秋夜：砧杵千家擣月明。盧摯、雙調蟾宮曲、廣陵褱古：更誰看橋邊月明。鄭光祖、雙調蟾宮曲、夢中作：皎皎潔潔照櫓篷剔留團欒月明。【未明】關漢卿、雙調新水令套、收江南：天道兒未明。【花明】張養浩、越調寨兒令、壽日燕飲：百花明。【空明】鍾嗣成、雙調水仙子、弔陳以仁：照虛梁落月空明。【欲明】張養浩、越調寨兒令、冬：天欲明。【清明】張可久、越調天淨沙、清明日郊行：典衣索做清明。張可久、越調寨兒令、憶鑑湖：風風雨雨清明。張可久、南呂罵玉郎過感皇恩採茶歌、楊駒兒墓園：明年來此賞清明。張可久、中呂喜春來、金華客舍：可憐客裏過清明。

【爭明】徐再思、雙調蟾宮曲、月：雪與爭明。【蟾明】張可久、中呂朝天子、野景亭：樹頂蟾明。【難明】曾瑞、雙調折桂令：天也難明。【聰明】曾瑞、般涉調哨遍套、村居：養子望聰明。【一樣明】湯式、正宮端正好套、題梧月堂：夜色秋光一樣明。【小聰明】湯式、雙調湘妃引、和陸進之韵：使聰明休使小聰明。【山月明】張可久、越調凭闌人、晚晴小景：小樓山月明。【江月明】張可久、越調凭闌人、江夜：江水澄澄江月明。【月正明】湯式、雙調對玉環帶清江引、閨怨：梧桐月正明。張可久、南呂金字經、遊仙：夢斷鈞天月正明。【月色明】關漢卿、雙調碧玉簫：鎖窗前月色明。【月偏明】曾瑞、商調集賢賓套、宮詞：透疎簾斜照月偏明。【月籠明】張可久、中呂迎仙客、秋夜：雨乍晴，月籠明。張可久、越調寨兒令、春思：朱簾下月籠明。【殘月明】張可久、越調凭闌人：杏花殘月明。張可久、仙呂一半兒、梅邊：花淡紗窗殘月明。【晉淵明】張養浩、越調寨兒令、赴詹事丞：不覩的是晉淵明。【紙窗明】喬吉、正宮醉太平、樂閑：掛枯藤野猿啼，月淡紙窗明。【虛室明】徐再思、越調柳營曲、和聽雪：光涵虛室明。【詩眼明】張可久、越調寨兒令、吳山塔寺：詩眼明，暮山青。【晦復明】張養浩、中呂朝天曲：湖光山色晦復明。【鏡兒明】商左山、雙調潘妃曲：照得鏡兒明。【蕩月明】張可久、雙調水仙子、吳山秋夜：沙嘴殘潮蕩月明。【水秀山明】喬吉、雙調折桂令、簾內佳人瞿子成索賦：隔湘烟水秀山明。【斜陽恁明】張可久、越調小桃紅、別瀫川楊安撫：斜陽恁明，寒波如鏡。

盟

【同盟】喬吉、雙調折桂令、重九後一日遊蓬萊山：會此同盟。【深盟】張可久、越調寨兒令、妓怨：月底深盟。越調寨兒令、春思：怕負深盟。【新盟】汪元亨、雙調沈醉東風、歸田：且安排詩酒新盟。【誓盟】張可久、越調天淨沙、春情：萬劫千生誓盟。【舊盟】張可久、中呂普天樂、贈白玉梅：孤山舊盟。【鷗盟】張可久、雙調折桂令、湖上雪晴魯至道席間賦：不負鷗盟。汪元亨、雙調雁兒落過得勝令、歸隱：有分訂鷗盟。盧摯、中呂朱履曲：再索甚趁鷗盟。【海誓山盟】關漢卿、雙調新水令套：收江南：休辜負海誓山盟。【殘酒爲盟】張可久、越調寨兒令、失題：綉窗前殘酒爲盟。

名

【入名】湯式、南呂一枝花套、嘲素梅：萬古離騷不入名。【小名】張可久、雙調湘妃怨、山中隱居：白鶴依人認小名。【功名】曾瑞、般涉調哨遍套、思鄉：不就功名。貫雲石、雙調殿前歡：我戲功名。喬吉、雙調折桂令、富子明壽：唾手功名。張養浩、中呂喜春來：因此上不可就功名。湯式、雙調天香引、贈友：正青春已遂功名。【令名】湯式、正宮端正好套、題梧月堂：未羨三槐操令名。【利名】薛昂夫、正宮端正好套、閨怨：渰逐利名。【埋名】曾瑞、般涉調哨遍套、村居：好向林泉且埋名。【虛名】曾瑞、中呂山坡羊、嘆世：幹虛名。盧摯、雙調蟾宮曲、濛江舟中値雨：應笑虛名。徐再思、雙調水仙子、馬嵬坡：馬嵬坡塵土虛名。薛昂夫、中呂朝天曲：等閒贏得一虛名。湯式、雙調天香引、代友人書：郭元振紅絲幔落得虛名。【逃名】張可久、越調寨兒令、山中分韵得聲字：塵世逸名。汪元亨、雙調折桂令、歸隱：山可逃名。【得名】薛昂夫、中呂朝天曲：青門浪得名。【揚名】湯式、南呂一枝花套、卓文君花月瑞仙亭：

可知道顯姓揚名。【貪名】張養浩、中呂山坡羊：莫虧心，莫貪名。【題名】張可久、雙調折桂令、湖上雪晴魯至道席間賦：想當年雁塔題名。【子陵名】無名氏、雙調駐馬聽：一簑全却子陵名。【浮浪名】馬致遠、中呂喜春來、禮：動止渾絕浮浪名。【第一名】湯式、南呂一枝花套、贈教坊張韶舞善吹簫：占斷梨園第一名。【千古才名】盧摯、雙調蟾宮曲、夷門懷古：想鄒枚千古才名。【千古留名】張可久、南呂一枝花套、湖上歸：總相宜千古留名。【半紙虛名】張可久、雙調沈醉東風、秋夜旅思：百年人半紙虛名。

銘

【陋室銘】張可久、雙調湘妃怨、山中隱居：和一篇陋室銘。

鳴

【長鳴】張可久、雙調折桂令、松江懷古：老鶴長鳴。【悲鳴】湯式、越調柳營曲、聽箏：又孤鴻雲外悲鳴。南呂一枝花套、嘲素梅：角聲中常則是趁鐘鼓悲鳴。【鹿鳴】張可久、中呂朝天子、夜坐寄芝田禪師：呦呦鹿鳴。【鳳鳴】張可久、雙調水仙子、吳山秋夜：吹簫作鳳鳴。湯式、南呂一枝花套、贈教坊張韶舞善吹簫：嚦嚦兮丹山鳳鳴。【雞鳴】徐再思、中呂普天樂、華巖晚鐘：茅店雞鳴。【白鹿鳴】盧摯、雙調殿前歡：黃鵠飛白鹿鳴。【玉漏鳴】張可久、南呂一枝花套、湖上歸：寶篆銷，玉漏鳴。【引鳳鳴】鍾嗣成、雙調水仙子：月下吹簫引鳳鳴。【秋樹鳴】張可久、南呂金字經、佛會：寶殿香風秋樹鳴。【砧杵鳴】張可久、中呂迎仙客、秋夜：秋香院落砧杵鳴。【繞澗鳴】汪元亨、雙調雁兒落過得勝令、歸隱：泉聲繞澗鳴。【彩鸞鳴】馮子振、雙調紅繡鞋、題張小山蘇隄漁唱：玉龍嘶斷彩鸞鳴。【鐸鈴鳴】曾瑞、商調集賢賓套、宮詞：鶴吹鐸鈴鳴。【象齒鳴】張可久、越調寨兒令、觀張氏玉卿雙陸：雙敲象齒鳴。【畫鼓鳴】張可久、越調寨兒令、憶鑑湖：畫鼓鳴，紫簫聲。【地皮兒鳴】商左山、雙調湘妃曲：驀聽得門外地皮兒鳴。【環珮交鳴】徐再思、雙調水仙子、佳人釘履：玉玲瓏環珮交鳴。【鸞鳳和鳴】喬吉、南呂一枝花套、合箏：效鸞鳳和鳴。

冥

【冥冥】湯式、南呂一枝花套、卓文君花月瑞仙亭：悄悄冥冥。湯式、正宮端正好套、題梧月堂：爇金爐香霧冥冥。

溟

【滄溟】喬吉、中呂滿庭芳、漁父詞：直泛滄溟。【南溟】盧摯、雙調蟾宮曲、濛江舟中值雨：且向南溟。

瞑

【花昏柳瞑】喬吉、雙調折桂令、簾內佳人瞿子成索賦：迷楚雲花昏柳瞑。

靈⊙

【山靈】盧摯、雙調蟾宮曲、濛江舟中值雨：驚動山靈。【湘靈】劉時中、雙調折桂令、送王叔能赴湘南廉使：傳語湘靈。張可久、中呂滿庭芳、即景：鼓瑟怨湘靈。【魂靈】關漢卿、雙調新水令套、梅花酒：閃得人失了魂靈。湯式、南呂一枝花套、嘲素梅：楊補之畫了呵諕了魂靈。曾瑞、商調集賢賓套、宮詞：被相思鬼絆了魂靈。【襟靈】張可久、雙調折桂令、湖上雪晴魯至道席間賦：陶寫襟靈。【俏魂靈】張可久、越調寨兒令、失題：引動俏魂靈。【江山有靈】張可久、雙調折桂令、晚春送別：留過客江山有靈。

櫺

【雕櫺】湯式、雙調湘妃引、秋夕閨思：木犀風淅淅噴雕櫺。【透碧櫺】湯式、正宮端正好套、題梧月堂：光朗朗玲瓏透碧櫺。

零

【飄零】曾瑞、般涉調哨遍套、思鄉：海角飄零。盧摯、雙調蟾宮曲、濛江舟中值雨：待溫存湖海飄零。薛昂夫、正宮端正好套、閨怨：又一番春色飄零。湯式、雙調湘妃引、秋夕閨思：恨多才何處飄零。湯式、南呂一枝花套、贈美人號展香綿：最關情眼底飄零。張可久、中呂賣花聲、秋：功名兩字幾飄零。鍾嗣成、雙調水仙子、弔陳以仁：錢塘風物盡飄零。【彫零】張可久、越調寨兒令、吳山塔寺：南國樹彫零。【桐葉零】無名氏、越調凭闌人、玉闌桐葉零。【露初零】徐再思、商調梧葉兒、春思：人靜露初零。

伶

【胡伶】張可久、越調寨兒令、失題：你胡伶。【劉伶】薛昂夫、雙調蟾宮曲、嘆世：笑殘劉伶。張可久、南呂罵玉郎過感皇恩採茶歌、楊駒兒墓園：酒不到劉伶。

鈴

【金鈴】張可久、雙調折桂令、遊金山寺：塔語金鈴。喬吉、雙調折桂令、簾內佳人瞿子成索賦：笑振金鈴。【風鈴】景元啓、雙調得勝令：雨溜和風鈴。【檐外鈴】無名氏、越調凭闌人：戰退西風檐外鈴。

蛉 【螟蛉】盧摯、雙調殿前歡：蜾蠃螟蛉。

泠 【南泠】張可久、雙調折桂令、遊金山寺：誤汲南泠。【山溜泠泠】喬吉、南呂一枝花套、合箏：指隨歌似山溜泠泠。【白露泠泠】湯式、正宮端正好套、題梧月堂：肅金莖白露泠泠。【巖溜泠泠】張可久、越調寨兒令、湖上春行：巖溜泠泠，樵斧丁丁。

陵 【子陵】張可久、中呂普天樂、秋懷：釣魚子陵。【金陵】湯式、雙調天香引、留別友人：少在金陵。【杜陵】張可久、中呂朝天子、野景亭：草堂杜陵。【武陵】喬吉、正宮醉太平、樂閒：似春風武陵。盧摯、雙調蟾宮曲、陽瞿道中田家即事：似雞犬樵漁武陵。【嚴陵】汪元亨、雙調折桂令、歸隱：魚成就嚴陵。張可久、雙調折桂令、讀史有感：白雲邊垂釣嚴陵。

淩 【雪虐霜淩】湯式、南呂一枝花套、嘲素梅：空落得雪虐霜淩。

綾 【蜀錦吳綾】湯式、南呂一枝花套、贈美人號展香綿：名高似蜀錦吳綾。

舲 【揚舲】喬吉、雙調折桂令：擊楫揚舲。

另 【一另】張養浩、中呂朝天子、攜美姬湖上：東風一另。【孤另】薛昂夫、正宮端正好套、閨怨：閃的人來孤另。張可久、南呂一枝花套、湖上歸：素娥不嫁傷孤另。關漢卿、雙調新水令套、隨煞：您團圓偏俺成孤另。曾瑞、中呂山坡羊、題情：夢回依舊成孤另。

朋⊙ 【賓朋】盧摯、雙調蟾宮曲、廣陵懷古：牛李賓朋。

層⊙ 【萬層】薛昂夫、正宮端正好套、閨怨：奈遠山遙水隔萬層。【十二層】喬吉、雙調水仙子、展轉秋思京門賦：夢繞雲山十二層。湯式、正宮端正好套、題梧月堂：虛敞似瑤台十二層。

能⊙ 【他能】曾瑞、般涉調哨遍套、村居：樵說他能。【無能】曹德、雙調折桂令、自述：除了銜杯，百拙無能。【難能】薛昂夫、正宮端正好套、閨怨：欲留戀難能。

獰 【猙獰】曹德、雙調折桂令、自述：我貌猙獰。

藤⊙ 【短藤】張可久、南呂罵玉郎過感皇恩採茶歌、楊駒兒墓園：策短藤。

騰 【騰騰】曾瑞、越調集賢賓套、宮詞：病體困騰騰。

疼

【牙疼】關漢卿、中呂普天樂、崔張十六事：酸溜溜螫得牙疼。【心疼】喬吉、雙調水仙子、展轉秋思京門賦：忽地心疼。【腿疼】喬吉、中呂滿庭芳、漁父詞：臥御榻彎的腿疼。

盈⊙

【盈盈】張可久、中呂朝天子、箏手愛卿：秋水盈盈。【輕盈】曾瑞、般涉調哨遍套、思鄉：竹疎梅淡輕盈。【虧盈】曾瑞、般涉調哨遍套、村居：閑考虧盈。【捧盈】汪元亨、中呂朝天子、歸隱：手執玉捧盈。【淚盈盈】關漢卿、雙調新水令套、川撥棹：不由我淚盈盈。商左山、雙調潘妃曲：哭啼啼淚盈盈。

瀛

【蓬瀛】喬吉、雙調折桂令、重九後一日遊蓬萊山：縱步蓬瀛。徐再思、中呂紅綉鞋、道院：紅塵無處是蓬瀛。湯式、雙調天香引、代友人書：望三山遠似蓬瀛。鍾嗣成、雙調水仙子、弔陳以仁：駕天風直上蓬瀛。【小蓬瀛】馬致遠、中呂喜春來、禮：柳溪中，人世小蓬瀛。【花月蓬瀛】張養浩、中呂十二月兼堯民歌：來到這花月蓬瀛。

螢

【飛螢】張可久、雙調折桂令、江上次劉時中韻：閃閃飛螢。【牆角螢】無名氏、越調凭闌人：點破蒼苔牆角螢。

營

【錦營】喬吉、中呂滿庭芳、鐵馬兒：歌舞鬧難踏錦營。【經營】曾瑞、般涉調哨遍套、村居：量力經營。【細柳營】張可久、中呂喜春來、金華客舍：飛絮東風細柳營。

迎

【送迎】劉時中、雙調水仙操、寓意武昌元貞：只與行人管送迎。【相迎】張可久、越調寨兒令、春思：笑相迎。張可久、正宮小梁州、訪杜高士：隱隱相迎。關漢卿、雙調新水令套、梅花酒：他自有人相迎。【逢迎】張可久、雙調折桂令、晚春送別：借旗亭仙子逢迎。【將迎】盧摯、雙調蟾宮曲、陽瞿道中田家即事：儘意將迎。【柳送花迎】張可久、雙調折桂令、酒邊分得卿字韻：玉交枝柳送花迎。

蠅

【凍蠅】曾瑞、般涉調哨遍套、思鄉：翅殭守凍蠅。

凝

【香凝】張可久、中呂朝天子、夜坐寄芝田禪師：寶鼎香凝。【銷凝】趙善慶、雙調水仙子、客鄉秋夜：捱長宵何處銷凝。【塵凝】張可久、南呂罵玉郎過感皇恩採茶歌、楊駒兒墓園：茶竈塵凝。

嬴

【翠嬴】張可久、越調霜角、南山秋色：衆峯環翠嬴。

楹

【蒼楹】曾瑞、商調集賢賓套、宮詞：修竹掃蒼楹。【雕楹】湯式、南呂一枝花套、卓文君花月瑞仙亭：光輝輝銀蠟射雕楹。【繞翠楹】湯式、正宮端正好套、題梧月堂：三月藹藹參差繞翠楹。

瑩

【金波瑩】張養浩、中呂朝天子、攜美姬湖上：翠袖金波瑩。

⊙檠

【一檠】趙善慶、雙調水仙子、客鄉秋夜：寒燈一檠。

擎

【高擎】關漢卿、中呂普天樂、崔張十六事：手掌裏兒高擎。【奇擎】湯式、南呂一枝花套、贈美人號展香綿：不由人掌上奇擎。

⊙行

【人行】喬吉、雙調折桂令、簾內佳人翟子成索賦：樓外人行。張養浩、越調寨兒令、冬：道途間無箇人行。【送行】張養浩、越調寨兒令、赴詹事丞：乾送行。【私行】張可久、越調寨兒令、春思：誰慣私行。張可久、南呂一枝花套、湖上歸：吾二人此地私行。【歌行】盧摯、雙調蟾宮曲、廣陵懷古：惹住歌行。【南行】曾瑞、般涉調哨遍套、思鄉：書劍南行。【奉行】薛昂夫、雙調蟾宮曲、嘆世：有一日符到奉行。【流行】曾瑞、般涉調哨遍套、村居：隨坎止流行。【船行】張可久、越調寨兒令、憶鑑湖：載酒船行。【隨行】曾瑞、般涉調哨遍套、村居：稚子隨行。【不堪行】張養浩、中呂十二月兼堯民歌：杖藜無處不堪行。【不能行】張養浩、雙調雁兒落兼得勝令：早是不能行。【送春行】薛昂夫、正宮端正好套、閨怨：南浦道送春行。【送君行】劉時中、雙調雁兒落過得勝令、送別：載酒送君行。【郊外行】張養浩、越調寨兒令、壽日燕飲：謝諸公不辭郊外行。【御街行】張可久、越調寨兒令、吳山塔寺：想像御街行。【尊師行】馬致遠、中呂喜春來：夙興夜寐尊師行。【馭雲行】馬致遠、仙呂賞花時套、長江風送客：天涯隱隱，船去似馭雲行。【蜀道行】徐再思、雙調水仙子、馬嵬坡：推鸞輿蜀道行。【帶雨行】徐再思、雙調水仙子、佳人釘履：紅葉浮香帶雨行。【幀間行】喬吉、雙調水仙子：人來圖畫幀間行。【駕舟行】徐再思、越調柳營曲、和聽雪：剡溪中誰駕舟行。【道不行】湯式、雙調湘妃引、和陸進之韵：時乖道不行。【攜手行】關漢卿、雙調新水令套、雁兒落：常想花前攜手行。【宵奔夜行】湯式、南呂一枝花套、卓文君花月瑞仙亭：迤逗的俊女流急穰穰宵奔夜行。

形

【忘形】薛昂夫、雙調蟾宮曲、嘆世：猶未忘形。曾瑞、般涉調哨遍套、村居：與世忘形。【蛻形】徐再思、雙調沈醉東風、息齋畫竹：葛陂裏神龍蛻形。【蛻骨超形】湯式、正宮端正好套、題梧月堂：久已後蛻骨超形。

衡

【權衡】曾瑞、般涉調哨遍套、村居：桔槔便當權衡。

⊙情

【情】貫雲石、南呂金字經：休唱陽關第四聲，情。【人情】曾瑞、般涉調哨遍套、思鄉：花柳繫人情。劉時中、雙調水仙操、寓意武昌元貞：柔條繫絆人情。【才情】盧摯、雙調蟾宮曲、醉贈樂府珠簾秀：總是才情。張可久、越調寨兒令、湖上避暑：題扇才情。盧摯、雙調蟾宮曲、廣陵懷古：風調才情。盧摯、中呂朱履曲：東道西鄰富才情。【心情】喬吉、雙調折桂令、宮詞：箇樣心情。【世情】汪元亨、雙調雁兒落過得勝令、歸隱：東風不世情。曾瑞、商調雜賢賓套：唯嫦娥與人無世情。喬吉、雙調折桂令、重九後一日遊蓬萊山：蜂與蝶從他世情。喬吉、雙調折桂令：細看來春風世情。【多情】無名氏、中呂普天樂：憶多情。張可久、雙調折桂令、秋夜閨思：盼殺多情。商左山、雙調潘妃曲：只道是多情。張可久、雙調折桂令、酒邊分得卿字韵：客留情春更多情。【有情】盍西村、越調小桃紅、雜詠：小蠻有情。喬吉、南呂一枝花套、合箏：一對兒合得看綢繆有情。【吟情】張可久、南呂罵玉郎過感皇恩採茶歌：放吟情。劉時中、中呂朝天子、邸萬戶席上：橫槊吟情。【芳情】張可久、越調寨兒令、春思：潛潛等等芳情。張可久、雙調水仙子、暮景：幾般中陶寫芳情。張可久、越調寨兒令、春曉：柳花箋閑寫芳情。【本情】湯式、南呂一枝花套、嘲素梅：他本情。【私情】張可久、越調寨兒令、妓怨：柳下私情。【知情】張可久、越調寨兒令、失題：花陰下明月知情。【常情】薛昂夫、雙調蟾宮曲、嘆世：物理常情。【高情】盧摯、雙調蟾宮曲、陽翟道中田家卽事：林野高情。【衷情】湯式、越調柳營曲、聽箏：一字字訴衷情。【恩情】張可久、越調天淨沙、春情：一言半語恩情。【幽情】張可久、中呂滿庭芳、秋夜不寐：何限幽情。湯式、正宮端正好套、題梧月堂：萬種幽情。張可久、商調梧葉兒、山陰道中：吟嘯寄幽情。徐再思、雙調蟾宮曲、贈粉英：賦芙蓉夜月幽情。【無情】張可久、越調寨兒令、觀張氏玉卿雙陸：鬬草無情。鍾嗣成、雙調水仙子：造物無情。張可久、中呂普天樂、贈別：載琴書晝舸無情。雙調折桂令、晚春送別：廢殘春風雨無情。【閑情】喬吉、雙調折桂令、簾內佳人瞿子成索賦：鮫綃不卷閑情。張可久、正宮醉太平、金華山中：尋眞何處寄閒情。【陶情】馬致遠、中呂喜春來、禮：身潛詩禮且陶情。【關情】張可久、越調寨兒令、憶鑑湖：鶯鶯燕燕關情。【餘情】湯式、南呂一枝花套、贈美人號展香綿：斷續有餘情。【傷情】張可久、中呂滿庭芳、送別：幾度傷情。曾瑞、雙調折桂令、閨怨：夜景傷情。張可久、中呂紅綉鞋、歲暮：物換星移暗傷情。【詩情】張可久、雙調折桂令、松江懷古：總是詩情。王舉之、中呂紅綉鞋、秋日湖上：黃花老圃詩情。張可久、中呂紅綉鞋、春夜：牡丹開處詩情。【離情】張可久、中呂上小樓、春思：一樣離情。盧摯、雙調蟾宮曲、小卿：萬古離情。劉時中、雙調雁兒落過得勝令、送別：折柳繫離情。關漢卿、雙調碧玉簫：哀愁動離情。蒲察善長、雙調新水令套、七弟兄：聽我訴離情。湯式、雙調天香引、留別友人：淮水遠黯黯離情。【薄情】張可久、越調寨兒令、妓怨：您喒變您薄情。【一樣情】馬致遠、仙呂賞花時套、長江風送客：兩處相思一樣情。【不勝情】張養浩、中呂朝天子、攜美姬湖上：寶花解語不勝情。【主人情】盧摯、雙調殿前歡：這紅粧也見主人情。【古今情】喬吉、雙調水仙子、展轉秋思京門賦：瑣窗風雨古今情。【別離情】張可久、越調小桃紅、別瀫川楊安撫：分照別離情。【花月情】張可久、雙調湘妃怨、春思：想十年花月情。【雲水情】張養浩、越調寨兒令、赴詹事丞：被恩書挽回雲水情。【神女情】姚燧、雙調壽陽曲：襄王夢，神女情。【柳花情】薛昂夫、正宮端正好套、閨怨：遊絲心緒柳花情。【掛心情】蒲察善長、雙調新水令套、梅花酒：只爲他掛心情。【鸞鳳情】徐再思、商調梧葉兒、春思：春深鸞鳳情。【關外情】喬吉、雙調水仙子、若川秋夕聞砧：玉門關外情。【雲雨之情】湯式、南呂一枝花套、卓文君花月瑞仙亭：一句句雲雨之情。【折柳之情】湯式、南呂一枝花套、贈教坊張韶舞善吹簫：悠揚有折柳之情。

晴

【乍晴】張可久、中呂迎仙客、秋夜：雨乍晴。【半晴】張養浩、中呂朝天曲：興淸，半晴。【弄晴】湯式、正宮端正好套、題梧月堂：碧天朗扶疎弄晴。【雨晴】張可久、越調寨兒令、湖上避暑：新雨晴。張可久、越調寨兒令、湖上春行：桃雨晴。曾瑞、般涉調哨遍套、思鄉：雪霽風和雨晴。【雲晴】曾瑞、中呂山坡羊、題情：凍雲晴。【雪晴】張可久、中呂普天樂、渡揚子江：金山雪晴。【秋晴】趙善慶、雙調水仙子、客鄉秋夜：梧桐一夜弄秋晴。【初晴】張可久、中呂普天樂、贈白玉梅：夜雪初晴。薛昂夫、正宮端正好套、閨怨：東風軟膏雨初晴。張可久、中呂紅綉鞋、春夜：庭院黃昏雨初晴。鄭光祖、雙調蟾宮曲、夢中作：淅留淅零暮雨初晴。【晚晴】盧摯、雙調蟾宮曲、醉贈樂府珠簾秀：恰綠樹南熏晚晴。【新晴】張可久、越調霜角、水西煙雨：賞新晴。貫雲石、雙調殿前歡：楊柳新晴。【陰晴】徐再思、中呂普天樂、洞庭白雲：變陰晴。徐再思、雙調蟾宮曲、月：幾度陰晴。張可久、黃鍾人月圓、秋日湖上：濃淡陰晴。喬吉、雙調水仙子：賞四時雨雪陰晴。【撾晴】喬吉、雙調折桂令、富子明壽：梨花院羯鼓撾晴。【不曾晴】盍西村、越調小桃紅、雜詠：杏花開後不曾晴。【花雨晴】張可久、越調凭闌人、晚晴小景：晚風花雨晴。【霽吹晴】喬吉、雙調折桂令、上巳遊嘉禾：三月三天霽吹晴。

⊙亭

【山亭】張可久、黃鍾人月圓、秋日湖上：紅葉山亭。【茶亭】曾瑞、般涉調哨遍套、村居：有書堂藥室茶亭。【紅亭】張可久、越調寨兒令、湖上避暑：避暑小紅亭。張可久、南呂罵玉郎過感皇恩採茶歌、楊駒兒墓園：人去小紅亭。【長亭】張養浩、越調寨兒令、赴詹事丞：謾長亭。薛昂夫、正宮端正好套、閨怨：千古恨長亭。【郵亭】劉時中、雙調水仙操、寓意武昌元貞：恨滿郵亭。盧摯、雙調蟾宮曲、醉贈樂府珠簾秀：客散郵亭。湯式、南呂一枝花套、贈美人號展香綿：散漫郵亭。【草亭】張可久、中呂朝天子、夜坐寄芝田禪師：檜屏，草亭。汪元亨、雙調雁兒落過得勝令、歸隱：婆娑蓋草亭。雙調湘妃怨、山中隱居：嘆乾坤一草亭。貫雲石、雙調殿前歡：白雲邊創草亭。【茅亭】喬吉、正宮醉太平、樂閒：落花流水護茅亭。【涼亭】曾瑞、商調集賢賓套、宮詞：殘荷臨水閣涼亭。【閒亭】張可久、中呂紅綉鞋、歲暮：玉鈎垂翠竹閒亭。【新亭】張可久、雙調折桂令、松江懷古：水上新亭。【虛亭】張可久、雙調折桂令、三衢平山亭：四面虛亭。【旗亭】曾瑞、般涉調哨遍套、思鄉：十里旗亭。喬吉、雙調折桂令、上巳遊嘉禾：青帘旗亭。張可久、越調天淨沙、清明日郊行：綠楊影裏旗亭。【驛亭】湯式、南呂一枝花套、嘲素梅：朝昏傍驛亭。【雪芳亭】張可久、中呂紅綉鞋、雪芳亭：四面雪芳亭。【雪香亭】張可久、中呂滿庭芳、秋夜不寐：人在雪香亭。【望江亭】張可久、越調寨兒令、吳山塔寺：同上望江亭。【冷泉亭】張可久、越調寨兒令、湖上春行：同上冷泉亭。正宮小梁州、訪杜高士：詩在冷泉亭。【紫雲亭】張可久、越調寨兒令、春曉：低唱紫雲亭。張可久、中呂賣花聲、偶題：夜香誰立紫雲亭。【蒼玉亭】張可久、南呂金字經、觀泉：子猷蒼玉亭。【綽然亭】張養浩、越調寨兒令、冬：怎畫綽然亭。張養浩、越調寨兒令、壽日燕飲：險踏碎綽然亭。張養浩、中呂喜春來：客來沈醉綽然亭。【醉翁亭】盍西村、越調小桃紅、雜詠：唱徹醉翁亭。張可久、商調梧葉兒、山陰道中：月下醉翁亭。【錦香亭】張可久、越調寨兒令、觀張氏玉卿雙陸：夜宴錦香亭。張可久、越調寨兒令、春思：偷步錦香亭。查德卿、仙呂一半兒、春夢：梨花雲繞錦香亭。【玉立亭亭】喬吉、雙調折桂令、七夕贈歌者：風吹的倒玉立亭亭。【夜靜閒亭】盧摯、雙調沈醉東風、七夕：碧天晴夜靜閒亭。【雲髻亭亭】喬吉、雙調折桂令：朶松花雲髻亭亭。【畫舫亭亭】盧摯、雙調蟾宮曲、陽翟道中田家即事：雨霏霏畫舫亭亭。【蒼玉亭亭】湯式、正宮端正好套、題梧月堂：覆高堂蒼玉亭亭。

停

【二停】薛昂夫、正宮端正好套、閨怨：想茶飯三停裏減了二停。【九停】曾瑞、般涉調哨遍套、思鄉：問故友十停無九停。【消停】無名氏、中呂喜春來：尋有酒且消停。【調停】喬吉、南呂一枝花套、合箏：心與手調停。【暫停】蒲察善長、雙調新水令套、七弟兄：你却是怎生暫停。湯式、正宮端正好套、題梧月堂：栖息盤桓不暫停。【不曾停】張養浩、越調寨兒令、赴詹事丞：來與去不曾停。【兩相停】張可久、越調寨兒令、觀張氏玉卿雙陸：佳配兩相停。【莫留停】蒲察善長、雙調新水令套、收江南：你與我疾回疾轉莫留停。

婷

【娉婷】湯式、南呂一枝花套、贈美人號展香綿：天付娉婷。張可久、南呂一枝花套、湖上歸：西子娉婷。張可久、雙調折桂令、湖上雪晴魯至道席間賦：翠袖娉婷。張可久、越調寨兒令、湖上春行：花貌玉娉婷。景元啓、雙調得勝令、歡會：斗帳惜娉婷。徐再思、雙調蟾宮曲、贈粉英：溫柔鄉裏娉婷。張可久、雙調沈醉東風、夜景：殢人嬌態娉婷。

庭

【空庭】曾瑞、商調集賢賓套、宮詞：下粧樓步月空庭。【松庭】曾瑞、雙調折桂令、閨怨：鶴唳松庭。【門庭】張養浩、越調寨兒令、壽日燕飲：充塞門庭。蒲察善長、雙調新水令套、川撥棹：我爲你暫出門庭。【秋庭】喬吉、雙調水仙子、若川秋夕聞砧：誰家練杵動秋庭。【閑庭】張可久、越調寨兒令、春曉：掩閑庭。張可久、雙調折桂令、晚景送別：花落閑庭。張可久、雙調折桂令、秋夜閨思：桂子閑庭。喬吉、雙調水仙子：翠玲瓏小院閑庭。【黃庭】徐再思、中呂紅綉鞋、道院：黑虎聽黃庭。張可久、越調寨兒令、山中分韻得聲字：換白鵝誰寫黃庭。【洞庭】張可久、南呂金字經、遊仙：落花香洞庭。張可久、商調梧葉兒、山陰道中：青山小洞庭。【棲庭】徐再思、雙調沈醉東風、息齋畫竹：丹山中彩鳳棲庭。【海棠庭】盧摯、雙調殿前歡：海棠庭，這紅粧也見主人情。

蜓

【蜻蜓】徐再思、雙調水仙子、佳人釘履：點寒波小小蜻蜓。

瓊⊙

【飛瓊】徐再思、雙調蟾宮曲、贈粉英：世上飛瓊。湯式、南呂一枝花套：逃下的飛瓊。盧摯、雙調蟾宮曲、廣陵懷古：是誰留花裏飛瓊。【讓與瓊瓊】張可久、中呂普天樂、贈白玉梅：論風流讓與瓊瓊。【纖手瓊瓊】張可久、越調寨兒令、春曉：纖手瓊瓊，嬌語鶯鶯。

澄⊙

【水澄澄】劉時中、中呂朝天子：輕舟漾漾水澄澄。【烟水澄澄】馬致遠、仙呂賞花時套、長江風送客：過河汀烟水澄澄。【銀漢澄澄】湯式、南呂一枝花套、卓文君花月瑞仙亭：界勾陳銀漢澄澄。

程

【日程】湯式、雙調慶東原、京口夜泊：孤帆數日程。【回程】張養浩、越調寨兒令、赴詹事丞：便要回程。【住程】馬致遠、仙呂賞花時套、長江風送客：既解纜如何住程。【登程】薛昂夫、正宮端正好套、閨怨：他上馬登程。【前程】張可久、中呂普天樂、贈別：小小前程。張可久、越調寨兒令、妓怨：休想有前程。【郵程】張可久、雙調沈醉東風、秋夜旅思：千三百里水舘郵程。【鵬程】喬吉、雙調折桂令、富子明壽：趁取鵬程。湯式、雙調天香引、贈友：霄漢鵬程。蒲察善長、雙調新水令套、尾：准辦你鵬程。曾瑞、般涉調哨遍套、思鄉：快萬里鵬程。汪元亨、雙調雁兒落過得勝令、歸隱：無意展鵬程。【未有程】湯式、雙調對玉環帶清江引、閨怨：歸期未有程。

酲

【春酲】張可久、越調寨兒令、春曉：荔枝漿微破春酲。【餘酲】張可久、越調寨兒令、湖上避暑：殢酒餘酲。

成

【九成】湯式、南呂一枝花套：其音協九成。【不成】張可久、越調寨兒令、觀張氏玉卿雙陸：睡又不成。景元啓、雙調得勝令、孤另：心焦睡不成。鍾嗣成、雙調水仙子：學神仙又不成。【老成】湯式、南呂一枝花套：兀的般老成。鍾嗣成、雙調水仙子、弔陳以仁：賴有斯人尚老成。【似成】喬吉、南呂一枝花套、合箏：繹如也似成。【將成】盧摯、雙調蟾宮曲、醉贈樂府珠簾秀：楚調將成。【詩成】劉時中、雙調折桂令：問俗詩成。張可久、雙調折桂令、江上次劉時中韻：倚蓬窗一笑詩成。徐再思、越調柳營曲、和聽雪：灞陵橋人有詩成。張可久、南呂一枝花套、湖上歸：六一泉亭上詩成。【難成】張可久、雙調折桂令、秋夜閨思：好夢難成。王舉之、中呂紅綉鞋：秋日湖上：山色畫難成。曾瑞、商調集賢賓套、宮詞：縱有夢也難成。曾瑞、般涉調哨遍套、思鄉：良工著色畫難成。張養浩、中呂十二月兼堯民歌：滿目雲山畫難成。【雙成】徐再思、雙調蟾宮曲：贈粉英、天上雙成。【無成】張養浩、越調寨兒令、赴詹事丞：

帶行人所望無成。【先配成】馬致遠、仙呂賞花時套、長江風送客：馮客蘇卿先配成。【吟未成】張可久、越調凭闌人、春夜：枕上吟詩吟未成。【畫不成】湯式、南呂一枝花套、贈美人號展香綿：縱丹青畫不成。湯式、正宮端正好套、題梧月堂：高聳聳蔚藍天畫不成。【睡不成】蒲察善長、雙調新水令套、駐馬聽：恰便似再出世陳摶睡不成。【錦字成】薛昂夫、正宮端正好套、閨怨：空織回文錦字成。【夢難成】湯式、雙調慶東原、京口夜泊：一夜夢難成。【積漸成】蒲察善長、雙調新水令套、川撥棹：相思病積漸成。【一事無成】湯式、雙調湘妃引、和陸進之韻：傷心一事無成。

城

【山城】馬致遠、仙呂賞花時套、長江風送客：轉回頭又到山城。【空城】張可久、雙調折桂令、晚春送別：柳暗空城。張可久、中呂普天樂、渡揚子江：潮打空城。【江城】張可久、雙調水仙子、吳山秋夜：回首江城。【襄城】盧摯、雙調蟾宮曲：潁川南望襄城。【蕪城】盧摯、雙調蟾宮曲、廣陵懷古：對平山懶賦蕪城。【渭城】劉時中、雙調雁兒落過得勝令、送別：花時別渭城。曾瑞、般涉調哨遍套、思鄉：無雙翼高飛過渭城。【愁城】湯式、雙調天香引、代友人書：打不破愁城。喬吉、中呂滿庭芳、鐵馬兒：雨雲閑偏戰愁城。湯式、雙調湘妃引、秋夕閨思：打不開磊塊愁城。【鳳城】曾瑞、商調集賢賓套、宮詞：人囚鳳城。【不夜城】張可久、南呂金字經、雪夜：月臨不夜城。【白帝城】趙善慶、雙調水仙子、客鄉秋夜：隔嵯峨白帝城。【豫章城】無名氏、雙調新水令套、天仙子：一扇兒畫著雙通叔和蘇氏到豫章城。無名氏、中呂普天樂：憶多情直趕到豫章城。馬致遠、仙呂賞花時套、長江風送客：猛抬頭覷見豫章城。【越王城】張可久、越調寨兒令、憶鑑湖：羅綺越王城。【隄防若城】汪元亨、中呂朝天子、歸隱：意隄防若城。【野寺山城】盧摯、雙調蟾宮曲、小卿：暮雲遮野寺山城。【驚破青城】盧摯、雙調蟾宮曲：夷門懷古：鷓鴣啼驚破青城。

誠

【志誠】張可久、越調寨兒令、妓怨：望天長地久博箇志誠。湯式、雙調湘妃引、和陸進之韻：學志誠休學假志誠。湯式、南呂一枝花套：煞強似幾縷同心結志誠。【實誠】張養浩、中呂山坡羊、訹懷：貌相近，不實誠。

承

【看承】蒲善善長、雙調新水令套、尾：唱道性命也似看承。

熒◉

【熒熒】鄭光祖、雙調蟾宮曲、夢中作：江樹碧熒熒。曾瑞、商調集賢賓套、宮詞：照愁人殘蠟碧熒熒。

横◉

【琴横】關漢卿、雙調碧玉簫：膝上琴横。【斜横】曾瑞、商調集賢賓套、宮詞：書雲箋雁字斜横。【縱横】徐再思、越調柳營曲、和聽雪：亂葉縱横。張養浩、越調寨兒令、壽日燕飲：車馬鬧縱横。【小窗横】景元啓、雙調得勝令、歡會：梅月小窗横。【玉琴横】張可久、正宮小梁州、訪杜高士：流水玉琴横。【短笛横】曾瑞、般涉調哨遍套、村居：牛背夕陽短笛横。【眉黛横】張可久、南呂一枝花套、湖上歸：嫣然眉黛横。【長日横】張可久、越調霜角、水西煙雨：孤舟長日横。【斗轉參横】張可久、中呂紅綉鞋、開元遺事：鵲橋平斗轉參横。

宏

【王宏】喬吉、雙調折桂令、重九後一日遊蓬萊山：阻却王宏。

嶸

【崢嶸】張可久、雙調折桂令、三衢平山亭：劍氣崢嶸。張可久、雙調折桂令、遊金山寺：倚蒼雲紺宇崢嶸。曾瑞、般涉調哨遍套、村居：又幸爲男子崢嶸。

橙◉

【金橙】張可久、越調天淨沙、春夜：深杯香捧金橙。【吳橙】喬吉、雙調折桂令、富子明壽：酒暖吳橙。

榮◉

【枯榮】盧摯、雙調蟾宮曲、夷門懷古：臨眺枯榮。【欣榮】盧摯、雙調蟾宮曲：桃李欣榮。【便榮】曾瑞、般涉調哨遍套、村居：茶嫩便榮。【重榮】張可久、越調寨兒令、湖上春行：陳朝老檜重榮。【仕途榮】湯式、雙調慶東原、田家樂：人說仕途榮。【松桂榮】張可久、越調霜角、南山秋色：向陽松桂榮。

寧◉

【丁寧】蒲察善長、雙調新水令套、川撥棹：聽我丁寧。喬吉、南呂一枝花套、合箏：又私語丁寧。張可久、越調天淨沙、春情：三番兩次丁寧。曾瑞、商調集賢賓套、宮詞：西風傳玉漏丁寧。湯式、越調柳營曲、聽箏：恰流鶯花底丁寧。湯式、雙調天香引、留別友人：錦囊詞將後會丁寧。【不寧】曾瑞、商調集賢賓套、宮詞：坐不寧。薛昂夫、正宮端正好套、閨怨：睡不安臥不寧。薛昂夫、正宮端正好套、閨怨：怕到黃昏睡臥不寧。【安寧】曾瑞、般涉調哨遍套、村居：車馬少得安寧。

⊙繩【準繩】湯式、南呂一枝花套、卓文君花月瑞仙亭：傳奇無準繩。

枰馮俜娉○鳴螟蓂○
醽令苓伶聆齡瓴翎鴒
菱凌○鵬棚○楞稜○
曾○滕縢謄○莖恆○
嬴攍塋○鯨黥勍○刑
邢桁鉶珩硎○晴繒○
廷霆○熒惸○呈宬盛
承懲乘塍○瞢○盲氓
甍萌○紘閎鈜弘○棖
○仍○餳

【對偶】

湯式雙調天香引、贈友：北塞塵清，南海浪平。湯式、南呂一枝花套、村居：七數明指法輕清，六律諧音呂和平。　湯式、南呂一枝花套、嘲素梅：打不動裁冰剪雪林和靖，衝不過擊玉敲金宋廣平。　曾瑞、般涉調哨遍套：消磨世態杯中酒，聚散人情水上萍。　喬吉、雙調折桂令、越樓見姬：困托香腮，斜倚雲屏。　喬吉、中呂滿庭芳、漁父詞：胭脂林障，翡翠山屏。　湯式、雙調天香引、代友人書：靜對書燈，悶靠幃屏。喬吉、雙調水仙子：夜月泥金扇，春風暖玉屏。薛昂夫、正宮端正好套、閨怨：團團黃篆焚金鼎，夜夜濃薰暖翠屏。　張養浩、中呂喜春來：一溪烟水奩開鏡，四面雲山錦簇屏。　湯式、南呂一枝花套、嘲素梅：難栽瑪瑙坡，宜插水晶瓶。張養浩、越調寨兒令、壽日燕飲：一雨晴，百花明。　湯式、越調柳營曲、聽箏：酒初醒，月乍明。　曾瑞、中呂山坡羊、題情：凍雲晴，月華明。　張可久、越調凭闌人、晚晴小景：晚風花雨晴，小樓山月明。　張可久、雙調水仙子、吳山秋夜：山頭老樹起秋聲，沙嘴殘潮蕩月明。喬吉、雙調折桂令：迷楚雲花昏柳暝，隔湘烟水秀山明。　喬吉、南呂一枝花套、合箏：迸瓊珠萬顆瑽琤，間驪珠一串分明。　湯式、雙調天香引、贈友：紫宸殿聖德宣揚，丹書誥勳業分明。　湯式、雙調對玉環過清江引、閨怨：香透簾櫳，藕花風漸生；影上闌干，　梧桐月正明。　張可久、越調寨兒令、妓怨：柳下私情，月底深盟。　盧摯、中呂朱履曲：這其間聽鶴唳，再索甚趁鷗盟。　張可久、雙調折桂令、春情：試坐魚磯，相親蟻綠，不負鷗盟。　張可久、越調天淨沙、春情：一言半語恩情，三番兩次丁寧，萬劫千生誓盟。　湯式、雙調天香引、代友人書：溫太眞玉鏡台都成畫餅，郭太振紅絲幔落得虛名。　湯式、正宮端正好套、題梧月堂：休言五柳誇幽勝，未羨三槐播令名。　張可久、雙調湘妃怨、山中隱居：寫十卷神仙傳，和一篇陋室銘。　張可久、南呂一枝花套、湖上歸：寶篆銷，玉漏鳴。　張可久、中呂朝天子、夜坐寄芝田禪師：冷冷水聲，呦呦鹿鳴。　湯式、南呂一枝花套、贈教坊張韶舞善吹簫：嗚嗚然赤水龍吟，嚦嚦兮丹山鳳鳴。　湯式、越調柳營曲、聽箏：恰流鶯花底丁寧，又孤鴻雲外悲鳴。　湯式、南呂一枝花套、嘲素梅：琴譜內又不將宮商剔撥，角聲中常則是趁鐘鼓悲鳴。　鍾嗣成、雙調水仙子：燈前撫劍聽雞聲，月下吹簫引鳳鳴。　徐再思、中呂普天樂、華嚴晚鐘：譙樓鼓歇，蘭舟纜解，茅店雞鳴。　汪元亨、雙調雁兒落過得勝令、歸隱：青青，山色當窗映；泠泠，泉聲繞澗鳴。　湯式、正宮端正好套、題梧月堂：肅金莖白露泠泠，爇金爐香霧冥冥。　盧摯、雙調蟾宮曲、濛江舟中値雨：喚起江妃　，　驚動山靈。　喬吉、南呂一枝花套、合箏：黃念奴伴開元壽寧，小單于學鼓瑟湘靈。　湯式、南呂一枝花套、嘲素梅：孟浩然見了呵颼了吟鞭，趙光普覷了呵罷了諫諍，楊補之畫了呵謊了魂靈。　湯式、正宮端正好套、題梧月堂：青藹藹參差繞翠楹，光朗朗玲瓏透碧櫺。　湯式、雙調天香引、留別友人：未盡平生，先訴飄零。　張可久、越調寨兒令、吳山塔寺：　西天佛富貴，　南國樹彫零。　張可久、越調寨兒令、失題：我志誠，你胡伶。　無名氏、越調凭闌人：點破蒼苔牆角螢，戰退西風檐外鈴。　喬吉、雙調折桂令：倚動銀鉤，耍吹羅帶，笑振金鈴。　喬吉、南呂一枝花套、合箏：歌應指似林鶯嚦嚦，指隨歌似山溜泠泠。　張可久、中呂朝天子、野景亭：瓜田邵平，草堂杜陵。　張可久、雙調折桂令、讀史有感：青門外芸瓜邵平，白雲邊垂釣嚴陵。　湯式、南呂一枝花套、嘲素梅：虛擔著玉潔冰清，空落得雪虐霜陵。　汪元亨、雙調折桂令、歸隱：梅出脫林逋，菊支撐陶令，魚成就嚴陵。　湯式、南呂一枝花套：價重如齊紈魯縞，名高似蜀錦吳綾。　曾瑞、般涉調哨遍套、村居：漁說他強，樵說他能。　曾瑞、般涉調哨遍套、村居：靜觀消長，閑考虧盈。　曾瑞、商調集賢賓、宮詞：敗葉走庭除，修竹掃蒼楹。　湯式、南呂一枝花套、卓文君花月瑞仙亭：青裊裊垂楊近畫樓，響濺濺暗水流花徑，輕颭颭香風翻翠幌，光輝輝銀蠟射雕楹。　張可久、雙調折桂令、酒邊分得卿字韻：錦胡洞鶯招燕請，玉交枝柳送花迎。　曾瑞、般涉調哨遍套、思鄉：涎乾沿壁蝸，翅殭守凍蠅。　湯式、南呂一枝花套、贈美人號展香綿：最關情眼底飄零，不由人掌上奇擎。　曾瑞、般涉調哨遍套、村居：頑童前引，稚子隨行。　湯式、雙調湘妃引、和陸進之韻：物換人非舊，時乖道不行。　徐再思、雙調水仙子、佳人釘履：金蓮脫瓣載雲輕，紅葉浮香帶雨行。　姚燧、雙調壽陽曲：襄王夢，神女情。　喬吉、雙調水仙子、若

川秋夕聞砧：金谷園中夢，玉門關外情。　張可久、越調寨兒令、妓怨：他山障他短命，您窖變您薄情。　王舉之、中呂紅綉鞋、秋日湖上：紅葉荒林酒興，黃花老圃詩情。　張可久、雙調湘妃怨、春思：做一枕松風夢，想十年花月情。　張可久、雙調折桂令、晚春送別：留過客江山有靈，廢殘春風雨無情。　湯式、雙調天香引、留別友人：淮甸迷渺渺離愁，淮水流滔滔離恨，淮山遠點點離情。　湯式、南呂一枝花套、贈教坊張韶舞善吹簫：顛狂非落梅之趣，悠揚有折柳之情。　湯式、南呂一枝花套、卓文君花月瑞仙亭：一字字冰雪之清、一句句雲雨之情。　張可久、中呂上小樓、春思：半紙虛名，萬里修程，一樣離情。　湯式、正宮端正好套、題梧月堂：銀牀淨繽紛落英，碧天朗扶疎弄晴。　張可久、黃鍾人月圓、秋日湖上：白雲洞口，紅葉山亭。　喬吉、雙調折桂令、上巳遊嘉禾：紅雲蘭棹，青紵旗亭。　張可久、越調寨兒令、春曉：淺斟白玉杯，低唱紫雲亭。　湯式、南呂一枝花套、嘲素梅：冷淡偎村徑，朝昏傍驛亭。　張可久、越調天淨沙、清明日郊行：碧桃花下簾旌，綠楊影裡旗亭。　盧摯、雙調沈醉東風、七夕：銀燭冷秋

光畫屏，　碧天晴夜靜閑亭。　喬吉、雙調折桂
令、越樓見姬：翹鳳頭金釵整整，朶松花雲髻亭
亭。　湯式、南呂一枝花套、贈美人號展香綿：
纓聯月戶，繚繞雲屏；昏迷客路，散漫郵亭。
曾瑞、商調集賢賓套、宮詞：衰柳拂月戶雲窗，
殘荷臨水閣涼亭。　曾瑞、般涉調哨遍套、思
鄉：見新人百倍增千倍，問故友十停無九停。
喬吉、雙調折桂令、簾內佳人：翠織玲瓏，玉立
娉婷。　張可久、南呂一枝花套、湖上歸：東坡
才調，西子娉婷。　張可久、雙調折桂令、游上
雪晴：玉手琵琶，翠袖娉婷。　喬吉、雙調折桂
令、越樓見姬：粉吹旖旎，　玉立婷娉。　關漢
卿、中呂普天樂、崔張十六事：風生翠袖，花落
閑庭。　徐再思、中呂紅綉鞋、道院：青猿藏火
棗，黑虎聽黃庭。　張可久、越調寨兒令、山中
分韻得聲字：駕青牛自取丹經　，換白鵝誰寫黃
庭。　徐再思、雙調沈醉東風、息齋畫竹：葛陂
裏神龍蛻形，丹山中彩鳳棲庭。　湯式、南呂一
枝花套、卓文君花月瑞仙亭：橫斗柄珠星燦燦，
界勾陳銀漢澄澄。　湯式、雙調慶東原、京口夜
泊：故園一千里，孤帆數日程。　汪元亨、雙調
雁兒落過得勝令、歸隱：有分訂鷗盟，無意展鵬

程。　曾瑞、般涉調哨遍套、思鄉：辭九重鳳
闕，快萬里鵬程。　張可久、雙調沈醉東風、秋
夜旅思：二十五點秋更鼓聲　，千三百里水館郵
程。湯式、雙調對玉環過清江引、閨怨：空有佳
音，佳音不待聽；料想歸期，歸期未有程。　張
可久、雙調折桂令、秋夜閨思：遠信休憑，好夢
難成。　王擧之、中呂紅綉鞋、秋日湖上：湖光
抹不定，山色畫難成。　湯式、南呂一枝花套、
卓文君花月瑞仙亭：傳奇無準繩，關目是捏成。
張可久、越調凭闌人、春夜：燈下愁春愁未醒，
枕上吟詩吟不成。　劉時中、雙調折桂令、送王叔
能赴湘南廉使：快野寺尋春酒醒，喜郵亭問俗詩
成。　曾瑞、商調集賢賓套、宮詞：天隔羊車，
人囚鳳城。　劉時中、雙調雁兒落過得勝令、送
別：夢裏思梁苑，花時別渭城。　喬吉、中呂滿
庭芳、鐵馬兒：歌舞閙難踏錦營，雨雲閒偏戰愁
城。　湯式、雙調天香引、代友人書：塡不滿愁
坑，撇不下愁担，打不破愁城。　湯式、雙調湘
妃引、秋夕閨思：塡不滿淒涼幽窨，捱不出悽惶
夢境，　打不開磊塊愁城。　張可久、中呂紅綉
鞋、開元遺事：羯鼓罷天開雲淨，鵲橋平斗轉參
橫。　曾瑞、般涉調哨遍套、村居：隴頭殘月荷

鋤歌，牛背夕陽短笛橫。曾瑞、商調集賢賓套、宮詞：浸池面樓台倒景，書雲箋雁字斜橫。喬吉、雙調折桂令、富子明壽：香溫漢鼎，酒暖吳橙。喬吉、南呂一枝花套、合筝：恰壯懷慷慨，又私語丁寧。湯式、雙調天香引、留別友人：玉蓮杯拚今朝酩酊，錦囊詞將後會丁寧。

上聲

◉景

【光景】薛昂夫、正宮端正好套、閨怨：怎捱這從此後冷清清的光景。【內景】徐再思、中呂繡紅鞋、道院：山人參內景。【夜景】曾瑞、中呂山坡羊、題情：寒夜景。【清景】湯式、正宮端正好套、題梧月堂：料得無因駐清景。【媚景】徐再思、雙調蟾宮曲、賭粉英：冠梅柳東風媚景。【越景】曾瑞、般涉調哨遍套、思鄉：頓思越景。【野景】張可久、中呂朝天子、野景亭：小亭，野景。【暮景】張可久、中呂滿庭芳、卽景：空林暮景。喬吉、中呂滿庭芳、漁父詞：秋江暮景。張可久、正宮醉太平、金華山中：小桃源暮景。張可久、中呂紅繡鞋、歲暮：落梅香暮景。姚燧、中呂醉高歌、感懷：已在桑榆暮景。張可久、雙調折桂令、湖上雪晴：青山老西施暮景。汪元亨、雙調沈醉東風、歸田：旋葺理桑榆暮景。曾瑞、商調集賢賓套、宮詞：悶登樓倚闌干看暮景。【隄上景】馮子振、中呂紅繡鞋、題張小山蘇隄漁唱：蘇公隄上景。【無限景】張養浩、中呂喜春來、述懷：對著這無限景。【湖上景】張可久、越調寨兒令、憶鑑湖：記年年賀家湖上景。【圖上景】張可久、中呂紅繡鞋、天竺寺中：龍華圖上景。【瀟湘八景】張可久、越調霜角、水西烟雨：淡墨瀟湘八景。

梗

【浪梗】張可久、中呂上小樓、春思：雲萍浪梗。

境

【人境】曾瑞、般涉調哨遍套、村居：數間茅屋臨人境。【過境】曾瑞、中呂山坡羊、嘆世：飛過境。【夢境】張可久、雙調水仙子、暮景：相思入夢境。湯式、雙調湘妃引、秋夕閨思：捱不出悽惶夢境。曾瑞、商調集賢賓套、宮詞：入孤幃强眠尋夢境。【清虛境】湯式、正宮端正好套、題梧月堂：占人間一片清虛境。

頸

【交頸】曾瑞、中呂山坡羊、題情：紅鴛交頸。

哽

【愁懷悶哽】無名氏、雙調新水令套、沈醉東風：早是我愁懷悶哽。

頃⊙

【千頃】劉時中、中呂山坡羊、侍牧庵先生西湖夜飲：紅雲十里波千頃。【數頃】張養浩、十二月兼堯民歌：守著這良田數頃。【萬頃】盧摯、雙調蟾宮曲、小卿：吳江澗澄波萬頃。

餅⊙

【畫餅】湯式、雙調天香引、代友人書：溫太真玉鏡臺都成畫餅。

醒⊙

【未醒】徐再思、中呂陽春曲、春情：酒未醒。張可久、中呂紅綉鞋、雪芳亭：月斜時人未醒。張可久、雙調清江引、張子堅運判席上：明月草堂人未醒。【乍醒】馬致遠、南呂四塊玉、潯陽江：月又明，酒又醒，客乍醒。湯式、越調柳營曲、聽箏：酒乍醒。湯式、雙調湘妃引、秋夕閨思：漏初殘人乍醒。【初醒】盧摯、雙調蟾宮曲：醉夢初醒。張可久、越調寨兒令、湖上避暑：胡蝶夢初醒。徐再思、雙調水仙子、馬嵬坡：翠華香冷夢初醒。蒲察善長、雙調新水令套、駐馬聽：金爐香燼酒初醒。【微醒】喬吉、雙調折桂令、七夕贈歌者：淺醉微醒。鄭光祖、雙調蟾宮曲、夢中作：見希颩胡都茶客微醒。【酒醒】張養浩、中呂朝天子、攜美姬湖上：方酒醒。【睡醒】張可久、中呂山坡羊、雪夜：人睡醒。喬吉、正宮醉太平、樂閑：老先生睡醒。【愁未醒】喬吉、雙調水仙子、展轉秋思京門賦：酒醒時愁未醒。張可久、越調凭闌人、春夜：燈下愁春愁未醒。【喚不醒】湯式、南呂一枝花套、卓文君花月瑞仙亭：誰承望夢入南柯喚不醒。【酒半醒】景元啓、雙調得勝令、歡會：未語情先透，春嬌酒半醒。徐再思、雙調沈醉東風、息齋畫竹：明月闌干酒半醒。【愁寐醒】貫雲石、南呂金字經、傷春：夜深愁寐醒。【一半兒醒】查德卿、仙呂一半兒、春夢：一半兒昏迷一半兒醒。

省

【自省】湯式、正宮端正好套、題梧月堂：塵居的自省。姚燧、中呂醉高歌、感懷：那箇臨老自省。貫雲石、雙調清江引、惜別：倚幃屏靜中心自省。【思省】湯式、南呂一枝花套、卓文君花月瑞仙亭：請監樂的先生思省。【從頭省】湯式、南呂一枝花套、嘲素梅：我將他根脚兒從頭省。

影⊙

【弔影】張可久、越調小桃紅、湖亭秋夜：月明弔影。【月影】喬吉、南呂一枝花套、合箏：雁行斜江月影。張可久、中呂滿庭芳、秋夜不寐：金鎖碎簾前月影。【日影】張可久、越調寨兒令、春曉：海棠軒半簾紅日影。張可久、雙調沈醉東風、秋夜旅思：午睡足梅窗日影。【共影】湯式、南呂一枝花套、贈美人號展香綿：白靄靄不與梨花共影。【花影】張可久、中呂朝天子、夜坐寄芝田禪師：銅瓶花影。【弄影】徐再思、雙調蟾宮曲、月：看楊柳樓心弄影。馬致遠、雙調壽陽曲：梅花笑人休弄影。【泡影】姚燧、中呂醉高歌、感懷：人生幻化如泡影。【倒影】曾瑞、商調集賢賓套、宮詞：浸池面樓台倒影。【雁影】張可久、中呂朝天子、箏手愛卿：黃雲雁影。張可久、雙調折桂令、三衢平山亭：隨月去長空雁影。【凍影】張可久、中呂紅綉鞋、歲暮：遊魚翻凍影。【疎影】貫雲石、雙調殿前歡：杏花疎影。【蹤影】曾瑞、般涉調哨遍套、思鄉：還鄉子安道無蹤影。【照影】張養浩、雙調落梅引：帶烟霞半山斜照影。【翠影】徐再思、雙調沈醉東風、息齋畫竹：對一片兒瀟湘翠影。【墮影】湯式、南呂一枝花套、卓文君花月瑞仙亭：金翹彈烏雲墮影。【樹影】盧摯、雙調沈醉東風、七夕：月轉過梧桐樹影。張可久、雙調折桂令、遊金山寺：搖碎月中流樹影。【瘦影】張可久、中呂朝天子、郊行盧使君索賦：小屛，瘦影。曾瑞、中呂山坡羊、題情：梅瘦影。張可久、南呂罵玉郎過感皇恩採茶歌、楊駒兒墓園：懸瘦影。張可久、中呂滿庭芳、卽景：疎梅瘦影。張可久、雙調水仙子、暮景：寒梅瘦影。張可久、雙調沈醉東風、夜景：看不上梅窗瘦影。【鬢影】姚燧、中呂醉高歌、感懷：幾點吳霜鬢影。【水邊影】湯式、南呂一枝花套、嘲素梅：則不如收拾橫斜水邊影。【不見影】蒲察善長、雙調新水令套、梅花酒：從別後不見影。張可久、雙調落梅風、春思：趁東風遠遊不見影。【半階影】湯式、正宮端正好套、題梧月堂：不由人踏破瓊瑤半階影。【秋千影】張可久、南呂四塊玉、傷春：楊柳陰，秋千影。【湖外影】劉時中、中呂山坡羊、侍牧庵先生西湖夜飲：天，湖外影。【清瘦影】貫雲石、雙調清江引、詠梅：橫窗好看清瘦影。【花弄影】張可久、越調寨兒令、春思：粉牆邊花弄影。徐再思、雙調清江引、春夜：明月半簾花弄影。【鶴弄影】張可久、雙調落梅風、閒閒亭上：魚吹沫，鶴弄影。【一半兒影】張可久、仙呂一半兒、梅邊：一半兒清香一半兒影。【孤棲瘦影】無名氏、雙調新水令套：照見俺孤棲瘦影。【横斜瘦影】張可久、南呂一枝花套、湖上歸：何必賦横斜瘦影。

穎

【脫穎】曾瑞、般涉調哨遍套、思鄉：似脫穎。

⊙整

【慢整】喬吉、中呂滿庭芳、漁父詞：絲綸慢整。【四十整】盧摯、商調梧葉兒、席間戲作四章：全不見白髭鬢，才四十整。【雲鬢整】商左山、雙調潘妃曲、夜景：懶將雲鬢整。【螺鬢整】張可久、雙調沈醉東風、夜景：象板敲，螺鬢整。【金釵整整】喬吉、雙調折桂令、越樓見姬：翹鳳頭金釵整整。【春粧整整】喬吉、雙調折桂令、七夕贈歌者：水洒不著春粧整整。

⊙騁

【馳騁】曾瑞、般涉調哨遍套、思鄉：闘馳騁。

逞

【愁越逞】曾瑞、商調集賢賓套、宮詞：景淒涼助人愁越逞。【花陣裏逞】湯式、雙調對玉環過清江引、閨怨：他賣詞章在柳營花陣裏逞。

⊙嶺

【過嶺】曾瑞、中呂山坡羊、嘆世：行過嶺。

⊙鼎

【禾鼎】喬吉、正宮醉太平、樂閒：鍊秋霞禾鼎。【金鼎】盧摯、雙調沈醉東風：龍麝焚金鼎。薛昂夫、正宮端正好套、閨怨：團團黃篆焚金鼎。【秦鼎】薛昂夫、中呂朝天曲：楚漢爭秦鼎。【漢鼎】喬吉、雙調折桂令、富子明壽：香溫漢鼎。【賦鼎】張可久、中呂滿庭芳、卽景：命仙客聯詩賦鼎。【黃金鼎】湯式、南呂一枝花套、嘲素梅：怎知黃金鼎。【金獸鼎】曾瑞、商調集賢賓套、宮詞：沈水烟消金獸鼎。【重裀列鼎】湯式、雙調天香引、贈友：翠柳營金花帳重裀列鼎。

酊

【酩酊】湯式、雙調天香引、留別友人：玉蓮杯拚今朝酩酊。

頂

【風頂】張可久、越調霜角、水西煙雨：明日披雲風頂。【巾山頂】張可久、南呂四塊玉、東浙舊遊：鏡水邊，巾山頂。

⊙冷

【火冷】張可久、越調天淨沙、春夜：寶鼎沈香火冷。【洞冷】張可久、正宮醉太平、金華山中：金華洞冷。【清冷】滕斌、大石百字令、贈宋六嫂：可人何處，滿庭霜月清冷。【夢冷】徐再思、商調梧葉兒、春思：不管梨花夢冷。【鬢冷】曾瑞、般涉調哨遍套、思鄉：不覺秋霜鬢冷。【露冷】張可久、中呂普天樂、渡揚子江：玉杯露冷。【西風冷】張可久、雙調沈醉東風、秋夜旅思：紅樹西風冷。【牙縫冷】馬致遠、雙調壽陽曲、舌尖抵著牙縫冷。【風日冷】張可久、雙調落梅風、閒閒亭上：閒閒小亭風日冷。【風正冷】張可久、雙調清江引、張子堅運判席上：飄飄落梅風正冷。【風露冷】王舉之、中呂紅綉鞋、秋日湖上：六橋風露冷。張可久、越調寨兒令、吳山塔寺：倚高寒滿身風露冷。【金蓮冷】無名氏、中呂喜春來：金釵翦燭金蓮冷。【吳江冷】張可久、中呂普天樂、秋懷：紅葉吳江冷。【秋水冷】張可久、越調寨兒令、湖上避暑：照芙蓉玉壺秋水冷。無名氏、雙調駐馬聽：紅蓼灘頭秋水冷。【秋月冷】劉時中、中呂山坡羊、侍牧庵先生西湖夜飲：碧天夜涼秋月冷。【秋江冷】馬致遠、南呂四塊玉、潯陽江：送客時秋江冷。【秋雲冷】張可久、中呂賣花聲、秋：蕭蕭鞍馬秋雲冷。【秋葉冷】張可久、中呂朝天子、夜坐寄芝田禪師：井泉寒秋葉冷。【歌扇冷】張可久、中呂紅綉鞋、開元遺事：月中歌扇冷。【胭脂冷】徐再思、中呂陽春曲、春情：桃花月淡胭脂冷。【梅萼冷】曾瑞、中呂山坡羊、題情：窗外朔風梅萼冷。【乾受冷】盧摯、中呂朱履曲、雪中黎正卿招飲：不强如孟襄陽乾受冷。【蒼苔冷】徐再思、雙調沈醉東風、息齋畫竹：雨洗蒼苔冷。【盤篆冷】曾瑞、雙調折桂令、閨怨：銀燭暗雕盤篆冷。【被兒冷】薛昂夫、正宮端正好套、閨怨：分外春寒被兒冷。【鴛被冷】喬吉、雙調水仙子、展轉秋思京門賦：森地鴛被冷。【羅襪冷】徐再思、雙調水仙子、佳人釘履：沁湘妃羅襪冷。湯式、南呂一枝花套、卓文君花月瑞仙亭：步蒼苔羅襪冷。【羅袖冷】張可久、越調寨兒令、春思：倚湖山露華羅袖冷。【襪兒冷】曾瑞、商調集賢賓套、宮詞：也溫不過早來襪兒冷。【灞橋冷】張可久、南呂一枝花套、湖上歸：煞强似踏雪尋梅灞橋冷。【天寒地冷】湯式、南呂一枝花套、嘲素梅：恐天寒地冷。【青衫上冷】喬吉、南呂一枝花套、合箏：煞强如泣琵琶泪濕青衫上冷。【衾寒枕冷】無名氏、雙調新水令套、川撥棹：我其實捱不過衾寒枕冷。【被窩兒冷】湯式、南呂一枝花套、贈美人號展香綿：有他呵便凍死了梅花愁甚麼被窩兒冷。

⊙井

【金井】馬致遠、仙呂青哥兒、七月：梧桐初彫金井。湯式、正宮端正好套、題梧月堂：密匝匝護濃陰玉池金井。【枯井】薛昂夫、正宮端正好套、閨怨：則我這泪點兒安排下半枯井。【鄉井】湯式、南呂一枝花套、春夜：穩情取大寵著恩光耀鄉井。【梧桐井】徐再思、雙調清江引、春夜：露滴梧桐井。【瓶沉井】蒲察善長、雙調新水令套、喬牌兒：沒來由罾折瓶沉井。【銀瓶墜井】張可久、中呂滿庭芳、送別：思往事銀瓶墜井。【離鄉背井】汪元亨、雙調沈醉東風、歸田：再不去離鄉背井。

⊙請

【誰請】曾瑞、般涉調哨遍套、思鄉：不廻棹先生望誰請。【鶯呼燕請】張可久、越調天淨沙、清明日郊行：幾處鶯呼燕請。【鶯招燕請】張可久、雙調折桂令、酒邊分得卿字韻：錦胡洞鶯招燕請。

⊙等

【十等】薛昂夫、正宮端正好套、閨怨：料憂愁一日加了十等。【坐等】無名氏、雙調新水令套、隨煞：擁被和衣坐等。【和月等】關漢卿、中呂普天樂、崔張十六事：不强如西廂和月等。湯式、雙調對玉環過清江引：閨怨：西廂下再不和月等。【爲伴等】曾瑞、中呂山坡羊、嘆世：孤雲野鶴爲伴等。【慢慢的等】蒲察善長、雙調新水令套、尾：我這里獨守銀釭慢慢的等。【潛潛等等】湯式、南呂一枝花套、嘲素梅：那裏取惜花客潛潛等等。

⊙永

【夜永】無名氏、中呂喜春來：良夜永。張可久、中呂紅綉鞋、春夜：樽前春夜永。馬致遠、仙呂賞花時套、長江風送客：千里洪波良夜永。【良宵永】張可久、南呂四塊玉、史氏池亭：宿酒醒，良宵永。【春晝永】張可久、越調寨兒令、觀張氏玉卿雙陸：花陰半簾春晝永。

儆璟撽骾鯁綆警耿○○

丙炳邴秉屏○惺[illegible]○

郢癭○省眚○礦鑛懭

○烱冏○艋蜢○拯○

茗皿酩○領○艇挺誕

町奵○涬○

【對偶】

曾瑞、般涉調哨遍套、村居：修養殘軀，安排暮景。曾瑞、般涉調哨遍套、思鄉：忽憶吳山，頓思越景。曾瑞、中呂山坡羊、題情：青鸞舞鏡，紅鴛交頸。　張可久、雙調落梅風、閒閒亭上：魚吹沫，鶴弄影。　張可久、南呂四塊玉：楊柳陰，秋千影。　張可久、中呂朝天子、箏手愛卿：丹山鳳鳴，黃雲雁影。　張可久、中呂朝天子、夜坐寄芝田禪師：寶鼎香凝，銅瓶花影。姚燧、中呂醉高歌、感懷：十年燕月歌聲，幾點吳霜鬢影。　張可久、雙調沈醉東風、夜景：象板敲，螺鬟整。　曾瑞、中呂山坡羊、嘆世：鶴，飛過境；雲，行過嶺。　盧摯、雙調沈醉東風、七夕：蛛絲度綉針，龍麝焚金鼎。　張可久、南呂四塊玉、東浙舊遊：鏡水邊，巾山頂。徐再思、雙調沈醉東風、息齋畫竹：風吹粉籜香，雨洗蒼苔冷。　張可久、中呂普天樂、秋懷：青天蜀道難，紅葉吳江冷。　張可久、雙調沈醉東風、秋夜旅思：青山去路長，紅樹西風冷。　喬吉、雙調水仙子、展轉秋思京門賦：巉地羅幃靜，森地鴛被冷。　徐再思、雙調水仙子、佳人釘履：濺越女紅裙濕，沁湘妃羅襪冷。張可久、中呂紅綉鞋、開元遺事：水邊箏殿小，花上舞盤輕，月中歌扇冷。　徐再思、雙調清江引、春夜：風生翡翠幃，露滴梧桐井。　張可久、南呂四塊玉、史氏池亭：宿酒醒，良宵永。

去聲

⊙敬

【忠敬】湯式、南呂一枝花套、贈教坊張韶舞善吹簫：更那堪一點丹誠抱忠敬。【欽敬】蒲察善長、雙調新水令套、尾：心脾般欽敬。　曾瑞、般涉調哨遍套、村居：故來下訪相欽敬。

徑

【三徑】汪元亨、雙調沈醉東風、歸田：喜松菊存三徑。張可久、雙調落梅風、閒閒亭上：竹千竿綠苔三徑。【小徑】張可久、中呂紅綉鞋、歲暮：金蓮步蒼苔小徑。【仙徑】張可久、正宮醉太平、金華山中：一川紅葉迷仙徑。【成徑】劉時中、中呂山坡羊、侍牧庵先生西湖夜飲：幽香成徑。【村徑】湯式、南呂一枝花套、嘲素梅：冷淡偎村徑。【芳徑】貫雲石、雙調殿前歡：穿芳徑。張可久、越調天淨沙、清明日郊行：馬嘶芳徑。【竹徑】徐再思、中呂紅綉鞋、道院：一榻白雲竹徑。【松徑】汪元亨、雙調雁兒落過得勝令、歸隱：迤邐穿松徑。【花徑】湯式、南呂一枝花套、卓文君花月瑞仙亭：響濺濺暗水流花徑。【蹊徑】馬致遠、仙呂青哥兒、七月：閑只管銀河問雙星無蹊徑。【畦徑】曾瑞、般涉調哨遍套、村居：雖然蔬圃衡畦徑。【青苔徑】薛昂夫、正宮端正好套、閨怨：殘紅粧點青苔徑。【松雲徑】張可久、南呂一枝花套、湖上歸：翠冷松雲徑。【黃花徑】張可久、南呂金字經、觀泉：靖節黃花徑。【蒼雲徑】張可久、南呂罵玉郎過感皇恩採茶歌、楊駒兒墓園：莓苔生滿蒼雲徑。【蒼苔徑】張可久、雙調清江引、張子堅運判席上：緩步蒼苔徑。張可久、中呂喜春來、金華客舍：落紅小雨蒼苔徑。張可久、中呂賣花聲、偶題：落花露冷蒼苔徑。徐再思、雙調水仙子、佳人釘履：漬春泥印在蒼苔徑。【尋芳徑】貫雲石、雙調殿前歡：便留下尋芳徑。【滿芳徑】壺西村、越調小桃紅、雜詠：紅雲飛來滿芳徑。【故園三徑】張可久、中呂賣花聲、秋：樂陶陶故園三徑。

鏡

【心鏡】曾瑞、般涉調哨遍套、村居：開心鏡。【水鏡】張可久、中呂紅綉鞋、天竺寺中：金粟池中水鏡。【青鏡】湯式、雙調湘妃引、秋夕閨思：梧桐月淡淡懸青鏡。【秋鏡】張可久、越調小桃紅、湖亭秋夜：花影涵秋鏡。張可久、中呂山坡羊、雪夜：隔窗孤月懸秋鏡。【舞鏡】曾瑞、商調集賢賓套、宮詞：對景如青鸞舞鏡。【寶鏡】湯式、正宮端正好套、題梧月堂：滴溜溜掛雕簷一輪寶鏡。【鸞鏡】薛昂夫、正宮端正好套、閨怨：分開鸞鏡。【明鏡】汪元亨、中呂朝天子、歸隱：心磨拭如明鏡。【空明鏡】劉時中、中呂山坡羊、侍牧庵先生西湖夜飲：蘭舟直入空明鏡。【明如鏡】劉時中、中呂朝天子、同文子方泛洞庭湖：天水明如鏡。【明朝鏡】喬吉、雙調水仙子、若川秋夕聞砧：異鄉絲鬢明朝鏡。【青銅鏡】湯式、雙調對玉環過清江引、閨怨：捽破青銅鏡。【波心鏡】張可久、中呂普天樂、渡揚子江：明月波心鏡。【奩開鏡】張養浩、中呂喜春來：一溪烟水奩開鏡。【圓如鏡】關漢卿、中呂普天樂、崔張十六事：寶月圓如鏡。【涵秋鏡】張可久、南呂一枝花套、湖上歸：遠水涵秋鏡。【頻看鏡】張可久、中呂普天樂、秋懷：兩字功名頻看鏡。【玉波如鏡】張可久、雙調落梅風、開閒亭上：洗秋雲玉波如鏡。【寒波如鏡】張可久、越調小桃紅、別滶川楊安撫：寒波如鏡，分照別離情。

競

【休競】盧摯、雙調殿前歡：身世都休競。【奔競】張養浩、中呂山坡羊、述懷：休學奔競。曾瑞、般涉調哨遍套、思鄉：無名利徒奔競。【爭競】曾瑞、中呂山坡羊、嘆世：財帛爭競。【愁腸競】曾瑞、商調集賢賓套、宮詞：則我瘦身軀怎敢共愁腸競。

映⊙

【相映】張可久、中呂山坡羊、雪夜：讀書相映。【澄映】湯式、正宮端正好套、題梧月堂：揭朱簾玉河澄映。【輝映】盧摯、雙調殿前歡：佳麗相輝映。湯式、正宮端正好套、題梧月堂：素華朱戶相輝映。【紗窗映】商左山、雙調潘妃曲：却原來翠竹把紗窗映。【當窗映】汪元亨、雙調雁兒落過得勝令、歸隱：山色當窗映。【玉梅斜映】馬致遠、雙調壽陽曲：人初靜，月正明，紗窗外玉梅斜映。

應

【不應】曾瑞、商調集賢賓套、宮詞：丫鬟叫不應。姚燧、雙調壽陽曲：相思字越彈著不應。【相應】張養浩、中呂朝天曲：天意也還相應。滕斌、大石百字令、贈宋六嫂：何處飛來雙比翼，直是同聲相應。曾瑞、般涉調哨遍套、村居：繅車響蟬聲相應。【報應】張養浩、中呂山坡羊、述懷：疾，也報應；遲，也報應。【酬應】張養浩、中呂朝天曲：將何酬應。【天文應】薛昂夫、中呂朝天曲：不料天文應。【天街應】薛昂夫、正宮端正好套、閨怨：猛聽的賣花聲過天街應。【連忙應】關漢卿、中呂普天樂、崔張十六事：去字兒連忙應。【潮音應】徐再思、中呂普天樂、華嚴晚鐘：斗杓低，潮音應。【啞聲相應】馬致遠、雙調壽陽曲：心窩兒興，奶嚨兒情，低低的啞聲相應。

硬

【心腸硬】蒲察善長、雙調新水令套、駐馬聽：孤眠那怕心腸硬。盧摯、商調梧葉兒、席間戲作四章：有家珍無半點兒心腸硬。

慶⊙

【家慶】般涉調哨遍套、村居：成家慶。【嘉慶】曾瑞、中呂山坡羊、嘆世：得來未必成嘉慶。【歡慶】曾瑞、般涉調哨遍套、思鄉：樂太平歌舞同歡慶。

磬

【金磬】張可久、南呂一枝花套、湖上歸：巖阿禪窟鳴金磬。

命⊙

【天命】湯式、南呂一枝花套、卓文君花月瑞仙亭：富貴乃天命。曾瑞、般涉調哨遍套、村居：人性善皆由天命。【短命】張可久、越調寨兒令、妓怨：他山障，他短命。【皇命】湯式、南呂一枝花套、贈教坊張韶舞善吹簫：仰龍樓瞻鳳闕孜孜念念欽皇命。鍾嗣成、雙調水仙子、弔陳以仁：為朝元恐負虛皇命。【無命】鍾嗣成、雙調水仙子：功名兩字原無命。【薄命】曾瑞、般涉調哨遍套、思鄉：思薄命。薛昂夫、正宮端正好套、閨怨：信佳人薄命。湯式、南呂一枝花套、贈美人號展香綿：過青春誰與憐薄命。【由乎命】貫雲石、雙調清江引、惜別：生死由乎命。【知天命】汪元亨、中呂朝天子、歸隱：固君子知天命。【莫非命】張可久、中呂普天樂、秋懷：為誰忙，莫非命。【飄泊命】湯式、雙調慶東原、京口夜泊：倚篷窗自嘆飄泊命。【封侯命】薛昂夫、中呂朝天曲：不是封侯命。【鴟夷命】無名氏、雙調駐馬聽：五湖救了鴟夷命。

磴⊙

【苔花磴】張可久、正宮小梁州、訪杜高士：拂雲同坐苔花磴。

諍⊙

【諫諍】湯式、南呂一枝花套、嘲素梅：趙光普覷了呵罷了諫諍。

掙

【十分掙】關漢卿、中呂普天樂、崔張十六事：下工夫將額顱十分掙。

正⊙

【清正】張養浩、中呂山坡羊、述懷：於官清正。【字兒正】喬吉、南呂一枝花套、合箏：腔兒穩，字兒正。

證

【為證】曾瑞、般涉調哨遍套、村居：榮枯消長教人為證。【媒證】無名氏、中呂普天樂、崔張十六事：無媒證，直嫁與個臨川令。關漢卿、中呂普天樂、崔張十六事：兩下裏為媒證。【難熬的證】蒲察善長、雙調新水令套、駐馬聽：惟有相思最是難熬的證。

詠⊙

【幽詠】湯式、正宮端正好套、題梧月堂：逸典奇書自幽詠。【新歌詠】盧摯、雙調殿前歡：被東風吹軟新歌詠。【一觴一詠】張可久、中呂朝天子、郊行盧使君索賦：翠管銀箏，一觴一詠。

病⊙

【花病】張可久、越調天淨沙、春情：柳衰花病。【成病】張可久、越調小桃紅、湖亭秋夜：傷心眼見秋成病。【酒病】曾瑞、般涉調哨遍套、思鄉：旦暮花魔酒病。張可久、中呂紅綉鞋、春夜：燕子來時酒病。【愁病】姚燧、雙調壽陽曲：多般兒釀成愁病。【詩病】曾瑞、般涉調哨遍套、村居：推敲訪友鍼詩病。【去年病】張可久、越調小桃紅、別瀫川楊安撫：了得相思去年病。【年時病】張可久、中呂朝天子、郊行盧使君索賦：又是年時病。【相思病】蒲察善長、雙調新水令套、尾：我這里憑誰醫治相思病。商左山、雙調潘妃曲：羞睹我臉上相思病。

張可久、中呂滿庭芳、送別：乍分飛早是相思病。薛昂夫、正宮端正好套、閨怨：生來幾曾理會害甚麼相思病。【溫柔病】張可久、雙調湘妃怨、春思：正青春害這場溫柔病。【愁成病】張可久、中呂普天樂、贈別：不管佳人愁成病。【酸心病】湯式、南呂一枝花套、嘲素梅：未成實先有酸心病。【傷春病】張可久、南呂四塊玉、傷春：越添怨女傷春病。【塵俗病】張可久、中呂普天樂、贈白玉梅：艷紫妖紅塵俗病。【玉人成病】張可久、雙調落梅風、春思：盼歸舟玉人成病。張可久、中呂上小樓、春思：爲相思玉人成病。【無些兒病】喬吉、南呂一枝花套、合箏：遲疾纖巧隨摳掐無些兒病。

並

【相並】蒲察善長、雙調新水令套、雁兒落：月下肩相並。曾瑞、般涉調哨遍套、思鄉：花解語嬌相並。滕斌、大石百字令、贈宋六嫂：莫是紫鸞天上曲，兩玉兩童相並。【楊花並】湯式、南呂一枝花套、贈美人號展香綿：惜花人故把楊花並。

⊙令

【歪令】曾瑞、般涉調哨遍套、村居：行歪令。【酒令】張可久、中呂紅綉鞋、雪芳亭：全錯落樽前酒令。【中和令】湯式、南呂一枝花套、贈教坊張韶舞善吹簫：一曲中和令。【文園令】湯式、南呂一枝花套、卓文君花月瑞仙亭：一崢嶸便到文園令。【伊州令】張可久、中呂朝天子、箏手愛卿：一曲伊州令。張可久、南呂一枝花套、湖上歸：捧紅牙合和伊州令。【涼州令】喬吉、南呂一枝花套、合箏：同聲相應的涼州令。【陽關令】張可久、中呂普天樂、贈別：酒盡陽關令。張可久、越調小桃紅、別滁川楊安撫：樽前一曲陽關令。【彭澤令】張可久、中呂朝天子、野景亭：五柳莊彭澤令。曾瑞、中呂山坡羊、嘆世：歸來笑殺彭澤令。【臨川令】無名氏、中呂普天樂：直嫁與個臨川令。【將軍令】劉時中、中呂朝天子：邸萬戶席上：聽傳過將軍令。喬吉、中呂滿庭芳、鐵馬兒：只聞閫外將軍令。徐再思、雙調水仙子、馬嵬坡：羽林兵拱聽將軍令。【雙縣令】馬致遠、仙呂賞花時套、長江風送客：風流愁煞雙縣令。【七夕佳令】盧摯、雙調沈醉東風、七夕：慶人間七夕佳令。

⊙聖

【賢聖】曾瑞、般涉調哨遍套、村居：氣清濁列等爲賢聖。

勝

【形勝】曾瑞、般涉調哨遍套、思鄉：自願毆東南形勝。【幽勝】湯式、正宮端正好套、題梧月堂：休言五柳詩幽勝。

剩

【松醪剩】喬吉、正宮醉太平、樂閑：喚樵青椰瓢傾，雲淺松醪剩。【乾坤剩】劉時中、中呂朝天子：漫不省乾坤剩。【鴛衾剩】景元啓、雙調得勝令、孤另：枕冷鴛衾剩。【枕餘衾剩】蒲察善長、雙調新水令套：綉幃中枕餘衾剩。

盛

【繁花盛】曾瑞、般涉調哨遍套、思鄉：山屛錦帳繁花盛。【龍門盛】湯式、正宮端正好套、題梧月堂：拂青霄根托龍門盛。

性⊙

【心性】張可久、中呂上小樓、春思：楊花心性。【天性】貫雲石、雙調殿前歡：消日月存天性。【水性】無名氏、雙調壽陽曲：不似您秀才每水性。【我性】曾瑞、般涉調哨遍套、村居：使不著吾强我性。【英雄性】薛昂夫、中呂朝天曲：軟了英雄性。【眞情性】湯式、雙調湘妃引、和陸進之韻：秉情性休喬眞情性。【溫柔性】湯式、南呂一枝花套、贈美人號展香綿：銜一味溫柔性。【柳花心性】張可久、雙調落梅風、春思：浪兒每柳花心性。

姓

【他姓】張可久、雙調湘妃怨、山中隱居：青山換主隨他姓。【名姓】關漢卿、雙調新水令套、梅花酒：聽說著咱名姓。劉時中、中呂朝天子、邸萬戶席上：草木也知名姓。【先生姓】薛昂夫、中呂朝天曲：賣了先生姓。【舊名姓】湯式、南呂一枝花套、贈美人號展香綿：空落得舊名姓。

聘⊙

【媒聘】湯式、南呂一枝花套：若能够半絲兒繫足爲媒聘。

佞⊙

【諂佞】張養浩、中呂山坡羊：休學諂佞。

淨⊙

【雲淨】無名氏、雙調駐馬聽：天空雲淨。張可久、中呂紅綉鞋、開元遺事：羯鼓罷天開雲淨。【幽淨】曾瑞、般涉調哨遍套、思鄉：貪幽淨。【乾淨】湯式、南呂一枝花套、嘲素梅：縱泄漏春光也不乾淨。【鋤淨】曾瑞、般涉調哨遍套、村居：把閑花野草都鋤淨。【石牀淨】喬吉、正宮醉太平、樂閑：倚圍屛洞仙酣露冷石牀淨。【平湖淨】張養浩、中呂朝天子、攜美姬湖上：落日平湖淨。【天光淨】張可久、正宮小梁州、訪杜高士：山影寒，天光淨。【天階淨】貫雲石、雙調殿前歡：夜來微雨天階淨。【耳根淨】喬吉、南呂一枝花套、合箏：洗得平生耳根淨。【冰壺淨】張可久、南呂四塊玉、東浙舊游：一奩梅月冰壺淨。【秋沙淨】劉時中、中呂朝天子：看遠岸秋沙淨。【秋偏淨】張可久、越調小桃紅、別濲川楊安撫：山色秋偏淨。【娟娟淨】湯式、南呂一枝花套、贈美人號展香綿：素質娟娟淨。【芙蕖淨】張可久、中呂朝天子、夜坐寄芝田禪師：池面芙蕖淨。

靜

【人靜】盍西村、越調小桃紅、雜詠：夜涼人靜。馬致遠、雙調壽陽曲：近黃昏禮佛人靜。曾瑞、商調集賢賓套、宮詞：沒亂到更闌人靜。張可久、中呂賣花聲、偶題：柳陰中月明人靜。張養浩、雙調落梅引：喜村深地偏人靜。【初靜】曾瑞、中呂山坡羊、題情：香消燭滅人初靜。【寂靜】商左山、雙調潘妃曲：冷冷清清人寂靜。【人初靜】湯式、正宮端正好套、題梧月堂：漏漸殘，人初靜。貫雲石、雙調清江引、詠梅：月華人初靜。關漢卿、雙調碧玉簫：正漏斷人初靜。【三更靜】湯式、南呂一枝花套：風淡淡三更靜。【千山靜】劉時中、雙調雁兒落過得勝令、送別：暮雨千山靜。【長門靜】蒲察善長、雙調新水令套、七弟兄：那人家寢睡長門靜。【林塘靜】張可久、中呂朝天子、野景亭：犬吠林塘靜。【花陰靜】喬吉、南呂一枝花套、合箏：簾捲花陰靜。【重門靜】薛昂夫、正宮端正好套、閨怨：小庭幽，重門靜。【夜初靜】湯式、南呂一枝花套、贈美人號展香綿：常記得雪虐風陵夜初靜。【庭院靜】張可久、南呂罵玉郎過感皇恩採茶歌、楊駒兒墓園：窗掩梨花庭院靜。【柴門靜】張養浩、中呂十二月兼堯民歌、歸田樂：轉覺柴門靜。張可久、中呂山坡羊、雪夜：不如高臥柴門靜。【軒窗靜】湯式、正宮端正好套、題梧月堂：軒窗靜，何用九枝燈。【闌干靜】張可久、南呂四塊玉、史氏池亭：月明梧葉闌干靜。【簾幃靜】張可久、中呂朝天子、箏手愛卿：笙歌罷簾幃靜。【羅幃靜】喬吉、雙調水仙子、展轉秋思京門賦：巉地羅幃靜。【瑤階靜】湯式、南呂一枝花套、卓文君花月瑞仙亭：出綉戶瑤階靜。【邊聲靜】劉時中、中呂朝天子、邸萬戶席上：臥護得邊聲靜。【鬧中取靜】馬致遠、雙調撥不斷：子陵一釣多高興，鬧中取靜。

靖

【林和靖】湯式、南呂一枝花套、嘲素梅：打不動裁冰剪雪林和靖。

⊙**杏**【桃杏】劉時中、雙調雁兒落過得勝令、送別：麗日明桃杏。

幸【有幸】曾瑞、般涉調哨遍套、思鄉：輦轂下人生有幸。

倖【奚倖】湯式、南呂一枝花套、嘲素梅：可知道楚大夫廝奚倖。【僥倖】汪元亨、中呂朝天子、歸隱：莫行險圖僥倖。張養浩、中呂山坡羊：縱然富貴皆僥倖。曾瑞、般涉調哨遍套、村居：不乏衣食爲僥倖。【薄倖】蒲察善長、雙調新水令套、喬牌兒：非干是咱薄倖。

興【吟興】盧摯、中呂朱履曲：數觥後兜同吟興。【秋興】商左山、雙調潘妃曲：早是離愁添秋興。【高興】汪元亨、中呂朝天子、歸隱：尊鱸高興。曾瑞、般涉調哨遍套、村居：壯觀我乘高興。【酒興】馮子振、雙調紅綉鞋、題張小山蘇隄漁唱：東里先生酒興。王舉之、中呂紅綉鞋、秋日湖上：紅葉荒林酒興。【清興】張可久、正宮小梁州訪杜高士：添清興。湯式、南呂一枝花套：消鬱悶發清興。【歌興】劉時中、中呂朝天子、邸萬戶席上：投壺歌興。【詩興】張可久、正宮醉太平、金華山中：數枝黃菊勾詩興。汪元亨、雙調雁兒落過得勝令、歸隱：瀟洒清詩興。張養浩、雙調落梅引：都變做滿川詩興。【乘興】張可久、中呂山坡羊、雪夜：扁舟乘興。【遊興】劉時中、中呂朝天子：張騫遊興。【遣興】張可久、越調小桃紅、湖亭秋夜：風清遣興。【遺興】張可久、雙調水仙子、暮景：錦囊遺興。【歸興】趙善慶、雙調水仙子、客鄉秋夜：關山萬里增歸興。【山林興】盧摯、雙調殿前歡：黃鶴飛白鹿鳴，山林興。貫雲石、雙調殿前歡：西風吹起山林興。張養浩、雙調雁兒落兼得勝令：都變做了今日山林興。【西湖興】張可久、中呂朝天子、箏手愛卿：酬我西湖興。【多高興】馬致遠、雙調撥不斷：子陵一釣多高興。【多情興】湯式、正宮端正好套、題梧月堂：一襟瀟洒多情興。【扶詩興】盧摯、雙調殿前歡：一葫蘆風味扶詩興。【林泉興】張可久、中呂朝天子、夜坐寄芝田禪師：寫我林泉興。【南樓興】張可久、中呂滿庭芳、卽景：倚闌干千古南樓興。【青雲興】喬吉、中呂滿庭芳、漁父詞：幾年罷却青雲興。【風流興】景元啓、雙調得勝令、歡會：書生，稱了風流興。【扁舟興】張可久、雙調清江引：半夜扁舟興。【芙蓉興】薛昂夫、正宮端正好套、閨怨：驚謝芙蓉興。【登臨興】張可久、中呂普天樂、渡揚子江：未盡詩人登臨興。張可久、雙調水仙子、吳山秋夜：倚闌不盡登臨興。【遊人興】盍西村、越調小桃紅、雜詠：敗盡遊人興。【遊山興】張養浩、中呂朝天曲：又喚起遊山興。【遊仙興】張可久、南呂金字經、遊仙：遊仙興、落花香洞庭。【新詩興】張可久、中呂普天樂、贈白玉梅：東閣新詩興。【蓴鱸興】張可久、中呂朝天子、野景亭：動著我蓴鱸興。【尋芳興】張可久、中呂朝天子、郊行盧使君索賦：喚起尋芳興。【歸家興】曾瑞、般涉調哨遍套、思鄉：杜鵑啼感動歸家興。【鱸魚興】姚燧、中呂醉高歌、感懷：西風吹起鱸魚興。【樽前興】薛昂夫、正宮端正好套、閨怨：金杯空冷落了樽前興。【騷人興】關漢卿、雙調撥不斷：指法輕，助起騷人興。

◉定

【不定】喬吉、中呂滿庭芳、鐵馬兒：斷不定。劉時中、中呂山坡羊、侍牧庵先生西湖夜飲：微風不定。【方定】曾瑞、般涉調哨遍套、村居：心方定。盍西村、越調小桃紅、雜詠：春鶯無語風方定。【風定】馬致遠、仙呂賞花時套、長江風送客：蛾眉月明恰才風定。【初定】喬吉、中呂滿庭芳、漁父詞：風初定。喬吉、南呂一枝花套、合箏：斂袂絲弦初定。【前定】曾瑞、般涉調哨遍套、村居：這幾事前定。張養浩、中呂山坡羊、述懷：人生萬事皆前定。【排定】曾瑞、般涉調哨遍套、村居：栽排定。【無定】薛昂夫、正宮端正好套、閨怨：還似卽無定。張養浩、中呂朝天曲：來往雲無定。曾瑞、般涉調哨遍套、思鄉：或征或止無定。【禪定】徐再思、中呂普天樂、華巖晚鐘：夜坐高僧回禪定。【人初定】喬吉、雙調水仙子、展轉秋思京門賦：香銷燭暗人初定。【耳初定】湯式、南呂一枝花套、卓文君花月瑞仙亭：恰待要班趨北闕耳初定。【相交定】蒲察善長、雙調新水令套、雁兒落：玉腕相交定。【相隨定】盧摯、雙調殿前歡：一葫蘆杖挑相隨定。【牢拴定】蒲察善長、雙調新水令套、七弟兄：一封書與你牢拴定。【原無定】馬致遠、雙調撥不斷：潮來潮去原無定。【波光定】張養浩、中呂朝天曲：似林影波光定。【渾無定】劉時中、雙調水仙操、寓意武昌元貞：等閑攀折渾無定。【鳥不定】湯式、正宮端正好套、題梧月堂：繞枝鳥不定。【廝配定】無名氏、雙調新水令套、沈醉東風：畫得來雙雙廝配定。【老僧禪定】馬致遠、雙調壽陽曲、烟寺晚鐘：順西風晚鐘三四聲、怎生教老僧禪定。

訂

【參訂】湯式、南呂一枝花套、贈教坊張韶舞善吹簫：多管是秦台蕭史曾參訂。南呂一枝花套、卓文君花月瑞仙亭：且休將史記裏源流細參訂。

⊙贈

【酸齋贈】張可久、南呂罵玉郎過感皇恩採茶歌、楊駒兒墓園：題情猶是酸齋贈。

⊙聽

【閒聽】張可久、中呂上小樓、春思：無心閒聽。【誰聽】張可久、中呂賣花聲、偶題、知音誰聽。【人間聽】湯式、南呂一枝花套、贈教坊張韶舞善吹簫：不枉了天風吹散人間聽。【和愁聽】馬致遠、南呂四塊玉、潯陽江：可知道司馬和愁聽。【無心聽】張養浩、雙調雁兒落兼得勝令：積漸的無心聽。【寒山聽】張可久、中呂朝天子、夜坐寄芝田禪師：只有寒山聽。【聲中聽】喬吉、雙調水仙子：歌從弦管聲中聽。【留連聽】滕斌、大石百字令、贈宋六嫂：白髮梨園，青衫老傅，試與留連聽。【燈前聽】張養浩、中呂朝天子、攜美姬湖上：正好向燈前聽。【倚闌干聽】徐再思、雙調清江引、春夜：人倚闌干聽。【潛耳而聽】湯式、南呂一枝花套、卓文君花月瑞仙亭：恰行到梧桐金井潛耳聽。

⊙撐

【撞著的撐】無名氏、雙調壽陽曲：逢著韻嘛，撞著的撐。

⊙另

【孤另】貫雲石、南呂金字經、傷春：夜深愁寐醒，人孤另。景元啓、雙調得勝令：閃得人孤另。馬致遠、雙調壽陽曲：月沈時一般孤另。

⊙幷

【四幷】姚燧、中呂醉高歌、感懷：傀儡場頭四幷。【相呑幷】無名氏、雙調駐馬聽：龍蛇一任相呑幷。

倂

【呑倂】曾瑞、中呂山坡羊、嘆世：田園呑倂。【相倂】湯式、雙調慶東原、京口夜泊：三處愁相倂。【行裝倂】曾瑞、般涉調哨遍套、思鄉、行裝倂，載滿船風月。

俓經獍竟勁○○謦磬
○瞑○鄧凳隥鐙○逈
調夐○政鄭瑩○柄凭
○淩○賸○娉○濘寗
○幷甑清圊○脛行○
稱秤○錠矴釘飣○迸
○孟○橫○亘

【對偶】

汪元亨、雙調雁兒落過得勝令、歸隱：婆娑蓋草亭，迤邐穿松徑。汪元亨、雙調沈醉東風、歸田：愛烟雲接四鄰，喜松菊存三徑。　張可久、越調小桃紅、別瀲川楊安撫：斜陽恁明，寒波如鏡。　湯式、雙調對玉環過清江引、閨怨：扯破紫香囊，摔碎青銅鏡。　湯式、雙調湘妃引、秋夕閨思：木犀風淅淅噴雕欄，蘭麝香氳氳繞畫屏，梧桐日淡淡懸青鏡。　湯式、正宮端正好套、題梧月堂：近雕甍珠星淺淡，揭朱簾玉河澄映。　曾瑞、商調集賢賓套、宮詞：睡魔盼不來，丫鬟叫不應。　貫雲石、雙調清江引、惜別：富貴在於天，生死由乎命。　無名氏、雙調駐馬聽：一簑全却子陵名，五湖救了鴟夷命。湯式、正宮端正好套、題梧月堂：向朝陽春長鳳枝新，拂青霄根托龍門盛。　張可久、中呂上小樓、春思：雲萍浪梗，楊花心性。　湯式、雙調湘妃引、和陸進之韻：使聰明休使小聰明，學志誠休學假志誠，秉情性休喬眞情性。　張可久、雙調湘妃怨、山中隱居：丹翁投老得長生，白鶴依人認小名，青山換主隨他姓。　湯式、南呂一枝花套、贈美人號展香綿：芳姿膩膩嬌，素質娟娟淨。　張可久、南呂四塊玉：兩袖松風羽衣輕，一奩梅月冰壺淨。　薛昂夫、正宮端正好套、閨怨：小庭幽，重門靜。　湯式、正宮端正好套、題梧月堂：漏漸殘，人初靜。　喬吉、南呂一枝花套、合箏：酒酣春色濃，簾捲花陰靜。劉時中、雙調雁兒落過得勝令、送別：長江一線平，暮雨千山靜。　張可久、南呂四塊玉、史氏池亭：風細荷香夢魂消，月明梧葉闌干靜。　劉時中、雙調雁兒落過得勝令、送別：和風鬧燕鶯，麗日明桃杏。　汪元亨、中呂朝天子、歸隱：松菊幽懷，蓴鱸高興。　劉時中、中呂朝天子、同文子方泛洞庭湖：范蠡歸舟，張騫遊興。張可久、雙調清江引：一溪流水聲，半夜扁舟興。　汪元亨、雙調雁兒落過得勝令、歸隱：汪洋濶酒腸，瀟洒清詩興。　趙善慶、雙調水仙子、客卿秋夜：梧桐一夜弄秋晴，砧杵千家擣月明，關山萬里增歸興。　姚燧、中呂醉高歌、感懷：榮枯枕上三更，傀儡場頭四幷。　曾瑞、中呂山坡羊、嘆世：財帛爭競，田園呑併。　湯式、雙調慶東原、京口夜泊：一夜夢難成，三處愁相併。

第十六部

（尤侯）

陰平

啾◉

【啾啾】阿魯威、雙調蟾宮曲、山鬼：猨夜啾啾。王德信、商調集賢賓套、退隱、醋葫蘆：鬧春光鶯語啾啾。

湫

【龍湫】喬吉、雙調折桂令、風雨登虎丘：劍光寒影動龍湫。【玉井湫】張可久、南呂金字經、劉氏瑞蓮：藕香玉井湫。

鳩◉

【錦鳩】喬吉、商調集賢賓套、詠柳憶別、逍遙樂：一雙錦鳩。曾瑞、大石青杏子套、騁懷、催拍子：愛共寢花間錦鳩。【花底鳩】劉時中、南呂四塊玉：花底鳩，湖畔柳。【樹頭鳩】汪元亨、雙調雁兒落過得勝令、歸隱：拙若樹頭鳩。

鬮

【藏鬮】張可久、雙調折桂令、湖上即事叠韻：玉手藏鬮。關漢卿、南呂一枝花套、不伏老、梁州：打馬藏鬮。湯式、南呂一枝花套、贈人、梁州：消閑時花陰外打馬藏鬮。

搜◉

【冥搜】曾瑞、大石調青杏子套、騁懷、催拍子：腹稿冥搜。【精神抖搜】湯式、南呂一枝花套、贈會稽呂周臣：步詩壇入酒社精神抖搜。【被窩兒裡搜】無名氏、中呂普天樂：不提防殢酒夫人被窩兒裡搜。

颼

【風雨颼颼】湯式、雙調天香引、代友人書其二：芙蓉城風雨颼颼。【落葉颼颼】湯式、雙調湘妃遊月宮、秋閨情：走空階落葉颼颼。

謅◉

【胡謅】王德信、商調集賢賓套、退隱、青哥兒：睜著眼強著口儘胡謅。

休◉

【休】喬吉、南呂閱金經、閨情：雨念雲思何日休，休。【又休】徐再思、南呂閱金經、閨情：抬起金針還又休。【干休】曾瑞、大石調青杏子套、騁懷、催拍子：不許干休。無名氏、中呂普天樂：這場事怎干休。【方休】張養浩、雙調折桂令：醉倒方休。盧摯、雙調蟾宮曲：醉時方休。曹德、雙調沈醉東風、村居：但開樽沈醉方休。【心休】王德信、商調集賢賓套、退隱：引甥甥女嫁心休。【未休】喬吉、越調凭闌人、香篆：寸心灰未休。【去休】張可久、中呂朝天子、山中雜書：罷手，去休。【好休】劉時中、南呂四塊玉：得好休時便好休。【休休】盧摯、雙調蟾宮曲、武昌懷古：一笑休休。【乾休】張養浩、雙調折桂令：有幾箇乾休。【都休】湯式、雙調天香引、中秋戲題：飲興都休。汪元亨、雙調折桂令、歸隱：萬事都休。湯式、天香引、憶維揚：歌舞都休。【睡休】張養浩、中呂朝天子、攜美姬湖上：醉休，睡休。【難休】湯式、雙調天香引、代友人書其二：盟誓難休。【應休】趙秉文、小石青杏兒：風雨過花也應休。【歸休】張養浩、中呂普天樂、秋日：喜歸休。湯式、南呂一枝花套、贈會稽呂周臣、梁州：羨陶令歸休。王德信、商調集賢賓套、退隱、醋葫蘆：染霜毫乘醉賦歸休。【一旦休】關漢卿、大石調青杏子套、離情、茶蘼香：到今一旦休。馬致遠、黃鍾女冠子套、黃鍾尾：半紙來大功名一旦休。【不肯休】關漢卿、南呂一枝花套、不伏老、尾聲：尚兀自不肯休。【半途休】不忽麻、仙呂點絳唇套、辭朝、油葫蘆：誰肯官路裡半途休。【死後休】馬致遠、南呂四塊玉、嘆世：馬上愁，死後休。【何日休】湯式、雙調對玉環帶清江引、四景題詩：此情何日休。喬吉、雙調水仙子、憶情：雨念雲思何日休。【花謝休】曾瑞、商調梧葉兒、贈喜溫柔：春歸後，花謝休。【柳敗休】關漢卿、南呂一枝花套、不伏老：直煞得花殘柳敗休。【甚日休】曾瑞、中呂喜春來、未遂：書劍飄零甚日休。【恁時休】貫雲石、中呂紅綉鞋：直喫得海枯石爛恁時休。【眼兒休】石子章、仙呂八聲甘州套、賺尾：不承望空溜溜了會眼兒休。【都總休】馬致遠、黃鍾女冠子套：時與不時都總休。【幾時休】曾瑞、中呂喜春來、相思：這般情緒幾時休。曾瑞、中呂紅綉鞋、風情：乾遇訕喬敷演幾時休。【幾遍休】徐再思、雙調水仙子、春情：幾遍成幾遍休。【等閒休】馬致遠、大石調青杏子套、姻緣：莫教恩愛等閒休。關漢卿、仙呂翠裙腰套、閨怨、後庭花煞：等閒分付等閒休。【景已休】汪元亨、中呂朝天子、歸隱：繁華景已休。【暖後休】馬致遠、南呂四塊玉、嘆世：一片綢，暖後休。【萬事休】關漢卿、南呂一枝花套、不伏老、隔尾：人到中年萬事休。【萬慮休】王德信、商調集賢賓套、退隱、梧葉兒：饒一著萬慮休。【飽後休】馬致遠、南呂四塊玉、嘆世：二頃田，一具牛，飽後休。【醉時休】盧摯、商調梧葉兒：酒數甌，醉時休。不忽麻、仙呂點絳唇套、辭朝、上馬嬌：則待雄飲醉時休。【醉後休】徐再思、雙調沈醉東風、春情：不向樽前醉後休。【歸去休】張養浩、南呂西番經：何似青山歸去休。【得休便休】關漢卿、中呂普天樂、崔張十六事：夫人你得休便休。【莫莫休休】張可久、中呂滿庭芳、金蓮道中：營營苟苟，紛紛擾擾，莫莫休休。【無了無休】湯式、南呂一枝花套、勸妓女從良、梁州：也合想業身軀無了無休。關漢卿、仙呂桂枝香套：斷腸聲無了無休。

貅

【貔貅】湯式、南呂一枝花套、贈人、梁州：擁鐵關金鎖貔貅。

⊙謳

【句謳】曾瑞、商調梧葉兒、贈喜溫柔：吟句謳。【高謳】王德信、商調集賢賓套、退隱、青哥兒：大叫高謳。【秦謳】張可久、中呂山坡羊、別懷：聽秦謳。湯式、雙調天香引、中秋戲題：罷却秦謳。【歌謳】張可久、雙調折桂令、湖上即事疊韻：檀口歌謳。曾瑞、商調梧葉兒、贈喜溫柔：鶯嚦嚦囀歌謳。【輕謳】奧敦周卿、雙調蟾宮曲：妙舞輕謳。【謾謳】薛昂夫、雙調慶東原、西皐亭適興：紅裙謾謳。【慢慢的謳】楊淡齋、雙調湘妃怨：殢紅妝慢慢的謳。

鷗

【白鷗】徐再思、中呂普天樂、吳江八景：遠近白鷗。盧摯、雙調蟾宮曲、武昌懷古：問黃鶴驚動白鷗。曾瑞、大石調青杏子套、騁懷、催拍子：恨孤眠水上白鷗。【沙鷗】薛昂夫、雙調慶東原、自笑：笑殺沙鷗。曹德、雙調沈醉東風、村居：老夫閑似沙鷗。張可久、中呂朝天子、山中雜書：百年心事付沙鷗。白樸、雙調沈醉東風、漁父：點秋江白鷺沙鷗。【閑鷗】阿魯威、雙調蟾宮曲：不惹閑鷗。【盟鷗】張可久、黃鍾人月圓、子昂學士小景：點點盟鷗。張可久、雙調折桂令、次韻：白雪盟鷗。【水中鷗】汪元亨、雙調雁兒落過得勝令、歸隱：閑似水中鷗。【水邊鷗】張可久、商調梧葉兒、次韻：山外樓，水邊鷗。【波上鷗】劉時中、南呂四塊玉：波上鷗，花底鳩。

漚

【浮漚】關漢卿、越調鬬鵪鶉套、女校尉、天淨沙：嘆功名似水上浮漚。王德信、商調集賢賓套、退隱、尾聲：括乾坤物我總浮漚。【水上漚】楊淡齋、雙調湘妃怨：我覷榮華似水上漚。

甌

【玉甌】曾瑞、商調梧葉兒、贈喜溫柔：捧玉甌。不忽麻、仙呂點絳唇套、辭朝、村裏迓鼓：飲着玉甌。湯式、雙調湘妃引、解嘲：口帶頑涎飲玉甌。【金甌】景元啓、雙調得勝令：半醉捧金甌。徐子芳、雙調沈醉東風：尊席上玉盞金甌【酒甌】喬吉、中呂滿庭芳、漁父詞：太湖水光搖酒甌。【磁甌】張養浩、雙調折桂令：瓦鉢磁甌。【滿甌】不忽麻、仙呂點絳唇套、辭朝、上馬嬌：酒滿甌。【兩三甌】趙秉文、小石青杏兒：乘興兩三甌。不忽麻、仙呂點絳唇套、辭朝、寄生草：飲仙家水酒兩三甌。【泛金甌】關漢卿、南呂一枝花套、不伏老、梁州：捧金樽，泛金甌。【酒數甌】盧摯、商調梧葉兒：琴三弄，酒數甌。

鈎⊙

【上鈎】曾瑞、商調梧葉兒、贈喜溫柔：誰上鈎。喬吉、中呂山坡羊、冬日寫懷：投至有魚來上鈎。張可久、雙調慶宣和、春晚病起：十二朱簾不上鈎。【玉鈎】關漢卿、仙呂翠裙腰套、閨怨、六么遍：簾垂玉鈎。【呑鈎】王德信、商調集賢賓套、退隱、梧葉兒：見香餌莫呑鈎。【沈鈎】周文質、雙調折桂令、過多景樓：月缺沈鈎。【吳鈎】湯式、雙調天香引、中秋戲題：典却吳鈎。張可久、雙調水仙子、何侍郎奉使日南：玉花驄錦帶吳鈎。【垂鈎】湯式、正宮脫布衫帶小梁州、四景爲儲公子賦——秋：玎璫簾幕不垂鈎。【釣鈎】喬吉、中呂滿庭芳、漁父詞：一竿釣鈎。無名氏、越調鬬鵪鶉套：不許旁人下釣鈎。【銀鈎】石子章、仙呂八聲甘州套、混江龍：綵扇銀鈎。張可久、雙調水仙子、春晚：繭黃舊紙試銀鈎。【簾鈎】喬吉、雙調折桂令、高敬臣病：雲在簾鈎。喬吉、商調集賢賓套、詠柳憶別、醋葫蘆：曉風殘月在簾鈎。【一寸鈎】湯式、仙呂賞花時套、送人應聘、賺煞：整頓著千尺綵綸一寸鈎。【十二鈎】不忽麻、仙呂點絳唇套、辭朝、元和令：控珠簾十二鈎。【下簾鈎】盧摯、中呂喜春來、和則明韻：料自下簾鈎。【不見鈎】不忽麻、仙呂點絳唇套、辭朝、天下樂：遊魚兒見食不見鈎。【玉一鈎】湯式、南呂一枝花套、勸妓女從良：鞋彎玉一鈎。【釣鰲鈎】貫雲石、中呂紅綉鞋：將屠龍劍，釣鰲鈎。

鉤

【碧玉鉤】湯式、雙調湘妃遊月宮、秋閨情：珠箔空閑碧玉鉤。【儹帶鉤】曾瑞、中呂喜春來、相思：咱減腰圍儹帶鉤。【簾控鉤】喬吉、雙調春閨怨：冷風兒吹雨黃昏後，簾控鉤。【新月如鉤】張可久、正宮小梁州、秋思酸齋索賦：柳梢頭新月如鉤。【簾捲金鉤】盧摯、雙調蟾宮曲、巫娥：望朝雲簾捲金鉤。

(同鉤)【玉鉤】張可久、雙調殿前歡、秋思：珠簾上玉鉤。【吳鉤】不忽麻、仙呂點絳唇套、辭朝、鵲踏枝：枉沈埋了錦袋吳鉤。

勾

【一筆勾】不忽麻、仙呂點絳唇套、辭朝、天下樂：都祇爲半紙名，一筆勾。馬致遠、雙調行香子套：自也羞，則不如一筆勾。王德信、商調集賢賓套、退隱、後庭花：把塵緣一筆勾。【自來勾】關漢卿、南呂一枝花套、不伏老、尾聲：神兒自來勾。【一筆都勾】張養浩、雙調折桂令：功名事一筆都勾。

溝

【沈溝】張可久、中呂普天樂、湖上廢圃：老葉沈溝。張可久、越調天淨沙、重遊感舊：題紅老葉沈溝。【翠溝】張可久、仙呂一半兒、秋日宮詞：葉底滄波冷翠溝。【潮溝】喬吉、雙調折桂令、遊琴川：推月潮溝。【鴻溝】張可久、越調寨兒令、次韻懷古：漢土自鴻溝。【清流御溝】盧摯、雙調沈醉東風、重九：題紅葉清流御溝。

鞲

【珍珠臂鞲】湯式、南呂一枝花套、勸妓女從良：銀股釧珍珠臂鞲。

⊙兜

【香兜】湯式、雙調天香引、憶維揚：玉玎璫珠絡索夜月香兜。【雲兜】張可久、雙調殿前歡、客中：香冷雲兜。【單兜】曾瑞、中呂紅綉鞋、風情：望梅花子弟單兜。【模樣兜】曾瑞、商調梧葉兒、贈喜溫柔：心腸柔，模樣兜。【出去的兜】關漢卿、越調鬭鵪鶉套、女校尉：入來的掩，出去的兜。

⊙秋

【三秋】阿魯威、雙調蟾宮曲：向壺山小隱三秋。阿魯威雙調蟾宮曲：算庚寅合賦三秋。【中秋】湯式、正宮脫布衫帶小梁州、四景爲儲公子賦——秋：今夜賞中秋。徐再思、中呂紅綉鞋、半月泉：平分天上中秋。湯式、雙調天香引、中秋戲題：去年旅邸中秋。【月秋】薛昂夫、中呂陽春曲：蘇子扁舟載月秋。【明秋】張可久、正宮小梁州、秋思酸齋索賦：碧水明秋。【度秋】喬吉、越調凭闌人、香篆：一點雕盤螢度秋。【春秋】趙秉文、小石青杏兒：選甚春秋。張可久、越調寨兒令、次韻懷古：人何在七國春秋。關漢卿、南呂一枝花套、不伏老、隔尾：我怎肯虛度了春秋。【素秋】喬吉、雙調水仙子、贈江雲：粉絮成衣怯素秋。【涼秋】盧摯、雙調蟾宮曲、揚州汪右丞席上卽事：六月涼秋。曾瑞、商調梧葉兒、贈喜溫柔：孤枕怯夜涼秋。張可久、中呂普天樂、胡容齋使君席間：舞西風桂子涼秋。【清秋】張可久、雙調折桂令、送別：萬里清秋。盧摯、雙調蟾宮曲、武昌懷古：輿滿清秋。盧摯、雙調蟾宮曲、江陵懷古：宋玉清秋。【深秋】不忽麻、仙呂點絳唇套、辭朝、賺煞：冷落了深秋。【涵秋】鮮于必仁、中呂普天樂、平沙落雁：江影涵秋。【悲秋】喬吉、雙調折桂令、高敬臣病：賦高唐何事悲秋。曾瑞、大石調青杏子套、騁懷：可追歡亦可悲秋。湯式、雙調天香引、代友人書其二：今日個乾相思苦懨懨悶似悲秋。【新秋】盧摯、雙調蟾宮曲、贈歌者蕙蓮劉氏：作弄新秋。張可久、越調寨兒令、憶別：

白雁報新秋。【經秋】張可久、越調天淨沙、重遊感舊：遊人兩鬢經秋。【暮秋】徐再思、商調梧葉兒、卽景：扇面兒瀟湘暮秋。【橫秋】張養浩、中呂普天樂、秋日：烟水橫秋。【驚秋】張養浩、雙調折桂令：兩鬢驚秋。喬吉、雙調折桂令、會州判文從周自維揚來：采芙蓉客已驚秋。【一聲秋】不忽麻、仙呂點絳唇套、辭朝、上馬嬌：暢好是、孤鶴唳一聲秋。徐再思、雙調水仙子、夜雨：一聲梧葉一聲秋。【一鏡秋】湯式、南呂一枝花套、贈會稽呂周臣：胸涵一鏡秋。【不奈秋】喬吉、商調集賢賓套、詠柳憶別、醋葫蘆：病多不奈秋。【五月秋】徐再思、商調梧葉兒、革步：陂塘五月秋。【四十秋】張可久、南呂金字經、次韻：兩字功名四十秋。【玉壺秋】張可久、黃鍾人月圓、子昂學士小景：月冷玉壺秋。【可憐秋】張養浩、雙調殿前歡、對菊自嘆：可憐秋，一簾疎需暗西樓。【那更秋】石子章、仙呂八聲甘州：鬢髮如番那更秋。【兩鬢秋】不忽麻、仙呂點絳唇套、辭朝、天下樂：急回頭兩鬢秋。汪元亨、雙調沈醉東風、歸田：染得新霜兩鬢秋。楊淡齋、雙調湘妃怨：學得風流兩鬢秋。【眉上秋】徐再思、南呂閱金經、閨情：兩山眉上秋。【故鄉秋】馬致遠、南呂四塊玉、嘆世：孤館寒食故鄉秋。【紅葉秋】張可久、南呂金字經、秋望：曉霜紅葉秋。【信清秋】盧摯、商調梧葉兒、贈歌妓：明艷信清秋。【風雨秋】張可久、南呂金字經、別懷：菊花風雨秋。【染鬢秋】張可久、中呂賣花聲、客況：黃葉西風染鬢秋。【洞庭秋】張可久、中呂紅綉鞋、次崔雪竹韻：百尺雲帆洞庭秋。【海門秋】不忽麻、仙呂點絳唇套、辭朝、混江龍：一聲長嘯海門秋。【海樹秋】張可久、雙調水仙子、何侍郎奉使日南：黃雲海樹秋。【烟雨秋】張養浩、南呂西番經：一蓑烟雨秋。【得志秋】盧摯、雙調沈醉東風、舉子：今日男兒得志秋。【野花秋】張可久、正宮醉太平、懷古：琵琶亭畔野花秋。【雪色秋】喬吉、雙調沈醉東風、江湖寫景：一片晴雲雪色秋。【湘水秋】張可久、商調梧葉兒、旅思：花邊湘水秋。【雲錦秋】盧摯、南呂金字經、嵩南秋晚：亂峯雲錦秋。【楚天秋】張可久、越調寨兒令、九日登高：誰唱楚天秋。無名氏、中呂喜春來：雁過楚天秋。【萬頃秋】趙善慶、雙調沈醉東風、秋日湘陰道中：點破瀟湘萬頃秋。【搖落秋】張養浩、雙調清江引、詠秋日海棠：霜重物華搖落秋。【碧雲秋】張可久、南呂四塊玉、客中九日：人遠天涯碧雲秋。【碧壺秋】張可久、中呂紅綉鞋、鑑湖：花淡碧壺秋。【滿天秋】張可久、雙調殿前歡、秋思：一聲羌管滿天秋。【滿棹秋】喬吉、雙調水仙子、菊舟：泛清香滿棹秋。【滿穗秋】曹德、雙調沈東風、村居：江糯吹香滿穗秋。【暮傷秋】關漢卿、仙呂翠裙腰套、閨怨：一天風物暮傷秋。【曉鏡秋】喬吉、雙調水仙子、席上賦李楚儀歌：占西塘曉鏡秋。【露華秋】盍西村、越調小桃紅、西園暮秋：玉簪金菊露華秋。【籬菊秋】王德信、商調集賢賓套、退隱、醋葫蘆：綻金錢籬菊秋。【一日三秋】喬吉、雙調水仙子、憶情：春風燕子樓，一日三秋。【西風暮秋】湯式、仙呂賞花時套、送人應聘、賺煞：正桂子西風暮秋。【風雨如秋】喬吉、雙調折桂令、風雨登虎丘：半天風雨如秋。【得志之秋】湯式、南呂一枝花套、贈人：得志之秋，文共武皆窮究。【葉落歸秋】馬致遠、雙調行香子套、慶宣和：過了重陽九月九，葉落歸秋。湯式、南呂一枝花套、勸妓女從良、梁州：省也麼葉落歸秋。【綠鬢先秋】馬致遠、大石調青杏子套、姻緣：坐閒解使並州客，綠鬢先秋。

揪

【揪揪】楊澹齋、雙調得勝令：揪揪，揪得來不待揪。【不待揪】楊澹齋、雙調得勝令：揪得來不待揪。【粧腰不揪】關漢卿、越調鬪鵪鶉套、女校尉、紫花兒：暗足窩粧腰不揪。

⊙憂

【多憂】徐再思、越調天淨沙、題情：多情便有多憂。【忘憂】劉時中、雙調折桂令、牧：草解忘憂。盧摯、雙調蟾宮曲：樂以忘憂。喬吉、商調集賢賓套、詠柳憶別、逍遙樂：何處忘憂。關漢卿、南呂一枝花套、不伏老、梁州：酒中忘憂。【相憂】石子章、仙呂八聲甘州套、六么遍：因病相憂。【無憂】曾瑞、大石調青杏子套、騁懷、催拍子：混戰無憂。不忽麻、仙呂點絳唇套、辭朝、柳葉兒：到大來無慮無憂。【離憂】阿魯威、雙調蟾宮曲、山鬼：公子離憂。【九分憂】徐再思、雙調水仙子、春情：九分恩愛九分憂。【二老憂】徐再思、雙調水仙子、夜雨：江南二老憂。【天下憂】徐再思、越調凭闌人、無題：始為天下憂。【百倍憂】喬吉、雙調水仙子、席上賦李楚儀歌：包籠著百倍憂。【帝王憂】姚燧、中呂陽春曲：分破帝王憂。

幽

【山幽】阿魯威、雙調蟾宮曲、山鬼：若有人兮含睇山幽。【冥幽】關漢卿、南呂一枝花套、不伏老、尾聲：七魄喪冥幽。【清幽】湯式、南呂一枝花套、贈會稽呂周臣、梁州：藥欄花徑清幽。【禽幽】周文質、雙調折桂令、過多景樓：樹渺禽幽。【小院幽】張可久、雙調水仙子、春晚：薔薇小院幽。【分外幽】張養浩、雙調殿前歡、玉香毬花：翠幃中分外幽。【石徑幽】喬吉、商調集賢賓套、詠柳憶別、浪裏來煞：蔭蒼苔石徑幽。【老懷幽】王德信、商調集賢賓套、退隱：【砧聲幽】關漢卿、仙呂桂枝香套：月下砧聲幽。

優

【俳優】曾瑞、中呂紅綉鞋、風情：脚兒勤推戀俳優。【老致優】王德信、商調集賢賓套、退隱、逍遙樂：明月清風老致優。

⊙修

【清修】湯式、南呂一枝花套、贈會稽呂周臣：氣稟清修。【養修】王德信、商調集賢賓套、退隱、後庭花：保天和自養修。【蹇修】阿魯威、雙調蟾宮曲、山鬼：采三秀兮吾令蹇修。【靈修】阿魯威、雙調蟾宮曲：不遇靈修。阿魯威、雙調蟾宮曲、湘君：忍別靈修。【和淚修】關漢卿、中呂普天樂、崔張十六事：修時節和淚修。【錦字修】關漢卿、仙呂翠裙腰套、閨怨、後庭花煞：慵將錦字修。

羞

【自羞】薛昂夫、雙調慶東原、自笑：老來自羞。石子章、仙呂八聲甘州套、賺尾：那些兒自羞。【奈羞】貫雲石、中呂醉高歌過喜春來、題情：可意麗兒奈羞。【珍羞】湯式、正宮脫布衫帶小梁州、四景爲儲公子賦——秋：醉鄉中羅列珍羞。【害羞】楊澹齋、雙調得勝令：揪得不害羞。湯式、雙調湘妃引、解嘲：人都道我中年也不害羞。【羞羞】景元啓、雙調得勝令：羞羞，羞得來不待羞。【堪羞】張養浩、雙調殿前歡、玉香毬花：冰雪堪羞。【蝶羞】曾瑞、大石調青杏子套、騁懷、催拍子：蜂妒蝶羞。【慚羞】徐再思、雙調水仙子、春情：半點事半點慚羞。【嬌羞】湯式、仙呂賞花時套、戲賀友人新娶、賺煞：恁時節見嬌羞。貫雲石、大石調好觀音套、怨恨：風聞的別染著箇嬌羞。張可久、雙調折桂令、別情：倒金杯檀口嬌羞。【鶯羞】王德信、商調集賢賓套、退隱、青哥兒：靜中笑蝶訕蝶訕鶯羞。【人自羞】張養浩、雙調殿前歡、對菊自嘆：對黃花人自羞。【人問羞】徐再思、仙呂一半兒、病酒：害酒愁花人問羞。【不待羞】景元啓、雙調得勝令：羞得來不待羞。【天下羞】徐再思、越調凭闌人、無題：後爲天下羞。【月帶羞】張養浩、中呂朝天子、攜美姬湖上：酒添嬌月帶羞。【老來羞】張可久、越調寨兒令、九日登高：醉舞老來羞。曾瑞、中呂紅綉鞋、風情：少年狂翻作老來羞。【見人羞】曾瑞、中呂紅綉鞋、風情：哮孛郎見人羞。商左山、雙調潘妃曲：那孩兒見人羞。【見花羞】張可久、正宮小梁州、秋思酸齋索賦：憔悴見花羞。喬吉、雙調春閨怨、玉容寂寞見花羞。【花貌羞】曾瑞、商調梧葉兒、贈喜溫柔：蟾宮閉，花貌羞。【花見羞】張可久、越調凭闌人、江樓卽事：玉容花見羞。【昔年羞】王德信、雙調集賢賓套、退隱、金菊香：想著那紅塵黃閣昔年羞。【爲誰羞】張可久、雙調慶宣和、春晚病起：斂翠啼紅爲誰羞。【替人羞】喬吉、雙調水仙子、席上賦李楚儀歌：菱花漫替人羞。【替花羞】貫雲石、中呂醉高歌過喜春來、題情：空敎人風雨替花羞。【無奈羞】喬吉、越調凭闌人、小姬：曉鶯無奈羞。【暗含羞】關漢卿、仙呂翠裙腰套、閨怨、上京馬：掩袖暗含羞。【落帽羞】薛昂夫、雙調慶東原、西皐亭適興：西風落帽羞。【粧鏡羞】

喬吉、南呂閱金經、閨情：翠鬟粧鏡羞。【翠黛羞】喬吉、商調集賢賓套、詠柳憶別、醋葫蘆：烟鬟翠黛羞。

⊙周

【未周】無名氏、中呂喜春來：荆棘都除力未周。【伊周】湯式、南呂一枝花套、贈人：許國重伊周。湯式、仙呂賞花時套、送人應聘：廊廟總伊周。【莊周】盧摯、雙調殿前歡：蝶化莊周。王德信、雙調集賢賓套、退隱：夢無憑見景的莊周。【輕馬周】馬致遠、黃鍾女冠子套：若朝金殿時人輕馬周。

賙

【贍賙】王德信、商調集賢賓套、退隱、後庭花：有微資堪贍賙。

洲

【汀洲】張可久、雙調折桂令、送別：蘆葉汀洲。奧敦周卿、雙調蟾宮曲：隱隱汀洲。張可久、越調寨兒令、次韻懷古：白鷺汀洲。關漢卿、仙呂翠裙腰套、閨怨：野水漲汀洲。【沙洲】趙善慶、雙調沈醉東風、秋日湘陰道中：草齊腰綠染沙洲。【芳洲】阿魯威、雙調蟾宮曲、湘君：杜若芳洲。盧摯、雙調蟾宮曲、武昌懷古：埋恨芳洲。【東洲】喬吉、雙調水仙子、贈江雲：寄相思日暮東洲。【柳洲】張可久、越調寨兒令、九日登高：過柳洲。【滄洲】鮮于必仁、中呂普天樂、平沙落雁：下長空飛滿滄洲。【瀛洲】不忽麻、仙呂點絳唇套、辭朝、元和令：臣向草庵門外見瀛洲。湯式、雙調天香引、代友人書其二：望三山遠似瀛洲。【白鷺洲】湯式、仙呂賞花時套、送人應聘：萬雉城連白鷺洲。【海棠洲】盧摯、雙調殿前歡：一葫蘆春醉海棠洲。【蘋花洲】張可久、正宮小梁州、秋思酸齋索賦：鴛鴦飛起蘋花洲。【鸚鵡洲】張可久、商調梧葉兒、次韻：鴛鴦浦，鸚鵡洲。【樹蕙芳洲】盧摯、雙調蟾宮曲、贈歌者蕙蓮劉氏：問何人樹蕙芳洲。

州

【山州】喬吉、雙調折桂令、遊琴川：海虞雄踞山州。【幷州】張可久、雙調水仙子、別懷：夢到幷州。【炎州】阿魯威、雙調蟾宮曲：草木炎州。【忠州】張養浩、雙調折桂令：一箇萬言策貶竄忠州。【東州】張可久、雙調折桂令、西陵送別：恨滿東州。【南州】湯式、雙調湘妃引、送友人南閩府倅：名動南州。阿魯威，雙調蟾宮曲：老我南州。劉時中、雙調折桂令、牧：老隱南州。喬吉、雙調折桂令、感興：聲動南州。曾瑞、中呂紅綉鞋、風情：緊按捺風聲滿南州。【神州】奧敦周卿、雙調蟾宮曲：閬苑神州。湯式、雙調天香引、憶維揚：羨江都自古神州。【涼州】張可久、雙調折桂令、送別：且聽涼州。張可久、雙調殿前歡、客中：粉箏低按舞涼州。【梁州】白樸、雙調駐馬聽、舞：謾催鼉鼓品梁州。【伊州】劉時中、南呂四塊玉：一曲新聲按伊州。【揚州】湯式、中呂滿庭芳、京口感懷：燈火望揚州。石子章、仙呂八聲甘州套、混江龍：也曾一夢到揚州。不忽麻、仙呂點絳唇套、辭朝、賺煞：臥吹簫管到揚州。王德信、商調集賢賓套、退隱、逍遙樂：笑時人鶴背揚州。【遊州】關漢卿、南呂一枝花套、不伏老、梁州：曾玩府遊州。【黃州】張可久、越調天淨沙、書懷：羽衣人在黃州。【帝王州】湯式、仙呂賞花時套、送人應聘：今古帝王州。【庚江州】馬致遠、仙呂青哥兒、八月：這清興誰教庚江州。【回首幷州】張可久、雙調殿前歡、秋思：關心渭水，回首幷州。【名冠西州】張可久、雙調折桂令、席上有贈：女溫柔名冠西州。【齊按梁州】盧摯、雙調蟾宮曲、揚州汪右丞席上卽事：捲朱簾齊按梁州。

舟

【玉舟】張可久、南呂金字經、別懷：金縷一聲雙玉舟。張可久、雙調水仙子、春晚：蟻綠新篘泛玉舟。【同舟】盧摯、雙調蟾宮曲、江陵懷古：漁父同舟。【行舟】張可久、中呂紅綉鞋、鑑湖：一片閒雲駐行舟。【泛舟】湯式、雙調天香引、中秋戲題：嘆浮生動不動靜不靜似袁宏泛舟。【放舟】張可久、中呂朝天子、碧瀾湖上：順流放舟。【孤舟】周文質、雙調折桂令、過多景樓：我宿孤舟。張可久、正宮小梁州：秋風江上棹孤舟。張養浩、雙調折桂令：竹籬邊野水孤舟。【扁舟】張可久、中呂滿庭芳、金華道中：明月扁舟。張養浩、雙調折桂令：都不如一葉扁舟。【釣舟】張可久、南呂金字經、感興：五湖尋釣舟。曹德、雙調沈醉東風、村居：茅舍寬如釣舟。無名氏、雙調壽陽曲：沈醉也上釣舟。湯式、仙呂賞花時套、戲賀友人新娶：今日西湖艤釣舟。【虛舟】盧摯、雙調蟾宮曲、武昌懷古：身世虛舟。【移舟】張可久、中呂滿庭芳、三衢道中：七十二灘上客子移舟。【魚舟】喬吉、中呂滿庭芳、漁父詞：洞庭山影落魚舟。【野舟】

張可久、正宮醉太平、懷古：翩翩野舟。【買舟】湯式、南呂一枝花套、贈會稽呂周臣、尾聲：誰承望江上蓴鱸又買舟。【畫舟】湯式、雙調沈醉東風、錢塘懷古：錦燦爛六橋畫舟。【綵舟】劉時中、南呂四塊玉：泛綵舟。【漁舟】張可久、中呂朝天子、山中雜書：洞口漁舟。徐再思、商調梧葉兒、即景：竹葉小漁舟。張可久、越調寨兒令、憶別：五湖范蠡漁舟。【維舟】張可久、越調天淨沙、重遊感舊：迷香小洞維舟。張可久、雙調折桂令、次韻：月明楊柳維舟。【龍舟】張可久、雙調折桂令、重午席間：電閃龍舟。張可久、中呂賣花聲、懷古：隋堤古柳纜龍舟。湯式、雙調天香引、憶維揚：三千里錦纜龍舟。【歸舟】張可久、正宮小梁州、秋思酸齋索賦：玉人天際認歸舟。喬吉、商調集賢賓套、詠柳憶別、浪裏來煞：只要向綠陰深處纜歸舟。【蘭舟】白樸、雙調駐馬聽、彈：蘆花岸上對蘭舟：張可久、雙調水仙子、別懷：飛花和雨送蘭舟。張可久、雙調折桂令、湖上即事疊韻：泛中流翠袖蘭舟。張可久、雙調折桂令、別情：琵琶亭催解蘭舟。【鰲舟】喬吉、中呂山坡羊、冬日寫懷：釣鰲舟。【一帆舟】徐再思、商調梧葉兒、革步：風雨一帆舟。【月滿舟】不忽麻、仙呂點絳唇套、辭朝、上馬嬌：但得箇月滿舟。不忽麻、仙呂點絳唇套、辭朝、賺煞：飲遍金山月滿舟。【去時舟】關漢卿、仙呂桂枝香套、木丫叉：空教人目斷去時舟。【仙葉舟】張可久、南呂金字經、劉氏瑞蓮：共登仙葉舟。【江上舟】張可久、越調凭闌人、江樓即事：一曲琵琶江上舟。【泛蘭舟】無名氏、越調鬬鵪鶉套：向芰荷香裏泛蘭舟。【泛龍舟】張可久、雙調水仙子、何侍郎奉使日南：波澄太液泛龍舟。【范蠡舟】馬致遠、黃鍾女冠子套、出隊子：都輸與范蠡舟。【柳岸舟】王德信、商調集賢賓套、退隱、醋葫蘆：載荷香柳岸舟。【龍鳳舟】徐再思、越調凭闌人、無題：千里離宮龍鳳舟。【雙玉舟】盧摯、南呂金字經、崧南秋晚：綠鬢雙玉舟。【蘭葉舟】姚燧、越調凭闌人：這些蘭葉舟。【纜輕舟】關漢卿、正宮白鶴子：柳外纜輕舟。【玉樹維舟】盧摯、雙調蟾宮曲、贈歌者蕙蓮劉氏：怎生般玉樹維舟。【花下停舟】湯式、南呂一枝花套、勸妓女從良、梁州：今日送行人花下停舟。【范蠡乘舟】盧摯、雙調蟾宮曲：碧波中范蠡乘舟。

丘◉

【山丘】不忽麻、仙呂點絳唇套、辭朝、鵲踏枝：臥山丘。【土丘】湯式、雙調沈醉東風、錢塘懷古：一自蘇林葬土丘。【丹丘】劉時中、雙調折桂令、牧：尋崧頂丹丘。【林丘】湯式、仙呂賞花時套、送人應聘：猶自臥林丘。【虎丘】喬吉、雙調折桂令、風雨登虎丘：琴調冷聲閑虎丘。【齊丘】張可久、雙調折桂令、湖上即事疊韻：退叟齊丘。【椒丘】阿魯威、雙調蟾宮曲、湘君：步馬椒丘。【糟丘】張可久、雙調折桂令、重午席間：不葬糟丘。盧摯、雙調蟾宮曲、江陵懷古：不近糟丘。盧摯、雙調殿前歡：俯仰糟丘。不忽麻、雙調點絳唇套、辭朝：寧可身臥糟丘。【茅草丘】王德信、商調集賢賓套、退隱、後庭花：住一間蔽風霜茅草丘。

坵

【荒坵】湯式、中呂滿庭芳、京日感懷：新塚荒坵。

篘◉

【酒篘】曾瑞、南呂四塊玉、述懷：白酒篘。【新篘】盧摯、雙調殿前歡：酒新篘。王德信、商調集賢賓套、退隱、青哥兒：濁酒新篘。張養浩、雙調折桂令：野蟻新篘。【酒旋篘】不忽麻、仙呂絳唇套、辭朝、後庭花：向僊家酒旋篘。

搊

【胡搊】曾瑞、中呂紅綉鞋、風情：知他是你賣風他負德我胡搊。

溲◉

【羅帕溲】曾瑞、商調梧葉兒、贈喜溫柔：羅帕溲，想溫柔。

收◉

【才收】關漢卿、仙呂翠裙腰套、閨怨、六幺遍：餘暑才收。【未收】徐再思、雙調水仙子、夜雨：落燈花棋未收。【殄收】湯式、南呂一枝花套、贈人、尾聲：蠻夷殄收。【雲收】關漢卿、大石調青杏子套、離情：銀漢雲收。奧敦周卿、雙調蟾宮曲：西山雨退雲收。【監收】張養浩、雙調折桂令：一箇無罪監收。【漸收】張養浩、中呂朝天子、攜美姬湖上：玉舟，漸收。【利儘收】劉時中、南呂四塊玉：利儘收，名先有。【兩奩收】王德信、商調集賢賓套、退隱、醋葫蘆：較虧成一笑兩奩收。【珠泪收】喬吉、商調集賢賓套、詠柳憶別、醋葫蘆：雨晴珠泪收。【秦印收】馬致遠、黃鍾女冠子套：到老來終不將秦印收。【稻粱收】鮮于必仁、中呂普天普、平沙落雁：稻粱收，菰蒲秀。【曉雲收】不忽麻、仙呂點絳唇套、辭朝、賺煞：就著這曉雲收。【雨歇雲收】曾瑞、中呂紅綉鞋、風情：約黃昏雨歇雲收。【雨散雲收】關漢卿、仙呂桂枝香套、木丫叉：襄王夢雨散雲收。【彩雲易收】馬致遠、大石調青杏子套、姻緣：恐隨彩雲易收。

⊙齁

【提齁】曾瑞、中呂紅綉鞋、風情：虛恩情撇閃提齁。【睡齁齁】王德信、商調集賢賓套、退隱、尾聲：困時節布衲裡睡齁齁。

齁〔同齁〕【提齁】劉時中、中呂紅綉鞋、歌姬米氏小字耍耍：坐著豆枕演提齁。

摮○鄒諏鯫陬騶緅○

咻庥○歐區○篝緱○

篼○鰍鞧鞦鶖○擾麀○

○脩饈○抽瘳○啁週

輈○偷媮鍮○餿餕○

彪○摳

【對偶】張可久、南呂金字經、劉氏瑞蓮：種帶瑤池露，藕香玉井湫。喬吉、雙調折桂令、風雨登虎丘：琴調冷聲閑虎丘，劍光寒影動龍湫。汪元亨、雙調雁兒落過得勝令、歸隱：閑似水中鷗，拙若樹頭鳩。湯式、南呂一枝花套、贈人、梁州：論文時芸窗下摘句尋章，論武時柳營內調絲弄竹，清閑時花陰外打馬藏鬮。湯式、南呂一枝花套、贈會稽呂周臣：踊天根探地脈秘訣深微，步詩壇入酒社精神抖擻。湯式、雙調天香引、代友人書其二：桃源洞煙水模糊，芙蓉城風雨颼颼。湯式、雙調湘妃遊月宮、秋閨情：透疎簾涼月纖纖，走空階落葉颼颼。湯式、雙調天香引、中秋戲題：樂事難酬，飲興都休。汪元亨、雙調折桂令、歸隱：一筆都勾，萬事都休。盧摯、雙調蟾宮曲、武昌懷古：千載悠悠，一笑休休。湯式、南呂一枝花套、勸妓女從良、梁州：恰則待熱心腸相知相酬，也合想業身軀無了無休。曾瑞、中呂喜春來、未遂：功名希望何時就，書劍飄零甚日休。王德信、商調集賢賓套、退隱：抱孫孫兒成願足，引甥甥女嫁心休。張可久、中呂滿庭芳、金華道中：營營苟苟，紛紛擾擾，莫莫休休。湯式、雙調對玉環帶清江引、四景題詩：眼底陽關，今宵何處宿；夢裡陽臺，此情何日休。湯式、南呂一枝花套、贈人、梁州：跨錦韉絲轡驊騮，擁鐵關金鎖貔貅。 張可久、中呂山坡羊、別懷：看吳鉤，聽秦謳。 張可久、正宮醉太平、懷古：翩翩野舟，汎汎沙鷗。 曹德、雙調沈醉東風、村居：茅舍寬如釣舟，老夫閒似沙鷗。 曾瑞、大石調青杏子套、騁懷、催拍子：愛共寢花間錦鳩，恨孤眠水上白鷗。 張可久、商調梧葉兒、次韻：烟中樹，山外樓，水邊鷗。 徐再思、中呂普天樂、吳江八景、太湖春波：浮沈錦鱗，高低紫燕，遠近白鷗。 張可久、黃鍾人月圓、子昂學士小景：粼粼淺水，絲絲老柳，點點盟鷗。 張可久、雙調折桂令、次韻：翠樹啼鵑，青天旅雁，白雪旅鷗。 不忽麻、仙呂點絳唇套、辭朝、上馬嬌：月滿舟，酒滿甌。 盧摯、商調梧葉兒：琴三弄，酒數甌。 曾瑞、商調梧葉兒、贈喜溫柔：歌金縷，捧玉甌。 不忽麻、仙呂點絳唇套、辭朝、村裡迓鼓：領紫猿，携白鹿，跨蒼虬，觀山色，聽水聲，飲玉甌。 喬吉、雙調折桂令、高敬臣病：山在書屏，雲在簾鉤。 張可久、越調寨兒令、憶別：柳下秦謳，馬上吳鉤。 石子章、仙呂八聲甘州套、混江龍：羅幃畫燭，綵扇銀鉤。 湯式、南呂一枝花套、勸妓女從良：帶綰金雙扣，鞋彎玉一鉤。 曾瑞、中呂喜春來、相思：你殘花態那衣叩，咱減腰圍儹帶鉤。 盧摯、雙調蟾宮曲、巫娥：會暮雨燈昏綠牖，望朝雲簾捲金鉤。 周文質、雙調折桂令、過多景樓：山遠橫眉，波平消雪，月缺沈鉤。 馬致遠、黃鍾女冠子套：韓信乞飯，傳說版築，子牙垂釣。 湯式、雙調天香引、中秋戲題：去年旅邸中秋，樽俎荒涼，罷却秦謳；今年旅邸中秋，囊篋蕭疎，典却吳鉤。 喬吉、雙調折桂令、遊琴川：染雲林障，推月潮溝。 張可久、越調寨兒令、次韻懷古：隋隄猶翠柳，漢土自鴻溝。 湯式、南呂一枝花套、勸妓女從良：紫綃裳紅錦腰圍，銀股釧珍珠臂韝。 湯式、雙調天香引、憶維揚：柳招搖花掩映春風紫騮，玉玎璫珠絡索夜月香兜。 張可久、雙調折桂令、送別：一片離情，萬里清秋。 鮮于必仁、中呂普天樂、平沙落雁：山光凝暮，江影涵秋。 張可久、越調寨兒令、憶別：青鸞遲遠信，白雁報新秋。 湯式、南呂一枝花套、贈會稽呂周臣：玉聳雙肩瘦，胸涵一鏡秋。 張可久、雙調水仙子、何侍郎奉使日南：白雪關山暮，黃雲海樹秋。 徐再思、中呂紅繡鞋：鑿透林間山溜，平分天上中秋。　喬吉、雙調折桂令、會州判文從周自維揚來：贈楊柳人初病酒，釆芙蓉客已驚秋。　石子章、仙呂八聲甘州套：腰圍似沈不耐春，鬢髮如潘那更秋。　張養浩、中呂普天樂、秋日：霜林簇錦，雲山展翠，烟水橫秋。　張可久、正宮醉太平、懷古：鳳凰臺上青山舊，秋千牆裡垂楊瘦，琵琶亭畔野花秋。　徐再思、雙調水仙子、夜雨：枕上十年事，江南二老憂。　喬吉、雙調水仙子、席上賦李楚儀歌：攀架著十分病，包籠著百倍憂。　周文質、雙調折桂令、過多景樓：天濶雲閒，樹渺幽禽。　關漢卿、南呂一枝花套、不伏老、尾聲：三魂歸地府，七魄喪冥幽。　湯式、南呂一枝花套、會稽贈呂周臣、粱州：文房藝苑偏遊，藥欄花徑清幽。　曾瑞、中呂紅綉鞋、風情：口兒快特婁侃嗽，脚兒勤推戀俳優。　關漢卿、仙呂翠裙腰套、閨怨、後庭花煞：悶把苔牆畫，慵將錦字修。　張可久、越調凭闌人、紅樓卽事：粉香蝶也愁，玉容花見羞。　喬吉、南呂閱金經、閨情：玉減梅花瘦，翠顰粧鏡羞。　徐再思、越調凭闌人、無題：始爲天下憂，後爲天下羞。　貫雲石、中呂醉高歌過喜春來、題情：自然體態溫柔，可意龐兒奈羞。　王德信、商調集賢賓套、退隱、青哥兒：閑處嘆蜂喧蜂喧蟻鬬，靜中笑蝶訕蝶訕鶯羞。　曾瑞、大石調青杏子套、騁懷、催拍子：簪遺佩解，鏡破釵分，蜂妒蝶羞。　湯式、南呂一枝花套、贈人：讀書尊孔孟，許國重伊周。　王德信、商調集賢賓套、退隱：志難酬知己的王粲，夢無憑見景的莊周。　喬吉、中呂山坡羊、冬日寫懷：釣鰲舟，纜汀洲。　張可久、商調梧葉兒、次韻：鴛鴦浦，鸚鵡洲。　張可久、越調寨兒令、次韻懷古：黃鶴磯頭，白鷺汀洲。　趙善慶、雙調沈醉東風、秋日湘陰道中：山對面藍堆翠岫，草齊腰綠染沙洲。　湯式、仙呂賞花時套、送人應聘：五彩雲開丹鳳樓，萬雉城連白鷺洲。　張可久、雙調折桂令、送別：桂影簾櫳，荷花庭院，蘆葉汀洲。　張可久、雙調折桂令、送別：未出陽關，且聽涼州。　張可久、雙調殿前歡、秋思：關心渭水，回首幷州。　喬吉、雙調折桂令、感興：夢覺東山，聲動南州。　汪元亨、雙調折桂令、歸隱：走馬章臺，騎鯨蒼海，跨鶴揚州。　喬吉、雙調折桂令、會州判文從周自維揚來：照夜花燈，載月蘭舟。　周文質、雙調折桂令、過多景樓：人別層樓，我宿孤舟。　關漢卿、正宮白鶴子：花邊停駿馬，柳外纜輕舟。湯式、南呂一枝花套、贈會稽呂周臣、尾聲：恰能够天涯萍水同携手，誰承望江上蓴鱸又買舟。張養浩、雙調折桂令、柴門外春風五柳，竹籬邊野水孤舟。　喬吉、中呂滿庭芳、漁父詞：太湖水光搖酒甌，洞庭山影落魚舟。　張可久、雙調水仙子、春晚：藕黃舊紙試銀鈎，蟻綠新篘泛玉舟。　湯式、仙呂賞花時套、戲賀友人新娶：昔日東華聽曉籌，今日西湖艤釣舟。　湯式、南呂一枝花套、勸妓女從良、梁州：昨日逢故友柳邊開宴，今日送行花下停舟。　徐再思、越調凭闌人、無題：九殿春風鳷鵲樓，千里離宮龍鳳舟。張可久、中呂滿庭芳、三衢道中：一百五日節人家插柳，七十二灘上客子移舟。　張可久、商調梧葉兒、垂虹亭上：綠樹當朱戶，青山朝畫樓，紅袖倚蘭舟。　徐再思、商調梧葉兒、革步：鷄犬三家店，陂塘五月秋，風雨一帆舟。　張可久、中呂賣花聲、懷古：阿房舞殿翻羅袖，金谷名園起玉樓，隋堤古柳纜龍舟。　張可久、仙呂一半兒、秋日宮詞：花邊嬌月靜粧樓，葉底滄波冷翠溝，池上好風閒御舟。　湯式、雙調天香引、憶維揚：十萬家畫棟朱簾，百數曲紅橋綠沼，三千里錦纜龍舟。　不忽麻、仙呂點絳唇套、辭朝、鵲踏枝：醉江樓，臥山丘。　湯式、中呂滿庭芳、京口感懷：殘花剩柳，摧垣廢屋，新塚荒丘。　曾瑞、商調梧葉兒套、贈喜溫柔：朝雲退，暮雨收。　曾瑞、中呂紅綉鞋、風情：期白晝家前院後，約黃昏雨歇雲收。

陽平

遊⊙

【同遊】阿魯威、雙調蟾宮曲、山鬼：誰與同遊。【自遊】不忽麻、仙呂點絳唇套、辭朝、元和令：臣向山林得自遊。【壯遊】湯式、雙調湘妃引、送友人南閩府倅：上國山川愜壯遊。【南遊】盧摯、雙調蟾宮曲、江陵懷古：慨星槎兩度南遊。【追遊】姚燧、雙調撥不斷、四景：好追遊。張養浩、中呂普天樂、秋日：到處追遊。曾瑞、商調梧葉兒、贈喜溫柔：尋春客慵追遊。趙秉文、小石青杏兒：揀溪山好處追遊。湯式、雙調沈醉東風、錢塘懷古：記當年幾度追遊。【浪遊】湯式、越調小桃紅、姚江夜泊：十年浪遊。【曾遊】奧敦周卿、雙調蟾宮曲：謝安曾遊。張可久、中呂朝天子、碧瀾湖上：碧瀾湖上記曾遊。【盤遊】湯式、正宮脫布衫帶小梁州、四景爲儲公子賦、秋：問秋來何處盤遊。【縱遊】王德信、商調集賢賓套、退隱、後庭花：有庭園堪縱遊。【舊遊】張可久、商調梧葉兒、旅思：感舊遊。張可久、雙調折桂令、送別：山隱隱藏君舊遊。張可久、中呂迎仙客、感懷：十年故人懷舊遊。【優遊】湯式、仙呂賞花時套、戲賀友人新娶：詩酒自優遊。【翶遊】阿魯威、雙調蟾宮曲、湘君：問湘君何處翶遊。【五陵遊】石子章、仙呂八聲甘州套、混江龍：抱琴攜劍五陵遊。【少年遊】張可久、中呂滿庭芳、三衢道中：不似少年遊。湯式、仙呂賞花時套、戲賀友人新娶：不減少年遊。喬吉、商調集賢賓套、詠柳憶別：曾祖送少年遊。【好處遊】不忽麻、仙呂點絳唇套、後庭花：揀溪山好處遊。【此地遊】王德信、商調集賢賓套、退隱、金菊香：到如今白髮青衫此地遊。【赤松遊】張可久、中呂滿庭芳、金華道中：相伴赤松遊。【秉燭遊】張可久、雙調水仙子、春晚：西園秉燭遊。【記曾遊】張可久、商調梧葉兒、垂虹亭上：行客記曾遊。【望北遊】徐再思、商調梧葉兒、革步：羈情望北遊。【溪上遊】張可久、南呂金字經、劉氏瑞蓮：曾向苕溪溪上遊。【鳳凰遊】湯式、仙呂賞花時套、送人應聘、賺煞：教人道鳳凰台上鳳凰遊。【攜妓遊】盧摯、南呂金字經、崧南秋晚：有時攜妓遊。【伴我西遊】張可久、雙調折桂令、次韻：喚西施伴我西遊。

游

【子游】喬吉、雙調折桂令、遊琴川：有第四科賢哲子游。【交游】劉時中、雙調折桂令、牧：麋鹿交游。【優游】喬吉、雙調折桂令、感興：謝安江左優游。喬吉、雙調水仙子、菊舟：比浮花浪蕊優游。【秦少游】湯式、南呂一枝花套、勸妓女從良、尾聲：王氏偏憐秦少游。

蝣

【蜉蝣】喬吉、雙調折桂令、高敬臣病：萬象蜉蝣。

由

【自由】馬致遠、雙調行香子套、錦上花：倒大自由。曾瑞、中呂喜春來、相思：爭奈不自由。張養浩、南呂西番經：從今身自由。王德信、商調集賢賓套、退隱、後庭花：放形骸任自由。貫雲石、中呂醉高歌過喜春來、題情：燕子鶯兒不自由。石子章、仙呂八聲甘州套、六幺遍：沒實誠誰道不自由。【來由】湯式、雙調湘妃遊月宮、秋閨情：細評跋著甚來由。【事由】湯式、仙呂賞花時套、戲賀友人新娶、賺煞：是必將艱難的事由。【根由】徐再思、仙呂一半兒、病酒：病根由。【許由】不忽麻、仙呂絳點唇套、辭朝、油葫蘆：棄瓢學許由。劉時中、雙調折桂令、牧：悶來訪箕山許由。【緣由】不忽麻、仙呂點絳唇套、辭朝、後庭花：不索你問緣由。湯式、雙調湘妃引、解嘲：對相知說箇緣由。【鬼胡由】曾瑞、商調梧葉兒、贈喜溫柔：施展會鬼胡由。曾瑞、中呂紅綉鞋、風情：著小局斷兒包藏著鬼胡由。【說因由】關漢卿、中呂普天樂、崔張十六事：小娘子說因由。

油

【水似油】盧摯、中呂喜春來、和則明韻：雨過西湖水似油。

牛

【馬牛】汪元亨、中呂朝天子、歸隱：厭襟裾馬牛。【飲牛】不忽麻、仙呂點絳唇套、辭朝、油葫蘆：雖住在洗耳西邊不飲牛。【兩隻牛】劉時中、南呂四塊玉：二頃田兩隻牛。【去馬來牛】不忽麻、仙呂點絳唇套、辭朝、那吒令：都是些去馬來牛。

猷

【皇猷】湯式、雙調湘妃引、送友人南閩府倅：判黃堂黼黻皇猷。【王子猷】馬致遠、雙調行香子套、清江引：青雲興盡王子猷。

猶

【夷猶】阿魯威、雙調蟾宮曲、湘君：君不行兮何故夷猶。

悠

【正悠】不忽麻、仙呂點絳唇套、辭朝、賺煞：那其間潮來的正悠。【悠悠】湯式、南呂一枝花套、贈會稽呂周臣、梁州：萬事悠悠。劉時中、雙調折桂令、牧：蕩蕩悠悠。盧摯、雙調蟾宮曲、巫娥：離恨悠悠。盧摯、雙調蟾宮曲、武昌懷古：千載悠悠。盧摯、雙調蟾宮曲、揚州汪右丞席上即事：河漢悠悠。喬吉、雙調折桂令、風雨登虎丘：醉眼悠悠。石子章、仙呂八聲甘州：心緒悠悠。徐再思、中呂普天樂、吳江八景：潭影悠悠。張可久、越調寨兒令、次韻懷古：烟水共悠悠。關漢卿、仙呂桂枝香套、不是路：雲山滿目恨悠悠。喬吉、商調集賢賓套、詠柳憶別：又一場心事悠悠。喬吉、雙調水仙子、梨花夢湘水悠悠。

侯⊙

【王侯】汪元亨、雙調折桂令、歸隱：傲殺王侯。張可久、中呂朝天子、次崔雪竹韻：喜嚴陵不事王侯。不忽麻、仙呂點絳唇套、辭朝、混江龍：樂然何處謁王侯。【五侯】姚燧、中呂陽春曲：皂蓋朱幡賽五侯。【何侯】喬吉、雙調折桂令、遊琴川：是幾百年忠孝何侯。【封侯】不忽麻、仙呂點絳唇套、辭朝、鵲踏枝：小子封侯。馬致遠、黃鍾女冠子套：便合封侯。湯式、南呂一枝花套、贈人、梁州：愁甚麼建節封侯。阿魯威、雙調蟾宮曲：爛羊頭羨封侯。劉時中、南呂四塊玉：父子爲官弟封侯。【貴侯】汪元亨、雙調雁兒落過得勝令、歸隱：黃金促貴侯。【不義侯】張可久、南呂金字經、次韻：死封不義侯。【功名侯】馬致遠、黃鍾女冠子套：上蒼不與功名侯。【令素侯】盧摯、商調梧葉兒、贈歌妓：文章守，令素侯。【傲王侯】盧摯、商調梧葉兒、豪氣傲王侯。王德信、商調集賢賓套、退隱、後庭花：這瀟洒傲王侯。【萬戶侯】不忽麻、仙呂點絳唇套、辭朝、後庭花：強如宴功臣萬戶侯。張可久、南呂金字經、感興：一劍能成萬戶侯。白樸、雙調沈醉東風、漁父：傲殺人間萬戶侯。【關內侯】馬致遠、雙調行香子套：知他凭羨甚麼關內侯。【伯子公侯】盧摯、雙調蟾宮曲：傲煞人間，伯子公侯。【公男伯子侯】徐子芳、雙調沈醉東風：封却公男伯子侯。

猴

【沐猴】汪元亨、中呂朝天子、歸隱：笑衣冠沐猴。

喉

【咽喉】張養浩、雙調折桂令：一箇自抹咽喉。曾瑞、中呂紅綉鞋、風情：散楚的叫破咽喉。曾瑞、中呂紅綉鞋、風情：藍橋水已渰過咽喉。【歌喉】馬致遠、雙調行香子套、碧玉簫：鶯也似歌喉。馬致遠、大石調青杏子套、姻緣：遏雲聲嚠喨歌喉。喬吉、商調集賢賓套、詠柳憶別、逍遙樂：怕不弄春嬌巧轉歌喉。【鶯喉】張可久、雙調折桂令、席上有贈：扇掩鶯喉。徐再思、雙調沈醉東風、春情：玉天仙燕體鶯喉。

篌

【箜篌】張可久、中呂紅綉鞋、春晚：按新聲絃斷箜篌。

⊙留

【人留】徐再思、雙調水仙子、夜雨：嘆新豐孤館人留。【不留】張養浩、雙調折桂令：一箇十大功親戚不留。【去留】張可久、正宮醉太平、懷古：白雲去留。喬吉、雙調水仙子、贈江雲：無心儘去留。【名留】喬吉、雙調折桂令、會州判文從周自維揚來：薄倖名留。【肯留】張可久、中呂滿庭芳、金華道中：牧羊兒肯留。【相留】劉時中、雙調折桂令、牧：山鳥相留。張可久、雙調折桂令、西陵送別：無計相留。張可久、雙調折桂令、湖上即事疊韻：醉後相留。喬吉、雙調折桂令、高敬臣病：賓主相留。【淹留】湯式、仙呂賞花時套、戲賀友人新娶：書劍暫淹留。湯式、雙調天香引、中秋戲題：任嫦娥笑我淹留。白樸、中呂陽春曲、知幾：詩書叢裡且淹留。湯式、南呂一枝花套、勸妓女從良、梁州：論嬌羞怎教他舞台歌榭裡淹留。【暫留】馬致遠、雙調行香子套、離亭宴帶歇指煞：夕陽暫留。【遺留】湯式、雙調湘妃遊月宮、秋閨情：諒這箇紫香囊怎做遺留。【遲留】湯式、仙呂賞花時套、送友人應聘、賺煞：莫遲留。盧摯、雙調蟾宮曲、贈歌者蕙蓮劉氏：樽酒遲留。張可久、雙調水仙子、春晚：春光為我遲留。【還留】盧摯、雙調蟾宮曲、揚州汪右丞席上即事：客去還留。【難留】湯式、雙調天香引、憶維揚：光景難留。曾瑞、商調梧葉兒、贈喜溫柔：芳景去最難留。關漢卿、中呂普天樂、崔張十六事：自古來女大難留。汪元亨、雙調折桂令、歸隱：駒陰逝頃刻難留。【久淹留】馬致遠、大石調青杏子套、姻緣：莫向風塵內，久淹留。【任意留】不忽麻、仙呂點絳唇套、辭朝、賺煞：竹杖芒鞋任意留。【客堪留】王德信、商調集賢賓套、退隱、醋葫蘆：有鮮魚鮮藕客堪留。【為詩留】王德信、商調集賢賓套、退隱：燭換為詩留。【帶花留】王德信、商調集賢賓套、退隱、醋葫蘆：壓梅稍晴雪帶花留。【無計留】湯式、雙調對玉環帶清江引、四景題詩：片帆無計留。姚燧、越調凭闌人：兩處相思無計留。【黃栗留】喬吉、商調集賢賓套、詠柳憶別、逍遙樂：聽枝上數聲黃栗留。

榴

【寶髻紅榴】張可久、雙調折桂令、重午席間：小娥謳寶髻紅榴。

騮

【紫騮】湯式、雙調天香引、憶維揚：柳招搖花掩映春風紫騮。【驊騮】湯式、南呂一枝花套、贈人、梁州：跨錦韉絲轡驊騮。

流

【中流】張養浩、雙調折桂令：勇退中流。【名流】盧摯、雙調蟾宮曲、江陵懷古：漢魏名流。馬致遠、黃鍾女冠子套：細尋思自古名流。【交流】石子章、仙呂八聲甘州套、賺尾：滿青衫兩淚交流。【東流】阿魯威、雙調蟾宮曲、湘君：江水東流。湯式、中呂滿庭芳、京口感懷：滾滾東流。周文質、雙調折桂令、過多景樓：滔滔春水東流。【空流】關漢卿、仙呂桂枝香套、木丫叉：御溝紅葉空流。曾瑞、商調梧葉兒、贈喜溫柔：悲秋客泪空流。【周流】阿魯威、雙調蟾宮曲、山鬼：窈窕周流。【風流】阿魯威、雙調蟾宮曲：也自風流。奥敦周卿、雙調蟾宮曲：倒大風流。張可久、越調寨兒令、九日登高：樽俎風流。張養浩、雙調殿前歡、對菊自嘆：減盡風流。湯式、南呂一枝花套、勸妓女從良：一撮兒風流。張可久、越調寨兒令、憶別：何處寄風流。湯式、南呂一枝花套、贈會稽呂周臣、梁州：學賀老風流。白樸、中呂陽春曲、知幾：貧煞也風流。喬吉、雙調折桂令、會州判文從周自維揚來：文章杜牧風流。盧摯、雙調蟾宮曲揚州汪右丞席上卽事：江城歌吹風流。張可久、中呂紅綉鞋、鑑湖：題詩人物風流。曾瑞、商調梧葉兒、贈喜溫柔：杯巡後越風流。王德信、商調集賢賓套、退隱、金菊香：詩潦倒酒風流。湯式、雙調湘妃引、送友人南閩府倅：西湖詩酒舊風流。曾瑞、中呂紅綉鞋、風情：女貌郎才忒風流。白樸、雙調駐馬聽、舞：漢宮飛燕舊風流。盧摯、中呂朱履曲、訪立軒上人：笑多情逸叟風流。張可久、越調寨兒令、次韻懷古：浪淘盡千古風流。張可久、雙調折桂令、重午席間：浴蘭芳荆楚風流。湯式、雙調湘妃遊月宮、秋閨情：漫咨嗟往日風流。張養浩、雙調殿前歡、玉香毬花：花中無物比風流。張養浩、中呂普天樂、秋日：把淵明生紐得風流。喬吉、商調集賢賓套、詠柳憶別、醋葫蘆：殢風流還自怨風流。【徒流】喬吉、雙調折桂令、感興：敗時節笞杖徒流。【逆流】關漢卿、越調鬪鵪鶉套、女校尉、尾聲：入脚面帶黃河逆流。【清流】曾瑞、南呂四塊玉、述懷：樽俎臨溪枕清流。【湘流】張養浩、雙調折桂令：一箇抱恨湘流。【順流】薛昂夫、雙調慶東原、自笑：嚴陵有順流。【寒流】徐再思、中呂紅綉鞋、半月泉：菱花分破印寒流。【一派流】喬吉、雙調水仙子、贈江雲：伴潯陽一派流。【天上流】湯式、南呂一枝花套、贈人、尾聲：兵洗黃河天上流。【水自流】張可久、南呂金字經、秋望：雁去衡陽水自流。【付水流】關漢卿、仙呂桂枝香套、餘文：把往日恩情付水流。【向東流】徐再思、商調梧葉兒、革步：湍水向東流。【酒風流】關漢卿、正宮白鶴子：萬物酒風流。【逐水流】關漢卿、仙呂桂枝香套、不是路：性似桃花逐水流。【淚痕流】關漢卿、仙呂桂枝香套：難禁難受淚痕流。【望東流】湯式、仙呂賞花時套、送人應聘：天塹望東流。【最風流】關漢卿、越調鬬鵪鶉套、女校尉、寨兒令：惟蹴踘最風流。【强風流】馬致遠、雙調行香子套：殘菊蝴蝶强風流。【舊風流】湯式、正宮小梁州、九日渡江：難比舊風流。【逝水東流】湯式、雙調天香引、代友人書其二：情隨著逝水東流。湯式、雙調天香引、憶維揚：繁華逐逝水東流。

旒

【冕旒】湯式、仙呂賞花時套、送人應聘：鵷鷺班趨拜冕旒。喬吉、雙調折桂令、感興：成時節衣冠冕旒。湯式、南呂一枝花套、贈人、梁州：一寸丹心答冕旒。

柔⊙

【溫柔】曾瑞、商調梧葉兒、贈喜溫柔：想溫柔。曾瑞、商調梧葉兒、贈喜溫柔：怨溫柔。曾瑞、商調梧葉兒、贈喜溫柔：喜溫柔。曾瑞、大石調青杏子套、聘懷：各逞溫柔。張可久、越調寨兒令：笑語溫柔。湯式、仙呂賞花時套、賀友人新娶、賺煞：弄一會溫柔。貫雲石、中呂醉高歌過喜春來、題情：自然體態溫柔。張可久、雙調折桂令、送別：客風流玉友溫柔。關漢卿、越調鬬鵪鶉套、女校尉、寨兒令：演習得踢打溫柔。【輕柔】喬吉、商調集賢賓套、詠柳憶別：綰東風搖損輕柔。【嬌柔】湯式、正宮脫布衫帶小梁州、四景爲儲公子賦——秋：金粟嬌柔。【性兒柔】無名氏、仙呂賞花時套、只是性兒柔。【溫更柔】白樸、雙調駐馬聽、舞：嬝娜腰肢溫更柔。白樸、雙調駐馬聽、彈：十指纖纖溫更柔。【翠條柔】關漢卿、南呂一枝花套、不伏老：柳折翠條柔。

揉

【難揉】湯式、黃鍾醉花陰套、離思、喜遷鶯：一會家心痒難揉。

繆⊙

【綢繆】馬致遠、大石調青杏子套、姻緣：願結綢繆。張可久、雙調折桂令、湖上即事疊韻：邂逅綢繆。關漢卿、中呂普天樂、崔張十六事：寫不盡綢繆。薛昂夫、中呂陽春曲：樽有酒且綢繆。曾瑞、中呂紅綉鞋、風情：無人處結遍綢繆。

矛

【戈矛】湯式、南呂一枝花套、贈人、梁州：半萬戈矛。【劍矛】湯式、仙呂賞花時套、送人應聘：虎豹關深肅劍矛。

眸

【明眸】奧敦周卿、雙調蟾宮曲：沙鷗看皓齒明眸。【醉眸】馬致遠、雙調行香子套、碧玉簫：

朧朦醉眸。【凝眸】張可久、雙調折桂令、別情：秋水凝眸。關漢卿、越調鬬鵪鶉套、女校尉：小弟每凝眸。喬吉、商調集賢賓套、詠柳憶別、浪裡來煞：只要你盼行人終日替我凝眸。【泪盈眸】白樸、雙調駐馬聽、彈：泪盈眸。

樓⊙

【上樓】張可久、中呂山坡羊、別懷：愁，休上樓。【下樓】湯式、雙調湘妃遊月宮、秋閨情：懨懨不下樓。【玉樓】張可久、中呂賣花聲、懷古：金谷名園起玉樓。【西樓】盧摯、雙調蟾宮曲、揚州汪右丞席上即事：月滿西樓。石子章、仙呂八聲甘州：回首西樓。王德信、商調集賢賓套、退隱、逍遙樂：放眼西樓。關漢卿、大石調青杏子套、離情：殘月下西樓。張養浩、雙調殿前歡、對菊自嘆：一簾疎雨暗西樓。【朱樓】喬吉、商調集賢賓套、詠柳憶別：碧雲寒空掩朱樓。【江樓】張可久、雙調折桂令、重午席間：醉倚江樓。不忽麻、仙呂點絳唇套、辭朝、鵲踏枝：臣則待醉江樓。趙善慶、雙調沈醉東風、秋日湘陰道中：隔滄波隱隱江樓。【竹樓】張可久、雙調折桂令、湖上即事叠韻：賦遠遊黃州竹樓。【危樓】關漢卿、仙呂翠裙腰套、閨怨：下危樓。張可久、雙調折桂令、送別：共語危樓。湯式、雙調對玉環帶清江引、四景題詩：妾倚危樓。【青樓】張可久、越調天淨沙、書懷：香奩名滿青樓。徐再思、雙調沈醉東風、春情：翠絲絲柳拂青樓。湯式、雙調湘妃引、解嘲：懷揣著訕臉入青樓。【空樓】張可久、雙調殿前歡、客中：燕子空樓。【南樓】張可久、雙調水仙子、春晚：醉倚南樓。張可久、雙調殿前歡、秋思：孤倚南樓。喬吉、雙調折桂令、會州判文從周自維揚來：雁到南樓。張可久、中呂普天樂、胡容齋使君席間：明月南樓。盧摯、雙調蟾宮曲、武昌懷古：莫虛負老子南樓。湯式、正宮脫布衫帶小梁州、四景爲儲公子賦——秋：勝當年庾亮南樓。【紅樓】楊澹齋、雙調得勝令：日月醉紅樓。張可久、越調寨兒令、憶別：懶上小紅樓。湯式、雙調沈醉東風、錢塘懷古：玉娉婷十里紅樓。張可久、越調寨兒令、九日登高：帶黃花人倚紅樓。【倚樓】張可久、中呂普天樂、湖上廢園：無人倚樓。張可久、南呂金字經、秋望：玉人休倚樓。姚燧、越調凭闌人：君上孤舟妾倚樓。【珠樓】喬吉、雙調春閨怨：掩上珠樓。【舵樓】湯式、中呂滿庭芳、京口感懷：吟登舵樓。喬吉、雙調水仙子、菊舟：翠葉鋪烟起舵樓。【烟樓】盧摯、中呂朱履曲、訪立軒上人：撞烟樓。【秦樓】張可久、雙調折桂令、席上有贈：休戀秦樓。關漢卿、仙呂桂枝香套、木丫叉：霧鎖秦樓。關漢卿、越調鬬鵪鶉套、女校尉、寨兒令：謝館秦樓。【登樓】阿魯威、雙調蟾宮曲：歸賦登樓。盧摯、雙調蟾宮曲、江陵懷古：作賦登樓。無名氏、越調鬬鵪鶉套：醉醺醺無日不登樓。張可久、中呂紅綉鞋、春晚：滿襟離思倦登樓。張可久、正宮小梁州：傷心有事賦登樓。喬吉、雙調折桂令、高敬臣病：藕花涼楚客登樓。湯式、雙調天香引、中秋戲題：算哀絃上不上下不下如庾亮登樓。【畫樓】喬吉、越調凭闌人、小姬：一聲出畫樓。張可久、商調梧葉兒、垂虹亭上：青山朝畫樓。張可久、雙調水仙子、別懷：細柳垂烟掩畫樓。【粧樓】張可久、雙調慶宣和、春晚病起：懶倚粧樓。張可久、正宮小梁州、秋思酸齋索賦：一雁過粧樓。張可久、仙呂一半兒、秋日宮詞：花邊嬌月靜粧樓。【歌樓】喬吉、雙調折桂令、遊琴川：舞榭歌樓。盧摯、雙調蟾宮曲、贈歌者蕙蓮劉氏：香滿歌樓。曾瑞、中呂紅綉鞋、風情：許盼盼閉上歌樓。【鳳

樓】張可久、雙調水仙子、何侍郎奉使日南：簾捲披香出鳳樓。【層樓】張可久、雙調折桂令、西陵送別：怕倚層樓。周文質、雙調折桂令、過多景樓：人別層樓。【龍樓】湯式、南呂一枝花套、贈人、梁州：會風雲閑步是龍樓。【瓊樓】不忽麻、仙呂點絳唇套、辭朝、元和令：玉堂金馬間瓊樓。【一登樓】無名氏、中呂喜春來：思君一度一登樓。【十二樓】張可久、中呂朝天子、碧瀾湖上：月明中十二樓。【上龍樓】馬致遠、黃鍾女冠子套、黃鍾尾：寫詩曾獻上龍樓。【小紅樓】關漢卿、正宮白鶴子：閑傍小紅樓。盧摯、中呂喜春來、和則明韻：小瀛洲外小紅樓。【山外樓】徐再思、商調梧葉兒、即景：煙中樹，山外樓。【天外樓】張可久、越調凭闌人、江樓即事：十二闌干天外樓。【五鳳樓】湯式、雙調湘妃引、送友人南閩府倅：文章五鳳樓。【丹鳳樓】湯式、仙呂賞花時套、送人應聘：五彩雲開丹鳳樓。【月滿樓】馬致遠、仙呂青哥兒：八月：天遠雲歸月滿樓。【江上樓】喬吉、南呂閱金經、閨情：休登江上樓。張可久、越調寨兒令、次韻懷古：玉簫寒酒醒江上樓。【百尺樓】湯式、南呂一枝花套、贈會稽呂周臣、梁州：高

臥元龍百尺樓。【仲宣樓】曾瑞、中呂喜春來、未遂：醉倚仲宣樓。張可久、中呂紅綉鞋、次崔雪竹韻：懶上仲宣樓。張可久、中呂賣花聲、客況：暮雲歸興仲宣樓。【空倚樓】徐再思、南呂閱金經、閨情：月明中空倚樓。【思遠樓】張可久、南呂金字經、別懷：共登思遠樓。【酒家樓】曾瑞、大石調青杏子套、聘懷：花月酒家樓。【晚粧樓】喬吉、中呂喜春來、秋望：有人獨倚晚粧樓。【畫滿樓】盧摯、南呂金字經、嵩南秋晚：老我嵩南畫滿樓。【賦登樓】湯式、正宮小梁州、九日渡江：傷心無句賦登樓。【翡翠樓】周德清、中呂喜春來、別情：燕子先歸翡翠樓。【鳷鵲樓】徐再思、越調凭闌人、無題：九殿春風鳷鵲樓。【燕子樓】喬吉、雙調水仙子、憶情：春風燕子樓。南呂一枝花套、勸妓女從良、梁州：我則索先蓋座春風燕子樓。【憶南樓】馬致遠、雙調行香子套：思北海，憶南樓。【人醉歌樓】盧摯、雙調沈醉東風、重九：賞黃花人醉歌樓。【玉殿珠樓】盧摯、雙調蟾宮曲、巫娥：冷清清玉殿珠樓。【同登玉樓】關漢卿、南呂一枝花套、不伏老、梁州：伴的是玉天仙攜玉手並玉肩同登玉樓。【鳳閣龍樓】盧摯、雙調沈醉東風、舉子：誇榮華鳳閣龍樓。【寶殿珠樓】喬吉、雙調沈醉東風、江湖寫景：界畫成寶殿珠樓。

婁

【鉤婁】喬吉、雙調折桂令、風雨登虎丘：老樹鉤婁。

髏

【骷髏】馬致遠、雙調行香子套、錦上花：則落得莊周嘆打骷髏。【髑髏】張可久、南呂金字經、感興：黃沙白髑髏。

⊙囚

【抱官囚】馬致遠、雙調行香子套、碧玉簫：題什麼抱官囚。不忽麻、仙呂點絳唇套、辭朝、油葫蘆：樂閑身翻作抱官囚。【被官囚】劉時中、越調小桃紅：幾年塵土被官囚。【饑喪囚】馬致遠、黃鍾女冠子套：亞父爭如饑喪囚。

⊙稠

【人稠】不忽麻、仙呂點絳唇套、辭朝、柳葉兒：不戀你市曹中物攘人稠。【日影稠】王德信、商調集賢賓套、退隱、醋葫蘆：漾茅簷日影稠。【紅綠稠】王德信、商調集賢賓套、退隱、醋葫蘆：暖溶溶紅綠稠。【鬢雲稠】湯式、南呂一枝花套、勸妓女從良：綠鬟鬢雲稠。

綢

【蕙綢】阿魯威、雙調蟾宮曲、湘君：駕飛龍兮蘭旌蕙綢。【幾匹綢】劉時中、南呂四塊玉：幾葉綿，幾匹綢。

讎

【仇讎】張養浩、中呂朱履曲：不了的平白地結爲仇讎。【恩讎】喬吉、雙調折桂令、風雨登虎丘：千古恩讎。喬吉、雙調折桂令、感興：問什麼恩讎。【寃讎】曾瑞、中呂紅綉鞋、風情：側脚里姨夫做了寃讎。【變爲讎】曾瑞、商調梧葉兒、贈喜溫柔：將恩愛變爲讎。

酬

【可酬】湯式、正宮小梁州、九日渡江：樂可酬。【相酬】張可久、雙調折桂令、西陵送別：有句相酬。【奚酬】曾瑞、中呂紅綉鞋、風情：好一會弱一會厮奚酬。【難酬】湯式、雙調天香引、中秋戲題：樂事難酬。湯式、雙調天香引、代友人書其二：歡樂難酬。王德信、商調集賢賓套、退隱、醋葫蘆：有王維妙手總難酬。【一時酬】薛昂夫、中呂陽春曲：千年慷慨一時酬。【互相酬】盧摯、中呂朱履曲、訪立軒上人：俊語歌聲互相酬。【志須酬】馬致遠、大石調青杏子套、姻緣：題柱志須酬。【若爲酬】馬致遠、雙調行香子套、碧玉簫：佳節若爲酬。【往事難酬】盧摯、雙調蟾宮曲、巫娥：舊約新盟，往事難酬。【相和相酬】湯式、南呂一枝花套、勸妓女從良、梁州：恰則待熱心腸相和相酬。

籌

【詩籌】石子章、仙呂八聲甘州：冷落了酒令詩籌。馬致遠、大石調青杏子套、姻緣：作來了酒令詩籌。【觥籌】張可久、雙調折桂令、湖上卽事疊韻：詩酒觥籌。【曉籌】湯式、仙呂賞花時套、戲賀友人新娶：昔日東華聽曉籌。【鳳香籌】周德清、中呂喜春來：梅魂休煖鳳香籌。【鳳鸞籌】湯式、仙呂賞花時套、戲賀友人新娶：待選鳳鸞籌。【數更籌】湯式、越調小桃紅、姚江夜泊：數更籌，客窗正是愁時候。

儔

【詩儔】王德信、商調集賢賓套、退隱、金菊香：酒侶詩儔。【鶯儔】貫雲石、大石調好觀音套、怨恨：無妨礙燕侶鶯儔。【燕鶯儔】曾瑞、中呂紅綉鞋、風情：暗結了燕鶯儔。【燕侶鶯儔】湯式、雙調湘妃遊月宮、秋閨情：虛名兒燕侶鶯儔。關漢卿、中呂普天樂、崔張十六事：却原來燕侶鶯儔。

疇

【田疇】不忽麻、仙呂點絳唇套、辭朝、柳葉兒：種田疇。【西疇】湯式、南呂一枝花套、贈會稽呂周臣：買犂鋤有子事西疇。

求⊙

【何求】王德信、商調集賢賓套、退隱、逍遙樂：無願何求。【剛求】馬致遠、南呂四塊玉、嘆世：命裏無時莫剛求。【莫求】汪元亨、中呂朝天子、歸隱：功名事莫求。【過求】劉時中、南呂四塊玉：休過求。【强求】馬致遠、黃鍾女冠子套：時乖莫强求。【營求】劉時中、越調小桃紅：緊營求。【難求】阿魯威、雙調蟾宮曲、山鬼：悵宓妃兮要眇難求。【莫强求】劉時中、南呂四塊玉：命裏無時莫强求。

毬

【綉文毬】喬吉、商調集賢賓套、詠柳憶別：纓絡綉文毬。【綵絨毬】湯式、雙調湘妃遊月宮、秋閨情：綉緯冷落綵絨毬。

裘

【貂裘】張可久、越調寨兒令、憶別：西風季子貂裘。【箕裘】汪元亨、雙調折桂令、歸隱：舊業箕裘。【輕裘】關漢卿、越調鬭鵪鶉套、女校尉、天淨沙：平生肥馬輕裘。不忽麻、仙呂點絳唇套、辭朝、混江龍：勝如肥馬輕裘。【攢裘】湯式、南呂一枝花套、贈人、梁州：五彩攢裘。【血沾裘】馬致遠、黃鍾女冠子套：李斯豈解血沾裘。【粗布裘】王德信、商調集賢賓套、退隱、後庭花：穿一領臥苔沙粗布裘。【鷫鸘裘】張可久、商調梧葉兒、旅思：塵滿鷫鸘裘。

頭⊙

【人頭】趙秉文、小石青杏兒：白了人頭。【心頭】不忽麻、仙呂點絳唇套、辭朝、遊四門：世間閒事掛心頭。關漢卿、南呂一枝花套、不伏老、梁州：甚閑愁到我心頭。劉時中、南呂四塊玉：煩惱如何到心頭。關漢卿、大石調青杏子套、離情：離愁幾許撮上心頭。湯式、南呂一枝花套、贈會稽呂周臣、梁州：避危途太行路長在心頭。【白頭】湯式、正宮小梁州、九日渡江：問相知幾箇白頭。喬吉、雙調水仙子、席上賦李楚儀歌：何事年來盡白頭。張可久、越調寨兒令、九日登高：整烏紗自笑白頭。【甲頭】劉時中、越調小桃紅：溫柔鄉裡甲頭。【回頭】喬吉、雙調折桂令、感興：未肯回頭。喬吉、雙調水仙子、憶情：說相思難撥回頭。湯式、南呂一枝花套、勸妓女從良、梁州：磣可陷入坑覓箇回頭。【江頭】周文質、雙調折桂令、過多景樓：梨花白點江頭。【扶頭】喬吉、中呂滿庭芳、漁父詞：酒熱扶頭。盧摯、雙調蟾宮曲：醒時扶頭。盍西村、越調小桃紅、西園暮秋：拚却再扶頭。張可久、雙調慶東原、春日：瓊花露扶頭。貫雲石、中呂紅綉鞋：今日醒來日扶頭。徐再思、仙呂一半兒、病酒：昨日中酒懶扶頭。【呈頭】曾瑞、大石調靑杏子套、騁懷、催拍子：努力呈頭。【吳頭】湯式、雙調天香引、憶維揚：楚尾吳頭。【並頭】張可久、南呂金字經、劉氏瑞蓮：結花成並頭。【杴頭】張養浩、中呂朱履曲：記事兒撞滿杴頭。【枕頭】張可久、雙調水仙子、別懷：鮫綃枕頭。【城頭】王德信、商調集賢賓套、退隱、醋葫蘆：半山殘照掛城頭。【虎頭】張可久、南呂金字經、感興：大功懸虎頭。【牀頭】無名氏、中呂普天樂：欸欸的擦下牀頭。【眉頭】無名氏、中呂喜春來：百年心事兩眉頭。【竿頭】張養浩、雙調折桂令：功名百尺竿頭。【封頭】曾瑞、中呂紅綉鞋、風情：去那無縫鎖上十字兒紐一箇封頭。【破頭】喬吉、中呂山坡羊、冬日寫懷：風，吹破頭。【班頭】曾瑞、中呂紅綉鞋、風情：點秋霜風月班頭。【扇頭】喬吉、雙調沈醉東風、江湖寫景：

白羅襯丹靑扇頭。【釵頭】張可久、雙調折桂令、重午席間：符映釵頭。【梢頭】喬吉、商調集賢賓套、詠柳憶別、逍遙樂：空鶯散梢頭。【敎頭】汪元亨、雙調雁兒落過得勝令、歸隱：文章老敎頭。【船頭】湯式、雙調對玉環帶淸江引、四景題詩：紅雨打船頭。喬吉、雙調水仙子、菊舟：寒英和雨結船頭。【絃頭】白樸、雙調駐馬聽、彈：夜深風雨落絃頭。【渡頭】鮮于必仁、中呂普天樂、平沙落雁：西風渡頭。【牽頭】曾瑞、中呂紅綉鞋、風情：草本兒指箇牽頭。【梳頭】徐子芳、雙調沈醉東風：錦衣穿翠袖梳頭。【從頭】王德信、商調集賢賓套、退隱：數支干週遍又從頭。【開頭】曾瑞、中呂紅綉鞋、風情：閑打鬧做了開頭。【舒頭】無名氏、越調鬪鵪鶉套、紫花兒序：錦被裡舒頭。【黑頭】湯式、南呂一枝花套、贈人：正靑春正黑頭。【棚頭】馬致遠、雙調行香子套、碧玉簫：傀儡棚頭。【搖頭】關漢卿、越調鬪鵪鶉套、女校尉、寨兒令：搶槍拐鳳搖頭。【敲頭】楊澹齋、雙調得勝令：敲頭，敢設箇牙疼咒。【點頭】王德信、商調集賢賓套、退隱、梧葉兒：逢人只點頭。白樸、中呂陽春曲、點頭：誰是誰非暗點頭。【牆頭】貫雲石、中呂醉高歌過喜春來、題情：恰便似一枝紅杏出牆頭。【擡頭】無名氏、仙呂賞花時套：覥覥不抬頭。商左山、雙調潘妃曲：款撒金蓮懶抬頭。【磯頭】阿魯威、雙調蟾宮曲：赤壁磯頭。張可久、越調寨兒令、次韻懷古：黃鶴磯頭。【鰲頭】湯式、仙呂賞花時套、送人應聘、賺煞：笑談間釣出鰲頭。湯式、中呂滿庭芳、京口感懷：金山寺高鎮著鰲頭。【灘頭】張可久、黃鍾人月圓、子昂學士小景：七里灘頭。白樸、雙調沈醉東風、漁夫：綠楊隄紅蓼灘頭。【纏頭】白樸、雙調駐馬聽、舞：錦纏頭。石子章、仙呂八聲甘州套、混江龍：紅錦纏頭。盧摯、雙調蟾宮曲、贈歌者蕙蓮劉氏：當得纏頭。【戀頭】姚燧、雙調撥不斷、四景：破帽多情却戀頭。【天盡頭】不忽麻、仙呂點絳唇套、辭朝、元和令：看白雲天盡頭。【五更頭】楊澹齋、雙調得勝令：歸來五更頭。湯式、仙呂賞花時套、戲賀友人新娶、賺煞：揾香腮直問到五更頭。【不到頭】喬吉、越調凭闌人、香篆：情緣不到頭。無名氏、越調鬭鵪鶉套：恐怕服侍寃家不到頭。不忽麻、仙呂點絳唇套、辭朝、天下樂：明放著伏侍君王不到頭。【快活頭】馬致遠、雙調行香子套：常待做快活頭。【花滿頭】喬吉、越調凭闌人、小姬：手撚紅牙花滿頭。【青海頭】張可久、南呂金字經、次韻：且讀書青海頭。【到心頭】馬致遠、南呂四塊玉、嘆世：煩惱如何到心頭。【柳梢頭】關漢卿、仙呂翠裙腰套、閨怨、六幺遍：聽聲聲蟬噪柳梢頭。【屋西頭】汪元亨、中呂朝天子、歸隱：匡廬掛在屋西頭。【粉牆頭】關漢卿、正宮白鶴子：人立粉牆頭。【掛厨頭】不忽麻、仙呂點絳唇套、辭朝、後庭花：酒葫蘆掛厨頭。【鈍炕頭】王德信、商調集賢賓套、退隱、青哥兒：你便有快馬難熬我這鈍炕頭。【筆尖頭】姚燧、中呂陽春曲：山河判斷筆尖頭。【滿樹頭】湯式、正宮脫布衫帶小梁州、四景爲儲公子賦—冬：丹桂開花滿樹頭。【樓外頭】盧摯、南呂金字經、崧南秋晚：樓外頭，亂峯雲錦秋。【錦套頭】關漢卿、南呂一枝花套、不伏老、尾聲：恁子弟每誰教你鑽入他鋤不斷斫不下解不開頓不脫慢騰騰千層錦套頭。【斷線頭】關漢卿、仙呂桂枝香套：却似珍珠斷線頭。【蠟鎗頭】關漢卿、南呂一枝花套、不伏老、隔尾：經了些窩弓冷箭蠟鎗頭。【茅屋遮頭】張可久、中呂滿庭芳、金華道中：蓋三間茅屋遮頭。【紅蓼灘頭】盧摯、雙調蟾宮曲：且灣在綠楊隄紅蓼灘頭。【紅樹牆頭】湯式、雙調湘妃遊月宮、秋閨情：昏鴉啼紅樹牆頭。【浪子班頭】關漢卿、南呂一枝花套、不伏老、梁州：蓋世界浪子班頭。【獨占鼇頭】盧摯、雙調沈醉東風、舉子：跳龍門獨占鼇頭。【繫在心頭】關漢卿、中呂普天樂、崔張十六事：這裏肚在心頭。

投

【相投】景元啓、雙調得勝令：一見話相投。曾瑞、中呂紅綉鞋、風情：眼色內意相投。汪元亨、雙調沈醉東風、歸田：結朋友義氣相投。

⊙愁

【千愁】不忽麻、仙呂點絳唇套、辭朝、遊四門：則待一醉解千愁。【予愁】阿魯威、雙調蟾宮曲：渺渺予愁。【多愁】盧摯、雙調蟾宮曲、巫娥：多病多愁。徐再思、越調天淨沙、題情：多才惹得多愁。【何愁】馬致遠、黃鍾女冠子套：失又何愁。【吳愁】喬吉、雙調折桂令、風雨登虎丘：山鎖吳愁。【花愁】張可久、中呂迎仙客、感舊：酒病花愁。趙秉文、小石青杏兒：風雨替花愁。【春愁】喬吉、雙調折桂令、感興：海闊春愁。張可久、雙調折桂令、次韻：紅褪春愁。【消愁】關漢卿、越調鬪鵪鶉套、女校尉、寨兒令：散悶消愁。曾瑞、中呂喜春來、未遂：算來著甚可消愁。【閑愁】張可久、中呂普天樂、胡容齋使君席間：一片閑愁。喬吉、商調集賢賓套、詠柳憶別、逍遙樂：喚醒閑愁。喬吉、雙調水仙子、贈江雲：白蘋吹練洗閑愁。【清愁】張可久、黃鍾人月圓、子昂學士小景：老我清愁。張可久、雙調折桂令、湖上即事叠韻：錦江頭一掬清愁。【無愁】不忽麻、仙呂點絳唇套、辭朝、混江龍：身外無愁。薛昂夫、雙調慶東原、西皐亭適興：白髮無愁。【雲愁】徐再思、中呂紅綉鞋、半月泉：攀桂片雲愁。【新愁】張可久、雙調殿前歡、秋思：寫新愁。喬吉、雙調折桂令、會州判文從周自維揚來：寄點新愁。張可久、雙調折桂令、送別：雨絲絲織我新愁。徐再思、中呂普天樂、吳江八景：洗桃花昨夜新愁。【解愁】喬吉、越調凭闌人、小姬：愛唱春詞不解愁。【詩愁】張可久、黃鍾人月圓、春日次韻：一點詩愁。喬吉、雙調折桂令、高敬臣病：抖擻詩愁。張可久、越調天淨沙、書懷：水聲淘盡詩愁。張可久、雙調水仙子、別懷：大江流不盡詩愁。【澆愁】張可久、中呂朝天子、碧瀾湖上：仗酒澆愁。【離愁】張可久、雙調折桂令、別情：總是離愁。周文質、雙調折桂令、過多景樓：何處離愁。張可久、雙調折桂令、西陵送別：畫船兒載不起離愁。【釀愁】關漢卿、仙呂翠裙腰套、閨怨、後庭花煞：開樽越釀愁。【舊愁】景元啓、雙調得勝令：眉尖鎖舊愁。【一片愁】盧摯、雙調沈醉東風、重九：衰柳寒蟬一片愁。【一擔愁】喬吉、雙調水仙子、憶情：擔著天來大一擔愁。【一度愁】關漢卿、仙呂桂枝香套、餘文：一度思量一度愁。【一段愁】關漢卿、仙呂桂枝香套、不是路：萬種風流今日書成一段愁。【一樣愁】無名氏、仙呂賞花時套：兩處相思一樣愁。【一點愁】徐再思、雙調水仙子、夜雨：一點芭蕉一點愁。【寸寸愁】喬吉、中呂喜春來、秋望：百尺危闌寸寸愁。【天地愁】張可久、雙調清江引、獨酌：玉笛一聲天地愁。【不知愁】喬吉、雙調水仙子、席上賦李楚儀歌：鴛鴦一世不知愁。【古今愁】喬吉、中呂滿庭芳、漁父詞：不掛古今愁。無名氏、中呂喜春來：消盡古今愁。張可久、正宮醉太平、懷古：登臨不盡古今愁。王德信、商調集賢賓套、退隱、醋葫蘆：滌塵襟消盡了古今愁。【如許愁】姚燧、越調凭闌人：怎裝如許愁。【仲宣愁】張可久、商調梧葉兒、旅思：樓上仲宣愁。【杜鵑愁】張可久、中呂紅綉鞋、春晚：春去杜鵑愁。【冷堆愁】周德清、中呂喜春來、別情：鴛被冷堆愁。【明月愁】張可久、南呂金字經、次韻：入山明月愁。【兩處愁】徐再思、雙調水仙子、春情：兩處相思兩處愁。【眉黛愁】盧摯、商調梧葉兒、贈歌妓：紅綃皺，眉黛愁。張可久、南呂金字經、別懷：月英眉黛愁。【爲甚愁】關漢卿、仙呂翠裙腰套、閨怨、寄生草：爲甚憂，爲甚愁。【帶春愁】張可久、中呂普天樂、湖上廢園：翠眉攢似帶春愁。【都是愁】喬吉、南呂閱金經、閨情：泪痕都是愁。【望遠愁】張可久、雙調落梅風、西園春暮：傷春瘦、望遠愁。【換新愁】張可久、越調寨兒令、次韻懷古：寫舊遊，換新愁。【替人愁】張養浩、雙調殿前歡、對菊自嘆：花替人愁。張可久、正宮小梁州：楓樹替人愁。湯式、正宮小梁州、九日渡江：老樹替人愁。【替花愁】喬吉、雙調春閨怨：風雨替花愁。無名氏、越調鬬鵪鶉套：抵多少風雨替花愁。【雲弄愁】喬吉、越調凭闌人、香篆：半縷宮奩雲弄愁。【無限愁】湯式、雙調對玉環帶清江引、四景題詩：寸心無限愁。【帝暮愁】張可久、越調寨兒令、九日登高：長空雁聲啼暮愁。【準備愁】無名氏、中呂喜春來：淡掃蛾眉準備愁。【萬古愁】張可久、商調梧葉兒、垂虹亭上：三高地，萬古愁。【翠黛愁】張可久、雙調殿前歡、客中：晴山翠黛愁。【蝶也愁】張可久、越調凭闌人、江樓卽事：粉香蝶也愁。【眉黛新愁】盧摯、雙調蟾宮曲、江陵懷古：又添些眉黛新愁。【酒病花愁】曾瑞、大石調青杏子套、騁懷：欠前生酒病花愁。【蝶怨蜂愁】張可久、中呂滿庭芳、三衢道中：鶯煎燕煼，蝶怨蜂愁。

尤蚰疣訧郵𤺌蘨輶繇
蕕楢攸○餱○劉遛瘤
鶹○鍒蹂鞣○抔裒○
鍪蝥牟麰侔○髏摟慺
○泅○紬犨躊惆○賕
銶逑球俅仇璆虯○酋
遒○骰

【對偶】
張可久、商調梧葉兒、旅思：題新句，感舊遊。 石子章、仙呂八聲甘州套、混江龍：跨鳳吹簫三島客，抱琴攜劍五陵遊。 王德信、商調集賢賓套、退隱、金菊香：想著那紅塵黃閣昔年羞，到如今白髮青衫此地遊。 湯式、南呂一枝花套、勸妓女從良、尾聲：蘇卿已嫁雙通叔，王氏偏憐秦少遊。 貫雲石、中呂醉高歌過喜春來、題情：蜂媒蝶使空迤逗，燕子鶯兒不自由。 盧摯、中呂喜春來、和則明韻：春來南國花如綉，雨過西湖水似油。 馬致遠、大石調青杏子套、姻緣：瓊姬子高，巫娥宋玉，織女牽牛。 徐再思、中呂普天樂、吳江八景：離情汲汲，潭影悠悠。 張可久、雙調折桂令、次韻：客路依依，烟水悠悠。 盧摯、雙調蟾宮曲、揚州汪右丞席上卽事：雲樹蕭蕭，河漢悠悠。 張可久、中呂紅綉鞋、次崔雪竹韻：學孔子嘗聞俎豆，喜嚴陵不事王侯。 喬吉、雙調折桂令、遊琴川：有第四科賢哲子游，是幾百年忠孝何侯。 汪元亨、中呂朝天子、歸隱：厭襟裾馬牛，笑衣冠沐猴。 張可久、雙調折桂令、席上有贈：柳娟蜂腰，扇掩鶯喉。 曾瑞、中呂紅綉鞋、風情：祆廟火既燒著皮肉，藍橋水已渰過咽喉。 馬致遠、大石調青杏子套、姻緣：飛燕體翩翻舞袖，回鸞態飄颻翠被，過雲聲嘹喨歌喉。 湯式、雙調湘妃遊月宮、秋閨情：落下箇玉鏡臺不成配偶，諒這箇紫香囊怎做遺留。 湯式、雙調天香引、中秋戲題：向君平問我行藏，任嫦娥笑我淹留。 張可久、雙調折桂令、西陵送別：有句相酬，無計相留。 王德信、商調集賢賓套、退隱：笑頻因酒醉，燭換爲詩留。 張可久、雙調折桂令、重午席間：驕馬驟雕弓翠柳，小娥謳寶髻紅榴。 喬吉、雙調折桂令、遊琴川：官府公勤，人物風流。 關漢卿、正宮白鶴子：四時春富貴，萬物酒風流。 薛昂夫、雙調慶東原、自笑：邵圃無荒地，嚴陵有順流。 喬吉、雙調折桂令、感興：成時節衣冠冕旒，敗時節笞杖徒流。 湯式、雙調天香引、憶維揚：富貴隨落日西沈，繁華逐逝水東流。 徐再思、雙調水仙子、春情：三春怨三春病酒，一世害一世風流。 湯式、南呂一枝花套、贈人、尾聲：烟消青海城邊堠，兵洗黃河天上流。 徐再思、越調梧葉兒、革步：山色投南去，羈情望北遊，湍水向東流。 湯式、雙調天香引、代友人書其二：眼迷著日殘西沈，夢繞著行雲南去，情隨著逝水東流。 湯式、雙調湘妃遊月宮、秋閨情：難支吾今夜寂寥，索準備經年憔悴，漫咨嗟往日風流。 湯式、南呂一枝花套、贈會稽呂周臣、梁州：慕謝安高邁，羨陶令歸休，愛戴逵洒落，學賀老風流。 湯式、仙呂賞花時套、送人應聘：虎豹關深肅劍矛，鵷鷺班超拜冕旒。 無名氏、越調鬬鵪鶉套：怪膽兒聰，耍性兒柔。 關漢卿、南呂一枝花套、不伏老：花攀紅蕊嫩，柳折翠條柔。 馬致遠、大石調青杏子、姻緣：標格江梅清秀，腰肢宮柳輕柔。 曾瑞、中呂紅綉鞋、風情：題橋志文章錦綉，駕車心體態湖柔。 湯式、黃鍾醉花陰套、離思、喜遷鶯：一會家腸荒腹熱，一會家心痒難揉。 湯式、南呂一枝花套、贈人、梁州：七重圍帳，半萬戈矛。 馬致遠、大石調青杏子套、姻緣：宜止蘭心蕙性，不進皓齒明眸。 奧敦周卿、雙調蟾宮曲：野猿搦丹青畫手，沙鷗看皓齒明眸。 張可久、中呂迎仙客、感舊：鸚鵡洲，鳳凰樓。

曾瑞、商調梧葉兒、贈喜溫柔：鴛鴦帳，燕子樓。　曾瑞、商調梧葉兒、贈喜溫柔：雲歸岫，月轉樓。　張可久、中呂山坡羊、別懷：颼，渾是秋；愁，休上樓。　張可久、中呂普天樂、胡容齋使君席間：長天北斗，明月南樓。　張可久、中呂紅綉鞋、次崔雪竹韻：醉呼元亮酒，懶上仲宣樓。　湯式、雙調湘妃引、送友人南閩府倅：豪氣雙龍劍，文章五鳳樓。　喬吉、雙調水仙子、憶情：夜月雞兒巷，春風燕子樓。　張可久、越調凭闌人、江樓卽事：一曲琵琶江上舟，十二闌干天外樓。　喬吉、商調集賢賓套、詠柳憶別：翠絲長不繫雕鞍，碧雲寒空掩朱樓。　喬吉、雙調水仙子、菊舟：寒英和雨結船頭，翠葉鋪烟起翠樓。　喬吉、雙調沈醉東風、江湖寫景：幹辦出蒼松翠竹，界畫成寶殿珠樓。　喬吉、雙調折桂令、高敬臣病：楊柳陰吳船較酒，藕花涼楚客登樓。　湯式、雙調沈醉東風、錢塘懷古：錦燦爛天橋畫舫，玉娉婷十里紅樓。　湯式、南呂一枝花套、贈人、梁州：瞻日月擡頭是鳳闕，會風雲閑步是龍樓。　盧摯、雙調沈醉東風、舉子：辭辛苦桑樞甕牖，誇榮華鳳閣龍樓。　盧摯、雙調沈醉東風、重九：題紅葉清流御溝，

賞黃花人醉歌樓。　徐再思、雙調沈醉東風、春情：紅灼灼花明翠牖，翠絲絲柳拂青樓。　王德信、商調集賢賓套、退隱、逍遙樂：曲肱北牖，舒嘯東臯，放眼西樓。　喬吉、雙調折桂令、風雨登虎丘：苔綉禪階，塵粘詩壁，雲濕經樓。　無名氏、越調鬭鵪鶉套：春風楚館，曉日章臺，夜月秦樓。　湯式、南呂一枝花套、勸妓女從良：粉溶肌雪膩，綠蟬鬢雲稠。　湯式、雙調天香引、代友人書其二：盟誓難休，歡樂難酬。　喬吉、雙調折桂令、遊琴川：舞榭歌樓，酒令詩籌。　周德清、中呂喜春來、別情：月兒初上鵝黃柳，燕子先歸翡翠樓，梅魂休煖鳳香籌。　湯式、雙調湘妃遊月宮、秋閨情：遙受的鳳友鸞交，虛名兒燕侶鶯儔。　湯式、南呂一枝花套、贈會稽呂周臣：抱經綸無官朝北闕，買犂鋤有子事西疇。　喬吉、商調集賢賓套、詠柳憶別：同心方勝結，纓絡綉文毬。　湯式、南呂一枝花套、贈人、梁州：千金買劍，五彩攢裘。　張可久、越調寨兒令、憶別：五湖范蠡漁舟，西風季子貂裘。　王德信、商調集賢賓套、退隱、後庭花：住一間蔽風霜茅草丘，穿一領臥苔莎粗布裘。　石子章、仙呂八聲甘州套、混江龍：黃金

買笑，紅錦纏頭。湯式、雙調天香引、憶維揚：天上人間，楚尾吳頭。王德信、商調集賢賓套、退隱、梧葉兒：遇事休開口，逢人只點頭。關漢卿、正宮白鶴子：鳥啼花影裡，人立粉牆頭。周文質、雙調折桂令、過多景樓：桃蕊紅妝渡口，梨花白點江頭。貫雲石、中呂紅綉鞋：東村醉西村依舊，今日醒來日扶頭。汪元亨、雙調雁兒落過得勝令、歸隱：優游，詩酒村學究；風流，文章老教頭。徐子芳、雙調沈醉東風：御食飽清茶漱口，錦衣穿翠袖梳頭。湯式、中呂滿庭芳、京口感懷：鐵甕城橫刺著虎口，金山寺高鎖著鰲頭。湯式、雙調湘妃遊月宮、秋閨情：孤鶩點白雲天際，新雁過黃蘆渡口，昏鴉啼紅樹牆頭。馬致遠、大石調青杏子套、姻緣：丁香枝上，荳蔻梢頭。湯式、南呂一枝花套、贈會稽呂周臣、梁州：瞻勝跡蓬萊山不離眼底，避危途太行路長在心頭。白樸、中呂陽春曲、知幾：知榮知辱牢緘口，誰是誰非暗點頭。張可久、越調寨兒令、九日登高：帶黃花人倚紅樓，整烏紗自笑白頭。張可久、中呂滿庭芳、金華道中：留幾冊梅詩占手，蓋三間茅屋遮頭。白樸、雙調沈醉東風、漁父：黃蘆岸白蘋渡口，綠楊堤紅蓼灘頭。張可久、雙調慶東原、春日：薔薇水蘸手，荔枝漿爽口，瓊花露扶頭。汪元亨、雙調沈醉東風、歸田：處妻子貧寒共守，結朋友義氣相投。張可久、越調寨兒令、次韻懷古：寫舊遊，換新愁。曾瑞、商調梧葉兒、贈喜溫柔：秋波溜，眉黛愁。張可久、雙調落梅風、西園春暮：傷春瘦，望遠愁。張可久、商調梧葉兒、垂虹亭上：三高地，萬古愁。盧摯、商調梧葉兒、贈歌妓：紅綃皺，黛眉愁。張可久、雙調落梅風、春晚次韻：鶯鶯恨，燕燕愁。曾瑞、南呂四塊玉、述懷：香已殘，蝶也愁。不忽麻、仙呂點絳唇套、辭朝、混江龍：樽中有酒，身外無愁。喬吉、雙調折桂令、風雨登虎丘：浪捲胥魂，山鎖吳愁。喬吉、雙調折桂令、感興：山塌虛名，海濶春愁。薛昂夫、雙調慶東原、西皐亭適興：青樽有酒，白髮無愁。湯式、雙調天香引、代友人書其二：有限情緣，無限憂愁。張可久、南呂金字經、次韻、出岫白雲笑，入山明月愁。張可久、南呂金字經、別懷：海樹離懷近，月英黛眉愁。無名氏、中呂喜春來：窄裁衫袖安排瘦，淡掃蛾眉準備愁。喬吉、中呂喜春來、秋望：

千山落葉巖巖瘦，百尺危闌寸寸愁。張可久、雙調折桂令、送別：山隱隱藏君舊遊，雨絲絲織我新愁。喬吉、越調凭闌人、香篆：一點雕盤螢度秋，半縷宮奩雲弄愁。喬吉、商調集賢賓套、詠柳憶別、逍遙樂：驚回好夢，題起離情，喚醒閑愁。張可久、中呂滿庭芳、三衢道中：烏飛兎走，鶯煎燕熠，蝶怨蜂愁。張可久、中呂普天樂、胡容齋使君席間：百年故侯，千鍾美酒，一片閑愁。張可久、商調梧葉兒、旅思：鏡裡休文瘦，花邊湘水秋，樓上仲宣愁。湯式、雙調對玉環帶清江引、四景題詩：郎上孤舟，片帆無計留；妾倚危樓，寸心無限愁。

入作平

逐⊙

【趁逐】湯式、仙呂賞花時套、送人應聘：青雲趁逐。【蝶趁蜂逐】湯式、南呂一枝花套、勸妓女從良、梁州：那廂閙烘烘蝶趁蜂逐。

熟⊙

【初熟】喬吉、中呂滿庭芳、漁父詞：鱘鮓初熟。王德信、商調集賢賓套、退隱、青哥兒：見如今蔬菓初熟。【酒熟】不忽麻、仙呂點絳唇套、辭朝、寄生草：白酒熟。【情熟】曾瑞、中呂紅綉鞋、風情：也惼氣快要的惡，也忒情熟。【滑熟】關漢卿、越調鬭鵪鶉套、女校尉、寨兒令：施逞得解數滑熟。關漢卿、南呂一枝花套、不伏老、梁州：通五音六律滑熟。【慣熟】無名氏、越調鬭鵪鶉套、金蕉葉：若論著點砌排科慣熟。【夢境熟】湯式、仙呂賞花時套、戲賀友人新娶：綵筆生花夢境熟。【陣馬兒熟】關漢卿、南呂一枝花套、不伏老、隔尾：我是箇輕籠罩受索網蒼翎毛老野鷄踏踏的陣馬兒熟。

軸

【對偶】

湯式、南呂一枝花套、勸妓女從良、梁州：這壁急攘攘鶯招燕請，那廂閙烘烘蝶趁蜂逐。不忽麻、仙呂點絳唇套、辭朝、寄生草：黃鷄嫩，白酒熟。湯式、仙呂賞花時套、戲賀友人新娶：翠袖分香行處有，綵筆生花夢境熟。

上聲

⊙有

【九有】阿魯威、雙調蟾宮曲：雖汗漫飄蓬九有。【本有】湯式、南呂一枝花套、贈人、梁州：五行，本有。【他有】曾瑞、中呂紅繡鞋、風情：强折證則道他有。【似有】曾瑞、中呂紅繡鞋、風情：因此上外人觀恰便似有。【曾有】曾瑞、商調梧葉兒、贈喜溫柔：休粧賴幾曾有。【天上有】不忽麻、仙呂點絳唇套、辭朝、後庭花：這簫聲世間無天上有。【名先有】劉時中、南呂四塊玉：利儘收，名先有。【自來有】貫雲石、大石調好觀音套、怨恨：棄舊憐新自來有。【百事有】無名氏、越調鬭鵪鶉套：撇的他燃著剪髮百事有。【行處有】湯式、仙呂賞花時套、戲賀友人新娶：翠袖分香行處有。【何所有】張可久、商調清江引、草堂夜坐：三間草堂何所有。【何處有】張可久、中呂朝天子、山中雜書：這清閒何處有。【眞箇有】曾瑞、中呂紅繡鞋、風情：兩箇虛難當又眞箇有。【席上有】曾瑞、商調梧葉兒、贈喜溫柔：樽前立，席上有。【盡皆有】關漢卿、越調鬭鵪鶉、女校尉、尾聲：三場兒盡皆有。【怎做得有】曾瑞、中呂紅繡鞋、風情：似恁麼難廝著怎做得有。【將沒作有】曾瑞、商調梧葉兒、贈喜溫柔：偏能會將沒作有。

牖

【北牖】王德信、商調集賢賓套、退隱、逍遙樂：曲肱北牖。【翠牖】徐再思、雙調沈醉東風、春情：紅灼灼花明翠牖。【甕牖】馬致遠、黃鍾女冠子套：袁公甕牖。盧摯、雙調沈醉東風、舉子：辭辛苦桑樞甕牖。【燈昏綠牖】、盧摯、雙調蟾宮曲、巫娥：會暮雨燈昏綠牖。

友

【四友】徐再思、雙調沈醉東風、春情：枉笑煞花間四友。【故友】曾瑞、大石調靑杏子套、騁懷、催拍子：繁英故友。關漢卿、越調鬭鵪鶉套、女校尉、寨兒令：茶餘飯飽邀故友。【酒友】不忽麻、仙呂點絳唇套、辭朝、村裏迓鼓：尋幾個詩朋酒友。【喚友】曾瑞、商調梧葉兒、贈喜溫柔：鶯喚友。【方外友】盧摯、中呂朱履曲、訪立軒上人：都是些醉鄉中方外友。【名利友】王德信、商調集賢賓套、退隱、後庭花：再休題名利友。【忘機友】白樸、雙調沈醉東風、漁父：却有忘機友。張可久、中呂朝天子、山中雜書：更誰是忘機友。劉時中、南呂四塊玉：樽

柳⊙

前更有忘機友。【知心友】不忽麻、仙呂點絳唇套、辭朝：尋幾個知心友。【閑中友】劉時中、南呂四塊玉：閑中自有閑中友。【朝廷友】徐子芳、雙調沈醉東風：有幾個省部交朝廷友。【騎鯨友】馬致遠、大石調青杏子套、姻緣：驂鸞仙子騎鯨友。【狂朋怪友】無名氏、越調鬬鵪鶉套：十載追陪，狂朋怪友。石子章、仙呂八聲甘州套、賺尾：那說與狂朋怪友。曾瑞、商調梧葉兒、贈喜溫柔：迤逗殺狂朋怪友。【鶯朋燕友】不忽麻、仙呂點絳唇套、辭朝、那吒令：誰待似落花般鶯朋燕友。【鸞交鳳友】關漢卿、大石調青杏子套、離情、茶蘼香：生拆散鸞交鳳友。

【五柳】張養浩、雙調折桂令：柴門外春風五柳。阿魯威、雙調蟾宮曲：信甲子題詩五柳。【金柳】喬吉、雙調沈醉東風、泛湖寫景：描金柳。【岸柳】張可久、雙調折桂令、西陵送別：管送別依依岸柳。【凍柳】張可久、中呂朝天子、碧瀾湖上：岸頭，凍柳。【敗柳】趙善慶、雙調沈醉東風、秋日湘陰道中：是幾葉兒傳黃敗柳。【插柳】張可久、中呂滿庭芳、三衢道中：一百五日節人家插柳。【剩柳】湯式、中呂滿庭芳、京口感懷：殘花剩柳。【種柳】薛昂夫、雙調慶東原、自笑：學人種柳。馬致遠、雙調行香子套：陶潛種柳。【翠柳】張可久、越調寨兒令、次韻懷古：隋堤猶翠柳。【寵柳】喬吉、雙調折桂令、感舊：憐花寵柳。【門外柳】錢霖、雙調清江引：不如五株門外柳。無名氏、雙調清江引、九日：蕭蕭五株門外柳。張可久、雙調清江引、春思：黃鶯亂啼門外柳。【門前柳】喬吉、雙調春閨怨：不繫雕鞍門前柳。【枝枝柳】關漢卿、南呂一枝花套、不伏老：折臨路枝枝柳。【風前柳】白樸、雙調駐馬聽、舞：劉郎錯認風前柳。【東畔柳】喬吉、商調集賢賓套、詠柳憶別：恨青青畫橋東畔柳。【眉間柳】湯式、南呂一枝花套、勸妓女從良：翠展眉間柳。【章台柳】關漢卿、南呂一枝花套、不伏老、尾聲：攀的是章台柳。【隄上柳】張可久、中呂山坡羊、別懷：湖上藕花隄上柳。【湖上柳】張可久、雙調清江引、九日湖上：西風又吹湖上柳。【湖畔柳】劉時中、南呂四塊玉：花底鳩，湖畔柳。【尋花柳】關漢卿、大石調青杏子套、離情、好觀音煞：與怪友狂朋尋花柳。【樓外柳】喬吉、中呂喜春來、秋望：有人獨倚晚粧樓，樓外柳。【臨岐柳】馬致遠、大石調青杏子套、姻緣：莫効臨岐柳。【鵝黃柳】周德清、中呂喜春來、別情：月兒初上鵝黃柳。【宮腰種柳】盧摯、雙調蟾宮曲、江陵懷古：誰學下宮腰種柳。【風前楊柳】關漢卿、仙呂桂枝香套：帶寬了風前楊柳。【眠花臥柳】關漢卿、南呂一枝花套、不伏老：一世裏眠花臥柳。【尋花問柳】湯式、雙調沈醉東風、錢塘懷古：再不見尋花問柳。【評花問柳】湯式、仙呂賞花時套、戲賀友人新娶：評花問柳，待選鸞鳳儔。【瘦如楊柳】關漢卿、仙呂桂枝香套、木丫叉：小彎腰瘦如楊柳。【雕弓翠柳】張可久、雙調折桂令、重午席間：驕馬驟雕弓翠柳。【牆花路柳】曾瑞、商調梧葉兒、贈喜溫柔：都壓盡牆花路柳。

醜⊙

【十醜】馬致遠、大石調青杏子套、姻緣：壓盡滹陽十醜。【骨肉醜】湯式、雙調湘妃引、解嘲：村沙的骨肉醜。【出乖弄醜】曾瑞、商調梧葉兒、贈喜溫柔：自落得出乖弄醜。

九⊙

【重九】姚燧、雙調撥不斷、四景：好風流重九。【九月九】張可久、南呂四塊玉、客中九日：樓上樓，九月九。馬致遠、雙調行香子套：過了重陽九月九。

久⊙

【共久】王德信、商調集賢賓套、退隱、逍遙樂：巖松共久。【人長久】馬致遠、雙調行香子套：花開但願人長久。【清坐久】王德信、商調集賢賓套、退隱、醋葫蘆：自焚香下簾清坐久。【經今久】關漢卿、仙呂翠裙腰套、閨怨、寄生草：為蕭郎一去經今久。【天長地久】曾瑞、商調梧葉兒、贈喜溫柔：捱不得天長地久。關漢卿、仙呂桂枝香套：害得我天長地久。

首⊙

【主首】劉時中、越調小桃紅：無何鄉裏主首。【回首】張可久、中呂賣花聲、懷古：不堪回首。關漢卿、仙呂翠裙腰套、閨怨：闌干倚徧空回首。關漢卿、大石調青杏子套、離情、好觀音煞：對著浪蕊浮花懶回首。【皓首】馬致遠、雙調行香子套、錦上花：催人皓首。張可久、雙調清江引、張子堅運判席上：功名壯年今皓首。【會首】曾瑞、大石調青杏子套、騁懷、催拍子：群芳會首。【頓首】不忽麻、仙呂點絳唇套、辭朝、村裏迓鼓：倒大來省力氣如誠惶頓首。【轉首】關漢卿、越調鬬鵪鶉套、女校尉、天淨沙：百歲光陰轉首。【三千首】不忽麻、仙呂點絳唇套、辭朝、寄生草：强如看翰林風月三千首。【功名首】關漢卿、南呂一枝花套、不伏老、梁州：占排場風月功名首。【烟花帥首】張可久、雙調折桂令、席上有贈：上廳角烟花帥首。【下手】張養浩、中呂朱履曲：到命衰時齊下手。【玉手】張可久、雙調水仙子、別懷：換金杯勞玉手。張可久、雙調折桂令、別情：秋千院同攜玉手。【在手】曾瑞、大石調青杏子套、騁懷、尾：一管筆在手。【倦手】不忽麻、仙呂點絳唇套、辭朝、鵲踏枝：臣向這仕路上爲官倦手。【袖手】白樸、中呂陽春曲、知幾：閑袖手。盧摯、商調梧葉兒：緘口抽頭袖手。徐再思、仙呂一半兒、病酒：今日看花惟袖手。【素手】張可久、越調天淨沙、書懷：羅帕春寒素手。【措手】不忽麻、仙呂點絳唇套、辭朝、天下樂：難措手。【罷手】馬致遠、雙調行香子套：斷送了西風罷手。湯式、南呂一枝花套、勸妓女從良、梁州：昏慘慘迷魂洞尋個罷手。【攜手】關漢卿、仙呂翠裙腰套、閨怨、上京馬：共誰人攜手。貫雲石、大石調好觀音套、怨恨：並坐同肩共攜手。湯式、南呂一枝花套、贈會稽呂周臣、尾聲：恰能够天涯萍水同攜手。【蘸手】張可久、雙調慶東原、春日薔薇水蘸手。【春在手】湯式、仙呂賞花時套、戲賀友人新娶、賺煞：半幅香羅春在手。【拿雲手】馬致遠、南呂四玉塊、嘆世：佐國心，拿雲手。不忽麻、仙呂點絳唇套、辭朝、油葫蘆：布袍寬褪拏雲手。【搦在手】徐再思、中呂紅綉鞋、半月泉：待團圓搦在手。【畫工手】湯式、南呂一枝花套、贈人、尾聲：恁時節描入麒麟畫工手。【畫眉手】無名氏、越調鬪鵪鶉套：閑著題詩畫眉手。【閒素手】張可久、雙調清江引：春思：綉針懶拈閒素手。【經濟手】湯式、仙呂賞花時套、送人應聘、賺煞：不負平生經濟手。【難上手】石子章、仙呂八聲甘州套、元和令：兩厭難上手。【攀花手】關漢卿、南呂一枝花套、不伏老：憑著我折桂攀花手。【攀桂手】馬致遠、黃鍾女冠子套、黃鍾尾：且遮藏著釣鰲攀桂手 。【經綸大手】王德信、商調集賢賓套、退隱、梧葉兒：高抄起經綸大手。【撈不在手】無名氏、雙調壽陽曲：廣寒宮玉蟾撈不在手。

守

【太守】盧摯、雙調蟾宮曲、贈歌者蕙蓮劉氏：好客呵風流太守。【共守】汪元亨、雙調沈醉東風、歸田：處妻子貧寒共守。【自守】不忽麻、仙呂點絳唇套、辭朝、油葫蘆：貧自守。湯式、南呂一枝花套、贈會稽呂周臣、梁州：淡然自守。【文章守】盧摯、商調梧葉兒、贈歌妓：文章守，令素侯。【行監坐守】曾瑞、商調梧葉兒、贈喜溫柔：怎禁你行監坐守。

叟⊙

【病叟】盧摯、商調梧葉兒、贈歌妓：送花與疎齋病叟。【釣叟】白樸、雙調沈醉東風、漁父：不識字烟波釣叟。【林下叟】馬致遠、黃鍾女冠子套：更強更會也爲林下叟。【林泉叟】不忽麻、仙呂點絳唇套、辭朝：願作林泉叟。【雲外叟】王德信、商調集賢賓套、退隱、醋葫蘆：放白鶴遠颺雲外叟。【蝶夢叟】曾瑞、中呂山坡羊、嘆世：爭如漆園蝶夢叟。

擻⊙

【抖擻】馬致遠、大石調杏青子套、姻緣：精神抖擻。

斗⊙

【金斗】馬致遠、大石調青杏子套、姻緣：鎮平康冠金斗。

陡⊙

【直恁陡】湯式、雙調對玉環帶清江引、四景題詩：這番相思直恁陡。

垢⊙

【塵垢】關漢卿、仙呂翠裙腰套、閨怨、寄生草：玉臺寶鑑生塵垢。【纖垢】湯式、正宮脫布衫帶小梁州、四景爲儲公子賦——秋：亭臺淨掃無纖垢。

苟

【營營苟苟】張可久、中呂滿庭芳、金華道中：營營苟苟，紛紛擾擾。

藕⊙

【素藕】湯式、正宮脫布衫帶小梁州、四景爲儲公子賦——秋：巨口鱸紅姜素藕。

偶

【配偶】無名氏、越調鬬鵪鶉套：情廝當配偶。曾瑞、商調梧葉兒、贈喜溫柔：休徯蹬風流配偶。湯式、仙呂賞花時套、戲賀友人新娶、賺煞：證果了乘龍配偶。湯式、雙調湘妃遊月宮、秋閨情：落下個玉鏡台不成配偶。【同歡偶】貫雲石、大石調好觀音套、怨恨：先自相逢同歡偶。

酒⊙

【有酒】薛昂夫、雙調慶東原、西皐亭適興：青樽有酒。不忽麻、仙呂點絳唇套、辭朝、混江龍：但樽中有酒。【共酒】王德信、商調集賢賓套、退隱、金菊香：樂桑榆酬詩共酒。【好酒】湯式、雙調清江引、代友人書其二：往常時熱廝甜殢殢心如好酒。【佐酒】王德信、商調集賢賓套、退隱、醋葫蘆：老菱香蟹肥堪佐酒。【村酒】劉時中、南呂四塊玉：攜村酒。張可久、中呂朝天子、山中雜書：橋邊村酒。馬致遠、南呂四塊玉、嘆世：帶野花攜村酒。【美酒】張可久、中呂普天樂、胡容齋使君席間：千鍾美酒。【浪酒】曾瑞、商調梧葉兒、贈喜溫柔：且飲徹閒茶浪酒。【問酒】張可久、中呂普天樂湖上廢園：尋村問酒。【病酒】徐再思、南呂閱金經、閨情：見人推病酒。徐再思、雙調水仙子、病酒：三春怨三春病酒。喬吉、雙調折桂令。會州判文從周自維揚來：贈楊柳人初病酒。【做酒】貫雲石、中呂紅繡鞋：遇知音都去做酒。【御酒】張可久、雙調水仙子、何侍郎奉使日南：宮花淹御酒。不忽麻、仙呂點絳唇套、辭朝、賺煞：臣怕飲的是黃封御酒。【細酒】盍西村、越調小桃紅、西園暮秋：小槽細酒。【喚酒】湯式、南呂一枝花套、贈會稽呂周臣、尾聲：隔籬喚酒。【換酒】喬吉、中呂滿庭芳、漁父詞：攜魚換酒。【楚酒】盧摯、雙調蟾宮曲、武昌懷古：有越女吳姬楚酒。【詩酒】張養浩、中呂普天樂、秋日：放懷詩酒。【載酒】張可久、中呂紅綉鞋、鑑湖：謫仙同載酒。喬吉、雙調折桂令、高敬臣病：楊柳陰吳船載酒。【歌酒】貫雲石、大石調好觀音套、怨恨：打聽的新來迷歌酒。【殢酒】無名氏、越調鬪鵪鶉套、禿廝兒：愛楊柳樓心殢酒。張可久、商調梧葉兒、旅思：誰伴我新豐殢酒。【對酒】張可久、越調天淨沙、重遊感舊：濯錦寒花對酒。【賣酒】張可久、商調梧葉兒、垂虹亭上：借問誰家賣酒。【戀酒】不忽麻、仙呂點絳唇套、辭朝、遊四門：非是微臣常戀酒。【盪酒】王德信、商調集賢賓套、退隱、醋葫蘆：倚蒲團喚童重盪酒。【勸酒】盧摯、雙調蟾宮曲、揚州汪右丞席上卽事：按錦瑟佳人勸酒。【攜酒】姚燧、雙調撥不斷、四景：白衣有意能攜酒。【釀酒】曹德、雙調沈醉東風、村居：又打够重陽釀酒。【人困酒】張可久、中呂紅綉鞋、春晚：倚闌人困酒。【人病酒】張可久、雙調清江引、春思：梨花小窗人病酒。張可久、雙調清江引、春思：東風院落人病酒。【不在酒】汪元亨、中呂朝天子、歸隱：醉翁意不在酒。張可久、雙調清江引、九日湖上：風流醉翁不在酒。【元亮酒】張可久、中呂紅綉鞋、次崔雪竹韻：醉呼元亮酒。【冬夜酒】王德信、商調集賢賓套、退隱：撚蒼髯笑擊冬夜酒。【玉露酒】喬吉、雙調水仙子、菊舟：載金經玉露酒。【別後酒】喬吉、商調集賢賓套、詠柳憶別、浪裡來煞：只要你重溫灞陵別後酒。【杯中酒】關漢卿、大石調青杏子套、離情、好觀音煞：原不飲杯中酒。【村醪酒】王德信、商調集賢賓套、退隱、後庭花：喚幾杯放心胸村醪酒。【花下酒】張可久、雙調落梅風、西園春暮：繞西園旋呼花下酒。【東京酒】關漢卿、南呂一枝花套、不伏老、尾聲：飲的是東京酒。【茶當酒】張可久、雙調清江引、草堂夜坐：客來不須茶當酒。【桑落酒】張可久、雙調清江引、獨酌：獨醉一樽桑落酒。【琴當酒】無名氏、雙調慶東原、九日：白衣不來琴當酒。【猶帶酒】張養浩、雙調清江引、詠秋日海棠：剗地殢西風猶帶酒。【登高酒】張可久、南呂四塊玉、客中九日：落帽風，登高酒。【新釀酒】錢霖、雙調清江引：高歌一壺新釀酒。【新糯酒】張可久、雙調清江引、張子堅運判席上：牀頭一壺新糯酒。【殢歌酒】關漢卿、仙呂翠裙腰套、閨怨、上京馬：小閣銀瓶殢歌酒。【白衣送酒】盧摯、雙調沈醉東風、重九：誰肯教白衣送酒。【金花玉酒】湯式、仙呂賞花時套、送人應聘、賺煞：穩情取金花玉酒。【宮花御酒】盧摯、雙調沈醉東風、舉子：會受用宮花御酒。【閑茶浪酒】無名氏、越調鬭鵪鶉套：半世飄蓬，閑茶浪酒。

剖⊙

【玄奧剖】王德信、商調集賢賓套、退隱、尾聲：偶乘閑細將玄奧剖。

走⊙

【遁走】湯式、南呂一枝花套、贈人、尾聲：戎狄遁走。【任誰走】曾瑞、大石調青杏子套、騁懷、尾：展放征旗任誰走。【松下走】王德信、商調集賢賓套、退隱、尾聲：飽時節婆娑松下走。【披星走】馬致遠、南呂四塊玉、嘆世：帶月行，披星走。【烏兎走】汪元亨、雙調雁兒落過得勝令、歸隱、忙忙烏兎走。【胡行亂走】關漢卿、中呂普天樂、崔張十六事：這禨兒管束你胡行亂走。【烏飛兎走】汪元亨、雙調沈醉東風、歸隱：挽不住烏飛兎走。不忽麻、仙呂點絳唇套、辭朝、那吒令：你看這迅間烏飛兎走。

否⊙

【在否】薛昂夫、中呂陽春曲：今在否。

口⊙

【可口】喬吉、中呂滿庭芳、漁父詞：魚鮮可口。【虎口】湯式、中呂滿庭芳、京口感懷：鐵甕城橫刺著虎口。【岸口】鮮于必仁、中呂普天樂、平沙落雁：斜陽岸口。【閉口】曾瑞、中呂山坡羊、嘆世：緊閉口。【掛口】張可久、中呂紅綉鞋、次崔雪竹韻：功名不掛口。【爽口】張可久、雙調慶東原、春日荔枝漿爽口。【渡口】湯式、雙調對玉環帶清江引、四景題詩：蒼烟迷渡口。周文質、雙調折桂令、過多景樓：桃蕊紅粧渡口。不忽麻、仙呂點絳唇套、辭朝、後庭花：打魚船攬渡口。白樸、雙調沈醉東風、漁父：黃蘆岸白蘋渡口。【鳳口】關漢卿、仙呂翠裙腰套、閨怨：香生鳳口。【緘口】白樸、中呂陽春曲、知幾：知榮知辱牢緘口。馬致遠、黃鍾女冠子套、黃鍾尾：便似陸賈隨何且須緘口。【漱口】徐子芳、雙調沈醉東風：御食飽清茶漱口。【應口】石子章、仙呂八聲甘州套、元和令：一星星不應口。張可久、越調寨兒令、憶別：別時語言不應口。曾瑞、大石調青杏子套、騁懷、尾：妙算神機心應口。【是非口】馬致遠、雙調行香子套：永休開是非口。【說強口】不忽麻、仙呂點絳唇套、辭朝、後庭花：非微臣說強口。【談天口】不忽麻、仙呂點絳唇套、辭朝、油葫蘆：玉霄占斷談天口。【樊素口】關漢卿、仙呂桂枝香套、木丫叉：淺淡櫻桃樊素口。【孜孜在口】湯式、南呂一枝花套、贈人：齊魯論孜孜在口。

酉羑誘莠黝○魆○扭狃紐鈕忸○丑○韭玖糾灸疚○瞍藪○料蚪抖○狗耇枸○耦嘔毆○摟嘍簍○肘箒酎○朽○抳○吼○揉○傷○膷

【對偶】

劉時中、南呂四塊玉：利儘收，名先有。湯式、南呂一枝花套、勸妓女從良、尾聲：天長地久，鸞交鳳友。曾瑞、大石調青杏子套、騁懷、催拍子：羣芳會首，繁英故友。白樸、雙調沈醉東風、漁父：雖無刎頸交，却有忘機友。無名氏、越調鬬鵪鶉套：半世飄蓬，閑茶浪酒；十載追陪，狂朋怪友。馬致遠、雙調行香子套：酒中仙，塵外客，林間友。喬吉、雙調沈醉東風、泛湖寫景：明玉船，描金柳。喬吉、雙調折桂令、感興：覆雨翻雲，憐花寵柳。無名氏、越調鬬鵪鶉套：倚翠偎紅，眠花臥柳。

馬致遠、雙調行香子套：魯連乘舟，陶潛種柳。關漢卿、仙呂桂枝香套：粉褪了雨後桃花，帶寬了風前楊柳。　劉時中、南呂四塊玉：波上鷗，花底鳩，湖畔柳。　曾瑞、南呂四塊玉、述懷：白酒簪，黃柑扭。　湯式、雙調湘妃引、解嘲：蠢咻的腦間病，村沙的骨肉醜。　張可久、南呂四塊玉、客中九日：愁又愁，樓上樓，九月九。王德信、商調集賢賓套、退隱、逍遙樂：江梅並瘦，檻竹同清，巖松共久。　不忽麻、仙呂點絳唇套、辭朝、寄生草：仙家水酒兩三甌，翰林風月三千首。　喬吉、中呂山坡羊、冬日寫懷：風吹破頭，霜皴破手。　無名氏、越調鬪鵪鶉套：罷却愛月惜花心，閑著題詩畫眉手。　劉時中、南呂四塊玉：門外山，湖上酒，林下叟。　徐再思、雙調沈醉東風、春情：錦谷春，銀瓶酒。石子章、仙呂八聲甘州套、賺尾：洛陽花，宜城酒。　劉時中、南呂四塊玉：看野花，攜村酒。張可久、中呂迎仙客、感舊：杜陵花，陶令酒。關漢卿、南呂一枝花套、不伏老、尾聲：梁園月，東京酒。　喬吉、雙調水仙子、菊舟：駕銀漢星槎夢，載金莖玉露酒。　湯式、南呂一枝花套、贈會稽呂周臣、尾聲：連牀秉燭，隔籬喚酒。　王德信、商調集賢賓套、退隱、後庭花：揑幾首寫懷抱歪詩句，喚幾杯放心胸村醪酒。湯式、南呂一枝花套、贈人、尾聲：蠻夷殄收，戎狄遁走。　王德信、商調集賢賓套、退隱、尾聲：醒時節盤陀石上眠，飽時節婆娑松下走。劉時中、南呂四塊玉：祿萬鍾，家千口。鮮于必仁、中呂普天樂、平沙落雁：西風渡頭，斜陽岸口。　不忽麻、仙呂點絳唇套、辭朝、後庭花：葫蘆掛廚頭，魚船攬渡口。　湯式、雙調對玉環帶清江引、四景題詩：紅雨打船頭，蒼烟迷渡口。　湯式、南呂一枝花套、贈人：孫吳略切切於心，齊魯論孜孜在口。　不忽麻、仙呂點絳唇套、辭朝、油葫蘆：閒身翻作抱官囚，布袍寬褪拏雲手，玉霄占斷談天口。

入作上

燭⊙

【秉燭】湯式、南呂一枝花套、贈會稽呂周臣、尾聲：連牀秉燭。　【畫燭】湯式、正宮脫布衫帶小梁州、四景爲儲公子賦——秋：傳畫燭。　湯式、仙呂賞花時套、戲賀友人新娶、賺煞：霧帳雲屏籠晝燭。

⊙**宿** 【何處宿】湯式、雙調對玉環帶清江引、四景題詩：今宵何處宿。

竹　粥

去聲

⊙**又** 【還又】張可久、中呂賣花聲、懷古：東風還又。【今番又】張可久、中呂山坡羊、別懷：別離滋味今番又。【重陽又】無名氏、雙調清江引、九日：屈指重陽又。【黃昏又】張可久、雙調清江引、草堂夜坐：月色黃昏又。

右 【左右】無名氏、越調鬪鵪鶉套：美孜孜翠鬟排左右。

祐 【神天還祐】關漢卿、大石調青杏子套、離情：愁不煞，神天還祐。

柚 【黃柚】湯式、正宮脫布衫帶小梁州、四景爲儲公子賦——秋：團臍蟹錦橙黃柚。

⊙**晝** 【白晝】馬致遠、雙調行香子套：幾回白晝。不忽麻、仙呂點絳唇套、辭朝、村裡迓鼓：向塵世外消磨白晝。【如晝】湯式、正宮脫布衫帶小梁州、四景爲儲公子賦——秋：碧天如晝。【長晝】王德信、商調集賢賓套、退隱、醋葫蘆：展楸枰消磨長晝。【花晝】曾瑞、大石調青杏子套、騁懷、催拍子：月宵花晝。【清晝】喬吉、商調集賢賓套、詠柳憶別：散晴雪楊花清晝。【晴晝】盍西村、越調小桃紅、西園暮秋：錦堂晴晝。【啼晝】張可久、雙調慶東原、春日：鶯啼晝。【明如晝】張可久、中呂朝天子、碧瀾湖上：雪夜明如晝。【紅簾晝】張可久、雙調清江引、春思：燕舞紅簾晝。【啼春晝】張可久、中呂朝天子、山中雜書：花外啼春晝。【閒清晝】關漢卿、仙呂翠裙腰套、閨怨、六幺篇：小院深閒清晝。

呪 【不得呪】貫雲石、大石調好觀音套、怨恨、尾：不良殺教人不得呪。【深深呪】關漢卿、大石調青杏子套、離情：各辜負了星前月下深深呪。【神前呪】關漢卿、仙呂桂枝香套、餘文：薄情忘却神前呪。

宙

【宇宙】不忽麻、仙呂點絳唇套、辭朝、村裡迓鼓：來到這八方宇宙。

舊⊙

【依舊】張可久、越調天淨沙、書懷：壯懷依舊。姚燧、雙調撥不斷、四景：龍山風物全依舊。貫雲石、中呂紅綉鞋：東村醉西村依舊。湯式、南呂一枝花套、勸妓女從良、梁州：他則想春花秋月常依舊。王德信、商調集賢賓套、退隱、逍遙樂：對綠水青山依舊。湯式、中呂滿庭芳、京口應懷：海門天塹還依舊。【思舊】曾瑞、大石調青杏子套、騁懷、催拍子：慕新思舊。【感舊】徐再思、雙調水仙子、春情：三秋恨三秋感舊。【懷舊】張可久、中呂賣花聲、客況：綠波南浦人懷舊。【人非舊】湯式、正宮小梁州、九日渡江：樂可酬，人非舊。【休忘舊】關漢卿、中呂普天樂、崔張十六事：囑咐休忘舊。【青衫舊】湯式、南呂一枝花套、贈會稽呂周臣：七十歲楚楚青衫舊。【青山舊】張可久、中呂朝天子、碧瀾湖上：白髮新青山舊。張可久、正宮醉太平、懷古：鳳凰台上青山舊。【花依舊】馬致遠、雙調行香子套：人閑難得花依舊。【春如舊】張養浩、雙調清江引、詠秋日海棠：驚見春如舊。【麻衣舊】不忽麻、仙呂點絳唇套、辭朝、寄生草：問甚身寒腹飽麻衣舊。【常依舊】關漢卿、南呂一枝花套、不伏老、梁州：願朱顏不改常依舊。【雖故舊】馬致遠、黃鍾女冠子套：著領布袍雖故舊。【題痕舊】張可久、中呂普天樂、湖上廢園：古苔蒼，題痕舊。【想些兒舊】貫雲石、大石調好觀音套、怨恨：鐵心腸全不想些兒舊。

救

【難救】曾瑞、大石調青杏子套、騁懷、催拍子：惡緣難救。

究

【學究】汪元亨、雙調雁兒落過得勝令、歸隱：詩酒村學究。【窮究】湯式、南呂一枝花套、勸妓女從良、梁州：試與恁細窮究。關漢卿、中呂普天樂、崔張十六事：老夫人索窮究。湯式、南呂一枝花套、贈人：文共武皆窮究。湯式、南呂一枝花套、贈會稽呂周臣、梁州：將古今吏隱都窮究。

受⊙

【消受】徐再思、越調天淨沙、題情：甘心消受。湯式、南呂一枝花套、贈人、梁州：能變護會消受。不忽麻、仙呂點絳唇套、辭朝、柳葉兒：想高官重職難消受。【禁受】貫雲石、大石調好觀音套、怨恨、尾：薄倖虧人難禁受。【當受】曾瑞、大石調青杏子套、騁懷、催拍子：宿恩當受。【十年受】徐再思、雙調水仙子、春情：十年迤逗十年受。【不生受】不忽麻、仙呂點絳唇套、辭朝、元和令：比朝市內不生受。【休生受】劉時中、南呂四塊玉、隨緣過得休生受。馬致遠、南呂四塊玉、嘆世：隨時過遣休生受。【乾生受】馬致遠、雙調行香子套：半路裡乾生受。楊淡齋、雙調湘妃怨：笑您那看錢奴枉了乾生受。【難消受】汪元亨、中呂朝天子、歸隱：算富貴難消受。劉時中、南呂四塊玉：紅纓白馬難消受。

授

【收授】關漢卿、中呂普天樂、崔張十六事：寄去衣服牢收授。【除授】湯式、雙調湘妃引、送友人南閩府倅：中天雨露新除授。張可久、雙調水仙子、何侍郎奉使日南：綉衣直指新除授。

綬

【紫綬】湯式、仙呂賞花時套、送人應聘、賺煞：銀章紫綬。【披羅綬】盧摯、雙調沈醉東風、擧子：脫布衣，披羅綬。

壽

【中壽】王德信、商調集賢賓套、退隱、後庭花：且喜的身登身登中壽。【爲壽】盧摯、南呂金字經、崧南秋晚：誰爲壽。【韓壽】曾瑞、大石調靑杏子套、騁懷、催拍子：小酌會竊香韓壽。【爲君壽】張可久、中呂普天樂、胡容齋使君席間：喚起姮娥爲君壽。【喬松壽】汪元亨、雙調雁兒落過得勝令、歸隱：執得喬松壽。【萬年壽】湯式、南呂一枝花套、贈人、尾：慶祝皇圖萬年壽。

獸

【金獸】湯式、正宮脫布衫過小梁州、四景爲儲公子賦——秋：焚金獸。張可久、雙調水仙子、春晚：龍香古餅熏金獸。張可久、雙調殿前歡、秋思：寶篆銷金獸。【怪獸】馬致遠、黃鍾女冠子套、出隊子：魯長麒麟言怪獸。

⊙秀

【水秀】不忽麻、仙呂點絳唇套、辭朝、柳葉兒：則待看山明水秀。【人間秀】張養浩、雙調殿前歡、玉香毬花：芳姿奪盡人間秀。【山横秀】關漢卿、仙呂翠裙腰套、閨怨：曉來雨過山横秀。【西園秀】盍西村、越調小桃紅、西園暮秋：釀出西園秀。【乾坤秀】湯式、南呂一枝花套、贈人：氣稟乾坤秀。【溪山秀】張可久、雙調清江引、張子堅運判席上：揀得溪山秀。【菰蒲秀】鮮于必仁、中呂普天樂、平沙落雁：稻粱收，菰蒲秀。【蒹葭秀】趙善慶、雙調沈醉東風、秋日湘陰道中：濯雨蒹葭秀。

岫

【雲岫】鮮于必仁、中呂普天樂、平沙落雁：雁陣驚寒埋雲岫。【楚岫】關漢卿、仙呂桂枝香套、木丫叉：雲透楚岫。【翠岫】趙善慶、雙調沈醉東風、秋日湘陰道中：山對面藍堆翠岫。【歸岫】曾瑞、商調梧葉兒、贈喜溫柔：雲歸岫。【深山岫】不忽麻、仙呂點絳唇套、辭朝、油葫蘆：野雲不斷深山岫。【雲出岫】汪元亨、中呂朝天子、歸隱：終日看雲出岫。

袖

【吟袖】張可久、中呂朝天子、碧瀾湖上：寒生吟袖。【紅袖】劉時中、南呂四塊玉：攜紅袖。曾瑞、大石調青杏子套、騁懷、催拍子：擧觴紅袖。張可久、雙調清江引、九日湖上：畫舫攜紅袖。湯式、雙調湘妃引、解嘲：手搵著冷汗偎紅袖。【領袖】曾瑞、中呂紅綉鞋、風情：値暮景烟花領袖。【寬袖】不忽麻、仙呂點絳唇套、辭朝、混江龍：布袍寬袖。馬致遠、黃鍾女冠子套、黃鍾尾：仍有兩枚寬袖。【羅袖】張可久、中呂普天樂、湖上廢園：蝶粉沾羅袖。張可久、雙調慶東原、春日：酒痕淹透香羅袖。張可久、中呂賣花聲、懷古：阿房舞殿翻羅袖。白樸、雙調駐馬聽、舞：鷓鴣飛起春羅袖。張可久、雙調水仙子、別懷：啼痕帶酒淹羅袖。【紅鸞袖】喬吉、南呂閱金經、閨情：紅鸞袖，淚痕都是愁。【青衫袖】張可久、中呂普天樂、胡容齋使君席間：泪滿青衫袖。【麻袍袖】湯式、南呂一枝花套、贈會稽呂周臣：全勝他歸山拂破麻袍袖。【斑衣袖】湯式、仙呂賞花時套、送人應聘、賺煞：合拂斑衣袖。【歸山袖】汪元亨、中呂朝天子、歸隱：拂破我歸山袖。張可久、中呂滿庭芳、金華道中：厭紅塵拂斷歸山袖。【攜翠袖】盧摯、中呂朱履曲、訪立軒上人：且不如攜翠袖。【垂肩襌袖】關漢卿、越調鬭鵪鶉套、女校尉：側脚傍行，垂肩襌袖。【郎君領袖】關漢卿、南呂一枝花套、不伏老、梁州：我是箇普天下郎君領袖。【翩翻舞袖】馬致遠、大石調青杏子套、姻緣：飛燕體翩翻舞袖。

綉

【錦綉】曾瑞、中呂紅綉鞋、風情：題橋志文章錦綉。張可久、中呂紅綉鞋、春晚：圓舊夢衾閒錦綉。【花如綉】關漢卿、正宮白鶴子：灼灼花如綉。盧摯、中呂喜春來、和則明韻：春來南國花如綉。【連根綉】商左山、雙調潘妃曲：小小鞋兒連根綉。【閑針綉】關漢卿、仙呂翠裙腰套、閨怨、寄生草：綠窗冷落閑針綉。

嗽⊙

【咳嗽】關漢卿、中呂普天樂、崔張十六事：我在這窗兒外幾曾敢咳嗽。【村俫雜嗽】曾瑞、中呂紅綉鞋、風情：喬斷案村俫雜嗽。

皺⊙

【休皺】曾瑞、中呂山坡羊、嘆世：眉頭休皺。【吹皺】徐再思、中呂普天樂、吳江八景：一片青穀兒吹皺。【紅皺】張可久、雙調落梅風、春晚次韻：怯東風海棠紅皺。【眉兒皺】關漢卿、仙呂翠裙腰套、閨怨、寄生草：豈知人兩葉眉兒皺。【紅綃皺】盧摯、商調梧葉兒、贈歌妓：紅綃皺，眉黛愁。【雙眉皺】關漢卿、大石調青杏子套、離情、尾聲：對著盞半明不滅的孤燈雙眉皺。【雙蛾皺】張養浩、中呂朝天子、携美姬湖上：淡淡雙蛾皺。【羅裙皺】張可久、雙調殿前歡、客中：綠水羅裙皺。

驟

【馳驟】無名氏、越調鬪鵪鶉套：霎時馳驟。薛昂夫、雙調慶東原、自笑：向終南捷徑爭馳驟。湯式、南呂一枝花套、贈會稽呂周臣、梁州：張玩著輞川圖四壁烟雲馳驟。張可久、中呂賣花聲、客況：漫無成數年馳驟。【登高驟】薛昂夫、雙調慶東原、西皋亭適興：曉雨登高驟。【驊騮驟】關漢卿、正宮白鶴子：湖上驊騮驟。

溜⊙

【山溜】白樸、雙調駐馬聽、彈：林鶯山溜。徐再思、中呂紅綉鞋、牛月泉：鑿透林間山溜。【當溜】不忽麻、仙呂點絳唇套、辭朝、賺煞：船開在當溜。【金釵溜】張可久、雙調清江引、春思：倦枕金釵溜。【秋波溜】曾瑞、商調梧葉兒、贈喜溫柔：秋波溜，眉黛愁。【珍珠溜】湯式、雙調沈醉東風、錢塘懷古：泉迸珍珠溜。【將人溜】貫雲石、中呂醉高歌過喜春來、題情：看時節偷眼將人溜。【雙波溜】關漢卿、正宮白鶴子：秋水雙波溜。

扣⊙

【羅扣】張可久、中呂山坡羊、別懷：衣鬆羅扣。【金雙扣】湯式、南呂一枝花套、勸妓女從良：帶綰金雙扣。【泥金扣】湯式、雙調湘妃遊月宮、秋閨情：羅衣寬褪泥金扣。【紐兒扣】關漢卿、大石調青杏子套、離情、尾聲：誰解春衫紐兒扣。【鴛鴦扣】關漢卿、越調鬪鵪鶉套、女校尉、尾聲：錦纏腕葉底桃鴛鴦扣。【裙兒扣】商左山、雙調潘妃曲：誰把裙兒扣。

⊙候

【時候】關漢卿、仙呂翠裙腰套、閨怨、六幺遍：乍涼時候。張養浩、中呂普天樂、秋日：正值黃花開時候。張可久、中呂賣花聲、懷古：野花開暮春時候。湯式、越調小桃紅、姚江夜泊：客窗正是愁時候。湯式、南呂一枝花套、贈會稽呂周臣、尾聲：少不得敍離懷那時候。【等候】無名氏、雙調壽陽曲：捧金鍾、把月娥等候。張養浩、中呂朱履曲：客位裏賓朋等候。【霜候】馬致遠、雙調行香子套：紫蟹迎霜候。【證候】徐再思、越調天淨沙、題情：不重不輕證候。曾瑞、商調梧葉兒、贈喜溫柔：使痊可相思證候。【歹症候】關漢卿、南呂一枝花套、不伏老、尾聲：天賜與我這幾般兒歹症候。【花開候】張可久、中呂滿庭芳、三衢道中：眼前已是花開候。【斜陽候】湯式、中呂滿庭芳、京口感懷：斜陽候，吟登舵樓。【燈前候】張養浩、中呂朝天子、攜美姬湖上：正好向燈前候。【癡心候】曾瑞、商調梧葉兒、贈喜溫柔：癡心候，堅意守。【風流證候】貫雲石、中呂醉高歌過喜春來、題情：送與人些風流證候。

堠

【城邊堠】湯式、南呂一枝花套、贈人、尾聲：烟消青海城邊堠。

後

【山後】喬吉、雙調沈醉東風、泛湖寫景：碧玲瓏鳳凰山後。【去後】周德清、中呂喜春來、別情：人去後。【前後】無名氏、中呂普天樂：恰睡到三更前後。喬吉、中呂山坡羊、冬日寫懷：冬寒前後。【酣後】盧摯、雙調殿前歡：重酣後。【落後】關漢卿、中呂普天樂、崔張十六事：小姐權落後。【歸後】曾瑞、商調梧葉兒、贈喜溫柔：春歸後。【三更後】徐再思、雙調水仙子、夜雨：三更歸夢三更後。不忽麻、仙呂點絳唇套、辭朝、上馬嬌：紫簫吹斷三更後。【中年後】張養浩、中呂普天樂、秋日：喜歸休，中年後。【別離後】白樸、雙調駐馬聽、彈：江州司馬別離後。【些兒後】景元啓、雙調得勝令：暗約些兒後。【春殘後】張可久、雙調殿前歡、客中：佳人一去春殘後。【重陽後】張養浩、雙調殿前歡、對菊自嘆：黃花零落重陽後。【清明後】張可久、雙調清江引、春思：雨細清明後。【淵明後】張可久、中呂朝天子、山中雜書：已落在淵明後。【黃昏後】關漢卿、正宮白鶴子：人約黃昏後。張可久、雙調清江引、獨酌：明月黃昏後。盍西村、越調小桃紅、西園暮秋：醉歸不記黃昏後。喬吉、雙調春閨怨：冷風兒吹雨黃昏後。【歸來後】喬吉、中呂滿庭芳、漁父詞：魚舟歸來後。【鏖兵後】薛昂夫、中呂陽春曲：周郎赤壁鏖兵後。【空林雨後】盧摯、中呂朱履曲、訪立軒上人：恰數點空林雨後。【家前院後】曾瑞、中呂紅綉鞋、風情：期白晝家前院後。【海棠開後】張可久、黃鍾人月圓、春日次韻：海棠開後，梨花暮雨。【趨前退後】關漢卿、越調鬪鵪鶉套、女校尉：換步那踪、趨前退後。【不落劉琨後】湯式、南呂一枝花套、贈人、梁州：祖生鞭不落劉琨後。

厚

【親厚】曾瑞、大石調青杏子套、騁懷、催拍子：財物廣始知親厚。曾瑞、中呂紅綉鞋、風情：假認義做哥哥般親厚。【君恩厚】不忽麻、仙呂點絳唇套、辭朝、賺煞：感謝君恩厚。【待的厚】曾瑞、中呂紅綉鞋、風情：爲俺待的厚。【恩情厚】貫雲石、大石調好觀音套、怨恨：並坐同肩共攜手，恩情厚。【蒲團厚】不忽麻、仙呂點絳唇套、辭朝、寄生草：則要窗明坑煖蒲團厚。

就⊙

【休就】曾瑞、中呂山坡羊、嘆世：虛名休就。【成就】湯式、南呂一枝花套、贈人、梁州：功名二字須成就。湯式、南呂一枝花套、勸妓女從良、尾聲：咱兩箇沒添貨的姻緣廝成就。關漢卿、大石調青杏子套、離情、荼蘼香：偶爾間因循成就。【染就】王德信、商調集賢賓套、退隱、醋葫蘆：看萬里冰綃染就。【將就】馬致遠、仙呂青哥兒、八月：散秋香桂娥將就。【裁就】張可久、正宮小梁州、秋思酸齋索賦：新書裁就。【詩就】曾瑞、大石調青杏子套、騁懷、催拍子：曲成詩就。【撋就】石子章、仙呂八聲甘州套、六幺遍：咱撋就。【難就】無名氏、中呂喜春來：芝蘭滿種功難就。【田園就】不忽麻、仙呂點絳唇套、辭朝、那吒令：至如田園就。【何時就】曾瑞、中呂喜春來、未遂：功名希望何時就。【須成就】無名氏、越調鬪鵪鶉套、調笑令：風月脚到處須成就。【羅袍就】姚燧、中呂陽春曲：金魚玉帶羅袍就。【欣然地就】劉時中、越調小桃紅：天還肯許便欣然地就。

豆⊙

【俎豆】張可久、中呂紅綉鞋、次崔雪竹韻：學孔子嘗聞俎豆。【豌豆】石子章、仙呂八聲甘州套、元和令：裏面鐵豌豆。【銅豌豆】關漢卿、一枝花套、不伏老、尾聲：我是箇蒸不爛煮不熟搥不匾炒不爆響噹噹一粒銅豌豆。

鬬

（同鬭）【尋鬬】曾瑞、商調梧葉兒令、贈喜溫柔：閑尋鬬。曾瑞、中呂紅綉鞋、風情：閑談笑踏科兒尋鬬。【蟻鬬】王德信、商調集賢賓套、辭朝、青哥兒：閑處嘆蜂喧蜂喧蟻鬬。【女兵鬬】曾瑞、大石調青杏子套、騁懷、尾：敢揭孫吳女兵鬬。【風前鬬】關漢卿、仙呂桂枝香套、不是路：情如柳絮風前鬬。【和龍鬬】無名氏、雙調壽陽曲：水晶宮却和龍鬬。【龍蛇鬬】汪元亨、雙調雁兒落過得勝令、歸隱：擾擾龍蛇鬬。【龍爭虎鬬】不忽麻、仙呂點絳唇套、辭朝、那吒令：誰待似轉蹬般龍爭虎鬬。

逗

【迤逗】石子章、仙呂八聲甘州套、六幺遍：爲他迤逗。湯式、雙調對玉環帶清江引、四景題詩：名利相迤逗。湯式、南呂一枝花套、勸妓女從良、梁州：則落得閑茶浪酒相迤逗。【迯逗】貫雲石、中呂醉高歌過喜春來、題情：蜂媒蝶使空迯逗。

構⊙

【新構】汪元亨、中呂朝天子、歸隱：茅庵新構。

媾

【姻媾】湯式、仙呂賞花時套、戲賀友人新娶、賺煞：玉鏡臺通姻媾。

彀

【奸彀】曾瑞、大石調青杏子套、騁懷、催拍子：不到得落人奸彀。【機彀】曾瑞、中呂山坡羊、嘆世：終身更不遭機彀。無名氏、越調鬬鵪鶉套：誓不曾落人機彀。湯式、仙呂賞花時套、戲賀友人新娶、賺煞：推辭的機彀。【陰陽彀】馬致遠、黃鍾女冠子套：聖賢尚不脫陰陽彀。

够

【厮够】張可久、雙調落梅風、西園春暮：海棠飛牡丹厮够。【能够】張養浩、南呂西番經：誰能够。

甃⊙

【鴛甃】張可久、中呂山坡羊、別懷：塵生鴛甃。【苔生甃】張可久、雙調落梅風、西園春暮：掩朱門碧苔生甃。【玻瓈甃】徐再思、中呂普天樂、吳江八景：碧瓊紋，玻瓈甃。

漏⊙

【更漏】馬致遠、仙呂青哥兒、八月：銅壺半分更漏。【泄漏】曾瑞、大石調青杏子套、騁懷、催拍子：會埋伏未嘗泄漏。【洩漏】不忽麻、仙呂點絳唇套、辭朝、後庭花：把玄關洩漏。【銀漏】張可久、雙調殿前歡、秋思：晝鼓催銀漏。【宮前漏】馬致遠、雙調行香子套：耳聽宮前漏。【東華漏】汪元亨、雙調沈醉東風、歸田：曉莫聽東華漏。【茅庵漏】不忽麻、仙呂點絳唇套、辭朝、寄生草：一任教疏籬牆缺茅庵漏。【銅壺漏】劉時中、南呂四塊玉：晝堂不管銅壺漏。【殘更漏】關漢卿、仙呂桂枝香套、不是路：因他數盡殘更漏。

⊙謬

【虛謬】盧摯、雙調殿前歡：夢景皆虛謬。

⊙繆

【綢繆】景元啓、雙調得勝令：綢繆，暗約些兒後。無名氏、仙呂賞花時套：今夜結綢繆。

⊙嗅

【黃花嗅】曾瑞、南呂四塊玉、述懷：醉時歌罷黃花嗅。【把茱萸嗅】湯式、正宮小梁州、九日渡江：樽前醉把茱萸嗅。

⊙瘦

【並瘦】王德信、商調集賢賓套、退隱、逍遙樂：江梅並瘦。【消瘦】張可久、正宮小梁州、秋思酸齋索賦：添消瘦。喬吉、商調集賢賓套、詠柳憶別、醋葫蘆：未秋來早先消瘦。馬致遠、南呂四塊玉、嘆世：妻兒胖了咱消瘦。張可久、中呂紅綉鞋、風情：落葉山容消瘦。白樸、雙調駐馬聽、彈：哀絃恰似愁人消瘦。【添瘦】張可久、雙調落梅風、春晚次韻：惜春歸玉容添瘦。

【三分瘦】湯式、雙調對玉環帶清江引、四景題詩：又早三分瘦。【山容瘦】盧摯、雙調沈醉東風、重九：月落山容瘦。張可久、雙調殿前歡、秋思：骨崖崖人比山容瘦。【今番瘦】喬吉、雙調水仙子、憶情：玉憔花悴今番瘦。【今春瘦】張可久、中呂迎仙客、感舊：不覺的今春瘦。【牙檣瘦】喬吉、雙調水仙子、菊舟：霜枝立月檣瘦。【玉蟲瘦】湯式、越調小桃紅、姚江夜泊：花燭銀臺玉蟲瘦。【休文瘦】張可久、商調梧葉兒、旅思：鏡裏休文瘦。【安排瘦】無名氏、中呂喜春來：窄裁衫袖安排瘦。【沈郎瘦】馬致遠、大石調青杏子套、姻緣：偏甚先教沈郎瘦。【青山瘦】喬吉、雙調水仙子、贈江雲：高情不管青山瘦。【松花瘦】錢霖、雙調清江引：石老松花瘦。【垂楊瘦】張可久、正宮醉太平、懷古：秋千牆裏垂楊瘦。張可久、中呂普天樂、湖上廢園：困倚東風垂楊瘦。【孤帆瘦】鮮于必仁、中呂普天樂、平沙落雁：天闊孤帆瘦。【爲誰瘦】盍西村、越調小桃紅、西園暮秋：烟柳新來爲誰瘦。【東風瘦】張可久、黃鍾人月圓、春日次韻：羅衣還怯東風瘦。【春風瘦】張養浩、中呂朝天子、攜美姬湖上：繫不定春風瘦。【秋花瘦】張可久、雙調清江引、九日湖上：蝶舞秋花瘦。【相思瘦】張可久、雙調清江引、春思：又是相思瘦。【宮腰瘦】張可久、雙調殿前歡、客中：細柳宮腰瘦。【胭脂瘦】喬吉、雙調水仙子、席上賦李楚儀歌：芙蓉冰冷胭脂瘦。【梅花瘦】張可久、雙調清江引、草堂夜坐：人伴梅花瘦。喬吉、南呂閱金經、閨情：玉減梅花瘦。張可久、雙調清江引、獨酌：便覺梅花瘦。喬吉、中呂山坡羊、冬日寫懷：誰人相伴梅花瘦。【黃花瘦】張養浩、雙調殿前歡、對菊自嘆：人比黃花瘦。張可久、雙調清江引、詠秋日海棠：更比黃花瘦。張可久、雙調清江引、張子堅運判席上：黃花瘦。無名氏、雙調清江引、九日：露冷黃花細雨黃花瘦。曹德、雙調沈醉東風、村居：霜早瘦。張可久、南呂四塊玉、客中九日：雨荒籬下黃花瘦。薛昂夫、雙調慶東原、西皋亭適興：蟹肥時管甚黃花瘦。【傷春瘦】張可久、雙調慶東原、春日：無奈傷春瘦。【雙肩瘦】湯式、南呂一枝花套、贈會稽呂周臣：玉聳雙肩瘦。【巖巖瘦】喬吉、中呂喜春來、秋望：千山落葉巖巖瘦。【一場消瘦】關漢卿、大石調青杏子套、離情：話別離情取一場消瘦。【綠肥紅瘦】曾瑞、大石調青杏子套、騁懷、催拍子：夢囘時綠肥紅瘦。

僽⊙

【僝僽】關漢卿、中呂普天樂、崔張十六事：空僝僽。

耨⊙

【耕耨】不忽麻、仙呂點絳唇套、辭朝、柳葉兒：學耕耨，種田疇。【低低耨】關漢卿、仙呂翠裙腰套、閨怨、上京馬：不記得低低耨。

奏⊙

【一奏】王德信、商調集賢賓套、退隱、醋葫蘆：閑把那絲桐一奏。【笛奏】關漢卿、仙呂桂枝香套、六幺遍：風前笛奏。【笙歌奏】張養浩、中呂普天樂、秋日：羅綺圍，笙歌奏。

透⊙

【休透】曾瑞、中呂紅綉鞋、風情：會雲雨風也教休透。【初透】薛昂夫、雙調慶東原、西皋亭適興：老圃香初透。【剔透】關漢卿、南呂一枝花套、不伏老、梁州：更玲瓏又剔透。【通透】劉時中、中呂紅綉鞋、歌姬米氏小字耍耍：舉眉動眼般般兒通透。【參透】馬致遠、雙調行香子套：浮生參透。不忽麻、仙呂點絳唇套、辭朝、混江龍：一味誰參透。汪元亨、雙調沈醉東風、歸田：老先生這囘參透。王德信、商調集賢賓套、退隱、尾聲：把至理一星星參透。【熏透】

張養浩、雙調殿前歡、玉香毬花：把風月都熏透。【天生透】石子章、仙呂八聲甘州套、六幺遍：急料子心腸天生透。【天香透】湯式、正宮脫布衫帶小梁州、四景爲儲公子賦——秋：天香透，無地不風流。【西風透】關漢卿、仙呂翠裙腰套、閨怨、六幺遍：乍涼時候西風透。【香先透】盧摯、雙調殿前歡：一葫蘆未飲香先透。【青衫透】湯式、越調小桃紅、姚江夜泊：寒滲青衫透。【風霜透】喬吉、中呂山坡羊、冬日寫懷：綠蓑不耐風霜透。

佑宥幼囿侑○胄紂籀

咮○臼舅咎柩廄○首

售狩○琇宿○漱○霤

留餾鎦廇瀏窌○寇蔻

○后逅○鷲○脰竇○

遘購姤詬勾○湊輳○

陋鏤瘻○臭○貿懋

【對偶】

劉時中、南呂四塊玉：泛綠舟、擕紅袖。張可久、中呂普天樂、胡容齋使君席間：吹殘碧玉簫，泪滿靑衫袖。張可久、中呂普天樂、湖上廢園：蜂黃點綉屛，蝶粉沾羅袖。關漢卿、正宮白鶴子：澄澄水如藍，灼灼花如綉。曾瑞、中呂山坡羊、嘆世：虛名休就，眉頭休皺。關漢卿、正宮白鶴子：春意兩絲牽，秋水雙波溜。湯式、雙調沈醉東風、錢塘懷古：香浮瑪瑙塵，泉迸珍珠溜。湯式、雙調湘妃遊月宮、秋閨情：綉幃冷落綵絨毬，珠箔空閑碧玉鈎，羅衣寬褪泥金扣。馬致遠、雙調行香子套：錦瑟左右，紅粧前後。馬致遠、雙調行香子套：黃橙帶露時，紫蟹迎霜候。徐再思、雙調水仙子、夜雨：一聲梧葉一聲秋，一點芭蕉一點愁，三更歸夢三更後。不忽麻、仙呂點絳唇套、辭朝、賺煞：世情疎，君恩厚。曾瑞、大石調靑杏子套、騁懷、催拍子：榮華過可見疎薄、財物廣始知親厚。不忽麻、仙呂點絳唇套、辭朝、那吒令：假若名利成，至如田園就。石子章、仙呂八聲甘州套、元和令：外頭花木瓜，裏面鐵豌豆。汪元亨、雙調雁兒落過得勝令、歸隱：忙忙烏兎走，攘攘龍蛇鬬。不忽麻、仙呂點絳唇套、辭朝、那吒令：誰待似落花般鶯朋燕友，誰待似轉燈般龍爭蛇鬬。汪元亨、中呂朝天子、歸隱：瓜地深鋤，茅庵新構。湯式、仙呂賞花時套、戲賀友人新娶：紅絲幔護蟬娟，玉鏡台通姻媾。張可久、中呂山坡羊、別懷：衣鬆羅扣，塵生鴛甃。汪元亨、雙調沈醉東風、歸田：晚須開北海樽，曉莫聽東華漏。馬致遠、雙調行香子套：馬踏街頭月，耳聽宮前漏。張可久、雙調殿前歡、秋思：珠簾上玉鉤，寶篆銷金獸，畫鼓催銀漏。張可久、正宮小梁州、酸齋索賦：成間闊，添消瘦。張可久、中呂普天樂、胡容齋使君席間：白頭新，黃花瘦。張可久、雙調清江引、草堂夜坐：鶴依松樹涼，人伴黃花瘦。張可久、雙調清江引、張子堅運判席上：清霜紫蟹肥，細雨黃花瘦。張可久、雙調慶東原、春日：有意送春歸，無奈傷春瘦。盧摯、雙調沈醉東風、重九：天長雁影稀，月落山容瘦。無名氏、雙調清江引、九月：霜清紫蟹肥，露冷黃花瘦。鮮于必仁、中呂普天樂、平沙落雁：潮平遠水寬，天闊孤帆瘦。曹德、雙調沈醉東風、村居：江清白髮明，霜早黃花瘦。張可久、南呂四塊玉、客中九月：人遠天涯碧雲秋，雨荒籬下黃花瘦。喬吉、雙調水仙子、憶情：雨念雲思何日休，玉憔花悴今番瘦。喬吉、雙調水仙子、菊舟：寒英和雨結船頭，翠葉鋪烟起舵樓，霜枝立月牙檣瘦。

入作去

⊙肉

【皮肉】曾瑞、中呂紅綉鞋、風情：祆廟火既燒著皮肉。【常食肉】馬致遠、南呂四塊玉、嘆世：誰能躍馬常食肉。【著皮肉】關漢卿、中呂普天樂、崔張十六事：這衫兒穿的著皮肉。【鯨鯢肉】喬吉、中呂滿庭芳、漁父詞：盤中不是鯨鯢肉。【剮皮割肉】曾瑞、中呂紅綉鞋、風情：實鏝的剮皮割肉。

第十七部

（侵尋）

陰平

⊙針

【敲針】汪元亨、雙調折桂令、歸隱：水投竿遣稚子敲針。

斟

【雙斟】湯式、雙調對玉環帶清江引、四景題詩：鸚鵡罷雙斟。【慢斟】馬致遠、雙調撥不斷：君若歌時我慢斟。【頻斟】喬吉、中呂山坡羊、失題：酒頻斟。【滿斟】劉時中、南呂金字經、常氏稱心：酒滿斟。【自斟】汪元亨、中呂朝天子、歸隱：一壺酒自斟。【慵斟】、蒲察善長、雙調新水令套、梅花酒：曲慵唱酒慵斟。

砧

【疎砧】張可久、雙調折桂令、石塘道中：遠店疎砧。【寒砧】曾瑞、中呂喜春來、秋夜閨思：鄰院搗寒砧。【鄰砧】曾瑞、雙調折桂令、閨怨：恨殺鄰砧。

⊙金

【千金】徐再思、中呂滿庭芳、贈歌者：一笑千金。【半金】喬吉、雙調水仙子、贈顧觀英：楚楚宮腰柳半金。【堆金】張可久、南呂一枝花套、夏景：萱草淡堆金。【黃金】喬吉、雙調水仙子、瑞安東安寺夏日清思：煮茶芽旋撮黃金。【憁金】曾瑞、南呂罵玉郎過感皇恩採茶歌、四時閨怨、春：釧憁金。【鎔金】喬吉、中呂滿庭芳、漁父詞：看秋潮夜海鎔金。【萬金】張可久、越調天淨沙、月夜：一刻良宵萬金。【攢金】白樸、越調天淨沙、夏：纍垂楊柳攢金。【一錠金】無名氏、雙調壽陽曲：見個採桑婦人與了一錠金。【一樹金】張可久、南呂一枝花套、夏景、尾聲：摘下枇杷一樹金。【地鋪金】張可久、中呂朱履曲、山中秋晚：菊老地鋪金。【無數金】湯式、雙調對玉環帶清江引、四景題詩：梅垂無數金。【買笑金】馬致遠、南呂四塊玉、海神廟：但見一箇傅粉郎，早散了買笑金。徐再思、中呂陽春曲、雙漸：雙漸空懷買笑金。【買賦金】劉時中、南呂金字經、常氏稱心：費盡長門買賦金。【楊柳金】喬吉、雙調水仙子、花箭兒：裊絲絲楊柳金。【管鮑金】汪元亨、雙調雁兒落過得勝令、歸隱：休分管鮑金。【鳳凰金】喬吉、正宮醉太平、題情：髻鬆釵落鳳凰金。

今

【今今】徐再思、黃鍾人月圓：蘭亭：古古今今。【古今】張可久、雙調折桂令、石塘道中：傲塵世山無古今。張可久、南呂一枝花套、夏景、梁州第七：日月無情戀古今。【如今】張可久、中呂普天樂、別懷：憔悴如今。張可久、越調寨兒令、題情：想像到如今。【直到今】張養浩、雙調水仙子：一自歸來直到今。【輝映來今】盧摯、雙調蟾宮曲、鄴下懷古：對家山輝映來今。

襟

【沖襟】盧摯、雙調蟾宮曲、冬夜宿丞天善利軒：思滿沖襟。【衣襟】汪元亨、雙調雁兒落過得勝令、歸隱：出戶斂衣襟。【披襟】張可久、越調天淨沙、松陽道中：柳陰樹下披襟。【煩襟】白樸、越調天淨沙、夏：快哉消我煩襟。湯式、中呂謁金門、納涼寓意：炎蒸從此去煩襟。【滿襟】曾瑞、南呂罵玉郎過感皇恩採茶歌、四時閨怨、春：泪滿襟。【散髮披襟】張可久、南呂一枝花套、夏景、梁州第七：卸紗巾散髮披襟。

禁

【難禁】張可久、中呂普天樂、別懷：愁難禁。曾瑞、南呂罵玉郎過感皇恩採茶歌、四時閨怨、春：情緣惡夢難禁。

⊙浸

【浸浸】湯式、雙調對玉環帶清江引、四景題詩：粉汗浸浸。

⊙深

【夜深】張可久、越調天淨沙、松陽道中：獨鶴歸來夜深。【春深】盧摯、雙調蟾宮曲、鄴下懷古：銅爵春深。【紅深】徐再思、中呂滿庭芳、贈歌者：舞袖紅深。【雲深】衞立中、雙調殿前歡：碧雲深。【特深】曾瑞、南呂罵玉郎過感皇恩採茶歌、四時閨怨、春：妾煩惱特深。【燈深】喬吉、雙調折桂令、毗陵晚眺：窗影燈深。【甌深】張可久、南呂一枝花套、夏景、梁州第七：不懼甌深。【簾深】張可久、越調寨兒令、題情：翠簾深。【深又深】張可久、越調寨兒令、道士王中山操琴：婆娑小亭深又深。【海樣深】喬吉、雙調水仙子、瑞安東安寺夏日清思：紅塵海樣深。【歡愛深】劉時中、南呂金字經、常氏稱心：老來歡愛深。【庭院深深】張可久、雙調折桂令、小崆峒燕集：小崆峒庭院深深。【梨花院深】喬吉、正宮醉太平、題情：鎖梨花院深。【著牙味深】張可久、南呂一枝花套、夏景、梁州第七：錦鱗鱠著牙味深。【蓬萊夜深】盧摯、雙調蟾宮曲、冬夜宿丞天善利軒：向方丈蓬萊夜深。

⊙簪

【玉簪】徐再思、中呂滿庭芳、贈歌者：犀梳玉簪。喬吉、正宮醉太平、題情：險掂折玉簪。【抽簪】白樸、越調天淨沙、夏：參差竹筍抽簪。【初簪】喬吉、雙調水仙子、贈顧觀音：盈盈羅襪藕初簪。【瓊簪】張可久、雙調折桂令、小崆峒燕集：座列瓊簪。張可久、越調寨兒令、道士王中山操琴：霞佩瓊簪。曾瑞、南呂罵玉郎過感皇恩採茶歌、四時閨怨、春：髻墜瓊簪。張可久、越調寨兒令、題情：墜烏雲席上瓊簪。【茉莉簪】張可久、雙調燕引雛、別情：香寒茉莉簪。【碧玉簪】喬吉、雙調水仙子、花箭兒：輕巧全勝碧玉簪。

⊙音

【巧音】汪元亨、雙調雁兒落過得勝令、歸隱：喉舌弄巧音。【佳音】馬致遠、中呂喜春來、樂：人和神悅在佳音。【知音】汪元亨、雙調折桂令、歸隱：詩遇知音。盧摯、雙調蟾宮曲、冬夜宿丞天善利軒：方外知音。張可久、越調寨兒令、道士王中山操琴：何處有知音。徐再思、中呂陽春曲、雙漸：只是不知音。張可久、越調天淨沙、月夜：可憐少箇知音。張可久、中呂普天樂、別懷：五百年一對知音。徐再思、中呂滿庭芳、贈歌者：知音人席上知音。馬致遠、南呂四塊玉、海神廟：自是知音惜知音。【觀音】張可久、越調寨兒令、題情：水月面活觀音。張可久、雙調折桂令、小崆峒燕集：六銖衣水月觀音。喬吉、雙調水仙子、贈顧觀音：不枉了喚做箇觀音。喬吉、雙調水仙子、花箭兒：是箇畫出來的觀音。【金玉音】張養浩、雙調水仙子：水潺潺金玉音。【白雪遺音】張可久、中呂朱履曲、山中書事：千年白雪遺音。

陰

【光陰】張可久、南呂一枝花套、夏景、梁州第七：休負光陰。【花陰】張可久、越調天淨沙、月夜：隔牆風動花陰。【松陰】衞立中、雙調殿前歡：雲在松陰。張可久、中呂朱履曲、山中書事：石磴拂松陰。汪元亨、雙調沈醉東風、歸田：臥青青半畝松陰。張可久、南呂一枝花套、夏景、梁州第七：設華筵竹影松陰。【桐陰】張可久、雙調折桂令、小崆峒燕集：井上桐陰。【

輕陰】曾瑞、雙調折桂令、閨怨：秋宵淡淡輕陰。【綠陰】汪元亨、中呂朝天子、歸隱：坐門前綠陰。張可久、南呂金字經、訪吾丘道士：且聽松風坐綠陰。白樸、越調天淨沙、夏：旋趁庭槐綠陰。【翠陰】張可久、越調寨兒令、道士王中山操琴：傍翠陰。【古山陰】徐再思、黃鍾人月圓、蘭亭：重到古山陰。【臥蓑陰】馬致遠、中呂喜春來、射：醉橫壺矢臥蓑陰。【窗戶陰】喬吉、雙調水仙子、瑞安東安寺夏日清思：翠濛濛窗戶陰。【綠成陰】曾瑞、南呂罵玉郎過感皇恩採茶歌、四時閨怨、春：閑愁悶綠成陰。【庭樹陰陰】湯式、雙調對玉環帶清江引、四景題詩：庭樹陰陰，蟬鳴不調琴。【天淡雲陰】張可久、雙調折桂令、石塘道中：雨依微天淡雲陰。

喑

【喑喑】喬吉、雙調折桂令、毗陵晚眺：山鬼喑喑。

心⊙

【人心】曾瑞、雙調折桂令、閨怨：搗碎人心。曾瑞、南呂四塊玉、嘲俗子：得遇知音可人心。【小心】湯式、雙調天香引、戲贈趙心心：他愛我窩裏愛打罵耐禁持約的小心。【天心】張可久、越調天淨沙、月夜：倚闌月到天心。【丹心】喬吉、雙調折桂令、毗陵晚眺：月鈎橫故國丹心。【甘心】湯式、雙調天香引、戲贈趙心心：害死甘心。【用心】張可久、南呂一枝花套、夏景、尾聲：紗幮用心。【身心】張養浩、雙調水仙子：因此上留住身心。湯式、雙調天香引、戲贈趙心心：恁若是轉關兒負我身心。【芳心】湯式、雙調天香引、戲贈趙心心：挑動芳心。【江心】湯式、雙調天香引、戲贈趙心心：休學漏船兒撐到江心。【波心】湯式、雙調天香引、戲贈趙心心：但似鐵球兒樣在波心。【知心】喬吉、中呂滿庭芳、漁父詞：鷗鷺是知心。【秋心】張可久、雙調燕引雛、別情：愁似秋心。【動心】張可久、中呂普天樂、別懷：別離動心。【琴心】湯式、雙調天香引、戲贈趙心心：仗托琴心。【無心】衞立中、雙調殿前歡：雲我無心。【賞心】張可久、南呂一枝花套、夏景：傍流水亭軒賞心。【銘心】湯式、雙調天香引、戲贈趙心心：咒誓銘心。【慈心】湯式、雙調天香引、戲贈趙心心：我念他臥房中捨孤貧救苦難的慈心。【稱心】劉時中、南呂金字經、常氏稱心：願得常稱心。【虧心】湯式、雙調天香引、戲贈趙心心：我定是尖刀兒剜你虧心。【傷心】曾瑞、南呂罵玉郎過感皇恩採茶歌、四時閨怨、春：相思無日不傷心。【關心】湯式、雙調天香引、戲贈趙心心：疼熱關心。【繫心】汪元亨、雙調沈醉東風、歸田：雪月風花不繫心。【蘭心】張可久、雙調折桂令、西湖送別：恨寫蘭心。【一寸心】喬吉、雙調水仙子、花筩兒：是惜花人一寸心。湯式、中呂山坡羊、書懷示友人二：炎涼本來一寸心。【一片心】喬吉、雙調水仙子、贈顧觀音：捨慈悲一片心。【少年心】關漢卿、二十换頭、雙調新水令套、慶東原：遂却少年心。【名利心】張可久、南呂金字經、訪吾丘道士：頓清名利心。【自樂心】馬致遠、中呂喜春來、射：今向樽前自樂心。【利名心】張可久、越調寨兒令、道士王中山操琴：難洗利名心。【故人心】馬致遠、雙調撥不斷：酒杯深，故人心。【海棠心】徐再思、中呂滿庭芳、贈歌者：先到海棠心。徐再思、中呂陽春曲、雙漸：風流一點海棠心。【惜花心】喬吉、越調小桃紅、閨思：懶却惜花心。【結同心】無名氏、雙調新水令套、駐馬聽：將柳帶結同心。【愛女心】無名氏、雙調壽陽曲：却有愛女心。【楊柳樓心】湯式、雙調天香引、戲贈趙心心：記相逢楊柳樓心。

衾⊙【香衾】喬吉、越調小桃紅、閨思：戀香衾。【拆衾】曾瑞、南呂罵玉郎過感皇恩採茶歌、四時閨怨、春：鸞拆衾。【羅衾】曾瑞、雙調折桂令、閨怨：篆烟消寒透羅衾。【翡翠衾】曾瑞、中呂喜春來、秋夜閨思：慘淡香消翡翠衾。

侵⊙【相侵】曾瑞、南呂罵玉郎過感皇恩採茶歌、四時閨怨、春：悶相侵。【薦齒寒侵】張可久、南呂一枝花套、夏景、梁州第七：水晶瓜薦齒寒侵。

箴椹瑊○衿○駸綅祲○蔘○魿○森槮參○琛賝郴○瘖○杺○欽嶔○歆

【對偶】

喬吉、中呂山坡羊、失題：句閑吟，酒頻斟。汪元亨、中呂朝天子、歸隱：百篇詩細吟，一壺酒自斟。張可久、南呂一枝花套、夏景：海榴濃噴火，萱草淡堆金。 張可久、中呂朱履曲、山中秋晚：泉鳴溪漱玉，菊老地鋪金。汪元亨、雙調雁兒落過得勝令、歸隱：且食夷齊粟，休分管鮑金。 喬吉、雙調水仙子、花筩兒：滴點點薔薇露，裊絲絲楊柳金。 白樸、越調天淨沙、夏：參差竹筍抽簪，纍垂楊柳攢金。 喬金。吉、贈顧觀音：盈盈羅襪藕初簪，楚楚宮腰柳半喬吉、中呂滿庭芳、漁父詞：釣晚霞寒波濯錦，看秋潮夜海鎔金。 喬吉、正宮醉太平、題情：瘦來裙掩鴛鴦錦，愁多夢冷芙蓉枕，鬢鬆釵落鳳凰金。 張可久、南呂一枝花套、夏景、梁州第七：搖羽扇納涼避暑，卸紗巾散髮披襟。 張可久、越調寨兒令、題情：綠柳陰，翠簾深。 張可久、越調天淨沙、松陽道中：松陽道上敲吟，柳陰樹下披襟。 張可久、南呂一枝花套、夏景、梁州第七：何愁盞大，不懼甌深。 曾瑞、南呂罵玉郎過感皇恩採茶歌、四時閨怨、春：郎歡娛未審，妾煩惱特深。 喬吉、雙調水仙子、瑞安東安寺夏日清思：俗事天來大，紅塵海樣深。 徐再思、中呂滿庭芳、贈歌者：犀梳玉簪，歌裙翠淺，舞袖紅深。 曾瑞、南呂罵玉郎過感皇恩採茶歌、四時閨怨、春：絃斷瑤琴，鬢墜

瑤簪。 張可久、中呂朱履曲、山中書事：一夢黃粱高枕，千年白雪遺音。 張可久、越調寨兒令、題情：珮環聲眞洛浦，水月面活觀音。 張可久、雙調折桂令、小峒崆燕集：七寶樹天風古林，六銖衣水月觀音。 徐再思、中呂滿庭芳、贈歌者：痛飲時花前痛飲，知音人席上知音。 汪元亨、雙調雁兒落過得勝令、歸隱：平林，松竹留清蔭；幽禽，喉舌弄巧音。 汪元亨、雙調折桂令、歸隱：事要知機，交須知己，詩遇知音。 汪元亨、中呂朝天子、歸隱：枕牀頭素琴，坐門前綠陰。 張可久、中呂朱履曲、山中書事：瓦溝彈桂子，石磴拂松陰。 張可久、南呂一枝花套、夏景、梁州第七：會佳賓酒陣詩林，設華筵竹影松陰。 張可久、雙調折桂令、小崆峒燕集：簾外荷香，樓前柳影，井上桐陰。 喬吉、雙調折桂令、毗陵晚眺：燐火青青，山鬼喑喑。 曾瑞、雙調折桂令、閨怨：驚散離魂，搗碎人心。 無名氏、雙調壽陽曲：全無思娘意，却有愛女心。 湯式、雙調水仙子、贈顧觀音：說緣法三生夢，捨慈悲一片心。 張可久、南呂一枝花套、夏景：納清風臺樹開懷，傍流水亭軒賞心。 湯式、雙調天香引、戲贈趙心心：恁若是

轉關兒負我身心，我定是尖刀兒剜你虧心。湯式、雙調天香引、戲贈趙心心：但似鐵球兒漾在波心，休學漏船兒撐到江心。　喬吉、雙調折桂令、毗陵晚眺：霞縷爛誰家畫錦，目鈎橫故國丹心。　曾瑞、中呂喜春來、秋夜閨思：悽惶泪濕鴛鴦枕，慘淡香消翡翠衾。　張可久、南呂一枝花套、夏景、梁州第七：白蓮藕爽口香甜，錦鱗鱠著牙味深，水晶瓜薦齒寒侵。

陽平

林⊙

【山林】喬吉、中呂滿庭芳、漁父詞：勝似山林。汪元亨、雙調折桂令、歸隱：自休官隱迹山林。張養浩、雙調水仙子：平生原自喜山林。【古林】張可久、雙調折桂令、小崆峒燕集：七寶樹天風古林。【平林】汪元亨、雙調雁兒落過得勝令、歸隱：平林，松竹留清蔭。【西林】張可久、中呂朱履曲、山中秋晚：秋客無風到西林。【空林】盧摯、雙調蟾宮曲、鄴下懷古：喬木空林。【長林】喬吉、雙調折桂令、毗陵晚眺：掛劍長林。【雲林】張可久、中呂朱履曲、山中書事：野猿嗔客訪雲林。盧摯、雙調蟾宮曲、冬夜宿丞天善利軒：聽星簪送響雲林。【詩林】張可久、南呂一枝花套、夏景、梁州第七：會佳賓酒陣詩林。【園林】張可久、雙調折桂令、石塘道中：霜後園林，萬綠枝頭。【喬林】張可久、越調寨兒令、道士王中山操琴：玄鶴鳴風過喬林。【翠林】湯式、中呂謁金門、納涼寓意：翠林，綠陰。【叢林】喬吉、雙調水仙子、瞻顧觀音：紫旃檀風月叢林。【翰林】湯式、雙調對玉環帶清江引、四景題詩：剛寫道小生除翰林。

淋

【淋淋】湯式、雙調對玉環帶清江引、四景題詩：江雨淋淋。【滴殘淋】馬致遠、中呂喜春來、樂：玉漏滴殘淋。

霖

【霪霖】曾瑞、雙調折桂令、閨怨：疎雨霪霖。

臨

【登臨】曾瑞、南呂罵玉郎感皇恩採茶歌、四時閨怨、春：倦登臨。盧摯、雙調蟾宮曲、鄴下懷古：感慨登臨。　張可久、雙調折桂令、石塘道中：緩轡登臨。喬吉、雙調折桂令、毗陵晚眺：

江南倦客登臨。

俫⊙

【粧俫】喬吉、中呂山坡羊、失題：粧呆粧俫。

尋⊙

【快尋】徐再思、中呂滿庭芳、贈歌者：蜂蝶快尋。【相尋】曾瑞、南呂罵玉郎過感皇恩採茶歌、四時閨怨、春：恨相尋。張可久、越調寨兒令、題情：當日相尋。張可久、越調天淨沙、松陽道中：淸溪道士相尋。張養浩、雙調水仙子、出門來猿鶴相尋。【難尋】喬吉、正宮醉太平、題情：舊約難尋。關漢卿、中呂普天樂、崔張十六事：這方兒到處難尋。衞立中、雙調殿前歡：碧雲深處路難尋。【追尋】湯式、中呂山坡羊、書懷示友人二：莫追尋。【何處尋】喬吉、雙調水仙子、贈顧觀音：落迦山何處尋。

吟⊙

【自吟】湯式、雙調對玉環帶淸江引、四景題詩：白頭愁自吟。【沈吟】湯式、中呂山坡羊、書懷示友人二：自沈吟。張可久、雙調燕引雛、別情：往事沈吟。喬吉、雙調水仙子、花筩兒：淨瓶兒般手撚著沈吟。【行吟】汪元亨、雙調折桂令、歸隱：澤畔行吟。【長吟】張可久、中呂朱履曲、中山秋晚：山頭杜甫長吟。【常吟】汪元亨、雙調沈醉東風、歸田：會家詩百首常吟。【細吟】汪元亨、中呂朝天子、歸隱：百篇詩細吟。【新吟】張可久、中呂普天樂、別懷：紈扇新吟。【閑吟】喬吉、中呂山坡羊、失題：句閑吟。【蛩吟】曾瑞、雙調折桂令、閨怨：砌下蛩吟。曾瑞、中呂喜春來、秋夜閨思：惱人休自悵蛩吟。【敲吟】張可久、越調天淨沙、松陽道中：松陽道上敲吟。【白頭吟】張可久、越調寨兒令、題情：寄一曲白頭吟。【月明吟】馬致遠、中呂喜春來、射：且閑身，醒踏月明吟。【花下吟】劉時中、南呂金字經、常氏稱心：醉來花下吟。【窗下吟】汪元亨、雙調雁兒落過得勝令：新詩窗下吟。【醒後吟】張養浩、雙調水仙子：怎如俺醉時歌醒後吟。【醉翁吟】張可久、雙調寨兒令、道士王中山操琴：一操醉翁吟。【葉底吟】湯式、中呂謁金門、納涼寓意：聽新蟬葉底吟。【伏櫪悲吟】盧摯、雙調蟾宮曲、鄴下懷古：笑征衣伏櫪悲吟。【鵰鶚能吟】張可久、雙調折桂令、小崆峒燕集：老鶴長鳴，鵰鶚能吟。

琴⊙

【松琴】汪元亨、雙調雁兒落過得勝令、歸隱：倚杖聽松琴。【素琴】汪元亨、中呂朝天子、歸隱：枕牀頭素琴。馬致遠、中呂喜春來、樂：散慮焚香理素琴。【絃琴】喬吉、雙調水仙子、瑞安東安寺夏日清思：新蟬風斷子絃琴。【瑤琴】張可久、雙調折桂令、小崆峒燕集：曲奏瑤琴。曾瑞、南呂罵玉郎過感皇恩採茶歌、四時閨怨、春：絃斷瑤琴。張可久、越調寨兒令、題情：動清風花下瑤琴。【鳴琴】盧摯、雙調蟾宮曲、冬夜宿丞天善利軒：莫吹笙不用鳴琴。【調琴】湯式、雙調對玉環帶清江引、四景題詩：蟬鳴不調琴。【聽琴】徐再思、中呂陽春曲、雙漸：不聽琴。關漢卿、中呂普天樂、崔張十六事：只爲你倚門待月，側耳聽琴。【八尺琴】衞立中、雙調殿前歡：掛雲和八尺琴。【劈碎琴】曾瑞、南呂四塊玉、嘲俗子：扭死鶴，劈碎琴。

禽

【幽禽】汪元亨、雙調雁兒落過得勝令、歸隱：幽禽，喉舌弄巧音。徐再思、黃鍾人月圓、蘭亭：芳樹幽禽。【翠禽】張可久、南呂金字經、訪吾丘道士：小花啼翠禽。

檎

【林檎】張可久、南呂一枝花套、夏景、梁州第七：水浸林檎。

⊙岑

【遙岑】喬吉、中呂滿庭芳、漁父詞：滿目遙岑。張可久、越調寨兒令、道士王中山操琴：野猿啼雪滿遙岑。【楚雲岑】喬吉、雙調水仙子、花箭兒：玲瓏高挿楚雲岑。

⊙沉

【西沉】盧摯、雙調蟾宮曲、鄴下懷古：明月西沉。【沉沉】湯式、雙調對玉環帶清江引、四景題詩：神思沉沉，白頭愁自吟。張可久、雙調燕引雛、別情：花殘月小夜沉沉。喬吉、正宮醉太平、題情：落紅堆徑雨沉沉。喬吉、越調小桃紅、閨思：日高猶自睡沉沉。【浮沉】徐再思、黃鍾人月圓、蘭亭：世事浮沉。張可久、雙調折桂令、石塘道中：避風波鷗自浮沉。【消沉】喬吉、雙調折桂令、毗陵晚眺：幾許消沈。【篆沉】喬吉、雙調水仙子、瑞安東安寺夏日清思：古鴨烟消午篆沉。【萬籟俱沉】盧摯、雙調蟾宮曲、冬夜宿丞天善利軒：一曲將將，萬籟俱沉。

琳痳○壬任紝鵀○潯
鱘鐔燖鬵○淫崟婬霪
蟫○芩檎噙○⿰岑鳥鍖涔
霫○霃鈂湛○忱諶

【對偶】喬吉、雙調折桂令、毗陵晚眺：買田陽羨，掛劍長林。　張可久、越調寨兒令、道士王中山操琴：野猿啼雪滿遙岑，玄鶴鳴風過喬林。　曾瑞、南呂罵玉郎過感皇恩採茶歌、四時閨怨、春：慵針指，懶疏掠，倦登臨。　曾瑞、南呂罵玉郎過感皇恩採茶歌、四時閨怨、春：悶相侵，恨相尋。　湯式、中呂山坡羊、書懷示友人二：自沉吟，莫追尋。　喬吉、正宮醉太平、題情：離情廝禁，舊約難尋。　張可久、雙調折桂令、小崆峒燕集：老鶴長鳴，鸚鵡能吟。　張可久、中呂朱履曲、山中秋晚：雲頂陳摶高枕，山頭杜甫長吟。　湯式、雙調對玉環帶清江引、四景題詩：粉汗浸浸，碧筩羞自飲；神思沉沉，白頭愁自吟。　曾瑞、雙調折桂令、閨怨：林外鳥啼，天邊雁叫，砌下蛩吟。　曾瑞、南呂四塊玉、嘲俗子：扭死鶴，劈碎琴。　汪元亨、雙調雁兒落過得勝令、歸隱：出戶斂衣襟，倚杖聽松琴。　湯式、雙調對玉環帶清江引、四景題詩：江雨淋淋，梅垂無數金；庭樹陰陰，蟬鳴不調琴。　張可久、雙調折桂令、小崆峒燕集：座列瓊簪，酒進金波，曲奏瑤琴。　張可久、南呂金字經、訪吾丘道士：細草眠白兎，小花啼翠禽。　喬吉、中呂滿庭芳、漁父詞：一川殘月，滿目遙岑。

上聲

⊙審

【未審】曾瑞、南呂罵玉郎過感皇恩採茶歌、四時閨怨、春：郎歡娛未審。

⊙錦

【退錦】曾瑞、南呂罵玉郎過感皇恩採茶歌、四時閨怨、春：裙退錦。【晝錦】喬吉、雙調折桂令、毗陵晚眺：霞縷爛誰家晝錦。盧摯、雙調蟾宮曲、鄴下懷古：算只有韓家晝錦。【濯錦】喬吉、中呂滿庭芳、漁父詞：釣晚霞寒波濯錦。【山衣錦】張可久、中呂朱履曲、山中秋晚：葉紅山衣錦。【同文錦】徐再思、中呂陽春曲、雙漸：蘇卿倦織同文錦。【西園錦】喬吉、越調小桃紅、閨思：東風落盡西園錦。【花似錦】喬吉、中呂山坡羊、失題：看遍洛陽花似錦。【鴛鴦錦】喬吉、正宮醉太平、題情：瘦來裙掩鴛鴦錦。【雙池錦】張可久、南呂一枝花套、夏景：菡萏雙池錦。【纏頭錦】劉時中、南呂金字經、常氏稱心：買笑金，纏頭錦。徐再思、中呂滿庭芳、贈歌者：風流消得纏頭錦。

⊙枕

【分枕】曾瑞、南呂罵玉郎過感皇恩採茶歌、四時閨怨、春：鴛分枕。【石枕】湯式、中呂謁金門、納涼寓意：一枚石枕。【半枕】湯式、雙調對玉環帶清江引、四景題詩：鴛鴦閑半枕。【仙枕】張可久、越調天淨沙、松陽道中：夢冋仙枕。【高枕】張可久、中呂朱履曲、山中秋晚：雲頂陳摶高枕。張可久、中呂朱履曲、山中書事：一夢黃粱高枕。【閒枕】張可久、越調天淨沙、月夜：寶箏閒枕。【綉枕】曾瑞、雙調折桂令、閨怨：更漏永聲來綉枕。【撼枕】喬吉、中呂滿庭芳、漁父詞：江聲撼枕。【箏枕】張可久、南呂一枝花套、夏景、尾聲：安排下箏枕。【三山枕】喬吉、雙調水仙子、瑞安東安寺夏日清思：孤鶴夢覺三山枕。【芙蓉枕】張可久、雙調燕引雛、別情：塵冷芙蓉枕。喬吉、正宮醉太平、題情：愁多夢冷芙蓉枕。【青山枕】喬吉、中呂山坡羊、失題：白雲夢繞青山枕。【香腮枕】張可久、中呂普天樂、別懷：玉藕香腮枕。【逍遙枕】汪元亨、雙調沉醉東風、歸田：橫三尺逍遙枕。【遊仙枕】張可久、南呂金字經、訪吾丘道士：遊仙枕，頓消名利心。【鴛鴦枕】喬吉、越調小桃紅、閨思：夢繞鴛鴦枕。曾瑞、中呂喜春來、秋夜閨思：悽惶泪濕鴛鴦枕。

⊙飲

【共飲】喬吉、中呂滿庭芳、漁父詞：何人共飲。張可久、中呂朱履曲、山中書事：仙翁留共飲。【快飲】汪元亨、雙調沉醉東風、歸田：知己酒千鍾快飲。【自飲】湯式、雙調對玉環帶清江引、四景題詩：碧筒羞自飲。【便飲】湯式、中呂謁金門、納涼寓意：渴時節便飲。【痛飲】張可久、中呂普天樂、別懷：青樓痛飲。徐再思、中呂滿庭芳、贈歌者：花前痛飲。【千樽飲】張可久、南呂一枝花套、夏景、尾聲：傾殘竹葉千樽飲。【忘懷飲】張可久、南呂一枝花套、夏景、梁州第七：冰山雪檻忘懷飲。【推辭飲】馬致遠、雙調撥不斷：相逢且莫推辭飲。【談笑飲】貫雲石、雙調清江引、且開懷與知音談笑飲。

⊙寢

【未寢】關漢卿、中呂普天樂、崔張十六事：要知是知母未寢。【夜寢】曾瑞、中呂喜春來、秋夜閨思：驚夜寢。【廢寢】曾瑞、南呂罵玉郎過感皇恩採茶歌、四時閨怨、春：念想逐宵渾廢寑。【醉時寑】張可久、南呂一枝花套、夏景、尾聲：専等歸來醉時寑。

㐭懍凜○稔飪淰袵荏○嬸沈瞫○噤○磣墋㾕○您○怎

【對偶】

曾瑞、南呂四塊玉、嘲俗子：買笑金，纏頭錦。 張可久、南呂一枝花套、夏景：薔薇滿院香，菡萏雙池錦。 張可久、中呂普天樂、別懷：金蓮小步移，玉藕香腮枕。 張可久、雙調燕引雛、別情：香寒茉莉簪，塵冷芙蓉枕。 湯式、雙調對玉環帶清江引、四景題詩：鸂鶒罷雙枕，鴛鴦閑半枕。 汪元亨、雙調沉醉東風、歸田：守一座安樂窩，橫三尺逍遙枕。 喬吉、雙調水仙子、瑞安東安寺夏日清思：新蟬風斷子絃琴，古鴨烟消千篆沈，孤鶴夢覺三山枕。

去聲

⊙鴆

【毒鴆】汪元亨、中呂朝天子、歸隱：人心毒鴆。

枕

【曲肱枕】汪元亨、雙調雁兒落過得勝令、歸隱：飲水曲肱枕。

⊙甚

【何甚】湯式、中呂山坡羊、書懷示友人二：驅馳何甚。【使甚】無名氏、雙調壽陽曲：你見那姓白的牡丹使甚。【爲甚】喬吉、越調小桃紅、閨思：知他爲甚。【圖甚】喬吉、中呂山坡羊、失題：人生一世剛圖甚。張養浩、雙調水仙子：向紅塵奔走白圖甚。張可久、中呂普天樂、別懷：惜雨憐雲別圖甚。【叮嚀甚】湯式、雙調對玉環帶清江引、四景題詩：別不叮嚀甚。【炎蒸甚】張可久、南呂一枝花套、夏景：天地炎蒸甚。【妖嬈甚】喬吉、雙調水仙子、贈顧觀音：小名兒且是妖嬈甚。【思量甚】湯式、中呂謁金門、納涼寓意：更待思量甚。【愁偏甚】曾瑞、南呂罵玉郎過感皇恩採茶歌、四時閨怨、春：花飛春去愁偏甚。

⊙任

【消任】汪元亨、中呂朝天子、歸隱：粗衣淡飯且消任。

紝⊙

（同紝）【織紝】汪元亨、雙調折桂令、歸隱：桑繞宅供山妻織紝。

禁⊙

【門禁】湯式、中呂山坡羊、書懷示友人二：田文近日多門禁。【拘禁】喬吉、越調小桃紅、閨思：不成閑愁廝拘禁。【無禁】徐再思、中呂滿庭芳、贈歌者：春無禁。【廝禁】喬吉、正宮醉太平、題情：離情廝禁。【紅塵禁】湯式、中呂謁金門、納涼寓意：喜把紅塵禁。【無人禁】喬吉、中呂滿庭芳、漁父詞：白雲流水無人禁。

蔭⊙

【清蔭】汪元亨、雙調雁兒落過得勝令、歸隱：松竹留清蔭。

窨

【村醪窨】喬吉、中呂滿庭芳、漁父詞：看秋潮夜海鎔金，村醪窨。【牀頭窨】汪元亨、雙調雁兒落過得勝令、歸隱：濁酒牀頭窨。

恁

【自恁】湯式、中呂山坡羊、書懷示友人二：疏也自恁。湯式、中呂山坡羊、書懷示友人二：親也自恁。【在恁】喬吉、中呂山坡羊、失題：榮，也在恁。【忑恁】湯式、中呂山坡羊、書懷示友人：乖離忑恁。【陡恁】喬吉、越調小桃紅、閨思：情懷陡恁。【由他恁】馬致遠、雙調撥不斷：屈原清死由他恁。【明朝恁】張可久、南呂一枝花套、夏景、梁州第七：今朝酩酊明朝恁。

沁⊙

【心沁】關漢卿、中呂普天樂、崔張十六事：紅娘心沁。【冰沁】湯式、中呂謁金門、納涼寓意：毛骨如冰沁。【香沁】喬吉、雙調水仙子、花筩兒：紅綿水暖春香沁。【天生沁】曾瑞、南呂四塊玉、嘲俗子、倦逢狂客天生沁。【雲梢沁】衞立中、雙調殿前歡：折梅蕊把雲梢沁。

浸⊙

【連頭浸】湯式、中呂山坡羊、書懷示友人二：風波猶自連頭浸。【當歸浸】關漢卿、中呂普天樂、崔張十六事：委實難醫恁上把酸醋當歸浸。

讖⊙

【非熊讖】汪元亨、中呂朝天子、歸隱：夢不入非熊讖。【別離讖】曾瑞、南呂罵玉郎過感皇恩採茶歌、四時閨怨、春：分釵破鑑別離讖。【燈花讖】湯式、雙調對玉環帶清江引、四景題詩：昨夜燈花讖。

賃⊙

【和雲賃】衞立中、雙調殿前歡：數椽茅屋和雲賃。

⊙唔【粧唔】喬吉、中呂山坡羊、失題：粧聾粧唔。

朕沈○黮○衽姙○噤

澿[illegible]○瘎飲○伈○祲

○臨淋○滲罧○譛○

啉

【對偶】

汪元亨、中呂朝天子、歸隱：世態圍蜂，人心毒鴆。汪元亨、雙調雁兒落過得勝令、歸隱：看山掉臂行，飲水曲肱枕。汪元亨、雙調雁兒落過得勝令、歸隱：新詩窗下吟，濁酒牀頭窨。喬吉、雙調水仙子、花箭兒：玲瓏高揷楚雲岑，輕巧全勝碧玉簪，紅綿水暖春香沁。湯式、中呂山坡羊、書懷示友人二：驅馳何甚，乖離忒恁。

第十八部

（監咸）

陰平

⊙**庵**

【茅庵】盧摯、雙調蟾宮曲、潯陽懷古江州：我欲尋林，結箇茅庵。汪元亨、雙調雁兒落過得勝令、歸隱：隨地結茅庵。曾瑞、南呂罵玉郎過感皇恩採茶歌、漁父：六合爲我一茅庵。【草庵】汪元亨、中呂朝天子、歸隱：結構就草庵。【玉清庵】湯式、雙調新水令套、秋懷、駐馬聽：鴛鴦一被錯配了玉清庵。

⊙**諳**

【多諳】汪元亨、雙調折桂令、歸隱：事已多諳。湯式、雙調新水令套、秋懷、折桂令：寂寞多諳。薛昂夫、雙調慶東原、西皋亭適興：世味多諳。【早經諳】無名氏、雙調新水令套：寨兒風月早經諳。

⊙**擔**

【難擔】曾瑞、黃鍾醉花陰套、懷離、尾聲：我和你兩家擔由自難擔。【性理擔】湯式、雙調新水令套、秋懷、雁兒落：誤人書云知性理擔。【擔兒擔】張可久、雙調慶宣和、春晚病起：無斤兩腌臢擔兒擔。張可久、越調寨兒令、收心：再休將風月擔兒擔。【風月都擔】喬吉、雙調水仙子、老曾益壯：翠鋪對萬勝籃，風月都擔。

⊙**耽**

【虛耽】劉時中、中呂滿庭芳、自悟：就裏虛耽。【曾耽】呂止軒、雙調風入松套、藍橋：半生花柳相曾耽。【難耽】喬吉、南呂一枝花套、私情、梁州第七：委實難耽。湯式、雙調新水令套、秋懷、折桂令：憔悴難耽。【兩下耽】呂止軒、雙調風入松套、藍橋、攪箏琶：離恨悶愁兩下耽。【歲月耽】曾瑞、黃鍾醉花陰套、懷離、出隊子：在綉房中把歲月耽。

⊙**監**

【行監】喬吉、南呂一枝花套、私情、梁州第七：老婆婆坐守行監。張可久、越調寨兒令、收心：姨夫每坐守行監。

緘

【牢緘】曾瑞、南呂罵玉郎過感皇恩採茶歌、風情：噀玉口牢緘。【雲緘】劉時中、中呂滿庭芳、自悟：祆廟雲緘。張可久、南呂四塊玉、閑居：玉洞仙書帶雲緘。【書緘】關漢卿、中呂普天樂、崔張十六事：消不得小書生一紙書緘。【口且緘】薛昂夫、中呂陽春曲：舌底狂瀾口且緘。【彩箋緘】張可久、仙呂一半兒、寄情：寄情虛把彩箋緘。【遠信緘】張可久、雙調撥不斷、客懷：恨墨拈雲遠信緘。【錦雲緘】張可久、雙調湘妃怨、春情：柳芽箋小錦雲緘。

堪⊙

【不堪】喬吉、南呂一枝花套、私情、尾：不是你不堪。【何堪】關漢卿、中呂普天樂、崔張十六事：賊人來至，情理何堪。盧摯、雙調蟾宮曲、潯陽懷古江州：用世何堪。【相堪】曾瑞、黃鍾醉花陰套、懷離、寨兒令：想當初才貌兩相堪。

龕

【半龕】張可久、南呂四塊玉、閑居：經半龕。喬吉、中呂滿庭芳、漁父詞：篷窗半龕。【雲龕】盧摯、雙調蟾宮曲、潯陽懷古江州：惱亂雲龕。【蓬龕】喬吉、中呂紅綉鞋、泊皐亭山下：秋影秋聲繞蓬龕。【禪龕】湯式、正宮小梁州、上巳日登姚江：借白雲半榻神龕。【白雲龕】張可久、雙調湘妃怨、瑞安道中：篷低小似白雲龕。

三⊙

【二三】曾瑞、黃鍾醉花陰套、懷離、四門子：又道我恰離家初二三。【再三】無名氏、雙調新水令套、離亭宴煞：寃家行再三再三。【春三】湯式、正宮小梁州、上巳日登姚江：正值春三。【朝三】薛昂夫、中呂陽春曲：看渠暮四與朝三。【十二三】張可久、雙調落梅風、書所見：紅粧女兒十二三。【秋已過三】湯式、雙調新水令套、秋懷、滴滴金：急回頭、秋已過三。【暮四朝三】喬吉、南呂一枝花套、私情、梁州第七：狠撅丁暮四朝三。

鬖

【鬅鬖】曾瑞、黃鍾醉花陰套、懷離：雲鬢鬅鬖。【鬖鬖】汪元亨、雙調折桂令、歸隱：白如霜衰鬢鬖鬖。【鬢鬅鬖】湯式、雙調新水令套、秋懷、駐馬聽：自憐老去鬢鬅鬖。

甘⊙

【不甘】喬吉、南呂一枝花套、私情、尾：非是咱不甘。【何甘】喬吉、雙調水仙子、老當益壯：風流受苦果何甘。【苦甘】曾瑞、南呂罵玉郎過感皇恩採茶歌、漁父：同苦甘。【難甘】汪元亨、雙調折桂令、歸隱：譎詐難甘。湯式、雙調新水令套、秋懷、得勝令：難甘，白頭吟冷句劉。【甕甘】薛昂夫、雙調慶東原、西皐亭適興：攢齏甕甘。【黃柑】曾瑞、南呂罵玉郎過感皇恩採茶歌、漁父：紫蟹黃柑。

⊙杉

【松杉】張養浩、中呂十二月兼堯民歌、秋池散慮：掩映著這松杉。湯式、正宮小梁州、上巳日登姚江：殘紅飛絮點松杉。

衫

【青衫】湯式、正宮小梁州、上巳日登姚江：無數落青衫。呂止軒、雙調風入松套、藍橋：幾度淚濕青衫。盧摯、雙調蟾宮曲、潯陽懷古江州：泪痕淹司馬青衫。湯式、雙調新水令套、秋懷：碧天風露怯青衫。無名氏、雙調折桂令、崔閑齋元帥席上：引兒孫竹馬青衫。曾瑞、南呂罵玉郎過感皇恩採茶歌、風情：歌白苧泪青衫。【征衫】張可久、雙調撥不斷、客懷：抖征衫。【春衫】無名氏、雙調新水令套：沽酒典春衫。汪元亨、雙調折桂令、歸隱：二十年塵土征衫。【羅衫】張可久、雙調湘妃怨、春情：泪滿羅衫。張可久、南呂一枝花套、春景、梁州第七：紗帽羅衫。【杏花衫】喬吉、越調小桃紅、春閨怨：玉樓風颭杏花衫。

⊙貪

【休貪】劉時中、中呂滿庭芳、自悟：可暫休貪。【莫貪】曾瑞、南呂罵玉郎過感皇恩採茶歌、風情：意莫貪。汪元亨、雙調沈醉東風、歸田：薄利虛名莫再貪。【待貪】曾瑞、黃鍾醉花陰套、懷離、喜遷鶯：怕不你心心兒待貪。【無貪】曾瑞、南呂四塊玉、述懷：老拙隨緣苦無貪。曾瑞、南呂罵玉郎過感皇恩採茶歌、漁父：衣食飽暖更無貪。【好事貪】無名氏、雙調新水令套、離亭宴煞：常得好事貪。

⊙參

【交參】呂止軒、雙調風入松套、藍橋、攬箏琶：切恐話交參。【來參】曾瑞、南呂罵玉郎過感皇恩採茶歌、風情：老婆禪輿莫來參。【相參】汪元亨、雙調折桂令、歸隱：氣化相參。汪元亨、雙調沈醉東風、歸田：把天時人事相參。【難參】汪元亨、雙調折桂令、歸隱：氣化難參。【風月參】呂止軒、雙調風入松套、藍橋、喬牌兒：再不將風月參。【禪悅誰參】盧摯、雙調蟾宮曲、潯陽懷古江州：香消蓮社，禪悅離參。

驂

【停驂】湯式、雙調新水令套、秋懷、折桂令：看別人花底停驂。【執驂】張可久、南呂一枝花套、春景、尾聲：奈僕童執驂。

⊙憨

【人憨】湯式、雙調新水令套、秋懷、折桂令：將一片志誠心迤逗的人憨。【粧憨】曾瑞、南呂罵玉郎過感皇恩採茶歌、風情：你粧憨。【癡憨】張可久、越調寨兒令、收心：無語似癡憨。【一半憨】曾瑞、黃鍾醉花陰套、懷離、四門子：敢我緊粧著一半憨。【半癡憨】張養浩、中呂十二月兼堯民歌、秋池散慮：惜的些野鹿山猿半癡憨。

酣

【半酣】喬吉、中呂滿庭芳、漁父詞：中流半酣。汪元亨、中呂朝天子、歸隱、飲壺觴半酣。【紅酣】張養浩、中呂十二月兼堯民歌、秋池散慮：霜葉紅酣。張可久、雙調折桂令、崔閑齋元帥席上：杏臉紅酣。【醺酣】盧摯、雙調蟾宮曲、潯陽懷古：陶謝醺酣。薛昻夫、中呂陽春曲：樽有酒且醺酣。【酒半酣】無名氏、雙調新水令套、喬牌兒：蓋因他酒半酣。張可久、雙調慶宣和、春暖病起：四壁青燈酒半酣。【海棠酣】張可久、南呂一枝花套、春景：醉晚日海棠酣。【飲與酣】張可久、南呂一枝花套、春景、梁州第七：拚了醄醄飲與酣。【落日酣】張可久、雙調落梅風、書所見：荷花落日酣。【紫蟹肥酣】張可久、南呂一枝花套、秋景、梁州第七：黃橙味美，紫蟹肥酣。

⊙簪

【玉簪】喬吉、中呂朝天子、賦所感：翠衫，玉簪。張可久、雙調湘妃怨、春情：香銷玉簪。【金簪】曾瑞、黃鍾醉花陰套、懷離：無暇理金簪。【愁簪】湯式、雙調新水令套、秋懷：黃菊帶愁簪。【滿簪】曾瑞、南呂四塊玉、述懷：雪滿簪。【瓊簪】呂止軒、雙調風入松套、藍橋、新水令：高盤雲髻插瓊簪。【不勝簪】汪元亨、中呂朝天子、歸隱：蕭蕭白髮不勝簪。【碧玉簪】張可久、雙調湘妃怨、瑞安道中．山好青如碧玉簪。汪元亨、雙調雁兒落過得勝令、歸隱：千尋碧玉簪。

⊙嵌

【巖嵌】喬吉、南呂一枝花套、私情：性子兒巖嵌。

⊙鵮

【好話兒鵮】曾瑞、南呂罵玉郎過感皇恩採茶歌、風情：好話兒鵮。

⊙詀

【冷話兒詀】曾瑞、南呂罵玉郎過感皇恩採茶歌、風情：冷話兒詀。

嘶

【先嘶】喬吉、中呂朝天子、賦所感：冷諢先嘶。【嘴嘶】喬吉、南呂一枝花套、私情、梁州第七：有等乾嘸的杓俫死嘴嘶。【話兒嘶】張可久、仙呂一半兒、寄情：話兒嘶，一半佯羞一半兒敢。

㴸⦿

【水㴸】無名氏、雙調新水令套、天仙子：藍橋水㴸。劉時中、中呂滿庭芳、自悟：白茫茫藍橋水㴸。【合撊㴸】無名氏、雙調新水令套：收心也合撊㴸。【海中㴸】曾瑞、南呂罵玉郎過感皇恩採茶歌、風情　方知色界海中㴸。【御水㴸】湯式、雙調新水令套、秋懷、得勝令：紅葉詩御水㴸。

攙⦿

【秋攙】喬吉、中呂滿庭芳、漁父詞：儘教他鬢影秋攙。【相攙】曾瑞、黃鍾醉花陰套、懷離：喜遷鶯：又則怕意兒裏相攙。曾瑞、黃鍾醉花陰套、懷離、出隊子：描不成映花梢孔雀翠相攙。曾瑞、黃鍾醉花陰套、懷離、刮地風：明滴溜參兒相攙。【夜雨攙】曾瑞、　中呂喜春來、秋閨思：妾泪聯珠夜雨攙。【翠裙攙】曾瑞、黃鍾醉花陰套、懷離、古水仙子：瘦怯怯六幅翠裙攙。

【底句攙】張可久、仙呂一半兒、寄情：排砌偷將底句攙。【被人攙】張可久、越調寨兒令、收心：名分兒被人攙。【鬭來攙】無名式、雙調新水令套、天仙子：壞怪鬭來攙。

菴　鵪　鵮　唵　○　聃　儋　湛　酖

眈　○　椷　○　戡　弇　○　毿　○

疳　泔　○　探　○　篸　䐶　鐕

【對偶】

湯式、雙調新水令套、秋懷、折桂令：憔悴難躭、寂寞多諳。汪元亨、雙調折桂令、歸隱：心不狂謀、言無妄發、事已多諳。湯式、雙調新水令套、秋懷、滴滴金：絕雁帖，斷魚緘。曾瑞、南呂罵玉郎過感皇恩採茶歌、風情：惜花心旋減、噀玉口牢緘。薛昂夫、中呂陽春曲：胸中太華身難憾，舌底狂瀾口直緘。喬吉、南呂一枝花套、私情、尾：非是咱不甘，不是你不堪。　張可久、南呂四塊玉、閑居：酒一罎、藥幾籃、經半龕。　薛昂夫、雙調慶東原、西皐亭適興：調羹鼎鼐，攢齏甕甘。張可久、南呂一枝花套、春景、梁州第七：雕鞍奇轡，紗帽羅衫。張可久、雙調折桂令、崔閑齋元帥席上：環粉黛犀梳玉簪，引兒孫竹馬青衫。張可久、雙調湘妃怨、春情：塵昏寶鑑，香消玉簪，泪滿羅衫。汪元亨、雙調折桂令、歸隱：黑如漆前程黯黯，白如霜衰鬢鬖鬖。湯式、雙調新水令套、秋懷、駐馬聽：沈約羞慚，都道年來腰瘦減；潘安驚慘，自憐老去鬢毿鬖。曾瑞、南呂罵玉郎過感皇恩採茶歌、風情：美女花嬌休去覽，老婆禪奥莫來參。張可久、南呂一枝花套、秋景、梁州第七：黃橙味美，紫蟹肥甜。張可久、雙調折桂令、崔閑齋元帥席上：柳眼青嬌，杏臉紅甜。湯式、雙調新水令套、秋懷：濁醪和泪飮，黃菊帶愁簪。張可久、雙調湘妃怨、瑞安道中：篷低小似白雲龕，山好青如碧玉簪。汪元亨、雙調雁兒落過得勝令、歸隱：風潭，百頃青銅鏡；雲巖，千尋碧玉簪。湯式、雙調新水令套、秋懷、得勝令：綠綺琴冰絃斷，紅葉詩御水渰。喬吉、中呂滿庭芳、漁父詞：未放我杯中量減，儘教他鬢影秋攙。曾瑞、中呂喜春來、秋閨思：庭槐破夢秋風撼，妾泪聯珠夜雨攙。

陽平

南⊙

【天南】湯式、雙調新水令套、秋懷：地北天南。【斗南】汪元亨、雙調雁兒落過得勝令、歸隱：聲名播斗南。【江南】張可久、雙調撥不斷、客懷：望江南。喬吉、越調小桃紅、春閨怨：芳草遍江南。張可久、越調小桃紅、淮安道中：風景似江南。湯式、正宮小梁州、上巳日登姚江：拖雨過江南。【向南】曾瑞、黃鍾醉花陰套、懷離、古水仙子：見見見三家店忽的向南。【圖南】汪元亨、雙調折桂令、歸隱：冷笑淵明，高訪圖南。汪元亨、雙調折桂令、歸隱：去訪圖南。【面北眉南】張可久、越調寨兒令、收心：妻兒又面北眉南。喬吉、南呂一枝花套、私情：假撇清面北眉南。呂止軒、雙調風入松套、藍橋、離亭宴歇指煞：休等閑間面北眉南。

喃

【呢喃】張可久、雙調折桂令、崔閑齋元帥席上：綉簾閒語燕呢喃。【喃喃】曾瑞、黃鍾醉花陰套、懷離、刮地風：不聽的衆口喃喃。【口兒又喃】曾瑞、黃鍾醉花陰套、懷離、四門子：脚兒又疾，口兒又喃。【噥噥喃喃】喬吉、南呂一枝花套、私情、梁州第七：知消息早噥噥喃喃。

男⊙

【兒男】曾瑞、黃鍾醉花陰套、懷離、寨兒令：一箇俊兒男。

咸⊙

【竹林阮咸】張可久、南呂一枝花套、春景、梁州第七：與足竹林阮咸。

醎

【鼎醎】薛昂夫、雙調慶東原、西皐亭適興：調羹鼎醎。

函

【詩滿函】張可久、南呂一枝花套、春景、尾聲：吟幾首鶯花詩滿函。

銜

（同啣）【重銜】曾瑞、南呂四塊玉、述懷：得重銜。【紫鳳銜】張可久、雙調湘妃怨、春情：蓬島書來紫鳳銜。【碧玉銜】曾瑞、黃鍾醉花陰套、懷離、古水仙子：是是是春纖長勒不住碧玉銜。

婪⊙

【貪婪】喬吉、中呂山坡羊、失題：莫貪婪。

藍

【伽藍】湯式、雙調新水令套、秋懷、折桂令：枉祈求普救伽藍。【揉藍】喬吉、南呂一枝花套、私情：湘水細揉藍。【薄藍】張可久、越調寨兒令、收心：身子薄藍。【綠於藍】張可久、越調小桃紅、淮安道中：一篙新水綠於藍。

籃

【盈籃】喬吉、中呂滿庭芳、漁父詞：蝦蟹盈籃。【滿籃】曾瑞、南呂罵玉郎過感皇恩採茶歌、漁父：魚滿籃。【藥籃】汪元亨、中呂朝天子、歸隱：葺理下藥籃。【幾籃】張可久、南呂四塊玉、閑居：藥幾籃。

嵐

【山嵐】曾瑞、南呂罵玉郎過感皇恩採茶歌、漁父：曉山嵐。【晴嵐】張可久、越調小桃紅、淮安道中：散晴嵐。張可久、雙調湘妃怨、瑞安道中：一線烟兩袖晴嵐。張可久、南呂一枝花套、春景、梁州第七：輕雲鎖山市晴嵐。

潭⊙

【風潭】汪元亨、雙調雁兒落過得勝令、歸隱：風潭，百頃青銅鑑。【深潭】曾瑞、南呂罵玉郎過感皇恩採茶歌、風情：出深潭。【湘潭】喬吉、中呂滿庭芳、漁父詞：擊揖下湘潭。曾瑞、中呂喜春來、秋閨思：朝雲無計出湘潭。【滿潭】曾瑞、南呂罵玉郎過感皇恩採茶歌、漁父：月滿潭。【龍潭】曾瑞、黃鍾醉花陰套、懷離、刮地風：跳出這虎窟龍潭。汪元亨、雙調沈醉東風、歸田：急跳出這虎窟龍潭。【梅雨潭】張可久、雙調湘妃怨、瑞安道中：來看梅雨潭。【

黑龍潭】喬吉、中呂紅綉鞋、泊皐亭山下：白水黑龍潭。【萬丈潭】劉時中、南呂四塊玉：萬丈潭，千尋坎。【相府潭潭】張可久、雙調折桂令、崔閑齋元帥席上：香風淡淡，相府潭潭。

談

【交談】張可久、南呂一枝花套、春景、梁州第七：詩朋酒侶交談。【高談】曾瑞、黃鍾醉花陰套、懷離：喜遷鶯：貌堂堂潤論高談。【笑談】張可久、雙調湘妃怨、瑞安道中：沙鷗驚笑談。薛昻夫、雙調慶東原、西皐亭適興：黃金買笑談。汪元亨、中呂朝天子、歸隱：共漁樵笑談。湯式、雙調新水令套、秋懷、喬牌兒：汝陽齋曾笑談。【話兒談】劉時中、中呂滿庭芳、自悟：再不將風月話兒談。【塵涴淸談】盧摯、雙調蟾宮曲、潯陽懷古、江州：笑元規塵涴淸談。

曇

【雲曇】曾瑞、南呂罵玉郞過感皇恩採茶歌、漁父：暮雲曇。【華屋羊曇】張可久、南呂一枝花套、春景、梁州第七：喫的保生存華屋羊曇。

罎

【玉液盈罎】張可久、南呂一枝花套、春景、梁州第七：珍羞滿桌，玉液盈罎。

⊙鬵

【冰鬵】汪元亨、雙調折桂令、歸隱：火鼠冰鬵。【春鬵】湯式、雙調新水令套、秋懷、折桂令：氣絲絲如做蘸春鬵。

慚

【面慚】汪元亨、雙調雁兒落過得勝令、歸隱：趨炎眞面慚。【羞慚】曾瑞、南呂罵玉郞過感皇恩採茶歌、風情：影羞慚。湯式、雙調新水令套、秋懷、駐馬聽：沈約羞慚。曾瑞、黃鍾醉花陰套、懷離：避不得這羞慚。關漢卿、中呂普天樂、崔張十六事：孫飛虎好是羞慚。

⊙含

【包含】喬吉、南呂一枝花套、私情、梁州第七：冷渾兒包含。湯式、雙調新水令套、秋懷、得勝令：風流謎謹包含。【曉日紅含】曾瑞、黃鍾醉花陰套、懷離、古水仙子：淹淹淹映香塵曉日紅含。

涵

【相涵】曾瑞、南呂罵玉郞過感皇恩採茶歌、漁父：天連水影相涵。

⊙饞

【休饞】曾瑞、南呂罵玉郞過感皇恩採茶歌、風情：眼休饞。【拉饞】喬吉、雙調水仙子、老當益壯：落拓垂涎待拉饞。【供饞】曾瑞、南呂罵玉郞過感皇恩採茶歌、漁父：仗魚鱸供饞。【偏饞】喬吉、南呂一枝花套、私情、梁州第七：不尋常眼腦兒偏饞。【燈饞】喬吉、中呂滿庭芳、漁父詞：照夜燈饞。【眼兒饞】曾瑞、黃鍾醉花陰套、懷離、神仗兒：則落的眼兒饞。【眼腦饞】喬吉、中呂朝天子、賦所感：多情多緒眼腦饞。【嬌眼饞】張可久、仙呂一半兒、寄情：隔簾怪他嬌眼饞。【餓眼偏饞】湯式、雙調新水令套、秋懷、折桂令：猶兀自讀書人餓眼偏饞。

劖

【冷句劖】湯式、雙調新水令套、秋懷、得勝令：白頭吟冷句劖。【神剜鬼劖】張養浩、中呂十二月兼堯民歌、秋池散慮：太湖石神剜鬼劖。

巉

曾瑞、黃鍾醉花陰套、懷離、刮地風：我則見四野巉巉。

儳

【多儳】曾瑞、南呂罵玉郎過感皇恩採茶歌、風情：酸丁詞客人多儳。

⊙巖

【高巖】曾瑞、南呂罵玉郎過感皇恩採茶歌、風情：上高巖。【巉巖】湯式、正宮小梁州、上巳日登姚江：天風吹我上巉巖。【玉巉巖】張養浩、中呂十二月兼堯民歌、秋池散慮：恰便似蛟龍飛繞玉巉巖。【瘦巖巖】喬吉、越調小桃紅、春閨怨：酒病十朝九朝嵌，瘦巖巖。張可久、越調寨兒令、收心：身子兒瘦巖巖。【詩骨巖巖】喬吉、雙調水仙子、老當益壯：休欺負詩骨巖巖。【瘦的巖巖】張可久、雙調湘妃怨、春情：不由人不瘦的巖巖。

岩

【對岩】曾瑞、黃鍾醉花陰套、懷離、神仗兒：祆廟鎖玘塔的對岩。【骨岩岩】張可久、雙調慶宣和、春晚病起：病骨岩岩。

嚴

【忒嚴】曾瑞、黃鍾醉花陰套、懷離、寨兒令：做的來所事忒嚴。【做得嚴】曾瑞、黃鍾醉花陰套、懷離、刮地風：想才郎常好是做得嚴。

諵楠○諴○爁燣○覃

餤譚燂潭痰○邯○讒

嚵鑱○喒

【對偶】

張可久、雙調撥不斷、客懷：抖征衫，望江南。

汪元亨、雙調折桂令、歸隱：冷笑淵明，高訪圖南。

汪元亨、雙調雁兒落過得勝令、歸隱：事

業居天上，聲名播斗南。　曾瑞、南呂四塊玉、述懷：享大財，得重銜。　張可久、越調寨兒令、收心：鬢髮躭珊，身子薄藍。　喬吉、南呂一枝花套、私情：藕絲輕織粉，湘水細揉藍。　湯式、雙調新水令套、秋懷、折桂令：空望想楚廟娉婷，枉祈求普救伽藍。　喬吉、雙調水仙子、老當益壯：玉鑰條玲瓏担，翠舖對萬勝籃。　曾瑞、南呂罵玉郎過感皇恩採茶歌、漁父：暮雲曇，曉山嵐。　張可久、南呂一枝花套、春景、梁州第七：流水泛江湖暖浪，輕雲鎖山市晴嵐。　張可久、雙調湘妃怨、瑞安道中：題遍松風閣，來看梅雨潭。　喬吉、中呂紅綉鞋、泊皐亭山下：青山黃鶴樓，白水黑龍潭。　張可久、雙調折桂令、崔閑齋元帥席上：春日遲遲，香風淡淡，相府潭潭。　張可久、雙調折桂令、崔閑齋元帥席上：妙舞清歌，闊論高談。　薛昂夫、雙調慶東原、西皐亭適興：青鏡看勳業，黃金買笑談。張可久、南呂一枝花套、春景、梁州第七：珍饈滿桌，玉液盈罈。　汪元亨、雙調折桂令、歸隱：鐵馬金戈，火鼠冰蠶。　湯式、雙調新水令套、秋懷、折桂令：悲切切似泣露寒蛩，氣絲絲如做繭春蠶。　喬吉、中呂滿庭芳、漁父詞：掛晴帆飽，照夜燈饞。　湯式、雙調新水令套、秋懷、折桂令：可不道多病身愁懷易感，猶兀自讀書人餓眼偏饞。　曾瑞、南呂罵玉郎過感皇恩採茶歌、漁父：賴江湖壯膽，仗魚鼈供饞。　喬吉、南呂一枝花套、私情、梁州第七：不顯豁意頭兒甚好，不尋常眼腦兒偏饞。　湯式、雙調新水令套、秋懷、得勝令：何堪，青樓集喬科範；難甘，白頭吟冷句劖。　張可久、越調寨兒令、收心：面皮兒黃紺紺，身子兒瘦巖巖。

上聲

感⊙　【傷感】曾瑞、黃鍾醉花陰套、懷離：行色匆匆易傷感。【愁懷易感】湯式、雙調新水令套、秋懷、折桂令：可不道多病身愁懷易感。

敢　【不敢】呂止軒、雙調風入松套、藍橋、攪箏琶：怕伊不敢。【勇敢】關漢卿、中呂普天樂、崔張十六事：杜將軍風威勇敢。【誰敢】喬吉、南呂一枝花套、私情、梁州第七：從那遍再誰敢。【眞箇敢】喬吉、中呂朝天子、賦所感：小心兒眞箇敢。【情願敢】喬吉、雙調水仙子、老當益壯：那孩兒情願敢。【一半兒敢】張可久、仙呂一半兒、寄情：一半兒佯羞一半兒敢。

覽⊙

【顧覽】湯式、雙調新水令套、秋懷、喬牌兒：冷清清誰顧覽。【遍覽】汪元亨、雙調沈醉東風、歸田：將漢書唐史遍覽。【休去覽】曾瑞、南呂罵玉郎過感皇恩採茶歌、風情：美女花嬌休去覽。

攬

【自攬】曾瑞、黃鍾醉花陰套、懷離、喜遷鶯：一見了春愁獨自攬。【强覽】曾瑞、南呂罵玉郎過感皇恩採茶歌、漁父：富貴榮華難强覽。【緊兒攬】曾瑞、黃鍾醉花陰套、懷離、古水仙子：將將將將紫絲韁緊兒攬。【從今怕覽】劉時中、中呂朝天子：攧艷處從今怕攬。

膽⊙

【大膽】喬吉、中呂朝天子、賦所感：爲俺，大膽。薛昂夫、中呂陽春曲：呆大膽。曾瑞、黃鍾醉花陰套、懷離、喜遷鶯：常好是忒大膽。【色膽】劉時中、中呂滿庭芳、自悟：花愁色膽。【怪膽】劉時中、中呂滿庭芳、自悟：狂踪怪膽。呂止軒、雙調風入松套、藍橋、離亭宴歇指煞：博伊家做怪膽。【壯膽】曾瑞、南呂罵玉郎過感皇恩採茶歌、漁父：賴江湖壯膽。【酒膽】張可久、南呂一枝花套、春景、梁州第七：放開酒膽。【喪膽】汪元亨、雙調沈醉東風、歸田：羸得來亡魂喪膽。【風月膽】無名氏、雙調新水令套、夜行船：又引起從前風月膽。【偷香膽】湯式、雙調新水令套、秋懷、尾聲：我則見跳龍門撞碎了偷香膽。【啼碎膽】喬吉、中呂紅綉鞋、泊阜亭山下：野猿啼碎膽。【唬破我膽】喬吉、南呂一枝花套、私情、尾：只被這受驚怕的恩情都唬破我膽。

慘⊙

【淒慘】曾瑞、黃鍾醉花陰套、懷離：比是情淒慘。【羞慘】呂止軒、雙調風入松套、藍橋、攪箏琶：獨自個羞慘。無名氏、雙調新水令套、夜行船：這些時徒羞慘。【綠慘】張養浩、中呂十二月兼堯民歌、秋池散慮：對著這烟波綠慘。【三分慘】喬吉、中呂朝天子、賦所感：我倒有三分慘。【江空月慘】盧摯、雙調蟾宮曲、潯陽懷古江州：琵琶冷江空月慘。【紅愁綠慘】喬吉、南呂一枝花套、私情：實怕償紅愁綠慘。

⊙揞

【如何揞】喬吉、南呂一枝花套、私情、梁州第七：風聲兒惹起如何揞。

⊙喊

【叫喊】曾瑞、黃鍾醉花陰套、懷離、四門子：百忙裏躧行馬兒不住叫喊。【鬪喊】喬吉、南呂一枝花套、私情、梁州第七：僭科，鬪喊。

⊙毯

【翠毯】張可久、南呂一枝花套、春景：碧草鋪茸茸翠毯。【鳳毛毯】湯式、雙調新水令套、秋懷、尾聲：受用你翡翠衾象牙牀鳳毛毯。

⊙減

【旋減】曾瑞、南呂罵玉郎過感皇恩採茶歌、風情：惜花心旋減。【翠減】喬吉、越調小桃紅、春閨怨：香消翠減。【量減】曾瑞、南呂罵玉郎過感皇恩採茶歌、漁父：杯量減。喬吉、中呂滿庭芳、漁父詞：未放我杯中量減。【瘦減】湯式、雙調新水令套、秋懷、駐馬聽：都道年來腰瘦減。【轟減】無名氏、雙調新水令套、喬牌兒：相知每側脚來轟減。【情分減】無名氏、雙調新水令套、天仙子：怎只恁雨下裏情分減。【情未減】張可久、雙調湘妃怨、春情：相思情未減。【殿塵減】張可久、南呂四塊玉、閑居：勝事添，殿塵減。【紅消綠減】湯式、雙調新水令套、秋懷、尾聲：權寧耐紅消綠減。【衆生便減】呂止軒、雙調風入松套、藍橋、離亭宴歇指煞：既做時休忐忑若意懶後衆生便減。【香消玉減】曾瑞、黃鍾醉花陰套、懷離：陡恁般香消玉減。

⊙坎

【千尋坎】劉時中、南呂四塊玉：萬丈潭，千尋坎。【止則坎】喬吉、中呂山坡羊、失題：流則盈科止則坎。

⊙俺

【笑俺】曾瑞、南呂四塊玉、述懷：休笑俺。【在俺】喬吉、中呂山坡羊、失題：行，也在俺。【爲俺】喬吉、中呂朝天子、賦所感：小心兒眞箇敢，爲俺。【問俺】曾瑞、中呂喜春來、秋閨思：休問俺。【分付俺】汪元亨、中呂朝天子、歸隱：安樂窩分付俺。曾瑞、黃鍾醉花陰套、懷離、尾聲：將一箇擔不起擔兒却怎生分付俺。【休笑俺】湯式、雙調新水令套、秋懷、駐馬聽：不知音休笑俺。【他共俺】呂止軒雙調風入松套、藍橋、喬牌兒：偶因那日相逢處，兩情牽他共俺。【志誠俺】無名氏、雙調新水令套、離亭宴煞：心疼煞志誠俺。【迤逗俺】曾瑞、黃鍾

摻⊙

醉花陰套、懷離、刮地風：則被這幾對兒家毛團迤逗俺。【輕視俺】張可久、雙調寨兒令、收心：相識每陡然輕視俺。【傍人笑俺】劉時中、中呂滿庭芳、自悟：一任旁人笑俺。

【亂摻】張可久、越調小桃紅、淮安道中：楊花亂摻。曾瑞、黃鍾醉花陰套、懷離、出隊子：剪不出撲柳絮胡蝶粉亂摻。

黯⊙

【黯黯】汪元亨、雙調折桂令、歸隱：黑似漆前程黯黯。

鱤[illegible]○欖爦○礷紞○

黲○晻馣○[illegible]○禫倓

萏窞○[illegible]○砍○昝歁

○斬○喃

【對偶】

喬吉、南呂一枝花套、私情：假撇清面北眉南，實怕僭紅愁綠慘。喬吉、南呂一枝花套、私情、梁州第七：僭科，鬭喊。湯式、雙調新水令套、秋懷、尾聲：成就我紫羅襴犀角帶虎頭牌，受用你翡翠衾象牙牀鳳毛毯。張可久、南呂一枝花套、春景：綠苔撒點點青錢，碧草鋪茸茸翠毯。劉時中、南呂四塊玉：萬丈潭，千尋坎。曾瑞、黃鍾醉花陰套、懷離、出隊子：描不成映花梢孔雀翠相攙，剪不出撲柳絮胡蝶粉亂摻。喬吉、中呂山坡羊、失題：行，也在俺；藏，也在俺。

去聲

勘⊙

【天對勘】無名氏、雙調新水令套、喬牌兒：這番天對勘。【婚姻勘】曾瑞、黃鍾醉花陰套、懷離、寨兒令：他自把那婚姻勘。【無心勘】汪元亨、中呂朝天子、歸隱：喬公案無心勘。

紺⊙

【紺紺】曾瑞、黃鍾醉花陰套、懷離、神仗兒：甜甜也那紺紺。【黃紺紺】張可久、越調寨兒令、收心：面皮兒黃紺紺。

憾⊙

【無憾】曾瑞、黃鍾醉花陰套、懷離、刮地風：待私奔至死心無憾。【難憾】薛昂夫、中呂陽春曲：胸中太華身難憾。【搖憾】湯式、正宮小梁州、上巳日登姚江：輕搖憾。無名氏、雙調新水令套：狂風過怎搖憾。喬吉、中呂朝天子、賦所感：誰敢去胡搖憾。喬吉、南呂一枝花套、私情：小可底難搖憾。曾瑞、黃鍾醉花陰套、懷離、尾聲：一擔相思自搖憾。張可久、南呂一枝花套、春景、梁州第七：恨狂風盡把花搖憾。喬吉、雙調水仙子、老當益壯：等閑小見難搖憾。【秋風憾】曾瑞、中呂喜春來、秋閨思：庭槐破夢秋風憾。

頷

【垂頷】曾瑞、南呂四塊玉、述懷：霜垂頷。【驪龍頷】喬吉、中呂山坡羊、失題：等閑休擘驪龍頷。

淡⊙

【心淡】劉時中、中呂滿庭芳、自悟：這其間實心淡。【全淡】張可久、雙調撥不斷、客懷：利名全淡。【甜淡】呂止軒、雙調風入松套、藍橋、新水令：穿一套素衣恁般甜淡。【意淡】劉時中、中呂滿庭芳：情疎意淡。【雲淡】喬吉、中呂山坡羊、失題：雲濃雲淡。張可久、雙調落梅風、書所見：拂晴空遠山雲淡。【文章淡】湯式、雙調新水令套、秋懷、雁兒落：評花稿才覺文章淡。【江雲淡】喬吉、中呂滿庭芳、漁父詞：一竿界破江雲淡。【秋光淡】張養浩、中呂十二月兼堯民歌、秋池散慮：越顯的秋光淡。曾瑞、南呂罵玉郎過感皇恩採茶歌、漁父：長天遠水秋光淡。【眉兒淡】喬吉、越調小桃紅、春閨怨：愁濃難補眉兒淡。【梨花淡】張可久、南呂一枝花套、春景：飄白雪梨花淡。【雲烟淡】張可久、越調小桃紅、淮安道中：象徵半幅雲烟淡。【蛾眉淡】曾瑞、黃鍾醉花陰套、懷離、古水仙子：曲彎彎兩葉蛾眉淡。【櫻桃淡】喬吉、中呂朝天子、賦所感：脂唇小櫻桃淡。

澹

（同淡）【心澹】汪元亨、雙調雁兒落過得勝令、歸隱：附勢實心澹。【恬澹】汪元亨、中呂朝天子、歸隱：甘心恬澹。

擔

【詩擔】汪元亨、中呂朝天子、歸隱：整頓挑詩擔。張可久、雙調湘妃怨、瑞安道中：掛漁網茶竈整詩擔。【相思擔】湯式、雙調新水令套、秋懷、駐馬聽：吟肩慣壓相思擔。【玲瓏擔】喬吉、雙調水仙子、老當益壯：玉鑰條玲瓏擔。

⊙檻

【朱雲檻】汪元亨、雙調沉醉東風、歸田：愁扳折朱雲檻。

陷

【坑陷】曾瑞、黃鍾醉花陰套、懷離、神仗兒：半路裏被人坑陷。呂止軒、雙調風入松套、藍橋、離亭宴歇指煞：做時休把人坑陷。關漢卿、中呂普天樂、崔張十六事：險把佳人遭坑陷。【豁著坑陷】曾瑞、南呂罵玉郎過感皇恩採茶歌、風情：風流歘豁著坑陷。

⊙濫

【愚濫】曾瑞、黃鍾醉花陰套、懷離、喜遷鶯：並不愚濫。無名氏、雙調新水令套、喬牌兒：非是俺愚濫。呂止軒、雙調風入松套、藍橋、喬牌兒：勾斷欠愚濫。喬吉、南呂一枝花套、私情、尾：錦片也似前程做的來不愚濫。【絕濫】曾瑞、南呂罵玉郎過感皇恩採茶歌、風情：情絕濫。

纜

【休纜】喬吉、中呂滿庭芳、漁父詞：船休纜。【初纜】張可久、越調小桃紅、淮安道中：扁舟初纜。【脫纜】湯式、雙調新水令套、秋懷、滴滴金：輕舟脫纜。【舟無纜】汪元亨、雙調雁兒落過得勝令、歸隱：身比舟無纜。【扁舟纜】張可久、雙調撥不斷、客懷：凍河膠雪扁舟纜。【漁舟纜】無名氏、雙調新水令套、離亭宴煞：你休起風波剗斷漁舟纜。【小舟輕纜】張可久、雙調落梅風、書所見：採蓮歸小舟輕纜。

⊙嵌

【九朝嵌】喬吉、越調小桃紅、春閨怨：酒病十朝九朝嵌。【金珠窟嵌】喬吉、中呂紅綉鞋、泊皋亭山下：石骨瘦金珠窟嵌。

⊙蘸

【兎毫蘸】湯式、南呂一枝花套、送車文卿歸隱、尾聲：終日家龍鳳團香兎毫蘸。【香龍蘸】湯式、雙調新水令套、秋懷、雁兒落：紫霜毫倦把龍香蘸。

站

【虛站】曾瑞、黃鍾醉花陰套、懷離、四門子：過關津怕的是人虛站。【短站】曾瑞、黃鍾醉花陰套、懷離、古水仙子：方行過短站。【藍橋站】湯式、雙調新水令套、秋懷、駐馬聽：鳳鸞交乾閃下藍橋站。

賺

【倒賺】無名氏、雙調新水令套、離亭宴煞：休將人倒賺。【功名賺】劉時中、南呂四塊玉：識破休被功名賺。【把人賺】呂止軒、雙調風入松套、藍橋、新水令：莫不是把人賺。【春寒賺】

喬吉、越調小桃紅、春閨怨：嬌怯春寒賺。【虛名賺】曾瑞、南呂四塊玉、嘆世：勸君莫被虛名賺。【將人賺】劉時中、中呂滿庭芳、自悟：笑臉兒將人賺。【被利名賺】湯式、雙調新水令套、秋懷：佳期被利名賺。

鑑⊙

【丰鑑】曾瑞、黃鍾醉花陰套、懷離、喜遷鶯：想才郎丰鑑。【評鑑】湯式、雙調新水令套、秋懷、喬牌兒：風月所試評鑑。【寶鑑】張可久、雙調湘妃怨、春情：塵昏寶鑑。湯式、雙調新水令套、秋懷、滴滴金：平分寶鑑。【青銅鑑】汪元亨、中呂朝天子、歸隱：羞對青銅鑑。汪元亨、雙調雁兒落過得勝令、歸隱：百頃青銅鑑。無名氏、雙調新水令套、離亭宴煞：得團圓摔破青銅鑑。【青鸞鑑】喬吉、南呂一枝花套、私情：山隱青鸞鑑。【孤鸞鑑】張可久、南呂金字經、春懷：瘦影孤鸞鑑。【衰容鑑】張可久、雙調撥不斷、客懷：曉奩開月衰容鑑。

暫⊙

【時暫】無名氏、雙調新水令套、夜行船：奈何時暫。【捱時暫】曾瑞、南呂罵玉郎過感皇恩採茶歌、漁父：捱時暫，同苦甘。【駐時暫】張可久、越調小桃紅、淮安道中：橋畔尋詩駐時暫。【人生時暫】曾瑞、黃鍾醉花陰套、懷離、出隊子：想人生時暫。

暗⊙

【烟暗】喬吉、越調小桃紅、春閨怨：雨昏烟暗。【綠暗】曾瑞、黃鍾醉花陰套、懷離、刮地風：紅稀綠暗。【窗暗】喬吉、中呂山坡羊、失題：窗明窗暗。【燈暗】湯式、雙調新水令套、秋懷：客窗寒月斜燈暗。【花星暗】無名氏、雙調新水令套、離亭宴煞：却休教花星暗。【明珠暗】薛昂夫、雙調慶東原、西皋亭適興：錦衣榮休笑明珠暗。【青燈暗】張可久、雙調湘妃怨、春情：梨花院靜青燈暗。【斜陽暗】湯式、正宮小梁州、上巳日登姚江龍泉寺分韻得暗字：登臨未了斜陽暗。【漁燈暗】張可久、越調小桃紅、淮安道中：柳岸漁燈暗。【綠陰暗】張可久、南呂一枝花套、春景、尾聲：一望紅稀綠陰暗。【遮籠教暗】喬吉、南呂一枝花套、私情、尾：從今將鳳凰巢鴛鴦殿遮籠教暗。

探⊙

【半探】曾瑞、黃鍾醉花陰套、懷離、古水仙子：軟兀刺綉鞍身半探。【先探】喬吉、中呂朝天子、賦所感：呆科先探。【來探】關漢卿、中呂普天樂、崔張十六事：法聰待向前，便把賊來探。【疾相探】張可久、南呂一枝花套、春景、梁州第七：恐無多光景疾相探。【登門探】張可久、南呂四塊玉、閑居：金華羽士登門探。【勤相探】無名氏、雙調新水令套、離亭宴煞：囑付勤相探。【儒生探】湯式、雙調新水令套、秋懷、喬牌兒：賈充宅不許儒生探。【將他來探】喬吉、南呂一枝花套、私情、梁州第七：酒席間閑話兒將他來探。

湸◉

【水湸】曾瑞、黃鍾醉花陰套、懷離、神仗兒：藍橋下忽剌剌的水湸。【著湸】喬吉、中呂山坡羊、失題：惡風波喫閃的都著湸。【塑湸】曾瑞、南呂罵玉郎過感皇恩採茶歌、風情：咱塑湸。【風波湸】曾瑞、南呂四塊玉、述懷：狂圖多被風波湸。

慘◉

【又慘】曾瑞、黃鍾醉花陰套、懷離、四門子：色兒又慘。【驚慘】湯式、雙調新水令套、秋懷、駐馬聽：潘安驚慘。【他羞我慘】曾瑞、黃鍾醉花陰套、懷離、神仗兒：將一對小小夫妻送的來他羞我慘。

懺◉

【梁皇懺】關漢卿、中呂普天樂、崔張十六事：不念法華經，不理梁皇懺。

礹○顲淦○撼琀荅唅○啖惔○轞艦餡○醶欖○瞰闞○湛○監○塹蔘揞○闇○三

【對偶】

喬吉、雙調水仙子、老當益壯：風流受苦果何甘，落拓垂涎待拉饞，等閑小見難搖憾。張可久、南呂一枝花套、春景：滾香綿柳絮輕，飄白雪梨花淡。湯式、雙調新水令套、秋懷、雁兒落：誤人書方知性理擔，評花稿纔覺文章淡。汪元亨、雙調雁兒落過得勝令、歸隱：趨炎眞面慚，附勢實心澹。湯式、雙調新水令套、秋懷、滴滴金：落葉隨風，斷梗逐波，輕舟脫纜。張可久、雙調撥不斷、客懷：曉奩開月衰容鑑，恨墨拈雲遠信緘，凍河膠雪扁舟纜。湯式、雙調新水令套、秋懷、雁兒落：碧雲箋慵將烏篆臨，紫霜毫倦把龍香蘸。湯式、雙調新水令套、秋懷、駐馬聽：鴛鴦被錯配了玉淸庵，鳳鸞交乾閃下藍橋站。喬吉、南呂一枝花套、私情：雲髻金雀翹，山隱青鸞鑑。湯式、雙調新水令套、秋懷、喬牌兒：汝陽齒曾笑談，風月所試評鑑。湯式、雙調新水令套、秋懷、滴滴金：暗與香囊，痛剪青絲，平分寶鑑。喬吉、中呂山坡羊、失題：雲濃雲淡，窗明窗暗。喬吉、越調小桃紅、春閨怨：香消翠減，雨昏烟暗。張可久、雙調湘妃怨、春情：柳芽箋小錦雲緘，蓬島書來紫鳳銜，梨花院靜青燈暗。

第十九部

（廉纖）

陰平

⊙瞻

【子瞻】湯式、南呂一枝花套、旅中自遣：寂寞如居海島傷懷的子瞻。【可瞻】湯式、南呂一枝花套、旅中自遣、尾聲：那時節威儀可瞻。【覩瞻】湯式、南呂一枝花套、贈玉馬杓：想像覩瞻。【儘意瞻】張可久、南呂一枝花套、冬景、梁州第七：爲愛瓊瑤儘意瞻。【詩仙子瞻】張可久、南呂一枝花套、秋景、梁州第七：則學那與悠悠詩仙子瞻。

占

【卦怎占】喬吉、雙調水仙子、爲友人作：重聚首佳期卦怎占。

粘

【沾粘】湯式、南呂一枝花套、旅中自遣、梁州：一片心遠功名無甚沾粘。曾瑞、越調鬬鵪鶉套、風情、小桃紅：小姨夫統鏝緊沾粘。【泥粘】曾瑞、越調鬬鵪鶉套、風情、紫花兒：落花泥粘。【稠粘】曾瑞、雙調行香子套、嘆世、攪箏琶：榮華路景稠粘。【將冰餅粘】徐再思、雙調水仙子、紅指甲：宮葉猶將冰餅粘。

沾

【白沾】曾瑞、越調鬬鵪鶉套、風情、紫花兒：硬熱戀白沾。【泥沾】曾瑞、雙調行香子套、嘆世：落絮泥沾。【襟袖沾】呂止庵、仙呂翠裙腰套、賺尾：桂香襟袖沾。

霑

【初霑】曾瑞、越調鬬鵪鶉套、風情：殢雨初霑。

⊙兼

【咱兼】曾瑞、越調鬬鵪鶉套、風情、紫花兒：喬風月咱兼。【相兼】曾瑞、雙調行香子套、嘆世：禍福相兼。喬吉、雙調水仙子、爲友人作：攪柔腸離恨病相兼。【得兼】湯式、南呂一枝花套、旅中自遣、尾聲：經綸得兼。【雙兼】曾瑞、中呂醉春風套、清高：官極將相位雙兼。

縑

【白縑】張可久、南呂一枝花套、秋景、梁州第七：趁蒼空天似白縑。【輕縑】白樸、越調天淨沙、夏：玉人羅扇輕縑。【霜縑】汪元亨、中呂朝天子、歸隱：詩成一笑寫霜縑。

淹⦿

【消淹】汪元亨、雙調折桂令、歸隱：且自消淹。【不可淹】汪元亨、雙調雁兒落過得勝令、歸隱：時光不可淹。【被酒淹】張可久、南呂一枝花套、秋景、梁州第七：不管衣襟被酒淹。【呆漢江淹】張可久、南呂一枝花套、秋景、梁州第七：不學那愁默默呆漢江淹。【烟水重淹】呂止軒、雙調風入松套、藍橋：不提防烟水重淹。【殘暑淹淹】張可久、南呂一枝花套、秋景：殘暑淹淹，爽氣被樓臺占。【餘韻淹淹】張可久、南呂一枝花套、冬景、梁州第七：唱清音餘韻淹淹。

厭

（同猒）【厭厭】喬吉、雙調雁兒落過得勝令、戲題：念念心常玷，厭厭。喬吉、中呂滿庭芳、漁父詞：秋水厭厭。曾瑞、雙調行香子套、嘆世、攬箏琶：何故苦厭厭。曾瑞、南呂罵玉郎過感皇恩採茶歌、四時閨怨、夏：驚午夢恨厭厭。【酒病厭】楊澹齋、雙調得勝令：春嬌酒病厭。【病厭厭】喬吉、越調小桃紅、效聯珠體：欠你病厭厭。【興未厭】呂止庵、仙呂翠裙腰套、賺尾：尊前興未厭。

懨

【懨懨】湯式、南呂一枝花套、旅中自遣：鬱悶懨懨。曾瑞、中呂喜春來、離情：誰問苦懨懨。湯式、南呂一枝花套、贈玉馬杓、梁州：敲得些販茶商睡思懨懨。

纖⦿

【玉纖】貫雲石、南呂金字經：東風暖玉纖。張可久、中呂滿庭芳、題情：彈舊曲徒勞玉纖。【春纖】張可久、雙調折桂令、春情：托香腮微困春纖。【簾纖】王和卿、中呂喜春來、春思：及時膏雨紅簾纖。【纖纖】張可久、雙調殿前歡、歸山：涼月纖纖。呂止庵、仙呂翠裙腰：晚粧樓外月纖纖。徐再思、雙調水仙子、紅指甲：掐劉郎春在纖纖。張可久、南呂一枝花套、冬景、梁州第七：捧紅牙玉指纖纖。【玉纖纖】喬吉、越調小桃紅、點鞋枝：陪伴玉纖纖。周德清、中呂喜春來、春晚：誰家簾影玉纖纖。【草纖纖】張可久、中呂迎仙客、括山道中：雲冉冉，草纖纖。【舞腰纖】曾瑞、南呂罵玉郎過感皇恩採茶歌、四時閨怨、夏：緗裙寬掩舞腰纖。【籬菊纖】曾瑞、中呂醉春風套、清高、普天樂：籬菊纖，風雲儉。

籤⦿

【牙籤】汪元亨、雙調折桂令、歸隱：收架上牙籤。湯式、南呂一枝花套、旅中自遣：書卷廣亂牙籤。【求籤】曾瑞、南呂罵玉郎過感皇恩採茶歌、四時閨怨、夏：問卜求籤。【相籤】曾瑞、雙調行香子套、嘆世：名利相籤。

籤

【相籤】曾瑞、越調鬪鵪鶉套、風情、紫花兒：相籤，掄的柄銅鍬分外裏險。

忺⊙

【不忺】喬吉、雙調雁兒落過得勝令、戲題：秋奩粧不忺。【正忺】曾瑞、越調鬪鵪鶉套、風情：俺正忺。【忺忺】楊澹齋、雙調得勝令、忺忺，忺得來不待忺。【情忺】曾瑞、雙調行香子套、嘆世、撥箏琶：沾惹情忺。白樸、中呂陽春曲、題情：越間阻越情忺。湯式、南呂一枝花套、贈玉馬杓、梁州：也不似他情忺。喬吉、雙調水仙子、嘲少年：火塊兒也似情忺。【十分忺】貫雲石、正宮塞鴻秋、代人作：起初兒相見十分忺。【不待忺】楊澹齋、雙調得勝令：忺得來不待忺。【不甚忺】貫雲石、越調凭闌人、題情：愁理晨粧不甚忺。【愁未忺】貫雲石、南呂金字經：倚窗愁未忺。【寃家忺】曾瑞、越調鬪鵪鶉套、風情、小桃紅：新人物寃家忺。

尖⊙

【山尖】喬吉、中呂滿庭芳、漁父詞：歌聲在山尖。【折尖】喬吉、雙調水仙子、嘲少年：紙糊鍬輕去列杠折尖。【竿尖】曾瑞、雙調行香子套、嘆世：跳下竿尖。【眉尖】楊澹齋、雙調得勝令：眉尖，常鎖傷春怨。周德淸、中呂喜春來、春晚：消息露眉尖。曾瑞、南呂罵玉郎過感皇恩採茶歌、四時閨怨、夏：愁壓損眉尖。呂止庵、仙呂翠裙腰套、金盞兒：又傳宮樣印眉尖。曾瑞、中呂喜春來、離情：舊愁新恨上眉尖。張可久、中呂滿庭芳、題情：遣春愁不離眉尖。【峯尖】湯式、南呂一枝花套、旅中自遣、梁州：過了些連雲梯絕猿猴鳥道峯尖。【雲尖】張可久、中呂紅綉鞋、天台瀑布寺：倚樹哀猿弄雲尖。【玉減尖】喬吉、雙調雁兒落過得勝令、戲題：纖纖玉減尖。【春筍尖】貫雲石、越調凭闌人、題情：玉纖春筍尖。【筍牙尖】徐再思、雙調水仙子、紅指甲：落花飛上筍牙尖。【新淡尖】貫雲石、南呂金字經：蛾眉新淡尖。【翠條尖】喬吉、越調小桃紅、點鞋枝：研台香蘸翠條尖。

漸

【酒病淹漸】張可久、雙調折桂令、春情：曉鶯啼酒病淹漸。

掂⊙

【輕掂】張可久、南呂一枝花套、冬景、梁州第七：鼉鼓輕掂。【秤上掂】喬吉、雙調水仙子、爲友人作：斤兩去等秤上掂。

⊙苦【香苦】曾瑞、越調鬪鵪鶉套、風情、紫花兒：韓壽香苦。【垂楊苦】張可久、雙調殿前歡、歸山：屋角垂楊苦。

⊙謙【退謙】曾瑞、雙調行香子套、嘆世、離亭宴帶歇指煞：君子退謙。【讓讓謙謙】湯式、南呂一枝花套、贈玉馬杓、梁州：窮雙漸也則索讓讓謙謙。

⊙添【添】貫雲石、南呂金字經：香冷金猊月轉簾，添。【再添】曾瑞、雙調行香子套、嘆世、攪箏琶：絕業貫休再添。【波添】白樸、越調天淨沙、夏：雲收雨過波添。【情添】曾瑞、越調鬪鵪鶉套、風情：休再情添。【新添】張可久、中呂滿庭芳、題情：今日新添。張可久、雙調殿前歡、西溪道中：西溪風景近新添。【重添】張可久、南呂一枝花套、冬景、梁州第七：玉壺中酒盡重添。【羞添】張可久、雙調折桂令、春情：寶篆羞添。【價添】湯式、南呂一枝花套、贈玉馬杓、尾聲：連城的價添。【頻添】曾瑞、中呂醉春風套、清高、喜春來：野塘消遣酒頻添。張可久、南呂一枝花套、冬景、梁州第七：紅爐中獸炭頻添。【轉添】曾瑞、南呂罵玉郎過感皇恩採茶歌、四時閨怨、夏：恨轉添。曾瑞、南呂罵玉郎過感皇恩採茶歌、四時閨怨、夏：夢轉添。張可久、南呂金字經、春懷：病起離人愁轉添。【心事添】貫雲石、越調凭闌人、題情：旋將心事添。【似要添】張可久、南呂一枝花套、秋景、尾聲：飲興吟懷似要添。【氣象添】張可久、南呂一枝花套、冬景：豐年氣象添。【逐日添】喬吉、雙調水仙子、爲友人作：悶勾肆兒逐日添。【病越添】喬吉、雙調雁兒落過得勝令、戲題：漸漸病越添。【景色添】張可久、南呂一枝花套、秋景：稱情懷景色添。【嫩涼添】呂止庵、仙呂翠裙腰：便覺嫩涼添。【鴨綠添】王和卿、中呂喜春來、春思：波面澄澄鴨綠添。【橫禍添】曾瑞、南呂四塊玉、酷吏：業貫盈，橫禍添。【離恨添】無名氏、正宮端正好套、尾：一曲陽關離恨添。【鬱悶添】曾瑞、中呂喜春來、離情：雁杳魚沉鬱悶添。

詹○鵮鰜○腌醃稽閹○銛憸暹靉○僉槧○襜韂覘○杴○殲

【對偶】

張可久、南呂一枝花套、秋景、梁州第七：不學那愁默默呆漢江淹，則學那興悠悠詩仙子瞻。　湯式、南呂一枝花套、旅中自遣：尩羸似老文園病渴的相如，寂寞如居海島傷懷的子瞻。　曾瑞、雙調行香子套、嘆世：殘花雨過，落地泥沾。　湯式、南呂一枝花套、旅中自遣、尾聲：威儀可瞻，經綸得兼。　曾瑞、雙調行香子套、嘆世：名利相籤，禍福相兼。　曾瑞、越調鬭鵪鶉套、風情、紫花兒：大排場俺占，喬風月咱兼。　汪元亨、雙調雁兒落過得勝令、歸隱：覷瞻，物理還須驗；沈潛，時光不可淹。　喬吉、中呂滿庭芳、漁父詞：寒蒲獵獵，秋水厭厭。　湯式、南呂一枝花套、贈玉馬杓、梁州：舀得些拔禾倈家計空空，兜得些偷花漢勞心冉冉，敲得些販茶商睡思懨懨。　張可久、中呂迎仙客、括山道中：雲冉冉，草纖纖。　張可久、雙調殿前歡、歸山：閒花點點，涼月纖纖。　貫雲石、南呂金字經：輕寒堆翠被，東風暖玉纖。　張可久、南呂一枝花套、冬景、梁州第七：唱清音餘韻淹淹，掩紅牙玉指纖纖。　曾瑞、南呂罵玉郎過感皇恩採茶歌、四時閨怨、夏：雲髻鬅鬆愁病染，細裙寬掩舞腰纖。　汪元亨、雙調折桂令、歸隱：散囊裏黃金，藏匣中寶劍，收架上牙籤。　湯式、南呂一枝花套、旅中自遣：錦囊寬閑鳳琴，寶匣冷藏龍劍，篆香消閑翠鼎，書卷廣亂牙籤。　貫雲石、越調凭闌人、題情：懶對菱花不欲拈，愁理晨粧不甚忺。　喬吉、雙調雁兒落過得勝令、戲題：冉冉香消漸，纖纖玉減尖。　張可久、中呂滿庭芳、題情：彈舊曲徒勞玉纖，遣春愁不離眉尖。　湯式、南呂一枝花套、旅中自遣、梁州：經了些摧舟楫走蛟鼉鯨窟波翻，行了些壞車輪被虎豹羊腸路險，過了些連雲梯絕猿猴鳥道峯尖。　張可久、雙調折桂令、春情：梨花謝春光荏苒，曉鶯啼酒病淹漸。　張可久、南呂一枝花套、冬景、梁州第七：鸞簫謾品，鼉鼓輕掂。　曾瑞、越調鬭鵪鶉套、風情、紫花兒：潘岳花擲，韓壽香苫。　湯式、南呂一枝花套、贈玉馬杓、梁州：富石崇猶兀自等等潛潛，窮雙漸也則索讓讓謙謙。　湯式、南呂一枝花套、贈玉馬杓、尾聲：傾城的貌甜，連城的價添。　張可久、南呂一枝花套、秋景、尾聲：賞心樂事休教欠，飲興吟懷似要添。　張可久、南呂一枝花套、冬景、梁州第七：寶鴨內香殘再拈，玉壺中酒盡重添。張可久、南呂一枝花套、冬景、梁州第七：金盞酒羊羔滿泛，紅爐中獸炭頻添。王和卿、中呂喜春來、春思：柳梢淡淡鵝黃染，波面澄澄鴨綠添。曾瑞、中呂喜春來、離情：雲慳雨澁歡娛儉，雁杳魚沈鬱悶添。喬吉、雙調雁兒落過得勝令、戲題：咕咕，念念心常玷；厭厭，漸漸病越添。

陽平

廉⊙

【知廉】曾瑞、雙調行香子套、嘆世：識恥知廉。【飛廉】張可久、中呂紅綉鞋、天台瀑布寺：陰洞吼飛廉。【傷廉】曾瑞、越調鬬鵪鶉套、風情：不願傷廉。喬吉、雙調水仙子、嘲少年：抱牛腰只怕傷廉。【養廉】湯式、南呂一枝花套、旅中自遣、梁州：但得箇小小生涯足養廉。【價廉】汪元亨、中呂朝天子、歸隱：沽村醪價廉。【誰汚誰廉】曾瑞、中呂醉春風套、淸高、普天樂：任當途誰汚誰廉。

簾

【入簾】張可久、南呂金字經、春懷：燕歸入簾。【朱簾】呂止庵、仙呂翠裙腰：捲朱簾。曾瑞、南呂罵玉郎過感皇恩採茶歌、四時閨怨、夏：簌朱簾。張可久、南呂一枝花套、秋景、梁州第七：到西山雨灑朱簾。喬吉、越調小桃紅、效聯珠格：落花飛絮隔朱簾。【冰簾】張可久、中呂紅綉鞋、天台瀑布寺：懸崖水掛冰簾。【毡簾】張可久、南呂一枝花套、冬景、梁州第七：翠幕毡簾。【珠簾】張可久、雙調折桂令、春情：不捲簾珠。湯式、南呂一枝花套、贈玉馬杓、梁州：秀名兒近似珠簾。【侵簾】喬吉、雙調雁兒落過得勝令、戲題：淚雨冷侵簾。【細簾】汪元亨、中呂朝天子、歸隱：黃蘆編細簾。【疎簾】張可久、雙調殿前歡、歸山：試捲疎簾。汪元亨、雙調雁兒落過得勝令、歸隱：山色透疎簾。湯式、南呂一枝花套、旅中自遣、梁州：愛青山正當窗不捲疎簾。【捲簾】徐再思、雙調水仙子、紅指甲：怕傷春不捲簾。汪元亨、雙調沈醉東風、歸田：盡日看山獨捲簾。【綉簾】張可久、仙呂一半兒、情：幾縷夜香穿綉簾。【繡簾】楊澹齋、雙調得勝令：沈烟裊繡簾。【月轉簾】貫雲石、南呂金字經：香冷金猊月轉簾。

奩

【粧奩】曾瑞、南呂罵玉郎過感皇恩採茶歌、四時閨怨、夏：對粧奩。曾瑞、越調鬬鵪鶉套、風情、紫花兒：傅粉粧奩。呂止庵、仙呂翠裙腰套、元和令：綵鸞收鏡入粧奩。徐再思、雙調水仙子、紅指甲：捧菱花香印粧奩。

帘

【青帘】張可久、中呂迎仙客、括山道中：半幅青帘。汪元亨、雙調折桂令、歸隱：喚我青帘。張可久、雙調殿前歡、西溪道中：綠柳青帘。曾瑞、中呂醉春風套、清高：引開醉眼舞青帘。【酒帘】張可久、南呂一枝花套、冬景：密灑透歌樓酒帘。

黏⊙

【翠薜黏】張可久、雙調殿前歡、歸山：池邊翠薜黏。

拈

【香拈】張可久、南呂一枝花套、秋景、梁州第七：寶鼎香拈。【再拈】呂止庵、仙呂翠裙腰套、元和令：霓裳誰再拈。張可久、南呂一枝花套、冬景、梁州第七：寶鴨內香殘再拈。【慵拈】張可久、中呂滿庭芳、題情：綉線慵拈。曾瑞、南呂罵玉郎過感皇恩採茶歌、四時閨怨、夏：困人天氣扇慵拈。【不待拈】湯式、南呂一枝花套、旅中自遣：紫霜毫不待拈。【不欲拈】貫雲石、越調凭闌人、題情：懶對菱花不欲拈。【不喜拈】張可久、南呂金字經、春懷：朱門掩，夜香不喜拈。【信手兒拈】湯式、南呂一枝花套、贈玉馬杓、尾聲：休教人百味厨中信手兒拈。

撏⊙

【花撏】曾瑞、越調鬬鵪鶉套、風情、紫花兒：潘岳花撏。【帶風撏】張可久、南呂一枝花套、冬景：柳絮帶風撏。

鈐⊙

【拘鈐】曾瑞、中呂醉春風套、清高、普天樂：無拘鈐。曾瑞、越調鬬鵪鶉套、風情、小桃紅：怎拘鈐。喬吉、雙調水仙子、爲友人作：喫緊的曆册般拘鈐。湯式、南呂一枝花套、旅中自遣、梁州：兩雙脚信行藏有拘鈐。

鉗

【拘鉗】曾瑞、南呂罵玉郎過感皇恩採茶歌、四時閨怨、夏：悶拘鉗。張可久、南呂一枝花套、秋景、梁州第七：無事拘鉗。白樸、中呂陽春曲、題情：妳娘催逼緊拘鉗。【鈎鉗】曾瑞、雙調行香子套、嘆世：擺脫鈎鉗。【鎚鉗】湯式、南呂一枝花套、贈玉馬杓、梁州：鑌鐵鈎枉費鎚鉗。【鎖頂鉗】曾瑞、雙調行香子套、嘆世、撥不斷：袖手擘開鎖頂鉗。

箝

【難箝】曾瑞、中呂醉春風套、清高：衆口難箝。

⊙蟾

【玉蟾】張可久、仙呂一半兒、情：萬朶晴雲擁玉蟾。【冰蟾】張可久、中呂滿庭芳、題情：新月掛冰蟾。【銀蟾】呂止庵、仙呂翠裙腰套、賺尾：釣銀蟾。曾瑞、雙調鬬鵪鶉套、風情：連夜銀蟾。湯式、南呂一枝花套、贈玉馬杓、梁州：搠清波蕩碎銀蟾。張可久、南呂一枝花套、秋景、梁州第七：翫清光月擁銀蟾。【屋角秋蟾】湯式、南呂一枝花套、旅中自遣、梁州：夢初回屋角秋蟾。

⊙鹽

【堆鹽】張可久、南呂一枝花套、冬景：撥粉堆鹽。【虀鹽】汪元亨、雙調折桂令、歸隱：隨分虀鹽。【阿鵲鹽】張可久、南呂金字經、春懷：怨聲阿鵲鹽。

炎

【趨炎】曾瑞、雙調行香子套、嘆世、攬箏琶：徒爾趨炎。汪元亨、雙調沈醉東風、歸田：兔區區附勢趨炎。

閻

【閭閻】曾瑞、雙調行香子套、嘆世、撥不斷：隱閭閻。

簷

【茅簷】張可久、雙調殿前歡、西溪道中：誰將草書，題向茅簷。汪元亨、雙調折桂令：淨無塵長掃茅簷。【屋簷】曾瑞、中呂醉春風套、清高、喜春來：鶴去松陰轉屋簷。【虛簷】曾瑞、越調鬬鵪鶉套、風情、紫花兒：攜手虛簷。汪元亨、雙調雁兒落過得勝令、歸隱：嵐氣接虛簷。湯式、南呂一枝花套、旅中自遣、梁州：耳愁聞鐵馬虛簷。【短簷】汪元亨、中呂朝天子、歸隱：白茅葺短簷。【重簷】楊澹齋、雙調得勝令：花影下重簷。【畫簷】白樸、越調天淨沙、夏：綠樹陰垂畫簷。【滿簷】張可久、南呂一枝花套、冬景、尾聲：見冰錐滿簷。【彫簷】呂止庵、仙呂翠裙腰套、元和令：蒼虬釣玉控彫簷。【雕簷】曾瑞、南呂罵玉郎過感皇恩採茶歌、四時閨怨、夏：近雕簷。曾瑞、雙調行香子套、嘆世、撥不斷：棄雕簷。張可久、雙調折桂令、春情：燕語雕簷。張可久、仙呂一半兒、情：數層秋樹隔雕簷。【窺簷】喬吉、雙調雁兒落過得勝令、戲題：愁月淡窺簷。

嚴

【威嚴】曾瑞、雙調行香子套、嘆世、喬木查：疎散威嚴。曾瑞、南呂四塊玉、酷吏：虎豹重關整威嚴。【常嚴】曾瑞、中呂醉春風套、淸高：俺咱常嚴。【訓嚴】汪元亨、雙調雁兒落過得勝令、歸隱：經書子訓嚴。【特嚴】曾瑞、越調鬭鵪鶉套、風情、紫花兒：收管特嚴。【公案嚴】呂止庵、仙呂翠裙腰套、元和令：素蛾公案嚴。【甚是嚴】白樸、中呂陽春曲、題情：甚是嚴，越間阻越情忺。【柳青嚴】貫雲石、正宮塞鴻秋、代人作：推道是板障柳青嚴。【勢轉嚴】張可久、南呂一枝花套、冬景、尾聲：青女三白勢轉嚴。

⊙簷

【帽簷】周德淸、中呂喜春來、春晚：花壓春風短帽簷。

⊙甜

【瓜甜】白樸、越調天淨沙、夏：樓高水冷瓜甜。【似甜】喬吉、雙調水仙子、嘲少年：口兒蜜鉢也似甜。【香甜】曾瑞、中呂醉春風套、淸高：金橘香甜。【味甜】汪元亨、中呂朝天子、歸隱：挑野菜味甜。【無甜】曾瑞、南呂罵玉郎過感皇恩採茶歌、四時閨怨、夏：有苦無甜。【貌甜】湯式、南呂一枝花套、贈玉馬杓、尾聲：傾城的貌甜。【夢甜】曾瑞、雙調行香子套、嘆世、喬木查：莊周蝶夢甜。【眼前甜】曾瑞、越調鬭鵪鶉套、風情：貪顧戀眼前甜。【栗子甜】汪元亨、雙調雁兒落過得勝令、歸隱：風高栗子甜。【苦後甜】白樸、中呂陽春曲、題情：自古瓜兒苦後甜。【野菜甜】張可久、雙調殿前歡、西溪道中：旋挑來野菜甜。【殢人甜】王和卿、中呂喜春來、春思：春睡殢人甜。

恬

【風恬】喬吉、中呂滿庭芳、漁父詞：水雲鄉浪靜風恬。汪元亨、雙調沈醉東風、歸田：退身來浪靜風恬。

⊙髥

【掀髥】張可久、雙調殿前歡、西溪道中：笑掀髥。曾瑞、中呂醉春風套、淸高、醉高歌：醒時長嘯掀髥。呂止庵、仙呂翠裙腰套、賺尾：立金梯長笑一掀髥。【蒼髥】曾瑞、雙調行香子套、嘆世：使得人白髮蒼髥。

⊙潛

【伏潛】曾瑞、越調鬭鵪鶉套、風情、小桃紅：魚雁各伏潛。【尚潛】呂止庵、仙呂翠裙腰套、金盞兒：冰魂尚潛。【陶潛】曾瑞、雙調行香子套、嘆世：晉陶潛。張可久、雙調殿前歡、歸山：休官歸去効陶潛。張可久、南呂一枝花套、秋景、梁州第七：樂陶陶醉客陶潛。【鱗潛】湯式、南呂一枝花套、旅中自遣、梁州：甘分鱗潛。【老龍潛】張可久、南呂一枝花套、秋景：松密映老龍潛。【山水間潛】曾瑞、中呂醉春風套、清高、賣花聲煞：懸河口緊閉山水間潛。【等等潛潛】湯式、南呂一枝花套、贈玉馬杓、梁州：富石崇猶兀自等等潛潛。

嫌⊙

【人嫌】張可久、雙調殿前歡、歸山：怕人嫌。曾瑞、雙調行香子套、嘆世：樂天眞休問人嫌。【不嫌】曾瑞、越調鬪鵪鶉套、風情：他不嫌。【休嫌】張可久、南呂一枝花套、冬景、梁州第七：賞玩休嫌。【防嫌】喬吉、中呂滿庭芳、漁父詞：有甚防嫌。【老妻嫌】曾瑞、中呂醉春風套、清高、喜春來：不顧老妻嫌。【范增嫌】湯式、南呂一枝花套、贈玉馬杓：何慮范增嫌。【俗子嫌】湯式、南呂一枝花套、旅中自遣、尾聲：守清貧樂淸閑，運拙遭俗子嫌。

膁○鮎○⿰火寺○黔○憺

【對偶】

張久可、南呂一枝花套、冬景、梁州第七：錦茵綉榻，翠幕毡簾。汪元亨、雙調、雁兒落過得勝令、歸隱：嵐氣接虛簷，山色透疎簾。汪元亨、中呂朝天子、歸隱：白茅茸短簷，黃蘆編細簾。喬吉、雙調雁兒落過得勝令、戲題：愁月淡窺簷，泪雨冷侵簾。張可久、南呂一枝花套、秋景、梁州第七：別南浦雲飛畫棟，到西山雨灑朱簾。湯式、南呂一枝花套、贈玉馬杓、梁州：美聲譽高如金斗，秀名兒近似珠簾。湯式、南呂一枝花套、旅中自遣、梁州：看白雲閑出岫，頻移淨几；愛青山正當窗，不捲疎簾。張可久、仙呂一半兒、情：數層秋樹隔雕簷，萬朶晴雲擁玉蟾，幾縷夜香穿綉簾。曾瑞、越調鬪鵪鶉套、風情、紫花兒：攜手虛簷，敷粉粧奩。張可久、南呂一枝花套、冬景：亂飄濕僧舍茶烟，密灑透歌樓酒帘。張可久、南呂一枝花套、秋景、梁州第七：銀盤饌滿，寶鼎香拈。湯式、南呂一枝花套、旅中自遣：靑瑣論無心念，紫霜毫不待拈。呂止庵、仙呂翠裙腰套、元和令：蒼虬鈎玉控彫簷，翠屏人半掩；綵鸞收鏡入粧奩，霓裳誰再拈。湯式、南呂一枝花套、贈玉馬杓、尾聲：好向他萬花叢裏爲頭兒占，休敎人百味厨中信手兒拈。 張可久、南呂一枝花套、冬景：梨花和雨舞，柳絮帶風撏。 湯式、南呂一枝花套、旅中自遣、梁州：一片心遠功名無甚沾粘，兩隻脚信行藏有甚拘鈐。 曾瑞、南呂罵玉郎過感皇恩採茶歌、四時閨怨、夏：愁檢束，悶拘鉗。 曾瑞、雙調行香子套、嘆世：跳下竿尖，擺脫鈎鉗。 湯式、南呂一枝花套、贈玉馬杓、梁州：溫石銚徒勞磨渲，鑌鐵鈎枉費鎚鉗。 張可久、南呂一枝花套、秋景、梁州第七： 趁蒼空天似白縑，翫清光月擁銀蟾。 湯式、南呂一枝花套、贈玉馬杓、梁州：潑新醅分開綠蟻，掬清波蕩碎銀蟾。 湯式、南呂一枝花套、旅中自遣、梁州：心滴碎銅壺青漏，耳愁聽鐵馬虛簷，腸欲斷陷前夜雨，夢初回屋角秋蟾。張可久、南呂金字經、春懷：瘦影孤鸞鑑，怨聲阿鵲鹽。 曾瑞、雙調行香子套、嘆世、撥不斷：棄雕簷，隱閭閻。 曾瑞、中呂醉春風套、清高、喜春來：客來椀旋巡山店，鶴去松陰轉屋簷。 曾瑞、越調鬪鵪鶉套、風情、紫花兒：歡娛忐忑，收管特嚴。 白樸、越調天淨沙、夏：雲收雨過波添，樓高水冷瓜甜。 汪元亨、雙調雁兒落過得勝令、歸隱：秋旱雞兒嫩，風高栗子甜。 喬吉、雙調水仙子、嘲少年：性兒神羊也似善，口兒蜜鉢也似甜。 曾瑞、中呂醉春風套、清高、普天樂：山嵐湖瀲，浪靜風恬。 喬吉、中呂滿庭芳、漁父詞：是非海天驚地險，水雲鄉浪靜風恬。 張可久、南呂一枝花套、秋景：竹輕搖蒼鳳尾，松密映老龍潛。 呂止庵、仙呂翠裙腰套、金盞兒：暑氣沸消，陰晴乍閃，冰魂尙潛。 湯式、南呂一枝花套、旅中自遣、尾聲：能文章會談論，才高反被時人厭；守清貧樂清雲，運拙頻遭俗子嫌。 湯式、南呂一枝花套、贈玉馬杓：堪嗟和氏寃，莫訝相如儹，既酬雍伯志，何慮范增嫌。 周德清、中呂喜春來、春晚：鞚挑斜月明金韂，花壓春風短帽檐。

上聲

掩⊙

【半掩】王和卿、中呂喜春來、春思：門半掩。張可久、中呂滿庭芳、題情：朱門半掩。呂止庵、仙呂翠裙腰套、元和令、翠屛人半掩。張可久、中呂迎仙客、括山道中：誰家隱居山半掩。

貫雲石、雙調清江引、知足：燒香掃地門半掩。【自掩】汪元亨、中呂朝天子、歸隱：設柴門常自掩。【山莊掩】曾瑞、中呂醉春風套、清高、醉高歌：竹溪花塢山莊掩。【重門掩】喬吉、越調小桃紅、效聯珠格：簾靜重門掩。【一半兒掩】張可久、仙呂一半兒、情：一半兒開一半兒掩。【珠淚來掩】無名氏、雙調壽陽曲：推眼疼把珠淚來掩。【柴荊晝掩】曾瑞、雙調行香子套、嘆世、離亭宴帶歇指煞：無客至柴荊晝掩。

靨

【翠靨】周德清、中呂喜春來、春晚：黏翠靨。

崦

【入崦】曾瑞、中呂醉春風套、清高、醉高歌：醉後高歌入崦。

檢⊙

【自檢】湯式、南呂一枝花套、旅中自遣、梁州：靜中，自檢。

臉

【杏臉】曾瑞、南呂罵玉郎過感皇恩採茶歌、四時閨怨、夏：淚淹殘杏臉。【泪臉】曾瑞、中呂喜春來、離情：淹泪臉。【醉臉】呂止庵、仙呂翠裙腰套、賺尾：昂藏醉臉。

染⊙

【病染】曾瑞、越調鬭鵪鶉套、風情：淹漸病染。【涴染】湯式、南呂一枝花套、贈玉馬杓：無半點塵埃涴染。【秋霜染】張可久、正宮塞鴻秋、道情：兩鬢秋霜染。【酒興染】曾瑞、中呂醉春風套、清高：山村酒興染。【無心染】張可久、雙調清江引、次必庵趙萬戶韻：白髮無心染。【揉藍染】張可久、雙調殿前歡、歸山：山色揉藍染。【愁病染】曾瑞、南呂罵玉郎過感皇恩採茶歌、四時閨怨、夏：雲髻鬅鬆愁病染。【鵝黃染】王和卿、中呂喜春來、春思：柳梢淡淡鵝黃染。【半星兒染】張可久、南呂一枝花套、冬景、尾聲：全不把塵埃半星兒染。【秋霜鬢染】曾瑞、雙調行香子套、嘆世、喬木查：儘秋霜鬢染。

苒

【荏苒】張可久、雙調折桂令、春情：梨花謝春光荏苒。

冉

【冉冉】喬吉、中呂滿庭芳、漁父詞：歌聲冉冉。張可久、南呂一枝花套、秋景：金獸眼黃花冉冉。湯式、南呂一枝花套、贈玉馬杓、梁州：兜得些偸花漢勞心冉冉。

閃⊙

【乍閃】呂止庵、仙呂翠裙腰套、金盞兒：陰晴乍閃。【抛閃】喬吉、越調小桃紅、效聯珠格：念他抛閃。【背後閃】曾瑞、越調鬭鵪鶉套、風情：不提防背後閃。【霞光閃】張可久、南呂一枝花套、冬景、梁州第七：金波瀲灩霞光閃。【望風兒閃】湯式、南呂一枝花套、贈玉馬杓、尾聲：穩情取瓻瓢戲的西施望風兒閃。

忝⊙

【不忝】汪元亨、雙調折桂令、歸隱：正綱常言詞不忝。

險⊙

【地險】汪元亨、雙調沈醉東風、歸田：進步去天高地險。【弄險】貫雲石、雙調清江引、知足：高竿上再不看人弄險。【路險】湯式、南呂一枝花套、旅中自遣、梁州：行了些壞車輪被虎豹羊腸路險。【山未險】張可久、中呂紅綉鞋、天台瀑布寺：比人心山未險。【世途險】曾瑞、雙調行香子套、嘆世、離亭宴帶歇指煞：趓風波世途險。【溪路險】張可久、中呂迎仙客、括山道中：水烟寒，溪路險。【天驚地險】喬吉、中呂滿庭芳、漁父詞：是非海天驚地險。【分外裏險】曾瑞、越調鬭鵪鶉套、風情、紫花兒：掄的柄銅鍬分外裏險。【紅塵路兒險】張可久、南呂一枝花套、秋景、尾聲：勝似你紅塵路兒險。

颭⊙

【莫颭】曾瑞、越調鬭鵪鶉套、風情、小桃紅：敗旗兒莫颭。

點⊙

【一點】張可久、中呂滿庭芳、題情：青山一點。【半點】徐再思、雙調水仙子、紅指甲：鏤棗班血半點。曾瑞、雙調行香子套、嘆世、喬木查：名利爲心無半點。汪元亨、雙調沈醉東風、歸田：飛不到紅塵半點。【記點】曾瑞、越調鬭鵪鶉套、風情：何曾記點。【粧點】張可久、南呂一枝花套、冬景、梁州第七：蘭堂畫閣多粧點。【數點】喬吉、中呂滿庭芳、漁父詞：輕鷗數點。曾瑞、中呂醉春風套、清高、醉高歌：門映遙岑數點。【點點】張可久、雙調殿前歡、歸山：閒花點點。【玄花點】喬吉、越調小桃紅、點鞋枝：圈落玄花點。【周易點】張可久、雙調清江引、次必庵趙萬戶韵：研朱又將周易點。

諂⊙

【佞諂】湯式、南呂一枝花套、旅中自遣、尾聲：正笏垂紳遠佞諂。【是諂】喬吉、雙調水仙子、嘲少年：接梢兒雖是諂。【媚諂】湯式、南呂一枝花套、贈玉馬杓、梁州：咱媚諂。【謀臣諂】曾瑞、中呂醉春風套、清高：七國謀臣諂。【半句兒諂】曾瑞、越調鬭鵪鶉套、風情、紫花兒：載何曾有半句兒諂。

魘埯奄唵琰剡○鎌○

斂○陝○舔○譣

【對偶】無名氏、雙調壽陽曲：裴呵欠把長吁來應，推眼疼把珠淚來掩。曾瑞、中呂醉春風套、清高、醉高歌：醒時長嘯掀髯，醉後高歌入唵。曾瑞、越調鬪鵪鶉套、風情：連夜銀蟾，逐朝媚臉。張可久、正宮塞鴻秋、道情：一身行路難，兩鬢秋霜染。張可久、雙調清江引、次必庵趙萬戶韻：黃庭盡日觀，白髮無心染。湯式、南呂一枝花套、贈玉馬杓：有十分資質溫柔，無半點塵埃涴染。張可久、雙調殿前歡、歸山：池邊翠蘚黏，屋角垂楊苫，山色揉藍染。張可久、南呂一枝花套、秋景：火龍鱗紅葉瀟瀟，金獸眼黃花冉冉。張可久、中呂迎仙客、括山道中：水烟寒，溪路險。曾瑞、南呂四塊玉、酷吏：官況甜，分途險。

去聲

豔⊙ 【無豔】喬吉、雙調雁兒落過得勝令、戲題：夜燭花無豔。【芙蓉豔】張可久、南呂一枝花套、秋景：玉露養芙蓉豔。【櫻唇豔】徐再思、雙調水仙子、紅指甲：抵牙關越顯得櫻唇豔。【瓊花豔】湯式、南呂一枝花套、贈玉馬杓、梁州：似剜出一團酥更壓著瓊花豔。

焰 【光焰】曾瑞、中呂醉春風套、清高、賣花聲煞：有感幽懷露光焰。【燒身焰】曾瑞、雙調行香子套、嘆世、撥不斷：灰心打滅燒身焰。

餤 （同焰）【香收餤】貫雲石、南呂金字經：蛾眉新淡尖，香收餤。【粉生餤】喬吉、越調小桃紅、點鞋枝：雲鳳吳綾粉生餤。

厭 【不厭】曾瑞、雙調行香子套、嘆世、離亭宴帶歇指煞：狂夫不厭。【無厭】曾瑞、南呂罵玉郎過感皇恩採茶歌、四時閨怨、夏：愁無厭。【人皆厭】曾瑞、南呂四塊玉、酷吏：讎多恩少人皆厭。【不辭厭】張可久、南呂一枝花套、冬景、梁州第七：接入手不辭厭。【何曾厭】貫雲石、正宮塞鴻秋、代人作：數年間來往何曾厭。【抱不厭】湯式、南呂一枝花套、贈玉馬杓、梁州：漾不下抱不厭 。【紅塵厭】曾瑞、雙調行香子套、嘆世、喬木查：老去紅塵厭。【晚夕厭】、曾瑞：越調鬪鵪鶉套、風情、小桃紅：早起無錢晚夕厭。【誰曾厭】張可久、南呂一枝花套、秋景、梁州第七：千鍾到手誰曾厭。【被時人厭】湯式、南呂一枝花套、旅中自遣、尾聲：能文章會談論、才高反被時人厭。

驗

【曾驗】曾瑞、越調鬪鵪鶉套、風情：假眞誠好話兒親曾驗。【難驗】喬吉、雙調雁兒落過得勝令、戲題：靈鵲聲難驗。【憑驗】湯式、南呂一枝花套、旅中自遣、尾聲：有一日際會風雲得憑驗。【逢秋驗】呂止庵、仙呂翠裙腰：老來多病逢秋驗。【還須驗】汪元亨、雙調雁兒落過得勝令、歸隱：物理還須驗。

灩

【自灩】曾瑞、雙調行香子套、嘆世、攪箏琶：杯盈自灩。【瀲灩】曾瑞、中呂醉春風套、清高、喜春來：杯瀲灩。

釅

【忘釅】曾瑞、越調鬪鵪鶉套、風情、紫花兒：歡娛忘釅。【醇釅】曾瑞、中呂醉春風套、清高：綠醅醇釅。【西風釅】呂止庵、仙呂翠裙腰套、金盞兒：更西風釅。【村醪釅】喬吉、中呂滿庭芳、漁父詞：水雲鄉浪靜風恬，村醪釅。曾瑞、雙調行香子套、嘆世、離亭宴帶歇指煞：忘寵辱村醪釅 。【珍珠釅】張可久、南呂一枝花套、秋景、梁州第七：小槽酒滴珍珠釅。【濁醪釅】張可久、雙調殿前歡、西溪道中：杜醞濁醪釅。

⊙欠

【少欠】喬吉、越調小桃紅、效聯珠格：悶咱少欠。【休欠】曾瑞、雙調行香子套、嘆世、攪箏琶：君休欠。【無欠】張可久、南呂一枝花套、冬景：祥瑞天無欠。曾瑞、雙調行香子套、嘆世、離亭宴帶歇指煞：一瓢足咱無欠。【人情欠】湯式、南呂一枝花套、旅中自遣、梁州：事無成志不遂，人情欠。【休教欠】張可久、南呂一枝花套、秋景、尾聲：賞心樂事休教欠。【其實欠】湯式、南呂一枝花套、贈玉馬杓：雀尾樣其實欠。【佯裝欠】喬吉、雙調水仙子、嘲少年：醋葫蘆嘴古邦佯裝欠。【船上欠】喬吉、雙調水仙子、爲友人作：稅錢比茶船上欠。【前生欠】張可久、中呂滿庭芳、題情：相思有債前生欠。【姨夫欠】貫雲石、正宮塞鴻秋、代人作：統鏝姨夫欠。【醉軀欠】張可久、南呂一枝花套、冬景、尾聲：酩酊甘心醉軀欠。【一星所欠】曾瑞、越調鬪鵪鶉套、風情、紫花兒：無一星所欠。

歉

【不歉】曾瑞、中呂醉春風套、清高、普天樂：餱糧不歉。

慊

（同歉）【無慊】呂止庵、仙呂翠裙腰套、賺尾：花下心無慊。

⊙玷

【瑕玷】張可久、南呂一枝花套、冬景：白玉無瑕玷。湯式、南呂一枝花套、贈玉馬杓、尾聲：恁時節添不上風流洗不瑕玷。【心常玷】喬吉、雙調雁兒落過得勝令、戲題：念念心常玷。

店

【山店】曾瑞、中呂醉春風套、清高、喜春來：客來梳鏇巡山店。【村店】張可久、正宮塞鴻秋、道情：月寒曉起離村店。【三家店】汪元亨、雙調雁兒落過得勝令、歸隱：屋後三家店。張可久、雙調殿前歡、西溪道中：出門便是三家店。【相思店】喬吉、雙調水仙子、爲友人作：豫章城開了座相思店。【邯鄲店】湯式、南呂一枝花套、旅中自遣、梁州：客房兒冷落似邯鄲店。【桃花店】張可久、中呂迎仙客、括山道中：五里桃花店。

墊

【支墊】曾瑞、中呂醉春風套、清高、賣花聲煞：書萬卷撐腸穩支墊。

⊙瀲

【湖瀲】曾瑞、中呂醉春風套、清高、普天樂：山嵐湖瀲。

斂

【乍斂】曾瑞、越調鬪鵪鶉套、風情：尤雲乍斂。【自斂】曾瑞、中呂醉春風套、清高、普天樂：田租自斂。【微雲斂】呂止庵、仙呂翠裙腰套、金盞兒：更西風飀，微雲斂，黃昏卽漸。

⊙念

【作念】無名氏、雙調壽陽曲：伴咳嗽口兒裏作念。【絕念】曾瑞、雙調行香子套、嘆世、撥不斷：舊由絕念。曾瑞、越調鬪鵪鶉套、風情、小桃紅：俏鬎兒絕念。曾瑞、南呂罵玉郎過感皇恩採茶歌、四時閨怨、夏：別離情緒難絕念。【憂念】曾瑞、中呂醉春風套、清高、普天樂：絕憂念。【功名念】貫雲石、雙調清江引、知足：絕卻功名念。汪元亨、中呂朝天子、歸隱：絕斷了功名念。張可久、正宮塞鴻秋、道情：老來莫起功名念。【無心念】湯式、南呂一枝花套、旅中自遣：青瑣論無心念。【歸期念】喬吉、越調小桃紅、效聯珠格：眉尖指屈將歸期念。

劍

（同劒）【琴劍】汪元亨、中呂朝天子、歸隱：生涯琴劍。【雪劍】張可久、中呂紅綉鞋、天台瀑布寺：絕頂峯攢雪劍。【揮劍】曾瑞、中呂醉春風套、清高、賣花聲煞：吐虹霓作歌揮劍。【龍劍】湯式、南呂一枝花套、旅中自遣：寶匣冷藏龍劍。【吹毛劍】曾瑞、雙調行香子套、嘆世、撥不斷：柔舌砍鈍吹毛劍。【匣中劍】汪元亨、雙調沈醉東風、歸田：賣三尺匣中劍。【昆吾劍】張可久、正宮塞鴻秋、道情：神光龍吼昆吾劍。

儉

【奢儉】湯式、南呂一枝花套、贈玉馬杓、梁州：麗春園誰敢待爭奢儉。【從儉】汪元亨、雙調雁兒落過勝令、歸隱：荆布妻從儉。曾瑞、雙調行香子套、嘆世、離亭宴帶歇指煞：有財合散休從儉。【粧儉】湯式、南呂一枝花套、旅中自遣、梁州：休施逞且粧儉。【天生儉】白樸、中呂陽春曲、題情：從來好事天生儉。【分緣儉】呂止庵、仙呂翠裙腰套、元和令：牛女分緣儉。【恩情儉】貫雲石、正宮塞鴻秋、代人作：這些時陡恁的恩情儉。【歡娛儉】曾瑞、南呂罵玉郎過感皇恩採茶歌、四時閨怨、夏：歡娛儉，愁檢束。曾瑞、中呂喜春來、離情：雲慳雨澁歡娛儉。

⊙僭

【任君僭】張可久、南呂一枝花套、秋景、尾聲：醉倒樽前任君僭。【剛爲僭】曾瑞、雙調行香子套、嘆世、離亭宴帶歇指煞：無錢粧富剛爲僭。

漸

【卽漸】呂止庵、仙呂翠裙腰套、金盞兒：黃昏卽漸。【雙漸】曾瑞、越調鬬鵪鶉套、風情、小桃紅：蘇卿不嫁窮雙漸。無名氏、雙調壽陽曲：思量煞小卿也雙漸。貫雲石、正宮塞鴻秋、代人作：只被這俏蘇卿拋閃煞窮雙漸。【香消漸】喬吉、雙調雁兒落過得勝令、戲題：冉冉香消漸。【隨時漸】曾瑞、中呂醉春風套、清高、普天樂：隱跡埋名隨時漸。

⊙塹

【天塹】張可久、正宮塞鴻秋、道情：冰堅夜半踰天塹。【坑塹】曾瑞、雙調行香子套、嘆世、離亭宴帶歇指煞：爭人我平地上撅坑塹。【撅塹】曾瑞、越調鬬鵪鶉套、風情、紫花兒：撅坑撅塹。【天生塹】呂止庵、仙呂翠裙腰套、金盞兒：指甲痕芽天生塹。【疎籬塹】汪元亨、中呂朝天子、歸隱：紅槿揷疎籬塹。

塹【村姑塹】張可久、雙調殿前歡、西溪道中：整扮村姑塹。

鏨（同塹）【宮蓮鏨】喬吉、越調小桃紅、點鞋枝：月牙脫出宮蓮鏨。【臉兒鏨】喬吉、越調小桃紅、效聯珠格：掩鏡羞看臉兒鏨。

占⊙【久占】曾瑞、中呂醉風套、清高：您也久占。【俺占】曾瑞、越調鬭鵪鶉套、風情、紫花兒：大排場俺占。【獨占】呂止庵、仙呂翠裙腰套、賺尾：搖臺獨占。張可久、南呂一枝花套、冬景、尾聲：玄冥不出權獨占。【漫占】喬吉、雙調雁兒落過得勝令、戲題：喜蛛絲漫占。【由人占】喬吉、中呂滿庭芳、漁父詞：五湖烟景由人占。【清閑占】曾瑞、雙調行香子套、嘆世、離亭宴帶歇指煞：將一味清閑占。【將他占】貫雲石、正宮塞鴻秋、代人作：心肝兒般敬重將他占。【猿鶴占】張可久、雙調殿前歡、歸山：山房幸有猿鶴占。【樓臺占】張可久、南呂一枝花套、秋景：爽氣被樓臺占。【醉鄉占】張可久、南呂一枝花套、秋景、梁州第七：我待把醉鄉占。【爲頭兒占】湯式、南呂一枝花套、贈玉馬杓、尾聲：好向他萬花叢裏爲頭兒占。

韂【金韂】周德清、中呂喜春來、春晚：鐙挑斜月明金韂。

襜䈇○瞻○苫○芡○墊○殮○艌○茜○染

【對偶】

喬吉、雙調雁兒落過得勝令、戲題：秋奩粧不收，夜燭花無艷。張可久、南呂一枝花套、秋景：金風雕楊柳衰，玉露養芙蓉艷。喬吉、雙調雁兒落過得勝令、戲題：喜蛛絲漫占，靈鵲聲難驗。曾瑞、雙調行香子套、嘆世、攪箏琶：月滿還虧，杯盈自瀲。曾瑞、雙調行香子套、嘆世、離亭帶歇指煞：供庖厨野薺香，忘寵辱村醪釅。曾瑞、中呂醉春風套、清高：金橘香甜，玉蛆浮酤，綠醑醇釅。喬吉、雙調水仙子、嘲少年：紙糊鍬輕吉列枉折尖，肉膘膠乾支刺有甚粘，醋葫蘆嘴古邦佯裝欠。曾瑞、雙調行香子套、嘆世、離亭宴帶歇指煞：六印多你尙貪，一瓢足咱無欠。張可久、南呂一枝花套、冬景：青山失翠微，白玉無瑕玷。汪元亨、雙調雁兒落過得勝令、歸隱：門前獨木橋，屋後三家店。　張可久、正宮塞鴻秋、道情：冰堅夜半踰天塹，月寒曉起離村店。　曾瑞、越調鬬鵪鶉套、風情：殢雨初霑，尤雲乍斂。　曾瑞、中呂醉春風套、清高、普天樂：無拘鈐，絕憂念。　貫雲石、雙調清江引、知足：識破幻泡身，絕却功名念。　汪元亨、雙調沈醉東風、歸田：買四蹄車下牛，賣三尺匣中劍。　張可久、正宮塞鴻秋、道情：雪毛馬響狻猊韂，神光龍吼昆吾劍。　曾瑞、雙調行香子套、嘆世、撥不斷：灰心打滅燒身焰，袖手擘開鎖頂鉗，柔舌砍鈍吹毛劍。　曾瑞、中呂醉春風套、清高、普天樂：籬菊繖，風雲儉。

國立中央圖書館出版品預行編目資料

曲海韻珠／王熙元，黃麗貞，賴橋本合編，--初版--臺北市：臺灣學生，民68

面；　　公分. --(師大國文系文學叢書；2)

含索引

ISBN 957-15-0366-5 (精裝). --ISBN 957-15-0367-3(平裝)

853.2　　　　81001324

師大國文系文學叢書之二

曲海韻珠（全一册）

主編者：王熙元　黃麗貞　賴橋本

助編者：陳美倫　洪桂津　沈雲玲　陳燕貞
林瓊綺　呂榮華　劉秋瀅　賴素鑾

出版者：臺灣學生書局

發行人：丁文治

發行所：臺灣學生書局
台北市和平東路一段一九八號
郵政劃撥帳號〇〇〇二四六六八號
電話：三六三四一五六
FAX：三六三六三三四

本書局登記證字號：行政院新聞局局版臺業字第一一〇〇號

印刷所：明國印製有限公司
地址：台北市桂林路242巷57號
電話：三〇八九八二〇

香港總經銷：藝文圖書公司
地址：九龍偉業街九十九號連順大厦五字樓及七字樓
電話：七九五九五九五

定價　精裝新臺幣
　　　平裝新臺幣

中華民國六十八年十月初版
中華民國八十一年四月初版二刷

04303

ISBN 957-15-0366-5 (精裝)
ISBN 957-15-0367-3 (平裝)